Bornholm
zu Dänemark
Ostsee
Königsberg
Rep. Danzig
Pommern
Preußen
West-preußen
Mława
Warschau
Küstrin
Brandenburg
Oder
Ghzm. Warschau
Kottbus
Glogau
Puławy
Breslau
Schlesien
West-Galizien
Galizien
Prag
Mähren
Österreich
Kaiserreich
Wien
Pressburg
Kärnten
Ungarn

Alessandro Barbero

Das schöne Leben des Edelmannes Robert Pyle und die Kriege der anderen

Alessandro Barbero

Das schöne Leben des Edelmannes Robert Pyle und die Kriege der anderen

Roman

Aus dem Italienischen
von Michael von Killisch-Horn

Wolfgang Krüger Verlag

Die Originalausgabe erschien 1995 unter dem Titel
»Bella vita e guerre altrui di Mr. Pyle, gentiluomo«
im Verlag Arnoldo Mondadori Editore S.p.A., Mailand

Satz: Wagner GmbH, Nördlingen
Druck und Einband: Clausen & Bosse, Leck
Printed in Germany 1997
ISBN 3-8105-1021-1

Gedruckt auf chlor- und säurefreiem Papier

Das schöne Leben des Edelmannes Robert Pyle und die Kriege der anderen

Prolog

Das Jahr 1848 wird bald zu Ende gehen. Die Blätter der Ahornbäume sind verwelkt, und der Wind, der sie fortweht, riecht schon nach Schnee. Ich bin achtundsiebzig, ein schönes Alter auch in diesem Jahrhundert des Fortschritts, und ich glaube, auch mit mir wird es bald zu Ende gehen. Vielleicht werden Elektrizität, Dampfschiff und Eisenbahn den Menschen ja eines Tages dazu verhelfen, länger zu leben, doch scheint mir, allem Geschwätz der Journalisten zum Trotz, das Gegenteil wahrscheinlicher; wie auch immer, ich werde es niemals erfahren. Die Gicht hat sich meines linken Fußes bemächtigt und gräbt sich schon nach oben durch, so daß sie früher oder später an mein Herz klopfen wird. Ich bedaure das nicht, weil ich an all das Roastbeef denke, das ich gegessen habe, an all den Bordeaux, den ich getrunken habe, und weil ich glaube, daß es das wert war, aber ich kann nicht verhehlen, daß ich mich glücklich schätzen werde, wenn ich noch einen weiteren Herbst erlebe. Mit Sicherheit werde ich keinen neuen Präsidenten mehr erleben, denn General Taylor ist so populär, daß er schon ein weiteres Mal Mexiko den Krieg erklären und ihn verlieren müßte, um in vier Jahren nicht wiedergewählt zu werden, und 1856 werde ich nicht mehr da sein, um zur Wahl zu gehen. Um die Wahrheit zu sagen, dieser ehrenhafte Mann, Mr. Taylor meine ich, ist sogar zu populär, und ich muß mir immer wieder sagen, daß wir ja derselben Partei angehören, um nicht jedesmal einen Anflug von Beunruhigung zu verspüren, wenn ich ihn sprechen höre. Die Amerikaner haben sich in meiner Zeit auf traurige Weise verändert; jetzt können sie nur noch Generälen zujubeln und sie zu Präsidenten wählen. Es mag ja stimmen, daß, wie man mir erklärt hat, ein Präsident aus dem Süden, ein Sklavenhalter, der richtige Mann ist, um die Pflanzer zu beruhigen und die Abolitionisten zum Schweigen zu bringen, so daß seine Präsidentschaft jegliche Gefahr eines Zerbrechens der Union abwenden wird; es mag auch stimmen, daß Mr. Taylor kein vulgärer Maulheld ist, sondern ein Mann mit hehren und strengen Grundsätzen, der bereits angekündigt hat, sein Amt nicht sonntags anzutreten, da es in seiner Familie Brauch ist, den Sabbat zu achten; und doch kann ich mich über diesen Sieg nicht freuen. Erst gestern noch habe ich im *Club* Erstaunen ausgelöst mit der Erklärung, dieses Jahr 1848 sei ein »annus mirabilis« gewesen, allerdings nicht wegen der Wahl Mr. Taylors, sondern wegen der Revolution in Europa. Diese Bemerkung wurde schweigend aufgenommen, man hatte zuviel Respekt, um mir zu widersprechen, doch im stillen fragten sich alle, was ich an diesen Todeszuckungen der Alten Welt denn nur so interessant fände …

Ich konnte ihnen nicht antworten, daß mein Interesse für die widersprüchlichen und bisweilen kaum zu glaubenden Nachrichten, die dieses Jahr aus Europa herüberdringen, einem ganz persönlichen Gefühl entspringt. Und doch ist es so; denn sonst wäre es unverständlich, warum die Ereignisse von Berlin mich so viel nachdrücklicher getroffen haben als diejenigen von Wien oder Paris. Wenn ich lese, daß der Mob das Arsenal gestürmt hat, daß die Truppen auf dem Gendarmenmarkt geschossen haben, um die Arbeiter aufzuhalten, die zum Schloß marschierten, und daß der König gezwungen war, die Stadt zu verlassen, die sich in der Hand der Revolutionäre befand, kann ich nicht anders, als mich an das Berlin von vor vierzig Jahren zu erinnern: als ich mit eigenen Augen den gegenwärtigen König als Kind in den Armen seiner Mutter spielen und die preußischen Truppen zum Klang der Pfeifen und Trommeln einer noch demütigenderen Niederlage entgegenmarschieren sah, als der Berliner Pöbel ihnen in diesem Jahr zugefügt hat. Und ich kann auch nicht umhin, mich zu fragen, ob Victoire noch immer in der Lindenallee wohnt, wo die Mauern unter ihren Fenstern jetzt von Gewehrschüssen durchsiebt sind; ob Lenchen, falls sie noch lebt und nicht an Syphilis auf einer Krankenhausmatratze oder vor Erschöpfung in einer Besserungsanstalt gestorben ist, den Arbeitern auf den

Barrikaden Essen gebracht hat; ob Oberleutnant von Suckow, jetzt Oberst oder General, die Regimenter, die gekämpft haben, um das Schloß zu verteidigen, befehligt hat oder ob er 1830 an der Cholera oder noch früher durch eine Kugel bei Waterloo gestorben ist …

Es ist nicht nötig, daß ich hier und jetzt erkläre, wer diese Personen sind und wie es kam, daß ich sie kennenlernte. Das alles steht in einem ledergebundenen Büchlein, das seit damals in der Schublade eines wackligen Schreibtischs vergilbt, der seit vielen Jahren auf den Dachboden verbannt ist. Dort wird derjenige, der sich für diese Dinge interessiert, das Tagebuch meiner letzten Reise nach Europa finden, das ich Tag für Tag geführt habe, auf den Tischen der Wirtshäuser, beim Schein der Kerze, bevor ich zu Bett ging, oder auf der Straße, auf einem tragbaren Schreibpult, das in der fahrenden Kutsche schwankte. Meine Handschrift ist winzig, kaum zu lesen, und durch das Nachlassen der Sehkraft und des Gedächtnisses werde ich vielleicht selber nicht mehr imstande sein, die Notizen zu entziffern, die ich vor vierzig Jahren gekritzelt habe. Doch jede Leidenschaft, auch die der Gelehrsamkeit, verdient es, daß man Opfer bringt, um sie zu befriedigen, und ich zweifle nicht, daß eines Tages jemand diese Mühe auf sich nehmen wird. Der Gedanke mißfällt mir, daß, wenn ich einmal nicht mehr sein werde, alles, was ich an Handschriftlichem zurückgelassen habe, für jeden unlesbar werden soll, wie ein Manuskript in einer toten Sprache, zu der niemand mehr den Schlüssel besitzt. Sollte es so sein, dann würde sich die Gabe einer unleserlichen Handschrift, die sich für mich in der Vergangenheit häufig als nützlich erwiesen hat, als ein übler Streich herausstellen. Ich vertraue darauf, daß eines Tages jemand die Schublade öffnen wird und zu lesen anfängt, und sei es auch nur aus Neugier, jene persönlichen Anmerkungen wiederzufinden, die sich immer auf irgendeine Weise in derartige Kladden einschleichen; und an denen es in meinem Tagebuch, das kann ich versichern, nicht fehlt.

Ich hoffe, nach dieser Einleitung ist deutlich geworden, warum ich jenes Büchlein schließlich doch nicht zusammen mit so vielen anderen Papieren verbrannt habe, mit denen ich das Feuer in diesem kalten Herbst in Gang halte. Mich treibt nicht der Ehrgeiz, der Flut von Schriften, die bereits von Leuten veröffentlicht worden sind, deren einziges Verdienst darin besteht, daß sie in jenen Jahren gelebt haben, ein weiteres Zeugnis hinzuzufügen; auch nicht das fruchtlose Verlangen, wie der Dichter sagt,

traurige Geschehnisse einer fernen Vergangenheit
und längst vergangne Schlachten

wieder wachzurufen, sondern eine rein private Leidenschaft, und ich sehe nicht ein, warum ich sie nicht befriedigen sollte, wie ich es mein Leben lang getan habe, und wobei ich mich immer wohl gefühlt habe. Und doch muß ich mir, das ist eine einfache Frage der Wahrscheinlichkeit, vorstellen, daß derjenige, der meine Aufzeichnungen liest, keine unmittelbare Kenntnis von der Zeit hat, in der sie entstanden; von jener unvorstellbaren Zeit, in der Washington ein sumpfiges Dorf ohne eine einzige Kirche war und man in Berlin, aber auch in New York leben konnte, ohne die Arbeiter auch nur wahrzunehmen. Für diesen möglichen Leser mag es zweckmäßig sein, ein paar Worte zu verschwenden, um daran zu erinnern, wie die Welt damals aussah, im Frühjahr 1806, als ich mich auf der Brigg »Liberty« nach Europa einschiffte; und vor allem an die damalige politische Situation in unserem Land, deren Kenntnis unerläßlich ist, will man die Gründe einer Reise verstehen, die selbst mir jetzt, wenn ich daran zurückdenke, verrückt vorkommt.

Es war das sechste Jahr der Präsidentschaft von Mr. Jefferson, und nur wenige erinnern sich heute, daß die Wahl jenes Mannes, der in den Lesebüchern der Schüler als ein Vater der Heimat gefeiert wird, von allen demokratischen Intriganten, gekauften Journalisten und ehrlosen Aufwieglern, die seitdem das Land unsicher machten, mit Befriedigung aufgenommen wurde. Um zu zeigen, wie schlecht das Gedächtnis der Menschen, vor allem in politischen Dingen, ist, genügt es, wenn man darauf hinweist, daß die Einverleibung Louisianas und der Westgebiete heute als ein Wunder an Weitblick gilt, und niemand würde mir glauben, wenn ich behauptete, daß seinerzeit der Kauf jener Wüste, so groß wie ein Reich und unregierbar, Fassungslosigkeit bei den rechtschaffenen Leuten ausgelöst hatte. Einer nach dem anderen haben sich die föderalistischen Abgeordneten im Kongreß auf dem Podium abgelöst, um daran zu erinnern, daß die Verfassung dem Präsidenten durchaus die Macht verleiht, einen derart außergewöhnlichen Akt zu vollziehen. Im übrigen hatte Frankreich keinerlei Recht, uns jenes Gebiet zu verkaufen, das der König von Spanien ihm nur unter der Bedingung überlassen hatte, daß es nicht an Dritte weiterverkauft wird, und in das kein französischer Soldat jemals den Fuß gesetzt hatte. Kurz, Bonaparte hatte uns lediglich ein Stück Papier verkauft, und wir hatten uns zu Komplizen des schamlosesten Straßenräubers und Banditen gemacht, den die Geschichte kennt. Doch Mr. Jefferson stellte klar, daß es sich um metaphysische Haarspaltereien handelte und daß in Wahrheit, wie sich in der Folge gezeigt hat, dehnbare Gewissen eine dehnbare Verfassung schaffen …

Die Besorgnis über die Schäden, die ein Jakobiner wie Mr. Jefferson dem Land zufügen konnte, wurde nur noch übertroffen von der Bestürzung darüber, daß eine derartige Person unter den amüsierten Augen der europäischen Botschafter in den Rang des Repräsentanten der Nation erhoben werden konnte. Wenn ein Minister Seiner Majestät des Königs von England sich mir gegenüber beklagte, der Präsident sehe aus und benehme sich wie ein Bauer und habe ihn in Pantoffeln empfangen, mußte ich mich nicht wenig anstrengen, um ihn zu überzeugen, daß diese Aufmachung keine absichtliche Beleidigung seines Landes sei, sondern daß Jefferson uns alle in dieser Kleidung empfange. Und nicht nur uns, hätte ich hinzufügen können: Als der Botschafter des Beys von Tunis in Seide und Brokat gekleidet und über und über mit funkelnden Juwelen behängt an Land ging, empfing der Präsident ihn in wollenen Kniestrümpfen und zerlumpten Hausschuhen. Im übrigen waren seine Anhänger nicht besser als er, er repräsentierte sie perfekt; und er wäre auch nicht in Verlegenheit gekommen, wenn, wie boshafte Stimmen beim Kauf Louisianas in Umlauf brachten, die Wilden aus dem Westen wirklich ins Kapitol gekommen wären, um seine Präsidentschaft mit ihrer Stimme zu unterstützen. Eines Tages bemerkte ein Gentleman, der gerade aus England gekommen war, während er nach einem eher reichlichen Mahl eine Zigarre rauchte und meinen Portwein trank, daß nach dem Sieg der Demokraten im Kongreß nur noch fünf oder sechs Männer säßen, die wie Gentlemen aussähen; alle anderen nähmen an den Sitzungen teil gekleidet wie Bauern, die gerade vom Feld kommen. Und er hatte zweifellos recht, wie andere vor ihm, die sich tödlich beleidigt fühlten, wenn sie beim Präsidenten zum Essen eingeladen waren und bei ihrer Ankunft entdecken mußten, daß alle bereits bei Tisch saßen und niemand es der Mühe wert gehalten hatte, ihnen einen Platz freizuhalten …

Doch schweifen wir nicht ab. Um der Gerechtigkeit willen müssen wir daran erinnern, daß nach ein paar Jahren die schlimmsten Erwartungen in bezug auf Mr. Jefferson sich immer noch nicht bewahrheitet hatten. Seine Politik gegen die Tagediebe war nach dem Staatsstreich Bonapartes weniger konziliant geworden, und noch weniger nach dem Aufstieg dieses Edelmanns zum Kaiser, da die plötzliche Inflation von Goldlitzen auf der Kleidung der französischen Abgesandten ihm aufs äußerste mißfallen hatte. Als dann aus Europa die Nachricht von der Schlacht bei Austerlitz herüberdrang, bewog ihn die allgemeine Meinung, der zufolge England am Ende sei und schon sehr bald unter das Joch Frankreichs geraten werde, sein tief verwurzeltes Vorurteil dem alten Land gegenüber zu überdenken. Der Mann, der einmal erklärt hatte, seiner Meinung nach hätten die maßgeblichen Persönlichkeiten unserer Partei kein anderes Ideal als englische Stiefel zu lecken, sah sich gezwungen anzuerkennen, daß eine andere und sehr viel ernstere Gefahr unsere Freiheit bedrohte; und daß die Vereinigten Staaten ihr Schicksal von nun an mit der englischen Nation und Flotte verbinden müßten, um der tödlichen Umarmung eines Liebhabers zu entgehen, der sich unversehens als untreu erwiesen hatte. Und tatsächlich konnte man nur aufs höchste alarmiert sein, wenn man sah, wie die Erfolge Frankreichs das Volk anstachelten: In New York wurden die Offiziere und Matrosen der englischen Schiffe vom Pöbel ausgepfiffen, sobald sie auch nur wagten, den Fuß auf festen Boden zu setzen, und man konnte glauben, das Land würde sich spontan Bonaparte unterwerfen, wenn er nur eine Streitmacht herüberschicken würde.

Ich möchte jetzt nicht, daß der Leser diese Ereignisse mit dem Maß unserer Epoche mißt; denn in diesem Fall würden sie ihm unverständlich bleiben. Heute, da unsere Fahne von einem Ozean zum andern weht, weit über der Hälfte des nordamerikanischen Kontinents, da unsere Armeen in Mexiko einmarschiert sind und unsere Fregatten in den Häfen Chinas vor Anker liegen, können die Vereinigten Staaten durchaus gelassen auf die Revolutionen in Europa blicken. Aber in jener Zeit, von der ich spreche, war unsere Lage eine ganz andere; und jede in den Rathäusern gehaltene Rede, jede Bewaffnung von Schiffsgeschwadern oder Aushebung von Regimentern, die von einer europäischen Regierung beschlossen wurde, jede in den Pariser Zeitungen gedruckte Lüge ließen uns erbeben und um unser Schicksal bangen. Die Vereinigten Staaten waren zu schwach, um sich gegen einen Gegner zu verteidigen, der entschlossen war, mit Gewalt vorzugehen, und wenn jemals eine Macht beschlossen hätte, uns zu beleidigen, wären wir nicht in der Lage gewesen, anders als mit Worten auf die Beleidigung zu reagieren: Wir verfügten weder über eine Armee noch über eine Marine, und zudem war, das Schlimmste von allem, die Staatskasse leer. Unsere einzige Rettung war, wohlwollende und mächtige Freunde zu finden, die imstande wären, unsere Freiheit zu verteidigen; und sogar jener Duodezbonaparte, der geliebte Präsident, King Thomas I., wie die englischen Journalisten ihn nannten, sah ein, daß diese Freunde nur in England gefunden werden konnten. Anfangs glaubten nur wenige an seine Aufrichtigkeit; auch vollkommen ehrenhafte Personen waren damals im Grunde überzeugt, daß Mr. Jefferson sich den Franzosen für Geld verkauft hatte. Doch König Thomas setzte uns in

Erstaunen, als er zugab, die Eröffnung von Verhandlungen mit England sei die beste Garantie für unseren Aufschwung, und den Worten ließ er Taten folgen: Im Frühjahr 1806, als endgültig sicher war, daß Pitt tot und in die Regierung Seiner Majestät, die jetzt in den Händen Lord Grenvilles lag, ein vernünftiger Mann wie Mr. Charles Fox eingetreten war, wurde mein Vetter William Pinkney nach London geschickt, um ein Abkommen auszuhandeln, das unseren Kaufleuten die freie Schiffahrt garantieren sollte, und zugleich, daß die englische Flotte sie im Bedarfsfall vor jedem möglichen Feind schützen würde.

Als Pinkney den Auftrag annahm, bemerkte er, daß die englischen Unterhändler sich ihm gegenüber in einem unabsehbaren Vorteil befänden, wenn er nicht über Informanten auf dem Kontinent verfüge. Bonapartes Siege hatten das Gefüge der europäischen Politik erschüttert, und so bedeutsame Verhandlungen durften sich nicht der Gefahr aussetzen, aus Mangel an rechtzeitigen Informationen über die Absichten der verschiedenen Mächte zu scheitern, die in einem Ausmaß schillernd waren wie niemals zuvor; und man konnte auch unseren Konsulatsvertretern nicht vertrauen, tüchtigen Kaufleuten, die zwar in der Lage waren, den Kurs der Baumwolle und des Zuckers vorherzusehen, von Politik aber nichts verstanden und nur selten oder nie bei Hof empfangen wurden. Die Anregung, Botschaften in Sankt Petersburg und Berlin einzurichten, rief im Kongreß nicht wenig Unwillen hervor, denn die amerikanische Öffentlichkeit protestierte damals mehr noch als heute lebhaft gegen jede Ausgabe, die dazu diente, kostspielige Vertretungen in Europa zu unterhalten. Nach mühsamen Verhandlungen, in denen der Finanzminister, wie ich leider sagen muß, eine unrühmliche Rolle spielte, entschloß man sich jedoch am Ende, in jede dieser Hauptstädte einen außerordentlichen Abgesandten zu schicken, der nur die Hälfte der Bezüge eines ständigen Vertreters bekam und die Aufgabe hatte, nur so lange dort zu bleiben, bis der Vertrag mit dem Hof von Sankt Jakob geschlossen wäre. Unter welchem Vorwand die Abgesandten auch immer bei den Monarchen akkreditiert würden, ihre Aufgabe war es, aufmerksam die

Intrigen der Franzosen zu verfolgen, deren Agenten damals ganz offen in allen Hauptstädten Europas operierten; vor allem jedoch unsere Unterhändler in London über die vorherrschenden Stimmungen in den jeweiligen Kabinetten auf dem laufenden zu halten.

Bis zu dem Tag hatte ich am politischen Leben des Landes sehr wenig teilgenommen. Bei meiner Rückkehr aus England, wo ich Jahre verbracht hatte, die ich noch heute für die angenehmsten meines Lebens halte, hätte mein Vater es gern gesehen, wenn ich mich den Wahlen für den Senat des Staats gestellt hätte. Da ich jedoch die Gewohnheiten unserer vornehmen Herren von Maryland kannte, die auf die Türen ihrer Kutschen Wappen malen und Neger für ihre Tabakpflanzungen kaufen, sich aber dennoch entehrt fühlen würden, wenn sie nicht die Demokraten wählten, hatte ich keinerlei Absicht, mich einer schmachvollen Niederlage auszusetzen, und so zog ich es vor, Baltimore zu verlassen und nach New York zu gehen, um dort im Anwaltsbüro meines Onkels van Cortlandt zu arbeiten. Ich glaube nicht, daß ich, wenn es nur von mir abgehangen hätte, daran gedacht haben würde, mich um eine jener Gesandtschaften zu bewerben, die letztlich nur wenig Ruhm verhießen. Bill Pinkney brachte meinen Namen ins Gespräch, obwohl unsere politischen Ansichten alles andere als übereinstimmten. Der Leser möge sich beruhigen, der bei der Lektüre dieser Zeilen ungläubig aufgeschaut und sich die Brille mit dem Taschentuch geputzt haben sollte: Auch damals herrschte bei uns ebenso wie heute jenes reizende System, das sich nicht allzusehr mit den Grundsätzen einer republikanischen Regierung verträgt, bei dem das Verdienst, welcher Art auch immer, nicht die geringste Rolle spielt und die einzige unerläßliche Qualifikation für ein öffentliches Amt die Parteitreue ist. Aber gerade aufgrund dieses Prinzips, das unserer Politik so sehr zur zweiten Natur geworden war, befand Bill Pinkney sich in arger Verlegenheit, als er Mitarbeiter für das zu wählen hatte, was möglicherweise, im Guten oder im Schlechten, ein Versuch der Wiederannäherung an England sein konnte. Die neue Regierung hatte ohne Ausnahme jeden entfernt, der seines Amtes enthoben werden konnte und des Föderalismus verdächtigt wurde; und an ihre Stelle wurden Demokraten gesetzt, die in der Regel nichts anderes als Jakobiner in neuem Gewand waren. Sie schämten sich, diesen Namen zu benutzen, ihre Ideen hatten sich jedoch keineswegs geändert: Bedingungslose Unterwerfung unter Frankreich und voreingenommenes Mißtrauen Großbritannien gegenüber waren die Pfeiler, auf die sich all ihre Maßnahmen stützten. Als Pinkney einen Mann suchte, der nicht schon bei der bloßen Erwähnung des Namens England mit den Zähnen knirschte, mußte er sich zwangsläufig an jemanden wenden, der kein Regierungsamt bekleidete; und da erinnerte er sich an mich, obwohl ich doch schon immer sein Vetter gewesen war. Als er in Baltimore war, kam er zu uns zum Essen und unterbreitete meinem Vater sein Angebot, der sich die Befugnis anmaßte, statt meiner zu entscheiden. Um die Wahrheit zu sagen, es gab damals gerade eine gewisse Angelegenheit, über die ich besser hinweggehe, wegen der er es für äußerst angebracht hielt, daß ich für einige Zeit aus Amerika fortging … Mehr will ich nicht sagen. Mit wenigen Zeilen, wie es seine Gewohnheit war, teilte mein Vater mir mit, daß Pinkney mir anbot, nach Berlin zu reisen, und fügte hinzu, daß ich seiner Ansicht nach besser daran täte, zweimal darüber nachzudenken, bevor ich ablehnte; und so fand ich mich also beim Packen wieder. Ich habe keine Ahnung, welche Argumente verwendet worden waren, um das Ministerium zu überzeugen, sich meiner Person zu bedienen. Im Kongreß genügte die Auskunft, daß ich Deutsch sprach, wozu, wie ein geistreicher Autor richtig bemerkt hat, bis Waterloo nur wenige imstande waren, sieht man einmal von den Handelshäusern, die nach Deutschland exportierten, von den Angestellten der Bankiers und den Nonkonformisten Pennsylvanias ab.

Bevor ich aufbrach, präsentierte ich mich in Washington, wo der Staatssekretär, Mr. Madison, mir detaillierte Instruktionen bezüglich der Aufgabe, die mich in Preußen erwartete, mit auf den Weg gab. Wir hatten wenige Jahre zuvor einen recht vorteilhaften Handelsvertrag mit jenem Königreich unterzeichnet, der in Berlin von dem verhaßten John Quincy Adams ausgehandelt worden war, der dann, als er schließlich Präsident werden sollte, eben in dem Jahr als ein hinfälliger Greis starb; doch seitdem hatten wir keine diplomatischen Beziehungen mehr mit König Friedrich Wilhelm unterhalten. In den letzten Monaten hatte der Wankelmut der preußischen Politik das State Department in tiefste Verwirrung gestürzt, der Normalzustand im übrigen, wenn es mit den Spitzfindigkeiten der europäischen Politik in Berührung kommt. Trotz Austerlitz und des Todes von Mr. Pitt glaubte man, das englische Gold habe den preußischen König überredet, im Zweifelsfall auch allein den Krieg gegen Bonaparte fortzusetzen; ein paar Wochen später drang dagegen die Nachricht herüber, daß jener besonnene Monarch sich mit dem Sieger geeinigt hatte, indem er seine Besitzungen Ansbach, Clèves und Neuchâtel im Austausch gegen Hannover, den Erbbesitz Seiner Majestät des Königs von England, den die Franzosen seit kurzem an sich gerissen hatten, abgetreten und die Nordseehäfen für den englischen Handel gesperrt hatte. Diese Nachricht bewog Pinkney, der damals gerade seine Koffer packte, mir nahezulegen, meine Abreise nach Berlin mit dem Vorwand zu rechtfertigen, die Punkte des Handelsabkommens neu zu verhandeln: In der Tat mußte man dem katastrophalen Rückgang Rechnung tragen, den das schlechte Verhältnis zu England dem preußischen Handel unfehlbar bringen würde, und der Unmöglichkeit, die Häfen jenes Königreichs anzulaufen, wenn die Regierung Seiner Majestät des Königs von England, beleidigt vom wenig barmherzigen Vorgehen des Preußenkönigs, beschließen würde, ihm mit gleicher Münze heimzuzahlen.

Um die Wahrheit zu sagen, der englische Minister, Mr. Merry, versicherte mir in vertraulichem Gespräch, daß nichts dergleichen geschehen sei, da die Regierung Lord Grenvilles sogar allzusehr den Frieden brauche. Bei dieser Gelegenheit wurde jedoch deutlich, daß Mr. Merry nicht das volle Vertrauen seiner Regierung genoß und daß seine Informationen, wie wir in der Vergangenheit zu argwöhnen Ursache hatten, nicht immer zuverlässig waren. Unmittelbar vor meiner Abreise wurde in der

Tat bekannt, daß England, empört darüber, daß ihm Hannover weggenommen worden war, Preußen den Krieg erklärt und die gesamte Flotte unter preußischer Flagge, die sich vor seinen Toren befand, festgehalten und außerdem die Blockade der Häfen von Elba erklärt hatte; während der schwedische König, der sich selbst zum Verteidiger der Hannoveraner Rechte erklärt hatte, seine Fregatten ausgesandt hatte, um die preußischen Ostseehäfen zu blockieren. Daher war ich gezwungen, auf einem Schiff zu reisen, das direkt Amsterdam anlief, damals, zumindest auf dem Papier, ein neutraler Hafen, und von dort aus auf dem Landweg nach Berlin weiterzureisen; vorausgesetzt, daß Bonaparte, dessen Armeen weiterhin bedrohlich in Süddeutschland lagen, in der Zwischenzeit nicht einen neuen Krieg entfesselt hatte. Ich schiffte mich am 1. Juni 1806 in New York ein, begleitet von einem schwarzen Diener und mehreren Gepäckkisten, von denen ich nicht einmal ein Taschentuch nach Hause zurückbringen sollte, wie derjenige entdecken wird, der die Geduld aufbringt, diese Notizen bis zum Ende zu lesen. Wenn er sich in der Geschichte auskennt, wird der Leser, noch bevor er diese Mühe auf sich nimmt, wissen, daß es sich nicht um eine denkwürdige Mission handelte; anders hätte es auch nicht sein können, wenn man bedenkt, was in Europa in jenem schwülen Sommer reifte und sich im Herbst vollzog. Man erwarte daher nicht, auf diesen Seiten Material zu finden, das dem Historiker für seine Arbeit von Nutzen ist. Wenn ich es recht bedenke, so fürchte ich, daß ich nichts anderes bieten werde, als, wie John Ford sagte,

eine erbärmliche Erzählung von Dingen
getan vor vielen Jahren, und schlecht getan.

Washington, D.C,
November 1848
Robert L. Pyle, Esq.

Sonntag, 13. Juli

Gestern bin ich nach sechswöchiger Reise in Amsterdam an Land gegangen. Die Überfahrt war äußerst beschwerlich für mich: Die Hitze brachte mich fast um; die Verpflegung war miserabel, das Wasser salzig; und zu allem Überfluß gab es auch noch ein paar krankheitsbedingte Todesfälle an Bord. Während der letzten Tage dieser Plagen kam noch die Bedrohung durch die englischen Fregatten hinzu, die den Ärmelkanal unsicher machen und die Schiffe egal welcher Nationalitäten kapern, sobald auch nur der leiseste Verdacht besteht, sie könnten mit Frankreich oder mit Preußen Handel treiben. Unser Kapitän, Mr. Pemberton aus Alabama, hatte mich vorgewarnt, daß er, sollte ein englisches Schiff uns entern und sollten die Offiziere sich anmaßen, einen unserer Seeleute mit Gewalt anzuheuern, wie es ihre Gewohnheit ist, er kaltblütig auf sie schießen lassen würde; und ich hatte ihn mit nichts von diesen kriegerischen Absichten abbringen können, obwohl ich mir alle Mühe gab, ihm meine Situation zu erklären; doch das Glück war uns gewogen, und so konnten wir ohne unerfreuliche Zusammenstöße in den Hafen einlaufen. Die holländischen Zöllner, die mit Hilfe eines Bootes zu uns an Bord kamen, durchsuchten ohne Eile mein Gepäck, und ich mußte sie gewähren lassen, während ich innerlich darüber nachdachte, wie hart die Zeiten doch geworden waren: Vor der Revolution nämlich konnte man, soweit ich mich erinnere, völlig ungehindert nach Holland einreisen, wohingegen die englischen Zöllner einem tausend Unannehmlichkeiten bereiteten.

Nachdem wir gelandet waren und ich eine Unterkunft gefunden hatte, die so weit wie möglich vom geschäftigen Treiben des

Hafens entfernt lag, trat ich in ein Café und schickte nach Zeitungen. Die Bedienung, an die ich mich in meiner Sprache gewandt hatte, kam sogleich mit einer Pfeife zurück, das erste, woran ein Holländer denkt, wenn er eine Taverne betritt; es stellte sich heraus, daß das Mädchen nicht ein Wort Englisch sprach, und es kostete mich nicht wenig Mühe, ihr verständlich zu machen, was ich wünschte; doch wie auch immer, es schien sie jedenfalls ziemlich zu überraschen, daß ich die Pfeife zurückwies. In Amsterdam werden, abgesehen von den holländischen, nur französische Zeitungen verkauft: Die englischen kommen nicht mehr, seit Bonaparte jeden Handel mit England untersagt hat und der neue König von Holland, sein Bruder, sich gezwungen sieht, seinem Beispiel zu folgen, und dabei so tut, als sähe er die Unzufriedenheit seines Volkes nicht. Aus dieser Lektüre erfuhr ich, daß Pinkney, der eine Woche vor mir Baltimore verlassen hatte, bereits in Liverpool von Bord gegangen war, daß der Wunsch nach Frieden in ganz Europa vorherrscht und daß die Rückkehr der französischen Armee in die Heimat nur noch eine Frage von wenigen Wochen ist. Dem Ton der Zeitungen ist nicht zu entnehmen, ob Bonaparte wirklich seiner Eroberungen müde ist oder ob er nicht einfach nur versucht, die Welt mit schönen Worten zu blenden, was mir wahrscheinlicher scheint. Die französische Presse berichtet nur mit der allergrößten Zurückhaltung über die Handlungen und Pläne der Regierung, was einen angenehmen Kontrast zur übertriebenen Pressefreiheit bietet, die in Amerika vorherrscht, wo unterschiedslos jede Regierungsmaßnahme und jede Person, die im Licht der Öffentlichkeit steht, in den Zeitungen scharf angegriffen wird. Jedenfalls lügt der *Moniteur* nicht, wenn er behauptet, der Wunsch nach Frieden sei allgemein verbreitet, auch wenn die Leute, wie es häufig geschieht, dazu neigen, die eigenen Wünsche für die Realität zu nehmen: Zwei französische Kaufleute, die am Nebentisch saßen, meinten, Rußland und England würden so rasch wie möglich ein Abkommen mit Frankreich schließen und damit endlich für Ruhe in Europa sorgen. Was den Krieg Preußens gegen England betrifft, so wird er mit keinem Wort erwähnt, und obwohl kein

Friedensvertrag unterzeichnet worden ist, weist alles darauf hin, daß keine der beiden Parteien gewillt ist, ihn ernst zu nehmen: der preußische König nicht, der in den ersten Tagen des Krieges all seine Schiffe und seine Handelsbeziehungen verloren hat, und ebensowenig das englische Kabinett, dem es zweifellos lieber wäre, auf friedlichere Weise wieder in den Besitz Hannovers zu gelangen. Hier jedoch ein Beispiel dafür, wie wenig man den Indiskretionen der Zeitungen Glauben schenken darf: Die französischen Blätter behaupten, aus sicherer Quelle erfahren zu haben, daß Mr. Fox sich keineswegs auf dem Wege der Besserung befinde, wie die englische Presse immer wieder meldet, sondern daß es ihm im Gegenteil von Tag zu Tag schlechter gehe, so daß seine Ärzte alle Hoffnung aufgegeben hätten, ihn noch retten zu können; die letzten englischen Zeitungen, die ich in Amerika vor meiner Einschiffung noch zu Gesicht bekam, behaupteten dagegen ebenso selbstsicher, Bonaparte ringe aufgrund der Ausschweifungen, denen er sich im Gepränge seines neuen Hofs hingegeben habe, mit dem Tode. Was mich betrifft, so wird noch viel Zeit vergehen müssen, bevor ich mir eine angenehme Ausschweifung werde gestatten können: Heute abend konnte ich zum ersten Mal ein wenig Brühe zu mir nehmen, doch mein Magen hat sich noch keineswegs von den Strapazen der Reise erholt.

Montag, 14. Juli

Amsterdam ist noch immer die große Stadt, die ich in Erinnerung habe, der Hafen jedoch hat seine Bedeutung verloren; auf den Kanälen drängt sich eine Unzahl kleiner Boote, doch der Anblick eines drei- oder viermastigen Schiffes, das mit vollen Segeln zwischen den Häusern hindurchfährt, ist selten geworden. Das Land ist durch die gewaltigen Steuern, mit denen die Einwohner für den Unterhalt der französischen Armee belastet werden, verarmt; und durch den Bann, mit dem der englische Handel belegt worden ist, sind die Handelsbeziehungen so spärlich wie nie. Der alte Unternehmergeist der Holländer hat einer Trägheit Platz gemacht, zu der meiner Meinung nach auch der übermäßige Genuß des Tabaks beiträgt: In jedem Mund steckt eine Pfeife, und sogar der Gepäckträger, der meine Koffer auf einem Karren transportierte, konnte sich nicht auf den Weg machen, bevor er sie nicht angezündet hatte. *Mynheer* investiert in Anbetracht der Tatsache, daß Tee, Baumwolle und Gewürze nicht mehr den gleichen Profit wie früher abwerfen, sein Kapital in Goldsouverains, versteckt sie im Ofen und sitzt friedlich da, raucht und betrachtet seinen Lieblingskanal, dessen Wasser ebenso wie seine Gedanken stagnieren. König Ludwig ernennt jeden Tag Generäle, Akademiemitglieder und Kämmerer, deren Namen pflichtschuldigst von den offiziellen Zeitungen veröffentlicht werden, und es handelt sich fast nur um französische Namen. Im übrigen wird versichert, daß er die Gunst des Volkes gewinnen möchte, und zu diesem Zweck hat er in seinem Palast in Den Haag ein Raucherzimmer einrichten lassen, in das er sich stundenlang zurückzieht, um Pfeife zu rauchen, in der Hoffnung, seinen Untertanen zu gleichen, die dennoch nicht bereit scheinen, vergessen zu wollen, daß der König trotz allem immer noch ein Fremder ist, aufgezwungen von den Bajonetten seines Bruders. Viele aus England importierte Waren sind mittlerweile nur schwer aufzutreiben; dennoch wird in den Cafés eine ausgezeichnete Schokolade serviert, die meinen Magen langsam wieder in Ordnung bringt.

Dank der guten Büros unseres Generalkonsuls in Holland, Wyeth, den ich heute morgen aufgesucht habe, konnte ich einen fast neuen Wagen erstehen, eine vierspännige Reisekutsche, die mich fünfhundert Gulden gekostet hat, was, wenn ich richtig rechne, hundertfünfundneunzig Dollars entspricht; sehr viel weniger also, als ich erwartet hatte. Ich werde daher morgen früh nach Berlin aufbrechen, über Münster, Hannover und Braunschweig, beneidet von Wyeth, der das holländische Bier abscheulich findet und schon seit längerer Zeit daran denkt, seinen Abschied einzureichen und sich in seiner Heimat Virginia ins Privatleben zurückzuziehen. Am Nachmittag wollte ich spazierengehen, doch das schlechte Wetter hinderte mich daran; an ein und demselben Tag hatten wir Hitze, Kälte, Regen, Sonne und Unwetter, und Will, den ich losgeschickt hatte, um einige für die Reise unentbehrliche Dinge zu kaufen, kam patschnaß zurück. Obwohl die Einwohner dieses prächtige Klima gewohnt und selbstverständlich robust sind, sind Rheuma, Katarrh, Gicht und Brustleiden wohl die Krankheiten, die hierzulande am stärksten in Mode sind.

Erst gegen Abend, als der Regen aufhörte und die Sonne für einen Augenblick zwischen den Wolken hervorkam, riskierte ich einen kurzen Spaziergang, während mein Gepäck in die Kutsche geladen wurde. Ich würde nicht wagen, Amsterdam einem Reisenden zu empfehlen, der auf der Suche nach architektonischer Schönheit ist; und doch fehlt es nicht an Plätzen, auf denen man die frische Luft genießen kann. Die Gebäude sind aus Backstein, drei oder vier Stockwerke hoch und sehen meist nach nichts aus, doch die Bäume, welche die Kanäle säumen, verdecken mit ihrem Grün die geschmacklose Architektur; die Schatten, die sie auf die Fassaden werfen, und ihre Blätter, die sich im Wasser spiegeln, täuschen die Augen und das Urteil des Betrachters und bilden einen angenehmen Kontrast zur Eintönigkeit der Häuser. Die makellose Sauberkeit, die überall, auf den Straßen wie in den Häusern, herrscht, übersteigt jede Vorstellung und überrascht immer wieder in Anbetracht des Charakters der Einwohner; die Holländer halten nämlich nicht allzuviel von körperlicher Reinlichkeit, so daß Wyeth vielleicht recht hat, wenn er behauptet, die Sauberkeit ihrer Häuser beruhe keineswegs auf einer landestypischen Vorliebe, sondern sei reine Notwendigkeit. »Die Feuchtigkeit, die von den Kanälen aufsteigt«, erklärt er, »ist so groß, daß der Salpeter die Wände der Häuser in wenigen Tagen mit Schimmel überziehen würde, wenn diese Leute nicht darauf achten würden, sie abzuwaschen.« In der Tat hat der Reinlichkeitswahn sich so sehr im Volkscharakter festgesetzt, daß er sich auch nach ihrer Verpflanzung in ein vollkommen anderes Land mit einem vollkommen anderen Klima noch über Generationen hält, wie wir es täglich bei den Holländern in

Amerika erleben können. Es handelt sich jedenfalls um eine recht lästige Gewohnheit: Mehr als einmal lief ich Gefahr, von Hausangestellten naßgespritzt zu werden, die damit beschäftigt waren, wieder und wieder Fenster zu putzen, auf denen auch nicht das winzigste Staubkörnchen zu entdecken war.

Obwohl es noch Tag war, schien die Stadt zu schlafen, und nur wenige Geschäfte waren geöffnet; lediglich vor der Börse belebten einige verspätete Händler mit ihrem Lärm die Stille der umliegenden Straßen. Im Laden eines Juden, einem Antiquariatsbuchhändler, habe ich ein merkwürdiges kleines Buch gefunden: Es handelt sich, wenigstens behauptet das der Herausgeber, um die Memoiren der Markgräfin von Bayreuth, der Schwester des großen Friedrich, die den außerordentlichsten Klatsch über das Privatleben des Berliner Hofs enthalten. Der Band trägt weder das Datum des Drucks noch den Namen des Druckers; der Jude versicherte mir, die Werkstatt, die das Werk gedruckt habe, sei bankrott gegangen, nachdem sie nur ganz wenige Exemplare gedruckt habe, und das Manuskript befinde sich heute in Paris, wo Bonaparte vorhabe, es so bald wie möglich drucken und verbreiten zu lassen, um die preußische Dynastie in Mißkredit zu bringen. Da er mein Interesse für dieses Thema bemerkte, öffnete der Buchhändler eine verschlossene Kassette und nahm eine anstößige Broschüre über die Liebesaffären des verstorbenen Preußenkönigs Friedrich Wilhelm II. heraus, die vor zehn Jahren in Amsterdam herausgekommen war und den hübschen Titel *Saul II., genannt der Fette König von Kanonenland, und seine Geliebten* trug. Obwohl er mir beteuerte, daß das Buch verboten sei und er ein persönliches Risiko eingehe, wenn er es im Laden habe, sagte ich ihm, daß zwei Gulden mir zuviel erschienen, und da überließ er es mir für einen. Als ich in den Regalen stöberte, entdeckte ich ferner eine französische Übersetzung der Reisen von Sir John Moore, gedruckt 1781 in Genf, und den ersten Band der *Statistisch-topografischen Beschreibung der ganzen Mark Brandenburg* von Bratring, die 1804 in Berlin erschienen war; zusammen mit Dutens *Itinéraire des routes les plus fréquentées*, die ich, bevor ich mich einschiffte, in New York erworben hatte, werden diese Bände einen angemessenen Reiseproviant für meine Expedition bilden.

Mit meinen Erwerbungen unter dem Arm ging ich auf die Suche nach dem holländischen Theater, über dessen Existenz ich von Wyeth unterrichtet worden war. Ich kostete schon im vorhinein das Vergnügen aus, das mir der Anblick eines fetten holländischen Schauspielers bereiten würde, der, die Pfeife im Mund, den in seine Gefühle verstrickten Liebhaber gab oder im ganzen Pathos der Tragödie vornehm sein Leben aushauchte; unglücklicherweise war das Theater jedoch geschlossen. Zum Ausgleich speiste ich heute zum ersten Mal ganz passabel zu Abend, auch wenn der Besitzer des Gasthofs in Gelächter ausbrach, als ich bei ihm ein *Beefsteak* oder wenigstens ein *Roastbeef* bestellte, da diese Speisen mittlerweile in Holland nicht mehr aufzutreiben sind. Kein Wein vorläufig, solange die Folgen dieser verfluchten Seereise nicht verschwunden sind. Es heißt, die Holländer seien starke Esser, doch die Zeiten sind traurig: In dem Gasthof, der im übrigen fast leer ist, war ich der einzige, der zu Abend aß, die anderen begnügten sich mit einem Milchkaffee.

Dienstag, 15. Juli

Der Reisepaß, der mir für gestern abend versprochen worden war und nach dem ich gleich frühmorgens geschickt habe, ist doch erst am späten Vormittag ausgestellt worden, so daß es bereits Mittag schlug, als ich endlich aufbrach. Über Amsterdam lag eine drückende Hitze, die den ganzen Tag anhielt und durch einen leichten Sprühregen gegen Abend kaum erträglicher wurde; wegen der Feuchtigkeit sah ich nie die Sonne, nur einen bleiernen Himmel, der das Atmen schier unmöglich machte, so daß ich fast schon der Seeluft nachtrauerte. Die Kutsche ist nicht die bequemste, und das Dach ist über und über mit Schachteln und Koffern beladen, die in der ersten etwas scharfen Kurve herunterzufallen drohen. Vielleicht hätte ich eine Berline nehmen sollen; doch in diesem Fall hätte ich nicht mit weniger als sechs Pferden reisen können, und außerdem wird mir eine leichtere Kutsche in Berlin von größerem Nutzen sein, da man in den Städten des Kontinents gewöhnlich nur ziemlich erbärmliche Kutschen zu mieten bekommt. Will reist auf dem Kutschbock neben dem Kutscher, mit dem er in seiner Übellaunigkeit nicht einmal ein Wort wechseln kann, da keiner von beiden die Sprache des anderen versteht. Die holländische Postkutsche ist fürchterlich teuer; man bezahlt nicht nach Strecken, sondern nach Stunden, und jedes Pferd kostet drei Gulden in der Stunde. Dafür sind die Straßen bequem, nicht sehr staubig, und über lange Strecken laufen sie erhöht auf Dämmen, was einen schönen Ausblick auf die Ebene erlaubte, würde die Schwüle nicht den Blick trüben. In allen Dörfern sind französische Truppen einquartiert, die sich als Herren aufspielen und welche die Bewohner auf eigene Kosten unterbringen und bewirten müssen. Den ganzen Tag über habe ich nicht einen holländischen Soldaten gesehen, obwohl man mir versichert hat, der holländische König ziehe erbarmungslos alles ein, um seinen Bruder bei Laune zu halten. Am Nachmittag verloren wir beim Pferdewechsel Zeit, so daß es zum Abendessen schon zu spät war, als wir das Gasthaus erreichten; und daher mußte auch ich mich auf Milchkaffee beschränken. Zum Glück war die Herberge ganz anständig und sauber; der mit frischem Sand bedeckte Fußboden, die Kristallgläser und das Porzellan auf der Anrichte und vor allem der unvermeidliche Besen, der an der Wand den Ehrenplatz einnahm, erinnerten mich an manche Landgasthöfe im Staat New York, die von Holländern geführt werden. Leider kann ich dem Wirt kein ebensolches Lob spenden, der wie all seine Landsleute nicht davor zurückschreckt, auch in geschlossenen Räumen und in Anwesenheit von Fremden Pfeife zu rauchen, wobei er ihre Grimassen geflissentlich übersieht; und so ist Holland vielleicht das einzige Land auf der Welt, wo man nicht nur den Hering und das Schwein räuchert, sondern auch das Brot, die Milch und ganz allgemein alle Lebensmittel, die den Reisenden serviert werden.

Mittwoch, 16. Juli

Ich fuhr den ganzen Tag durch eine eintönige und dünnbesiedelte Ebene. Von Zeit zu Zeit führt die Straße an einem behaglichen Landhaus vorbei, umgeben von Hecken und Gräben, die vom offensichtlich nicht gerade gastfreundlichen Wesen ihrer Besitzer Zeugnis ablegen; und das sind beinahe die einzigen Zeichen menschlicher Anwesenheit in diesem unfruchtbaren und öden Land. Auch heute hat der Pferdewechsel dank des Phlegmas der holländischen Stallburschen mehr Zeit in Anspruch genommen als vorgesehen; bei Sonnenuntergang waren wir immer noch unterwegs und erreichten die Herberge erst kurz vor zehn. Der Postmeister riet mir, nachts zu reisen, doch die Kutsche ist zu unbequem, um nach fünfzehn oder sechzehn Stunden Reise auf ein Bett verzichten zu können. Die Herberge ist in Wirklichkeit ein winziges Gasthaus mit einem Strohdach, in dem ich das einzige verfügbare Zimmer bezog, während Will in der Kornkammer schlief; allerdings dufteten die Laken nach Lavendel, und Flöhe fand ich auch keine. Bei der Ankunft war ich fest entschlossen, so lange die Küche zu drangsalieren, bis sie, trotz der vorgerückten Stunde, wenigstens einen Teller mit kaltem Fleisch herausrücken würde, doch alles Drängen war vergeblich; dem unumgänglichen Milchkaffee zog ich allerdings etwas Brot und Käse als Abendessen vor. Und zum Ausgleich trank ich heute abend Wein, zum ersten Mal seit der Abreise und ohne negative Folgen; aber der Wein ist unglaublich teuer in Holland, wenn auch die französischen Weinbauern für den Gaumen von *Mynheer*, wie man sich vorstellen kann, nicht ihren besten Tropfen aufsparen.

Bis heute hatte ich noch keine Begegnung zu verzeichnen, die mein tief verwurzeltes Vorurteil zugunsten der amerikanischen Mädchen zu erschüttern vermocht hätte; mit zunehmender Entfernung vom Meer habe ich jedoch beobachtet, daß die Natur sich dem schönen Geschlecht gewogener zeigt und ihm allmählich jene Reize verleiht, mit denen die holländischen Frauen, und ich spreche natürlich von den einfachen Frauen, nur selten bedacht werden. Man begegnet bei den Mägden in den Gasthäusern nicht mehr so vielen entstellten Gestalten und auch nicht mehr diesem sinnlosen Übermaß an Unterröcken und Korsetts, mit denen sie sich so verunstalten, bis sie schließlich jede Gestalt und jeglichen Reiz verloren haben, wie so viele Modelle von Rubens. Heute abend schäkerte ich mit einem Mädchen, das kam, um mein Bett zu machen, und wegen der Hitze die Bluse über der Brust offen trug; bei der Arbeit hob sie gerne den Saum ihres Rocks, um sich Kühlung zu verschaffen, »scortillum«, wie der gute Cato gesagt hätte, »non sane inlepidum neque invenustum«: Sie war, offen gesagt, dicker, als ich es mir wünschen würde, und wenn man sie so ansah, war es unmöglich, nicht an all die Milch, die Butter und den Speck zu denken, welche diese Maschine in den achtzehn oder neunzehn Jahren ihres arbeitsreichen Lebens verzehrt haben mußte; dennoch bemerkte ich, daß ich in ihrer Gegenwart keineswegs jenen Abscheu empfand, den mir zu fette Weiber sonst einflößen, und ich hätte die Belagerung gerne fortgesetzt, bis die Festung gefallen wäre, wenn die Müdigkeit mich nicht übermannt hätte. Als ich merkte, daß der Schlaf meine Artillerie abzukühlen drohte und der Wein mein Pulver naß gemacht hatte, zog ich es vor, auf die Operation zu verzichten; und ich rief Will herein, damit er mir die Stiefel auszog, um mich dann ins Bett fallen zu lassen und einsam zu schlafen.

Donnerstag, 17. Juli

Mittags passierten wir die Grenze zwischen dem Königreich Holland und der Provinz Westfalen, die der preußische König vor wenigen Jahren bekanntlich unter irgendeinem Vorwand, der mir im Augenblick entfallen ist, an sich gerissen hatte. Am Grenzposten taten holländische Zöllner Dienst, doch wenige Schritte entfernt war eine französische Kavallerieschwadron im Manöver, was den Offizier zweifellos in die Lage versetzte, unauffällig im Auge zu behalten, was sich an der Grenze tat. Die

Kavalleristen bildeten in ihren auffallenden Uniformen einen merkwürdigen Kontrast zum blassen Grün der Landschaft, in der so weit das Auge reichte nur Kühe zu sehen waren und Bauern in Holzschuhen, die das Gras mähten. Nachdem wir den Schlagbaum der Grenze hinter uns gelassen hatten, begleitete mich ein preußischer Soldat mit dem Karabiner über der Schulter zu seinem Kommandanten, der mit sichtlichem Mißtrauen in meinen Beglaubigungsschreiben blätterte. Man hatte mich vorgewarnt, daß ich in Preußen aufgrund des übertriebenen Eifers der Polizei leicht Unannehmlichkeiten bekommen könne und daß es nötig sei, stets die passenden Papiere zur Hand zu haben und die Landessprache flüssig zu beherrschen, wenn man Schwierigkeiten vermeiden wolle; ich war jedoch gänzlich unvorbereitet auf eine Unterhaltung wie die folgende. »Vereinigte Staaten von Amerika? Nie gehört«, erklärte der Offizier argwöhnisch und hob den Blick vom Paß. »Es mag sein«, gab ich zurück und versuchte, meine gute Laune zu behalten, »daß unsere Position im Konzert der Staaten eher dunkel ist, dennoch versichere ich Ihnen, daß die Vereinigten Staaten existieren und daß ich sie nur unwürdig vertrete.« Der Mann betrachtete mich prüfend, und was er sah, schien ihm nicht zu gefallen, denn er blätterte erneut in meinen Papieren, ohne mich aus den Augen zu lassen; er schien zu fürchten, ich könnte jeden Augenblick die Flucht ergreifen. Zum Glück schaltete sich sein Sergeant, der respektvoll hinter ihm stand, zu meiner Verteidigung ein. »Wenn der Herr Oberleutnant erlauben«, sagte er, »aber ich glaube, ich habe schon davon gehört, daß jenseits des Meeres tatsächlich ein solches Land existiert.« »Sicher existiert es«, entgegnete der Oberleutnant, »aber ist es nicht eher eine englische Kolonie?« »Mit der Erlaubnis des Herrn Oberleutnants«, korrigierte ihn sein Untergebener, »aber mir scheint, daß es ein unabhängiges Land ist.« Der Offizier, der es gewohnt sein mußte, seinem Sergeanten in solch heiklen Fragen zu vertrauen, seufzte und kritzelte einen Sichtvermerk in den Paß, wonach er mich etwas höflicher behandelte; dennoch glaube ich, daß ich nicht so billig davongekommen wäre, hätte ich nicht vor meiner Abreise vorausschauend gehandelt. Von Amsterdam aus hatte ich nämlich einen Brief an den Oberpräsidenten Westfalens, General von Blücher, geschrieben und ihm meine Ankunft angekündigt; und während ich in der Baracke des Wachpostens saß und das endlose Formular ausfüllte, das auf Anweisung des Polizeiministeriums jeder unterschreiben muß, der die Grenze des Königreichs überschreitet, wurde mir die Genugtuung zuteil, daß eine Gruppe von Husaren eintraf, die der Oberpräsident geschickt hatte, um mich zu eskortieren, und so konnte ich ohne weiteren Aufschub weiterreisen.

In Deutschland ist die Postkutsche weniger teuer als in Holland: Wenn man mit vier Pferden reist, bezahlt man pro Streckenabschnitt vier Gulden oder zwei Taler und sechzehn Groschen in preußischer Währung, so daß man bei fünf Poststationen am Tag sechzehn Taler und einen Gulden ausgibt, was ungefähr dreizehn Dollars entspricht. Reisen ist wahrhaftig kein billiges Vergnügen, und fast bereue ich es, in Berlin mit einer eigenen Kutsche eintreffen zu wollen, anstatt mich mit der Postkutsche zu begnügen; allerdings hätte ich dann für mich, für meinen Diener und für das Gepäck bezahlen müssen, ganz zu schweigen von der verlorenen Zeit. Aber auch so verhinderte die Verzögerung an der Grenze, daß ich noch heute abend Münster erreichte, wie ich es mir vorgenommen hatte, so daß ich mich damit abfinden mußte, eine Poststation früher zu übernachten. Der Wirt war kaum in mein Zimmer gekommen, mit der Mütze in der Hand, um mich zu fragen, was er mir zum Abendessen machen solle, als der Oberleutnant, der die Eskorte befehligt hatte, kam, um mich einzuladen, mit den Offizieren seiner Schwadron zu Abend zu essen, die in ebendiesem Dorf einquartiert war. Ich beeilte mich zuzusagen, denn was ich in der Küche gesehen hatte, als ich die Herberge betrat, hatte mir den Appetit verdorben; am zufriedenen Gesicht des Wirts erkannte ich jedoch, daß ich keinen Grund hatte, mich zu freuen, denn dies war das einzige Gasthaus im Ort, und die Offiziere konnten gar nicht anders, als an seiner Tafel zu speisen.

Als ich hinausging, erwarteten mich fünf oder sechs jener

Herren in prächtigen scharlachroten Waffenröcken, geschmückt mit goldenen Tressen, und alle mit langen schwarzen Schnurrbärten; ein Aufputz, der besser zu Tamerlan paßt als zu einem Europäer dieses zivilisierten Jahrhunderts. Es war das erste Mal, daß ich preußischen Offizieren begegnete, und sie wirkten auf mich banditenhafter und grober als die englischen Offiziere, die ich in der Vergangenheit kennengelernt hatte; ich möchte sogar sagen, daß der Unterschied zwischen Offizieren und einfachen Soldaten in Deutschland nicht so groß ist wie in England, was nicht überrascht, wenn man bedenkt, daß sie fast nie eine andere als eine militärische Erziehung erhalten haben. Einer der Tischgenossen war so jung, daß sein Schnurrbart mit Sicherheit falsch war; außerdem war er schwarz, gefärbt, glaube ich, mit Schuhwichse, während das Haar seines Besitzers blond war. Die anderen waren jedoch Männer in schon vorgerücktem Alter, groß und kräftig, mit geröteten Gesichtern und leerem Blick, weil sie schon vor dem Essen zuviel Bier in sich hineingeschüttet hatten; wenn sie in jenem Augenblick den Befehl erhalten hätten, in den Krieg zu ziehen, ich glaube, sie hätten Mühe gehabt, aufs Pferd zu steigen. Der Wirt servierte uns eine Kalbshaxe, die reichlich mit dem Wein der Gegend übergossen war, der es aber leider nicht mit den ungarischen Weinen aufnehmen kann, über die mir der Kommandant der Schwadron, Hauptmann von Krockow, fast den ganzen Abend Vorträge hielt. Soweit ich es beurteilen konnte, ist er ein großer Kenner des Tokajer, und ein solches Wissen erlaubt es, vor einem Fremden zumindest eine halbe Stunde zu glänzen, vor allem beim Abendessen; jeder Versuch jedoch, die Unterhaltung auf andere Themen zu lenken, scheiterte und wurde sozusagen im Wein ertränkt. Wäre ich ihm in New York oder Baltimore begegnet, hätte ich seinen Schnurrbart für eine Verschrobenheit und vielleicht den Ausdruck einer außergewöhnlichen Persönlichkeit halten können; hier war es jedoch allzu offensichtlich, daß der Hauptmann ihn sich in Befolgung des Reglements hatte wachsen lassen, das ihn, wie er mir bestätigte, für alle, die in den Husarenregimentern dienen, ungeachtet ihres Rangs vorschreibt.

Die Unterhaltung der anderen Offiziere war auch nicht anregender und zeugte in diesen unheilvollen Zeiten von einer erstaunlichen Gleichgültigkeit gegenüber allem, was nicht unmittelbar ihren Dienst betrifft. Ich fragte diese Herren, warum die Franzosen so viele Truppen in Holland stationiert hätten; sie wußten es nicht. Ich fragte, ob der preußische König ihrer Meinung nach bereit sei, den Engländern Hannover zurückzugeben, nur damit wieder Friede herrsche; sie hatten keine Ahnung. Ich wollte wissen, über wie viele Streitkräfte General von Blücher in Westfalen verfüge; sie konnten es mir nicht sagen. Wenn sich alle Deutschen, mit denen ich ins Gespräch kommen werde, als ebenso phlegmatisch erweisen, werden meine Depeschen nach London, fürchte ich, keine großen Neuigkeiten enthalten.

Allerdings trifft man diese Art von Gleichgültigkeit häufig unter den Soldaten an, vor allem wenn sie in der Provinz in Garnison liegen; das Leben, das sie führen, ist zu langweilig, als daß ihr Geist sich noch für derartige Probleme interessieren könnte. Die nächstgelegene Stadt, Münster, ist immer noch mehrere Stunden entfernt; und was für Theater und Bälle kann es in Münster schon geben? Daher verbringen die Offiziere den Vormittag damit, die Rekruten auszubilden, den Nachmittag, indem sie durch die staubigste und eintönigste Landschaft der Welt reiten, und am Abend spielen sie Karten oder besaufen sich bis zur Besinnungslosigkeit. Der Dienst zwingt sie, sich persönlich um eine solche Menge von Details zu kümmern, daß niemand mehr Zeit oder Lust hat, über bedeutende Probleme nachzudenken. Ein Hauptmann weiß, wie seine Schwadron lebt, aus wie vielen Männern sie besteht, wie viele Pferde ihr fehlen, um den Sollbestand zu erfüllen, wieviel Hafer sie jeden Monat verbraucht, wie viele Paar Stiefel im Magazin sind; und das ist auch schon alles. Ich fragte sie nach einer Karte, um die Quartiere der französischen Armee in Deutschland ausfindig machen zu können, aber sie hatten keine; schließlich ließ Krockow eine aus seinem Quartier holen. Als er sie auf dem Tisch ausbreitete, zwischen den Resten des Abendessens, das die Kellner noch nicht ganz abgeräumt hatten, entdeckte ich erstaunt, daß es eine Karte von vor fünfzig Jahren war, auf der die neuen Grenzen noch nicht eingezeichnet waren, und daß sie einen kleineren Maßstab hatte als meine, die ich bei Semmes in New York gekauft hatte und die ich höchstens verwenden wollte, um die Reiseroute zu korrigieren, doch gewiß nicht, um die Strategie zu studieren. Es ist nicht verwunderlich, daß der *Moniteur* jeden Tag Grenzüberschreitungen und andere Grenzzwischenfälle meldet, die von den Preußen provoziert werden, auch wenn die ganze Böswilligkeit der französischen Journalisten nötig ist, um zu glauben, daß diese braven Männer absichtlich die Grenze überschreiten!

Als wir uns verabschiedeten, war der Hauptmann doch noch in der Lage, mir zumindest einen Dienst zu erweisen; nachdem er sich vergewissert hatte, daß ich morgen in Münster General von Blücher treffen würde, nahm er mich beiseite und fragte mich, ob ich gerne Karten spiele. Als ich das bejahte, senkte er die Stimme und machte mich darauf aufmerksam, daß Seine Exzellenz bevorzugt hoch spiele und regelmäßig beträchtliche Summen gewinne. »Ich selbst«, erzählte er, »fragte ihn einmal, ob er in seinem ganzen Leben alles in allem mehr gewonnen oder mehr verloren habe. Er antwortete mir: ›Wenn ich nicht gespielt hätte, wie könnte ich dann reich sein?‹« Ich dankte ihm für die Warnung und versicherte ihm, ich würde mir das gut merken; er schien zufrieden, und ich denke mir, daß dieser Verrat ihn in gewisser Weise für die Taler entschädigt hat, die er in all diesen Jahren am Tisch des Generals verloren hatte. Er fügte hinzu, daß er mich auch morgen von einer Abteilung Husaren eskortieren lassen werde; eine Gefälligkeit, die ich ablehnen wollte, weil es die Verpflichtung einschließt, all diesen jungen Burschen bei jedem Pferdewechsel einen Becher auszugeben. Sie ist aber, wie es scheint, unumgänglich, da es nicht ausgeschlossen ist, daß die Hauptstraße von Banditen unsicher gemacht wird.

Freitag, 18. Juli

Seit mehr als einer Stunde stehe ich am Straßenrand und warte darauf, daß die ins nächste Dorf geschickten Husaren mit einem Zimmermann zurückkommen, der die beiden linken Räder der Kutsche reparieren soll, die gleichzeitig in der ersten gefährlichen Kurve brachen. Wenn ich aufrichtig sein soll, so habe ich etwas Derartiges befürchtet, seit wir in Westfalen sind: denn obwohl das Land eine flache und gleichförmige Heide ist, befinden sich die Straßen in einem erbärmlichen Zustand. Heute nacht und heute vormittag hat es obendrein geregnet, und die Straße hat sich sofort in einen schlammigen Pfad verwandelt, so daß man andauernd aussteigen und zu Fuß neben der Kutsche hergehen muß. Mittags habe ich bereits wegen der Ungeschicklichkeit des Kutschers viel Zeit an der Poststation verloren, bis der Offizier der Husaren ihn mit einem tüchtigen Peitschenhieb überzeugt hat, sich zu beeilen; und ich begann fast schon zu hoffen, ich würde noch vor dem Abend mein Ziel erreichen, als der Unfall passierte, der um ein Haar nicht nur Will und den Kutscher, sondern auch all meine Koffer auf die Straße geschleudert hätte. Eines der Pferde lahmt etwas, aber ich glaube, es ist nichts Ernstes, auch wenn der Kutscher in einem fort jammert, was für ein Pech er doch habe. Gewiß, es ist schon etwas anderes, anstatt in der Postkutsche bequem im Sessel zu sitzen, mit der Karte in der Hand, und zu sagen: »Morgen an diesem Ort, übermorgen an jenem«, und dabei fünf Poststationen zu passieren. Am Feuer sitzend gelangt man bequem in acht Tagen von Amsterdam nach Berlin; in Wirklichkeit muß man fast alle Nächte opfern, um es zu schaffen. Es ist ein Glück, daß ich die Eskorte akzeptiert habe, da die Husaren mir Einlaß in die Stadt verschaffen werden, selbst wenn wir das Tor, was jetzt sicher ist, verschlossen finden werden.

Sonnabend, 19. Juli

Die Husaren haben mich gestern abend bis an die Tore von Münster begleitet, die, wie ich vorausgesehen hatte, bereits verriegelt waren. Aber ich hatte nicht vermutet, daß dieser Umstand den Kommandanten ebenso stören würde wie mich; der brave Mann wußte sich nicht anders zu helfen, als zu klopfen und sich die Seele aus dem Leib zu schreien, bis uns endlich ein Wachposten hörte. Dieser war auf das Versprechen hin, daß ich ihm einen ausgeben würde, bereit, mich hineinzulassen; und er schärfte mir ein, mich nicht vom Fleck zu rühren. Nachdem der Mann gegangen war, um den Schlüssel zu holen, ließ der Offizier, der es eilig hatte, in sein Quartier zurückzukehren, mich ohne weitere Umstände allein, und ich glaube, ich wartete eine gute Stunde in Begleitung von Will und dem Kutscher, bis der Wachposten endlich den Schlüssel gefunden hatte und das Tor entriegelte. Ich war so müde, daß ich, anstatt mir die beste Herberge empfehlen zu lassen, im ersten Gasthof Quartier bezog, der auf meinem Weg lag, »Zum Goldenen Horn«. Im übrigen habe ich vor, noch heute weiterzureisen, nachdem ich dem Oberpräsidenten meine Aufwartung gemacht habe, und die ganze Nacht durchzufahren, um die verlorene Zeit aufzuholen. Bei meiner Ankunft war gar nicht mehr daran zu denken, noch zu Abend zu essen, der Wirt offerierte mir jedoch den unvermeidlichen Milchkaffee und ein *Butterbrot*: zwei hauchdünne, mit Butter bestrichene Scheiben Schwarzbrot. Dies ist, wie ich bereits feststellen konnte, das wahre Nationalgericht in Deutschland. Die braven Deutschen essen, um sich, während sie aufs Abendessen warten, die Zeit zu verkürzen, vier oder fünf Butterbrote und trinken zwei große Humpen Bier und anschließend ein Gläschen Schnaps: eine Diät, die auch einen noch so sanguinischen Charakter träge machen würde.

Die Stadt ist, soviel ich seit gestern abend sehen konnte, klein, dreckig, schlecht beleuchtet, und die Straßen sind voller Bettler; die Streifen der preußischen Kavallerie patrouillieren Tag und Nacht. Nach der Annexion durch Preußen ist die Regierung der

Provinz stets einem Offizier übertragen worden: ein Zeichen dafür, daß man in Berlin weiß, daß man den Gefühlen der Einwohner nicht allzusehr trauen kann, die vorher niemals preußische Untertanen gewesen waren und obendrein zum überwiegenden Teil Katholiken sind. Hier in Münster scheint es, als habe General von Blücher es mit seiner Energie geschafft, daß die Bevölkerung die preußische Herrschaft akzeptiert; dies gilt jedoch nicht im gleichen Maße für den Fürstbischof, der sich in seinem Palast einschließt und mit den neuen Herren lediglich rein formelle Kontakte unterhält. Heute vormittag schlug ich, während ich auf den günstigsten Zeitpunkt wartete, um beim General zu erscheinen, die Zeit tot, indem ich die Stadt besichtigte, die allerdings wenig Interessantes zu bieten hat. Auf die Fassade der Kathedrale im gotischen Stil ist der Stammbaum von Jesus Christus gemalt, und vom Turm hängen immer noch die Eisenkäfige herab, in denen die Leichen der Wiedertäufer zur Schau gestellt wurden, die auf dem Schafott gestorben waren, als der Henker des Bischofs ihnen mit glühenden Zangen zugesetzt hatte. Im Rathaus zeigte mir ein Bediensteter den Saal, in dem 1648 der Westfälische Friede unterzeichnet worden war, und versicherte mir, die Kissen der Sessel seien dieselben, auf denen damals die Bevollmächtigten gesessen hätten, was ich angesichts des Staubs, der sie bedeckte, keineswegs bezweifelte. Im Saal nebenan bewahrt man, um sie reumütig den Reisenden zu zeigen, alte rostige Rüstungen und die oben erwähnten Zangen auf.

Auf dem Platz vor dem Rathaus sah ich zum ersten Mal einen Mönch; er machte keineswegs einen asketischen Eindruck, im Gegenteil, er kam mir fett und glänzend vor, mit einer violetten Nase, die bewies, daß ihr Besitzer die besten Gaben des Herrn zu schätzen wußte. Es heißt, daß diese Mönche früher die Gläubigen im Namen der Barmherzigkeit um ein Stück Brot und einen Teller Suppe anbettelten, zu Ehren der Armut Jesu Christi und seiner ersten Gefährten. Die Zeiten haben sich jedoch sichtlich geändert, denn der Mönch wurde von einer Gruppe Bettler bedrängt, und um sie sich vom Hals zu schaffen, warf er eine kleine

Kupfermünze auf die Erde mit dem Ausdruck größten Ekels, der die ganze Heuchelei seiner Religion verriet. Wenn unsere Katholiken in Maryland dieses Schauspiel sehen könnten, ich glaube, ihre Ergebenheit dem Papst gegenüber würde zutiefst erschüttert! Wenig erbaut von diesem Spaziergang, suchte ich schließlich den General auf, der, um mich zu empfangen, seine Schreibtischarbeit unterbrach, die zu einem Gutteil seinen Tagesablauf bestimmt. Er trägt die scharlachrote Uniform seines Regiments, allerdings mit einer unwahrscheinlichen Menge von goldenen Schnüren und Stickereien bedeckt, zu denen noch zwei oder drei Orden kommen, und um den Hals ein schmales Band, an dem ein winziger goldener Zirkel hängt; daran erkannte ich, daß hier aus der Zugehörigkeit zum Freimaurerbund kein großes Geheimnis gemacht wird.

Der Beginn der Unterhaltung war nicht allzu herzlich. Der General ist ein harter Mann, mit einem dichten schwarzen Schnurrbart, wenigen grauen, nach hinten gezogenen Haaren, die in einem altmodischen Zopf zusammengebunden sind, der übrigens ebenfalls vom Reglement vorgeschrieben ist. Er hat die selbstherrliche und ungeduldige Art eines Sechzigjährigen, der sein ganzes Leben unter Pferden und Soldaten verbracht hat und es nicht gewohnt ist, daß man ihm widerspricht. Schon an den ersten Worten erkannte ich, daß er das ist, was man hier einen Franzosenfresser nennt; gewiß glaubte er, es mit einem wütenden Republikaner zu tun zu haben, denn er hörte nicht auf, mich argwöhnisch anzusehen, bevor er nicht wirklich sicher war, daß ich seine Abneigung gegen den Staatsminister, Graf Haugwitz, und das gesamte Berliner Kabinett teilte, die er beschuldigte, mit allen Mitteln den Krieg gegen Frankreich abgewendet zu haben. »Passen Sie auf«, warnte er mich barsch, »Berlin ist ein Nest von Demokraten; sie haben es fertiggebracht, daß der König den Kopf verliert, und sie werden es auch bei Ihnen schaffen.« Ich versicherte ihm, daß ich nicht die geringste Sympathie für Bonaparte empfände und alles in meiner Macht Stehende tun werde, um den König für die gute Sache zu gewinnen; in Holland hätte ich zu viele französische Soldaten gesehen, um nicht überzeugt zu sein, daß der Friede auf dem Kontinent zur Zeit jedenfalls eine Illusion sei. »Gott«, knurrte der General, »wohin sind wir gekommen! Der Franzose treibt sein Spiel mit uns, und der König schenkt, anstatt auf seine treuen Generäle zu hören, einem traurigen Gesindel perverser Bestien Glauben, die keinen anderen Wunsch haben, als ihn in den Abgrund zu treiben! Nur die Hoffnung auf den Krieg«, fügte er hinzu, während er auf der Suche nach seinem Tabak in den Papieren wühlte, »hält die Patrioten immer noch bei der Stange; wirklich, wenn Krieg wäre, wenn der König in unsere Mitte käme und nicht mehr Tag für Tag dieses Geschwätz hören müßte, mit dem man ihm in Berlin in den Ohren liegt, würde er selbst die Augen aufmachen und begreifen, wem er vertrauen muß. Und wenn diese verfluchten Kerle ihm hinterherrennen wollen, ich meine Haugwitz, Lombard, Beyme und all die anderen Jakobiner, na, dann braucht es nicht viel, um ihnen die Gefahr begreiflich zu machen, in die sie sich verrennen, und daß es rasch mit ihnen aus sein kann und wird, von einem Augenblick zum anderen. Dann werden sie schnell daran denken, sich in Sicherheit zu bringen, und Seine Majestät bitten, sie zu entlassen, denn anders werden sie ihre Haut nicht retten können. Ja, wenn Krieg wäre, wäre alles so einfach ... Wenn der Friede aber andauert, können wir nur den Säbel in die Scheide zurückstecken und um unseren Abschied bitten.«

Während er dies sagte, hatte er endlich den Tabakbeutel gefunden und begonnen, mit dem Daumen die Pfeife zu stopfen; ich war neugierig, ob er sie in meinem Beisein rauchen würde. »Euer Exzellenz sind also überzeugt«, fragte ich ihn, »daß Preußen im Falle eines Krieges ganz allein den französischen Streitkräften standhalten könnte?« Während er antwortete, riß er die ganze Zeit die Augen weit auf, als wollte er nicht glauben, daß jemand daran auch nur zweifeln könne; dann begann er, mir die Gründe für seine Verachtung diesem degenerierten Volk gegenüber zu erläutern, von dem er nicht einmal sprechen konnte, ohne daß sein Schnurrbart zitterte, so groß war sein Abscheu. »Der Franzose besitzt in seinem Wesen nicht mehr die Eigenschaft, die notwendig ist, um erfolgreich Krieg zu führen«, erklärte er. »Ihre Philosophen haben sie verdorben, und die Revolution hat sie vollends ruiniert: Heute ist ein preußischer Soldat soviel wert wie zwei von ihnen. Seine Disziplin macht ihn jedenfalls um vieles unbesiegbarer als dieses Demokratenpack.« Ich bin nicht allzu sicher, ob Bonapartes Streitkräfte nach demokratischen Grundsätzen geführt werden, und habe den Verdacht, daß das Bild, das er sich von den Franzosen macht, noch das der Sansculotten-Armee ist, gegen die er vor zehn oder zwölf Jahren gekämpft hat; mir schien es jedoch nicht angebracht, über dieses Thema mit ihm zu diskutieren. Er äußert übrigens selbst sein Bedauern darüber, daß man in Europa nicht mehr leben kann, ohne zumindest etwas von dem jakobinischen Gift zu atmen; denn er zeigt sich recht erfreut darüber, daß jene berühmte preußische Disziplin von der Truppe stärker akzeptiert wird als in der Vergangenheit, so daß es möglich geworden ist, das Maß der körperlichen Züchtigungen beträchtlich herabzusetzen. »Ich habe mich«, rühmt er sich, »persönlich dafür eingesetzt, daß einem Mann nicht mehr als dreißig Stockhiebe verabreicht werden dürfen.« Ich stimmte ihm zu, daß dies ein bescheidenes Maß sei und daß es verfrüht sei, auch diese letzte Form körperlicher Strafe abzuschaffen; auch bei uns hat man gesehen, wie der Abschaum der Gesellschaft sich aufführt, wenn man ihm, nachdem man ihm ein Gewehr und eine Uniform gegeben hat, nicht beibringt, dort zu bleiben, wo er hingehört.

Alles in allem kann der General es nicht erwarten, endlich zu kämpfen, und wenn er auch andauernd davon spricht zu demissionieren und sich auf seine Ländereien zurückzuziehen, um den Landjunker zu spielen, ist er doch in seinem Innersten davon überzeugt, daß der König schon bald dem Geschwätz der verräterischen Minister kein Gehör mehr schenken und seinen Generalen erlauben wird zu kämpfen. »Ich vermute«, bemerkte ich, »daß im Kriegsfall Euer Exzellenz der erste sein werden, der mit den Franzosen handgemein wird, da sie ja so nah sind.« »Der erste und der letzte«, antwortete er; »vorausgesetzt, die Herren in Berlin lassen mich den Krieg auf meine Weise führen.

Lassen Sie die Bonapartes und Moreaus nur kommen; ich werde ihnen ihr Grab am Rhein schon schaufeln!« In Erwartung dieses Tages erkundigte er sich nach meiner Reiseroute, und als er erfuhr, daß ich beabsichtige, in Hannover Station zu machen, bot er mir an, mir Einführungsbriefe für den Kommandanten jener Stadt und darüber hinaus für verschiedene Persönlichkeiten in Berlin mitzugeben. Ich wußte nicht, ob dieses Angebot einen riesigen Haufen Papier bedeutete, doch ich akzeptierte für alle Fälle. Daraufhin ließ er sich Papier und Tintenfaß bringen, zog sich den Waffenrock aus, um es bequemer zu haben, nicht ohne sich über die Hitze zu beklagen und mich einzuladen, es ihm gleichzutun, und machte sich mit sichtlicher Mühe an die Arbeit. Mindestens eine Stunde mühte er sich auf diese Weise ab, während der ich es mir nicht versagen konnte, mehrmals auf die Uhr zu sehen; während er die Briefe endlich in die Umschläge steckte, die er, soweit ich es mit einem ersten flüchtigen Blick beurteilen konnte, mit der liberalsten Orthographie der Welt geschrieben hatte, zündete der General sich mit einem Seufzer der Zufriedenheit die Pfeife an, trocknete sich die Stirn mit dem Taschentuch und fragte mich schließlich, ob ich *Hombre* spielen könne. Glücklicherweise war ich vor der Gefahr, die mir hier drohte, gewarnt worden, und außerdem kenne ich dieses Spiel nicht; daher lehnte ich das Angebot ab und verabschiedete mich, indem ich erklärte, ich wolle so rasch wie möglich weiterreisen. Gleich nach dieser Unterredung aß ich einen Happen, gab den Befehl, die Pferde anzuspannen, und brach auf. Ich kritzle diese Linien, die letzten Minuten des Lichts nutzend; danach werde ich, wenn die Straße nicht schlechter wird, versuchen zu schlafen.

Sonntag, 20. Juli

Die Hartnäckigkeit, mit welcher der Oberpräsident mir auch für die Strecke von Münster nach Hannover unbedingt eine Eskorte mitgeben wollte, macht auf beunruhigende Weise deutlich, in was für einem Zustand diese Provinzen sich befinden, in denen die Besetzung durch die Preußen noch so frisch ist, daß sie immer noch wie eine Usurpation erscheint; dennoch haben wir heute, abgesehen von der mit einem einzelnen Bettler, keine unerfreulichen Begegnungen gehabt. Ich könnte sogar sagen, daß uns überhaupt niemand begegnet ist, so menschenleer ist das Land; die Straße führt meilenweit durch ödes Heideland, über das der Wind mit ungestümer Wildheit heult, ohne auf Widerstand zu stoßen. Von Zeit zu Zeit macht das Ödland dem Wald Platz, einem so unwirtlichen Wald jedoch, finster und beängstigend, daß ich das Geräusch der Holzschuhe der Husaren auf dem Sand der Straße hinter mir nicht ungern höre; in manchen Augenblicken ist das Gewirr der Zweige so dicht, daß man den Tag nicht mehr von der Nacht unterscheiden kann. Nicht weit von hier soll sich der Teutoburger Wald befinden, in dem Hermann die Legionen des Varro niedermetzelte; ich versuche mir vorzustellen, was die römischen Legionäre wohl empfunden haben mochten, als sie unter diesem grauen Himmel starben, der so anders als der italienische ist. Bewohnte Ortschaften sind selten, und das Aussehen der Häuser zeugt wie die Kleidung der Bewohner von der tiefen Armut Westfalens. Drei oder vier mit Stroh oder geradewegs mit Erdschollen gedeckte Schlammhütten gelten hier schon als Dorf, und in diesen Hütten leben die Bauern zusammen mit ihren Schweinen, die für viele den einzigen Reichtum bedeuten. Der Vorteil ist, daß der Schinken, der aus ihnen gemacht wird, der beste Europas ist; denn das einzige, woran kein Mangel herrscht, sind Holz und Eicheln, und so mästen die Bauern die Schweine und verbrennen, ohne sparen zu müssen, Holz, um es warm zu haben. Da die Hütten keinen Rauchfang haben, kann der Rauch nicht abziehen und dringt in die an der Decke hängenden gepökelten Schweineviertel, wodurch sie diesen köstlichen Geschmack annehmen, den wir so schätzen. In einer Poststation erkundigte ich mich, ob es möglich sei, einen Schinken zu kaufen, da ich in den vergangenen Tagen Gelegenheit hatte festzustellen, daß es bei Reisen in diesem Land ganz gut ist, wenn man sich auf die eigenen Vorräte verlassen kann. Ich erhielt jedoch die Antwort, die Jahreszeit sei schon zu weit fortgeschritten und die Bauern hätten bereits ihren ganzen Schinken aufgegessen oder verkauft, so daß es jetzt unmöglich sei, außerhalb der großen Städte welchen zu finden. Wir verbrachten die Nacht in einem miserablen Gasthof, in dem ich zum Abendessen nichts als Milch und etwas Schwarzbrot zum Einbrocken bekam; keinen Wein, kein Fleisch, keine Butter. Zum Schlafen mußte ich mich mit einem strohbedeckten Tisch begnügen, über den sie eine Decke und ein Laken gebreitet hatten; die Hitze und die Wanzen hinderten mich jedoch am Schlafen. Allmählich reift in mir der Entschluß, anstatt nachts zu reisen, um Zeit zu sparen, ein paar Tage in Hannover zu bleiben, um mich zu erholen; andernfalls werde ich, wenn ich in Berlin eintreffe, eher einem verhungerten Schiffbrüchigen gleichen als einem Gentleman, der mit seiner eigenen Kutsche reist.

Montag, 21. Juli

Heute sind wir in die Provinz Hannover gekommen. Die staubige Ebene ist waldigen Hügeln gewichen, die man hier schon fast Berge nennen kann; auch das Klima ist trockener, immer noch heiß, aber frei von der erstickenden Feuchtigkeit, die auf den Provinzen in der Nähe des Meeres lastet. Mittags überquerten wir einen großen Fluß, die Weser, die in einer engen Schlucht zwischen steilen Anhöhen fließt. Da es keine Brücke gibt, muß man das Boot nehmen, zum Glück lief die Überfahrt jedoch ohne Zwischenfälle ab. Im übrigen ist nichts Neues zu vermelden, abgesehen von den üblichen Banden von Vagabunden, die in Wahrheit immer zahlreicher werden, den Bauern, welche die Gerste und den Roggen auf den immer selteneren Lichtungen mähen, und häufig den Soldaten, die mit ihnen zusammen arbeiten; ob sie das aber tun, um ihnen zu helfen, oder um sie zu kontrollieren, weiß ich nicht. Wie schon an den vergangenen Tagen war die Reise nicht sehr bequem; die Kutscher pflegen hier die

Pferde mit einem Schrei anzufeuern, den man bei uns nur in den Augenblicken höchster Gefahr benutzt, und verlassen andauernd die Straße, wenn man sie überhaupt so nennen kann, um durch die Felder abzukürzen. Die auf diese Weise gewonnene Zeit verlieren wir dann allerdings wieder an den Poststationen, wo wir einfach jedesmal zwei Stunden brauchen, man mag noch so sehr bitten und drängen, einen Becher ausgeben oder es mit Trinkgeldern versuchen. Der Postmeister schmiert die Kutsche ein wenig mit schwarzem Wasser und läßt sich die Pferde im voraus bezahlen; unterdessen sitzt der Kutscher, sein Horn umgehängt, am Schanktisch, raucht seine Pfeife und trinkt ein oder zwei Gläschen Schnaps, mit einer Seelenruhe, daß man ihn am liebsten verprügeln möchte. Doch das wäre verlorene Zeit, und man müßte ihm anschließend jedesmal nach halber Wegstrecke von neuem einen ausgeben, denn der Brauch sichert dem Kutscher das Recht zu, bei jedem Wirtshaus haltzumachen und, stets auf Kosten des Reisenden, ein weiteres Gläschen zu trinken.

Am Abend machten wir in einem Dorf halt, dessen Name ich nicht mitbekommen habe; man hatte mir versprochen, ich würde dort eine Herberge finden, und tatsächlich war die Unterbringung nicht so miserabel wie gestern, wenn auch die angebliche Herberge ein weiteres Mal ein Gasthaus unterster Klasse war. Als Abendessen servierte man mir eine Suppe aus Bier und gekochtes Rindfleisch mit diesem Kohl als Beilage, den sie hier Sauerkraut nennen; Wein hatten sie nicht, nur einen sogenannten Madeira, für den sie einen Taler pro Flasche verlangten, so daß ich mich an ihr fades helles Bier halten mußte. Nachdem ich schlecht zu Abend gegessen hatte, habe ich noch schlechter geschlafen, nicht so sehr wegen der Hitze, die an sich noch erträglich gewesen wäre, als wegen der deutschen Betten, die ich jetzt beschreiben muß. Man stelle sich eine Federmatratze vor, in die man so sehr einsinkt, daß man fast verschwindet. Ein Berg von Kissen, auch sie mit Federn gefüllt, mit denen man nichts anzufangen weiß und die man schließlich alle bis auf eins auf den Boden wirft. Das Laken nur unten; darüber ein gewaltiger Sack mit Federn, unter dem man schwitzt wie in einem Höllenkreis, und ohne Laken, so daß man in den Herbergen das Vergnügen hat, mit dem Schweiß aller Reisenden in Verbindung zu kommen, die vor einem unter derselben Last schwitzen mußten. In der ersten Nacht, in der mir ein solches Bett angeboten wurde, habe ich mir Stroh bringen lassen und unter meinem Mantel geschlafen; heute hatte ich jedoch zum ersten Mal keine Lust dazu, weil ich dachte, einmal müßte ich mich ja doch an diesen Komfort gewöhnen, und fand mich damit ab zu schwitzen. Die ganze Nacht hindurch waren die Pferde der Husaren unruhig; andauernd standen ihre Reiter auf, um sie zu beruhigen, und gingen fluchend unter meinem weit aufgerissenen Fenster vorbei, so daß ich mich im Bett herumwälzte und mir immer wieder vorsagte, wie Giovanni Delfino: »Wird es denn niemals Tag?«

Dienstag, 22. Juli

Heute bin ich gegen Nachmittag in Hannover eingetroffen und im Hotel »Stadt London« abgestiegen. Ich war neugierig auf diese Stadt, für deren Besitz der preußische König nicht zögerte, seine Freunde zu verraten und seine Schiffe kapern zu lassen; und tatsächlich drückt die Tatsache, daß sie so lange unter der Verwaltung Seiner Majestät des Königs von England gestanden hatte, der Stadt ihren unverwechselbaren Stempel auf. Die Sauberkeit der Fenster, das regelmäßige Straßenpflaster, die Straßenbeleuchtung und sogar etwas in der Art der Passanten, sich zu kleiden und sich zu verhalten, erinnert an England, so daß man glauben könnte, man befinde sich in einem englischen Provinzstädtchen, vielleicht in einer der fernsten und am wenigsten zivilisierten Grafschaften, würden nicht die zahlreichen Soldaten, die durch die Straßen patrouillieren und vor den öffentlichen Gebäuden Wache stehen, die Illusion brutal zerstören. Viele Hoteliers und Kaufleute sprechen Englisch, eine willkommene Abwechslung vom für alle Reisenden so beschwerlichen Zwang, unablässig in einer fremden Sprache reden zu müssen und nur mit dem eigenen Diener ein paar Worte in der Muttersprache wechseln zu können. Diesen Vorteil nutzend, wollte ich den Wirt fragen, was seine Mitbürger von der neuen Regierung halten; doch obwohl er ein ausgezeichnetes Englisch sprach, fand ich bei ihm keine Spur von jener Offenheit, mit der die Bewohner eines freien Landes über das nationale Interesse sprechen. Im Gegenteil, dieser brave Mann gab mir zu verstehen, daß er, auch wenn nur wenige oder keiner der preußischen Offiziere Englisch verstand, keine Lust hatte, über derartige Themen mit einem Unbekannten zu sprechen. Ich verzichtete also darauf, ihn weiter auszufragen, und ließ mir den Weg zur Residenz des Oberpräsidenten, General Graf Schulemburg-Kehnert, erklären, um mir meinen Paß abzeichnen zu lassen.

Noch vor wenigen Wochen war dieser Herr Finanzminister des Königs von Preußen gewesen, und in dieser Eigenschaft war ihm, obwohl die Tresore der Staatskammer leer sind, nichts Besseres eingefallen, als Papiergeld zu drucken, zur großen Verblüffung der braven preußischen Untertanen, die zum ersten Mal seit Menschengedenken gezwungen waren, Scheine zum Zwangskurs anstelle von gutem geprägtem Metall zu akzeptieren. Ich erinnere mich sogar, in Amsterdam eine Karikatur gesehen zu haben, auf welcher der Minister nach der Art, wie die Gänse im Périgord gestopft werden, einen kranken Adler mit Papier mästet, um es durch die Eingeweide des Vogels in Schatzbriefe verwandelt zurückzubekommen. Ich bezweifle übrigens, daß Stiche wie dieser eine große Verbreitung in Preußen gehabt haben, da Graf Schulemburg-Kehnert auch Chef der Geheimpolizei ist! Anders, als man glauben könnte, bedeutet seine Entfernung aus Berlin keineswegs, daß er in Ungnade gefallen ist, ich glaube vielmehr, daß er selbst darum gebeten hat, aus Gründen, die für jemanden, der mit Geheimsachen vertraut ist, sehr einsichtig sind. Vor ein paar Jahren, als er mit der Organisation der Provinz Westfalen betraut war, nachdem Friedrich Wilhelm sich die Fürstbistümer unter den Nagel gerissen hatte, ließ Seine Exzellenz sich als Belohnung für seine Dienste eine Abtei schenken; jetzt beginnt er die Provinz Hannover zu organisieren, und wenn er nach den gleichen Grundsätzen vorgeht, zweifle ich nicht, daß er reicher nach Hause zurückkehren wird, als er weggegangen ist.

Da das Schloß, seit langem reparaturbedürftig, von den Maurern besetzt ist, wohnt der Oberpräsident im Haus, das man dem Rat Pfitzner beschlagnahmt hat, in der Georgstraße. Der Rat Pfitzner ist zu seinem Bruder gezogen, ein Teil der Dienerschaft ist jedoch geblieben; der General hat lediglich sein Küchenpersonal mitgebracht, eine Vorsichtsmaßnahme, die angesichts der Haltung der Einheimischen den Besetzern gegenüber nicht übertrieben ist. Vor der Tür stehen preußische Soldaten Wache, um zu verhindern, daß die Jungen Steine gegen die Fenster werfen. Obwohl es nicht der günstigste Zeitpunkt war, um eine dienstliche Angelegenheit zu erledigen, erklärte ich dem Diener, der mir öffnete, daß es sich um etwas Wichtiges handele, und schickte ihn zu seinem Herrn mit einer meiner neuen Visitenkarten, gedruckt von Granfield in New York, auf der in Rundplastik mein Titel als außerordentlicher Gesandter am Hof Seiner Majestät, dem König von Preußen, steht. Als der Diener mich hineinführte, besprach sich der Oberpräsident mit einem Bürger an einem Tisch, den Papiere bedeckten, auf denen wiederum eine Kanne aus rosa Porzellan und zwei Kaffeetäßchen sich mühsam im Gleichgewicht hielten. Der Bürger trug einen schwarzen Gehrock mit Pelzkragen, und sowohl an der prächtigen Goldkette, die ihm aus der Brusttasche hing, als auch an den vielen Ringen, die seine Finger schmückten, sowie schließlich an seinen braunen Locken und der Hakennase war er mühelos als jüdischer Bankier zu erkennen. Bei meinem Erscheinen beeilte er sich, seine vom Kaffee befleckten Papiere zusammenzufalten und sich zu verabschieden, bevor ich einen Blick darauf werfen konnte. Ich zweifle jedoch nicht daran, daß die beiden Spießgesellen dabei waren, sich über eine gewinnbringende Spekulation zu beraten, vielleicht eine Reform der Staatsbank oder eine neue Lotterie.

Als er mit mir allein war, prüfte der Oberpräsident meine Beglaubigungsschreiben mit einiger Zurückhaltung, die ich allerdings mehr als alles andere auf die Leberbeschwerden zurückführen zu müssen glaubte. Dann sah er mich an und sagte mit näselnder Stimme, daß er sich freue, meine Bekanntschaft zu machen, und daß er alles für mich tun würde, was in seiner Macht stehe. Ich antwortete, daß es mein Wunsch sei, ein oder zwei Tage in Hannover Station zu machen, um mich von den Strapazen der Reise zu erholen, bevor ich nach Berlin weiterführe, »es sei denn, Euer Exzellenz raten mir, so schnell wie möglich weiterzureisen, um die Hauptstadt zu erreichen, bevor der Krieg die Straßen unsicher macht«. Er sah mich mit einem unverschämten Lächeln an, das seine gelben und spitzen Eckzähne entblößte. »Der Krieg, den England uns geschmackloserweise erklärt hat, ist nicht allzu ernst zu nehmen, und außerdem, wenn man mit beiden Beinen fest auf der Erde steht, hat man nichts von den Kriegen Englands zu befürchten«, urteilte er. »Das gleiche kann man aber, wie es scheint, von den Kriegen Bonapartes nicht behaupten«, entgegnete ich. Der Oberpräsident zuckte gereizt mit den Schultern und erklärte mir, seiner Meinung nach sei die Wahrscheinlichkeit eines Krieges gegen Frankreich sehr gering; die Depeschen des Preußischen Gesandten in Paris, die er sehr genau kannte, ließen keine Zweifel am bevorstehenden Abschluß eines Friedensvertrages in Europa, der alle Mächte voll zufriedenstelle; »daher können Sie die Straße nach Berlin nehmen, wann immer es ihnen paßt«. Während dieser Unterhaltung konnte ich es mir nicht verkneifen, von Zeit zu Zeit einen Blick auf die Kaffeekanne zu werfen, die den angenehmen Duft frischgebrühten Kaffees im Arbeitszimmer verbreitete; um diese Zeit hätte ich gerne eine Tasse probiert, er hielt es jedoch nicht für nötig, mir eine anzubieten. Um ihn zu provozieren, sagte ich ihm, meiner Meinung nach würde die Regierung Lord Grenvilles den Frieden nicht annehmen, wenn Hannover nicht an König George zurückgegeben werde; diese Worte mißfielen ihm tatsächlich, denn er antwortete mir, sich aufplusternd, daß die Diplomatie nicht immer vorhersehbare Wege gehe. Als ich sah, daß dieser reizbare alte Mann trotz seiner Prahlereien nicht die Absicht hatte, mir genauere Informationen zu geben, bat ich ihn einfach, meinen Paß abzuzeichnen. Während er damit beschäftigt war, fragte er mich, ob ich mich im Hotel »Stadt London« wohl fühle, dem Ton nach zu urteilen, in dem er das fragte, glaube ich jedoch nicht, daß ihm mein Wohlergehen wirklich am Herzen lag, und außerdem hatte ich ihm noch gar nicht gesagt, daß ich dort abgestiegen war. Im Vorzimmer begegnete ich erneut dem Juden, der nur darauf wartete, daß ich ging, um wieder zu seinem Kaffee zurückzukehren, und ich grüßte ihn mit einem Kopfnicken, was er mit einer tiefen Verbeugung erwiderte. Ich gestehe, daß ich einen Augenblick lang lauschte und fast erwartete zu hören, wie sein Herr ihn wie Volpone beim Eintritt Moscas mit einem »Guten Tag dir und meinem Gold!« empfing; da jedoch nichts aus dem Arbeitszimmer drang, entschloß ich mich zu gehen.

Nachdem ich die Bekanntschaft des Oberpräsidenten gemacht hatte, begann ich die Vorsicht des Wirts zu verstehen und war auch nicht überrascht, als ich erfuhr, daß viele angesehene Personen Hannover nach der Besetzung durch die Preußen verlassen hatten. Die Soldaten, auf die man an jeder Straßenecke stößt, sehen in Wahrheit gar nicht so furchterregend aus; wenn sie nicht im Dienst sind, schlendern sie mit den Händen in den Hosentaschen umher, in Kleidung, die ganz offensichtlich nicht für sie geschneidert worden ist, und ich bin überzeugt, daß einer unserer Seeleute oder Dockarbeiter im Hafen von New York sie mit bloßen Händen auf den Rücken werfen könnte; man spürt jedoch die Allmacht einer despotischen Regierung hinter allem, welche die Briefe öffnet und in jedem Wirtshaus ihre Spione hat. Als ich ins Hotel zurückkam, drängte der Besitzer, der offensichtlich fürchtete, ich könnte erneut über Politik sprechen, mir so hartnäckig einen Stadtführer auf, der mich auf meinem Stadtrundgang begleiten sollte, daß ich nicht ablehnen konnte; dennoch habe ich nichts Interessantes gesehen, wenn man das Grab von Leibniz ausnimmt, an dem der Küster, der die Besucher dorthinführt, mir in fünf Minuten das philosophische System dieses großen Mannes erklärte. Da ich über die Hitze klagte, brachte man mir ein Getränk aus kühlem Wein, vermischt mit Orangenblütenöl, das sie *Bischof* nennen; als ich nach dem

Grund für einen so merkwürdigen Namen fragte, antwortete man mir, daß es, wenn es mit Rotwein gemacht wird, *Kardinal* genannt wird, und so bekam ich eine Probe der berühmten deutschen Logik. Später wollte der Führer mich um jeden Preis zum Abendessen in ein Wirtshaus lotsen, das, glaube ich, von seinem Schwager geführt wurde, ich zog es jedoch vor, im Freien im Hof des Hotels zu Abend zu essen und dem Konzert zuzuhören, das von Musikern eines Infanterieregiments gegeben wurde. Die preußische Musik kann es, soweit ich es zu beurteilen vermag, nicht mit der der englischen Regimenter aufnehmen, die in Vauxhall spielen; es besteht also auch in dieser Hinsicht für die braven Hannoveraner kein Grund, sich auf die Veränderung, die in ihrem Leben eingetreten ist, etwas einzubilden. Allerdings genoß ich das Konzert weniger, als es mir möglich gewesen wäre, da die Anwesenheit einer biblischen Menge von Wespen, welche die Diener vergeblich zu verscheuchen suchten, indem sie mit Zeitungen wedelten und rauchende Kohlenbecken anzündeten, mich zwang, sehr viel hastiger zu Abend zu essen, als mir lieb war, und den geordneten Rückzug in meine Unterkunft anzutreten.

Mittwoch, 23. Juli

Der Kurier aus London hat mir heute morgen einen Brief von Pinkney gebracht, der, kaum daß er dort an Land gegangen war, alarmierende Nachrichten über Ausschreitungen zwischen der Bevölkerung von Hannover und den preußischen Soldaten erhielt. Wie man sich vorstellen kann, reagieren die Engländer eher empfindlich auf alles, was hier geschieht, und in London ist man allgemein der Ansicht, die Truppen hätten geschossen und man habe mehrere Tote gezählt. Daher hat Pinkney mir sofort geschrieben, da er wußte, daß meine Route mich über Hannover führen würde, und er so hoffte, mich noch vor meiner Weiterreise zu erreichen, was ja auch der Fall ist. Er bittet mich, ihm einen ausführlichen Bericht über alles zu schicken, was ich darüber erfahren kann. Vielleicht stellt Pinkney sich vor, ich sei ein Spion, der herumläuft und die Leute im Schutz einer dunklen Straßenecke aushorcht; als hätte die Zurückhaltung des Hotelbesitzers mich nicht bereits davon überzeugt, daß man sich hinsichtlich jeder Art von Information kaum auf die Bevölkerung verlassen kann! In diesem Beruf ist eine scheinbar unschuldige Unterhaltung mit einer hochgestellten Persönlichkeit, vor der man erfolgreich verborgen hält, was man eigentlich wissen will, fast immer aufschlußreicher, als durch die Cafés zu laufen wie ein armer Journalist auf der Suche nach dem neuesten Klatsch; und genau dazu habe ich mich entschlossen. Daher habe ich mir das Adreßbuch der Stadt geben lassen, und nachdem ich die Adresse gefunden hatte, ging ich geradewegs zum Stadtkommandanten, General von Rüchel.

Während er darauf wartet, daß er ein Quartier im Schloß bekommt, hat er ein Palais am Marktplatz gemietet, wo er mich mit der größten Freundlichkeit empfing. Er ist ein Männlein von winziger Statur, doch was ihm an körperlicher Stattlichkeit abgeht, wird durch den martialischen Ton und die edelmütigen Reden wettgemacht, die ihm wie selbstverständlich von den Lippen gehen, so daß ein Blinder, der ihm zuhört, glauben könnte, er habe es mit einem Herkules zu tun. Als ich ihm sagte, daß ich, zufällig auf der Durchreise in Hannover, die Gelegenheit nicht verstreichen lassen wollte, die Bekanntschaft eines so ausgezeichneten Offiziers zu machen, schien er außerordentlich zufrieden und lud mich ohne weitere Umstände ein, zum Mittagessen zu bleiben. Schon an den ersten Worten erkannte ich, daß er auf derselben Seite wie General von Blücher stand; als er die Namen der Berliner Minister erwähnte, die so hartnäckig um die Gunst von Paris betteln, »während die gesamte Armee ungeduldig einen Wiedergutmachungskrieg fordert«, fletschte er die Zähne, als wollte er Haugwitz, Lombard und das ganze Kabinett auf einmal verschlingen. Ich fragte ihn vorsichtig, ob er glaube, daß Preußen Frankreich mit gleicher Waffenstärke angreifen könne, und ob es für den König nicht besser sei, sich des Wohlwollens Englands zu versichern, bevor er einem so starken Gegner den

Krieg erkläre; als einzige Antwort rief er augenzwinkernd aus: »Mein Herr, der König hat bessere Generäle als Herr von Bonaparte!« Und er ließ sofort einen verworrenen Vortrag darüber folgen, daß es zweckmäßig sei, in Preußen eine Nationalmiliz zur Unterstützung des Berufsheeres zu gründen, ein Thema, über das er gerade eine an den König gerichtete Denkschrift vorbereite. »Das preußische Militärwesen ist also reformbedürftig?« fragte ich ihn, um zu zeigen, daß die Angelegenheit mir am Herzen lag. »Oh, ça n'est rien!« erwiderte er leichthin. »Personne au monde n'est plus satisfait que moi de notre organisation militaire!« Während dieser Worte suchte er in einem Glasschrank eine vollgekritzelte Kladde, die, wie sich herausstellte, nichts anderes als das Manuskript seiner Denkschrift war; und er bestand darauf, daß ich ihm augenblicklich meine Meinung über seine Arbeit mitteilte. Unter seinem gespannten und ungeduldigen Blick versuchte ich, das Heft zu entziffern, doch die Schrift des Generals ähnelt Hieroglyphen, zwischen denen man sich nur mit großer Mühe und manchmal auch gar nicht eine Straße bahnen kann. Auch sein Stil ist kritikwürdig: gespickt mit französischen Wendungen, voller Pleonasmen und Grammatikfehler. Ich mußte daher das Vorhaben aufgeben und versicherte ihm, daß mir, wenn ich auch nicht viel davon verstünde, kaum je so brillante Vorschläge und eine so zwingende Argumentation unter die Augen gekommen seien – während ich mich innerlich fragte, was Lavater wohl aus einem solchen Manuskript herauszulesen vermocht hätte.

Während Rüchel seine Kladde in den Schrank zurücklegte, kam ein Diener und meldete, das Mittagessen sei serviert. Ich wollte ins Hotel zurückkehren, um mich umzukleiden, doch der General versicherte mir, auf derartige Förmlichkeiten achte man bei ihm nicht, und begleitete mich ins Speisezimmer. Tatsächlich essen diese Deutschen so früh zu Mittag, daß das Zeremoniell des Sich-Umkleidens zu einem Zeitpunkt, da viele gerade erst mit dem Ankleiden fertig sind, überflüssig, ja lächerlich wird. An der Tafel erwarteten uns bereits etliche andere Gäste, fast nur Offiziere, mit Ausnahme eines lutheranischen Predigers, den der

General mit Ehrerbietung behandelte. »Wissen Sie, daß auch ich Prediger hätte werden sollen?« rief er, nachdem er mich dem Kirchenmann vorgestellt hatte. »Nachdem meine drei Brüder im Siebenjährigen Krieg gefallen waren, wollte mein Vater mir um jeden Preis verbieten, die militärische Laufbahn einzuschlagen, und mich statt dessen in die kirchliche drängen. Ich mußte ihn auf Knien anflehen, um ihn dazu zu bringen, seine Meinung zu ändern!« Das Mittagessen wurde auf französische Art serviert, alle Gerichte nebeneinander auf dem Tisch, warmgehalten auf speziellen kleinen Öfchen, wie ich es in New York niemals gesehen hatte, nicht einmal im Haus des Gouverneurs. Von all den Köstlichkeiten sagte mir ganz besonders die Aalpastete zu, die mir über jedes Lob erhaben schien. Der General ist ein wunderbarer Gastgeber, und an seiner Tafel wird ein ausgezeichneter weißer Bordeaux getrunken, der sechs Francs die Flasche kostet, wie mir sein *maître d'hôtel* vertraulich versicherte; man kann sich leicht ausrechnen, was es ihn kostet, die Offiziere der Garnison so reich zu bewirten, wie er es zu tun gewohnt ist.

Die Unterhaltung drehte sich größtenteils um die Missetaten der Regierung, das Lieblingsthema des Hausherrn; und ich fand, daß er in Gesellschaft seiner Gäste sehr viel weniger zugeknöpft war als im vertraulichen Gespräch mit mir. Er stellte die Politik des Kabinetts als eine schlammige trübe Brühe dar, in der Preußens Ehre besudelt wird und versinkt; die verseuchte Flut macht lediglich zu Füßen von König Friedrich Wilhelm halt, den zu kritisieren ein Soldat nicht wagen würde, doch ich glaube, wenn das Wasser noch ein wenig steigt, wird es schließlich die Stiefel des Monarchen umspülen. Der verstorbene Herrscher, der Fette König, ist schon dabei, darin zu ertrinken, da der General nicht zögert, ihm die Schuld für eine allzu konziliante Politik gegenüber den Froschfressern zu geben. »Die sogenannte Revolution hätte schon in der Wiege erstickt, mit dem Stiefelabsatz zerquetscht werden müssen, wie ein Schlangenei. Wenn der preußische König damals nicht von feigen Ministern und bestochenen Journalisten irregeleitet worden wäre«, rief er, »wäre die Wunde schon seit geraumer Zeit verheilt, und wir hätten in Frankreich nicht einen *Hanswurst als Herrscher* gehabt. Aber noch ist nicht alles verloren, noch können wir die Dinge rechtzeitig wieder in Ordnung bringen. Gebt mir eine Armee, und ich werde diesem Mann seinen Charlemagne schon gründlich austreiben, so daß auch nicht ein Fingernagel von ihm übrigbleibt!«

Die Wortgewandtheit des Generals ist so überschäumend, daß man an seiner Tafel nicht leicht von Augenblicken des Schweigens überrascht wird, in denen sich alle Gäste, während sie so tun, als schlürften sie ihre *soupe*, verlegen fragen, wie sie die Unterhaltung wieder in Gang bringen könnten; und es ist auch nicht leicht, andere Themen ins Spiel zu bringen als diejenigen, die dem General zur Zeit am Herzen liegen. Gegen Ende des Mittagessens verstieg er sich sogar zu philosophischen Spekulationen, an deren Inhalt ich mich offen gesagt nicht mehr erinnere, was sowohl an meiner natürlichen Nichtvertrautheit mit dieser Art von Überlegungen liegt als auch an den allzu vielen Flaschen Bordeaux, die sich auf dem Serviertisch aneinanderreihten. Auch der General hatte übrigens hinlänglich getrunken, um jene Zurückhaltung aufzugeben, die wir alle in Gesellschaft, und sei es auch nur unter Männern, zu bewahren versuchen; und er schaffte es, daß die Gesellschaft sich totlachte, als er erzählte, wie er bei der Belagerung von Mainz einem Grenadier einen Taler dafür bot, daß er aus dem Schützengraben steigt und den Sansculotten den entblößten Hintern zeigt. »Der Mann antwortete mir eher kühl: ›Den Taler würde ich mir gerne verdienen, aber es gehört sich nicht, den Feind so zu behandeln.‹ Ich aber wandte mich sofort an einen anderen, der nicht so viele Skrupel hatte; er entblößte sein Hinterteil, stieg auf die Brustwehr und schrie, während er ihn dem Feind zeigte: ›Leckt mich am Arsch, ihr Scheißpatrioten!‹«

»Es ist schon merkwürdig«, bemerkte ich darauf, »daß dieser Begriff des Patrioten, mit dem man vor zehn oder fünfzehn Jahren in ganz Europa verächtlich die französischen Revolutionäre bezeichnete, heute ein Ehrentitel geworden ist, den auch viele brave Deutsche für sich in Anspruch nehmen, wie ich in den letzten Tagen feststellen konnte. Nur dürfte es für sie nicht einfach sein zu entscheiden, ob der Patriotismus sich auf eines der zahlreichen Königreiche und Fürstentümer beziehen soll oder auf die deutsche Nation.« Und bevor der General mich unterbrechen konnte, nannte ich als Beispiel die Stadt, in der wir uns befanden, und fragte ihn, was die hiesige Bevölkerung wirklich über die preußische Verwaltung denkt. »Die Hannoveraner«, antwortete er mir mit einer Feierlichkeit, die nur wenig zu seiner geringen Größe paßte, »haben die Regierung Seiner Majestät des Königs von England bereits vergessen, wenn man auch nicht leugnen kann, daß sie viel Gutes von ihr erfahren haben; sie wissen nämlich, daß sie unter der Regierung des Königs noch viel mehr erwarten dürfen.« Und dann schloß er auf das entschiedenste aus, daß es zu Ausschreitungen zwischen den Soldaten und der Bevölkerung gekommen sei, und fügte hinzu, die Musketen der Preußen seien dazu da, auf die Franzosen zu schießen und nicht auf die Untertanen Seiner Majestät. »Dennoch«, ließ ich nicht locker, »sagt man, daß auf vielen öffentlichen Gebäuden der preußische Adler, der jüngst erst über die Initialen von König George gemalt worden ist, des Nachts von Unbekannten abgewaschen und nun erneut durch die Insignien von Hannover ersetzt wurde.« Der General war gerade dabei zu prüfen, ob die Pfeife, die ein Diener ihm schon gestopft gebracht hatte, auch richtig brannte oder nicht; und diese Beschäftigung, der er die größte Aufmerksamkeit zu schenken schien, erlaubte es ihm, Zeit zu gewinnen. Nebenbei sei bemerkt, daß auch die Deutschen ebenso wie die Holländer, und mehr noch, ständig rauchen, auf der Straße, beim Billardspiel und sogar bei Tisch, so daß ihr Atem immer nach Rauch stinkt; vielleicht ist das ja ein Brauch, der gesund ist für die Lungen, wenn man bedenkt, daß sie in einem so feuchten Klima leben. »Was Sie da sagen«, brummte der General schließlich, »ist durchaus vorgekommen; doch dabei handelt es sich um Mutproben von Studenten, die einen billigen Nervenkitzel suchen. Solche Burschen«, fügte er, wieder lebhafter und sogar in schallendes Gelächter ausbrechend, hinzu, »gibt es überall; in Berlin haben sie einmal in einer

Nacht die Marmorstatue des Generals von Anhalt-Dessau rosa angemalt!« Seinem Ton war zu entnehmen, daß es ihm gar nicht so sehr mißfallen hätte, diese Studenten ausfindig zu machen und zum Nachdenken in Festungshaft zu schicken, daß er sie aber gleichzeitig auch ein bißchen um ihre Jugend beneidete und die eigenen grauen Haare mit einigem Bedauern zur Kenntnis nahm. Der General hatte sich bei diesen Worten wieder etwas gefangen, doch sofort gewann seine Trunkenheit die Oberhand; nachdem er sich nach meiner nächsten Station erkundigt und erfahren hatte, daß ich morgen früh weiterreisen wollte, um dem Herzog von Braunschweig, dem Generalissimus des preußischen Heeres, meine Aufwartung zu machen, begann er mit seinen Tischnachbarn darüber zu diskutieren, welches Bordell sie mir in jener Stadt empfehlen könnten. Ich hatte noch nie betrunkene Deutsche erlebt, und es wundert mich nicht, daß sie keine Damen zu ihren Mittagessen einladen wollen, wenn man sieht, welche Wirkung der Wein auf sie hat; nur der Prediger beteiligte sich nicht an der Diskussion, saß ruhig da und kaute Tabak. Schließlich hatten sie sich geeinigt, und Rüchel wandte sich zu mir und teilte mir die Entscheidung der Versammlung mit, die lautete, ich solle eine gewisse Madame Galland am Kohlmarkt in Braunschweig aufsuchen; mit einer geradezu aufdringlichen Hartnäckigkeit bestand er dann darauf, daß ich mir die Adresse notiere, und war erst danach bereit, mich gehen zu lassen. Als ich vom Tisch aufstand, gab ich dem Domestiken, der mich bedient hatte, einen Taler, bemerkte jedoch sofort, daß ich ganz umsonst großzügig gewesen war, da die anderen Gäste nur Kupfermünzen gaben und einer überhaupt nichts; das Silbergeschirr und die Livreen des Generals hatten mich geblendet, aber dieser Zwischenfall erinnerte mich sofort daran, daß eine Gesellschaft von Offizieren, so sehr sie auch glänzen mag, aus Leuten besteht, die vom Brot des Königs leben und andernfalls manchmal gar nicht wüßten, wo sie was zu essen herbekommen sollten.

Donnerstag, 24. Juli

Mittags brach ich, nachdem ich meine Depesche versiegelt und dem Kurier aus London übergeben hatte, mit einer neuen zu meiner Eskorte abkommandierten Abteilung von Hannover auf. Das Wetter war recht unbeständig; kaum hatte der Regen die Luft etwas abgekühlt, machte die Sonne sein Werk schon wieder zunichte, so daß das Innere der Kutsche einem Dampfbad ähnelte. Mein Magen war nach dem ausgezeichneten Mittagessen gestern wieder völlig in Ordnung; von Wills Magen kann man das leider nicht sagen. Will hat, wie es scheint, im Hotel miserabel gegessen und leidet nun unter unangenehmen Bauchschmerzen. An der Grenze des Herzogtums Braunschweig verließ mich die preußische Eskorte, und ich fand einen Offizier des Herzogs vor, der mir Grüße von seinem Herrn bestellte und mich davon in Kenntnis setzte, daß ich morgen oder allerspätenstens übermorgen im Palast empfangen würde. Daraufhin machte sich der Offizier wieder auf den Weg, nachdem er mir versichert hatte, daß ich keine Eskorte brauchen würde, was sich bis zu diesem Augenblick zu bestätigen scheint. Die Straße, die diesen Namen kaum verdient, führt schnurgerade durch eine eintönige Ebene, auf der sich so weit das Auge reicht Roggenfelder dehnen, die nur selten von waldigen Flecken und Sandinseln unterbrochen werden. Die Kutscher sind gelbgekleidet, nicht rot wie in Hannover, ihr Phlegma ist jedoch leider dasselbe. In den Dörfern wirken die Häuser der Bauern weniger ärmlich als diejenigen, die ich bis jetzt gesehen habe; sie haben Dächer aus bunten Dachziegeln, und bei manchen ist auf dem Tragbalken der Name des Ehemanns und der Ehefrau eingeschnitten, die es erbaut haben. In der Herberge, wo zahlreiche Tagelöhner sich beim Bier von der Anstrengung des Mähens erholten, wurde ich von einer fetten und schmierigen Maritornes mit pockennarbigem Gesicht bedient, die absichtlich von der Besitzerin eingestellt worden sein muß, um den Ehemann und die Gäste gar nicht erst in Versuchung zu bringen. Man hatte mir gesagt, in Deutschland seien die Mädchen in den Herbergen leicht zu haben, aber erst einmal muß ich eine finden, die mich reizt, ihre Bereitwilligkeit auf die Probe zu stellen; offen gesagt hätte ich nach so vielen Tagen der Enthaltsamkeit schon Lust, den Versuch zu wagen, wenn nur die geeignete Kandidatin verfügbar gewesen wäre. Ich schlief auf einem Tisch im Gemeinschaftsraum, da es keine Einzelzimmer gab; der Besitzer teilte mir stolz mit, bis letztes Jahr sei der Raum direkt mit dem Stall verbunden gewesen, jetzt sei der Durchgang jedoch zugemauert worden, da bei ihm vornehme Personen logieren, denen die unmittelbare Nähe zu Kühen und Pferden nicht so recht behage. Lediglich ein paar Hennen laufen noch auf dem Boden aus festgestampfter Erde herum und kommen und gehen ganz nach Belieben durch die Tür, die immer offensteht; doch kaum hat der Wirt auf meinen Wunsch hin die Kerze gelöscht, die sonst immer die ganze Nacht über angezündet bleibt, um zu verhindern, daß die Reisenden sich gegenseitig die Kehle durchschneiden, sind auch die Hühner eingeschlummert, und ich bin ebenfalls schon nach kurzer Zeit in den Schlaf gesunken.

Freitag, 25. Juli

Braunschweig ist eine finstere gotische Stadt, mit engen Gäßchen, verbunden durch niedrige feuchte und dunkle Bogengänge. Die Häuser haben wie in Hannover ein hölzernes Gerüst, ausgefüllt mit Backsteinen, Kalk und Splitt, und auf ihren Tragbalken ist häufig das Jahr, in dem sie gebaut worden sind, und der Name des ersten Besitzers eingeritzt; das älteste, das ich gefunden habe, stammte aus dem Jahre 1533. Ihr hervorstechendstes Merkmal besteht darin, daß das erste Stockwerk, das sich zehn oder zwölf Fuß über dem Boden befindet, zwei Handbreit über die Mauern des Erdgeschosses vorragt, was das Gefühl der Enge in den Straßen noch verstärkt. Jedes Haus hat viele kleine Fenster mit bunten Scheiben ohne Fensterläden oder Jalousien, die innen jedoch von Musselinvorhängen geschützt werden. Von Zeit zu Zeit öffnet sich in der Dunkelheit der Bogengänge ein breites hölzernes Tor, und durch die Torflügel erkennt man undeutlich sonnige Höfe, in denen Kinder und Hühner einander verfolgen und Frauen Wäsche zum Trocknen aufhängen; wenn es sich um ein Palais handelt, stehen dort auch die Kutsche und die Pferde der Herrschaften. Auch mein Hotel, »Der Kelch«, hat einen solchen Hof, wo ich die Kutsche wieder instand setzen ließ, indem ich den Dienern befahl, die Räder, die seit gestern nicht mehr geölt worden waren, gut zu schmieren. Als der Stadtführer, der mich auf meinem Rundgang durch die Stadt begleitet hat, bemerkte, daß jene endlose Folge von fast immer in einem tristen Olivgrün gestrichenen Holzhäusern keinen großen Eindruck auf mich machte, führte er mich schließlich in ein weniger heruntergekommenes Viertel, in dem ich einige moderne Palais in ausgezeichnetem Stil bewundern konnte, darunter eines, das gerade nach einem Entwurf von Gilly erbaut worden war. Solche ganz aus Stein errichteten Gebäude haben eine Kraft und eine Festigkeit, wie man sie schwerlich bei unseren zerbrechlichen amerikanischen Bauten finden würde; und so konnte ich mich überzeugen, daß Braunschweig nicht nur eine »grande ville mal bâtie« ist, wie der Führer von Dutens behauptet.

Auf der Straße sieht man im Unterschied zu allen anderen Städten, durch die ich in Deutschland gekommen bin, nur wenig Leute in Uniform; allerdings hat die Kleidung der Bürger etwas Militärisches: Alle tragen Stiefel, viele eine schwarze Krawatte und einen riesigen Zweispitz, und die meisten tragen Blau. In den Cafés spricht man mit philosophischer Abgeklärtheit über die politische Lage, als beträfe die Sache hier niemanden direkt. Die französische Partei ist sehr stark und bringt ihre Ansichten offen zum Ausdruck, zumal der Herzog selbst, wie manche glauben, nicht abgeneigt ist, ihre Positionen zu teilen. Die meisten sind jedoch der Meinung, er stehe eher auf der Seite der Generäle und billige durchaus nicht die vorsichtige Politik des Berliner Hofes. Im übrigen ist es nicht das erste Mal, daß dieser alte Mann sich in einer so zweideutigen Lage befindet: Es ist allgemein bekannt, daß er 1792 die preußische Armee beim Einmarsch in Frankreich angeführt hat, doch nur wenige erinnern sich, daß zu Beginn jenes Jahres der Wohlfahrtsausschuß den Marquis de Coustine zu ihm geschickt hatte, um ihm das Kommando über die französische Armee anzubieten! Und nur sehr, sehr wenige erinnern sich an seine Antwort auf dieses Angebot: Er hatte den Revolutionären ausrichten lassen, daß »eure gute Sache die Kraft in sich trägt, auch ohne meine Hilfe alle Schwierigkeiten zu überwinden«. Ich glaube jedoch nicht, daß die Überzeugungen des Herzogs dieselben geblieben sind, nachdem Bonaparte die Macht übernommen hat; im übrigen sind auch die französischen Freimaurer, mit denen er in engster Verbindung steht, wie Dumouriez, der ihn bei Valmy schlug, heute Gegner des Tyrannen. Ohne dies alles zu wissen, diskutiert die Öffentlichkeit sehr frei über die Positionen des Herzogs, und man findet keine zwei Personen, die sie auf dieselbe Weise interpretieren, was nur beweist, daß dieser Herrscher ein guter Politiker ist. Seine Untertanen sprechen mit Respekt von ihm, und es gibt sogar welche, denen die Vorstellung Sorge bereitet, er könnte in seinem Alter erneut in den Krieg ziehen, obwohl er bereits die Siebzig überschritten hat.

Da es nachmittags zu regnen begonnen hat, dachte ich daran, zum Abendessen ins Hotel zurückzukehren; der Regen hörte jedoch auf, bevor es Abend wurde, und die Sonne kam wieder heraus, so daß ich es vorzog, in ein Wirtshaus mit einer schattigen Laube in der Nähe des Grabens einzukehren. Vor ein paar Jahren hat der Herzog die Stadtmauern schleifen und auf ihrem Ring eine Doppelreihe von Linden pflanzen lassen, womit er der Öffentlichkeit eine herrliche Promenade schenkte; allerdings hat er nicht daran gedacht, den Graben aufschütten zu lassen, der eine ganze Population von Fröschen beherbergt, und so leistete ihr Gequake mir Gesellschaft, während ich zu Abend aß. Unglücklicherweise bleibt das deutsche Abendessen auch in Braunschweig das gleiche: Brot- und Kohlsuppe, Wurst mit Sauerkraut, gekochtes Rindfleisch, Gebäck, das Ganze begleitet von einem gepanschten Wein, der nach Zucker schmeckt und den sie Burgunder nennen und für nicht weniger als zehn oder zwölf Groschen verkaufen.

Sonnabend, 26. Juli

Der Herzog hat mich heute vormittag in seinem Palais empfangen, das antike Statuen bevölkern, die er selbst aus Pompeji mitgebracht hat. Als ich zu seiner Wohnung kam, um mich melden zu lassen, arbeitete er gerade mit seinem ältesten Sohn, dem Erbprinzen, der ihm seit Jahren hilft, die laufenden Geschäfte zu erledigen, und obwohl die Audienz bereits gestern vereinbart worden war, stellte ich mich auf ein langes Antichambrieren ein; unvermutet wurde ich jedoch fast sofort empfangen. Der Herzog ist ein hagerer alter Mann mit gelbem, runzligem Gesicht und wäßrigen Augen, was seine Jahre verrät. Der Sohn ist ein nicht viel jüngerer Mann, kräftig, mit kurzsichtigem Blick und aschfahler Hautfarbe. Beide waren bürgerlich gekleidet, der Herzog mit einem hellblauen, ein wenig altmodischen, aber recht eleganten Anzug und einer kleinen gepuderten Perücke; der Sohn nach der letzten Mode, mit einem braunen Frack, cremefarbener Hose und englischen Stiefeln, die ungepuderten Haare gekräuselt *à la Titus*. Es ist bekannt, daß der Herzog kein sehr glückliches Privatleben gehabt hat, da der uneheliche Sohn, den ihm in Rom die Brancardi geschenkt hatte und den er von all seinen Söhnen am meisten liebte, 1792 in Frankreich gestorben ist; und von seinen vier ehelichen Söhnen leiden die ersten drei unter ernsten Sehstörungen, der zweite und dritte sind sogar beinahe blind und obendrein blöde. Böswilligen Zungen zufolge ist dieses unglückliche Ergebnis auf die Bäder im Eiswasser zurückzuführen, zu denen der Herzog sie unter dem Einfluß der Theorien Rousseaus als Kinder gezwungen hat; dies wird bekräftigt durch die Tatsache, daß der Letztgeborene, dem dank der Vorhaltungen des medizinischen Personals diese spartanische Behandlung erspart geblieben ist, sich als einziger der vier heute guter Gesundheit erfreut. Jedenfalls soll der Erbprinz trotz seines normales Maß übersteigenden phlegmatischen Temperaments vollkommen in der Lage sein, seinen Pflichten nachzukommen; und das ganze Verhalten der beiden Herren ließ auch die vollkommenste häusliche Harmonie durchscheinen.

Nachdem ich mich vorgestellt und meine Papiere übergeben hatte, verabschiedete sich der Prinz, drückte mir die Hand und ließ mich mit seinem Vater allein. »Monseigneur« sagte ich zu ihm, da diese deutschen Fürsten so genannt werden möchten und es ihnen nicht mißfällt, mit Hoheit und Durchlaucht angeredet zu werden, so aufrichtig ihre Freimaurerüberzeugungen und so winzig ihre Fürstentümer auch sein mögen; und im übrigen, mochte es mir auch noch so sehr mißfallen, diesen Titel zu benutzen und mich zu verbeugen, er war nun einmal wirklich der große Herzog von Braunschweig. »Monseigneur«, sagte ich also zu ihm, »je ne suis pas accrédité à la cour de Votre Altesse, mais je ne pouvais pas me passer de rendre hommage, en me rendant à Berlin, au plus illustre des princes allemands.« Der Herzog drückte seine Befriedigung darüber aus, einen Vertreter der Vereinigten Staaten von Amerika zu empfangen, die er, wie er sagte, für »un pays bien sage« hält. Ich antwortete ihm, ich sei ihm sehr verbunden für die gute Meinung, die er von uns habe, und er fragte mich, aus welchem Teil Amerikas ich komme; aus Maryland, antwortete ich. »Vous parlez un excellent français.« »Tolérable, Monseigneur.« Ich fügte hinzu, daß wir, wenn es ihm lieber sei, das Gespräch auf deutsch fortsetzen könnten; er schien überrascht, dann mußte er lachen. »Ce n'est pas que je doute de votre allemand, Monsieur, c'est plutôt du mien que je me méfie.« Trotz seines Alters hat er sich eine recht ausgeprägte Neugierde erhalten und liebt es nicht, ein Thema zu verlassen, bevor er es nicht mit jener Pedanterie, die für die Deutschen und die alten Leute charakteristisch ist, erschöpft hat. Daher fragte er mich, ob die französische Sprache in unserem Land sehr verbreitet sei; nicht sehr, antwortete ich ihm, eigentlich sogar überhaupt nicht, außer in den Handelsstädten. »Es ist ja bekannt«, fuhr er fort, »daß in England das Französische gar nicht gesprochen wird, und hier in Deutschland ist es im Volk äußerst wenig verbreitet. Doch bei Ihnen, denke ich mir, gibt es ja Leute aus allen Ländern.« »Aus fast allen europäischen Ländern«, stimmte ich lächelnd zu, »vor allem aber Deutsche und Iren, ein paar Franzosen, aber weniger als man glaubt.« Hier holte der Herzog eine goldene Schnupftabakdose aus der Westentasche und bot mir Tabak an, den ich ablehnte; er selbst nahm feierlich eine Prise, säuberte den Tisch mit dem Taschentuch von den Krümeln, die darauf verstreut waren, als habe er das Thema, über das wir sprachen, vergessen, dann faßte er sich wieder und fuhr fort: »Und sie vertragen sich gut miteinander?« »Sehr gut, Monseigneur, seit einiger Zeit.« »Aber führen denn die Sprachunterschiede nicht manchmal zu Schwierigkeiten bei Ihren Wahlen?« hakte er verschmitzt lächelnd nach. »Keine, die sich nachhaltig auswirken würden«, antwortete ich höflich, aber bestimmt, denn allmählich hatte ich genug von diesem Verhör. Der alte Mann war aber noch nicht zufrieden; und ich hatte den Eindruck, das Gesprächsthema zu wechseln wäre über seine Kräfte gegangen. »Und wenn sie gewählt werden, wie drücken sie sich dann aus?« wollte er noch wissen. »Manchmal halten sie Reden auf englisch, und häufig sprechen sie es sehr gut; nur ihre Aussprache«, gab ich zu, »gibt manchmal Anlaß zu Spötteleien. Aber einer unserer Minister war beispielsweise Deutscher, und er war viele Jahre Mitglied des Kongresses, wo er Reden hielt wie sonst keiner.«

Nachdem seine Neugier befriedigt war, geruhte der Herzog, sich nach den Gründen für meine Reise zu erkundigen; ich erklärte ihm, daß ich es unverzeihlich gefunden hätte, wenn ich auf meinem Weg nach Berlin dem Generalissimus Seiner Preußischen Majestät, dem in aller Welt gefeierten Feldherrn nicht meine Aufwartung gemacht hätte. Der alte Mann hörte sich diese Komplimente lächelnd an; als ich mir jedoch erlaubte, ihn zu fragen, ob es möglich sein könnte, daß der König von Preußen seinen lächerlichen Krieg gegen England beendet und tatsächlich Bonaparte den Krieg erklärt, lächelte er nicht mehr. Er runzelte die Stirn und fragte, ob mich seine Meinung als Fürst des Reiches oder als preußischer General interessiere, denn, wie er mit einer gewissen Pedanterie bemerkte, der Krieg, in den man mit aller Wahrscheinlichkeit in Kürze ziehen werde, sei kein Krieg des Reiches, sondern eine Privatangelegenheit des Königs von Preußen. »Ich bin der Befehlshaber des preußischen

Heeres und muß mein Schwert in den Dienst des Königs stellen; das nimmt mir aber nicht mein Recht, mich als unabhängiger Fürst nicht in die Feindlichkeiten hineinziehen zu lassen!« Diese Sprache überraschte mich, nicht nur als Beispiel für die juristischen Spitzfindigkeiten, welche die deutsche Verfassung zuläßt, sondern weil ich zum ersten Mal vom Krieg nicht als einer fernen, wenn auch wünschenswerten Eventualität, sondern als einer Gewißheit sprechen hörte. »Monseigneur glauben also, daß der Hof in Berlin seine Entscheidungen bereits getroffen hat?« fragte ich ihn. Seine Antwort war ebenso überraschend: »Ich weiß bestimmt, daß der Hof in Berlin keine Entscheidung getroffen hat und auch keine Ahnung hat, wie eine solche Entscheidung aussehen könnte; aber gerade unter solchen Umständen entstehen Kriege.«

Die Kaltblütigkeit, mit welcher er einen derartigen Ausgang betrachtet, entspringt selbstverständlich nicht einer wie auch immer gearteten Sympathie für das neue Frankreich. »Ich kann nicht vergessen, daß Bonaparte nicht nur der größte Feind der deutschen Freiheit ist, sondern auch der Verräter der Revolution«, erklärte er ernst; tatsächlich ein merkwürdiges Argument auf den Lippen eines regierenden Fürsten! Als ich bemerkte, die Kehrtwendung Preußens im vergangenen Winter könne als ein ausgesprochener Verrat an seinen Verbündeten angesehen werden, angesichts der Schäden, die sie erlitten hätten, runzelte er zwar die Stirn, gab mir aber letztlich recht. »Damals«, stimmte er zu, »hätte seine Majestät den Krieg erklären müssen. Die Moral des Heeres war groß, und zusammen mit den beiden Kaisern hätten wir Bonaparte zerquetschen können; doch Ulm hat die Gemüter abgekühlt, und Austerlitz hat das Werk vollendet.« Ob jener Krieg heute jedoch immer noch so gerechtfertigt und notwendig sei wie vor einem Jahr, das wollte er absolut nicht sagen; alles, was ich feststellen konnte, war seine Verachtung für die Männer, die sich im preußischen Kabinett und im Herzen des Königs als Herren aufspielen. »Die preußische Politik hat kein System und kann auch keins haben, solange das gegenwärtige Kabinett an der Macht ist. Es gibt nichts Falscheres und Unsinnigeres als das Verhalten Seiner Exzellenz Graf Haugwitz, es sei denn, es stimmt nicht, was viele hinter vorgehaltener Hand behaupten, daß er nämlich von Paris bezahlt wird«, schloß er achselzuckend und suchte philosophisch Trost in einer weiteren Prise Schnupftabak.

Die Schlußfolgerung aus seinen Überlegungen lautet, daß der König früher oder später den Krieg erklären wird, doch nicht aufgrund einer überlegten Entscheidung, sondern vielmehr unter dem Druck äußerer Umstände und ohne daß Haugwitz und Konsorten entlassen würden, was die preußische Politik in den Augen der Öffentlichkeit noch unzuverlässiger machen und der Monarchie wenig Ruhm einbringen wird. »Der König glaubt, er könne ruhig am Fenster stehen bleiben, während die Völker Europas miteinander Krieg führen; denn es besteht kein Zweifel, daß sie das tun werden. Das wäre schön, ist aber ein Hirngespinst; und der König muß sich entscheiden, auf wessen Seite er sich stellen will, sonst wird er früher oder später mit Gewalt gezwungen werden, Partei zu ergreifen. Ein demütigenderes Schicksal kann ich mir für einen Monarchen nicht vorstellen, obwohl es zweifellos so kommen wird«, schloß er bitter. Bis jetzt hatte der alte Mann seine Karten nicht aufdecken wollen, so daß ich glaubte, meine auf den Tisch legen zu müssen, um ihn zur Offenheit zu zwingen. »Ich habe keinen Zweifel«, sagte ich, »daß Monseigneur Seiner Majestät raten werden, sich gegen Frankreich zu stellen.« Sofort bemerkte ich jedoch, daß ich einen Fehler begangen hatte. Der Herzog sah mich nachdenklich an und schwieg einen Augenblick; dann entgegnete er: »Aber meine bescheidenen Ratschläge finden kaum Gehör! Und außerdem, wer kann es schon sagen; diese Herren in Berlin sind im Grunde nicht besser als Bonaparte, und wenn sie bis jetzt weniger Schaden angerichtet haben, dann nur, weil sie weniger Macht haben als er.« »Es ist ein Jammer«, murmelte ich, geschlagen, »daß der König von solchen Ministern umgeben ist. Aber vielleicht werden Monseigneur, der den Berliner Hof besser kennen als ich, bestätigen können, daß, wie ich gehört habe, der gute Einfluß, den die Königin ausübt, denjenigen der schlechten Ratgeber ausgleicht.« Bei der Erwähnung von Königin Luise leuchtete das Gesicht des alten Mannes auf. »Haben Sie die *Nouvelle Héloïse* gelesen?« rief er. »Ja, aber vor vielen Jahren«, antwortete ich und fragte mich, was er mit einer so merkwürdigen Frage bezwecken könnte. »Das macht nichts! Wenn Sie Julie kennen, ist es, als hätten Sie das Porträt Ihrer Majestät vor Augen; und ich glaube, daß auch, wenn sie von Politik nicht mehr versteht als ihre Geschlechtsgenossinnen im allgemeinen, der König gut beraten wäre, manchmal eher auf ihre Stimme zu hören als auf die seiner Minister und Sekretäre.« Ich weiß nicht, ob Friedrich Wilhelm wirklich unter dem Einfluß der Königin steht, aber nach diesem literarischen Vergleich zweifle ich nicht daran, daß sie auf den Herzog eine starke Wirkung hat; ich vermute sogar, daß er vor allem aus Ergebenheit ihr gegenüber nicht auf den Rang eines preußischen Generalfeldmarschalls hatte verzichten wollen, um den Preis, wenig glaubwürdig zu wirken, wenn er behauptet, eine Politik als unabhängiger Fürst zu betreiben.

Für diesen Einfluß der Königin bekam ich übrigens augenblicklich einen Beweis, da der Herzog, der vielleicht bemerkt hatte, daß er sich etwas zu sehr erregt hatte, aufstand und sich für einen Augenblick entfernte, wofür er sich mit ausgesuchter Höflichkeit entschuldigte. So blieb ich also allein im Arbeitszimmer zurück. Und jetzt tat ich etwas, das durchaus tadelnswert ist: Ich erhob mich und schnüffelte auf seinem Schreibtisch herum. Unter vielen anderen Papieren ohne Bedeutung fand ich dort: a) einen Brief des Grafen Haugwitz voller Unterstreichungen und meist recht bissigen Randbemerkungen, aus denen ich den Eindruck gewann, daß der Herzog den Stil des alten Friedrich imitieren wollte, und b) ein duftendes Briefchen, vor einer Woche abgeschickt aus Bad Pyrmont, das in einem Roman von Crébillon *fils* steckte und in dem die Königin mitteilte, daß der Kurfürst von Hessen, der einen ganzen Abend mit ihr getanzt hatte, jetzt bereit sei, seine Truppen mit den preußischen zu verbinden, sobald der König sich endlich entschließe, Bonaparte den Krieg zu erklären; »und ich zweifle nicht daran, daß unter der Führung Eurer Hoheit unsere tapferen Männer diese niederträchtigen Franzosen aus Deutschland vertreiben werden«. Kaum hatte ich alles wieder an seinen Platz zurückgelegt, kam der Herzog wieder herein, sichtlich erfrischt und parfümierter als vorher, untadelig in seinem bürgerlichen Gewand und immer weniger einem Soldaten ähnlich. Er setzte sich und nahm das Gespräch wieder auf, lenkte es jedoch in eine gänzlich unerwartete Richtung. Er fragte mich, ob ich Italien kenne, und als ich verneinte, sprach er lange und leidenschaftlich von Rom und Neapel, wo er in seiner Jugend gelebt hatte, und von Winckelmann, der ihn damals in das Studium der klassischen Antike eingeführt hatte. Dann wechselte er jäh den Ton und erzählte mir in allen Einzelheiten, daß Winckelmann in einem italienischen Wirtshaus ermordet worden sei, und dies mit der Gewandtheit eines erfahrenen Erzählers, fast entwickelte er vor meinen Augen einen dieser modernen Romane, mit denen die Engländer so glänzen und die man zu Recht gotisch nennt. In der Hoffnung, ihn wieder auf die Themen zurückzuführen, die mich interessierten, und noch ein paar Indiskretionen über die Stimmungen am Berliner Hof aus ihm herauszukitzeln, stellte ich ihm Fragen über König Friedrich, seinen Onkel, an den er viele Erinnerungen bewahrt haben mußte; er schien überrascht, als ich bemerkte, daß seit seinem Tod bereits zwanzig Jahre vergangen seien. Mit einem Stich Ironie erinnerte er daran, daß der König ihm, als er ganz jung seine erste Schlacht schlug, eine Ode in hämmernden Versen gewidmet hatte, die voraussagte, daß er ein Held werden würde; »und jetzt sitze ich hier, wie Sie sehen«.

Ich glaubte schon, die Unterhaltung werde endlich eine verheißungsvollere Wendung nehmen, doch von Friedrich ging der alte Mann sofort dazu über, mir von Voltaire zu erzählen; er schilderte mir den Garten in Ferney und seine Spaziergänge mit dem Hausherrn kurz vor seinem Tod und fragte mich, ob ich die Schweizer Berge kenne. Und ohne mir Zeit zum Antworten zu lassen, fing er von neuem an, sich über mein Land zu informieren. Seiner Meinung nach sei Amerika im Aufstieg begriffen, während es mit Europa bergab gehe. »Europa«, fügte er hinzu,

»trägt die Saat der Dekadenz in sich. Denken Sie nur an Rußland! Rußland wird eines Tages über Europa herrschen, und es ist keine zivilisatorische Macht.« Dennoch war er der Ansicht, Amerika begehe einen Fehler, wenn es jede Verbindung mit Europa abbrechen wolle. Er fragte mich, ob ich glaube, daß Dr. Franklin aufrichtig gewesen sei, als er die Revolution als einen unnötigen Riß zwischen Mutterland und Kolonie beklagt habe; ich sagte ihm, daß ich nicht glaube, daß Dr. Franklin die Revolution gewollt habe, und Washington ebensowenig. Er fragte, ob eine der prominenteren Persönlichkeiten sie gewollt habe; ich sagte, vielleicht John Adams, Samuel Adams und James Otis. Ich hatte den Eindruck, er wöge diese Namen ab, die ihm vielleicht nicht allzu vertraut waren; sein Geist schweifte jedoch bereits in eine andere Richtung. »Sagen Sie, haben Sie einen populären Schriftsteller in Amerika?« »Keinen«, antwortete ich, und das ist die Wahrheit. »Eine gute Geschichte der Revolution?« Ich erwähnte Gordon, Ramsay und Marshalls *Leben Washingtons*. Als ich meine Überraschung darüber zum Ausdruck brachte, daß er sich so sehr für uns interessiere, behauptete er, diese Informationen seien für ihn sehr wertvoll, da ihn schon seit einiger Zeit die schrullige Idee verfolge, nach Amerika zu gehen, um persönlich unsere Demokratie zu erleben und vor allem die Wilden und das Leben im Naturzustand kennenzulernen.

Das Schicksal der Indianer, die seiner Ansicht nach dazu verurteilt sind, früher oder später dem Druck der Weißen zu unterliegen, interessiert ihn ganz besonders. »Man müßte«, sagt er, »eine Akademie gründen, um die Gebräuche dieser merkwürdigen Populationen zu studieren, bevor sie für immer verschwinden.« Es ist nicht das erste Mal, daß mir in Europa eine solche Schwärmerei für unsere Indianer begegnet; diese Herren haben eben niemals einen aus Fleisch und Blut gesehen und niemals ihren Geruch in die Nase bekommen. »Ich bin nicht sicher«, bemerkte ich, »ob wir überhaupt in der Lage sind, die Gebräuche der Wilden zu verstehen, und es würde mich nicht wundern, wenn man eines Tages entdeckte, daß all das, was wir über sie zu wissen glauben, nichts anderes als Mystifikation und Lüge ist.

Dieser Verdacht ist mir an dem Tag gekommen, an dem George Washington die Creek-Häuptlinge empfing«, fügte ich hinzu, und da der Herzog diese Episode nicht kannte, erzählte ich sie ihm. »Die Audienz fand im Saal des Kongresses statt. Die Indianerhäuptlinge, begleitet von einem Dolmetscher, setzten sich mit dem Präsidenten in einem Kreis zusammen; kaum hatte der letzte von ihnen Platz genommen, begann die Zeremonie des Rauchens. Eine riesige Indianerpfeife wurde in die Mitte gestellt; der Schlauch war, glaube ich, aus Leder und zwölf oder fünfzehn Fuß lang. Der Präsident rauchte als erster, und nachdem er zwei oder drei Züge getan hatte, reichte er die Pfeife an den Häuptling weiter, der ihm am nächsten saß, dieser gab sie an den nächsten weiter, und so fort. Diese Häuptlinge, von denen manche fast noch Knaben waren, rauchten mit soviel Ernst, daß sie wie eine Versammlung von Gentlemen wirkten, die nach dem Mittagessen im Club ihre Zigarre rauchen.« »Es ist ein wahrer Jammer«, murmelte der Herzog lächelnd, »daß Rousseau nicht mehr lebt, um eine Geschichte wie diese zu hören!« »Ja, Monseigneur«, erwiderte ich, »aber ich bin gar nicht so sicher, was für einen Nutzen er daraus gezogen hätte; was mich betrifft, so bezweifle ich, daß diese Zeremonie wirklich indianischen Ursprungs ist, wie allgemein angenommen wird. Zumindest diese Indianer schienen mit ihr nicht vertraut zu sein, und ich hätte schwören können, daß sie sich aus reiner Höflichkeit einem Brauch unterwarfen, von dem sie glaubten, daß unsere Gewohnheiten ihn vorsähen. Mehr als einer hatte ein Lächeln auf den Lippen, das zugleich Überraschung und Vergnügen ausdrückte, als sei die ganze Zeremonie nicht nur neu für sie, sondern käme ihnen auch lächerlich vor; und alle Anwesenden, mit Ausnahme vielleicht des Präsidenten, zogen sich mit einem unangenehmen Gefühl von Unbehagen zurück und mit dem leisen Verdacht, sich zum Gespött jener Wilden gemacht zu haben.«

Der Herzog schwieg einige Augenblicke, als wisse er nicht, wie er diese Geschichte zu verstehen habe. »Ja«, murmelte er schließlich, »häufig könnten diejenigen, die wir als Wilde betrachten, uns zivilisierten Menschen Lektionen erteilen. Leider ist häufiger das Gegenteil der Fall! Ich habe gerade dieser Tage gelesen, daß bei ich weiß nicht welchem Stamm ein Prophet erschien, der behauptete, der Große Geist habe ihn erleuchtet, und begann, gegen all die zu predigen, die Alkohol trinken, denn sie seien, wie er behauptete, vom Teufel besessen. Diese braven Indianer glaubten ihm und fingen sofort an, all ihre Stammesgenossen bei lebendigem Leib zu verbrennen, von denen sie wußten, daß sie dem Trunk ergeben waren, angefangen mit ihrem Häuptling, so daß Ihre Regierung einen Vertreter zu ihnen schicken mußte, der ihnen wieder Vernunft beibringen sollte. Ich glaube, man findet schwerlich einen beredteren Beweis für den unheilvollen Einfluß, den die Begegnung mit der Zivilisation auf diese armen Kerle ausübt, die bis jetzt doch glücklich in den Armen der Natur gelebt haben.« »Wenn es darum geht, Monseigneur«, erwiderte ich, »so könnte man das Argument ohne weiteres auch umkehren, denn auch die Begegnung mit den Wilden übt auf die Weißen einen schlechten Einfluß aus. Hier in Europa verbrennt man die Christen nicht mehr bei lebendigem Leib, aber in New York ist ein Neger, der seinem Herrn die Kehle durchgeschnitten hatte, wenige Tage vor meiner Abreise an einen Pfahl gebunden lebendig verbrannt worden, und diese Gewohnheit ist uns von niemand anderem beigebracht worden als von den Indianern. Das ist aber«, fuhr ich nach kurzer Überlegung fort, »auch das mindeste, um unsere Neger im Zaum zu halten.« Der Herzog mag, wie man sagt, den Geist seines Onkels geerbt haben, doch gewiß nicht dessen schlechte Manieren, im Gegenteil, sein Grundsatz ist es, stets in seinem Verhalten und in seiner Sprache die ausgesuchteste Höflichkeit zu bewahren; dennoch konnte er es nicht ertragen, daß jemand die Autorität Rousseaus in Frage stellt. »Eure Neger!« rief er. »Auch sie sind doch arme Geschöpfe, die mit Gewalt aus ihren Wäldern verschleppt und von den Sklaventreibern geprügelt wurden, bis sie den Verstand und jedes Gefühl verloren. Ihr Verhalten unter der Peitsche ist doch gewiß kein Maßstab, nach dem Sie das System von Jean-Jacques beurteilen können!« Mit dieser Verteidigung des Schweizers noch nicht zufrieden, fügte der alte Mann hinzu, seiner Meinung nach sei der Sklavenhandel ein unauslöschlicher Makel auf dem guten Namen Amerikas; und obwohl ich nicht die Absicht hatte, eine Diskussion über diese besondere Einrichtung vom Zaun zu brechen, konnte ich nicht umhin zu antworten. »Ich sehe keinen Unterschied, Monseigneur, zwischen dem Handel mit Sklaven und dem mit unglücklichen Soldaten, die für Geld von ihren Herrschern an eine ausländische Macht verkauft werden; auch dies ist Handel mit Menschenfleisch, und mir scheint, selbst Eure Hoheit hatten in der Vergangenheit keine Bedenken, ihn zu betreiben.« Der Herzog errötete und sagte lange kein Wort; dann murmelte er: »Das ist wahr, aber Sie dürfen nicht glauben, daß ich keine Bedenken hatte; und im übrigen habe ich mittlerweile schon seit elf Jahren keinen Soldaten mehr verkauft. Das letzte Mal war es 1795, und nicht an irgendeine ausländische Macht, sondern an meinen Schwager, König Georg: Ich verkaufte ihm 1900 Seelen für den Krieg gegen Frankreich. Was soll man machen. Um einen Staat zu verwalten braucht man Geld ... Und außerdem, wer weiß?« rief er, wieder heiterer: »Möglicherweise wendet sich ja auch für Ihre Neger am Ende alles noch zum Guten. Ich habe häufig darüber nachgedacht und bin zu einem Schluß gekommen. Ich weiß, daß es in Ihren Provinzen im Süden eine große Zahl von Gebieten gibt, in denen es den Weißen nicht gelingt, sich zu akklimatisieren, in denen aber die Neger leben und es ihnen gutgeht. Ich habe mir gedacht, daß sich mit der Zeit die Negerbevölkerung im südlichen Teil des Territoriums konzentrieren und die weiße Bevölkerung im Gegenteil nach und nach von dort fortziehen wird. Auf diese Weise wird sich ein Volk bilden, das direkt von den Afrikanern abstammt und das seine eigene Nation und seine eigenen Gesetze haben kann.« Seine Hoheit schien ganz versunken in diese Phantasien und gar nicht darauf zu achten, wie die Zeit verging; doch mitten im schönsten Schwung holte er plötzlich seine Uhr aus der Tasche und verabschiedete mich sehr liebenswürdig, indem er sich mit einer unaufschiebbaren Verpflichtung entschuldigte, die ihn zwinge, unser Gespräch abzukürzen. Da wurde mir bewußt, daß wir gar nicht mehr über das gesprochen hatten, was mich wirklich interessierte; und mir war nicht klar, ob der Herzog ein verkalkter Greis war oder ob er mich auf liebenswürdige Weise zum Narren gehalten hatte. Jedenfalls reichte er mir die Hand, setzte sich an seinen Schreibtisch und wandte sich wieder seinen Papieren zu; und mir blieb nichts anderes übrig, als mich tief zu verbeugen und zu gehen. Während ich die Tür hinter mir schloß, hatte der Herzog den Roman von Crébillon geöffnet und pfiff mittlerweile eine Melodie, die ich nicht gleich erkannte. Später, während ich zu Fuß zum Hotel zurückkehrte, kam sie mir wieder in den Sinn, und ich ertappte mich, daß auch ich sie pfiff, bevor mir bewußt wurde, daß es sich um das alte französische Lied handelte: »Malbrouck s'en va-t-en guerre, Dieu sait s'il reviendra …«

Sonntag, 27. Juli

Das Etablissement von Madame Galland am Kohlmarkt liegt im Erdgeschoß eines alten heruntergekommenen Hauses, dessen Fassade durch den Kohlenstaub ganz schmutzig ist; im Inneren jedoch war der Salon gestern abend hell erleuchtet, und die Flammen der Kerzen spiegelten sich auf einem polierten Tanzboden, der wie ein Spiegel glänzte. An den Tischen saßen etliche Gäste. Unter anderen Umständen hätte ich gebeten, in ein Séparée geführt zu werden, in diesem Fall aber nicht, und ich wurde dafür ausreichend entschädigt dadurch, daß ich fremd war in einer Stadt, in der das Fremde keine Neugier auslöst, und ich so tat, als spreche ich die Sprache schlecht. Der Kellner servierte mir eine Bowle, wie man hier sagt, ein Orangenpunsch, und sofort setzten sich drei oder vier Mädchen an meinen Tisch, alle recht anmutig und sehr schicklich gekleidet. Aus irgendeinem Grund zog mich die Stillste in der Gruppe an, die nicht einmal versuchte, mir zu gefallen, und mit einem so leeren Blick vor sich hin starrte, daß ich dachte, sie stünde vielleicht unter der Wirkung von Opium oder irgendeiner anderen Droge. Als ich sie nach ihrem Namen fragte, antwortete sie mir mit heiserer

Stimme, sie heiße Paulette, als sei sie in Paris geboren und habe dort gelebt, auch wenn man an ihrem Verhalten und ihrer Sprache erkannte, daß sie in einer Bauernhütte nicht mehr als eine Tagesreise von Braunschweig entfernt aufgewachsen sein mußte. Sie war die erste Deutsche, mit der ich Bekanntschaft machte, und sie schien mir ein herrliches Exemplar ihrer Rasse; als ich sie weiter ausfragte, wurde mir klar, daß ihr Phlegma nicht auf den Mißbrauch von Arzneimitteln zurückzuführen war, sondern lediglich auf das zu dicke Blut, das ihr von ihren Vorfahren vererbt worden war, so daß ich nicht zögerte, ihr auf ihr Zimmer zu folgen. Hier jedoch kam es zu einem merkwürdigen und unvorhergesehenen Zwischenfall, als nämlich meine Auserwählte mich, während sie die Strumpfhalter löste, die über dem Knie ihre Seidenstrümpfe hielten, fragte, ob es mir etwas ausmache, ohne Kondom Verkehr mit ihr zu haben, da nämlich, wie sie erklärte, als sie meine Überraschung bemerkte, seit einiger Zeit durch die Unterbrechung der Handelsbeziehungen mit England die Versorgung mit dieser Art von Ware recht schwierig geworden war. Nun hatte ich mir vor meiner Abreise feierlich geschworen, mich bis zu meiner Rückkehr in die Heimat niemals *sine condom* mit einer Frau der Lust hinzugeben, und ich war nicht im geringsten bereit, ein solches Risiko einzugehen, schon gar nicht zu Beginn der Reise. Selbstverständlich führte ich in meinem Gepäck eine Schachtel dieses Artikels mit mir, dummerweise hatte ich jedoch nicht daran gedacht, mich damit zu versehen, bevor ich zu Madame Galland ging. Das Mädchen bemühte sich, mich zu überzeugen, daß nichts zu befürchten sei, und holte sogar ein medizinisches Attest aus einem Kästchen, wo bescheinigt wurde, daß sie gesund sei und keinerlei Ansteckungsgefahr durch irgendwelche Krankheiten bestehe; es schien mir jedoch nicht vernünftig, meinen Schwur auf das Wort irgendeines x-beliebigen deutschen Arztes hin zu brechen. Schließlich schlug Paulette mit niedergeschlagenen Augen eine Lösung vor, der ich gern zustimmte; und so konnte ich mich ihrer ohne Vorsichtsmaßnahmen erfreuen und auf eine Weise, die mehr nach jenem französischen Namen war, den sie sich gegeben hatte. Nachdem wir fertig waren, war ihre ganze Sorge, sich mit der größten Bescheidenheit von der Welt zu vergewissern, ob sie mich auch befriedigt hatte; dennoch beklagte ich mich bei ihrer Arbeitgeberin, die bestätigte, daß der betreffende Artikel seit Monaten in der Stadt nicht aufzutreiben sei, was sich sehr nachteilig auf ihren Beruf auswirke, und nicht versäumte, sich bitter über Bonaparte zu beklagen, dem sie die alleinige Schuld für diese Unannehmlichkeit gab.

Tatsache ist jedenfalls, daß dieses Vergnügen mich, auch wenn es mich nur einen Gulden gekostet hatte, keineswegs befriedigt hatte; als ich ins Hotel zurückkam, fragte ich mich sogar, ob ich mich nicht noch zu einem anderen Haus führen lassen sollte, als ich in der Vorratskammer eine Küchenmagd erblickte, die, über einen Bottich gebeugt, Teller wusch. Das Mädchen war im siebten oder achten Monat schwanger: Ihr aufgeblähter Bauch schaukelte bei jeder Bewegung schwer hin und her. Sie trug wie alle Hausmädchen hier einen Kittel aus grobem Stoff, aber geschmackvoll geschnitten; ich beobachtete eine Weile ihre Knöchel und ihre nackten Füße in den zerschlissenen Pantoffeln, die den Körper, der eine ungewöhnlich schwere Last trug, kraftvoll stützten. Ich hatte bereits beobachtet, daß in diesem Land die *grisettes* im allgemeinen schöner als die Damen sind; auf Kutschfahrten begegnet man häufig neueingekleideten Vogelscheuchen, doch die Verkäuferinnen und die Dienstmädchen haben Arme, Schenkel und Haare wie griechische Statuen. Das weiße Fleisch der bis zu den Achseln freien, mutig in das kalte Wasser getauchten Arme belebten schließlich wieder den Gedanken, von dem ich mich durchaus noch nicht verabschiedet hatte. Ich überlegte mir, daß meine Grundsatzerklärung für diesen Fall nicht geändert werden mußte, da sie ihn überhaupt nicht betraf; denn vor langer Zeit schon hatte Dr. Greaves mich ganz im Vertrauen über die chemische Unverträglichkeit zwischen dem Zustand schwangerer Frauen und jenen unangenehmen Krankheiten aufgeklärt, gegen die ich mich normalerweise schützen muß. Von dieser Überlegung ermutigt, ging ich zu ihr hin. Die Küchenmagd drehte sich zu mir um, und an ihrem verbrauchten

Gesicht unter der Haube, den zwei tiefen Falten an den Mundwinkeln, den Augenringen, die auf Erschöpfung und Schlafmangel hinwiesen, und einer Handvoll Sommersprossen auf Nase und Stirn, welche die Blässe des Gesichts noch betonten, erkannte ich, daß sie kein Mädchen war, sondern eine vielleicht dreißigjährige Frau. Anfangs schien sie von meinen Zärtlichkeiten überrascht, doch wir wurden uns rasch einig. Sie wollte um keinen Preis in mein Zimmer mit hinaufkommen, da sie fürchtete, ihre Herrin könne sie sehen, begleitete mich aber in eine Abstellkammer hinter der Küche, die ein wenig unbequem war, aber genügend Platz für einen Strohsack bot, der augenscheinlich ihr Ruhelager für die Nacht war. Lächelnd ließ sie ihre Brüste aus dem Dekolleté springen, hob das Kleid bis zur Taille, und kaum hatte ich meine Hose herabgelassen und mich auf dem Strohsack ausgestreckt, bestieg sie mich; denn dies war die einzige Position, in der ihr dicker Bauch das Spiel nicht behinderte. Ihr Körper strömte einen Geruch nach ungewaschenen Kleidern aus, und ihre Hände rochen nach Zwiebeln, doch seltsamerweise stieß diese Mischung mich nicht ab. Sie geriet so rasch und so geräuschvoll in Erregung, daß ich fürchtete, jemand könnte uns überraschen, was meine Lust allerdings nur noch steigerte. Danach säuberte sie sich mit dem Saum ihres Kittels und kehrte, als wäre nichts gewesen, zu ihren Kasserollen zurück, nachdem sie in einer Tasche des Unterrocks die Geldmünze hatte verschwinden lassen, die ich ihr in die Hand gedrückt hatte.

Nach dem Frühstück mit einem Huhn und einer Flasche Madeira brach ich heute mittag von Braunschweig auf und fuhr den ganzen Nachmittag durch eine flache Ebene, die einheitlich mit Roggen und Hafer bepflanzt war. In Deutschland findet man nur selten jene Zäune oder Hecken, die bei freiheitsliebenderen Völkern den Besitz eines jeden eingrenzen; hier sind die Felder offen und dehnen sich so weit das Auge reicht, ohne daß irgendein Hindernis die Eintönigkeit der Landschaft unterbricht und das Auge des Reisenden erfreut. Ich kann mir die Flut von Prozessen gut vorstellen, zu der ein solcher Zustand in Amerika führen würde! Das Wetter ist heiß, aber unbeständig; den ganzen Vormittag über war der Himmel heiter gewesen, doch als ich in die Kutsche stieg, erschienen die ersten Wolken, und im Verlauf des Nachmittags wechselten sich kurze, heftige Regengüsse mit sonnigen Augenblicken ab. Heute abend machte ich zum Abendessen in der letzten Poststation des Herzogtums vor der preußischen Grenze halt. Das Gasthaus war genauso, wie man es aus dem Theater kennt: ein niedriger Raum voller Leute, die tranken, eine große verräucherte Küche, eine Treppe, die sich in der Dunkelheit zu verlieren schien, tatsächlich aber zu den drei oder vier Zimmern im oberen Stockwerk führte. Ein Küchenjunge begleitete mich in eines dieser oberen Zimmer, in dem sich lediglich ein Tisch, ein Stuhl ohne Strohgeflecht und ein Strohlager befanden, zündete die Kerze an und versicherte mir, daß ich unverzüglich das Abendessen bekommen würde. Da die Speisen jedoch auf sich warten ließen, ging ich wieder hinunter und ließ mir einen Krug Bier einschenken, während ich darauf wartete, daß mein Braten gar würde. In dem Raum drängten sich Bauern in Festtagskleidern, die den ganzen Tag im Schatten der Bäume getanzt hatten und sich mit einem letzten Bier stärkten, bevor sie sich auf den Heimweg machten. Die einfachen und ehrlichen Gesichtszüge, die gelassene, ja langsame Sprechweise, die gutmütigen und ruhigen Bewegungen dieser Bauern sind die gleichen, die ich seit meiner Ankunft bei allen holländischen und deutschen Bauern angetroffen habe. Die Männer tragen den Dreispitz und einen stoffgefütterten Leinenanzug ohne Kragen und ohne Rockschöße, wie man sie vor zwanzig Jahren trug, besetzt mit Metallknöpfen so groß wie Eindollarmünzen. Sie sind fast alle blond oder, seltener, rot; und wer keine langen Haare hat, trägt sie schüsselförmig geschnitten, wie man es auf den alten flämischen Gobelins sieht. Fast alle haben Lederhosen an, blaue Strümpfe und Schuhe mit großen Silberschnallen, die sie an den Werktagen gegen Holzschuhe oder Stiefel vertauschen. Die Bäuerinnen waren bereits fast alle gegangen, aber diejenigen, denen ich auf der Straße noch begegnete, trugen gewaltige Röcke mit vierzig oder fünfzig Falten und rochen nicht besonders gut, vor allem die älteren nicht; auf ihren Köpfen saßen kleine lila Samtkäppchen, bestickt mit Goldpailletten. Auch die Serviererinnen der Poststation waren so gekleidet, außer daß sie das Käppchen zusätzlich mit zahlreichen Schleifen und Bändern geschmückt hatten, so daß es unter all dem Prunk beinahe verschwand. Endlich kam der Küchenjunge und meldete mir, daß das Abendessen fertig sei, und ich ging wieder in mein Zimmer hinauf, wo der Postmeister zusätzlich zum Braten eine Graupensuppe mit Wein und einen Salat serviert hatte, aus gekochtem Kohl, glaube ich, dem Geruch nach zumindest, denn ich hatte nicht den Mut, ihn zu probieren; das Ganze wurde begleitet von einem miserablen Moselwein, vermischt mit Johannisbeergelee, und daher aus irgendeinem Grund Champagner rosé genannt. Im Gespräch mit dem Postmeister brachte ich ihm meine Freude über den Wohlstand der Dorfbewohner zum Ausdruck, die mir in dieser Gegend tatsächlich wohlgenährter als in den anderen Provinzen vorkommen; aber ich konnte doch nicht umhin, ihre miserable Kochkunst zu tadeln. Und der Wein, den ich hastig trank, um den Geschmack nicht zu spüren und wenigstens seine Kühle zu genießen, verursachte mir heftigste Kopfschmerzen, so daß ich mich schlafen legte, kaum daß ich vom Tisch aufgestanden war.

Montag, 28. Juli

Die Sonne schien seit kurzem, als ich die Grenze zwischen dem Herzogtum Braunschweig und dem Königreich Preußen überschritt, nicht ohne eine lästige Überprüfung meiner Papiere, die aus irgendeinem Grund den Offizier vom Dienst nicht zufriedenstellten, so daß ich eine ganze Weile, schweißgebadet in der bereits erstickenden Hitze des Wachpostens, auf das Eingreifen eines Vorgesetzten warten mußte, bevor ich mich endlich von den Aufmerksamkeiten jenes pedantischen Zöllners freimachen konnte. Es gibt nichts Unangenehmeres als die Paßpolitik in Europa: nicht nur, daß man keinen Schritt machen kann, ohne in einem unterzeichneten und gesiegelten Formular mit Namen, Aussehen und Beruf beschrieben worden zu sein, nein, diesen Paß muß man auch vorzeigen, um Postkutschenpferde zu bekommen, ja sogar, wie man mir erzählt, um einen Platz in der Postkutsche zu erhalten, und jedem Beamten steht es frei, ihn zu beanstanden und dem Reisenden alle Arten von Unannehmlichkeiten zu bereiten. In solchen Augenblicken trauere ich meiner Heimat nach: Dort wagt kein mit einer beschränkten Machtbefugnis ausgestatteter Möchtegerntyrann, die Fremden ungestraft zu beleidigen, und der Reisende wird nicht auf jeder Station wie ein Feind verhört und durchsucht oder gezwungen, sich die Beleidigungen eines geschniegelten Rüpels anhören zu müssen. Während ich über die Gründe für so viel Argwohn nachdachte, mußte ich unwillkürlich daran denken, daß ich, da ich immer nach Osten reiste, die preußische Grenze schon dreimal passiert hatte; die Geographie der europäischen Staaten erinnert eher an eine schwierige Aufgabe, die ein bockiges Kind nicht beendet hat, als an ein Ergebnis menschlicher Vernunft, und es verwundert nicht, daß ihre Politik in erster Linie von der Angst vor den Nachbarn bestimmt wird.

Mit dem Grenzübertritt hat sich das Aussehen der Landschaft in keiner Weise verändert: Die Straße führt weiterhin durch eine sandige Ebene, immer unter dem gleichen tiefen und drückenden Himmel, der Dialekt der Bauern ist derselbe, und nur ein gewisser Gesamteindruck von noch größerem Elend zeugt davon, daß wir das Gebiet des Herzogs von Braunschweig verlassen haben, um das des preußischen Königs zu betreten. Die Bauern, die auf den Feldern arbeiten, tragen nur Hose und Hemd; viele von ihnen tragen jedoch die rote oder schwarze Krawatte der Soldaten und den betreßten Dreispitz der preußischen Infanterie, ein Zeichen, daß es sich um Angehörige des Militärs handelt, die vorübergehend für die Mahd beurlaubt worden sind. Der König ist recht großzügig seinen Soldaten gegenüber und gewährt ihnen lange Urlaube in den Zeiten, wo ihre Arme zu Hause notwendiger gebraucht werden, natürlich ohne ihnen in dieser Zeit ihren Sold zu zahlen. Das bringt ihm die Dankbarkeit seiner Adligen ein, denen die Bauern in dieser Jahreszeit normalerweise vier oder fünf Tage unbezahlter Arbeit pro Woche schulden. Sie sind aber verpflichtet, ein Erkennungszeichen zu tragen, das ihren Rang angibt, und sonntags müssen sie der Messe in Uniform beiwohnen; Zuwiderhandelnde werden von den Pfarrern gemeldet und sofort der Fahnenflucht beschuldigt. Im übrigen wird erzählt, daß man früher sogar zehnjährige Kinder auf den Feldern arbeiten sehen konnte, deren Hut die Litze der Armee schmückte: Die Regimenter schrieben sie, um dem Betrug vorzubeugen, schon im voraus in ihre großen Bücher ein, und so waren sie dazu verurteilt, sofort ihren Dienst anzutreten, sobald sie das vom Gesetz vorgesehene Alter erreicht hatten. Heute geht man nicht mehr so weit, und die Rekrutierungsoffiziere begnügen sich damit, die jungen Burschen mitzunehmen, die schon in der Lage sind, die Waffen zu halten, vorausgesetzt, sie erreichen die erforderliche Größe und haben nicht die Möglichkeit, sich einen Ersatzmann zu kaufen. Auch die Dauer des Wehrdienstes, eine unbegrenzte Zeit, ist jüngst durch einen Akt der Großzügigkeit von seiten des Monarchen auf nur zwanzig Jahre verkürzt worden, so daß man sagen kann, daß es den Bauern in Preußen niemals so gut gegangen ist wie unter der gegenwärtigen Regierung.

Das Klima ist nach der Kälte der vergangenen Tage wieder schwül geworden; die Sonne sticht auf die Schultern der Schnitter, die den Roggen mähen, und die Reise wird durch die Hitze und den Staub beschwerlich. Am Nachmittag erreichten wir Tangermünde an der Elbe, ein ansehnlicher Weiler bewohnt von Kaufleuten und ein paar Grundbesitzern, bedeutend durch die Brücke, die zusammen mit der von Magdeburg einen der sehr wenigen und gut überwachten Zugänge ins Herz des preußischen Staates bildet. Daher ist dort ein Kürassierregiment stationiert, dessen Posten an den Toren und vor allen öffentlichen Gebäuden Wache stehen, weswegen die Bürger auch nicht einen Augenblick vergessen können, daß sie unter einer Militärregierung leben. Als ich in die Stadt einfuhr, hatten alle Zivilisten sich bereits in ihre Häuser zurückgezogen, und auf der Straße begegneten einem nur umherschlendernde Kürassiere in weißen Waffenröcken, gelben Kragenspiegeln und Stiefeln, deren Säbel im Staub baumelten. Im Café an der Hauptstraße, wo ein paar Unteroffiziere Billard spielten, bat ich den Wirt, mir eine Herberge zu nennen; da der Mann, wie sich herausstellte, zwei oder drei Zimmer im ersten Stock für die Durchreisenden bereithielt, beschloß ich ohne viel zu überlegen, bei ihm zu übernachten.

Nach dem Abendessen ging ich noch etwas trinken in einer Gaststätte unter freiem Himmel, deren Besitzer darauf achtet, immer einen gutsortierten Weinkeller zu haben, zur Freude der Garnisonsoffiziere. Drei oder vier von ihnen saßen auch gerade vor ihren Gläsern an einem Tisch unter einer Laube, und ihre Burschen tranken an einem anderen Tisch. Als sie sahen, daß ich allein war, und mich an meinem Akzent als Ausländer erkannten, luden sie mich ein, mich ihnen anzuschließen. Die Erfahrung, die ich mit den Husaren in Westfalen gemacht hatte, ließ mich nicht allzu viel von der Gesellschaft der Kürassiere erwarten, ich hatte es jedoch nicht zu bereuen, ihre Einladung angenommen zu haben. Als sie erfuhren, daß ich Amerikaner war, zeigten sie sich interessiert und wohlgesonnen, obwohl ihre Unwissenheit, was mein Land betraf, offenkundig war. Einer von ihnen fragte mich, ob es wahr sei, daß wir in Amerika keine Diener hätten! Ich versicherte ihm, daß wir genauso wie in Europa welche hätten; der einzige Unterschied bestehe darin, daß bei uns die Diener ungehorsamer seien und wir daher schlechter bedient würden. Fast alle hatten die Gelegenheit gehabt, Engländer kennenzulernen, und bemerkten, Amerikaner und Engländer seien sich sehr ähnlich, die Amerikaner seien aber lebhafter und besser gelaunt; im allgemeinen werden, soweit ich bereits feststellen konnte, die Engländer auf dem Kontinent für kühl, arrogant und schwermütig gehalten.

Da jene Herren so höflich waren, ihr Glas auf das Wohl der Vereinigten Staaten zu erheben, revanchierte ich mich, indem ich auf das Wohl des preußischen Königs trank, und nutzte die Gelegenheit, sie nach der Wahrscheinlichkeit eines Krieges zu fragen. Es stellte sich heraus, daß sie nicht die leiseste Ahnung hatten, sie sehnten ihn jedoch von ganzem Herzen herbei. Sie wünschten sich, gegen Frankreich zu marschieren, da dies heute unter ihresgleichen der populärste Krieg ist, mit dem gleichen Eifer wären sie aber auch bereit, gegen Österreich, die Schweiz oder Rußland Krieg zu führen. Gegen welchen Feind sie kämpfen, ist ihnen absolut gleichgültig, wenn nur überhaupt endlich gekämpft wird. »Unser Heer hat zu lange im Frieden gelebt«, seufzte Oberleutnant von Lettow. »Es fällt mir schwer, darin ein Unglück zu sehen«, lächelte ich, »auch wenn ich einräume, daß es in den Augen der Herren als ein solches erscheinen mag.« »Verstehen Sie meine Worte bitte nicht falsch«, erwiderte der junge Mann. »Der Friede ist ein recht glücklicher Umstand für das Land; das Handwerk des Soldaten ist jedoch der Krieg. Gewiß, in Friedenszeiten werden die Männer geschliffener, umgänglicher und, wenn man so sagen kann, menschlicher, lauter Eigenschaften, die aus ihnen scheinbar Bürger machen, die für den Staat nützlicher sind; dadurch leidet aber das militärische Leben in seinem eigentlichen Kern, denn die Gewohnheiten der bürgerlichen Gesellschaft verseuchen diejenigen der Armee.« »Genauso ist es, gut gesprochen!« fügte Hauptmann von Borstell hinzu. »Wenn der Friede zu lange dauert, verbürgerlicht das Heer. Wer heute in unserem Land die Auswirkungen des langen Friedens preist, bemerkt nicht den Widerspruch zu dem, was immer das Wesen Preußens ausgemacht hat und auch weiterhin ausmachen wird: Wenn man eine Kriegsnation sein will, muß man auch Krieg führen. Der Krieg ist eine Kunst, und jede Kunst muß ausgeübt werden, sonst besteht die Gefahr, daß man ihre Prinzipien vergißt.« Meine zufälligen Tischgenossen waren, wie man sieht, durchaus keine brutalen Haudegen, im Gegenteil, sie bewiesen sogar, daß sie philosophischer Betrachtungen fähig waren, zu denen übrigens alle gebildeten Deutschen ihrem Wesen nach neigen; und dennoch, während ich diese Reden hörte, dankte ich Gott immer wieder, daß ich als Bürger eines Landes geboren worden war, in dem das Militär keine Autorität hat, denn mir wurde der unheilvolle Einfluß bewußt, den diese

Herren auf den Staat haben können, auch wenn es sich im Einzelfall um ausgezeichnete Personen handelt.

Der Wunsch nach Krieg, den diese jungen Burschen zum Ausdruck brachten, entspringt zu einem Gutteil denselben Gründen, die ihre Kameraden in Westfalen so apathisch machen, dem Verlangen nämlich, der Langeweile des Garnisonslebens zu entfliehen, mit seiner ununterbrochenen Abfolge endloser Pflichten, die in allen noch so kleinen Einzelheiten vom Militärreglement vorgeschrieben werden. »Wissen Sie, was es bedeutet, in Friedenszeiten Offizier zu sein?« fragte der Hauptmann. »Es bedeutet, daß man dem Striegeln der Pferde eine lebhafte Aufmerksamkeit widmet und darauf achtet, daß der Striegel, die Bürste und das Stroh richtig verwendet werden; daß man Stunden um Stunden ein Auge darauf hat, daß die Soldaten mit dem Striegel nicht über die Mähnen fahren und sorgfältig Nüstern und Augen ihrer Tiere waschen; daß man beim Füttern der Tiere dabei ist, um sich zu vergewissern, daß das Futter genauso serviert wird, wie das Kriegsministerium es vorschreibt; und daß man, während man ganz in diese Beschäftigungen versunken ist, plötzlich im Kopf den Gedanken aufblitzen spürt: ›Und das kann zehn, zwanzig, dreißig Jahre so weitergehen!‹« Hinzu kommt, daß das knappe Gehalt, das der König den subalternen Offizieren zahlt, sie, damit sie leben können, in die Abhängigkeit von ihren Eltern zwingt; und obwohl sie aus reichen Familien kommen, wie alle Offiziere der Kavallerie, können sie gar nicht anders, als mit Ungeduld auf den Tag zu warten, an dem sie ihre eigene Schwadron haben werden, was mit einem Einkommen von etlichen Tausend Talern im Jahr verbunden ist. Da ich mich verwundert zeigte über eine so ungerechte Behandlung, erklärten sie mir geduldig, meine Unwissenheit als Bürger und Ausländer entschuldigend, daß nur ein geringer Teil dieses Einkommens vom König gezahlt werde; der Rest stamme aus den vielfältigen Profiten, die das Gesetz oder der Brauch zulassen, wie das Einsparen von zwei oder drei Zollbreit Tuch an jeder Uniform und mehr als alles der Lohn der beurlaubten Soldaten, den die Kommandeure der Schwadronen zum großen Teil für sich zu behalten pflegen. Eine unerwünschte Folge dieses Systems ist natürlich, daß die höheren Offiziere in Friedenszeiten alles gewinnen können, im Kriegsfall aber viel zu verlieren haben; im Gegensatz zu ihren Untergebenen, die, um es geradeheraus zu sagen, darauf hoffen, daß sie in der Schlacht fallen, damit sie ihren Posten übernehmen können. »Wenn mein Vater stirbt«, rief Hauptmann von Borstell, »werde ich zehntausend Taler im Jahr haben, jetzt jedoch muß ich mich mit tausend begnügen und gebe das Doppelte aus; wenn ich meine eigene Schwadron habe, werde ich weitere drei- oder viertausend bekommen: Sie verstehen, daß ich unter diesen Umständen sogar gegen Gottvater Krieg führen würde!«

»Wenn ich diese Reden, anstatt sie unter so angenehmen Umständen zu hören«, erwiderte ich in Anspielung auf die Laube, die uns mit ihrer Kühle schützte, und auf die dunkle Tür des Weinkellers, aus welcher der Wirt gerade in diesem Augenblick hervorkam, die Arme voller Champagnerflaschen, »in einem Zeitungsartikel gelesen hätte, wäre ich überzeugt gewesen, es mit einem blutrünstigen Orlando zu tun zu haben; dennoch glaube ich nicht, daß ich mich irre, wenn ich behaupte, daß keiner der Herren persönlich erlebt haben dürfte, was Krieg eigentlich bedeutet.« »Sie irren sich«, entgegnete der Hauptmann, der übrigens bei näherem Hinsehen etwas weniger jung als die anderen wirkte. »Wir werden früh Soldaten, vor allem wenn man Soldatensohn ist, und mein Vater ist General. Zur Zeit der Belagerung von Mainz war ich zwanzig und bereits seit fünf Jahren im Regiment. Jetzt bin ich dreiunddreißig und weiß sehr wohl, daß ich vielleicht zehn oder fünfzehn Jahre warten muß, bevor ich eine weitere Stufe werde erklimmen können; daher werden Sie es mir verzeihen, daß mir die Möglichkeit, durch den Krieg in kürzerer Zeit aufzusteigen, nicht zuwider ist.« Seine Kameraden dachten nicht anders, obwohl ich mich wohl nicht täuschen würde, wenn ich annähme, daß keiner von ihnen bislang den Geruch des Pulvers in der Nase gehabt hatte. »Gewiß«, bemerkte Oberleutnant von Belling lächelnd, »im Krieg läuft man Gefahr, getötet oder verstümmelt zu werden, aber was wollen Sie, daran sind wir gewöhnt. Von dreiundzwanzig männlichen Mitgliedern meiner Familie, die vor fünfzig Jahren lebten, Onkel, Brüder und Vettern, sind zwanzig im Siebenjährigen Krieg getötet worden, und doch ist es uns dadurch nicht schlechter gegangen, im Gegenteil, wenn ich eines Tages reich sein werde, verdanke ich das gerade diesem Umstand, da das ganze Familienvermögen an die Überlebenden vererbt worden ist, zu denen mein Vater gehört. Und es schiene mir nicht gerecht, wenn ich unsere Nachkommen um eine solche Gelegenheit bringen würde!«

Trotz der Zuversicht, mit der sie sich darauf vorbereiten, zum Säbel zu greifen, sind sie doch unzufrieden mit dem Ausrüstungszustand des Heeres. Die Militärspeicher, die dem Reglement zufolge stets voll sein sollen, sind seit dem Frieden von Basel aufgrund des hohen Getreidepreises nicht mehr aufgefüllt worden. Als der König nach der schlechten Ernte des vergangenen Jahres befahl, sie zu öffnen, um das furchtbare Elend der Armen zu lindern, entdeckte man, daß sie mit knapper Not das enthielten, was dafür notwendig war. Auch die Zahl von zweihundertfünfzigtausend Soldaten, die allgemein als die Ist-Stärke der Armee gilt, ist mehr Illusion als Realität, auch wenn es für jemanden, der mit den Geheimnissen der preußischen Verwaltung nicht vertraut ist, schwer sein mag, sich dessen bewußt zu werden. Ihr Regiment beispielsweise zählt viel weniger Männer, als auf dem Papier steht, wie mir noch am selben Abend Hauptmann von Borstell pedantisch bewies, indem er mir ohne weiteres die Lohnbücher vorlegte; eine Handlung, die, glaube ich, in diesem Land eher gesetzwidrig ist und die wohl auch dem Champagner zugeschrieben werden muß. Noch schlimmer steht es um die Pferde: die Schwadron des Hauptmanns erreicht nur drei Viertel des notwendigen Bestandes. Die fehlenden Männer können durch die Mobilmachung eingezogen werden, da das Regiment in seinen Registern einige Hundert Reservisten hat, auch wenn man bezweifelt, daß alle rechtzeitig einberufen werden können, vor allem zu dieser Jahreszeit, in der die Erntearbeiten sogar einen Teil der aktiven Soldaten in Anspruch nehmen. Was die Pferde betrifft, so ist es unmöglich, in kurzer Zeit eine so große Zahl aufzutreiben und vor allem rechtzeitig auszubilden.

Diese Gespräche fanden um Mitternacht im Büro des Obersten statt, in das wir in aller Ruhe eingedrungen waren, da nichts abgeschlossen war. Ein Mangel an Geheimhaltung, der mich vorteilhaft beeindruckt hat, vor allem im Vergleich zur Pedanterie, mit der die Polizeibeamten an der Grenze meine Papiere prüften, ohne zu verbergen, daß sie durch mein Eindringen über die Grenzen eine ernsthafte Gefahr für den Staat befürchteten. Doch es stimmt auch, daß die sprichwörtliche preußische Geheimhaltung immer auch ihre Kehrseite hat und daß die Pläne der preußischen Festungen, die unter den Staatsgeheimnissen an erster Stelle stehen, Guibert von ich weiß nicht mehr welchem General gezeigt worden waren, wie er selbst in seinen Memoiren erzählt! Dessenungeachtet zog ich es vor, an diesem Ort nicht von einem höheren Offizier überrascht zu werden, und teilte daher meinen Bekannten mit, daß ich nicht allzu spät zu Bett gehen wolle, da ich morgen in aller Frühe aufbrechen müsse. Die drei begleiteten mich zur Herberge zurück, wo der Wirt noch aufgeblieben war, um mich in mein Zimmer zu führen, in dem Will bereits fest schlief; es bedurfte daher einiger Mühe, ihn zu wecken, damit er mir die Stiefel auszog, bevor auch ich aufs Bett fiel.

Dienstag, 29. Juli

Ich durchquere den ältesten Kern Preußens, die Mark: ein Gebiet, das sich sehr von der eintönigen landwirtschaftlich genutzten Ebene unterscheidet, durch die ich bis jetzt gereist war. Die Landschaft verändert sich allmählich hinter der Elbe: Dem Blick öffnet sich eine endlose Heide aus rotem Sand, nur ab und zu von seltenen Roggen-, Gerste- und Haferfeldern unterbrochen, die dem feindlichen Boden in mühsamer Arbeit von halb verhungerten Bauern abgetrotzt wurden. Am Horizont bildet eine unendliche Folge von Tannenwäldern, schwarz unter der sengenden Sommersonne, einen düsteren Kontrast zum Blau des Himmels, der heute so klar ist, wie ich ihn in den vergangenen Tagen niemals gesehen hatte. Die Straßen sind staubig und nicht immer befahrbar, und die Reise geht sehr viel mühsamer voran, als ich veranschlagt hatte; auf Schritt und Tritt muß ein Wasserlauf, ein Fluß oder häufiger ein Kanal überquert werden, und bisweilen müssen wir aus der Kutsche steigen, um zu verhindern, daß sie durch das übermäßige Gewicht in den sumpfigen Boden einsinkt. Das Vorhandensein so vieler Wasserläufe, die häufig in den glänzenden Spiegel eines Sees münden, bildet einen merkwürdigen Kontrast zum sandigen und trockenen Boden, von dem jede Windbö Staubwolken aufwirbelt. Flüsse und Kanäle säumen ausgedehnte Sümpfe, in denen ungestört ganze Schwärme von Stechmücken gedeihen. Der Sonne, die stundenlang senkrecht steht, kann man nicht entgehen, und die dichten Tannenwälder am Horizont verleihen der Landschaft kein heiteres Aussehen.

Jede Rast ist willkommen, vor allem wegen der Möglichkeit, ein wenig Schatten zu genießen und vielleicht ein Glas Bier im Hof eines Wirtshauses hinunterzustürzen, während der Postmeister mit dem gewohnten Phlegma die Pferde wechselt. Dennoch wird auch diese vorübergehende Erfrischung sofort vom Erscheinen eines Polizeibeamten zunichte gemacht, der sich nach Rang und Ziel des Reisenden erkundigt und den Paß kontrolliert. Bei solchen Anlässen erweisen sich die Einführungsbriefe, die ich aus Münster und Hannover bei mir trage, als unerwartet nützlich, da sie mir endlose Unannehmlichkeiten ersparen. Die natürliche Neigung der Deutschen zur Obrigkeitshörigkeit läßt sie strammstehen, sobald sie die Unterschriften und Siegel der Generäle entziffert haben, und sie lassen mich ohne weitere Formalitäten gehen. Ohne diese Papiere würde ich einen Großteil meiner Zeit damit verbringen, mich in Register einzutragen und Formulare auszufüllen mit Namen, Alter, Rang, Nationalität, Situation und Zweck der Reise, »weil du nach all diesen Dingen in jedem Kaff von einem Sergeanten beim Ankommen, beim Durchreisen, beim Bleiben und beim Abreisen gefragt wirst«, wie jener gichtkranke und pferdenärrische Italiener sagte, den ich vor ein paar Jahren in London kennenlernte und der die Gesellschaft immer mit der Erzählung von seinen Reisen durch Preußen zum Lachen gebracht hatte.

Mittwoch, 30. Juli

Am Nachmittag bin ich in Berlin eingetroffen. Ich logiere im »König von Portugal«, in der Altstadt; von meinen Fenstern aus sehe ich den Schloßplatz, die Brücke und die Spreepromenade. Es ist erstickend heiß, und ich schreibe diese Zeilen im Hemd am Schreibtisch, während die Diener mir ein Bad bereiten; denn nachdem ich meine Zimmer bezogen hatte, machte ich einen langen Spaziergang, von dem ich schweißgebadet und ganz staubig zurückgekommen bin. Die ersten Eindrücke, die ich von der Stadt gewonnen habe, sind gegensätzlich. Selbst dem unaufmerksamsten Reisenden kann es nicht entgehen, daß er in einer großen Hauptstadt abgestiegen ist, sei es wegen der Breite der Straßen, sei es wegen der Pracht der Gebäude. Verschwunden sind die stinkenden Gäßchen, in welche die Sonne nicht einmal am Mittag scheint, die finsteren Bogengänge, die von den Jahrhunderten zerfressenen Häuser, welche die dunkle Seele der anderen deutschen Städte in sich bergen. Hier ist alles neu, in wenigen Jahren von denselben Architekten erbaut, um Mäzene mit demselben Geschmack zufriedenzustellen, was den Reisenden, kaum ist er im Rausch des Mittags eingetroffen, verleiten könnte, sich in eine Stadt ohne Seele oder gar in eine andere Welt versetzt zu fühlen. Gleichwohl haben die Geometrie der Wege und die marmorne Reinheit der Palais ein anderes, nicht weniger überraschendes Gesicht. Die Straßen haben keinen Bürgersteig und sind unaussprechlich schmutzig; die Unwetter der vergangenen Tage haben die Straßen in klebrigen schwarzen Schlamm verwandelt, der unter den Rädern der Kutschen überall aufspritzt. Die Statuen, die überaus zahlreich die Fassaden der Gebäude schmücken, sind oft das Opfer von Wandalismus;

ihre zerschmetterten Gesichter verraten, daß Lausbuben, die niemand davon abgehalten hat, sie mit Steinen beworfen haben. Palais, die man für ganz neu halten könnte, befinden sich bereits in schlechtem Zustand, und hier und dort offenbart der abgebröckelte Putz ganz gewöhnliche Backsteinmauern. Ich wüßte nicht zu sagen, ob das hastige Bauen, das Verlangen, mehr zu scheinen, als man ist, oder die Unbildung eines Volkes, das zu hastig in einer Hauptstadt, die jedes Jahr ohne Maß weiter wächst, zusammengepfercht wurde, die Hauptursachen für diese Zustände sind. Gewiß sind die Lebensbedingungen für die Bevölkerung nicht die günstigsten, und der Reisende kann die katastrophalen Auswirkungen der Napoleonischen Kriege auf eine Nation, die alles nur Mögliche tut, um sich herauszuhalten, in den Straßen Berlins mit Händen greifen. Die Zahl der Bettler ist unbeschreiblich. Aus dem ganzen Land strömen die Bauern, getrieben von der Armut, in die Hauptstadt, in der trügerischen Hoffnung, die Großstadt würde es ihnen gestatten, auf irgendeine Weise ihr Leben zu fristen. Ganze Familien mit Scharen zerlumpter Kinder drängen sich mit ausgestreckten Händen um die Kutschen. An den armseligsten Straßenecken sprechen barfüßige Mädchen mit Augen, die der Hunger böse gemacht hat, die Freier an. Natürlich gibt es äußerst strenge Gesetze gegen das Betteln und die Prostitution, doch der Polizeichef hat, glaubt man den Klagen, die ich in allen Geschäften, die ich betrat, anhören mußte, nicht die notwendigen Polizeikräfte zur Verfügung, um sie durchzusetzen. In der Tat ist mir fast auf meinem ganzen Spaziergang kein einziger Gendarm begegnet. Hingegen laufen eine Menge Soldaten herum, sie sehen jedoch im allgemeinen nicht sehr vertrauenerweckend aus, und manchmal bitten gerade sie mit der größten Zudringlichkeit um ein Almosen.

In diesem Zusammenhang muß ich etwas erwähnen, das zu den merkwürdigsten Eindrücken gehört, die sich demjenigen bieten, der zum ersten Mal nach Berlin kommt. Es gibt fast kein Fenster, an dem nicht Hosen und Koppel und anderes unentbehrliche Zubehör der militärischen Ausrüstung zum Trocknen aufgehängt ist, so daß man glauben könnte, in den meisten Unterkünften wohnten nur Soldaten. Der Stadtführer, den ich gleich nach meiner Ankunft gemietet habe und der mich drei Taler am Tag kostet, hat mir erklärt, daß die Bewohner der Städte von der Einberufung ausgenommen seien, daß jeder Familienvorstand jedoch verpflichtet sei, zwei Soldaten zu beherbergen, häufig sogar mehr. Nur wenige Glückliche erlangen das Privileg, sich mit einer hohen Summe von dieser Verpflichtung freizukaufen, und sie beeilen sich, auf ihre Haustür das Wort *frei* zu schreiben, das die um einen so hohen Preis erworbene Freiheit anzeigen soll: ein Zeichen, das ich in der Tat bemerkt hatte, ohne es mir erklären zu können. Natürlich stellen die Bürger diesen eher unwillkommenen Gästen nicht ihre Salons zur Verfügung, so daß diese armen Teufel gezwungen sind, mit Frauen und Kindern in den dritten oder vierten Stock hinaufzusteigen, wo sie zusammengepfercht in elenden Behausungen ohne Namensschild leben. Damit verhindert wird, daß sie ihre Spuren verwischen, sind die Soldaten verpflichtet, beim Zapfenstreich nach Hause zurückzukehren; und jeden Abend macht ein Unteroffizier eine Kontrollrunde und schreit sich die Lunge aus dem Leib, wenn er auf der Straße ihren Namen ruft, bis eine Stimme antwortet: »Anwesend.« Aus diesem Grund müssen die Zimmer, die ihnen angewiesen werden, immer zur Straße liegen, mit dem Resultat, daß sich dem Blick der Passanten immer häufiger der Anblick jener zum Trocknen aufgehängten Hosen bietet. Wer beim Appell nicht antwortet, wird als abwesend notiert und am nächsten Tag bestraft. Doch die Erfindungskraft des menschlichen Geistes hat dazu geführt, daß viele Soldatenfrauen gelernt haben, die Stimme ihrer Männer perfekt nachzuahmen, was erklärt, daß viele Schenken noch nach dem Läuten der Glocke voll von betrunkenen Soldaten sind. Als er meine Überraschung über dieses außergewöhnliche System bemerkte, versicherte der Stadtführer mir, daß die preußischen Soldaten niemals anders untergebracht gewesen seien und daß die Regierung so weit wie möglich vermeide, sie in Kasernen unterzubringen. Der Grund dafür ist seiner Meinung nach, daß, wenn man eine große Zahl dieser Unglücklichen in ein und demselben Schlafsaal zusammenpfercht, sie unter dem Deckmantel der Nacht wer weiß welche Komplotte aushecken könnten, mit dem Ziel zu desertieren oder womöglich mit noch schlimmeren Absichten. Dies ist ein entscheidendes Argument gegen diejenigen, die auch in England, wie jüngst in den Zeitungen zu lesen war, Kasernen bauen wollen, um die Soldaten einzuquartieren, mit dem Vorwand, anders könnten die Truppen nicht richtig an Disziplin gewöhnt werden; denn in keinem Land der Welt herrscht eine strengere Disziplin als in Preußen.

Während er mir dies erzählte, bebte der Führer vor Ungeduld, mir die eleganteren Straßen der neuen Stadt zu zeigen, von denen die Masse der Armen streng ferngehalten wird, und schließlich mußte ich seinem Wunsch nachgeben. Hier bietet sich den Augen des Besuchers ein gänzlich anderes Bild, und nicht nur, weil fast alle Eigentümer von der Verpflichtung der Beherbergung befreit sind. Auf der breiten Allee, die »Unter den Linden« genannt wird, wo die bessere Gesellschaft im Schatten der Bäume Schutz vor der Hitze sucht, auf dem Platz vor der Oper mit seinen korinthischen Säulen und darüber der heidnischen Inschrift »Fridericus Rex Apollini et Musis«, auf dem Wilhelmsplatz, auf dem sich die Standbilder von Friedrichs Generälen erheben, die mit gezückten Säbeln den Himmel herausfordern, auf dem riesigen Platz am Gendarmenmarkt, wo die Zwillingskuppeln des französischen und des deutschen Doms die Kolonnade des Nationaltheaters flankieren, überall stellt der Adel einen grellen Luxus zur Schau. Hier fahren die teuersten Equipagen, die ich jemals bewundern konnte, seit ich in Europa bin, die Offiziere reiten in ihren enganliegenden Uniformen, als seien sie die Herren der Welt, und die Damen, die in den modischen Geschäften einkaufen und das Kopfsteinpflaster unter den Absätzen ihrer Schuhe ertönen lassen, tragen Kleider, die direkt aus den Pariser Zeitschriften kopiert sind. Für ein ungeübtes Auge mögen die Schönen sich nicht sehr von unseren New Yorker *élégantes* unterscheiden, mir kommt es jedoch so vor, als seien ihre Kleider um einiges durchsichtiger und als zeigten sie Schultern und Brust mit viel größerer Ungezwungenheit, als man es bei uns gewohnt ist. Eine von ihnen, die besonders anmutig war, wurde von einem schwarzen Diener begleitet, der einen geöffneten Sonnenschirm über ihren Kopf hielt, und während ich ihr mit dem Blick folgte, hätte ich mich von der Phantasie forttragen lassen können, bis ich mich in der Wall Street geglaubt hätte. Und dennoch, die Auswirkungen der Jahre des Hungers und die durch die unablässigen Kriege schwierig gewordenen Handelsbeziehungen werden allmählich auch für die weniger wohlhabenden Vertreter der bürgerlichen Schicht spürbar; und daher kann es geschehen, daß man ältere Kaufleute seelenruhig ohne Strümpfe spazierengehen sieht, mit Schuhen an den Füßen, deren Silberschnallen an eine bessere Vergangenheit erinnern.

Als eine der Ursachen für das Elend nennen die Berliner übereinstimmend den Zwangskurs des Papiergeldes, das alle mit sichtlichem Widerwillen handhaben, als wären diese Scheine die Verkündigung ihres Todesurteils anstatt die Bescheinigung eines Kredits, für den die Unterschrift des Ministers bürgt. Das erste Ergebnis dieser wunderbaren Politik ist, daß jeder versucht, auch die kleinsten Einkäufe mit Scheinen zu bezahlen, und die Münzen sicher in den Tresoren aufbewahrt, so daß jedes Handelsgeschäft die allgemeine Unzufriedenheit noch steigert. Sogar der Bankier, den ich aufsuchte, um meine Wechselbriefe einzulösen, wollte mich mit Papiergeld bezahlen! Schließlich gab er mir Gold, aber zu einem schandbaren Wechselkurs; für fünfhundert Dollars aus New York erhielt ich hundert Friedrichsd'or und mußte zwei davon als Provision bezahlen. Wenigstens kann man, wenn man in Gold bezahlt, darauf hoffen, gut bedient zu werden, was demjenigen, der mit Banknoten bezahlt, nicht immer widerfährt. Man kann sich nicht vorstellen, wie sehr diese Neuheit dazu beiträgt, den Bürgern und ganz besonders den Kaufleuten die Laune zu verderben. Der Besitzer meines Hotels beispielsweise ist wütend: »Auf diese Weise«, sagt er, »sind alle in der Lage, ihre Schulden zu bezahlen; ein gutes Geschäft! Ein Ries rechteckiges Papier, und fertig sind die Tausender und die Millionen!« In den Läden spricht man voll Respekt von dem Glück eines Stoffhändlers, der bei irgendeiner Prinzessin aus königlichem Haus mit der Rechnung über eine große Lieferung erschienen ist. Der brave Mann war darauf gefaßt, mit Papiergeld bezahlt zu werden, doch die Prinzessin bezahlte ihn halb in Gold und halb in Silber und hat sich noch entschuldigt, nicht die ganze Rechnung in Gold begleichen zu können! Diese Höflichkeit wird als der außergewöhnlichste Beweis von Menschlichkeit gefeiert, und einige Begeisterte gehen sogar so weit, darin den Beweis für eine Opposition des Hofes gegen die Politik des Finanzministers zu erblicken.

Zu den Sorgen aufgrund der wirtschaftlichen Schwierigkeiten kommen natürlich die Sorgen, die mit der Unsicherheit der politischen Lage verbunden sind. In der Stadt gehen die Meinungen darüber, ob Hoffnung besteht, den Frieden zu retten, ziemlich auseinander. Schlecht informiert durch eine regierungshörige und zensierte Presse toben die Kaffeehauspolitiker sich aus, indem sie jeder Art von Klatsch ihr Ohr leihen und ihn bei jedem Weitertragen mit neuen Einzelheiten anreichern. Hier bringen nicht mehr die Krankheiten von Fox und Bonaparte die Plauderer in *Rage*, sondern die Vorgriffe auf die nächste Kabinettssitzung, die Schlußfolgerungen über die Heimkehr der in Deutschland stationierten französischen Armee und vor allem die Bulletins von Klatschbasen über den Neid, die Eifersucht, die Verbohrtheit und den Streit der Regierungsmitglieder, Fürsten und Generäle, die unversöhnlich darüber zerstritten sind, ob es für Preußen besser sei, Bonaparte den Krieg zu erklären oder um jeden Preis um ein Abkommen mit ihm zu betteln. Der König, der sich bis jetzt nicht tiefer und ergebener jeder französischen Forderung hätte fügen können und dessen Pflichtbewußtsein sich auf den unerschütterlichen Entschluß zu beschränken scheint, um jeden Preis den Frieden für sein Volk zu sichern, äußerte sein Mißfallen über den Klatsch, den die Öffentlichkeit sich erlaubt, und befahl daher den Offizieren der Garnison unter Androhung schwerer Strafen, davon abzusehen, über Politik zu sprechen, und es heißt, er erwäge sogar einen Erlaß, der es der Öffentlichkeit ganz allgemein verbieten soll, über die Angelegenheiten des Staates zu diskutieren. Wahrhaftig ein System, das es verdiente, auch in Amerika ausprobiert zu werden!

Bis jetzt ist der angedrohte Erlaß jedenfalls noch nicht veröffentlicht worden; und in einem Café am Gendarmenmarkt, in das ich ging, um mich zu erfrischen, traf ich einen alten Adligen, der eine Gruppe von *Quid nuncs* mit einer Zeitung in der Hand indoktrinierte. Er war ganz offensichtlich der Kaffeehauspolitiker, dem die anderen wie einem Orakel lauschten; das bewiesen seine Augenbrauen, die vom allzuvielen Durchforsten der Zeitungen gerunzelt waren, die von der Brille an der Wurzel eingedellte Nase und die Weste, die ganz fleckig war vom Tabak, der für einen Politiker unentbehrlich ist. Als er mich an meiner Kleidung als Ausländer erkannte, fand er sofort Mittel und Wege, mich anzusprechen, und nachdem er sich erkundigt hatte, ob ich irgendwelche Neuigkeiten mitbrächte, begann er eine lange Diskussion über die Situation der verschiedenen Mächte und die widersprüchlichen Nachrichten über die französischen Manöver zu Wasser und zu Land, »die«, wie er mit einem listigen Augenzwinkern behauptete, »bei näherem Hinsehen beweisen, daß wir Frieden haben werden!« Der alte Mann schien recht zufrieden über diese tiefgründige Schlußfolgerung und gratulierte sich selbst zu so viel Scharfsicht. »Ich habe es ja immer gesagt, und hier, an diesem Ort«, schloß er, an die Gäste gewandt, als wollte er sich die Wahrheit seiner Behauptung bestätigen lassen. »Meine Herren«, fügte er mit geheimnisvollem Blick hinzu, während er die Schnupftabakdose in der einen Hand hielt und mit dem Zeigefinger der anderen die Nase berührte, um seinen Bemerkungen Bedeutung zu verleihen, »meine Herren, ich bin ein Beobachter. Ich lese. Ich denke nach. Ich mache mir meine Gedanken. Ich sage nichts – aber Sie werden sehen, Sie werden sehen: Der Friede ist ganz nah.« Dann schnupfte er eine mächtige Prise Tabak und fügte, sich zu mir beugend, mit noch geheimnisvollerer Miene hinzu, er habe den wahren Grund für das Verweilen der französischen Armee in

Deutschland entdeckt: nicht mehr und nicht weniger als ein Feldzug gegen den Großen Türken! Keinen der Zuhörer schien diese Prophezeiung zu überraschen. Soweit ich es beurteilen konnte, waren fast alle Verkäufer oder Rechtsanwaltsgehilfen, die ihre politischen Ansichten lediglich aus den Zeitungen bezogen und nur allzu glücklich darüber waren, daß, wenn ein neues Unwetter sich am Himmel Europas zusammenbraue, seine Blitze so weit wie möglich von ihren Köpfen entfernt einschlügen. Im großen und ganzen beobachte ich, daß die Berliner um so weniger den Krieg wünschen, je niederer die Klasse ist, der sie angehören, so daß die Offiziere eher mit Gewalt gegen die Franzosen vorgehen wollen und auf vielsagende Weise den Griff ihres Schwertes streicheln, wenn sie den Namen Bonaparte hören, und daß schon die Geschäftsleute die Möglichkeit eines bewaffneten Konflikts eher zurückhaltend in Erwägung ziehen, während Gepäckträger, Straßenhändler und Straßenmädchen sich ganz offen wünschen, daß der Friede, in dem das Reich in den letzten Jahren glücklich gelebt hat, noch lange andauern möge.

Donnerstag, 31. Juli

Heute morgen, während Will meine Koffer auspackte und meine Sachen in die Schränke räumte, machte ich mich schon früh auf, um Graf Haugwitz, an den meine Beglaubigungsschreiben gerichtet sind, meine Aufwartung zu machen. Im Vorzimmer des Ministers drängten sich die gleichen Bittsteller, die ich vor wenigen Wochen im Vorzimmer von Mr. Madison hatte studieren können, nämlich, ihrer Kleidung und ihrem Aussehen nach zu urteilen, arbeitslose Sekretäre, Geschäftsleute auf der Suche nach einem Kredit und mittellose Dichter, die gekommen waren, um sich um eine Anstellung zu bewerben, und sei es als Spion. Ich hatte daher Gelegenheit festzustellen, daß in dieser Hinsicht die despotische Regierung sich nicht von der republikanischen unterscheidet. Nach einer guten halben Stunde des Wartens kam ein aufgeputzter und parfümierter Sekretär, den all diese Unglücklichen, die vermutlich hauptsächlich darauf aus waren, seinen Posten zu übernehmen, neidisch und böse ansahen, um mir mitzuteilen, daß Seine Exzellenz in Besprechungen von allerhöchster Bedeutung stecke und mich erst nach dem Mittagessen empfangen könne. Er fügte nicht hinzu, daß er hoffe, ich würde ihm die Zeit lassen, es in Ruhe zu verdauen, ich glaubte jedoch herauszuhören, daß dies der eigentliche Sinn seiner Rede war. Der Gedanke drängt sich mir auf, daß ich um einiges anders empfangen worden wäre, wenn ich mich als Vertreter des Königs von England oder sogar von Bonaparte präsentiert hätte, was davon zeugt, in was für geringem Ansehen die Vereinigten Staaten bei den Großmächten stehen.

Da mir nichts Besseres einfiel, verbrachte ich den Vormittag im Café und blätterte die Zeitungen durch; doch es gibt keine trostlosere Lektüre als die der Berliner Tageszeitungen. Vergeblich sucht man in ihren Spalten Äußerungen zur politischen und militärischen Situation Europas, von Urteilen über den Zustand des Reiches und des Heeres, über die Gefühle des Volkes und das Wirken der Minister ganz zu schweigen. Die Journalisten, die sehr gut wissen, daß nur ein Wort des Zensors über ihre Karriere und vielleicht auch ihre Freiheit entscheiden kann, zeigen sich überzeugt, daß vor allem das Theater das öffentliche Interesse beherrscht. Seitenlang wird minuziös die Inszenierung des letzten Dramas von Kotzebue beschrieben, so daß der geduldige Leser selbst die Farbe eines jeden Stoffes erfahren kann, den die Protagonistin trägt, und welche Einsätze der Hauptdarsteller verpatzt hat. Die politischen Seiten sind bis zum letzten Wort aus dem *Moniteur* und der *London Gazette* abgeschrieben, und sie beschränken sich darauf, so knapp wie möglich über die Ereignisse zu berichten, nicht aber etwa über die auf dem Kontinent oder gar über die inneren Angelegenheiten Preußens, sondern über den See- und Kolonialkrieg, in den Frankreich, Spanien und England verwickelt sind. Das Schicksal der verschiedenen Truppen, die Unternehmungen der Korsaren, die Scharmützel in Indien füllen die Seiten, so daß ich über diese Ereignisse in einem Berliner Café besser informiert bin, als ich es im Hafen von New York sein könnte. Und ein gewisser Platz ist den Sitzungen des englischen Parlaments vorbehalten und denen der Kommission, die damit betraut ist, das neue Gesetzbuch in Paris vorzubereiten. Die Protokolle dieser Kommission, die überquellen von Bekundungen der Unterwürfigkeit an die Adresse Bonapartes, werden wortgetreu wiedergegeben. Um die Aufmerksamkeit der Öffentlichkeit nicht zu verlieren, werden pittoreske Anekdoten berichtet oder erfunden, wie etwa die Geschichte eines englischen Lords, der in Margate auf einer Kuh ritt, oder der Protest des Erzbischofs von Palermo gegen die Anwesenheit schottischer Bergbewohner in der Stadt, deren Tracht den schönen Sizilianerinnen allzu gut gefällt. Dennoch kann man, wenn man sich geduldig bis zur letzten Pressenotiz durcharbeitet, hier und da auf ein paar Zeilen stoßen, die den Staatsgeschäften gewidmet sind, wie etwa die Meldung aus Cannstatt vom 24. Juli, daß die Pferde des Marschalls Berthier, kaum aus Monaco eingetroffen, kehrtmachten, gerade als sie die Stadt durchquerten; die Redaktion hütet sich, den Vorfall zu kommentieren, doch der Leser kann selbst seine Schlußfolgerungen ziehen, was die bevorstehende Rückkehr der französischen Armee in die Heimat betrifft, die von der Pariser Presse mit solcher Gewißheit gemeldet wird.

Nach ein paar Stunden hatte ich genug von einer solchen Lektüre, und um der Mittagshitze zu entfliehen, besuchte ich das Arsenal. Dieses eindrucksvolle Gebäude erhebt sich Unter den Linden, wenige Schritte von meinem Hotel entfernt. Auf seiner Fassade thront, von der Spree gespiegelt, eine prächtige Statue von Bellona, der Kriegsgöttin und treuen Freundin der Preußen. Ich rechnete damit, daß es schwierig sein könnte hineinzukommen, und war bereit, den Besuch auf später zu verschieben, bis ich die notwendigen Genehmigungen erhalten hätte. Man versicherte mir jedoch, meinem Besuch stehe nichts entgegen, und in der Tat genügte ein Trinkgeld für den diensthabenden Unteroffizier. Das Erdgeschoß des riesigen Depots bietet einen herrlichen Anblick, da dort die gesamte Feldartillerie der in Berlin und Potsdam stationierten Regimenter aufbewahrt wird: sechs- bis zwölfpfündige Geschütze mit silbern gestrichenen Rädern und Lafetten, wie es jahrhundertealter Brauch ist. Im oberen Stockwerk quillt eine endlose Folge großer Räume über von Bergen von Trommeln, Pyramiden von Schwertern und mehr als hunderttausend Musketen, alle ordentlich in Bündeln zu zehn gestapelt. In den Werkstätten stellen eine Unmenge Arbeiter in langen Hosen und Hemdsärmeln, wie Verurteilte inmitten der Schwefel- und Salpeterdämpfe schwitzend, von morgens bis abends Kugeln und Schießpulver her. Es heißt, es seien außerplanmäßige Hilfsarbeiter eingestellt worden, und die Regierung spare nicht an Kräften, um das Heer nötigenfalls in kürzester Frist für den Krieg rüsten zu können. In den unterirdischen Gewölben des Gebäudes wurde eine riesige Gießerei eingerichtet, in der sämtliche Kanonen des Reiches gegossen werden; die Maschinen, mit denen diese Geschütze hergestellt werden, sind jedoch so ingeniös erdacht, daß niemand sie ohne Sondergenehmigung sehen darf. Ich fragte, ob es eine Sammlung alter Waffen gebe, ich erhielt jedoch die Antwort, niemand habe je daran gedacht, sie zusammenzutragen, nicht einmal zu Repräsentationszwecken. Im ganzen Gebäude gibt es nichts, was nicht bereit wäre, augenblicklich benutzt zu werden, und das offenbart mehr über das Wesen der preußischen Monarchie als viele Bücher.

Um vier kehrte ich zum Grafen Haugwitz zurück, in der Hoffnung, jetzt besser als beim ersten Mal empfangen zu werden. Im Vorzimmer des großen Mannes drängten sich auch zu dieser Stunde noch Bittsteller; als ich jedoch einen Stuhl suchte, kam schon ein recht förmlicher Lakai auf mich zu und führte mich unverzüglich ins Arbeitszimmer seines Herrn. Dieser saß an einem Schreibtisch, auf dem sich kein einziges Papier befand, mitten in einem riesigen leeren Salon, der im Winter wohl kaum richtig zu heizen sein dürfte; um von der Tür aus zu ihm zu gelangen, mußte ich mindestens zehn Schritte machen. Noch bevor ich bei ihm war, erhob sich der Minister und streckte mir die Hand entgegen, die mehrere dicke Ringe schmückten; und von diesem Augenblick an bis zum Ende des Gesprächs behandelte er mich mit falscher, bis zur Unterwürfigkeit getriebener Höflichkeit. Falsch, sage ich, da bekannt ist, daß Graf Haugwitz mit seinem liebenswürdigen Gesicht, seiner Zuvorkommenheit und seiner flötenden Stimme ein Heuchler ersten Ranges ist. Hätte ich es nicht schon vorher gewußt, ich glaube, ich hätte mich täuschen lassen, wie so viele andere vor mir. Er verdankt sein Vermögen der berühmten Gräfin von Lichtenau, der Geliebten des Fetten Königs, aus dessen Händen er den Schwarzer-Adler-Orden, die höchste Auszeichnung Preußens, empfing, als er sie noch gar nicht verdient hatte. Die Thronbesteigung Friedrich Wilhelms III. hätte das Ende seiner Karriere bedeuten müssen; doch noch am Todestag des Fetten Königs machte Haugwitz dessen Nachfolger seine Aufwartung und zog sich mit ihm zum vertraulichen Gespräch zurück. Gleich danach ließ der König das Haus der Gräfin von Lichtenau von Soldaten umstellen, erklärte sie für verhaftet und ließ die Türen versiegeln. Wenige Tage später wurde Madame im geheimen der Prozeß gemacht, und man verurteilte sie zu lebenslänglicher Festungshaft, ohne daß die Punkte der Anklage gegen sie jemals bekanntgemacht worden wären. Man weiß nur, daß Graf Haugwitz ihr hauptsächlicher und unversöhnlichster Ankläger war und daß seine Aussage im Prozeß entscheidend für ihre Verurteilung war. Dieser plötzliche Meinungswechsel sicherte Haugwitz die Wertschätzung des Königs, der sich immer für den skandalösen Lebenswandel seines Vaters geschämt hatte, und mehr noch derer, die sein Spiel durchschauten und in ihm einen tiefgründigeren Politiker erkannten, als sie zunächst vermutet hatten, so daß die preußische Politik auch weiterhin durch seine kleinen und schönen Hände lief.

Nachdem der Graf meine Beglaubigungsschreiben geprüft hatte, die ich ihm zusammen mit einer französischen Übersetzung ausgehändigt hatte, sagte er mit freundschaftlichem Lächeln, er freue sich sehr, daß ein Vertreter meines Landes akkreditiert werde. »Seine Majestät«, fügte er hinzu, »nimmt mit der größten Genugtuung dieses Zeichen der Aufmerksamkeit von seiten der Vereinigten Staaten entgegen und wird mit Vergnügen die Freundschaftsbande und die Handelsbeziehungen fortsetzen, die zwischen den beiden Mächten bestehen.« Dann erkundigte er sich, ob die Vereinigten Staaten eine diplomatische Vertretung in Wien unterhielten, und als ich das verneinte, schien er recht glücklich über diese Bevorzugung. »Ich hoffe«, sagte ich zu ihm, »so bald wie möglich von Seiner Majestät empfangen zu werden, um ihm persönlich meine Beglaubigungsschreiben zu präsentieren.« Ich erinnerte mich, daß, als John Quincy Adams vor acht oder neun Jahren nach Berlin gekommen war, der Fette König gerade gestorben war, und da seine Beglaubigungsschreiben an den Verstorbenen gerichtet waren, konnte er sich nicht dem Nachfolger präsentieren und blieb monatelang beschäftigungslos, bis er endlich aus Amerika eine auf den neuen Stand gebrachte Ausfertigung dieser Dokumente erhielt. Ohne allzuviel zu erwarten, war ich dank der vermaledeiten Etikette, an der die europäischen Höfe sich ergötzen, jedenfalls auf eine gewisse Verzögerung gefaßt; daher überraschte es mich auch nicht, als Haugwitz mich bat, noch ein paar Tage Geduld zu haben. Der König erwartet, wie es scheint, jeden Tag die Rückkehr der Königin aus den Bädern, und danach gehe der Hof nach Potsdam, wo der Geburtstag des Königs festlich begangen werden solle; bis dahin erlaube die Etikette nicht, daß Seine Majestät Audienzen gewähre, so daß man warten müsse, bis er in die Sommerresidenz Charlottenburg zurückgekehrt sei, bevor der Zeitpunkt meiner Einführung festgelegt werden könne.

Der Minister schien aufrichtig betrübt über dieses Hindernis und hörte nicht auf, sich zu entschuldigen; falls man ihn aus dem Amt jagen sollte, wird er immer noch auf der Bühne reüssieren können. Seine Komplimente erwidernd, erklärte ich, meine Regierung wünsche gute Beziehungen mit allen europäischen Mächten aufrechtzuerhalten, und meine erste Depesche werde in Washington mit Genugtuung aufgenommen, wenn sie mitteile, daß die Gefahr eines neuen Krieges gebannt sei. In Wahrheit ist Mr. Madison eher der Meinung, daß ein neuer Krieg in Europa, der Bonapartes Aufmerksamkeit von den Ozeanen abziehe und vielleicht sogar seiner Brigantenlaufbahn mit einer glücklich ausgehenden Schlacht ein Ende setze, das wünschenswerteste Ergebnis der gegenwärtigen diplomatischen Situation sei. Doch das sind Dinge, die ich einem Mann, der wie Haugwitz denkt, natürlich nicht erzähle, auch wenn er vielleicht nicht, wie gemunkelt wird, im Sold Frankreichs steht, aber doch gewiß imstande ist, eher aus Preußen eine französische Provinz zu machen, als einen Krieg zu riskieren. Während er sich bequem in seinem Sessel zurücklehnte und mit Vergnügen seine beringten und parfümierten Hände streichelte, versicherte er mir, daß die Beziehungen zwischen seinem Land und Frankreich nicht besser sein könnten, daß die Depeschen des preußischen Gesandten in Paris, Lucchesini, jeden Tag beruhigender seien und daß jedes Mißverständnis, das in der Vergangenheit aufgetreten sei, ohne weiteres als ausgeräumt betrachtet werden könne. Verärgert über seinen eitlen Ton, konnte ich mich nicht enthalten zu erwidern, daß Bonaparte schon früher genügend Doppelzüngigkeit bewiesen habe, indem er diplomatische Gespräche mit seinen Feinden führte, um ihre Aufmerksamkeit besser von seinen militärischen Vorbereitungen abzulenken. Der Minister hatte sich einen Ring vom Finger gezogen, und jetzt wollte er ihn sich wieder anstecken, doch es gelang ihm nicht; einen Moment schien es mir, als würde er gleich seine olympische Ruhe verlieren, doch gerade in diesem Augenblick rutschte das kleine, mit einem Smaragd besetzte Schmuckstück an seinen Platz zurück. Der Graf lächelte wohlwollend, und als erinnerte er sich erst jetzt, daß er mir noch nicht geantwortet hatte, enthüllte er mir, daß der Kaiser der Franzosen, wie er ihn zu nennen beliebte, und der König von Preußen kurz vor dem Abschluß eines Abkommens über die Teilung Deutschlands stünden. »Schon vor zwei Wochen ist in Paris ein Geheimvertrag unterzeichnet worden, mit dem die sechzehn Fürsten Süddeutschlands sich vom Reich unabhängig erklärt und einen Staatenbund unter dem Protektorat Frankreichs gebildet haben. Und erst vor wenigen Tagen hat der Fürst de Talleyrand im Auftrag seines Herrschers die Bildung einer zweiten Föderation in Norddeutschland vorgeschlagen, die unter dem Schutz Seiner

Majestät stehen wird«, und hier fügte er mit gut gespielter Nonchalance hinzu, »mit dem Titel des Kaisers.« Verblüfft fragte ich Haugwitz, ob der König die Absicht habe, dieses Angebot anzunehmen. Er antwortete mir, das Kabinett sei noch dabei abzuwägen, ob es zweckmäßig sei, auf jeden Fall aber lasse schon das Bestehen dieses Vorschlags keine Zweifel am guten Einvernehmen, das zwischen beiden Regierungen herrsche. »Ich kann nicht glauben«, fügte er lächelnd hinzu, »daß in dem Augenblick, da Napoleon uns in freundschaftlichem Ton seinen Plan für Süddeutschland mitteilt und uns anbietet, mit uns zusammen einen ähnlichen für Norddeutschland vorzubereiten, daß in ebendiesem Augenblick er die Absicht haben könnte, uns den Krieg zu erklären.« »Aber wird sich der russische Zar«, fragte ich und schloß an dieses letzte Argument an, »nicht von einer solchen Allianz bedroht fühlen?« »Herr d'Oubril«, antwortete Seine Exzellenz seelenruhig, »der sich in Paris mit dem Auftrag aufhält, den Friedensvertrag im Namen des Zaren auszuhandeln, hat bereits die Präliminarien für ein Abkommen zwischen den beiden Reichen unterzeichnet. Alexander liebt den Frieden und wird in der Neuordnung Deutschlands unter dem Schutz des Königs, meines Herrn, und des Kaisers Napoleon die sicherste Garantie für eine friedliche Zukunft des Kontinents zu erkennen wissen.« Ich weiß nicht, ob er wirklich glaubte, mir eine Freude damit zu machen, daß er mir diese Informationen gab, oder ob er meine Gefühle nur allzu gut intuitiv erraten hatte; jedenfalls konnte ich, *pour la bonne façon*, nicht umhin, mich mit ihm über die hervorragenden Ergebnisse seiner Politik zu freuen.

Der Minister, der sichtlich keine Lust hatte zu arbeiten und von meiner Anwesenheit profitierte, um die zahlreichen Bittsteller nicht empfangen zu müssen, die in seinem Vorzimmer Schlange standen, behielt mich noch lange bei sich, um sich mit mir auf liebenswürdige Weise über die Tagesereignisse zu unterhalten, Banalitäten, die weder für ihn noch für mich das geringste Interesse haben, wie die Rebellion der Serben, die Schlacht, die Czerni-George bei Belgrad lieferte, und der Abzug der Truppe des Kapudan Pascha aus Saloniki. Er wollte wissen, wo ich abgestiegen sei, und versicherte mir, das »König von Portugal« sei eines der besten Hotels von Berlin. Hätte er mir diese Frage nicht schon vor einer Stunde, als ich eintrat, gestellt und mit dem gleichen Kommentar begleitet, hätte das einen stärkeren Eindruck bei mir hinterlassen. Es dämmerte schon, als ich endlich in meine Unterkunft zurückkehren konnte, wo ich eine lange Depesche an Pinkney verschlüsselte, in der ich ihn über all die erstaunlichen Neuigkeiten in Kenntnis setzte, die ich erfahren hatte. Dann ließ ich mir das Abendessen bringen, das von einem sommersprossigen Zimmermädchen namens Bärbel serviert wurde, die gerade erst aus ihrem Heimatdorf nach Berlin gekommen sein muß, da sie alles mit vor Staunen weit aufgerissenen Augen ansieht. In Berlin ißt man zum Glück besser als im Rest Deutschlands: eine Fischsuppe und ein Frikassee aus Kalbsfüßchen, begleitet von einem Wein, der sich nicht als französischer ausgibt und wenigstens den Vorteil hat, nicht so teuer wie letzterer zu sein, so daß ich mehr als eine Flasche leerte. Darauf ging ich in dem Bewußtsein schlafen, mir mein Brot verdient zu haben.

Freitag, 1. August

Ich bin im sogenannten Tierpark ausgeritten, der nichts anderes als ein staubiger Spazierweg ist, der im Schutz der Stadt an der Spree entlangführt. Das ist der beste Ort, um die Einwohner der Hauptstadt zu beobachten, die in der schönen Jahreszeit in großer Zahl ungeachtet ihres Standes und ihres Ranges herbeiströmen. Im allgemeinen sind die Berliner kräftig und von gesunder Farbe, meist blond, manche rot, doch alle, wie mir scheint, mit eher abgestumpften Gesichtszügen. Die Bürger tragen spitze Schuhe, breite Krawatten, kleine und häufig eher dreckige Westen, die Rockschöße sind lächerlich kurz, die Haare unmäßig lang. Die Adligen und die Beamten tragen schwarze Anzüge, so enganliegend wie möglich, und so lange Säbel, daß sie im Staub baumeln, wenn sie vom Pferd steigen; allerdings machen sie eine gute Figur im Sattel, und viele haben englische Pferde. Wie es hier Brauch ist, trank auch ich Bier in den Cafés im Freien, welche die Promenade säumen, eine Gewohnheit, die, wenn man sie jeden Vormittag standhaft beibehält, nicht wenig, glaube ich, zur allgemeinen Sanftmut der Berliner beiträgt. Das Publikum drängt sich vormittags und abends im Park, um spazierenzugehen, Kaffee oder Bier zu trinken und Pfeife zu rauchen, auch in Anwesenheit der Damen; nur wenn einer der Cafébesitzer einen Ball gibt, verlangt der Brauch, das Rauchen zu verbieten. Die Familien, die es sich leisten können, mieten für den Sommer ein Haus am Ufer des Flusses und bilden sich ein, sie lebten auf dem Land; diese Häuschen sind klein, und jede Equipage, die auf der Straße vorbeifährt, wirbelt direkt vor ihren Fenstern Staubwolken auf; dennoch sind sie so in Mode, daß ein Engländer jüngst hundert Sterling ausgegeben hat, um eines zu bekommen.

Um dem Staub zu entgehen, gibt es keine andere Möglichkeit, als zu Fuß in das Innere des Parks vorzudringen, doch vom Wasser der Teiche steigt zu dieser Jahreszeit ein solcher Gestank auf, daß auch der hartnäckigste Naturliebhaber entmutigt wird. Heiße Windböen lassen den, der sich so weit vorgewagt hat, alle Augenblicke auf Sand kauen und erinnern ihn daran, daß Berlin sich trotz der Bemühungen seiner Bewohner, es in ein Paradies auf Erden zu verwandeln, indem sie überall Bäume pflanzten und Gärten anlegten, mitten in einer Sandwüste erhebt. Und als reiche das noch nicht, kann man keinen Schritt machen, ohne daß man auf die Oberleutnants der verschiedenen Garnisonsregimenter stößt, die mit der größten Ruhe mal einen einzelnen Mann, mal zwei oder drei Männer zusammen ausbilden und ihnen stundenlang beibringen, das Gewehr zu handhaben und im Gleichschritt zu marschieren. Jeder Rekrut wird, wie es scheint, wochenlang diesem Drill unterworfen, und erst, wenn die Männer gelernt haben, die erforderlichen Bewegungen perfekt zu wiederholen, beginnt man damit, sie gemeinsam marschieren und schießen zu lassen: Auf diese Weise stellt jedes Regiment nicht nur eine perfekte Maschine dar, jeder der zweitausend Männer, aus denen es besteht, ist auch für sich ein perfekt funktionierender Automat. Übrigens konnte ich feststellen, daß General von Blücher recht hatte, als er die Milderung der preußischen Disziplin rühmte, denn die Offiziere erheben nur selten den Stock gegen ihre Männer, und ich habe niemals gesehen, daß sie mehr als zwei oder drei Schläge verabreichten. Jene schrecklichen Szenen, die alle ausländischen Reisenden, wie sie sich beklagten, noch vor fünfzehn oder zwanzig Jahren mitansehen mußten, wenn sie nach Berlin kamen, sind völlig verschwunden, und alles in allem glaube ich, daß mehr als die Rekruten die Offiziere zu beklagen sind, die ihr ganzes Leben lang jeden Vormittag dieselbe eintönige Arbeit wiederholen müssen.

Mein Onkel van Cortlandt, der in New York der Loge der Vier Elemente vorsteht und großes Vertrauen in die Verbrüderung aller Menschen setzt, empfahl mir, Graf Kalckreuth meine Aufwartung zu machen, dem großen Meister der ersten schottischen Loge von Berlin. Während ich auf die Audienz bei Hofe wartete, schien mir dies eine ebensogute Möglichkeit, mich in die Berliner Gesellschaft einzuführen; ich suchte daher nach dem Mittagessen auf dem Grund meines Koffers die Empfehlungsschreiben meines Onkels und begab mich zum Palais des Grafen. Ich hatte das Glück, ihn zu Hause anzutreffen, da er sein Kommando in Pommern verlassen hatte, um an den Feierlichkeiten am Sonntag teilzunehmen, und sich so für wenige Tage in Berlin aufhielt. In Wahrheit ist er ein Kavalleriegeneral, was nicht überrascht, da es in Preußen nur wenige Adlige gibt, die nicht in der Verwaltung oder in der Armee beschäftigt sind, und letztere scheinen mir zu überwiegen. Die Diener führten mich in einen kleinen privaten Salon, der ein wenig altmodisch, aber recht behaglich eingerichtet war, und ich wartete vielleicht eine Viertelstunde, während der ich in Büchern und französischen Zeitungen blätterte. Während ich wartete, drangen aus dem Inneren des Hauses Stimmen herüber, die sehr an einen Streit zwischen Eheleuten erinnerten; und ich dachte an das, was mein Onkel mir über Graf Kalckreuth erzählt hatte. Vor fünfzig Jahren war dieser Mann Offizier der Garde und Adjutant von Prinz Heinrich, dem Bruder des großen Friedrich, gewesen; sein Glück schien gemacht, doch mit einem Mal wurde er aus dem Regiment gejagt und aus Berlin verbannt, als sich nämlich das Gerücht verbreitete, die Prinzessin, vernachlässigt von ihrem Ehemann, der ihr die Gesellschaft der Trommler vorzog, sei dem Adjutanten in nicht gerade mütterlicher Zärtlichkeit zugetan. Der schöne Don Juan vegetierte zwanzig Jahre, bis zu Friedrichs Tod, in einem Provinzregiment dahin, und als der neue Herrscher seine Onkel um jeden Preis und mit allen Mitteln verärgern wollte, wurde er zurückgerufen, zum General befördert und obendrein noch zum Grafen gemacht. Jeder andere hätte mit einer so unerwarteten Schicksalswende zufrieden sein können, doch Seine Exzellenz ist gezwungen, sich in den Intrigen aufzureiben, um den Ehrgeiz seiner Frau zu befriedigen, einer kleinen Adligen aus der Mark, die er unbesonnenerweise während seines Exils geheiratet hatte. Diese ist, wie es scheint, eine wahre Xanthippe, und der General fürchtet sie mehr als ein Dragonerregiment.

Der Ehestreit setzte sich noch eine Weile fort, in einer Lautstärke, daß alle Hausangestellten es mitbekommen mußten, ohne mit dem Ohr an der Tür zu lauschen. Kurz darauf trat der Hausherr jedoch ins Zimmer, lächelnd, als wäre nichts geschehen, und entschuldigte sich, daß er mich so lange hatte warten lassen. Graf Kalckreuth ist ein beleibter alter Mann mit einem dicken Wasserbauch, zwei bösen Äuglein, gierigem Kinn; das Weiß der gepuderten Haare bildet einen merkwürdigen Kontrast zur Farbe der Wangen und Lippen, die ein Hauch Rot belebt. Mit einem Wort, er ähnelt den englischen Generälen in den Karikaturen zur Zeit der Revolution, geschminkt wie Dirnen, bei denen man sich fragt, wie sie reiten und den Säbel ziehen können. »Monsieur, je suis ravi de votre visite«, rief er, in einem so perfekten Französisch, daß ich mich verpflichtet fühlte, ihm in derselben Sprache zu antworten. »Oui, j'en suis ravi«, fuhr er fort, nachdem er den Brief meines Onkels aufmerksam gelesen hatte, »et d'autant plus que ce n'est pas seulement la visite d'un diplomatique distingué, mais d'un confrère.« Die Betonung, mit der er dieses letzte Wort aussprach, und der Blick, den er mir zuwarf, während er den Blick vom Brief hob und die große Brille in die Tasche zurückschob, hätten mich warnen sollen; ich war jedoch nicht geistesgegenwärtig genug. Da ich aus Erfahrung den Ton kannte, in dem man über solche Dinge mit dem Onkel sprechen mußte, glaubte ich, ich könnte ihn auch hier anwenden, und beschrieb dem Grafen die Hoffnungen, die unsere Freimaurer hinsichtlich einer neuen, tieferen Vereinigung aller edlen Geister nähren, sobald die Tyrannei aus Europa und der ganzen Welt vertrieben sei. Seine Exzellenz hörte mir lächelnd zu, aber mit einer Miene, als glaubte er kein Wort von dem, was ich erzählte; und so gewann ich allmählich den Eindruck, daß der Tempel Salomons ihm wohl nicht viel bedeutete.

»Gewiß«, fügte ich schließlich hinzu, als ich seinen ironischen Blick bemerkte, »auch bei uns besteht die Gefahr, daß die Verbrüderung aller Menschen sich in den Ritualen der Loge erschöpft und die Begeisterung gesetzter und angesehener Männer, die sich mit Kapuzen und Kitteln amüsieren, in der Hoffnung, eines Tages mit großartigen Offenbarungen belohnt zu werden, belächelt wird.« Schließlich hatte ich keine Lust, als Dummkopf dazustehen. »Oui, ce ne sont que des farceurs«, erwiderte er, »on dit que rien ne tue comme le ridicule, mais je n'y crois pas, car depuis longtemps les loges seraient des nécropoles.« Daraus entnahm ich, daß dies also der richtige Ton war, in dem man mit ihm über derartige Themen zu sprechen hatte. »Was mich betrifft«, fuhr er boshaft fort, »so mache ich mir ein Vergnügen daraus, die neuen Brüder zu empfangen, und spiele manchmal den Chirurgen, indem ich sie mit meinen Zahnstochern pieke und ihnen warmes Wasser zu trinken gebe, das sie für ihr Blut halten.« »Das macht man auch bei uns«, gab ich zu. »Einmal war es sogar noch schlimmer, als es darum ging, einen schottischen Anwalt in unserer Loge zu empfangen, der vor kurzem nach Amerika ausgewandert war. Mit verbundenen Augen und in ein Boot gesetzt, wurde der Unglückliche mit Hilfe von Stricken in einen Getreidespeicher gehievt, während zwei von uns die Ruder in einem Becken mit Wasser bewegten, das den Ozean darstellte.« »Und?« ermutigte mich der Graf. »Niemand hatte mir gesagt«, fuhr ich fort, »daß eine ans Dach gelehnte Rutsche dazu diente, den braven Mann in einen Haufen Dung im Hof fallen zu lassen. Als ich vorbeiging, fand ich, daß dieses Stück Blech den Weg verstellte, und lehnte es an die Mauer, gerade wie eine Regenrinne. Nachdem der Kandidat eine schreckliche Rede über die Prüfung angehört hatte, die ihn erwartete, wurde er nach unten gestoßen, und dieser senkrechte Fall aus großer Höhe bewirkte, daß er von da an für immer ein wenig wunderlich blieb.« »Mais c'est charmant!« lachte der Graf, »et ce que c'est bien trouvé, ›un peu bizarre‹!«

Genau in diesem Augenblick war im Nebenzimmer die Stimme von Madame zu hören, die mit den Dienern schimpfte. Der Graf wurde bleich unter der Schminke, erhob sich aus dem Sessel, bat mich, ihn für einen Augenblick zu entschuldigen, und ging zur Tür, so schnell sein Umfang es ihm erlaubte. Kaum war ich allein im Arbeitszimmer, blätterte ich in der Ausgabe der *Encyclopédie*, die sich prächtig hinter dem Schreibtisch ausnahm und vom Einband her sogar der Originalausgabe zum Verwechseln ähnlich sah; in Wahrheit handelte es sich jedoch, wie ich sofort feststellte, um einen der Amsterdamer Raubdrucke, und überdies waren die Seiten nicht einmal aufgeschnitten worden. Diese Entdeckung bestätigte meinen Eindruck, daß Graf Kalckreuth trotz seines ausgezeichneten Französisch eher ein gewitzter als tiefgründiger Plauderer war, der sich wohler fühlte, wenn er Schnurren erzählen konnte, als wenn er über Staatsgeschäfte sprechen mußte. »Sind Sie verheiratet?« fragte er mich, als er ins Arbeitszimmer zurückkehrte, nachdem er die Verhandlung mit seiner Gattin zu einem guten Ende gebracht hatte. »Nein«, antwortete ich, »aber ich frage mich hin und wieder, ob ich nicht heiraten sollte.« »Tun Sie das nicht!« erwiderte er. »Sie werden nicht einmal mehr selbst Ihre Koffer packen dürfen.« Ich mußte lachen und fragte ihn, ob er gegen die Schweden in den Krieg ziehen werde. »Im Augenblick haben wir Frieden, aber Gott allein weiß, was uns erwartet; die Schweden haben hundertfünfzig Jahre geschlafen, doch jetzt scheint es, als seien sie aufgewacht, Bonaparte hat zu viel Lärm gemacht, als daß sie weiter vor sich hin dösen könnten.« »Ich habe niemals begreifen können«, fing ich wieder an, »warum König Friedrich sich nicht das schwedische Pommern angeeignet hat; es ist doch nicht einzusehen, scheint mir, warum diese Leute eine Ecke von Deutschland besitzen sollten, und noch dazu so nah an Berlin.« »Ehrlich gesagt«, erwiderte Kalckreuth, »böte die Annexion dieser Provinz keinerlei Vorteil; es handelt sich um vier Fischerdörfer, und es gibt nichts als Sand. Dafür blutet der schwedische König, um dort Regimenter zu unterhalten, obwohl er doch weiß, daß wir ihn, wenn er uns wirklich provozieren würde, ohne viel Umstände schlucken könnten; zumindest wußten das die Vorgänger des jetzigen Herrschers. Im Grunde kann man sagen, daß Pommern bis heute eine Geisel ist, die Schweden in unserer Hand gelassen hat, und das war für uns viel vorteilhafter als die bloße Annexion des Landes.«

»Aber sprechen wir von ernsthafteren Feinden«, begann ich von neuem. »Glauben Sie, daß es Krieg mit Bonaparte geben wird? Ich habe nämlich bereits die unterschiedlichsten Meinungen darüber gehört.« »Was für Meinungen wollen Sie denn gehört haben?« unterbrach mich der General, offen gesagt eher unfreundlich. Doch ich begriff sofort, daß diese Ungezogenheit sich nicht gegen mich richtete, sondern gegen jene Generäle oder Minister, mit denen ich gesprochen haben mochte und die er sich beeilte, mit Dreck zu bewerfen, denn von all seinen Fehlern scheint die Eifersucht am meisten an ihm zu nagen. »Hier herrscht kein Mangel an Meinungen, aber geäußert werden sie nur von Memmen, die weder die Geschichte noch die Kunst des Krieges und der Stellungen kennen, noch die Geographie, außer vielleicht die Karte der Post.« »Es gibt also heute keinen Friedrich II. in Preußen?« Bei diesen Worten lachte Kalckreuth höhnisch auf. »Selbst wenn es ihn gäbe, wir haben ganz andere Männer nötig. Friedrich II.! Heute spricht man von nichts anderem, und man beklagt seinen Tod als ein großes Unglück, fast als wollte man suggerieren, dieser altersschwache Greis, der bereits vor zwanzig Jahren gestorben ist, könnte, würde er immer noch eine Existenz als Hundertjähriger, gefesselt an einen Lehnstuhl, fristen, das Vaterland vor Bonaparte retten!« »Und doch«, unterbrach ich ihn, »hat er seinen Krieg allein gewonnen, und gegen weitaus mächtigere Feinde.« Doch der Graf war entschlossen, mir nicht recht zu geben. »So weit kommt es noch!« rief er. »Heutzutage glaubt das jeder und wird nicht müde, es zu wiederholen; wer jedoch alt genug ist, um damals gelebt zu haben, der weiß, daß die Wahrheit etwas anders aussieht! Was mich betrifft, so habe ich, seit behauptet wird, Friedrich II. habe den Siebenjährigen Krieg gewonnen, aufgehört, an die Existenz von Hannibal oder Julius Cäsar zu glauben. Der Krieg ist von den Generälen gewonnen worden, von Männern wie dem Prinzen Heinrich oder dem Herzog von Braunschweig, nicht dem jetzigen natürlich, sondern seinem Onkel. Das waren Männer, wie es nie mehr welche gegeben hat. Na ja, natürlich nicht Männer in jeder Bedeutung des Wortes, zumindest im Fall von Prinz Heinrich wäre das ein unverdientes Kompliment, da seine italienischen Vorlieben ja bekannt sind; im großen und ganzen aber ist es ihnen zu verdanken, daß der Krieg gewonnen wurde.« »König Friedrich genießt seinen Ruf also zu Unrecht?« »Aber das sage ich doch! Unsere schlimmsten Niederlagen verdanken wir ihm; und gegen Ende des Siebenjährigen Kriegs hatte er sowohl die Liebe als auch die Achtung seiner Anhänger verloren. Wenn er in Begleitung seines Adjutanten, eines jungen Kavalleriemajors, von Wodtke, dahergeritten kam, brachte er gewöhnlich alle Offiziere zum Lachen, und sie schnitten hinter seinem Rücken alle möglichen Grimassen und machten seine schlaksige Art, sich im Sattel zu halten, nach. Der Krieg nahm einen unglücklichen Verlauf, die Staatskasse war leer, das Land entvölkert, das Heer am Ende. Unter uns, wenn das scharfe Ohr des Königs es nicht hörte, nannten wir jungen Offiziere ihn, angeekelt von diesem Blutbad ohne Ende, den Totengräber.«

»Ich kann mir vorstellen, daß im Hauptquartier von Prinz Heinrich darüber nicht nur privat, sondern auch öffentlich gesprochen wurde.« »Darauf können Sie Gift nehmen! Der Prinz war vierzehn Jahre jünger als der König und haßte ihn so sehr, daß er seinen Anblick nicht ertragen konnte; wenn er mit uns zusammen war, pflegte er ihn als den ›widerlichsten und erbärmlichsten Schwachkopf‹, den ›größten Geizkragen und das größte Schwein‹, ja sogar als das ›gemeinste Tier, das Europa je hervorgebracht hat‹, zu bezeichnen und bedauerte immer wieder, daß ›durch Gottes Willen unsere selige Mutter ihn am 24. Januar 1712 nicht abgetrieben hat‹.« Da er in meinen Augen das Vergnügen las, das er mit einem so hübschen Familienbild bei mir hervorrief, blinzelte der Graf mir zu. »Fast wie ein echter Greuze, nicht wahr? ›Die Bruderliebe‹ … Aber man muß Ihre Hoheit bedauern, ihre Gefühle waren so zart, und Seine Majestät war so gemein und brutal! Und zu allem Überfluß schien die Vorsehung all seine Pläne zu unterstützen, zumindest am Anfang; Prinz Heinrich konnte es einfach nicht fassen und nahm schließlich die ersten Mißerfolge seines Bruders wie eine Befreiung auf. Am Abend der furchtbaren Niederlage von Kolin fand er die Zeit, ein Billett an seine Schwester Amalia zu schicken, mit der siegesgewissen Ankündigung: ›Enfin Phaéton est tombé!‹ Und doch«, setzte er seufzend hinzu, »war er, wie ich Ihnen sagte, der größte General, auf den der König sich verlassen konnte, und er rettete ihn mehr als einmal vor dem Untergang. Man kann gewiß nicht sagen, daß es ihm mit gleicher Münze zurückgezahlt wurde! Noch auf dem letzten Feldzug, den sie zusammen führten, im Kartoffelkrieg, beschuldigte der Prinz offen Seine Majestät, er habe ihn absichtlich in die Hände des Feindes fallen lassen wollen, und ich bin durchaus geneigt, ihm zu glauben.« Als er meine Verblüffung bemerkte, lachte der General aus vollem Herzen. »Oh, der Kartoffelkrieg! Das ist dieser unglückselige Krieg, den wir gegen Kaiser Joseph führten, '78, wie Sie wissen. Die Soldaten begannen ihn so zu nennen, und schon sehr bald nannten alle ihn so; es gab nichts anderes zu essen, und das Heer wäre ohne die Kartoffeln bis auf den letzten Mann verhungert. Seine Hoheit schrieb sogar ein Gedicht auf französisch, um diese Knollen zu feiern!«

»Das muß eine sehr merkwürdige Erfahrung gewesen sein«,

sagte ich, »in solcher Intimität mit diesen großen Männern zu leben.« Der Himmel ist mein Zeuge, daß ich nichts Böses im Sinne hatte, doch Kalckreuth verstand die Frage auf seine Weise. »Oh! Was das betrifft, so muß Seine Hoheit mich wohl für bigotter gehalten haben, als ich bin«, erwiderte er mit einem boshaften Lächeln. »Er ließ mich während des ersten Feldzugs, den wir zusammen unternommen haben, drei Wochen in seinem Zelt schlafen, und alles, was er wollte, war mein Porträt in Miniatur. Wenn er mehr gewollt hätte, hätte ich gelacht und ihn gebeten weiterzuschlafen!« »Es ist ein Jammer«, sagte ich, »daß so viele Erinnerungen früher oder später verloren sein werden; Euer Exzellenz sollten ein Buch darüber schreiben.« »Oh, das werde ich tun«, antwortete er leichthin, »aber nicht sofort; im Augenblick interessiert mich mehr zu sehen, was aus dem unglücklichen Europa wird; meine Memoiren werde ich später diktieren, da ich damit rechne, bis 1820 zu leben. Man hat mir prophezeit, daß ich so lange leben werde, bis ich ein schwarzes Haar im Zopf habe; bis jetzt finde ich nur ein paar weiße.« »Glauben Sie an Prophezeiungen?« »Ich weiß es nicht«, gab der Graf flatterhaft, wie er ist, zu. »An Vorahnungen nicht, würde ich sagen, weil ich bereits zwei falsche hatte, in Liegnitz und in Pirmasens; ich glaubte, ich würde getötet. In der Nacht vor Pirmasens habe ich sogar die Einzelheiten meines Todes geträumt: Eine Kanonenkugel zertrümmerte mir das Knie, und ich starb unter dem Messer, während der Chirurg – ein Metzger! – mir das Bein absägte. Doch Sie sehen, ich bin ohne einen Kratzer davongekommen. Bei anderen Gelegenheiten habe ich den Tod aus nächster Nähe gesehen, und nicht nur in der Schlacht: Bei der Belagerung von Mainz setzte ein Leuchter die Bettvorhänge und die Bettdecke in Brand, und ich erwachte, bereits halberstickt durch den Rauch, weil ich die Hitze im Gesicht spürte. Ein andermal hatte ich einen Unfall mit der Kutsche, auf der Straße nach Prenzlau; ich wurde durch die Tür hinausgeschleudert und rollte bis an die Uecker. Ich dachte, ich hätte mir das Kreuz gebrochen, und konnte mich sechs Wochen nicht bewegen; drei Lakaien hinter meiner Berline sind so gestorben. Nun, in diesen Fällen hatte ich überhaupt nichts geträumt! Aber was wollen Sie; in meinem Alter ist es angenehm zu glauben, daß man bis 1820 lebt.«

Wieder zurück im Hotel, erwartete mich ein Abendessen, das noch besser war als das vom Vorabend: marinierter Hering, Zitronenkaltschale und Kalbsragout mit Stachelbeeren. Als ich vom Tisch aufstand, konnte ich nicht anders, als in die Küche zu gehen und der Wirtin, die persönlich am Herd stand, Komplimente zu machen. Frau Kruse ist eine Matrone von beeindruckenden Ausmaßen und drängte mich, ein Gläschen Kümmel zu probieren, den sie eigenhändig gemacht hatte. Wegen der großen Hitze fragte sie mich, ob ich nicht von jetzt an im Hof zu Abend essen wolle, und versprach mir, einen Tisch unter dem Mandelbaum zu decken. Damit ich die köstliche Kühle gleich am eigenen Leib spüren könne, befahl sie Bärbel, die Flasche mit dem Schnaps und die Gläser nach draußen zu bringen. Und so beendete ich den Abend, nachdem ich den Nachmittag mit französischer Konversation im Palais eines großen Herrn verbracht hatte, im Hof des Hotels, hörte dem Geschwätz der Wirtin zu und beobachtete die Magd, wie sie in der Küche beim Schein der Laterne das Geschirr abwusch.

Sonnabend, 2. August

Heute wollte ich in die Oper gehen, die aus gutem Grund als das erste Haus Berlins gilt und wo die berühmte Fantozzi singt. Ich hatte nicht erwartet, dort ein elegantes Publikum anzutreffen, da man mir gesagt hatte, die Oper werde vom König bezahlt und der Eintritt sei frei. Für die Loge muß man sich ein Billett besorgen, zum Parkett aber hat jeder Zugang, und wer nicht so umsichtig ist, vor Beginn der Vorstellung einen Stuhl zu mieten, ist gezwungen, den ganzen Abend zu stehen. Als ich vor dem Theater aus der Kutsche stieg, stellte ich überrascht fest, daß eine Menge Soldaten, viele mit der Frau oder der Geliebten am Arm und einige sogar mit ihren Kindern, diszipliniert vor dem Eingang Schlange standen. Der Kutscher, den ich um eine Erklärung für dieses Phänomen bat, erklärte mir, jedes Regiment in Berlin habe das Recht, jeden Abend eine bestimmte Anzahl von Männern pro Kompanie in die Oper zu schicken. Kopfschüttelnd betrat ich das Vestibül und begann mich umzuschauen, auf der Suche nach der für die Ausländer reservierten Loge, für die ich bereits am Morgen ein Billett hatte besorgen lassen; das unbeschreibliche Gedränge hinderte mich jedoch daran, die Aufmerksamkeit der Bediensteten auf mich zu lenken. Verzweifelt klopfte ich mit dem Stock auf den Boden, ohne daß mich jemand hörte, als hinter mir eine Stimme auf deutsch, aber in recht höflichem Ton, zu mir sagte: »Ist der Herr Ausländer?« Ich wandte mich um und sah einen noch jungen, großen und kräftigen Mann vor mir, der in der Vergangenheit schön wie ein Engel gewesen sein mußte, obwohl gewisse unmißverständliche Zeichen die vorzeitige Zerrüttung durch zu viel Alkoholgenuß und durchgefeierte Nächte verrieten. Er trug eine Offiziersuniform, die recht einfach wirkte, aber aus einem so feinen Stoff war, daß mein schwarzer Frack daneben abgewetzt wirkte; er trug keine Auszeichnungen, aber ein goldenes Ordensband über der linken Schulter, und auch die ebenfalls goldenen Stickereien des Kragens ließen darauf schließen, daß es sich um einen General handelte. »Mein Name ist Pyle«, sagte ich, »ich komme aus den Vereinigten Staaten von Amerika.« Der junge Mann entblößte seine Zähne in einem breiten Lächeln und streckte mir die Hand hin, die ich drückte, noch bevor ich seine Worte hörte. »Erfreut, Sie kennenzulernen. Ich bin Prinz Louis Ferdinand von Preußen.« Ich ließ seine Hand vielleicht etwas zu hastig los und deutete eine Verbeugung an, die er mich jedoch nicht beenden ließ. »Erlauben Sie mir, Sie in meine Loge einzuladen; ich bin ein guter Freund Amerikas«, erklärte er.

Dieser Prinz ist ein Vetter des Königs, und soweit ich weiß, müßte er sich in Magdeburg befinden, wo sein Regiment in Garnison liegt, das zu verlassen der König ihm verboten hat, aus Angst, seine kriegerischen Ideen könnten die Franzosen stören; aber wie man sieht, ist er begnadigt worden. In der Loge erwarteten uns zwei Offiziere in weißer Uniform und eine junge

Dame; der Prinz stellte sie mir mit der größten Selbstverständlichkeit vor. »Madame Pauline Wiesel; mein liebster Freund, Major von Schack, und mein Adjutant, Oberleutnant von Nostitz.« Madame streckte mir die Hand hin, und während ich sie küßte, war ich ganz betäubt von dem Duft, den ihr Körper ausströmte; ich sage ihr Körper, denn das Kleid war bei dieser sommerlichen Hitze nicht viel mehr als ein durchsichtiger Schleier und wog wohl nicht mehr als ein paar Unzen. Kaum hatte ich mich wieder aufgerichtet, wandte sich dieses entzückende Geschöpf mit einer Vertrautheit, wie sie in einem republikanischen Land wie Amerika einer Königlichen Hoheit gegenüber niemand für möglich halten würde, an den Prinzen. »Louis«, rief sie, auf den Major deutend, »während wir auf dich gewartet haben, hat sich ein Streit mit unserem guten Schack entsponnen, und du mußt ihn schlichten. Mein Mann behauptet, das Regiment der Gendarmerie sei weniger alt als das des Gardekorps, und der Major will ihn deswegen zum Duell fordern.« Der Major lachte; er ist ein stattlicher Mann mit pomadisierten Koteletten, der älter als vierzig wirkt und, seiner Hautfarbe nach zu urteilen, gutes Essen und guten Wein liebt. »Meine hochverehrte Dame«, hob er an, »Seine Hoheit wird mir recht geben müssen, und wenn ich Ihren Mann nicht fordere, so nur deshalb, weil die Offiziere der Gendarmerie sich nicht mit Bürgerlichen schlagen. Unser Regiment ist 1691 gegründet worden und das Gardekorps erst 1740; außerdem trägt es im Altersverzeichnis die Nummer 13, und wir die 10.« Der Prinz brach in Lachen aus. »Pauline«, kommentierte er, »der Major ist überaus bewandert in dieser Wissenschaft; in vielen anderen vielleicht nicht, aber in dieser gewiß; ich werde ihn niemals auf frischer Tat ertappen.« Jetzt lachte auch die Dame. »Wiesel hat sich wieder einmal als Dummkopf erwiesen! Ich werde es ihm sagen, wenn ich ihn sehe!« Dann, als sie bemerkte, daß ich sie ansah, warf sie mir ein blitzendes Lächeln zu. »Sie sind also Amerikaner! Und welches Regiment ist in Ihrem Heer das älteste?« »Ich fürchte, es gibt gar kein altes Regiment in unserem Heer, ja, eigentlich haben wir überhaupt kein Heer«, antwortete ich. »Wirklich? Wie spaßig!« erwiderte die

Schöne achselzuckend. »Und doch«, mischte sich höflich der Prinz ein, »haben Sie während Ihrer Revolution bewiesen, daß Sie wie jeder andere zu kämpfen verstehen.« »Das stimmt«, gab ich zu, »aber eine Armee zu unterhalten kostet Geld, und unser Steuerzahler sieht es lieber, daß seine Dollars auf andere Weise ausgegeben werden.« »Aber glauben Sie, auf Dauer so weitermachen zu können, in einer Welt, in der die Kanone immer unumschränkter herrscht?« hakte Louis Ferdinand nach. »Auch bei uns«, räumte ich ein, mich eines Gesprächs erinnernd, das ich vor ein paar Jahren mit Albert Gallatin zu führen das Glück gehabt hatte, »auch bei uns wird behauptet, daß wir ein kriegerisches Volk werden müßten, daß wir keine andere Alternative hätten; und auch, daß die Ansichten unserer Bevölkerung in dieser Frage weitgehend von Unkenntnis und Vorurteilen geprägt seien, von denen wir uns so rasch wie möglich freimachen müssen. Ich für meine Person würde es allerdings lieber sehen, daß man einstweilen alles noch beim alten läßt.«

Nachdem dieser Meinungsaustausch beendet war, lauschten wir der Arie der Fantozzi, die in ebendiesem Augenblick die Bühne betreten hatte. Allerdings hätte Madame Wiesel lieber das Gespräch fortgesetzt, und auch die beiden Offiziere zeigten Zeichen von Ungeduld, woraus ich entnahm, daß diese Herren nicht die Gewohnheit hatten, ins Theater zu gehen, um Musik zu genießen; doch der Prinz hörte ganz in sich versunken zu, so daß niemand zu sprechen wagte. Kaum war die Arie beendet, applaudierte Seine Hoheit lebhaft und wandte sich dann an mich. »Was sagen Sie zu unserem neuen Theater?« erkundigte er sich. Die Frage kam unerwartet, und ich wußte nicht, was ich antworten sollte. »Hier«, sagte ich nach einem langen Schweigen, »verändert man die Bühnenprospekte nicht, wie man es bei uns tut, indem man sie von oben nach unten in zwei Hälften teilt und sie zur Seite gleiten läßt, sondern hängt sie auf und zieht sie von oben hinauf und hinunter.« Der Major mußte lachen, doch der Prinz stimmte sehr höflich zu. »Das ist sicher eine bessere Methode«, bemerkte er, »denn es verhindert, daß die Bühne während des Aufbaus staubig wird.« Verärgert, daß ich mich zum Idioten gemacht hatte, schaute ich mich um, um etwas zu finden, daß sich intelligenter kommentieren ließe; und ich stellte fest, daß das Theater, obwohl es größer ist als das in New York, im Innern keinen großen Eindruck macht, weil nur die Bühne beleuchtet wird. »Hier bei Ihnen«, begann ich, »erhält das Publikum kein anderes Licht als das, das von der Bühne kommt, was zweifellos von Vorteil für die Aufführung ist. Bei uns beklagen die Damen sich darüber, daß das Theater nicht genügend erleuchtet ist, obwohl es außer dem Licht von der Bühne einen großen Leuchter in der Mitte der Decke und weitere kleinere an den Wänden gibt; und der dem Publikum vorbehaltene Teil ist nicht einmal halb so groß wie hier. Ein Deutscher, der unser Theater betritt, wäre erstaunt über so viel Licht und würde zu Recht bemerken, daß das Auge, verwirrt von einer so großen Vielfalt von Lampen und Kerzen, sich nicht auf die Bühne konzentrieren kann.« Ich fügte nicht hinzu, daß hier dafür der aufmerksamere Zuschauer unvermeidlich durch das abgelenkt wird, was im Parkett geschieht, wo die Soldaten einen unbeschreiblichen Lärm machen und den Zuschauern in den tieferen Logen die Sicht versperren: In der Tat haben die Grenadiere die unangenehme Gewohnheit, ihre Hüte aufzubehalten, und einer nimmt sogar seine Frau auf die Schultern, was aus der Berliner Oper nicht gerade ein sehr schickliches Schauspiel macht. Ich wollte gerade eine geistreiche Bemerkung darüber machen, als ein Lakai mit einer Flasche Champagner und fünf Kelchen aus böhmischem Glas hereinkam. Nachdem jeder von uns ein volles Glas erhalten hatte, erhob der Prinz das seine und blickte in die Runde. »Also, meine Freunde! Worauf trinken wir? Wir trinken«, fügte er sofort hinzu, »auf den Blitz, der beim nächsten Unwetter diese Kanaille Haugwitz treffen möge, während er das Haus verläßt, um eine seiner Geliebten zu besuchen!« Die Gesellschaft, die wohl nicht ihre erste Flasche leerte, schloß sich ohne mit der Wimper zu zucken diesem Trinkspruch an, und auch ich leerte meinen Kelch. Dann fragte der Prinz mich, ob ich Haugwitz bereits kennengelernt hätte, und als ich das bejahte, begann er den Minister schlechtzumachen, dessen ganze Regierungskunst darin bestehe, auf Knien um die Freundschaft Frankreichs zu betteln. »Die Öffentlichkeit hat jedes Vertrauen in die Regierung verloren. Bonaparte hat den Wunsch Seiner Majestät nach Frieden schamlos ausgenutzt. Schuld daran sind Haugwitz und die erbärmliche Weise, wie dieser infame Mensch und seine Helfershelfer die Dinge betrieben haben. Es wird behauptet, sie würden von Paris bezahlt, aber lassen wir das einmal beiseite; es genügen schon die Vorurteile, die Schwächen, sagen wir ruhig die persönlichen Neigungen und vielleicht Verbindungen, über die man nicht spricht, um dasselbe zu bewirken wie mit Gold. Das ganze Kabinett«, ereiferte er sich, ohne sich um den Eindruck zu kümmern, den derartige Reden auf einen Ausländer machen könnten, »ist bis auf den Grund seiner Seele französisch, aber wenn ich die Hauptursache für diesen schändlichen Frieden nennen sollte und für den Verruf, in den Preußen geraten ist, nun, dann würde ich sagen, es ist die zuckersüße Prahlerei des Heuchlers Haugwitz.«

»Bloody fool«, ertönte eine gutturale Stimme hinter mir. Ich glaube, ich zuckte zusammen; doch es war der Major, der seine Kenntnis meiner Sprache demonstrieren wollte. Madame Wiesel schien nicht im geringsten empört; sehr wahrscheinlich hatte sie nicht verstanden, und im übrigen habe ich den Eindruck, daß in Berlin das Urteil darüber, was in Anwesenheit von Damen gesagt werden darf und was nicht, weniger streng ist als in Baltimore. »Es stimmt«, räumte ich ein, »daß Graf Haugwitz in den Verhandlungen mit Frankreich bis jetzt nicht die nötige Entschlossenheit bewiesen hat; doch ich kann nicht glauben, daß das Königreich Preußen von gekauften Ministern regiert wird oder auch nur von Ministern, die so erschreckt sind, daß sie den Frieden um jeden Preis kaufen wollen.« »*Eh bien!* Was Ihnen unglaublich scheint«, erwiderte der Prinz, »ist für uns eben gerade eine Realität, an die wir uns gewöhnen mußten, und gewiß nicht erst seit heute. Sie werden es feststellen«, fuhr er fort. »Berlin stellt schon seit langem die widersprüchlichste Mischung aus militaristischem Wahn und Ängstlichkeit, ja Widerwillen vor dem Krieg zur Schau; doch unter den Ministern gibt es nicht einen, der des Widerspruchs bezichtigt werden könnte, unter ihnen herrscht nur Ängstlichkeit.« »Räumen wir, Hoheit«, gab ich zu bedenken, »die Unfähigkeit des Ministeriums ein; aber wenn Bonaparte nicht wirklich überzeugende Beweise für seinen guten Willen liefert, dann bin ich nach wie vor überzeugt, daß Seine Majestät in der Lage sein wird, allein zu entscheiden, wie es die Ehre seines Hauses verlangt!« Doch den Prinzen schien diese Pflichtverteidigung nicht sehr zu überzeugen. »Unser König«, seufzte er, »ist der integerste und ehrbarste Herrscher, der je gelebt hat, aber schon zu lange gibt er seinen Segen zu einer schändlichen Politik. Ich habe versucht, ihn zu warnen, aber er beschuldigte mich nur meines Kriegswahns ... Doch gerade durch seine Liebe zum Frieden hat Preußen sich mittlerweile alle Mächte zum Feind gemacht, und sobald eine von ihnen sich zum Krieg bereit fühlt und unsere Überspanntheit nicht mehr hinnehmen will, werden wir entdecken, daß wir die Rechnung ohne einen Taler in der Kasse bezahlen müssen! Bonaparte muß sich über die Doppelzüngigkeit unseres Verhaltens wundern, und auch darüber, wie wir sehenden Auges unserem Untergang entgegengehen.«

Madame Wiesel, welche diese Unterhaltung zu langweilen schien, erhob sich und schloß mit einer abrupten Bewegung den Fächer. »Louis«, rief sie, zum Prinzen gewandt, der sich seinerseits sofort erhob wie alle Anwesenden, »ich spüre, daß ich meine Migräne bekomme. Wenn es dir nichts ausmacht, gehe ich nach Hause«, und ohne eine Antwort abzuwarten, reichte sie allen die Hand und ging. Der Prinz seufzte und betrachtete ganz versunken die nackten Schultern, die sich entfernten. »Eure Hoheit glaubt, daß Bonaparte bereit ist, in einem weiteren Krieg alles aufs Spiel zu setzten, was er gewonnen hat?« sagte ich, um die Unterhaltung wieder in Gang zu bringen. »Ein guter Spieler« antwortete der Prinz, sich aus seiner Verzauberung lösend, »weiß, wann der Augenblick gekommen ist, Zwang auszuüben, und Bonaparte hat sich in Preußen nicht getäuscht. ›Glauben Sie, daß Preußen mir deswegen den Krieg erklären wird?‹ sagte er, nachdem er in das Hoheitsgebiet von Ansbach eingedrungen war, und sofort antwortete man ihm: ›Ich kenne Preußen, es wird der Niederlage der anderen zuschauen und sich dann auf den Leichnam stürzen!‹ Und tatsächlich konnte Bonaparte dank dieser Verletzung unseres Hoheitsgebietes in Macks Rücken auftauchen, ihn mit seiner ganzen Armee gefangen- und Wien einnehmen; und wir haben als einzige Antwort Haugwitz nach Schönbrunn geschickt, um ihm zu gratulieren! Jetzt heißt es, wir würden uns mit Frankreich einigen, aber nur unter der Bedingung, daß er sein Heer aus Deutschland abzieht, und gewiß denken sich der König und das Kabinett, das sei eine Bagatelle und Bonaparte sei so begierig auf den Frieden, daß er eine solche Bedingung leichten Herzens akzeptiere. Ich glaube, Bonaparte wird so tun, als stimme er zu, doch unter diesem oder jenem Vorwand wird er den Abzug der Armee hinauszögern, und dann werden wir vielleicht aufgrund von kindischem Eigensinn in den Krieg eintreten. *A la bonne heure*: aber es wird zu spät sein. An dem Tag wird Preußen allein dastehen, ohne Verbündete, und niemand wird Mitleid mit ihm haben. Dann werden die Tränen und Klagen dieser erbärmlichen Friedensapostel die Monarchie Friedrichs nicht retten; während noch vor einem Jahr, als die Moral des Heeres gut war und Deutschland nur einen einzigen Wunsch hatte, alle Männer von Ehre mit Freuden ihr Leben gegeben hätten, so ist heute genau das Gegenteil der Fall. Sogar die Besten werden das Heer verlassen, um nicht dem Verrat von Lucchesini, Haugwitz und Konsorten geopfert zu werden!«

Bei diesen Worten wurde der Prinz bleich und sah mir in die Augen, die ich sofort niederschlug. »Hoheit«, begann ich, »ich verberge Ihnen nicht ...«, doch der Prinz unterbrach mich erneut, nicht, weil es in ihm auch nur die geringste Spur jener Flegelhaftigkeit gegeben hätte, die man manchmal bei den Großen antrifft, sondern einfach, weil er, von der Leidenschaft mitgerissen, gar nicht bemerkt hatte, daß ich zu sprechen begonnen hatte. »Auf meine Ehre«, fuhr er fort, »ich wünsche Ihnen nicht, an meiner Stelle zu sein: Wer hätte jemals gedacht, daß der Tag kommen würde, an dem wir uns schämen würden, uns Preußen zu nennen! Wenn ich wenigstens diese Uniform ausziehen und all diesen militärischen Flitter ablegen könnte; dann würde ich nicht mehr so leiden unter dem, was geschieht. Und wenn ich bedenke, daß ich bereit wäre, mein Vermögen, ja mein Leben zu geben, um Deutschland zu retten!« An diesem Punkt wollte das Schicksal, daß der Vorhang fiel. Louis Ferdinand unterbrach seinen Redeschwall, sah auf die Uhr, erhob sich dann lächelnd und rief: »Also, meine Herren, ich hoffe, Sie werden mir die Ehre geben, unsere Unterhaltung beim Abendessen fortzusetzen.« »Ich bin geehrt, Hoheit«, antwortete ich mit einer Verbeugung, »aber ich fürchte, die Etikette läßt das nicht zu, da ich Ihren Majestäten noch nicht vorgestellt worden bin.« Der Prinz lachte und antwortete, in seinem Haus bestimme er über die Etikette. »Nur keine Angst«, fügte er hinzu, als er meine große Verblüffung bemerkte. »Wir werden *en petit comité* speisen, und Ihre Majestäten werden nichts erfahren!« Während wir die Loge verließen, bemerkte ich, daß er sich flüchtig im Spiegel betrachtete, als wollte er sich vergewissern, daß er sich nicht zu sehr erregt hatte. Ich war mir meines Urteils über ihn keineswegs sicher, mit einer Ausnahme: In seiner Leidenschaft schien er mir aufrichtig, auch wenn ein Prinz, der sich in die Politik verbeißt, imstande sein sollte, seine Ausbrüche etwas besser unter Kontrolle zu halten!

Das Abendessen sollte mir meinen Gastgeber in einem besseren Licht zeigen. Im Haus des Prinzen herrscht die allergrößte Freiheit, es wird keinerlei Form von Etikette beachtet, alles geschieht vielmehr in einem prunkvollen Stil, den ich ohne weiteres renaissancehaft nennen würde und der seine Verwalter zur Verzweiflung treiben muß, denn alles wird von den Lieferanten bezahlt, und ihre Forderungen werden niemals beglichen. Im Speisesaal war bereits ein Tisch mit zahllosen Gedecken vorbereitet, und ein Streichquartett stimmte etwas abseits seine Instrumente. An der Tür trat der Prinz beiseite und bestand darauf, nicht nur mir, sondern auch dem Major und dem Oberleutnant den Vortritt zu lassen, eine Höflichkeit, die mir bei so hochgestellten Persönlichkeiten niemals vorher begegnet ist. Im Saal kam uns ein Bürger entgegen, der mir als Herr Dussek vorgestellt wurde, der Lieblingskomponist Seiner Majestät, und ihm folgten zahlreiche weitere Offiziere, deren Namen ich nicht behalten konnte, denn der Prinz setzte sich zu Tisch, das Quartett begann zu spielen, die Diener kamen mit den ersten Gerichten herein, und alle beeilten sich, die Vorstellung abzukürzen und Platz zu nehmen. Mich überraschte ein wenig die Abwesenheit von Damen, doch der Major, der sich neben mich gesetzt hatte, vertraute mir an, daß sie sich in dieser Gesellschaft von Soldaten vielleicht fehl am Platz gefühlt hätten und daß der Prinz es liebe, wann immer möglich einen Abend ganz ungezwungen unter Männern zu verbringen.

Das Abendessen war hervorragend, mit einer Krebssuppe, einem Wildgelee, wie ich seit langem keines probiert hatte, Karpfen blau mit Kräutern und Zwiebeln, begleitet von einer phantastischen Reihe von Saucen jeder Farbe, und zahlreichen weiteren Gerichten, über die ich sehr rasch den Überblick verlor. Ich glaube, wir blieben fünf oder sechs Stunden bei Tisch, und ununterbrochen hörte man das Knallen der Champagnerflaschen, die von den Lakaien geöffnet wurden. Der Prinz trank gierig und leerte sein Glas jedesmal auf einen Zug, aber auch die Offiziere und die Musiker standen ihm in nichts nach. Das Essen wurde mit großer Feierlichkeit von livrierten Dienern nach einem Zeremoniell serviert, das kompliziert wirkte, aber von keinem der Gäste beachtet wurde. Das Quartett spielte zwei oder drei Stunden, dann wurde den Musikern Champagner gebracht, und sie zogen sich in eine Ecke des Raumes zurück, um sich zu erfrischen; daraufhin machte der Prinz, der am oberen Tischende saß, einen Flügel im Rücken, eine halbe Drehung mit seinem Stuhl und begann zu spielen. Dussek erhob sich unverzüglich, die Serviette noch um den Hals, ließ sich eine Violine geben und begann ihn zu begleiten. Sie spielten den ersten Satz einer Violinsonate, dann aßen sie unter dem Applaus der Gesellschaft weiter. Ich konnte daraus ersehen, daß der Prinz ein ausgezeichneter Musiker ist, und sein Begleiter steht ihm in nichts nach. Die Zeit verging, Seine Hoheit fuhr fort zu essen und vor allem Champagner in sich hineinzuschütten, aber einige der Gäste hatten aufgehört zu trinken und zu essen und spielten Karten oder würfelten auf dem Tisch, vollkommen frei und ungezwungen.

An diesem Punkt muß ich eingeschlafen sein, denn als ich die Augen öffnete, war es tiefe Nacht, der größte Teil der Gäste war gegangen, und nur der Prinz, Nostitz und Schack saßen noch in einer Ecke und diskutierten mit ihren Gläsern in der Hand und übermüdeten Augen; Dussek schnarchte in einer Ecke, und ich war, ohne daß ich es bemerkt hatte, auf ein Sofa gelegt worden. Ich wurde rechtzeitig wach, um zu hören, wie der Prinz mit belegter Stimme zu Nostitz sagte: »*Pardieu!* Wir werden uns so verhalten, wie es unsere Ehre verlangt, aber der Sieg wird nicht leicht sein, und wir müssen imstande sein, alles dafür zu tun, auch, sollte es notwendig sein, uns füreinander zu opfern. Also, Nostitz, ich hoffe, eine gute Wahl getroffen zu haben, Sie werden für mich ein Waffengefährte sein, auf den ich mich in jeder Situation verlassen können muß.« Wie es scheint, ist der Prinz überzeugt, daß es Krieg geben wird, und hat rechtzeitig damit begonnen, sich auf diesen Fall vorzubereiten. Nostitz, überwältigt von soviel Ehre, erhob sich mit Tränen in den Augen, der Prinz umarmte und küßte ihn, und der junge Mann schwor ihm Treue auf Leben und Tod. Hier schloß ich die Augen wieder und begann geräuschvoll zu atmen, so daß alle verstummten. Dann kam der Prinz lächelnd zu mir und sagte, er hoffe, ich habe mich bei ihm wohl gefühlt; ich dankte ihm so gut ich konnte, noch vom Wein betäubt, aber da bat er schon seine Diener, die Pferde anzuspannen und mich nach Hause zu fahren. Gleich danach wandte er sich an den Major und befahl ihm, sich für die gesamte Dauer meines Aufenthalts in Berlin zu meiner Verfügung zu halten, um ihn mir so angenehm wie möglich zu machen, »etwas, Major, worauf Sie sich vortrefflich verstehen«. Der Major verbeugte sich lächelnd und versprach, mich vom morgigen Tag an in die Annehmlichkeiten der Haupstadt einzuführen.

Sonntag, 3. August

Major von Schack hat sich heute pünktlich in meinem Hotel eingefunden, um mich einzuladen, mit ihm und seiner Frau zu Mittag zu speisen. »Ja so was, mein lieber Schack!« sagte ich zu ihm, »ich wußte ja gar nicht, daß Sie verheiratet sind. Dann sind Sie also in den Hafen der Ehe eingelaufen.« »Ja«, antwortete er, während er in meinem Zimmer umherlief und die Bilder mit Kennermiene betrachtete, »auch ich habe den großen Schritt getan, aber leider nicht für eine Frau von Rang. Es hat mir ein bißchen das Regiment und die große Welt madig gemacht, aber was soll's? Sie ist eine Schönheit und eine anständige Person, und das reicht mir.« Diese Vorrede war ganz danach, meine Neugier zu wecken, so daß ich mich, glaube ich, bereits vor der verabredeten Zeit beim Major, Unter den Linden, eingefunden habe. Der Diener führte mich in einen Salon, in dem der Hausherr mit zwei jungen Damen plauderte, beide blond und sehr anmutig, wenn auch bereits ein wenig kräftig für ihr Alter. Der Major kam mir entgegen und stellte mir die beiden Damen als seine Frau Ottilie und seine Schwägerin Dorothee vor. Ich gratulierte Madame Schack für den guten Geschmack, mit dem die Wohnung eingerichtet war, und sie beantwortete dieses konventionelle Kompliment mit einem eitlen Lachen, dem ihre Schwester sich sofort anschloß. Doch ich hatte mir vorgenommen, keinerlei Reaktion zu zeigen, auch wenn ich Zeuge seltsamer Dinge werden sollte, und daher setzte ich mich, als wäre nichts geschehen, in den Sessel, den Schack mir eilends angeboten hatte.

Das Gespräch drehte sich um die jüngsten Theateraufführungen, und da ich am Freitag im Nationaltheater *Wallensteins Tod* von Schiller gesehen und Unzelmann, Pedrillo und die Bethmann gehört hatte, versäumte ich es nicht, die hohe Meinung zum Ausdruck zu bringen, die ich mir über die Schauspieler und vor allem die deutschen Schauspielerinnen gebildet hatte. »Es ist so erfrischend«, bemerkte ich, »die Schauspieler zurückhaltend und realistisch sprechen zu hören, im Vergleich zu der karikierenden Übertreibung, die in den Pariser Theatern Mode geworden ist und die überall in der Welt mit so schrecklichen Ergebnissen nachgeahmt wird!« Schack versuchte mich davon zu überzeugen, daß die Art, wie die deutschen Schauspieler Tragödien spielen, im Gegenteil erbärmlich sei und daß man nur in Frankreich die wahre Kunst des Vortrags kenne. »Es ist wahr«, gab ich zu, »daß allzu viel Maßhalten langweilig wirken kann und daß Ihre Schauspieler schließlich jeder Rolle den ernsten, matten und träumerischen Ton der Ophelia verleihen; und doch, was für eine Erholung von der Vulgarität, von den gekünstelten Leidenschaften und der dröhnenden Deklamation, die anderswo an der Tagesordnung ist! Ich glaube auch«, fügte ich hinzu mit einer Verbeugung zu den beiden Damen, die mir aufmerksam zuhörten, »daß die blasse Hautfarbe und die goldenen Haare der deutschen Schauspielerinnen zu einem zurückgenommenen Spiel passen, während das südländische Aussehen der französischen sie leichter zu einem übermäßig farbigen Spiel verleitet. Das ist eine Beobachtung, aus der auch die Schauspieler der amerikanischen Theater Nutzen ziehen könnten, wenn ihre Ignoranz sie nicht davor bewahren würde, irgend etwas aus der Erfahrung zu lernen!«

Während alle lachten, nutzte ich die Pause, um Ottilies wohlgeformten Knöchel und Dorothees spitzes Näschen zu bewundern. Mir entging keine Bewegung und kein Wort der beiden Frauen, da ich begierig war, die verräterischen Zeichen jenes nicht sehr glänzenden Standes wahrzunehmen, auf die Schacks geheimnisvolle Anspielung sich bezogen hatte, aber ihr Verhalten schien mir nicht die geringste Spur von schlechter Erziehung zu verraten. Im Gegenteil, als wir uns schließlich zu Tisch setzten, war ich vollkommen bezaubert von den liebenswürdigen Umgangsformen der Frau meines Freundes und noch mehr von denen seiner Schwägerin, und ich gab ihm recht, was die außergewöhnliche Schönheit der Frau betraf, die er sich erwählt hatte; was die Sittsamkeit betraf, so begann ich sie ehrlich gesagt in Zweifel zu ziehen, da mich von Zeit zu Zeit ein Knie leicht streifte, doch die Furcht, gegen die Gesetze der Gastfreundschaft zu verstoßen und gegen den *bon ton*, der im übrigen die Unterhaltung bestimmte, hinderte mich daran, diese diskreten Annäherungsversuche zu erwidern. Dennoch bemerkte ich, daß mit der Zeit, während vier livrierte Pagen ein Essen servierten, das nicht mit dem des Prinzen Louis Ferdinand zu vergleichen und doch für einen Privathaushalt vorzüglich war, dieser vortreffliche Ton allmählich verschwand. Die Stimmen wurden höher, die Scherze weniger unschuldig, und den Gesichtern, gerötet durch den Wein und die Hitze, fiel es immer schwerer, Haltung zu bewahren. Ich glaubte, daß der Champagner und die Trüffel allein für dieses Sichgehenlassen verantwortlich waren, und bedauerte die Hausherrin innerlich, die nichts zu bemerken schien und weiter über den Tisch hinweg mit mir über Politik sprach. Schon sehr bald jedoch ließ sich gerade Schack durch eine unschuldige Frage, die ich ihm über Madame Wiesel gestellt hatte, zu immer freieren Reden hinreißen.

»Sie kennen natürlich Paulines Geschichte nicht, und das ist schade; ich kann sie Ihnen nicht länger vorenthalten«, begann er. »Unsere Pauline ist die Tochter von Monsieur César, einem Franzosen, Rat am Berufungsgericht; Sie wissen ja, daß unsere gnädigen Herrscher gerne Franzosen in ihre Dienste nehmen, und ich wäre der letzte, der leugnen wollte, daß sie mehr Esprit haben als wir armen Borussen. Der Rat starb, als Pauline noch ein Kind war, und Madame César mußte sie ganz allein aufziehen. Die Witwen der Beamten kommen, wie man weiß, nicht sehr weit mit der Pension, die die Staatskasse bezahlt, und Madame rundete sie auf, indem sie Zimmer an vornehme Ausländer vermietete, und vielleicht auch noch auf andere Weise.« Bei diesen Worten fing Dorothee zu lachen an, und ihr Füßchen berührte meinen mit solchem Nachdruck, daß ich beinahe das Glas umstieß, aus dem ich trank. »Sie war eine schöne Frau«, fuhr der Major fort, ohne etwas zu bemerken, »großzügig und noch jung; und sie wollte genug Geld zur Seite legen, um ihrer Tochter eine gute Stellung in der Gesellschaft zu ermöglichen. Als Pauline fünfzehn wurde, begannen die Leute sie zu bemerken; Sie haben ja gesehen, wie sie gebaut ist, auch wenn sie so klein ist; eine echte Französin, trotz ihres breiten Berliner Akzents. Vor ein paar Jahren waren die Kleider noch nicht dekolletiert wie jetzt, doch Pauline stellte sich schon damals mit der größten Selbstverständlichkeit zur Schau. Den Männern, die zu Besuch kamen, gefiel sie. Nun hatte Madame César zu jener Zeit einen einzigen Pensionsgast, einen Russen, ein Botschaftssekretär, glaube ich; ein Mann in den besten Jahren, elegant, vielleicht ein wenig grob, Sie wissen ja, wie die Russen sind. Einmal kam Pauline zufällig spätabends in das Zimmer ihrer Mutter und fand sie in zärtlicher Umarmung mit ihrem Mieter. Der Russe war betrunken und streckte die Hände auch nach Pauline aus; das Mädchen ließ ihn gewähren. Der Mutter gefiel die Sache im ersten Augenblick nicht allzu sehr, doch sie sah, daß die Tochter nichts dabei fand, und schließlich arrangierten sie sich zu dritt. Die Mutter schickte sich daraufhin in eine tugendhafte Witwenschaft, und Pauline nahm ihren Platz in den Armen des Russen ein.« An dieser Stelle unterbrach der Major sich, da seine Frau ihm etwas ins Ohr flüsterte, und beide brachen in Gelächter aus; ich war entsetzt über ihr Verhalten, aber jetzt war ich entschlossen, mich von nichts mehr überraschen zu lassen. Nachdem der Anfall von *fou rire* sich wieder gelegt hatte, fuhr Schack fort, als sei nichts gewesen: »Also, wir sprachen von Pauline und ihrem Russen. Nun, nach ein paar Jahren besten Einvernehmens mußte dieser Herr sein Leben ändern: Er hatte Schulden gemacht, verkehrte mit zwielichtigen Leuten und verlor Pauline schließlich im Spiel.« »Wie bitte!« rief ich. »Spielt man hier bei Ihnen statt um Taler um die Geliebten?« »Manchmal«, gab Schack zu; »und dann vergessen Sie nicht, daß er Russe war. Kurz und gut, der Sekretär war gezwungen, Pauline dem Gewinner zu überlassen. Berlin ist eine fürchterlich klatschsüchtige Stadt, und die Sache war sofort Stadtgespräch: doch Pauline ging mit erhobener Nase durch die Straßen, als sei nichts geschehen, und der Wechsel schien ihr nicht das geringste auszumachen. Dann, vor fünf oder sechs Jahren, entschloß sie sich, endlich ein geregeltes Leben zu führen, und ließ sich von dem alten Rat Wiesel heiraten, der eine Rente von zehntausend Talern hat; aber auch danach mangelte es ihr nicht an Hausfreunden; und wissen Sie, wer der letzte ist?« Ich ahnte es schon, zog es aber vor zu versichern, daß ich keine Ahnung hätte, was einen erneuten Lachanfall der beiden Frauen auslöste. »Na, unser Prinz Louis Ferdinand!« rief der Major. »Seine Hoheit ist bis über beide Ohren in sie verliebt, und es handelt sich keineswegs um eine platonische Liebe; er hat sie erst vor kurzem kennengelernt, aber es ist ja bekannt, ›princes et rois vont très vite en amour‹. Die Gunst eines Prinzen war das Tüpfelchen auf dem i, das Pauline noch fehlte, um ihre gesellschaftliche Position zu vervollkommnen, und heute wird sie begeistert in allen Berliner Salons empfangen. Letztes Jahr mußte sie sich eine Weile aus dem gesellschaftlichen Leben zurückziehen, weil sie eine Tochter bekommen hat, und wenn stimmt, was alle vermuten, muß auch sie vom Rat sein. Dieses Frühjahr hat sie sich erneut für ein paar Monate zurückgezogen, weil sie schon wieder schwanger war, und diesmal, möchte ich glauben, war es das Werk Seiner Hoheit, doch leider wurde das Kind tot geboren. Seit sie sich wieder in der Gesellschaft blicken läßt, macht sie Furore, *tout Berlin* macht ihr den Hof, und das erlaubt ihr, den Prinzen ganz schön am Gängelband zu führen, der vollkommen den Kopf verloren hat, seit er sie kennt, während sie den ihren fest auf ihren Schultern trägt: Sie hält ihn an Händen und Füßen gefesselt, und er würde wie ein Bär auf dem Marktplatz tanzen, wenn sie nur wollte.« Während er seine Erzählung beendete, hatte der Major begonnen, Ottilie die Freizügigkeiten übelzunehmen, die mich verblüfft hatten, während Dorothee mir schelmische Blicke zuwarf und mit der Zungenspitze ein kleines schwarzes Schönheitspflästerchen berührte, das ihre Oberlippe zierte. Ich muß meine Naivität zugeben: Erst in diesem Augenblick blitzte in mir der Verdacht auf, ich könnte das Opfer einer Täuschung sein. Um diese Vermutung zu überprüfen, tat ich so, als seien mir Dorothees Aufmerksamkeiten angenehm, und sie nahm unter dem gleichmütigen Blick der Lakaien meine Ermutigungen in einer Weise auf, die keinen Zweifel mehr an ihrem tatsächlichen Stand ließ. Als mein Gastgeber sah, daß ich endlich jede Zurückhaltung aufgab, platzte er vor Lachen und gestand mir, seine angebliche Ehefrau und ihre Schwester seien zwei Mädchen, die er in der elegantesten *maison* der Hauptstadt ausgeliehen habe. Ich beglückwünschte ihn zu diesem Scherz und die Damen zu ihrer ausgezeichneten Erziehung, die mich bis zu diesem Augenblick in die Irre geführt hatte. Schack, bereits ein wenig angeheitert, erklärte, daß auf diesem Gebiet alles von der Disziplin abhänge, »wenigstens für uns deutsche Dickschädel«, und natürlich ist die preußische stets die beste, ob es sich nun um Mädchen oder um Soldaten handelt.

Nach dem Essen schlug der Major vor, die Freundinnen der falschen Madame Schack zu besuchen; und so ließen wir uns zum Haus von Madame Chauderon fahren, Äbtissin ihres Klosters in der Jerusalemer Straße. In der Kutsche wandte Schack sich an Ottilie, die sehr sittsam vor ihm saß, und fragte sie, ob wir Lisette antreffen würden. »Ich weiß es nicht!« antwortete das Mädchen lebhaft. »Wir haben sie schon lange nicht mehr gesehen, ihr Prinz läßt sie nicht mehr gehen.« Lisette, erklärte mir der Major, eine Ballerina, ist die Mätresse des Prinzen von Oranien, Schwager des Königs, der es wiederum nicht verschmäht, von Zeit zu Zeit sein Monatsgeld dadurch aufzubessern, daß er dem Erstbesten etwas für wenige Taler anbietet, was den Prinzen außerordentlich viel kostet. Ottilie und Dorothee seufzten beim Gedanken an das Glück ihrer Gefährtin und wünschten sich gegenseitig, eines Tages ihr Schicksal teilen zu können; währenddessen hielt die Kutsche vor einem plumpen Tor, und ein Lakai kam heraus, um uns zu öffnen. Die Hausherrin empfing uns, ganz gegen die Gewohnheit der Frauen ihres Standes, nicht augenzwinkernd und schlüpfrig lächelnd, sondern mit der Würde einer Mutter, welche die Verehrer ihrer Töchter zu Besuch empfängt. Sie führte uns durch den Hauptsalon, in dem mindestens fünf Tische Platz fanden, in einen kleinen, mit Spiegeln ausgekleideten Raum, dessen Türchen unter einem Wandteppich verborgen war. Ich war keineswegs überrascht festzustellen, daß wir die einzigen Gäste waren, denn es war noch Tag, und es handelt sich hier um Häuser, wo die meisten es vorziehen, im Schutz der Dunkelheit anzuklopfen.

Die Geliebte des Prinzen von Oranien befand sich nicht unter den Mädchen, die kamen, um uns Gesellschaft zu leisten. »Aber wir haben trotzdem Glück«, tröstete mich der Major und wies auf eines von ihnen. »Lenchen versteht sich auf Dinge, die Ihnen in Amerika bestimmt kein Mädchen jemals gemacht hat, und es wäre eine Beleidigung, dieses Haus zu verlassen, ohne ihre Talente auf die Probe gestellt zu haben, und damit will ich keineswegs ihre liebenswürdigen Mitschwestern beleidigen.« Lenchen lachte und bedeckte ihr Gesicht mit den Händen, als schämte sie sich, aber doch mit einer Spur von Verschmitztheit in ihren porzellanblauen Augen. Sie ist eine sehr junge, unscheinbare Blondine mit kurzgeschnittenen Haaren, als sei sie gerade von einer schweren Krankheit genesen, und einem etwas zu stark geschminkten Gesicht. Sie erinnert ein wenig an Maisy, die im Bordell am Broadway in New York arbeitete, doch ihr Haar ist eher goldblond als maisfarben, und ihr Gesicht ist nicht voller Sommersprossen. Wie die anderen war sie recht sittsam gekleidet und hatte bessere Umgangsformen als so mancher Herr der feinen Gesellschaft; als die beiden Mädchen, die so gut ihre Rolle im Hause von Schack gespielt hatten, mit dem Argument der Müdigkeit, der Hitze und des übermäßigen Weingenusses um Erlaubnis baten, sich zurückziehen zu dürfen und uns der Fürsorge der neu hinzugekommenen Mädchen zu überlassen, erinnerten die Küsse und Umarmungen, mit denen sie sich verabschiedeten, an ein Pensionat von jungen Damen aus gutem Haus und nicht an den Ort, an dem wir uns befanden. Champagner und Austern wurden von den Zofen der Mädchen serviert, und die Unterhaltung begann sich erneut um die jüngsten Theateraufführungen zu drehen. Zum Glück waren unsere Gastgeberinnen es jedoch schon bald überdrüssig, die Rolle der großen Damen zu spielen, und begannen sich auszuziehen. Nur noch mit einem Paar grüner Seidenstrümpfe bekleidet, setzte Lenchen sich auf meinen Schoß, während ihre Gefährtinnen sich um den Major kümmerten, und begann mich mit Austern zu füttern, jenen Weichtieren, die, wie Juvenal versichert, dafür sorgen, daß derjenige, der sie in großer Menge ißt, im Dunkeln den Mund nicht mehr von der Natur einer Frau unterscheiden kann.

Ich war neugierig, ob das Berliner Mädchen es wirklich verstehen würde, mich eine neue Erfahrung machen zu lassen, oder ob die Prahlerei des Majors nur jener unter den Europäern so verbreiteten Neigung entsprang, Amerika als ein Land zu betrachten, in das die elementarsten Erfindungen der Zivilisation erst noch vordringen müssen. Tatsächlich jedoch erwies Lenchen sich des Lobes würdig, das der Major ihr gezollt hatte. Mit der zarten und warmen Berührung ihrer Finger knöpfte sie mir das Hemd und die Hose auf, löste meine Krawatte und zog mir Schuhe und Strümpfe aus, bis ich nackt war wie der erste Mann im Angesicht Gottes. Erst jetzt umarmte sie mich und begann sich auf eine Weise um mich zu kümmern, die zu beschreiben meine Möglichkeiten übersteigt und die sogar das Talent von Maisy verblassen läßt. In der Tat habe ich in Amerika niemals einen Ort gefunden, wo so gut ausgebildete Mädchen angeboten werden, und es ist sehr wahrscheinlich, daß es einen solchen Ort auch gar nicht gibt, außer vielleicht im Süden, in irgendeinem Bordell mit Negerinnen; denn auf diesem Gebiet berühren sich die Extreme der gekünsteltsten Zivilisation und der tierischsten Natur.

Lenchen befreite sich mühsam aus meinen Beinen, setzte sich auf und begann, sich den Bauch und die Achselhöhlen vom Schweiß der Liebe zu trocknen. Nachdem sie das Unterkleid übergestreift hatte, das sie dafür benutzt hatte, brachte sie ihre Haare wieder in Ordnung, die ihr an der Stirn klebten, und ich sah, daß mich unter dieser goldblonden Haarpracht zwei spitzbübische Augen aufmerksam ansahen. »Warum schaust du mich so an?« fragte ich sie. »Oh! Ist es wirklich wahr, daß der Herr, wie man mir gesagt hat, aus Amerika kommt?« war die Antwort. »Es ist wahr, aber sieh mich nicht so an, ich bin doch kein Wilder!« Lenchen führte erneut in reizender Verlegenheit eine Hand an ihren Mund. »Das wollte ich damit nicht sagen! Nur, es scheint mir ein so fernes Land, und ich kann kaum glauben, daß ich jemanden berührt habe, der eine so lange Reise gemacht hat, über all dieses Wasser.« »Und nicht nur berührt, meine Liebe«, erwiderte ich, »ich versichere dir, daß diese Reise mir weniger lang erschienen wäre, wenn du an Bord gewesen wärst.« Lenchen lachte und reichte mir einen Kelch Champagner, den ich auf ihr Wohl erhob; doch während ich trank, sah ich, daß sie ihr Mündchen in leichtem Schmollen verzog. »Was hast du?« fragte ich sie. »Oh, mein Herr, es ist nichts, ich werde nur einen blauen Fleck bekommen.« Sie drehte sich mit einem Ruck um und zeigte mir eine winzige Rötung an einer entzückenden Stelle ihrer Anatomie. »So ist das immer, wenn sie mit mir auf dem Fußboden schlafen!« Auf diese Bemerkung hin mußten alle lachen, was das Mädchen sehr erboste; doch eine Münze, die ich auf die in Mitleidenschaft gezogene Stelle legte, reichte aus, um sie wieder zum Lächeln zu bringen.

Später begleitete mich Schack in der Kutsche zum Hotel zurück, und ich mußte ihm gratulieren. »Ich bin entzückt von den guten Manieren Ihrer Mädchen. Immer wenn ich in London war, habe ich die Mädchen von Vauxhall und Ranelagh mit den ehrbarsten Mädchen Europas und Amerikas verwechselt und geglaubt, daß nur die Engländerinnen die Fähigkeit besäßen, dem Laster Würze zu geben, indem sie ihm den ganzen Reiz der Tugend verleihen; aber ich sehe, daß die preußische Disziplin noch größere Wunder vollbringt.« Der Major schien recht zufrieden, daß ich den Wahrheitsgehalt seiner Prahlerei am eigenen Leib hatte erfahren können. »Sie dürfen jedoch nicht glauben«, fügte er großmütig hinzu, »daß die achtzehntausend Mädchen ihres Standes, die es in Berlin gibt, von den Geliebten der Trommler bis zu denen Ihrer Königlichen Hoheiten, alle so gut erzogen sind.« »Menschenskind! Die Zahl kommt mir aber hoch vor; ich habe gelesen, daß die Bevölkerung von Berlin sich auf hundertfünfzigtausend beläuft!« »Na und?« antwortete der Major achselzuckend. »Ich überlasse es den evangelischen Predigern, die öffentliche Moral zu überwachen. Was mich betrifft, so denke ich, es ist besser, die Trommler haben Geliebte, als daß sie selbst Geliebte sind, wie es zur Zeit der großen Fürsten des Hauses Brandenburg Brauch war!«

Montag, 4. August

Heute morgen erwartete ich ein Billett des Grafen Haugwitz mit der Bestätigung meiner Audienz; daher wollte ich mich nicht allzu sehr von meinem Hotel entfernen und genoß die frische Luft im Café des Lustgartens, bis ein Junge angelaufen kam, den der Wirt geschickt hatte, um mir mitzuteilen, daß ein Brief für mich abgegeben worden sei. Der Minister bestätigte in der ehrerbietigsten Sprache, derer er fähig war, daß Seine Majestät mich um fünf Uhr in privater Audienz im Schloß Charlottenburg empfangen wolle. Ich war unsicher, ob ich mich in Hofkleidung oder im Frack einfinden sollte; da ich jedoch keine Lust hatte, ins Hotel zurückzukehren, um mich umzuziehen, entschloß ich mich für letzteres, was sich schließlich als die richtige Entscheidung erwies. Da es noch früh war, ging ich zu Fuß Unter den Linden bis zu dem Platz, den sie Carréplatz nennen, auf dem die Kutschen nach Charlottenburg abfahren und wo sich Kutscher und alte Männer drängen, die den Reisenden Würste und Brotlaibe verkaufen; und da der Lakai mir versicherte, daß man in Charlottenburg ausgezeichnet zu Mittag essen könne, nahm ich eine Kutsche und ließ mich unverzüglich dorthin fahren.

Ich verließ die Stadt durch das Brandenburger Tor, eine schlechte Imitation der athenischen Architektur, oben abgeschlossen von einer bronzenen Quadriga gelenkt von der Siegesgöttin, die Friedrich so teuer war. Der Wachoffizier ließ meine Kutsche ohne jede Formalität passieren, ich konnte jedoch beobachten, daß einige Zivilisten, die, dem schlechten Zustand ihrer Kleidung nach zu urteilen, nicht auf dem Weg zu den Cafés des Tiergartens waren, mit einer gewissen Unfreundlichkeit festgehalten und verhört wurden. Hierin unterscheiden sich eben doch Amerika oder England, wo die Obrigkeiten den Wählern verantwortlich sind, sehr von einem Land wie diesem, in dem die Autorität niemandem Rechenschaft schuldig ist! Das Mißtrauen der Wachen erklärt sich daraus, daß Garnisonssoldaten häufig in die Hauptstadt desertieren. Um sie abzuschrecken, scheut man nicht davor zurück, nicht nur den unschuldigen Bürgern zahlreiche Unannehmlichkeiten zu bereiten, sondern auch den Reisenden, aus Furcht, unter ihrer Zivilkleidung könnte sich ein verkleideter Deserteur verbergen. Tatsächlich ist es den Soldaten nicht erlaubt, Berlin ohne einen speziellen Passierschein zu verlassen, den sie an den Toren der Stadt hinterlegen und bei der Rückkehr wieder mitnehmen müssen. Wenn zu dem Zeitpunkt, da die Tore geschlossen werden, ein Passierschein nicht abgeholt worden ist, wird sein Inhaber unverzüglich zum Deserteur erklärt; eine Kanone wird abgefeuert, um die Wachposten zu alarmieren, und berittene Offiziere, die jeden Tag für diese Aufgabe abkommandiert werden, brechen sofort auf, um sie zu suchen. Um der Festnahme zu entgehen, versuchen die Flüchtlinge sich so gut wie möglich als Bürger zu kleiden, damit sie, ohne belästigt zu werden, die Stadtmauern passieren und anschließend in aller Ruhe das Weite suchen können. Das Ergebnis ist, daß jeder, der die Stadt verläßt, mißtrauisch gemustert wird, vor allem dann, wenn seine Kleidung keinen Respekt einflößt. Es heißt sogar, der Stadtkommandant von Berlin empfehle den Wachoffizieren, sich an die folgende Methode zu halten, die er persönlich mit Erfolg erprobt habe. Jedesmal, wenn einer, selbst in bürgerlicher Kleidung, das Tor passiert, soll der wachhabende Offizier rufen: »Warum meldet dieser Lump sich nicht bei mir?« Wenn die so angesprochene Person tatsächlich ein Bürger ist, wird sie sich im vollen Bewußtsein ihrer eigenen Würde an den Offizier wenden und erwidern: »Mein Herr, ich bitte Sie, in einem anderen Ton mit mir zu sprechen. Ich bin kein Lump.« Wenn er aber ein verkleideter Soldat ist, wird er fast immer versuchen, sich aus dem Staub zu machen und so zu tun, als habe er nichts gehört, und sofort wird er gepackt. Dies sind eben die Annehmlichkeiten und Vorteile, die der Unterhalt eines großen stehenden Heeres den Bürgern bietet!

Nachdem ich das Tor hinter mir gelassen hatte, führte die Kutsche mich zunächst durch den Tiergarten. Schon sehr bald jedoch wich der Schatten der Linden einer sandigen Heide ohne einen Baum und ohne einen Tropfen Wasser. Die Sonne brannte so weit das Auge reicht auf einen trockenen Boden herab, von dem der Wind Staubwolken aufwirbelte. Von Zeit zu Zeit führte die Straße durch ein Dorf, doch das armselige Aussehen der Hütten und ihrer Bewohner bestätigte sämtliche Vorurteile bezüglich der Verhältnisse in dieser Provinz, die jeder, der Brandenburg kennt, zwangsläufig nähren muß. Man kann sich die Erleichterung des Reisenden vorstellen, wenn er, nachdem er zwei Stunden lang durch diese arabische Wüste gefahren ist, endlich in Charlottenburg mit seinen Gemüse- und Blumengärten ankommt, auch wenn sogar dieses Dorf nichts anderes als eine Handvoll Hütten und Werkstätten ist, die entlang der Straße liegen, die zum Schloß führt. Verglichen mit den Residenzen anderer europäischer Herrscher ist das Gebäude bescheiden und wäre, so könnte es scheinen, geeigneter, den Hof eines kleinen Reichsfürsten anstatt den des preußischen Königs zu beherbergen. Aber gerade deswegen bevorzugen ihn der König und die Königin, deren Vorlieben durchaus bürgerlich sind. Das Klima jedoch ist so, wie man es sich für diesen Breitengrad und bei einem derartigen Boden vorstellen kann; der Wind bedeckt alles mit einer lästigen Sandschicht, und wenn er sich zufällig für einen Augenblick legt, ist die Luft sofort von zahllosen Mücken erfüllt.

Während der Kutscher auf mich wartete und sich auf meine Kosten im nächstgelegenen Bierlokal stärkte, stand ich lange vor dem Gitter und betrachtete die goldene Statue der Göttin Fortuna, der höchsten Schutzgöttin der preußischen Monarchie, die jeden Augenblick nackt von der Kuppel des Schlosses auffliegen zu wollen scheint. Dann ging ich zu Fuß die Allee zurück und aß in einem Café zu Mittag, das von einem Italiener geführt wird, Signor Morelli, der mir in Anbetracht der Hitze einen Hecht in holländischer Sauce und eine Flasche weißen Bordeaux vorschlug; eine Wahl, mit der ich vollkommen einverstanden war. Gleich nach dem Kaffee bestieg ich wieder die Kutsche und ließ mich mit großem Pomp zu ebenjenem Gitter fahren, vor dem ich kurz zuvor inkognito gestanden hatte; jetzt erwartete mich dort ein Generaladjutant, der mich direkt zum König führte. Nachdem wir die Freitreppe hinaufgegangen waren, durchquerten wir einen langen, schmalen und ziemlich dunklen Korridor, an dessen Wänden in langer Parade unzählige Soldatenporträts hingen, die sich alle mehr oder weniger glichen und ganz offenkundig von Provinzmalern zu Beginn des vorigen Jahrhunderts gemalt worden waren. Es handelte sich um die Porträts der Langen Kerls der Riesengarde, die König Friedrich Wilhelm I., der sich nicht damit zufriedengab, liebevoll die Originale zu sammeln, in Auftrag zu geben pflegte, um mit wenig Kosten die Wände seines Schlosses zu schmücken. Schließlich betraten wir, nachdem wir angemeldet worden waren, das Arbeitszimmer des Königs.

Seine Majestät stand vor einem Lesepult, auf dem Karten ausgebreitet lagen, und zwar, soweit ich sehen konnte, die Pläne der Schlacht von Austerlitz. Der König von Preußen ist ein noch junger Mann mit langen Koteletten und einer gewissen Neigung zur Fettleibigkeit; er ist sehr viel schüchterner, als es seinem Beruf zuträglich ist, und legt wenig Wert auf Etikette. Als ich eintrat, kam er mir fast bis zur Tür entgegen und sagte auf französisch: »Monsieur, je suis charmé de vous voir ici.« Als ich mit einer Verbeugung antwortete, daß ich seine Sprache beherrschen würde und wir, wenn es ihm angenehm sei, die Unterhaltung auf deutsch fortsetzen könnten, stimmte er mit einem Kopfnicken zu; doch schon sehr bald begann ich mich zu fragen, ob ich da nicht einen Fehler begangen hatte. Der König sprach ein stockendes und seltsames Deutsch, benutzte die Verben im Infinitiv und vermied um jeden Preis den Gebrauch des Pronomens »ich«; jeder seiner Sätze war gespickt mit Gallizismen, so daß man den Eindruck haben konnte, er fühle sich sehr viel wohler, wenn er sich direkt in dieser Sprache ausdrücken konnte. »Der Präsident der Vereinigten Staaten«, erklärte ich und übergab ihm meine Beglaubigungsschreiben, »hofft, daß Euer Majestät diese Mission als einen Beweis für den Respekt betrachten möge, den der Präsident der Person und dem Thron Eurer Majestät entgegenbringt, und für den Wunsch, die

Freundschaftsbande und die Handelsbeziehungen zwischen dem Reich Eurer Majestät und den Vereinigten Staaten zu vermehren und zu verstärken.« Der König studierte die Briefe sehr lange, so daß ich schon fürchtete, es könnte Schwierigkeiten geben. Das State Department ist, nicht zu Unrecht, so eigensinnig, die offiziellen Mitteilungen ausschließlich auf englisch abzufassen, wenn auch begleitet von einer Übersetzung ins Französische. Aber es ist ja bekannt, daß manche Höfe die Beglaubigungsschreiben der Botschafter nur akzeptieren, wenn sie in die Landessprache oder allenfalls ins Lateinische übersetzt sind. Endlich begriff ich jedoch, daß der König einfach nicht wußte, was er sagen sollte, und daher die Lektüre länger als nötig ausdehnte. Schließlich begann er zu sprechen, ohne mir in die Augen zu sehen, und bat mich, dem Präsidenten des Kongresses zu versichern, daß dieser neue Schritt zu noch besseren Beziehungen zwischen unseren beiden Ländern ihm große Freude bereite. Es schien mir nicht angebracht, darauf hinzuweisen, daß die Formulierung, die er gebrauchte, um den Präsidenten der Vereinigten Staten zu bezeichnen, alles andere als korrekt war; ich hatte keine Lust, eine diplomatische Karriere mit Haarspaltereien zu beginnen. »Bin sehr erfreut über die Aufmerksamkeit, die die Vereinigten Staaten meiner Regierung erweisen, und wünsche sie auch unseres Wohlwollens und aller guten Wünsche für ihr Glück und Wohlergehen zu versichern«, fügte er hinzu.

Es folgte ein langes Schweigen, und da offensichtlich war, daß er mir nichts weiter zu sagen hatte, hätte ich mich zurückziehen müssen; es mißfiel mir jedoch, diese Gelegenheit verstreichen zu lassen, ohne mehr herauszuholen. »Majestät, die Regierung der Vereinigten Staaten«, bemerkte ich vorsichtig, »wünscht, soweit es in ihrer Macht steht, sich dafür einzusetzen, daß die Welt wieder jenen Frieden kennenlernen möge, nach dem sie so lange vergeblich trachtete. Die Vereinigten Staaten sind ein großes friedliebendes Land, und obwohl wir keineswegs die Absicht haben, uns in die inneren Meinungsverschiedenheiten der europäischen Mächte einzumischen, haben wir dennoch ein großes Interesse daran, daß sich der Handel aller Nationen in vollständiger Freiheit entfalten kann, was aber aufgrund der Unruhen, die Europa seit langem erschüttern, nicht der Fall ist.« Seine Majestät warf mir kurz einen fragenden Blick zu, senkte jedoch sofort wieder die Augen und sah mir von da an nicht mehr ins Gesicht. »Nun«, fuhr ich fort, »ist die Position der preußischen Monarchie im Konzert der europäischen Staaten so herausgehoben, daß es meine Regierung vor allem anderen drängt, über die Entscheidungen informiert zu sein, die Euer Majestät zu treffen geruhten.« Hier machte ich eine Pause, da ich an einer jähen Bewegung des Königs zu verstehen meinte, daß er etwas sagen wolle; da jedoch nichts dergleichen geschah, sprach ich nach ein paar Sekunden weiter. »Der Präsident der Vereinigten Staaten hat Gespräche mit der Regierung Seiner Majestät dem König von England in Hinblick auf ein Abkommen geführt, das die Handelsbeziehungen zwischen den beiden Ländern zur gegenseitigen Zufriedenheit regeln soll«, sagte ich behutsam, »er möchte sich aber nicht stärker engagieren, solange die Politik des englischen Kabinetts sich nicht erneut der Zustimmung der europäischen Mächte erfreut, die in der Vergangenheit ihre Stärke ausgemacht hat.« Diese Erwähnung des englischen Kabinetts und seiner Politik wurde vom König mit sichtlichem Mißfallen aufgenommen, doch auch diesmal beschränkte er sich darauf, die Lippen zusammenzupressen und zu schweigen, so daß mir nichts anderes übrigblieb als fortzufahren. Ich hatte das Gefühl, bis zu dem Augenblick nichts gesagt zu haben, was mein Gesprächspartner nicht bereits wußte, so daß mir der Moment gekommen schien, meine Karten ein wenig aufzudecken. »Obwohl sich, wie Euer Majestät nicht entgangen sein wird, die Regierung der Vereinigten Staaten in der Vergangenheit manches Mal ... sagen wir zögerlich verhalten hat, bin ich autorisiert, Euer Majestät zu versichern, daß sie jetzt entschlossen ist, mit allen ihr zur Verfügung stehenden Mitteln jede Initiative zu unterstützen, die geeignet ist, das Gleichgewicht in der Welt wiederherzustellen und Europa von der Bedrohung durch Krieg und Unterdrückung zu befreien.« Bei diesen Worten verlor der König, der mir bis dahin mit sichtlichem Unbehagen zugehört hatte, die Fassung. Er sprang auf und zwang mich, das gleiche zu tun, und immer noch ohne mich anzusehen, murmelte er: »Gewiß, gewiß ... Lobenswerte Absichten ... Versichern unser volles Verständnis ... Ihre Regierung wird keinen Grund haben, sich zu beklagen.« Da ich das Gefühl hatte, er wolle mich so schnell wie möglich loswerden, beschloß ich, den Vorteil auszunutzen, den ich gewonnen hatte, und bedrängte ihn: »Kann ich also meiner Regierung mitteilen, daß Euer Majestät nicht zögern wird, in den Krieg zu ziehen, wenn es für das Wohlergehen seines Volkes und aller Völker Europas erforderlich sein sollte?« Dies war wohl etwas zu viel für den künftigen Kaiser Norddeutschlands, denn bei diesen Worten sah mir der König endlich ins Gesicht, und mit höchster Willensanstrengung gelang es ihm, sich zu beherrschen und ein paar vollständige Sätze herauszubringen. »Mein Großonkel«, brummte er, »sagte oft, daß der König der erste Diener des Staates ist; und ich bin es auch. Meine Pflicht ist es, meine Untertanen glücklich zu machen. Glauben Sie, daß sie den Krieg wollen? Nein, und auch ich will ihn nicht. Er kostet Blut und Geld. Unsere Nachbarn können miteinander kämpfen, soviel sie wollen; wir werden neutral bleiben. Aber wenn mich jemand angreifen sollte«, fügte er plötzlich zornig hinzu, »werde ich mich bis auf den letzten Mann verteidigen!« Er seufzte erleichtert, schlug erneut die Augen nieder und kehrte zu seinem gewöhnlichen Ton zurück, ohne mir jedoch die Zeit zu lassen, etwas zu sagen: »Nun, leider, Sie verstehen ... Aber glücklich, glücklich, Ihre Bekanntschaft gemacht zu haben ... Sie werden an den Hof kommen, nicht wahr? Der Kämmerer ... Der Kämmerer wird Ihnen eine Einladung schicken ... Werden Sie mit Freuden wiedersehen!« Diesmal konnte ich nicht so tun, als hätte ich nicht verstanden, daß ich verabschiedet worden war; und daher verbeugte ich mich, so tief ich konnte, und verließ das Arbeitszimmer, wo mich bereits der Adjutant erwartete, um mich durch den Korridor, vorbei an den Porträts der Grenadiere, bis zum Hof zu begleiten, der im goldenen Licht des Nachmittags glänzte.

Als ich wieder in die Kutsche stieg, war ich alles andere als befriedigt vom Ergebnis dieses Gesprächs. Wenn dies der Mann war, dessen Regimenter Bonapartes Abenteuer beenden sollten, dann schien es, als könnte der Korse in aller Ruhe Europa weiter verschlingen, Bissen um Bissen, vorausgesetzt, er war klug genug, nicht in Preußen einzufallen; außer natürlich ganz zum Schluß. Ich dachte gerade darüber nach, was ich Pinkney schreiben sollte und wie ich es vermeiden könnte, in der Depesche durchschimmern zu lassen, daß ich mich wie ein Dummkopf benommen hatte, als die Kutsche, bevor sie auf die Hauptstraße einbog, am Ende von Charlottenburg hielt. Ich blickte aus dem Fenster und sah ein rothaariges Mädchen, das an der Straßenecke Blumen verkaufte. Ich winkte sie heran, und wenige Worte genügten, um zu begreifen, daß sie zu einem privateren Geschäft bereit war, wie man es häufig bei Frauen ihres Standes antrifft. »Hast du einen Mann?« fragte ich sie. »Ja, bei der Garde in Potsdam«, antwortete sie und öffnete die Lippen zu einem Lächeln. Er war weit genug weg, und diesem Lächeln fehlten nicht mehr als zwei oder drei Zähne; ich ließ sie daher einsteigen und befahl dem Kutscher, gemächlich über irgendeine Landstraße spazierenzufahren. Der Gauner verstand mich nur zu gut, und so hatte ich alle Zeit der Welt für ein ganz intimes Gespräch mit meiner Blumenverkäuferin, bevor wir wieder die Straße nach Berlin nahmen. Diesmal hatte ich die berühmte Schachtel mit und wollte die Rüstung anlegen, doch das Mädchen bat mich, es nicht zu tun, denn ohne würde das Vergnügen viel angenehmer sein. Mit meiner gewohnten Gewandtheit befriedigte ich sie; und jetzt bleibt mir nur, auf die Hilfe der Götter oder der Vorsehung zu hoffen. Während ich in die Stadt zurückkehrte, konnte ich nicht anders, als über meine ungenügende Fähigkeit nachzudenken, mich an meine feierlichsten Vorsätze zu halten: Als ich nach Berlin gekommen war, war ich fest entschlossen gewesen, mich mit keiner Frau einzulassen, um die Risiken zu vermeiden, die eine große Stadt so mit sich bringt. Doch die Freiheit und die Einsamkeit, die Begleiter eines jeden Reisenden, helfen nicht, den Versuchungen zu widerstehen, die sich überall bieten. Und die größte Versuchung sind nicht einmal die Mädchen der Bordelle, sondern diejenigen, die sich auf den Straßen herumtreiben, bereit, sich für einen Pint Bier und einen Groschen hinzugeben. Sie halten das Verlangen stets wach, auch wenn man sich gerade bei ihnen vorsehen müßte, um unerfreuliche Krankheiten zu vermeiden. Und als sei das nicht genug, entdeckte ich auch noch, als ich in der Tasche kramte, daß das schamlose Weibsstück mir das Taschentuch gestohlen hatte!

Im Hotel bat ich die Wirtin, Wills Livree, die während der Reise ziemlich staubig geworden war, abholen zu lassen, damit sie ausgebürstet würde. Bärbel ging in den vierten Stock hinauf, wo Will einen Raum in den Unterkünften der Hotelangestellten bewohnt, bat mich jedoch, sie zu begleiten, um ihr zu helfen, sich verständlich zu machen. Denn obwohl er sich bemüht, ein paar Worte zu lernen, ist Will weder imstande zu verstehen, was die Deutschen zu ihm sagen, noch sich seinerseits verständlich zu machen, und befindet sich daher jedesmal in der größten Verlegenheit, wenn er es mit einem Stallburschen oder Lakaien zu tun bekommt. Ich hätte von unten nach ihm läuten oder ihn rufen können, doch mich amüsierte der Gedanke, die junge Magd nach oben zu begleiten, die allem Anschein nach Angst hatte, Will allein in jener schlecht beleuchteten Höhle gegenüberzutreten. Ich glaube, daß sie noch nie in ihrem Leben einem Neger von Angesicht zu Angesicht gegenübergestanden hat, und ich denke mir, daß zwischen ihm und dem Teufel der Hölle für sie kein allzu großer Unterschied besteht. Also gingen wir gemeinsam hinauf und fanden Will vor, der gerade dabei war, die Livree abzulegen, um seinen gewöhnlichen grauen Anzug anzuziehen. Da wir eintraten, ohne anzuklopfen, hatte das Mädchen Gelegenheit, etwas zu sehen, was sie sonst wohl niemals zu Gesicht bekommen hätte, und ich kann mich irren, aber ich glaube, von dem Augenblick an begann sie meinen Neger mit anderen Augen anzusehen. Was ihn betrifft, so hatte ich bereits bemerkt, wie die Blumenverkäuferin ihn ansah, als ich sie in die Kutsche einsteigen ließ, und mehr noch, als sie wieder ausstieg. Jetzt, während er sich hastig die Hosen anzog, hatte ich den Eindruck, daß Bärbel ihn genauso ansah. Es wäre mir lieber, wenn Will sich nicht daran gewöhnen würde, weiße Frauen anzufassen, aber da ich keine Kontrolle darüber habe, wofür er sein Geld ausgibt, wenn ich ihm Ausgang gebe, ist es sinnlos zu hoffen, daß dies früher oder später nicht doch geschieht; und so ist es letztlich das Vernünftigste abzuwarten, was aus einer so unwahrscheinlichen Verbindung wohl entstehen könnte, und vielleicht sogar nachzuhelfen, um womöglich eine weitere Gelegenheit zu haben, sich zu amüsieren.

Dienstag, 5. August

Heute morgen hatte ich mich kaum fertig angezogen, als mir der Besuch des Majors gemeldet wurde. Leicht überrascht von so viel Beharrlichkeit, gab ich den Befehl, ihn heraufzuführen. Als er ins Zimmer getreten war, schloß er die Tür und fragte mich mit ungewöhnlich leiser Stimme, ob ich nicht Lust hätte, eine Partie Karten zu spielen. »Mein lieber Schack«, erwiderte ich, »seit ich mich eingeschifft habe, habe ich keine Karten mehr gesehen, und ich gestehe, daß es mich allmählich in den Fingern juckt. Aber wie soll ich das anstellen? Mir scheint, hier spielt man nur Ihr *Hombre*, und das bin ich nicht gewöhnt.« »Spielen Sie lieber *Whist*?« entgegnete der Major, ohne eine Miene zu verziehen. »Dann spielen wir eben *Whist*, hier kennen alle dieses Spiel. Ein paar befreundete Offiziere spielen heute im Café, und wir waren gerade auf der Suche nach einem vierten Mann.« So betrat ich zur verabredeten Stunde ein Café am Gendarmenmarkt, wo ich Schack in Gesellschaft zweier Offiziere antraf, die mir als Oberleutnant von Suckow und Oberleutnant von Knorr vorgestellt wurden. Ich hatte das Gefühl, daß sie nicht den Kreisen angehörten, in denen der Major gewöhnlich verkehrte, ja, sie waren nicht einmal Offiziere der Kavallerie, sondern der Infanterie, und ihre blauen Uniformen schienen mir an den Ellbogen bereits etwas abgewetzt. Aus der Art, wie sie mit den Karten umgingen, erkannte ich, daß sie erfahrene Spieler waren. Wir losten die Paare für die erste Partie aus, und es fügte sich, daß ich mit Schack spielte; Oberleutnant von Suckow, den es traf, die Karten zu mischen, schlug vor, einen Groschen pro Punkt zu spielen, was mir durchaus vernünftig vorkam, und auf meine Zustimmung hin begann er, rasch die Karten auszuteilen.

Während wir spielten, fing Schack an, von Bonaparte zu sprechen, dessen Absichten das preußische Kabinett weiterhin in Atem halten. »Von überall her«, bemerkte er, »kommen Briefe, die von einer großen Unruhe innerhalb der französischen Truppen in Deutschland berichten, ohne daß man erkennen könnte, gegen wen dieses neue Unheil sich wohl richten werde. Ich persönlich glaube, daß diese Bewegungen Österreich einschüchtern und es überzeugen sollen, ohne allzuviel Protest den neuen Rheinbund hinzunehmen.« Unsere beiden Gegner spielten schweigend und wechselten nur hin und wieder einen Blick. Der Major redete weiter und spielte manchmal die falsche Karte, wodurch sie mehr Stiche machen konnten, als gerecht gewesen wäre. Als die Partie beendet war, wechselten wir die Paare, und ich spielte nun zusammen mit Suckow. Während er die Karten einsammelte, bemerkte er, daß Schack der einzige in der Gruppe sei, der Bonaparte persönlich kennengelernt habe, und fragte ihn, was für einen Eindruck er von ihm gewonnen habe. Der Major erzählte, daß er vor einigen Jahren in Paris gewesen sei, wo er an der Parade zum ersten Jahrestag der Schlacht von Marengo habe teilnehmen können; und bei dieser Gelegenheit sei er dem Ersten Konsul vorgestellt worden. Am Abend habe Bonaparte ihn zum Essen einladen wollen, die Einladung sei jedoch zu spät eingetroffen, so daß er nicht mehr zu einer Stunde habe erscheinen können, die schicklich gewesen wäre. Am darauffolgenden Abend habe der Erste Konsul ihn im Theater angesprochen und gefragt, warum er sich nicht habe blicken lassen; Schack habe erwidert, als er die Einladung erhalten habe, seien die anderen Gäste bereits im Café gewesen. Bonaparte habe gelacht und sich über die schlechte Erledigung des Auftrags durch seine Pagen beklagt!

Das Sprechen lenkte Schack ab, und so wurde es mir, der ich

gleich nach ihm spielte, zuteil, von seinen Fehlern zu profitieren, auch wenn ich nicht so gute Karten wie beim ersten Mal hatte. Als die Partie beendet war, wechselten wir erneut die Paare, und ich freute mich, zusammen mit Knorr zu spielen, der mir von den Vieren der Erfahrenste schien. Während er die Karten mischte, fragte er Schack, ob ihm das Pariser Theater gefallen habe. Der Major war geradezu begeistert davon, zumindest behauptete er das, da es ihm eines Huronen oder eines Hottentotten würdig schien, keine Wertschätzung für Talma zu zeigen. »Die Aufführung«, erinnerte er sich, »war gedrängt voll. Der Saal war nicht groß, es waren tausend Intrigen nötig, um einen Platz zu erhalten. Meine Karte verschaffte mir Zugang zur Loge der ausländischen Minister, die direkt neben der des Konsuls lag; und so konnte ich zwei gleichermaßen interessante Schauspiele genießen. Talma verkörperte Manlio, und ich habe niemals einen bewunderungswürdigeren Schauspieler gesehen; in der Szene, in der das Haupt mit Lorbeer bekränzt wird, hätte man ihn einen klassischen Triumphator nennen können, der kurz davor steht, einen von Sklaven gezogenen Wagen zu besteigen. Wenige Schritte von mir entfernt, so nah, daß ich ihn hätte berühren können, hörte Bonaparte mit ernster Miene zu, und aus seinem Gesicht sprach die Begeisterung des Kenners, der schöne Verse zu erkennen weiß. Das Außergewöhnlichste aber war die große Ähnlichkeit zwischen beiden, vor allem im Profil; man hätte sie für Brüder halten können. Nur der Blick war verschieden: der des Schauspielers war tief, der andere zeigte lediglich gespielten Ernst.« Das so gut beschriebene Paradox des tragischen Schauspielers, der imstande ist, den Ernst eines antiken Eroberers nachzuahmen, während der moderne Eroberer sich vergeblich bemühte, sich dem Ernst des Schauspielers ebenbürtig zu zeigen, erregte die Bewunderung aller Anwesenden.

Schack fuhr zufrieden fort: »Am selben Abend kam eine zweite Einladung zum Essen, diesmal für den nächsten Tag. Es war unmöglich abzulehnen, und im übrigen schob die Neugier auf all das, was das Privatleben des großen Mannes betraf, jede andere Erwägung beiseite. Um halb sechs erschien ich vor dem

Tor des Ersten Konsuls, denn Sie müssen wissen, in Frankreich speist man zu solch unmöglichen Zeiten. Man speiste *en famille*, ohne Aufwand. Wir hatten Juni, es war noch heller Tag, die Sonne schien unerbittlich durch die weit offenen Fenster, und dennoch brannten alle Kerzen. Man versicherte mir, Bonaparte speise, aus einer wunderlichen Laune heraus, niemals anders. Es wurde mit großer Schnelligkeit serviert und wenig gesprochen. Bonaparte aß wenig und sehr hastig und wählte bevorzugt die einfachsten Gerichte. Etwa in der Mitte des Essens wurden ihm auf einem runden Teller, der nicht zum Service gehörte, Artischocken *à la poivrade* präsentiert. Er brach in Gelächter aus und bot uns, mit großem Lob für dieses Einsiedlergericht, an, seine bescheidene Mahlzeit mit ihm zu teilen. Da jedoch keiner Lust zu verspüren schien, sie zu kosten, ließ er sich den Teller vorsetzen und aß sie alle auf! Joséphine dagegen war sehr interessiert an den Gerichten, die ihr präsentiert wurden; sie wies keines zurück, und die Geschwindigkeit, mit der die einzelnen Gänge aufeinander folgten, schien sie zu verdrießen. Schließlich wurde dem Ersten Konsul gemeldet, daß ein Minister mit einer wichtigen Mitteilung ihn erwarte, und er stand hastig vom Tisch auf, ohne sich die Zeit zu nehmen, das Eis aufzuessen. Als wir in den Salon zurückkehrten, dessen Fenster, die auf die Hauptallee des Gartens gehen, ebenfalls weit offen standen, sahen wir, wie Bonaparte ziemlich erregt, wie ein echter Italiener, gestikulierte, obwohl der Minister alles versuchte, um ihn zu beruhigen; ich habe übrigens nie erfahren, worüber sie sprachen. Die Stille im Salon wurde nur von ein paar Sätzen unterbrochen, die wir glaubten, wechseln zu müssen, um nicht den Anschein zu erwecken, wir lauschten der Unterhaltung, die im Garten stattfand. Als Bonaparte endlich zurückkam, ging seine Frau zu ihm hin und sprach leise mit ihm, wobei sie eine Hand auf seine Schulter legte. Diese Vertraulichkeit in Gegenwart von Zeugen schien ihm nicht zu gefallen, und er entfernte die Hand ziemlich grob, drückte sie jedoch zärtlich mit der seinen. Dann wandte er sich an uns und sagte: ›Messieurs, je vous prie de m'excuser si nos manières, ici, ne sont pas celles des cours dont vous avez l'habitude; mais moi, je ne suis qu'un petit gentillâtre, et chez moi on vit sans façon!‹«

Auf diese Bemerkung hin brach ich in Gelächter aus, doch die beiden anderen, die wohl nicht allzu gut Französisch verstanden, deuteten kaum ein Lächeln an und hoben die Augen nicht vom Spiel. Nachdem die letzte Karte des inzwischen wohl schon vierten oder fünften Spiels abgelegt war, holte Schack die Uhr heraus, bemerkte, daß es bereits fünf sei, und schlug vor abzurechnen. Es stellte sich heraus, daß ich und der Major trotz des geringen Einsatzes jeder ein Dutzend Taler verloren hatten. »Hören Sie, mein lieber Schack«, bemerkte ich, »es wäre doch schade, gerade jetzt aufzuhören, wo wir es doch wieder reinholen könnten.« »Ja, warum nicht?« rief Knorr. »Aber, meine Herren«, bemerkte der Major, »es ist schon spät, und wir riskieren, mit den Karten in der Hand einzuschlafen. Wenn wir weiterspielen wollen, nun gut, aber sprechen wir offen. Spielen wir weiter um einen Groschen pro Punkt, oder wollen wir das Spiel ein wenig amüsanter machen?« Knorr schlug vor, pro Hand einen Taler einzusetzen. »Aber vielleicht ist das zuviel«, bemerkte Suckow und sah mich von der Seite an; natürlich erwiderte ich, daß mir das durchaus recht sei, und so begannen wir, die Karten auszuteilen.

Während des Spiels kam Schack schon sehr bald wieder auf das Thema seiner Reisen nach Paris zurück, das er natürlich noch keineswegs erschöpft hatte. Diesmal ging es um Marschall Davoust, den Schack im vergangenen Sommer bei seinem letzten Aufenthalt in Paris kennengelernt hatte. »Das Stadtpalais des Marschalls in Paris«, begann er seine Erzählung, »hat mir die Großartigkeit seines Geschmacks und seiner Opulenz vor Augen geführt. Als ich erfuhr, daß er für einige Tage auf eine seiner Ländereien gefahren war, bevor er zu seinen Truppen aufbrach, beschloß ich daher, ihn dort aufzusuchen, überzeugt, daß er dort luxuriös residieren würde. Ich kam um drei bei ihm an, in Begleitung eines Mädchens, das mir die Ehre erwiesen hatte, diesen Ausflug mit mir gemeinsam zu machen.« Knorr lachte auf unangenehm ironische Art, doch der Major fuhr ungerührt fort:

»Die Residenz des Marschalls war eine Art Schloß, umgeben von einem Graben und einer Mauer, und hatte als Zugang ein fest verschlossenes Tor. Im Graben wuchs das Gras, und alles wirkte, als wohne dort schon seit langem niemand mehr. Als mein Lakai endlich die Schnur der Glocke gefunden hatte, kam ein barfüßiges und recht schlampig gekleidetes Mädchen und fragte, was wir wollten. ›Ist der Marschall zu Hause?‹ ›Oh! Bitte entschuldigen Sie vielmals, natürlich ist er da, und auch die Marschallin‹, stammelte das Mädchen und lief fort, um einen der Schloßdiener zu rufen, der ihr ohne Eile folgte, während er seine Livree in Ordnung brachte. Ich ließ mich melden, und während ich mit meiner Begleiterin, wieder in der Kutsche, noch eine ganze Weile wartete, fragte ich mich, ob ich es noch einmal versuchen oder einfach ein Billett zurücklassen sollte.«

Der Wirt brachte uns, ohne daß wir ihn darum gebeten hatten, vier Flaschen von seinem Wein. Der Major trank ein Glas und fuhr fort: »Nach einer guten Viertelstunde erschien endlich ein Lakai an der Tür der Kutsche und führte uns in einen großen Hof; er entschuldigte sich für die Langsamkeit des Personals und gestand ganz ungeniert, daß, als ich angekommen sei, die Bediensteten gerade im Garten gearbeitet hätten und er selber damit beschäftigt gewesen sei, das Unkraut zu jäten. Er führte uns durch mehrere vollkommen leere Salons; das Zimmer, in das wir schließlich traten, war kaum mehr möbliert als die vorhergehenden, aber immerhin standen dort ein Kanapee und Stühle. Der Marschall kam nach ein paar Minuten, und er mußte sich sehr beeilt haben, denn er schwitzte ziemlich stark. Ganz außer Atem setzte er sich, und nachdem er das Taschentuch hervorgeholt hatte, um sich die Stirn abzutrocknen, feuchtete er es mit Spucke an, um besser den Staub abwischen zu können, der sein Gesicht bedeckte. Ich und meine kleine Freundin schauten ihm zu und versuchten, nicht in Gelächter auszubrechen. Nach ein paar Minuten gezwungener Unterhaltung läutete der Marschall, um seine Frau zu verständigen, die auch nicht lange auf sich warten ließ. Wir bemerkten sofort, daß sie extra für uns Toilette gemacht hatte, weil sie noch die letzten

Nadeln an ihrem Mieder feststeckte. Auch ihr Erscheinen verbesserte die Konversation nicht. Ich kann nicht sagen, daß Madame keine Erziehung gehabt hätte, aber sie hatte etwas Steifes an sich, daß man für Dünkel hätte halten können; jedenfalls legte sie starken Wert auf die Marschallswürde. Da wir uns überflüssig fühlten, erhoben wir uns schließlich, um uns zu verabschieden, doch die beiden baten uns, der Himmel weiß warum, zum Essen zu bleiben.«

Während Schack erzählte, leerten wir die Flaschen, die Karten gingen weiterhin von Hand zu Hand, und die von Suckow geführte Liste mit unseren Punkten wurde immer länger. »Während wir darauf warteten, daß das Essen serviert wurde«, fuhr der Major fort, »schlug der Marschall einen Spaziergang im Park vor. Es gab keine angelegten Wege, das Gras der Wiesen war bereit, sich in Heu zu verwandeln, die während der Revolution gestutzten Bäume sprossen jetzt in Form von Sträuchern; meine Begleiterin ließ an jedem Busch ein Stückchen ihrer Volants, und ihre lila Schuhe hatten eine grünliche Farbe angenommen. Unser Gastgeber feuerte uns mit lauter Stimme und lebhaften Gesten an und versprach uns eine charmante Überraschung. Schließlich standen wir vor einer Art Holzhütte; der Marschall kniete sich mit einem Bein auf die Erde und schrie: ›Ah! Da sind sie, da sind sie!‹ Dann, die Stimme modulierend: ›Piep … piep … piep …‹ Sofort begann ein Schwarm Wachteln um unsere Köpfe zu kreisen. ›Geben Sie diesen Herrschaften Brot‹, sagte unser Gastgeber zu einem Bauern, der wohl als Jagdaufseher diente. ›Sie werden sich amüsieren wie Königinnen!‹ Und so fütterten wir unter einer brennenden Sonne die Wachteln! Die Marschallin leerte mit unerschütterlicher Ruhe und Würde den Brotkorb, der ihr präsentiert worden war. Meine Freundin dagegen begann sich unwohl zu fühlen und wies darauf hin, daß das Wetter sich verschlechtere und wir leicht von einem Unwetter überrascht werden könnten. Auf dem Rückweg ins Schloß sah ich Maurer, die damit beschäftigt waren, ein Türmchen einzureißen, das letzte Überbleibsel des ursprünglichen gotischen Bauwerks, das noch nicht restauriert worden war. Meine Freundin, deren Geschmack, fürchte ich, nicht so wohlgebildet war wie ihre Füßchen, konnte sich nicht enthalten, eine Art Kritik zu äußern. Die Marschallin sagte kein Wort, doch mir schien, daß sie der gleichen Ansicht war, ja, ich glaubte aus ihrem Blick und ihrem hochmütigen Lächeln sogar zu erraten, daß es hinsichtlich des Türmchens bereits eine Auseinandersetzung gegeben hatte. Ihr Mann verhehlte nicht, daß diese Kritik nicht nach seinem Geschmack war, und sprach sich energisch gegen die Manie der alten Gemäuer aus, was ihn nicht wenig in meiner Achtung steigen ließ, auch wenn ich in Zukunft jedesmal an ihn werde denken müssen, wenn ich Wachteln esse!« schloß Schack unter dem Gelächter der Gesellschaft.

Als schließlich alle zugaben, daß es zu spät geworden sei, um weiterzuspielen, bat ich Suckow, zusammenzurechnen, was ich schuldig war. Es stellte sich heraus, daß ich insgesamt etwa hundert Taler Schulden hatte, und so wurde mir zu spät bewußt, daß der Einsatz von einem Taler pro Punkt doch ein wenig zu hoch war. »Es tut mir leid«, erklärte Schack, »daß ich Ihnen Unglück gebracht habe, indem ich Ihnen vorschlug, mit uns zu spielen; doch Sie sehen ja, daß ich nicht daran schuld bin, denn ich habe ebenfalls verloren. Aber«, fuhr er fort und sah uns einen nach dem anderen an, »morgen oder übermorgen werden wir unsere Revanche bekommen.« »Morgen nicht«, erklärte Knorr schweren Herzens, »da haben wir Dienst. Aber übermorgen mit Vergnügen.« Suckow sah mich einen Augenblick an, dann blickte er zu Schack. »Übermorgen auch nicht«, sagte er schließlich. »Ich habe eine Verabredung, die ich nicht verschieben kann.« »Nun, dann eben ein anderes Mal«, beendete Schack die Diskussion und erhob sich, um sich zu verabschieden. Im ersten Augenblick war ich enttäuscht, doch bereits während ich trübsinnig nach Hause zurückkehrte, redete ich mir ein, daß es so besser sei, und nahm mir vor, mich beim nächsten Mal mehr in acht zu nehmen.

Mittwoch, 6. August

In der Nacht hatte ich einen Alptraum. Ich glaubte, ich führe zusammen mit dem Major in der Kutsche durch eine überfüllte Stadt. Obwohl Pferde und Kutschen durch die Straßen fuhren und eine Unmenge Fußgänger unterwegs waren, herrschte in der Kutsche vollkommene Stille. Ich wollte ein Wagenfenster öffnen, um eine Erklärung für diese unnatürliche Stille zu finden, und bemerkte, daß die Kutsche in einer menschenleeren Straße gehalten hatte. Ich klopfte mit dem Stock gegen das hölzerne Dach, um dem Kutscher zu befehlen weiterzufahren, da ich sicher war, daß dies nicht unser Ziel sein konnte, doch der Kutscher gab kein Lebenszeichen von sich. Schlimmer noch, es war unmöglich, die Wagentür zu öffnen; und während ich vergeblich versuchte, den Griff hinunterzudrücken, durchzuckte mich plötzlich das Gefühl, daß der Major, der mit mir in der Kutsche eingeschlossen war, in Wirklichkeit ein Mörder war, oder Schlimmeres. Da ich wußte, daß ich träumte, bemühte ich mich aufzuwachen, doch vergebens. Ich hätte zu schreien begonnen, so groß war der Schrecken, den der Major mir einjagte, der bedrohlich hinter mir in der Dunkelheit des Wagens saß, wenn der Kutscher nicht schließlich gekommen wäre und die Tür geöffnet hätte. Auch der Kutscher war Schack, doch aus irgendeinem Grund hatte ich in dieser Kleidung keine Angst mehr vor ihm, so daß ich ihm den Preis für die Fahrt zahlen wollte. Der Major beobachtete mich interessiert, während ich die Goldmünzen zählte, dann näherte er sich lächelnd, langte mit seiner Hand in meine Tasche und holte noch mehr Geld heraus, das er einsteckte, wobei er mir die ganze Zeit ruhig in die Augen blickte. Merkwürdigerweise ärgerte mich dieser freche Diebstahl nicht, ja, ich empfand sogar ein unerklärliches Vertrauen dem Major gegenüber, der übrigens am Kopfende meines Bettes saß und mich sanft zwang, eine Medizin zu schlucken. Überrascht, dort zu liegen, fragte ich ihn, ob ich krank sei und was ich hätte; doch Schack bedeutete mir zu schweigen, indem er einen Finger auf seine Lippen legte. Will trat ins Zimmer, er trug meinen Anzug für den Hof, schlug mit einem Stab auf den Fußboden und meldete: »Frau Gonorrhöe ist zu Besuch!«

Durch diese Worte in fürchterlichen Schrecken versetzt, schrie ich so verzweifelt, daß Will, von meinen Schreien geweckt, mich wachrüttelte. Beinahe hätte ich ihn beim Kragen gepackt, einen Schuft genannt und gefragt, was zum Teufel er sich denn bloß mit dieser Ankündigung gedacht habe. Doch der Anblick seines verblüfften Gesichts holte mich wieder in die Wirklichkeit zurück. Da es kaum halb sechs war, befahl ich ihm, mich noch ein paar Stunden schlafen zu lassen; aber die Erinnerung an den Alptraum ließ mich nicht wieder einschlafen. Der Teil, der den Major betraf, war mir nur allzu klar nach dem Streich, den er mir gestern gespielt hatte, und der Traum bestärkte mich noch in meiner Entscheidung, mich nicht mehr mit ihm an den Spieltisch zu setzen; doch was bedeutete diese Frau Gonorrhöe? Ich lag lange wach, ohne den Gedanken verscheuchen zu können, daß Träume manchmal eine Warnung sind. Schließlich schlug die Uhr des Hotels, einen Stock tiefer, acht; also beschloß ich, mich anzukleiden, und läutete nach Will. Kaum war ich aus dem Bett aufgestanden, verlangte ich den Nachttopf und versuchte zu pinkeln; doch beim ersten Tropfen verspürte ich einen stechenden Schmerz. Auf der Stirn bildeten sich Schweißtröpfchen; die furchtbare Voraussage des Traums dröhnte unablässig in meinem Kopf. Unter einem Vorwand schickte ich Will aus dem Zimmer und setzte mich aufs Bett, denn ich wollte mich wieder in die Gewalt bekommen, bevor ich einen zweiten Versuch wagte. Es ging besser, als ich befürchtet hatte, und es gelang mir, mich zu erleichtern, ohne daß der stechende Schmerz wiederkehrte, doch ein Brennen beunruhigte mich den ganzen Vormittag über. Ich zittere bei dem Gedanken, daß der Traum tatsächlich eine Vorwarnung war; die Vorstellung, ein paar Wochen bei Wasser, Brot, Brühe und Arzneien im Zimmer eingesperrt verbringen zu müssen, läßt mir das Blut in den Adern gefrieren. Auf der Suche nach der Schuldigen dachte ich sofort wieder an die Blumenverkäuferin in Charlottenburg, mit der ich so unvorsichtig gewesen war. Es scheint mein Schicksal, daß rothaarige Mädchen mich in Unannehmlichkeiten bringen. Ich hätte an Nell in der Fleet Street denken sollen, bevor ich sie in die Kutsche ließ. Und warum habe ich nicht vor der Abreise die Pillen von Dr. Keyser oder das Elixier von Lissabon eingepackt? Genug: Wenn ich mit heiler Haut davonkomme, schwöre ich, daß ich von jetzt an nur noch in Rüstung kämpfen werde, auch wenn die Befriedigung dann geringer ist.

Heute kam die erste Einladung von einem der Häuser, in dem ich meinen Einführungsbrief abgegeben hatte. Um die Wahrheit zu sagen, der Brief war für den Bankier Crayen bestimmt gewesen, doch mittlerweile war der Bankier geadelt worden und dann gestorben, so daß die Einladung zum Tee von Frau von Crayen kam. Oder besser von der Rätin von Crayen, da hier jeder, der einen Posten hat, einen Titel erwirbt, Hofrat etwa oder Geheimrat, und die Ehefrauen haben das Recht, sich mit dem Titel des Mannes anreden zu lassen. Sie wohnt mit ihrer Tochter in einer Wohnung Unter den Linden, im selben Haus wie der Major, mit dem Unterschied allerdings, daß Schack die Beletage gemietet hat, während Mutter und Tochter sich mit dem zweiten Stock begnügen müssen, was in dieser Straße übrigens seine Vorteile hat, da die Bäume hier nicht allzuviel Schatten vor den Fenstern machen und auch der Verkehrslärm abgeschwächt heraufdringt. Unter den Lakaien, die im Vorzimmer auf ihre Herrschaften warteten, war ein Neger, der eine prächtige Livree trug; er saß in einem Sessel und war mit Sticken beschäftigt. Als Will einen Mann seiner Rasse erblickte, leuchtete sein Gesicht auf, und er ging mit ausgestreckter Hand auf ihn zu. »He, Bruder!« rief er auf englisch. Der Neger blickte von seiner Arbeit auf, musterte ihn kühl und betrachtete mit sichtlicher Skepsis seinen schlichten grauen Anzug. Dann antwortete er ihm auf französisch, daß er seine Sprache nicht verstehe. Ich mußte unwillkürlich lachen über Wills Verwirrung, der niemals einem Neger begegnet war, der kein Englisch konnte. Da ich verhindern wollte, daß mein Diener beleidigt würde, sprach ich ihn meinerseits auf französisch an. Der Neger stand unverzüglich auf und erklärte mir in bestem Französisch, daß er der persönliche Friseur des Prinzen Radziwill sei und La Grenade heiße, da er auf jener Insel geboren sei; »mais on m'a élevé et formé à Paris«, fügte er stolz hinzu. Die anderen Lakaien amüsierten sich königlich über die beiden Neger, obwohl sie kein Wort der Unterhaltung verstanden. Ich konnte nichts anderes tun, also überließ ich Will ihrer Gesellschaft und bat mich der Hausherrin zu melden.

Die Rätin von Crayen ist eine Matrone um die Fünfzig, die sich die Spuren ihrer verblichenen Schönheit bewahrt hat. Neben ihr saß mit übereinandergeschlagenen Beinen der junge Prinz Radziwill, ein Schwager des Königs. Am Teetischchen saß, zusammen mit dem Hausmädchen, eine junge blonde Frau von hehrer, aber recht wohlproportionierter Gestalt; was man von ihren Füßchen und Knöcheln sah, berechtigte zu schönen Hoffnungen, und die Illusion blieb erhalten, solange man mit dem Blick der Linie ihrer Beine bis zu ihren Brüsten folgte, welche die Mode heute unbarmherzig den Blicken der Neugierigen darzubieten vorschreibt. Ihr Gesicht jedoch, in dem zwei traurige und intelligente Augen auffielen, war pockennarbig. Sie war die Tochter der Hausherrin, Victoire. Nachdem ich die Mutter begrüßt hatte, tauschte ich mit ihr ein paar konventionelle Komplimente aus, hatte aber nicht genügend Zeit, mich ihr allzu lang zu widmen, da sich unter den Gästen die reizende Pauline Wiesel befand. Vor meinem Erscheinen war über Romane gesprochen worden, und nach den gegenseitigen Vorstellungen kehrte die Unterhaltung zu diesem Thema zurück. Madame Wiesel behauptete, den ganzen Vormittag geweint zu haben, während ihre Mutter ihr *Valérie* vorlas, »dabei hatte ich mir geschworen, nicht eine Träne zu zeigen, aber da ist nichts zu machen, die Geschichte ist so traurig und so wunderbar!« Victoire lächelte bei dieser Bemerkung mit einem Ausdruck von Überlegenheit und antwortete mit vielsagendem Schweigen. »Ich sehe, daß Madame Wiesel einen Hang zum Sentimentalen hat«, flüsterte ich Schack zu, der einzigen Person dieser Gesellschaft, deren Bekanntschaft ich bereits gemacht hatte und neben den ich mich daher ganz selbstverständlich gesetzt hatte. »Ich sehe, daß Sie ein scharfes Auge haben!« erwiderte der Major im gleichen Ton. »Vielleicht überrascht es Sie, ihr hier wiederzubegegnen; aber sie ist Victoires Kusine, auch wenn sie ihr nicht im geringsten ähnlich sieht.« Die Unterhaltung bewies mir, daß diese Bemerkung sich nicht nur auf ihr Äußeres bezog, sondern auch auf ihren Geist, und in diesem Fall zu Victoires Vorteil. »Haben Sie populäre Romane in Amerika?« fragte diese lächelnd. »Aber Victoire!« unterbrach Pauline sie. »Das sind Fragen, die man einem Fräulein stellt, aber nicht einem Herrn, der sich um sehr viel wichtigere Angelegenheiten zu kümmern hat!« »Die wichtigen Angelegenheiten der Herren«, erwiderte Victoire sanft, »hindern sie gewöhnlich nicht daran, sich zu vergnügen, und ich versichere dir, die Romane, von denen man so zu Unrecht sagt, sie seien für Fräulein, würden sich nicht so leicht verkaufen, wenn nur wir sie läsen. Stimmt's nicht, Herr Pyle?« fuhr sie fort und warf mir ein Lächeln zu, das einstmals strahlend gewesen sein muß. »Meiner Treu, das stimmt«, bestätigte ich mit einer leichten Verbeugung. »Leider haben wir in Amerika noch keinen populären Roman und müssen uns mit den englischen Romanen begnügen; aber eines Tages werden wir anfangen, auch diese Ware selber herzustellen.«

»Wißt ihr was?« unterbrach Pauline uns, von einem Thema zum anderen flatternd. »Ich habe mein Äffchen nicht mitbringen können. Erinnerst du dich an Kiki, Victoire? Sie war so niedlich! Aber während einer Landpartie ist sie mir weggelaufen. Gibt es in Amerika Affen, Herr Pyle?« Ich konnte auf diese eigenartige Frage nicht antworten, da Victoire die Geduld verlor und, ganz den Tee vergessend, den sie gerade zubereitete, rief: »Ich bitte euch, in meinem Haus nicht mehr über Affen zu sprechen; und wenn Kiki weggelaufen ist, bin ich die letzte, die Sie bedauert. Das ist eine Mode, die ich wirklich nicht verstehen kann. Wie kann der Geist das aushalten, dauernd von diesen gräßlichen Affen umgeben zu sein? Man erniedrigt sich schon, wenn man sie nur als Tiere betrachtet; aber man wird richtiggehend boshaft, wenn man der Versuchung nachgibt, unter ihrer Maske die Züge bekannter Personen zu suchen.« »Und doch«, mischte sich Prinz Radziwill ein, »heißt es, sie seien für die Gelehrten ein Gegenstand unerschöpflichen Studiums, und die Kenntnis ihrer Gewohnheiten erlaube unerwartete Entdeckungen über den Herrn des Universums, den Menschen.« »Oh, erzählen Sie uns davon!« bettelte Pauline. »Gern«, beeilte sich der Prinz ihrem Wunsch nachzukommen. »Natürlich nur im Rahmen des Wissens, das ich als Kind darüber erworben habe, vor mindestens zehn Jahren. Ob man heute in der wissenschaftlichen Welt immer noch so denkt und ob das den modernen Theorien entspricht, das weiß ich nicht.« »Das ist ja das Schlimme«, fügte Schack hinzu, eine Pause des Prinzen nutzend, um sich in die Unterhaltung zu mischen, »daß man nichts mehr lernen kann, was ein ganzes Leben lang gültig ist. Unsere Vorfahren hielten sich an die Bildung, die sie in der Jugend erhalten hatten; heute dagegen müssen wir alle fünf Jahre von vorn anfangen, wenn wir nicht vollkommen altmodisch sein wollen.« Victoire warf ihm einen Blick zu, und bevor der Prinz seinen Vortrag wiederaufnehmen konnte, machte sie kurzen Prozeß: »Mag schon sein; aber ich glaube, daß ich keineswegs altmodisch bin, wenn ich erkläre, daß ich zu solchen Studien nicht imstande bin. Ich konnte mich schon nicht mit Schaben und Würmern anfreunden.« Während Pauline mit einer Grimasse ihren Abscheu vor den erwähnten Kreaturen zum Ausdruck brachte, versuchte der Prinz zu entgegnen, daß der Mensch, wenn er solchen Grundsätzen folgen würde, niemals irgendwelche Kenntnisse über die Welt, die ihn umgibt, hätte erwerben können. »Aber ich meine genau das Gegenteil!« rief Victoire, sich ereifernd. »Ich finde, daß wir nur diejenigen Lebewesen der Natur kennen sollten, die uns unmittelbar umgeben. Die Vögel, die auf unseren Zweigen umherhüpfen, die in unserem Laub singen, gehören zu uns, sprechen zu uns seit frühester Kindheit, und wir lernen ihre Sprache kennen; und mit Vergnügen lernen wir, eine Goldamsel von einer Grasmücke zu unterscheiden. Aber ein exotisches Geschöpf, das aus seiner Umgebung gerissen wird, berührt uns peinlich. Jedenfalls geht es mir so, die ich an ein ruhiges Leben gewöhnt bin. Das Leben ist schon abwechslungsreich und laut genug, um auch noch Affen, Papageien und Neger um sich herum ertragen zu müssen!« »Genau das sage ich mir auch immer, wenn mein Diener mich auf die Palme bringt«, erklärte ernst Prinz Radziwill; aber es war zu erkennen, daß er nur mit Mühe das Lachen unterdrücken konnte. Victoires Mutter kam ihrer Tochter rasch zu Hilfe, indem sie sie bat, endlich den Tee zu servieren, und alle nutzten nur zu gern die Gelegenheit, das Thema zu wechseln. Ich vermute jedoch, daß die Arme nicht so billig davongekommen sein wird, als sie später mit der Mutter allein war. Aber wie auch immer, ihr Eingreifen hatte den nicht unerheblichen Nebeneffekt, Pauline zum Schweigen zu bringen, die von da an stumm dasaß, ohne der Unterhaltung zu folgen, und nur ihre großen Augen zugleich gelangweilt und frech umherwandern ließ.

Nach dem Tee ging ich mit Schack in die Komische Oper, die im selben Theater wie die Opera seria gegeben wird. Heute abend wohnten der König und die Königin der Vorstellung bei, und alle Blicke waren auf die Herrscherin gerichtet, die sich zum ersten Mal seit ihrer Rückkehr aus den Bädern in der Öffentlichkeit zeigte. Ich glaubte, so viel Interesse erkläre sich aus ehrlicher Sorge um ihre Gesundheit, und wollte mir das vom Major bestätigen lassen; doch er brach in Gelächter aus. »Sie kennen die Berliner nicht! Gewiß, alle verehren die Königin, vor allem weil ihre politischen Anschauungen sehr viel stärker mit der öffentlichen Meinung übereinstimmen, während man den politischen Ideen des Königs nur wenig traut; worauf jedoch alle lauern, ist, wie die beiden miteinander umgehen. Sie müssen wissen, als die Königin abreiste, sprach man von nichts anderem als von Streit und Trennung und von der Zuneigung des Königs zur Ballerina Schulz!« »Und ist da was Wahres dran?« erkundigte ich mich. »Das ist alles nur dummes Gerede«, erwiderte der Major entschlossen. »Die beiden lieben sich wie Werther und Lotte und sprechen dieselbe Sprache, auch wenn die Rolle bekanntlich nicht für einen König und eine Königin geschrieben worden ist; aber die Leute können das nicht wissen. Im übrigen hat der König bekommen, was er verdient; der Klatsch entsteht daraus, daß die Öffentlichkeit seine Politik ablehnt und ihr mißtraut. Man hört nichts anderes, als daß sein Vater viel tüchtiger war als er; doch der Himmel weiß, in was für einem Ansehen der verstorbene Herrscher gestanden hat, solange er lebte.« »Was Sie da sagen, ist merkwürdig. Ein Republikaner stellt sich immer vor, daß in einer Monarchie der König für nicht viel weniger als einen Halbgott gehalten wird und daß niemand es wagt, ihm Leidenschaften und Laster eines gewöhnlichen Sterblichen zuzuschreiben«, bemerkte ich. »In diesem Fall«, erwiderte der Major, »sind Sie weit von der Wirklichkeit entfernt. Hier bei uns werden die Kritik und der Klatsch nicht wie bei Ihnen in den Zeitungen gedruckt, sondern machen im Gegenteil noch ungehinderter die Runde. Ein Verwandter, der in der Provinz wohnt, hat mir geschrieben, um mich zu fragen, ob es wahr sei, daß der König sich betrinkt, etwas, wovon dort alle überzeugt sind, obwohl doch bekannt ist, daß er nur Bier trinkt!«

Da wir in der für die Ausländer reservierten Loge Platz genommen hatten, waren wir zu weit von der Königsloge entfernt, um die Gesichter derer beobachten zu können, die dort saßen; nicht jedoch, um zu bemerken, daß der König sich über jeden Spaß des *Vaudeville* totlachte. »Der König scheint sich ja zu amüsieren«, flüsterte ich Schack ins Ohr. »Seine Majestät amüsiert sich immer in der Opéra comique und in der französischen Komödie«, erwiderte der Major spöttisch. »Und Ihre deutschen Tragödien, was hält Seine Majestät davon?« neckte ich ihn. Als einzige Antwort zuckte der Major die Achseln. »Eines Tages hat die Königin ihn gezwungen, einer Tragödie von Schiller beizuwohnen, und der Direktor des Theaters erschien in der Königlichen Loge, um die üblichen Komplimente entgegenzunehmen. Da der König schwieg, erlaubte er sich, den König um sein Urteil über die Aufführung zu ersuchen. Der König schwieg immer noch eine Weile und brachte dadurch alle in Verlegenheit, doch dann geruhte er zu erklären, das Leben habe schon genug Tragödien!« Gerade in diesem Augenblick betrat ein Kämmerer die Königliche Loge und beugte sich zum Ohr des Königs hinunter; dieser wandte sich an die Königin, und dann standen beide auf und verließen in großer Eile die Loge. »Da muß etwas passiert sein«, rief Schack, und nachdem er mich gebeten hatte, auf ihn zu warten, verließ er schnell unsere Loge. Ein paar Minuten später war er schon wieder zurück, mit einem bestürzten Gesichtsausdruck. »Ihre Majestäten haben das Theater verlassen, wie es scheint, weil ein Kurier aus Paris eingetroffen ist.« »Man muß wohl annehmen«, bemerkte ich, »daß er eine wichtige Nachricht erwartet«, und ich vermute, daß alle im Theater die gleiche Bemerkung machten, dem Gemurmel nach zu urteilen, das sich in allen Logen und sogar im Parkett erhob.

Später führte der Major mich zum Abendessen in ein italienisches Restaurant namens »Sala Tarone«, das in einem Kellergeschoß fünf oder sechs Fuß unter dem Pflaster der Allee Unter den Linden lag. Dort fragte ich Schack, während wir die Spezialität des Hauses probierten, einen Salat aus Sardinen mit Miesmuscheln, Zervelatwurst, Oliven, Kapern und Öl aus Lucca, begleitet von zwei Flaschen Burgunder, ob er mir einen Dienst erweisen könne. »Sie brauchen nur zu befehlen«, antwortete der Major. »Da mein Aufenthalt in Berlin sich, wie ich Grund habe zu glauben, ziemlich in die Länge ziehen wird, werde ich eine Wohnung brauchen; ich frage mich, ob Sie mir nicht helfen könnten.« Schack dachte einen Augenblick nach. »Ich glaube«, sagte er dann, »Unter den Linden ist ein Palais zu vermieten, direkt meinem Haus gegenüber, und sogar ziemlich günstig.« »Und was will der Besitzer dafür haben?« »Wenn ich mich recht erinnere, vierhundert Louisdor.« Beinahe hätte ich einen Olivenkern verschluckt. »Vierhundert Louisdor! Aber, mein lieber Major, das sind ja fast zweitausend Dollars! Und das ist für Sie eine günstige Wohnung?« Der Major zuckte die Achseln. »Es ist ein Palais mit zwanzig Zimmern, wie das des französischen Botschafters; gewiß kann man auch weniger ausgeben.« Ich mußte unwillkürlich lächeln. »Sie, mein lieber Schack, haben keine Vorstellung davon, wie wenig die amerikanischen Steuerzahler bereit sind, mir mit ihrem Geld in Berlin ein einigermaßen vernünftiges Leben zu ermöglichen. Monsieur Laforest wird vermutlich aus Paris zwei- oder dreihunderttausend Dollars im Jahr erhalten, ich jedoch muß mich mit dreitausend begnügen.« »Mit so wenig?« bemerkte der Major. »Das kann ich kaum glauben; erst vor wenigen Tagen vertraute der Resident des Fürsten von Anhalt-Bernburg mir an, daß er mit einem Gehalt von zwanzigtausend Talern rechnen kann, und ich glaube, nur wenige Botschafter geben sich mit weniger zufrieden.« »Die Vertreter der Vereinigten Staaten«, erwiderte ich, »versäumen es nicht, wenn sie in die Heimat zurückkehren, sich über die Unmöglichkeit zu beklagen, auf gleichem Fuß, ich sage noch nicht mal, mit den anderen ausländischen Ministern oder dem Adel des Hofs zu leben, sondern nicht einmal mit den Kaufleuten, die sich ja am Handel mit Amerika bereichern. In der Vergangenheit freute auch ich mich in der Regel wie alle über diese Sparmaßnahmen, die zeigen, daß unser Land nach Grundsätzen regiert wird, die sich ziemlich von denen der europäischen Mächte unterscheiden, doch jetzt beginne ich die Sache mit anderen Augen zu sehen. Aber die Dinge sind nun einmal so, und obwohl ich durchaus bereit bin, in die eigene Tasche zu greifen, habe ich doch nicht die Absicht, mich zu ruinieren. Ich brauche eine Wohnung, die es mir erlaubt zu empfangen, denn ich möchte nicht in die Lage geraten, in der sich unsere Vertreter im Ausland gewöhnlich befinden, die fast ganz zurückgezogen in der eigenen Wohnung oder, falls sie eine haben, im Kreis der eigenen Familie leben. Aus dem gleichen Grund gedenke ich auch zwei oder drei livrierte Diener einzustellen; aber ich brauche keine zwanzig Zimmer!«

Der Major zuckte erneut die Achseln. »Es könnte auch sein«, gab er zu, »daß ich etwas finde, was Ihren Bedürfnissen mehr entgegenkommt. Ich glaube«, fügte er, sich räuspernd, hinzu, »der Rat Wiesel, der Mann unserer Pauline, hat die Absicht, einen Teil seiner Wohnung zu vermieten, wenn seine Frau und sein Sohn in die Bäder reisen; das wäre nichts Definitives, wäre aber für ein paar Monate immerhin eine optimale Unterkunft für Sie.« Die Aussicht, der Untermieter Paulines und eines toleranten Adligen, wie ihr Mann es wohl sein mußte, zu werden, sagte mir nur halb zu, was Schack wohl bemerkte, da er zu lachen begann. »Ich habe gehört, daß ihr Amerikaner ein Volk von

Puritanern seid, und das ist der Beweis! Aber haben Sie keine Angst, glauben Sie nur nicht, daß Seine Hoheit die Schöne zu Hause besucht.« Obwohl Pauline mir schon beim ersten Mal, als ich sie sah, durch ihre Schönheit aufgefallen war, hatte die heutige Unterhaltung sie mir in einem wenig schmeichelhaften Licht erscheinen lassen, und der Augenblick schien mir gekommen, mir Aufklärung zu verschaffen. »Mein lieber Schack, ich glaube, zwischen uns sollte es keine Geheimnisse geben: Sagen Sie mir also ganz offen, Madame Wiesel ist nicht nur eine Dirne, sie ist auch dumm, wie ich heute zu bemerken glaubte, oder stellt sie sich nur dumm im Hause ihrer Kusine?« Auf diese Frage hin mußte Schack noch mehr lachen. »Aber natürlich ist Pauline dumm, in ihr Köpfchen ist niemals ein bedeutender Gedanke gedrungen, weder in intellektueller noch in moralischer Hinsicht. Sogar Seine Hoheit ist privat bereit, die Niedrigkeit und Dummheit seiner Geliebten zuzugeben; dennoch glaubt er, daß die unglücklichen Umstände ihres früheren Lebens sie so hinabgezogen haben, und er ist überzeugt, daß seine Liebe ihr die Augen für das Gute, die Schönheit und die Wahrheit öffnen wird.« Mit diesen Worten erhob der Major das Glas und trank auf Pauline. Während ich beobachtete, wie er gierig seinen Montrachet hinunterstürzte, erinnerte ich mich an die Unterhaltung, die wir im Theater über die privaten Gewohnheiten des Königs geführt hatten, und ich mußte unwillkürlich denken, daß in den Kreisen des Prinzen Louis Ferdinand ein Mann, der in seine Frau verliebt ist und der nur Bier trinkt, für den Thron nur wenig würdig erscheinen muß.

Donnerstag, 7. August

Ich bin mit Sicherheit nicht krank! Gestern beim Aufwachen hätte ich geschworen, daß die Symptome dieselben sind wie bei den früheren Attacken dieser Krankheit: das so charakteristische Gefühl, »Nadeln zu pissen«, wie mein Vetter Bill Pinkney sagt. Doch wenn es so wäre, müßte es mir heute noch schlechter gehen, aber statt dessen habe ich heute morgen ohne das geringste unangenehme Gefühl gepinkelt, so daß es den Anschein hat, als sei der gestrige Zwischenfall nur ein übler Scherz meines Gehirns gewesen, fast als blieben, wie La Mettrie meint, bestimmte vergangene Gefühle, anstatt gelöscht zu werden, wahrhaftig der Maschine unseres Körpers eingeprägt, wie ein schlafendes Gedächtnis, das jeden Augenblick durch irgendeinen Nervenimpuls geweckt werden kann. Aber ich schwöre feierlich, nie mehr mit einer Frau ohne Kondom zu schlafen, außer *à la française*. Um diesen Entschluß zu feiern, ging ich nach unten, rief die Wirtin und bestellte für heute ein ganz besonderes Mittagessen. Die brave Frau versprach, mir eines ihrer Bravourstücke zuzubereiten: den Karpfen in Bier.

In Erwartung des Mittagessens lieferte ich die letzten Visitenkarten ab, die ich noch nicht abgegeben hatte; denn hier sieht die Etikette vor, daß die Diplomaten sich bei ihrer Ankunft den anderen ausländischen Ministern und den Prinzen vorstellen, indem sie eine Karte in ihren Palais abgeben, und diese Zeremonie wird gewöhnlich innerhalb von ein paar Tagen erwidert. Nachdem man dieser Verpflichtung nachgekommen ist, können durchaus Monate vergehen, ohne daß man denjenigen, dem man sich schriftlich vorgestellt hat, zu Gesicht bekommt, was eine beträchtliche Ersparnis von Repräsentationskosten bedeutet. Der letzte Besuch galt dem ältesten der Prinzen, Ferdinand, letzter überlebender Bruder Friedrichs des Großen und Vater von Prinz Louis. Dieser Prinz ist sechsundsiebzig und schwerhörig, geizig und infantil. Er war ein junger und brillanter Offizier und Regimentskommandant in den Schlachten vor fünfzig Jahren; doch sein Bruder verachtete ihn und zwang ihn aus komplizierten dynastischen Gründen oder vielleicht auch einfach nur aus Bosheit, die Tochter einer ihrer zahlreichen Schwestern zu heiraten. Die Anstrengungen des Kriegs erschöpften ihn so sehr, daß er eines schönen Tages krank auf der Brust wurde und seine Militärkarriere beendet war. Seitdem lebt er wie ein Offizier im Ruhestand, tyrannisiert die jüngferlichen Töchter und hält sich peinlich genau an eine ganze Reihe von Verpflichtungen, die er selbst ersonnen hat. Das Leben, das er in seinem Schloß Bellevue führt, ist eine Karikatur des Militärdienstes: Sein bevorzugter Zeitvertreib besteht darin, den ganzen Tag eine unglückliche Kompanie von Invaliden exerzieren zu lassen, die der König ihm zur Verfügung gestellt hat. In der Familie ist er ein Pedant, ein Geizhals und ein Menschenfeind, der die Abende damit verbringt, ganz genau die Haushaltsrechnungen zu kontrollieren, besessen von der Angst, in die Armut zu stürzen. Fast keiner seiner Verwandten hat noch Verbindung zu ihm, wenn doch, dann nur aus reiner Höflichkeit. Zwei oder drei alte Freunde bleiben ihm noch, die einzigen, die ihn außerhalb der offiziellen Anlässe besuchen und denen er sein Herz ausschüttet auf die Art, daß er über seinen verstorbenen Bruder herzieht und dessen militärische Fähigkeiten kritisiert, denn seiner Meinung nach hat Friedrich zuviel Zeit damit verloren, Flöte zu spielen und sich mit den Philosophen zu unterhalten, als daß er sich richtig um die Ausbildung der Soldaten hat kümmern können.

Man kann sich meine Fassungslosigkeit vorstellen, als der Diener, der das Tor von Bellevue öffnete, anstatt die Visitenkarte entgegenzunehmen, die ich ihm von Will hatte übergeben lassen, zu meiner Kutsche kam und mich davon in Kenntnis setzte, daß Seine Hoheit mich sofort empfangen würde. Ich faßte mir ein Herz und wurde in ein Vorzimmer geführt, das ursprünglich einmal luxuriös möbliert gewesen sein muß, wo aber seit einem halben Jahrhundert niemand mehr etwas berührt hatte. Die Vorhänge waren grau vor Staub, und die Fenster waren nur bis auf Manneshöhe geputzt. Nachdem wir die Freitreppe hinaufgegangen waren, klopfte der Diener an einer kleinen Tür und ließ mich in ein winziges Arbeitszimmer treten, in dem Seine Hoheit eine Patience legte, die er allerdings sofort unterbrach, um mich mit all der Höflichkeit zu empfangen, derer er fähig war. Der Prinz ist ein mageres Männchen, mit einer altmodischen Uniform bekleidet, deren Ellbogen geflickt und deren Aufschläge abgewetzt und voller Tabakflecken sind, und mit gepuderter Perücke und Zopf; an eine Wand des Zimmers gehängt, könnte man ihn selbst für ein Porträt eines Malers halten, der bereits vor längerer Zeit verstorben ist. Er spricht mit ungewöhnlicher Schnelligkeit, und von drei Worten sind zwei fast ganz unverständlich; wenn man hinzufügt, daß er ziemlich schwerhörig ist, wird deutlich, wie mühsam unsere Unterhaltung war. Trotz der Hitze brach mir der kalte Schweiß aus, da ich vorgewarnt worden war, daß der Prinz, eben gerade aufgrund seiner eingeschränkten Kommunikationsfähigkeit und sowieso aufgrund jenes losen Rädchens, das mit elliptischer Bewegung in seinem Kopf knirscht, den Wahn hat zu glauben, die anderen sprächen untereinander eine Geheimsprache, um ihn vom Gespräch auszuschließen; auch deshalb verkehrt der Hof so wenig wie möglich mit ihm. Als er mir daher Fragen zu stellen begann, erwartete ich jeden Augenblick, daß er vor Wut rot anlaufen und ich unverzüglich aus dem Schloß gejagt würde, zumal er mir bei jeder Antwort mit aufgerissenen Augen erstaunt ins Gesicht starrte und mich bat zu wiederholen. Dennoch müssen meine Antworten ihn befriedigt haben, da die Unterhaltung sich unerwartet in die Länge zog, ohne Anlaß zu irgendwelchen Zwischenfällen zu geben. Als ich schließlich den Eindruck hatte, daß er sich anschicke, mich zu verabschieden, wurde mein Aufbruch durch einen neuen Vorfall hinausgezögert, denn ohne sich melden zu lassen, trat ein weiterer Besucher ein, auch er ein alter Mann. Der Prinz schien sich zu freuen, so daß er für einen Augenblick sogar lächelte; er bedeutete ihm näherzukommen und stellte uns vor: »Mein alter, sehr alter Freund, General Graf Schmettau.«

Dieser General ist gewiß einer der wenigen alten Freunde, die noch in Bellevue empfangen werden. Es scheint, daß er in der Jugend nicht nur der Generaladjutant des Prinzen gewesen ist, sondern auch ohne dessen Wissen der Geliebte seiner Frau, und Schack zufolge ist er der wahre Vater von Prinz Louis. Ich weiß nicht, ob der alte Prinz diesen Klatsch kennt; die Abneigung, die er stets gegen den Sohn gehabt hat, scheint das zu bestätigen, doch dann wäre die Freundschaft unerklärlich, die ihn immer noch mit dem General verbindet. Dieser ähnelt ihm äußerlich ziemlich: Er ist ebenfalls mager, dürr, sichtlich sehr alt, bürgerlich gekleidet, die Haare gepudert, doch ohne geckenhaftes Gehabe. Er setzte sich mit deutlicher Genugtuung zu uns, außer Atem, weil er die Freitreppe hinaufgekommen war, aber ganz so, als wäre er zu Hause. Er zog eine Schnupftabakdose aus der Tasche und bot zuerst dem Prinzen und dann mir eine Prise an. Mit seinem Erscheinen wurde die Unterhaltung lebhafter, blieb aber dennoch recht oberflächlich; und mit dem gleichen Ton, in dem er die Schokolade des Kaffeehausbesitzers Schimmelpfennig lobte, lenkte er das Gespräch auf Bonaparte, der seiner Meinung nach keinerlei Absicht habe, Frieden zu halten, und nur auf den günstigen Augenblick warte, um die Krallen auszufahren und sich auf Preußen zu stürzen. »Aber dann wird er merken, daß die Preußen nicht irgendwelche Österreicher sind«, schloß der Alte, sichtlich befriedigt bei dem Gedanken, nach so vielen Jahren der Untätigkeit wieder zu kämpfen.

Der Prinz lächelte säuerlich bei diesen Worten; denn er war vom ersten Augenblick an ein überzeugter Bewunderer der Französischen Revolution, und unter den preußischen Prinzen und Generälen, die Bonaparte geehrt hat, ist er der einzige, der sich nicht schämt, sich in der Öffentlichkeit mit dem Adler der Ehrenlegion zu zeigen. Man muß sich fragen, was der große Friedrich gesagt hätte, wenn er aus dem Grab heraus diesen Vogel der neuen Art neben dem Schwarzen Adler auf der Brust seines Bruders hätte leuchten sehen! Anstatt die kriegerischen Geister des alten Generals anzustacheln, unterbrach Seine Hoheit ihn ziemlich unfreundlich. »Napoleon wird euch zeigen, wozu er imstande ist, wenn ihr nicht aufpaßt. Aber das ist nur Geschwätz alter Klatschbasen. Sag mir lieber, Minna, was deine Studien machen.« Diese Frage und mehr noch die außergewöhnliche Art, in der sie formuliert worden war, überraschten mich so sehr, daß die beiden alten Männer das Erstaunen wohl in meinem Gesicht gelesen haben mußten, und der Prinz, dessen Zunge sich plötzlich gelöst hatte, fuhr zu mir gewandt fort: »Herr Pyle wird sich freuen zu erfahren, daß Graf Schmettau seinen Ruhestand damit verbringt, die Militärgeschichte zu studieren und die Schlachtfelder des Königreichs zu kartographieren. Wir haben einen Historiker und Kartographen vor uns, nicht nur einen Offizier. Verbeugen wir uns also vor seinem Wissen! Was den Namen betrifft, mit dem ich ihn angeredet habe, so ist es der, unter dem er seit mindestens vierzig Jahren, wenn mich mein Gedächtnis nicht trügt, in der Gesellschaft allgemein bekannt ist. Aber keine Sorge, es ist keineswegs eine Anspielung auf eine Neigung, wie meine verstorbenen Brüder sie in der Liebe bevorzugten, sondern einfach auf das Drama von Lessing, dessen Untertitel *Das Soldatenglück* lautet. Er wurde ihm gegeben ... also, ich habe vergessen, von wem er ihm gegeben wurde, aber es gab sicher einen sehr guten Grund, da er bis heute an ihm hängengeblieben ist. Ja, Minna von Barnhelm! Hi! Hi! Hi!«

Der General hörte ohne ein Zeichen von Verlegenheit diesen ungewöhnlichen Ausführungen zu, da er ganz offensichtlich die wunderliche Sprache unseres Gastgebers gewohnt war; ich würde sogar sagen, daß ein leicht überlegenes Lächeln seine Lippen umspielte. Im übrigen hätte jeder, wenn er seinen hervorragend geschnittenen Frack mit der verschossenen Uniform des Prinzen und seine bissigen Bemerkungen mit dem undeutlichen Gemurmel Seiner Hoheit verglich, ihn für den Großonkel des Königs gehalten und den anderen für einen Offizier im Ruhestand. Daher vermute ich, daß er, wenn stimmt, was man sich über ihn erzählt, den alten Prinzen vor allem deswegen so häufig besucht, um sich mit Genugtuung des körperlichen Verfalls des betrogenen Ehemanns im Vergleich mit seiner eigenen dauerhaften Agilität zu versichern. Seine Hoheit lachte zufrieden vor sich hin; dann hörte er damit auf, und es folgte ein Augenblick des Schweigens. »Wir sind zu dritt«, murmelte der Prinz schließlich. »Was würdet ihr von einer Partie *Hombre* halten?« Der General lehnte die Einladung mit einem Lächeln ab. »Euer Hoheit wissen ja, daß ich grundsätzlich niemals weniger als einen Taler pro Punkt spiele, und um Bohnen zu spielen, wie es in Bellevue der Brauch ist, behagt mir nicht«, bemerkte er mit einer Offenheit, die an Ungezogenheit grenzte; ich vergaß zu erwähnen, daß er sehr reich ist und jedes Jahr viele Tausend Taler am Spieltisch verliert. »Was mich betrifft, Hoheit«, setzte ich hinzu, »so bin ich sehr geehrt, aber ich kenne das Spiel nicht«, und das war die reine Wahrheit. Im übrigen denke ich, daß ich in den letzten Tagen schon genug verloren habe, um schon so bald die Karten wieder in die Hand zu nehmen. Daher verbeugte ich mich sehr tief und kehrte ins Hotel zurück, um den berühmten Karpfen zu probieren.

Die Wirtin hatte nur für mich unter dem Mandelbaum gedeckt, und als ich ins Hotel kam, dampfte ihre beste Porzellansuppenschüssel bereits und verströmte den Duft des gekochten Bieres und des fetten Fisches, der darin schwamm. Das Gericht erwies sich als so köstlich, daß ich nicht anders konnte, als Frau Kruse zu schmeicheln, damit sie mir das Rezept verriet. Die brave Frau erklärte, daß sie zwar, guter Gott, den Karpfen in Bier zuzubereiten wisse, dem Herrn aber zu erzählen, wie es gehe, das übersteige wirklich ihre Kräfte, und sie würde sich bestimmt verheddern. Schließlich gestand sie, daß sie noch heute einen weiteren Karpfen zubereiten werde, da ihr Mann, dem der Geruch in die Nase gestiegen sei, beschlossen habe, das Gleiche am Abend zu wollen, und Bärbel losgelaufen sei, einen schönen dicken Fisch zu kaufen. Und so kamen wir überein, daß ich bequem in der Küche sitzen und meinen Kümmel trinken sollte, während ich bei der Zubereitung des Leckerbissens zusehen sollte. Das Mädchen schlitzte mit hochgekrempelten Ärmeln den Fisch auf, holte die Eingeweide heraus, die sofort bei den Hofkatzen landeten, dann ließ sie das Blut in ein Glas mit Essig tropfen. In der Zwischenzeit hatte die Wirtin eine Flasche Bier geöffnet, von der Sorte, die man in Berlin Weißbier nennt, und es in den Kochtopf gegossen, zusammen mit einer ziemlichen Menge in Scheiben geschnittener Zwiebeln. Sie legte den Fisch in diese Brühe, fügte Salz, Pfeffer und Gewürze hinzu und das Glas Essig, in welches das Fischblut getropft war; dann setzte sie den Topf aufs Feuer. Das Bier fing schon bald zu kochen an, und in dem Augenblick fügte sie ein großes Stück Butter hinzu, das sich rasch auflöste. »So!« erklärte sie darauf triumphierend. »Jetzt läßt der Herr den Fisch kochen, bis das Bier verkocht ist, aber achten Sie darauf, daß eine ausreichend dickflüssige Sauce zurückbleibt.« »Und das ist alles?« »Das ist alles! Ach nein, wie dumm von mir: Eine Viertel- oder halbe Stunde vor dem Servieren muß man ein Glas Weißwein hinzufügen, nicht vergessen, das ist sehr wichtig.«

Nach dem Essen ging ich etwas frische Luft schöpfen auf der Schloßbrücke; und dort stieß ich auf Oberleutnant von Suckow, mit dem ich am Dienstag Karten gespielt hatte. Er war in Begleitung eines höchstens zwölf- oder dreizehnjährigen Jungen, der aussah, als sei er gerade aus der Provinz in die Stadt gekommen, bekleidet mit einem kleinen blauen Frack, die Haare glattrasiert und die Augen vor Staunen weit aufgerissen. Diese junge Person stellte sich mir artig vor, schlug die Hacken zusammen und blickte mir in die Augen, während sie mir die Hand reichte: Der Junge war ebenfalls ein kleiner von Suckow, ein Vetter dritten oder vierten Grades meines Bekannten, und er war am Tag zuvor nach Berlin gekommen in der Hoffnung, als Kadett in ein Infanterieregiment aufgenommen zu werden. Sein Verwandter war gerade mit ihm auf dem Weg zum Haus des Feldmarschalls von Möllendorff, dem eines der Regimenter unterstand, die in der Hauptstadt in Garnison liegen, und der ihn sich ansehen sollte, um über sein Schicksal zu befinden. »Ach! Das waren also die unaufschiebbaren Geschäfte!« Suckow gab es zu und erzählte mir lachend, daß der Junge vor drei Tagen mit der Postkutsche aus seinem Dorf in Mecklenburg, das er bis dahin niemals verlassen hatte, in Begleitung eines Jagdaufsehers aufgebrochen sei, der den gleichen Dienst bereits einem halben Dutzend Jungen aus der Familie erwiesen hatte. »Ich habe mich seit dem Morgengrauen bemüht, ihn präsentabel zu machen und ihm beizubringen, wie es sich gehört, auf die Fragen des Generals zu antworten, aber ich weiß nicht, ob wir Erfolg haben werden. Sie sehen ja, er ist ein Bauernjunge, er hat nie eine andere Gesellschaft gehabt als die Söhne der Bauern.« Während dieser Unterhaltung konsultierte der Junge ständig besorgt und zugleich von seiner neuen Wichtigkeit durchdrungen eine riesige silberne Uhr, die ihm zu diesem Anlaß geschenkt worden sein mußte und auf die er ziemlich stolz war. Da die Szene mich amüsierte, schlug ich vor, sie zu begleiten. Während wir zu Fuß zur Wohnung des Feldmarschalls weitergingen, bewunderte der Junge mit offenem Mund die luxuriösen Palais, die glänzenden Equipagen und vor allem die Offiziere in ihren eleganten Uniformen und träumte ganz offensichtlich von dem Augenblick, da auch er sich in Uniform unter den Augen der schönen Damen in die Brust werfen würde. Der Oberleutnant dagegen nörgelte die ganze Zeit unzufrieden an ihm herum und kritisierte mit dem blasierten Kopfschütteln eines Mannes von Welt mal die Haltung, mal den Knoten der Krawatte und mal den Dialekt, ohne daran zu denken, daß er sich vor nicht mehr als fünf oder sechs Jahren selbst in der gleichen Situation wie sein kleiner Schützling befunden haben mußte.

Am Ende des Spaziergangs erreichten wir das Palais des Feldmarschalls, und ein Diener ließ uns, nachdem er sich nach dem Zweck unseres Besuchs erkundigt hatte, in die Wohnung. Das Zimmer, das wir betraten, war dunkel und stank nach Tabak. Zunächst glaubten wir, daß niemand da sei, doch nach einem Augenblick entdeckten wir eine endlos lange türkische Pfeife, deren Öfchen auf dem Boden stand, während das Rohr hinter dem Ofen aus Porzellan verschwand; eine leichte Bewegung ließ uns vermuten, daß sich an seinem Ende ein lebendiges Wesen befinden mußte. Da der Besitzer der Pfeife jedoch kein Lebenszeichen von sich gab, blieben wir alle drei in der Mitte des Zimmers stehen, ohne zu wissen, was wir tun sollten. Nach einem Augenblick, der uns ziemlich lang vorkam, sprach uns eine grobe Stimme, die aus der Ofentür zu kommen schien, barsch an: »Na los doch, kommen Sie näher!« Der Oberleutnant schob seinen Vetter vorwärts und stellte ihn mit wenigen Worten vor, wobei er die Motive darlegte, aufgrund derer er geglaubt hatte, Seine Exzellenz stören zu dürfen. Der Hausherr erhob sich, und als er in mir einen Zivilisten und vermutlich sogar einen Ausländer erkannte, wurden seine Manieren sofort höflicher. Ich stellte mich vor, und er sagte, wie geehrt er sei, meine Bekanntschaft zu machen. Er war ein hochgewachsener und gebeugter alter Mann in Galauniform, mit dem Schwarzer-Adler-Orden auf der Brust und einer gepuderten Perücke. Mit mir sprach er ausschließlich in einem passablen Französisch, obwohl er mit den beiden anderen das grobe Deutsch des Heeres sprach, eine Sprache, die mehr dem Bellen der Hunde als der Sprache eines zivilisierten Volkes ähnelt. Nachdem wir unsere Komplimente ausgetauscht hatten, sah er sich den Kandidaten näher an, kopfschüttelnd und von Zeit zu Zeit hm! hm! brummend, was nichts Gutes verhieß. Nach langem Schweigen hob er den Blick zum Oberleutnant und sagte mit derselben schroffen Stimme: »Dieser junge Mann ist zu klein für mich; so kann ich ihn nicht aufnehmen. Schicken wir ihn erst mal nach Hause zurück und warten wir, bis er eine Spanne gewachsen ist. Ich werde ihn später nehmen.«

Diese Antwort hatte, wie deutlich zu sehen war, eine schreckliche Wirkung auf den Kandidaten; seine Augen füllten sich mit Tränen, und erst im letzten Augenblick erinnerte er sich beim Hinausgehen, daß er sich zu verbeugen hatte. Kaum waren wir wieder auf der Straße, konnte er seinen Schmerz nicht länger zurückhalten und brach in Tränen aus. Die Aussicht, nach Hause zurückkehren, auf den blauen Frack und die silberne Uhr verzichten und wieder in die Schule gehen zu müssen, um erneut das Verb *amare* zu konjugieren und Cornelius Nepos zu übersetzen, stürzte ihn in die tiefste Verzweiflung. Um ihn zu trösten, bemerkte sein Vetter, daß ihm noch eine Hoffnung bleibe, und schlug ihm vor, beim Befehlshaber seines Regiments, General von Arnim, vorzusprechen, um bei ihm das Glück zu versuchen. Allerdings warnte er ihn, daß der Erfolg in diesem Fall noch unwahrscheinlicher sei, da das Regiment seine volle Sollstärke habe. Der Junge trocknete seine Tränen und bat ihn, sofort zu dem General zu gehen, und so machten wir uns erneut auf den Weg. Dieser zweite Besuch begann unter günstigeren Vorzeichen, da der General, ein weißhaariger alter Mann, dessen Rücken so krumm war, daß er nur noch auf einen Stock gestützt gehen konnte, uns sehr liebenswürdig empfing. Der Oberleutnant trug außerordentlich überzeugend das Anliegen seines Vetters vor; der alte Herr sah sich, während er zuhörte, den Kandidaten, der reglos und aufmerksam dastand, von allen Seiten genau an. Schließlich erklärte er ebenfalls, daß der Junge nicht groß genug sei, und fügte hinzu, daß er im übrigen die vorgeschriebene Zahl von Kadetten in seinem Regiment habe. Während der Oberleutnant mit dem General verhandelte und ihm versicherte, daß sein Vetter allen Eifer aufbieten werde, um so schnell wie möglich zu wachsen, und wie zufällig die mehr als ansehnliche Höhe der Rente erwähnte, die seine Eltern ihm auszusetzen beabsichtigten, ließ der General einen Zahnstocher fallen, den er in der Hand gehalten hatte. Sofort stürzte der Junge los, um ihn aufzuheben, und gab ihn dem General mit einer Verbeugung zurück, der all die Bemühungen anzusehen waren, die sein Tanzmeister erfolgreich investiert hatte. Der General lächelte, tätschelte ihm die Wange und sagte wohlwollend: »Na, dieser Blondschopf weiß sich ja zu benehmen. Nun, auf die Gefahr hin, mich zu ruinieren: Ich werde ihn nehmen, aber nur als überzähligen Kadetten.«

Dieser unerwartete Erfolg erfüllte den Jungen mit Begeisterung, und es gelang ihm nur mühsam, seine Freude zu bändigen. Es war ihm vollkommen gleichgültig, ob er überzählig war oder nicht, wenn er nur endlich preußischer Soldat sein konnte. Sein Vetter bemühte sich, seine Begeisterung etwas abzukühlen, indem er ihm ausführlich den Unterschied zwischen einem regulären und einem überzähligen Kadetten erklärte: Letzterer habe nicht das Recht, sich die Uniform vom eigenen Schneider schneidern zu lassen, er müsse vielmehr die Dienstuniform tragen und in einer Militärunterkunft wohnen, in der Wohnung eines verheirateten Soldaten, der in der Stadt lebe und den Auftrag habe, seinen jungen Mieter zu überwachen. Ihm stehe weder Sold noch Verpflegung zu, er müsse also auf eigene Kosten für seinen Unterhalt sorgen, bis er zum regulären Kadetten befördert werde. Dagegen sei er verpflichtet, den Dienst eines Unteroffiziers zu versehen und werde als solcher behandelt, mit Ausnahme der körperlichen Strafen. Bei der Erwähnung letzterer wurde der Junge bleich und erkundigte sich mit unsicherer Stimme, worin diese Ausnahme denn genau bestünde. Der

Oberleutnant ließ sich nicht lange bitten. »Das ist sehr einfach, Herr Vetter! Bis vor fünf oder sechs Jahren konnten die Kadetten von jedem beliebigen Offizier geschlagen werden, sogar von einem Fähnrich, der kaum älter als sie war, und dies bei der geringsten Verfehlung; aber nur, geben Sie gut acht, mit der flachen Seite des Schwertes. Das ist ein Privileg, dessen Bedeutung Sie noch schätzen lernen werden und das Sie mit den anderen Unteroffizieren teilen, die aus Rücksicht auf ihren Rang nur auf diese Weise geschlagen werden dürfen. Doch jetzt«, schloß der Oberleutnant augenzwinkernd, »sind die Gemüter, wie man sagt, erleuchteter; man hat sich an höchster Stelle gesagt, daß die Kadetten zu jung sind, um so roh behandelt zu werden, und beschlossen, sie ganz von den körperlichen Strafen auszunehmen. Der Herr Vetter hat Glück; zu unserer Zeit war das ganz anders!«

Freitag, 8. August

Heute abend begegnete ich im Haus von Frau von Crayen einem alten Bekannten. Als ich in den Salon trat, erhob sich ein korpulenter Mann aus dem Sessel, kam mir entgegen und reichte mir die Hand. Ich erkannte in ihm einen Deutschen wieder, der jahrelang in New York Handel getrieben hatte, erinnerte mich allerdings nicht an seinen Namen. »Victoire«, sagte er in vertraulichem Ton, »hatte mir schon angekündigt, daß ich Sie hier treffen würde, und ich habe mich sofort an Sie erinnert. Wie geht es dem alten Mr. van Cortlandt?« »Als ich abgereist bin, ausgezeichnet; aber wie laufen Ihre Geschäfte? Ich habe Sie schon seit ein paar Jahren nicht mehr in New York gesehen, glaube ich.« »Ach!« erwiderte er jovial, »meine Geschäfte sind schiefgelaufen. Sie sehen, es war mir nicht bestimmt, in Amerika zu bleiben; und dabei habe ich eine Weile ernsthaft geglaubt, ich würde dort mein Glück machen. Aber nur Geduld! Meine Familie ist nicht allzu erfreut gewesen, daß ich zurückgekommen bin. Mein Bruder, der General, ist in Panik geraten;

aber die Kaufleute wissen es nicht, sie vertrauen mir.« »Herr von Bülow«, lachte Victoire, »ist zu bescheiden; ich bin sicher, daß seine Bücher ihm genug einbringen, um die Kaufleute zu bezahlen, alle unsere offiziellen Freunde sprechen von nichts anderem.« Wie es schien, hatte ich es mit einem Schriftsteller zu tun, und jetzt kannte ich auch seinen Namen, aber ich hatte keine Ahnung, was für Bücher er schrieb; und so wäre ich in ziemliche Verlegenheit gekommen, die Unterhaltung fortzusetzen, wenn Herr von Bülow, der von meiner Unkenntnis nichts ahnte, mich nicht einbezogen hätte. »Liebe Victoire, unser Freund, Mr. Pyle, wird Ihnen sagen, daß nicht nur die Gedichte, wie bereits Horaz wußte, eine brotlose Kunst sind, sondern auch die Abhandlungen über Kriegskunst. Wenn ich meine Schulden von dem bezahlen müßte, was mir meine Studien einbringen, ich glaube, ich säße bereits im Gefängnis.« »Ich weiß nur, daß das in Amerika eine brotlose Kunst ist, hier jedoch, so scheint mir, verhält es sich wohl ganz anders, so daß ich mir kein Urteil zutraue. Aber, mein Alter, da ich schon einen Kenner vor mir habe, will ich mir die Gelegenheit nicht entgehen lassen. Glauben Sie, daß Preußen Frankreich Paroli bieten kann, falls die Dinge sich zum Schlechten entwickeln?« »Nicht im Traum!« rief Bülow. »Nur Verrückte könnten Bonaparte heute den Krieg erklären; vor allem, wenn Dummköpfe sich an die Spitze des Heeres setzen, während die echten Generäle dazu verurteilt sind, Tee in den Salons zu trinken, und niemand ihre Meinungen anzuhören geruht.« »Dann hat«, fragte ich, »der König also recht, nicht Krieg führen zu wollen?« »Auch ein Kind würde das begreifen! Wir haben keine Chance gegen Frankreich, soviel steht fest. Um gegen Frankreich Krieg zu führen, ist ein Marlborough nötig, oder ein Prinz Eugen, und die finde ich nicht, weder bei uns noch in irgendeinem anderen Land. Nur Blinde, an denen es in Berlin nicht fehlt, sehen nicht, daß unsere einzige Rettung darin besteht, gegen Rußland Krieg zu führen, Seite an Seite mit Frankreich. Dieser Krieg hätte jede Aussicht auf Erfolg, während der andere nicht unter schlechteren Vorzeichen beginnen könnte. In einem Krieg gegen Frankreich würden wir Gefahr laufen, schon beim ersten Feldzug die Hauptstadt zu verlieren; sehen Sie sich doch an, wie sich Napoleon Wien genommen hat! Und mit dem Verlust der Hauptstadt würde unser gesamtes Kreditsystem in einer Nacht zusammenbrechen; das ganze Papiergeld wäre nur noch Makulatur.« »Und doch«, wandte ich ein, »scheint es mir, als sei Berlin in der Vergangenheit schon eingenommen worden; immer allerdings von den Russen, niemals von den Franzosen!« Daß sich derartiges heute wiederholen könnte, scheint jedoch absolut unmöglich. »Bevor er Berlin einnimmt, müßte jeder Gegner zuerst die Festungen nehmen, die die Übergänge über die Flüsse versperren, aber nicht alle Gegner sind gleich, was dies betrifft. Die Franzosen sind Meister in jeder Art von Krieg, unsere Festungen an Elbe und Oder würden ihnen nur wenig Widerstand bieten. Doch der Russe versteht sich nicht auf den Belagerungskrieg. Tiefe Gräben und Erdwälle sind für ihn Candia und Gibraltar.« »Aber würde«, beharrte ich, »ein Bündnis mit Frankreich nicht womöglich bedeuten, daß man auf die Unabhängigkeit der Monarchie verzichtet und sich einem ausländischen Despotismus unterwirft?« Ein zustimmendes Murmeln zeigte mir, daß die Damen unserer Diskussion zuhörten und wie ich von Herrn von Bülows Ansichten überrascht waren; doch dieser beschränkte sich darauf, lächelnd den Kopf zu schütteln. »Warum Despotismus? Die Franzosen sind ein aufgeklärtes Volk. Sie würden keine Tyrannei errichten, sondern die universale Monarchie. Frankreich ist stark, und Napoleon ist der Mann des Jahrhunderts; in seinem Schatten wird Preußen gedeihen können. Der russische Despotismus, gegründet auf der Sklaverei und der Knute, er ist wirklich eine Bedrohung, und nicht nur für uns Deutsche, sondern für die menschliche Zivilisation. Nur Preußen kann ihm Einhalt gebieten, und wenn es, um weiterhin seine Ostgrenzen überwachen zu können, gezwungen ist, der Verbündete, ja der treue Bündnispartner Frankreichs zu werden, warum nicht! Der Krieg gegen Napoleon würde die Zerstörung Preußens bedeuten, und dann wären der slawischen Bedrohung Tor und Tür geöffnet. Hören Sie auf meine Prophezeiung: An dem Tag, an dem an der Weichsel oder an der Oder kein starkes Militär mehr steht, wird der Damm brechen, der Ost- und Süddeutschland vor der Überschwemmung schützt, die aus dem Osten droht. Sie wird das zerstörerische Feuer des Bürgerkriegs wieder nach Deutschland bringen, und jede Vorstellung von Ordnung und Recht wird aus dem menschlichen Geist ausgelöscht sein; die Barbarei längst vergessener Jahrhunderte wird zurückkehren. Europa wird eine Wüste sein, und«, fuhr er nach einer Pause und einem verschmitzten Lächeln mit einer Verbeugung zu mir fort, »und Amerika wird an seine Stelle treten.«

Ein Chor silberhellen Lachens überzeugte mich, daß die Damen diese Bemerkung als Scherz verstanden hatten, und auch ich teilte ihre Erleichterung über das plötzliche Abebben einer Beredsamkeit, die stürmisch zu werden drohte. »Wenn ich an jenem Tag einen Posten in der Regierung haben sollte«, erwiderte ich im selben Ton, »werde ich Ihnen das Kriegsministerium anbieten; natürlich muß es erst geschaffen werden, denn jetzt haben wir keines; aber ich glaube, daß die Steuerzahler zu diesem Opfer bereit sein werden, um sich der Dienste eines Mannes zu versichern, der derart beschlagen in der Kriegskunst ist.« Bülow nahm mich leider ernst, und dies ist eine Schwäche, die man nur allzu häufig bei diesen Deutschen antrifft. Er schneuzte sich und erklärte feierlich, daß es falsch sei, wie ich es getan habe, von Kriegskunst zu sprechen. »Das ist ein Relikt aus der Vergangenheit, aus einer Epoche, in der die Menschen noch nicht gelernt hatten zu denken. In unserer Zeit ist nur eine einzige Formulierung angemessen: die der Kriegswissenschaft. Bis jetzt ist sich in Preußen«, fuhr er fort, »noch niemand dieser Wahrheit bewußt geworden. Daher habe ich beschlossen, diese Lücke zu schließen, indem ich die Kriegswissenschaft nach der deduktiven Methode der Mathematik darlege, nach ihren Prinzipien forsche und ihre Korollarien ableite. Es ist notwendig, eine neue militärische Theorie aufzustellen, eine Theorie, die sich auf allgemeingültige Aussagen gründet und in einem allgemeinen Vokabular formuliert ist; und auf dieser Theorie muß dann ein Feldzug aufgebaut werden als die Formulierung eines Theorems.« Ich antwortete ihm, daß eine Schlacht, soviel ich wisse, nur schlecht auf eine mathematische Formel zurückgeführt werden könne und daß es mich sehr überraschen würde, wenn die Generäle bewaffnet mit Rechenstab und Kompaß ins Feld zögen. Bülow erwiderte lächelnd, dieser Einwand beweise nur, wie überholt meine Ansichten seien. »Sie sprechen von Schlacht, aber heute ist die Schlacht nicht mehr nötig. Ein nach wissenschaftlichen Regeln geführter Feldzug muß zwangsläufig mit dem vollständigsten Erfolg enden, ohne daß es nötig wäre, auch nur einen Schuß abzugeben, und der Sieg Napoleons bei Ulm im vergangenen Jahr ist der überzeugendste Beweis dafür gewesen.« Victoire, die unserer Unterhaltung im Gegensatz zu den anderen Damen immer noch zuhörte, wandte ein, daß Bonaparte doch wenige Monate nach der Kapitulation von Ulm die Schlacht von Austerlitz habe schlagen müssen, aber der Einwand konnte ihn nicht erschüttern. »Ach was! Er muß einen Fehler gemacht haben, um genötigt gewesen zu sein, eine Schlacht zu liefern. Und Napoleon hat, obwohl er unzweifelhaft ein großer General ist, meine Bücher nicht gelesen. Jetzt sind sie ins Französische übersetzt worden und werden bei Magimel verkauft, einer Buchhandlung für Militärkunst auf dem Quai des Augustins. Ich habe gerade die Rezension bekommen, die der *Moniteur* veröffentlicht hat, und kann mich rühmen, daß sie recht schmeichelhaft ist. Von Jahr zu Jahr, ja, ich könnte fast sagen von Tag zu Tag verbreiten sich meine Ideen weiter über ganz Europa, und die Zukunft wird mir recht geben müssen.« »Dann dürfte ein großer General also niemals mehr eine Schlacht liefern?« hakte Victoire naiv nach. »Selbstverständlich!« erwiderte von Bülow mit dem größten Ernst. »Die Schlacht entscheidet heutzutage nichts mehr, und Sie werden sehen, daß es in den nächsten Kriegen keine Schlachten mehr geben wird! Im übrigen, was für einen größeren Ruhm könnte es für unser zivilisiertes Jahrhundert geben, als die Militärwissenschaft in einem Maße vervollkommnet zu haben, daß es möglich wird, große Kriege zu führen und ganze Heere zu zerschlagen, ohne daß ein einziger Toter auf dem Schlachtfeld zurückbleibt, und damit dieses sinnlose Menschenopfer abzuschaffen, das der Kannibalen, aber nicht unser würdig ist? Das Blut, und erst die Verletzungen, die Verstümmelungen, die so vielen Unglücklichen in der Schlacht zugefügt werden, werden aus der Erfahrung des zivilisierten Menschen verschwinden, so wie die Pocken nach der Entdeckung der Impfung verschwinden. Und der General wird dem Mathematiker oder dem Astronomen immer ähnlicher, der in der Stille seines Labors mit seinen Instrumenten den Lauf der Sterne bestimmt.«

Die unverzeihliche Anspielung auf die Pocken löste einen Augenblick eisiger Erstarrung aus, die nur Herr von Bülow, dem seine eigene Taktlosigkeit nicht bewußt war, nicht bemerkte. Doch zum Glück erschien gerade in diesem Augenblick ein neuer Gast, der Schriftsteller Jean Paul. Dieser ist ein aufgeblasener hochaufgeschossener Mensch mit hoher Stirn, wenigen zerrauften Haaren und verstörten Augen, die bei den Deutschen als untrügliches Zeichen von Genie gelten, mit einem Zwergpudel an der Leine, der sofort wütend zu bellen begann. Nachdem er die Anwesenden mit einem Nicken des Kopfes begrüßt hatte, setzte der große Mann sich in den besten Sessel, den die Hausherrin eigens für ihn geräumt hatte, und nachdem er auf einen Zug eine Tasse Tee ausgetrunken hatte, rief er in kritischem Ton: »Der Tee! Meine liebe Frau von Crayen, gestatten Sie mir, Sie vor diesem Getränk zu warnen, das schädlich für die Gesundheit ist und gegen den deutschen Geist.« Ich war neugierig zu erfahren, wie der Schriftsteller diese ungewöhnlichen Behauptungen rechtfertigen würde, und daher tauschte ich mit Bülow ein Zeichen des Einverständnisses aus, und wir schwiegen beide. Im übrigen wäre uns auch gar nichts anderes übriggeblieben, denn alle Damen waren wie Vögel um den Neuankömmling versammelt und warteten auf die Krumen seines Wortes. »Der berühmte holländische Arzt Bontekoe«, fuhr Jean Paul fort, als er ganz sicher war, daß alle ihm zuhörten, »behauptete, daß der Tee die Verdickung der Körpersäfte verhindere, und verordnete seinen Kranken, bis zu zweihundert Tassen am Tag davon zu trinken. Doch eines schönen Tages entdeckte man, daß die Ostindische

Handelsgesellschaft ihn unterstützte und daß er Mäusegift als Allheilmittel verschrieben hätte, wenn die Handelsgesellschaft damit gehandelt hätte. Heute geben alle Ärzte zu, daß der Tee schädlich ist; wenn er zu stark ist, wirkt er als Narkotikum auf die Nerven, die er schwächt und gefühllos macht; wenn er leichter ist, schwächt er die Verdauungsfähigkeit des Magens, wie heißes Wasser.« Frau von Crayen, die ihm erneut die Tasse füllte, wandte ein, daß die Engländer eingefleischte Teetrinker seien und nicht den Eindruck machten, daß es ihnen deswegen schlechtgehe; doch Jean Paul, der ein Stück Gebäck in das Getränk eintauchte, erwiderte, das Beispiel sei nicht stichhaltig. »Sie vergessen, daß die Engländer sich von kräftig gewürzten Speisen ernähren, deren erregende Wirkung der Tee abmildert; außerdem bewegen sie sich mehr und trinken keinen Kaffee. Doch unsere deutschen Damen bewegen sich niemals, schlucken alle möglichen Flüssigkeiten und behaupten noch, sie könnten ohne ihren Tee nicht leben! Warum ihn also dann nicht durch andere Tees ersetzen, deren belebende Wirkung immer wieder anerkannt worden ist? Minze, Melisse, Lindenblüte, das Blatt des Himbeerstrauchs und viele andere Pflanzen der deutschen Wälder und Gärten könnten diese ausländische Überspanntheit gewinnbringend ersetzen.«

Die Damen lauschten diesen Albernheiten wie dem Orakel von Delphi, jede mit ihrer Tasse in der Hand und den Mund offen vor Bewunderung. Victoire machte da keine Ausnahme, und ich muß gestehen, daß es mich mit Eifersucht erfüllte, sie so verzaubert, so selbstvergessen zu sehen, wie sie vorgebeugt auf der Stuhlkante saß, das Kinn auf die Fäuste gestützt und die Ellbogen auf den Knien. Ich fand jedoch einen Verbündeten in Herrn von Bülow, der keinen Hehl aus seinem Ärger über den Wortschwall des Neuankömmlings machte. »Wenn man sich vorstellt«, flüsterte er mir ins Ohr, »daß Berlin ganz verrückt ist nach diesem Scharlatan; die Damen bestechen seinen Friseur, um Büschel von seinen Haaren zu bekommen, und die Königin bewahrt wie eine Reliquie ein Büschel vom Fell seines Zwergpudels auf.« Als er über das unglückselige Getränk nichts mehr zu sagen hatte, lenkte Jean Paul die Unterhaltung auf die Träume, ein unerschöpfliches Thema für die modernen Dichter. »Die Träume sind eine ungewollte Form von Dichtung«, sprach er und lud die Damen ein, ihre Träume der vergangenen Nacht zu erzählen. Frau von Crayen begann, einen verworrenen Traum ohne Hand und Fuß zu erzählen, in dem, der Himmel weiß wie, rote Fische und Vögelchen vorkamen, und der Schriftsteller hörte mit geschlossenen Augen zu, die Nase in der Luft, fast als erlebe er eine erhabene geistige Erfahrung. Herr von Bülow sagte leise, aber laut genug, daß alle es hörten: »Ja, ja, die Träume sind insofern etwas Gewöhnliches, als alle träumen.« Frau von Crayen wurde noch verwirrter und hörte auf zu erzählen. Victoire blickte den Flegel vorwurfsvoll an, und ich, ihren verärgerten Blick kreuzend, erhob die Augen zum Himmel, womit ich mir, glaube ich, ihre Dankbarkeit auf Kosten des armen Bülow erwarb, mit dem ich dennoch im Herzen einig war.

Für einen Augenblick hatte ich mit dem Gedanken gespielt, meinen Alptraum von gestern nacht zu erzählen, doch die Bemerkung meines Freundes hatte das Thema unwiderruflich disqualifiziert, so daß sogar der Schriftsteller gezwungen war, einen Augenblick zu schweigen. Ich nutzte die Gelegenheit und versuchte, das unterbrochene Gespräch mit von Bülow wiederaufzunehmen, indem ich ihm unter anderem die Episode mit der Landkarte, die sich beim Essen mit den Husaren zugetragen hatte, erzählte, die ihn aufs höchste amüsierte. Doch sofort mischte Jean Paul sich ein, indem er leichthin erklärte, »niemals eine klare Vorstellung von Landkarten und der Lage der Staaten gehabt zu haben«, und nur ein beschränkter Geist könne sich für derartig trockenes Zeug interessieren. Bülow wurde bei dieser Bemerkung wütend und erwiderte auf beleidigende Weise, daß er sein Leben nicht damit verbracht habe, Märchen zu erzählen, sondern zu lernen, wie man Staaten regiert und Armeen führt; wenn er einen Fehler habe, dann den, zu bescheiden zu sein, aber er dulde es nicht, daß ihn jemand beschränkt nenne, der ganz offensichtlich unfähig sei, das Leben der Menschen und Völker zu verstehen. Bei diesen Worten begann der Schriftsteller, sich mit dem Fächer Luft zuzuwedeln und über die drückende Hitze und den schlechten Zustand seiner Nerven zu jammern. Bülow, der wie so mancher in tausend Schlachten hart gewordene Jagdhund seine Beute nicht so leicht fahren läßt und auch dann noch verfolgt, wenn sie hofft, sich auf ein anderes Gelände retten zu können, indem sie sich aus dem Wald in einen Sumpf oder aus der unbebauten Heide in ein Maisfeld stürzt, machte prompt eine ironische Bemerkung über die Eitelkeit der Modekrankheiten. »Die guten alten Krankheiten unserer Großeltern sind nicht mehr *de bon ton*. Heute leiden die Männer an den Nerven, die Damen an Hitzewallungen oder an Migräne, und niemand weiß, was Hitzewallungen sind«, rief er unter dem aufgeregten Gelächter der Damen. »Und die Nerven?« provozierte Victoire ihn lächelnd. »Das ist ganz genau das gleiche, es hat eine glückliche Zeit gegeben, in der kein Mensch auch nur ahnte, daß er Nerven haben könnte. Wie haben sich die Dinge verändert seit damals! Vor vielen Jahren hatte ein englischer Arzt (er hieß, glaube ich, Whytt) die verhängnisvolle Eingebung, ein Buch über die Nerven und ihre Krankheiten zu schreiben. Ein Apotheker, der sich seit langem den Kopf über die eingebildete Krankheit einer Dame zerbrach – denn in England üben die Apotheker auch den Arztberuf aus –, las das Buch und zerschlug den gordischen Knoten: Madame, das sind die Nerven. Dieser Terminus befriedigte alle aufs höchste und wurde Mode. Heute will alle Welt Nerven haben. Und es ist schon ein Wunder, wenn ich abends bei meiner Heimkehr nicht meine Lakaien vorfinde, wie sie über den Zustand ihrer Nerven diskutieren. Auch die Sprache hat sich angepaßt: Früher war ein nervöser Mensch lebhaft, feurig, stark und robust. Heute ist er ein Wesen, das unter jedem Eindruck unbeschreiblich leidet, das beim Summen einer Fliege ohnmächtig wird und durch den Duft einer Rose von Krämpfen geschüttelt wird.«

Der Schriftsteller hörte nicht auf, sich mit dem Fächer abzukühlen, und fand nicht den Atem, um auf diesen Angriff zu antworten. Da bot sich Victoire mit der Sensibilität einer umsichtigen Hausherrin an, sich an die Harfe zu setzen. Als sie sich umblickte, begegnete sie meinem Blick. »Herr Pyle!« rief sie.

»Wollen Sie mir den Gefallen erweisen, das Buch zu halten?« Darauf suchte sie in einem Stapel von Notenblättern, die auf einem Tischchen lagen, wobei sie eine Katze in die Flucht schlug, die darauf eingeschlafen war, und kam mit einer Partitur zurück. Die Diener trugen die Harfe in die Mitte des Zimmers, und ich nahm auf einem Stuhl neben Victoire Platz. In dieser Position konnte ich es nicht vermeiden, den Blick auf den Hals und die Brust der Spielerin zu richten und mir zu sagen, daß vor ihrer Krankheit mehr als einer sich glücklich geschätzt hätte, wenn er an meiner Stelle gewesen wäre. Ich glaube sogar, daß es mir, wenn die Sache länger gedauert hätte, schwergefallen wäre, ein paar liederliche Gedanken im Zaum zu halten. Schon bald war Victoire jedoch der Meinung, sie habe genug getan, erhob sich und nahm mit einer anmutigen Verbeugung den Beifall des Publikums entgegen. Später, beim Abschied, gratulierte ich ihr zu ihrem Spiel, von dem ich nicht einmal zwei Takte vernommen hatte. »Sie sind zu nett«, erwiderte Victoire, »aber wenn Sie geglaubt haben, mir ein Kompliment zu machen, so irren Sie sich. Mir wäre lieber, Sie würden *maman* offen sagen, daß ich nicht dazu geschaffen bin, Harfe zu spielen, dann könnte ich sie nämlich auf den Dachboden bringen lassen.« Frau von Crayen, die sich neben uns befand, drohte ihr scherzhaft mit dem Finger. »Kind, wenn ich dich gewähren ließe, würdest du die Tage damit verbringen, Romane zu lesen!« Pikiert darüber, so in aller Öffentlichkeit Kind genannt zu werden, erwiderte Victoire, welche diese Anrede in Wahrheit nicht mehr verdient als ihre Mutter ihren Adelstitel, gespielt unschuldig: »Weißt du, *maman*, seit einer Weile ist mir klar, daß die Romane mich nicht mehr so amüsieren wie in meiner Jugend. Ich werde Herrn Bülow bitten müssen, mir eine seiner Abhandlungen über die Kriegskunst, pardon, Wissenschaft, zu leihen.« Frau von Crayen, der es nicht gefiel, daß ihre Tochter sie daran erinnerte, daß sie kein Kind mehr war, tat so, als hätte sie nichts gehört, und entfernte sich. »Es ist merkwürdig!« bemerkte ich. »Schon neulich wurde über Romane gesprochen, als ich das unschätzbare Glück hatte, in dieses gastliche Haus eingeführt zu werden. Aber wenn die Romane Sie wirklich, als Sie jung waren, wie Sie sagten, amüsierten, so darf ich mir erlauben, Sie zu fragen, welche Sie bevorzugten? Sie müßten sich eigentlich daran erinnern, da jene Zeit nicht allzu fern sein kann.« Victoire erwiderte vorsichtig flüsternd mit einem maliziösen Lächeln: »Ich weiß, daß ich diejenigen von Jean Paul bevorzugen müßte, das würde *maman* Freude machen, aber ›amicus Plato‹, mit dem was folgt: In Wahrheit hat nichts mich jemals so bewegt wie die Romane von Lafontaine!«

Sonnabend, 9. August

Heute morgen bin ich mit dem Gedanken aufgewacht, der mir in den letzten Tagen schon mehrmals gekommen ist, den ich jedoch immer wieder beiseite geschoben habe, daß nämlich heute der Kurier nach London aufbricht und ich nichts Neues zu berichten habe. Einen Augenblick war ich versucht, die Methode zu benutzen, die Gus Foster, der Sekretär der englischen Gesandtschaft in Washington, mir vor meiner Abfahrt als Trost mit auf die Reise gegeben hatte und die, wie er behauptet, von allen britischen Regierungsvertretern im Ausland ausgiebig benutzt wird. »Wenn man etwas erfahren hat, was die Regierung interessieren könnte, schreibt man das; wenn man nichts erfahren hat, erfindet man Nachrichten und dementiert diese dann wieder in der nächsten Depesche. Auf diese Weise«, schloß Gus, »kann man mit jedem Kurier einen Bericht schicken, und es gehen einem nie die Themen aus.« Ich hatte jedoch Skrupel, mich jetzt dieses Geheimnisses zu bedienen, und blätterte lieber die Zeitungen der letzten Tage durch, in der Hoffnung, darin Stoff zum Nachdenken zu finden. Tatsächlich wird im *Moniteur* vom 2. August in alles andere als klaren Worten über die Anwesenheit eines englischen Bevollmächtigten in Paris berichtet. Das wird natürlich für Pinkney kein Geheimnis sein, der auch ohne das Wohlwollen seiner englischen Gesprächspartner immer noch wie ich die Nachrichten im *Moniteur* lesen kann. Und dennoch könnte es nicht ohne Interesse sein zu erfahren, was die preußischen Minister, und vor allem die frankreichtreuesten, mir über diese Verhandlungen sagen würden. Mit dieser Absicht suchte ich Geheimrat Beyme auf, den Verantwortlichen für die inneren Angelegenheiten und einen der Hauptverantwortlichen für das Entgegenkommen, um nicht mehr zu sagen, das der König Bonaparte gegenüber an den Tag legt.

Als ich in sein Arbeitszimmer geführt wurde, sah ich mich einem korpulenten Mann gegenüber, glatzköpfig und ganz schlicht in einem Frack, ohne Auszeichnungen. Beyme war Universitätsprofessor, bevor der König ihn, zur Überraschung vieler, zu seinem ersten Berater machte, und die bürgerliche Erziehung scheint in allen seinen Gesten durch, so wie seine juristische Ausbildung in der eintönigen und pedantischen Art seiner Rede deutlich wird. Zu seinen Gunsten sei die Ungezwungenheit erwähnt, mit der er jeden behandelt, der sich an ihn wendet, und die Treue, mit welcher er alte Freundschaften weiterhin pflegt: eine Eigenschaft, die man recht selten bei denjenigen findet, die ihr Glück gemacht haben, und die noch ungewöhnlicher für einen Universitätsprofessor ist. Doktor Johnson sagt, die Professoren vergäßen niemals etwas außer ihren Freunden; doch Beyme hat die Gesellschaft seiner akademischen Kollegen nicht aufgegeben, obwohl er in gewisser Hinsicht der wichtigste Mann des Reiches geworden ist und auch einer der reichsten, dank des geringen Eifers, mit dem er die Geschenke zurückweist, die ihn von überallher erreichen.

Einem solchen Gesprächspartner gegenüber hütete ich mich natürlich, irgendeine kriegerische Äußerung fallen zu lassen, und zeigte mich im Gegenteil erfreut über den dauerhaften Frieden, den die Politik des preußischen Kabinetts dem Königreich eingebracht habe. Der brave Mann, der in mir nur einen Amerikaner sah und folglich, wie er glaubte, einen erbitterten Feind Englands, versicherte mir, daß die englischen Intrigen das gute Einvernehmen nicht zerstören könnten, das sich zwischen den Mächten des Kontinents gerade wiederherstelle. »Fox hat Lord Yarmouth nach Paris geschickt, weil er glaubt, er könne dem Kaiser Bedingungen diktieren; aber er wird seinen Irrtum schon sehr bald erkennen. Mit Rußland hat Napoleon Frieden geschlossen, und sobald der Kaiser überzeugt sein wird, daß der Wiener Hof dem Rheinbund zustimmt, werden die französischen Truppen in Deutschland ihre Quartiere verlassen und in die Heimat zurückkehren, wo schon die Feierlichkeiten für den Empfang der Helden vorbereitet werden. Dann kann Lord Yarmouth nur noch seine Papiere zurückfordern und sich nach seiner Insel einschiffen, mit der niemand in Europa mehr etwas zu tun haben will, bis sie nicht die Staatsform geändert hat.« Wenn er vom Kaiser spricht, wird Beymes Stimme, die gewöhnlich eintönig und pedantisch ist, einen guten halben Ton höher, und seine Augen öffnen sich weit vor Bewunderung hinter den Brillengläsern. Doch ansonsten ist sein Verständnis der Beziehungen zwischen den Mächten wahrhaft eines Professors würdig, der es gewohnt ist, alles durch die Brille des Gesetzbuchs zu sehen. Seiner Ansicht nach können die derzeitigen Verhandlungen zwischen Lucchesini und Bonaparte nicht zu einem guten Ende kommen, weil, wie es scheint, die in Paris neu vorbereitete Gesetzgebung, die er ganz ungeniert Code Napoléon nennt und über die er sich als gründlich und gelehrt informiert zeigt, in mehr als einem Punkt das Allgemeine Landrecht für die Preußischen Staaten von 1798 wiederaufnimmt und damit dessen Überlegenheit über jedes andere gesetzgebende System anerkennt. Und auf dieser vortrefflichen Grundlage kann, so scheint es ihm, zwischen den beiden Ländern nur die brüderlichste und dauerhafteste Freundschaft herrschen. Da eine so tiefgründige Staatswissenschaft mich sprachlos machte, glaubte Beyme meine Zustimmung gefunden zu haben und fuhr fort, mir in allen Einzelheiten den Nutzen zu erläutern, den das französische Recht aus dieser Übernahme ziehen werde, insbesondere was die Regelung des Familienlebens betreffe, das er für das wahre Fundament eines wohlorganisierten Staates hält. So erfuhr ich, nicht ohne eine gewisse Verwunderung, daß der König von Preußen es sich nicht nehmen läßt, seinen Respekt vor dem Familienleben seiner Untertanen zum Ausdruck zu bringen, und beispielsweise durch ein eigenes Gesetz die Mütter zwingt, ihre

Kinder zu stillen; außer daß er letzteren erlaubt, sobald sie vierzehn sind, die Gerichte gegen ihren Vater anzurufen, jedesmal wenn sie der Meinung sind, daß ihre persönliche Freiheit verletzt wird, einschließlich derjenigen, die religiöse Konfession zu wählen. Mir scheint, daß ein Herrscher, der solche Verfügungen im familiären oder häuslichen Bereich diktiert, die Familie um keinen Deut höher schätzt als die Kaserne oder die Besserungsanstalt. Dagegen glaubt der Geheimrat, daß diese Bevormundung der Schlüssel zu einer freien und glücklichen Entwicklung der Familie so wie des Staates sei, und versäumte nicht, mir ein Loblied auf das Familienleben Ihrer Majestäten zu singen, das seiner Ansicht nach allen Untertanen das Beispiel für eine Familie gebe, die Moral und Gesetze achte. Beinahe hätte er feuchte Augen bekommen, während er »dieses Paar« feierte, »das seinen Ort nur in der klassischen Antike oder in der aufgeklärten Welt, in der wir leben, hätte finden können: Das Leben von Friedrich Wilhelm und Luise stellt für die Allgemeinheit das, wenn auch etwas vergrößerte, Modell des Privatlebens dar, so wie es sein soll, und ist sozusagen ein Gradmesser, an dem jeder das eigene häusliche Glück messen kann. Ich glaube, daß es durch ihr Beispiel immer mehr glückliche Ehen geben und das allgemeine Wohlbefinden des Staates zunehmen wird.«

Der Gradmesser war etwas dick aufgetragen, und dieses Geschwätz gab mir nichts, was von irgendwelchem Nutzen für meinen nächsten Bericht sein konnte. In der Hoffnung, einen Schritt vorwärts tun zu können, versuchte ich die Frage des Handelsabkommens, das zwischen unseren beiden Ländern besteht, und der Neuerungen, die man auszuhandeln wünscht, anzusprechen. Ich bemerkte jedoch sofort, daß Minister Beyme auch den Handel nach dem Allgemeinen Landrecht beurteilt und keine wirkliche Kenntnis der Wirtschaftswissenschaften besitzt. Daher hielt ich es für zwecklos, das Gespräch noch länger fortzusetzen, und nachdem er mich noch ein paar Minuten mit seinem Geplauder festgehalten hatte, verabschiedete ich mich. Während ich die Depesche nach London chiffrierte, schickte ich einen Boten zu Schack, der in den vergangenen Tagen mehrmals einen Ausflug aufs Land erwähnt hatte. Die Hitze und der Staub Berlins erweckten in mir die Sehnsucht nach ein wenig Abkühlung. Der Freund war nicht zu Hause; mein Bote erhielt die Auskunft, er sei allein weggefahren, nach Potsdam, wo sich seit gestern der König und der Hof aufhalten. Der Mann fügte jedoch hinzu, daß ihm, während er auf die Straße hinausging, einer der Lakaien des Majors, mit dem er seit uralten Zeiten in Verbindung stehe, nachgelaufen sei und ihm zugemurmelt habe, sein Herr sei zwar in Richtung Potsdam aufgebrochen, unterwegs habe er aber gewiß bei Madame Chauderon haltgemacht, so daß ich ihn mit ein bißchen Glück noch dort antreffen könne. Der Zeitpunkt schien mir ein wenig ungewöhnlich für einen Besuch an jenem Ort, doch die Intimität, die ich zwischen Schack und der Hausherrin hatte beobachten können, überzeugte mich, daß die Indiskretion des Lakaien keineswegs unwahrscheinlich war. Bei der Hitze hatte ich keine Lust, zu Fuß in die Jerusalemer Straße zu gehen, und es drängte mich auch nicht, mit dem ganzen Pomp einer Kutsche dort vorzufahren. Daher begnügte ich mich mit einem Fiaker, und wenige Minuten später stand ich vor dem Tor, durch das ich ein paar Abende zuvor in Schacks Begleitung eingetreten war.

Das Haus war, wie es zu dieser Stunde natürlich ist, wie ausgestorben. Doch Madame, die mich als Freund des Majors wiedererkannte, bat mich sofort, es mir bequem zu machen, und ging hinauf, wo sie an eine Tür klopfte, kam jedoch betrübt mit der Nachricht zurück, daß Schack vor ein paar Minuten gegangen sei. Ich war noch nie vormittags in einem Bordell gewesen, und mir fiel die leere und gelangweilte Atmosphäre auf, die dort herrschte, ähnlich der, die man in einem Internat oder, glaube ich, in einer Kaserne während der langen Mußestunden eines Sonntagnachmittags bemerkt. Die Mädchen gingen ziellos von einem Zimmer ins andere, noch nicht gewaschen. Manche waren gerade erst aufgewacht und trugen lediglich verschlissene Schlafröcke oder sogar ein Nachthemd. Alle liefen zudem mit zerzausten Haaren herum und Strümpfen, die nur locker die Beine umhüllten, wenn sie nicht ganz und gar barfuß waren.

Eine klimperte zu ihrem Vergnügen auf dem Klavier, eine andere legte träge die Karten, um die Zukunft zu erraten. Da ich nun schon einmal hergekommen war, mißfiel es mir, den Weg umsonst gemacht zu haben, und ich fragte nach Lenchen, die ich gerne wiedergesehen hätte. »Sie ist auf ihrem Zimmer«, antwortete mir die Besitzerin, »und soviel ich weiß, nimmt sie gerade ein Bad, doch wenn der Herr es wünscht, kann er hinaufgehen und sich persönlich vergewissern.« Ich ließ mich nicht bitten und ging hinauf, klopfte an die angegebene Tür und trat ein, ohne die Antwort abzuwarten.

Das Mädchen badete tatsächlich, und als sie mich hereinkommen sah, lächelte sie fröhlich. Ich ging zu der großen Kupferwanne, die in der Mitte auf dem Fußboden stand, und prüfte scherzend mit dem Finger die Temperatur des Wassers: Es war lauwarm, köstlich in der schwülen Mittagshitze. Lenchen badete nur mit einem durchsichtigen Musselinschleier bekleidet, der gewiß bequemer war als das Leinenhemd, in dem die ehrbaren Damen zu baden pflegen, und ihr schien dieses Bad ein sehr viel größeres Vergnügen zu bereiten als, wie ich glaube, den meisten Damen meines Bekanntenkreises. Es war deutlich zu sehen, daß kein Doktor sie jemals in feierlichem Ton vor den Gefahren gewarnt hatte, welche die nervöse Erregung, die Entspannung des Körpers, die Erhitzung des Blutes bei einem weiblichen Wesen hervorrufen können, das von Natur schwach und für Hitzewallungen, Migräne und alle Arten anderer in der guten Gesellschaft übliche Krankheiten anfällig ist. »Mir scheint«, sagte ich, »daß du dieses Bad sehr genießt.« »Oh ja!« rief sie, mit weitaufgerissenen Augen. »Es gibt kein größeres Vergnügen auf der Welt als das Bad, und im Sommer bezahle ich mir fast jeden Tag eins.« »Wie, du bezahlst dafür?« »Leider«, antwortete sie achselzuckend, »erlaubt Madame nur eins pro Woche. Diejenigen, die öfter baden wollen, müssen dafür bezahlen.« An den Fingern einer Hand abzählend, begann sie auszurechnen, was dieser Luxus sie kostete. Für einen Groschen vermietet der Kesselschmied die Kupferwanne, die sie der Holzwanne der Böttcher vorzieht, obwohl die nur die Hälfte kostet; der Wasserträger läßt sich jeden Eimer mit einem Pfennig bezahlen, und für einen oder zwei Pfennig, je nach Jahreszeit, erwärmt die Köchin das Wasser auf die notwendige Temperatur. Diese Aufzählung hatte wohl noch einen weiteren Grund, denn einen Augenblick später klopfte es erneut, und der Wasserträger kam herein, ein kräftiger rothaariger Bursche. Er nahm den Hut vom Kopf, wandte sich an Lenchen wie an eine Dame und sagte zu ihr, es tue ihm sehr leid, aber sein Herr verlange, daß seine Rechnung unverzüglich beglichen werde. Es stellte sich heraus, daß das Mädchen seit fast einem Jahr sein Wasser nicht bezahlt hatte und jetzt mehr als zwanzig Groschen schuldig war; natürlich suchte ich sofort nach meiner Börse und warf dem Eindringling einen Taler zu, fest entschlossen, mir diese kleine Ausgabe in Naturalien zurückzahlen zu lassen. Ich brauchte gar nichts zu sagen, denn Lenchen ist ein intelligentes Mädchen; und im übrigen, wie Cicero sagt, »perspicuitas argumentatione elevatur« oder: was klar ist, gewinnt nicht dadurch, daß es erklärt wird. Fünf Minuten später lagen meine Kleider auf dem Boden, und ich teilte mit ihr jenes Vergnügen, zu dem ich mich gerade eben verpflichtet hatte.

Als wir tropfnaß aus dem inzwischen kalten Wasser stiegen, hatte es bereits zwei geschlagen. Da ich nichts weiter zu tun hatte, beschloß ich, ebenfalls nach Potsdam zu fahren und den Ausflug zu nutzen, morgen früh der sonntäglichen Parade beizuwohnen. Die tägliche Postkutsche, die mittags vom achteckigen Platz vor dem Potsdamer Tor abfährt und die, wie man mir versichert, ihr Ziel in sechs Stunden erreicht, wird allgemein als die billigste und sicherste Möglichkeit angesehen, diese Reise zu machen. Doch da es jetzt zu spät war, sie zu nehmen, schickte ich den Diener los, Pferde zu mieten, und brach dann mit meinem Wagen auf. Der Ausflug von Berlin nach Potsdam ähnelt nicht gerade einer *partie de plaisir*, und nur Monarchen, die auf die eigene Bequemlichkeit und die der anderen keinen Wert legen, können auf den Gedanken gekommen sein, ihre eigene Residenz dort zu errichten. Die Straße führt stundenlang durch sandiges Heideland, nur selten unterbrochen von ein paar Tannen oder kargen Feldern, auf denen die Bauern, im Rückstand mit der Mahd, sich abmühen, den Roggen und die Gerste zu schneiden und zusammenzurechen. Während der Fahrt bewölkte sich der Himmel, der noch am Vormittag absolut wolkenlos schien, und einen Augenblick lang fürchtete ich, das Unwetter würde uns im offenen Gelände überraschen, zum Glück gelangten wir aber noch trocken ans Ziel. Erst jetzt, während ich in der Abenddämmerung schreibe, beginnt es zu donnern, und es sieht ganz so aus, als würde der Regen noch vor Einbruch der Nacht die brandenburgischen Ebenen peitschen.

Auf halber Strecke überholten wir die Postkutsche, und ich freute mich, daß ich meine Kutsche genommen hatte. Bei der Ankunft entdeckte ich jedoch, daß die Zeitersparnis die Ausgabe nicht rechtfertigte. Denn nach Potsdam hineinzufahren ist alles andere als leicht, vor allem für einen Ausländer, der privat reist. Der Ort erhebt sich in der Schleife eines Flusses und hat nur einen einzigen Zugang, der durch aufeinanderfolgende Linien von Gräben und Wällen befestigt ist. An der Schranke verlor ich fast eine Stunde, bevor meine Papiere, die von Unteroffizier zu Unteroffizier weitergereicht wurden, endlich von einem aufgeputzten Operettenoffizier, der an einem schmutzigen Schreibtisch in einer Wachstube der Mannschaft saß, mit einem Sichtvermerk versehen wurden. Ich bezog Quartier im »Goldenen Engel« und machte dann, während Will die Pferde versorgte, zu Fuß einen Bummel durch die Stadt, begleitet von einem Diener des Hotels. Sehr viel mehr als Charlottenburg präsentiert Potsdam sich im ersten Augenblick als die würdige Residenz eines Monarchen. Die Straßen sind breit, gerade und gut gepflastert, und der Stil der Ornamente ist des alten Rom würdig; es herrscht eine solche Fülle von Statuen der antiken Götter und lateinischen Inschriften, daß man argwöhnen könnte, die christliche Religion sei aus dem preußischen Herrschaftsbereich vertrieben worden und der alte Jupiter und seine Familie seien wieder in die alten Ehren eingesetzt worden. Dennoch ist der Zustand der Gärten und der Stukkaturen noch kläglicher als in Berlin; es gibt nicht eine Gipsamorette, der nicht die Nase abgebrochen worden wäre. Und wenn man fragt, wer in diesen Palais wohnt, so erhält man die Antwort, daß sie leerstehen oder als Speicher für das Korn des Heeres dienen. Potsdam ist eine tote Stadt, grabesstill und ohne Bewohner. König Friedrich, der großen Wert darauf legte, seine Residenz zu vergrößern und zu verschönern, ließ auf seine Kosten ganze Stadtviertel errichten, verwendete für die Palais nur den besten geschnittenen Stein und bestimmte persönlich die Maße der Straßen und Gebäude. Auf seine Anordnung hin werden die Hauptstraßen von Kanälen durchzogen, die beiderseits von einer Reihe Linden gesäumt werden, die den Spaziergängern Schatten spenden sollen. Alle Facetten des Prunks und des Geschmacks wurden entfaltet, ohne zu sparen; und doch ist das Ergebnis öde und äußerst unerfreulich, denn der König hat sich niemals gefragt, wo er die Bewohner für seine Palais finden würde. Die Errichtung so vieler Gebäude auf Staatskosten ließ die Mieten zusammenbrechen und hielt die Privatpersonen davon ab zu investieren; die Verpflichtung zur Unterbringung, die hier angesichts der unverhältnismäßig großen Garnison noch stärker als in Berlin auf den Bewohnern lastet, hält jeden davon ab, nach Potsdam zu ziehen, und obwohl die Häuser Kaufleuten und Künstlern zu Spottpreisen angeboten werden, könnte man glauben, daß nicht ein Zivilist dort wohnt. In den Straßen sieht man nur Militärpersonen; aus den Fenstern der wenigen bewohnten Wohnungen hängt stets ein Paar weißer Soldatengamaschen. Die Erziehung dieser Mieter entspricht, wie man sich vorstellen kann, nicht im mindesten der Pracht der Gebäude, in denen sie wohnen; zu dieser Jahreszeit machen sie sogar ihre Toilette am Fenster, ohne sich um die Vorbeigehenden zu kümmern, und während ich im Zwielicht der Dämmerung die prächtige Reihe der Palais betrachtete, wurde ich durch den prasselnden Strahl eines dieser Söhne des Mars, der sich aus dem dritten Stock auf die Straße erleichterte, brutal aus meiner Begeisterung gerissen.

Im Laufe des Spaziergangs forderte der Lakai mich auf, die gleichmäßige Architektur des Schlosses zu bewundern, das unter Friedrich wiederaufgebaut worden war, der es aus einer Laune heraus rot und gelb hatte streichen lassen, und die Eleganz der Kolonnaden, die von seinen Flügeln aus das riesige Rund des Paradeplatzes umschließen, wo jeden Sonntagmorgen die Parade in Anwesenheit des Königs abgehalten wird. Im Schloß kann man, wenn man den Dienern ein Trinkgeld gibt, Friedrichs Arbeitszimmer besichtigen, das mit äußerster Sorgfalt exakt in dem Zustand gehalten wird, in dem es sich im Augenblick seines Todes befunden hat: mit den Tabakspuren, den Stühlen mit ihren schmutzigen und zerschlissenen Überzügen, schließlich allen Beweisen für die mangelhafte Reinlichkeit jenes Herrschers, der die Zärtlichkeiten, die er seiner Frau und, wie es heißt, jeder anderen Frau verweigerte, nur seinen Hunden vorbehielt. Auf einem Sessel liegt immer noch aufgeschlagen das Buch, das der König gerade las, als der Tod zu ihm kam, völlig unerwartet für ihn selbst, wie es scheint, obwohl all seine Bediensteten ihn nahen fühlten. Es ist ein Sueton, auf französisch, und der Band ist auf jener Seite aufgeschlagen, die vom Tod des Augustus spricht, was, so scheint mir, den Verdacht schürt, daß es sich um eine Mystifikation der Diener handelt. Vom Balkon aus schweift der Blick über den riesigen leeren Platz und darüber hinaus auf die geraden Wege, die sich am Horizont verlieren, menschenleerer als die City von London am Sonntagvormittag. Der Besucher kann einen Anflug von Mitleid mit Friedrich nicht unterdrücken, wenn er bedenkt, daß trotz all seiner Anstrengungen niemand in seiner schönen Stadt wohnen will.

Wenige Schritte vom Schloß entfernt erhebt sich die schlanke Fiale der Garnisonskirche, vermutlich die merkwürdigste christliche Kirche, die ein menschliches Auge erblicken kann; es gibt dort weder Reliquien noch Tabernakel noch Heiligenbilder, sondern nur militärischen Schmuck. Von der Wölbung hängen staubbedeckt die unzähligen Fahnen herab, die dem Feind in der Schlacht abgenommen wurden, und ich glaube, daß die Messe dort unter den Klängen von Militärmärschen abgehalten wird. Es heißt auch, daß Friedrich sein ganzes Leben lang nicht einmal in die Nähe der Kirche gekommen ist. Dagegen hört Friedrich Wilhelm, der ein guter Christ ist, regelmäßig dort die Morgenmesse, wenn er sich in Potsdam aufhält. Als Toter hat

Friedrich es jedoch dulden müssen, ebenhier begraben zu werden, und jetzt ruht er einsam in der Krypta, und bei der Bevölkerung haben niemals Prophezeiungen die Runde gemacht, die seine Rückkehr vorhergesagt hatten, wie es sonst bei so vielen anderen deutschen Herrschern der Fall war. Bevor ich zum Abendessen ins Hotel zurückkehrte, ging ich zu seinem Grab hinunter, ein Privileg, das jeder sich mit wenigen Münzen erkaufen kann. Die Türe der Krypta öffnet sich direkt unter der Kanzel; die Wände sind der Trauer wegen mit schwarzem Samt mit silbernen Fransen ausgeschlagen, und Friedrich liegt in einem silbernen Sarg, der auf einer einfachen Marmorerhebung ruht, begraben. In der Krypta war es kalt, und das einzige Licht war das der Fackel, die der Diener in der Hand hielt; der große und hagere schwarzgekleidete Mesner ließ das Schlüsselbund klirren, mit dem er uns aufgeschlossen hatte, und unser aller Schatten zeichneten sich düster auf den Wänden des Grabes ab. Draußen donnerte es. Ich fand, daß ich mich an diesem Ort nicht länger als einen Augenblick aufhalten müsse, und hielt es auch nicht für angebracht, schweigend Zwiesprache mit dem Geist des großen Königs zu halten, um zu vermeiden, daß später unerwünschte Traumbilder meinen Schlaf stören könnten.

Sonntag, 10. August

Nach dem Regenguß von gestern abend hat sich das Wetter geändert: Zum ersten Mal nach so vielen heiteren Tagen ist der Himmel grau, und es ist plötzlich kalt, als sei der Sommer über Nacht zu Ende gegangen. Nachdem ich die morgendliche Benommenheit abgeschüttelt hatte, zog ich die schwere Kleidung an, die Will gemeint hatte, mitnehmen zu sollen, und trotz der Nässe bin ich losgezogen, um mir den Park von Sanssouci anzusehen. Da es zu regnen drohte und das Schloß ein Stück von der Stadt entfernt liegt, wollte ich die Kutsche nehmen, aber es gab keine Pferde. Daher beschloß ich, mit einer städtischen Kutsche zu fahren. Doch auch dieses Vorhaben stieß auf unerwartete Schwierigkeiten, und nach langem Warten bekam ich nur eine Art unansehnlicher Kalesche, die der Witwe eines Kaufmanns gehört haben muß und für die ich zwei Taler pro Stunde bezahlen sollte; in dieser Luxuskarrosse erreichte ich schließlich mein Ziel. Ein livrierter Diener wollte mir um jeden Preis das Schloß zeigen, in dem ein anderes Arbeitszimmer des großen Königs erhalten worden ist, das, denke ich, ganz dem gleicht, das ich gestern besichtigt hatte. So begnügte ich mich damit, die große Freitreppe bis zur Terrasse hinaufzugehen, wo unter Marmorplatten die Hunde und die Schlachtrösser Friedrichs begraben sind. Vom Balkon aus genießt man einen herrlichen Blick auf den Park, der kaum von dem leichten Nebel beeinträchtigt wird, der morgens lange über der Landschaft liegt. In nicht allzu weiter Ferne kann man die berühmte Windmühle erkennen, die immer noch den Nachfahren jenes Müllers gehört, der sich geweigert hatte, sie dem König zu verkaufen.

Als ich in die Stadt zurückkehrte, um der Parade beizuwohnen, kam ich an den Unterkünften der Soldaten des Wachregiments vorbei. Die Männer waren, von den Unteroffizieren beaufsichtigt, dabei, im Freien ihre Toilette für die Inspektion zu machen: Dieser puderte sich den Zopf, jener legte mit sichtlicher Mühe den roten Ordonnanzkragen an, ein anderer polierte die Gamaschen, wieder ein anderer färbte mit Kreide die Schulterriemen der Patronentasche weiß. Die Unteroffiziere widmeten sich, ohne ihre Männer aus den Augen zu verlieren, ihren eigenen Schnurrbärten, deren Länge das Reglement vorschreibt, und bogen die Spitzen nach unten, indem sie sie mit Talg einrieben, ohne daß so ihre natürliche Farbe verdeckt wurde. Diejenigen, die das Pech gehabt hatten, im Regen der letzten Nacht Wache stehen zu müssen, bemühten sich, mit Kreide Jacken und Hosen weiß zu machen, auf denen das Blau der Bänder und das Rot der Aufschläge, mit minderwertigsten Farben erzielt, unwiederbringlich verblaßt waren. Wieder andere polierten den Gewehrlauf, der wie ein Spiegel glänzen muß, was das Zielen allerdings unmöglich macht, zumindest in der Sonne. Die Soldaten werden jedoch, mit Ausnahme der Eliteschützen, die über gerillte Karabiner verfügen, nicht ausgebildet, individuell zu zielen, und der ganze Sinn der Schießübungen, die mit blinden Patronen durchgeführt werden, um Kugeln zu sparen, besteht darin, den Männern das gleichzeitige Laden und Schießen in Mannshöhe mit der größtmöglichen Schnelligkeit auf das Kommando ihrer Offiziere beizubringen.

Bei den Kolonnaden des Schlosses angekommen, fand ich den Platz bereits voller Menschen, die sich auf allen Seiten zusammendrängten, zurückgehalten von einem Spalier von Soldaten, ein beredter Beweis für die Popularität dieses Schauspiels. Daher mußte ich die Kutsche entlassen und mir zu Fuß einen Weg durch die Menge bahnen. Ich bezweifelte, daß ich einen Platz finden würde, und dachte schon daran, ins Schloß hineinzugehen und einen Diener zu bestechen, damit er ein Fenster öffnet, als ich die vertraute Stimme des Majors hörte, der mich aus einer Kutsche rief, die direkt an der Ecke des Platzes stand, an der Stelle, von der aus die Soldaten erscheinen mußten. Da sein Regiment nicht abkommandiert war, um an der Parade teilzunehmen, hatte mein Freund beschlossen, ihr als Privatperson beizuwohnen, und bot mir liebenswürdigerweise einen Platz in seiner Kutsche an. Noch bevor ich ihm danken konnte, fragte er mich, ob ich schon das Neueste wüßte, und als ich verneinte, informierte er mich darüber, daß der Kaiser von Deutschland auf seinen Titel verzichtet habe und nur den des Kaisers von Österreich und Königs von Ungarn behalte. Mehr als jede andere Bemerkung über das plötzliche Ende eines so alten und ehrwürdigen Gebildes wie das des Heiligen Römischen Reiches schien diese Nachricht mir einen Kommentar bezüglich der Gerüchte über eine drohende Aufteilung der Herrschaftsgewalt über Deutschland zwischen Frankreich und Preußen zu rechtfertigen. Doch noch bevor ich den Major zu seiner Meinung befragen konnte, drang aus der Ferne ein kriegerischer Klang von Oboen, Schalmeien und Trommeln herüber, zuerst zart, dann immer deutlicher. Die Menge tobte vor Erregung, und jeder stellte sich auf die Zehenspitzen, mit dem Ergebnis, daß er genau das sah, was er gesehen hätte, wenn alle ruhig geblieben wären.

Schon bald wurde die Musik ohrenbetäubend, und das Regiment der Wache erschien am Ende der Straße, um dann direkt an unserer Kutsche vorbeizumarschieren und in schöner Ordnung auf dem Platz anzutreten. An der Spitze marschierte die Musik, dann die Fahne, getragen vom ältesten Unteroffizier und eskortiert von einem Trupp Offiziere. Die Soldaten marschierten in strenger Ausrichtung im Paradeschritt, einem ebenso langsamen wie unsinnigen und langweiligen Gang. Man sah sehr deutlich, daß es sie eine übermenschliche Anstrengung kostete, diesen Schritt beizubehalten und dabei die schwere Muskete mit dem aufgepflanzten Bajonett in der Hand zu halten. Alle hatten gepudertes Haar; die Offiziere trugen die Galauniform, bedeckt mit Silberstickerei. Auch die höheren Offiziere waren zu Fuß und trugen als einzige Waffe eine merkwürdige Pike in altmodischer Form. Als das Regiment angetreten war, kam der Befehl: Präsentiert das Gewehr!, und alle erstarrten in der nicht weniger steifen Position, die das Reglement vorschreibt. Als ich ihm zur Ausrichtung der Truppen gratulierte, die von dem leicht erhöhten Ort, wo wir uns befanden, übernatürlich präzise wirkte, lächelte der Major und erklärte mir, daß der Platz mit quadratischen Steinen gepflastert sei, die in parallelen Linien gegenüber dem Schloß angeordnet seien, so daß die Steine der Truppe beim Ausrichten die Position und die Entfernung zwischen den Reihen angeben. Gleich darauf betrat unter Trompetenschall das Regiment des Gardecorps zu Pferd den Platz und richtete sich neben der Infanterie aus. Die Kürassiere hatten im Sattel die gleiche strenge Reglosigkeit wie ihre unberittenen Kameraden, und sogar die Pferde wurden darauf dressiert, ruhig in derselben Position zu verharren, stundenlang, falls nötig, ohne nervös zu werden und ohne zu wiehern.

Trotz des düsteren Himmels und obwohl die Sonne sich nirgends blicken ließ, schienen der graue Stein des Pflasters und der weiße des Palastes und der Kolonnaden zu leuchten; und ihr Licht spiegelte sich auf dem Stahl der Bajonette, auf dem Blau und Silber der Uniformen und auf den schwarzen Kruppen der Pferde. Es ist schon merkwürdig, wie der Anblick von tausend oder zweitausend Kanaillen, auf Kosten des Königs in schlechte Uniformen gesteckt und unter dem Klang von Musik mit der Muskete über der Schulter in Reih und Glied aufgestellt, völlig übertriebene Emotionen im menschlichen Herzen hervorrufen kann; und mir wird immer klarer, daß Amerika auch weiterhin auf ein stehendes Herr verzichten sollte. Als die Musik schließlich schwieg, kam der König mit großem Gefolge zu Pferd aus dem Tor des Schlosses und ritt langsam im Schritt über den ganzen Platz, sorgfältig die Ausrichtung und die Ausrüstung der Truppe inspizierend. Es ist bekannt, daß der König es liebt, sich jeden Tag irgendeine Veränderung an der Uniform seiner Soldaten auszudenken, mit dem Ziel, eine kleine Ersparnis möglich zu machen, so daß die Aufmerksamkeit mich nicht überraschte, mit der er die Kleidung bis in die kleinsten Einzelheiten prüfte. Als er zufrieden war, stieg er vom Pferd, begab sich vor die erste Reihe und murmelte einen Befehl. Sofort wiederholte der Oberst, der das Regiment der Garde befehligte, diesen laut, und die Kadetten, die im Regiment Dienst taten, traten aus den Reihen und stellten sich vor dem König in Reih und Glied auf. Seine Majestät prüfte wohlwollend diese jungen Burschen, von denen viele ihm bis zur Schulter gingen, und erkundigte sich nach ihrem Namen, ihrem Alter, dem Datum ihres Dienstantritts und tausend anderen ähnlichen Dingen. Manchmal richtete er diese Fragen direkt an den Betreffenden, bisweilen aber sprach er den Oberst an, und ich glaube, daß es für den alten Mann keine geringe Leistung war, all diese Einzelheiten im Gedächtnis zu behalten. »Natürlich!« bestätigte der Major lachend. »Das ist die größte Sorge aller Generäle und Obersten vor jeder Parade, und die Kadetten sind gezwungen, unendlich oft ihren eigenen Namen, ihr Geburtsdatum und so weiter zu wiederholen, bis ihre Vorgesetzten ganz sicher sind, sie auswendig gelernt zu haben.« Dann zeigte Schack mir den Kronprinzen, welcher der Truppenschau beiwohnte. Er war zu Fuß gekommen, begleitet nur von seinem Erzieher, ohne einen Offizier oder Diener in seinem Gefolge. Ich verbarg nicht meine Überraschung darüber, ihn so ohne irgendeinen Unterschied inmitten der Menge zu sehen. »In Wien oder in Sankt Petersburg wäre es gewiß nicht so«, räumte Schack ein. »Dort würde der Kronzprinz sich bei einer Parade nur in der Kutsche zeigen, mit einer Abteilung von Leibwächtern im Gefolge. Doch Seine Majestät wünscht, daß sein Nachfolger einfach erzogen wird, ohne ihm eine übertriebene Vorstellung von seiner Bedeutung zu vermitteln.« »Das scheint mir eine recht altmodische Idee zu sein«, erwiderte ich, »und es bestätigt, daß die preußische Monarchie noch immer eine philosophische ist. Denoch, wenn ich Untertan einer solchen Monarchie wäre, würde ich, einmal davon überzeugt, daß der König kein Recht hat, sich für allzu wichtig zu halten, mich zu fragen beginnen, ob man nicht ganz auf ihn verzichten könnte.« »Das steht nicht zu befürchten«, entgegnete Schack lachend; »hier möchte man zwar, daß der Kronprinz sich nicht allzu viel Gedanken um seinen eigenen Wert macht, aber trotz all der Sorgfalt, die man darauf verwendet, diese im Keim zu ersticken, werden sie sich nur allzu rasch bilden!«

Nach der Parade ging ich mit dem Major zum Mittagessen in ein Café in der Nähe des Platzes. Wir waren erst ein paar Minuten dort, als fünf oder sechs Offiziere des Gardekorps lärmend eintraten und, nachdem sie den Major erblickt hatten, zu uns kamen. Nachdem man sich vorgestellt hatte, luden wir sie ein, sich an unseren Tisch zu setzen. Einer von ihnen legte seinen Hut neben den Stuhl, riß sich den Zopf ab, steckte ihn in die Tasche, schüttelte den Kopf, wobei er sich mit der Hand durch die langen blonden Haare fuhr, um den Puder herausrieseln zu lassen, und rief: »Wann werden wir diese Schweinerei endlich loswerden?« Die anderen taten es ihm sofort gleich und befreiten sich von ihren Zöpfen, während sie die Stühle an den anderen Tischen packten, um sich um unseren zu setzen. Dann, als sie sahen, daß diese Handlung mich nicht wenig überrascht hatte, erklärten sie mir, es sei eine übliche Praxis unter den Offizieren, falsche Zöpfe in der vorgeschriebenen Länge von vier Zoll zu verwenden, die sie wieder ablegen können, sobald der Dienst beendet sei, da im Zivilleben kein eleganter junger Mann mehr einen Zopf trage. Das ist nicht das einzige Wunder der preußischen Uniform, denn wie ich staunend erfuhr, ist beispielsweise auch das Unterhemd, das unter dem Waffenrock der Soldaten hervorragt, falsch und besteht lediglich aus einem Stück Leinen, das direkt an die Jacke angenäht ist, um Stoff zu sparen; und auch die farbigen Aufschläge an der Uniform in Höhe der Brust sind so angenäht, daß es unmöglich ist, sie aufzuknöpfen. Während ich über diese sonderbaren Sparmaßnahmen, die allerdings den berechtigen Unmut der Soldaten hervorrufen, nachdachte, rief einer der Neuankömmlinge: »Aber, meine Herren, wir sprechen hier über solche Lappalien, anstatt über die wirkliche Neuigkeit des Tages!« »Sprechen wir also, wenn Sie wollen, über die Abdankung des Kaisers«, begann Schack, den das Thema ziemlich zu langweilen schien; doch der andere schnitt ihm mit einer ungeduldigen Handbewegung das Wort ab. »Aber nein, es handelt sich um etwas ganz anderes!« »Und zwar, mein lieber Bredow?« reizte ihn der Major. »Und zwar: Ich kann euch versichern, daß wir zu den Waffen greifen werden! Alle Regimenter haben den Befehl erhalten, die Reservisten einzuberufen und sich kriegsbereit zu machen.« Ein Chor erstaunter Rufe beantwortete diese Nachricht, die mit solcher Bestimmtheit in den Raum gestellt worden war. Doch bevor der junge Bursche seine Behauptungen näher erklären konnte, betrat hinter dem Rücken meiner Tischgenossen ein weiterer Offizier desselben Regiments das Café, der ein ganzes Stück älter war als sie. Ich hatte keine Ahnung, wer er war, da die Offiziere im preußischen Heer auf ihrer Uniform keinerlei Zeichen ihres Grades tragen, doch da alle, kaum daß er den Mund aufgemacht hatte, aufsprangen, begriff ich, daß der Neuankömmling, wie mir später in der Tat bestätigt wurde, der Kommandant des Gardekorps war, von Wintzingerode. Nachdem der Oberst seine Handschuhe ausgezogen hatte, räusperte er sich ernst und begann die Unglückseligen wegen ihrer unvorschriftsmäßigen Frisur zu rügen. »Ich habe bereits mehrmals die Ehre gehabt, die Herren Offiziere des Gardekorps darauf hinzuweisen«, begann er ernst, »daß es nicht gestattet ist, sich in der Öffentlichkeit mit närrischen Frisuren zu zeigen, doch ich muß leider feststellen, daß einige junge Herren noch nicht die Zeit gehabt haben, sich meine freundschaftlichen Mahnungen zu Herzen zu nehmen. Das soll heißen, daß ich mich in Zukunft, wenn auch schweren Herzens, genötigt sehen werde, mit der größten Strenge die Befolgung des Reglements durchzusetzen. Auch wenn das Korps der Herren Gardeoffiziere allen anderen Kavallerieregimentern als Vorbild zu gelten hat, sehe ich mich leider gezwungen, Ihnen als geeigneteres Vorbild die Herren Offiziere des Gendarmerieregiments vor Augen zu führen«, und hier deutete er auf Schack, der untadelig in seiner weißen Uniform und gepuderten Frisur dasaß und ein Lächeln nicht zu unterdrücken vermochte. Da die Schuldigen stumm blieben, hob der Oberst die Augenbrauen und fuhr fort: »Ich bin gewiß nicht so starr in meinen Ansichten, daß ich glaube, ein Offizier müsse sich am Tag der Schlacht, nur weil er einen Lockenkopf hat und seine Stirn von *tirebouchons* umrahmt wird, wie bei einem gehörnten Siegfried, und weil sein Zopf, versehen mit einer armseligen Schleife, nur eine Andeutung ist, so daß man ein Fernglas braucht, um ihn zu erkennen, weniger tapfer verhalten als ein anderer, der sich die Haare an den Schläfen glatt kämmt und einen Zopf trägt, der imstande ist, die Schleife vorschriftsmäßig zu tragen. Das Problem ist ein anderes: Der Offizier muß das Vorbild für die Unteroffiziere und die Soldaten auch in der Befolgung des Reglements sein.« Seine Untergebenen hörten dieser Zurechtweisung zerknirscht zu, und der Oberst war wohl der Meinung, daß er genug gesagt habe: »War mir ein Vergnügen, die Herren getroffen zu haben«, schloß er jäh, dann drehte er sich auf dem Absatz um und ging zur Tür. Doch der Offizier, der vorher gesprochen hatte, rief ihm nach: »Erlauben Eure Exzellenz eine Frage? Stimmt es, daß wir uns bewaffnen?« Der Oberst blieb, schon in der Tür, stehen und sah ihn stirnrunzelnd an. »Herr Oberleutnant«, sagte er dann kühl, »es steht den Offizieren Seiner Majestät nicht zu, sich mit Politik zu beschäftigen.« Und nachdem er diesen Satz gesagt hatte, drehte er sich mit einem schroffen Kopfnicken erneut um und verließ das Café.

Nach diesem Auftritt sprach Herr von Bredow aus, was alle dachten, indem er sehr deutlich zum Ausdruck brachte, wie sehr er das Verhalten des Obersten mißbilligte. »Man könnte meinen«, rief er, »daß die Länge des Zopfes für einen Offizier wichtiger ist als das Wissen darüber, gegen wen man morgen kämpfen muß!« Allerdings reagieren junge Offiziere, die über alle Maßen auf ihre elegante Erscheinung Wert legen, besonders empfindlich auf die Absurdität des Militärreglements und beklagen die Engstirnigkeit ihrer Vorgesetzten. Diese halten an der Uniformität der Kleidung fest und widersetzen sich jeder persönlichen Neuerung, und sei es nur im Schnitt der Uniform oder in der Art, die Krawatte zu binden. »General von Grawert sagte uns einmal«, erinnerte sich lachend Hauptmann von Puttkammer, »daß die Uniform gerade deswegen so heißt, und eben nicht Vielform oder Pluriform.« »Das wäre auch richtig«, erwiderte ein anderer, »wenn die Alten nicht verlangen würden, daß wir die Rockschöße immer noch so tief, den Frack so locker und die Weste so weit tragen, wie es zur Zeit des Siebenjährigen Kriegs Brauch war!« Wenn ich sie so betrachtete, war ich mir sicher, daß kein Befehl ausreicht, um die größte Leidenschaft der jungen Männer im Zaum zu halten, nämlich, der Mode zu folgen: Sie kaufen Hüte groß wie Mühlsteine, mit einer Spanne von zwei Gallonen, tragen Jacke und Hose so eng, daß sie fast ersticken, kürzen den Zopf, und wegen dieser unvorschriftsmäßigen Initiativen landen nicht wenige im Arrest.

Nach dieser unerwarteten Ablenkung kehrte die Unterhaltung zu der Neuigkeit zurück, die Herr von Bredow verkündet hatte, der zufolge ganz Potsdam von nichts anderem spricht als von Kriegsvorbereitungen, außerplanmäßigen Einkäufen von Mehl und Pferden und versiegelten Befehlen, die bereits vom König an die Kommandanten der Regimenter und Festungen geschickt worden seien. Die Herren der Gendarmerie und des Gardekorps gelten als die glühendsten Befürworter des Kriegs, weswegen die Leute aus dem Volk ihnen mit unverhohlener Antipathie begegnen. Doch auch unter ihnen herrscht die Meinung vor, daß die Franzosen es nicht wagen werden, Preußen herauszufordern, und daß der König, wenn er zu den Waffen ruft, mit gutem Grund damit rechnen kann, sie zu erschrecken und zu bewegen,

Deutschland zu räumen. Die großen französischen Siege des letzten Winters haben ihn nicht übermäßig beeindruckt. »Bonaparte hat den Österreichern eine Lehre erteilt, aber wenn er es wagt, sich mit uns Preußen anzulegen, dann kann er was erleben!« Im übrigen versäumen sie es nicht zu betonen, daß der Sieg von Austerlitz vor allem zum Nachteil der Russen errungen worden sei, die sie wie Herr von Bülow zutiefst verachten. »Wie auch immer«, rief der Major lächelnd, »wenn ich wirklich in die Schlacht ziehen muß, will ich Pferde kaufen. Puttkammer, für wieviel würden Sie mir Ihre Pamina verkaufen?« Der Angesprochene lächelte und antwortete, daß er sie nicht für weniger als dreißig Louisdor hergebe. Diese Antwort überraschte mich, da all diese Offiziere, wie ich bemerkt hatte, prachtvolle Pferde ritten, und was Schack betrifft, so ist keines seiner Pferde weniger als hundert Louisdor wert. Die Verhandlungen gingen weiter und endeten zu meiner Verwunderung augenblicklich bei fünfundzwanzig Louisdor, die der Major sich verpflichtete, noch am selben Abend dem Verkäufer zu schicken. Da er mein erstauntes Gesicht sah, wollte Schack mir das Geheimnis erklären. »Unser amerikanischer Freund«, lachte er, »wird glauben, daß wir verrückt sind, daher wird es besser sein, ihn in unseren Geheimcode einzuweihen.« Die Offiziere des Gardekorps und der Gendarmerie, fuhr er mit einem herablassenden Lächeln fort, sind alle reich, und es versteht sich sozusagen von selbst, daß ihre Reittiere nicht weniger als hundert Louisdor wert sein können. Daher beschränken sie sich, wenn sie sich gegenseitig Pferde verkaufen, darauf, die Summe zu nennen, welche die Ausgangssumme übersteigt, und so hatte er Pamina, eine wunderschöne Schimmelstute, für hundertfünfundzwanzig Louisdor erworben. Das Prahlerische dieser Ausdrucksweise berührte mich unangenehm. Allerdings kann man einen Menschen nicht danach beurteilen, wie er spricht, und der arroganteste Edelmann kann durchaus ebenso wie jeder andere imstande sein, im Krieg seine Pflicht zu erfüllen. Außerdem, ob diese jungen Burschen, die sich mit ihren englischen Vollblütern, ihren makellosen Uniformen und ihren blankpolierten Stiefeln so aufplustern, schon in Kürze den Pulverdampf und das Blut der Schlachtfelder kennenlernen werden, das ist eine Frage, die zu beantworten trotz der Nachrichten, die Herr von Bredow gebracht hat, kein Wahrsager sich heute rühmen könnte.

Montag, 11. August

Bei meiner Rückkehr aus Potsdam habe ich Berlin in heller Aufregung vorgefunden. Auf der Straße und in den Cafés sprechen alle von den Befehlen, die der König unterzeichnet hat, um das Heer in den Kriegszustand zu versetzen. Die Zeitungen bringen nichts darüber, weder eine Bestätigung noch ein Dementi, doch es ist sicher, daß die Regimenter der Garnison begonnen haben, die Reservisten einzuberufen, und daß die Festungen in Alarmzustand versetzt worden sind. Die Preise für Mehl und Schnaps sind bereits gestiegen, obwohl die Ernte dieses Jahr sehr gut ist, und der Wechselkurs fällt, ein Zeichen für die geringe Begeisterung, mit der alle Geschäftsleute die Aussicht auf einen Krieg aufnehmen. Nur eine ernste Nachricht kann dazu geführt haben, daß so außergewöhnliche Maßnahmen überstürzt ergriffen worden sind, und ich erinnerte mich sofort an den Kurier, der neulich abend aus Paris eingetroffen war, und wie der König und die Königin so überstürzt das Theater verlassen hatten. Graf Haugwitz, zu dem ich gegangen bin, um mir die Gerüchte bestätigen zu lassen, ist zur Besprechung mit Seiner Majestät in Charlottenburg. So habe ich statt dessen Geheimrat Lombard aufgesucht, der im Kabinett für die Außenpolitik zuständig ist und außerdem einer der meistgehaßten Männer in Berlin.

Zur Mittagszeit schien der Geheimrat gerade aufgestanden zu sein und saß im Schlafrock und leidend beim Frühstück, umgeben von einem Dutzend Höflingen, die bei seinem *Lever* zugegen gewesen sein müssen. Ich konnte ihn bequem studieren, während er seinen Kaffee trank, wobei er den Henkel der Tasse zwischen zwei Fingern hielt, den kleinen Finger weit abgespreizt, was man im Vorzimmer der Gräfin von Lichtenau vermutlich für *bon ton* hält. Denn auch Lombard gehört zu denen, die alles, oder fast alles, der Geliebten des Fetten Königs verdanken und die sich jetzt etwas darauf einbilden, daß sie sie schon als Minchen Enke gekannt und ihr in ihren glanzvollen Tagen die Hand geküßt und sie Eure Lieblichkeit genannt hatten. Seine plebejische Herkunft ist nicht gerade dazu angetan, die geringe Wertschätzung, welche die Öffentlichkeit für ihn übrig hat, zu steigern: Sein Vater war Friseur der französischen Kolonie, »feu mon père de poudreuse mémoire« wie er selbst sich auszudrücken beliebt, und seine Frau ist die Tochter eines Regimentsbarbiers, der später zum Chirurgen aufgestiegen ist. Brillanter Schüler des Collège français, auf das er auf Kosten seiner Landsleute geschickt wurde, ungezwungener Plauderer, klassischer Dichter und Schöngeist, erregt Lombard die Aufmerksamkeit Friedrichs und wird in den letzten Lebensjahren des großen Königs zu einem seiner zahlreichen Sekretäre ernannt. In der Folge versteht er es, die Protektion von Madame Lichtenau zu gewinnen, und dank seiner Zärtlichkeiten wird er zum Kabinettsrat ernannt, als er gerade dreißig ist. Unter der neuen Herrschaft hätte er eigentlich hinweggefegt werden müssen wie so viele seinesgleichen, doch das unbegrenzte Vertrauen, das Graf Haugwitz in ihn setzte, hat es ihm erlaubt, sich über Wasser zu halten. Sein aufgeschwemmtes und vorzeitig gealtertes Gesicht verrät nur allzu deutlich den Libertin, der im Wein Gesundheit und Geist verloren hat. Eine gute Kenntnis des Französischen und seine guten Manieren würden jedoch aus ihm noch immer, glaube ich, einen ausgezeichneten Sekretär machen, aber ich bezweifle, daß er die nötigen Qualitäten besitzt, um die Außenpolitik Preußens zu bestimmen.

Gewiß erwartete ich nicht, Lombard von der Nachricht der Wiederbewaffnung Preußens erschüttert vorzufinden; und doch hatte ich nicht geglaubt, daß ich ihn so gelassen antreffen würde. Der Sohn des Friseurs macht kein Geheimnis aus seiner jakobinischen Gesinnung und antwortet mit hinterhältiger Kaltschnäuzigkeit den Franzosenfressern, die sich täglich vermehren. Ich weiß nicht, ob Prinz Louis Ferdinand recht hat, wenn er behauptet, Lombard »ist ein Mann, den man nicht kaufen kann, weil er bereits verkauft ist, und zu einem Preis, den kein anderer für eine so minderwertige Ware zu zahlen bereit wäre«. Aber gewiß ist sein Verhalten nicht dazu angetan, den Verdacht zu zerstreuen. Die Stimmung gegen ihn in der Öffentlichkeit und besonders im Heer ist so, daß ein anderer sich nicht in seinen Kleidern auf die Straße wagen würde, aus Angst, verprügelt zu werden. Dennoch legte er, als er mich in Gesellschaft seiner Anhänger empfing, eine bedenkliche Gleichgültigkeit an den Tag und erwähnte nicht einen Augenblick die Nachricht des Tages, fragte mich vielmehr mit kühler Höflichkeit, was sich in Washington tue, worüber er sich recht uninformiert zeigte. Als ich ihn schließlich, nachdem er mir huldvoll ein privates Gespräch zugestanden hatte, unter vier Augen fragte, ob der Kurier aus Paris, der neulich nacht den überstürzten Aufbruch des Königs und der Königin aus dem Theater verursacht hatte, nicht etwas mit den Gerüchten über die Mobilmachung zu tun habe, die von Mund zu Mund gehen, antwortete er mir mit schöner Unverfrorenheit, daß der König zwar einigen Regimentern befohlen habe, ihre Reservisten einzuberufen, daß es sich aber nur um eine Vorsichtsmaßnahme handele, die in diesen unruhigen Zeiten unvermeidlich sei. Er sei sogar erstaunt darüber, daß dies nicht schon viel früher geschehen sei. Diese Maßnahme habe jedenfalls nichts mit den Gesprächen in Paris zu tun, wo Lucchesini sich wie immer zur vollen Zufriedenheit des Ministeriums verhalte. Da konnte ich nicht mehr an mich halten und sagte lächelnd, daß mir das eine recht sonderbare Maßnahme von seiten eines Monarchen scheine, der sich bis gestern darauf vorbereitet habe, sich mit Bonaparte die Herrschaft über Deutschland zu teilen. Der Rat war überracht, daß ich über diese Machenschaften Bescheid wußte, fing sich jedoch sofort wieder und erwiderte leichthin und in überaus aufreizendem Ton, daß er nicht verstehe, warum ich in der Vergangenheit spräche. Der König, fügte er hinzu, billige voll und ganz die Gründung des Bundes zwischen den Fürsten Süddeutschlands. Was den französischen Vorschlag betreffe, einen ähnlichen Bund auch im Norden des

Landes zu organisieren, »la modestie naturelle de notre maître fait qu'il n'est pas encore bien certain s'il profitera de l'occasion de faire entrer la dignité impériale dans la maison de Brandebourg; mais son cabinet ne peut que le lui conseiller et en comprendre l'utilité pour les destinées de la Prusse!« Da ich nicht die Absicht hatte, ihn so billig davonkommen zu lassen, fragte ich ihn, wie es möglich sei, daß, wenn zwischen seinem Souverän und Bonaparte ein so herzliches Einvernehmen herrsche, die Rückkehr der französischen Truppen über den Rhein, den die Pariser Presse bereits mehrfach angekündigt habe, immer noch nicht stattgefunden habe, ja diese sogar täglich Kanonen und Pferde aus Frankreich erhielten. »Zum Teufel!« antwortete er mir und sah mich überrascht an. »Wir kennen doch alle die Doppelzüngigkeit des Wiener Kabinetts, und da möchten Sie, daß Kaiser Napoleon abrüstet, bevor er nicht vollständig von der friedlichen Einstellung Österreichs zu dem neuen Bund überzeugt ist?« Österreich, fügte er hinzu, sei heute das einzige Hindernis für eine allgemeine Befriedung Europas, mit Ausnahme natürlich Großbritanniens. Auch Rußland hat den Frieden bereits unterzeichnet, und er hätte mir keinen überzeugenderen Beweis für den gegenseitigen guten Willen liefern können, der die Kontinentalmächte beseelt.

Da ich aus diesem unbelehrbaren *petit-maître* nicht mehr herausholen konnte, überließ ich ihn seinem Kaffee; und am Abend bin ich ins Nationaltheater gegangen, um leibhaftig die wahre Stimmung des Publikums zu erfahren. In diesen Tagen inszeniert der berühmte Iffland Schillers *Jungfrau von Orléans*, und der kriegerische Ton des Stücks trägt nicht wenig dazu bei, die Gemüter der Berliner zu erhitzen. Schon beim ersten Öffnen des Vorhangs beschwören die besorgten Bauern den Kriegssturm, der ihre Äcker bedroht, in Tönen, die den Ohren eines Europäers vertraut klingen müssen: Heute, sagen sie, sind wir noch freie Bürger und Eigentümer der Böden, die bereits unsere Väter pflügten; doch keiner kann sagen, wer morgen unser Herr sein wird, denn der Engländer trägt das im Wind flatternde siegreiche Banner überall hin, und seine Pferde zertrampeln die fruchtbaren Felder Frankreichs; überall im Umkreis brennen Dörfer und Städte, und der Rauch der Verwüstung nähert sich immer mehr unseren Hütten ... Bei diesen Worten wurde es mucksmäuschenstill im Theater, und man begriff, daß jeder in seinem Herzen den Korsen an die Stelle des Engländers und die brandenburgischen Sandwüsten an die Stelle der grünen Felder Lothringens gesetzt hatte. Doch als die Hauptdarstellerin, Madame Fleck, verkündete, daß sie unterhalb der Stadtmauern von Orléans das Kriegsglück des Feindes versiegen lassen werde, da das Maß voll und der Feind reif zur Ernte sei und daß noch bevor der Roggen gelb werde und die Scheibe des Mondes voll, kein englisches Pferd mehr die Wasser der Loire trinken solle, explodierte der Saal in einer Ovation, die das Talent der Schauspielerin allein nicht ausreichend erklärt hätte.

Der König und die Königin waren nicht im Theater, und vielleicht wurde das Publikum gerade deswegen jedesmal kühner, wenn das Drama den König aufrief, sein unkriegerisches Verhalten zu verantworten, und ihm versicherte, daß sein Volk wie ein Mann hinter ihm stehe, wenn er sich endlich entschließen könnte, zum Schwert zu greifen. Als Dunois in seiner glänzenden Blechrüstung verkündete, das Volk müsse sich für seinen König opfern, da dieser das Schicksal und das Gesetz der Welt sei, und er diejenige Nation für unwürdig erklärte, die nicht mit Freuden alles für ihre Ehre gebe, brach im Theater ein Beifallssturm los, der ohne Unterbrechung mehrere Minuten dauerte, begleitet von wiederholten Hurrarufen. Als der Beifall sich wieder ein wenig beruhigt hatte, hörte ich, wie jemand in der Loge neben meiner ruhig erklärte, daß die Allianz zwischen Preußen, England, Rußland, Österreich und Schweden bereits unterzeichnet sei und daß Frankreich diesmal kein Ausweg bliebe. Ich weiß nicht, ob alle im Theater ebensogut informiert waren, doch es ist sicher, daß dies die allgemeine Meinung spiegelte und daß ich vielleicht als einziger unter all diesen Hitzköpfen darüber nachdachte, daß Friedrich Wilhelm tatsächlich viel mit Karl VII. gemeinsam hat, wenn auch in seinem Königreich noch keine Jungfrau aufgetaucht ist.

Am Ende des zweiten Aktes erblickte ich Victoire und ihre Mutter und ging zu ihnen, um sie zu begrüßen. Victoire trug ein weißes Spitzenkleid, weiße Blumen, einen Perlenkranz und um den Hals eine Schnur aus schwarzen Glasperlen. Während ich mir einen Weg durch die Menge bahnte, drehte sie sich plötzlich um, erkannte mich und grüßte mich als erste, noch bevor ich den Mund auftun konnte: eine Unschicklichkeit, die ihre Mutter natürlich bemerkte, da sie sie mißbilligend ansah, und als sie glaubte, ich sähe es nicht, versetzte sie ihr einen leichten Schlag mit dem Fächer auf die Hand. Victoire errötete, und während ich ihr die Hand küßte, wagte sie nicht, mir in die Augen zu blicken, gewann jedoch sofort ihre gute Laune zurück, als ich sie fragte, was sie von diesen Begeisterungsausbrüchen halte. Mit vor Erregung glänzenden Augen antwortete sie, daß das Volk von Berlin niemals mit so viel Heftigkeit seine Verbundenheit mit der Dynastie und seine Freiheitsliebe gezeigt habe. »Ich bin stolz, ja, stolz, diesem Volk anzugehören und Bürgerin eines Landes zu sein, das solche Menschen hervorbringt!« So glühend vor Freude und Begeisterung, in einem Maße selbstvergessen, daß sie mich versehentlich beim Arm nahm, während sie sprach und sich ereiferte in dem Bemühen zu beweisen, daß wir das Glück hätten, große Tage zu erleben, kam sie mir viel weniger häßlich vor als die Male zuvor, und plötzlich überkam mich eine große Lust, sie in ihre Loge zu begleiten. Dort setzten wir uns nebeneinander auf die vorderen Stühle, während die Mutter trotz meiner Proteste hinter uns Platz nahm. So konnte sie unser Verhalten überwachen, war aber dafür nicht in der Lage, unser Gespräch zu belauschen.

Ich kann nicht behaupten, daß ich vom letzten Akt viel mitbekommen habe; was ich übrigens nicht sehr bedauere, da die Schauspieler, angesteckt von der Begeisterung des Publikums und in der Absicht, es noch mehr anzustacheln, mit den ältesten Tricks von der Welt um Beifall heischten, etwa indem sie plötzliche Schreie ausstießen, obwohl sie bereits im Begriff waren abzugehen, oder mit den Füßen aufstampften, sich gegen die Stirn schlugen oder Gläser zerschmetterten. Während die Jungfrau tapfer der heimtückischen Isabeau die Stirn bot, legte Victoire ihre Hand auf die Balustrade der Loge, ich ebenfalls, und unsere Hände berührten sich leicht, wie zufällig. Die Stühle standen dicht nebeneinander, und ich fühlte die Wärme ihres Schenkels an meinem; vorsichtig übte ich einen leichten Druck aus, und sie zog sich nicht zurück. Ich beugte mich leicht zu ihrem Ohr hinüber, so als wollte ich das Geschehen auf der Bühne kommentieren, und sagte ihr, daß ich mich zum ersten Mal seit vielen Tagen nicht unglücklich fühle. »Aber ich dachte, Sie könnten mich nicht ertragen; als Sie das erste Mal zu uns gekommen sind, haben Sie kein einziges Wort mit mir gewechselt«, murmelte sie. »Wie konnten Sie das nur glauben?« antwortete ich, betrübt dreinschauend. Durch diesen Wortwechsel ermutigt, sprach ich ihr so oft ich konnte ins Ohr, wobei ich meinen Worten so viele Seufzer beimischte, daß sie strohdumm hätte sein müssen, um nicht zu begreifen. Auf ein Kompliment hin, das übertriebener als die anderen war, sah sie mich lächelnd an: »You are very kind«, murmelte sie. »I'm but fair, Madam«, antwortete ich, noch bevor ich bemerkte, daß sie Englisch mit mir gesprochen hatte und ich ihr aus Gewohnheit in derselben Sprache antwortete. Victoire mußte lachen, als sie mein Gesicht sah, und flüsterte mir ins Ohr, daß man in der feinen Gesellschaft Gefahr laufe, eine schlechte Figur zu machen, wenn man es nicht verstehe, ein paar Worte auf englisch einzuwerfen. »Doch mit Ihnen als Lehrer«, fügte sie hinzu, »werde ich keine Angst mehr haben, etwas Dummes zu sagen.« Als der Vorhang fiel, machte ich, um den anderen den Eindruck zu vermitteln, ich hätte bis dahin nur über die Aufführung gesprochen, einen Scherz über die Jungfrau: Hier hätten wir ein Mädchen, das sein Glück nicht erkenne, sie habe zwei Verehrer gefunden und es nicht einmal bemerkt. Der Scherz kam jedoch nicht an, denn Victoires Mutter erwiderte, weniger leichthin als sonst, daß manchmal ein einziger schon zuviel sei. Ich kann mir ein so kühles Verhalten nicht erklären. Wenn die brave Frau wirklich noch immer hofft, ihre Tochter verheiraten zu können, müßte sie sich doch den Männern gegenüber, die sich ihr nähern, ganz anders verhalten, es sei denn, sie glaubt, sie könne den Preis für ihre Ware nach oben treiben, wenn sie die Sache noch erschwere. Jedenfalls blühen meine Geschäfte auch ohne ihre Hilfe. Als sie gingen, half ich Victoire, sich in den Schal zu hüllen, und sie schenkte mir, unbemerkt von ihrer Mutter, ein Lächeln, das für die Zukunft hoffen läßt.

Dienstag, 12. August

Der König hat heute im Schloß ein Kostümfest aus Anlaß des Geburtstages seines Schwiegervaters, des Herzogs von Mecklenburg, gegeben. Bis zuletzt hatte Schack geschworen, daß die Veranstaltung angesichts der ernsten Lage, in der das Land sich befinde, abgesagt würde, doch das war nicht der Fall. Und da bereits vor Tagen ein Diener vom Schloß gekommen war, um mir eine Einladungskarte zu bringen, bin ich endlich der Königin und den Brüdern des Königs vorgestellt worden, was die protokollarischen Audienzen vervollständigt. Der Wahrheit halber muß gesagt werden, daß das Protokoll hier nur aus Gewohnheit respektiert wird, ohne jene Leidenschaft für die Form, die den Wiener Hof kennzeichnet und auch, wie es heißt, den Bonapartes. Der König liebt die Etikette nicht, und seine Vergnügungen sind von recht einfachem Geschmack und obendrein nicht allzu kostspielig. Die Bälle, die große Leidenschaft der Königin, sind das einzige Zugeständnis an die gesellschaftlichen Vergnügungen. Kinderbälle sind groß in Mode, und es gibt in Berlin kein Adelspalais, in das nicht, nach dem Beispiel des königlichen Paares, periodisch die Sprößlinge der feinen Gesellschaft eingeladen werden. Im übrigen wird bei Hof wenig gespielt, bestenfalls *Vingt-et-un*, da Friedrich das Kartenspiel mißbilligt. Um der Langeweile zu entfliehen, wird Musik gemacht, und sogar der Monarch verschmäht es nicht, sich auf dem Violoncello zu produzieren, wenn auch der wirkliche Virtuose auf diesem Instrument sein Vorgänger, der Fette König, war, der unter Kennern als einer der besten Cellisten Europas galt. Gewiß hilft die nüchterne Strenge dieses Regimes dazu, die Staatskasse aufzufüllen, doch es kann kein Zweifel bestehen, daß dies in erster Linie den persönlichen Neigungen Seiner Majestät entspricht. Im übrigen hat ein geistreicher Mann treffend bemerkt, daß die heutige Mode dahin gehe, auf dem Thron eher gute Ehemänner und gute Familienväter zu sehen als gute Herrscher wie in der Vergangenheit.

Das Thema des heutigen Balles hieß »Ein Fest auf dem Lande«, und zu diesem Anlaß war die Galerie mit Laubwerk und Strohgarben geschmückt worden. Mit Ausnahme derer, die eine bestimmte Rolle zu spielen hatten, die bereits vorher zugewiesen und lange geprobt worden war, blieben die Gäste von dem Zwang befreit, kostümiert zu erscheinen, so daß die Mehrheit der Gäste wie ich in Hofkleidung kam, mit Perücke, Puder und Orden. Bevor das Fest begann, wurde ich Königin Luise vorgestellt, die sich nicht allzuviel Mühe gab, mich zu unterhalten, da sie sichtlich vor Ungeduld brannte, sich zu verkleiden. Diese Herrscherin ist eine etwa dreißigjährige Blondine, noch schön, aber wohl nicht mehr lange, wie ihr wächserner Teint, die Ränder unter den Augen und der durch zehn Schwangerschaften mitgenommene Körper ahnen lassen. Obwohl das Familienleben und die Hofroutine sie anstrengen, ist sie ganz wild auf die Feste. Bei den großen Anlässen ist sie immer noch imstande, bis in den frühen Morgen zu tanzen, und unter den jungen eleganten Offizieren der Garde mangelt es nicht an Kavalieren. Auch diesmal wollte der König ihrer Laune entgegenkommen, indem er es ablehnte, eine bereits seit langem angekündigte Veranstaltung abzusagen. »Der *rex* ist zu gut zu mir«, scherzte die Königin. »Gestern war mein Zimmer überfüllt mit Schachteln von Quittel, Michelet, Bibeau, kurz, von allen Schneidern Berlins, Seine Majestät konnte buchstäblich den Fuß nicht hineinsetzen, um mir einen guten Tag zu wünschen, und so fehlte ihm der Mut, mich zu enttäuschen!« Der König war gezwungen zu lächeln, was ihm in diesen Tagen fast nie passiert, trotz seines gutmütigen Wesens. »Ich könnte es mir nicht verzeihen, dir auch nur den kleinsten Kummer zu bereiten. Wenn dein Arzt dir erlaubt zu tanzen, wer wäre ich, um es dir zu verbieten? Außerdem ermüdet ein Ball den Körper, ist aber eine Erholung für den Geist, und er schadet dir sicherlich weniger als die Lektüre deines Gibbon oder deines Werther!« rief er, die Arme ausbreitend.

Die Quadrille, der ich in der Menge der Gäste beiwohnte, die sich an den Wänden zusammendrängte, während in der Mitte des Saales Herrscher und Prinzen lebende Bilder darstellten, war offen gesagt von eher gespenstischer Wirkung. Auf allen Gesichtern war die Sorge um die Zukunft zu erkennen, in die sich die oberflächliche Überzeugung mischte, eine solche Angst dürfe um keinen Preis in diesem Augenblick und an diesem Ort durchscheinen. Prinz Radziwill, als Schweizer Bauer verkleidet, sang mit schöner Tenorstimme den »Tanz der Kühe«. Prinz Louis Ferdinand, fahl im Gesicht, tanzte im Schäferkostüm zum Klang einer Hirtenflöte; die Königin schließlich, die plötzlich zwischen den Zweigen auftauchte, als Schutzengel verkleidet, wünschte dem Jubilar einen glücklichen Beginn seines Lebens in der Schweiz. Der Prinz, mit dem ich während des Balles, der sich der Maskerade anschloß, kaum zwei Worte hatte wechseln können, schäumte vor Wut. »Ich spiele hier den Hanswurst, und das Herz fließt mir über vor Kummer ob der schändlichen Zeit, in der wir leben, und der düsteren Vorahnungen, was das Morgen betrifft!« »Aber sind diese Vorahnungen denn berechtigt?« erkühnte ich mich zu fragen, in der Hoffnung, der Prinz würde mir daraufhin etwas sagen, was ich noch nicht wußte. Die Rechnung ging auf, denn Seine Hoheit rief aufgebracht: »Gerechtfertigt! Das kommt darauf an, was man unter gerechtfertigt versteht! Wissen Sie, mein Lieber, was Lucchesini in seiner letzten Depesche mitteilt? Er teilt mit, daß Lord Yarmouth ihm, nachdem sie gemeinsam einige Flaschen seines exzellenten Champagners getrunken hatten, anvertraut hat, daß der Abschluß eines Friedensvertrags zwischen Frankreich und England bevorstehe! Und als Lucchesini sich freute, daß die englische Regierung endlich darauf verzichtet habe, den Abschluß des Abkommens an die Bedingung der Rückgabe Hannovers zu knüpfen, erwiderte Milord, daß die Regierung Seiner Majestät keineswegs darauf verzichtet und Bonaparte persönlich England Hannover für den Frieden angeboten habe!« Bei diesen Worten muß ich vor Überraschung die Augen aufgerissen haben, denn die Konsequenzen eines solchen Angebotes sind nur allzu klar. Es bedeutet, daß der Usurpator bereit ist, sich wie ein launischer Besitzer die Provinz zurückzuholen, die er gerade erst dem König von Preußen geschenkt hatte. Es bedeutet, daß alle Freundschaftsbeteuerungen, die er täglich nach Berlin schickt, nicht das Papier wert sind, auf dem sie geschrieben sind, und daß die französischen Truppen nicht so rasch ihre Quartiere in Deutschland verlassen werden. Ich verstand jetzt, warum Graf Haugwitz mit verlegenem Gesicht um sich blickte, sich mit dem parfümierten Taschentuch Luft zuwedelte und vergeblich versuchte, gleichmütig wie immer zu bleiben; und ich verstand auch den stummen Vorwurf, der auf allen Gesichtern zu lesen war: Du, gerade du hast uns immer versichert, daß es keinen Krieg geben wird, und jetzt! Nur die Königin schien die allgemeine Bestürzung nicht zu bemerken; wenn man sie in ihrer Engelsverkleidung tanzen sah, aus vollem Halse über die zärtlichen Albernheiten lachend, die ihre Kavaliere ihr sicherlich ins Ohr flüsterten, war nicht schwer zu verstehen, warum in der Gesellschaft und vor allem unter den jungen Offizieren ein Gefühl ritterlicher Ergebenheit ihr gegenüber verbreitet ist, und warum ein Lächeln von ihr oder ein Blick aus ihren schönen lachenden Augen die größte Gunst sind, um die sie um die Wette buhlen.

Kurz bevor das Abendessen serviert wurde, wurde das Fest von einem Zwischenfall unterbrochen, der sich nur am preußischen Hof hätte ereignen können. Der König trocknete sich nach dem einzigen Tanz, zu dem er sich gegen seinen Willen hatte hinreißen lassen, mit dem Taschentuch den Schweiß ab und sprach der Königin ins Ohr. Diese flüsterte ihrerseits der großen Haushofmeisterin des Hofes, Gräfin Voss, deren Urteil in allem, was das Zeremonielle betrifft, endgültig ist, etwas ins Ohr, und wenige Augenblicke später stürmte ein Dutzend Kinder in den Saal. Neben den kleinen Söhnen des königlichen Paares, die ihren Eltern den Gutenachtkuß gaben, gehörten zu der ausgelassenen Schar auch die Kinder des Prinzen von Oranien und der Prinzen Radziwill; alle waren verkleidet, und der Kontrast zwischen der lärmenden Fröhlichkeit dieser blonden Kinder, den glänzenden Kostümen der Damen und der Kavaliere, die am Ball teilnahmen, und der tabakschnupfenden Strenge der Würdenträger, die sich an den Wänden drängten, bot ein Schauspiel würdig eines italienischen Karnevals. Unter ihnen allen bemühte sich nur der kleine Kronprinz, eine gewisse gravitätische Würde an den Tag zu legen, die mehr seinem Rang als seinen zehn Jahren entsprach. Bekleidet, wie schon am Sonntag in Potsdam, mit einer Uniform, die mit der des Königs identisch ist, und ausgezeichnet mit einem hohen Orden, ahmte er bei seinem Erscheinen das Benehmen des Vaters nach, dem er übrigens in den Gesichtszügen nicht wenig ähnelt. Doch sowohl die kleineren Prinzen, in Husarenuniformen und mit langen, mädchenhaft gekräuselten Haaren, als auch die kleinen als Marktverkäuferinnen kostümierten Prinzessinnen mit kleinen Kiepen auf dem Rücken und Strohhüten benahmen sich, wie es ihrem Alter gemäß ist, und ignorierten fröhlich ihren Rang und den Ort, an dem sie sich befanden, ohne daß sich jemand darüber entrüstet hätte. Sogar der König und die Königin betrachteten zärtlich, was sie »unsere kleine fröhliche Schar« nennen, und ich glaube, sie hätten den Kindern erlaubt, auf die Sessel zu klettern, die Lakaien am Zopf zu ziehen und den Champagner zu probieren, wenn die Hauslehrer nicht darauf bestanden hätten, sie mitzunehmen.

»Sie sind so glücklich!« murmelte der König, zur Gräfin Voss gewandt; dann – vielleicht glaubte er in den Augen jenes Drachens Mißbilligung gelesen zu haben – fügte er hinzu: »Ich denke, ich kann es ruhig sagen, sie haben keine Ahnung von all dem Leid, das sie auf dieser Erde erwartet.« Genau in diesem Augenblick kam eines der Kinder, das umgekehrt war, angelaufen und warf sich in die Arme der Königin: »Mama! Fritz sagt, daß du und Papa nicht kommen könnt, um mit uns vor dem Schlafen zu beten, aber ich hab ihm gesagt, daß das nicht stimmt!« »Hoheit, nicht heute abend«, begann Gräfin Voss streng, doch die Königin unterbrach sie liebenswürdig. »Oh, ich bitte Sie, liebe Voss!« flehte sie sie lächelnd an; in Wahrheit nannte sie sie nicht wirklich so, sondern gebrauchte einen Spitznamen oder eine Verstümmelung ihres Namens, was ich aber nicht verstanden habe. Der König ging an ein Fenster und schaute in die Dunkelheit hinaus, doch der Junge kam zu ihm und zupfte ihn am Ärmel. »Papa, stimmt es, daß du und Mama kommen werdet, um mit uns zu beten?« Der König sah Gräfin Voss an, dann die Königin; selbst eine solche Entscheidung schien über seine Kräfte zu gehen. »Was sagst du?« murmelte er, an seine Frau gewandt. »Oh, bitte, bitte, Mama!« rief der Junge. »Sonst bist du nicht mehr meine liebste Mama!« Diese rätselhafte Drohung verfehlte ihre Wirkung nicht, denn die Königin nahm den kleinen Husar lachend in die Arme und rief, an Gräfin Voss gewandt, allerdings nicht in dem Deutsch, das bei Hof gesprochen wird, sondern in dem entstellten, das die Bauern und die Diener benutzen: »Was soll ich tun? Sie wissen ja, Liebe, ›dis Luissch' ist a Nari!‹«, was mehr oder weniger bedeutet: ›diese Luise ist eine Närrin‹; und mit dieser schönen Rechtfertigung machte sie sich auf den Weg zu den Kinderzimmern, völlig den unterbrochenen Ball vergessend.

Wie viele andere verließ ich den Salon und folgte dem Zug bis zur Wohnung der kleinen Prinzen. Ich drang jedoch nicht bis zu den Schlafzimmern vor, sondern wartete auf die Rückkehr Ihrer Majestäten und besichtigte inzwischen das riesige Spielzimmer. Hier konnte ich neben Gliederpuppen, mechanischen Puppen, Holzpferdchen, Nußknackern und *Carillons* unzählige illustrierte Bücher bewundern; auf jeder Seite ein Lappe, ein Mandarin, ein Bär, ein Schuhmacher, ein Prinz, alle schön dargestellt, mit lebhaften Farben, und mit einer kleinen Bildlegende daneben, sogar in Versen. Auch in Amerika könnte man solche Bücher machen; sie wären billig und würden eine neue Industrie ins Leben rufen, die es nicht einmal in England gibt. Doch all dies ist nichts im Vergleich zu der Armee aus kleinen Zinnsoldaten, die der persönliche Besitz des Kronprinzen ist: stampfende Husarenschwadronen, rot und golden angemalt, Infanteriebataillone, die mit der im Wind flatternden Fahne marschieren, Artilleriebatterien in Stellung, mit den Burschen, die mit Kugeln und Pulverfässern herumhantieren. Das Talent der deutschen Kunsthandwerker auf diesem Gebiet ist unübertrefflich, und die Aufträge des Berliner Hofs müssen mehr als einen Nürnberger Händler reich gemacht haben. Mit dieser Armee, die teilweise auf einem großen Tisch zur Parade angetreten war und zum Teil wohlgeordnet hinter Glas in einem Schrank steht, wird der Prinz rechtzeitig mit der Kunst vertraut gemacht, die ihm das Brot geben wird, an dem Tag, an dem er seinem Vater auf dem Thron nachfolgen wird. Doch die Zeiten haben sich natürlich geändert seit Friedrich dem Großen, der im Alter von zehn von seinem Vater eine Kompanie von Kindern, ausgerüstet mit maßgeschneiderten Uniformen und Musketen, geschenkt bekam mit dem Befehl, sie jeden Tag auf dem Waffenplatz exerzieren zu lassen!

Um Mitternacht wurde endlich das Souper für vielleicht vierhundert Personen serviert, die auf zehn oder zwölf Tische verteilt saßen; die Bedienung war auf zurückhaltende Weise prunkvoll, mit einem Pagen in betreßter Uniform für jeweils vier Gäste und Silbergeschirr auf allen Tischen. Der erste Gang wurde am Tisch des Königs von den Generälen von Elsner und von Lecoq im Stehen aufgeschnitten, und die Portionen wurden von den Kämmerern und den Ehrendamen verteilt. Doch kaum hatten die Herrscher das erste Glas getrunken, das nach der Etikette stets unmittelbar nach dem ersten Gang serviert wird, beeilten sich all diese hochrangigen Kellner, an den benachbarten Tischen Platz zu nehmen. Erst jetzt verweilte die Unterhaltung, die anfangs recht zäh war, ungezwungener bei der politischen Situation, als hätte die Erleichterung, von der Verpflichtung, den Ball zu einem glücklichen Ende zu bringen, endlich erlöst zu sein, die Gäste sozusagen von der Maske der Leichtfertigkeit befreit, die sie sich bis dahin auferlegt hatten. Und so konnte ich feststellen, daß der Wunsch zu kämpfen, der in der Berliner Öffentlichkeit durch die offenkundige Unredlichkeit Bonapartes geweckt worden war, in den Räumen des Schlosses etwas gemäßigter ist; die vertrautesten Ratgeber Friedrich Wilhelms verhehlen nicht ihre Hoffnung, daß alles sich noch irgendwie regeln läßt, ohne daß man voller Verzweiflung auf den Krieg als letztes Mittel zurückgreifen muß.

Einer von ihnen ist der enge Freund des Königs, General von Zastrow, wahrhaftig ein prächtiges Exemplar eines *politischen* Offiziers. Seine Unterhaltung verrät den zwar gebildeten, aber pedantischen und beschränkten Menschen, erdrückt von den Aktenbergen und unfähig, sich über die Details des Dienstes zu erheben, um zu einer höheren politischen Vision zu gelangen; kurz, ein Mann, der zu lange den Staub der Aktenbündel anstatt den der Schlachtfelder eingeatmet hat. Er bestätigte mir, daß die Wiederbewaffnung der Armee der letzten Depesche von Lucchesini zu verdanken ist, deren Inhalt von allen als zutiefst beunruhigend angesehen wird. Und als reiche das nicht, melden die französischen Zeitungen die Einberufung von fünfzigtausend Männern der diesjährigen Aushebung und bemühen sich zu versichern, daß es sich um eine keineswegs ungewöhnliche Operation handele und daß sich die Angelegenheiten des Kontinents ohne Zweifel regeln werden. Jeder weiß aufgrund der Erfahrung der vergangenen Jahre, was er von derartigen Versicherungen seitens der französischen Presse zu halten hat. Und doch ist der General sehr geneigt zu glauben, daß Lucchesini sich geirrt habe oder, schlimmer noch, vorsätzlich vom Engländer mit Hilfe von Champagner irregeleitet worden sei, um die ausgezeichneten Beziehungen zwischen Frankreich und Preußen zu zerstören. »Wenn der Kaiser wirklich imstande wäre, unsere Provinz Hannover als ein Pfand zu behandeln, das er England als Garantie für seinen guten Willen anbieten kann, wäre ich der erste, der den Krieg gegen Frankreich als gerechtfertigt erklären würde«, erklärte er leise, fügte aber sofort lauter hinzu: »Doch der französische Botschafter, M. de Laforest, versichert, daß die Gerüchte, die diesbezüglich zu uns gedrungen sind, nichts als Unwahrheiten seien, und ich sehe nicht ein, warum wir ihm nicht glauben sollten; schließlich stimmt es nicht immer, daß *in vino veritas*!« Ein ausgezeichneter Grundsatz; doch es ist nur allzu verständlich, daß Männern wie General von Zastrow die

Aussicht auf einen Krieg eigentlich ungelegen kommt angesichts der tausend Vorteile, die der Friede ihnen und ihren Freunden verschafft. Jedes seiner Worte offenbart diesen unheilvollen Geist der Korridore und Vorzimmer, der sich angesichts der Drohung Bonapartes keine andere Methode vorstellen kann als jene, die das preußische Kabinett in all den Jahren bereits angewendet hat: nämlich nichts zu tun, in der Hoffnung, daß irgendein plötzliches Wunder, ein Mord, eine Revolution, ein Blitz vom Himmel Europa von dem Ungeheuer befreien werde, ohne daß Preußen sich die Finger schmutzig machen müßte.

Die mangelnde Begeisterung, mit der diese Herren die Möglichkeit eines Krieges ins Auge fassen, steht keineswegs im Gegensatz zu ihrer geringen Sympathie für die Franzosen. Der tiefe Grund dafür ist mir ungewollt von einem anderen Herrn enthüllt worden, der neben mir saß, Minister von Reck. Er ist ein hageres altes Männlein, dessen Mund zu einer eigenartigen Grimasse verzogen ist, die ihm das Aussehen einer alten Frau verleiht, und er macht keinen Hehl aus seiner Hoffnung, daß Lucchesini in Paris alles riskiere, um letztlich doch den Frieden zu retten; nicht so sehr, weil er Sympathie für Bonaparte habe, den er sogar fürchtet wie das Feuer, sondern weil ihn die Haltung beunruhigt, mit der viele, vor allem unter den Jungen, in die Zukunft blicken. »Es wird von nichts anderem gesprochen als vom nationalen Erwachen, vom nationalen Krieg«, hauchte er mir ins Ohr, während wir den Kaffee nahmen, und blies mir den übelriechenden Atem eines alten Mannes ins Gesicht. »Nation: Scheint ihnen dieses Wort nicht einen jakobinischen Klang zu haben?« Seine Aversion gegen das neue Frankreich hindert ihn im übrigen nicht daran, den größten Respekt für Laforest zu bekunden. Er ist sogar nicht abgeneigt, die Empörung des Botschafters zu rechtfertigen, der mit feurigen Worten gegen die Undankbarkeit des preußischen Hofes wetterte, weil dieser sich schuldig gemacht habe, indem er die Wiederbewaffnung der Armee anordnete, ohne die Feinfühligkeit besessen zu haben, ihn zu verständigen. Dank der Gesprächigkeit des Ministers erfuhr ich, daß Laforest morgen bei Haugwitz esse und daß er sich verpflichtet habe, seinen Bericht nicht vor diesem Gespräch nach Paris zu senden, in dessen Verlauf der Minister sich voraussichtlich bemühen werde, den schlechten Eindruck zu zerstreuen, den die preußische Bewaffnung hinterlassen habe. So bleibt die Zukunft also letztlich äußerst ungewiß, und wenn die Informationen Lucchesinis auch ohne jeden Zweifel einen heftigen Schlag für die Methode des Kabinetts bedeuten, ist doch nicht ohne weiteres die Möglichkeit einer Versöhnung in letzter Minute auszuschließen. Tatsächlich fange ich an, allmählich die Gründe zu verstehen, weshalb man in Washington das Auf und Ab der preußischen Politik so nervenaufreibend findet!

Mittwoch, 13. August

Heute diskutierte ich mit Schack über die Nachrichten, die aus London kommen, wo die Unterzeichnung des Abkommens zwischen dem Zaren und Bonaparte zu einer Baisse der Wertpapiere geführt hat. »Um so schlimmer für sie«, bemerkte der Major achselzuckend. »Ich kaufe englische Pferde, aber ich habe niemals daran gedacht, englische Wertpapiere zu kaufen!« »Das ist ein Fehler, mein lieber Schack. Es gibt nichts Solideres als ein schönes Paket indischer Aktien; ich versichere Ihnen, daß die Handelsgesellschaft noch Dividenden auszahlen wird, wenn Bonaparte und Alexander längst begraben und vergessen sein werden!« Die wirkliche Neuigkeit ist jedoch, daß der Gesundheitszustand von Fox sich ganz plötzlich verschlechtert hat, so daß die Frage des Tages lautet, ob er nur sein Amt in der Downing Street niederlegen wird oder gar sein Amt auf Erden. Der Himmel weiß, wie man diese Nachricht in Washington aufnehmen und ob die demokratische Partei diesen Umstand nicht ausnutzen wird, um in einer Stunde alles zunichte zu machen, was in den letzten Monaten so mühsam zustande gebracht worden ist. »Das Gute daran ist«, merkte Schack in einer Fußnote an, »daß es in solchen Zeiten Englands letzte Sorge sein dürfte, mit uns Krieg zu führen, und in der Tat versichert man hier, daß der preußische Minister in London, Baron Jacobi, keineswegs die Absicht hat, seine Koffer zu packen, und daß ein englischer Bevollmächtigter, Lord Morpeth vielleicht oder Lord Moira, in Berlin akkreditiert sein wird, um den Frieden auszuhandeln.« »Das wird auch Zeit, scheint mir!« kommentierte ich. »Dieser sinnlose Krieg ist dabei, Preußen in die Arme Bonapartes zu treiben, und die Engländer werden keinesfalls allzubald begreifen, daß sie durch ihr starrsinniges Bestehen auf diesem unglücklichen Hannover Gefahr laufen, es ganz zu verlieren.« Darauf fragte ich Schack, da ich Lust hatte, Prinz Louis wiederzusehen und in Ruhe, wie es gestern nicht möglich gewesen war, mit ihm zu diskutieren, ob er wisse, wo ich ihn finden könne. »Welcher Tag ist heute? Mittwoch?« murmelte der Major; dann zeichnete sich ein breites Lächeln auf seinem Gesicht ab. »Wollen Sie mich begleiten, mein lieber Pyle? Ich verspreche Ihnen, Sie in den merkwürdigsten Salon der Welt zu führen, und dort werden wir unfehlbar auch Seine Hoheit antreffen.«

Wir machten uns also auf den Weg zum Gendarmenmarkt, und unterwegs informierte mich Schack über unser Ziel. »Die Hausherrin ist eine jüdische Jungfer, die bei ihren Eltern in der Jägerstraße wohnt und die hervorragendste Gesellschaft Berlins bei sich empfängt.« »Aber, mein lieber Major«, wandte ich ein, »Sie wollen mich wohl schon wieder auf den Arm nehmen!« »Nein, mein Lieber, machen Sie sich nur keine Illusionen, das Fräulein, zu dem ich Sie führe, ist keineswegs untugendhaft, wie Sie sofort angenommen haben, auch wenn es ihr vor ein paar Jahren beinahe gelungen wäre, sich von dem jungen Grafen Finckenstein heiraten zu lassen; doch die Familie hat sie gerade noch rechtzeitig gerettet. Unsere Rahel hat ihr Leben dem Studium gewidmet, und sie ist eine kleine *femme savante*, umgeben von einem Hof von Schriftstellern und Wissenschaftlern.« »Aber ich werde doch hoffentlich nicht auch ihren Eltern vorgestellt werden?« erkundigte ich mich. »Glauben Sie etwa«, beruhigte Schack mich, »sie hätten, obwohl sie Juden sind, so wenig gutes Benehmen, daß sie die Besucher ihrer Tochter belästigen? Im Gegenteil, sie sind sehr froh darüber, daß so angesehene

Christen bei ihnen erscheinen, und bleiben ruhig in ihren Zimmern, aus Angst, sie könnten den Zauber brechen.« Da ich mittlerweile an die Überspanntheiten der Berliner Gesellschaft gewöhnt war, glaubte ich jedem Wort meines Gefährten, und ich tat gut daran, da alles, was er mir sagte, die reine Wahrheit war. Die feine Gesellschaft, immer begierig nach pikanten Neuigkeiten, hat diese kleine Jüdin tatsächlich zur Hauptfigur ihrer Abende erkoren. Allerdings hat der gesellschaftliche Erfolg, unterrichtete mich Schack, während wir die Treppen hinaufgingen, ihr Verlangen, als Ebenbürtige in die Aristokratie aufgenommen zu werden, nicht gänzlich befriedigt; ein etwas lächerlicher Anspruch, den die arme Rahel aber trotz ihres nicht mehr ganz taufrischen Alters immer noch mittels einer entsprechend guten Heirat in die Tat umzusetzen hofft.

Als wir eintraten, wurden wir von einem Diener empfangen, der uns sehr förmlich hereinbat und uns durch die ganze Wohnung vorausging, in der die Lichter brannten und kein Mensch zu sehen war. Als wir zu einer Treppe im Inneren gekommen waren, verbeugte er sich und ließ uns passieren. »Wundern Sie sich über nichts!« flüsterte Schack und gab mir den Vortritt auf der Treppe. Diese führte in eine geräumige, luxuriös eingerichtete, aber kaum erleuchtete Mansarde. Etliche Personen waren bereits um die Hausherrin versammelt, die uns entgegenkam und mir mit einer Ungezwungenheit die Hand zum Handkuß reichte, die meine Befürchtungen zerstreute. Ihr Äußeres ist in der Tat nicht allzu entmutigend: Sie ist eine etwas behaarte Brünette, mit einer großen Nase, die sie von ihren Vorfahren aus Judäa geerbt hat, und einem vorspringenden Kinn, das einen Lavater glücklich machen würde. Schack fröhlich übergehend, wie man es mit alten Freunden macht, mit denen man sich alles erlauben kann, ließ sie mich in dem Sessel neben dem ihren Platz nehmen, und ich fragte mich verwirrt, worüber ich wohl mit ihr sprechen könnte. Zum Glück löste sich das Problem jedoch von alleine, da sie wie eine echte Jungfer niemals still ist. »Ich würde mich sehr freuen, wenn Sie mir von Amerika erzählen könnten!« erklärte sie seufzend; doch es handelte sich wohl um einen platonischen Wunsch, denn sie erzählte mir sofort von der Vorstellung, die sie sich von meinem Land mit Hilfe von Büchern gemacht hatte, ohne mir im geringsten Zeit zu lassen, sie zu unterbrechen. Schließlich fragte sie mich, wie mir Berlin gefiele; sie persönlich fand, es sei eine so langweilige Stadt! Für eine Frau mag das, denke ich, durchaus zutreffen, ich war jedoch so höflich, ihr das nicht zu sagen.

Gerade in dem Augenblick betrat Prinz Louis Ferdinand die Mansarde, begleitet von Madame Wiesel. Alle Anwesenden standen auf, doch der Prinz bat uns, keine Umstände zu machen; und zu Rahel, die herbeigelaufen war, um ihn zu begrüßen, sagte er in vertraulichem Ton: »Meine liebe Kleine, ich hatte wirklich Lust, mich heute abend hierher zu Ihnen zu flüchten!« Dieser zwanglose Ton hatte absolut nichts von jener Herablassung, welche die Konversation der hochgestellten Personen oft so unangenehm macht. Nicht daß der Prinz die in der Gesellschaft vor allem in Gegenwart von Damen unabdingbaren Formen vernachlässigt hätte oder ins Vulgäre abgerutscht wäre, nein, nichts in seinem Verhalten ließ erkennen, daß er sie den anderen Gästen vorzog; und daß er sich auf diese Weise an die Hausherrin wandte, machte deutlich, daß er es aus Gewohnheit tat, als langjähriger Freund, und daß er erwartete, von ihr im gleichen Ton eine Antwort zu erhalten. Als er in den Kreis der Gäste trat, blickte er im ungewissen Licht der Kerzen um sich, und rief dann: »Jette!« Dieser Ausruf richtete sich an eine junge Dame, die nicht wenig auf ihrem Sessel herumgerutscht war, seitdem der Prinz in der Tür erschienen war. Seine Hoheit ging auf sie zu und küßte ihr zärtlich die Hand. Jemand erhob sich, um den Sessel neben dem von Jette freizumachen, Rahel stellte einen weiteren dazu, in den Pauline sich setzte, und noch einen für sich selbst. »Liebe Jette! Wie geht es den Kindern?« erkundigte Pauline sich. »Gut, Gott sei Dank!« antwortete die Angesprochene. »Weißt du, Louis«, fuhr sie an den Prinzen gewandt fort, »Blanche hustete diese Nacht, und ich hatte schon Angst, aber jetzt ist alles wieder gut.« Dieser Wortwechsel kam mir in diesem Augenblick nicht weiter bemerkenswert vor, wenn man einmal von der außerordentlichen Vertraulichkeit absieht, die hier alle dem Prinzen gegenüber an den Tag zu legen scheinen. In der Folge sollte ich erfahren, daß die Kinder, von denen die Rede war, tatsächlich seine waren und daß Henriette Fromm, von allen Jette genannt, drei oder vier Jahre die Geliebte des Prinzen gewesen war, bevor Pauline auftauchte. Das Pikante an der Situation war jedoch, daß die beiden Frauen enge Freundinnen sind und sich häufig ebenhier, im Salon der Jüdin, treffen. Henriette weiß nicht nur bestens über die Sache Bescheid, sie ist auch bereit, sich für das Glück ihrer Freundin zu opfern, die sich ihrerseits bemüht, sie zu trösten, wenn auch vielleicht, angesichts dessen, was sie verloren hat, mit weniger Aufrichtigkeit.

Rahel, der diese Familiendiskussion nicht sonderlich gefiel, scheute sich nicht, sie bedenkenlos zu unterbrechen. »Freunde!« rief sie, »wir sind hier, um Tee zu trinken«; und sie deutete auf den Tisch, auf dem die Porzellantassen schimmerten und die Tabletts voller Gebäck und gebutterter Brötchen. »Wir sind hier«, begann sie von neuem, »Männer und Frauen, um uns mit all der Freiheit, die eine alte Freundschaft bieten kann, der Unterhaltung und der Intelligenz des jeweils anderen zu erfreuen. Es kann jedoch sein, daß wir armen Frauen in ein paar Tagen ganz allein hier sitzen und versuchen werden, die Angst um die Freunde, die sich fern von uns in Gefahr befinden, zu verscheuchen, indem wir über Rezepte und Säfte gegen den Husten sprechen. Die Freunde, die uns bald verlassen«, schloß sie, in die Runde blickend – und tatsächlich saßen im Kreis der Gäste, in dem es still geworden war, einige Offiziere, unter ihnen Schack. Aber jeder verstand, daß sie vor allem an den Prinzen dachte und von ihm eine Antwort erwartete –, »diese Freunde frage ich, ob es stimmt, was im *Wallenstein* gesagt wird, ›daß der Krieg, schrecklich wie eine Heimsuchung des Himmels, trotzdem gut ist, wenn er vom Schicksal gewollt ist‹.« »Aber im *Wallenstein* heißt es auch: ›Dies sind Dinge, welche die Frauen nichts angehen‹«, unterbrach Henriette sie sanft. Der Prinz, der zuvor mit der größten Ungezwungenheit von der Welt die Beine übereinandergeschlagen hatte, war, während Rahel sprach, wieder ernst geworden; dennoch lachte er jetzt, merkte aber, daß dieses Lachen die Freundin beleidigte. »Meine Liebe«, sagte er bewegt, »wenn dieser Krieg, den das Schicksal gewiß will, uns durch die Bosheit oder die Unbegabtheit der Menschen nicht erspart bleibt, wird die Erinnerung an Abende wie diesen zu den teuersten gehören, die ich und diese Herren mit ins Feld nehmen werden. Aber ich glaube, er wird uns erspart bleiben«, fügte er bitter hinzu. »Sie sprechen von Schiller; nun gut, schauen Sie, wie dieser Dichter das Drama unserer Zeit vorwegzunehmen vermocht hat, fast als hätte er die Soldaten Bonapartes in Deutschland gesehen und die Schändlichkeit der Kaiserkrone auf seinem Haupt, und vor allem dieses ständige Zögern, das unsere Entscheidung zerfrißt. Als Max Piccolomini fragt, ob es ein guter Krieg sein werde, der sich gegen den Kaiser zusammenbraut, kommt es mir vor, als hörte ich, ich sage jetzt nicht Haugwitz oder die anderen Verräter, die nur allzugut wissen, wo ihr schmutziges Interesse liegt, aber so viele rechtschaffene Buttlers und Pappenheims unseres Heeres und unserer Monarchie, die nicht über den armseligen Nutzen des Tages hinauszusehen vermögen.«

»Viele!« rief Rahel. »Es mögen viele sein, ich kenne sie nicht, aber diejenigen, die im Theater aufgestanden sind und ihre Begeisterung hinausgeschrien haben, kamen mir zahlreicher vor; und es schien, als wollte jeder von ihnen dem König wiederholen, was Wallensteins Frau ihrem zögernden Mann sagt: ›Jetzt ist die Zeit!‹« »Darüber besteht kein Zweifel«, räumte der Prinz ein. »Der Zeitpunkt ist gekommen, schon bald wird es zu spät sein. Napoleon hat den Geist der größten Volksbewegung unserer Zeit erfaßt, der Französischen Revolution. Dieser Geist hat ihn beschützt, solange Napoleon ihm gefolgt ist. Wer damals versucht hat, ihn aufzuhalten, war dazu verurteilt, zertreten zu werden. Aber jetzt ist allen klar, daß er es vorgezogen hat, die Revolution zu verraten, weil er, als echter Korse, nur auf den Vorteil seiner Angehörigen, das Ansehen und die Vendetta bedacht ist.« »Euer Hoheit glauben, daß zwischen ihm und den Franzosen ein großer Unterschied besteht?« fragte ich, verblüfft über diesen Gedanken. »Man merkt, daß für euch Engländer oder Amerikaner die Romanen alle eins sind!« rief Rahel, bevor der Prinz antworten konnte. »Nein«, fuhr die Jüdin fort, »Bonaparte ist anders als die Franzosen, er hat nicht ihren oberflächlichen und leichtsinnigen Charakter; er ist ein Italiener, berechnend und kühl. Er regiert die Franzosen, gerade weil er keiner von ihnen ist; er ist ihnen überlegen und lenkt sie wie ein Puppenspieler, indem er ihre Eitelkeiten und die eigene Kraft ausnutzt. Und aus Liebe zu ihm haben die Franzosen mit all ihrer ganz und gar oberflächlichen Ungezwungenheit und ihrer tiefen Verderbtheit achselzuckend auf alles verzichtet, was sie erworben hatten, auf die Freiheit, die sie so viel Blut gekostet hat, und jetzt zwingen sie die anderen Völker, mit ihrem Blut für das ihre zu bezahlen!«

Bei diesen Worten seufzte Prinz Louis. »Das ist genau der Grund für unsere Unstimmigkeit. Nicht alle Völker haben das Glück, von ihren Herrschern die Erlaubnis zu erhalten, ihr eigenes Blut zu vergießen. Wer von uns hofft nicht, daß das Heer aufgerufen wird, die Freiheit Deutschlands, ja ganz Europas zu verteidigen? Doch leider leben wir nicht mehr in der Zeit meines Onkels. Damals zog Preußen jedesmal, wenn seine Ehre oder seine Freiheit bedroht waren, gegen die anderen in den Krieg; wenn heute der Feind unerlaubt eindringt, wird er höflich gebeten, sich nicht allzulange aufzuhalten. Als ich ein Kind war, erzählte man mir, daß Kaiser Joseph während der Krise 1778 seine Armee im Lager besuchte und seinen Generälen, um ein wenig zu prahlen, sagte, daß er den Krieg wolle, aber nicht glaube, daß er ihn bekomme. ›Wer will mit mir wetten?‹ fragte er. ›Jeder würde wetten‹, antwortete Marschall Laudon, der stets schlecht gelaunt war. ›Jeder, das will nichts heißen‹, erwiderte der Kaiser dreist. ›Ich zum Beispiel‹, sagte Marschall Lacy. ›Um wieviel?‹ fragte der Kaiser, der auf etwa zwanzig Dukaten gefaßt war. ›Zweihunderttausend Gulden‹, sagte der Marschall. Der Kaiser wurde rot und sagte nichts, und alle waren der Meinung, daß er diese Lektion verdient hatte. Eine Woche später stand Friedrich in Böhmen, an der Spitze von achtzigtausend Männern … Aber wenn mir heute jemand sagt, daß wir in einem Jahr noch Frieden haben werden, wäre ich nicht bereit, auch nur einen Louisdor zu wetten, um ihm zu widersprechen!« »Und doch ist«, wandte ich ein, »die Einberufung der Reservisten eine Tatsache, die Offiziere brechen zu ihren Regimentern auf, Pferde und Mehl werden gekauft!« Der Prinz verzog das Gesicht. »Sie wollen Bonaparte nur Angst machen, aber nicht zuviel, als wäre es möglich, auf diese Weise das gleiche Spiel, das er mit uns spielt, auch mit ihm zu treiben. Sobald er aber seine Stimme erheben wird, werden sie sagen, daß alles nur ein Scherz gewesen sei. Schon heute ist Berlin viel ruhiger als gestern und vorgestern; die Journalisten haben den Befehl, sich aller Kommentare zu enthalten, und die Offiziere, sich nicht um Politik zu kümmern!«

»Aber ist der Friede«, mischte sich Henriette schüchtern ein, »nicht das kostbarste Gut? So empfindet und weiß es zumindest jede Frau in ihrem Herzen!« »Der Friede«, erwiderte der Prinz entschieden, »ist das kostbarste Gut; aber was uns in den Untergang treibt, ist, daß wir uns, was den Frieden betrifft, der Selbsttäuschung hingeben. Zu viele von uns, Jette, unterschätzen das, was der Krieg Napoleons für die Welt noch bedeuten kann, ohne zu merken, daß die alten Zeiten nicht viel wert waren und die neuen noch nicht abgeschlossen sind. Man hört, daß auch Napoleon eines Tages sterben und sein Werk von alleine vergehen wird. Ich glaube das Gegenteil: Auf Napoleon wird ein anderer Napoleon folgen. Wir leben nicht mehr in einer Zeit, in der sich die Welt, um besser zu werden, mit Arzneien begnügen konnte, heute ist die Chirurgie nötig, und es spielt keine Rolle mehr, welche Hand das Messer führt. Der Geist der Revolution wird schon im selben Augenblick einen anderen Napoleon erschaffen, vielleicht in Rußland.« »In Rußland!« rief Rahel. »In Rußland oder in China, das ist nicht wichtig; wichtig ist, daß wir im selben Augenblick, in dem wir das Schwert gegen Napoleon erheben, zutiefst spüren müssen, daß wir nicht aufgerufen sind, gegen die Revolution und ihren universellen Geist zu kämpfen, sondern daß wir im Gegenteil für diesen Geist kämpfen, den er verraten hat; denn andernfalls werden wir von ihm verschlungen.«

Bis heute hatte ich nie begriffen, wie tief der jakobinische Geist die Europäer bereits geprägt und wie sehr Napoleon ihnen den Kopf verdreht hat. Wenn dieser Krieg wirklich ausbricht, mußte ich unwillkürlich denken, wird das Europa, das daraus hervorgehen wird, jedenfalls nicht mehr sein, was es zuvor war; und gerade in diesem Augenblick wollte der Prinz, dessen Gedanken den gleichen Lauf genommen haben mußten, erläutern, wie seiner Meinung nach die Siegermächte sich verhalten müßten, sobald Bonaparte erst einmal besiegt worden sei. »Was gestorben ist, kann nicht mehr aus dem Grab heraus zum Leben erweckt werden, was aber lebendig begraben worden ist, muß wieder ans Licht geholt werden«, rief er. »Man dürfte zum Beispiel den Namen eines Volkes nicht verschwinden lassen, wie etwa den der Polen, der wirklich in der Sprache, in der Tradition und in den Bräuchen existiert; Preußen, das über die Hauptstadt verfügt, könnte den Rechtstitel annektieren, so wie Rußland den Litauens und Österreich den Galiziens. Man darf Deutschland nicht einfach nur von den französischen Truppen befreien und es dann für immer bei dem belassen, was in der Zwischenzeit geschaffen worden ist. Wir dürfen nicht von neuem die Mumie des alten Reichs mit wenigen Regimentern, mit seinen Reichsstädten und all seinen zeremoniellen Albernheiten aufrichten, über das Friedrich spottete. Preußen, der größte deutsche Staat, der heute mehr Untertanen hat als Österreich, muß lernen, Deutschland zu lenken, aber es ist nötig, daß der Zusammenschluß der Deutschen von einem lebendigen geistigen Element verbürgt wird, vielleicht von einem neuen Deutschen Orden, nicht nur von einem starren juristischen Element wie dem üblichen kaiserlichen Berufungsgericht!« Der unglückselige deutsche Kaiser, den Bonaparte von einem Tag auf den anderen in einen Kaiser von Österreich verwandelt hat, ist hier in Berlin die Zielscheibe grimmiger Sarkasmen. »Er ist wie ein Offizier, der sich mit der halben Pension in den Ruhestand versetzen läßt!« erklärte Schack. Alle mußten über diese Bemerkung lachen, doch der Prinz hatte nicht die Absicht, sich das Wort entziehen zu lassen. Er prophezeite bereits, was geschehen würde, wenn das Gefüge der Staaten unter dem Hauch des universalen Geistes Rußland, Spanien und der Türkei mit sicherer Hand ihre Bestimmung zuweisen würde, so daß ich ihn schon fragen wollte, ob er nicht auch eine Vorhersage für die Vereinigten Staaten in petto hätte; doch Pauline kam mir zuvor, indem sie sanft fragte: »Und Italien?« Der Redner hielt verblüfft inne, dann lächelte er liebenswürdig: »Das geteilte Italien wird sich prachtvoll entwikkeln; dort wird es der Familie Bonaparte womöglich sogar gelingen, sich zu entfalten.« »Und so«, schloß Rahel, »werden wir sehen, ob Napoleon und seine Brüder ihre Landsleute ebenso gut zu regieren wissen, wie sie die Franzosen regiert haben!«

Die Gesellschaft löste sich ziemlich spät auf, und da ich noch keine Lust hatte, schlafen zu gehen, reizte es mich, einen Besuch in der Jerusalemer Straße zu machen. Während die Glocke des französischen Doms Mitternacht schlug, überquerte ich zu Fuß den Gendarmenmarkt, und nach wenigen Minuten hatte ich die wohlbekannte Adresse erreicht. Hier war diesmal mehr los als beim letzten Mal, und der Saal war voller Rauch. Da ich keinen Taler mehr in der Tasche hatte, gab ich dem Mann, der mir das Tor geöffnet hatte, einen Friedrichsd'or und bat ihn, ihn mir umzutauschen und in der Zwischenzeit Lenchen rufen zu lassen. Der Portier führte mich in ein *Chambre séparée* und versprach mir, daß man sich um mich kümmern werde; tatsächlich erschien Lenchen schon nach kurzer Zeit in der Tür, in einem *Déshabillé*, das noch tückischer war als ihr schelmisches Lächeln. »Der Herr ist also zufrieden gewesen!« rief sie, während sie auf mich zu kam und mir schamlos in die Augen sah. Sie wollte sich setzen, doch ich sagte ihr, daß ich lieber gleich mit ihr aufs Zimmer ginge. Sie hatte sich bereits an meinen Arm geklammert, als sie mich plötzlich losließ, mit einem Schrei zum Tisch lief und, den Fuß auf einen Stuhl gestützt, hastig im Licht des Kandelabers das Bein entblößte. Ich folgte ihr unverzüglich, und als ich bei ihr war, sah ich, daß sie mit zwei Fingern einen Floh gefangen hatte und ihn mit einem Ausdruck des Ekels, der ihr geschminktes Gesicht ordinär erscheinen ließ, zwischen den Nägeln zerquetschte, während sie sich mit der anderen Hand wie wild kratzte.

Ich kniete mich hin und küßte die kleine rote Bißspur über dem Saum des Strumpfes. Lenchens Grimasse verwandelte sich in ein Lächeln; sie streckte die Arme nach mir aus und flüsterte mir zu, daß es nicht notwendig sei, auf ihr Zimmer zu gehen; auch hier würde uns niemand stören. Doch sie irrte sich, denn gerade in diesem Augenblick kam der Diener wieder herein und sagte mir, mein Friedrichsd'or sei zwei Gran zu leicht; ich antwortete ihm, er solle ihn mir zurückbringen, denn ich glaube nicht, daß er zu leicht sei. Lenchen setzte sich schmollend in einen Armstuhl und massierte sich die Stelle, wo der Floh sie gebissen hatte; der Mann kam mit der Münze zurück, und ich hatte den Eindruck, daß es nicht mehr dieselbe war, ja, diese hier war sogar deutlich abgegriffen, während meine, die ich vom Bankier erhalten hatte, neu gewesen war. »Wie!« sagte Lenchen jetzt, sprang auf und stellte sich drohend vor den Mann. »Glaubst du etwa, der Herr kommt hierher, um abgegriffene Münzen auszugeben?« Ihr Ton war so kampfeslustig, daß ich unwillkürlich lachen mußte, vor allem, als ich sah, wie klein sie sich neben dem Pförtner ausnahm. »Genug, das reicht«, sagte ich, weil ich kein Theater machen wollte; ich steckte die Münze ein und gab dem Diener eine andere, ließ ihn und Lenchen sich jedoch vergewissern, daß es eine neue war. Nachdem dieser Plagegeist gegangen war, kehrte ich zu dem zurück, was ich zuvor getan hatte, nämlich Lenchen wegen ihres Bisses zu trösten; und ich tat das so gut, daß sie den Kopf nach hinten warf und zu stöhnen begann. Sie seufzte so überzeugend, daß ich ihre Simulation für echte Lust gehalten hätte, wenn ich nicht aus Erfahrung wüßte, daß die an solchen Orten begehrtesten Mädchen ebendie sind, die am besten die Lust zu simulieren und ihrem Geschäft einen Anschein von Freiheit zu geben vermögen. Sich mit der einen Hand an der Wand abstützend, um nicht zu fallen, suchte Lenchen mit der anderen Hand nach dem Kanapee und ließ sich darauf fallen, wobei sie mich mit sich zog und mit der jetzt freien Hand prüfte, ob ich schon bereit sei, sie zu genießen; die Prüfung mußte sie wohl überzeugt haben, denn sie murmelte sanft fragend: »Wie?« »So«, antwortete ich, und sie nahm die Lage ein, die am geeignetsten war, um mich zu empfangen. Als wir fertig waren, mußte ich lachen. »Auf der Erde, in der Wanne und jetzt auf dem Kanapee; vielleicht werde ich dich ja eines Tages doch noch in deinem Bett lieben!« scherzte ich. Das Mädchen begann seinerseits zu lachen, und so empfingen wir lachend den Pförtner, der endlich gekommen war, um mir meine fünf Taler zu bringen.

Donnerstag, 14. August

Heute hatte ich Gelegenheit, meine Bekanntschaft mit dem preußischen Heer zu erneuern und mich mit einer weiteren wesentlichen Einrichtung dieses Königreichs vertraut zu machen, der Universität; und ich fand letztere kampfeslustiger als ersteres, was im übrigen nur für einen oberflächlichen Beobachter überraschend sein dürfte. Heute morgen fragte ich mich gerade, während ich meine Schokolade trank, ob es nicht angebracht sei, Minister Haugwitz meine Aufwartung zu machen und zu versuchen, Neues über die Absichten des preußischen Kabinetts von ihm zu erfahren, als Oberleutnant von Suckow das Café in Begleitung eines anderen Offiziers betrat, den er mir als Hauptmann von Pannwitz, Kommandant seiner Kompanie, vorstellte. Die beiden Offiziere setzten sich an meinen Tisch, und der Hauptmann bestand darauf, mich zu einem Bier einzuladen und danach zu einem zweiten, und schließlich zu einem Gläschen Schnaps, was mich zu dieser morgendlichen Stunde in einen ganz unnatürlichen Zustand der Trägheit versetzte. Hauptmann von Pannwitz ist ein etwas korpulenter, jovialer Mann in den besten Jahren; er lebt als Junggeselle, und man braucht ihn nur zu beobachten, um festzustellen, daß die Verwaltung einer Kompanie ihrem Befehlshaber kein schlechtes Wirtschaften erlaubt. Als ich das zweite Gläschen ablehnte, erkundigte er sich, wo ich das Mittagessen einzunehmen gedächte, und da ich mir darüber noch keine Gedanken gemacht hatte, lud er mich ein, mit ihm und den anderen Offizieren seiner Kompanie in der Wache im

Schloß zu Mittag zu essen, selbstverständlich auf seine Kosten. Dies ist die wichtigste Wache Berlins; sie wird von einem Hauptmann befehligt und umfaßt einen Oberleutnant, einen Leutnant, einen Fähnrich, einen Kadetten, zwei Gefreite, die mit allen Büroarbeiten vertraut sind und eine schöne Handschrift besitzen, und zahlreiche Soldaten. All diese Leute speisen, mit Ausnahme der einfachen Soldaten, mittags und abends aufgrund einer recht alten Gepflogenheit auf Kosten des Hauptmanns, was für diesen eine nicht unbeträchtliche Ausgabe darstellt. Wie man sich vorstellen kann, schwankt die Qualität der dem Gast angebotenen Stärkungen je nach den Launen des jeweiligen Hauptmanns. Viele wollen überhaupt keine großen Opfer auf sich nehmen, um so viele junge Burschen zu ernähren, die alle einen gewaltigen Appetit haben; andere dagegen sind von königlicher Großzügigkeit sowohl was die Qualität als auch was die Quantität der Speisen angeht. Hauptmann von Pannwitz gehörte zum Glück, wie der Oberleutnant mir zuflüsterte, während wir über die Schloßbrücke gingen, der zweiten Kategorie an. Bei unserer Ankunft war die Wache bereits in der Breiten Straße versammelt und wartete nur noch auf den Kadetten, der losgeschickt worden war, die Fahne des Regiments aus der Wohnung des Generals zu holen, der, aufgrund einer dieser Wunderlichkeiten, die mir im preußischen Heer ziemlich an der Tagesordnung zu sein scheinen, berechtigt ist, sie bei sich zu Hause aufzubewahren. Schließlich traf diese ruhmreiche Fahne ein, und zu meinem großen Vergnügen stellte ich fest, daß nur noch die Stange übrig war, an der auch nicht ein Fetzen Stoff mehr hing; denn die Fahne war im Laufe unzähliger Schlachten von den feindlichen Kugeln vollkommen zerfetzt worden. Auch so bedeutete die Standarte, die nicht weniger als acht Fuß lang sein mußte, übrigens ein nicht unerhebliches Gewicht für einen dreizehnjährigen Jungen, und der Kadett wankte unter der Last.

Die Wachstube befindet sich im äußeren Hof des Schlosses, in einem Kellergeschoß oder besser gesagt in einem Keller, da man etwa zwanzig Stufen hinabsteigen muß. In den letzten Tagen ist es wieder kalt geworden, und in dieser Tiefe war es keineswegs warm, weswegen ich mit Freude feststellte, daß der riesige Porzellanofen brannte; ein speziell für diesen Dienst abgestellter Soldat, dem der pompöse Name *calefactor* zusteht, erschien schon in der Tür. Da es bereits Mittag vorbei war, galt die erste Sorge aller dem Decken des Tisches; und all diese Leute, von denen man niemals geglaubt hätte, daß sie für einen so wichtigen Dienst verantwortlich sein könnten, waren aufs fröhlichste bei der Sache. Die beiden Schreiber hatten sich in eine Ecke gesetzt und bereiteten ihren Bericht für den Abend vor; im Augenblick hatten sie nichts anderes zu tun, als die Federn zu schneiden und das Papier bereitzulegen, doch schon sehr bald würden sie alle Hände voll zu tun haben, da der Posten des Schlosses die Berichte und überhaupt allen Schreibkram der anderen Wachposten der Stadt erhält. Die Offiziere zündeten sich alle, bequem dasitzend, die Pfeifen an, und ich bemühte mich sehr, sie zu überzeugen, daß ich dieses Vergnügen nicht mit ihnen zu teilen gedächte; in der Zwischenzeit öffneten die Soldaten die Körbe, und der Tisch füllte sich mit Platten und Flaschen. Die Gäste waren zahlreicher, als man hätte glauben können, da die Offiziere, die abgelöst werden, ebenfalls nach einem alten Brauch, zum Mittagessen mit denen bleiben, die sie ablösen. Jeden Augenblick ging die Tür auf, und ein Fähnrich oder ein Oberleutnant kam herein, salutierte vor Hauptmann von Pannwitz und erklärte ernst: »Herr Hauptmann, ich habe die Ehre, Ihnen einen guten Tag zu wünschen.« Da sich aber natürlich der Hauptmann, der die abziehende Wache befehligte, auf eine größere Vertraulichkeit mit dem ihm Ranggleichen verlassen konnte, rief er beim Hereinkommen mit lauter Stimme: »Guten Tag, mein kleiner Hauptmann!«, und ich sah, daß unser Gastgeber keineswegs erfreut war, vor allen mit solcher Intimität behandelt zu werden. Als alle Gäste erschienen waren, forderte Pannwitz sie auf, sich zu Tisch zu begeben und dem Mittagessen die Ehre zu erweisen, und alle gehorchten, ohne sich groß bitten zu lassen. Die Speisen zeichneten sich natürlich nicht durch Raffinesse aus und wurden auch nicht von Bordeaux und Champagner begleitet, sondern vom ewigen Berliner Bier, das die Gäste bei weitem für ausreichend hielten; im übrigen machten sie durch Quantität wett, was dem Getränk an Qualität fehlte.

Im Verlauf des Mittagessens hatte ich ein weiteres Mal Gelegenheit festzustellen, wie groß die Unwissenheit der Europäer in bezug auf mein Land ist. Ich bin es bereits gewöhnt, auf der Straße für einen Engländer gehalten zu werden, und im übrigen ist es das Schicksal des Reisenden, auf Schritt und Tritt mit Männern und Frauen der untersten Schichten, mit Kutschern, Dienern, Fremdenführern, Kellnern, kurz, mit den erbärmlichsten Lohnsklaven in Berührung zu kommen, von denen man natürlich keine und sei es auch noch so ungefähre Informiertheit über den Zustand der Welt erwarten kann. Fast alle Wesen dieser Art, mit denen ich ins Gespräch komme, sind überzeugt, daß Amerika zu England gehört und daß wir uns in der gleichen Lage wie Schottland oder Irland befinden. Man wird jedoch zugeben müssen, daß ein amerikanischer Gentleman sich beleidigt fühlen darf, wenn ein Offizier im Dienste des Königs von Preußen, der mit ihm im Schloß seines Souveräns zu Mittag ißt, ihn fragt, ob seine Provinz, denn in seinen Augen sind die Vereinigten Staaten nur eine Provinz, nicht eine große Weinerzeugerin sei und ob sie sich nicht in der Nähe der Türkei »oder jedenfalls in jener Gegend« befinde! Angewidert von dieser Frage, wandte ich mich an meinen anderen Nachbarn, der eben jener Hauptmann war; da dieser schwerhörig war, hatte er nichts von diesem Wortwechsel mitbekommen, und fragte mich, ob ich Engländer sei. »Ich bitte um Verzeihung«, antwortete ich, »ich komme aus den Vereinigten Staaten von Amerika.« »Aber das ist doch das gleiche«, schloß der brave Mann, befriedigt, auch für mich einen Platz in seinem Bild der Welt gefunden zu haben!

Als die Diener den Tisch abdeckten, wünschten sich alle Gäste gegenseitig eine gute Verdauung, wie es zur Zeit unserer Urgroßeltern Brauch war; danach schritten wir zur feierlichen Handlung des Kaffeekochens oder vielmehr, wir sahen den *calefactores* zu, die ihn kochten. Sobald der Chefkaffeekocher meldete, daß das schwarze Getränk fertig sei, nahmen alle wie auf ein Zeichen wieder ihre gewaltigen Pfeifen in die Hand, und der Kaffee wurde in andächtigem Schweigen getrunken, während der Raum sich ganz allmählich mit Rauch füllte. An einem runden Tischchen sitzend, prüfte Hauptmann von Pannwitz die Kladden der zahllosen Berichte, die noch vor dem Abend zu einer ebenso unermeßlichen Zahl von Amtsstellen würden geschickt werden müssen, und bereitete sich darauf vor, sie unter den Schreibern aufzuteilen, die sie in Schönschrift abzuschreiben hatten. Neben ihm wartete ein kleiner Gefreiter mit einem süddeutschen Akzent darauf, den wichtigsten der Berichte laut vorzulesen, den, der für den König persönlich bestimmt war. Wenn man all diese braven Leute so mit Papier und Feder arbeiten sah, fiel es schwer, sich daran zu erinnern, daß es sich um Berufssoldaten handelte, die in die Schlacht und in den Tod ziehen würden; und nichts schien undenkbarer als die Vorstellung, daß der Krieg diese seit ewigen Zeiten eingefahrene Routine stören würde. Doch gerade in diesem Augenblick rief die Wache draußen vor der Wachstube: »Alarm!« Dieser Ruf war nichts anderes als die vorschriftsmäßige Ankündigung der Ankunft des Tagesoffiziers; doch das Durcheinander, das er auslöste, wäre nicht geringer gewesen, wenn er die Ankunft von Bonaparte persönlich gemeldet hätte. Denn alle Offiziere sprangen auf und stürzten zum Ausgang, wobei jeder versuchte, als erster draußen zu sein. Doch um hinauszukommen, mußte man die berühmten zwanzig Stufen wieder hinaufsteigen, so daß die jungen Burschen, die Kadetten, Fähnriche und Leutnants natürlich als Sieger aus diesem neuartigen Wettlauf hervorgingen, während die reiferen Männer, die Oberleutnants und der Hauptmann, alle mit einem gewissen *embonpoint* geplagt, das Hindernis sehr viel mühsamer überwanden und keuchend und schweißgebadet im Freien erschienen. Ich folgte ihnen in aller Ruhe und sah, auf der vorletzten Stufe stehend, zu, wie ein alter korpulenter Offizier die Wachparade abnahm, der mir anschließend, als wir wieder alle in unsere Höhle zurückgekehrt waren, als Oberst von Walther und Cronach, der Kommandant des Regiments, vorgestellt wurde.

Der Oberst reichte mir gutmütig die Hand und entschuldigte sich dafür, daß er mich nicht mit all der Förmlichkeit behandele, die ich als Diplomat seiner Meinung nach gewohnt sein müsse. »Ich«, brummte er, »bin ein alter deutscher Säbel und verstehe mich nicht aufs Komplimentemachen.« Sein Händedruck war kräftig, und sein Äußeres hatte etwas Ungewöhnliches, was ich mir zunächst nicht erklären konnte, bis mir auffiel, daß er keinen Zopf trug. Suckow erklärte mir später, daß er, da die vorschriftsmäßige Frisur dem Oberst gewöhnlich eine schreckliche Migräne verursache, durch ein persönliches Dekret Seiner Majestät davon dispensiert worden sei. In der Zwischenzeit war dem Oberst eine Tasse Kaffee serviert woren, die er im Stehen trank, wobei er sich mit strenger Miene umblickte. »Ich kann nicht behaupten, daß ich mit den Herren unzufrieden bin«, erklärte er dann; »ich wünschte mir nur, daß ein Dienst, der für den Staat von so großer Bedeutung ist wie der, den Seine Majestät Ihnen übertragen hat, sich nicht in eine angenehme Gelegenheit verwandelt, den Freuden der Tafel zu frönen. Man kann nicht seine Pflicht tun, wenn man sich vergnügt, und Sie wissen, daß man dreimal mehr als seine Pflicht tun muß, um sie einigermaßen anständig zu erledigen. Allerdings«, fuhr er mit einer kleinen Verbeugung zu mir fort, »hatten Sie einen Gast, und in derartigen Fällen wird auch eine gewisse Pflege der Annehmlichkeiten dieser Welt zu einer Pflicht.« Dann näherte er sich den Körben, in welche die Diener das Geschirr wieder einzuräumen begonnen hatten, hob den Deckel von einem Topf und schnupperte. »Suppe, und sogar mit Fleisch! Der Herr Hauptmann von Pannwitz versteht es, seine Gäste gut zu behandeln!« Und mit diesen Worten ging er zum Schreibtisch, setzte sich auf die Kante eines Stuhls und begann in dieser unbequemen Position die Berichte zu prüfen. »Hier!« rief er gleich darauf, das erste Blatt schwenkend, und suchte mit den Augen den Unteroffizier, der es geschrieben hatte. »Dieser Bericht müßte in den Schulen als ein Musterbeispiel für schlechte, ja sogar miserable Handschrift vorgeführt werden. Wenn Sie im Feld sind und Befehle schreiben müssen, wie wollen Sie es anstellen, daß sie verstanden werden?« »Aber Exzellenz«, erlaubte sich der Sergeant einzuwenden, »das ist nur der hingeschmierte Entwurf!« »Na und? In der Schlacht wird es keine schöngeschriebene Abschrift geben, und deswegen muß auch der Entwurf in bester Handschrift geschrieben sein. Ich habe mein Leben lang«, fügte er, an mich gewandt, fort, »den jungen Burschen immer wieder eingeschärft, daß sie vom Aufwachen am Morgen bis zum Schlafengehen am Abend an den Dienst und nochmals an den Dienst und an nichts als den Dienst denken müssen; aber ich habe den Eindruck, daß ich mich vergebens bemüht habe.«

Seufzend wendete er sich wieder den Berichten zu; eins nach dem anderen las er sorgfältig all diese Blätter, die teils schlecht, teils schön geschrieben waren; dann stand er auf und hielt die Hände hinter dem Rücken. »Ich muß sagen, man dient dem König schlecht«, brummte er, ohne allerdings den Grund für seine Unzufriedenheit zu präzisieren. »Dabei ist er doch der König! Wie mag es dann erst in einer Republik sein?« »Ich kann Ihnen versichern«, schaltete ich mich gereizt ein, »daß man dem Staat in einer Republik gut dient, da sein Wohl das Wohl aller Bürger ist.« Der alte Mann schien bestürzt darüber, daß er mich beleidigt hatte. »Ich bitte Sie um Verzeihung, aber es lag keineswegs in meiner Absicht, Ihrem Land zu nahe zu treten; im übrigen ist es, soviel ich weiß, ein gottesfürchtiges Land.« »Mehr als viele der europäischen Länder«, bestätigte ich trocken. »Ich zweifle nicht daran«, erwiderte der Alte, sich ereifernd, »und ich bin überzeugt, daß unser Unglück genau daher kommt. Heute denkt man an den Herrgott nur in der Hoffnung, daß er einen in der Lotterie oder beim Kartenspiel gewinnen läßt, als müßten die Wunder des Himmels einem so kleinlichen Zweck dienen und nicht, wie es sein sollte, dazu, daß der Mensch über das Leben und den Tod nachdenkt.« »Ich wußte gar nicht«, bemerkte ich, »daß die Lutheraner an Wunder glauben.« »An Wunder vielleicht nicht«, räumte er ein, »aber zweifellos an Visionen; »im übrigen, können wir denn der göttlichen Allmacht Grenzen setzen? Und ich sage Ihnen, ich habe es selbst erlebt.« Ich sah ihn nicht wenig überrascht an, und er schwieg einen Augenblick.

»Ich kann es Ihnen sogar erzählen«, brummte er dann, »da es das ganze Heer weiß, und diese jungen Burschen hier«, fuhr er, auf seine Offiziere deutend, fort, »werden die Gelegenheit schon beim Schopfe packen, um sich auf meine Kosten zu amüsieren, sobald ich weg bin. Als Junge verirrte ich mich während des Siebenjährigen Krieges und ganz genau am Tag der Schlacht von Torgau in einem Wald, und Gott ließ sich herab, mir eine Vision zu schicken: Ich sah mein eigenes Begräbnis, mit einer Wache, welche die Totenwache hielt, die den Generälen vorbehalten ist.« »Also«, lächelte ich, »können Sie dem Morgen durchaus beruhigt ins Gesicht blicken.« Der Oberst zuckte die Schultern mit frommer Ergebenheit; er hob den Blick zum Himmel oder besser zur Decke des Kellers und seufzte, daß alles in Gottes Hand liege. Ich hatte bereits Gelegenheit gehabt zu beobachten, daß es eine tief verwurzelte, wenn auch friedliche religiöse Leidenschaft unter den preußischen Offizieren, vor allem unter den älteren, gibt. Doch nach dem Gespräch mit dem Oberst war ich überzeugt, den Idealtypus gefunden zu haben, fast wörtlich einem Stück von Kotzebue entnommen. In seinem Beruf sah er, soweit ich zu verstehen glaubte, eine Art von Dienst, der sich nicht allzu sehr von dem der Kirchenmänner unterschied, einschließlich der verblüffenden Fähigkeit, mit der solche Männer vergessen, daß ihr Beruf vor allem darin besteht, andere Menschen, Christen wie sie, umzubringen und zu verstümmeln. »Wenn wir aufs Pferd steigen«, sagt er, »muß man alle Gedanken beiseite schieben, die nicht auf die bevorstehende Schlacht gerichtet sind oder auf Gott.« Und ich bin überzeugt, daß er die Wahrheit sagt und daß gerade der Gedanke an den lieben Gott fest in seinem Kopf verankert ist, wenn er den Säbel zückt, um den Angriff zu leiten.

»Was halten Sie von dem Alten?« fragte Suckow mich lachend, nachdem der Oberst gegangen war. »Eine merkwürdige Person«, antwortete ich. »Und mehr noch, als Sie denken«, erwiderte der Oberleutnant. »Als junger Mann war er Kandidat in Theologie; erst der Siebenjährige Krieg hat ihn zum Offizier gemacht.« »Dann muß er aber sehr alt sein«, bemerkte ich. »Ich glaube, er ist über siebzig; aber er reitet besser als ich. Man erzählt sich, er habe drei Gelübde abgelegt, als er den Soldatenberuf ergriffen hat, das der Keuschheit, das der Armut und das des Gehorsams.« »Und hat er sie eingehalten?« »Mir scheint ja! Er ist nicht verheiratet, und manche schwören, er habe niemals eine Frau berührt; deswegen hat er einen so kräftigen Körper. Was die Armut betrifft, so heißt es, er behalte von all seinen Pensionen, und das sind nicht wenige, nur dreißig Taler für sich; im übrigen sei das, was nicht für die Diener draufgeht oder dafür, die Offiziere des Regiments zum Essen einzuladen, für die Armen bestimmt.« »Ich glaube nicht, daß er sehr appetitanregende Essen gibt«, bemerkte ich. »Im Gegenteil! Seine Tafel ist hervorragend; aber er selbst ißt gewöhnlich nur eine Suppe, ohne Fleisch.« »Und wie steht es mit der Gehorsamkeit?« wollte ich noch wissen. »Sie haben ja gesehen, wie er ist; nun ja, von den anderen verlangt er sehr viel weniger als von sich selbst. Der Schreiber wird in Kürze damit fertig sein, die Berichte abzuschreiben, und um sich über die Eintönigkeit seiner Arbeit hinwegzutrösten, wird er ins Wirtshaus gehen und eine Flasche Bier leeren. Wir allerdings müssen hierbleiben; aber wir holen die Karten heraus und vertreiben uns die Zeit bis zum Abendessen mit *Hombre*-Spielen. Wenn es dann dunkel ist, rücken die *calefactores* die Sessel vor den Ofen, und wir setzen uns hinein, um die Nacht so bequem wie möglich zu verbringen; und Hauptmann von Pannwitz«, schloß er grinsend, »wird das Zeichen zum Schweigen geben, indem er sich eine gute Nacht wünscht. Aber der Oberst«, fuhr er fort, während er mit dem Daumen den Tabak in den Pfeifenkopf drückte, »denkt um diese Zeit noch lange nicht ans Abendessen und noch weniger an die Karten; er wird die Tore abreiten, um alle Wachposten zu besuchen, die heute vom Regiment gestellt werden; dann wird er nach Hause zurückkehren, wieder eine Suppe essen, sich daranmachen, Berichte zu schreiben, und nicht vor Mitternacht aufhören.«

Ich überließ die Herren ihrer Pfeife und ging wieder ins Freie hinauf und dann zu Fuß bis zum Platz der Kontereskarpe, der seit dem Besuch von Zar Alexander im letzten Winter ihm zu

Ehren Alexanderplatz heißt. Hier zog mich ein Laden durch die Vielfalt von Früchten an, die er feilhielt, und ich beschloß, einen Pfirsich oder einen Granatapfel zu kaufen, um mir den Mund zu versüßen. Während der Händler mir seine Ware zeigte, kam ein vielleicht vier- oder fünfjähriges Mädchen in den Laden, barfuß, der untersten Klasse zugehörig, blieb auf der Schwelle stehen und bat den Ladenbesitzer um eine Frucht. Dieser fragte sie mit schroffer Stimme, wieviel sie ausgeben wolle, woraufhin das Mädchen mit der fröhlichsten Unschuld eine kleine Drei-Pfennig-Münze zeigte. »Dafür kann ich dir nichts geben«, entgegnete der Händler noch schroffer. Das Mädchen drehte sich mit Tränen in den Augen um und lief weg. Dieser Szene hatte außer mir noch ein zweiter Kunde beigewohnt, der gerade Blumen und Ananas gekauft hatte und bat, daß sie einer gewissen Dame geschickt würden, begleitet von einem Billett, das er an Ort und Stelle hastig und unleserlich geschrieben hatte. Er sah dem Händler fest in die Augen, steckte dann die Hand in die Tasche und reichte ihm wortlos eine Drei-Groschen-Münze. Eilig rief der Mann das Mädchen zurück und füllte ihr Schürzchen mit Pflaumen. Während das Mädchen ungläubig mit seinem Schatz von dannen zog, blickte der Ananaskäufer mich mit der Andeutung eines Lächelns an: »Hoffen wir, daß sie sich durch die Pflaumen nicht die Ruhr holt«, rief er. »Es wäre sehr traurig, wenn diese kleine Freude sie das Leben kosten sollte!« Durch einen so wunderlichen Kommentar neugierig geworden, sagte ich dem Gentleman, daß seine gute Tat mich sehr erbaut habe und daß ich, auch wenn es sich nur um eine lächerliche Summe handele, hoffe, daß er mir erlaube, mich zur Hälfte daran zu beteiligen. Er sagte, das sei überhaupt nicht der Rede wert, und fragte mich, mit wem er die Ehre habe. Wir stellten uns also vor, und ich erfuhr, daß ich mit Herrn Fichte sprach, Professor der Philosophie.

Mein neuer Bekannter war ein dickbäuchiger Mann, mit Brille und recht herzlich in seiner Handlungsweise, trotz jener Zerstreutheit, die für seinen Beruf typisch sein soll. Da wir beide unsere Unterhaltung interessant fanden, beschlossen wir, ins

Café zu gehen, und dort lud der Professor mich, als er erfuhr, daß ich Schach spiele, sofort zu einer Partie ein. Mir ist selten ein so zerstreuter Gegner untergekommen. Während er spielte, schlürfte er geräuschvoll seine Schokolade, trat, ohne es zu bemerken, auf seinen runden Hut, der neben seinen Füßen auf dem Boden lag, sprach unentwegt mit mir und den Neugierigen, die uns umringten, brütete über dem Schachbrett, wobei er sich mit den Händen durch die wirren Haare fuhr, und zog die Aufmerksamkeit aller Gäste des Cafés auf sich, obwohl er sich niemals aus seinem Sessel erhob. Während der Partie hörte er nicht einen Augenblick zu reden auf, fragte mich nach meiner Herkunft und meinen Ansichten und informierte mich gleichzeitig mit einer Selbstverständlichkeit über seine Vorstellungen und Sorgen, als hätte er statt eines Fremden einen engen und langjährigen Bekannten vor sich. Mehr als über alles andere beklagte er sich über seinen Posten als Professor an der Universität von Erlangen, vor allem über das Gehalt, das er für zu niedrig hielt: kaum tausendzweihundert Gulden im Jahr, plus zweieinhalb Klafter trockenes und ebensoviel frisches Holz, während seine Kollegen der medizinischen Fakultät dank ihrer Privatstudien das Doppelte verdienten und viel weniger fleißig an der Universität arbeiteten, so daß er beabsichtige, unverzüglich an Minister Beyme zu schreiben und eine angemessene Erhöhung seines Jahresgehalts zu fordern. »Obendrein«, knurrte er, »besteht die Fakultät aus Eseln: Ich habe ihnen das Programm meiner Vorlesungen für das kommende Semester geschickt, und jene tüchtigen Professoren haben es in einem so barbarischen Latein ausgehängt, daß ich mich gezwungen sehe, mich davon zu distanzieren!« Ich fragte ihn, warum er nicht dort sei, und er antwortete mir, daß man unmöglich an einem Ort wie Erlangen leben könne. Daher habe er um eine Beurlaubung für das Sommersemester gebeten und sie auch erhalten, und seit Ostern habe er in Berlin bleiben und arbeiten können. Jetzt rücke das Wintersemester heran, und er habe bereits alle Vorbereitungen getroffen, auf seine Stelle zurückzukehren, habe eine Wohnung gemietet und Möbel gekauft. Die Gefahr eines Krieges beunruhige ihn jedoch, denn es sei ja allgemein bekannt, daß die preußischen Truppen in einem solchen Fall Franken nicht verteidigen könnten, und von ihren Quartieren aus könnten die Franzosen innerhalb einer Stunde in Erlangen einmarschieren. Daher überlege er, sich an den König zu wenden, um eine Verlängerung seines Urlaubs auch für das Wintersemester zu erhalten oder wenigstens die Erlaubnis, den Umzug so lange zu verschieben, »bis ein siegreicher Krieg«, um seine Worte wiederzugeben, »das Land sicher gemacht hat«.

Während der Professor mir all dies erzählte, echauffierte er sich so sehr, daß er vollkommen die Schachpartie und die Züge der Figuren vergaß, so daß ich ihn zweimal schachmatt setzte. Das erste Mal beschränkte er sich darauf, das Schachbrett herumzudrehen und die Figuren sofort wieder für die Revanche aufzubauen, beim zweiten Mal nahm er jedoch die Brille von der Nase, brachte seine schweißverklebten Haare in Ordnung, lächelte mir wohlwollend mit seinen kurzsichtigen Augen zu und sagte mir, daß er sich geehrt fühlen würde, wenn ich einwilligen wollte, unsere Unterhaltung beim Abendessen bei ihm zu Hause fortzusetzen. Sein Zuhause erwies sich als eine ganz gewöhnliche bürgerliche Wohnung, nicht ohne eine gewisse Behaglichkeit, aber gewiß nicht luxuriös. Im Eßzimmer steht das Tischchen, an dem mit Mühe vier Personen Platz haben, direkt am Ofen, so daß nicht für mehr als zwei Stühle Platz ist und die Gäste auf ein Kanapee gesetzt werden. Im Raum daneben hat der Professor sein Arbeitszimmer, seine Bücher und seinen Tisch, wo er die Nächte damit verbringt zu arbeiten, trotz der Proteste seiner Frau, die um seine Gesundheit fürchtet. Die Philosophie bestimmt ganz und gar das Leben des Ehemannes und indirekt auch das der Frau. Sie gehen selten ins Theater und besuchen niemanden, da der Professor zu sehr von seiner Arbeit in Anspruch genommen und mit fast all seinen Kollegen zerstritten ist; seine einzige Zerstreuung ist die Partie Schach im Café. Ein Mann also, dem man schwerlich in der Jerusalemer Straße über den Weg laufen würde! Und als reiche das noch nicht, wird seine Zeit von einer wilden Korrespondenz aufgefressen, die ihn zwingt, viele seiner Verpflichtungen zu verschieben oder abzusagen. Er schreibt an den Verleger Cotta in Tübingen, um ihn um einen Vorschuß auf die Autorenrechte an einem Werk zu bitten, das er noch fertigschreiben muß; an die Witwe Schillers in Weimar, um ihr zu dem Erfolg zu gratulieren, mit dem die Stücke ihres verstorbenen Mannes in den Berliner Theatern aufgeführt werden; an Minister Hardenberg, um ihn zu bitten, sich am Weimarer Hof dafür zu verwenden, daß den Buchhändlern dort verboten wird, seine Bücher ohne Erlaubnis und ohne ihm auch nur einen Gulden zu bezahlen nachzudrucken; an seinen Anwalt in Jena, um ihm die Zusendung einer Denkschrift über seinen Prozeß mit dem Verleger Gabler anzukündigen, der sich just der Piraterie zu seinen Ungunsten schuldig gemacht hat. Dieser Prozeß, der seit fünf Jahren andauert und dessen Ende noch nicht abzusehen ist, quält den Professor über alle Maßen, obwohl er sich bemüht, ruhig zu bleiben, während er darüber spricht, was seine Frau zur Verzweiflung bringt, weil sie die Neigung ihres Mannes zum Schlaganfall kennt und geradewegs um sein Leben fürchtet. Frau Professor Fichte ist eine kleine Frau mit gefärbten Haaren, die als junge Frau recht anmutig gewesen sein muß und die ihren Mann ganz offensichtlich anbetet, dessen sämtliche Interessen sie teilt, auch wenn sie nicht ein Wort von seiner Philosophie versteht. Als der Professor sich entfernte, um die Zubereitung des Abendessens zu überwachen, um das er sich gewöhnlich persönlich kümmert, bat sie mich, bei Tisch nicht das Thema Krieg anzuschneiden, dessen schädliche Wirkung auf die Stimmung ihres Mannes sie fürchtet; Er leidet, wie es scheint, unter schmerzhaften Krämpfen, die kein Arzt erfolgreich zu bekämpfen vermocht hat, und als gute Frau zahlt sie ohne sein Wissen in die Witwenkasse ein, um sich eine Pension nach seinem Tod zu sichern.

Das Abendessen bestand, wie sich herausstellte, aus einem Ochsenkopf, ein Gericht, das ich stets herzlich verabscheut habe und das meiner Meinung nach von jeder zivilisierten Tafel verschwinden sollte. In Berlin wird dazu obendrein nach gutem Brauch noch eine Zitronensauce mit Rosinen, Nelken, Honig und Zucker serviert, auf die man gut und gerne verzichten kann. Ich beschränkte mich daher darauf, eine Scheibe zu probieren, während der Hausherr sich unter den Vorhaltungen seiner Frau dreimal bediente und sich den Teller vollschaufelte. Die Ermahnung, die sie mir mitgegeben hatte, erwies sich als gänzlich überflüssig, da Fichte selbst, kaum daß er den ersten Bissen mit einem halben Krug Bier hinuntergespült hatte, auf das Thema des Kriegs mit Frankreich zurückkam. »Die Nation«, erklärte er, »erkennt die Wissenschaftler als ihre geistige Führung an, und wir müssen in dieser feierlichen Stunde einen öffentlichen Appell an sie richten. Ich habe mir vorgenommen, mich an Minister Hardenberg zu wenden, um ihn zu fragen, ob die Regierung nicht die Veröffentlichung eines entsprechenden Manifests für angebracht hält.« Der brave Mann ist sich sicher, daß ebenso, wie die Erlanger Studenten mit Begeisterung seine Vorlesungen hörten, auch die Gefühle des Volkes auf diese Weise wachgerüttelt werden können, und er will mit seinen Reden ans Herz der Deutschen rühren und ihren Patriotismus entflammen; dennoch will er als Bürger, der die Obrigkeit respektiert, keinen Schritt unternehmen, ohne vorab die Zustimmung der Regierung erhalten zu haben. »Und wenn eine solche Einmischung für unangebracht gehalten werden sollte?« fragte ich, in Gedanken zu jenem Minister zurückkehrend, für den schon das Wort Nation einen unangenehm jakobinischen Beigeschmack hatte. »Nicht daß es keinen Grund dafür gäbe, im Gegenteil!« fügte ich hinzu, um den schlechten Eindruck zu vertreiben, den diese Bemerkung hinterlassen haben könnte; »aber es ist doch bekannt, daß das Vorgehen der Regierung unerforschlich ist!« »In dem Fall sehe ich nur eine Möglichkeit, meine Pflicht zu tun«, antwortete der Professor. »Ich werde an seine Majestät ein Gesuch richten, daß er mir erlaubt, dem Heer als Prediger ins Feld zu folgen.« »Fichte!« schrie seine Frau auf, die über die schönen Pläne ihres Mannes wohl nicht unterrichtet war. »Fichte!«, denn sie hat merkwürdigerweise die Angewohnheit, sich auf diese Weise an ihn zu richten, vielleicht, um in den Augen der Fremden und des Hausmädchens den Respekt besser sichtbar zu machen, den man dem Professor schuldig ist. »Und was soll dann aus mir werden, wenn du in den Krieg ziehst?« Der solcherart angesprochene Ehemann blickte vom Teller auf und lächelte treuherzig. »Du könntest mich ja begleiten, meine Liebe! Ich glaube, daß man im Feld die Qualitäten einer echten Frau sehr nötig hat.«

Madame reagierte derart empört auf diesen Vorschlag, daß der Professor es für besser hielt, zu seiner ursprünglichen Absicht zurückzukehren, indem er ihr versicherte, daß eine aufgeklärte Regierung wie diejenige, welche die Geschicke Preußens lenke, einer so wohltätigen Initiative, wie er sie vorschlage, sofort zustimmen würde; und so würden weder er noch einige seiner Kollegen gezwungen sein, einen so verzweifelten Entschluß zu fassen wie den, sich der Armee anzuschließen. Und dann ging er dazu über, weiter den Nutzen zu erläutern, den die deutsche Nation aus der Lehre seiner Philosophen ziehen werde; und er beharrte so sehr auf diesem Gedanken, daß ich nicht anders konnte, als ihn zu unterbrechen. »Mein lieber Professor Fichte! Sie sprechen mit solcher Wärme von der deutschen Nation, dabei sind doch aber, wenn ich mich nicht irre, die Untertanen des Königs von Preußen infolge der jüngsten erfolgreichen Annexionen zur Hälfte Polen!« Der Professor schwieg lange, auf den Tisch vor sich starrend, trank einen Humpen Bier, wischte sich feierlich den Schaum von den Lippen und seufzte. »Wenn ich nicht fürchten würde, mich des Verrats schuldig zu machen, wenn ich, ein einfacher Bürger, die Politik der Regierung in die Debatte werfe, würde ich in der Tat sagen, daß sich der Erwerb so weiträumiger Gebiete, die von Millionen Polen bewohnt werden, die obendrein noch Katholiken sind, für den Staat nicht als vorteilhaft erweisen kann. Und das ist gar nichts im Vergleich zu den unzähligen jüdischen Untertanen, die obendrein noch hinzukommen!« Er fand keine Worte, die stark genug wären, um seinen Abscheu gegenüber dieser unglückseligen Rasse auszudrücken; und er kommt aus dem Staunen nicht heraus, daß die europäischen Monarchen die Anwesenheit übelwollender Ausländer inmitten jeder Nation dulden. Ich sagte ihm, daß es zu unserem Glück nur wenige Juden in Amerika gebe; er brach in

Gelächter aus und riet mir, Druck auf die Regierung auszuüben, damit Maßnahmen gegen ihre Einreise ergriffen würden, denn andernfalls, versicherte er mir, würden wie das Amen in der Kirche weitere nachkommen. Ich bemerkte scherzend, daß inmitten der Amerikaner auch die Juden schließlich ihre Gebräuche ändern und sich den anderen angleichen würden, wie es tagtäglich mit den Deutschen und den Iren geschehe, die in New York an Land gehen. Der Professor erwiderte jedoch im gleichen Ton, es bestehe keine Hoffnung, daß die Juden jemals ihre Gebräuche ändern würden. »Ich sehe keine andere Möglichkeit«, fügte er sonor lachend hinzu, »als ihnen allen eines schönen Nachts den Kopf abzuschlagen und ihnen andere aufzusetzen, in denen sich auch nicht ein jüdischer Gedanke befindet.« Frau Fichte begann ihrerseits so laut zu lachen, daß beinahe die Flaschen vom Tisch gefallen wären; und ich war doch sehr überrascht über den recht eigenartigen Humor der Deutschen. Mit Gottes Hilfe ging dieses philosophische Abendessen, das von einem schlampigen und unhöflichen Hausmädchen serviert wurde, das in Pantoffeln und löchrigen Strümpfen durch die Wohnung schlurfte, endlich zu Ende. Und so verabschiedete ich mich von diesen würdigen Eheleuten und bin zum ersten Mal, seit ich in Berlin bin, hungrig schlafen gegangen.

Freitag, 15. August

Prinz Ferdinand, der bei meinem Besuch in Bellevue neulich eine unerklärliche Sympathie für mich entwickelt zu haben scheint, ließ mir gestern abend die Einladung zustellen, ihn zu seinem Regiment zu begleiten, das in Neuruppin in Garnison liegt, zehn Meilen von Berlin entfernt. Zu einem anderen Zeitpunkt hätte ich irgendeinen Vorwand gefunden, um einen derart wunderlichen Ausflug abzulehnen; aber der Zufall will, daß gerade heute der französische Minister Laforest ein großes Fest gibt, zu dem das gesamte diplomatische Korps eingeladen ist, um San Napoleone zu feiern, dessen Namenstag, von dem man bisher nichts wußte, vor kurzem mit einem *motu proprio* jenes würdigen Gentlemans, des Papstes, auf den 15. August festgelegt worden ist. Die Einladung des Prinzen bot mir eine ausgezeichnete Gelegenheit, meine Abwesenheit zu rechtfertigen, so daß ich gestern abend, als ich das Billett bei meiner Rückkehr ins Hotel vorfand, Will nach Bellevue schickte, um Seine Hoheit davon zu unterrichten, daß ich seine Einladung annähme; auf der Einladung war angegeben, daß um eine Antwort noch am selben Abend gebeten werde. Ich verstand den Grund für dieses Vorgehen heute morgen um vier Uhr, als der Prinz, der früh zu Bett geht und mitten in der Nacht aufzustehen pflegt, mich mit der Kutsche abholte. Prinz August, der jüngere Sohn des Prinzen und Kommandant eines Grenadierbataillons, war zusammen mit seinem Generaladjutanten ebenfalls mit von der Partie, und beide schienen mir nicht weniger verschlafen als ich. Die unfruchtbare Brandenburger Heide bot mit ihrem roten Sand und ihrem Gestrüpp gewiß kein angenehmes Bild unter einem eisigen und fast winterlichen Himmel, und die Gesellschaft war nicht sehr fröhlich. Zum Glück döste ich fast auf der ganzen Fahrt vor mich hin und war daher von der Verpflichtung erlöst, mich unterhalten zu müssen. Als ich schließlich die Augen öffnete, wechselten wir gerade die Pferde in Fehrbellin. Prinz Ferdinand nutzte die Gelegenheit, um von der großen Schlacht zu erzählen, die ebenhier vor hundertdreißig Jahren geschlagen worden war, und teilte mir dann stolz mit, daß sein Regiment, dessen titolarischer Befehlshaber er seit über sechzig Jahren war, das beste Regiment des ganzen preußischen Heeres sei. Prinz August blickte melancholisch aus dem Fenster und dachte wahrscheinlich an irgendein Mädchen, mit dem er sich nun nicht zum nachmittäglichen Spaziergang treffen konnte, während sein Adjutant in einem schweren Band las und seine Lektüre von Zeit zu Zeit unterbrach, um trotz der ständigen Stöße der Kutsche mit dem Bleistift eine wichtige Passage zu unterstreichen.

In Neuruppin, wo wir gerade rechtzeitig zum Mittagessen eintrafen, wurden wir im Haus von Major von Böhnicke aufgenommen, dem tatsächlichen Befehlshaber des Regiments auf Kosten des Prinzen, der in Berlin lebt und sich in Wirklichkeit nur recht selten seiner Pflichten erinnert. Die Stadt, an einem nebligen See gelegen, ist ein architektonisches Schmuckstück, da sie vor nicht einmal zwanzig Jahren nach einem katastrophalen Brand vollständig wiederaufgebaut worden ist. Im Zentrum erhebt sich heute an der Stelle der alten Kirche ein Gymnasium, das, wie eine Inschrift auf der Fassade angibt, »Den künftigen Bürgern« gewidmet ist. Doch trotz der Großartigkeit des klassischen Stils stellt der Reisende schon sehr bald fest, daß es sich eigentlich nur um ein großes Dorf handelt, in dem die einzigen Benutzer der öffentlichen Bibliothek die Offiziere des Regiments sind. Die steifen mehrstöckigen Gebäude, die innerhalb der Stadtmauern groß und bedrohlich dastehen und das Auge des Reisenden schon aus der Entfernung überraschen, sind nichts anderes als Kasernen, und der große, von Palais umgebene Platz dient lediglich als Exerzierplatz. Es gibt dort keine anderen Gewerbe und Geschäfte als diejenigen, die eine Garnisonsstadt benötigt: Die Webereien stellen die Uniformen her, und die Händler verdienen an der Versorgung der Truppe, so daß man sagen kann, daß die Stadt ausschließlich in Abhängigkeit des Militärs existiert, das dort einquartiert ist. Übrigens zählt das Regiment, den Zahlen zufolge, die wir beim Mittagessen an der Tafel des Majors erfahren haben, mehr als fünfzehnhundert Männer im Vergleich zu einer zivilen Bevölkerung von nicht einmal fünftausend Einwohnern. Auf der Straße begegnen einem nur Männer in Uniform, und Abteilungen von Soldaten, die von subalternen Offizieren kommandiert werden, dienen als Polizei und Feuerwehr für die ganze Stadt.

Die Unterbringung einer solch riesigen Truppe wirft natürlich beträchtliche Probleme auf, die mehr schlecht als recht mit Hilfe von Zwangsabgaben gelöst werden, die man den Einwohnern abverlangt. Die höheren Offiziere haben ihre Wohnungen in der Stadt, während die subalternen größtenteils in gemieteten Zimmern wohnen. Die Truppe ist, ein seltener, wenn nicht gar einzigartiger Fall in der ganzen preußischen Monarchie, nicht bei den Bürgern einquartiert, sondern in den oben erwähnten Gebäuden kaserniert. Diese Regelung läßt ein nicht unerhebliches Problem ungelöst, nämlich das der Soldatenfamilien: Da die Kasernen dafür gedacht sind, ausschließlich eine große Anzahl von Männern unterzubringen, leben die Frauen und Kinder in den meisten Fällen in Baracken und unbeschreiblicher Armut, obwohl Major von Böhnicke und der Regimentskaplan, Doktor Mielke, alles tun, um das Elend dieser armen Kreaturen zu lindern. Was ihnen am meisten am Herzen liegt, ist die Einrichtung einer Sonntagsschule, um den Kindern, die sonst in völliger Verwahrlosung leben würden, eine Erziehung zu geben. Tatsächlich gibt es in fast allen Regimentern Schulen für die Kinder der Soldaten. Dort wird ihnen das Aufsagen des Katechismus beigebracht, wobei jeder Fehler mit Stockschlägen korrigiert wird, das Lesen und Schreiben, allerdings ohne Orthographie, und manchmal das Rechnen – also mehr oder weniger das, was den Kindern der Bauern in allen Schulen des Königreichs beigebracht wird. Während jedoch jedes Dorf durch Gesetz verpflichtet ist, einen Schullehrer zu unterhalten, für den der Pfarrer verantwortlich ist, können die Regimentsschulen nicht ohne staatliche Unterstützung bestehen. Und jetzt beklagt sich der Kaplan, der mit uns am Tisch sitzt, daß, nachdem Friedrich Wilhelm III. den Thron bestiegen hat, die Anstrengungen, die in dieser Richtung bereits unternommen worden sind, drastisch eingeschränkt worden seien, aus Furcht, ein Übermaß an Erziehung könne dazu führen, daß die Kinder zu ehrgeizig werden und unzufrieden mit der Stellung, welche die Vorsehung ihnen zugedacht hat. Der Pfarrer wetterte lebhaft gegen diese fortschrittsfeindliche Auffassung und lobte ich weiß nicht welchen General, der aus eigener Tasche das Geld zur Verfügung stelle, um den Lehrer für die Kinder seiner Soldaten zu bezahlen. »Seine Exzellenz!« erklärte er lebhaft, »hat auf seine Kosten ein Zimmer gemietet, in dem der Lehrer wohnt und unterrichtet, und mit der Unterstützung der Offiziere und zahlreicher Herren und Damen aus der Nachbarschaft hat er eine kleine Bibliothek und eine Spinnerei einrichten können. Jeden Monat verliest der

Kaplan öffentlich die Noten der Schüler und übergibt sie dem General, der diejenigen, die es verdient haben, belohnt; alle Offiziere wohnen der Prüfung am Jahresende bei, und letztes Jahr hat der Beste vom Major des Regiments einen Hut als Geschenk erhalten.« Der brave Mann erzählte diese Kleinigkeiten mit jenem Ernst, derer nur die ehrbarsten Deutschen fähig sind, und am Ende des Mittagessens bat er den Prinzen, sich bei Seiner Majestät dafür zu verwenden, daß die Mittel für seine Schule erhöht werden. Es war jedoch nur allzu deutlich zu erkennen, daß der Prinz, wenn es nach ihm ginge, geradewegs jede Ausbildung, ausgenommen der militärischen, abschaffen würde und daß ihn nur der Überdruß davon abhielt, dem Pfarrer über den Mund zu fahren und ihn zum Schweigen zu bringen. »Die Söhne der Soldaten werden ihrerseits Soldaten sein oder als Hilfsarbeiter in die neuen Fabriken gehen, die das Wohlwollen des Staates in allen Städten des Königreichs errichten läßt«, brummte er schließlich. »Sie in die Schule schicken bedeutet doch nur, daß man sie Hochmut, Anmaßung und den Widerwillen vor körperlicher Anstrengung lehrt und ihnen folglich einen sehr schlechten Dienst erweist.« Der Pfarrer ergriff dennoch die Gelegenheit beim Schopfe und erwiderte, scheinbar dem Prinzen recht gebend, daß er, wenn die Mittel es ihm erlauben würden, den Jungen und Mädchen durchaus das Spinnen, das Stricken, das Nähen und das Spitzenklöppeln beibringen könne, ja sogar das Holzschnitzen und das Herstellen von Spielzeug, so wie früher, bevor die Mittel gekürzt worden seien, und womit man sie auf einen Beruf vorbereitet habe. »Womöglich möchte der Herr Pfarrer«, erwiderte der Prinz sarkastisch, »für meine Offiziere sogar noch die Verpflichtung wiedereinführen, die Familien der Soldaten zu besuchen, um sich zu unterrichten, ob die Bälger Schuhe tragen oder barfuß gehen und ob sie genug zu essen erhalten. Wenn Sie sich dazu entschließen, seien Sie doch so gütig, mich nach meiner Meinung zu fragen.« Diese Verpflichtung ist, wie es scheint, vor ein paar Jahren ohne Wissen des Prinzen eingeführt worden, der sie, als er davon erfuhr, sofort wieder aufhob; und mit dieser Antwort, die er in einem Ton formuliert hatte, der so schneidend war, daß er keine Erwiderung zuließ, wurde das Thema fallengelassen. Ich glaubte im übrigen zu verstehen, daß die Offiziere des Regiments, mit Ausnahme des Majors und des einen oder anderen älteren Hauptmanns, die Reduzierung der Schulpflicht mit Erleichterung aufnahmen und die Meinung des Prinzen in allen Punkten teilten, so daß die Klage des Pfarrers aussichtslos scheint.

Bei Tisch unterrichtete der Major seinen Dienstherrn auch über den Zustand des Regiments, und aus dem Gespräch ergab sich ein Bild, das sich nicht allzu sehr von dem unterschied, das ich mir gemacht hatte, als ich in Tangermünde mit den Offizieren der Schützen gesprochen hatte. Zum jetzigen Zeitpunkt entspricht die Stärke des Regiments bei weitem nicht der vorgeschriebenen Sollstärke, aufgrund des Beurlaubungssystems, das im gesamten preußischen Heer praktiziert wird, mit dem doppelten Ziel, am Unterhalt für die Truppen zu sparen und der Bevölkerung die Bürde der Wehrpflicht leichter zu machen. Von etwa fünfzehnhundert Männern, die in die Listen eingetragen sind, stehen wenig mehr als die Hälfte, in der Mehrheit ausländische Söldner, ständig im Dienst; die anderen haben zehneinhalb Monate im Jahr Urlaub und verdienen ihren Lebensunterhalt als Tagelöhner oder Handwerker; lediglich für eine Periode intensiver Ausbildung vor der jährlichen Inspektion und den Frühlingsmanövern kehren sie unter die Fahnen zurück. Die Kompaniekommandeure haben obendrein die Erlaubnis, auch den Söldnern vorübergehend Urlaub zu gewähren, wobei sie deren Sold für sich behalten, und wie man sich denken kann, zögern sie nicht, von diesem Recht Gebrauch zu machen. Die solcherart beurlaubten Pechvögel sind gezwungen, in Bereitschaft zu bleiben, und dürfen nicht ohne Erlaubnis die Stadt verlassen, doch sie können über ihre Zeit verfügen, was bedeutet, daß sie arbeiten müssen, um zu überleben. Das führt unter anderem dazu, daß hier wie in jeder anderen Stadt des Königreichs der größte Teil der Flickschuster, Gepäckträger, Wirtshausdiener und Arbeiter in ähnlichen Berufen in Wirklichkeit beurlaubte Soldaten sind, die auf erbärmliche Weise von ihrer Arbeit leben, und keinen anderen Ausweg sehen, als Frauen und Kinder betteln zu schicken, sobald sie durch die Erhöhung des Brotpreises zu verhungern drohen. Dieses Jahr hat der gerade ergangene Befehl zur Mobilmachung dazu gezwungen, alle Urlaube aufzuheben und die Einberufung der Reservisten vorzuverlegen, aber bis heute haben diese Maßnahmen noch nicht recht gegriffen: Kaum ein Dutzend Einberufene hat sich beim Regiment eingefunden, glücklicherweise, muß man sagen, denn man hätte nicht gewußt, wie man sie noch hätte ausrüsten sollen. In den Depots fehlt es an allem, und sogar das Brot für die Truppe wird unregelmäßig verteilt, als sei die Intendantur nicht in der Lage, mit dem Problem der plötzlichen Aufstockung der Effektivbestände fertig zu werden. Die letzten Reservisten, die sich gestern präsentiert haben, unter ihnen zwei oder drei Männer über Fünfzig, konnten kein Gewehr und nicht einmal einen Berechtigungsschein für eine Unterkunft bekommen und ziehen auf der Suche nach einer behelfsmäßigen Unterkunft durch die Stadt und betteln an den Türen der Bürger um Brot.

Nach dem Mittagessen wollte der Prinz der Truppe beim Exerzieren zuschauen. Die Soldaten, die bereits am Morgen von diesem Besuch in Kenntnis gesetzt worden waren, warteten in Reih und Glied auf dem riesigen staubigen Platz, den die Stadtverwaltung dem Regiment als Exerzierplatz zugewiesen hat. Die umstehenden Gebäude wirkten wie die Kulissen einer riesigen Bühne, und tatsächlich waren die Fenster voll von Bürgern, die hinausschauten und das Schauspiel wie im Theater genossen. Unter den pedantischen Augen des Prinzen formierten die beiden Bataillone sich zum Klang der Pfeifen und Trommeln zu Kolonnen, marschierten zu den entgegengesetzten Enden, wechselten die Fronten, breiteten sich mit großer Schnelligkeit aus und marschierten in Linie im Paradeschritt aufeinander zu. Nach hundert Schritten nahmen sie Aufstellung zum Schießen und begannen Kompanie für Kompanie Salven abzufeuern, wobei sie in der Schießgeschwindigkeit miteinander wetteiferten. Die Soldaten jeder Kompanie werden gedrillt, alle im selben Augenblick zu schießen, und die schwersten Strafen drohen ihnen, wenn es ihnen durch einen unglücklichen Zufall passieren sollte, *das Gewebe zu zerreißen*, wenn also der Knall nicht ganz trocken einheitlich auf einen Schlag kommt, was, wie es scheint, für unerläßlich gehalten wird, damit das Feuer seine Wirkung zeigt. Das Schauspiel hat unleugbar etwas Großartiges, wenn man auch an seinem wirklichen Nutzen auf dem Schlachtfeld zweifeln mag, wo man eventuell, Gott möge es verhüten, Sträucher vorfindet oder einen Graben durchqueren muß. Auf der festgestampften Erde führt die Truppe die Manöver mit außerordentlicher Präzision und Symmetrie aus: Tausende von Füßen heben und senken sich im Takt, tausende Arme führen gleichzeitig und mit großer Geschwindigkeit das komplizierte Laden des Gewehrs aus. Und im übrigen ist der tödliche Ernst, mit dem sich alle Offiziere, vom Prinzen bis zum letzten Kadetten, diesen Übungen widmen, die beste Garantie für ihren Erfolg. Die Soldaten handhaben die überaus schwere vorgeschriebene Muskete mit einer Gewandtheit, die nur durch den ständigen Drill und die Stockschläge, welche die Offiziere erbarmungslos austeilen, zu erklären ist, und bei jeder Bewegung ertönen die Musketen unisono, mit schönem hölzern-metallischem Klang. Diese Wirkung wird, wie man mir erklärt hat, dadurch erzielt, daß alle Schrauben und die Bolzen des Gewehrs so stark wie möglich gelockert werden, damit die verschiedenen Teile zusammen einen Klang erzeugen können; und obwohl ein Offizier leise seine Zweifel an der Nützlichkeit einer solchen Praxis anmeldete, lieben die Generäle es, wenn die Waffen nicht nur korrekt, sondern auch mit schöner klanglicher Wirkung gehandhabt werden, so daß nicht nur die Augen, sondern auch die Ohren beeindruckt werden.

Als die Manöver beendet waren, stieg der Prinz vom Pferd, um persönlich die Truppenparade abzunehmen, und er lud mich ein, ihn zu begleiten. Einzeln aus der Nähe betrachtet, bieten die Soldaten keinen schönen Anblick. Die Uniform, einschließlich der Hosen und der Gamaschen, ist aus einem Material, dessen Minderwertigkeit sogar den unverschämtesten Stoffabrikanten erröten ließe. Die Ausrüstung der Truppe besteht aus den miserabelsten und gewöhnlichsten Materialien; das Leinen ist Sackleinen. Die Schuhe überstehen keinen längeren Marsch, und die Soldaten sind gezwungen, sich jeden Abend mit Nadel und Faden zu behelfen und aus dem Stegreif Flickschuster zu werden, damit die Schuhe für die Inspektion immer glänzen und heil aussehen. Die Leinenhosen, welche die Soldaten während der Manöver des Staubs wegen anziehen, der in dieser Jahreszeit überall ist, sind so kurz, daß sie den Truppen ein eher lächerliches als kriegerisches Aussehen verleihen. Den Prinzen schien das jedoch nicht zu kümmern; er lief statt dessen mit mürrischer Miene hinter den Rücken der Soldaten umher, betrachtete die vom Staub schwarzen Gesichter, zog von Zeit zu Zeit ein silbernes Lineal aus der Tasche und maß ihre Zöpfe, um sicherzugehen, daß sie der vorgeschriebenen Länge entsprachen. Anschließend prüfte er eingehend die Musketen, deren Läufe nach dem Manöver nicht mehr spiegelblank waren wie noch kurz zuvor; da ich ihn begleitete, hatte ich Gelegenheit festzustellen, daß die inneren Teile der Musketen im Unterschied zum Lauf in ziemlich schlechtem Zustand und häufig rostig sind, doch darüber gibt es anscheinend keine Vorschriften, da der Prinz sich diesbezüglich nicht die geringste Bemerkung erlaubte.

Als wir zum Major zurückkamen, schlugen die Glocken der Klosterkirche acht, und der Prinz zog sich ohne Abendessen zurück, eine Gewohnheit, die er vielleicht eher aus Sparsamkeit als aus Enthaltsamkeit angenommen hatte. Der Hausherr wagte es nicht, den anderen Gästen ein richtiges Abendessen zu servieren, aus Furcht, den Schlaf Seiner Hoheit zu stören, ließ statt dessen aber einen Tisch mit Käse, Schinken und geräuchertem Fleisch decken, begleitet von etlichen Flaschen Moselwein, denen besonders Prinz August zusprach. Während wir aßen, erblickte ich auf der hinteren Wand des Raums, kaum sichtbar im ungewissen Kerzenlicht, ein Porträt, das mir merkwürdig vorkam, und später ging ich, ein Glas Weinbrand in der Hand, näher heran, um es mir genauer anzusehen. Es war das Porträt eines Edelmanns mit weißer Perücke, der militärisch gekleidet war, mit jener Freiheit jedoch, welche die Offiziere noch zu Beginn des vorigen Jahrhunderts auszeichnete, bevor sich überall die Tyrannei der Vorschriften und der Uniformen durchsetzte. Auf den schwarzen Hintergrund hatte der Maler in goldenen Lettern einen mittlerweile fast unleserlichen Namen geschrieben, sowie ein Datum: MDCCXII AETATIS SVAE LVI. Der auf diese Weise unsterblich gemachte Edelmann hatte wenig vertrauenerweckende Gesichtszüge, vielleicht aufgrund der schwarzen Binde, die sein linkes Auge bedeckte, und der Narben, die beide Wangen entstellten. Was mir jedoch am meisten auffiel, war das Bündel schimmernder Bajonette, das er mit eleganter Unbekümmertheit unter dem Arm trug, als handele es sich um einen Spazierstock. Ich bat den Gastgeber um Aufklärung, und er erklärte mir nicht ohne eine gewisse Genugtuung, daß es sich um das Porträt eines seiner Vorgänger handele, Teufel von Birkensee, der das Regiment ein Jahrhundert vor ihm kommandiert und sich mit siebzehn Bajonetten unter dem Arm habe malen lassen, zur Erinnerung an die siebzehn Verwundungen, die er mit der blanken Waffe in der Schlacht von Malplaquet erhalten habe. Um mir das Gemälde zu erläutern, hatte der Major sich danebengestellt, und so mußte ich zwangsläufig den Kontrast zwischen dem spöttischen und grausamen Lächeln des prahlerischen Haudegens auf dem Porträt und dem ernsten und bedächtigen Gesicht des Hausherrn bemerken; sogar die Uniform von letzterem, maßgeschneidert für jemanden, der ganz offensichtlich seine Bequemlichkeit liebt, wirkte weniger militärisch als die seines Vorgängers. Ich weiß nicht, ob das dem Einfluß der Religion zuzuschreiben ist oder einfach nur dem eintönigen Leben, welches die preußischen Offiziere in Friedenszeiten führen, indem sie jeden Tag die gleichen Dinge tun, ohne je den Ort zu wechseln. Eines ist jedoch gewiß: Ich kann mir nur sehr schwer vorstellen, daß Major von Böhnicke oder irgendein anderer der Offiziere, die ich zwischen gestern und heute kennengelernt habe, eine so überhebliche und wunderliche Erinnerung an sich in Auftrag geben würden.

Sonnabend, 16. August

Heute nacht wurde ich vom Lärm der Diener und Stallknechte geweckt, die schon vor Morgengrauen die Kutsche beluden und die Pferde anspannten, und da ich jeden Augenblick erwartete, daß der Prinz nach mir schickte, blieb mir nichts anderes übrig, als aufzustehen. Nachdem ich mich angekleidet hatte, ging ich ins Eßzimmer hinauf, wo die Hausherrin, welche die Nacht ohne zu schlafen verbracht haben mußte, den Kaffee hatte servieren lassen. Am Tisch saß bereits ein Gast, der noch früher als ich aufgestanden war, nämlich der Adjutant von Prinz August, Hauptmann von Clausewitz. Dieser ist ein junger Mann, der nicht älter als zwanzig aussieht, mit zwei brennenden Augen in einem noch bartlosen Gesicht, dessen Züge so fein sind, daß er in einer anderen Zeit ohne weiteres die weiblichen Rollen in einer Schauspieltruppe hätte übernehmen können. Seine Unterhaltung, die ich gestern bei Tisch nicht hatte würdigen können, da er sich in hartnäckiges Schweigen gehüllt und nur sehr einsilbig auf die Scherze von Prinz August geantwortet hatte, offenbart einen ungewöhnlich scharfen Verstand und eine Sensibilität, die bei jedem Nichtdeutschen geradezu krankhaft wirken könnte. »Was halten Sie von dem Schauspiel, dem wir gestern beigewohnt haben?« fragte er mich, beinahe schüchtern, als erwarte er einen bissigen Kommentar. »Ich verhehle Ihnen nicht«, lächelte ich, »daß mir der Grad, mit dem der Prinz um die Einhaltung des Reglements besorgt ist, an Pedanterie zu grenzen scheint, und das ist noch milde ausgedrückt, denn ich habe noch nie gesehen, daß man die Zöpfe der Soldaten mißt, als hänge das Wohl und Wehe des Staates von ihrer Länge ab. Aber dennoch«, fügte ich hinzu, »bietet das Heer einen wunderbaren Anblick, wenn es seine Manöver ausführt, und wenn Bonaparte die Manöver hätte sehen können, denen ich gestern beigewohnt habe, ich glaube, er würde doch zögern, seinen noch so jungen Ruhm mit dem der Preußen zu messen.« Der junge Mann verzog das Gesicht. »Gebe Gott, daß es so ist! Ich für meinen Teil kann mir nicht oft genug wiederholen, daß das Wenige, was ich vom

Krieg gesehen habe, kaum dem entspricht, was wir jeden Tag auf dem Exerzierplatz vorführen.« Ich antwortete vorsichtig, daß der Prinz, obgleich das Blut, das durch seine Adern fließe, natürlich im Rhythmus der Trommeln pulsiere, mir in der Tat wie ein Mann vorkomme, der mehr auf die Form als auf den Inhalt des Militärlebens Wert lege, daß aber gewiß nicht alle Regimenter des preußischen Heeres nach seiner Methode ausgebildet würden. »Da irren Sie sich leider!« erwiderte der Hauptmann lebhaft. »Sie haben natürlich nicht die *Prinzipien der Taktik* des verstorbenen Generals von Saldern lesen und studieren müssen, an dem sich noch immer unsere Manöver orientieren. Hören Sie sich dies an«, sagte er und zog ein in Leinen gebundenes Büchlein aus der Tasche, das sichtlich abgegriffen war. Er blätterte hastig, bis er das Zitat gefunden hatte, das er suchte. »›Das Reglement‹, schreibt der Autor, ›schreibt zwar vor, sechsundsiebzig Schritte in der Minute zu machen, infolge ernsthafter Beobachtungen und Überlegungen bin ich jedoch zu dem Schluß gekommen, daß es besser wäre, nur fünfundsiebzig Schritte in der Minute zu machen.‹ Was sagen Sie dazu? Es ist verwunderlich, daß es kein Kapitel darüber gibt, wie man den Hunden des Regiments den Paradeschritt beibringt!«

»Aber eigentlich«, fuhr ich fort, ein wenig überrascht von so viel Sarkasmus, »scheint mir doch jeder, der heute über militärische Dinge schreibt, anzuerkennen, daß die Ausbildungsmethode und der Drill der einzige Schlüssel zum Sieg sind, und wenn das so ist, braucht das preußische Heer nicht zu befürchten, daß seine Lorbeeren so rasch verdorren.« »Soviel ich weiß«, erwiderte der Hauptmann, der durch die hitzige Diskussion ganz glühende Wangen bekommen hatte, »gibt es nur einen einzigen Schlüssel, der die Tore zum Sieg zu öffnen vermag, und das ist die Moral der Männer. Erinnern Sie sich, was Thukydides über die Schlacht von Mantinea schreibt? Die Spartaner waren bereits mehrmals geschlagen worden, und auch diesmal waren sie dem Gegner in taktischer Hinsicht und was die Kenntnis des Geländes betrifft unterlegen, aber dennoch traten die Feinde als erste die Flucht an; und Thukydides kommentiert: ›Diese eine Schlacht reichte aus, um die Spartaner von dem Tadel reinzuwaschen, den sie auf sich geladen hatten; wie es schien, war das Glück ihnen nicht gewogen, doch ihr Mut war immer noch derselbe wie zuvor.‹ Was uns betrifft, so besteht kein Zweifel, daß unsere Disziplin immer noch dieselbe wie zuvor ist; der Mut jedoch? Das ist eine Frage, auf die niemand guten Glaubens antworten kann!« Während ich eine Scheibe Brot mit Butter bestrich, beglückwünschte ich ihn zu seiner Bildung; einen Augenblick lang huschte ein Schatten über seine Stirn, als fürchte er, ich würde ihn verspotten, dann gestand er mir etwas widerstrebend, daß die anderen ihn wegen seiner Freude an den Studien immer als einen Fremden empfunden hätten, nicht nur im Heer und in der guten Gesellschaft, sondern auch in der Familie. Sein Vater war Offizier im Ruhestand, »und bei ihm zu Hause«, sagte er, »bin ich immer nur Offizieren begegnet, und nicht gerade den gebildetsten. Die einzigen Bücher, die wir zu Hause hatten, waren die Dienstvorschrift und das Gebetbuch!« Kurz nach seinem zwölften Geburtstag vertraute sein Vater ihn dem Kommandanten des Regiments von Prinz Ferdinand an, ebenhier in Neuruppin, und von dem Augenblick an kannte er nichts anderes als das Soldatenleben. Das ist allerdings nichts Außergewöhnliches, wie er selbst bemerkte: »Wenn bei uns, im Adel, meine ich, ein Junge zwölf oder dreizehn wird, konfirmiert man ihn, schenkt ihm einen blauen Frack und ein Paar Hosen, die ihm als Uniform dienen können, wenn er zum Kadetten wird, schneidet ihm die Haare, klebt ihm einen falschen Zopf an und schickt ihn in die Armee, die sich von dem Tag an um seine Zukunft kümmern wird. Und die meisten Jungen, die seit ihrer frühesten Kindheit mit dieser Vorstellung aufgezogen worden sind, sehnen diesen Tag herbei, an dem sie das väterliche Haus verlassen können, um Soldat zu werden.« Ich erinnerte mich an den kleinen von Suckow und sagte ihm, daß ich bereits Gelegenheit gehabt hätte, persönlich den Wahrheitsgehalt dieser Beschreibung zu überprüfen. Er fügte jedoch noch hinzu, daß diese frühzeitige Trennung vom Elternhaus ihm Unbehagen bereitet habe. »Sie können sich vorstellen, was es für einen Jungen in diesem Alter, vor allem wenn er sehr sensibel ist, bedeutet, die Familie, das Zuhause verlassen zu müssen, alles, was er bis dahin gekannt hat, um ins Unbekannte zu ziehen. Wenn ich die Augen schließe, sehe ich noch meine Mutter, die in mein Zimmer kommt, um mich mitten in der Nacht zu wecken, und die Küche, in der ich beim Licht einer Kerze den letzten Milchkaffee meiner Kindheit trank, während es draußen dunkel war und regnete und der Diener, der mich zur Postkutsche begleiten sollte, die Pferde sattelte. Der Schmerz, den ich an jenem Tag empfand, ist immer noch nicht ganz überwunden, und ich glaube, ich werde ihn niemals vergessen können.« Gleich anschließend war er jedoch schon bei der Belagerung von Mainz dabei, und seine kindliche Stimme verband sich mit den heiseren Stimmen der Tausende von Soldaten, die mit roher Begeisterung den Brand der Stadt unter dem Feuer ihrer Artillerie feierten …

Der Hauptmann vertraute mir an, daß seine Interessen der Architektur und der Mathematik gelten, zwei Gebieten, von denen ich, wie ich zugeben muß, absolut nichts verstehe, in noch höherem Maße aber, wie es sich für einen Berufssoldaten gehört, der Kriegskunst. Ich fragte ihn, was er während der Fahrt in der Kutsche so interessiert gelesen habe, und erfuhr, daß es sich um ein Buch von Herrn von Bülow handelte. »Ich kenne den Autor«, bemerkte ich mit Genugtuung, »er ist ein Original, aber sehr beschlagen. Ist es ein gutes Buch?« »Heute abend, wenn ich es zu Ende gelesen habe, werde ich Ihnen mit größerer Sachkenntnis antworten können. Aber ich kann schon jetzt sagen, daß alle Abhandlungen über Strategie und sogenannte Militärwissenschaft, die von Bülow, Massenbach, Venturini und Konsorten veröffentlicht worden sind, weniger Weisheit und Wahrheit enthalten als ein Kochbuch, und ich glaube nicht, daß diese letzte Arbeit des Herrn von Bülow meine Meinung ändern wird!« Ein wenig gereizt über eine solche Sicherheit, bat ich ihn, mir an einem Beispiel die Stichhaltigkeit eines so scharfen Urteils zu zeigen; und ich glaube, daß er nichts anderes erwartet hatte, denn mit leuchtenden Augen stellte er seine Kaffeetasse ab und lud mich ein, ihm in sein Zimmer zu folgen, um dort das Gespräch *in re* fortzusetzen.

Als wir im Stockwerk darüber ankamen, riß der Hauptmann die Fensterläden weit auf, ohne sich im geringsten darum zu kümmern, daß das Bett noch nicht gemacht war, beugte sich über den Tisch, wo aufgeschlagen das fragliche Buch lag, und begann fieberhaft darin zu blättern. Als er die Passage, die ihn interessierte, gefunden hatte, hielt er es mir triumphierend unter die Nase. »Hier! Bülow behauptet zum Beispiel, daß man nur dann einen höheren Grad von Taktik und Strategie erreichen könne, wenn man sich mit der höheren Mathematik vertraut gemacht habe. Das ist eine Absurdität, die keiner Erwähnung bedurfte, wenn da nicht diese Arroganz wäre, mit welcher der Autor diese unmöglich nachprüfbare Aussage in ein sogenanntes Theorem verwandelt. In Wirklichkeit besteht zwischen der Mathematik und der Militärkunst mehr oder weniger der gleiche Bezug wie zwischen der Mathematik und einer Predigt! Aber Ihr Freund ist nicht der einzige unserer Schreibtischstrategen, der eine solche Schwärmerei für die Mathematik hegt. Diese Herren glauben, ohne Logarithmentafel sei es unmöglich, zu dritt ein Bächlein zu überqueren.« Ich wandte ein, er widme doch selbst seine Zeit der Mathematik. Er antwortete mir, daß er das zu seinem persönlichen Vergnügen tue, und anstatt sich aufgrund beruflicher Erfordernisse dazu verpflichtet zu fühlen, sei er in diesem Fall geneigt, jenen Kollegen recht zu geben, die das Studium für eine sinnlose Extravaganz halten. »Aber das liegt am vollkommen abstrakten, literarischen Charakter der Ideen des Herrn Bülow. Seine peremptorischen Behauptungen lassen ihn in den Augen des Publikums als einen fortschrittlichen, wenn nicht sogar geradezu hellsichtigen Mann erscheinen, und doch hänge, wie er behauptet, der Erfolg einer Operation von der Weite eines auf der Karte gezeichneten Winkels ab! Ein Kriegsplan, argumentiert dieser Herr, müsse als Basis eine Linie von Magazinen in den Festungen haben. Von dort aus bewege man sich auf das Ziel zu, das man einnehmen wolle, indem man Operationslinien ziehe, die auf der Karte ein Dreieck bildeten und deren Spitze just das Ziel sei. ›Wenn man sicher operieren will, muß die Basis lang sein, konkav, wenn möglich, und der Winkel, den die Operationslinien bilden, darf keinesfalls weniger als neunzig Grad betragen!‹ Haben Sie je einen solchen Unsinn gehört? Er glaubt ganz offensichtlich, Europa sei ein freier Platz wie der, auf dem unsere Regimenter ihre Manöver abhalten. Allerdings verlangt er, ein General müsse imstande sein, das Gelände zu vermessen und Landkarten zu zeichnen! Das ist, als würde ich behaupten, ein Mozart oder Gluck müsse imstande sein, das Notenpapier herzustellen. Was die Artillerie betrifft, deren technische Details ein General dem Autor zufolge genau kennen muß, so scheinen die besten militärischen Befehlshaber recht wenig Ahnung davon gehabt zu haben, denn selbst die Artilleristen haben bis jetzt immer vom Wesentlichen nichts verstanden, vom Feuern nämlich. Ich jedenfalls kann Ihnen versichern, daß ich Ihnen auf einer halben Seite alles aufliste, was ein General über die Wirkungen der Artillerie wissen muß.« »Aber dann ist doch«, unterbrach ich ihn, »die ganze Militärliteratur überflüssig, und die ganzen Jahre, in denen die Kadetten auf der Akademie studieren, könnten ohne weiteres besser verbracht werden?« Angesichts dieser Aussicht lächelte er. »Aus reiner Lust am Paradox könnte ich Ihnen antworten, daß die Neigung zum Studium, die viele Offiziere an den Tag legen, vor allem in langen Friedenszeiten, schädliche Wirkungen zeitigt. Die Offiziere vervollkommnen sich in der Wissenschaft, bis der Krieg in ihren Augen nur noch wie ein Spiel erscheint, dessen Ausgang allein von der Berechnung abhängt; eine unheilvollere Selbsttäuschung kann man sich überhaupt nicht vorstellen. Aber verstehen wir uns richtig, ich will damit nicht behaupten, daß das Studium nutzlos sei und daß der König morgen ohne Schaden für die Nation den Befehl erlassen könne, die Kriegsschule zu schließen. Was ich sagen will, ist, daß man keine Abhandlung braucht, um die Taktik, die elementare Taktik, zu erklären, und daß jeder Sergeant imstande ist, sie sich anzueignen. Gewiß gibt es da noch die höhere Taktik und die Strategie; aber weder die eine noch die andere verlangen Bände voller Theoreme und Regeln, und wer erwartet, ihre Prinzipien in Lehrbüchern zu finden, läuft Gefahr, enttäuscht zu werden. Taktik und Strategie sind nicht so sehr eine Wissenschaft als eine Denkweise: wie die Philosophen sagen würden, eine Frage der Form und nicht des Inhalts. Diese Form muß man sich aneignen, und dafür muß man studieren, nicht, um Regeln auswendig zu lernen.« Diese Ausführungen kamen mir äußerst vernünftig vor, und ich muß gestehen, daß meine Achtung vor Herrn Bülow zu schwinden begann. Dennoch wollte es mir nicht einleuchten, daß sein Buch wirklich so töricht sein sollte, wie mein junger Gesprächspartner behauptete. »Sie sind noch nicht überzeugt? Nun, dann lesen Sie, lesen Sie, was ihr Freund über die Rolle des Kampfes im modernen Krieg schreibt.« Er deutete mit dem Finger auf eine Passage, die mit wilden Unterstreichungen hervorgehoben war, aber ich brauchte gar nicht zu lesen: Ich erinnerte mich nur zu gut an das, was Bülow diesbezüglich gesagt hatte, während er seinen Tee in Victoires Salon getrunken hatte. Mein Gesprächspartner bereitete sich sichtbar auf eine energische Widerlegung jener Gedanken vor; doch gerade in diesem Augenblick glitt das, was ich für ein Lesezeichen gehalten hatte, das zwischen die Seiten des Buches gelegt worden war, auf den Tisch und enthüllte sich als der Umschlag eines Briefes, der mit eindeutig weiblicher Handschrift beschrieben worden war. Der Hauptmann verstummte mit einem Schlag und errötete, dann brach er in Gelächter aus, das allerdings ein wenig gezwungen klang. »Wie Sie sehen«, sagte er, »entfernt das Leben des Kopfes sich nicht immer von dem des Herzens!« Aber dann schwieg der junge Mann weiterhin, so daß ich es für geschmacklos gehalten hätte, ihn über ein Thema auszufragen, das ihn so sehr in Verlegenheit brachte. Andererseits klopfte gerade in diesem Augenblick ein Diener an die Tür, um zu melden, daß Prinz Ferdinand sich angekleidet und seinen Kaffee getrunken habe und unverzüglich nach Berlin zurückfahren wolle, so daß wir genötigt waren, unser Gespräch zu unterbrechen.

Es fand jedoch einen unerwarteten Abschluß am Nachmittag, als ich in ein Geschäft unter den Bogengängen des Schlosses trat, um ein Paar Stiefel zu kaufen. In dem Laden ließ eine alte Frau, assistiert von einer *nurse* und zwei hilfsbereiten Verkäuferinnen, ein vielleicht zweijähriges Mädchen verschiedene Paar kleiner pelzgefütterter Stiefelchen anprobieren. Eine andere sehr viel jüngere und anmutige Frau mit einem Kaschmirschal über den Schultern schien darauf zu warten, daß das Mädchen sich entscheide, blickte jedoch von Zeit zu Zeit nervös durch das Schaufenster des Ladens nach draußen, als erwarte sie jemanden, der nicht kommt. Nachdem sie dies mehrere Male wiederholt hatte, wandte die junge Frau sich mit einem enttäuschten Gesichtsausdruck wieder dem Mädchen zu, das in der Zwischenzeit endlich ein Paar Schuhe gewählt zu haben schien, welches seinen Ansprüchen genügte. In ebendiesem Augenblick trat Hauptmann von Clausewitz mit der ihm eigenen Zerstreutheit in den Laden, ohne einen von uns zu bemerken, und wandte sich direkt an den Geschäftsinhaber, um mit ihm über eine bestimmte Lieferung von Schuhen für die Truppe zu sprechen. Als die junge Frau ihn sah, erstrahlte ihr Gesicht in einem unbeschreiblichen Ausdruck von Überraschung und Glück, und auch er brach, kaum daß er sie erblickt hatte, das Gespräch mit dem Geschäftsinhaber ab und näherte sich ihr, während er leise und lebhaft zu sprechen begann. Der Laden war voller Kunden, und die beiden Verliebten nutzten das, um sich in einer Ecke aneinanderzuschmiegen und lange miteinander zu sprechen, ohne daß jemand von ihnen Notiz nahm. Nur die alte Frau kam, nachdem sie die Stiefel für das Mädchen gekauft hatte, zu ihnen und begrüßte den jungen Mann mit einem Klaps auf den Arm, nicht ohne nachsichtig zu lächeln, woraufhin der Hauptmann sich ziemlich steif verbeugte, um danach sofort wieder seinen Schatz anzulächeln. Schließlich ließen die beiden Turteltauben voneinander ab, der Hauptmann küßte dem Mädchen die Hand, die er sehr viel länger in den seinen behielt, als es üblicherweise schicklich ist, verließ dann den Laden und schwang sich auf sein Pferd, das sein Diener vor dem Geschäft an den Zügeln gehalten hatte. Wieder im Sattel, ritt er zum Schloß, nicht ohne sich immer wieder nach der jungen Frau umzudrehen, die ihn nicht aus den Augen ließ; und in seiner Zerstreutheit ritt er durch das niedrigste Tor, das den Fußgängern vorbehalten ist, in den Hof, wobei er ernstlich Gefahr lief, seinen Hut zu verlieren und, wenn das Pferd gescheut hätte, vielleicht sogar seinen Kopf.

Ich war jetzt so neugierig geworden, daß ich einfach folgen und, als ich ihn im Schloßhof überraschte, ihm gestehen mußte, daß ich alles mit angesehen hatte. Wie ich mir gedacht hatte, war die junge Frau mit dem Kaschmirschal dieselbe, welche die Adresse auf dem Umschlag geschrieben hatte, der mir heute morgen unter die Augen gekommen war. Obwohl er überrascht war, mich an diesem Ort wiederzutreffen, und trotz der Verlegenheit, in die ich ihn brachte, weil ich sein Geheimnis entdeckt hatte, war der junge Mann so glücklich, jemandem seine Liebe anvertrauen zu können, auch wenn es nur einem Fremden war, daß er spontan alles erzählte und mich an der Begeisterung darüber, daß seine Liebe erwidert wurde, sowie an seinen Ängsten hinsichtlich der Zukunft teilhaben ließ. Seine Geliebte ist, wie es scheint, niemand geringeres als eine Komteß Brühl, was ihm nicht wenig Kummer bereitet, da neben einem solchen Namen derjenige der Clausewitz verschwindet. Denn obwohl er, wie er mir zögernd anvertraute, absolut gewiß sei, adlig zu sein, war sein Großvater väterlicherseits Professor der Theologie in Halle gewesen und hatte die Tochter eines Pfarrers geheiratet. »Aus Nachlässigkeit unterschrieb er nicht einmal mit dem Adelsprädikat, und seine Söhne taten es ihm gleich, mit Ausnahme meines Vaters, welcher der Jüngste war und als einziger die Militärlaufbahn eingeschlagen hat.« Rot wie ein Krebs fügte er hinzu, daß seine Familie während des Dreißigjährigen Kriegs in den Ruin gestürzt worden sei und damals all ihre Ländereien und Adelstitel verloren habe. Aus Mitleid mit ihm wollte ich das Thema nicht weiter vertiefen. Dennoch konnte ich nicht umhin, ihn zu fragen, warum er sich in dieser Situation nicht an den König gewandt habe, um sich von ihm per Dekret seinen Adel bestätigen zu lassen; er antwortete mir, daß er daran gedacht habe, daß seine Freunde ihn aber überzeugt hätten, es nicht zu tun, indem sie ihm versichert hätten, daß niemand je seine Adligkeit in Zweifel ziehen würde und daß dieser Schritt kleinlich wirken könnte. »Ich kann den Gedanken nicht ertragen, als Usurpator oder Hochstapler zu gelten, aber ich will auch nicht den Eindruck erwecken, daß ich mich meiner Verwandten schäme, die alle Personen von beispielhafter Rechtschaffenheit sind!« Die Komteß erwidert seine Gefühle, wie ich selbst hatte feststellen können, und sie steht viel zu sehr über solch kleinlichen Gedanken, als daß sie sich um Fragen ungleicher Geburt kümmern würde, das gleiche kann man jedoch leider nicht von ihrer Mutter sagen, welche die Geschicke der Familie seit dem Tod ihres Mannes lenkt. Gräfin Brühl nimmt dank des Namens und der Position ihres verstorbenen Gemahls den ersten Platz in der Berliner Gesellschaft ein, und sie ist, was die Geburt, die Sitten und die Umgangsformen der anderen betrifft, derart streng in ihrem Urteil, daß die Tatsache, in ihrem Haus aufgenommen zu werden, die gesellschaftliche Anerkennung bedeutet, was aber in den Augen des Hauptmanns um so lächerlicher ist, als sie selbst gar nicht adlig ist und, als Tochter eines englischen Kaufmanns, der für das Konsulat in Sankt Petersburg arbeitete, sogar nicht einmal bei Hofe hätte empfangen werden können, wenn sie sich nicht dank ihrer Heirat rehabilitiert hätte!

»Bis heute hat Marie ihrer Mutter die Gefühle, die uns verbinden, nicht zu gestehen gewagt, und so sind sie in unseren Herzen begraben. Gott sei Dank«, bemerkte der Hauptmann, »sind wir nicht gezwungen, uns heimlich zu treffen, da es jeden Tag eine Gelegenheit gibt, uns zu sehen, bei Hof, im Theater, bei einem Souper. Aber es ist hart, die Aufschwünge der Seele zu unterdrücken und sich dem frivolen und oberflächlichen Ton der Gesellschaft anzupassen, wenn so viele tiefe Dinge danach verlangen, gesagt zu werden! Ich weiß nicht, wie lange ich ein solches Leben noch ertragen kann; ich spüre die Notwendigkeit, mich möglichst bald zu verehelichen. Ich bin ungeduldig geworden; ich habe geglaubt, die körperliche Anstrengung könnte meine Begierden zum Schweigen bringen, und ich habe meinen Dienst ernster genommen, als es notwendig, ja sogar angebracht gewesen wäre; doch statt dessen werden sie immer quälender. Ich habe den Eindruck, daß ich von Gläubigern umgeben bin und nicht mehr weiß, was ich noch tun soll, um sie zu befriedigen!« Ich hätte ihm ohne weiteres sagen können, wie er diese Gläubiger zum Schweigen bringen könnte, und mit weitaus weniger Talern, als nötig sind, um sich mit den Brühls zu verschwägern. Aber das wäre sinnlos gewesen, denn der Hauptmann ist ganz offenkundig kein Mann, der in den Armen eines Lenchens Ruhe finden könnte. »Ich brauche die Ehe«, fügte er hinzu, »denn sonst wüßte ich nicht, wie ich ein moralisch guter Mensch bleiben könnte.« Wer so redet, dem kann man nicht gut die Jerusalemer Straße als Adresse angeben. Allerdings braucht man für die Ehe eben, von allen Unterschieden der Verhältnisse und des Glücks einmal abgesehen, Geld; und dies ist selbst in den Augen eines Verliebten ein gewaltiges Hindernis. »Und dabei«, klagt der Hauptmann, »lebe ich in Berlin, und sie lebt in Berlin, in zwei verschiedenen Palais; warum können wir nicht einfach zusammen leben? Mehr wollen wir doch gar nicht. Der Brauch verlangt aber, daß man eine Familie gründet, und unser Stand erfordert es, daß man mit dem entsprechenden Aufwand lebt: mit Pferden, Kutschen, Dienern und Lakaien. Oh, diese unseligen Vorurteile! Wie viele Menschen genießen das Glück der Liebe mit wenig, vielleicht sogar nur ein paar Hundert Talern; und wir sollen auf all das verzichten, nur weil wir dem Adel angehören?«

Sonntag, 17. August

»Eh bien, Monsieur, vous aimez la mauvaise compagnie«, sagte einmal ein Gentleman in London zu mir, der mich dabei ertappt hatte, wie ich in einer Schenke in Southwark Karten spielte in Gesellschaft von Leuten, die zu empfangen meinem Vater nicht im Traum eingefallen wäre. Und er hatte wohl recht; denn sehr bald schon wurde ich der Gesellschaft eines vornehmen Offiziers wie Major von Schack mit all seinen englischen Pferden und seinem Gendarmerieregiment überdrüssig, während mir der Umgang mit einem abgebrannten Spieler wie Oberleutnant von Suckow von Tag zu Tag mehr Spaß macht. Heute bin ich mit ihm in die Elendsviertel Berlins vorgedrungen, um seinen Schützling zu besuchen, der als überzähliger Kadett seinen Dienst beim Regiment angetreten hat und bei einem Gefreiten einquartiert worden ist. Die Adresse lautete Poststraße, eine düstere Gasse mit vier- oder fünfstöckigen Mietshäusern, in welche die Sonne nicht einmal mittags dringt und in der es ständig herrlich nach Kohl und Rüben riecht. Das Tor, das wir suchten, befand sich gegenüber einer Metzgerei und ging auf einen feuchten Hof, an dessen Ende die Spree floß. Wir stiegen über eine schmale und steile Treppe hinauf, auf der, dem Geruch nach zu urteilen, alle, die sie benutzen, ihre Blase entleeren; und tatsächlich begegneten wir auf einem der Treppenabsätze einem Mann, der, ohne eine Miene zu verziehen, pißte. Schließlich kamen wir im letzten Stockwerk an, wo ganz hinten in einem Flur, der so dunkel ist, daß man selbst am hellichten Tag die Türen nicht erkennen kann, der Gefreite Meritz wohnt. Dieser brave Mann, von Beruf Schneider, war in Hemdsärmeln im einzigen Zimmer, das, zusammen mit einer fensterlosen Rumpelkammer, die ganze Wohnung bildet, damit beschäftigt, bei seinem neuen Pensionsgast, dem er die Uniform nähen sollte, Maß zu nehmen. Der überzählige Kadett empfing uns begeistert, und kaum war er von den Stecknadeln des Schneiders befreit, beeilte er sich, uns mit berechtigtem Stolz seine Unterkunft zu zeigen: eben jene Rumpelkammer, in der zwei Eisenbettchen nebeneinander standen, von denen eines ihm gehört, während sich das andere zwei Soldaten brüderlich teilen. Am Fuß des Bettes war ein weißes Hündchen angebunden, das der Junge sich gekauft hatte, um ein wenig Gesellschaft zu haben, und am anderen Ende hing ein kleiner Käfig aus Weidenruten mit zwei Turteltauben. Da in der ganzen Unterkunft nicht genügend Platz war, um sich zu setzen, schlug ich vor, ein Glas in der nächstgelegenen Schenke zu trinken, und nachdem wir den guten Meritz, der uns begleiten wollte, davon abgebracht hatten, indem wir ihm versicherten, daß wir auf seinen Mieter achtgeben würden, stiegen wir die einsturzgefährdete Treppe wieder hinab und traten erleichtert ins Freie.

Im Wirtshaus setzten wir uns an einen nicht allzu schmutzigen Tisch; der Wirt und sogar die Gäste beäugten uns mißtrauisch, da sie uns nicht kannten, aber das Funkeln einer Silbermünze brachte sie alle schnell dazu, uns zu bedienen. Vom ersten Glas an scheuten wir uns nicht, mit dem Jungen über die Vorzüge der Unterkunft zu scherzen, die ihm zugewiesen worden war. Trotz dieser wenig glanzvollen Unterbringung, deren ganze Unbequemlichkeit er uns nicht hatte verbergen können, war der junge von Suckow voller Begeisterung über seine neue Lage. Er erzählte uns lebhaft von Meritz und seiner Frau, einer Berlinerin, wie sie im Buche steht, die dem Stand der Köchinnen angehört und ihm versichert hatte, daß er ein *cordon bleu* ersten Ranges sei. »Sie hat jahrelang im Hause von Herrn Pistorius gedient, einem Geheimrat im Kriegsministerium, und sie hat versprochen, mir alles zu kochen, worum ich sie bitte; heute hat sie Schokoladencreme gemacht!« rief der Junge, und seine Augen leuchteten bei der Aussicht auf diese Köstlichkeit. »Und wer schläft im anderen Bett?« erkundigte sich der Oberleutnant. Bei dieser Frage legte sich die Begeisterung des Kadetten ganz plötzlich. »Oh! Zwei Soldaten, aber ich glaube, daß sie ganz nette Burschen sind«, versicherte er uns, nicht allzu überzeugt. »Kottwitz ist der rechte Mann in der ersten Reihe der Kompanie; das ist doch eine achtbare Position, oder nicht? Er hat mir geschworen, daß sie nur bewährten Soldaten anvertraut wird.« »O ja, wenn er der erste Mann in der Reihe ist, können Sie ihm vertrauen«, spöttelte Suckow, in einem so ernsten Ton jedoch, daß der Junge es nicht bemerkte. »Aber was für einen Beruf hat er?« »Er ist Musiker«, war die Antwort; »er wird immer gerufen, um auf den Festen zu spielen, und er kommt betrunken nach Hause, aber so betrunken, daß er sein Bett nicht mehr allein finden kann.« Der Oberleutnant schien nicht im geringsten besorgt darüber, daß sein Vetter sich in solcher Gesellschaft befand. Gewiß hatte er wenige Jahre zuvor die gleichen Erfahrungen gemacht, und im übrigen ist es gut möglich, daß ein Landjunker aus Mecklenburg als eine Art Scherz ansieht, was mehr als einen jungen Mann der feinen New Yorker Gesellschaft erschrecken würde. »Und der andere?« erkundigte sich mein Freund weiter. »Oh! Der ist Trommler, aber er scheint mir nicht sehr intelligent. Er ist Pole, und ich will verdammt sein, wenn ich mich an seinen Namen erinnere«, rief der Junge, der in diesen wenigen Tagen große Fortschritte in der Sprache des Heeres gemacht zu haben schien. »Er bringt mit großer Mühe ein paar deutsche Worte heraus; gestern habe ich den ganzen Abend versucht, mich mit ihm zu unterhalten, und alles, was ich aus ihm herausbringen konnte, war, daß er in seinem Dorf Schweinehirt gewesen ist.« »Das ist ein sehr nützlicher Beruf«, erklärte sein Vetter spöttisch, und damit war die Unterbringung des Jungen endgültig gebilligt.

Da der Kadett, nachdem wir die erste Flasche geleert hatten, plötzlich blaß wurde und zu reden aufhörte, kamen Suckow und ich zu dem Schluß, daß er sich, jung wie er war, an das Trinken wohl noch nicht gewöhnt hatte, vor allem nicht bei solcher Hitze. Wir zerrten ihn also gewaltsam von seinem Stuhl hoch und brachten ihn an die frische Luft. Nachdem unser Freund an der Brüstung des Kanals seinen Magen vom überflüssigen Gewicht befreit hatte, kaufte ich ihm bei einem Straßenhändler ein Stück Zucker aus Zuckerrübe, das hier in Berlin als Spezialität gilt und zweimal so viel wie Rohrzucker kostet; und während der Junge sich den Mund versüßte, kehrten ich und sein Vetter in die Kneipe zurück und tranken die zweite Flasche leer. »Vielleicht«, bemerkte Suckow, »werde ich ja zusammen mit diesem Rotzlöffel in den Krieg ziehen müssen; und daran ist nur mein gutes Herz schuld, denn was mußte ich ihn auch in mein Regiment eintreten lassen? Er hätte ebensogut auch nach Hause zurückkehren können!« »Aber vielleicht müssen Sie ja überhaupt nicht in den Krieg; wenn man den Stimmungen glaubt, die ich in den letzten Tagen aufgeschnappt habe, würde ich sogar glattweg sagen, daß es keinen Krieg geben wird.« Tatsächlich hat die Regierung alles in ihrer Macht Stehende unternommen, um die Gerüchte vom vergangenen Montag zu zerstreuen und Bonaparte zu versichern, daß die Gefühle der Freundschaft, die Preußen ihm gegenüber hegt, unverändert sind. Feldmarschall von Möllendorff wollte sich beim Mittagessen mit Laforest als erster erheben, um auf das Wohl des Kaisers zu trinken, die *Jungfrau von Orléans* wird nicht mehr aufgeführt, und der Wechselkurs hat wieder seinen vorherigen Stand erreicht. »Mein Hotelier«, schloß ich, »ist so sehr überzeugt, daß die Wiederbewaffnung eine sinnlose Maßnahme gewesen sei, daß er mir gegenüber bedauert hat, daß Seine Majestät ohne Notwendigkeit so hohe Ausgaben auf sich genommen habe, da, wie es heißt, der Unterhalt eines kriegsbereiten Heeres die Staatskasse täglich hunderttausend Taler kostet!« »Dabei fällt mir ein«, sagte Suckow, irgendeiner dunklen Gedankenassoziation folgend, »hätten Sie nicht Lust zu einem Spiel?« In einem anderen Augenblick hätte ich gerne zugestimmt, da ich immer noch das ganze Gold zurückgewinnen muß, das ich neulich verloren habe; doch ich mußte ablehnen, da ich nach dem Mittagessen bei den Damen von Crayen zum Tee eingeladen war.

Dieser Nachmittagstee war in mehr als einer Hinsicht denkwürdig. Unter Victoires Gästen befand sich eine der Berühmtheiten des Augenblicks, der Dichter Zacharias Werner, dessen Drama über Martin Luther, *Die Weihe der Gewalt*, vor ein paar Wochen hier in Berlin aufgeführt worden war und über das man sich wahre Wunderdinge erzählt. Er ist ein exaltierter Klotz, der stets bereit ist, lauter als nötig zu sprechen und gewaltig herumzugestikulieren, dabei aber gleichzeitig etwas Öliges, ja sogar Pfäffisches in seinem Auftreten und im Ton seiner Stimme hat, was durch das schwarze Gewand und den ebenfalls schwarzen antiquierten Hut, der geradewegs wie der eines Pfarrers wirkt, noch betont wird. Victoire, die von Schriftstellern immer fasziniert ist, hing an seinen Lippen, was mich nicht wenig ärgerte, schon deshalb auch, weil der Mensch ihr, da er sich unbeobachtet glaubte, unmißverständliche Blicke zuwarf und sich unter dem Vorwand, seinen Kaffee zu trinken, auf obszöne Weise die Lippen leckte; zum Glück beschleunigte jedoch ein falscher

Schritt sein Unglück. Einer der Anwesenden, ein Rat was weiß ich welchen Ministerums, hatte erzählt, daß er in Kürze in das besetzte Polen reisen werde, das jetzt mit merkwürdigem *understatement* Südpreußen genannt wird, obwohl seine Grenzen bis zum Bug und zur Memel reichen. Victoire bat ihn, ihr jede Woche zu schreiben, um ihr seine Eindrücke über jenes Volk mitzuteilen: »Sie müssen wissen, ich liebe die Polen, und ich liebe sie wirklich *de tout mon cœur*. Sie sind ritterlich und unglücklich!« erklärte sie. Und dann, an Werner gerichtet, der, wie es scheint, als Kenner der neuen Provinz gilt: »Und gerade Sie, mein Herr, haben mich gelehrt, es zu lieben. Wie oft habe ich Ihre polnischen Gedichte gelesen, wie viele Tränen habe ich über den Tod von Kosciuszko vergossen! Was für ein Glück haben Sie, daß Sie diese noble und unglückliche Rasse aus der Nähe kennengelernt haben!«

Als er hörte, mit welcher Begeisterung er angesprochen wurde, hob der Dichter überrascht die Augenbrauen. »Ich, mein Fräulein? O weh, mir wäre lieber, ich hätte nicht einen so trügerischen Einfluß auf Sie ausgeübt! Ich leugne nicht, viele Verse zum Lob der unglücklichen Polen geschrieben zu haben, ich verleugne sie auch nicht, da es nicht meine Art ist, meine Worte zurückzunehmen; und doch, wenn Sie wüßten, wie sehr die Wirklichkeit sich von Ihrer großherzigen Vorstellung unterscheidet!« Und noch bevor Victoire sich von einem so unerwarteten Schlag erholen konnte, fuhr er fort, glücklich, die Aufmerksamkeit aller Anwesenden auf sich gezogen zu haben: »Ich, mein Fräulein, habe die Polen wirklich elf Jahre lang studiert und bin leider zu dem Schluß gekommen, daß die Rasse ganz allein an ihrem Unglück schuld ist. Warschau ist ganz anders, als ich gedacht hatte. Jene polnische Freiheit, die ich in so vielen Gedichten besungen und deren Auferstehung ich mir so sehnlich gewünscht hatte, ohne mir bewußt gewesen zu sein, daß ich damit meinen König und mein Land verrate, ist mir von Grund auf zuwider geworden, seit ich ihre erbärmlichen Apostel kennengelernt habe. Meine einzige Entschuldigung ist, daß ich jung war und unter dem Einfluß einiger schwärmerischer Polen stand – denn kein Volk ist schwärmerischer als die Polen. Doch jetzt, da ich sagen kann, daß ich sie wirklich und zu meinem eigenen Schaden kennengelernt habe, versichere ich Ihnen, daß sie es nicht wert sind, das Herz und die Vorstellungskraft einer so schönen Dame zu beschäftigen.« Auch wenn ich insgeheim vermutete, daß er recht hatte, genoß ich den Ärger, den seine Worte bei Victoire hervorriefen, und den Abgrund, den er unwissentlich unter seinen eigenen Füßen grub. Daher provozierte ich ihn, indem ich erwiderte, daß er sich zweifellos täusche und daß die Polen die Sympathie aller zivilisierten Völker verdienten. Er sah mich mitleidig an und antwortete, auf seinem Stuhl hin und her rutschend und sich heftig kratzend, daß die Polen nur eines verdienten, nämlich so schnell wie möglich in Deutsche und in Protestanten verwandelt zu werden, da ihr Blut ebenso verderbt sei wie ihre Religion. »Sie sind also keine Christen?« fragte ich unschuldig. Der Dichter warf mir einen grimmigen Blick zu. »Sie behaupten, sie seien Christen, aber ich sage Ihnen, ein Mohammedaner ist mehr Christ als ein Katholik, und die Türken sind eine weniger verderbte Rasse als die Slawen. Nur ein junges und starkes Blut wie das deutsche, gestärkt durch die Tröstungen des wahren Glaubens, wird ihr Land von seiner Verworfenheit befreien können«, schloß er, und beinahe hätte er mit der Faust auf den Tisch gehauen, um seinen Worten noch mehr Nachdruck zu verleihen, was eine ernsthafte Gefahr für die Tassen und die Teekanne bedeutet hätte. Ich zuckte die Achseln, ohne zu verbergen, daß ich diese Sichtweise mißbilligte, und stellte mit Freude fest, daß Victoire, immer noch erschüttert und fassungslos über das Verhalten ihres Idols, mir eindeutige Blicke der Zuneigung zuwarf.

Die Anwesenheit des Dichters verdarb den Rest des Abends ein wenig, auch weil der Mensch, nachdem er aufgehört hatte, gegen die unglücklichen Polen zu wettern, die Gelegenheit nutzte, um ein langes Manuskript aus der Fracktasche zu ziehen, dessen erste Seiten etwas zerknittert und fettig waren. »Dies ist meine letzte Arbeit«, erklärte er, »und sie heißt *Das Kreuz an der Ostsee*. Sie will die Verbreitung des wahren Glaubens in jenen unwirtlichen Landstrichen durch die tapferen deutschen Ritter darstellen, ohne die das polnische Volk, verraten durch die Unfähigkeit seiner Fürsten, den Angriffen der Heiden nicht hätte standhalten können.« Nachdem er das Philistertum Ifflands entlarvt hatte, der die Stirn gehabt hat, das Meisterwerk abzulehnen, zwang der Bühnendichter uns, eine vollständige Nacherzählung seiner Dichtung anzuhören, mit dramatischer Lesung der Hauptszenen, ausgeführt von ihm selbst, wobei er seine natürliche Stimme immer wieder in ein unerwartetes Falsett umkippen ließ. Wenn der Vorhang aufgeht, sieht man die Prußen an der Küste der Ostsee versammelt, um Bernstein zu suchen; jene braven Heiden rufen die Gottheit an, damit sie ihre Arbeit beschütze. In der allgemeinen Stille skandierte der Autor mit Grabesstimme: »Bankputtis! Bankputtis! Bankputtis!« Dann schwieg er und tupfte sich mit einem karierten Taschentuch den Schweiß ab. Und da protestierte ein Schöngeist: »Mein hochverehrter Freund! Berühmter Dichter! Wäre es möglich, daß du die ganze Dichtung in dieser furchtbaren Sprache geschrieben hast? Niemand von uns wird etwas verstehen. Ich bitte dich daher, direkt mit der Übersetzung zu beginnen!« Nur wenige konnten ein ironisches Lachen unterdrücken, und Werner blitzte den Ungläubigen strafend an, bevor er die Lesung fortsetzte. Die Fortsetzung des Dramas war, wie man sich vorstellen kann, der ersten Szene würdig, und ich muß gestehen, daß ich es bereits während des ersten Aktes nicht mehr über mich brachte, der Lesung weiter zu folgen. Victoire setzte sich neben mich, ein wenig abseits von den Stühlen derer, die den Dichter gebannt lauschend umringten, und als unsere Blicke sich begegneten, las ich in dem ihren, daß ihr Urteil über das Drama sich von dem meinen nicht unterschied; ich hob die Augen zum Himmel, und daraufhin hätte sie dem Erzähler beinahe ins Gesicht gelacht. »Es mag ja sein«, flüsterte ich ihr ins Ohr, »daß das Werk durch die Inszenierung gewinnt; irgendein Direktor mit fortschrittlichem Geschmack könnte es nutzen, um die Bühne zur Unterhaltung der Zuschauer mit Burgen und zinnengekrönten Türmen, Rüstungen und wehenden weißen Mänteln, kurz, mit dem ganzen gotischen Krimskrams zu füllen, welcher der neuen Schule so gefällt.« »Der Vortrag des Dichters nützt ihm gewiß nicht«, erwiderte Victoire im gleichen Ton. »Da schreit er jetzt wie ein Verrückter. Warum macht er das?« »Er quält sich, um alle Assonanzen, Alliterationen und Terzinen richtig zur Geltung zu bringen, da er nicht will, daß auch nur ein Krümchen seines Talents unbemerkt bleibt«, antwortete ich; und da wir so nah nebeneinander saßen, nutzte ich einen Überzug der Rückenlehne, der wie gerufen kam, um wie zufällig einen Arm auszustrecken und um Victoires Taille zu legen.

Ich gestehe, daß ich ein großer Freund der heutigen Mode, der hohen Taillen und der dünnen Stoffe bin; früher, als die Frauen steife Korsetts und Wattierungen aus Kork trugen, konnte man den Arm ebensogut auch um einen Eichenstamm legen; doch jetzt befindet sich unter dem Kleid selten mehr als das Hemd, und die Taille einer Dame erweist sich bei der Berührung als außerordentlich bequem. Victoire bewegte sich nicht, und so folgten wir umschlungen der weiteren Lesung des Dramas, die sich noch eine ganze Weile hinzog. Ich denke, ich brauche die Handlung hier nicht im einzelnen wiederzugeben; es genügt, wenn ich sage, daß auf dem Höhepunkt ein Lautenspieler, der in Wirklichkeit niemand anderer als der Geist des von den Prußen ermordeten heiligen Bischofs Adalbert ist, Malgona, die Tochter Konrads von Masovia, die heimlich den Heiden Samo, Sohn des großen Stammesführers Waidewuth und Gefangener der Polen, geheiratet hat, in einen Pilger verwandelt. Die Polen werden ihrerseits von den Heiden im Schloß Plock belagert und würden unweigerlich unterliegen, wenn ihnen nicht mit Trompetengeschmetter und heiligen Gesängen die deutschen Ritter zu Hilfe kämen. Selbstverständlich trieft das Drama nur so von Blut, und die Zuhörer gingen aus der Prüfung regelrecht angewidert und sehr viel überzeugter als noch eine Stunde zuvor vom guten Geschmack Ifflands hervor. Was mich betrifft, so fragte ich den Autor, nachdem die Lesung beendet war, ob ihm nicht bekannt sei, daß die deutschen Ritter katholisch gewesen seien, und wie sich seine so große Begeisterung für sie mit seiner Verherrlichung Luthers vertrage. Der Mensch war einen Augenblick sprachlos, fing sich aber sofort wieder und erwiderte mit einem breiten Lächeln, das all seine faulen Zähne entblößte, daß die Ritter zuallererst Deutsche seien und dann erst Christen und daß man in einem Drama, das drei Jahrhunderte vor der Reformation spiele, nicht von Katholiken und Protestanten sprechen könne. Mir schien es nicht angebracht, die Unterhaltung weiter fortzusetzen, und ich nahm mit Freude das Erscheinen der Karten zur Kenntnis, das dem Wortschwall des Bühnendichters endlich ein Ende setzte, denn dieser, der über alle Maßen auf sein Geld hält, verabschiedete sich eiligst. Ich möchte nur noch hinzufügen, daß es nicht verwunderlich ist, daß der Mann aus einem solchen Holz geschnitzt ist, denn sobald er fort war, raunte man sich zu, daß sein Blut durch Erbfehler geschädigt und seine Mutter, eine Katholikin, in einem Asyl für Geisteskranke gestorben sei, überzeugt, die Jungfrau Maria zu sein.

Während wir spielten, dachte ich über die Fortschritte nach, die ich mit Victoire gemacht hatte. Wieso mußte ich unbedingt ein ehrbares Mädchen verführen, das mir obendrein noch nicht einmal gefiel, wo Berlin doch voller Frauen war, die ich für einen Taler haben konnte? Ich versuchte mir einzureden, daß das einzige Verhalten, das eines Mannes würdig sei, darin bestehe, die ganze Sache sofort abzubrechen; aber dann brauchte ich nur den Blick zu heben, zum anderen Tisch, wo sie in Gesellschaft ihrer Mutter und des Beamten, der auf dem Sprung nach Polen war, spielte, um mir bewußt zu werden, daß es dazu schon zu spät war. Zu oft hatte Victoire sich zu mir heruntergebeugt, um mir Tee oder Kaffee einzuschenken, wobei ihr offenherzig dekolletiertes Kleid mir das bewegliche Spiel ihrer Brüste offenbart hatte, zu oft war ihr Parfum in der Luft hängen geblieben, nachdem sie nahe an mir vorbeigegangen war, und hatte eine Folge von Überlegungen, eine erregender als die andere, hervorgerufen, als daß ich mich nicht früher oder später dabei ertappen würde, ungebührlichen Gedanken nachzuhängen. Man empfindet weiß Gott was, wenn man immer und immer wieder so viele anmutige Wesen vorbeigehen sieht, ohne sie packen zu können; und dabei ist das Packen und Ansichdrücken doch der natürlichste Instinkt des Menschen. Neulich abend im Theater hatte ich mich nur aus Rücksicht auf den öffentlichen Ort, an dem wir uns befanden, und die wachsame Aufmerksamkeit ihrer Mutter zurückgehalten. Heute abend ist endlich alles so weit vorangetrieben, daß es auf die bestmögliche Weise zu einem glücklichen Ende kommen muß. Ich war der letzte Gast; alle anderen hatten sich bereits verabschiedet. Ich stand auf, um meinerseits der Hausherrin eine gute Nacht zu wünschen; Fortuna, der ich so lange vor dem Gitter von Schloß Charlottenburg den Hof gemacht hatte, wollte, daß die Mutter, Müdigkeit und eine Migräne vorschützend, mir die Hand reichte und sich in ihre Gemächer zurückzog, während ich noch im Salon war. Einige Minuten unterhielten Victoire und ich uns noch leise im Stehen, allein. Im Halbdunkel roch ich ihr französisches Parfum, in das sich der ganz andere, beißende und doch verführerische Geruch ihres Schweißes mischte, da der Abend schwül gewesen und es in der geschlossenen Wohnung sehr heiß war. Dann reichte sie mir die Hand und sagte: »Adieu, lieber Robert!« Lieber Robert! Es war das erste Mal, daß sie mich so nannte, und ein Schauer durchfuhr mich. Ich warf meine Arme um ihren Hals, schloß die Augen und küßte sie. Eine Schrecksekunde lang erwiderte sie den Kuß nicht, und ich machte mich schon darauf gefaßt, sie schreien zu hören, und sah mich mit Schimpf und Schande von den Dienern davongejagt und mit Fußtritten die Treppen hinunterbefördert, als sich plötzlich eine Bresche zwischen ihren Lippen öffnete, in die ich flink meine Zunge schob, die auf halbem Weg der ihren begegnete. Es war, als stürze eine Mauer, die mit Geduld, Kunstfertigkeit und List errichtet, gegen jedes Naturgesetz mit Gewalt, Erpressung und Gewohnheit aufrechterhalten und mit übernatürlichem Schrecken von Generationen von Untertanen angesehen worden war, mit einem Mal unter dem Druck eines endlich von jeder gesellschaftlichen Rücksichtnahme befreiten Willens ein. Einen Augenblick später lagen wir uns auf dem Kanapee in den Armen, und während unsere

Zungen sich verbanden, hob meine Hand ihr Kleid über dem Bauch an und glitt rasch zum Saum ihrer Seidenstrümpfe. An diesem Punkt jedoch tauchte ein Hindernis auf, wie es häufig bei anständigen Frauen geschieht. Victoire war ganz offensichtlich auf den Geschmack gekommen und erwiderte meine Küsse mit einer Promptheit, die nur allzu beredt den Grad ihrer Erregung bezeugte, doch die gute Erziehung verlangte, daß sie sich weiterhin zierte; sobald sie sich also schutzlos fühlte, beeilte sich eine ihrer Hände, ihre Sittsamkeit zu verteidigen, indem sie mich hinderte, dorthin vorzudringen, wohin ich wollte. Da fiel mir die Methode ein, deren unfehlbare Wirkung Bill Pinkney mir gegenüber so häufig gerühmt hatte, und es gelang mir kaum, ein Grinsen zu unterdrücken, so sehr ähnelte diese Situation der von ihm beschriebenen. Ohne noch weiter Zeit zu verlieren, beschloß ich, sie in die Tat umzusetzen, und drückte scheinbar unbeholfen den linken Arm gegen ihre Kehle, wodurch ich sie zu ersticken drohte. Sofort führte Victoire mit einer instinktiven Bewegung ihre Hand dorthin, und ich nahm augenblicklich mit zwei Fingern, was ich nehmen mußte, und führte es in aller Ruhe dorthin, wohin es sollte, ohne noch auf irgendeinen Widerstand zu stoßen, was bestätigte, daß meine Schöne in diesem Spiel nicht unerfahren war und ihre Abwehr ebenfalls Teil der Komödie war. Sobald ich Pinkney wiedersehe, muß ich ihn zu seiner Methode beglückwünschen; ein wenig Kaltblütigkeit genügt, und der Erfolg ist sicher. Allerdings muß man die entscheidende Bewegung des linken Arms mit einer Liebkosung verschleiern, um nicht den Verdacht einer Gewalttätigkeit zu erwecken, durch die man sich die Gunst des Opfers bei der nächsten Gelegenheit verscherzen könnte. Während ich meine Hose zuknöpfte, säuberte Victoire sich mit einem Taschentuch, die Augen niedergeschlagen, und ich lauerte ängstlich auf ein Zeichen von Unwillen, ja sogar Reue; doch auch in dieser Situation wurde sie ihrem Ruf als Frau von Geist gerecht: Während sie ihre Strümpfe zurechtzog, sah sie mich mit einem schelmischen Lächeln an. »Da haben wir sie!« sagte sie. »*Die Weihe der Gewalt*!« Ich suchte in meinem Gedächtnis nach einem anderen Titel, um ihr angemessen zu antworten, mir fiel aber keiner ein; und so gab ich mich geschlagen und verschloß ihren Mund mit einem Kuß.

Montag, 18. August

Die Gespräche, die ich neulich abend bei Tisch mit Professor Fichte geführt hatte, vor der großen Platte, auf der die erbärmlichen Reste des Ochsenkopfes kalt wurden, sind mir heute wieder in den Sinn gekommen, als ich zum Tee zu Rahel Levin ging, da ich mit Victoire ausgemacht hatte, daß wir uns dort wie zufällig treffen sollten. Als ich dort eintraf, war die Gesellschaft, die in der Mansarde versammelt war, weniger zahlreich als beim letzten Mal, und es gab auch keine Gäste von königlichem Geblüt; abgesehen von der Hausherrin war niemand da, den ich kannte. Der Tee wurde in Tassen aus hauchdünnem Porzellan von geradezu durchsichtigem Himmelblau serviert; und da ich nur wenig vertraut war mit jener Gesellschaft, beging ich den Fehler, mich lobend darüber zu äußern. Ich wußte noch nicht, daß in einem jüdischen Haus die unschuldigste Bemerkung unvorhersehbare Verstimmungen auslösen kann und daß es, wenn es einen in eine solche Gesellschaft verschlägt, im Grunde das beste ist, still zu sein oder über das Wetter zu reden. Nachdem ich mein Lob geäußert hatte, spürte ich, daß sich ein gewisses Unbehagen unter den Anwesenden breitgemacht hatte, die sich alle mit größerer Aufmerksamkeit als zuvor ihrem Getränk zu widmen schienen. Und ich wüßte immer noch nicht den Grund dafür, wenn Rahel nicht in ein bitteres Lachen ausgebrochen wäre und dann zu mir gesagt hätte: »Wissen Sie, Herr Pyle, wo dieses Porzellan herstammt?« Da ich mich nicht entziehen konnte, murmelte ich, daß ich es nicht wisse. »Sie müssen wissen, daß Friedrich der Große eines schönen Tages den Einfall hatte, seine Juden dazu zu benutzen, die königlichen Porzellanmanufakturen in Schwung zu bringen, die ohne allzu großen Erfolg den sächsischen Konkurrenz machten. Ich sage seine Juden, da, wie Ihnen sicherlich nicht unbekannt ist, jene Juden, denen es huldvoll gestattet worden war, im Königreich Preußen ansässig zu sein, vom Gesetz als persönlicher Besitz des Königs angesehen wurden.«

»Also, hochverehrtes Fräulein, so ist es nun wirklich nicht, und wenn wir unserem Gesetz Gerechtigkeit widerfahren lassen wollen«, begann einer der Gäste, der, seiner pedantischen Sprache nach zu urteilen, ein Jurist sein mußte, aber Rahel ließ ihn gar nicht aussprechen. »So war es jedenfalls zur Zeit Friedrichs, und auf diese Zeit bezieht sich die Geschichte. Also, der König kam auf den Gedanken, seinen Juden die zahllosen Privilegien zu verkaufen, so werden sie nämlich genannt, ohne die es für sie unmöglich war und ist, wie jeder andere Untertan zu leben, und zwar, indem er sie zwang, diese Privilegien mit dem Kauf von Porzellan zu bezahlen. Willst du, daß deine Kinder das Erbrecht haben? Dann kaufe für dreihundert Taler Porzellan pro Kopf! Willst du ein Haus kaufen, eine ganz besondere Gunst, da in Berlin die Zahl der Häuser, die Juden gehören dürfen, grundsätzlich auf vierzig beschränkt ist? Weitere dreihundert Taler! Und so fort; und wenn man wenigstens hätte auswählen können! Aber die Fabrik lieferte von Amts wegen ein Drittel des Kaufs in dünnem Porzellan aus, ein Drittel in mittelmäßiger Qualität und den Rest in Ausschußware. Sie haben mein Teeservice gelobt, aber irgendwo im Keller stehen noch zwanzig Porzellanaffen in Lebensgröße, die wir nie losgeworden sind!«

In ebendiesem Augenblick erschien, ohne sich melden zu lassen, ein vielleicht sechzehnjähriger Jüngling, der wie ein abgebrannter Student aussah. Unsere Gastgeberin schien, so kam es mir vor, über sein Auftauchen nicht gerade begeistert; sie stellte ihn dennoch als ihren Vetter vor, mit einem Namen, der wie Meno Burg klang. Der Junge deutete ein Lächeln an und erklärte, nachdem er sich gesetzt hatte, daß sie in Wirklichkeit gar nicht Vetter und Kusine seien, daß aber »wir Juden bekanntlich alle ein bißchen verwandt sind«, eine Präzisierung, die der Hausherrin sichtlich mißfiel. Er erzählte uns, daß er Lehrjunge beim Städtischen Aufsichtsamt für Bauwesen sei, sein Ehrgeiz gehe jedoch, erklärte er treuherzig, dahin, Artillerieoffizier zu werden!

Rahel beglückwünschte ihn zu diesem Plan, weil er sich dann, wie sie sagte, endlich entschließen müsse, sich taufen zu lassen, ohne daß jemand in der Familie ihm das vorwerfen könne; »und dann«, fügte sie gleichsam scherzhaft hinzu, »werde ich die Gelegenheit nutzen und mich gleichfalls taufen lassen«. Der Junge zuckte die Schultern und erwiderte gereizt, daß er nicht die geringste Absicht habe zu konvertieren. Diese so leichthin geäußerte Antwort machte unsere Gastgeberin so wütend, daß sie nicht anders konnte, als den jungen Leichtfuß grob anzufahren: »Ach, du willst also nicht konvertieren? Siehst du denn nicht, daß alle diesen Weg gehen? David hat sich taufen lassen, Dorothea hat sich taufen lassen, Marianne hat sich taufen lassen, sogar mein Bruder Ludwig hat sich taufen lassen. Schon sehr bald wird es keinen Juden mehr in Berlin geben, kein Stein wird auf dem anderen bleiben; und wir sollen als einzige bleiben? Und warum? Warum sind wir als Juden auf die Welt gekommen? Was hat meine Seele mit dem Jüdischsein zu tun? Als ich in diese Welt geworfen wurde, hat Gott mir die folgenden Worte ins Herz gebrannt: ›Sei empfindsam, sei fähig, die Welt so zu sehen, wie wenige sie sehen, sei edel und groß.‹ Nur eines steht nirgends geschrieben: ›Sei Jüdin!‹ Und ihr wollt mich zwingen, es mein ganzes Leben lang zu sein! Ist das das Leben? Laßt mich nicht vor der Zeit sterben!«

Der Junge sah sie mit einem schmerzerfüllten Blick an, als habe dieser unerwartete Angriff ihn verletzt. »Ich habe dir doch keine Vorwürfe gemacht. Ich habe lediglich von mir gesprochen. Aber wenn du wirklich wissen willst, wie ich darüber denke, dann hör zu: Warum kann ein Jude nicht ein Bürger wie jeder andere sein?« Die Hausherrin fuhr ihm noch wütender über den Mund: »Die Juden Bürger wie alle anderen! Und ihnen gleichzeitig das Recht lassen, Juden zu sein und ihre Kinder als Juden zu erziehen! Wenn sie wenigstens die Illusion bewahren würden, das von Gott auserwählte Volk zu sein, und sich bemühten, nach ihrem Glauben zu leben! Aber tun sie das etwa? Glauben sie etwa wirklich, daß sie das auserwählte Volk sind? Nein, sie glauben es genausowenig wie die anderen: Sie sind nur eine Rasse, die es nicht mehr verdient, menschlich genannt zu werden. Und du möchtest, daß der König seinen Untertanen gestattet, Offiziere und Beamte zu werden und gleichzeitig Juden zu bleiben? Aber geh! Es ist schon schlimm genug, daß wir Juden sind, erlaube also wenigstens, daß das Gesetz sich bemüht, sie zu Menschen zu machen!« Mit rotem Gesicht entgegnete der Junge mutig: »Aber erinnere dich doch, was Friedrich gesagt hat: ›Alle Religionen verdienen es, toleriert zu werden, und der Staat darf sich nur darum kümmern, daß keine den anderen Schaden zufügt, denn hier darf jeder auf seine Weise ins Paradies kommen.‹ Und als er einmal gefragt wurde, ob ein Katholik Bürger von Frankfurt an der Oder werden könne, antwortete er: ›Alle Religionen sind gleich gut, solange diejenigen, die sich zu ihr bekennen, Menschen von Ehre sind, und wenn Türken und Heiden kommen und das Land bevölkern wollen, werden wir ihnen Moscheen und Tempel bauen.‹« Die kleine Levin sah ihn von der Seite an und erwiderte dann giftig: »Aber Friedrich sagt auch: ›Ich habe schon genug Juden in meinen Staaten!‹« Dann wandte sie sich an mich, der ich völlig verblüfft diesen Wortwechsel angehört hatte, und sagte, während sie mich mit einem diabolischen Blick ansah: »Hören Sie, wie er diskutiert? Das ist das Blut, das in ihm spricht, das Blut der Rasse, die aus Ägypten und Palästina vertrieben wurde. Streiten Sie niemals mit einem Juden! Derjenige, der schrieb: ›Fuge, o fuge Judaeos!‹, hatte recht.« Ich hatte nie gedacht, daß die Juden es als eine Schande ansehen würden, als solche geboren worden zu sein, so wie wir es tun, aber an diesem Abend wurde mir bewußt, daß es zumindest für die Empfindsamsten unter ihnen tatsächlich so ist; und doch fiel es mir schwer, für Rahels Tragödie Mitgefühl zu empfinden, da sie ihr Unglück auf so indiskrete Weise zur Schau stellte. Ihre Stimme hatte sich in ein Falsett verwandelt, wie es häufig bei Juden geschieht, wenn sie etwas zutiefst erschüttert, und ich sah, daß mehr als einer, obwohl ihre Aufrichtigkeit durchaus etwas Berührendes hatte, ein Lächeln nicht unterdrücken konnte, da er feststellte, wie sehr die Rasse, die sie verabscheute, sie doch in ihrem Verhalten prägte.

Die Wangen des Jungen glühten, aber er wollte Rahel immer noch Paroli bieten. »Ich weiß, daß viele wie du denken, auch unter uns. Sie sagen: Leute wie wir können keine Juden sein! Aber ich will Jude sein, und ich will Offizier im Dienste meines Königs sein, und er soll es wissen!« »Dein König!« höhnte Rahel, die alles um sich herum vergessen hatte, und ihre Stimme wurde noch schriller. »Weißt du, was dein König gesagt hat? Auch du wirst sicher davon gehört haben, daß Napoleon ein jüdisches Reich gründen will, gegen den Erhalt von was weiß ich wie vielen Milliarden, die von Leuten wie Jacobsohn bezahlt werden. Und ich weiß aus äußerst zuverlässiger Quelle, daß die Königin, hör gut zu, als sie aus den Bädern zurückkehrte, den König gefragt hat, ob dieses Märchen wahr sei, da man ihr versichert hatte, daß französische Emissäre sich in Berlin bemühen, die reichsten Juden zu überreden, den Staat zu verlassen. Der König hat zu lachen angefangen und ihr geantwortet, daß dieses neue Reich Salomons ein Ammenmärchen sei, aber wenn Napoleon die Juden wirklich wolle, würde er ihm gerne mehrere Tausend schenken, mit denen er sich vergnügen könne, soviel er wolle!« Während sie sprach, hatte Rahel eine Waffel, die sie in der Hand gehalten und vergessen hatte zu essen, ohne es zu bemerken zerkrümelt; als es ihr jetzt bewußt wurde, wollte sie sich unbedingt hinknien und die Krümel aufsammeln, und ich glaube, sie wäre zur Bestürzung aller in Tränen ausgebrochen. Aber genau in diesem Augenblick kam, wie ein wirklicher *Deus ex machina*, Prinz Louis Ferdinand herein und ließ uns all dies vergessen durch die aufsehenerregenden Neuigkeiten, die er zu erzählen hatte.

Diese Nacht ist, wie es scheint, eine weitere Depesche aus Paris eingetroffen, die alarmierender ist als die vorige, denn Lucchesini zufolge enthält der Friedensvertrag zwischen Frankreich und Rußland einen geheimen Zusatz, kraft dessen das preußische Polen ebenso wie der österreichische Teil an Rußland abgetreten werden soll, um ein neues Königreich Polen zu gründen, dessen König Großherzog Konstantin sein soll. »Wenn dieser elende Lucchesini so erschrocken ist, daß er an der Vertrauenswürdigkeit Napoleons zweifelt, dann ist es durchaus möglich, daß etwas Wahres daran ist!« schloß der Prinz. »Aber es kann doch nicht möglich sein«, wandte ich ein, daß der Zar einen derartigen Vertrag ratifiziert, als seien die Verpflichtungen Friedrich Wilhelm gegenüber, die er letztes Jahr in Potsdam unterzeichnet hat, nur ein Stück Papier?« Der Prinz, der bereits mehr als eine Flasche getrunken haben mußte, zuckte mit den Schultern. »Nicht nur die Ehre, sondern die Staatsräson müßten dem Zar geraten haben, einen solchen Vertrag nicht zu akzeptieren. Doch die Illusion der Macht, der Haß irgendeines Ministers, die eigennützigen Hoffnungen irgendeines Höflings, die Intrigen einer polnischen Geliebten und eines ehrgeizigen und gewalttätigen Bruders wie Konstantin können die Staatsräson 1806 in Sankt Petersburg zum Schweigen bringen, so wie ähnliche Motive sie 1756 in Versailles zum Schweigen gebracht haben.« »Wenn das wirklich so ist«, murmelte Rahel, »dann sind wir verloren!« »Noch nicht«, erwiderte der Prinz. »Wenn Seine Majestät sich herablassen würde, auf meinen Rat zu hören, so würde ich ihm sagen, er solle noch heute abend mit wenigen Leuten und viel Geld in die Kutsche steigen und sich in die Arme seines lieben Bruders, des Zaren, werfen und damit den Besuch erwidern, den Alexander letztes Jahr gemacht hat; und dort, in Sankt Petersburg, unter vier Augen, ohne Minister und Ratgeber, würden sich alle Mißverständnisse auflösen.«

»Wen möchte Eure Hoheit so eilig nach Sankt Petersburg schicken?« rief eine fröhliche Stimme, und Victoire kam lachend hereingestürmt, verbeugte sich vor dem Prinzen, dessen Worte sie zur Hälfte verstanden hatte, als sie durch das Vorzimmer ging, und umarmte dann Rahel herzlich. Für mich hatte sie ein Kopfnicken und ein Lächeln, in dem nur ich etwas mehr als einen förmlichen Gruß zu lesen vermochte. »Unser Fräulein von Crayen! Wir freuen uns alle, Sie zu sehen«, rief der Prinz, liebenswürdig wie immer; und mit jener Unvorsichtigkeit, die ihn auszeichnet, wenn er über Politik spricht, ungeachtet der Gesellschaft, in der er sich gerade befindet, fügte er hinzu: »Unseren geliebten Souverän wollte ich in aller Eile nach Osten auf die

Reise schicken, da die Nachrichten, die aus Paris kommen, alles andere als ermutigend sind, was die Absichten Alexanders betrifft. Wohlverstanden, ein sehr viel sichereres und radikaleres Mittel wäre, nach Westen zu marschieren, und an der Spitze des Heeres: Das würde aller Furcht ein Ende setzen. Aber diesen Rat habe ich schon zu oft zu geben versucht, und ich habe keine Lust, ihn noch einmal zu wiederholen.« Während der weiteren Unterhaltung beobachtete ich Victoire, die sich direkt vor mich gesetzt hatte. Ohne es im geringsten abgesprochen zu haben, vermieden wir es beide, an den anderen das Wort zu richten, doch von Zeit zu Zeit begegneten sich unsere Blicke, und ein stummes Lächeln zeichnete sich auf ihren Lippen ab. Sie saß in ihrem Sessel in einer Haltung, die niemand für unziemlich hätte halten können, und doch kam sie mir, der ich die Geheimnisse dieser Beine und dieser Hüften kannte, auf subtile Weise sinnlich vor. Ich glaube sogar, daß ich mich für einen Augenblick in nicht sehr keuschen Gedanken verlor und vollkommen vergaß, an der Unterhaltung teilzunehmen. Louis Ferdinand sprach vor allem zu Rahel, als wollte er sie ablenken und daran hindern, erneut an die Szene von kurz zuvor zu denken. Es ist schon merkwürdig, daß dieser Prinz, der unfähig ist, über Politik zu sprechen, ohne sich zu kompromittieren, ein solches Feingefühl im Umgang mit dem weiblichen Herzen zeigt; und ich glaube, wenn er nur halb soviel Sorgfalt, wie er aufwendet, um in einem Salon verführerisch zu erscheinen, darauf verwenden würde, seinen Vetter, den König, zu verführen, er würde nicht mehr Gefahr laufen, in der Verbannung in Magdeburg leben zu müssen.

Später begleitete ich Victoire in der Kutsche nach Hause. Ich hoffte, sie würde den Wagen vor irgendeinem Geschäft halten lassen und das Mädchen Nähnadeln oder Stecknadeln oder Bänder oder sonst einen weiblichen Artikel kaufen schicken, wodurch wir vorab schon ein wenig von den Freuden hätten genießen können, die ich mir für später in der Nacht versprach. Als ich ihr diesen Vorschlag ins Ohr flüsterte, bat sie mich jedoch, Geduld zu haben, da sie seit dem Morgen an Migräne leide und keinen anderen Wunsch habe, als schlafen zu gehen.

Das Mädchen, das neben ihr saß, blickte töricht ins Leere, ohne auch nur im geringsten zu ahnen, wovon wir sprachen. »Aber sei nicht zu enttäuscht!« fügte Victoire hinzu. »Wenn du willst, kannst du mich morgen zu einem wichtigen Geschäft begleiten.« Neugierig zu erfahren, was für wichtige Geschäfte Victoire wohl haben mochte, versicherte ich ihr, daß ich bereit sei, sie zu begleiten, was immer sie auch vorhabe, und sie erklärte mir den Vorwand, der uns erlauben würde, den Vormittag gemeinsam zu verbringen. Wie viele andere Personen der feinen Gesellschaft hat Frau von Crayen beschlossen, daß angesichts der ernsten Lage, in welcher das Königreich sich befindet, die Wohltätigkeit, in der sie sich regelmäßig zu üben pflegt, nicht mehr nur der Linderung privater Not dienen, sondern auch der Öffentlichkeit zugute kommen soll; und so hat sie entschieden, dem Kriegsversehrtenheim eine Spende zu machen. Morgen wird Victoire die Sache mit dem Kommandanten besprechen, und ich erklärte natürlich, daß es mich sehr interessiere, persönlich das Funktionieren dieser Einrichtung in Augenschein zu nehmen, die in einem kriegerischen Königreich wie Preußen so notwendig sei. »Wirst du allein sein?« fragte ich und berührte ihre Lippen leicht mit einem Finger. »Aber Robert!« rief sie empört. »Natürlich wird *maman* dabeisein, und du wirst die Ehre haben, ihr den Arm zu reichen.«

Die Enttäuschung über die verpaßte Gelegenheit ließ mir keine Ruhe, und auch Frau Kruses Abendessen und der Wein ihres Mannes vermochten sie nicht zu vertreiben. Am späten Abend beschloß ich daher, bei Lenchen Trost zu suchen. Im Tor des wohlbekannten Hauses stieß ich mit einem Dragoneroffizier zusammen, der seelenruhig seine Zigarre rauchend herauskam; er rempelte mich mit der Schulter an und ging einfach weiter, dann drehte er sich um und betrachtete mich mit jenem spöttischen Ausdruck, den die Offiziere hier in Europa so gern annehmen, wenn sie es mit Zivilisten zu tun haben. Bei einer anderen Gelegenheit hätte ich mich beleidigt gefühlt, aber an einem solchen Ort war es nicht angebracht, sich um den Vortritt zu streiten. Daher sagte ich zu ihm, was man gewöhnlich sagt, wenn man sich nicht schlagen will: »Ich denke, der Herr hatte nicht die Absicht, mich zu beleidigen.« »Natürlich nicht«, antwortete er, allerdings in einem flegelhaften Ton, und ging ohne ein weiteres Wort weiter. Im Gemeinschaftsraum wurde zu den Klängen eines Klaviers getanzt. Eines der Mädchen sagte mir, Lenchen sei gerade zurückgekommen, nachdem sie lange mit ebenjenem Offizier zusammengewesen sei, und zeigte sie mir. Sie saß allein in einer Ecke und war noch dabei, sich wieder in Ordnung zu bringen; auf einem Stuhl sitzend, machte sie sich das Strumpfband zu, den Rock bis zum Schenkel zurückgeschlagen. Ich habe den Anblick eines Mädchens, das sich die Strumpfbänder festmacht, stets erregend gefunden; daher ging ich zu ihr und ließ sie mit der Hand die Auferstehung des Fleisches berühren. Lenchen nahm mich bei der Hand, und wir gingen in ihr Zimmer hinauf. Als ich dort jedoch die Kerze zum Bett rückte, um sie zu betrachten, während sie sich auszog, wie ich es gewöhnlich tue, obwohl diese Mädchen immer mit einem merkwürdigen Rest von Scham das Licht lieber fernhalten oder geradewegs ausmachen wollen, als ich also die Kerze näherrückte, sah ich, daß ihre Augen geschwollen waren, und ihr ganzer Ausdruck verriet, obwohl sie sich bemühte, fröhlich zu wirken, eine tiefe Müdigkeit. »Was hast du?« fragte ich sie. »Nichts!« antwortete sie; und da sie durch die Berührung und durch den Anblick feststellte, daß ich ungeduldig war, legte sie sich zurecht, um mich zu empfangen, nicht ohne vorher die Riemen und Knöpfe meiner Kleidung aufgemacht zu haben, die der Sache im Wege gewesen wären. Als ich begann, mir zu nehmen, was ich begehrte, konnte sie jedoch ein Stöhnen nicht unterdrücken. »Nicht so schnell, es tut weh«, murmelte sie. Ein solcher Empfang hätte selbst einen Herkules schlapp gemacht, und daher setzte ich mich wieder auf den Rand der Matratze und fragte sie nochmals, was sie habe. »Es ist nichts, heute tut es mir dort nur weh«, antwortete sie; und dabei lächelte sie, um mich nicht zu verstimmen.

Ich verwünschte innerlich das komplizierte Wesen der Frauen und begnügte mich damit, mich ihrer auf die Weise zu erfreuen, mit der Catull drohte, sich an Aurelius zu erfreuen, wenn dieser ihm gewisse Kümmernisse bereitet hätte. Dennoch war Lenchen nicht so eifrig bei der Sache wie die anderen Male; ja, nachdem sie sich eine Weile bemüht hatte, rückte sie sogar zur Seite und stieß einen tiefen Seufzer aus. »Aber was hast du denn nur?« fragte ich sie verzweifelt. »Auch im Mund tut es mir weh. Vorhin schon, mit dem Dragoneroffizier ...«, murmelte sie; sie sprach nicht weiter, senkte nur den Kopf. Erst da fiel mir ein, daß es spät war und daß sie zu diesem Zeitpunkt schon von vielen Männern benutzt worden sein mußte. »Ich sehe, daß es heute nichts wird«, brummte ich und begann mich wieder anzuziehen. »Aber die Herrin!« rief Lenchen beunruhigt. »Hab keine Angst«, beruhigte ich sie, »wir werden es niemandem sagen«; und ich holte einen Taler aus der Börse und legte ihn ihr in die Hand. Dann, als ich sah, daß auch sie sich wieder anzog: »Aber wäre es nicht besser, wenn du jetzt hier bleibst und dich ausruhst?« »Ich begleite dich«, antwortete Lenchen, tapfer lächelnd; und so hakte ich sie unter, und wir gingen zusammen wieder hinunter. Das Klavier spielte immer noch seinen Walzer, aber nur noch wenige tanzten; die meisten waren bereits nach Hause gegangen. An der Tür küßte das Mädchen mich auf den Mund und lief davon, da ihre Herrin sie rief; und ich kehrte in mein Hotel zurück und dachte darüber nach, daß man die Schicksale der Menschen und ihr Glück oder Unglück nicht mit gleichem Maß messen kann. Ich fragte mich, was Lenchen wohl gesagt hätte, wenn sie die Reden hätte mit anhören können, die der kleinen Levin heute abend über die Lippen gekommen sind, sie, die sich, während Rahel, bei sich zu Hause zwischen ihren Gästen sitzend, eine Tasse Tee in der Hand, über ihr Schicksal beklagte, eilig vor einem ungeduldigen Offizier auszog, erschauernd in der Kühle des Abends. Und für einen Augenblick durchzuckte mich der bizarre Einfall, die beiden Frauen einander vorzustellen und zu schauen, was dabei herauskäme.

Dienstag, 19. August

Die Kaserne der Kriegsversehrten erhebt sich auf dem anderen Ufer der Spree, jenseits der Charité. Es ist ein eindrucksvolles, wenn auch heruntergekommenes Gebäude, in dem sich ständig ein durchdringender Latrinengeruch staut. Während jenes Besuchs erfuhren wir, daß diese sich tatsächlich offen im Hof befinden und daß die Anträge für ihre Überdachung seit Jahren bearbeitet würden, daß die Bürokratie aber immer noch nicht über sie entschieden habe. Über dem Tor der Anstalt hat Friedrich zu seiner Zeit die gleiche Inschrift anbringen lassen wie Ludwig XIV. über der seinen: »Laeso et invicto militi«; diese Inschrift ist mir immer geschmacklos vorgekommen, und die Nachahmung kindisch. An Stelle des Generalkommandanten, den das Alter und die Paralyse ans Bett fesseln, empfing uns ein Oberst von Eichmann, ein älterer, höflicher, wenn auch etwas pedantischer Mann. Während er uns durch seine Anstalt führte, erklärte er uns, nur ein kleiner Teil der aus dem Heer entlassenen Veteranen werde hier aufgenommen; die anderen erhielten vom König einen Taler im Monat, genügend, um sich von altbackenem Brot und Wasser zu ernähren. Andere seien als Lehrer in den Schulen auf dem Land angestellt, eine ausgezeichnete Methode, um die Qualität des Unterrichts zu garantieren, der den Kindern der Bauern erteilt werde. Der Oberst informierte uns, daß die Anstalt 524 Veteranen beherberge, nicht einen mehr und nicht einen weniger, organisiert in Kompanien unter dem Kommando von zwölf Offizieren, die ebenfalls Invaliden seien. Sie alle erhalten ihren Sold, als stünden sie immer noch unter den Fahnen, und exerzieren tagtäglich auf dem Exerzierplatz nicht anders als das reguläre Heer, wenn auch in einem langsameren Tempo. Die erste Kompanie, unter dem Kommando eines Hauptmanns, dem ein Auge und ein Arm fehlen, besteht aus den Blinden und den schwerer Verstümmelten und ist im Erdgeschoß untergebracht. Die zweite, kommandiert von ebenjenem Oberst von Eichmann, wird von den Älteren und den Schwerverletzten gebildet und wohnt im ersten Stock, während die dritte Kompanie die jüngeren und gesünderen Männer umfaßt und im zweiten Stock untergebracht ist.

Während wir die Vollkommenheit dieses Systems bewunderten, betraten wir den ersten Schlafsaal, in dem sofort die abstoßendsten Geschöpfe der Anstalt auf uns zukamen und sich wieder abwendeten. Der Uringestank, noch verstärkt durch die erstickende Hitze, würgt den Besucher gleich am Eingang, so daß die beiden Damen ihr Taschentuch gegen die Nase pressen mußten, um die Besichtigung fortsetzen zu können. Der Schlafsaal ist voller Frauen und Kinder, die dort völlig ungehindert herumlaufen, ohne jede Kontrolle: Frauen und Kinder der Pensionäre und manchmal auch Schlimmeres. Der Oberst ist ein ruhiger Mann, der die Ordnung und die Gesetzmäßigkeit liebt und sich bemüht, die Exzesse einzudämmen, aber seine Autorität ist ganz offenkundig unzureichend, ja, die Disziplin seiner Untergebenen ist sogar so lax, daß ich nur schwer glauben kann, mich noch in Preußen zu befinden. Die Uniformen der Insassen sind in einem jämmerlichen Zustand, die Hosen noch kürzer als die der Soldaten im Dienst, wodurch ganz offensichlich am Stoff gespart wird, so daß die Männer sie verlängern, indem sie Leinenstücke annähen. Jeder erhält alle siebenundzwanzig Monate eine neue Uniform. Mehr als einer hat beim Spiel die Jacke verloren und läuft in Hemdsärmeln herum, ohne irgendeine Möglichkeit, sich noch vor der nächsten Kleiderausgabe neu einzukleiden. Anschließend an den Schlafsaal befindet sich eine Krankenstube, in der die Kranken auf uralten Strohsäcken liegen und sommers wie winters nur über jeweils eine dünne Wolldecke verfügen. Die Kantine ist an einen Koch verpachtet, der jeden Tag eineinhalb Groschen für jeden Esser erhält. Die Verpflegung besteht, wie wir überprüfen konnten, in der Hauptsache aus Suppe, die meist nichts anderes ist als kräftig gesalzenes Wasser, in dem etwas feingehacktes Gemüse schwimmt, und dazu Schwarzbrot von minderwertigster Qualität. Der Oberst machte uns mit berechtigter Genugtuung darauf aufmerksam, daß zu Mittag jeder auch zweieinhalb Zoll Fleisch erhalte, von schlechtester Qualität allerdings. Auf eine Frage von Victoire antwortete er, daß für die Kranken keine leichte Diät vorgesehen sei, sie hätten davon auch keinen großen Nutzen. Getränke werden nicht ausgeteilt, mit Ausnahme von täglich zwei Tassen Tee zwischen sieben und acht Uhr morgens.

Victoire hatte Tränen in den Augen angesichts von so viel Elend, im Unterschied zu ihrer Mutter, die eher angewidert schien und bereits bereute, diesen Besuch auf sich genommen zu haben. Doch auch sie konnte nicht umhin, sich die Augen mit dem Taschentuch zu trocknen, als wir feststellten, daß alle Invaliden trotz ihrer unglückseligen Lage ganz aufgeregt auf die Nachricht von der Wiederbewaffnung reagierten und so versessen darauf waren zu kämpfen, daß einer der Offiziere das Gesuch eingereicht hatte, wieder seinem alten Regiment zugeteilt zu werden: ein Zeichen dafür, daß die Moral der Preußen trotz der Zweifel des Hauptmanns von Clausewitz immer noch die gleiche wie früher ist. »Ist es nicht wahr, Mr. Pyle, daß dies ein außergewönliches Volk ist? Ich weiß nicht, ob Sie in Amerika solche Männer haben«, rief Victoire, und in mein Ohr flüsternd fügte sie hinzu: »Du brauchst aber nicht eifersüchtig zu werden, ich bin mit dir zufrieden.« »Eben, wir haben Männer wie mich, du wirst dich damit begnügen müssen«, antwortete ich im gleichen Ton, und sie brach in Gelächter aus. Und dann fragte sie mit dem für sie typischen Mangel an Diplomatie den Oberst, ob auch er zu denen gehöre, die ein Gesuch eingereicht hatten, um wieder in den Dienst zurückzukehren, doch der brave Mann mußte ziemlich verlegen zugeben, daß dem nicht so sei: Sein Traum sei es allenfalls, an Stelle des Generals Kommandant des Kriegsversehrtenheims zu werden und die Anstalt nach seinen Grundsätzen neu zu gestalten. Im Augenblick gehe ein großer Teil seiner Zeit für die Organisation der Begräbnisse drauf, da vor allem im Sommer fast keine Woche ohne einen oder mehrere Todesfälle vergehe: Die Anstalt verfüge über eine Kapelle, für die ein Militärseelsorger im Ruhestand zuständig sei, und über einen Friedhof mit Einzelgräbern für die Offiziere und einem Massengrab für die Mannschaft. Obwohl die Beisetzungen recht schnell durchgeführt werden, lastet die gesamte damit verbundene Schreibarbeit einschließlich der Versendung zahlloser Mitteilungen an alle möglichen anderen Ämter ganz auf den Schultern Eichmanns, und nur seine ihm eigene Tüchtigkeit erlaubt es ihm, damit fertig zu werden.

Die freie Zeit, die ihm bleibt, verbringt er damit, die Gesuche um Hilfe zu bewältigen, die von allen Seiten eintreffen. Manche sind so hartnäckig, daß sie sich in einen wahren Alptraum verwandeln, vor allem, da die Starrheit der Vorschriften keine Abweichungen erlaube und er andererseits auch nicht der Mann ist, sie zuzulassen; aber nicht alle, nicht einmal in diesem disziplinierten Land, sind bereit, das einzusehen. Vom Fenster seines Büros aus zeigte der Oberst uns ein Individuum, gekleidet in eine alte Uniform, kombiniert mit zivilen Lumpen, das außerhalb des Tores wartete. Ich erkannte in ihm den Mann, dem wir im Eingang begegnet waren und der mich auf eine so zudringliche Weise angestarrt hatte, als wollte er mir an die Kehle gehen. Soweit wir erfahren haben, handelt es sich um einen ehemaligen Unterfeldwebel, Veteran des Regiments des Prinzen von Oranien, der verlangt, daß man ihn zum Leutnant macht, wie es ihm vor ewigen Zeiten versprochen worden ist, zumal er seit fünf Jahren eine Zusicherung von der Hand des Königs in der Tasche trägt: dann könnte er nämlich einen Posten als Offizier im Kriegsversehrtenheim bekleiden. Dieser Posten, der freigeworden ist, ist jedoch einem anderen gegeben worden, und der ehemalige Unteroffizier verbringt seine Tage vor dem Gebäude und wartet darauf, daß ihm jemand hilft. »Fälle wie diese«, fuhr der Oberst fort, »gibt es zahllose.« Er zeigte uns seine Post mit dem Ausdruck eines Mannes, der mittlerweile alle Hoffnung aufgegeben hat und nur noch um Verständnis bittet für die Schwierigkeiten, in die er verstrickt ist. »Das Fräulein von Stojenthin, Waise eines Offiziers, bittet um Hilfe, da sie völlig mittellos dasteht; aber für Ausgaben dieser Art ist kein Pfennig in der Kasse, und das Reglement sieht auch keine Form von Beihilfe für die Familien der Soldaten vor. Sprinckelmann, Artillerist, fleht mich an, in die Anstalt aufgenommen zu werden: Er hat lediglich fünfzehn Jahre gedient und obendrein in Friedenszeiten, aber er ist bereits siebzig und weiß nicht, wovon er leben soll. Die entsprechenden Heime sind für ihn nicht zuständig, und doch findet er sich damit nicht ab, schreibt weiterhin und gibt all sein Geld für den öffentlichen Schreiber aus, anstatt es für sein Begräbnis zu sparen. Der Major Linde vom Pionierkorps ist noch im Dienst, er wurde weder entlassen noch als Invalide anerkannt, verlangt aber trotzdem, daß man ihn auf den Posten von Major Dockern setzt, der gerade erst gestorben ist!« Diese Forderung empört den braven Eichmann zutiefst. Wie soll man seine Pflicht erfüllen und dafür sorgen, daß die Vorschriften eingehalten werden, wenn es gerade den diensttuenden Offizieren so offenkundig an Ordnung und Disziplin fehlt?

Schack, den ich in der Oper traf, lachte laut auf, als ich ihm von meinem Besuch im Kriegsversehrtenheim erzählte und von der Aufregung, in welche die braven Leute die Vorstellung versetzt, gegen Napoleon zu marschieren. »Wenn Napoleon das wüßte, ich glaube, er würde sofort einen anderen Ton anschlagen!« scherzte er. Das Publikum im Parkett war noch lauter als sonst, und von der Loge aus, in der wir saßen, konnte man nicht einmal die Stimmen der Sänger hören. Daher begann der Major, um mich zu unterhalten, mir die Verteilung der Logen zu erläutern. »Die, die Sie da drüben sehen, wo jene alten Herren sitzen, deren ganzes Äußere den Gelehrten verrät, mit ihren Brillen und ihren Frauen, die angesichts des prunkvollen Theaters große Augen machen, ist die Loge der Akademie. Die andere dort, in der jene schwarzgekleideten Herren mit ihren Perücken sitzen, die so streng aussehen, ist die Loge des Obersten Gerichtshofs, deren Richter sich bemühen, Robespierre zumindest äußerlich zu gleichen, wenn sie es schon hinsichtlich der Unbestechlichkeit nicht mit ihm aufnehmen können.« »Jede Körperschaft des Staates hat also das Recht auf eine Loge im Theater?« fragte ich. »So ist es, und diejenigen, die keine Loge verdienen, haben zumindest eine Bank im Parkett, denn wo der König die Kosten übernimmt, haben alle nützlichen Mitglieder der Gesellschaft das Recht auf einen Sitz, jeder auf dem Platz, der für ihn reserviert ist. Die Bank dort, ganz hinten, beispielsweise, das ist die Bank für die Freudenmädchen.« »Aber Schack, Sie nehmen mich auf den Arm!« rief ich. »Das würde ich mir niemals erlauben«, lächelte der Major und reichte mir sein Monokel. »Sehen Sie selbst!« Mit Hilfe des Augenglases blickte ich suchend in die Richtung, die er mir angab, und stellte fest, daß auf jener Bank tatsächlich nur Mädchen saßen, was noch kein ausreichender Beweis für die Behauptung des Majors gewesen wäre, da sie recht anständig gekleidet waren. Alle meine Zweifel wurden jedoch endgültig ausgeräumt, als ich Lenchen erblickte, die zwischen den anderen saß und aufmerksamer als ihre Gefährtinnen der Aufführung folgte, ohne jede Absicht, einen Freier anzulocken. Dieses unerwartete Zusammentreffen lenkte meine Gedanken in eine unvorhergesehene Richtung, und als wir das Theater verließen, hätte ich das Mädchen gerne zu einer Kutschfahrt eingeladen, wenn sie nicht zu meiner Enttäuschung am Arm eines ungekämmten jungen Mannes herausgekommen wäre, dessen ganzes Aussehen darauf schließen ließ, daß er Student war. Lenchen lachte herzlich, und ihr Verhalten war von einer kindlichen, unschuldigen Fröhlichkeit, die sie, wenn sie mit mir zusammen war, nie vorzutäuschen vermocht hatte, so daß ich einen Anflug von Gekränktheit nicht verbergen konnte. Der Major lachte, als er meine Gereiztheit bemerkte, und lud mich, um mich darüber hinwegzutrösten, zum Abendessen mit den anderen Offizieren seines Regiments in die Gärten von Georges ein.

Dieser Georges ist ein Franzose, der einen Teil des Tiergartens gekauft und in eine Art kleines Vauxhall verwandelt hat, eigentlich sehr klein sogar, denn es gibt nicht mehr als fünfzig Tische, alle gedeckt, aber die Tischdecken und das Geschirr sind sehr wertvoll. Trotz der Mücken schien mir der Gedanke, im Freien am Ufer des Flusses zu Abend zu essen, die einzige Möglichkeit, der Hitze zu entgehen, und so nahm ich die Einladung gerne an. Außer Nostitz waren noch mit von der Partie Graf Pourtalés, Hauptmann der Gendarmerie, und die beiden Söhne des Prinzen Reuss XIV., deren Namen ich nicht kenne, da sie mir nur als »Harry« und »Shock« vorgestellt wurden. Der erste ist ebenfalls

Offizier der Gendarmerie, während der zweite, so genannt, weil er, wie es scheint, als Kind mit dem Kopf gegen die Wände rannte, Student in Göttingen ist. Was Pourtalés betrifft, so hatte ich ihn bereits bei den von Crayens kennengelernt, und Victoire hatte mir erzählt, daß er der erste junge Mann gewesen sei, der um ihre Hand angehalten habe, vor ihrer Krankheit, »als ich dumm war und glaubte, das Spiel würde immer so weitergehen«. Während eines Abendessens bei den Radziwills, nach einem *tableau vivant*, in dem Victoire eine der drei Grazien verkörpert hatte, hatte Pourtalés sie in einer Türöffnung bedrängt. »Give me your hand«, hatte er zu ihr gesagt. »Der Prinz«, erzählte Victoire, hatte die Gitarre genommen, war mit der ganzen Gesellschaft im Gefolge auf den Balkon hinausgetreten und hatte eine italienische Arie gesungen. Mir drehte sich alles, und ich hatte nur den einen Wunsch, nach Hause zu kommen. ›Call my groom‹, sagte ich zu ihm und gab ihm nicht die Hand.« Als er ihr später, nach ihrer Krankheit, wieder in Gesellschaft begegnete, hatte Pourtalés so getan, als habe er sie nicht gesehen.

Trotz allem ist der Graf ein sympathischer junger Mann, der den Wein gut verträgt. Auch die beiden Reuss sind recht amüsant und ziehen sich ständig gegenseitig mit ihren jeweiligen Liebesabenteuern auf. Shock foppte seinen Bruder mit der Heirat eines achtzehnjährigen Mädchens, der Harry die ganze letzte *saison* hindurch den Hof gemacht hatte und die gerade eben Herrn de Bray geheiratet hat, den Botschafter von Bayern, Franzose von Geburt, Ritter von Malta und obendrein vierzig. »Wenn ich mich richtig erinnere, hattest du ihr durch Emilie Reck ausrichten lassen, daß du dich umbringen würdest, wenn sie dich zurückweisen würde.« Harry lachte und erwiderte, daß er sich an ihrer Schwester schadlos halten werde, aber diesmal habe er nicht die Absicht, mit Schmeicheleien Zeit zu verlieren. »Ich habe schon begonnen, ihr etwas beizubringen, und wenn der Augenblick gekommen sein wird, wird sie mehr darüber wissen, als ihrer Mutter recht ist.« »Du meinst doch nicht etwa Lisinka?« fragte Shock. »Aber gewiß doch«, lachte Harry. »Lisinka von Löwenstern.« »Aber sie ist doch erst zwölf!« »Na und?«

fragte Harry und schloß halb die Augen. »Hast du niemals gesehen, wie sie uns, wenn sie sich unbeobachtet glaubt, mit den Augen verschlingt? Hast du nicht bemerkt, daß sie uns und unsere Pferde, wenn sie sonntags mit *maman* zur Messe geht und wir auf dem Gendarmenmarkt exerzieren, ansieht, wie nicht einmal die unverschämtesten Bauern auf dem Land uns ansehen würden? Hast du nie gesehen, wie sie ihre Schwester ansieht, wenn sie den *shawl* tanzt? Glaub mir, der erste, der mit ihr tanzen wird, wird ihr noch in derselben Nacht unter den Rock fassen, in irgendeinem Zimmer des Dienstpersonals, während die anderen beim Abendessen sind, und dieser jemand werde ich sein!«

»Das ist wahr«, schaltete Nostitz sich ein. »Während eines Abendessens bei Laforest sprachen ich und Sophie über die Zeichenstunden, die sie und ihre Schwester bei Wachsmann nehmen, und die Kleine machte Bemerkungen über die Muskulatur des männlichen und weiblichen Körpers, die Sophie erröten ließen und uns zwangen, sofort das Thema zu wechseln.« Die Erwähnung Laforests lenkte die Unterhaltung in eine andere Richtung. Dieser tüchtige Mann, der unter Ludwig XV. die Diplomatenlaufbahn eingeschlagen und mit dem gleichen Eifer Bonaparte und dem König der Irokesen dienen würde und der im Grunde durch und durch ein Diplomat alter Schule ist, äußerst kultiviert und sehr französisch, ist bis letztes Jahr einer der Lieblinge der Berliner Gesellschaft gewesen. Jetzt, nachdem die Beziehungen mit Preußen sich zum Schlechten gewendet haben, ist er zur Zielscheibe eines Hasses geworden, den er durch nichts verdient hat. »Gehen wir zum Haus von Laforest und wetzen wir die Säbel unter seinen Fenstern!« schlug Harry Reuss vor. »Damit er nach Paris schreibt, daß die Preußen vor seinem Herrscher keine Angst haben!« Nostitz, der wohl schon zuviel Champagner getrunken hatte, erhob sich, schlug mit der Faust auf den Tisch und rief: »Werfen wir ihm lieber die Fenster mit Steinen ein!« Der Gedanke, ein Haus mit Steinen zu bewerfen, in dem sie so oft in angenehmer Gesellschaft zu Abend gegessen, der Tochter des Hausherrn den Hof gemacht und mit den Mädchen der besten Gesellschaft getanzt hatten, schien sie über alle Maßen zu erregen. Schack gab jedoch weise zu bedenken, daß man auf alle Fälle erst einmal fertig zu Abend essen sollte, und fügte hinzu, wenn sie wirklich Lust hätten, Fenster zu zerschmeißen, dann sollten es doch eher die von Haugwitz sein. Als sie diesen Namen hörten, fingen alle gleichzeitig zu sprechen an, und schließlich waren sie sich darin einig, auf das Unglück des Ministers anzustoßen; um seine Fenster würde man sich dann eventuell später noch kümmern.

Während er eine Orange schälte, bemerkte Harry, daß ein barfüßiger Junge, vermutlich der Sohn eines Fischers, über den Damm des Flusses heraufgekommen war und zwei Schritte von uns entfernt stand und uns mit großen Augen ansah; daraufhin warf er ihm die halbgeschälte Orange zu. Die Frucht rollte bis zum Fluß hinunter, und der Junge stürzte sich ins Wasser und tauchte einen Augenblick später triumphierend mit seiner Beute in der Hand wieder auf. Andere Jungen tauchten aus der Dunkelheit hinter dem ersten auf, und nun amüsierten wir uns damit, Orangen und kandierte Früchte in die Spree zu werfen, welche die Jungen einzusammeln versuchten, obwohl die Dunkelheit die Aufgabe etwas erschwerte. Auch ein paar Schiffer, die der Lärm angelockt hatte, zogen sich das Hemd aus und stürzten sich in den Fluß, um patschnaß wieder mit jenen Köstlichkeiten an die Oberfläche zu kommen, die sie gewiß noch nie zuvor probiert hatten. Die Strömung war ziemlich stark, und noch jetzt frage ich mich, wie es kommt, daß niemand ertrunken ist. Jedenfalls brachen wir in schallendes Gelächter über die ganze Sache aus. Nachdem der Spaß vorüber war, riefen wir den Wirt, um zu bezahlen, und aus Gewohnheit holte ich eine Münze aus meiner Geldbörse, als Schack mich mit dem Ellbogen anstieß und mich darauf aufmerksam machte, daß die anderen Banknoten aus der Tasche zogen und sie auf dem Tisch ließen. Ich muß gestehen, daß ich ziemlich überrascht war darüber, daß sogar diese glänzenden Offiziere ihr Abendessen mit Papiergeld bezahlten, und dem Gesichtsausdruck des Wirtes nach zu urteilen, war wohl auch er über diese neue Mode nicht sehr glücklich. Auf der Straße kamen uns die Burschen dieser

Herren entgegen, der eine mit dem Pferd am Zügel, der andere mit der Kutsche, und wir standen beisammen, um uns zu verabschieden, als Pourtalés bemerkte, daß es schade sei, schlafen zu gehen, da sich fast alle am nächsten Morgen in aller Frühe beim Regiment zum Manöver melden müßten. »Da können wir ebensogut auch gleich aufbleiben«, schloß er scharfsinnig. »Du sagst das nur, damit du allein ins Bett gehen kannst, aber ich bitte dich, laß mich aus deinen Berechnungen heraus«, erwiderte Harry Reuss lachend. Aber fast alle waren derselben Meinung wie Pourtalés und beschlossen, überhaupt nicht schlafen zu gehen. »Nehmen wir die Tischdecken und verkleiden wir uns als Gespenster, und dann erschrecken wir die Wachen auf der Schloßbrücke!« schlug Schack vor. Gesagt, getan: Sie gingen zurück in den Garten, und nach einem kurzen Wortwechsel mit den Kellnern kamen sie triumphierend wieder heraus, jeder mit einem weißen Tischtuch; lediglich ein paar Weinflecken wiesen darauf hin, daß jene Gespenster nicht gegen echt menschliche Schwächen immun waren. Was mich betrifft, so hatte ich keine Lust, mich der Maskerade anzuschließen, und daher verabschiedete ich mich von der Gesellschaft und machte mich zu Fuß auf den Weg zu meinem Hotel. Als ich an Victoires Wohnung vorbeikam, fragte ich mich, ob ich nicht zu ihr hinaufklettern sollte, da ich aber nicht ganz sicher war, an welches Fenster ich klopfen mußte, beschloß ich dann doch, in mein Bett zu gehen.

Mittwoch, 20. August

Mein Programm für heute war so, daß es auch den anspruchsvollsten Genießer nicht enttäuscht hätte. Schack sollte mich abholen, um mich zu Herrn von Strehlow, dem Präsidenten des Berufungsgerichts, zu begleiten, der eingewilligt hat, mir eine Unterkunft in seinem Palais in der Scharrenstraße zu vermieten, einen Schritt von hier, in der Altstadt. Der Major hatte mir einen schönen, mit Fresken ausgeschmückten Salon versprochen, mit Blick auf die Sankt-Peters-Kirche, und einen großen, schön möblierten Alkoven mit Wandbespannungen aus Seide, das Ganze für fünf Taler im Monat. Die Wohnung befindet sich zwar nicht in dem Gebiet Berlins, das gerade besonders in Mode ist, aber der Unterhalt, den das Ministerium mir gewährt hat, zwingt mich zur Sparsamkeit. Außerdem ist das Vorhandensein des Bettes, wie Schack mir erklärt hat, ein großer Vorteil, denn es ist hier durchaus üblich, daß derjenige, der eine möblierte Wohnung mietet, sich dieses unverzichtbare Möbelstück auf eigene Kosten beschafft. Nachdem ich die Wohnung in Besitz genommen hätte, wollten wir uns das Mittagessen aus einer Gaststätte heraufkommen lassen, die dem Major zufolge gewöhnlich die feine Gesellschaft beliefert und hervorragende Gerichte bereithält. Schließlich hatte Victoire mich wissen lassen, daß ihre Mutter eine alte Tante besuchen und nicht vor dem Abend zurück sein werde; da sie keine anderen Besuche erwarte, stehe dem Vergnügen, uns wiederzusehen, das durch ein paar Tage erzwungener Keuschheit um so brennender geworden war, nichts weiter im Wege. Allerdings hat eine Depesche, welche diese Nacht eingetroffen ist und die der Hotelier mir bei Tagesanbruch übergeben hat, all diese Freuden zunichte gemacht. Bill Pinkney ist in London frühzeitig über den Friedensvertrag zwischen dem Zaren und Bonaparte unterrichtet worden und ist entschlossen, aus diesem Umstand den größtmöglichen Nutzen zu ziehen, ohne dem englischen Kabinett die Zeit zu lassen, sich von diesem Schlag zu erholen, der das ganze Gefüge ihrer Politik zusammenbrechen zu lassen droht. Dafür braucht er möglichst bald einen Augenzeugenbericht über das, was sich an den Grenzen zwischen Preußen und Rußland tut, und über die Fortschritte der preußischen Bewaffnung, von der er aufgrund der Überschneidung der Daten irrtümlich glaubt, daß sie sich in erster Linie gegen Alexander richte anstatt gegen Bonaparte. »Eine Depesche von Dir aus Königsberg oder aus Warschau wird unserer Sache mehr nützen als irgendeine Nachricht, die Du heute in Berlin erfahren kannst. Du weißt bereits, glaube ich, daß Fox es aufgrund seiner Krankheit abgelehnt hat, uns zu empfangen. Unter anderen Umständen könnte dieses Verhalten auch als eine absichtliche Beleidigung ausgelegt werden; aber der Mann ist wirklich krank, und hier diskutiert man offen darüber, wer seinen Posten übernehmen wird, sobald er tot ist. Vor ein paar Tagen hat er sich, da er sich seiner Schwäche bewußt geworden ist, schweren Herzens entschlossen, die Verhandlungen in andere Hände zu legen, und hat die Lords Holland und Auckland dafür ausgewählt. Du siehst, daß er keine Männer hätte ernennen können, die Amerika wohlwollender gegenüberstehen und die aufrichtiger an einem Abkommen interessiert sind. Ich glaube daher, daß die Verhandlungen schon sehr bald beginnen werden; und an dem Tag will ich sichere Nachrichten vom Kontinent in Händen haben. Ich bitte Dich daher, die Pferde zu bestellen, sobald Du diese Mitteilung erhalten hast, und ich versichere Dir, daß Washington von dem Eifer in Kenntnis gesetzt werden wird, mit dem Du Deinen Pflichten nachkommst. Dein ergebener Vetter, William Pinkney.«

Im Grunde war ich in der denkbar unbeschwertesten Stimmung schlafen gegangen, als Besitzer einer Wohnung in Berlin sowie einer Geliebten, und jetzt sah ich mich gezwungen, mit einem Schlag beides aufzugeben, um erneut das unsichere Leben eines Reisenden auf mich zu nehmen. Im ersten Augenblick war ich versucht, mich dagegen aufzulehnen; aber die Depesche war in einem Ton abgefaßt, der keinen Widerspruch duldete. Als der Major kam, um mich wie verabredet abzuholen, konnte ich ihm also nur meine sofortige Abreise mitteilen und ihn bitten, mich beim Präsidenten des Berufungsgerichts zu entschuldigen, dessen Gastfreundschaft mich bei meiner Rückkehr erfreuen zu können ich mir jedoch wünsche. Ich muß sagen, daß Schack die Nachricht mit der größten Gelassenheit und der Bemerkung aufnahm, in diesem Fall bliebe ihm noch Zeit, den Vormittag für einen Ausritt zu nutzen. Er verabschiedete sich und wünschte mir seelenruhig eine gute Reise, ohne die neun Taler zu erwähnen, die er mir immer noch nach unserem Spiel schuldet, was mir nicht eben der Gipfel guter Erziehung scheint bei einem Mann, der ein Einkommen von zwölftausend Talern hat.

Minister Beyme, dem ich sofort einen kurzen Brief schickte,

versicherte mir, daß mein Paß bis zum Abend fertig sei, so daß ich morgen nach Königsberg aufbrechen kann. Ich befahl Will, die Räder der Kutsche gehörig einzufetten, bat den Hotelbesitzer, bei der Post die Pferde zu bestellen, und suchte dann, als Folge des schlechten Eindrucks, den das Verhalten Schacks auf mich gemacht hatte, Suckow auf, dem ich noch die Rechnung für jenen berüchtigten Abend bezahlen mußte. Als ich dort ankam, wo er wohnte, eine isolierte Ansammlung verfallener Mietwohnungen hinter der Apfelsinenbrücke, erschien eine nicht mehr ganz junge Frau mit zerzausten Haaren in einem Fenster im letzten Stock und teilte mir mit, daß ihr Herr in der Nacht die Wache am Cottbusser Tor befehligt habe. Ich stieg also wieder in die Kutsche und ließ mich dorthin fahren. In jenem Stadtviertel leben sehr viel weniger Menschen, und bevor man zu dem Tor kommt, muß man durch unermeßliche Weiten unbebauten Geländes fahren. Bis dort einmal Häuser errichtet werden, wird alles mögliche dort angepflanzt, und man braucht eine gehörige Portion Vorstellungskraft, wenn man mitten durch Korn- oder Kartoffelfelder fährt, um nicht zu vergessen, daß man sich innerhalb der Stadtmauern einer Hauptstadt befindet.

Als ich am Tor ankam, fragte ich nach dem Kommandanten, und die Soldaten führten mich in die Amtsstube, aus der die Akkorde einer lustlos gezupften Gitarre drangen. Der Oberleutnant saß in einem bequemen Sessel, der nicht zur normalen Ausstattung einer Wachstube gehört, den er jedoch *ex propriis* zu mieten pflegt, wenn er Dienst hat. Da er sich langweilte, freute er sich über mein Erscheinen und war begeistert über die Börse voller Münzen, die ich sogleich aus der Tasche zog. Ohne sich im geringsten zu genieren, öffnete er sie, zählte das Geld, brachte die Goldmünzen in Sicherheit, ließ den Taler, der übrigblieb, auf dem Tisch liegen und schlug mir vor, mit den Würfeln um ihn zu spielen. Er gewann natürlich, und ich mußte einen weiteren Taler aus dem Beutel ziehen. Durch diesen unerwarteten Gewinn in gute Laune versetzt, griff der Oberleutnant nach der Gitarre und begann zu improvisieren. Ein ungewöhnlicher Lärm lockte uns beide ins Freie, wo sich mir das merkwürdigste

Schauspiel bot, das Berlin bis jetzt für mich bereit hatte. An der Tür und die ganze Straße hinunter, so weit das Auge reichte, drängten sich verschwitzte und staubbedeckte Männer, alle fröhlich und vom ersten bis zum letzten Mann gleich gekleidet: weiße Leinenhose, eine Jacke in gleicher Farbe und eine weißrot gesprenktelte Baumwollmütze. Jeder hatte einen großen Sack umgehängt, und die meisten gingen barfuß, die Schuhe um den Hals gehängt, um derart kostbare Gegenstände nicht sinnlos zu ruinieren. Die Tür stand offen, und alle redeten gleichzeitig und mit der größten Lebhaftigkeit auf die Wachsoldaten ein in einer Sprache, die für meine Ohren vollkommen unverständlich klang. Suckow lächelte und erklärte mir, daß dies die Rekruten seines Regiments seien, die gerade in diesen Tagen auf den Befehl des Königs hin zu den Waffen gerufen worden seien. Aus der Gegend von Cottbus stammend, seien sie fast alle Wenden, Nachkommen jener Volksgruppen, die vor der Ankunft der deutschen Siedler in diesen Landstrichen gelebt hätten, und sie hätten die Sitten und Bräuche sowie die Sprache ihrer Rasse bewahrt. »In dem Sack«, erklärte er mir, »hat jeder von ihnen ein Stück Speck und getrocknete Erbsen, ihre Lieblingsspeise; und die meisten können nicht ein Wort Deutsch.« Ich bemerkte, daß das ihre Ausbildung nicht gerade erleichtern dürfte, was er zugab, wobei er hinzufügte, daß die Ausbildung, die man ihnen gebe, zum Glück wie die aller Infanteriesoldaten recht einfach sei und im großen und ganzen nur darin bestehe, ihnen das Exerzieren beizubringen. Sobald die Männer schnell genug mit Ladestock und Gewehr umgehen könnten und die Kompanien die Erde unter ihnen ordentlich erdröhnen ließen, gehe man davon aus, daß die Rekruten ausreichend ausgebildet seien; »und ich habe mit eigenen Ohren gehört«, fügte er lachend hinzu, »wie ein Offizier zu einem anderen sagte: ›Wozu soll man den Soldaten ausbilden? Man befiehlt ihm etwas, und er tut es.‹«

Diese sonderbaren Wesen hatten unterdessen begonnen, an uns vorbei in Richtung Stadt weiterzumarschieren, und der Oberleutnant sah ihnen zu, wie sie vorbeizogen, die Hände in die Hüften gestützt. Plötzlich kamen fünf oder sechs dieser Kantonisten, wie man sie hier nennt, freudig auf ihn zu, reichten ihm die Hand und grüßten ihn in gebrochenem Deutsch, wobei sie ihn ohne weiteres duzten. Bekanntlich benutzen die Deutschen die Pronomen auf drei oder vier verschiedene Weisen, wenn sie sich an ihre Mitmenschen richten, und duzen sich nur, wenn zwischen ihnen eine große Vertrautheit herrscht, so daß diese Form fast immer etwas Freundschaftliches hat; Diener, Kutscher, Wirte und andere derartige Leute spricht man nur mit er an, aber die Offiziere duzen die Soldaten, besonders die ihrer eigenen Kompanie. Die Offiziere und Unteroffiziere werden jedoch stets gesiezt, ja, diese Förmlichkeit wird sogar so streng beachtet, daß selbst ein Offizier, wenn er nicht gerade ein Oberst oder General ist, einen Unteroffizier siezt, was er einem Zivilisten gegenüber nicht tun würde. Daher war ich nicht wenig verdutzt über die Vertraulichkeit, mit der die Soldaten meinen Freund grüßten, ich bemerkte jedoch, daß Suckow das nicht weiter störte. Er drückte sogar die Hände, die ihm gereicht wurden, und erwiderte die Grüße, und die Männer hängten sich wieder die Säcke über die Schulter und zogen mit dem zufriedensten Gesicht von der Welt weiter. Der Oberleutnant sah mich mit einem etwas verlegenen Lächeln an und erklärte mir, daß es sinnlos sei, ihnen die Subtilitäten der deutschen Pronomen zu erklären, so daß sie alle duzen würden, einschließlich des Obersten; im übrigen seien sie brave und treue Soldaten.

Wir waren gerade in die Wachstube zurückgekehrt, als ein Posten kam und meldete, daß die Wachablösung in Sicht sei. Suckow rief den *calefactor* und befahl ihm, seine Sachen zusammenzupacken. Eine alte zerrissene Uniform, die der Oberleutnant während der Nacht angezogen hatte, um die neue nicht unnötig abzuwetzen, eine Kaffeekanne, ein Notenheft, die Gitarre, ein Schachbrett und viele andere Paraphernalien wurden sorgfältig eingepackt, um anschließend zur Unterkunft des Oberleutnants gebracht zu werden, wo sie bis zum nächsten Wachdienst in Frieden ruhen würden. In der Zwischenzeit nahm der Kommandant der Wachablösung die Aktenhefte, alles, was dem Staat gehörte und was allgemeiner Besitz der Offiziere war, und schließlich die Dinge, die diese persönlich gemietet hatten, unter ihnen den berühmten Sessel, entgegen und stellte über alles eine ordnungsgemäße Quittung aus. Der Augenblick war gekommen, von meinem Freund Abschied zu nehmen, und so reichte ich ihm die Hand und gab der Hoffnung Ausdruck, ihn bei meiner Rückkehr nach Berlin wiederzusehen. Der junge Mann schüttelte mir kräftig die Hand und sagte dann: »Erlauben Sie mir, Ihnen einen Rat zu geben: Verzichten Sie, wenn Sie es irgendwie einrichten können, darauf zu spielen. In Deutschland gibt es zu viele Personen, und sogar Fürsten, die vom Spiel leben und alle möglichen Tricks kennen; ein unerfahrener Spieler hat gegen sie keine Chance.«

Der Abschied von Victoire verlief leider nicht so glatt. Ich traf sie bei sich zu Hause an, während sie *Emilia Galotti* las, lässig auf jenes Kanapee hingegossen, das in mir so glückliche Erinnerungen hervorruft. Sie trug dasselbe weiße, mit rosa Schleifen geschmückte Kleid, das sie an dem Tag getragen hatte, an dem ich sie kennengelernt hatte. Sie reichte mir mit einem schelmischen Lächeln die Hand zum Handkuß, und als ich mich über sie beugte, flüsterte sie, daß ihre Mutter leider zu Hause sei, gleich darauf erwiderte sie jedoch lustvoll meinen Kuß und biß mir dabei fast den Mund blutig. »Die Tante«, fuhr sie dann fort, »ist unpäßlich und hat ein Billett geschrieben, in dem sie Mama mitteilt, daß sie nicht zu Mittag essen würde; aber nichtsdestoweniger erwartet sie sie am Abend zum Kartenspiel, so daß der, der seine Ungeduld zu bezähmen weiß, belohnt werden wird.« Als ich ihr jedoch, nachdem ich mich gesetzt und meinen Hut auf den Boden gelegt hatte, sagte, daß ich gekommen sei, um mich von ihr zu verabschieden, weil ich morgen abreisen würde, wurde sie kreidebleich; und einen Augenblick lang glaubte ich, sie würde ohnmächtig zu Boden sinken. Sie schrie nur deswegen nicht, weil sie sich nicht vor den anderen Hausbewohnern verraten wollte, aber ihre Augen füllten sich mit Tränen, und sie fiel vor mir auf die Knie, küßte mir die Hände und die Knie, bis ich mich endlich mit großer Kraftanstrengung von ihr freimachen konnte. Schließlich beruhigte sie sich, verbarg die Augen hinter ihrem Taschentuch, und als sie den Kopf wieder hob, sah ich, daß ihre Tränen getrocknet waren; sie atmete tief durch, um sich Mut zu machen, und während sie ein Schluchzen unterdrückte, flehte sie mich an, ihr jeden Tag zu schreiben, was ich ihr sofort versprach. Darauf begann ich erneut, da es keinen Sinn hatte, diese traurige Unterhaltung fortzusetzen, sie zu küssen, und so vergnügten wir uns eine Weile; die ganze Sprödigkeit, die sie anfangs an den Tag gelegt hatte, war wie weggeflogen, so daß ich feststellen konnte, daß in solchen Dingen tatsächlich, wie es heißt, »c'est le premier pas qui coûte«. Doch als ich mir gerade zu wünschen begann, daß *maman* hereinkommen und verkünden würde, daß sie doch weggehe, so daß wir endlich zur Sache hätten kommen können, stieß Victoire mich ganz plötzlich jäh zurück. »Robert«, sagte sie und blickte mir tapfer in die Augen, ihre Stimme zitterte jedoch, »mußt du wirklich morgen abreisen?« Ich erklärte ihr, daß die Depesche aus London mir keine andere Wahl lasse; sie preßte die Lippen zusammen und fuhr fort, als habe sie nicht gehört: »Denn wenn du mich wirklich liebst, dürftest du morgen nicht abreisen. Bleib noch einen Tag! Du kannst ja sagen, der Kurier habe sich verspätet oder dich nicht gefunden!« Geduldig erklärte ich ihr, daß ich bereits mein Hotel bezahlt und die Pferde bestellt hätte und daß Will dabei sei, meine Koffer zu packen. »Dann geh und hilf ihm!« erwiderte Victoire gereizt. Da ich keine Szene wollte und da mir andererseits die Aussicht auf eine Belohnung jetzt zunichte gemacht schien, blieb mir nichts anderes übrig, als mich wirklich zu verabschieden. Victoire verabschiedete sich von mir kühler, als sie es sonst zu tun pflegt, aber immer noch mit einem Schimmer von Trauer in den Augen, der mich auf eine Fortsetzung hoffen läßt, sobald ich wieder in der Stadt sein werde.

Mit diesem Trost kehrte ich ins Hotel zurück, überzeugt, daß alle Unannehmlichkeiten der Abreise nun überstanden seien; doch ich täuschte mich, denn eine erwartete mich noch. Als ich in mein Zimmer kam, war Will dabei, meinen Koffer mit jener Energie und Entschlossenheit zu packen, die bei ihm immer Zeichen von schlechter Laune sind. Bärbel war von der Hotelbesitzerin geschickt worden, um ihm zu helfen, und als ich eintrat, wandte sie ihm bewußt den Rücken zu und hatte ganz rote Augen. Dieser Umstand führte dazu, daß ich das Mädchen mit anderen Augen betrachtete; bis jetzt war sie für mich ein nichtssagendes Geschöpf gewesen, ihre von der Lauge rissigen Hände erwecken gewiß nicht gerade das Interesse eines Gentlemans, und ich hatte aus ihrem Mund auch nie mehr als irgendeinen verstümmelten Satz im Dialekt gehört. Und doch betrachtete ich jetzt, während sie einen Koffer schulterte, plötzlich mit Wills Augen ihre Arme, ihre Knöchel und das, was unter der Schürze und dem Leinenkleid zu erahnen war. Als Bärbel mit ihrer Last in den Hof hinausgegangen war, nahm ich ihn mir vor und sagte ganz offen zu ihm: »Sag mal, Will, wie bist du mit diesem Mädchen ausgekommen?« Will zuckte die Schultern, dann murmelte er: »Gut, und ich wäre noch besser mit ihr ausgekommen, wenn wir nicht abreisen müßten.« »Besser in dem Sinn, daß du etwas von ihr erhalten hättest?« »Jawohl, Herr«, antwortete er, »sie hat mir schon das Zimmer gezeigt, in dem sie schläft, und mir gesagt, daß sie es an einem der nächsten Abende nicht abschließen würde; und ich habe ihr ein Geschenk versprochen und wollte den Herrn um einen Vorschuß auf meinen Lohn bitten; aber jetzt ist alles verloren.« »Und warum?« sagte ich zu ihm. »Du hast doch noch diese Nacht, oder nicht?« Er sah mich verständnislos an. »Und das Geschenk?« murmelte er endlich unwillig. Ich holte eine Goldmünze aus der Tasche und zeigte sie ihm. »Gewiß«, bemerkte ich, »ein Band oder eine Haube wären besser gewesen, aber glaubst du nicht, daß der Geruch dieses Metalls diese Galanterien ersetzen kann, die du jetzt nicht mehr kaufen kannst?« Will entblößte in einem breiten Lächeln seine weißen Zähne und fing die Münze im Flug auf; dann machte er sich pfeifend wieder an die Arbeit. Mich überraschte ein wenig seine Sicherheit, die allerdings in Bärbels Tränen eine unmißverständliche Bestätigung fand. Innerlich hatte ich gewettet, daß er nicht ans Ziel gelangen würde, und ich nahm mir vor, ihn ein wenig mehr zu überwachen, sobald wir zurückgekehrt sein würden.

Donnerstag, 21. August

Heute nacht weckte mich der Hotelier wie befohlen um vier. Als ich nach Will läutete, kam er mit Verspätung herunter und sah aus, als habe er nur sehr wenig geschlafen, und Bärbel gähnte mehr als gewöhnlich, hatte aber keine roten Augen mehr. Während ich mich anzog, kam ein Diener der Post und brachte die Pferde, und noch vor Tagesanbruch verließ ich Berlin durch das Frankfurter Tor. Die Ausreiseformalitäten gestalteten sich diesmal einfacher, als ich erwartet hatte, da die Wache zu Suckows Regiment gehörte und ihr Kommandant, Oberleutnant von Chodorowski, ein Pole, einmal mit uns zu Mittag gegessen hatte. Er lud mich sogar ein, den Kaffee mit ihm zu teilen, den er sich eigenhändig auf dem Feuer des Herds bereitet hatte und mit dem er eine unabsehbare Anzahl kleiner Brote zu verschlingen sich anschickte. Als ich nach diesem *breakfast* die Wachstube verließ, wurde ich Zeuge einer unerfreulichen Szene, die eine der traurigen Folgen der Kriegswinde ist, die über das Land hinwegfegen. Fünf oder sechs Husaren zu Pferd führten einen gefesselten Mann, barfuß und ohne Hut, vor sich her, der wie ein Soldat gekleidet war und dem der Schrecken in den Augen geschrieben stand. Chodorowski erklärte mir in seinem gebrochenen Deutsch, daß es sich um einen Deserteur handele, der gestern nachmittag durch dieses Tor die Stadt verlassen habe und am Abend nicht wieder zurückgekehrt sei. Vor allem in den letzten Tagen, das heißt seit sich mit dem Mobilmachungsbefehl die Meinung verbreitet hat, daß der Krieg bevorstehe, halten viele Söldner, die seit langem die Prämie dafür, daß sie sich freiwillig verdungen haben, vertrunken haben, es für ihre Pflicht, ihre wertvolle Haut in Sicherheit zu bringen, bevor die Kugeln zu pfeifen beginnen, und es vergeht kein Tag, an dem nicht jemand eingefangen und unter strenger Eskortierung in die Stadt zurück- und seiner Strafe zugeführt wird. »Was geschieht denn mit ihnen?« fragte ich meinen Bekannten. »Oh, nichts! Er muß nackt zwischen zwei Reihen Soldaten mit knotigen Ruten hindurchlaufen, und sie verprügeln ihn ordentlich; aber Sie brauchen sich keine Sorgen zu machen, sie krepieren fast nie«, antwortete er mir ungerührt.

Derart beruhigt verabschiedete ich mich von dem Polen und begann meine Reise. Nachdem sie die Gemüse- und Obstgärten, welche die Stadtmauern umschließen, hinter sich gelassen hat, führt die Hauptstraße nach Osten durch eine unfruchtbare und eintönige Ebene, wo der Wald, die Heide und das unbebaute Land fast immer die Oberhand über die bestellten Flächen behalten. Nur ab und zu begegnet das Auge Stoppelfeldern und, auf noch ungemähten Feldern, spärlichen Haferähren, die in den Sand gepflanzt sind wie Haare auf einem fast kahlen Kopf. Die Dörfer machen einen armseligen Eindruck auf mich; es gibt mehr Häuser aus Holz als aus Ziegeln, was in Europa ein unfehlbares Zeichen von Armut ist, und die Bauern sehen verhungert aus. Bei jedem Pferdewechsel versuchte ich etwas zu essen, aber in dem einen Gasthaus fehlte das Brot, im anderen die Butter, im nächsten das Fleisch. Das Wasser ist überall kaum trinkbar; nur das Bier ist gut, bitter und stark, und ich glaube, viele Bauern leben von nichts anderem als von Bier und Kartoffeln.

Es war schon dunkel, als wir das Ufer der Oder erreichten, und wir fuhren über den großen ruhigen Fluß, der um diese Zeit noch von Frachtkähnen und Flößen voller Holz befahren wird. Am anderen Ufer erhebt sich die düstere Festung Küstrin, die in die Geschichte eingegangen ist wegen der Einkerkerung des großen Friedrich, damals Kronprinz von Preußen, der dort gezwungen wurde, der Enthauptung seines besten Freundes, Oberleutnant Katte, beizuwohnen. Die Memoiren der Markgräfin von Bayreuth enthalten bemerkenswerte Seiten über dieses Ereignis, vor allem diejenigen, die von dem Kriegsgericht erzählen, das in Potsdam zusammenkam, am Totentag des Jahres 1730, um über die beiden jungen Männer zu richten, die sich schuldig gemacht hatten, weil sie aus der Armee desertieren und das Land verlassen wollten, um der Tyrannei des Königs zu entfliehen. Das Kollegium war zusammengesetzt aus zwei Generälen, zwei Obersten, zwei Majoren, zwei Hauptmännern und zwei Oberleutnants, und da niemand darauf gedrängt hatte, daran teilzunehmen, hatte der König sie aus allen Rängen des Heeres per Los bestimmen lassen. Nachdem der Fall diskutiert worden war, versammelte sich das Gericht, um das Urteil zu verkünden, und jeder drückte sein Votum mit einer Stelle aus der Heiligen Schrift aus: Der alte General von Dönhoff las die Passage über den Schmerz Davids, als ihm der Tod Absaloms mitgeteilt wird und er schreit: »Ach, mein Sohn Absalom, mein Sohn Absalom!« Die beiden Generäle hatten als einzige den Mut, den Freispruch vorzuschlagen, doch die anderen verurteilten den Prinzen und Katte, um dem König zu gefallen, zum Tode durch Enthauptung. Mit großer Mühe gelang es den Ministern anschließend, den König milde zu stimmen, das heißt, lediglich dem Oberleutnant den Kopf abschlagen zu lassen.

Als ich vor den verriegelten Toren dieser Festung, auf der so düstere Erinnerungen lasten, angekommen war, zögerte ich nicht, im Vertrauen auf meine Papiere laut zu rufen, damit man mir öffne. Der wachhabende Offizier zeigte das übliche Mißtrauen, das diese Herren beim Anblick eines Fremden beschleicht, als ich jedoch zusätzlich zu meinem Paß, der mir in Berlin ausgestellt worden war, noch einen von Minister Beyme unterzeichneten Schutzbrief vorzeigte, sah er ein, daß er mich hineinlassen konnte, und gab mir eine Bescheinigung mit, die mir Unterkunft bei einem Bürger des Ortes verschaffen sollte, eine Regelung für die Kuriere des Königs. Fröhlich ins Horn blasend, führte der Postillion mich durch die Straßen der schlafenden Stadt zu meinem Zimmerwirt, dem Kaufmann Lehmann. Dieser schien nicht sehr glücklich darüber, sich um diese Zeit aus dem Bett erheben zu müssen, um mir seinen Platz zu überlassen, aber ich hatte keine Bedenken, diese erzwungene Gastfreundschaft auszunutzen, und seine Frau mußte mir und Will etwas zum Essen herrichten und den Pferden Futter geben, bevor sie sich im Bett der Magd schlafen legen konnte, während ich vom herrschaftlichen Bett Besitz ergriff. Allmählich beginne ich Gefallen zu finden an den Bequemlichkeiten des Despotismus, da ich mich auf der Seite derer befinde, die sie genießen, anstatt auf der Seite der riesigen Mehrheit, die dafür bezahlen muß. Und ich stelle fest, daß es für einen Amerikaner gefährlich ist, sich allzulange auf dem Kontinent aufzuhalten: Er gewöhnt sich rasch an die europäischen Lebensformen und läuft Gefahr, sich bei der Rückkehr in die Heimat unbeliebt zu machen, indem er vergißt, daß unseren Gründungsvätern zufolge Annehmlichkeiten, Geld und Freiheit nicht das Vorrecht der *happy few* sind und nicht sein dürfen.

Freitag, 22. August

Die Oder, die wir gestern abend bei Küstrin überquert haben, bezeichnet die Grenze zwischen der eigentlichen Mark und der sogenannten Neuen Mark, die mir allerdings der alten ganz und gar zu gleichen scheint. Hier ist die Mahd noch ziemlich im Rückstand, und auf den Feldern arbeiten Bauern und Soldaten von vor Tagesanbruch bis nach Sonnenuntergang, um die Ernte vor den Regenschauern des Herbstes einzufahren. Die breite und sandige Straße führt an den Sümpfen der Warthe entlang, mit ihrem Schilf und ihrem schlammigen Wasser, das gespenstische Dämpfe im morgendlichen Nebel ausdünstet. Mittags hielten wir, um die Pferde zu wechseln, in Zorndorf, wo Friedrich vor fast fünfzig Jahren das Heer von Fermor vernichtend geschlagen hat. Wie jedes brandenburgische Dorf beschränkt auch dieses sich auf eine Doppelreihe einstöckiger Häuser mit roten Ziegeldächern längs der Straße; hinter jedem Haus umschließt ein niedriger Bretterzaun den Gemüsegarten, die Kornkammer und den Stall. Das einzige bemerkenswerte Gebäude ist die Kirche mit ihrem Friedhof, der von einer dicken Steinmauer umgeben ist. Vom Glockenturm der Kirche aus, auf den ich mit der Erlaubnis des Pfarrers gestiegen bin, sieht man das Schlachtfeld Friedrichs, das sich, so weit das Auge reicht, erstreckt, leicht gewellt, von Wäldern und Weihern unterbrochen und scharf bewacht von den Glockentürmen anderer Dörfer, die Wachposten mit aufgepflanzten Bajonetten gleichen. Aus der Entfernung leuchten die Sümpfe jedesmal mitten im Nebel auf, wenn es einem Sonnenstrahl gelingt, durch die Wolken zu brechen und auf ihrer Oberfläche zu glänzen.

Der Pfarrer lieh mir ein Büchlein mit Erinnerungen, das sein Vorgänger diktiert hat und das auch eine Seite über die Schlacht von Zorndorf enthält. Der Autor, der das Glück hatte, ihr von den Linien der russischen Armee aus beizuwohnen, zweifelt nicht einen Augenblick daran, daß Gott seine Hand über Friedrichs Heer gehalten hat, um die preußischen Untertanen, gute Lutheraner, gegen die Ungläubigen zu beschützen. Und man könnte meinen, daß ihm die Tränen kommen, wenn er schreibt, daß er inmitten des Getöses der Schlacht die preußischen Oboen erkannt habe, welche die bekannte Hymne gespielt hätten: »Ich bin ja, Herr, in deiner Macht!« Da die Pferde noch nicht fertig waren und eine Rast von mindestens zwei oder drei Stunden vorauszusehen war, machte ich mich auf den Weg zu den Feldern und versuchte mit Hilfe des Buches die genauen Orte der Schlacht und die Stellungen auf beiden Seiten zu erkennen, was mir jedoch absolut nicht gelang, so daß ich zu dem Schluß kommen mußte, daß entweder der Ort seit damals sein Aussehen verändert hatte oder die Beschreibung einer Schlacht doch sehr viel schwieriger ist, als man gemeinhin glaubt. Der Postmeister, den ich diesbezüglich befragte, bot sich mir als Führer an, und für einen Groschen zeigte er mir die Orte, an denen nach der Erinnerung der Alten das Gemetzel in ein richtiges Blutbad ausgeartet war. Wie er mir versicherte, unterschieden sich noch viele Jahre nach der Schlacht die Massengräber, in denen die Tausende von Soldaten beigesetzt worden waren, vom umgebenden Gelände durch die dichte und tiefgrüne Schönheit des Weizens, der auf den angrenzenden Feldern dagegen armselig und spärlich wuchs, wie überall in diesen Gegenden. Heute ist dieser ungewöhnliche Dünger erschöpft, und das Auge erkennt nichts mehr, auch wenn die Bauern beim Pflügen immer noch ab und zu den verrosteten Lauf einer Muskete oder einen menschlichen Schädel aus der Erde holen.

In einer gewissen Entfernung vom Dorf ist auf einem Feld, das die Bauern schon immer den Galgengrund genannt haben, eine kleine Kapelle in Erinnerung an die Gefallenen errichtet worden. In der Kapelle werden ein paar Knochen aufbewahrt, die in Metallkästen eingeschlossen sind und als Reliquien verehrt werden. Um diese Toten haben die Bauern, wie mir der Postmeister erzählte, eine Art heidnischen Kult errichtet. Während er mit mir im Gasthaus des Dorfes ein Bier trank, deutete der brave Mann durch das Fenster auf den wolkenverhangenen und von einem eisigen Wind gepeitschten Himmel, in dem die Krähen sich verfolgten und mit ihrer heiseren Stimme riefen, und begann dann, mir in seinem schlecht verständlichen Dialekt eine Art Geisterbeschwörung zu rezitieren: »Tote des Galgengrunds öffnet ein Auge! Tote des Galgengrunds öffnet ein Auge!« So sagen die Bauern aus Quartschen, Zicher und Darmietzel, aus Groß-Camin und aus Batzlow, aus Zorndorf und aus Wilkersdorf und aus all den anderen Dörfern, die über das riesige Schlachtfeld verstreut sind, wenn der Himmel Regen bringen oder den Hagel fernhalten soll. Das Feuer des Gasthauses war fast erloschen, außer uns waren keine Gäste mehr da, und ich war erleichtert, als Will erschien und uns meldete, daß die Pferde angespannt waren und wir weiterfahren konnten.

Sonnabend, 23. August

Heute vormittag habe ich das ungewöhnlichste Abenteuer seit meiner Ankunft in Preußen erlebt. Beim ersten Pferdewechsel luden drei oder vier alte Bauern, die mich mit Will Englisch sprechen hörten, den Kutscher ein, mit ihnen zu trinken, und erkundigten sich bei ihm über mich. Als sie erfuhren, daß ich ein ausländischer Botschafter sei und aus Berlin komme, stellten sie sich mir als Delegation vor, und derjenige, der von ihnen am besten sprechen konnte, ein hinfälliger Greis, aber sauber und rasiert, flehte mich an, in ihrem Namen dem König eine Bittschrift zu überreichen und mich für sie zu verwenden. Das Schriftstück bat den König inständig, mit zahlreichen Rechtschreibfehlern, nicht die ewige Verdammnis der Welt zuzulassen, indem er den Messias gefangenhalte und ihn so daran hindere, seine Sendung zu erfüllen. Durch dieses außerordentliche Schriftstück neugierig geworden, versicherte ich den Bauern, daß ich mich für sie einsetzen würde, vorausgesetzt, sie könnten mir ein wenig deutlicher erklären, worum es eigentlich gehe. Hier also, was ich aus ihren unzusammenhängenden Reden entnehmen konnte: Vor vielen Jahren, fast vierzig, wenn ich mich nicht irre, begann ein gewisser Rosenfeld, der seinen Posten als Jagdaufseher verloren hatte, bettelnd und prophezeiend durch diese Provinz zu ziehen. Die Alten hatten ihn persönlich kennengelernt und waren auch nach so langer Zeit immer noch von seiner Beredtheit, seiner Kenntnis der heiligen Texte und vor allem von seinem langen Bart beeindruckt. Wie es scheint, erklärte er ihnen, daß Jesus nicht der wahre Messias sei: Der Retter der Welt sei er, Rosenfeld, der das Buch des Lebens besitze und sieben Jungfrauen benötige, um dessen sieben Siegel zu erbrechen. Er konnte die Bauern für sich gewinnen, und sie waren bereit, die notwendigen Mädchen zusammenzubringen, als er von der Polizei verhaftet und in eine Irrenanstalt nach Berlin gebracht wurde. Einer von ihnen suchte ihn dort mit seiner eigenen Tochter auf, und der heilige Mann dankte ihm und schlief mit ihr vor den Augen aller, nicht ohne ihr versichert zu haben, daß sie die Gemahlin Christi werden würde. Nachdem er entlassen worden war, zog er in ein verrufenes Viertel von Berlin und schrieb seinen Anhängern, daß die Zeit gekommen sei, ihm die sieben Jungfrauen zu schicken, die er benötige; die Bauern schickten ihm ihre Töchter, und er ging mit ihnen auf eine Weise um, welche die Alten mir nicht enthüllen wollten, die aber zum Tod von zweien dieser unglücklichen Geschöpfe führte. Der Prophet wurde natürlich erneut verhaftet und zur öffentlichen Auspeitschung und lebenslanger Festung verurteilt. Und von da an wurden seine Jünger nicht müde, Bittschriften an den König zu richten und ihn anzuflehen, den Propheten freizulassen. Vor vielen Jahren kam, soweit ich verstanden habe, aus Berlin die Nachricht, der Prophet sei im Gefängnis gestorben, sie weigern sich jedoch, das zu glauben, und belästigen Fremde, die durch ihr Dorf kommen, indem sie sie bitten, sich für den heiligen Mann zu verwenden. Nachdem ich diese Erzählung angehört hatte, entfernte ich mich von diesen alten Einfaltspinseln, nicht ohne ihnen versichert zu haben, daß ich meine Kräfte nicht schonen würde, um ihrer Sache zu nutzen, wofür sie mir mit tiefen Verbeugungen dankten. Da die Pferde bereit waren, fuhr ich weiter, immer überraschter darüber, in diesen Landstrichen eine Veranlagung zum Heidentum anzutreffen, die eigentlich den Anhängern des Papstes besser zu Gesicht stünde als denen des Doktor Luther.

Mittags trafen wir in Ramkau an der Drau ein, das eine Zeitlang Grenzposten zwischen den Königreichen Preußen und Rußland gewesen war. Neben der Anlegestelle für die Fähre erheben sich immer noch zwischen dem Unkraut die Baracken, die eine Zeitlang die Zöllner beherbergten und die seit langem leerstehen und jetzt nur noch den Fischern als Schutz vor dem Regen dienen. Nachdem sie den Fluß überquert hat, führt die Straße weiter nach Osten durch ein sumpfiges Land, das nach der ersten Teilung Polens heute offiziell Westpreußen heißt. Die Straßen sind nicht besser oder schlechter als die, auf denen ich bis jetzt gereist bin, und dasselbe kann man von den Kutschern sagen, die im übrigen immer noch alle Deutsche sind; lediglich der Schnaps in den Kneipen längs der Straße ist billiger und schlechter. Als Abendessen habe ich nur etwas Wurst und Kartoffeln gehabt. Es ist hart, sich nach den Mahlzeiten in Berlin wieder an die Kost der Gasthäuser zu gewöhnen. Obendrein hatte ich heute während des Abendessens etwas Schüttelfrost, und noch vor Einbruch der Nacht bekam ich Fieber; ich glaube, die Sümpfe, an denen wir den ganzen Tag entlanggefahren sind, haben mich mit ihren ungesunden Ausdünstungen vergiftet. Der Wirt ließ mich in einem großen kahlen Raum mit niedriger Decke essen und schlafen; wie überall in Deutschland gab es keinen Kamin, sondern einen gewaltigen Porzellanofen, in dem ich sofort Feuer zu machen befahl. Dennoch brauchte der Ofen so lange, um sich zu erwärmen, daß ich zähneklappernd zu Bett ging; und in der Nacht wurde mir dann so heiß, daß ich Federbett und Kissen von mir schleudern mußte und nur mit Mühe wieder einschlafen konnte. Diese Öfen müssen eine große Menge Holz verbrauchen, und es ist erstaunlich, daß ein so findiges Volk wie die Deutschen keine wirtschaftlichere und vernünftigere Heizmethode einführt.

Sonntag, 24. August

Ich setze meine Reise durch die Ebenen Westpreußens mit Fieber fort. In diesem Land, das früher ausschließlich von Polen bewohnt wurde, haben sich die Bemühungen, welche die preußische Verwaltung unternommen hat, um diese Landstriche zu besiedeln, vorteilhaft ausgewirkt: Die Dörfer, durch welche die Straße führt, und vor allem die Poststationen, sind ganz und gar deutsche Dörfer mit ziegelgedeckten Häusern. Die Männer tragen zumeist Stiefel und rauchen Pfeife, in den Wirtshäusern wird Bier getrunken, und man hört vornehmlich Deutsch. Der Eifer, mit dem die Regierung vorgeht, führt dazu, daß diese Dörfer einen erheblich saubereren und blühenderen Eindruck machen als diejenigen, die ich in den anderen Gegenden Preußens gesehen habe, was bereits die zahlreichen Kühe und Pferde beweisen, die zwischen den Stoppeln weiden. Nur ab und zu sieht man neben der Straße noch die übriggebliebenen polnischen Dörfer mit ihren strohgedeckten Bretterhütten und ihren barfüßigen Bauern, die unterernährte Kühe auf die Weide treiben. Die Deutschen verfügen über besseres Vieh und kräftigere Pflüge, so daß man sich unschwer vorstellen kann, wie dieser ungleiche Wettkampf ausgehen wird. Die Erde schenkt allerdings niemandem etwas, und die Roggen- und Haferfelder weichen immer mehr den Hirse- und Kartoffelfeldern, nicht nur um die polnischen Dörfer herum, sondern auch um die deutschen. Um die Unfruchtbarkeit des Bodens auszugleichen, haben die Siedler den Mais eingeführt, dessen Anblick mich an die amerikanischen Felder erinnert hat, wenn auch die Stiele bei weitem nicht so kräftig und die Kolben nicht so groß sind wie bei uns. Das Klima ist aufgrund der stehenden Wasser nicht gesund, und es ist mir den ganzen Tag nicht gelungen, das Fieber loszuwerden; aber heute abend hat eine Prise Chinarinde es merklich gesenkt.

Montag, 25. August

Das Land wird immer wilder und unwirtlicher, und selbst die Niederlassungen der Siedler werden seltener und sind viele Meilen voneinander entfernt. Man fährt stundenlang durch ödes Heideland, wo lediglich Kiefern wachsen, von denen die meisten größtenteils verkohlt sind, als habe es erst kürzlich einen Brand gegeben. Dennoch herrscht auf der Straße ein reger Verkehr von Postkutschen, privaten Wagen oder Militärkurieren, die beim Pferdewechsel stets Vorrang haben. Als ich nach Tuchel komme, gehe ich zur Poststation, und dort sagt man mir, es seien keine Pferde da. Der Postmeister verspricht mir, welche zu besorgen, aber gleich darauf treffen drei oder vier andere Kutschen ein. Der Postmeister beginnt sich zu entschuldigen, in Wirklichkeit aber ist er verärgert, weil ich bei ihm nichts konsumiert habe. Also verlange ich zu essen, und man bringt mir Kohlsuppe und Bier und danach einen Gerstenkaffee, und unterdessen sind die Pferde da. Ich habe den Verdacht, daß sie schon eine ganze Menge Meilen hinter sich haben, und tatsächlich müssen Will und der Stallbursche der Poststation sie ordentlich striegeln, bevor wir weiterfahren können. Sie sind so außer Atem, daß uns unterwegs alle überholen. Um mir die Zeit zu vertreiben, schreibe ich an Victoire und erzähle ihr von meinem Fieber der letzten Tage, das im Augenblick verschwunden zu sein scheint, und von den anderen Abenteuern, die ich erlebt habe. Die Kutsche fährt so ruhig, daß ich bequem zehn Seiten schreiben könnte, ohne einen einzigen Tintenklecks zu machen.

Bei der nächsten Poststation rauft der Postmeister sich die Haare, als er den Zustand der Pferde sieht, und teilt mir kühl mit, daß er mir vor dem Abend keine neuen geben könne; daher beschließe ich, bei ihm zu übernachten. Hier sprechen alle eine häßliche Sprache, die wohl Polnisch ist, und nur einer versteht mit Mühe mein Deutsch. Zu essen gibt es nur Schwarzbrot und Hirsesuppe, und ich muß meine Silbermünzen zeigen, um den Wirt dazu zu bringen, daß er Butter und Schinken aus der Vorratskammer holt. Nachdem ich im Gemeinschaftsraum zu Abend gegessen habe, verlange ich mein Zimmer zu sehen, und entdecke, daß man mich auf Stroh schlafen lassen will, zusammen mit einem Dutzend Tagelöhnern, die nach der Ernte in ihre Dörfer zurückkehren. All meine Proteste scheinen nicht zu helfen, bis ich schließlich drohe, sofort weiterzufahren. Da ist der Postmeister bereit, mir sein Bett zu überlassen, das er sogar, Gipfel der Freundlichkeit, mit einem frischen Laken überzieht. Als ich zu Bett gehen will, kommt wie üblich das Fieber zurück; von heute an werde ich zwei Quentchen Chinarinde nehmen.

Dienstag, 26. August

Den ganzen Vormittag bin ich ostwärts gefahren, durch eine Landschaft, die so flach ist, daß nur die Windmühlen die einförmige Linie des Horizonts unterbrachen. Nachmittags verwandelte die Ebene sich jedoch plötzlich in einen Abhang und dann in eine abschüssige Böschung, an deren Fuß man in weiter Ferne das Kiesbett der Weichsel voller Schilfrohr erblickte. Der Fluß fließt träge zum Meer mit seinem schlammigen Wasser, in dem sich das Blaugrau des Himmels spiegelt. Ihn zu überqueren ist weniger einfach, als man glauben könnte, da es keine Brücke gibt und man auf die Fähre warten muß, die fast bis zum Abend auf sich warten ließ. Vor uns warteten bereits drei oder vier Wagen voller Heu, und ich wollte ihren Fahrern schon ein paar Münzen geben, damit sie mich vorließen; als aber das Floß eintraf, versicherten die Fährleute, daß sie uns alle auf einmal mitnehmen könnten, und so fuhren wir auf die Fähre. Die Überfahrt dauerte eine gute halbe Stunde, denn der Wind blies aus der falschen Richtung. Das Floß schwankte gefährlich, und die erschreckten Pferde drohten es jeden Augenblick umkippen zu lassen. Zumindest glaubte ich das, bis ich die unerschütterliche Gelassenheit der Fährleute bemerkte, die mich beruhigte. Bevor wir jedoch das Ufer erreichten, verfinsterte sich der Himmel, der seit dem Morgen Regen verhieß, plötzlich, und es begann zu donnern. Und obwohl die Fährleute kraftvoll mit ihren Stangen hantierten, schafften wir es nicht, noch vor dem Guß das Ufer zu erreichen. Während ich schreibe, hat der Regen gerade aufgehört, und Will und der Kutscher mühen sich ab, die Pferde trockenzureiben, denn sonst wären sie nicht imstande weiterzulaufen. Der Anlegeplatz wird von einem natürlichen Vorsprung geschützt, der es uns erlaubt hat, ein Feuer zu machen; das Ufer droht von oben, steil wie ein Berg, und sobald man an Land gegangen ist, muß man sich auf einen steinigen Aufstieg gefaßt machen. Die Reisenden können allerdings zu Fuß über eine in den Stein gehauene Treppe hinaufklettern, und genau dies werde ich tun, denn es scheint mir nicht angebracht, mich einer ansteigenden Straße auszusetzen, die der Regen glitschig gemacht hat, und mit Pferden, die noch von der Überfahrt nervös sind. Auch heute abend steigt das Fieber wieder; auf den Rat des Wirts hin habe ich nach dem Essen zwanzig Gran Brechwurz und ein Gran Weinstein genommen, aber mich nicht erbrochen.

Mittwoch, 27. August

Während ich gestern fiebernd und äußerst schlecht gelaunt die endlose Treppe hinaufgestiegen war, hatte ich mir vorgenommen, im ersten Gasthaus, auf das ich stoßen würde, die Nacht zu verbringen, und obwohl das Wirtshaus, das der Kutscher mir angegeben hatte, nicht gerade einladend aussah, habe ich meinen Entschluß nicht bereuen müssen. Die Leute der Wirtschaft, gewohnt, die Passagiere der Fähre zu stärken, hatten einen Empfang vorbereitet, der Menschen und Tiere, so durchnäßt sie auch waren, wieder auf die Beine brachte. Während Will den Pferden

Hafer gab, verschlang ich eine heiße Linsensuppe, der Wurststückchen und ein kräftiger Schuß Essig zusätzlich Geschmack gaben und die mich körperlich und moralisch wieder richtig aufbaute. Als der Augenblick gekommen war, schlafen zu gehen, begleitete mich eine junge barfüßige Magd, die nur ein paar Worte Deutsch sprach, über die Holztreppe zu einem feuchten und dunklen Zimmer unter dem Dach, das zugig und so kalt war, daß der Ofen, in dem gerade erst eingeheizt worden war, es gewiß nicht zu erwärmen vermocht hätte. Ich fand mich mit dieser Notunterkunft ab, verlangte aber, daß das Mädchen mir das Bett wärme. Sie lachte und antwortete mir, daß es für sie noch nicht Zeit sei, ins Bett zu gehen, als ich ihr aber ein paar Münzen zeigte und ihr versicherte, daß ich nur zusammen mit ihr unter die Decke schlüpfen würde, versprach sie, wieder zu mir zu kommen, sobald sie mit ihrer Arbeit fertig sei. Ich ließ sie also gehen, und sie lief hinunter; und getreu meinem Versprechen machte ich es mir auf einem Stuhl vor der offenen Ofentür bequem. Als sie zurückkam, war es schon sehr spät; ich zog mich aus und schlüpfte zusammen mit ihr fröstelnd unter den Federsack. Dort zierte sie sich und behauptete, sie habe mir nur versprochen, mir die Matratze zu wärmen. Diese Scheu wäre nicht weiter schlimm gewesen, wenn wir mehr Zeit zur Verfügung gehabt hätten, und in diesem Fall hätte sie, wie der Dichter sagt,

sich weigern können
bis zur Bekehrung der Juden,

aber ich hatte es eilig und überzeugte sie ziemlich energisch, ihren Widerstand aufzugeben, und ich glaube, sie hatte keinen Grund, darüber betrübt zu sein. Sehr bald schliefen wir fest ein, und ich wachte erst einige Stunden später wieder auf, als ich hörte, wie sie unter dem Sack hervorglitt und mit bloßen Füßen über den Boden lief. Es war tiefe Nacht, und ich fragte sie, was sie da mache; sie antwortete mir mit verschlafener Stimme, daß es für sie Zeit sei aufzustehen, weil sie in der Küche Feuer machen und die Tiere füttern müsse. Während sie sprach, wickelte sie sich einen abgewetzten Schal um die Schultern, und so, wie sie war, barfuß und im Hemd, ging sie durch das Zimmer zur Treppe. In jenem Augenblick kam sie mir begehrenswerter denn je vor, und ich nahm ihr das Versprechen ab, daß sie mich bei Tagesanbruch persönlich wecken komme. Nach dem Widerstand von gestern abend mußte sie wohl Geschmack an der Übung gefunden haben, denn ein paar Stunden später weckte mich ihr Schritt auf der Treppe in der Stille des schlafenden Hauses: Sie lief zu meinem Bett, schlüpfte mit der ganzen Eiseskälte des frühen Morgens unter den Federsack, küßte mich auf den Mund und legte sich auf mich, wobei sie mir etwas auf polnisch zumurmelte, das ich nicht verstand, was aber sehr zärtlich klang. Das Licht des Tages drang gedämpft durch die Fensterblenden, und dank dieser Beleuchtung sah ich, daß meine Besucherin nicht sehr sauber war, was durchaus verständlich war in Anbetracht der Arbeit, mit der sie bis eben noch beschäftigt war; aber in einer solchen Situation sieht man über noch ganz andere Dinge hinweg. Dieser morgendliche Zeitvertreib versetzte mich in beste Laune, und ich plünderte meine Börse großzügiger, als die junge Magd erwartet hatte, denn sie hörte gar nicht mehr auf, mir zu danken und die Hand zu küssen, unter dem fragenden Blick von Will, der unterdessen hereingekommen war, um mich anzukleiden.

Nachdem die Pferde angespannt waren, fuhren wir unter einem grauen Himmel, der nach Regen aussah, weiter durch eine Ebene, die der gewaltige Fluß fruchtbar machte, der sie durchquerte. Mit Ausnahme der Straße, die auf einem Erdwall verläuft, sieht man überall nur Rieselfelder und Weiden, auf denen das Wasser steht; lediglich die salzhaltige Luft und, von Zeit zu Zeit, der schrille Schrei einer verirrten Möwe verraten die Nähe des Meeres. Die Häuser der Bauern, die alle durch eine kleine Brücke mit der Straße verbunden sind, sind solide gebaut und von Obstgärten umgeben. Das Ganze strahlt nicht nur Wohlstand aus, sondern geradezu Reichtum, so daß man, wenn man die deutschen Stimmen der Einwohner hört, glauben könnte, man befinde sich in Pennsylvania. Am Nachmittag erreichten wir einen anderen Fluß, die Nogat, die breit und träge in einem von Schilf und Schlamm bedeckten Bett zum Meer fließt, und wir fuhren eine ganze Weile an ihr entlang. Sehr bald schon erschienen am Horizont die Türme von Marienburg, dem ehemaligen Sitz des Deutschen Ordens; die starken Ziegelmauern, errichtet, um jahrhundertelang die Heiden und die bösen Christen fernzuhalten, sind zum großen Teil niedergerissen worden, nachdem zivilisiertere Zeiten angebrochen waren, aber der große gemauerte Palast des Großmeisters hat der Spitzhacke der Demolierer bisher widerstanden. Nachdem wir den Graben auf einer hölzernen Brücke unter dem Geschrei der Wasservögel, die unser Vorbeifahren aufstörte, überquert hatten, fuhren wir in den Schloßhof, wo sich die Poststation befindet; und dort begleitete mich der Verwalter, Herr Lemcke, auf einem Rundgang durch die Gebäude, die heute fast alle gemeinnützigen Funktionen dienen. Als Folge der Aufhebung des Ordens durch Albert den Grimmigen oder vielleicht Albert den Blutrünstigen, jedenfalls einen der ehemaligen Markgrafen Brandenburgs, wurde das Schloß der Krone übertragen und ist heute der Verwaltungssitz eines ziemlich ausgedehnten königlichen Gutes, das Hunderte von Bediensteten beschäftigt und Weizen, Mais und Hafer für das Heer produziert. Im ehemaligen Refektorium sind Webstühle aufgestellt und zehn Zimmer für ebenso viele Weber geschaffen worden, die dort mit ihren Familien wohnen. Der Kapitelsaal, der mit seinen sinnlos hohen Gewölben nicht zu heizen war, wurde durch eine Zwischendecke aus Holz horizontal unterteilt: Im unteren Stockwerk befindet sich ein Salzspeicher, in dem darüber wohnt der Schullehrer. Weitere Speicher, für Mehl diesmal, nehmen einen großen Teil des Palastes des Großmeisters ein. Der Palast ist jedoch in einem so schlechten Zustand, daß man dabei ist, ihn zu räumen, und in Wahrheit sieht man überall nur Schutt. »Bis letztes Jahr«, beklagte sich der Verwalter, »benutzten zwei Kompanien des Regiments, das hier in Garnison liegt, den ersten Stock als Kaserne, aber jetzt haben sie ausziehen müssen, und so gibt es niemanden mehr in der Stadt, der nicht Soldaten beherbergen muß. Sogar der Herr

Oberst von Viereck hat seine Unterkunft räumen müssen, die in alten Zeiten das Zimmer des Großmeisters gewesen sein soll. Die Regierung hat Maurer geschickt, die alles niederreißen sollten; dann hat man es sich anders überlegt, und jetzt ruhen die Arbeiten, aber durch die Regenfälle dieses Herbstes wird, glaube ich, das, was noch steht, von allein zusammenstürzen.« »Aber warum«, frage ich, »reißen sie nicht einfach all diesen alten Plunder ein und bauen Speicher und Kasernen, wie es sich gehört?«

In Wahrheit droht alles, was noch dasteht, einzustürzen, außer dort, wo die Maurer in letzter Zeit eingegriffen haben, indem sie Stützmauern errichteten und Türme und Zinnen einrissen, so daß man eigentlich sofort die ganze schmutzige Ruine niederreißen sollte. Es scheint jedoch, daß die neue bedauerliche Vorliebe für alte Gemäuer, die in England und in Amerika bereits so verbreitet ist, auch in Deutschland Fuß faßt, worüber Herr Lemcke ganz verzweifelt ist. In einer Ecke des Hofes war in der Tat ein junger Stutzer in graugrünem Frack und erbsengrüner Weste dabei, die Spitzbögen der Fenster auszumessen, die zum großen Teil gemauert waren, und mit farbigen Darstellungen mittelalterlicher Glasfenster zu vergleichen. »Darf ich Euer Hochwohlgeboren Herrn Grimm vorstellen?« murmelte der Verwalter. Dieser ließ die Mappe mit den Zeichnungen fallen, bückte sich, um sie sichtlich erregt aufzuheben, und verbeugte sich dann leicht vor mir. »Herr Grimm«, fuhr der andere fort, nachdem er ihn mir vorgestellt hatte, »ist der Architekt, den die Regierung damit beauftragt hat, unser Schloß zu restaurieren.« Wunderbar, dachte ich, und dann kann Zacharias Werner kommen und hier sein Drama aufführen. »Seine Majestät hat die Güte gehabt, mir diese Aufgabe anzuvertrauen«, gestand der junge Mann, die Augen auf seine Mappe gerichtet. »Die Güte Seiner Majestät ist auch jenseits des Ozeans bekannt«, erwiderte ich ganz ernst. »Seine Majestät«, fuhr der Architekt fort, der diese zwei Worte mit sichtlicher Genugtuung auszusprechen schien, »beabsichtigt, so rasch wie möglich die ganze Hochburg wieder in ihren ursprünglichen Zustand zurückzuversetzen.« »Der gute Geschmack Seiner Majestät«, erwiderte ich, »steht seiner Güte in nichts nach.« »Wenn ein Gebäude wie dieses sich in einem anderen Land befände, würden wir alle hinfahren und es mit offenem Mund anstarren«, fuhr Herr Grimm in einem plötzlich aggressiven Ton fort; »aber da wir es bei uns zu Hause haben, lassen wir es verfallen; und doch kommen Leute aus fernen Ländern, um Marienburg zu sehen.« »In der Tat bin ich aus Amerika gekommen, und ich bereue es nicht«, bestätigte ich friedfertig. »Sie sind zu freundlich; noch dazu kommen Sie aus einem Land, in dem es keine Altertümer gibt und wo ein Bauwerk wie dieses auch in seinem jetzigen Zustand unbezahlbar wäre. Aber es kommen auch Leute aus England oder Frankreich in dem Glauben, wenigstens Ruinen zu finden; das wäre ja bereits etwas. Doch was finden sie statt dessen? Mehlspeicher!« »Das ist wahr«, bemerkte ich, »es wäre besser, alles einzureißen; aber ich stelle mir vor, daß Seine Majestät gerade aus diesem Grund an Sie gedacht hat.« »Ich versichere Ihnen, daß ich alles in meiner Macht Stehende tun werde, um mich der Gunst Seiner Majestät würdig zu erweisen«, erwiderte der junge Mann ernst. Ich weiß nicht, wie ich diese Unterhaltung noch weiter hätte fortsetzen können, ohne lachen zu müssen, doch zum Glück kam ein Junge, um mir zu melden, daß die Pferde angespannt seien, und so konnte ich weiterfahren.

Da es nicht regnete, ging die Reise ohne Schwierigkeiten weiter; aber der erste Regenguß verwandelte die Straße, die schon vorher etwas zu weich und zu sandig für meine Kutsche gewesen war, in einen sumpfigen Morast, in dem die Pferde nur mit Mühe vorankamen, so daß die Nacht uns mitten auf der Landstraße überraschte. Als mir klarwurde, daß es nicht klug war, die Reise in der Dunkelheit in diesem Morast fortzusetzen, befahl ich dem Kutscher, beim nächsten Gasthaus zu halten, und wenige Minuten später klopfte Will in einem Fischerdorf an die Tür eines schmutzigen Wirtshauses. Der Wirt, der um diese Zeit keine Kunden mehr erwartete, stellte eine Blendlaterne auf den Tisch des Raums, in dem er vermutlich am Tag sein Geflügel schlachtet, dem Geruch nach zu urteilen, der darin hing, und sagte unfreundlich, daß ich dort schlafen könne. Im ersten Augenblick war ich so fassungslos über diesen Empfang, daß ich Will nach draußen schickte, um einen Heuschober oder einen Schuppen zu suchen, wo wir gewiß bequemer schlafen würden. Aber noch bevor er zurückkehrte, hatte ich mich von dem Schlag erholt und machte mich mit dem Stock in der Hand daran, dem Schurken zu beweisen, daß es in einem so geräumigen Haus wie dem seinen mit Sicherheit eine Möglichkeit gäbe, die Reisenden ein wenig komfortabler unterzubringen. Der Wirt, dem das Pfeifen des Stocks gar nicht gefiel, änderte sofort sein Verhalten: Innerhalb von zehn Minuten fand ich mich im Stockwerk darüber in einem von zwei Laternen beleuchteten Zimmer wieder, und nach einer halben Stunde brachte man mir Brot, Butter, Spiegeleier und warmes Bier. Und gleich darauf erschien der Gauner, der plötzlich unerwartet freundlich geworden war, in der Tür, mit der Kappe in der Hand, um zu fragen, ob ich nicht vielleicht mit einem bequemen Strohlager zufrieden wäre, da er nur drei Betten habe, die bereits belegt seien. Ich sagte ihm, das Strohlager sei mir durchaus recht, und tatsächlich habe ich schon seit Tagen keine Nacht mehr so bequem verbracht.

Donnerstag, 28. August

Heute morgen bezahlte ich die Rechnung, die vernünftig war, verabschiedete mich vom Wirt mit einem Schlag auf die Schulter und riet ihm, die Sache nicht übelzunehmen, woraufhin der brave Mann mich sogar höflich bis zur Tür begleitete und mir eine gute Reise wünschte. Ich weiß nicht, wie aufrichtig seine Gefühle waren, jedenfalls gingen seine Wünsche in keiner Weise in Erfüllung. Während sie sich vom Wasser entfernt, das die Mündung der Weichsel so fruchtbar macht, dringt die Straße immer mehr in ein ödes und sandiges Land vor, in dem man stundenlang ohne eine andere Gesellschaft als die Schreie der Möwen reist. Dieses Preußen ist wahrhaftig eine trostlose Gegend, und die Reisenden, die in die Steppen Rußlands vordringen, dürften kein unangenehmeres Gefühl von Einsamkeit und Verlassenheit empfinden. Die Räder der Kutsche versinken bei jedem Schritt im Sand, und auf manchen Streckenabschnitten ist die Geschwindigkeit des Wagens nicht größer als die eines Fußgängers, so daß ich mehr als einmal ausstieg, um mir ein wenig die Beine zu vertreten und die frische Seeluft zu atmen, welche die Nähe des Meeres ahnen ließ, ohne daß man es sehen konnte. Am Nachmittag verwandelte ein Regenschauer die Straße erneut in einen Morast, in dem die Kutsche bis zu den Radnaben einsank. An Spazierengehen war nicht mehr zu denken, und da Nebel aufkam und die Landschaft draußen in eine Art Alptraum verwandelte, zog ich die Vorhänge zu und schlummerte ein.

Als ich aufwachte, war es bereits dunkel. Die Kutsche hatte, soviel ich verstand, angehalten, und draußen hörte man nur die Pferde, aber gleichzeitig war mir auch, als hörte ich weibliche Stimmen. Ich rief nach Will und dem Kutscher, aber keiner von beiden antwortete, woraus ich schloß, daß sie nicht mehr da waren. Mit Mühe stellte ich in der Dunkelheit fest, daß die Pferde zu erschöpft waren, um sich zu bewegen, und ich begriff, daß sie im Schlamm eingesunken waren. Ich dachte mir daher, daß der Fahrer sich entfernt hatte, um Hilfe zu holen, wenn mir auch nicht in den Kopf wollte, warum Will ihn begleitet hatte, anstatt als Wache hierzubleiben. Als meine Augen sich an die Dunkelheit gewöhnt hatten, stellte ich fest, daß vielleicht zehn Schritte von meinem Wagen entfernt eine zweite Kutsche im Morast feststeckte, und aus ihr drangen die Frauenstimmen. Es handelte sich um eine geschlossene Kalesche, die ebenso im Schlamm versunken war wie meine und die obendrein ohne Pferde war. Die Neugier und die Vorahnung, daß ich vielleicht einer Dame, die in Schwierigkeiten war, behilflich sein könnte, veranlaßten mich hinzugehen, wobei ich bis zu den Knien einsank. Die Stimmen riefen jetzt nach mir, und mir fiel besonders eine auf, die so reizend klang, daß ich den Sumpf von Lerna durchwatet hätte, um zu ihr zu gelangen. Das erste Wort, das eine der weiblichen Stimmen aus dem Wageninneren an mich richtete, war ein »Danke!«, das ich eigentlich noch gar nicht verdient hatte. Die Stimme gehörte wie die Kutsche der Frau eines Rates aus Königsberg, die mit Tochter und Zofe nach Berlin unterwegs war. Sie steckten schon seit etlichen Stunden im Schlamm fest, lange bevor meinen Wagen das gleiche Schicksal ereilt hatte, und ihr Kutscher hatte sich mit den Pferden ins nächstgelegene Dorf aufgemacht, um Hilfe zu holen. Wegen der Dunkelheit konnte ich die reisenden Damen nicht sehen, doch die Mutter sprach mit solcher Herzlichkeit, die Tochter hatte ein so sanftes Stimmchen, und die Zofe streute von Zeit zu Zeit so geistreiche Bemerkungen ein, daß ich beschloß, mir ihre Dankbarkeit zu verdienen, und versprach, sie nicht allein zu lassen, bis ich sie nicht aus dieser so wenig angenehmen Situation gerettet wüßte.

Madame fürchtete zu ersticken und wünschte Hoffmannstropfen zu nehmen, die ich zufällig in meinem Gepäck hatte, so daß ich mich freute, ihr dienen zu können; die arme Bertha, denn so heißt das Mädchen, und Minettchen, die junge Zofe, zitterten vor Kälte, und ich bot ihnen meinen Mantel an. Daraufhin hörte ich nur noch Dankesworte. Ein Schluck Schnaps, den ich mir den Damen anzubieten erlaubte, um sie endgültig aufzuwärmen, versetzte uns alle in gute Stimmung, und unsere Freundschaft machte rasche Fortschritte; ich stand auf dem Trittbrett der Kalesche und lehnte es wegen meiner schlammigen Stiefel trotz ihrer hartnäckigen Aufforderungen ab, den vierten Platz im Innern neben den drei Frauen einzunehmen. »Begibt das Fräulein Bertha sich zum ersten Mal nach Berlin?« fragte ich. »Oh nein!« antwortete eine zarte Stimme. »Wir fahren jedes Jahr dorthin und wohnen bei meinem Onkel, Rat Schörner, in der Mohrenstraße. Vielleicht haben Sie ihn in Berlin kennengelernt?« Bedauernd mußte ich gestehen, daß ich diese ehrenwerte Persönlichkeit nicht kennengelernt hatte; doch die Mutter hatte der Tochter bereits das Wort abgeschnitten: »Diesmal werden wir nicht in Berlin bleiben, sondern nach Dresden weiterfahren und dort einige Wochen verbringen; Bertha ist Malerin und wird ihre Tage in der Gemäldesammlung verbringen, wo ihr natürliches Talent Gelegenheit haben wird, sich zu bilden.« »Oh, Mama!« protestierte Berthas Stimme; doch diejenige der Zofe übertönte sie: »Oh, das Fräulein ist eine große Malerin; sie hat ein Porträt von unserer Katze Peluche gemalt, und ich wette, eines Tages werden sie ihre Bilder in den Galerien aufhängen!« Die Rätin fuhr unerschüttert fort: »Wir wollten eigentlich auch noch nach Teplitz fahren, aber wir haben gehört, daß die Bädersaison jetzt schon fast vorbei ist.« »Ich fürchte ja, gnädige Frau«, erwiderte ich, »zumindest in Berlin sind alle Herren und Damen, die in den Bädern gewesen sind, bereits in die Stadt zurückgekehrt.« »Siehst du, Mama!« schaltete sich Bertha ein. »Ich hatte dir ja gesagt, daß wir früher aufbrechen müssen!« Die Stimme des Mädchens machte mich wirklich neugierig, und ich hielt es kaum noch aus vor Verlangen festzustellen, ob der Anblick ihrer Besitzerin dem, was ich mir vorzustellen glaubte, entsprach; ich wußte von ihr nur, daß sie ein reizendes Füßchen hatte, über das ich meinen Mantel gebreitet hatte, und eine nicht minder anmutige Hand, die ich dabei zufällig gestreift hatte. Dieser Gedanke erregte mich so sehr, daß ich weder die Kälte noch die Nässe des Schlamms spürte, der durch meine Stiefel drang. Ich überlegte mir, ob ich nach meiner Reise nach Warschau nicht noch nach Dresden fahren könnte, hütete mich aber, ihnen gegenüber davon zu sprechen, denn in Gegenwart einer aufmerksamen Mutter sagt man leicht zuviel und findet sich dann in ganz unbeschreibliche Dinge verstrickt.

Während wir uns so auf angenehme Weise unterhielten, kamen mein und ihr Kutscher mit zwölf Pferden und einer Schar Bauern zurück, die hier durch das Gesetz verpflichtet sind, der Post in derartigen Fällen zu Hilfe zu kommen. Dennoch hatten diese braven Leute sich zuerst unter dem Vorwand, es sei bereits zu dunkel, geweigert mitzukommen, und erst das Erscheinen meines Kutschers und die Aussicht auf eine Belohnung hatten sie dazu bewegen können. Zusammen mit ihnen erschien auch Will, erstaunt und erschreckt, mich wach zu finden. Wie er mir gestand, hatte der Kutscher darauf bestanden, daß er ihn begleite, und der dumme Neger hatte eingewilligt, da er glaubte, ich würde bis morgen früh durchschlafen. Die beiden Wagen im

Licht der Laternen unter dem verzweifelten Wiehern der Pferde und den Flüchen der Männer aus dem Morast zu ziehen, nahm eine beträchtliche Weile in Anspruch, die ich nutzte, um das Aufblitzen zweier schöner brauner Augen in der Dunkelheit der Kalesche zu erhaschen, ohne jedoch zu wissen, ob sie der Herrin oder der Zofe gehörten. Schließlich war der Augenblick des Abschieds gekommen. Ich hätte Bertha gerne die Hand geküßt, wenn das unter Wahrung der Konventionen möglich gewesen wäre; unter den gegebenen Umständen kann ich meinem Mantel dankbar sein, den sie unter keinen Umständen behalten wollten, so daß ich, als ich ihn zurücknahm, die Gelegenheit hatte, jene Hand zu berühren und einen Augenblick lang zu drücken. Schließlich fuhr jeder in seiner Richtung weiter; der Lärm der abfahrenden Kalesche unterbrach das letzte Adieu, und um die verlorene Zeit aufzuholen, blieb mir nichts anderes übrig, als für den Rest der Nacht die Reise fortzusetzen und darauf zu verzichten, im Gasthof zu übernachten. Auch so werde ich mich noch glücklich schätzen können, wenn ich Königsberg um die Mittagszeit erreiche. Und da beschweren sich die Reisenden, daß die Postkutsche von Berlin nach Königsberg acht oder neun Tage benötigt, und meinen, das sei viel zu lang!

Freitag, 29. August

Heute hat es, dem Himmel sei Dank, nicht geregnet, und obwohl die Straße in einem katastrophalen Zustand war, gab es keine unangenehmen Zwischenfälle wie gestern, so daß ich mittags in Königsberg eintraf, der zweitgrößten Stadt des Königreichs nach Berlin. Dem Reisenden, der die Stadt vom Land her betritt, bietet der Zugang durch den Hafen einen unvergeßlichen Anblick. Trotz des grauen Himmels und des Dunstes, der vom Meer aufsteigt, ist die Ebene so eintönig, daß man bereits viele Meilen entfernt am Horizont undeutlich die Türme und Fialen der Stadt erkennt. Wenn man näher herankommt, biegt die Straße zum Meer hin ab, und die Luft ist erfüllt vom Geschrei der Möwen. Schließlich weicht die Sanddecke der Fahrstraße einem harten Kopfsteinpflaster, das unter den Rädern des Wagens dröhnt: Das ist die Brücke, die den eindrucksvollen Mündungstrichter des Pregel überquert und den Hafen von Königsberg versperrt; das mittlere, bewegliche Brückenfeld wird jede Stunde hochgezogen, um die Kähne durchzulassen. Rechterhand, zur Stadt hin, wird die Sicht durch einen Wald von Großmasten, Wanten und eingerollten Segeln verdeckt; und linkerhand, dort wo die Mündung sich erweitert und sich mit dem Meer vereint, sieht man nichts anderes als graue Wellen und Flüge von Wasservögeln.

Man betritt die Stadt durch das Geschäftsviertel, das reichste und belebteste; überall Kutschen und Karren, Träger, Soldaten und Seeleute; über die Brücke fahren mit großer Geschwindigkeit elegante Equipagen, wie ich sie in Berlin gesehen habe, aus deren Fenstern modisch gekleidete Damen blicken; auf den Piers diskutieren die Kaufleute lebhaft miteinander oder überwachen schweigend, die Hände in den Hosentaschen und die Pfeife zwischen den Zähnen, die Bewegungen der Segelschiffe und denken dabei an die Reichtümer, die sie gerade den unsicheren Wellen anvertraut haben. Weiter vorne bahnt sich ein hoher Beamter in seinem Wagen den Weg durch das Gedränge, unempfindlich für das Gewimmel der Menge, ganz durchdrungen vom Glanz der Auszeichnungen, die auf seiner Brust blitzen. Sobald wir die Brücke überquert hatten, gab ich Befehl, die Kutsche anzuhalten, stieg, fasziniert von diesem Schauspiel, aus, atmete tief die prickelnde und salzige Luft ein und hörte den Späßen der Seeleute in allen Sprachen Europas und Amerikas zu. Auf dem Marktplatz versuchten die Fischer mit ihren mittlerweile fast leeren Körben, die letzten Fische des Tages an den Mann zu bringen; die Rufe der Verkäufer mischten sich mit dem eintönigen Singsang der Bettler, die, auf den Geländern der Brücke sitzend oder auf den Stufen der Kirchen hockend, ohne große Überzeugungskraft versuchten, die Aufmerksamkeit der unachtsamen Passanten auf sich zu ziehen. Bei meiner Ankunft in Königsberg hatte ich erwartet, als Folge des Krieges den Hafen leer zu finden und die Piers verwaist; doch statt dessen hatte der König von Schweden in den letzten Tagen, wie ich von einem Kaufmann erfuhr, seinen Fregatten befohlen, die Blokkade der preußischen Häfen aufzuheben, und zahlreiche Schiffe, die auf nichts anderes warteten, lichteten den Anker oder fuhren in den Hafen ein, so daß ein regeres Treiben herrscht als je zuvor.

Als ich zur Kutsche zurückkehrte, versperrten mir zwei Träger die Straße, die, glaube ich, über die Aufteilung eines Trinkgelds stritten und, nachdem sie sich gegenseitig beleidigt hatten, bis ihnen die Luft wegblieb, meinten, sie müßten jetzt auch handgreiflich werden. Solche Raufereien, die einem in unseren Straßen auf Schritt und Tritt begegnen, sind in Deutschland ziemlich selten, wo Streitigkeiten in den untersten Klassen für gewöhnlich mit ein paar zwischen den Zähnen hervorgestoßenen Flüchen ausgetragen werden; denn die braven Deutschen sind eigentlich zu ruhig und zu phlegmatisch, um sich zu Handgreiflichkeiten hinreißen zu lassen. Auch in diesem Fall kämpften die beiden Träger so ungeschickt miteinander, daß ihre Unerfahrenheit in dieser Art von Auseinandersetzung offenkundig war. Drei oder vier amerikanische Seeleute waren wie ich stehengeblieben, um sich an dem Schauspiel zu ergötzen, doch sie verloren sofort die Geduld, als sie sahen, wie die beiden Gegner gestikulierten, sich mit Füßen traten, sich kratzten und an den Haaren zogen, so daß die Seeleute schließlich gingen, sie zum Teufel wünschten und Tiere schimpften, da sie nicht imstande seien, wie richtige Männer zu boxen. Die Freude, in einem so fernen Land die Klänge meiner Heimat zu hören, veranlaßte mich, die Seeleute anzusprechen, und so erfuhr ich, daß sie zur Mannschaft der *Rising States* gehörten, deren Kapitän Nathaniel Shaler ist und die New York vor drei Monaten verlassen hat und jetzt im Begriff ist, mit einer Ladung Pelzen die Rückreise anzutreten. Ich gab ihnen zwei Groschen, damit sie auf mein Wohl tränken, und sie steckten sie ohne jeden Dank ein, setzten ihre Hüte wieder auf und gingen. In einem anderen Augenblick hätte so viel Unverschämtheit mich geärgert, aber unter diesen Umständen diente sie mir nur als ein weiterer Beweis für das unserer Rasse angeborene ungezwungene Benehmen.

Nachdem ich wieder in die Kutsche gestiegen war, verließ ich das Hafenviertel und mietete mich in der Altstadt im »Hôtel de Prusse« ein, das nur wenige Kilometer von der Universität entfernt liegt. Der Hotelier riet mir lebhaft, die Bibliothek zu besichtigen, die, wie es scheint, auf dem Gebiet der Theologie besonders reich ausgestattet ist und eine große Anzahl kostbarer Inkunabeln besitzt; doch ich ging statt dessen lieber ins Café, um die Zeitungen zu lesen. Die Berliner Zeitungen treffen recht spät hier ein, so daß die letzte Nummer, über die der Kaffeehausbesitzer verfügte, die gleiche war, die ich am Vortag meiner Abreise gelesen hatte; dafür treffen die Pariser Zeitungen, die über das Meer kommen, früher als in der Hauptstadt ein. Ihre Lektüre ist allerdings immer noch genauso trostlos, da sie von nichts anderem als von dem Frieden sprechen, den das Genie des Kaisers den Franzosen und Europa gebracht habe: Dem *Moniteur* zufolge sind die Befehle für die Heimkehr der *Grande Armée* bereits hinausgegangen, und die Rückgabe der letzten im vergangenen Jahr gemachten Gefangenen steht kurz bevor. In der vorletzten Nummer wird auch über die Verhandlungen berichtet, die in London im Gange sind, und gemeldet, daß sie als gescheitert betrachtet werden könnten und daß Pinkney und Monroe im Begriff seien, ihre Koffer zu packen; früher hätte mich das beunruhigt, aber inzwischen habe ich gelernt, die Nachrichten des *Moniteur* richtig einzuschätzen. Diese Zeitung ist das verlogenste Blatt, das mir jemals unter die Augen gekommen ist; sie müßte ihren Namen ein klein wenig ändern und sich *Menteur* nennen. Seit ich in Europa bin, habe ich keinen Artikel gefunden, der Themen behandelt, über die ich informiert war, der nicht eine Lüge oder einen Fehler enthalten hätte; und alles, was sie über die Vereinigten Staaten behauptet, ist geradezu lächerlich.

Heute beschloß ich zum ersten Mal, an der *table d'hôte* zu speisen, anstatt mir das Mittagessen auf meinem Zimmer servieren zu lassen, denn das ist ein ausgezeichneter Ort, um Menschen zu begegnen und Informationen zu sammeln: Wie in einer Postkutsche oder auf einer Fähre fällt jede Förmlichkeit zwangsläufig von einem ab, und man unterhält sich mit dem Erstbesten, ohne Gefahr zu laufen, unverschämt zu wirken. Neben mich setzte sich ein schwedischer Notar oder Prokurator, Mr. Brandt, der sich hier aufhält, um die Geschäfte seines Klienten zu betreiben: ein eigenartiger alter Herr, ganz in Schwarz gekleidet, der sich niemals von seinem Regenschirm, seinem Stock und einer mit Papieren vollgestopften Tasche trennt. Sein Wesen besteht zu gleichen Teilen aus Treuherzigkeit und juristischer Förmlichkeit, zu denen sich, glaube ich, eine gehörige Portion Sinnlichkeit gesellt, die sich ebenso in der Zufriedenheit, mit der er die Suppe ißt und seinen Wein trinkt, als auch in lüsternen Blicken, die er dem Dienstmädchen zuwirft, äußert. Als er erfuhr, daß ich Amerikaner bin, leuchtete sein Gesicht auf, und er wollte mir um jeden Preis eine Flasche Madeira spendieren. »Anfang Juli«, sagte er zu mir, während er eigenhändig die Flasche entkorkte, die er dem Mädchen aus der Hand genommen hatte, und mir dann mit großem Zeremoniell einen Fingerbreit Wein ins Glas goß, »reiste ich in Geschäften nach Memel und stieg im ›Hotel Schwarzer Adler‹ ab; entschuldigen Sie, daß ich diese Dinge erzähle, die langweilig erscheinen mögen, aber ich will Ihnen erklären, wo meine Freundschaft für Amerika und die Amerikaner herrührt. Im Hotel traf ich auf eine sympathische Gruppe von Reisenden, die alle aus dem einen oder anderen Grund gezwungen waren, mehrere Wochen in Memel zu bleiben. Unter ihnen befanden sich zwei jüdische Kaufleute hier aus Königsberg, die kennenzulernen ich bereits die Ehre gehabt hatte, zwei junge Männer, die überaus gebildet, fröhlich und geistreich waren und von einer Bildung und einer Sensibilität, die ich allen Christen wünschen möchte. Außerdem waren da zwei Engländer, von denen der jüngere, glaube ich, noch keinen wirklich ausgebildeten Charakter hatte, während der andere ein gutmütiger Herr war, aber zu Problemen mit der Leber neigte: insgesamt ein kühler Charakter, der nur sehr schwer auftaute. Beim Essen setzte sich immer eine nicht mehr allzu junge französische Schauspielerin zu uns, die nach Sankt Petersburg unterwegs war, wo sie ihr Glück am französischen Theater zu machen hoffte, nachdem sie am *Théâtre de l'Ambigu* beurlaubt worden war; und es war dort vor allem noch einer Ihrer Landsmänner, ein Amerikaner, Kapitän der *Washington*, die damals noch auf Reede lag. Der Kapitän Israel Shaw lehrte mich, ihre Nation zu schätzen und zu ehren. Er war ein echter Seemann, rauh wie sein Element, aber fröhlich trotz seiner grauen Haare und einer Narbe, die sich über seine Stirn zog, ein Ehrenzeichen, das er sich in Saratoga geholt hatte, als er für das Vaterland und für die Freiheit kämpfte.« Und mit diesen Worte erhob der Alte mit leuchtenden Augen das Glas und trank auf Amerika, und ich beeilte mich, seinem Beispiel zu folgen. Vor Zufriedenheit mit den Lippen schmatzend, fuhr er fort: »Sie können sich vorstellen, was für ein Leben wir führten! Um fünf Uhr morgens weckte der Amerikaner uns mit einem Hurra und einem Faustschlag gegen die Tür. Innerhalb von zehn Minuten mußten wir alle fertig sein und zum Hafen hinuntergehen, wo das Boot des Kapitäns uns mit vier kräftigen Matrosen erwartete, die fast alle freigelassene Neger waren. Wir ruderten zur Reede hinaus, wo sich das Segelschiff erhob; die Seeluft drang in die Lungen und stärkte sie, und bald verband sich der graue Rauch der Zigarren mit dem Blau des Himmels, und unsere fröhliche Unterhaltung übertönte die gellenden Schreie der Möwen und das Klatschen der Wellen.« Da ich mir erlaubt hatte, meine Überraschung darüber zum Ausdruck zu bringen, daß ein Herr in so vorgerücktem Alter, den sicher seine Geschäfte stark beanspruchen, sich zu einem so bewegten Leben mitreißen lasse, lachte der Alte geräuschlos und sagte, daß er in der ganzen Gruppe mit Sicherheit der einzige gewesen sei, der Angst bekommen habe, wenn eine Welle, die stärker gewesen sei als die anderen, das Boot habe schwanken lassen, und mehr als einmal hatten alle über ihn gelacht; und doch hätte er auf diese Expeditionen um nichts auf der Welt verzichten mögen. »Aber ich werde Ihnen etwas sagen, das Sie noch mehr überraschen wird. Nachdem wir viele Meilen fröhlich plaudernd gerudert waren, gingen wir an der Küste Kurlands an

Land, und dort, auf dem Strand, zogen wir uns aus und badeten im Meer. Jawohl, mein Herr, auch ich, so wie Sie mich hier vor sich sehen! Und ich muß sagen, daß mir die Worte fehlen, um die Gewandtheit der Neger im Wasser zu rühmen; sie waren imstande, mich auf ihre Schultern zu nehmen und mich so schwimmend eine ziemliche Strecke zu tragen, während ich bequem saß, wie Arion auf dem Delphin. Dann kehrten wir zum Strand zurück, und wir waren noch nicht angezogen, da hatten die Neger bereits Feuer gemacht, Wasser aufgesetzt und Tee bereitet, wobei sie die Tassen im Kreis in den Sand setzten. Oh, Ihre Neger sind eine wunderbare Rasse; geschickt, diskret, bei der Arbeit immer singend, und es ist ein Jammer, wenn ich mir das zu sagen erlauben darf, daß die meisten von ihnen immer noch in einem so schändlichen Zustand wie der Sklaverei leben müssen.« Ich weiß nicht, ob er eine Diskussion über dieses wunderbare Thema beginnen und vielleicht sogar die anderen Tischgenossen mit einbeziehen wollte, die fast alle, soweit ich das beurteilen konnte, Kaufleute aus Bremen und Hamburg waren; doch zum Glück schien niemand auf seine letzten Worte geachtet zu haben, die er etwas zu laut ausgesprochen hatte. »Ich mache Sie darauf aufmerksam«, sagte ich vorsichtshalber, um ihn zu beruhigen, »daß mein Diener ein freier Neger ist und kein Sklave.« »Oh, daran zweifle ich nicht im geringsten!« versicherte der Alte mir eilig; dann fuhr er in seiner Erzählung fort. »Ich will Sie nicht in dem Glauben lassen, daß wir uns mit Tee begnügten; Kapitän Shaw hatte stets eine gute Flasche echten amerikanischen Schnaps dabei, der die Gruppe noch ausgelassener machte. Schließlich bestiegen wir wieder das Boot und begleiteten den Kapitän an Bord seines Schiffes, ein großes Frachtschiff, das in der Vergangenheit als Fregatte gedient hatte. Dieser vortreffliche Freund ließ uns nie gehen, ohne uns in seine Kabine zu einem guten Frühstück mit Rostbeef, dunklem Bier und Portwein eingeladen zu haben; erst danach brachte das Boot uns an Land zurück, wo jeder noch die Zeit hatte, sich in Ruhe bis zum Mittagessen seinen Geschäften zu widmen.«

Wenn man sich fern der Heimat befindet, hört man es gern,

wenn Fremde sie mit warmherzigen Worten loben, und wir Amerikaner sind so gutmütig, daß es uns schon rührt, wenn jemand nur unser Bier und unseren Schnaps lobt; dennoch drängte es mich, das Gespräch auf wichtigere Themen zu lenken, so daß ich, als Mr. Brandt schwieg, um sich das Glas wieder zu füllen, die Gelegenheit nutzte, um ihn zu unterbrechen und zu fragen, ob er glaube, daß seine Landsleute den Hafen von Königsberg erneut blockieren werden. Der brave Mann seufzte: »Der Kapitän der letzten Fregatte, die vor dem Hafen erschien, hat versichert, daß der Befehl laute, die Blockade aufzuheben, und in der Tat sind die Schiffe gestern und heute hinein- und hinausgefahren, ohne belästigt zu werden; aber unser gnädiger Souverän ist so unberechenbar und die Weltpolitik so kompliziert, daß ich mich nicht imstande fühle zu beschwören, was morgen geschehen wird.« Diese Anspielung auf seinen König wirkte auf mich ziemlich komisch und war auf jeden Fall ein politisches Meisterstück, denn König Gustav Adolf ist bekanntermaßen ein gefährlicher Irrer und würde sich seit Jahren in einer Irrenanstalt befinden, wenn er keine Krone auf dem Kopf trüge. Ich versicherte ihm, daß ich seine Ratlosigkeit teile, und fragte ihn, ob er nicht die Gelegenheit gehabt habe, aus Gesprächen mit den russischen Kaufleuten wenigstens etwas über die Absichten des Zaren zu erfahren. »Es liegen keine russischen Schiffe auf Reede«, antwortete er, »und auch, als welche da waren, hat man von ihnen nie etwas erfahren; sie sind großartige Leute, aber sie sprechen wenig. Dennoch«, fügte er hinzu und kehrte zu seinem offensichtlichen Lieblingsthema zurück, »ist ihr Schnaps ausgezeichnet; ich würde sogar sagen, daß sie euch Amerikanern nur, was das Bier betrifft, unterlegen sind, aber in allem anderen sind sie euch ebenbürtig.« Ich wollte ihn fragen, was die Geschäftsleute von Königsberg untereinander erzählen, aber genau in diesem Augenblick kam das Dienstmädchen und fragte uns, ob wir noch einen Wunsch hätten; es war bereits tiefe Nacht, und wir waren als einzige übriggeblieben. Gähnend sagte ich, da wir wohl nicht mehr auf einen Krug dunkles Bier hoffen dürften, würden wir schlafen gehen. Das Mädchen, zerzaust und verschlafen, trug die Flasche und die Gläser fort, zündete dann eine Kerze an und ging uns voraus. Vor unseren Zimmern wünschte sie uns eine gute Nacht und entfernte sich schlurfend zur Treppe, die zum Dachboden führte; wir beide blieben noch einen Augenblick und sahen mit leichtem Bedauern dem weißblau karierten Rock nach, der sich entfernte; dann verabschiedeten wir uns, beide verlegen durch die Gegenwart des anderen, und gingen schlafen.

Sonnabend, 30. August

Heute vormittag habe ich unseren Handelskonsul van Opstal aufgesucht, einen Holländer aus New York, der mit Baumwolle und Tabak handelt. Der brave Mann, der um die Siebzig sein muß, empfing mich im Schlafrock, neben dem erloschenen Ofen, mit der ebenfalls erloschenen Pfeife im Mund. »Ich bin glücklich, Ihnen einen Dienst erweisen zu können«, erklärte er; aber welchen Dienst er damit meinte, vermochte ich nicht zu ergründen. Ich fragte ihn, ob die Geschäftsleute der Stadt nach dem Krieg mit England und Schweden auch den Krieg mit Frankreich erwarten. »Frankreich ist fern«, erwiderte er, während er seine Pfeife wieder mit Tabak füllte und erneut in den Mund steckte, ohne sie anzuzünden. »Bis hierher werden die Franzosen nicht kommen. Aber die Russen.« Ich bemerkte, daß diese Aussicht ihn nicht im geringsten zu stören schien. »Und warum sollte es mich stören? Mit den Russen machen wir beste Geschäfte. Auch sie schätzen Tabak und Baumwolle, und ihre Käufe bezahlen sie in Silberrubeln, nicht mit Papiergeld.« Ich erklärte ihm, daß ich einen Bericht für unsere Unterhändler in London schreiben müsse und daß ich außer seiner Meinung gerne auch diejenige einiger örtlicher Autoritäten angeführt hätte; als einzige Antwort ließ er mir das Adreßbuch der Stadt bringen. Beim Durchblättern entdeckte ich, daß in Königsberg General von Bülow wohnt, der Bruder jenes Originals, mit dem ich einen ganzen Abend bei Victoire diskutiert hatte. »Eine hervorragende Wahl!« lobte der Holländer. »Der General ist über die Ansichten der Regierung gut unterrichtet, sein Wort läßt die Börsenkurse steigen und fallen; für die Geschäftsleute ist er wie geläutertes Gold.« Immer noch die erloschene Pfeife zwischen den Zähnen, ließ er sich Schreibzeug bringen und schrieb mir einen Einführungsbrief; nach dem Mittagessen suchte ich also sofort den General auf.

Er freute sich sehr, von seinem Bruder zu hören, der ihm, wie es scheint, nicht allzuoft schreibt und um den er sich ernste Sorgen macht, da er die übermäßige Unabhängigkeit seines Denkens und seiner Zunge nur allzugut kennt. General von Bülow ähnelt seinem Bruder, dem Bibliotheksstrategen, nicht allzu sehr; er ist ein bedächtiger Mann, überlegt in seinem Sprechen und glühender Lutheraner; kurz, sein Platz ist hier in Königsberg, wo er sich, wie er zugibt, in der Tat sehr viel wohler fühlt als in Berlin. In der Vergangenheit ist er *gouverneur*, wie man hier sagt, des Prinzen Louis Ferdinand gewesen, der zu jener Zeit noch nicht volljährig war. Er hebt immer noch die Augen zum Himmel, wenn er an all die Gläubiger denkt, die er zum Schweigen bringen mußte und an all die Wechsel, die durch seine Hände gegangen sind, an die Rechnungen der Schneider, Schuhmacher, Köche, Weinhändler und an die Mädchen, da sein Mündel ihm die Aufgabe überließ, auch sie zu bezahlen. Aber er erzählt auch andere Episoden, die ihrem Protagonisten Ehre machen. »Eines Tages organisierte Seine Hoheit ein Wohltätigkeitskonzert zugunsten eines verarmten Musikers und wollte selbst dabei auftreten; Sie wissen ja, er ist ein ausgezeichneter Pianist. Die sogenannte feine Gesellschaft, die sich schämen würde, Unseren Herrn Jesus Christus zu empfangen, wenn er sich am Dienstboteneingang mit Sandalen an den Füßen und geflickter Tunika präsentieren würde, war empört darüber; doch die braven Berliner waren anderer Meinung, und das Konzert hatte einen enormen Erfolg in der Öffentlichkeit.« »Ich nehme an«, sagte ich, »daß auch Sie an Musik Ihre Freude haben«; denn eine ganze Wand des Salons wurde von einem Flügel eingenommen, und auf den Tischchen lagen überall Partituren und Notenpapier. »Von Zeit zu Zeit komponiere ich ganz gern«, gab er trocken zu, ohne weiter darauf eingehen zu wollen; und gleich darauf fragte er mich, welche Eindrücke ich aus Berlin mitgenommen hätte, so daß die Unterhaltung eine andere Wendung nahm. Bevor ich mich jedoch verabschiedete, konnte ich noch einen Blick auf eine seiner nicht beendeten Partituren werfen und stellte nicht ohne Vergnügen fest, daß der General in Wirklichkeit Kirchenmusik komponiert und gerade an einem Oratorium über den Psalmentext arbeitet.

Auch seine Bibliothek erinnert eher an die eines Geistlichen oder eines Philosophen als an die eines Militärs: wenige Werke über Strategie und Taktik, darunter nicht einmal eins seines Bruders; statt dessen verschiedene wertvolle Bibelausgaben, Predigtsammlungen und aufgeschlagen auf einem Sessel neben dem Kamin Kants Schrift *Zum ewigen Frieden*. Doch trotz dieser scheinbar wenig militärischen Neigungen ist der General ein harter Soldat, der immer noch die Zeichen der Verwundungen trägt, die er durch das Bajonett während der Belagerung von Mainz davongetragen hat; sein pfeifender und keuchender Atem verrät die niemals ganz verheilten Lungenverletzungen. Obwohl er mit der größten Verachtung über die Berliner Politik spricht, ist er dennoch kein Befürworter des Krieges mit Frankreich, das für ihn ebenso wie für van Opstal zu weit entfernt ist, als daß es Preußen wirklich bedrohen könnte. »Seine Majestät und das Kabinett hoffen meiner Ansicht nach, daß die Informationen Lucchesinis sich als falsch erweisen«, bemerkte er, »oder zumindest, daß der Marquis sie falsch interpretiert hat, und ich selbst bin nicht abgeneigt, diese Hoffnung zu teilen. Sie müssen übrigens wissen, daß Lucchesini sogar in Ungnade gefallen ist, weil er jene Nachrichten übermittelt hat, und in diesen Tagen ist er nach Berlin zurückgerufen worden.« Wenn die Dinge wirklich so stehen, dann habe ich keine Worte, um die Beschränktheit, die Unfähigkeit und die Dummheit des Königs von Preußen und seiner Minister zu beschreiben; und im Grunde hätte ich gute Lust, das erste Schiff zu nehmen, das nach den Vereinigten Staaten fährt, anstatt weiterhin kreuz und quer durch dieses unglückselige Königreich zu fahren. »Und dennoch«, bemerkte ich und versuchte meine Fassungslosigkeit zu verbergen, »werden die französischen Truppen in Deutschland täglich verstärkt, und solange sie nicht erneut den Rhein überschritten haben, wird es schwierig sein, denen unrecht zu geben, die in Frankreich den Todfeind der deutschen Freiheit erblicken.« Auf diese Worte hin erhob sich der General wortlos, nahm mich beim Arm und führte mich zum Fenster. Seine kalte und wenig behagliche Wohnung liegt im Inneren des Schlosses, und das Fenster geht direkt auf seine Bastionen. Er wies auf das schwarze Wasser des Pregel, das still unter uns dahinglitt, und, in der Ferne, jenseits der Stadtmauern, auf die Sandbänke, die sich so weit das Auge reicht nach Osten erstrecken.

»Wenn Sie, mein Freund, von hier aus dem Sonnenaufgang entgegenritten, würden Sie nach zwei Tagen die Grenze erreichen, ohne auf einen Fluß, einen Berg oder einen Sumpf getroffen zu sein, der Ihnen den Weg versperrt hätte. Und hinter dieser Grenze würden Sie nicht die Soldaten Bonapartes finden, sondern die Alexanders. Ich gehöre nicht zu denen, die sich wie ein Kind über die Eroberung einiger hundert Meilen polnischer Steppe gefreut haben. Die Vernichtung Polens hat dazu geführt, daß die gefürchtetste aller Mächte, nämlich Rußland, bis an die Grenzen Preußens vorgerückt ist und daß es das Land, welches das Reich des Zaren früher von uns trennte, nicht mehr gibt.« Ich wandte ein, daß, sosehr die Macht Rußlands auch gewiß zu fürchten sei, es sie dennoch bis jetzt noch nicht außerhalb seiner natürlichen Grenzen gezeigt und auch seine Armeen noch nicht nach Westen habe vorstoßen lassen; und ich erlaubte mir auch zu bezweifeln, daß der Zar irgendeinen Grund habe, um dies zu wünschen. General von Bülow verbarg mir nicht, daß er absolut nicht dieser Meinung sei, und hielt mir unversehens einen Vortrag über Wirtschaftspolitik, in dem er zeigte, daß sich die Außenpolitik Rußlands notwendigerweise auf die Weichsel richten müsse, da sein Handel in die gleiche Richtung dränge. Bis hierher stimmten seine Ansichten vollkommen mit denen van Opstals überein; allerdings waren die Konsequenzen, die er daraus zog, sehr viel tragischer. »Das Schicksal, das die Russen den unglücklichen polnischen Provinzen bereitet haben, die ihnen zugefallen sind«, bemerkte er mit Grabesstimme, »läßt keinen Zweifel daran, was geschehen würde, wenn uns das gleiche Schicksal träfe. In Königsberg leben im übrigen noch viele Beamte, Offiziere und Geistliche, welche die Jahre der russischen Besatzung zu Friedrichs Zeiten persönlich miterlebt haben; und ihre Erzählungen lassen einen erschaudern. Und der Russe, den viele mehr oder weniger für einen Tataren halten, der sich in den unendlichen asiatischen Weiten seines Landes verliert, steht jetzt in Wirklichkeit hier, wenige Schritte von uns entfernt. Sein Heer kann von Sommerquartieren aus in ein oder zwei Tagesmärschen die Grenze erreichen, und es ist stets in der Lage, ganz plötzlich über die Quartiere der Regimenter Ostpreußens herzufallen und sie bis zur Weichsel zurückzuwerfen, noch bevor sie Befehle aus Berlin erhalten hätten. Die Grenze ist nichts als Sand und bietet keinerlei Anhaltspunkt. Die Kosaken könnten noch vor den Boten, die ihren Angriff melden sollen, Königsberg erreichen, unsere Quartiere überfallen und die Reservisten in ihren Wohnungen gefangennehmen, bevor sie sich den Regimentern hätten anschließen können, die Kassen, die Speicher, die Herden der Stuten mit ihren Fohlen in ihre Hand bringen und Schrecken und Mutlosigkeit im ganzen Land verbreiten. Wenn der Verlauf der Grenze so bleibt, wie er jetzt ist, kann es sein, daß Ostpreußen sich eines Tages in der Lage der antiken Britannen befindet, die, von den Pittern verfolgt, nach Rom schrieben: ›Die Barbaren treiben uns zum Meer, das Meer treibt uns zurück zu den Barbaren, und uns bleiben nur zwei Alternativen, entweder unter dem Schwert zu fallen oder im Ozean zu ertrinken.‹«

Während der General sprach, beobachtete ich in Ruhe seine beiden feinen Musikerhände, die seine hitzigen Reden wie die eines Italieners gestikulierend begleiteten, seine weißen, in zwei glatten Strähnen um die Schläfen gekämmten Haare, seine feine und hakenförmige Nase, die roten, umränderten Augen, den Mund, der schmal war wie der einer Frau. Dann blickte ich, um seinem flammenden Blick auszuweichen, aus dem Fenster und folgte der Sarabande der Enten und Möwen auf dem Wasser des Flusses. Keuchend sprach der General weiter und beschrieb mir, was ganz offensichtlich seine fixe Idee war: »Das einzige Mittel, um dieser Gefahr zu entgehen, ist eine rasche Mobilmachung, welche die Regimenter und die Bataillone innerhalb von fünf oder sechs Tagen in Kriegszustand versetzt. Dieses Ziel läßt sich erreichen, indem man die Pferde registriert, so daß jeder Besitzer weiß, wohin er seine im Augenblick der Mobilmachung zu bringen hat. Die Diener müßten ebenfalls erfaßt werden und würden den Eid leisten, daß sie sich am angegebenen Ort einfinden. Jedes Regiment würde ständig über das notwendige Geld für die Mobilmachungskosten verfügen.« Der Husten unterbrach ihn, und während er sich nach vorn beugte und sich mit den Händen die eingefallene Brust hielt, fiel mir, wer weiß warum, das Buch wieder ein, das ich vor kaum einer Minute aufgeschlagen auf dem Sessel gesehen hatte, Kants Ruf nach einem ewigen Frieden. Doch der General war bereits wieder zu Atem gekommen und setzte sein Plädoyer fort. »In jedem Dorf müßten Lichter aufgestellt werden, die angezündet werden, um das Anrücken des Feindes zu melden, und berittene Boten in Alarmbereitschaft gehalten werden auf einer im voraus festgelegten Route, von einem Gut zum anderen, von einem Amtsbezirk zum anderen. Diese Boten müßten immer bereit sein loszureiten und würden auch in Friedenszeiten versiegelte Befehle aufbewahren, die im Augenblick der Mobilmachung zu öffnen wären. Wenn sie losreiten, würden in den Dörfern die Glocken geläutet, tagsüber jede Stunde und nachts jede Viertelstunde, um ihnen den Weg zu weisen. Jedes Dorf würde unverzüglich seine besten Pferde ins Zentrum der Mobilmachung schicken; alle berittenen Reservisten und Diener würden sich bei ihren Regimentern einfinden. Wer sich nicht innerhalb von drei Tagen bei seinem Regiment gemeldet hat, erhält dreißig Stockhiebe; wer sich überhaupt nicht meldet und nicht nachweisen kann, daß er schwerkrank ist, wird vor ein Kriegsgericht gestellt und erschossen.«

»In Berlin«, sagte ich, als der General endlich schwieg, »hat mir jemand das gleiche gesagt. Nämlich, daß Rußland für Preußen die unmittelbarste Gefahr darstelle und daß der König sich mit Bonaparte verbünden sollte, anstatt Alexander zu gestatten, seine Macht weiter auszubauen.« »Gott sei Dank sind in Berlin nicht alle blind«, rief der General. »Ich hoffe, daß es jemand war, der genügend Einfluß hat, um zu verhindern, daß das Land weiter wie bisher der Katastrophe entgegentreibt.« »Ich fürchte nicht, da es sich um den Bruder Eurer Exzellenz handelte«, antwortete ich. Insgeheim fand ich diese Übereinstimmung der Sichtweisen zwischen den beiden Brüdern, die ansonsten verschiedener nicht sein könnten, recht amüsant. Der General war einen Augenblick sprachlos, dann drehte er sich zum Fenster, um mir sein Gesicht zu verbergen und mich daran zu hindern, die Erschütterung wahrzunehmen, die sich darauf abzeichnete. Genau in diesem Augenblick kam ein Diener herein und meldete seinem Herrn, daß seine Gäste eingetroffen seien. Der General lud mich ein zu bleiben. »Wir hier«, fügte er hinzu, »führen ein Leben, das stärker von Gewohnheiten bestimmt wird als in Berlin, und diese Herren treffen sich jeden Tag um dieselbe Zeit bei mir.« »Ich danke Ihnen herzlich für die Einladung, aber ich denke, daß Sie schon genug für ein Spiel sein werden, und wenn ich bliebe, würde ich vielleicht jemand anderem sein Vergnügen nehmen.« Der General räusperte sich und erklärte dann mit einem verlegenen Lächeln: »Aber es handelt sich nicht um ein Spiel, sondern um unser abendliches Konzert. Hier bei uns unterhält man sich auf sehr einfache Art, und die größte Freude ist es, sich unter Freunden zusammenzufinden, um ein Trio oder ein Quartett zu spielen. Es wäre eine Ehre für mich, wenn Sie bleiben wollten. Allerdings dürfen Sie nicht zuviel erwarten: Jeder spielt natürlich die Violine oder die Flöte so, wie es ihm am besten gefällt, ohne sich allzu sehr um die Regeln zu kümmern, und die Freude an der Gesellschaft macht wett, was diesen Hauskonzerten an akademischer Korrektheit fehlt.« Ich dankte dem General für seine Güte, aber um diese Zeit stand mir der Sinn nach etwas Gehaltvollerem als einer Sonate, und so lehnte ich die Einladung ab und ging statt dessen einen Hasen essen im besten Bierkeller von Königsberg, begleitet von einer Flasche Champagner.

Hier schrieb ich in einer Ecke die erste Depesche an Pinkney, in der ich ihm ausführlich berichtete, was van Opstal und der General mir gesagt hatten. Es ist erstaunlich, daß zwei so unterschiedliche Männer eine so vollständige Übereinstimmung in ihren Vorhersagen zeigen; aber vielleicht ist das auch nur, besser gesagt, eine Bestätigung dafür, wie sehr die Geographie die politischen Urteile bestimmt, so daß das, was in Berlin ganz offensichtlich scheint, fünfhundert Meilen weiter östlich bereits ziemlich stark in Zweifel gezogen wird. Aber es ist auch wahr, daß die Form einer Stadt, die Enge und der Schmutz der Straßen, der Mief der Wohnungen zwangsläufig einen Einfluß auf die Gedanken der Einwohner ausüben und sie zu der gleichen Enge verurteilen. Trotz des Verkehrs und des lebhaften Treibens im Hafen ist Königsberg nicht mehr als schmale Straßen und alte Häuser; nicht ein einziger offener Platz, nicht ein Ausblick, der einem den Eindruck vermittelte, daß man sich in einer Weltstadt von entsprechenden Ausmaßen befindet und der es dem Geist erlauben würde, sich frei zu entfalten. Nur wenn man auf den Turm des Schlosses steigt, ist es möglich, sich bewußt zu werden, wie groß die Stadt ist, ein Meer von Häusern, welches das Auge nur mit Mühe ganz zu überblicken vermag; aber alle Bewohner, die ich fragte, antworteten mir, daß sie noch nie in ihrem ganzen Leben auf den Turm gestiegen seien. Der Enge der Orte entspricht die Beschränktheit einer nach Klassen getrennten Gesellschaft, wie sie in Deutschland allgemein üblich ist, ein Brauch, der nur in Berlin nicht respektiert wird. Hier kann es dem Fremden, wie van Opstal mir erzählte, passieren, daß er zu Bällen oder Abendessen bei Adligen, Beamten, Kaufleuten oder Professoren eingeladen wird, wo alle Anwesenden ohne Ausnahme derselben gesellschaftlichen Schicht angehören und dieselben Interessen teilen. Die Kaufleute schätzen es sogar, sich vor allem unter den Mitgliedern derselben Innung zu bewegen, und man kann sich vorstellen, wie amüsant es sein muß, beispielsweise zu einem Abendessen mit Tabakhändlern eingeladen zu sein. Mit einem Wort, es ist nicht verwunderlich, daß die Gedanken hier sehr viel weniger im Fluß sind als in Berlin. Ein weiteres Mal mußte ich, wie schon in England, feststellen, daß in Europa die Hauptstadt alles ist und die Provinz nichts. Ich habe den Eindruck, daß ich jetzt aus meinem Aufenthalt in Königsberg alles herausgeholt habe, was ich erhoffen konnte, und morgen werde ich mich in aller Frühe auf den Weg nach Warschau machen, wo ich, wenn ich mich nicht täusche, der gleichen panischen Angst vor den Russen und der gleichen verhängnisvollen Gleichgültigkeit Bonaparte gegenüber begegnen werde.

Sonntag, 31. August

Ich verließ Königsberg im Morgengrauen eines schönen sonnigen Tages, wie sie in diesen Gegenden so selten sind. Nachdem man den Mündungstrichter des Pregel überquert hat, ändert die Landschaft sich rasch. Die Luft verliert ihren salzigen Geruch, die Möwen begleiten den Reisenden nicht mehr mit ihren gellenden Schreien, und der Wind trägt nicht mehr den feinen Meeressand heran. Die beweglichen Dünen, aus denen nur ein paar trockene Grashalme ragen, verschwinden, sowie auch die Kiefern, die von ihrer Anstrengung, aus dem feindlichen Sand das Leben zu saugen, niedergedrückt werden; statt dessen findet man sich in einer fruchtbaren und von Wasser durchdrungenen Landschaft wieder, die jedoch ihrerseits wiederum die stärksten Kontraste in sich vereint. Die Straße verläuft jetzt im Schatten jahrhundertealter Kiefernwälder, durch Buchen- und Erlenwälder, an Seen vorbei, die in der Sonne schimmern, und durch Schilf und Sümpfe; und nirgendwo trifft der Blick auf eine Spur menschlichen Tuns. Aber gleich darauf erklimmt man einen Hügel, und es erscheint ein Dorf mit seinen Ziegeldächern, die sich um den Turm der lutherischen Kirche drängen, oder man sieht ein einsames Gut mit seinen Schuppen und Heuschobern, eine Windmühle auf einer Anhöhe oder auch ein frischgestrichenes Herrenhaus, das hinter sich die Speicher, die Ställe und die Hütten der Bauern versteckt; und ringsherum frischgemähte Roggen- oder Haferfelder, Maisfelder, die noch abgeerntet werden müssen, völlig durchnäßte Wiesen, auf denen das Vieh weidet; und der Wald, der Sumpf, die Seen scheinen einer anderen Welt anzugehören, heidnisch und urwüchsig, als es noch keine Landwirtschaft gab. Wer durch die Vereinigten Staaten gereist ist, weiß, daß man bei uns überall diesen Kontrast zwischen der raffiniertesten Zivilisation und der sich selbst überlassenen Natur findet; in Europa aber stoße ich hier zum ersten Mal darauf, und daher rührt vielleicht die instinktive Sympathie, die ich für dieses Land empfand.

Am Nachmittag erreichte ich Bartenstein, ein Garnisonsstädtchen, in dem ein Infanterieregiment einquartiert ist. Nachdem ich mich gewaschen hatte, mietete ich vom Wirt ein Pferd und machte einen Ausritt. Auf dem Rathausplatz wurde, wie sonntags üblich, zu den Klängen einer verstimmten Geige getanzt, und da ich keine Lust auf die Gesellschaft von festtäglich gekleideten Bauern und Handwerkern hatte, beschloß ich, zum Exerzierplatz zu reiten, in der Hoffnung, dort auf einen Offizier zu treffen, mit dem ich ein paar Worte wechseln könnte. Auf der Straße kamen mir drei Kinder entgegen, barfüßig, aber mit frischgewaschenen Hemden und Jacken aus Baumwollflanell; ich warf ihnen eine Münze hin und fragte, wo ich die Soldaten fände. Die Kinder sahen mich überrascht an, verwundert gewiß über meinen Akzent und die Kleidung eines Ausländers, und antworteten dann im Dialekt, die Soldaten würden im Freien exerzieren, nicht weit vom Dorf entfernt, und zeigten mir die Richtung, in die ich reiten müsse, um zu ihnen zu gelangen. Nachdem ich durch einen Obstgarten geritten war, folgte ich einem Feldweg mitten durch den Mais, und nach wenigen Minuten stieß ich auf das, was ich suchte. Zwei Kompaniekommandanten überwachten zu Pferd vom Straßenrand aus ihre Männer, die erschöpft vom Exerzieren zurückkamen, angetrieben von den Flüchen der Unteroffiziere. Es war heiß. Ich ritt zu den Offizieren hin und fragte sie, ob ein Fremder die Ehre haben dürfe, sich mit ihnen zu unterhalten. Der eine der beiden trug einen Kneifer, den er, sobald er mich näherkommen sah, hastig mit seinem Band aus schwarzem Atlas in der Westentasche verschwinden ließ, da er sich ganz offensichtlich, wie viele, seiner Kurzsichtigkeit schämte. Nachdem er meine Hand gedrückt hatte, holte er aus der anderen Tasche ein kleines parfümiertes Taschentuch und begann sich den Schweiß vom groben, pockennarbigen Gesicht zu wischen. Als er damit fertig war, tauschte er das Taschentuch gegen eine kleine metallene Schnupftabakdose aus, bot mir und seinem Kameraden Tabak an und schnupfte dann mit sichtlichem Behagen; der andere, etwas jünger und weniger korpulent, aber nicht weniger rot im Gesicht durch die Hitze und den Blutstau, den der Kragen der Uniform verursachte, holte eine Pfeife aus der Brusttasche, und während wir uns unterhielten, stopfte er sie mit ganz präzisen Bewegungen und begann zu rauchen.

Der Pfeifenraucher war Hauptmann von Boyen, sein pockennarbiger Kamerad Hauptmann von Treptow. Nachdem sie erfahren hatten, wer ich war, waren beide ganz begierig auf die neuesten Nachrichten aus Berlin, aber was die Wahrscheinlichkeit eines Krieges betrifft, so schienen sie mir eher skeptisch. Gewiß, nach dem Mobilmachungsbefehl vervollständigt das Regiment sein Personal, und auch ihre Kompanien haben alle Kantonisten einberufen; sie haben jedoch gute Gründe, um behaupten zu können, daß das gar nichts beweise. »Schon letztes Jahr hat der König die allgemeine Mobilmachung befohlen, und das Heer hat sich in Thüringen gesammelt, und damals waren alle sicher, daß endlich der Augenblick gekommen sei zu kämpfen; doch gleich darauf wurden wir in die Unterkünfte zurückgeschickt und konnten uns eines schändlichen Friedens erfreuen!« So wenigstens drückte sich der Offizier mit dem Kneifer aus; sein Kamerad hörte ihm, während er seine Pfeife rauchte, schweigend zu und verzog das Gesicht zu einer Grimasse, die auch Mißbilligung ausdrücken konnte. Als der andere geendet hatte, nahm er seine Pfeife aus dem Mund und erklärte bissig, es könne durchaus auch sein, daß der König sich entschließe, Frankreich den Krieg zu erklären, aber es wäre dennoch immer zu spät. »Allen ist mittlerweile klar, daß Preußen das Wasser bis zum Hals steht, und zwar so hoch, daß es allmählich Angst bekommt, mehr Angst, als es ertragen kann; und daher wird es sich vielleicht für den Krieg entscheiden, wie der Feigling, der, wenn er sich in die Enge getrieben sieht, mutig wird. Warum etwas, das monate-, ja jahrelang erträglich, ja sogar wünschenswert schien, jetzt mit einem Mal unerträglich werden soll, das ist etwas, das ich meinen Soldaten nur schwer begreiflich machen kann.« »Um so mehr«, fügte ich hinzu, »als jemand Freude daran findet, Verwirrung zu stiften und glauben zu machen, daß die Mobilmachung sich diesmal eher gegen Rußland richtet; in Königsberg hat man von nichts anderem gesprochen.« »Aber das ist doch Unsinn, über den man kein Wort zu verlieren braucht«, erwiderte trocken der Pfeifenraucher; »wir wissen doch sehr gut, daß die Bedrohung für das Reich vom Franzosen ausgeht. Aber niemand erklärt uns, warum wir uns vor wenigen Wochen noch abmühten, unsere große Freundschaft für Bonaparte in den Zeitungen publik zu machen. Unter diesen Umständen ist nur zu wünschen, daß das preußische Heer immer noch bereit ist zu marschieren, um Preußen zu verteidigen!«

Hauptmann von Treptow schien verblüfft und versicherte, daß weder er noch, wie er zu glauben wage, sein Kamerad zurückweichen würden. Aber noch bevor er fortfahren konnte, unterbrach ihn der andere: »Aber nein; ich spreche nicht von uns. Wir sind nicht das Heer. Niemand von uns ist es. Sie sind das Heer«, rief er und zeigte auf die erschöpften Infanteristen, die vor uns im Staub krochen. »Und warum, frage ich, sollten sie wohl kämpfen? Um das Recht zu behalten, hungrig und zerlumpt zu marschieren und, wenn sie für den Dienst nicht mehr taugen, an einer Straßenecke zu betteln? Wenn wenigstens einer sich herablassen würde, ihnen zu erklären, warum sie morgen losmarschieren und sich den Beschwerlichkeiten, dem Hunger und Durst, den Verstümmelungen und dem Tod aussetzen sollten!« Sein Kamerad ließ sich dennoch nicht beeindrucken. »Das haben wir uns schon öfter anhören müssen, und ich habe nichts hinzuzufügen zu dem, was ich früher sagte, außer es zu wiederholen, damit dieser Herr urteilen kann. Ich kenne jeden einzelnen meiner Soldaten. Ich kenne ihre Probleme, ihre Ängste, ihre Freuden. Ich kenne ihre Frauen und ihre alten Leute. Einige von ihnen sind auf meinem Gut geboren worden, und wir spielten als Kinder zusammen. Ich habe stets für die Witwen und Waisen meiner Kompanie gesorgt. Wie auch immer, sie werden mir folgen. Und in Wahrheit«, fügte er an mich gewandt hinzu, »werden die Soldaten meines Kameraden das gleiche machen, auch wenn er so tut, als wisse er das nicht: Denn wenn ein Hauptmann seine Abende damit verbringt, den Soldaten seiner Kompanie das Lesen und Schreiben beizubringen, anstatt mit den Kameraden zu trinken und Karten zu spielen, werden seine Männer ihm wohl kaum nicht in die Schlacht folgen.«

Hauptmann von Boyen nahm seine Pfeife aus dem Mund. »Wenn ich so weiterrede, wird man mich noch für einen Revolutionär halten«, murmelte er. »Ich rufe Gott als Zeugen auf, daß die Art und Weise, wie ich meine Soldaten behandle, in nichts gegen das verstößt, was in den Evangelien geschrieben steht, auch wenn eine schreckliche Revolution nötig gewesen ist, damit die Öffentlichkeit es bemerkt.« »Es gibt jemanden«, lachte ich, »der der Meinung ist, daß man tatsächlich ein Revolutionär ist, wenn man denen, die von der Vorsehung in die unterste Schicht der Bevölkerung gestellt worden sind, das Lesen und Schreiben beibringt.« Und ich erzählte von dem Gespräch, das ich in Neuruppin mit Prinz Ferdinand darüber geführt hatte, ob es angebracht sei, die Kinder der Soldaten in die Schule zu schicken. Von Boyen sah mich an, ohne zu lächeln. »Sie als Amerikaner machen sich über diese Auffassung lustig, und vielleicht haben Sie sogar recht; aber hier bei uns, wo das Volk nicht so aufgeklärt ist, lächelt niemand darüber. Ich selbst stimme dem zu. Das Lesen ist ein scharfes Messer, das wir dem Volk in die Hand geben. Es ihm aber andererseits zu verweigern, wäre nicht nur grausam, sondern auch ein Beweis für mangelnden Weitblick, da der Staat sich immer mehr daran gewöhnen muß, sich auf das Herz und den

Kopf und nicht nur auf die Beine und die Muskeln seiner Untertanen zu verlassen. Daraus könnte man, wenn wir wollten«, fügte er hinzu, und sein Gesicht hellte sich auf, »eine philosophische Konsequenz ableiten: Das, was man heutzutage so feierlich Menschenrechte nennt, ist nicht mehr und nicht weniger als unsere Pflicht dem Mitmenschen gegenüber, nur politisch verstanden.«

»Das ist genau, was ich sagen wollte, obwohl ich Kant nicht gelesen habe«, schloß von Treptow. »Aber erlauben Sie mir hinzuzufügen, daß diese Argumentationsweise mir letztlich recht gibt: Die Soldaten sind heute nicht mehr die mechanischen Automaten unserer Väter, die schon beim Anblick eines Offiziers vor Angst schlottern; sie wissen sehr gut, wenn das Heer mobil macht und man ihnen befiehlt zu marschieren, dann geschieht das aus einem edlen Grund, der jedem am Herzen liegt; und sie werden ihr Leben mit Freuden geben.«

Während wir so sprachen, hatten wir den Dorfplatz erreicht; und hier gingen wir, nachdem wir vom Pferd gestiegen waren und die Pferde den Burschen überlassen hatten, zu einer Gruppe von Reservisten, die auf einem Mäuerchen saßen und die frische Luft genossen. »Wenn die Herren einverstanden sind«, sagte ich, »könnten wir diese Männer fragen, wie sie darüber denken.« Von Treptow schien von der Idee begeistert; sein Kamerad lachte spöttisch, sagte aber kein Wort. Als die Männer uns bemerkten, erhoben sie sich und nahmen ihre Hüte ab. Es waren kräftige Bauern mit gesunder Gesichtsfarbe, blonden, rundgeschnittenen Haaren, groben Gesichtszügen und stumpfem Gesichtsausdruck. Ich ging einen Schritt auf sie zu und fragte sie: »Wißt ihr, warum man euch einberufen hat und wohin man euch schicken wird?« Mein Deutsch, das mir in Berlin so gute Dienste geleistet hatte, klang irgendwie fehl am Platz angesichts des Dialekts, in dem sie mir antworteten und den ich nur halb verstand. Der Jüngste, der die längsten Haare hatte und keck wie der kleine Halbstarke des Dorfes auftrat, sprach für alle:

»Natürlich wissen wir das. Da ist der Franzose, der uns bedroht, und wir jagen ihn hinaus.«

Die anderen Einberufenen nickten überzeugt, als hätten sie wirklich eine Erklärung gefunden, etwas, das rechtfertigen könnte, was im Augenblick geschah. Im Dorf werden sie dasselbe den Mädchen erzählt und ihnen versichert haben, daß sie bald zurück sein würden, nachdem sie den Franzosen mit Fußtritten verjagt hätten. Sie wirkten nicht betrübt: Bekanntlich können die Reservisten, selbst wenn sie Glück gehabt haben und vorzeitig nach Hause zurückgekehrt sind, zwischen Abend und Morgen erneut einberufen werden, da der König sie immer brauchen könnte. Und das ist nichts im Vergleich zu dem, was mit den Berufssoldaten geschieht, die sich für zehn Jahre verpflichtet haben, aber keine andere Perspektive haben, als sich Jahrzehnt um Jahrzehnt neu zu verpflichten, ihr ganzes Leben lang; ihnen gegenüber betrachten sich die im Land angeworbenen Soldaten, denen der König erlaubt, ihre Wohnung und ihre Arbeit zu behalten, und die er nur einberuft, wenn die Frühjahrsmanöver heranrücken, als privilegiert. »Aber macht es euch nichts aus, wegzugehen, eure Häuser, eure Lieben zurücklassen zu müssen?« fragte ich nach. Sie sahen einander an, dann antwortete einer im Namen aller. »Wir armen Teufel haben bekanntlich wenig zu verlieren. Natürlich macht es denen etwas aus, die die Frau zurücklassen, und noch mehr denen, die die Freundin verlassen, das tut schon weh; manche weinen sogar beim Abschied. Aber ich frage: Darf ein Soldat überhaupt weinen?«

Zufrieden mit dieser Antwort, holte Hauptmann von Treptow eine Münze aus seiner Börse und warf sie den Soldaten zu mit dem Befehl, damit auf seine Gesundheit zu trinken; dann luden die beiden Offiziere mich ein, im Gasthaus mit ihnen zu Abend zu essen, und bei Tisch setzten wir beim Bier die Unterhaltung fort. Der Pfeifenraucher schien nicht allzu überzeugt von den kriegerischen Gefühlen, welche die Soldaten zum Ausdruck gebracht hatten, und wandte sich lebhaft an seinen Kameraden: »Und doch hast du nichts bewiesen. Sie wiederholen dir nur, was ihnen der Pfarrer und der Herr des Dorfes am Tag des Aufbruchs gesagt haben; aber frage sie einmal, warum der Franzose gerade sie bedrohen sollte!« »Nun«, erwiderte von Treptow, »das habe ich mich selbst schon gefragt, und mit genau diesen Worten; ich sah mir unsere alten Preußen und Litauer mit ihren riesigen Nasen und ihren verzerrten Mäulern an, wie sie da unter dem Gewicht der Muskete schwitzten, und dachte bei mir: Was geht euch Napoleon eigentlich an? Aber dann versuchte ich mir vorzustellen, was geschehen würde, wenn eine ausländische Truppe gewaltsam ins Land einzudringen versuchte: die Ochsen und Pferde requiriert, die Kühe und Schweine abgestochen, das Bier ausgetrunken, die Soldaten in den Häusern einquartiert, die Mädchen vergewaltigt, die Väter und Brüder verprügelt, wer sich auflehnt erschossen; und die Mehlsäcke fortgetragen, und das Papiergeld nur noch Altpapier, und die Kinder, die langsam verhungern; denn dies geschieht dort, wo die Franzosen auftauchen, die Erfahrung Österreichs hat uns gezeigt, daß wir uns da keinen Illusionen hingeben dürfen. Und da habe ich begriffen, daß auch sie bedroht sind und daß diese Sache alle angeht.« An diesem Punkt erlaubte ich mir, mich einzumischen. »Aber wenn ich richtig verstanden habe, dann leugnet der Hauptmann«, und damit spielte ich auf von Boyen an, »doch gar nicht, daß die Soldaten eine Meinung bezüglich beispielsweise der gegenwärtigen politischen Lage haben und haben sollen und daß sie im Falle eines Krieges und einer Niederlage auch viel zu verlieren haben, wenn auch vielleicht nicht so viel wie der König; aber ich bezweifle ganz einfach, daß die Gesellschaft und das Heer schon bereit sind, ihnen zu erlauben, sich diese Meinung zu bilden.« »Ganz genau«, bestätigte von Boyen. »Der Soldat ist wie ein Kind, das nicht sprechen kann: Es ist Aufgabe des Offiziers, ihn mit Güte und Freundlichheit zu erziehen wie ein Vater. Aber fragen Sie sich einmal, wie viele Offiziere väterliche Gefühle für ihre Soldaten empfinden! Und so geschieht es, daß die Bemühungen der wenigen in der Gleichgültigkeit der vielen begraben werden; aber so wird es immer sein, solange das Volk nicht erzogen ist.« »Und doch scheint es mir«, bemerkte ich, »daß heutzutage auch im Volk der Patriotismus viele Herzen höher schlagen läßt, wie man es zur Zeit unserer Väter zumindest in Europa niemals für möglich gehalten hätte.« »Wie kann man von Patriotismus sprechen?« erwiderte der Hauptmann. »Damit das Heer wirklich eine patriotische Gesinnung entwickelt, müßte man zunächst einmal alle Berufssoldaten entlassen. Man wird sagen, das sei unmöglich, denn dann hätte der König nicht mehr genug Soldaten; aber man müßte ja nur die völlig ungerechtfertigten Freistellungen aufheben, die zu viele Personen ohne ihr Zutun vom Dienst fernhalten und der Landbevölkerung und vor allem den Armen eine unverhältnismäßig große Last aufbürden. Heute werden nur die Tagelöhner Soldaten, fast nie die reichen Bauern; von den Bürgern ganz zu schweigen. Wieso soll die gesamte Stadtbevölkerung bis zum letzten Träger eigentlich vom Dienst befreit werden?« »Das ist wahr«, kommentierte von Treptow, »und das reicht nicht; man muß auch die erforderliche Mindestgröße herabsetzen: Sie ist heute zu hoch angesetzt, als lebten wir immer noch in den Zeiten Friedrich Wilhelms I. und seiner Langen Kerls. Man braucht nur die Register der Kantone durchzusehen, um sich klarzumachen, wie viele Männer für die Rekrutierung verloren sind, weil sie zu klein sind.« »Vor allem aber«, schloß von Boyen und machte der Dienstmagd ein Zeichen, ihm seinen Teller noch einmal zu füllen, »sollten die auf diese Weise rekrutierten Soldaten wenigstens ein Jahr beim Regiment bleiben, bevor sie nach Hause beurlaubt werden. Dann nämlich könnte man in ihnen einen wirklich patriotischen Geist heranbilden, und nicht nur das! Heute werden die Rekruten zu früh entlassen und behalten von ihrem Dienst nur die Erinnerung an die ersten beschwerlichen Tage, ohne ihren neuen Stand lieben gelernt zu haben; sie vergessen sofort, was sie gelernt haben, und ein Manöver mit ihnen ist dreimal mühsamer als mit den Veteranen. Alle sind sich darüber einig, daß die Dressur eines Pferdes eine schwierige Kunst ist und Urteilsvermögen verlangt; warum also sollte die Ausbildung eines Menschen weniger Talent erfordern? Ein Flickschuster bleibt drei Jahre Lehrling, und der Soldat soll seinen Beruf in drei Monaten erlernen!«

Auf diesen Ausruf ließ er einen Augenblick des Schweigens folgen; dann fuhr der Hauptmann fort: »Und was den Patriotismus des Soldaten betrifft, so will ich euch eine Geschichte erzählen. Vor ein paar Jahren, während des letzten Krieges, genauer während der Belagerung von Mainz, beschloß man, Medaillen zu prägen, um die tapferen Soldaten auszuzeichnen. Es handelte sich um goldene und silberne Gedenkmünzen mit der Aufschrift ›Verdient um den Staat‹, und sie sollten an diejenigen Unteroffiziere und Soldaten verteilt werden, die sich auf dem Schlachtfeld hervorgetan hatten. Gleichzeitig wurde jedoch der Brauch der Geldprämien eingestellt, der den Soldaten sehr lieb war; da man entschieden hatte, daß sie alle Staatsbürger seien, war man der Meinung, die Dankbarkeit des Staates müsse ihnen als Belohnung reichen! Die Österreicher dagegen, die seit dem Krieg gegen die Türken Medaillen verteilen, waren immerhin so klug, den Ausgezeichneten den Sold zu erhöhen. Nur bei den Preußen bleibt ein Mann mit drei Groschen auch, nachdem er ausgezeichnet worden ist, ein Mann mit drei Groschen, wie mir einmal einer meiner Soldaten sagte!« »Das ist wahr«, bestätigte von Treptow und schluckte ein Stück Wurst hinunter. »Aber das reicht nicht! Tatsache ist, daß viele oder vielleicht die Mehrheit derer, die ausgezeichnet worden sind, die Medaille erhalten haben, weil sie von den Offizieren protegiert worden waren, oder sich gerne dafür hergaben, als *calefactores* zu arbeiten, und es verstanden, die Stiefel auf Hochglanz zu polieren und die Pferde gut zu striegeln. Das Ergebnis war, daß alle sich über die Medaillen lustig machten, und diejenigen, die sie trugen, wurden gehaßt und verachtet; man erfand sofort unanständige Spitznamen für sie, und noch bis vor kurzem, bevor sie ganz aus dem Verkehr gezogen wurden, lachten sogar die Frauen der Soldaten darüber. Ich habe mit eigenen Ohren hier in Bartenstein gehört, wie eine Frau zu ihrem Sohn sagte, als sie einem Ausgezeichneten begegneten: ›Sieh nur, Fritzchen, ein anderer Kamerad wird sich mit seiner Münze ein Brötchen kaufen!‹«

Von Boyen trank sein Bier aus und stellte den Krug mit einem lauten Knall auf den Tisch. »Wir müssen dennoch aufpassen«, sagte er, »daß wir die Antworten des Volkes nicht unterschätzen. Es ist leicht, über die Soldaten zu lachen, deren Medaille ein

Scherz zu sein scheint, wenn sie nicht von einer Erhöhung des Solds begleitet wird. Wissen Sie, wie ein Soldat mit seinem Sold lebt? In der Vergangenheit, vor langer Zeit, war der Lohn so festgesetzt, daß der Soldat genauso wie der Arbeiter bezahlt wurde; es ging ihm besser als den Hilfsarbeitern und den Tagelöhnern. Aber seit damals sind alle Preise gestiegen, und die Löhne der Arbeiter und der Gesellen sind angepaßt worden, nur der Sold der Soldaten ist derselbe geblieben.« »Einschließlich«, bemerkte von Treptow, »dem der Offiziere, ich meine der subalternen, und mein Kamerad erinnert sich wie ich, daß man, bevor man nicht Befehlshaber einer Kompanie ist, gewiß nicht im Überfluß schwimmt.« »Das ist wahr«, gab von Boyen zu, »aber man pflegt zu sagen, daß ein subalterner Offizier, wenn er Hunger hat, sein Patent durchliest und sich den Bauch füllt mit dem Satz: ›Und er wird alle Vorrechte seines Standes genießen können.‹ Die meisten glauben, das sei ein Scherz, aber die Wahrheit ist, daß das Patent tatsächlich den Bauch füllt, man muß nur die Geduld aufbringen zu warten. Aber die Soldaten brauchen Brot! Als der König den Thron bestieg, gewährte er ein Pfund am Tag und war wirklich der Meinung, das sei ausreichend, aber das war ein Irrtum. Heute ist der Soldat, vor allem, wenn er verheiratet ist und Frau und Kinder ernähren muß, gezwungen zu arbeiten; von seinem Sold leben zu müssen, das bedeutet für ihn hungern. Ich habe vor einiger Zeit entdeckt, daß mein Bursche heimlich am Dienstboteneingang die Reste meiner Mahlzeiten verkaufte, und es waren meine Soldaten, die sie ihm auf Kredit abkauften, sonntags, wenn sie feiern wollten! Man bräuchte jedem Soldaten nur eineinhalb Pfund Brot mehr täglich zuzuteilen, und er würde keine Not mehr leiden. Mit Sicherheit wird es jemanden geben, der bereit ist zu beweisen, daß im Staatshaushalt nirgends die dafür notwendigen Gelder vorhanden sind; aber meine Antwort lautet: Da diese Maßnahme für die Aufrechterhaltung des Heeres und indirekt selbst des Staates unumgänglich ist, wird kein Befehlshaber sich weigern, dazu beizutragen; und in Extremfällen müßte der König das Recht haben, mit seiner Autorität diese Belastung durchzusetzen. Natürlich würde es sich um eine schwerwiegende Maßnahme handeln, aber es kann nicht angehen, daß im ganzen Heer niemand ausreichend zu essen bekommt, wenn er nicht persönliche Mittel hat, und daher muß man den Mut haben, sie zu ergreifen!« Während er dies sagte, schlug er mit der Faust auf den Tisch; der Wirt blickte kurz zu ihm hin, und mehr als ein Gast drehte sich nach ihm um. Trotz seiner jakobinischen Ideen hätte es mir leid getan, wenn die Regierung ihn in die Festung geschickt hätte; und daher riet ich ihm, sich vorsichtiger auszudrücken, da nicht unbedingt auszuschließen sei, daß sich in dem Gasthaus ein Polizeispitzel befinde. Von Boyen sah mich überrascht an, und dann fing er an zu lachen. »Man merkt, daß Sie sich schnell an das Leben in Europa gewöhnt haben! Nun ja, lassen wir das«, fügte er hinzu, »und gehen wir schlafen, denn die Manöver ermüden, selbst die zu Pferde.«

Montag, 1. September

Das schöne sonnige Wetter von gestern ist, wie zu erwarten war, nur noch eine Erinnerung. Es regnet nicht, doch der Himmel hängt tief und bedrohlich, und der Nordwind verheißt nichts Gutes. Auch die Landschaft wird wilder, und wir reisen stundenlang, ohne auf Anzeichen menschlicher Anwesenheit zu treffen, mit Ausnahme von Feldwegen, die von Zeit zu Zeit von der Hauptstraße abzweigen und sich im Morast verlieren. Mittags hielt ich, um etwas zu essen, bei einem Gasthaus, das auch als Poststation dient und das sich in einem so verwahrlosten Zustand befindet, daß dort, glaube ich, an einem Tag nicht mehr als zwei oder drei Gäste eintreten. Ich aß in Schnaps eingeweichtes Schwarzbrot und eine Scheibe geräucherten Speck, den der Wirt direkt von der Schweinehälfte abschnitt, die an einem Haken von der Decke hing. Danach stieg ich, während der Stallbursche meinen Pferden einen Eimer Wasser gab, auf eine niedrige Anhöhe, von der aus man direkt in den Hof des Gasthauses gelangte. Auf der Hauptstraße kam ein Wagen mit frischgemähtem

Hafer vorbei, so daß Felder und Häuser nicht weit sein konnten; aber wohin man auch blickte, überall begegnete das Auge nur schimmernden Weihern mit Stränden aus weißem Sand, der grünen Fäulnis des Schilfs und dem dunklen Wasser einer Torfgrube, in dem sich die silbernen Stämme der Birken spiegelten; und in den Augenblicken der Stille, wenn die Pferde nicht wieherten oder schnaubten und der angekettete Hund im Hof nicht bellte, trug der Wind nur die Stimmen der Wildenten heran. Und da fielen mir wieder die Prophezeiungen Hauptmann von Treptows ein, und ich konnte mir nicht vorstellen, daß an diesen abgelegenen Orten eines Tages die Trommeln Bonapartes ertönen könnten und daß der Speck des Wirts von irgendeinem französischen Sergeanten gegessen würde.

Am späten Nachmittag erreichte ich die Poststation von Allenstein, wo ich gezwungen sein werde zu übernachten, da es aller Wahrscheinlichkeit nach keine Pferde vor heute nacht geben wird. Das Städtchen besteht aus drei oder vier Straßen, die sich im rechten Winkel kreuzen und deren Häuser mit ihren hohen und spitzen Dächern nicht in eine Metropole passen würden. Wie all diese kleinen Städte endet auch dieses Städtchen abrupt: Man biegt um eine Ecke und steht vor Feldern mit Strohgarben, die barfüßige Bauern eilig auf Wagen laden, bevor der Regen alles verfaulen läßt. Da ich wie immer, wenn ich auf Reisen bin, Stiefel trug, wagte ich mich auf die nassen Weiden und ging zu einem Gut, in der Absicht, dort um ein Glas Milch zu bitten. Als ich mich dem Gebäude näherte, einem zweistöckigen Steinhaus mit Ziegeldach, bemerkte ich an einigen unmißverständlichen Zeichen, wie etwa dem in den Tragbalken eingeschnitzten Wappen, daß es sich nicht um ein Bauernhaus, sondern um ein Herrenhaus handelte, auch wenn es sich durch die Getreidespeicher und Schuppen, die es umgaben, sowie die Hühner und Enten, die im Hof scharrten, einigermaßen von dem unterschied, was man sich bei uns unter einem Landhaus vorstellt. Ich hatte kaum zwei Worte mit dem zerlumpten Mädchen gewechselt, das mir öffnete, als mir auch schon ein kräftiger Mann in einem braunen Anzug und schwarzen Stiefeln mit zwei Hunden hinterdrein entgegenkam, den ich auf den ersten Blick für einen wohlhabenden Pächter gehalten hätte, wenn ihn nicht das Ordensband, das er im Knopfloch trug, als Edelmann ausgewiesen hätte. Herr von Griesborn, der Eigentümer dieses ganzen Landes, erklärte, er fühle sich geschmeichelt, einem ausländischen Gast seinen Besitz zeigen zu können, und wollte mich um jeden Preis in seine Ställe führen, wo er, wie er mir versicherte, achtzig der schönsten Ochsen des Königreiches stehen habe. Es handelte sich um recht stattliche Tiere, die er, wie er mir erzählte, als Kälber in Polen gekauft und hier gemästet habe, eine, wie es scheint, recht einträgliche Spekulation. Zum Glück trug ich, wie ich schon sagte, meine Reisekleidung, so daß ich meinem Gastgeber durch die Reihen der Ochsen folgen konnte, ohne darauf achten zu müssen, wo ich hintrat. Anschließend wollte dieser vortreffliche Edelmann mir ein paar Maschinen zeigen, die das Heu und das Stroh gleichzeitig schneiden, eine neue Erfindung und, soweit ich das beurteilen kann, recht wirkungsvoll; und außerdem zwei Räume voller Seidenraupen, die ihm, wie er mir versicherte, eine Seide von bester Qualität lieferten. Während ich den Erklärungen meines Gastgebers zuhörte, blickten Bauern und Bäuerinnen aus den Fenstern, neugierig, ihren Herrn mit dem Fremden zu sehen, und tauschten von Zeit zu Zeit Kommentare in ihrem gutturalen Dialekt aus. Herr von Griesborn bemühte sich, wie ich zu seiner Ehre hinzufügen muß, rechtschaffen, Deutsch zu sprechen, und einmal, als er mit beiden Händen tief in seine Kornsäcke griff und mir stolz die Größe und die Härte der Körner zeigte, brachte er es sogar fertig, einen Satz auf französisch zu artikulieren: »Voilà, Monsieur! Dites donc, Monsieur, en avez-vous de meilleur en Amérique?«

Später, während ich seinen Schnaps probierte, wollte mein Gastgeber unbedingt über Amerika sprechen und über das, was er dessen blühenden Zustand nannte. »Wie schnell es an Reichtum und Bedeutung zunimmt! Und das ist allein das Verdienst Ihrer Regierung und ihrer Politik des friedlichen Umgangs mit allen Völkern; das ist der einzige Weg, um Tag für Tag mehr Reichtum und Macht anzusammeln.« Obwohl es mich freute, auf so viel Sympathie für mein Land zu treffen, fühlte ich mich doch verpflichtet, ihm seine Illusionen zu nehmen. »Leider glaube ich nicht, daß dieser Friede lange dauern wird!« seufzte ich. »Auch zwischen den Nationen gibt es Eifersucht. Die europäischen Mächte betrachten uns mit eifersüchtigen Blicken. Viele von uns glauben, daß, solange wir uns den anderen Völkern gegenüber freundschaftlich und gleichmütig verhalten, niemand unseren Frieden bedrohen werde, aber ich fürchte, daß sie nur allzu bald feststellen werden, daß sie sich getäuscht haben!« »Das ist wahr«, stimmte Herr von Griesborn zu. »Es gibt tausend Arten, einen Krieg heraufzubeschwören, und die europäischen Mächte kennen sie alle; ein Vorwand ist immer schnell gefunden, wenn eine von ihnen sich in der Lage fühlt, eine andere zu überfallen.« Anschließend erkundigte er sich, wie es den deutschen Einwanderern bei uns ergehe, und er freute sich sehr, als er erfuhr, daß ihre Gemeinden, vor allem in Pennsylvania, zu den fleißigsten des Landes gehörten. Ermutigt durch die Offenheit, die ich bisher an ihm festgestellt hatte, sagte ich ihm, daß ich hier in Ostpreußen zum ersten Mal wohlgenährten Bauern und unternehmerischen Grundbesitzern begegnet sei, ähnlich denen, die in so großer Zahl Deutschland verlassen haben, um unsere Gebiete zu besiedeln, daß es mich aber bei meiner Reise durch den Rest des Landes überrascht habe, nur notleidende Bauern und rückständige Landstriche anzutreffen. »Zuerst glaubte ich, das hänge mit der Religion zusammen, aber dann wurde mir klar, daß das ein Irrtum ist, denn die lutherischen Bauern Brandenburgs kommen mir genauso vertiert vor wie die katholischen in Westfalen.« Herr von Griesborn zögerte nicht, meinen Eindruck zu bestätigen. »Gewiß sind unsere Bauern aufgeweckter als anderswo in Preußen und vielleicht in Deutschland, und was uns Grundbesitzer betrifft, so haben Sie gesehen, daß wir tun, was wir können, um unser Eigentum nicht herunterkommen zu lassen. Ich glaube, das hängt damit zusammen, daß unser Land eben ein Land von Siedlern ist, in dem vor fünfhundert Jahren kein einziger Deutscher lebte. Als noch niemand etwas von Amerika gehört hatte, gingen die Unternehmungslustigsten, diejenigen, die ihr Glück machen oder einfach dem Elend entfliehen wollten, das die Vorsehung ihnen zugedacht hatte, nach Osten; viele Jahrhunderte hindurch, und man kann sagen bis gestern, ist Ostpreußen unser Pennsylvania gewesen.«

Während er dies sagte, drehte er sich halb auf seinem Stuhl um und wies auf zwei Porträts, die hinten im Zimmer an der Wand hingen. Das erste stellte einen jungen Mann in Husarenuniform dar, mit weißgepudertem und rotgeschminktem Gesicht, wie es im vorigen Jahrhundert üblich war, und einer kleinen gepuderten Perücke; das zweite, offensichtlich von demselben schlechten Maler gemalt, stellte ein Edelfräulein im Reifrock und mit der extravaganten Frisur, die damals Mode gewesen war, dar. »Ich weiß, daß man mich heute nur mit Mühe auf dem Porträt erkennt«, sagte mein Gastgeber, »und doch bin ich das, und das ist meine Wilhelmina, Gott hab sie selig; das Fieber nahm sie mir 97, nein 96, es sind genau zehn Jahre, und sie hat mir keine Kinder geschenkt. Ein Maler aus Königsberg hat uns vor unserer Heirat gemalt; und wissen Sie, in welchem Jahr? 1776, und Sie werden es mir kaum glauben, aber ich war so begeistert von Ihrer Revolution in jenem Jahr, daß ich kaum Zeit hatte, an meine Heirat zu denken; ich dachte an nichts anderes als daran, die Armee zu verlassen und mich einzuschiffen, um mitzukämpfen, und wer weiß, vielleicht hätte ich ja mein Glück gemacht. Wilhelmina überredete mich, es nicht zu tun. Ich verließ trotzdem die Armee, aber es gab genug zu tun hier zu Hause, und ich muß sagen, daß ich das Majorat, das mein Vater mir hinterlassen hat, nicht schlecht verwaltet habe; und doch verfolge ich weiterhin in den Zeitungen, was sich in Amerika tut, als wäre es auch ein wenig meine Heimat.« Der brave Mann wurde ganz gerührt, wozu auch der Schnaps beitrug, der stärkste, den ich jemals probiert habe; und er sprach bereits davon, mich zum Abendessen einzuladen, wollte einer Gans den Hals umdrehen und einen Knecht losschicken, um einen Karpfen aus dem Weiher zu fischen. Doch genau in dem Augenblick kam Will und meldete mir, daß der Wirt schon den Tisch in meinem Zimmer gedeckt habe, so daß mir nichts anderes übrigblieb, als mich von dem alten Edelmann zu verabschieden und mich zu meinem Quartier zu begeben.

Dienstag, 2. September

Das Wetter hat sich erheblich verschlechtert, und es ist wirklich feucht und herbstlich geworden; heute morgen waren die Stoppelfelder weiß vom Reif. Wenige Meilen hinter Allenstein begann eines der Räder so stark zu zittern, daß der Kutscher mit einem Ruck die Pferde zum Stehen brachte, so daß wir beinahe in den Graben gekippt wären; dann sprang er vom Bock, kroch unter die Kutsche, kam mit von Fett schwarzverschmierten Händen wieder hervor und teilte uns mit, daß die Achse mit absoluter Sicherheit in der nächsten Kurve brechen würde, wenn er sie nicht ersetzen lasse. Da die Reparatur den ganzen Tag in Anspruch zu nehmen drohte, beschloß ich, die Pferde auszuspannen und mit Will nach Allenstein zurückzukehren, wo wir einen Zimmermann suchen würden. Als der Postmeister seine Pferde zurückkommen sah, kam er sofort heraus, einen Mantel um die Schultern und die Pfeife im Mund, und begann eine lange Diskussion mit dem Kutscher, von der ich fast nichts verstand; aber die Art und Weise, wie beide den Kopf schüttelten, verhieß nichts Gutes. Während ich mich mit einem Krug Bier in der Poststation stärkte, kamen die beiden herein und teilten mir mit, daß ein Zimmermann gefunden werden könne, wenn man ihn angemessen bezahle, daß die Kutsche aber auf keinen Fall vor dem Abend zur Weiterreise bereit sei. Ich ließ mich also überzeugen, daß es das beste sei, die Postkutsche zu nehmen und in der ersten Station nach Sonnenuntergang zu übernachten, während Will hier warten würde, bis der Schaden behoben sei, und dann möglichst schnell nachkommen sollte, damit wir morgen ohne weiteren Zeitverlust die Reise fortsetzen können.

Als die Postkutsche, die sich schon von weitem mit einem langen Hornsolo ankündigte, am Horizont erschien, bereute ich meinen Entschluß sofort, aber ich hatte nicht genügend Geistesgegenwart, um den Postmeister aufzuhalten, der im Vertrauen auf ein Trinkgeld schon dabei war, mir einen Platz zu verschaffen. Wer dieses abscheuliche Transportmittel nicht kennengelernt hat, kann sich nicht vorstellen, was einen erwartet. Wenn ich nur daran zurückdenke, schaudert es mich. Stellen Sie sich einen einfachen offenen Wagen vor, auf dem sich Kaffeeballen, Säcke mit Pfeffer und Heringsfässer türmen. Vier quer angenagelte Achsen, die mit einer Art Rückenlehne versehen sind und unangebrachterweise Bank genannt werden, dienen den Reisenden als Sitze. Auf einem derartigen Wagen können eng zusammengequetscht bis zu zehn Unglücksraben Platz finden, denen es bestimmt ist, bis zu acht oder neun Tage miteinander durch Freud und Leid transportiert zu werden. Nachdem der Postmeister mir mit seinen Ellenbogen einen Platz erkämpft hatte, bot er mir den Arm, und da saß ich nun zwischen den anderen Reisenden, mit den Füßen auf diesem Berg von Ballen, Kisten und Fässern, nur mit Mühe das Gleichgewicht haltend und eingehüllt in einen Geruch von Schweiß, Knoblauch, Zwiebeln und was weiß ich noch allem. Als ich da so eingeklemmt saß, zwischen einem Artillerieoffizier, der träge an seiner erloschenen Pfeife saugte, und einem pensionierten Zollbeamten, der mit verschränkten Armen vor sich hin döste, stellte ich entsetzt fest, daß der Kutscher keineswegs die Absicht hatte loszufahren, sondern zusammen mit dem Mann, der sich um das Gepäck zu kümmern hatte, auf die Kneipe zuging. Ich rief sie zurück und versprach beiden, sie großzügig zu belohnen, wenn sie so schnell wie möglich aufbrechen würden; sie nahmen den Hut vom Kopf und versicherten mir, daß sie alles Menschenmögliche tun würden, um den Wunsch der Exzellenz zu erfüllen, dann verschwanden sie im Innern der Schenke und kamen erst nach einer guten halben Stunde wieder heraus. In der Zwischenzeit fragte mich der Artillerist mit der Pfeife, den meine Verzweiflung amüsierte, ob ich wisse, warum die Postkutschen offen sind; und als ich das wenig freundlich verneinte, erklärte er mir mit einem ironischen Lachen: »Man schließt sie nicht, um die Passanten mit den Grimassen der leidenden Fahrgäste zu amüsieren.« Und indem er das sagte, begann er herumzuhantieren, um seine Pfeife anzuzünden, die ihm, sowohl dem verrußten Äußeren als auch dem Geruch, den sie ausströmte, nach zu urteilen von seinen Ahnen vermacht worden sein mußte. Währenddessen faltete der Zollbeamte auf seinen Knien ein Taschentuch gefüllt mit Brot, Käse und harten Eiern auseinander, das sein ganzes Gepäck war; der Käse stank nicht weniger als die Pfeife, so daß ich den wahren Grund zu verstehen glaubte, warum die preußischen Postkutschen offen fahren.

Schließlich fuhren wir ab, doch ich verlor sofort die Hoffnung, sehr weit zu kommen, denn die Geschwindigkeit dieses primitiven, überladenen und von ausgemergelten Pferden gezogenen Vehikels war nicht viel größer als die eines Fußgängers. Obendrein hielten der Kutscher und der Gepäckträger im Einvernehmen mit allen an jedem Gasthaus, um einen Schluck auf Kosten der Reisenden zu trinken, die, anstatt die beiden zu verprügeln, um sie wieder zur Vernunft zu bringen, nur allzu glücklich darüber schienen, die Börse öffnen zu können, um sich des Wohlwollens dieser beiden furchteinflößenden Personen zu versichern. Was mich betrifft, so beteiligte ich mich niemals an diesen Erfrischungen, und an der Poststation von Hohenstein verabschiedete ich mich vom Kutscher und seinem Helfer, entschlossen, dort auf die Ankunft meiner Kutsche zu warten. Die nervenaufreibende Langsamkeit der Postkutsche und die Spitzbüberei des Postkutschers hatten mich so nervös gemacht, daß ich überhaupt kein Auge mehr für den Zauber der herrlichen Landschaft mit ihren Seen und jahrhundertealten Wäldern hatte, durch die wir fuhren. Wenn Will noch im Hellen eingetroffen wäre, ich glaube, ich wäre sofort weitergefahren, so wütend war ich darüber, daß ich auf diese Weise den ganzen Tag verloren hatte; aber als der Hörnerklang endlich die Ankunft meiner Kutsche ankündigte, war es bereits tiefe Nacht, so daß ich es doch vorzog, den nächsten Morgen für die Weiterreise abzuwarten.

Mittwoch, 3. September

Gegen zwei Uhr nachmittags überquerte ich die ehemalige Grenze zwischen den Königreichen Preußen und Polen, die jetzt nach der endgültigen Teilung Polens sich selber überlassen ist. Nachdem ich das Gebiet der Seen und Wälder hinter mir gelassen habe, führt mich meine Reise jetzt durch die polnische Ebene. Die Straße nach Warschau verläuft nicht mehr erhöht auf einem Damm durch Sümpfe, die unter Schilf und ineinander verschlungenen Erlen verborgen sind, sie hat sich vielmehr in eine staubige gerade Linie verwandelt, die sich eintönig Meile um Meile dahinzieht, gesäumt von endlosen Kartoffelfeldern, die in herbstlicher Trostlosigkeit ineinander verschwimmen. Die Schwermut der Landschaft wird noch verstärkt durch die spärlichen Zeichen menschlicher Anwesenheit, von der lediglich Kruzifixe zeugen, welche der papistische Aberglaube an den Weggabelungen und von Zeit zu Zeit am Straßenrand aufstellen läßt. Nur selten kommt man durch ein Dorf mit strohgedeckten Hütten, in denen Männer, Frauen und zahllose Kinder seelenruhig mit Schweinen, Kühen und Pferden in unbeschreiblichem Schmutz zusammenleben.

Der erste Kontakt des Reisenden mit den Einwohnern dieser Landstriche ist nicht sehr ermutigend. Am Eingang eines jeden Dorfes drängen sich Rudel gelblicher Hunde hungrig um die Kutsche und erschrecken die Pferde, bis der Kutscher sie mit Peitschenschlägen auseinandertreibt; erst jetzt spielen die Kinder wieder im Schlamm, beäugen die Frauen erneut den Neuankömmling durch die scheibenlosen Fenster ihrer elenden Behausungen und nehmen die Männer ihre Arbeit wieder auf, als sei nichts geschehen; in Wirklichkeit behalten sie den Eindringling jedoch mißtrauisch im Auge. Und dennoch, hätte die jahrhundertelange Not sie nicht zu Tieren gemacht, es gäbe keinen Grund, sie zu verachten: Die Bauern der Ebene sind groß, blond, haben ausdruckslose Augen und lange ungepflegte Bärte; sie tragen verschossene, von einem Gürtel zusammengehaltene Blusen, und wenn es kalt ist, Mäntel ohne Knöpfe, die in der

Taille mit einem Strick zusammengebunden sind, sowie Pelzmützen. Ihre Frauen tragen Röcke in lebhaften Farben, welche die Blicke auf sich ziehen, und ich leugne nicht, daß mich, wenn ich eine Wäscherin sehe, die sich über das Wasser beugt, den Rock bis über die Knie hochgeschlagen, oder eine Magd, die Kartoffeln auf den Feldern erntet, barfuß und mit Brüsten, die aus der zerfetzten Bluse quellen, das Verlangen überkommt, intimere Bekanntschaft mit einer von ihnen zu schließen; aber nicht, bevor ich sie nicht ein Bad habe nehmen lassen.

Am Rand der stärker bevölkerten Dörfer erheben sich, in stolzer Absonderung, die Häuser der Herren, die sich von denen der Bauern lediglich dadurch unterscheiden, daß sie einen steinernen Kamin haben; aber das reicht schon, um sie alle pompös als Schloß zu bezeichnen. Auch hier sind die Bauern wie in Preußen Knechte der Herren, und das ganze Land gehört ihnen; während das Gesetz jedoch den Umfang der Dienste festlegt, die der preußische Bauer dem Herrn zu leisten verpflichtet ist, ist der polnische Bauer ein Sklave, dessen Pflichten allein durch die Barmherzigkeit des Herrn beschränkt werden und der ohne sein Land verkauft werden kann. Wenn man durch das Land fährt, kann man nur schwer ermessen, inwieweit sich die preußische Besetzung, die nun schon mehr als zehn Jahre dauert, wohltätig ausgewirkt hat. Gewiß, viele Adlige sind nach dem letzten Aufstand enteignet worden, aber ihre Ländereien sind ohne Abfindung den Generälen übereignet worden, welche die Niederschlagung geleitet hatten, und die Situation der Landwirtschaft hat sich nicht im geringsten verändert, außer insofern, daß die neuen Besitzer nur selten auf ihren Ländereien wohnen, was alle möglichen Unterschlagungen von seiten der Verwalter möglich macht. Und die preußische Verwaltung ist nur in den größeren Ortschaften vertreten, in denen sich die Posthaltereien befinden, enge Amtsstuben mit gelangweilten Beamten, und, von Zeit zu Zeit, eine Gendarmerie. Für die meisten Bauern wird die Autorität des Königs lediglich durch die berittenen Patrouillen repräsentiert, die in regelmäßigen Abständen vor den Dörfern auftauchen, um sich zu versichern, daß alles ruhig ist, sowie, seltener, durch die Abteilungen von Soldaten, die kommen, um die dem Volk aufgezwungenen Beschlagnahmungen zugunsten des Unterhalts für die Besatzungsarmee durchzuführen.

Diese und andere Beobachtungen wurden mir von Herrn Schröder bestätigt, Referendar in der Stadt Mława, der so freundlich war, mich einzuladen, bei ihm zu übernachten. Wie alle preußischen Beamten wohnt Herr Schröder in einem schmucken, rosagestrichenen Häuschen, das ganz denen ähnelt, denen man in Deutschland auf Schritt und Tritt begegnet. Er beschäftigt eine stämmige Polin, die man häufig barfuß auf der Schwelle des Hauses sieht, und verbringt die Abende pfeiferauchend, während er auf den Tag wartet, an dem er in die Heimat zurückgerufen wird. Ebenso wie die Offiziere des in der Stadt einquartierten Füsilierbataillons, die seine einzige Gesellschaft sind, betrachtet er den Dienst in Polen als eine unverdiente Strafe; er langweilt sich und hat zu wenig zu tun, um sich die Mühe zu machen, Polnisch zu lernen. Im übrigen kann man ihm nur schwerlich widersprechen angesichts der Umstände, unter denen man als Reisender im Gasthof übernachtet, von Mücken gepeinigt und mit nichts als Schwarzbrot, Kartoffeln und Schnaps zum Abendessen. Tatsächlich scheint es absolut unmöglich, die Not in diesen Landstrichen noch irgendwie zu lindern. Der immer graue Himmel lastet auf den Menschen und drückt auf ihr Gemüt, ebenso wie der Rauch, der sich in ihren Hütten staut, und die kümmerlichen Torffeuer, die kaum gegen die Kälte schützen; dazu kommt noch der Alkohol, den ihnen die Juden zum doppelten Preis verkaufen.

Die Allgegenwart der Juden treibt Herrn Schröder zur Weißglut. Sie sind überall; sie bringen die Wirtshäuser in Schwung, sie vertreiben alle Arten von Lebensmitteln, sie kaufen den Bauern ihre Produkte ab und verkaufen sie in der Stadt weiter, sie verleihen Geld zu Wucherzinsen an diejenigen, die welches brauchen, und bereichern sich auf ihre Kosten, immer bescheiden lächelnd und jammernd, wie schlecht es ihnen selbst gehe. Die Bauern hassen sie, können aber nichts tun, um sich von ihrem Joch zu befreien. Das wenige, was sie vor den Krallen der

Gläubiger und den Beschlagnahmungen der Soldaten retten können, landet in den Taschen der Herren, die an nichts anderes als ihr Vergnügen denken und die *saison* in Warschau verbringen, und wenn die Schulden sie zu erdrücken drohen, verkaufen sie ihr Land der Regierung, die auch hier wie in Ostpreußen die Ansiedlung deutscher Bauern fördern möchte. Mein Gastgeber schien mir dennoch recht skeptisch hinsichtlich des Erfolgs derartiger Pläne. Seiner Meinung nach liefern die polnischen Bauern den Streitkräften Seiner Majestät ausgezeichnetes Kanonenfutter, und dies ist der einzige Grund, warum man in Berlin so hartnäckig glaubt, daß man dieses Land eines Tages in eine deutsche Provinz verwandeln könne.

Herrn Schröders Unzufriedenheit ist durchaus verständlich angesichts des Ortes, wohin die Weisheit der Regierung ihn geschickt hat. In der Stadt Mława gibt es nur wenige Häuser aus Stein und ein paar weitere aus Stämmen, mit Ziegeldächern; die große Mehrheit sind Holzhütten mit Dächern aus Stroh oder Brettern. In den letzten Jahren ist eine deutsche Vorstadt errichtet worden, in der auch mein Freund wohnt, nur mit zweistöckigen Steinhäusern, alle nach dem gleichen Plan gebaut und in lebhaften Farben gestrichen; und dies ist der einzige Ort in Mława, wo der Reisende den Eindruck hat, sich wirklich in einer Stadt zu befinden. Sogar die Chorherren des Doms leben in einstöckigen Häusern, meist aus Holz und in recht heruntergekommenem Zustand, die sich in nichts von denen ihrer Bauern unterscheiden, auf deren Kosten sie aber dafür essen und trinken, ohne zu arbeiten. Mangels anderer Zerstreuungen habe ich den Abend damit verbracht, beim jüdischen Gastwirt in Gesellschaft der Offiziere der Garnison zu trinken, die Herr Schröder mir freundlicherweise vorgestellt hat. Diese Herren, die sich in diesem Kaff zu Tode langweilen, verbringen ihre Zeit auf eine Weise, die ich mittlerweile nur zu gut kenne, indem sie sich nämlich, kaum daß ihr Dienst beendet ist, in eine verräucherte Kneipe setzen und so lange trinken, bis sie sturzbesoffen sind, um so die Langeweile des Garnisonslebens zu vergessen. Als sie erfuhren, daß ich aus Berlin komme, fragten sie mich über die neuesten Vergnügungen der feinen Berliner Gesellschaft aus, doch sehr bald schon schlug die Freude über die Nachrichten aus der Hauptstadt in einen bitteren Vergleich mit ihrer Lage um.

»In Berlin ist es leicht, sich zu vergnügen!« rief ein Hauptmann und machte dem Juden gleichzeitig ein Zeichen, damit er ihm einen neuen Schnaps bringe. »Dort wissen sie nicht, welche Mühe es kostet, Hunderte von schlechtgekleideten Flegeln in ihren zerschlissenen und verblichenen Uniformen im Staub in Reih und Glied Aufstellung nehmen zu lassen, mit ihnen in der Sonne oder im Schnee zu marschieren und den Knoblauch- und Zwiebelgeruch ihres Atems riechen zu müssen!« Anschließend befaßte sich die Unterhaltung mit den Läusen, dieser echten Plage Ägyptens, von der Polen in einem Maße heimgesucht wird, daß die Erde Pharaos vor Neid erblaßt; und von den Läusen der Rekruten kam man ganz natürlich zu denen der Frauen. Der Mangel an Gesellschaft macht den Vergleich mit dem Schicksal ihrer Kameraden, die in der Hauptstadt in Garnison liegen, für diese Herren noch schmerzvoller: In Berlin, sagen sie, tanzen die Offiziere mit den Hofdamen, nicht mit verarmten polnischen Edelfräulein, die mit dreißig noch nicht unter der Haube sind, und sie gehen mit den Tänzerinnen ins Bett und sind nicht gezwungen, mit Zigeunerinnen oder zitternden Mädchen vorliebnehmen zu müssen, die sich in den Geschäften der Juden verkaufen, niemals anständig gewaschen, und mit denen man nicht einmal ein Wort wechseln kann. »Und der neue Wein trifft sofort nach der Weinlese bei den Händlern ein, und du bist nicht gezwungen, über jede Kiste Champagner, die ein Kamerad aus dem Urlaub mitbringt, in Jubel auszubrechen!« fügte jemand unter dem Gelächter aller hinzu. Unterdessen verhandelte der Hauptmann mit dem Wirt, der mit allen möglichen Grimassen versicherte, daß der Schnaps alle sei, nicht ohne mit einer ganzen Reihe überaus verdächtiger Gesten zu betonen, daß nicht einmal er von jener Plage Ägyptens verschont werde.

Als ich meine neuen Bekannten fragte, was für ein Volk diese Polen denn nun eigentlich seien, von denen Amerika und Europa eine so romantische Vorstellung kultivieren, mußte ich feststellen, daß sie ihnen gegenüber eine grenzenlose Verachtung empfinden. »Der Bauer hat keine Lust zu arbeiten, und der Adlige würde sich entehrt fühlen, wenn er es täte«, faßte einer zusammen, was alle dachten. Und trotzdem machen sie immer noch einen Unterschied zwischen der Verworfenheit der Bauern, denen eine jahrhundertelange Knechtschaft sogar die Erinnerung an die tatsächlichen Rechte der Menschen genommen hat, und der der Adligen. »Ihre Adligen haben gute Manieren und sind gebildet, und dennoch sind sie die wahren Verantwortlichen für die unglückselige Lage, der das Land entgegentreibt«, erklärte der Hauptmann, der endlich zu einem exorbitanten Preis ein zweites Glas Schnaps bekommen hatte, das er in kleinen Schlucken trank. »Sie sprechen von nichts anderem als von Freiheit und der Republik und unterdrücken die Bauern auf die schändlichste Weise«, fügte ein anderer hinzu. »Sie sind schuld an der Vertierung dieser armen Teufel.« »Seit ich hier bin«, bemerkte ein dritter, »habe ich oft gedacht, daß der preußische Untertan sich glücklich schätzen kann, daß er, geboren unter einer absoluten Monarchie, der ganzen Macht einer aufgeklärten Regierung untersteht und sich gerade dadurch an eine echte Freiheit als Bürger gewöhnt. Welcher preußische Untertan würde sich im vollen Bewußtsein seines Untertanseins so unterwürfig verhalten wie ein polnischer Bauer gegenüber seinem Herrn, selbst wenn er dem König persönlich gegenüberstünde! Und welcher preußische Herrscher würde eine so verachtenswerte Erniedrigung ertragen, selbst wenn sie aufrichtig gemeint und voll der besten Absichten ist!«

In dem Augenblick lockte uns ein verworrenes Geschrei nach draußen auf den staubigen Platz, und dort bot sich uns ein merkwürdiges Schauspiel. Etwa hundert Einberufene kamen in die Stadt, eskortiert von einem Trupp Husaren; aber das alles wirkte keineswegs kriegerisch wie am Tag meiner Abreise aus Berlin, als die Soldaten von Suckows Regiment durch das Cottbusser Tor kamen. Die jungen Burschen trugen noch ihre Alltagskleidung und gingen barfuß oder mit Holzschuhen; viele waren betrunken. Ein Haufen Frauen hatte sie begleitet, die nicht aufhörten, in ihrer Sprache zu protestieren, und sich um die Pferde der Husaren drängten; sobald sie uns aus dem Wirtshaus kommen sahen, stürzten viele auf uns zu und begannen in mehr oder weniger respektvollem Ton die Offiziere anzuflehen, mit solcher Hartnäckigkeit, daß einer den Stock heben mußte, um sich von ihnen zu befreien. Mein Gastgeber und zwei oder drei Offiziere, die ein paar Worte Polnisch sprachen, erklärten mir, daß die Frauen verzweifelt seien, weil ihre Männer in ferne Länder gebracht würden, um gegen die Franzosen in den Krieg zu ziehen, eine Aussicht, die sie nicht wenig beunruhigte. Von den Offizieren zurückgedrängt, sammelten sie sich für ein letztes Lebewohl an die Soldaten; viele weinten. Plötzlich begann einer der jungen Männer, der betrunkener war als die anderen, etwas zu schreien, die Frauen kreischten, und einen Augenblick lang schien es, als wollten sie sich aus dem Staub machen. Sofort stürzte sich ein Unteroffizier auf den Verantwortlichen, schlug mit dem Stock auf ihn ein und beschimpfte ihn wütend auf deutsch: »Bestie, polnische Bestie!« Wie es schien, hatte der Junge geschrien: »Die Franzosen kommen!« Nach diesem Zwischenfall wurde den Soldaten befohlen, sich in Reih und Glied aufzustellen und strammzustehen, und die Frauen wurden fortgetrieben. Nach einem Augenblick begann einer von ihnen mit lauter Stimme ein Gebet zu sprechen, dann ein zweiter, ein dritter, und schließlich fielen alle im Chor ein; die Unteroffiziere schritten nicht ein, die Offiziere zuckten die Achseln und gingen wieder hinein. Ich folgte ihnen. Doch auch drinnen hörte man immer noch ihre Stimmen, die im Chor das Ave Maria wiederholten.

Donnerstag, 4. September

Ich verabschiedete mich nicht ohne Bedauern von Herrn Schröder und vor allem von seiner schönen Dienstmagd, mit der ich durchaus nicht ungern engere Bekanntschaft geschlossen hätte.

Das Wetter ist immer noch grau und zu herbstlich für die Jahreszeit; seit gestern regnet es in Strömen. Das Land ist trostloser und jämmerlicher, als man sich vorstellen kann, und obendrein unbewohnt; vom Fenster meiner Kutsche aus sieht man nur endlose Urwälder oder Schilf und ungesunde Sümpfe. Es war fast Mittag, als ein Heiliger aus Holz, der am Straßenrand stand und durch die Unwetter stark gelitten hatte, ein weiteres Dorf aus Hütten ankündigte, bewohnt von halb verhungerten Hunden und wenigen verlausten Bauernfamilien; hier machten wir halt, um die Pferde zu tränken, und ich ging ins Wirtshaus, um etwas zu essen, wobei ich mich zwingen mußte, meinen Widerwillen zu überwinden. Der Gestank, der dort herrscht, ist unbeschreiblich: Die Bauern sammeln den Mist und füttern die Schweine, dann essen sie Kohl und Rüben, Zwiebeln und Kartoffeln und gehen ins Wirtshaus zum Trinken, ohne sich auch nur einmal am Tag gewaschen oder die Kleidung gewechselt zu haben. Sie ziehen sich auch zum Schlafengehen nicht um; die meisten von ihnen waschen sich und wechseln die Kleidung nur sonntags, die Ärmsten nur für die Prozession des Corpus Domini.

Als ich das Gasthaus betrat, hatten sich dort einige Bauern versammelt, um zu trinken, obwohl es noch nicht spät war. Der Wirt, ein Jude im Kaftan, sprach ein grausiges Kauderwelsch aus Deutsch und wer weiß was für einem anderen Dialekt; so wie alle Juden hier diese Sprache unter sich benutzen, damit die Polen sie nicht verstehen. Die Bauern, die da tranken, waren jung, und ich konnte nicht verstehen, warum sie um diese Zeit im Wirtshaus saßen, anstatt zu arbeiten. Der Wirt erklärte mir, daß morgen, einem Gerücht zufolge, das im Dorf die Runde gemacht hatte, die Einberufungsbefehle für die Reservisten einträfen und daß die Wehrpflichtigen der vergangenen Jahre, die seit dem Frühjahr beurlaubt waren, fast sicher seien, eingezogen zu werden; daher tranken sie im voraus, um den Schmerz des Abschieds zu ertränken. Ich bestätigte ihm, daß das Gerücht unzweifelhaft der Wahrheit entspreche, da ich an der letzten Poststation wie schon in Mława die Männer hatte beobachten können, die geduldig außerhalb der Amtsstuben warteten, in Reih und Glied gehalten von Soldaten mit aufgepflanzten Bajonetten, während die Schreiber eifrig die Namen in ihre Verzeichnisse eintrugen. Die jungen Burschen, die gestern in den Quartieren des Bataillons angekommen waren, stammten aus den ersten Dörfern, in welche die Beamten gekommen waren, um ihrer Pflicht nachzukommen, und diejenigen, die da im Wirtshaus tranken, würden ihrerseits schon sehr bald in Scharen in eine andere Unterkunft gebracht werden.

In dem Wirtshaus, in das ich geraten war, befanden sich fünf oder sechs, die vermutlich eingezogen würden, und einer von ihnen schien etwas intelligenter als die anderen; ich versuchte daher, ihn zu befragen, wobei ich mich des Wirts als Dolmetscher bediente. Auf dem Dorfplatz war, gerade als ich aus meiner Kutsche stieg, schlammspritzend eine adlige Jagdgesellschaft vorbeigeritten, auf Pferden, denen die Rippen hervorstanden, und gefolgt von einer Meute räudiger Hunde. Wie in jedem zivilisierten Land üblich, hatte ich meinen Hut abgenommen, um sie zu grüßen, und sie hatten mir mit so unverschämten Blicken geantwortet, das ich spürte, wie mein Blut in Wallung geriet, und ich war regelrecht angewidert von der Unterwürfigkeit, mit der die Bauern und sogar mein Kutscher ihnen ihre Ehrerbietung bezeigten. Ich fragte daher den jungen Mann, ob ihn die Arroganz der Herren nicht ärgere, die nicht in den Krieg ziehen, jeden Tag auf die Jagd gehen und den Hut sogar in der Kirche aufbehalten, während die Bauern, die sie ernähren, sich bis zum Boden verneigen, wenn sie vorbeikommen. »Aber wieso denn?« antwortete er mir. »Der Herr ist doch geschaffen, um sich zu vergnügen und zu befehlen, und der Bauer ist geschaffen, um sich und den anderen zu essen zu geben.« Der Wirt, eine echte Kanaille, zuckte mit den Achseln, während er diese Antwort übersetzte, und fügte augenzwinkernd hinzu: »Der Herr prügelt sie, wenn es nötig ist, und auch, wenn es nicht nötig ist, und sie verbeugen sich noch tiefer, und am Sonntag gehen sie in die Kirche und hören den Priester, der sie ermahnt: ›Geheiligt ist die Hand, die schlägt.‹« Ich fragte die jungen Burschen, die mittlerweile alle nähergekommen waren, was sie über die deutschen Siedler dächten, die ihnen ihr Land wegnehmen. Sie zuckten die Schultern: »Oh! Die Deutschen sind schlau. Sie haben viel Vieh und bearbeiten die Erde auf eine gewisse Weise ... besser als die, die hier geboren sind. Unser Bauer kann es mit ihnen nicht aufnehmen.« So sind sie eben, scheint es, die Polen: Da sie seit Jahrhunderten daran gewöhnt sind, sich allen unterlegen zu fühlen, ist das Bewußtsein ihrer Unfähigkeit inzwischen so tief in ihnen verwurzelt, daß es sich bei jeder Gelegenheit zeigt. Der Mensch scheint sein Vergnügen darin gefunden zu haben, ihnen in ihrem eigenen Land ein Gefühl der Fremdheit zu geben. Die Herren sprechen in ihrer Gegenwart Französisch, die Beamten Deutsch, die Juden ihren Mischdialekt, die Seelsorger Latein, und der Bauer hört verwirrt zu und ermißt die Distanz, die ihn von ihnen allen trennt.

Und doch, wenn man tiefer bohrt, tritt ihr Groll gegen die Deutschen deutlich zutage. Da sie morgen aufbrechen werden, um dem König von Preußen zu dienen, wünschte ich ihnen, daß sie sich mit ihren Kameraden verbrüdern mögen. Sie starrten mich mit weitaufgerissenen Augen an: Wer könnte sich wohl jemals mit den Deutschen verbrüdern? Sie sprechen untereinander dieselbe Sprache wie die Juden, und wer weiß, vielleicht zwingt man sie ja in Deutschland, ebenfalls Juden zu werden! »Aber sie sind Christen wie ihr«, wandte ich ein. »Ja«, sagte einer von ihnen, »sie mögen Christen sein, aber ihre Religion ist schlechter als unsere, da ihre Priester Frauen haben und nicht einmal zur Allerheiligsten Jungfrau beten!« Man muß zugeben, daß ihre Priester ihnen Anlaß zum Mißtrauen geben, auch wenn sie dies nicht allzu offen zum Ausdruck bringen, weswegen die Regierung nicht zögerte, einen von ihnen in die Festung zu schicken, *pour encourager les autres*. »Und doch ist ihr Gott derselbe wie eurer«, beharrte ich. »Das behaupten sie«, antwortete mir der Gebildetste der Gruppe und sah mich spitzbübisch an. »Aber ich behaupte, daß ihr Gott anders sein muß, da man Deutsch mit ihm sprechen muß!«

Hier mischte sich der Wirt mit einem ironischen Lachen ein,

sagte etwas zu dem jungen Mann und übersetzte es mir sofort anschließend: »Auch wenn du ein Dummkopf bist, tust du mir leid; die Franzosen werden dich nicht davonkommen lassen: Du wirst sehen, sie werden dir den Kopf abschlagen!« Der junge Bursche wirkte ziemlich beeindruckt; man hätte meinen können, daß er die Franzosen wie das Feuer fürchtete. »Aber Er«, sagte ich zum Wirt, »weiß Er denn, was für Leute die Franzosen sind?« Der Wirt schnalzte mit der Zunge. »Ach, was sollen die Franzosen denn schon für Leute sein? Wie soll ich sagen, sie sind wahrscheinlich eine Art Deutsche, nur schlimmer.« Die Bauern brachen in Wehklagen aus. »O Gott! Schlimmer als unsere Deutschen?« Doch der Wirt hatte sich bereits entfernt, da andere Gäste in das Gasthaus gekommen waren und ungeduldig wurden; und so ließ ich mir das wenige servieren, das er im Haus hatte, und setzte mich in eine Ecke, um zu essen, während die jungen Burschen weiter tranken und sich mit vom Alkohol bereits schwerer Zunge lautstark in ihrer Sprache unterhielten. Und es ist schon eine merkwürdige Vorstellung, daß diese Tiere in wenigen Tagen mit glattgeschorenen Haaren in der preußischen Uniform marschieren werden und auf Befehl der Unteroffiziere aus vollem Halse »Ein feste Burg ist unser Gott« singen werden, ohne auch nur ein Wort zu verstehen!

Freitag, 5. September

In Polen zu reisen ist nicht gerade ein Vergnügen; der katastrophale Zustand der Straßen mag ja noch hingehen, das schlimmste aber ist, daß ich während all dieser Tage vor Sonnenuntergang die Reise unterbrechen und die Nacht bis weit nach dem Morgengrauen auf dem Stroh verbringen mußte, denn sonst hätten die polnischen Kutscher, welche die Pferde weder anspannen noch lenken können, mir den Hals gebrochen, während sie im Dunkeln nach der Straße suchten. Heute habe ich endlich den Hafen erreicht: Am Nachmittag kamen wir an die Weichsel, und jenseits des gewaltigen Flusses tauchten die

Dächer und Türme Warschaus vor mir auf, beherrscht von der Masse des Schlosses. In der Vorstadt Praga aß ich in einem Gasthaus im Freien einen Aal, während Will sich auf die Suche nach einem Fährmann machte, der bereit wäre, uns überzusetzen, da die Brücke vollständig durch eine Artilleriekolonne blockiert war und einige Stunden für den Verkehr gesperrt bleiben würde. Nachdem wir den Fluß nicht ohne Schwierigkeiten und zu einem übertriebenen Preis auf einem Floß überquert hatten, fuhren wir in die Stadt hinein, und ich nahm Quartier im Hotel »Drei Könige« am Sachsenplatz. Das Hotel ist, wie man mir versicherte, das beste der Stadt; sicher, es ist riesig, aber unbewohnt und ziemlich schmutzig. Man gab mir die beiden besten Zimmer im ersten Stock, groß und einigermaßen anständig möbliert, mit den Fenstern zum Platz hin, für zwölf Groschen am Tag; aber die dreckigen Hotels sind immer teuer. Das meine glich einem Treffpunkt von Gauklern: In einem Nachbarzimmer wurde ein Riesenweib vorgeführt, das in Wirklichkeit ein elfjähriges Mädchen ist, und ihr Porträt, das genau unter meinen Fenstern hängt, zieht ständig eine Menge Schaulustiger an. Im Stockwerk darunter gibt es eine Ausstellung von Wachsfiguren, im Zimmer nebenan eine verlebte französische Kurzwarenhändlerin, die bereits versucht hat, mir Wäsche zu verkaufen, während in einem Loch von Zimmer unter der Treppe in der Nähe der Einfahrt Köche und Dienstpersonal den ganzen Tag lang Karten spielen. Ebenso wie das Hotel ist auch die Metropole menschenleer, da die Adligen, die noch Geld haben, den Herbst jagend auf dem Land verbringen und die Not die Handwerker zwingt, ihre Werkstätten zu schließen. Auf den Straßen fahren nur wenige Equipagen, was den Kontrast zu der Unzahl von Bettlern noch krasser macht. Nicht nur in Not geratene Bauern, barfüßige und hagere, wenn auch körperlich gesunde Männer, Frauen und Kinder, die ihre Häuser verlassen haben, weil sie keine Arbeit finden, strecken hier die Hand aus und belästigen die Passanten mit ihrem eintönigen Gejammer wie in Berlin oder Königsberg, sondern auch und vor allem berufsmäßige Bettler, die entsetzliche Wunden und Verstümmelungen zur

Schau tragen und sich auf den Plätzen vor den Kirchen um die Gläubigen drängen, wie es in jeder katholischen Stadt der Fall ist, auf welchem Breitengrad sie sich auch befinden mag.

Diese Betrachtungen stellte ich aus dem Fenster einer städtischen Kutsche blickend an, die ich, gleich nachdem ich meine Zimmer bezogen hatte, wie ein x-beliebiger Tourist bestellt hatte, um mir die Schönheiten Warschaus zeigen zu lassen. Aber fast sofort ließ mich das Schauspiel der Bettlerinnen, die sich mit zerzaustem Haar, viele von ihnen barfuß und ihre Kinder an der Brust, um die Kutsche drängten, das Programm ändern. An der Ecke des Schlosses, das seit dem Exil des letzten polnischen Königs unbewohnt ist und mit seinen blinden Fenstern und Scheiben, die von Lausbuben mit Steinen eingeworfen wurden, ein wenig gespenstisch wirkt, sammelte ich das erste Straßenmädchen ein, dem ich begegnete, und machte dem Kutscher ein Zeichen weiterzufahren. Mit all dem Gold, das ich in der Tasche hatte, und den Möglichkeiten einer großen Hauptstadt zu meiner Verfügung hätte ich mir Besseres leisten können, aber das höchste Vergnügen liegt gerade in der Freiheit, sich der Laune eines Augenblicks nicht zu verweigern. Die Kutsche fuhr an der Weichsel entlang, und durch das offene Wagenfenster drang der kalte Wind des Flusses herein, der nach Fisch und Rauch roch. Bevor sich das Mädchen, das auf der Straße, an die Mauer gelehnt, erbärmlich gefroren hatte, ans Werk machte, wärmte es sich Hände und Füße auf; als sie bereit war, bekreuzigte sie sich, und als ich sah, welche Blüten der papistische Aberglaube doch in diesem Land treibt, mußte ich lachen. Dieser Gedanke brachte mich auf einen bizarren Einfall, und im Augenblick des Höhepunkts befahl ich ihr, das Vaterunser zu beten; zuerst wollte sie um keinen Preis, aber schließlich brachte ich sie dazu zu gehorchen. Diese pikante Mischung verschaffte mir ein unbeschreibliches Lustgefühl, und ich dachte, daß die Lust in den katholischen Ländern Züge annehmen kann, die Völkern mit einer strengeren Moral unbekannt sind.

Bevor ich ins Hotel zurückkehrte, machte ich im Café halt. Die Luft war überhitzt, und zwar nicht nur durch den riesigen

Porzellanofen, in dem ein Diener Mengen von Holz verbrannte; denn auch wenn ich nicht ein Wort der Sprache verstand, konnte mir nicht entgehen, daß alle Gäste über Politik sprachen. Als sie merkten, daß ich kein Deutscher war, versuchten die wenigen, die imstande waren, zwei Worte Französisch aneinanderzureihen, ihr Bestes, um mir ihre Begeisterung begreiflich zu màchen, so daß ich persönlich erleben konnte, daß der Hang der Polen zum Phantastischen auch nach dem Verschwinden ihrer sogenannten Republik weiterhin vorhanden ist. Keiner zweifelt an der Größe Bonapartes, den sie ohne weiteres Kaiser nennen, und die meisten glauben, daß er jeden Augenblick auftauchen werde, um sie vom preußischen Joch zu befreien. Die Öffentlichkeit macht so wenig Hehl aus ihren Gefühlen, daß die Preußen sich über die Sympathien ihrer neuen Untertanen nicht täuschen können. Die Aufrechterhaltung der Ordnung wird durch ziemlich strenge Polizeibestimmungen sichergestellt: Jeder, der sich nach zehn Uhr abends auf der Straße aufhält, einschließlich der Offiziere, ist verpflichtet, eine brennende Laterne mit sich zu führen, und wer dieser Verfügung zuwiderhandelt, riskiert, von der Streife verhaftet zu werden und die Nacht auf dem nächstgelegenen Wachposten verbringen zu müssen. Die Bestimmung gilt auch für Fremde, die sich im übrigen am Stadttor einer Vielzahl recht unangenehmer Formalitäten unterwerfen müssen wie Angabe des Bestimmungsortes, der Herkunft, der Gründe ihrer Reise und tausend andere unterschiedlichste Dinge. Diese Überprüfung wird natürlich auch an den Toren Berlins durchgeführt, aber hier muß man obendrein die eigenen Papiere vorzeigen, von den Büchern und Zeitungen bis hin zur Privatkorrespondenz, da die Zensur eisern ist; verdächtige Zeitungen werden einbehalten, die Briefe verbrannt. Diese polizeilichen Maßnahmen sind mehr als ausreichend, um die Leidenschaft der Öffentlichkeit für die Politik abzukühlen und den Gerüchten die Spitze zu nehmen, da es keine anderen Informationsquellen als die von der Regierung zugelassenen gibt. Nur sehr wenige haben ausländische Zeitungen abonniert, und an den Posttagen werden die Türen der Privilegierten von denen belagert, die wissen wollen, wie es um die preußische Monarchie steht, und zwar auf der Grundlage des merkwürdigsten Barometers, das man sich vorstellen kann: nämlich der Anzahl der Artikel, die von der Zensur unterdrückt und mit der gewissenhaften Schere der Beamten herausgeschnitten werden. Im übrigen tobt die Öffentlichkeit ihre Wut aus, so gut sie kann. Die Wirtshäuser sind voll von jungen Leuten, die trinken und kriegerische Lieder singen, und die Kinder rufen auf der Straße den preußischen Beamten und Offizieren hinterher. Ich selbst wurde, als ich das Café verließ und man mich für einen Deutschen hielt, das Ziel wenig vertrauenerweckender Blicke, und da es meine Fähigkeiten überstieg, den Einheimischen in ihrer Sprache die Wahrheit zu erklären, zog ich es vor, ins Hotel zu flüchten, zumal ich an einer gewissen Mattigkeit der Glieder und einem leichten Schmerz der Gelenke zu spüren glaubte, daß ein Fieberanfall im Anzug war. Bevor ich ins Bett ging, bat ich um ein Abendessen, und zunächst wollte man mir um keinen Preis Fleisch servieren; tatsächlich stand, abgesehen von ein paar Platten mit kleinen Flußfischen, nichts anderes auf dem Tisch als Stockfisch. Mit einiger Hartnäckigkeit konnte ich die Wirtin jedoch dazu bringen, ein Huhn kochen zu lassen, auch wenn ich denke, daß sie mich für einen Heiden gehalten haben muß, da ich es wagte, einen derartigen Wunsch an einem Freitag zu äußern!

Sonnabend, 6. September

Heute morgen kam ein Polizist ohne anzuklopfen in mein Zimmer, die Muskete über der Schulter, und fragte mich, ob ich mit Dokumenten beweisen könne, daß ich wirklich Herr Robert L. Pyle sei, Abgesandter der Regierung der Vereinigten Staaten. Hinter ihm stellte sich ein Diener des Hotels mit fettigen Haaren und schmutziger Schürze auf die Zehenspitzen, um mich auszuspionieren, und ich zweifle nicht, daß er bereit gewesen wäre, nach unten zu laufen und Alarm zu schlagen, wenn ich den geringsten Widerstand zu leisten versucht hätte. Ich legte meine

Papiere auf den Tisch, und der Polizist setzte sich, ohne lange zu fragen, und begann sie sehr sorgfältig zu prüfen, wobei er mich vorsichtshalber im Auge behielt. Nachdem die Prüfung endlich zu seiner Zufriedenheit ausgefallen war, stand er auf und entschuldigte sich, mich gestört zu haben, worüber der Hoteldiener sichtlich enttäuscht war, der schon gehofft hatte, mich verhaftet zu sehen, und wohl schon begonnen hatte, sich zu überlegen, was er mit meinem Gepäck anstellen würde. Schließlich entschied sich jener Zerberus endlich zu gehen, nachdem er mir eine Stunde gestohlen hatte, und ermahnte mich eindringlich, mich so schnell wie möglich beim Statthalter zu melden, um meinen Paß abzeichnen zu lassen.

Nachdem ich eine Schokolade getrunken hatte, verließ ich das Hotel, um mich dieser Pflicht zu entledigen; zuerst jedoch wollte ich mir noch ein paar Stunden Urlaub gönnen und inkognito durch die Stadt spazierengehen. Ich hoffte das Gefühl von Freiheit noch verlängern zu können, das ich gestern bei meiner Ankunft in Warschau so stark wie niemals zuvor in diesen Wochen meiner Reise empfunden hatte, vielleicht auch, weil ich mich dadurch, daß ich die Leute in einer mir absolut unbekannten Sprache sprechen hörte, fremd fühlte. Manche meinen, der Reisende, der gezwungen sei, sich ohne Geschäfte und ohne Kenntnisse in einer fremden Stadt aufzuhalten, sei ebenso zu bedauern wie in der Vergangenheit der Exkommunizierte, da er selbst mitten unter den Menschen immer allein bleibe. Um ihn herum kennen sich alle und grüßen sich, nur er hat am Leben der Gemeinschaft nicht teil; und wenn er auch nicht geflohen ist wie jener, so wird er doch stets mit einer gewissen Kühle behandelt. Ich persönlich finde, daß dieses Gefühl tausendmal mehr wert ist als die immer gleiche Konversation der Zirkel und Salons, in die man unvermeidlich eingeführt wird, sobald man seine Empfehlungsschreiben aus der Tasche zieht. Und dennoch ähnelt die Einsamkeit, von der ich spreche, einem Taumel und kann einen schwindlig machen. Gestern hatte diese Freiheit mich beinahe erschlagen, mit welcher der Reisende ohne irgendeinen Vorbehalt die Straßen, durch die er gehen, die Speisen, die er probieren, die Mädchen, die er liebkosen will, wählen kann, so verschieden von der Menge, die sich um ihn herum drängt und die doch jeden Tag durch dieselben Straßen geht, abends immer dieselben Speisen ißt, die sie von Kindheit an kennt und im Bett dieselbe Frau wie die Nächte zuvor findet. Diese Freiheit gibt dem Reisenden zuweilen das Gefühl, die Stadt, in der er herumläuft, vollständiger zu besitzen, als ihre Bürger sie besitzen und kennen; und doch bestätigt gerade das sein Fremdsein wie eine Verurteilung.

Ich muß dazusagen, daß Warschau von allen Städten, durch die ich im Laufe meiner Reise gekommen bin, gewiß am geeignetsten ist, die Gefühle, von denen ich spreche, ganz besonders stark wachzurufen. Auch wenn es die Hauptstadt Südpreußens wäre, würde es in nichts einer deutschen Stadt gleichen, ja, man könnte sogar daran zweifeln, daß man sich noch in Europa befindet. Die Straßen sind von kaiserlicher Breite, aber die Räder der Kutschen versinken bis zu den Radnaben im Schlamm; auf jeder Seite stehen ohne Unterschied Palais im besten italienischen Stil und Hütten aus Holz und Stroh, bedeckt mit grünem Moos und von der Feuchtigkeit zerfressen, Seite an Seite. In der Regel herrscht auf den Straßen wenig Gedränge, aber die Plätze, auf denen Markt abgehalten wird, oder die Plätze der Kirchen am Ende der Messe bieten ein Schauspiel, das einer Maskerade gleicht, und ich glaube, niemand wäre überrascht, wenn ich um die Mittagszeit seelenruhig als Domino verkleidet spazierenginge. Schon die polnische Nationaltracht, die fast alle älteren Adligen tragen, hat mehr von einem Tataren als von einem Europäer, da sie einen rasierten Schädel, Schnurrbart, Kaftan, Säbel und Stiefel verlangt; dafür sind die jungen Herren *incroyablement* nach der letzten Pariser Mode gekleidet. Und dann bärtige Juden in schmutzigen Kaftanen mit Pelzkrägen, unter deren Flicken sich dicke Börsen voller Taler verbergen. Mönche aller Orden, Weiße, Schwarze, Dunkle und Kaffeebraune, in weite Schleier gehüllte Nonnen, Türken, Griechen, Russen, Italiener, Franzosen, alle aufgrund weiß der Teufel welcher Geschäfte nach Warschau gekommen; und Bettler, Bettler und nochmals

Bettler, aller Nationalitäten und auf die abenteuerlichste Art gekleidet. Die Polizei, die den Reisenden gegenüber so streng ist, beweist auf der Straße eine unerhörte Langmut, als habe sie sich bewußt vorgenommen, dem Volk auch nicht ein unschuldiges Vergnügen zu verweigern: Auf den Plätzen begegnet man Possentheatern, tanzenden Bären, Kamelen und Affen, und vor diesen Wundern stehen mit offenen Mündern zahllose Müßiggänger, Bettler, halbnackte Kinder und Träger, die vergeblich in ihren löchrigen Taschen nach einer Kupfermünze suchen, die ihnen den Zugang zu dem Schauspiel erlauben würde. Wer sich nicht einmal dieses Vergnügen leisten kann, der kann seine Zeit immer noch damit totschlagen, daß er einer der Messen beiwohnt, die unter großem Zulauf der Abeitslosen in allen Kirchen Warschaus und besonders im Dom zu jeder Stunde zelebriert werden. Dieser ist ein völlig mißglücktes Bauwerk und unbeschreiblich verdreckt; die Pfeiler und die Wände müssen früher einmal aus weißem Stein gewesen sein, sind aber durch den Schmutz grau geworden. Vor allen Altären wird die Messe von wohlgenährten Mönchen zelebriert, deren Tonsur kaum sichtbar ist, weil die Haare nachgewachsen sind, und die äußerst wenig geistlich wirken, umgeben von Scharen gräßlicher Bettler; in den vorderen Bänken beten Damen und Edelfräulein der guten Gesellschaft, alle mit unvorstellbarer *coquetterie* gekleidet und mit schamhaft niedergeschlagenen Augen, und sie tauschen Blicke mit ihren Liebhabern aus, während der in den hinteren Bänken versammelte Pöbel mit lauter Stimme ungebührliche Bemerkungen austauscht.

Als ich von diesen Vergnügungen genug hatte, suchte ich eine städtische Kutsche, mußte mich nach langem Rufen aber mit einem schäbigen Fiaker begnügen, von dem ich mich zur Residenz des Statthalters von Buchholz fahren ließ; diesem Herrn erklärte ich, wer ich sei, und bat ihn, meinen Paß mit einem Sichtvermerk zu versehen, da ich mich fünf oder sechs Tage in der Stadt aufhalten wolle. Er muß wohl nicht richtig verstanden haben, was mich nach Warschau führte, hatte aber immerhin die Freundlichkeit, mich zum Abendessen einzuladen; und so blieb ich, neugierig, die Stimmungen der in die von Berlin so weit entfernte Provinz verbannten Beamten kennenzulernen. Die Erwähnung des Abendessens hatte Seine Exzellenz in gute Laune versetzt, denn sein zuvor verschlafener und gelangweilter Blick wurde mit einem Mal lebhaft; diese günstige Stimmung nutzend, fragte ich ihn, wie man in Warschau über den Frieden zwischen Paris und Sankt Petersburg und über Alexanders Ansprüche auf das preußische Polen denke. Glücklich, mir eine Neuigkeit mitteilen zu können, versicherte er mir, daß vertraulichen Depeschen zufolge der Zar sich geweigert habe, den von Herrn d'Oubril abgeschlossenen Vertrag anzuerkennen, da er dessen Wirken vollkommen mißbillige, so daß, fuhr er fort, alles darauf hindeute, daß die Freundschaft zwischen Rußland und Preußen auch weiterhin eine Garantie für den Frieden in Europa sei. Ob allerdings dieser Schritt nicht statt dessen Bonapartes Mißtrauen geweckt habe und jenen Krieg, zu dem Berlin sich so schwer entschließen zu können scheint, vielleicht sogar beschleunigen würde, das konnte er mir nicht sagen, und ich glaube sogar, daß es ihm, bevor er mit mir sprach, nicht einmal eingefallen wäre, sich diese Frage überhaupt zu stellen. Alles, was er weiß, ist, daß dem *Moniteur* zufolge die französischen Truppen den Marschbefehl erhalten hätten und daß Ende September kein Franzose mehr in Deutschland sein werde.

Wenn man die Frau des Statthalters ausnimmt, die Polin ist, nahmen an dem Mittagessen nur Preußen teil, da der Warschauer Adel nicht im Hause des Statthalters verkehrt und seinerseits weder die Regierungsbeamten noch die Offiziere des Heeres empfängt. Bei Tisch saß zu meiner Rechten ein hoher Zivilbeamter, der Oberfiskal Mosqua. Dieser ist ein eingeschrumpeltes Männlein, schwarzgekleidet und mit einem großen Pflaster an der Stelle des linken Auges, einer zerzausten Perücke und einem kümmerlichen Zopf. Mit ihm unterhielt ich mich über die feindlichen Gefühle, welche die neuen Untertanen des Königs der preußischen Verwaltung gegenüber hegen. Zwischen zwei Löffeln Mandelpudding, dem einzigen Gericht, das er den ganzen Abend über anrührte, und die einzige Speise, von der er sich zu ernähren scheint, antwortete er mir finster, so, wie er es sehe, gebe es keine Hoffnung, die Polen aus ihrer tiefen Erniedrigung zu befreien. In belehrendem Ton, fast als diktiere er eine Denkschrift für seine Regierung, zählte er mir die Gründe auf, warum die Landwirtschaft der Provinz in einem so primitiven Zustand dahinvegetiere, vom Gewerbe ganz zu schweigen, wobei er nicht nur die überholten Vorurteile und die tiefe Unwissenheit der Bauern beklagte, sondern auch den mißtrauischen, eigensinnigen und phantastischen Charakter des Volkes in seiner Gesamtheit. Als ich, aus reiner Höflichkeit und ohne wirklich daran zu glauben, bemerkte, daß eine aufgeklärte Regierung gewiß nicht gezögert hätte, die Geister aus ihrer Stumpfheit zu reißen und das Land wieder zum Blühen zu bringen, schüttelte er den Kopf, sah mich mit seinem einzigen Auge an und erwiderte: »Im Gegenteil, die Übel, die ich aufgezählt habe, können nicht einmal durch die wohlwollendsten und nützlichsten Maßnahmen der Obrigkeiten ausgerottet werden. Sie vergessen, daß dieses Volk niemals eine Regierung kennengelernt hat, die um das Wohl aller bemüht ist; und da es das Glück nicht kennt, das ein wohlgesonnener Herrscher ihm bereitet, versteht es auch die ehrenwertesten Absichten falsch und sieht die wohltätigsten Verordnungen in einem falschen Licht.« Da ich neugierig war zu erfahren, wohin diese Argumentationsweise ihn noch führen würde, fragte ich ihn, wie man seiner Meinung nach aus einer derartigen Sackgasse herausfinden könne. Lächelnd antwortete Mr. Mosqua mir mit vollem Mund und den Löffel auf halbem Wege zwischen Mund und Teller: »Auch wenn das gegen alle Vernunft zu sein scheint und den Widerspruch einiger Philosophen hervorrufen könnte, die ihre Philanthropie blind macht, muß man doch zu dem Schluß kommen, daß die Polen mit Gewalt zu ihrem eigenen Glück gezwungen werden müssen. Daher«, fuhr er fort, nachdem er hinuntergeschluckt hatte und sich auf abstoßende Weise das Zahnfleisch abgeleckt hatte, »ist es notwendig gewesen, zahlreiche Polizeibestimmungen zu erlassen, die immer noch, in der Hoffnung auf bessere Zeiten, die Beziehungen zwischen der Verwaltung und den Untertanen regeln. Und ich vertraue darauf, daß sie im Laufe der Zeit lernen werden zu erkennen, was für sie das beste ist, und sich wie vertrauensvolle Kinder von der väterlichen Hand führen lassen, die sie regiert.«

Bei dieser Bemerkung schaltete sich ein ziemlich dicker Edelmann, Herr von Beschwitz, der uns gegenübersaß und ein Rat der Provinzverwaltung sein mußte, der sich dienstlich in Warschau befand, in die Unterhaltung ein. Während er in kleinen Schlucken den exzellenten Burgunder des Statthalters trank, erklärte er uns, daß seiner Meinung nach die Polen niemals bereit sein würden, ihre sarmatische Trägheit aufzugeben, um sich den Normen des Lebens im zivilisierten Europa anzupassen, und daß vor allem ihr Adel niemals akzeptieren würde, von Berlin aus regiert zu werden. »Es werden hundert Jahre vergehen«, waren seine Worte, »und der polnische Adel wird immer noch aufbegehren, wenn er die Gelegenheit dazu bekommt.« Ich fragte ihn daraufhin, welche Lösung ihm vorschwebe, um ein Problem zu lösen, von dem er selbst behaupte, daß es unlösbar sei. Er blickte mir in die Augen und erklärte ernst: »So, wie ich es sehe, ist die einzige Lösung, auch wenn mein Herz bebt, wenn ich es ausspreche, die Vernichtung des Adels und die Germanisierung der gesamten Provinz.« Während Herr Mosqua höhnisch lachend mit den Schultern zuckte, versuchte ich zu erfahren, »mit welchen Mitteln der Herr Rat eine solche Vernichtung zu bewerkstelligen beabsichtigt«. Doch jener vortreffliche Herr war um die Antwort nicht verlegen, als handele es sich um Überlegungen, die er schon seit langem für sich entwickelt hatte und die er sich, dank der aufmunternden Wirkung des Weins, erst jetzt entschloß, publik zu machen. »Die polnischen Adligen ersticken in Schulden; es würde reichen, daß die Regierung die Befreiungen aufhebt und das Steuersystem verschärft, damit sie gezwungen sind, ihren Besitz zu verkaufen, der dann von deutschen Adligen und Bürgern erworben werden kann. Auf diese Weise wäre der polnische Adel hinweggefegt, und wir würden nie mehr von ihm hören.« »Hört, hört!« rief jemand und schlug mit der Faust auf den Tisch, um die Aufmerksamkeit aller zu erregen. Der Redner trank einen Schluck und fuhr dann mit geschwellter Brust fort: »Was das Volk betrifft, so gibt es ein ebenso einfaches Mittel: Sie müssen Deutsche werden, und sie werden es, wenn man sie von Kindesbeinen an in diesem Sinn erzieht. Im Grunde handelt es sich um eine minderwertige Rasse; sie sind blond und hellhäutig und natürlich stark, so daß ihre Trägheit einzig und allein der tiefverwurzelten Wirkung ihrer Sprache, ihrer Traditionen und ihrer Religion zuzuschreiben ist. Es wäre überhaupt nicht schwierig, das alles auszulöschen; die einfachsten Verwaltungsmaßnahmen würden schon in wenigen Jahren die gewünschte Wirkung zeigen. Niemand dürfte beispielsweise heiraten oder eine Beschäftigung erhalten, der nicht nachweist, daß er Deutsch kann.«

Die Vorstellung, daß man den Sarmaten, um sie zu zivilisieren, nur Deutsch beizubringen brauche, kam mir so komisch vor, daß ich, glaube ich, zu lachen angefangen habe; aber die Tischgenossen, die in unmittelbarer Nähe saßen, die einzigen, welche die Rede des Rates bis zum Ende angehört hatten, hielten sie für ein politisches Meisterstück. Anfeuernde Rufe feierten ihren Schluß; Herr von Beschwitz hatte bescheiden den Blick gesenkt und drehte mit sichtlicher Genugtuung das bauchige Glas in seinen Händen hin und her. Jetzt erst schaltete sich jedoch der Statthalter in die Unterhaltung ein und zeigte, daß er diesen Posten nicht ohne Grund bekleidete, da er letzten Endes der Vernünftigste der ganzen Gesellschaft war. »Meine Herren«, begann er, »wir wissen alle, daß es sich hier um eine tödliche Partie zwischen zwei Rassen handelt und daß früher oder später die eine Staatszugehörigkeit die andere vollkommen ersetzen muß; aber das wird erst geschehen, wenn die Einwohner aus eigenem Antrieb die Überlegenheit Europas über Asien anerkennen, und nicht auf Anordnung der Regierung, wie mein Freund, Herr von Beschwitz, möchte. Solange die polnischen Adligen weiterhin von ihrem tausendjährigen Reich träumen, wird keiner von ihnen ein guter Diener Seiner Majestät sein; aber nicht um sie müssen wir uns kümmern. Wir sind hierhergeschickt worden, um ein versklavtes Volk aufzuwecken und eine Unzahl von Sklaven in treue Untertanen des Königs zu verwandeln; und dafür ist es nicht notwendig, sie zu zwingen, Deutsch zu sprechen, das wird von ganz alleine kommen; unerläßlich ist es dagegen und dringlich, die Bauern dem Einfluß ihrer Priester zu entziehen.« Diese Bemerkung wurde mit beifälligem Gemurmel aufgenommen, und der Statthalter fuhr fort, indem er erläuterte, wie schwierig es sei, den katholischen Klerus zu bändigen. »Ich habe diesen undankbaren Boden jahrelang besät und nichts als Disteln geerntet. All meine bescheidenen Bemühungen, die polnischen Priester in Schullehrer zu verwandeln und neue Lehrmethoden einzuführen, damit die Kinder in der deutschen Kultur aufwachsen, sind von der hohen Geistlichkeit zunichte gemacht worden, die sich mir so lange widersetzt hat, daß ich jede Lust verloren habe, noch weiter zu kämpfen. Und so mußte ich zu dem Schluß kommen, daß es tatsächlich zum papistischen Geist gehört, das Volk in ägyptischer Finsternis zu halten.«

Mr. Mosqua stimmte diesen Worten lebhaft zu, beugte sich dann so heftig zu mir herüber, daß seine Perücke, die schlecht auf seinem rasierten Schädel saß, gefährlich meinem Teller entgegenzurutschen begann, und rief: »Der Klerus, mein lieber Herr, lastet auf diesem Land und saugt ihm das Blut noch gieriger aus als der Adel. Schon allein die Anzahl läßt einen schwindlig werden und macht einem begreiflich, in was für ein Land wir geraten sind. Die Stadt Plock, in der ich die Ehre habe, Dienst zu tun, zählt zweitausendfünfhundertachtundsiebzig Seelen, das Militär nicht mitgerechnet; und von den Bürgern sind siebenhunderteinunddreißig Juden, so daß nur noch eintausendachthundertsiebenundvierzig Katholiken bleiben« (er wußte all diese Zahlen auswendig und nannte sie, ohne zu stocken). »Dafür gibt es einen Bischof, der es zum Glück bequemer findet, in Warschau zu wohnen, so daß wir ihn auch nicht mitzählen können, ein Kapitel mit dreißig Chorherren, ein augustinisches Kollegiatkapitel mit einem Prior und sieben Domherren, ein Dominikanerkloster mit vierundzwanzig Mönchen, ein Reformiertenkloster mit neunzehn Mönchen, ein Prämonstratenserinnenkloster mit achtunddreißig Nonnen, und ich könnte fortfahren! Ich glaube, nicht einmal in Neapel gibt es so viele Rasierte; und ich rufe Gott als Zeugen an, daß die Reichtümer des Königreichs Polen sich nicht mit denen der beiden Sizilien vergleichen können.« »Kann man denn an einem solchen Ort leben?« fragte ich ihn und stellte mir die Grimassen des Abscheus vor, mit denen er auf die Ehrfurchtsbekundungen all dieser hungerleidenden Priester und Mönche antworten mußte, die ihm im Schlamm der ungepflasterten Straßen begegneten; Herr von Beschwitz mißverstand jedoch den Sinn meiner Frage und antwortete an seiner Stelle. »Wer es nicht erlebt hat, kann es sich nicht vorstellen!« rief er. »Diese sogenannten polnischen Städte gleichen sich alle, überall das gleiche Elend. Dank der Juden kann derjenige, der Geld hat, alles finden, was er sich wünscht: englisches Bier, ausgezeichneten Arrak, französische Stoffe, Seide, Pelze, alles natürlich zum doppelten oder dreifachen Preis; wer sein Geld jedoch nicht zum Fenster hinauswerfen will, findet nur ungenießbares Brot, untrinkbares Bier, kein Gemüse und keine Eier, und das Fleisch ist halb verwest!«

Wenn ich die Reden, die ich gestern abend im Café gehört hatte, mit denen vergleiche, die ich an der Tafel des Statthalters hörte, dann wirkt der Kontrast zwischen diesen beiden Welten, die in Warschau nebeneinander her bestehen, ohne sich zu berühren und ohne voneinander zu wissen, einfach komisch auf mich; und ich weiß nicht, wer mehr Mitleid verdient, die Adligen, die Kaufleute und die Studenten, die in den Cafés Bier trinken und den Tag herbeisehnen, an dem Bonaparte die Deutschen aus dem Land vertreibt und sich zum König von Polen ausruft, oder die Beamten und Offiziere, die sich in den Palais und den Amtsstuben weintrinkend und zigarre- oder pfeiferauchend darüber unterhalten, wie man sogar den Namen und die Erinnerung an die polnische Rasse in der Provinz Südpreußen auslöschen kann. Der alte Friedrich, der ein Lied davon singen konnte, sagte, daß die Dummheit Polen mit Vergnügen betrachtet, und schrieb ein Gedicht, um zu beweisen, daß seine Bewohner von den Orang-Utans abstammen; aber die Schuld liegt wohl nicht bei den unglücklichen Polen allein, verantwortlich sind auch die Luft oder das Wasser des Landes, denn jeder, der versucht, dort Fuß zu fassen, wird schließlich von der unwirklichen Stimmung, die in allen Köpfen herrscht, angesteckt.

Als die Gesellschaft sich auflöste, rief ich einen Kutscher und befahl ihm, mich zur Oper zu bringen. Die Fahrt, halsbrecherisch wie immer, dauerte nur wenige Minuten, während derer wir Gefahr liefen, mehr als einen Fußgänger zu überfahren; der Kutscher hielt vor einem albern aussehenden Gebäude, dessen Dach von mindestens zwölf Kaminen gekrönt war, und trotz meiner Proteste versicherte er mir, daß dies, und kein anderes, das Theater sei, in das ich gehen wollte. Neugierig, welche Art von Vorstellung mich wohl erwarten würde, ging ich hinein und nahm Platz in der Ausländerloge, neben der Königsloge, die seit geraumer Zeit leer ist und in der nur der Statthalter sich bisweilen zu zeigen wagt, vom Parkett mit Eiseskälte empfangen. Es war kaum Publikum da, was mich an die New Yorker Säle erinnerte, die häufig leer sind. In den Warschauer Theatern werden vor allem leichte Opern und französische Komödien gegeben, aber in der Oper treten nur italienische Truppen auf, die in diesen Zeiten allerdings nur selten genügend Mitglieder haben, um eine ganze Oper aufzuführen. Die Vorstellung des heutigen Abends begann mit Szenen aus Cherubinis *Il Portatore d'acqua*, aufgeführt im skythischen Stil; daher verprügelte Graf Armando gnadenlos seine Frau, nach dem Brauch der polnischen Adligen in den guten alten Zeiten, und die Arme rang die Hände und sang eine Oktave zu hoch, zweifellos aus Angst vor den Schlägen. Die Nationalgarde erschien unter den patriotischen Pfiffen des Parketts in russischen Uniformen; dafür machten die vom sonntäglichen Ausflug aufs Land zurückgekehrten Pariser tiefe Kniefälle nach polnischer Art an den Toren der Stadt und küßten die Knie der Offiziere, die ihre Papiere kontrollierten. Mitten in einer Arie machte einer der Orchestermusiker einen Kollegen lauthals darauf aufmerksam, daß er sich verspielt habe, und dieser entschuldigte sich liebenswürdig und wies mit einer ausdrucksstarken Gebärde darauf hin, daß das allein die Schuld des Dirigenten sei.

Hier hätte ich gehen können, aber ein aufmerksameres Studium des Programms veranlaßte mich zu bleiben, da der zweite Teil des Programms aus Arien von Paisiello bestand, interpretiert von der Orofino. Die Sängerin tat ihr Bestes, auch wenn das Orchester, erschöpft mittlerweile, die glühendsten Stücke mit einer Trägheit spielte, die dem weniger schläfrigen Zuschauer so manches Gähnen entlockte. Nach dem Konzert produzierte sich Monsieur Charles, Günstling Seiner Majestät des Königs von Preußen und Seiner Hoheit des Fürsten von Mecklenburg-Strelitz und Bauchredner, auf der Bühne vor dem geehrten Publikum mit falscher Nase und einem Bart aus Stroh; ich persönlich fand es mehr nach meinem Geschmack, nach oben zu gehen und die Bekanntschaft der Sängerin zu machen. Die berühmte Orofino ist eine kleine, geistreiche Blondine, weniger jung, als sie auf den ersten Blick wirkt, mit einem abgespannten Gesicht, was die Schminke nicht zu verbergen vermag, und einem großen Geldbedarf, ein Umstand, der mir sehr gelegen kam und dem es zu verdanken war, daß, während der Bauchredner mit seinen Spielen das Opernpublikum unterhielt, ich und die Sängerin in ihrer Garderobe einen *pas à deux* machten.

Sonntag, 7. September

Heute hat der unablässige Lärm der Mehlkarren, der Schweineherden und der Kräuterhändler, die unter meinen Fenstern auf ihrem Weg zum Markt in der Altstadt vorbeikommen, zum ersten Mal nachgelassen; die Illusion, mich ausruhen zu können, hat sich jedoch schon sehr bald wieder zerschlagen, denn jenes Konzert wurde am frühen Morgen durch das der Glocken der Sankt-Anna-Kirche, des Heilig-Kreuz-Klosters, der evangelischen Kirche abgelöst, begleitet vom Bellen aller Hunde des Viertels. Gestern abend beim Zubettgehen hatte ich etwas Fieber, und sobald ich versuchte, aus dem Bett aufzustehen, stellte ich sofort fest, daß der Anfall nicht vorüber war, so daß ich beschloß, im Zimmer zu bleiben, bis ich mich besser fühlen würde, und ich bat den Hotelbesitzer, einen seiner Burschen zum Apotheker zu schicken. Um mir die Zeit zu vertreiben, fragte ich nach den Zeitungen, aber im ganzen Hotel gab es nur ein Exemplar der *Times*, das bereits eine Woche alt und gründlich mit der Schere bearbeitet war, so daß ich eine gute Stunde damit verbracht habe zu erraten, welche Gefahren für den Staat sich wohl in den unterdrückten Artikeln verbergen könnten, und durch diese Übung begann ich vielleicht die polnische Argumentationsweise zu verstehen. Als der Bursche zurückkam, nahm ich eine Arznei auf der Basis von Tamarinde, Kassia und Senna ein, und nachdem ich eine Kutsche gerufen hatte, besuchte ich jene Häuser, für die ich Einführungsbriefe in der Tasche hatte.

Der Kutscher kannte alle Adressen und fuhr mich zu den Palais des Fürsten Sapieha, des Grafen Potocki, der Fürsten Poniatowski und anderer Magnaten, wodurch ich mit eigenen Augen sehen konnte, wie die bedeutendsten Häuser Warschaus verwaltet werden, ein Anblick, der auch einen Besucher erstaunt hätte, der weniger erfahren ist als ich. Es gibt nicht ein Palais, das nicht von einem italienischen Architekten entworfen und ohne Rücksicht auf die Kosten erbaut worden ist; dennoch sind die Freitreppen so zugestellt mit Hausrat, Abstellschränken und hölzernen Kabinen oder einfach mit Schutt und Trümmern, die die Maurer vergessen haben, daß das Tageslicht sie nur mit Mühe erhellt. Die Vorzimmer sind nicht weniger schmutzig als die Freitreppen; dafür drängt sich dort eine Unzahl müßig herumstehender Lakaien, die häufig prunkvoll, aber einheitlich gekleidet sind, da jeder auf seinem Recht besteht, der Livree eine Tresse oder ein Band oder eine andere Galanterie hinzuzufügen, es sei denn, er verkauft die von seinem Herrn bezahlten Schuhschnallen im Bedarfsfall weiter. Überall kann man die Verarmung Polens mit Händen greifen, da es vorkommt, daß man durch unbewohnte und verlassene Säle wandert, in denen sogar die Spiegel abgenommen worden sind, bis man in die bewohnten Zimmer kommt; nachdem man drei- oder viermal einen solchen langen Weg zurückgelegt hat, fällt es einem nicht schwer zu glauben, daß die Erbauer dieser Häuser mit ganz anderen

Weiten lebten als die jetzigen Bewohner. Ich hatte genügend Zeit, diese und andere Mängel der Warschauer Palais eingehend zu studieren, da ich in keinem von ihnen ihren Eigentümer antraf; in der Tat verbringen alle Adligen, die es sich erlauben können, den Sommer auf dem Land, und zu Hause trifft man nur auf Sekretäre und Diener. Und das sind noch die glücklichsten Fälle, denn mehr als einmal passierte es mir, daß ich durch das Tor eines scheinbar prächtigen Hauses trat und Höfe vorfand, in denen das Unkraut wucherte, mit Tauben und Gänsen, ausgetrockneten Brunnen, zerbröckelten Statuen und Urnen, Fenstern mit zerbrochenen und durch Papier ersetzten Scheiben, alten und zerrissenen Kleidern, die zum Trocknen aufgehängt waren, um schließlich festzustellen, daß die Besitzer schon seit wer weiß wie langer Zeit nicht mehr hier wohnten und daß eine ganze Schar von Armen an ihrer Stelle eingezogen war, in den verlassenen Salons lagerte und das Parkett verbrannte, um sich aufzuwärmen.

Am Ende dieser unergiebigen Rundfahrt wollte ich eine andere Attraktion der Stadt kritisch unter die Lupe nehmen, und ich befahl dem Kutscher, mich zu einem Bordell zu fahren. Ohne zu zögern brachte der Mann mich in die Straße der Neuen Welt, in der Krakauer Vorstadt, wobei er mir das Haus, in dem, wenn man ihm zuhörte, nur polnische Fürsten verkehrten, in so glühenden Farben schilderte, daß ich beschloß, dort den Abend zu verbringen; ich ließ mir also eine Flasche Champagner bringen und lud eines der Mädchen ein, sich zu mir zu setzen. Das Mädchen, das die Bordellbesitzerin Louise nannte, war stark geschminkt und hatte ein ziemlich freches Benehmen, so daß sie nur entfernt an Lenchen und ihre Berliner Kolleginnen erinnerte; sie hatte jedoch eine gute Figur und sprach Deutsch, und so deutete alles darauf hin, daß ich meine Wahl nicht bereuen würde. Aber ich hatte die Flasche noch nicht ausgetrunken, und das Mädchen hatte gerade begonnen, sich das Hemd aufzuknöpfen, als ein seltsamer Herr sich meinem Tisch näherte und fragte, ob ich ihm die Ehre machen würde, eine zweite auf seine Rechnung zu trinken, da er den Bemerkungen der anderen

Gäste entnommen habe, daß ein vornehmer Ausländer im Haus sei und er sich nicht die Gelegenheit entgehen lassen wolle, mit mir zu sprechen. Noch bevor ich zustimmen konnte, hatte Louise ihm schon ihren Platz angeboten und sich auf seinen Schoß gesetzt und behandelte ihn wie einen alten Bekannten; mir blieb also gar nichts anderes übrig, als mich seinem Wunsch zu fügen.

Der Neuankömmling, der sich als Herr Hoffmann vorstellte, Rat am Berufungsgericht, war ein kleiner Mann und von Kopf bis Fuß schwarz gekleidet: schwarzer Frack, schwarze Weste, schwarze Hosen, schwarze Seidenstrümpfe, schwarze Lackschuhe. Diese strenge Kleidung stand allerdings im Gegensatz zu seinem listigen Gesichtsausdruck und der drolligen Falte um seinen Mund, so daß man ihn, allein nach seinen Gesichtszügen zu urteilen, für einen Schauspieler, vielleicht auch für einen Prediger, nicht aber für einen Gerichtsbeamten gehalten hätte. In die Hände klatschend vergewisserte er sich, daß der Champagner so schnell wie möglich und richtig temperiert serviert würde; in der Zwischenzeit füllte er sich das Glas mit dem, was noch in meiner Flasche war, und stürzte es in einem Zug hinunter. Ich wußte nicht so recht, wie er dieses Gespräch in Gang bringen wollte, von dem er sich ein solches Vergnügen versprach, und ob Louise uns überhaupt dazu kommen lassen würde, denn das Mädchen, das sich, wie ich bereits sagte, sofort auf die Knie des Beamten gesetzt hatte, hatte bereits begonnen, ihm ihre Zuneigung auf unmißverständliche Weise zu beweisen, ein Umstand, der mich, wie ich zugeben muß, ein wenig ärgerte. Doch alles in allem war die Störung gar nicht so schlimm, denn Herr Hoffmann erwies sich als ein äußerst humorvoller und wunderlicher Plauderer. Er hatte mich gefragt, wie mir Warschau gefiele, und schien keineswegs überrascht, als ich ihm sagte, daß man es in keiner Weise mit Berlin vergleichen könne. »Auch ich dachte zuerst so«, begann er nuschelnd und mit heiserer und hüpfender Stimme. »Im übrigen bin ich hierher strafversetzt worden, dank der Intrigen eines Menschen, den ich beleidigt hatte. Sobald ich den Fuß in dieses vermaledeite Land gesetzt hatte, begann ich an einer Leberverhärtung zu leiden, die nicht weggehen wollte. Und das trotz der ausgefuchstesten Rezepte, die die Ärzte sich ausgedacht haben. Oh! Unter uns, Schuld daran ist gewiß die polnische Küche, die für einen deutschen Magen absolut unverdaulich ist. Zum Glück hat meine Frau gelernt, deutsch zu kochen, sonst säße ich jetzt nicht hier. Und auf die Ärzte höre ich schon lange nicht mehr: Ich kuriere mich selbst mit Rum und Cognac, und es geht mir nicht schlechter als zuvor.« Ich sagte ihm, Rum und Cognac würden in meinem Land gewöhnlich nicht als Heilmittel für Leberleiden betrachtet, aber er sah mich nur mitleidig an. »Mein Lieber, auch Friedrich dem Großen wollten die Ärzte einreden, daß Kaffee Gift für ihn sei. Und doch trank er ihn zu jeder Tages- und Nachtstunde und ist dabei alt geworden! Glauben Sie mir, Rum und Cognac sind die beste Kur für Leber- und Magenleiden und was weiß ich noch alles; und auch der Arrak, ja, vergessen wir den Arrak nicht.« Während er dies sagte, bot er Louise einen Schluck Champagner an, küßte sie auf den Mund, verzog das Gesicht und fuhr fort: »Sie fragten mich nach Warschau. Tja, in Warschau kann man eigentlich ganz angenehm leben. Ich zum Beispiel würde mich jetzt sehr wohl hier fühlen, wenn es nicht den verflixten Dienst gäbe. Letzten Winter hatten wir zum Glück sehr wenig zu tun. Ich habe die Zeit damit verbracht zu komponieren und zu malen, und ich habe recht gut Italienisch gelernt. Ich verstehe jetzt ausgezeichnet das Römische und spreche es ganz gut. *Che, nun ce credi?*« Ich bemerkte, daß er Italien wohl gut kenne, da er seine Sprache so gut beherrsche; als einzige Antwort blickte er mich aufs äußerste entsetzt an: »Italien? Da sei Gott davor, daß ein königlicher preußischer Beamter sich jemals in diese Höhle der Korruption locken läßt! Nein«, fuhr er, wieder ernst, fort, »ich habe Italien nie gesehen, und vielleicht werde ich es niemals sehen ... Ich tröste mich, indem ich die Sprache lerne: Im nächsten Winter will ich mich in den anderen Dialekten vervollkommnen, dem Piemontesischen, dem Venezianischen und dem Neapolitanischen; aber die Russen werden mir vermutlich nicht erlauben, hier zu bleiben.« Ich sagte ihm, soviel ich wisse, habe der Zar jetzt ein ausgezeichnetes Verhältnis zu seinem König, und daher bestünden für ihn die besten Aussichten, daß er noch lange in Warschau bliebe. »Gut«, kommentierte er zerstreut, »aber was am meisten zählt, ist, daß der Winter schnell zurückkehrt. Ich, mein lieber Herr, bin zwar Jurist, aber gewiß nicht aus Berufung. Ich schleppe mein Leben als Beamter hinter mir her wie ein Zuchthäusler seine Eisenkugel! In letzter Zeit mußte ich schuften wie ein Lasttier. Die Strafgerichtskammer mußte, wie es häufig in den heißen Monaten geschieht, aufgrund von Krankheitsfällen und Urlaub mit der Hälfte ihres Personals auskommen. Ich dachte schon, wir müßten die Tür verriegeln und in sechs Fuß hohen Buchstaben draufschreiben: ›Wir sind alle in den Bädern‹; und darunter hätte ich kleiner hinzugefügt: ›Jedermann, der einen Prozeß führt, ein Verbrechen begangen hat oder eines zu begehen beabsichtigt, betrachte sich als gewarnt.‹ Statt dessen ist die ganze Arbeit auf dem Schreibtisch Ihres ergebenen Freundes gelandet. Ich mußte mich mit allen möglichen unangenehmen Prozessen herumschlagen und drei Mörder in die Festung schicken. Aber mich tröstet der Gedanke, daß ich zwischen zwei Mördern unserer braven Louise helfen konnte, unbeschadet aus einem Prozeß herauszukommen, den ein Schuft gegen sie angestrengt hatte, indem er behauptete, sie habe ihn bestohlen. Darum zeigt die Arme so viel Dankbarkeit mir gegenüber.«

Mittlerweile war auch die zweite Flasche Champagner leer, und während der Freund die letzten Tropfen in die Gläser goß, bemerkte ich, daß diese Dankbarkeit jedenfalls eine mehr als angemessene Belohnung für die Unannehmlichkeiten des Dienstes war. Das Mädchen bekam das Kompliment offen gesagt gar nicht mit und blickte mich nicht einmal an, aber der Rat zwinkerte mir zu und tat so, als interpretiere er es zweideutiger. »Ich muß Ihnen ganz offen sagen, lieber Freund, ein Abend an diesem Ort, wo wir das Glück gehabt haben, uns zu begegnen, ist ein unverzichtbarer Ausgleich nach einem Nachmittag im Amt. Und trotzdem würden viele meiner Kollegen voll echten Entsetzens den Vorschlag ablehnen, mich hierher zu begleiten, so daß ich niemals so unbesonnen war, es einem von ihnen tatsächlich vorzuschlagen. Was soll's! Die meisten Menschen, sagt Abbé Mably, sind unglücklich, weil sie so dumm sind, das Glück zu verachten, das die Natur ihnen schenkt (*id est*: eine nackte Hure!), um die Schimären ihrer Leidenschaft zu verfolgen. Ich würde eher sagen, daß gerade die Erleichterung, die dem Körper durch die Behandlung einer Dirne verschafft wird, notwendig ist, um dem Herzen und dem Geist zu gestatten, unbehindert ihre eigenen Wege zu gehen. Und glauben Sie nicht, lieber Freund, daß ich diese Mädchen wegen der Arbeit, die sie tun, verachte. Im Gegenteil, ich kaufe ihre Dienste und bezahle, was sie wert sind, genauso wie ich es mit einem Diener oder einem Barbier mache, deren Pflege für das Wohlbefinden meines Körpers ebenfalls unverzichtbar ist.«

»Ah! Du redest wie ein Engel, Rat!« rief Louise hingerissen; und um ihm ihre Dankbarkeit zu beweisen, öffnete sie ihm die Hose und griff mit ihrem Händchen geschickt hinein. Da ich merkte, daß sie ein Vorspiel anzustimmen beabsichtigte, wollte ich sie allein lassen, aber der Rat schob das Mädchen sachte von sich weg, knöpfte sich zu, erhob sich, küßte sie auf die Stirn und fragte mich, ob ich ihn nicht lieber ins Café begleiten wollte, da er ziemlich selten die Gelegenheit habe, ein paar Worte mit einem gut informierten Ausländer zu wechseln, und die wolle er sich nicht entgehen lassen. Dann vergrub er, ohne meine Antwort anzuhören, die Hände in den Taschen seines Fracks, als wolle er sich damit helfen, einen ansonsten erstaunlich krummen Rücken in gewisser Weise gerade zu halten, und ging mit kleinen hüpfenden Schritten zur Treppe. Louise ließ uns nur ungern gehen, ihr enttäuschter Schmollmund verwandelte sich aber in ein Lächeln, als der Rat an der Tür eine Münze aus der Börse holte, die sie geschickt auffing. So gingen wir also ins Café, setzten uns in eine Ecke des großen raucherfüllten Saals, bestellten einen Punsch und setzten unsere Unterhaltung fort. Da mein neuer Bekannter erwähnt hatte, daß er den letzten Winter mit Komponieren verbracht hatte, fragte ich ihn, mit was für Musik er sich beschäftige, und so erfuhr ich, daß er nicht nur ein Amateur ist, sondern Theaterkomponist, und daß in Warschau von ihm komponierte Messen und Opern gegeben worden waren; »was mich im übrigen keineswegs berühmt gemacht hat, denn hier schert man sich einen Dreck um die Kunst«. Während der komponierende Rat mit großen Schlucken seinen Punsch trank, fragte ich ihn, ob die durch die polnische Küche hervorgerufene Leberverhärtung und die ewigen Scherereien im Dienst ihm nicht das Komponieren verleideten. Er sah mich mit einem breiten Lächeln an. »Da haben Sie den Finger auf die Wunde gelegt. Die Kunst des Komponierens erfordert körperliches Wohlbefinden! Die Krankheit, aber was sage ich, die banalsten Zahnschmerzen führen zu einem Durcheinander nicht nur der Gedanken, sondern auch ihrer Verknüpfung, die ein wesentlicher Faktor beim Komponieren ist. Die schlechte Ernährung, der vorübergehende Entzug dieses oder jenes Genusses, an den man sich gewöhnt hat, ein gutes Glas Rum beispielsweise am Morgen, wirken auf die Seele und machen sie nicht nur schwermütig, sondern auch absolut unfähig, etwas Gutes zu komponieren. Das ist mir gerade in letzter Zeit sehr deutlich geworden, und ich habe ein *Salve Regina* verbrannt, das ich in einer unglücklichen Zeit komponiert hatte; erst vorgestern dagegen habe ich gut gegessen und getrunken, und am Abend habe ich ein neues *Salve Regina* angefangen, das bis jetzt eine ganz andere Entwicklung nimmt. Ich überlege sogar, mir den *Riesen Gargantua* wieder vorzunehmen, eine komische Oper, die bis jetzt unter achtundzwanzig Bänden mit Konkurs- und Bankrottakten ruht, wenn sie aber, so Gott will, 1888 vollendet sein wird, wird sie alles übertreffen, was dieser Taugenichts Goethe jemals an Vergleichbarem geschrieben hat.« »Ich sehe, daß der Dienst Ihnen trotz allem doch immer noch genügend freie Zeit läßt; aber leidet Ihre Karriere nicht darunter?« Bei dieser Frage zuckte der Rat die Achseln. »Oh, mein Freund, meine juristische Karriere verläuft sehr *pianissimo*. Im übrigen, was macht das, solange es die Musik gibt und dieser Engel von Mischa, meine Frau, die Geduld hat, mich zu ertragen? Ja, meine Frau … Ich sage Ihnen im Vertrauen, die denkbar schlechteste Situation für jemanden, der sich ernsthaft der Kunst widmen will, ist diejenige des Junggesellen. Wenn ich an die Zeiten zurückdenke, in denen ich mich in einer so unglücklichen Lage befand, läuft es mir kalt den Rücken hinunter. *Oh dieser Kummer, oh dieses Toben!* Zum Glück habe ich geheiratet! Ein Junggeselle kann nicht allein in einem fremden Land leben, in dem er es sich nicht einmal erlauben kann, krank zu sein. In der ersten Zeit ging es mir häufig schlecht, und ich konnte nicht das kleinste meiner Bedürfnisse befriedigen, nicht einmal einen Teller Suppe bekommen!«

Während der Rat dies sagte, hatte er geschwind wie ein Taschendieb einen Kellner beim Arm gepackt und ihm, auf die beiden leeren Gläser deutend, befohlen, uns einen Bischof zu bringen, ohne auf meine Proteste zu hören; und sobald der Mann mit dem eiskalten Wein kam, in dem Orangenblüten und Zitronenscheiben schwammen, füllte er beide Gläser, trank das seine gierig aus und füllte es sofort wieder. Da ich nicht wußte, was ich sagen sollte, fragte ich ihn, ob es hier in Warschau gute Librettisten gebe.« »Absolut nicht!« rief er, die Augen verdrehend. »Aber im Vertrauen, das stört mich nicht allzu sehr. Mit den italienischen Libretti und ihren Personen mit den erstaunlichsten Namen und ihren falschen Gefühlen kann ich nichts anfangen! Wer läßt sich heute noch von den Mißgeschicken eines Artaxerxes, des Kaisers von Babylon, rühren? Dagegen würde es mir gefallen, selbst eine Geschichte auf der Grundlage der Volksmärchen, der polnischen beispielsweise, zu schreiben. Seit es mich in dieses Land verschlagen hat, höre ich sie mit der größten Freude, und Mischa kennt wunderbare. Was für außerordentliche Gestalten, allein schon die Namen: der Wassermann, die Dame des Mittags. Meine Lieblingsgeschichte ist aber die vom Mäuseturm von Kruszwica und vom bösen König Popiel, den jene Tierchen schließlich auffressen, weil er seine Eltern verleugnet hatte, und obwohl er sich in den Turm hatte einschließen lassen, mit einem Vorrat an Brot und Wasser, um eben der Bestrafung gerade zu entgehen, gibt es für ihn kein Entrinnen. Ist das nicht ein wunderbarer Stoff? Denken Sie nur, was ein vorurteilsloser Impresario daraus machen könnte!«

Das Dröhnen der Hufe zahlreicher Pferde auf dem Kopfsteinpflaster übertönte seine letzten Worte: Auf der Straße, nur wenige Schritte von uns entfernt, ritt eine Streife schwarzer Husaren vorbei, in ihren düsteren Uniformen und mit totenkopfgeschmückten Satteldecken. Der Rat, schlechtgelaunt mit einem Mal, wies finster in Richtung der Soldaten. »Aber ich langweile Sie hier, indem ich Ihnen von meiner Musik erzähle. Heutzutage werden die großen Opern mit einem Orchester aus Kanonen gegeben, und sie ziehen die ganze Aufmerksamkeit des Publikums auf sich. Denken Sie nur! Manchmal fahre ich nachts aus dem Schlaf nach einem Alptraum, in dem eine Flöte oder ein unerträgliches Fagott mich grausam gequält haben, weil sie im falschen Augenblick einsetzen und über all meine Bemühungen lachen, sie wieder in die Reihe zu bringen; und am Morgen weiß ich nicht, ob ich lachen oder weinen soll, wenn ich meinen Ärger mit dem Unglück der Epoche vergleiche, in der wir leben müssen. Haben Sie davon gehört, was mit dem Buchhändler Palm passiert ist?« »Nein, ich habe nichts gehört«, antwortete ich, »ich weiß nicht einmal, wer das ist.« »Palm«, erklärte der Rat, »war Buchhändler in Nürnberg, und er hat die Leichtsinnigkeit besessen, eine Broschüre zu drucken, in der respektlos über Napoleon gesprochen wurde. Aus Paris ließ man ihn wissen, daß er besser daran täte, damit aufzuhören. Der brave Mann glaubte, daß ihm nichts passieren könne, solange er sich unter dem Schutz der deutschen Gesetze ruhig verhalte, und kümmerte sich nicht weiter darum. Vor wenigen Tagen kam die Nachricht, daß französische Truppen unter Verletzung der Neutralität in die freie Kaiserstadt Nürnberg eingedrungen seien, Palm aus seinem Haus gezerrt und auf französisches Hoheitsgebiet geschleppt hätten, wo ihm innerhalb von weniger als zwölf Stunden der Prozeß gemacht und er verurteilt und erschossen worden sei.« »Nun«, kommentierte ich, »es ist nicht verwunderlich, daß ein Bandit, der bereits jedes menschliche und göttliche Gesetz gebrochen und sich den Weg zum Thron freigekämpft hat, wobei er bei jeder Gelegenheit unschuldiges Blut vergossen hat, diesen Weg auch heute weitergeht.« »Vielleicht haben Sie recht, aber Sie können sich nicht vorstellen, was für eine Empörung das Schicksal des Buchhändlers unter den Deutschen hier in Warschau ausgelöst hat; und nicht zu Unrecht, muß ich sagen, denn das ist wirklich ein widerwärtiges Unternehmen gewesen. Und dennoch«, fuhr Hoffmann sarkastisch fort, »kann ich nicht einmal diejenigen ertragen, die beleidigt tun und sich aufregen, indem sie verkünden, das Blut von zehn, hundert, tausend Franzosen müsse vergossen werden, um den Unschuldigen zu rächen, und nur die Tränen ihrer Frauen und die Schreckensschreie ihrer Kinder könnten Palm in seinem Grab besänftigen. Lieber Freund, die Zeiten ändern sich, und es ist ein Märchen, daß sie sich stets zum Besseren verändern! Erst gestern hörte ich meine Kollegen am Gericht, wie sie verächtlich zwischen zwei Prisen Schnupftabak erklärten, das achtzehnte Jahrhundert sei ein überheblicher Dummkopf gewesen, der sich recht ausführlich über die allgemeine Toleranz ausgelassen habe, und jetzt sei es Zeit, mit hocherhobenem Kopf das Recht der deutschen Rasse auszurufen und ihre Feinde zu zerquetschen; und der Referendar Kropf, der gerade erst die Prüfung in Berlin bestanden hat und der Jüngste unserer Kollegen ist, rühmt sich vor den anderen, niemals das Wort auch nur an einen französischen, polnischen oder jüdischen Studenten gerichtet zu haben, als er an der Universität Halle eingeschrieben war. Sie sehen, zwischen diesen Teutomanen und Bonaparte ist die Wahl wirklich nicht angenehm: *quod Deus bene vertat!* Wie soll man jenen Polen unrecht geben, die sich schämen, welche zu sein, und die versuchen, sich als Deutsche auszugeben? Nehmen Sie nur meinen Schwiegervater Trzinski, den ehemaligen Präsidenten der Stadt Posen; jetzt läßt er sich Rohrer nennen und verlangt, meine Frau Mischa solle sich als geborene Rohrer vorstellen; es ist ein Wunder, daß er nicht Lutheraner geworden ist und ihr erlaubt hat, katholisch zu bleiben. Dabei ist er seines Postens enthoben worden, weil er die deutsche Sprache nicht ausreichend beherrschte! Ja, hochverehrter Freund, so weit ist es mit Europa in diesem Jahrhundert der Aufklärung und des Fortschritts gekommen ... Wenn ich an die Geschichte der Welt denke, möchte ich sie mit Füßen treten!«

Mit einem Mal richtete der Rat sich halb auf seinem Stuhl auf, wie eine Katze, die nach ihrer Beute schielt, und fixierte etwas oder jemanden blinzelnd, das oder der ihn ganz offensichtlich ärgerte. Ich folgte seinem Blick bis zu einem Edelmann mit Perücke und Zopf, der an einem Tisch nicht weit von unserem saß und der seinen Zorn auf sich gezogen haben mußte, da er ihn durch eine *Lorgnette* musterte. Der Mann setzte seine Prüfung ohne mit der Wimper zu zucken fort, dann faltete er, offensichtlich zufrieden über das Ergebnis, eine Zeitung auseinander, die auf seinen Knien lag, und begann zu lesen, ohne sich weiter um uns zu kümmern. »Was denken Sie, mein Lieber, über die Dummheit?« wandte der Rat sich mit übertrieben lauter Stimme an mich, den Unbekannten weiterhin anstarrend. »Mich macht sie geradezu verrückt!« Da die Zielscheibe seines Spotts sich nicht aus der Fassung bringen ließ, fuhr Hoffmann noch dröhnender fort: »Glauben Sie, daß an einem Ort wie diesem, wo fröhliche und lehrreiche Gespräche geführt werden, auch widerliche, fade und oberflächliche Menschen einen Platz finden können?« Diesmal senkte der Mann mit der Perücke die Zeitung und fixierte kühl seinen Gegner, während hier und da im Café höhnisches Lachen der Gäste zu hören war, die solche Szenen offensichtlich gewohnt waren. »So setzen Sie sich doch!« flüsterte ich meinem Freund zu, und ihn bei den Frackschößen packend, gelang es mir, ihn wieder auf seinen Platz zu bringen. »Wer ist dieser Herr«, fragte ich. »Ich weiß es nicht«, lautete die Antwort, »aber mir gefällt sein Gesicht nicht.« Während er diese Worte murmelte, bemächtigte sich der Rat mit einer plötzlichen Geste eines Tellers und einer Gabel vom Serviertisch, der direkt neben unserem stand, und begann mit einer Stimme zu buchstabieren, die laut genug war, um im ganzen Lokal verstanden zu werden, wobei er die Gabel in der Hand hielt, als wolle er auf den Teller schreiben: »Mein Lieber, dort in der Ecke links, Sie wissen nicht, wie sehr ich Sie achte, auch wenn Sie ein Esel sind; aber Sie würden mir einen unendlichen Gefallen tun, wenn Sie die Güte hätten zu gehen!«

Mein Freund hatte etwas zuviel getrunken. Ich machte dem Kellner ein Zeichen, zahlte und versuchte ihn auf die Beine zu bekommen, um ihn wegzubringen. »Na, kommen Sie, Herr Rat«, sagte ich, »lassen Sie sich nach Hause begleiten.« Er sah mich schief an, als hätte ich ihn beleidigt. »Rat? Von welchem Rat reden Sie? Der Rat liegt verdorrt und starr in seinem Arbeitszimmer, die Nachtmütze auf dem Kopf und mit noch brennender Kerze. Er wollte schlafen gehen und schlug zweimal auf den Boden, um eine Maus zu erschlagen, die zum Abendessen an seinem zerschlissenen Pantoffel nagte; da dieses lästige Geräusch nicht aufhörte, versuchte er sie mit dem *Bürgerlichen Recht* von 1721, mit dem neuen, in einem Band gebundenen *Allgemeinen Gesetzbuch*, dem Stempelkissen und dem Tintenfaß umzubringen. Es half alles nichts; also stand er auf, sah nach, und fand den Mäusekönig, der in einer Ecke des Zimmers mit der goldenen Krone auf dem Kopf nagte, und vor Schreck fiel er augenblicklich tot um.« Während er sprach, war es mir gelungen, ihn auf die Beine zu stellen, und gemeinsam hatten wir uns auf den Weg zum Ausgang gemacht. »Aber wenn der Rat tot ist, mit wem habe ich dann das Vergnügen zu sprechen?« fragte ich ihn. »Ich?« erwiderte er, fürchterlich die Augen verdrehend und mir seinen weinhaltigen Atem ins Gesicht blasend. »Ich bin der Maler Molinari! Sehe ich vielleicht wie ein Rat am Berufungsgericht aus? Und wenn es Ihnen so scheinen sollte, so würde das bedeuten, daß sie mich verwandelt haben! Ich bin der Maler Molinari, Molinari ...« Da ich sah, daß mir nichts anderes übrigblieb, als auf ihn einzugehen, fragte ich ihn so freundlich wie möglich: »Und wo wohnt bitte der verstorbene Rat?« Die Straße war dunkel, da es in Warschau keine Beleuchtung gibt; wenn mein Betrunkener mir nicht im gleichen Ton geantwortet hätte, ich hätte nicht gewußt, wie ich mich aus der Affäre hätte ziehen sollen. Doch zum Glück murmelte er mechanisch: »In der Straße der Senatoren, im zweiten Stock des Hauses Rössler!« Das lag in der Nähe meines Hotels; und so rief ich einen Fiaker, bestieg ihn mit dem Rat, der sofort zu schnarchen begann, und gab die Adresse seiner Wohnung an.

Das Tor öffnete sich beim ersten Klingeln, und heraus kam eine vielleicht fünfundzwanzigjährige dunkelhaarige Frau, nicht groß, aber mit guter Figur, soweit ich es beurteilen konnte, mit schwarzen Haaren, wie die Italienerinnen sie haben, die ihre himmelblauen Augen hervorhoben, gerade wie bei Louise, die wir eben erst in der Straße der Neuen Welt verlassen hatten. Ihr beunruhigter Gesichtsausdruck verwandelte sich sofort in Erleichterung, als sie feststellte, daß ich ihr ihren Mann heil und gesund, wenn auch ein wenig verschlafen, zurückbrachte. »Guten Abend, Mischa«, murmelte der Rat. »Dieser vortreffliche Freund hat mich heute abend vor dem Untergang gerettet; und ich bitte dich, es ihm hoch anzurechnen.« »Gott sei Dank«, murmelte die junge Frau und lächelte mich an. »Ich hörte ein so merkwürdiges Klopfen und erschrak, weil ich glaubte, der Onkel sei ein weiteres Mal zurückgekehrt!« Hoffmann drehte sich mühsam zu mir, öffnete die Augen und murmelte mit spöttischem Gesichtsausdruck: »Der Herr wird vielleicht die Güte haben, zur Kenntnis zu nehmen, daß vor einiger Zeit mein hochverehrter Onkel in Berlin an einer Lungenentzündung gestorben ist. Ein paar Tage, bevor ich die Nachricht erhielt, klopfte jemand nachts an unsere Tür, und meine Frau ist überzeugt, daß der Onkel vorbeigekommen ist, um sich zu verabschieden.« Ich bot mich an, der Frau zu helfen, den Rat in sein Bett zu bringen, aber das Angebot wurde mit einem reizenden Lächeln abgelehnt, so daß ich zurückblieb und wartete, bis im zweiten Stock ein Licht anging; dann stieg ich wieder in die Kutsche, um zum Hotel zurückzukehren. Während ich abfuhr, hörte ich ein Fenster aufgehen und gleich darauf eine wilde Musik, als hämmere jemand mit all seinen Kräften auf die Tasten des Klaviers ein; und ich hatte keinerlei Zweifel an der Identität des nächtlichen Spielers.

Montag, 8. September

Da es in dieser von preußischen Offizieren und Bürokraten besetzten Stadt keine Möglichkeit gibt, in der Gesellschaft einen polnischen Magnaten zu treffen, nahm ich heute die Kutsche und suchte den Grafen Stanislaus Potocki, einen der mächtigsten Männer Polens und ein bedeutendes Mitglied der Freimaurerloge Warschaus, in seinem Schloß Wilanów an der Weichsel auf. Die Post nach London geht erst morgen ab, und bis dahin hoffe ich, ein paar interessante Neuigkeiten über die Ereignisse zu erfahren, die sich in diesem Teil Europas vorbereiten. Es war nicht einfach, Pferde für den Ausflug zu finden, obwohl ich versicherte, daß ich noch am selben Tag zurückkehren würde, doch schließlich führte der Hotelbesitzer für die Kleinigkeit von zwei Talern ein paar lahme Klepper vor, die von einem Gauner am Halfter geführt wurden, der sie erbarmungslos prügelte, damit sie sich bewegten; und mit diesem prächtigen Gespann machte ich mich auf den Weg. Die Landschaft längs des Flusses ist flach und eintönig, so daß die fürstliche Residenz der Potocki, sobald der Reisende die Mauern der Stadt hinter sich gelassen hat, am Horizont erscheint, in einem märchenhaften Kontrast zu den elenden Hütten und dem Schlamm der Vorstädte, durch welche die Kutsche sich mühsam ihren Weg bahnt.

Ich wußte, daß der polnische Adel seine Reichtümer gerne dafür verwendet, prächtige Residenzen vor der Stadt zu erbauen, deren Unterhalt jedes Jahr den gesamten Gewinn verschlingt, den die unglücklichen Bauern ihren Schollen abzutrotzen vermögen, vielleicht sogar noch unterstützt durch ein paar schöne Säckchen aus den weiten Taschen der jüdischen Kaftane; und doch muß ich gestehen, daß der Prunk von Wilanów mich verblüffte, wo jeder Saal und jeder Durchgang mit Spiegeln, Marmor und Boiserien ausgestattet ist, die Versailles würdig wären. Wilanów ist das erste Schloß, das in Polen im italienischen Stil erbaut worden ist, zur Zeit von Johann Sobieski, der ebenhier lebte und starb; und Graf Potocki zeigte mir stolz die Gemächer des Königs, in denen man offensichtlich alles so gelassen hatte, wie es im Augenblick seines Todes gewesen war. Mich persönlich begann diese Angewohnheit der Europäer zu langweilen, und ich tröstete mich mit dem Gedanken, daß keine Gefahr besteht, daß sie auch bei uns Fuß faßt; die Amerikaner würden in Gelächter ausbrechen, wenn es jemandem einfallen würde, den

Besuchern das Arbeitszimmer oder das Schlafzimmer Washingtons oder vielleicht sogar Jeffersons zu zeigen, mit zahlreichen angefangenen Briefen auf dem Schreibtisch und schmutzigen Bettlaken! Bei den Polen führen diese Schwärmereien zu besonders unglücklichen Ergebnissen, denn indem er sich vor der Erinnerung an Johann Sobieski verneigt und voller Ehrfurcht seine Tische und Stühle berührt, glaubt jeder von ihnen, selbst ein großer Mann geworden zu sein, und unternimmt dabei nichts, sein Land aus der Erniedrigung zu befreien, in die es gestürzt ist.

Auch wenn sie die hohle Schwärmerei und den flatterhaften Charakter teilen, die für das ganze Volk so typisch sind, kann ich nicht leugnen, daß ich mich in der Gesellschaft der Potocki wohl fühlte. Der Graf hat während der Sommermonate immer einen reichgedeckten Tisch für alle Adligen der Nachbarschaft, und er hat niemals weniger als zwanzig oder dreißig Personen zum Essen zu Gast. Die Umgangsformen dieser Gesellschaft sind auserlesener als die der Deutschen, die Lebhaftigkeit der Konversation und die Anmut der Frauen halten dem Vergleich mit der vornehmen Gesellschaft Berlins stand. Die Qualität des Essens ließ zwar etwas zu wünschen übrig, auch wenn der Hausherr einen französischen Koch in seinen Diensten hat; aber es heißt, daß es heute in ganz Polen schwierig sei, die nötigen Zutaten für ein Essen *comme il faut* zusammenzutragen, und vor allem für so viele Gäste. Graf Potocki ist zu seiner Zeit einer der einflußreichsten Fürsten des Königreichs gewesen, und trotz seines vorgerückten Alters betrachtet die Regierung ihn immer noch mit Mißtrauen wegen der Rolle, die er in den Ereignissen von '95 gespielt hat. Beim Kaffee sprach er über die politische Lage mit so gesundem Menschenverstand, wie ich ihn in Polen nicht mehr anzutreffen erwartet hätte; seiner Meinung nach wird Bonaparte, wenn er erfährt, daß der Zar sich weigert, den Friedensvertrag anzuerkennen, einsehen, daß sich eine neue Koalition gegen ihn bildet, und wie es seine Gewohnheit ist, wird er sofort und erbarmungslos zuschlagen. »Der Krieg ist sicher, und dem preußischen König bleibt nichts anderes übrig, als sich sehr schnell zu bewaffnen«, schloß er. Und dennoch verliert dieser erfahrene Politiker, dieser Mann mit Geschmack, der in seiner Sammlung sechs Zeichnungen von Raffael hat, dieser große Herr, dessen Manieren an allen Höfen Europas vorteilhaft ins Auge stechen würden, völlig die Selbstbeherrschung, wenn er spielt, und ich habe mit eigenen Augen gesehen, wie er seinem unglücklichen Spielpartner, der schuld daran war, daß er eine Partie *Whist* verlor, die Karten und die Spielmarken ins Gesicht schleuderte; dabei spielt er einen Groschen pro Punkt und läßt sich nicht einmal bezahlen! Fünf Minuten später hatte er sich wieder gefaßt und entschuldigte sich mit den liebenswürdigsten Worten bei seinem Opfer, einem kleinen Adligen aus der Umgebung, der von einem Potocki selbst Stockhiebe angenommen hätte.

Am Spieltisch spielte ich zusammen mit der Schwiegermutter der Hausherrin, Fürstin Lubomirska, die Marschallin genannt wird und die nach der Absetzung von König Stanislaus nur noch selten in Warschau auftaucht. Wenn man sie sieht, könnte man meinen, die Zeit sei stehengeblieben, da sie sich nach der Mode der Zeit von Ludwig XV. kleidet, wofür sie jeden Morgen vier oder fünf Stunden für eine endlose Toilette opfern muß, umgeben von Pudern, Wangenrot, Schönheitspflästerchen, Trägern und Schnürriemen, die das schlaffe Fleisch halten, und wer weiß was noch für unaussprechlichen Geheimnissen. Ihre Unterhaltung ist im übrigen die geistreichste der ganzen Gesellschaft, und auch wenn sie seit dreißig Jahren nicht mehr in Paris war, straft ihr Französisch nicht Marmontels Kompliment Lügen, daß sie diese Sprache besser spreche als Dreiviertel der Mitglieder des *Institut*. Gut beschützt von ihren vergilbten Spitzen, macht die Fürstin keinen Hehl aus ihrer Verachtung für die neue Zeit, für ihre Familie, die sie auf Distanz hält, wobei sie sogar so weit geht, sich zu weigern, ihre eigenen Kinder zu empfangen, und für Polen, das sie für hoffnungslos langweilig hält: so sehr, daß sie unaufhörlich reist und sich von einem Aufenthaltsort zum nächsten begibt, immer auf der Suche nach Erleichterung für ihren *spleen*. Bonaparte, den alle Polen wie einen Gott verehren, ist für sie nur ein Lump, durch die Launen Fortunas in eine Position gehoben, in der er sich nicht wird halten können; im übrigen vermeidet sie es, von ihm zu sprechen, und wenn sie dazu gezwungen ist, nennt sie ihn niemals Kaiser wie die anderen, sondern nur »le petit Buonaparte«.

Wie man sich vorstellen kann, trägt die Tatsache, daß ich Amerikaner bin, nicht gerade dazu bei, mir das Wohlwollen der Marschallin zu sichern, aber sobald sich mir die Gelegenheit bot, erzählte ich die Anekdote über meine Audienz in Sankt Jacob, bei der George III. mich fragte, ob alle Pyles aus Maryland stammten; und damit gewann ich mir ihre Sympathie. Mit ihren Triefaugen, die plötzlich lebhaft wurden, begann diese Alte, die behauptet, daß es für sie nichts Interessantes mehr auf der Welt gebe, mit Ausnahme der Karten, sich nach der Etikette am Hof von London zu erkundigen und sie mit der alten Etikette des französischen Hofs zu vergleichen, wobei sie die subtilsten Vergleiche anstellte und mir die verborgene Bedeutung von Gepflogenheiten enthüllte, die mir seinerzeit ebenso unverständlich wie lächerlich vorgekommen waren. »Vous, Monsieur, qui lisez les journaux«, fuhr sie dann fort, als habe sie sich plötzlich an etwas erinnert, »vous pouvez sans doute me donner des nouvelles de la santé de ce pauvre Fox.« Und sie erklärte der neugierig gewordenen Gesellschaft, daß sie sich sehr gut erinnern könne, wie sie in früheren Zeiten mit diesem würdigen Gentleman *Pharao* gespielt und ihm etliche Guinees abgenommen habe. »Ich bin glücklich, Ihnen versichern zu können, Madame«, erwiderte ich mit einer Verbeugung, »daß Herrn Fox die Punktion sehr gut getan hat und daß sein Gesundheitszustand sich von Tag zu Tag bessert.« Erfreut über diese Nachricht, wollte die alte Fürstin wissen, welche Gründe mich so weit von Amerika fortgeführt hätten. Sie fragte mich, wie mir Warschau gefiele, und als ich aus Höflichkeit antwortete, daß ich mich dort sehr wohl fühle, brach sie in boshaftes Gelächter aus. »Alors! Ne me parlez pas des amusements de Varsovie! Il n'y a que Paris où l'on savait se régaler; mais je n'y ai remis le pied depuis le changement de dynastie«, denn so nannte sie die Revolution, die Enthauptung Ludwigs XVI., die widerrechtliche Machtergreifung Bonapartes und andere Kleinigkeiten. »Es ist wahr«, fuhr sie fort, »jeden Winter reise ich nach Wien, und auch dort kann man sich, das gebe ich zu, manchmal amüsieren; aber hier! Ich schwöre, ich brauche nur die *Gazette élégante* und den Veranstaltungskalender durchzublättern, um in Langeweile zu versinken.« Jemand bemerkte, um der Marschallin eine Freude zu machen, daß in früherer Zeit gewiß alles anders war; dennoch wollte sie mit einem Spritzer Bosheit ihrem unvermuteten Schmeichler widersprechen. »Mein Lieber, glauben Sie ja nicht, daß zur Zeit unserer Eltern alles Gold war. Heute kann man in der Gesellschaft wenigstens mit geistreichen Personen sprechen. Wir dagegen waren von einer solchen Leichtgläubigkeit, wie Sie sie sich kaum vorstellen können. Zu meiner Zeit glaubte man einfach alles! Gerade deswegen übrigens waren wir glücklicher als heute.« »Und woran glaubten Sie?« fragte ich lächelnd. Die alte Fürstin sah mich noch boshafter an. »In erster Linie glaubte man an die Vorsehung, die viele Dinge vereinfachte; dann glaubte man an das Paradies, und das hilft einem, viele Widerwärtigkeiten zu ertragen. Man glaubte an die Tugend und an die Fähigkeit, den Versuchungen zu widerstehen, da die Romanschriftsteller noch nicht verordnet hatten, daß ein solcher Widerstand überflüssig sei und daß die Leidenschaft jede Verrücktheit rechtfertige. Man glaubte an Wunder, an die selbstlose Liebe, an die Treue in der Freundschaft, man glaubte sogar an die Dankbarkeit!« Die Fürstin unterbrach sich, nahm eine Prise Schnupftabak, und als sie sah, daß alle sie erwartungsvoll umringten, fuhr sie bereitwilig fort: »Und nach all dem, an das man ernsthaft glaubte, kam all das, an das man gerne und überflüssigerweise glaubte, dessen man sich schämte und das man unbedingt dem Priester beichten mußte. Man glaubte an Zaubertränke, an Horoskope, an Vorahnungen, den Zigeunerinnen, die das Schicksal aus der Hand lasen, an die Astrologen, an Gespenster … Ach, was amüsierte man sich! Heute wollen die wohlorganisierten Köpfe, die tiefgründigen und positiven Geister an nichts mehr glauben, oder sie glauben höchstens noch an die Hochs und Tiefs der Börse; und Gott allein weiß, ob dieser Glaube wirklich auf festeren Grundlagen ruht!«

Nachdem die Fürstin-Marschallin sich in ihre Gemächer zurückgezogen hatte, begleiteten der Hausherr, Graf Alexander, und seine Frau, Gräfin Anna, mich durch den Garten. Ihre Unterhaltung war weniger munter als die der alten Dame, da die Gräfin, die als eine der schönsten Frauen Warschaus und, fürchte ich, als eine glühende polnische Patriotin gilt, sich nicht einmal einem Ausländer gegenüber, der aus Berlin kommt, zurückhalten konnte und ihren Gefühlen freien Lauf ließ. »Stimmt es«, sagte sie mit einem anbetungswürdigen Lächeln, »stimmt das, Herr Pyle, was die Zeitungen schreiben, daß die Friedensverhandlungen zwischen England und Frankreich als gescheitert gelten können und daß selbst der Zar sich geweigert hat, den Vertrag von Paris anzuerkennen?« »Das stimmt, gnädige Frau«, antwortete ich, »zumindest deutet alles darauf hin.« »Der Heiligen Jungfrau sei gedankt! Wenn Sie wüßten, wie sehr ich gefürchtet habe, Napoleon würde sich mit Rußland einigen und Polen würde zum Geschenk, das das gute Einvernehmen zwischen den beiden Kaisern garantiert!« »Glauben Sie denn, daß die russische Herrschaft schlimmer wäre als die preußische?« Die Gräfin wog ihre Antwort ab; dann erklärte sie, daß die preußische Herrschaft ihr ganz einfach niederträchtig erschiene, daß sie sie aber nicht wirklich fürchten könne. »Wie kann man vor Offizieren und Beamten Angst haben, die von ihrem König ein lächerliches Gehalt bekommen, die sich in der Öffentlichkeit in abgewetzter Kleidung zeigen und die jeden Taler zweimal umdrehen müssen, um sicher zu sein, am Ende des Jahres ohne Schulden dazustehen?« »Das liegt daran, meine Liebe«, mischte sich der Graf hämisch ein, »daß du von Kindheit an daran gewöhnt bist, im Überfluß zu leben, ohne dich darum kümmern zu müssen, womit du ihn bezahlst.« »Aber ganz und gar nicht! Das hat im Gegenteil mit der Kläglichkeit und der Armut dieser Herren zu tun. Ich sage Ihnen, daß ich jedesmal Haare in der Suppe gefunden habe, wenn ich das Pech hatte, gezwungen zu sein, in der Residenz des Statthalters zu essen!« erklärte die Gräfin fröhlich. »Jetzt sind die Preußen hier. Aber die Russen?« reizte ich sie. Unerwartet wurde ihr Gesichtsausdruck ernst. »*Quelle horreur!*« rief sie. »Ich habe die Russen nur einmal in meinem Leben gesehen; ich meine die echten Russen, aus dem Volk, und viele auf einem Haufen. Ich war noch ein Kind, und der arme König Stanislaus war Gefangener im Schloß von Grodno, wo ich mit meiner Familie wohnte. Ich erinnere mich noch heute an den Schrecken, den die russischen Soldaten mir einjagten, die ihn bewachten! Es kam mir so vor, als seien sie gar keine Menschen, sondern Automaten, belebt von wer weiß welchem bösen Willen; ihren brutalen Gesichtern war anzusehen, daß sie kein anderes Gesetz als die Knute kannten und kein anderes Ziel im Leben als den Wein. Diese Wachen wühlten meine kindliche Phantasie so sehr auf, daß ich mich in meinem Zimmer einschließen und mich unter dem Bett verstecken wollte, um ihnen nicht begegnen zu müssen; es war die ganze Autorität meiner Mutter nötig, um mich in den Garten zu zwingen, und selbst das ging niemals ohne Widerstand und Tränen ab!«

»Also«, rekapitulierte ich, »an erster Stelle die Preußen, an zweiter die Russen; die Rechnung geht auf. Aber was meinen Sie, Gräfin, könnte ich Ihre Ansichten nicht nach Berlin weitergeben?« Bei diesen Worten bekam die Arme so große Augen vor Überraschung und Fassungslosigkeit, daß ich schleunigst zugeben mußte, daß ich nur gescherzt hätte. »Im Gegenteil«, mischte sich Graf Alexander ein, »ein paar Monate Festungshaft könnten nicht schaden, und außerdem ist das eine Familientradition. Papa«, fuhr er an seine Frau gewandt fort, »war eine Zeitlang in der österreichischen Festung Spielberg; und jetzt lernt die neue Generation die preußischen Festungen kennen, Spandau zum Beispiel. Was hältst du davon?« »Wie schrecklich! Würdest du mich wirklich ganz allein lassen in den Verliesen einer Festung, in Kälte und Finsternis und mit Ratten als einziger Gesellschaft?« rief die Gräfin in naiver Erregung. »Aber meine Liebe«, erwiderte der Graf höflich, »das hinge doch überhaupt nicht von mir ab, sondern von der Regierung.« »Aber ich könnte niemals so weit weg von dir leben! Ich würde vor Sehnsucht sterben!«

»In einem Roman vielleicht«, erwiderte der Graf, immer noch im gleichen kühl-humorvollen Ton. Dann blickte er auf seine Uhr, erklärte, daß es spät geworden sei und fügte mit einer leichten Verbeugung hinzu, daß die Feuchtigkeit des Abends seiner Gesundheit nicht bekomme. »Herr Pyle«, rief die Gräfin zu mir gewandt, »ich bitte Sie zu glauben, daß mein Mann sich mir gegenüber nicht immer so benimmt, sondern nur in Gegenwart von Fremden, da er es haßt, seine Gefühle zu zeigen. Verlangt auch Ihre Gesundheit«, fuhr sie fort, nachdem sie ihrem Mann, der sich verabschiedete, mit einem verliebten Lächeln geantwortet hatte, »daß wir zurückkehren?« Natürlich verneinte ich das, und so setzten wir den Spaziergang unter den Gewölben der Orangerie fort, im intensiven Duft der Orangen und Zitronen.

Im Park war trotz der vorgerückten Stunde eine große Anzahl von Besuchern unterwegs; und da es mir unmöglich schien, daß sie alle Gäste im Schloß waren, bat ich die Gräfin um eine Erklärung. Stolz teilte sie mir mit, daß ihr Schwiegervater den Park für alle Bürger öffnen wollte. »Das ist eine Entscheidung, die ihn ehrt«, bemerkte ich, »und wirklich königlich, da ich weiß, daß hier bei Ihnen in Europa die Paläste und Gärten fast immer für die Öffentlichkeit geöffnet sind; ich fürchte, daß in Amerika nur wenige so liberal wären, jedem, der will, bei sich zu Hause Zutritt zu gewähren.« »Gewiß«, pflichtete mir die Gräfin bei, »das könnte als eine Art von Knechtschaft erscheinen, denn welche Freiheit ist im Grunde wünschenswerter als die, zu Hause in Ruhe gelassen zu werden? Kein Privatleben zu haben, ist das Schicksal der Könige, und es ist wahr, daß mein Schwiegervater, als er den Einwohnern Warschaus die Gitter öffnete, in gewisser Weise auf die Bequemlichkeiten eines Privatbürgers verzichtet hat, indem er bewies, daß in seinen Adern das Blut der Könige Polens fließt; wenn die preußische Regierung nicht so dumm wäre, müßte eine derartige Geste sie beunruhigen. Und doch empfinde ich persönlich es keineswegs als eine Einschränkung; es gibt mir sogar ein Gefühl von Freiheit zu wissen, daß der Ort, an dem ich spazierengehe, der Öffentlichkeit zur Erholung offensteht. Auch der Aufenthalt in Warschau wäre mir so viel angenehmer, wenn die Stadtmauern endlich niedergerissen würden; aber das wird erst geschehen können, wenn die Polen frei und stark sein werden und keine Angst mehr vor den Deutschen oder den Russen haben müssen.« »Das ist wahr«, bemerkte ich, »in einer von Mauern umgebenen Stadt zu leben und jedesmal, wenn man sie verläßt, und sei es auch nur für einen Spaziergang, den Wachen den Paß zeigen zu müssen, ist unerträglich, und ich glaube, daß das heute niemandem mehr ein Gefühl der Sicherheit gibt, wie das wohl, denke ich mir, in früheren Zeiten der Fall gewesen sein muß. Bei uns in Amerika ist keine Stadt von Mauern umgeben, und es steht jedem frei zu gehen, wohin er will; aber die europäischen Regierungen haben zu viel Angst voreinander.« »Dabei haben wir auch hier in Europa gelernt, nicht mehr wie unsere Vorfahren zu denken«, erwiderte die Gräfin. »Diese Stadtmauern, diese von den Soldaten streng bewachten Tore gehören nicht mehr in unsere Zeit. Wir vermögen uns ja schon fast keine Vorstellung mehr von der Zeit zu machen, in der jede kleine Stadt ihre Mauern und ihre Gräben haben mußte, jede Burg mitten in einem Sumpf errichtet wurde und die kleinsten Schlösser nur über eine Zugbrücke zugänglich waren. Dort, wo die Freiheit ihren wohltätigen Einfluß spüren läßt, schleifen die großen Städte ihre Wälle, die Schloßgräben werden aufgeschüttet, und die Städte sind nur noch große Weiler; so geschah es in Frankreich, wie alle Reisenden versichern, die aus diesem Land kommen; und wer weiß, vielleicht bringen die Franzosen diesen Brauch ja auch hierher mit.« »Vielleicht ist das auch der Grund«, fügte ich hinzu, »warum die französischen oder italienischen Gärten nicht mehr in Mode sind und warum heute jeder lieber in einem Wald spazierengeht anstatt im schönsten Garten Lenôtres.« »Das ist wahr!« rief die Gräfin. »Niemand fühlt sich mehr wohl in einem Garten, der nicht wie eine freie Landschaft wirkt; nichts darf an einen Kunstgriff oder etwas Gestaltetes erinnern, wir wollen in absoluter Freiheit atmen.« Während sie dies sagte, strich die Gräfin mit den Fingern über ein Medaillon, das sie um den Hals trug; unter dem Vorwand, es aus der Nähe betrachten zu wollen, beugte ich mich über sie und atmete den Duft ein, der von ihren Brüsten aufstieg; und in diesem Augenblick hätte ich mit Salmista sagen können, »Lumbi mei impleti sunt illusionibus«. Sie lachte, öffnete das Medaillon und zeigte mir, was es enthielt: eine Miniatur, auf der ich das Porträt ihres Mannes erkennen mußte, und eine Haarlocke, die, wie sie mir bestätigte, demselben Herrn gehörte. »Ich sehe, gnädige Frau«, sagte ich, »daß Sie Ihren Mann sehr lieben.« »O ja«, rief sie mit weit aufgerissenen Augen und einer so entwaffnenden Arglosigkeit, daß ich ihr nicht ernsthaft weiter den Hof machen konnte, was mir keineswegs mißfallen hätte. »Nun, ich habe oft genug Glück gehabt in meinem Leben, ich werde dieses Unglück schon, so gut es geht, ertragen«, schloß ich scherzend; dann küßte ich ihr die Hand und machte mich auf die Suche nach dem Hausherrn, da es Zeit geworden war, mich zu verabschieden und mich wieder auf den Weg nach Warschau zu machen.

Dienstag, 9. September

Heute morgen kam mein ortsansässiger Diener, dem ich schon am ersten Tag aufgetragen hatte, mir alle Zeitungen zu bringen, derer er habhaft werden könne, triumphierend mit dem *Moniteur* vom 28. August an, der von der Schere der Zensur zwar schon bearbeitet worden war, mich aber dennoch neugierig machte, da es ziemlich selten ist, daß ausländische Zeitungen so schnell hierher gelangen. Ich entnahm der Zeitung, daß Pinkney und Monroe ihre erste Unterredung mit den Lords Holland und Auckland gehabt hatten, eine Nachricht, die für den preußischen Zensor, der sie hatte durchgehen lassen, von keinerlei Interesse, für mich jedoch wertvoll war, da es bedeutet, daß es gut um unsere Sache steht. Nachdem ich diesen Artikel wieder und wieder gelesen hatte, widmete ich mich meinem mittlerweile gewohnten Zeitvertreib zu erraten, was wohl in den von der Schere ausgeschnittenen Vierecken gedruckt gewesen sein mochte; und da wurde meine Neugier auf ganz unerwartete Weise befriedigt.

Denn der Diener meldete mir, daß ein Herr nach mir frage, und gleich darauf trat der alte Graf Potocki ein, und er war noch herzlicher als gestern, so daß ich mich fragte, warum er wohl so glücklich war, mich zu sehen. Auf die Zeitung weisend, die ich auf dem Sessel hatte liegen lassen, rieb er sich die Hände und rief: »Mein Lieber, ich habe Ihnen ein Geschenk mitgebracht!« Er holte ein zerknittertes Stück Papier aus der Tasche, und es war – oh Wunder! – just einer der fehlenden Artikel, der die Nachricht enthielt, daß der preußische Bevollmächtigte, Baron Jacobi, nach langem sinnlosem Zaudern am 14. August London verlassen habe. »Beim Zeus!« rief ich. »Dann sind also der gute Wille der Engländer, die geplante Entsendung von Lord Moira oder Lord Morpeth, ich erinnere mich nicht mehr, jedenfalls beider Entschluß, diesen albernen Krieg zwischen England und Frankreich zu beenden, jetzt, da sich der wirkliche Krieg am Horizont abzeichnet, nur in den Wind gesprochene Worte?« »Ich weiß nicht mehr als Sie«, erwiderte der Graf, »aber ich dachte mir, es würde Ihnen Freude machen, die Neuigkeit zu erfahren, und daher habe ich sie Ihnen gebracht!« »Danke! Aber wie ...« Ich unterbrach mich, da es mir taktlos schien, ihn zu bitten, mir preiszugeben, auf welchen Wegen er in den Besitz des zensierten Artikels gekommen war; aber der Graf war mir schon zuvorgekommen: »Direkt von der Zensurbehörde, mein Lieber. Wissen Sie, wir haben unsere Mittel und Wege. Aber erzählen Sie es nicht weiter!« rief er lächelnd und zeigte damit, daß er nicht mehr politisches Gespür besaß als seine reizende Schwiegertochter. Nachdem ich meinen Dank wiederholt hatte, erkundigte ich mich, wie es der Komteß gehe; und ich erfuhr, daß der adlige alte Herr gekommen war, um gerade über sie mit mir zu sprechen.

»Mein Sohn hat Ihnen leichtsinnigerweise erzählt, daß ich Freimaurer und Mitglied der Großloge bin«, begann er. »Und Anna, die natürlich neugierig ist, hat eine unbändige Lust, in die heiligen Mysterien einzudringen. Mit ihren Schmeicheleien hat sie mich gezwungen, ihr das Initiationsritual zu beschreiben, dessen Schrecklichkeit ich bewußt übertrieben habe, in der

Hoffnung, sie abzuschrecken. Ich habe ihr von der Finsternis und den Flammen erzählt, durch die man sich einen Weg bahnen muß, von den Fenstern, aus denen man sich in die Tiefe zu stürzen genötigt wird, von den Nägeln, über die man barfuß zu gehen gezwungen wird, und sie saugt alles in sich auf, vor Angst schlotternd, aber brennend vor Neugier. Schließlich habe ich beschlossen, ihr eine Falle zu stellen, die sie für immer von diesem Wahn heilen soll, und Ihre Ankunft in Warschau, mein Lieber, ist das, worauf ich gewartet habe, um meinen Plan in die Tat umzusetzen, wenn Sie mir helfen wollen.« Entzückt von dem, was dieser Anfang verhieß, bat ich ihn fortzufahren. »Es ist nicht schwer gewesen, Anna einzureden, daß seit einiger Zeit außerordentliche Versammlungen stattfänden, auf denen ein berühmter erleuchteter Meister spreche, der heimlich hierhergekommen sei, und daß die Furcht, die Regierung könne ihm auf die Spur kommen, die größte Geheimhaltung nötig mache. Meine Frau, die so getan hat, als erzähle sie ihr die ganze Geschichte unter dem Siegel der Verschwiegenheit und ohne mein Wissen, hat ihr das Versprechen abgenommen, zu niemandem auch nur ein Wort darüber zu verlieren, nicht einmal ihrem Mann gegenüber.« Ich ertappte mich, wie ich mich fragte, ob diese würdigen Eltern gut oder schlecht handeln, wenn sie einer so jungen Ehefrau beibringen, Geheimnisse vor ihrem Mann zu haben, aber ich kam nicht dazu, diese moralische Überlegung zu Ende zu führen, da der Graf mit verschmitztem Blick fortfuhr: »Jeden Morgen mache ich eine Spazierfahrt in der geschlossenen Kutsche, immer zur gleichen Zeit, auf Anraten der Ärzte, da es mit meiner Gesundheit nicht zum besten steht. Heute morgen hat Anna mich begleitet, und ich tat so, als sei ich tief in Gedanken versunken und zutiefst besorgt; sie konnte nicht widerstehen und fragte mich aus, wobei sie mir zu verstehen gab, daß sie über meine Ängste Bescheid wisse. Ich tat so, als glaubte ich ihr nicht und fügte ganz beiläufig hinzu: ›Wenn Sie nicht so jung wären und ich mich auf absolute Diskretion verlassen könnte, würde ich Ihnen erstaunliche Dinge erzählen!‹ Sie bat mich, sie flehte mich an, ließ sich sogar hinreißen zu schwören, was sie wohl eben jetzt, glaube ich, beichtet, und ich informierte sie darüber, daß sich ein in den okkulten Wissenschaften bewanderter erleuchteter Meister in den Vorstädten verborgen halte und daß ich und viele weitere Mitbrüder jeden Abend zusammenkämen, um aus seinem Mund die außerordentlichsten Geheimnisse zu vernehmen.« Da ich allmählich merkte, worauf die Sache hinauslaufen würde, erlaubte ich mir ein kurzes Lächeln. Der Graf lächelte ebenfalls und fuhr fort: »Um es kurz zu machen, meine Schwiegertochter hat mir versichert, daß sie zu jedem Opfer bereit sei, nur um in unseren Kreis aufgenommen zu werden; und unter großer Mühe rang sie mir das Zugeständnis ab, daß sie mittels einer größeren Geldspende, die der erleuchtete Meister für seine philanthropischen Aktivitäten benötige, hoffen könne, die Erlaubnis zu erhalten, die Schwelle zum Heiligtum zu überschreiten, wenn nicht gar in alle Wunder eingeführt zu werden, an denen sonst nur die Eingeweihten teilhaben dürfen. Vor dem Mittagessen kam sie in mein Arbeitszimmer mit einer Börse, die all ihre Ersparnisse enthielt, und erlangte dafür ein halbes Versprechen, daß ich sie heute abend mitnehmen würde, auf meine Verantwortung. Jetzt, mein Freund, hängt alles von Ihnen ab, damit ihre Erwartung nicht enttäuscht wird!« Und nach diesem Ausruf machte er mich mit einem Plan bekannt, der so wunderbar ersonnen war, daß ich ihm meine Mitwirkung absolut nicht abschlagen konnte.

Am Abend holte die gesamte Familie mich verabredungsgemäß im Hotel ab, angeblich um ins Theater zu gehen. Die Komteß trug ein Abendkleid, mit einem Prunk allerdings, der eher zu einer Vorstellung bei Hofe paßte, und sie hatte ihren prächtigsten Schmuck angelegt. Ich fuhr in ihrer Kutsche zum französischen Theater und ging mit in ihre Loge hinauf, wo wir vielleicht eine Stunde blieben, ohne auch nur im geringsten die Aufführung zu beachten. Schließlich gab der Graf seiner Schwiegertochter das verabredete Zeichen, und sie begann über die Hitze zu klagen und wollte nach Hause zurückkehren. Sofort bot der Schwiegervater sich an, sie nach Hause zu begleiten, und bot ihr den Arm. Im Hof des Theaters wartete bereits eine Kutsche mit gelöschten Laternen und einem Kutscher ohne Livree, damit die Inszenierung so glaubwürdig wie nur möglich nach einem Komplott aussähe. Während der Graf und die Komteß zu einer langen und sinnlosen Fahrt durch die Straßen Warschaus aufbrachen, welche die Frau, die hinter den zugezogenen Vorhängen vor Ungeduld bebte, über das Ziel des Ausflugs täuschen sollte, verließ ich meinerseits das Theater und ließ mich zum Schloß des Grafen fahren, wo die anderen Mitverschworenen die Bühne wie abgesprochen vorbereitet hatten. Im zweiten Stockwerk, in den Unterkünften des Dienstpersonals, war ein großes unbewohntes Zimmer hergerichtet worden: in der Mitte ein mit einem schwarzen Tuch bedeckter Tisch; eine kleine Lampe darauf war die einzige Beleuchtung. Unter dem Gelächter der Eingeweihten zog ich einen langen bestickten Überrock an, den der Graf von einer seiner Reisen in den Orient mitgebracht haben mußte, setzte eine großzügig gepuderte Perücke und eine riesige Brille auf. Das Geräusch der Kutsche auf dem Kopfsteinpflaster des Hofs war bereits zu hören, als ein Diener mit einem Schreibpult aus Holz, einem Stapel gewaltiger Folianten und einem Totenkopf angelaufen kam, um die Einrichtung zu vervollständigen. Ich nahm hinter dem Tisch Platz, während sich alle anderen in den Raum daneben zurückzogen, und schon war das Knarren der Eingangstür zu hören, die geöffnet wurde. »Leise!« sagte eine Stimme im Erdgeschoß, die ich als diejenige des Grafen erkannte. »Die geringste Unvorsichtigkeit wäre unser aller Verderben!« »Ach!« erwiderte die zarte Stimme der Gräfin. »Wie dumm sind doch die Regierungen, daß sie die Wissenschaft auf diese Weise verfolgen!« Der Graf brachte die Gräfin zum Schweigen, entfernte sich und ließ sie im dunklen Vorzimmer allein zurück. Als er der Meinung war, die arme Frau habe sich genügend gequält, kehrte er zu ihr zurück, begleitet von einem Diener in schwarzer Livree, der eine Blendlaterne trug; und mit dieser unzureichenden Hilfe begannen sie die Treppe hinaufzugehen, ein mühsames Unternehmen, da die Treppe schmal und steil war, aber schließlich erreichten die drei das Vestibül; hier verbeugte der Diener sich schweigend und verschwand, sie im Dunkeln zurücklassend. »Jetzt«, sagte der Graf, »werde ich das vereinbarte Zeichen geben«; und er klopfte dreimal an meine Tür. Ich ließ ein paar Augenblicke verstreichen und antwortete dann, wobei ich mich bemühte, meine Stimme möglichst wie aus einem Grab klingen zu lassen: »Tretet ein, Bruder!« Die Tür öffnete sich, und die beiden Bewerber traten ein. Die Gräfin zitterte wie Espenlaub und klammerte sich an den Arm ihres Schwiegervaters. Ich tat so, als läse ich, und blickte nicht einmal zu ihnen auf. »Meister!« sagte der Graf endlich, und ich hob den Kopf, mit mühevollen Bewegungen wie ein gebrechlicher Greis. »Dies hier ist die junge Frau, die ich Ihnen angekündigt habe; ihr Herz quillt über von Nächstenliebe, und ihr Geist ist begierig nach Licht. Aber da sie noch kein Griechisch und auch kein Latein versteht, möge der Meister geruhen, auf französisch zu ihr zu sprechen.« Darauf wandte ich mich zur Gräfin und blickte sie lange durch die Brille an. »Qu'est-ce que vous désirez, ma sœur?« fragte ich sie schließlich ernst. Ich glaube, in diesem Augenblick hatte sie keinen anderen Wunsch, als wieder in ihrem Salon zu sein, mit brennenden Kerzen und umgeben von ihren Freunden. Doch sie versuchte, sich ihre Angst nicht anmerken zu lassen, und warf ihrem Schwiegervater einen flehenden Blick zu. »Sie weiß, daß der Meister die Natur beherrscht, daß sein tiefes Wissen ihm erlaubt, alles zu kennen, und daß die Geister ihm zu Diensten sind. Sie möchte daher eines jener Wunder sehen, die Eurer Erhabenheit vertraut sind«, murmelte der Graf untertänig. Ich neigte den Kopf und tat so, als versinke ich in tiefes Nachdenken. Die Gräfin, die an den Tisch herangekommen war, streckte die Hand aus, um einen der Folianten zu öffnen. »Nicht anfassen!« brüllte ich. »Ihr würdet dort Bilder sehen, die Euch das Blut gefrieren lassen würden; für Laien ist es nicht ungefährlich zu erfahren, was meine Bücher enthalten.« Der Satz war ein wenig lang, und ich hörte bestürzt, daß sie sich zum Ohr ihres Schwiegervaters neigte und ihm zuflüsterte: »Diese Stimme kommt mir aber bekannt vor!« »Ich glaube, daß auch Sie sie wie ich bereits im Traum gehört haben«, antwortete der Alte mit einer Natürlichkeit, die mich mit Bewunderung erfüllte. »Was sagt die Schwester?« fragte ich. »Sie bewundert den ernsten und würdevollen Klang der Stimme des Meisters«, antwortete der Gauner, und ich konnte nur mit Mühe ein Lachen unterdrücken. Ich verneigte mich und fuhr fort: »Da der Bruder es verlangt und für Euch bürgt, meine Schwester, sprecht frei heraus: Was wünscht Ihr zu sehen? Die Tiere der Apokalypse, die Toten oder die abwesenden Freunde?« »Die Abwesenden«, antwortete die Ärmste hastig, wie wir es vorausgesehen hatten. »Ich mache Euch darauf aufmerksam«, fuhr ich fort, »daß meine Macht nicht bis jenseits der Meere reicht und nur auf eine Entfernung von zwölftausendsechshundertvierzig Meilen wirkt. Sagt also, wen ich für Euch erscheinen lassen soll!« Da alle ihre Bekannten an einem Punkt des Erdballs versammelt waren, ersparte die Ärmste mir die mehr als zwölftausend Meilen und bat darum, ihre Mutter, ihren Mann und eine Freundin erscheinen zu lassen. »Gut«, antwortete ich verabredungsgemäß, »aber da Ihr noch keine Eingeweihte seid, dürft ihr nicht den Vorbereitungszeremonien beiwohnen. Zieht Euch also für den Augenblick in das Zimmer nebenan zurück.« Sie wollte nicht so recht, aber der Graf führte sie wieder ins kalte und dunkle Vestibül hinaus und ließ sie dort zehn Minuten allein, in denen sie, glaube ich, ihr Ohr anfangs an die Tür legte, in dem vergeblichen Bemühen, etwas zu vernehmen, und dann ihren Schutzengel bat, sie zu beschützen. In der Zwischenzeit bereiteten wir die Täuschung vor. Die hintere Wand des Zimmers war vollständig von einem schwarzen Vorhang bedeckt, und daneben stand ein riesiger konvexer Spiegel in einem großen Holzrahmen. Hinter dem Vorhang öffnete sich ein zweiter Raum, in dem die anderen Mitverschwörer warteten; und zwischen den beiden Räumen war auf einer kleinen Erhöhung, die ebenfalls von den Vorhängen verdeckt wurde, eine mit rotem Atlas ausgeschlagene Loge aufgebaut worden, die derjenigen im französischen Theater ähnelte, die wir wenige Stunden zuvor verlassen hatten. Ich hob hastig den Vorhang und erklärte der Gräfinmutter, Graf Alexander und dem Edelfräulein die Rolle, die sie spielen sollten. Sofort nahmen die drei in der Loge Platz, während Kohlebecken voll

Weihrauch angezündet wurden; der Vorhang fiel wieder, und Graf Stanislaus öffnete die Tür und ließ seine Schwiegertochter herein. »Schwester«, sagte ich mit feierlicher Stimme, nachdem ich auf meinen Stuhl zurückgekehrt war, »Euer Wunsch wird erfüllt werden! Aber ich warne Euch, wenn Ihr nur einen Schritt macht, wenn Ihr nur ein Wort sprecht, wird der Zauber gebrochen sein und sich alles auflösen. Jetzt blickt aufmerksam in den Spiegel, und Ihr werdet diejenigen sehen, die Euch teuer sind, an dem Ort, an dem sie sich in diesem Augenblick befinden.«

Während ich dies sagte, klatschte ich dreimal in die Hände. Der schwarze Vorhang öffnete sich, und die Gräfin sah im Spiegel, inmitten von Weihrauchdämpfen, die Loge, die sie eben erst verlassen hatte, und die drei herbeigewünschten Personen, die aufmerksam zuzuhören schienen, als sei das Stück noch nicht zu Ende. Sie war so überrascht, daß sie unwillkürlich aufschrie. Der Vorhang fiel, und dahinter war deutlich unterdrücktes Gelächter zu vernehmen. »Nun!« sagte der Graf, ohne seine Geistesgegenwart zu verlieren, »Sie haben sich so tapfer gezeigt, daß kein Grund mehr besteht, Ihnen eine vollständige Einführung in alle Zauberkünste zu verweigern, die in diesem Haus ausgeübt werden. Kommen Sie!« Und er nahm sie beim Arm und zog sie zu dem geheimnisvollen Vorhang, den er mit einem Ruck öffnete. Und sichtbar wurde, nicht mehr durch die Dämpfe hindurch, sondern im Licht der Kandelaber, ein gedeckter Tisch, um den die versammelte Gesellschaft fröhlich beim Abendessen saß. Alle standen auf, umringten die Ärmste und fragten sie, was sie zu diesen Wundern sage. Die Komteß konnte nicht antworten, und es war ihr anzumerken, daß sie Realität und vorgespiegelte Wirklichkeit nicht voneinander trennen konnte. »Aber wo sind wir?« fragte sie schließlich. »Zu Hause, in den Räumen der Dienerschaft!« lachte ihr Mann. »Du bist tausend Umwege gefahren, ihr habt sogar die Stadt verlassen.« »Und dieser geheimnisvolle Eingang?« »Die Dienstbotentreppe, die du noch nie betreten hast.« »Und der erleuchtete Meister?« fuhr die junge Frau verzweifelt fort, als suche sie eine letzte Bestätigung der Illusion, die da vor ihren Augen zerbrach. Da riß ich mir die Perücke vom

Kopf, legte Brille und Überrock ab und verneigte mich tief. »Der Herr Pyle!« rief die Gräfin und schlug die Hände vor den Mund. »Also so was! Und der Dampf?« »Weihrauch.« »Und die Loge?« »Pappmaché.« »Und die dicken Folianten, die ich nicht berühren durfte?« »Die *Acta Sanctorum* der Bollandisten.« »Und dieses Abendessen?« »Ihre hundert Dukaten, die als wohltätige Spende für den erleuchteten Meister gedacht waren«, schloß ihr Schwiegervater mit einer grausamen Verbeugung. Ich gebe zu, daß ich einen Wutausbruch oder wenigstens einen Nervenzusammenbruch erwartete; doch zu meiner großen Erleichterung brach Komteß Anna, nachdem sie einen Augenblick schweigend dagestanden hatte, in ein so silberhelles Lachen aus, daß all meine Befürchtungen sogleich wie weggeblasen waren, erklärte, daß sie von diesem ganzen Schrecken gewaltigen Hunger bekommen habe, und setzte sich fröhlich mit uns zu Tisch.

Nachdem sich die Späße auf Kosten unseres Opfers verbraucht hatten, wurde beim Abendessen nur über Politik gesprochen, und jeder versuchte vergeblich zu erraten, welche Unwetter sich noch am Himmel Europas zusammenbrauten. »Nachdem der Zar sich geweigert hat, den Friedensvertrag mit Frankreich zu ratifizieren, scheint er heute gesonnen, ein neues Heer in den Westen zu schicken, und man weiß nicht, ob er durch Galizien oder das polnische Preußen wird marschieren dürfen«, bemerkte Graf Stanislaus. »Auch die Verhandlungen von Lord Yarmouth in Paris sind gescheitert«, fügte ich hinzu, »und daher ist eine Annäherung zwischen Rußland und England zu erwarten; unter diesen Umständen hätte Friedrich Wilhelm, wenn es seinerzeit zu einem Krieg zwischen England und Preußen gekommen wäre, keinen Grund gehabt, die Truppen des Zaren nicht durchzumarschieren lassen, und er hätte sich ihnen sogar angeschlossen.« »Zumal«, fügte ein Gutinformierter hinzu, »der Pöbel von Berlin randaliert, um ihn zum Krieg zu drängen. Sie müssen wissen, daß eines Nachts, während Haugwitz beim Abendessen war, alle Fenster seines Hauses mit Steinen eingeworfen wurden, von Leuten, die, wie es heißt, von jenem so ehrbaren Prinzen Louis gedungen worden waren.«

»Allerdings«, fuhr ich fort, » sind die Beziehungen zwischen London und Berlin niemals zuvor so eisig gewesen, und daher glaube ich, daß Preußen, von zwei Seiten bedrängt, schließlich an der Seite Napoleons ins Feld zieht.« »Da sei Gott vor!« rief die Gräfin. Überrascht von dieser Bemerkung, wandte ich ein, daß ich, da ihre Ansichten mir bekannt seien, eher erwartet hätte, daß sie eine Anhängerin des Bündnisses mit Frankreich sei. »Aber darum geht es doch nicht!« rief die Gräfin. »Denn in diesem Fall könnte Napoleon dem Preußen Polen nicht mehr wegnehmen und ihm seine Unabhängigkeit wiedergeben, ohne seine Ehre zu beflecken.« »Und Napoleon ist, wie wir wissen, ein Mann von Ehre«, murmelte ich, aber niemand hörte mich. »Wäre es dir vielleicht lieber«, begann Graf Alexander, zu seiner Frau gewandt, »wenn Napoleon sich mit Rußland verbündete, um Preußen zu zertreten, und Warschau dem Moskowiten schenkte?« »Natürlich nicht!« erwiderte die Frau lebhaft. »Was ich wünsche, ist, daß der König und der Zar gemeinsam Napoleon den Krieg erklären und einem zweiten Austerlitz entgegengehen, und dann werden wir schon sehen, ob Europa es übers Herz bringen wird, unseren berechtigten Forderungen kein Gehör zu schenken!« Der Graf, der ganz offensichtlich eine andere Auffassung von der Gutherzigkeit Europas hatte, lächelte und beugte sich über seinen Teller; und sein Vater richtete, als wolle er meine Aufmerksamkeit von diesen gewagten Reden ablenken, das Wort an mich. »Herr Pyle, da das Reisen Sie nicht schreckt, könnten Sie, wenn Sie sich vor Ihrer Rückkehr nach Berlin einen kleinen Umweg erlauben, nicht einmal zwei Tagesreisen von hier entfernt mit dem Fürsten Czartoryski persönlich über die Absichten Rußlands sprechen.« Die Aussicht auf eine Unterredung mit dem Mann, der bis vor ein paar Monaten der mächtigste Minister des Zaren gewesen war, schien mir verlockend, und ich bat den Grafen, deutlicher zu werden. »Zwei Tagesreisen von hier«, wiederholte er, »auf der anderen Seite der österreichischen Grenze, erhebt sich das Schloß Puławy, das dem alten Fürsten Czartoryski gehört, dem Vater von Fürst Adam; und ich habe erfahren, daß dieser, nachdem er seinen Abschied als Minister eingereicht hatte, Sankt Petersburg verlassen hat und jetzt bei seiner Familie lebt. Wenn Sie erlauben, wäre es mir eine Freude, Ihnen einen Einführungsbrief für diese Herren mitzugeben.« Da mir der Aufenthalt in Warschau nicht allzu ergiebig schien, beschloß ich sofort, dem Rat des Grafen zu folgen, und so kehrte ich heute abend ins Hotel zurück mit Briefen, die mir die Tore des Schlosses Puławy und die Geheimnisse der russischen Politik aufschließen werden.

Mittwoch, 10. September

Heute ging ich zu Herrn von Buchholz, um ihn um die Pässe zu bitten, die er mir für morgen versprochen hat; dann ließ ich mich zu meinen Bankiers fahren, den Herren Grossman und Löwenthal, um einen Wechselbrief einzulösen. Wie der Firmenname erwarten ließ, hatten sie ihr Büro im Judenviertel, wo im übrigen alle Bankiers und Geldwechsler Warschaus ansässig sind, auch wenn man, dem Elend nach zu urteilen, dem man auf Schritt und Tritt begegnet, glauben könnte, daß sich niemals, nicht einmal aus Versehen, eine Goldmünze hierher verirren würde. Wenn man zu Fuß über das Kopfsteinpflaster geht, ist man gezwungen, sich mit dem Stock einen Weg zwischen unzähligen verlausten Kindern, Hunden, Schweinen und Ziegen hindurch zu bahnen; und die Straßenmädchen, die in jedem Fenster lehnen und an jeder Straßenecke stehen, pissen, wenn sie Lust dazu haben, am hellichten Tag in die Abflüsse, wie ich es nicht einmal in den schmutzigsten Straßen Londons oder Berlins gesehen habe. Meine Bankiers haben ihre Büros in einem der besseren Häuser des Viertels, und vor ihrer Tür hält ein Lakai mit einem mächtigen Stock Hunde, Kinder und Bettler fern, wodurch er es den Besuchern ermöglicht, aus der Kutsche zu steigen, ohne von einer lästigen Menge umringt zu werden. Da ich seit drei Monaten von zu Hause weg bin, erwartete ich fast, Briefe von meinen Freunden vorzufinden; meine Hoffnung wurde jedoch enttäuscht. Und die Enttäuschung nahm noch zu, da eine Auszahlung in Gold nicht möglich war und man sich, wenn man Silber haben will, damit abfinden muß, über Wert dafür zu bezahlen; im übrigen werden hier alle Geschäfte, selbst die schmutzigsten, mit Papiergeld abgewickelt. Nachdem Mr. Grossman mich ausbezahlt hatte, verließ ich ihn mit einer Börse voller Münzen in der Tasche, mit einem Bündel preußischer und österreichischer Banknoten in der Westentasche und einigermaßen beunruhigt über den Zustand meiner Finanzen, denen ich mehr Aufmerksamkeit werde schenken müssen, als ich es bisher getan habe. Ich finde es wirklich kleinlich, daß die Regierung, anstatt mir die 4500 Dollars zu gewähren, die ein Ministerpresident gewöhnlich erhält, mir nur zwei Drittel zugestanden hat, unter dem Vorwand, als außerordentlicher Abgesandter hätte ich ja nicht die gleichen Ausgaben für Repräsentation, so daß ich, wenn ich nicht bereit gewesen wäre, aus eigener Tasche zuzuschießen, mit einer Summe auskommen müßte, die das Jahreseinkommen eines preußischen Hauptmanns nicht überschreitet.

Während ich auf diese Weise über den Geiz der Regierung nachgrübelte und dem Kutscher befahl, mich aus dem Getto herauszubringen, spürte ich plötzlich, wie ich einsank und mit dem Nacken gegen das Holz schlug. Der Mann sprang fluchend vom Bock und half mir beim Aussteigen; dann beugte er sich unter den Wagen und teilte mir mit, daß die Hinterachse gebrochen sei. Jetzt nicht mehr den der Regierung, sondern meinen eigenen Geiz verfluchend, schwor ich mir, daß ich mir beim nächsten Mal nicht mehr einreden lassen würde, einen gebrauchten Wagen zu kaufen, auch wenn ich das Doppelte ausgeben müßte. In der Zwischenzeit war Mr. Grossman, durch den Lärm angelockt, herbeigeeilt, und als er sah, daß ich leicht blutete, bestand er darauf, daß ich ihm in sein Büro folgte, wo ein Angestellter mich mit Kampferwasser behandelte. Da die Reparatur nach Meinung des Kutschers und eines sofort herbeigeholten Zimmermanns nicht weniger als drei oder vier Stunden in Anspruch nehmen würde, wollte ich eine städtische Kutsche nehmen, um ins Hotel zurückzukehren; doch der Bankier, ein alter Mann, der mir ehrlich gesagt anständiger und ehrenhafter vorkam, als es unter seinesgleichen üblich ist, drängte mich, mit in seine Wohnung ein Stockwerk höher zu kommen, um ein Stärkungsmittel zu nehmen, und da ich durch die Prellung ziemlich benommen war, ging ich schließlich mit.

Mr. Grossman bewohnt eine gediegene bürgerliche Wohnung und wird von vorne bis hinten von zwei schönen Töchtern bedient, die beide bescheiden und schweigsam sind wie wohl keine andere polnische Jüdin. Jedes Vorurteil, das ich nach der Erfahrung des Schmutzes und der Unwissenheit, in der die Söhne Israels in diesem Land leben, nähren mochte, als ich über die Schwelle trat, löste sich auf angesichts des freundlichen Empfangs, der mir bereitet wurde. Im übrigen zögerte der Hausherr nicht zuzugeben, daß die Juden aufgrund ihrer traurigen Lebensumstände vielleicht dasjenige Volk auf polnischem Boden seien, das am meisten zu bedauern sei, gewiß aber dasjenige, das am wenigsten darauf aus sei, sich bei den anderen beliebt zu machen. Sie allein treiben Handel, sind Gastwirte, Geldwechsler, Ärzte, Bäcker, brauen und verkaufen Bier, Schnaps und Met; sie sind die einzigen, die es verstehen, als Pächter die Ländereien der Adligen zu verwalten, nicht jedoch diejenigen der Kirche: »Ihre Eminenzen«, erklärte er mir milde lächelnd, »halten es für eine Sünde, einen Juden zu ernähren, und daher vertrauen sie ihre Güter eher den Bauern an; und obwohl sie das wirtschaftlich teuer zu stehen kommt, ziehen sie es vor, es mit christlicher Geduld zu ertragen.« Das Ergebnis ist, daß die Juden, obwohl sie in diesem Land beinahe die einzigen Menschen sind, derer man sich bedienen kann, von allen gehaßt werden und diesen Haß ihrerseits mit einer herzlichen, wenn auch maskierten Abneigung gegen die Christen vergelten, die ihnen immerhin Gastfreundschaft gewähren. »Gott möge verhüten«, seufzte Mr. Grossman, »daß der Krieg bis nach Polen kommt, denn ich weiß nicht, was aus den Juden werden soll, wenn die preußischen Soldaten nicht mehr in der Lage wären, die Ordnung in den Straßen aufrechtzuerhalten, und der Pöbel sich empören würde!«

Während ich mein Stärkungsmittel trank, erzählte mir der

Hausherr in groben Zügen sein Leben. In einem armseligen Dorf litauischer Juden geboren, in ihren Schulen zum Rabbiner erzogen, verstand er es, sich, um seine eigenen Worte zu zitieren, »den Mystifikationen der Talmudisten zu entziehen und dem Geist der wahren Philosophie zu öffnen«. Nachdem er aus dem Heimatland und vor einer abgesprochenen Ehe mit der Tochter des Rabbiners geflohen war, lebte er in Dresden und Berlin und arbeitete für den alten Mr. Löwenthal, den Vater des jetzigen, dessen Vertrauen er gewann, so daß er sein Teilhaber wurde. Während er mir dies und anderes erzählte, war es Mittag geworden, und der Jude hielt es für seine Pflicht, mich zum Mittagessen einzuladen. Ich nahm die Einladung aus Neugier an, muß aber sagen, daß ich nur selten in meinem Leben so schlecht gegessen habe. Das Essen bestand aus einer faden Suppe, in der undefinierbar schmeckende Fleischklößchen schwammen; darauf folgte, was sie in ihrem verstümmelten Deutsch *gefilte fisch* nennen, ein Karpfen, der mit was weiß ich für mysteriösen Zutaten gefüllt, in Scheiben geschnitten und kalt serviert wird: ein widerwärtiges Gericht, von dem ich mit Mühe eine Scheibe hinunterbrachte, um die schönen Töchter meines Gastgebers nicht zu betrüben, die es eigenhändig zubereitet hatten. Die levantinischen Süßigkeiten auf der Grundlage von Honig und Trockenobst, die als Dessert serviert wurden, erlaubten mir wenigstens, den Hunger zu stillen, bevor ich vom Tisch aufstand und mich verabschiedete. Sosehr ich mich auch bemühte, meine geringe Begeisterung für diese Speisen zu verbergen, bemerkte Mr. Grossman es doch und lenkte das Gespräch, ohne es erkennen zu lassen, auf die Schwierigkeiten, mit denen die Juden zu kämpfen haben, wenn sie ihre Gewohnheiten beibehalten wollen, nach zweitausend Jahren nicht immer einfachen Zusammenlebens mit den Christen. »Ich kann schon verstehen«, bemerkte er mit philosophischer Abgeklärtheit, »daß manche beschließen, sich taufen zu lassen. Vorausgesetzt natürlich, dieser Entschluß ist durch aufrichtigen Verdruß motiviert und nicht wie bei einem gewissen Juden aus Lublin, der vor kurzem von sich reden gemacht hat … Sie kennen die Geschichte nicht?

Oh, sie ist sehr lehrreich. Dieser Jude hatte sich von der Wahrheit der christlichen Religion überzeugt und sich taufen lassen. Aber die Taufe war kaum vorbei, da bekam er jede Nacht Besuch vom Geist seiner Frau, die kurz zuvor gestorben war. Sie erschien vor seinem Bett, streckte die Hände aus, sah ihn mit ihren leeren Augen an und beklagte sich, daß sie keine Ruhe im Grab fände, da sie nicht auch getauft worden war. Der Mann zog um, aber die Verblichene folgte ihm und weckte ihn weiterhin jede Nacht auf und flehte ihn an, auch ihr das heilige Sakrament der Taufe zuteil werden zu lassen. Damit die Unglückliche endlich ihren Frieden fände und der Lebende von diesen schrecklichen Erscheinungen erlöst würde, beschlossen die Behörden schließlich, das Grab zu öffnen und den Leichnam zu taufen, was auch geschah. Von dem Augenblick an ließ der Geist sich nicht mehr blicken, und die Verstorbene fand die ewige Ruhe.« »Das scheint mir«, sagte ich, »eine ganz außerordentliche Geschichte.« Der Jude sah mich verschmitzt an. »Oh ja, aber es kommt noch besser! Kurz danach fing unser Mann einen Streit mit der Familie seiner Frau an, die das Erbe der Verstorbenen zurückverlangte; doch der Witwer legte dem Gericht triumphierend dar, daß das Erbe ihm zustand, da auch sie getauft worden war, und er gewann den Prozeß!«

Mr. Grossman hat jedenfalls recht, wenn er bemerkt, daß man in diesem Land nichts ohne die Juden tun kann, nicht einmal ins Theater gehen: Heute abend wurde im Schauspielhaus ein französisches Melodram gegeben, das Thema war jedoch *Der Untergang Babylons*. Die Truppe schien mir drittklassig, und ich war überrascht, daß das Publikum die Aufführung begeistert aufnahm. Selbst die Zuschauer in den Logen, die ihren Geschmack in den Theatern Wiens und Paris' gebildet haben mußten, schienen nicht weniger begeistert als die im Parkett. Beim Auftritt von Kyros dem Großen wurde der Applaus ohrenbetäubend, und das begeisterte Publikum erhob sich und bereitete dem verblüfften Schauspieler, der jene große Persönlichkeit auf der Bühne festlich mit Straußenfedern und goldenem Harnisch bekleidet verkörperte, wahre Ovationen; und da wurde mir klar, daß das

Publikum in dem erfolgreichen Eroberer ohne große Umstände Napoleon erkannte, der gekommen war, um Polen wie Juden aus ihrer Gefangenschaft zu befreien. Aus dem gleichen Grund wurde der unglückselige König Nabonid erbarmungslos ausgepfiffen, als wäre er Friedrich Wilhelm persönlich gewesen; und es ist ein Glück, daß der Abschreiber ihm keine Königin an die Seite gestellt hatte, denn ich weiß nicht, wozu diese Leute imstande gewesen wären. Viele preußische Offiziere befanden sich im Theater, und auch sie begriffen nicht gleich, was da vor sich ging. Als es ihnen schließlich klarwurde, wußten sie allerdings nicht, wie sie sich verhalten sollten, und während die meisten aufstanden und sofort das Theater verließen, blieb einer auf seinem Platz, bemühte sich, die Pfiffe und den Applaus niederzuzischen, und schrie vergeblich auf deutsch, daß es eine Schande sei, die Aufführung auf diese Weise zu stören. Direkt unter meiner Loge saß ein Dragonerhauptmann, von Manstein, den ich im Hause des Statthalters kennengelernt hatte, neben einem polnischen Adligen, der Kyros besonders begeistert applaudierte und bei jedem Auftritt des babylonischen Herrschers besonders laut heulte. In der Pause zwischen dem dritten und vierten Akt stellte der Hauptmann, der bis dahin so getan hatte, als bemerke er nicht, was um ihn herum geschah, seinen Nachbarn zur Rede und fragte ihn mit steinerner Miene auf deutsch, was diese Pfiffe zu bedeuten hätten. Der Pole antwortete ihm spöttisch in der eigenen Sprache, wie sie es zu tun pflegen, um die deutschen Beamten und Offiziere zu verhöhnen, denn die Polen haben eine große Begabung für Sprachen, und alle Adligen sprechen ausgezeichnet Französisch und fast immer, wenn sie sich dazu herablassen, auch gut Deutsch. Der Hauptmann war schon dabei, einen Handschuh auszuziehen und ihn dem Unverschämten ins Gesicht zu schlagen, als eine Dame, die in meiner Loge saß, sich über die Brüstung lehnte, auf die Gefahr hin, ins Parkett zu stürzen, und ihm zurief, er solle doch um Gottes willen aufhören, sich wie ein Kind zu benehmen, und zu ihr heraufkommen; als von Manstein sie erkannte, zögerte er einen Augenblick, verließ dann wortlos seinen Platz und kam zu uns herauf. Als er die

Loge betrat, machte die Dame, der ganz offensichtlich sehr daran gelegen war, daß der Hauptmann sich nicht umbringen ließ, ihm heftige Vorwürfe wegen des Duells, das er beinahe heraufbeschworen hätte; und der Gatte der Dame, ein dicker Beamter mit einem Ordensband im Knopfloch seines schwarzen Fracks, fügte den Vorwürfen seiner Gemahlin die seinen hinzu. Man muß wissen, daß der Statthalter jedes Duell zwischen den Offizieren der Garnison und den polnischen Adligen verboten hat, und obwohl der Stadtkommandant, wie es heißt, seine Offiziere insgeheim ermutigt, auf die Provokationen zu reagieren, ohne die Folgen zu fürchten, wird das Verbot im allgemeinen respektiert. Im übrigen, wäre dem nicht so, würde man jeden Morgen irgendeinen Toten, niedergestreckt mit Säbelhieben oder von einer Kugel durchbohrt, im Lazenski-Park aufsammeln können, denn es ist ganz offensichtlich die Absicht der Polen, die Deutschen zu provozieren, ohne sich um die Folgen Gedanken zu machen.

Der Hauptmann blieb bis zum Ende der Aufführung in unserer Loge, da unter den Anwesenden die Meinung vorherrschte, daß es von Kleinmut zeuge, wenn man das Theater an diesem Punkt verlasse. Später, beim Hinausgehen, fragte ich ihn, ob sich derartige Zwischenfälle bereits in der Vergangenheit ereignet hätten. »Niemals!« antwortete er, immer noch bleich von der Provokation, der er ausgesetzt gewesen war. »Niemals! Und wenn ich der Statthalter wäre, wären diese Schauspieler schon morgen unterwegs zur Festung Graudenz.« »Gemach, lieber Freund!« erwiderte ich. »Diese armen Teufel trifft doch keinerlei Schuld, und ich bin sicher, daß keiner von ihnen bei der Wahl des Stücks für die Aufführung an den verborgenen Sinn gedacht hat, den diese schwärmerischen Polen darin eventuell zu finden glauben. Andernfalls hätte, da können Sie sicher sein, der Zensor das Stück nicht erlaubt!« »Schon möglich«, räumte von Manstein nach kurzem Nachdenken ein. »Aber das, was heute abend geschehen ist, bestätigt nur, was, seit ich zum ersten Mal meinen Fuß in dieses vermaledeite Land gesetzt habe, zu meiner unumstößlichsten Überzeugung geworden ist: daß es nämlich, vorausgesetzt, Preußen erhielte dafür einen Ausgleich im Westen, besser wäre, diese Steppen unverzüglich den Russen zu überlassen, denn die wissen wenigstens, wie sie sie zu regieren haben.« »Sind Sie hier schon lange stationiert?« »Fünf Jahre; und ich habe mich noch immer nicht an die Arroganz und die kindische, engstirnige und unbeschreibliche Impertinenz der polnischen Adligen uns gegenüber gewöhnt.« Ich bemerkte, daß auch ich bereits Gelegenheit gehabt hätte, das festzustellen, obwohl meine Nationalität mir, sobald sie bekannt geworden sei, die brüderlichste Sympathie von ihrer Seite eingebracht habe. »Natürlich!« fuhr der Hauptmann fort. »Und ich muß zugeben, daß diese Kanaillen hier in Warschau immerhin noch Mut haben und ganz offen Streit suchen; aber die Landadligen sind von unvorstellbarer Niedertracht. Ich kann das durchaus sagen, denn ich lag zwei Jahre in Rogowo in Garnison, einem Kaff, in dem es mehr Juden als Christen gibt, und dort muß der Herr seine Hand über mich gehalten haben, denn ich habe niemanden umgebracht, war aber hundertmal kurz davor. Auf dem Land wagen es die Adligen nicht, ihre Feindseligkeit mit Worten zum Ausdruck zu bringen, weil sie sehr gut wissen, daß sie mit dem Degen dafür geradestehen müssen, und daß dort Erlasse des Statthalters keine Gültigkeit haben. Der Regimentskommandant ist die höchste Autorität nach Gott. Also befleißigen sie sich, das, was sie denken, mit Grimassen und Gesichtsverrenkungen auszudrücken, kurz, auf eine so rüpelhafte Art, wie sie mir nirgendwo sonst begegnet ist. Noch nie in meinem Leben, sage ich, bin ich auf so beleidigende Weise behandelt worden wie von diesem polnischen Adelspack, das mich von oben herab behandelte, als sei ich eine minderwertige Kreatur, während ihre Worte im selben Augenblick die unterwürfigste Ergebenheit mir und dem Herrscher, dem ich diene, gegenüber zum Ausdruck brachten.« »Komisch finde ich auch«, fügte ich hinzu, »daß sie sich ständig vergangener Glanzestaten rühmen, als seien die Polen immer noch der Schrecken der Welt. Da könnte sich irgendein griechischer Bauer, der vor Hunger stirbt mit seinen Ziegen und so stinkt wie sie, genausogut vor seinen Herren, den Türken, mit den Heldentaten des Perikles brüsten.« »Der Vergleich gefällt mir«, grinste von Manstein. »Aber vielleicht stimmt es ja, daß wir, wie jemand behauptet, diesen Unglücksmenschen ihre Rüpelhaftigkeit nachsehen müssen, wie bei einem Kind, das noch nicht gelernt hat, sich in der Welt zu bewegen. Wenn man die Dörfer sieht, über die sie herrschen, diese grauen und schmutzigen Menschen, die sich in ihren Schlammhütten vermehren wie Läuse auf dem Kopf eines grindigen Kindes, vergißt man seine üble Laune und empfindet Mitleid angesichts eines so kindischen Hochmuts.« »Und stimmt es, wie ich gehört habe«, fügte ich hinzu, »daß diese so arroganten Adligen alle vom ersten bis zum letzten bei den Juden verschuldet sind?« »So ist es, und nicht nur die Adligen; ich glaube, es gibt keinen Polen, der nicht wenigstens einmal in seinem Leben mit dem Hut in der Hand beim Juden vorsprechen mußte, um ein paar Taler zu Wucherzinsen zu leihen. Die gesamte Existenz der Polen ist in einem Netz aus Lumpen und ausgefransten Seilen gefangen, deren Enden sich in den Händen der Juden befinden: und was für Juden! Schmutzige deutsche Juden, die wie Larven im Dreck und im Elend wimmeln und die wahren Herren des Landes sind.« »Und doch«, bemerkte ich, mich an Victoires Begeisterung erinnernd, »sagt man, daß die Polen in der Vergangenheit ein edles und kriegerisches Volk gewesen seien, imstande, Rußland und die Ukraine zu unterjochen und Wien vor den Türken zu retten.« »So liest man es in den Chroniken«, erwiderte der Hauptmann. »Aber das muß geschehen sein, bevor diese elenden Juden, wie schädliche Tiere aus Deutschland vertrieben, kamen, um unter ihnen zu leben. Mit den Juden hat eine heillose Schmutzigkeit in Polen um sich gegriffen, und jede Anstrengung der Regierung wird so lange vergeblich sein, bis dem nicht ein Ende gesetzt sein wird. Tausendmal schon habe ich gedacht, daß ein reinigendes Feuer den ganzen Ameisenhaufen zerstören müßte, so daß dieser endlose Schmutz von der Flamme in reine Asche verwandelt würde.« »Um Gottes willen!« scherzte ich. »Denken Sie nur, was das bedeuten würde, all diese verschimmelten Matratzen und verseuchten Decken und Lumpen zu verbrennen! Der Gestank des Rauchs würde bis nach Amerika dringen«; und lachend verabschiedete ich mich von ihm und stieg in die Kutsche.

Donnerstag, 11. September

Es war noch dunkel, als wir von Warschau nach Puławy, dem Schloß von Fürst Czartoryski in Galizien, aufbrachen. Die Jahreszeit wird entschieden kälter. Die Sümpfe, welche die Straße säumen, dampfen unheilvoll und behindern die Sicht mit ihren Ausdünstungen. Am Morgen ist die Ebene in Nebel getaucht, und die Feuchtigkeit ist so dicht, daß man, wenn man einen Finger aus dem Fenster der Kutsche streckt, meint, etwas Festes und Nasses zu berühren. Bei diesem Wetter reisen stimmt nicht gerade fröhlich, und noch weniger fröhlich ist der Zwischenfall, in den ich an der letzten Poststation vor dem österreichischen Galizien geriet. Kaum waren wir in das Dorf gekommen, bemerkte Will einen Menschenauflauf in einem abgelegenen Gäßchen, und wir gingen nachschauen. Es stellte sich heraus, daß ein Verrückter sich vom Turm gestürzt hatte, in dem man ihn seit Jahren eingesperrt hielt, eine alte Ruine, die früher zu einem Herrenhaus gehört hatte; der Körper lag auf der bloßen Erde und wartete darauf, daß die Obrigkeit sich um die notwendigen Formalitäten kümmerte. Die Menge der Schaulustigen war noch armseliger als sonst, die Mauern des verfallenen Turms erhoben sich stumm und kalt, die Wetterfahnen pfiffen im Wind, und die Traurigkeit war insgesamt so unerträglich, daß die Tat des Verrückten nur allzu verständlich war.

An der österreichischen Grenze verlangte man meinen Paß, begnügte sich aber mit einem flüchtigen Blick darauf und fragte mich nach meinem Namen und woher ich käme. Da ich in Warschau vergessen hatte, meine Koffer versiegeln zu lassen, bestand man darauf, sie zu durchsuchen; ein Gulden Trinkgeld überzeugte sie jedoch, sich zu beeilen, ohne meine Kleidung allzu sehr in Unordnung zu bringen. Gleich nach der Schranke wurde die Straße, wenn das überhaupt möglich war, noch scheußlicher und der Kutscher noch elender; im Unterschied zu den meisten Kutschern in Polen, die im Land geboren sind und sich jeden Augenblick tief vor dem Reisenden verbeugen, war dieser ein Deutscher und ein in jeder Hinsicht respektloser junger Flegel. Da ein Bauer seine beiden Kühe nicht schnell genug von der Straße trieb, um die Kutsche vorbeizulassen, schlug er ihm mit der Peitsche ins Gesicht, obwohl er es seinerseits keineswegs für nötig gehalten hatte, ins Horn zu blasen, um ihn zu warnen; und er schnaubte verächtlich, als ich ihm, empört über sein Verhalten, befahl anzuhalten, aus dem Wagenfenster schaute und dem Bauern eine Münze zuwarf. Und derselbe Ehrenmann versuchte mich übers Ohr zu hauen, als ich ihn bezahlte, in dem Glauben, ich kenne den Unterschied zwischen Silbergulden und Papiergulden nicht, den der brave Mr. Grossman mir indes in Warschau erklärt hatte. Er zog mit seinen Pferden erst ab, nachdem ich ihm mit dem Stock gedroht hatte.

Spät in der Nacht erreichte ich Puławy. Seit Sonnenuntergang regnete es in Strömen, und in der mondlosen Nacht kam das Schloß mir wie eine gewaltige finstere Masse vor; das Gebäude hat Hunderte von Fenstern, aber nicht eines war erleuchtet. Der Kutscher blies aus Leibeskräften in sein Horn, und sofort kamen drei oder vier verschlafene Diener, öffneten und führten uns mit einer Blendlaterne durch die Salons. Am Ende dieses Spaziergangs traf ich auf ein schwarzgekleidetes Männlein, das sich, der offenen Weste und den hängenden Strümpfen nach zu urteilen, in aller Eile angezogen haben mußte; es war der Sekretär des Fürsten, und er sagte mir, sein Herr sei geehrt, mich unter seinem Dach zu empfangen, da er zu dieser Stunde jedoch schlafe, fühle er sich außerstande, ihn zu wecken. Er hatte schon Befehl gegeben, Zimmer herzurichten und den Ofen einzuheizen, und die Stallburschen kümmerten sich zusammen mit Will bereits um meine Pferde. Ein Diener führte mich über die Freitreppe nach oben und durch eine weitere endlose Flucht von Korridoren zu der Unterkunft, die mir zugedacht worden war: zwei riesige Zimmer, die durch einen Ankleideraum miteinander verbunden waren; aber es brannten nur einige Kerzen im ersten der beiden, und der Ofen war noch, obwohl man in seinem Innern bereits das Feuer knistern hörte, eiskalt. Ich bat den Diener, mir etwas zu essen zu bringen, doch der Mann verstand weder Französisch noch Deutsch, vielleicht hatten sie in der Küche aber auch nichts fertig und wollten sich nicht die Mühe machen, etwas für mich herzurichten. Jedenfalls gelang es mir nicht, etwas zu bekommen, und so blieb mir nichts anderes übrig, als zwischen die kalten Laken zu kriechen, die schimmlig rochen, während Will sich, so gut es ging, im anderen Zimmer einrichtete.

Freitag, 12. September

Heute morgen weckte mich ein Diener mit einer heißen Schokolade, ein Frühstück, das mir sehr gelegen kam nach all der Kälte und Feuchtigkeit, die ich während der Nacht hatte ertragen müssen. Während ich im Schlafrock frühstückte, kam der Hausherr persönlich, um mich zu begrüßen. Fürst Czartoryski ist ein hageres und gepudertes altes Männlein, äußerst sauber und gepflegt, der eine österreichische Uniform trägt, da Kaiser Joseph ihn aufgrund welchen Verdienstes auch immer zum Feldmarschall ernannt hat, obwohl ihm in seinem Leben niemals der Geruch von Pulver in die Nase gestiegen ist. In feierlichem Ton erklärte er, daß er geehrt sei, auf seinem Schloß den Vertreter eines so fernen Landes zu Gast zu haben, und einen Augenblick fürchtete ich, als ich mich daran erinnerte, daß der Fürst als ein erfahrener Orientalist und Kenner zahlreicher Sprachen und Literaturen des Orients gilt, er verwechsle mich mit einem Abgesandten des Sultans, so daß ich mich beeilte, ihm meine Situation zu erklären, und hinzufügte, daß ich mit der Hoffnung gekommen sei, von seinem berühmten Sohn etwas über die Linie der russischen Politik erfahren zu können. Fürst Czartoryski runzelte die Augenbrauen, als habe er nicht gut verstanden, was ich ihm gesagt hatte, dann murmelte er, es tue ihm sehr leid, mir mitteilen zu müssen, daß sein Sohn gar nicht da sei! Und so erfuhr ich, daß Fürst Adam, entgegen den Versicherungen, die man mir in Warschau gegeben hatte, Sankt Petersburg, wo er hofft, sein Ministerium zurückzubekommen, überhaupt nicht verlassen hat, so daß meine Reise durch die Steppe vollkommen umsonst gewesen ist. Da ich im Gesicht des Alten die Enttäuschung las, die meine Verärgerung hervorgerufen hatte, beeilte ich mich, ihn zu beruhigen, indem ich versicherte, die Hoffnung auf aufschlußreiche Gespräche mit ihm über die Zukunft Europas sei der zweite Grund meiner Reise und rechtfertige sie jedenfalls hinreichend genug. Diese Schmeichelei freute ihn, und wie bei diesen polnischen Magnaten üblich, gab er mir zu verstehen, daß er sich in der Tat als einen der Gestalter der Weltpolitik betrachte: »Aber wir werden Zeit haben«, fügte er hinzu, »uns über Politik zu unterhalten; jetzt will ich Ihnen mein Schloß zeigen!«

Ich zog mich hastig an und folgte ihm auf die Terrasse, wo mich auch die Hausherrin, Fürstin Czartoryska, erwartete. Die beiden würdigen Eheleute erläuterten mir mit Genugtuung die Schönheit des Ortes, die bereits unternommenen Anstrengungen, dort eine Residenz zu errichten, die des natürlichen Rahmens würdig ist, und ihre Pläne für künftige Verbesserungen. Das Schloß Puławy ist auf den Felsen erbaut, welche die Weichsel beherrschen, in äußerst angenehmer Lage, umgeben von sanften Hügeln, die sie hier gleich Berge nennen, auch wenn ich nicht mit Delille sagen würde, daß man sich in diesem Land der Sarmaten wie in einem Athen an den Ufern der Weichsel fühlen kann. Nachdem dieser *tour d'horizon* von der Terrasse aus beendet war, wollten die Hausherren mich um jeden Preis in den Schloßpark begleiten, wo unter zahlreichen geschmackvollen Bauten eine getreue Nachbildung des Tempels der Sibylle in Tivoli auffiel. Der Architekt hatte sich auf Kosten des Fürsten in Italien aufgehalten, um das Werk mit größter Genauigkeit zu verwirklichen, und hat seine Aufgabe ehrenhaft erfüllt, wobei er sich nur eine einzige Abweichung vom Original erlaubt hat: eine Kristallkuppel, welche die Nebel des Nordens in einen italienischen Himmel verwandeln soll. Im Innern des Tempels hat der Fürst eine Sammlung von Reliquien der polnischen Geschichte zusammengetragen: die Insignien des Königs, den Schmuck der Königinnen, die Waffen der Generäle und die dem Feind weggenommene Siegesbeute, dies zu einer Zeit natürlich, die so fern ist, daß sie mittlerweile im Vergessen versunken ist. Er ist außerordentlich stolz auf diese Sammlung, die ihm ein lebendiges Zeugnis der Größe seines Landes scheint, einer Größe, die er wie all seine Landsleute keineswegs für vergangen und abgeschlossen hält. Auf dem Giebel des Tempels ist als Bestätigung dieses Vorurteils die zuversichtliche Inschrift zu lesen: »Die Vergangenheit der Zukunft«. Und wenn man ihn dann fragt, ob eine solche strahlende Zukunft nah sei, ist der Graf vernünftig genug zuzugeben, daß im Augenblick noch nichts ihr Eintreffen ankündige und daß er schon zufrieden sei, wenn seine Nachkommen eines Tages ihre Säbel auf den Stufen dieses Tempels wetzen sollten.

Nicht weit von diesem patriotischen Bauwerk entfernt erhebt sich ein zweiter Pavillon, *Maison gothique* genannt, der auf mich wie eine merkwürdige Mischung aus flämischem und maurischem Stil wirkt; und diese architektonische Wunderlichkeit ist das ausschließliche Reich der Fürstin, die sich nicht weniger als ihr Mann als Sammlerin betrachtet und dort die unterschiedlichsten Gegenstände angehäuft hat. Hier konnte ich eine Haarsträhne von Agnès Sorel, aufbewahrt in einem Medaillon aus Bergkristall, bewundern; ein Porträt von Raffael, von dem bestochene Kenner versichern, daß es sich um ein Selbstporträt handele; den Sessel Shakespeares, dessen wurmstichiges Holz ehrfurchtsvoll mit Bronze und Samt überzogen wurde; schließlich einen Schreibtisch, der Voltaire gehört hat und wie alle Gegenstände jenes großen Mannes sofort nach dem Tod des Eigentümers aus Ferney fortgeschafft worden war, um an den Meistbietenden verkauft zu werden, so daß heute nur noch die Abdrücke der Möbel auf den Tapeten dem Besucher erlauben, das ursprüngliche Aussehen des Hauses zu rekonstruieren. Aber hier war die Besichtigung noch nicht zu Ende, da die Fürstin verschmitzt lächelnd mit einem goldenen Schlüssel eines der Geheimfächer des Schreibtischs öffnete, um mir die Schätze zu zeigen, von denen es überquillt: eine Sammlung von Briefen der großen Männer des Jahrhunderts von Ludwig XIV., darunter ein Brief von Marschall de Turenne, von ihm eigenhändig kurz vor seinem Tod geschrieben; ein eingebundenes Heft, das Zeichnungen von Befestigungsanlagen von der Hand Vaubans enthält; ein Gebetbuch von Madame de la Vallière; und schließlich eine Sammlung Briefautographen aller Könige Frankreichs von Franz I. bis Bonaparte! Ich muß gestehen, daß dieser Teil der Sammlung mich erstarren ließ, und ich war so überrascht, daß ich völlig vergaß, die Fürstin zu fragen, wie sie in den Besitz dieser Briefe gekommen war; jedenfalls braucht man nicht weiter nachzuforschen, um festzustellen, daß sie nicht die gerechtfertigten Bedenken ihrer Schwägerin, der Marschallin Lubomirska, teilt. Sie hat mir selbst gestanden, daß die wertvollsten Gegenstände der *Maison gothique* auf Versteigerungen in Paris unmittelbar in den Tagen der Revolution erworben worden seien, als man die Palais plünderte und alles verhökert wurde. Kurz, während die fürstliche Marschallin über dem noch warmen Leichnam von Madame de Lamballe Tränen vergoß, zog ihre Verwandte durch die Antiquitätenläden und machte sich ohne Gewissensbisse diesen unverhofften Überfluß zunutze.

Fürstin Czartoryska ist eine angenehme Unterhalterin, und als die Diener nach dem Mittagessen die Tische für das Spiel vorbereiteten, unterhielt sie die Gesellschaft, indem sie lebhaft und verschmitzt von ihren Reisen und ihren Begegnungen mit den großen Männern der Vergangenheit erzählte. Als sie am Hof Friedrichs des Großen vorgestellt wurde, hatte sie es irgendwie fertiggebracht, sich eines Tages in sein privates Arbeitszimmer zu schleichen, unmittelbar nachdem der König es verlassen hatte. Auf einem Schreibtisch voller Papiere und Akten lag auf einem Teller mit Kirschen ein vom König eigenhändig geschriebenes Schildchen: »Ich lasse achtzehn übrig.« Eine alte Husarenuniform lag auf einem kleinen Sofa und wartete darauf, ohne großen Aufwand ausgebessert zu werden. Neben einem offen daliegenden Brief von Voltaire die Rechnung eines Gewürzhändlers, der Hoflieferant war. Ein aufgeschlagenes Notenheft auf einem Notenständer und direkt neben diesem Hinweis auf Harmonie ein kurulischer Stuhl ähnlich dem, der sich im Kapitol befindet, »mit dem Unterschied«, fügte die Fürstin hinzu, »daß der eine aus altem Lack ist, während der andere aus gewöhnlichem Holz war, und nichts verbarg seine gewöhnliche Funktion!« Dann sprach die Erzählerin davon, daß der Reisende in jener Zeit viel Takt und Geschick haben mußte, um sich zwischen den beiden rivalisierenden Höfen in Berlin aus der Affäre zu ziehen. Der König hatte den seinen, der ganz aus Offizieren und Gelehrten bestand, und die Königin, die ihn niemals sah, sammelte die modischen Edelfrauen und die *Crème* der Aristokratie um sich. An dem einen zu verkehren bedeutete, am anderen nicht gern gesehen zu sein. Wenn der König von seiner Frau sprach, was im übrigen nur sehr selten geschah, nannte er sie nur »la vieille sotte«, und sie nannte ihn umgekehrt »le vieux fripon« oder »le vieux ladre«.

Bei diesen Worten legte die Fürstin die Karten nieder, um eine Prise Schnupftabak zu nehmen, und beim Öffnen der Schnupftabakdose schüttete sie den gesamten Inhalt auf den kleinen Mops, den sie im Arm hatte. Das Hündchen fing verzweifelt zu winseln an, während sein Frauchen jammerte: »*Ah, che fatalità, carino, poverino!*« Denn mit besagtem Mops sprach sie Italienisch, da er aus Padua stammt. Eine Zofe kam sofort herbeigeeilt und nahm sich des Tierchens an, und die Fürstin nahm beruhigt das Spiel wieder auf und setzte dabei ihre Erzählung fort. »Ich habe Ihnen von der Misere des Berliner Hofs erzählt, aber glauben Sie nur nicht, daß der Aufenthalt am Wiener Hof angenehmer gewesen wäre! Hier hatte Fürst Kaunitz, der berühmte Minister, den Ruf, ziemlich unverschämt zu sein. Er hatte schöne Zähne und pflegte sie bei Tisch, ohne die geringste Rücksicht auf seine Gäste zu nehmen. Kaum war das Geschirr abgetragen, stellte sein persönlicher Kammerdiener einen Spiegel, eine Schale und Zahnbürsten vor ihn hin, und der Fürst begann seine Morgentoilette, als wäre er allein in seinem Badezimmer, während die

Anwesenden warteten, bis er fertig war, um vom Tisch aufzustehen. Bei einer anderen Gelegenheit, die ich ebenfalls miterlebt habe, war ein venezianischer Adliger beim Fürsten zum Essen eingeladen, der Gradenigo hieß. Der Fürst, der ein großer Spötter war, wandte sich mit lauter Stimme an ihn und nannte ihn niemals anders als *grand nigaud*. Der arme Ausländer, der kein Französisch konnte, wunderte sich ziemlich über das schallende Gelächter der Anwesenden und hörte schließlich ganz zu essen auf. Da sagte der Minister, der bemerkte, daß der Gast mit seinem Fasten das Dienstpersonal in Verlegenheit brachte, laut zu seinem Majordomus: »Warum verpaßt du ihm nicht eine mit der Faust?« Wenn man solche Erzählungen hört, staunt man, was für Fortschritte die Gesellschaft in so wenigen Jahren gemacht hat, und denkt unwillkürlich, daß die Europäer, gegen deren Anmaßung unsere Väter sich auflehnten, sehr viel flegelhafter als heute waren und daß, wenn sich die guten Manieren bereits ein paar Jahre früher durchgesetzt hätten, die Revolution vielleicht gar nicht stattgefunden hätte.

Sonnabend, 13. September

Heute morgen brachte ein Postillion, auf dessen Jacke der zweiköpfige Adler des Kaisers genäht war, die Post, und in dem Päckchen befand sich auch ein Brief von Victoire, den sie zehn Tage zuvor an meinen Bankier in Warschau geschickt hatte und den die Polizei, wie deutlich zu sehen war, geöffnet, gelesen, nochmals gelesen und schließlich für harmlos befunden hatte. Die Arme fragt mich, ob es Krieg geben wird, denn in Berlin, sagt sie, sei es unmöglich zu begreifen, was geschehen werde. Die Regimenter der Garnison würden eines nach dem anderen ausrücken, doch in den Zeitungen lese man, daß die Gefühle des Königs Bonaparte gegenüber freundschaftlich seien und daß die Wahrung des Friedens zwischen den Völkern die einzige Sorge beider Herrscher sei. Prinz Louis Ferdinand, Prinz August, der Prinz von Oranien, die Generäle Rüchel und Schmettau und sogar der Bruder des Königs hätten Seiner Majestät eine Bittschrift überreicht, in der sie ihn bäten, Haugwitz und sein ganzes Kabinett zu entlassen, und ihm das Mißtrauen schilderten, welches das Heer und die Öffentlichkeit ihm gegenüber hegten. »Der König«, schreibt Victoire, »ist ohne eine Antwort gegangen, hat an alle den schriftlichen Befehl ergehen lassen, sich unverzüglich bei ihren Regimentern einzufinden, und wollte sie nicht grüßen.« Aufgrund dieses Verhaltens würde ich sagen, daß der König immer noch den Frieden zu bewahren hofft; Generäle und Prinzen so zu behandeln, nur um Bonaparte über seine wahren Absichten im unklaren zu lassen, schiene mir etwas stark, und für einen so guten Politiker halte ich den König nicht; sein Großonkel, *le vieux fripon*, wäre dazu imstande gewesen. »Weißt du«, fügt Victoire hinzu, »daß der arme Bülow verhaftet worden ist? Und daß sie bei ihm zu Hause eine ziemlich kompromittierende Korrespondenz gefunden haben? Ich weiß nicht, was ich davon halten soll; gebe Gott, daß alles gut ausgeht! Heute ist ein Kurier aus Paris eingetroffen, aber welche Nachricht er gebracht hat, wissen wir nicht. Die Abreise des Königs ist noch ungewiß, aber seine Equipage steht bereit, innerhalb einer Stunde aufzubrechen. Du fehlst mir, Robert, und es gefällt mir nicht, dich dort allein zu wissen. Zeiten wie diese machen die Männer egoistisch, jeder wirft sich um so mehr in die Vergnügungen der Gegenwart, je trauriger die Zukunft scheint. Jetzt jedenfalls haben alle eine gute Meinung von der Regierung, und der König wird aufgrund seiner letzten Maßnahmen von der Öffentlichkeit wieder respektiert.«

Beim Mittagessen machte ich Fürst Czartoryski mit den Nachrichten aus Berlin bekannt, in dem Glauben, ihm damit etwas Neues mitzuteilen; doch der Alte zeigte mir mit einem feinen Lächeln einen Brief, den er mit der Morgenpost erhalten hatte. »Meine liebe Freundin Annette, die Baronin Hardenberg, schreibt mir aus demselben Anlaß aus Berlin, und unsere Briefe werden nicht geöffnet, so daß sie sich erlauben kann, etwas weniger zurückhaltend als ihre *petite amie* zu sein.« Während er dies sagte, setzte der Fürst seine Brille auf und las mir die Nachricht von der Bittschrift, die dem König übergeben worden war, vor, wobei er sich von Zeit zu Zeit unterbrach, um mich über die Gläser hinweg anzusehen: »›Le Roi ...‹, warten Sie, ja hier: ›Le Roi a pris la chose pour une démarche révolutionnaire, l'appelle ›Meuterey‹. La Reine, avec laquelle il était lorsqu'il reçut le mémoire et avec laquelle il s'est enfermé, aurait dû rectifier cette idée et l'adoucir, travailler plutôt à favoriser le but. Toutefois, c'était une très fausse démarche d'envoyer, comme on l'a fait, cette pièce par l'aide de camp de Rüchel. Il aurait fallu qu'un ou deux qui eussent eu de la confiance eussent parlé et représenté les arguments avec douceur et attachement‹ ... Stellen Sie sich das vor! Eine Bittschrift von solcher Wichtigkeit, und sie schicken sie dem König durch einen Generaladjutanten! Wirklich, diese Deutschen werden immer Kinder bleiben, auch wenn sie Prinzen und Generäle sind. ›Le coup a été entièrement manqué‹, und ist das verwunderlich?« schloß er, faltete das Blatt zusammen und sah mich triumphierend an. »Der König hat, wie es scheint, recht wenig Lust, in den Krieg zu ziehen; ich hatte bereits Gelegenheit, das in Berlin selbst festzustellen; und vielleicht gelingt es ihm noch einmal, sich aus der Affäre zu ziehen«, bemerkte ich; doch der Fürst schüttelte den Kopf. »Die Dinge haben sich mittlerweile zu sehr zugespitzt, und der König von Preußen hat es nicht mehr in der Hand zu entscheiden, ob er den Krieg will oder nicht. Schon allein die Nachrichten aus Sankt Petersburg beweisen, daß die Ereignisse sich überstürzen werden. Wie ich Napoleon kenne«, fügte er hinzu und zeigte damit, ohne es zu wissen, eine vollkommene Übereinstimmung mit den Ansichten von Graf Potocki, »wird er die Weigerung des Zaren, Frieden zu schließen, seine sich täglich schwieriger gestaltenden Verhandlungen mit England und die Mobilisierung der preußischen Armee zusammenzählen und zu dem Schluß kommen, daß eine vierte Koalition in Kürze gegen ihn in den Krieg ziehen wird.«

Ein anderer Briefpartner hatte den Fürsten ein paar Tage zuvor darüber informiert, daß der Kurfürst von Sachsen beabsichtige, so rasch wie möglich sein Heer in den Kriegszustand zu versetzen, und daß die preußischen Truppen mit seiner Erlaubnis bereits begonnen hätten, in sein Hoheitsgebiet zu marschieren; angesichts dieser Nachricht, die er mir eher gleichgültig mitteilte, während wir den Kaffee tranken, mußte auch ich zugeben, daß Bonaparte wohl kaum ungerührt derartige Manöver mit ansehen würde. »Ich bedaure es sehr, daß ich von Ihrer Gastfreundschaft so wenig Gebrauch machen kann, aber es ist notwendig, daß ich nach Berlin zurückkehre, bevor der Krieg erklärt wird. Sie werden mir also verzeihen, wenn ich schon morgen dieses so gastfreundliche Haus verlasse«, kündigte ich an. »Das ist schade«, erwiderte der Fürst, »denn, wie Sie sehen, bin ich immer noch einigermaßen unterrichtet über das, was in Europa geschieht, und wenn Sie geblieben wären, hätten wir viele angenehme Vormittage damit verbringen können, die Briefe vor dem Feuer zu öffnen und auf den Karten die Truppenbewegungen zu verfolgen. Aber ich verstehe, daß Sie den Wunsch haben, im entscheidenden Augenblick dort zu sein, wo der Herrscher ist, bei dem Sie akkreditiert sind. Erlauben Sie mir dennoch den Rat, über Dresden zurückzufahren, denn alles weist darauf hin, daß die preußische Armee beabsichtigt, sich in Sachsen zu sammeln. Wenn Sie dort erfahren, daß der König sich immer noch in Berlin befindet, werden Sie Ihre Reise nur um ein paar Tage verlängert haben; wenn er dagegen die Hauptstadt bereits verlassen haben sollte, um sich an die Spitze seiner Truppen zu stellen, können Sie sich ihm direkt im Feld anschließen und sparen Zeit und Mühe.« Diese Argumente leuchteten mir sehr ein, um so mehr, als die vorgeschlagene Reiseroute mir erlauben wird, eine weitere Metropole Deutschlands zu besuchen. Und falls ich in Dresden zufällig auch noch jenes Fräulein Bertha, das in der Nähe von Königsberg mit Mutter, Zofe und Kutsche im Morast steckengeblieben war, wiedertreffen und die in jener denkwürdigen Nacht begonnene Bekanntschaft würde vertiefen können, hätte ich einen Grund mehr, diese Entscheidung nicht zu bereuen.

Am Nachmittag versammelten wir uns, da der Regen es unmöglich machte, aus dem Haus zu gehen, um den Kamin im Salon, in dem der Hausherr endlich Feuer hatte machen lassen, und ich unterhielt mich lange mit einem anderen Gast auf Schloß Puławy: dem Grafen Jan Potocki, einem Vetter der Potockis von Wilanów, Schwiegersohn der Fürstin Lubomirska und gegenwärtig Beamter in Sankt Petersburg. Er ist ein zur Fettleibigkeit neigender schwermütiger Mann mit Verdauungsstörungen, zu denen die Küche von Puławy nicht wenig beiträgt. »Wenn Sie in Warschau gewesen sind«, sagte er zu mir, »werden Sie bemerkt haben, daß der polnische Luxus überall gleich ist. Allerorten Marmorsäulen, Goldvorhänge, Samt, Purpur, Lapislazuli und arabische Düfte, aber wenig Türen und Fenster, die sie schließen, und auf dem Tisch *mauvaise chère*.« Wenn man ihn ansieht und seine Klagen hört, könnte man meinen, daß er seine Tage in Sankt Petersburg damit verbringt, bei den Ministern zu antichambrieren und bei den besten *restaurateurs* zu speisen, und daß seine einzige Beschäftigung darin besteht, den Stern des Heiligen Wladimir schön blank zu putzen, den er sich gestern beim Abendessen an den Frack gesteckt hatte. Zu meiner großen Überraschung erfuhr ich jedoch, daß er unermüdlich auf Reisen ist, daß er Marokko, die Türkei, Griechenland, Ägypten und Zirkassien bereist hat und eben erst aus China zurückgekehrt ist! Mich interessierte, was er von dieser Reise zu erzählen hatte; ich erinnere mich, daß ich in London war, als die unglückselige Expedition von Lord Macartney aufbrach, mit zwei chinesischen Priestern, die in Neapel Latein studiert hatten, als einzigen Dolmetschern. Die russische Expedition war, wie es scheint, besser organisiert, obwohl auch sie letztlich kläglich, und aus den gleichen Gründen, scheiterte.

»Die Gesandtschaft«, erzählte der Graf, »war Graf Golowkin anvertraut worden, und der Minister ernannte mich zum Leiter der wissenschaftlichen Mission, die ihn begleiten sollte. Ziel der Expedition war es, Verhandlungen mit dem Kaiser von China zu führen, um den Einflußbereich Rußlands in der sibirischen Steppe festzulegen; ich persönlich wollte mit den Pekinger Gelehrten sprechen, um die synoptischen Tafeln meiner 1803 in Florenz gedruckten *Chronologie* auf die Geschichte dieses Landes auszuweiten. Es waren viele Monate erforderlich, um mit den

Chinesen über die Anzahl der Gesandtschaftsmitglieder zu einer Einigung zu kommen, ein Detail, dem sie, und folglich auch wir, größte Bedeutung beizumessen beschlossen hatten.« »Ich sehe«, bemerkte ich, »daß die Diplomaten unter allen Himmeln die gleiche Sprache sprechen; aber letztlich ist das ein Vorteil, denn so weiß man, was einen erwartet. Stellen Sie sich vor, wie weit ein europäischer Botschafter kommen würde, wenn er mit einer Macht verhandeln müßte, die sich den Teufel um Prioritäten, Protokoll und Auszeichnungen schert!« Der Graf lächelte und fuhr mit seiner Erzählung fort. »Wir hatten Sankt Petersburg im Mai verlassen und konnten erst am 18. Dezember die mongolische Grenze überschreiten. In Urga gefror der Tee in der Tasse, und die Chinesen empfingen uns mit festlichen Feuerwerken, in denen sie Meister sind, und tausend Formalitäten, die uns daran hinderten weiterzureisen, solange nicht ein Würdenträger eingetroffen war, den sie aus Peking erwarteten. Als er endlich eintraf, übergab Graf Golowkin ihm die Geschenke, die der Zar dem Kaiser schickte, und begleitete das mit einer ziemlich überheblichen Erläuterung der Macht Rußlands, wobei er eine unverzeihliche Nichtvertrautheit mit den örtlichen Gebräuchen bewies. Der Chinese antwortete durch den mongolischen Dolmetscher, daß er gerne den Tribut unseres Leiters an Unterwürfigkeit akzeptiere, und fügte hinzu, Alexander könne von nun an wie alle anderen Vasallen mit dem Wohlwollen des Sohnes des Himmels rechnen. Wie Sie sich vorstellen können, reiste die Gesandtschaft nicht nach Peking weiter. Graf Golowkin, überzeugt, daß er tödlich beleidigt worden sei, ließ sich nur mit großer Mühe davon abhalten, den chinesischen Würdenträger zum Duell zu fordern. Jedenfalls überreichte er ihm eine verstiegene und beleidigende Erklärung, auf welche die Chinesen mit einem unverschämten Brief antworteten, begleitet von der Rückgabe sämtlicher Geschenke. Der Botschafter weigerte sich, sie zurückzunehmen, und ließ alles aus dem Lager werfen, goldene Uhr, Emailarbeiten, Teppiche und Edelsteine; dann brachen wir wieder auf. Nach elf Tagesmärschen auf dem Rücken von Kamelen überschritten wir erneut die sibirische Grenze. Die Chinesen folgten uns im Abstand eines Tagesmarsches, und als sie ihrerseits die Grenze erreichten, warfen sie uns die Geschenke hinterher, die sie auf keinen Fall behalten wollten.« »Mir scheint«, bemerkte ich, »daß keine der beiden Parteien großen Nutzen aus dem Unternehmen gezogen hat.« Der Graf lächelte boshaft. »Ganz richtig, zumindest, was das öffentliche Interesse betrifft, das nicht immer, wie ihr Engänder und Amerikaner sehr gut wißt, mit dem privaten zusammenfällt. Was mich betrifft, ich habe drei Kisten mit Bronzen und Porzellan aus der Mongolei mitgebracht, die ich für wenige Rubel erworben habe und die jetzt mein Palais in Sankt Petersburg schmücken. Und auch der eine oder andere chinesische Würdenträger wird auf seine Rechnung gekommen sein, denn als Graf Golowkin sich endlich entschloß, die abgelehnten Geschenke einzusammeln, entdeckte man, daß zahlreiche Schmuckstücke und Geschmeide und Teppiche fehlten!«

Er begleitete diese Worte mit einem kalten und unangenehmen Lachen, wie jemand, der die Menschen zu gut kennt, so daß keine Niedertracht ihn noch überraschen kann; dann fügte er hinzu: »Im übrigen glaube ich, daß die Begegnungen zwischen verschiedenen Völkern einfach immer so ausgehen müssen, solange wir nicht lernen, die Bräuche und Vorstellungen eines jeden Volks zu studieren und uns jedem auf eine Weise zu nähern, die ihren und nicht unseren Sitten gemäß ist.« Mir fiel Präsident Washington wieder ein, der die Pfeife mit den Creek-Häuptlingen geraucht hatte, und ich erzählte die Geschichte Graf Potocki, den sie sehr beeindruckte und der zu Papier, Feder und Tintenfaß greifen wollte, um sie aufzuschreiben. »Gewiß«, murmelte er, »wie soll man ausschließen, daß wir gerade, wenn wir glauben, in die Bräuche eines fremden Volkes eingedrungen zu sein, und uns rühmen, unsere Gepflogenheiten den ihren angepaßt zu haben, daß wir gerade dann, ohne es zu wissen, weiter denn je von der Wahrheit entfernt sind? Und wer weiß, ob die Einwohner ferner Länder uns nicht, wenn wir sie über ihre Gebräuche befragen, bewußt irreführen, so wie die Ägypter Herodot irregeführt haben sollen?« »Bei unseren Indianern«, warf ich ein, »würde mich das nicht überraschen.« Der Graf starrte mich an. »Ja, ihr Amerikaner und wir Russen, wenn ich mich so ausdrücken darf, haben viel gemeinsam, wir grenzen an unerforschte Steppen und wilde Völker, von denen wir nichts wissen ... Wissen Sie, auch wir haben unsere Indianergrenze.«

»Mit dem Unterschied« erwiderte ich, »daß sich an Ihren Grenzen die Nachkommen der gleichen Sarmaten und Skythen und Hunnen drängen, die den Alten wohlbekannt waren, wenn sie auch ihren Grausamkeiten jedesmal ungläubig gegenüberstanden, während Gott allein weiß, wo unsere Wilden herstammen, es sei denn, es handelt sich um die Völker der Gog und Magog oder die verlorenen Stämme Israels.« »Was Sie da sagen, ist sehr richtig, mein Freund« stimmte Potocki zu. »Und es ist nicht selten, daß gerade die Alten uns ein Leitbild sind, wenn es darum geht, die Gebräuche dieser Völker zu verstehen. Ich will Ihnen ein Beispiel erzählen, das die Grausamsten unserer Feinde, die Bergbewohner des Kaukasus, betrifft. Ich hatte das Glück, lange in jenen Gegenden zu reisen, ich befuhr das Schwarze Meer, das die Alten Pontus Euxinus nannten, ich bereiste Zirkassien, Armenien und Tauris. Und jetzt hören Sie, was ich dort erfahren habe. In den ersten Septembertagen verläßt jeder Tscherkassenfürst sein Haus, zieht sich auf einen Berg oder in die Tiefe eines Waldes zurück und baut dort eine Laubhütte. Ihm folgen seine treuen Edelleute, aber kein Mitglied der Familie wagt sich zu nähern, nicht einmal ein Bruder. Alle sind maskiert und sprechen nicht Tscherkessisch, sondern einen Geheimdialekt, der ›Chakobza‹ heißt. Dorthin begeben sich die geheimen Freunde des Fürsten, die zusammen mit ihm, gleich welcher Nation sie angehören, Abchasen und Osseten geraubt und entführt haben; auch sie sind maskiert, da sie Personen begegnen könnten, mit denen sie in Rache leben und die sie töten würden. Nur der Fürst kennt sie alle, und er steht im Zentrum aller Geheimnisse. Diese Zurückgezogenheit dauert sechs Wochen, in denen sich kleine Gruppen Maskierter für Raubzüge in die Umgebung entfernen, und da alle sehr auf der Hut sind, gibt es viele Verletzte und Tote, auch unter den Fürsten, denn diese maskieren sich, um nicht erkannt zu werden, sonst würden sie nämlich verschont. Ich kenne bereits viele Wörter des ›Chakobza‹-Dialekts und habe vor, mein Wörterbuch auf der nächsten Reise zu vervollständigen.« »Das ist merkwürdig«, sagte ich. »Ich habe, wenn ich mich nicht irre, bei Lukian etwas gelesen, das diesem Brauch ähnelt.« »In der Tat«, ergänzte der Graf triumphierend, »Lukian, genauer sein ›Skythendialog‹! Verstehen Sie, was ich meine? Und übrigens, erzählen nicht Platon und Senafons, daß die jungen Spartaner die Erlaubnis und die Pflicht hatten, nachts auszuziehen, um die Heloten zu töten, und daß die Gemeinschaft der Gleichen gerade in diesen Morden und diesen geteilten Gefahren ihre Grundlage fand?« »Die *krypteia*«, sagte ich, um zu zeigen, daß ich wußte, wovon er sprach. »Ja, die *krypteia* ... Und der Dialog, den wir gewöhnlich Skythendialog nennen, heißt er nicht vielleicht auch und widmet er sich nicht auch der ›Freundschaft‹?« Nach so vielen schwärmerischen Polen, die ich auf dieser Reise kennengelernt hatte und die überzeugt waren, daß es keine größere Ehre auf der Welt gibt, als Pole zu sein, und die seit ihrer Geburt ihr trauriges Land niemals verlassen haben, fand ich die Unterhaltung mit ihm, der sich, ohne mit der Wimper zu zucken, als Russen bezeichnete und mit gleicher Vertrautheit über Griechen und Chinesen sprach, äußerst angenehm, so daß ich mich den ganzen Abend über mit ihm unterhielt, obwohl der Fürst uns immer wieder einlud, uns dem Spiel anzuschließen, und ging später als gewöhnlich zu Bett.

Sonntag, 14. September

Mittags verließ ich Puławy auf der Straße nach Dresden, die schon von vornehmen Equipagen und eiligen Postkutschen befahren wurde, als Polen und Sachsen noch unter derselben Dynastie vereint waren, und die jetzt beinahe wie ausgestorben ist. An den Poststationen wird man sehr viel schlechter bedient, als ich es entlang der preußischen Hauptstraße gewohnt war, da die besten Tiere vom Heer des Reiches beschlagnahmt worden sind, um die großen Verluste an Pferden wettzumachen, die das Reich im letzten Winter erlitten hatte. Die Postkutscher sind meist Bauern aus der Gegend, die halbnackt auf den Bock klettern und in jeder Kurve das Leben von Pferden und Reisenden aufs Spiel setzen. Sogar die bärtigen Juden üben bisweilen diesen Beruf aus, und sie sind die besten, schon weil man mit ihnen Deutsch sprechen kann. Man versteht, warum die Post in Österreich weniger kostet als in Deutschland; für drei Gulden bekommt man vier Pferde, und so billig bin ich bisher noch nie gereist. Die Landschaft ist angenehm und malerisch; herrliche Wälder und fette Weiden neben weiten Stoppelfeldern erfreuen das Auge des Reisenden und zeigen, was man aus Polen hätte machen können, wenn die Einwohner oder ihre Regierenden es besser zu bewirtschaften verstanden hätten. Doch wer ohne eigene Vorräte reist, kann mitten in einem so fruchtbaren Land ohne weiteres verhungern: Man kann stundenlang fahren, ohne durch einen bewohnten Ort zu kommen, und den ganzen Tag über ist mir nur eine einzige Mühle begegnet. Es ist sogar schwierig, Hafer für die Pferde zu finden; die Juden, die einzigen, die bereit sind, welchen zu verkaufen, sind Gauner, wie man sie sich schlimmer nicht vorstellen kann, so daß einen das Verlangen überkommt, sie mit Stockschlägen statt mit Papiergeld zu bezahlen. Zum Glück wies der Fürst, der sehr wohl wußte, in welche Not ich geraten würde, die Diener an, einen großen viereckigen Korb auf die Kalesche zu laden, der bis bis oben hin voll ist mit geräucherten Forellen, Roastbeef, gebratenen Hühnern und kalten Pasteten, außerdem vier Flaschen des besten Madeira, so daß ich ich für den Notfall bestens gerüstet bin.

Montag, 15. September

Heute hat eine Haushaltstragödie ein wenig Leben in den Tag gebracht, der ohne sie unbeschreiblich langweilig gewesen wäre. Man muß wissen, daß ich, seit Amsterdam, Will Geld anvertraut habe, mit dem er den Postkutschendienst bezahlen soll. Heute nahm ich ihn zu mir in die Kutsche, da es in Strömen goß, und um mir die Zeit zu vertreiben, bat ich ihn um die Rechnungen, die ich bis jetzt nie kontrolliert hatte. Ohne zu zögern holte Will aus irgendeiner Tasche seines Mantels ein kleines Heft, dessen Umschlag wegen der Feuchtigkeit schon schimmelte, und einen Bleistiftstummel, was er mir beides übergab. Ich öffnete das Heft und vertiefte mich in das Studium der Zahlen, die Will in seiner großen kindlichen Handschrift mühsam in Kolonnen untereinandergeschrieben hatte. Nachdem ich fast eine Stunde damit verbracht hatte, bat ich ihn um die Börse, zählte das Geld, das sie enthielt, und verglich die Summe mit der, die sich aus den Rechnungen ergab: Es fehlten siebzehn Taler. »Will!« sagte ich zu ihm. »Es fehlen siebzehn Taler!« Wenn er weiß gewesen wäre, wäre er blaß geworden; da er aber ein Neger ist und ein ziemlich dunkler noch dazu, wurde er aschgrau. »Nicht möglich«, murmelte er. »Rechne selbst nach!« Mit zitternder Hand nahm er das Heft zurück und rechnete sorgfältig nach, wofür er etwas länger brauchte als ich. Schließlich blickte er mich mit blutunterlaufenen Augen an und öffnete den Mund, als wollte er sprechen, fand aber keine Worte. Er war so bestürzt, daß ich beinahe lachen mußte, aber ich wollte mein Spiel mit ihm treiben. »Will! Dummer Neger«, rief ich, so streng ich konnte, »was hast du denn mit diesem Geld gemacht? Siebzehn Taler! Wie willst du sie mir zurückzahlen?« »Ziehen Sie sie von meinem Lohn ab«, stammelte er. »Wie soll das gehen, wenn ich dich entlasse?« erwiderte ich. »Denn ich entlasse dich. Ich lasse dich im nächsten Dorf zurück, dann werden wir schon sehen, wie du zurechtkommen wirst!« Der arme Kerl fing noch mehr zu zittern an und flehte mich an, Mitleid mit ihm zu haben, denn in diesem Land würde er gewiß in einer Woche verhungert oder von den Bauern umgebracht worden sein. In der Tat hatte ich bereits bemerkt, daß die Bauern sich, wenn sie ihn vorbeigehen sahen, bekreuzigten, und ich glaube, wenn sie ihm allein begegneten, wären sie imstande, ihn zu verprügeln, um die bösen Geister auszutreiben. Schließlich versprach ich ihm, nicht mehr über die Sache zu sprechen, unter der Bedingung, daß er auf seine, eigentlich meine Börse besser achtgebe; und um mir seine feuchte Dankbarkeit zu ersparen, schickte ich ihn wieder hinaus auf den Bock neben den Kutscher.

Am Abend erreichten wir ein schlammiges Flüßchen, welches das österreichische Polen vom preußischen trennt; da es zum Übersetzen schon zu spät war, mußte ich mich damit abfinden, im Ort zu übernachten. Ein paar Bauern, die mich, seit mein Wagen in den Hof gefahren war, neugierig von den Fenstern des Gasthauses aus beobachtet hatten, kamen näher und fragten mich, ob es wirklich Krieg geben werde, wobei sie sich des Wirts als Dolmetscher bedienten. Ich glaubte, die Gerüchte über die in großer Eile jenseits der Grenze vorgenommenen Truppenaushebungen seien bis zu ihnen gedrungen, doch sie zuckten nur die Achseln und gaben mir zu verstehen, daß sie über sehr viel sicherere Informationen verfügten; wie es scheint, haben sich die Wasser eines Flusses, der irgendwo im Westen, etliche Tagesmärsche von hier, fließt, rot gefärbt, was jedesmal geschehen soll, wenn ein Krieg Polen bedroht, da an seinen Ufern einst Polen gegen Polen gekämpft hatten. Ich sagte ihnen, daß der Krieg ausbrechen werde, aber lediglich auf dem Gebiet des Königs von Preußen, da ihr Herrscher es satt habe; aber ich hatte nicht den Eindruck, daß diese Nachricht sie freute. »Wenn der Krieg kommt«, sagte einer von ihnen, »werden auch Hunger und Pest kommen, und sie werden nicht vor den Schranken der Zöllner haltmachen.« Da ich schwieg, denn ich wußte nicht, was ich darauf antworten sollte, fuhr der Mann, sich den langen Schnurrbart streichend, fort: »So ist es immer gewesen, solange man denken kann. Mein Vater erzählte, daß sein Großvater, während er die Pferde hütete, zwei Tote gesehen hat, die tanzten und sangen: Krieg und Pest werden kommen, wenn sie zehn Tote in jedem Graben begraben. Und später kamen Hunger und Pest. Und der Hunger war so schrecklich, daß die Leute, wie meine Großmutter erzählte, das Gras auf der Wiese aßen, und alles war genauso, wie jene Toten vorhergesagt hatten.«

Ich ermunterte den Alten, weitere ähnliche Geschichten zu erzählen, und als der Wirt auf meiner flachen Hand eine Goldmünze blitzen sah, widmete er sich mit Feuereifer seiner Aufgabe als Übersetzer. »Die Toten kehren häufig zu den Lebenden zurück und versuchen sie zu verschlingen; meine Urgroßmutter hatte Glück, daß die beiden nur singen und tanzen wollten. Der Familie des Waldhüters von Andrychów, die der Priester unseres Dorfes in seiner Jugend gekannt hatte, ist Schlimmeres passiert. Dieser Waldhüter lebte in einem einsamen Haus, fern von Gott und den Menschen. Als er starb, legte seine Frau ihn, da sie keinen Sarg hatte, auf die Bank und deckte ihn mit einem Laken zu. Unter der Bank schlief der Hund. Während die Frau in der Küche war, hörte sie den Hund bellen; sie sah nach, der Tote saß auf der Bank und schärfte seine Zähne mit dem Wetzstein. Die Frau packte ihren Sohn und schloß sich in der Küche ein, aber der jüngste Sohn blieb in der Wiege. Der Tote versuchte mit aller Kraft die Küchentür aufzubrechen; der Hund, der seinen Herrn nicht zu beißen wagte, sprang aus dem Fenster und bellte verzweifelt. Schließlich riß der Tote, da er nicht in die Küche konnte, das Kind aus der Wiege und zerfleischte es. Er lief weiter durch das Haus, bis er Leute hörte, die zur Beerdigung kamen; daraufhin legte er sich wieder auf die Bank. Die Leute kamen herein; das Kind ist tot, das Fenster offen, die Möbel zertrümmert, und aus der Küche dringt so etwas wie ein Heulen. Sie traten die Tür ein und fanden die Frau halbtot. Nachdem sie wieder zu Kräften gekommen war und erzählen konnte, was ihr Mann getan hatte, legten sie dem Toten einen Zettel mit seinem Namen unter die Zunge, und nachdem sie ihn in den Sarg gelegt hatten, drehten sie ihn aufs Gesicht und schlugen ihm mit einer Schaufel in den Nacken, um zu verhindern, daß er noch einmal aufstünde.«

Nachdem ich diese Geschichte gehört hatte, wandte ich mich an den Wirt und sagte ihm, daß seine Landsleute mir nicht sehr fröhlich vorkämen. »Oh!« sagte er. »So sind die Bauern alle. Sie erzählen immer nur von lebendigen Toten, von als Deutsche verkleideten Teufeln und Werwölfen. Aber wenn der Herr sich amüsieren will, werde ich sie fragen, wer es regnen, donnern und blitzen läßt und was der Regenbogen ist!« Als der Jude diese Frage übersetzt hatte, wurden die Bauern lebhaft und fingen an, alle auf einmal zu sprechen, so daß der Wirt sie nur mit Mühe beruhigen und dazu bringen konnte, daß nur einer für alle sprach; die Antwort übersetzte er mir dann. »Da Sie mich nach dem Blitz fragen, werde ich Ihnen sagen, was die Bauern bei uns erzählen. Die Herren sagen, daß der Blitz nur ein Funke sei, aber das ist nicht wahr. Denn wie könnte ein Funke aus den Wolken fahren, da diese doch voller Wasser sind? Die Herren waren früher nicht so philosophisch wie heute und glaubten an Gott wie wir Christen. Die Bauern sagen dagegen, daß der Blitz der Schuß von Peroun ist, der sich in den Wolken versteckt und Adler jagt; doch was nun wahr ist, mag Eure Exzellenz selber entscheiden.« Der Wirt drängte den Redner lachend: »Und jetzt der Regenbogen!« »Gut«, antwortete der Mann und kratzte sich am Kopf, »der Regenbogen erscheint am Himmel, wenn es regnet, und steht in einem Fluß oder in einem Bach und trinkt sein Wasser. Mit dem Wasser trinkt er auch die Frösche, die dann auf die Erde herabfallen; und er kann auch einen Menschen mit sich nehmen, wenn dieser sich an die Stelle wagt, wo der Regenbogen trinkt. Einmal hat der Regenbogen bei Witkowice einen Jungen und ein Paar Ochsen getrunken, die der Junge zum Tränken an den Fluß geführt hatte. Dann hat er den Jungen wieder ans Ufer gespuckt, aber da war er schon ertrunken.«

Wie man sieht, fehlt es den polnischen Bauern nicht an Phantasie, und ihre Geschichten, erzählt beim Licht einer Talgkerze vor dem Schlafengehen, verfehlen nicht ihre Wirkung. Aber das reicht nicht, um sie aus ihrer Erniedrigung zu holen, und im übrigen glaube ich, daß auch unsere Indianer, wenn ihnen nur jemand zuhören wollte, schöne Geschichten zu erzählen wüßten. Als sie schließlich alle schlafen gingen, begleitete der Wirt mich in mein Zimmer und zeigte mir einen Haufen frisches Stroh, den seine Knechte gerade ins Haus getragen hatten. Als ich mich bückte, um es zu prüfen, bemerkte ich, daß es zur Hälfte voller Ähren war, eine Nachlässigkeit, die keinem deutschen Bauern unterlaufen würde, und dabei krepieren sie nicht vor Hunger wie die Polen! Während ich mich wieder aufrichtete, sagte ich zum Wirt, der mit der brennenden Laterne neben mir stand: »Wirt, weiß Er, was polnische Wirtschaft bedeutet?« Da er den Kopf schüttelte, fuhr ich fort: »So nennen die Deutschen eine liederliche und nachlässige Verwaltung, und man kann ihnen nicht unrecht geben. Seh Er sich nur einmal dieses Stroh hier an!« Der Wirt kniete sich hin, um es zu prüfen, und raufte sich die Haare. »Herr, hilf uns! So etwas kommt dabei heraus, wenn man christliche Knechte hat. Euer Exzellenz mögen mir verzeihen!« Er wollte sofort die Knechte rufen und sie zwingen, die Ähren vom Stroh zu trennen, auch wenn sie die ganze Nacht arbeiten müßten. Aber ich sagte ihm, jetzt sei es nun einmal geschehen, und trieb ihn aus dem Zimmer, weil ich schlafen wollte.

Dienstag, 16. September

Der Wirt weckte mich schon vor dem Morgengrauen und teilte mir mit, daß die Fähre auf uns warte. Während ich eine heiße Flüssigkeit zu mir nahm, in der er Gott weiß was hatte kochen lassen und die er Kaffee nannte, näherte er sich mir mit der Mütze in der Hand und fragte: »Der Herr möge mir verzeihen, aber ist es wahr, was Euer Exzellenz gestern erzählt haben, daß es Krieg geben wird?« »Es wird ihn geben; aber ich glaube nicht, daß er bis hierher kommen wird.« »O weh!« rief der Jude und hob die Augen zum Himmel. »Herr, wenn du kannst, wende ihn ab! Schreibe nicht, Herr, und streiche nicht aus, mach, daß alles wie vorher bleibt!« »Ich dachte nicht«, bemerkte ich, während ich mich umsah, »daß man hier ein so glückliches Leben führt, daß man jede Veränderung vermeiden will.« »Wir führen kein glückliches Leben«, gab der Wirt zu und richtete den Blick auf die verrußten Balken und die scheibenlosen Fenster seines Lochs. »Aber man darf niemals sagen, daß die Dinge schlecht laufen. Es kann immer noch schlimmer kommen!« Als Belohnung für seine Weisheit gab ich ihm einen Gulden mehr als das, was er von mir verlangte, und während sein Dank kein Ende nehmen wollte, schiffte ich mich ein.

Nach einer Überfahrt, die alles andere als ruhig war, da der pausenlose Regen während der Nacht den Pegel des Flusses hatte ansteigen lassen, setzte ich meinen Fuß wieder auf preußisches Gebiet, empfangen von einem schwarzweiß gestrichenen Pfahl, an dem ein Schild mit einem vom Regen halb abgewaschenen Adler befestigt war. Zehn Minuten später war ich an der Zollstation, die von einem intelligenten Offizier geleitet wurde, so daß ich mich nur wenige Augenblicke in seinem Hauptquartier aufhalten mußte: gerade so lange, um eine Flasche Madeira zu entkorken und auf das Wohl des Königs von Preußen zu trinken. Dieser Leutnant war die letzte zivilisierte Person, der ich heute begegnete; danach fuhr ich den ganzen Tag durch eine öde unbewohnte Ebene. Das Land aus Hügeln und Wäldern, durch das ich in den vergangenen Tagen gereist war, ist nur noch Erinnerung; die Landschaft hat jeden malerischen Reiz verloren und beschränkt sich erneut auf eine ununterbrochene Fläche von Kartoffelfeldern und unbebauter Heide. An der Station von Mazurki, die wir bei Sonnenuntergang erreichten, gab es nicht einmal eine Bank zum Übernachten, so daß ich die Dienste der einzigen Herberge des Ortes in Anspruch nehmen mußte. Diese elende Behausung bot zwar vor dem Regen Schutz, aber mehr als ein Reisender hat sich beim Eintreten wohl gefragt, ob er sich nicht besser doch den Unbilden des Wetters weiterhin hätte aussetzen sollen. Das alte verfallene Gebäude hatte nur einen einzigen Raum, der gleichzeitig Stall, Schlafsaal und Küche war; trotz der vorgerückten Jahreszeit gab es unbeschreiblich viele Fliegen. Dazu verdammt, die Nacht an diesem Ort zu verbringen, da die Kälte es unmöglich machte, in der Kutsche zu übernachten, suchte ich lange nach einem Stuhl, auf den ich mich ohne allzu große Sorge setzen konnte, doch dann entschied ich mich zu einer anderen Lösung, und nachdem ich mich fest in den Mantel gewickelt hatte, kauerte ich mich ins Stroh der Pferde. Es dauerte einige Stunden, bis ich endlich in Schlaf fiel, doch als das letzte Kind und das letzte Tier endlich eingeschlafen waren und Stille eingekehrt war, die nur vom anhaltenden Trommeln des Regens und vereinzeltem Donner unterbrochen wurde, vergaß auch ich schließlich die Welt um mich herum.

Mittwoch, 17. September

Ich reise weiter über Straßen, welche diesen Namen kaum verdienen und mal so aufgeweicht sind, daß Frösche dort leben könnten, und mal so sandig, daß ein ganz feiner Staub durch alle Ritzen der Kutsche dringt und alles überzieht. Die einzige Person, mit der ich ein paar Worte wechseln konnte, war der Postmeister von Sieratsch, ein ehemaliger Artilleriehauptmann und Invalide, der diese Stellung als Pension erhalten hat. Während die Stallburschen die Pferde wechselten, holte der Alte aus der Brusttasche seiner zerrissenen Uniform, die er im Dienst zu tragen beliebt, eine große alte Zwiebel aus Silber und bemerkte: »Schon fünf! Ich möchte nicht zu spät in den *club* kommen!« Dann wandte er sich an mich und lud mich ein, ihn zu begleiten; und ich folgte ihm, während ich mich fragte, was für ein *club* sich wohl in diesem Kaff versammeln mochte. Wir betraten das einzige Wirthaus im Dorf, und der Wirt führte uns katzbuckelnd durch die Wirtsstube zu einem kleinen angrenzenden Zimmer, zu dem die einfachen Gäste ganz offensichtlich keinen Zugang hatten. Dort erwartete uns ein Männlein, das, eine Pfeife im Mund, vor einem Krug Bier saß; der Hauptmann nahm einen Stuhl und forderte mich auf, es ihm gleichzutun, setzte sich an die andere Seite des Tisches und begrüßte das Männlein mit den Worten: »Wie geht es, lieber Kollege?« Dann fügte er hinzu, während er sich seinerseits die Pfeife stopfte: »Ich habe mir erlaubt, einen Herrn, der auf der Durchreise ist, einzuladen, uns Gesellschaft zu leisten, bis seine Pferde bereit sind.« Das Männlein nahm die Pfeife aus dem Mund und verbeugte sich leicht in meine Richtung. Der Wirt kam mit zwei weiteren Krügen Bier herein, die er stumm vor uns hinstellte, und der Hauptmann und sein Freund tranken, die brennende Pfeife in der Hand, gegenseitig auf ihr Wohl. Schließlich zogen sie, zufrieden seufzend, die Zeitungen aus der Tasche und begannen sie zu lesen, nachdem sie mir ein Exemplar angeboten hatten. Zu meinem Glück wurde mir schon bald gemeldet, daß die Kutsche bereit sei, so daß ich weiterfahren konnte. In der Zwischenzeit hatte ich, da ich alles versucht hatte, um eine Unterhaltung in Gang zu bringen, erfahren, daß das Männlein der Zolleinnehmer war. Er und der Postmeister sind die beiden einzigen deutschen Autoritäten des Dorfes; jeden Tag kommen sie zwischen fünf und acht im Wirtshaus in diesem für sie reservierten kleinen Zimmer zusammen, lesen Zeitung, trinken Bier und blasen sich gegenseitig den Tabakrauch ins Gesicht; und beide nennen das ganz ernsthaft: unseren *club*.

Donnerstag, 18. September

Der Regen scheint nicht nachzulassen; man wacht im Morgengrauen mit dem Geräusch des Regens auf, reist den ganzen Tag im Regen und geht zu Bett mit derselben eintönigen Begleitung. Will, der an jeder Station aussteigt, um die Pferde zu holen, hat nasse Kleider und zittert vor Kälte, in seinen Mantel gewickelt. Beim Abendessen im Gasthaus, wenn man einen Teller wäßrige Suppe mit einer Scheibe Schwarzbrot und einem Gläschen Schnaps Abendbrot nennen kann, war er in einer so schlechten Verfassung, daß ich ihn ins Stroh schlafen schickte, noch bevor ich mich selbst auszog. Die Frau des Wirts, die gekommen war, um mein Bett zu machen, muß die Bedeutung dieser Maßnahme mißverstanden haben; sie war eine nicht mehr ganz junge Jüdin, die sich aber gut gehalten hatte, da sie keine Kinder geboren hatte, wie sie mir sagte. Während sie ein einigermaßen sauberes, wenn auch geflicktes Laken über das Strohlager breitete und das Kissen aufschüttelte, ging sie ohne einen wirklichen Grund nah an meinem Tisch vorbei, wobei sie ihre wohlgeformten Knöchel zeigte. Während ich den letzten Bissen Brot kaute, musterte ich sie von Kopf bis Fuß und versuchte herauszufinden, ob es sich lohne, sie zu bitten, sich auf meinen Schoß zu setzen; aber aus irgendeinem Grund hatte ich heute abend keine Lust, mich zu vergnügen, im Gegenteil, ich fühlte mich seltsam abgespannt und zerschlagen. Als sie mit ihrer Arbeit fertig war, hatte ich den Eindruck, daß sie allzu lange zauderte, sich zu entfernen, und als ich ihr eine gute Nacht wünschte, blinzelte sie mir zu und fragte mich: »Wünschen Sie diese Nacht noch etwas, mein Herr?« Vermutlich war sie enttäuscht, als ich ihr befahl, mich allein zu lassen, aber ich wollte nur schlafen, und ich glaube nicht, daß ich es mir wirklich vorwerfen muß, die Gelegenheit nicht ausgenutzt zu haben; schließlich, wie der Dichter sagt, »non est mentula quod digitus«.

Freitag, 19. September

Nicht umsonst fühlte ich mich gestern abend so schlecht; die Kälte und Nässe der vergangenen Tage bescherten mir heute morgen beim Aufwachen eine Kolik. Nichts ist schmerzhafter als eine Kolik; der ganze Körper zieht sich zusammen und wird von Schauern geschüttelt, während der vermaledeite Stachel im lebendigen Fleisch wühlt und man glaubt, der Rücken würde jeden Augenblick brechen, wie unter dem Rad. Der eigentliche Vorteil gegenüber den anderen Krankheiten ist, daß der Schmerz wirklich abklingt, wenn die Kolik vorbei ist, ohne die kleinste Spur zurückzulassen. Während man sich den Schweiß abtrocknet, könnte man glauben, man habe nur geträumt. Solange sie jedoch andauert, fragt man sich, wie man die nächsten Minuten überstehen soll, und es ist erstaunlich, daß man es tatsächlich mehrere Stunden hintereinander in diesem Zustand aushalten kann. Alle Gäste des Gasthauses kamen und sahen nach mir, und jeder empfahl mir ein anderes Mittel, dieser Kassia, jener Kalomel, ein dritter Laudanum, und schwor, die Wirksamkeit des jeweiligen Mittels bereits unter dramatischeren Umständen erprobt zu haben. Die Frau des Wirts raufte sich die Haare und glaubte aufgrund meines fahlen Aussehens, daß ich ihr in ihrem Haus wegstürbe; aber ihr Mann ging, ganz praktisch denkend, zum Barbier und kam mit einem schmutzigen Glas zurück, das mit gelblichem Wasser gefüllt war, in dem zehn Blutegel schwammen. Mit großer Mühe drehte ich mich auf den Bauch, und der Wirt begann, mir die Blutegel auf den Rücken zu setzen.

Seine Frau schlug vor Ekel die Hände vors Gesicht, spreizte aber von Zeit zu Zeit die Finger, um zu gucken.

Der Aderlaß brachte mir Erleichterung, denn schon nach kurzer Zeit wurde der Schmerz erträglich, und nach einer Stunde war er verschwunden; und da befahl ich, man solle mir die Blutegel abnehmen. Der Wirt war wieder an seine Arbeit gegangen, nur seine Frau war bei mir geblieben, und daher setzte sie sich auf mein Bett, um mit geschickten Fingern die vollgesogenen und satten Tiere zu lösen. Will, der beim Anblick von Blut leicht ohnmächtig wird, war im Hof und kümmerte sich um die Kutsche. »Gott sei Dank sind Euer Exzellenz stark«, rief die Frau, während sie mit den Blutegeln beschäftigt war. »Wenn der Herr will, wird das Blut sich von allein erneuern.« »Ich werde dir sagen, wie die Dinge stehen«, erwiderte der Wirt, der gerade in diesem Augenblick in der Tür erschien. Er hatte dort nichts zu tun, trocknete sich aber die Hände an der Schürze ab und wollte seine Frau ganz offenkundig nicht allzu lange allein lassen. »Der Herr«, fuhr er fort, »wird Fleisch essen und Wein trinken, Dinge, die wir armen Juden nicht einmal dem Geruch nach kennen, die aber für Seine Exzellenz kleine Fische sind; und damit wird das Blut sich schon erneuern.« »Und warum sollte es sich nicht von allein erneuern, wenn der Herrgott nur wollte?« beharrte die Frau. »So was kommt doch vor. Warte! Ist nicht genau das auch uns passiert, direkt vor dem Krieg? Wir hatten so viele Offiziere«, fing sie zu mir gewandt zu erzählen an, »und es war gar nicht so leicht, Getränke für alle zu haben, obwohl mein Jankele rechtzeitig für Vorräte gesorgt hatte. Es gelang uns, mehrere Fässer Bier und mit Gottes Hilfe auch Schnaps zu verkaufen. Nun, also eines Tages bemerkte ich, daß die Kassette mit den Einnahmen voll war und die Fässer bis zum Rand gefüllt waren, obwohl wir den ganzen Tag aus ihnen gezapft hatten. Also sagte ich zu Jankele: Was geht da vor? Gewöhnlich sind die Fässer um diese Zeit leer, aber ich hatte den ganzen Tag aus demselben Faß gezapft. Ich ging zum Faß, schenkte mir Bier ein und sagte zu Jankele: Ich kann es nicht glauben. Schau nur, immer noch voll! Dann schüttelte ich das Faß, und siehe, es war leer. Wer weiß?

Wenn ich den Mund gehalten und so getan hätte, als merkte ich nichts, vielleicht wäre es immer noch … nun ja. Hoffen wir, daß der liebe Gott das Wunder wiederholt«, schloß die Frau und schraubte den Deckel des Glases zu. »Frau! Warum erzählst du diesen Unsinn?« schnauzte ihr Mann sie an. »Geh zu Reb Mechele und bring ihm seine Blutegel zurück; und zahl ihm nicht mehr als einen Groschen. Eigentlich müßte er uns bezahlen; schließlich haben wir sie ernährt!« Diese letzten Worte hatte er leise gesagt, und gleich darauf versuchte er, mir zehn Groschen für den Aderlaß abzuluchsen, indem er mir versicherte, andernfalls würde er draufzahlen; damit kam er bei mir aber nicht durch.

Nachdem ich aufgestanden war und mich angezogen hatte, ging ich eine Weile im Zimmer auf und ab; ich wollte sehen, ob die Wirtin zurückkäme, und dann hätte ich ihren Mann mit irgend etwas beschäftigt, damit er unten bliebe. Die Frau kehrte jedoch nicht zurück, die Koffer waren bereits in der Kutsche, und Will wartete im Hof und übersah stolz zehn oder zwölf barfüßige Kinder, die aus dem ganzen Dorf zusammengelaufen waren, um dieses unbekannte Wesen, einen Neger, zu sehen. Ich mußte mich also schließlich dazu durchringen, wieder in die Kutsche zu steigen, und fuhr ab. Zum Glück scheint seit heute morgen die Sonne, und die Temperatur ist etwas gestiegen, vielleicht auch deswegen, weil wir ständig nach Westen fahren. Das Aussehen der bewohnten Orte weist mich fortwährend darauf hin, daß ich Polen verlasse. Das Wirtshaus, in dem ich zu Mittag aß, war eine polnische Hütte mit Strohdach, doch bereits beim nächsten Halt winkten die Gebäude der Poststation schon von ferne mit den in Deutschland so vertrauten roten Ziegeln, und hier hörte ich die Stallburschen und die Küchenmädchen zum ersten Mal untereinander Deutsch sprechen.

Am späten Abend überquerte ich die Oder, die erheblich mehr Wasser führte als noch vor einem Monat, und fuhr nach Glogau hinein. Dies ist eine Militärstadt, die von der Festung beherrscht wird und fast ausschließlich von Soldaten bevölkert ist. Ihre Stadtmauern beherbergen ein Artilleriedepot und Getreidespeicher. Geleitzüge von Lastkähnen, beladen mit Mehlsäcken, Munitionskisten und Pferden, fahren täglich auf der Oder zu den schlesischen Garnisonen, die auf Befehl des Königs in Alarmzustand versetzt worden sind. Die Sicherheitsmaßnahmen sind verschärft worden, und ich hatte nicht wenig Mühe, den Wachoffizier, der bereits sichtlich verärgert war, weil ich ihn aufgeweckt hatte, dazu zu bringen, meinen Paß mit einem Sichtvermerk zu versehen und mich in die Stadt zu lassen. Da es regnete, was es unmöglich machte, meine Papiere im Freien zu überprüfen, zwang der Oberleutnant mich, ihm in die Wache zu folgen, und befahl dem Wachposten, mich nicht aus den Augen zu lassen. Während der Offizier, der sich an ein Tischchen gesetzt und die Lampe angezündet hatte, mit sichtlichem Mißtrauen meinen Paß durchblätterte, hatte ich Gelegenheit, mich in Ruhe umzusehen. Auf einem Feldbett in einer Ecke des Raums blickte mich ein Kadett, der nicht älter als dreizehn oder vierzehn sein konnte und von meiner Ankunft ganz offenkundig aufgeweckt worden war, mit vor Überraschung weit aufgerissenen Augen an. Ein bequemer Sessel neben dem Herd ließ immer noch das Zeichen sehen, das der Oberleutnant, der als Kommandant der Wache offiziell nicht schlafen durfte, auf den Kissen hinterlassen hatte. Eine Kaffeekanne, zwei Tassen, zwei Pfeifen und ein Schachbrett in einer Ecke erlaubten es, Punkt für Punkt zu rekonstruieren, wie die beiden Offiziere den Abend verbracht hatten. Ungewöhnlicher war der Anblick einer Klarinette, die nachlässig auf dem Boden lag. Aber da die Musik in diesem Land eine allgemein verbreitete Leidenschaft ist und im Heer kein Mangel an kultivierten Offizieren herrscht, schloß ich daraus, daß einer der beiden den anderen unterhalten haben mußte, indem er ihm ein paar Lieder vorgespielt hatte. Dieser Raum bildete sozusagen die Wachstube; den Soldaten war ein weiterer Raum vorbehalten, der mit dem ersten in Verbindung stand und in dem die Stimmen der Männer und das Geräusch von auf den Boden geschleuderten Würfeln zu hören waren und aus dem ein starker Küchengeruch drang. Ich hatte nicht die Zeit, meine Beobachtungen weiter fortzusetzen, da der Oberleutnant sich endlich entschloß, meinen Paß abzuzeichnen. Ich konnte also in die Stadt hineinfahren und fand Unterkunft im Gasthof »Zum Wilden Mann«, den er mir angegeben hatte und wo man mir zum Abendessen Tee, Brot und Butter servierte. Die Kolik von heute morgen und die Strapazen der Reise hatten meine Kräfte vollkommen aufgezehrt, und zudem war mir, als spürte ich an einem Hoden eine unangenehme Schwellung. Bevor ich zu Bett gehe, werde ich ein paar Gran Opium nehmen, die mich hoffentlich schlafen lassen werden.

Sonnabend, 20. September

Infolge was weiß ich welcher Vorschrift der Post mußte ich den ganzen Tag in Glogau verbringen. Zu einem anderen Zeitpunkt hätte ich in verschiedenen Sprachen getobt und dem Postmeister gedroht, ihn meinen Stock spüren zu lassen, die Wahrheit aber ist, daß ein Ruhetag mir keineswegs mißfällt. Ich nutzte ihn, um einen Arzt zu konsultieren, da ich beim Aufwachen neben den rheumatischen Anfällen, die mich schon seit mehreren Tagen begleiten, auch etwas Fieber hatte; und was den Hoden betrifft, so war er tatsächlich geschwollen und hart und tat weh, wenn man ihn berührte. Doktor Demuth, den der Wirt mir als den besten Arzt der Stadt genannt hatte, empfing mich in einem hellen Sprechzimmer im ersten Stock eines Hauses am Paradeplatz. Ein Globus und ein Barometer auf dem Schreibtisch und die Gipsbüsten irgendwelcher alter Römer im Bücherregal bewiesen, daß der Hausherr nicht irgendein praktischer Arzt war, sondern ein Gelehrter, der imstande war, seinen Geist über die engen Grenzen seiner Wissenschaft hinaus zu erheben. Tatsächlich erkundigte er sich, während er mich untersuchte, schon bald nach meiner Nationalität und meinem Stand, und nachdem er erfahren hatte, daß ich unterwegs bin, um mich dem König von Preußen anzuschließen, begann er eine lange Unterhaltung über die möglichen Auswirkungen der gegenwärtigen Situation. »Ob wir Frieden oder Krieg haben werden«, murmelte jener vortreffliche Mann, während er mir den Puls fühlte, »weiß heute noch niemand. Aber wie auch immer, eine dauerhafte Aussöhnung scheint mir wenig wahrscheinlich, und was letzten Endes aus Deutschland werden wird, bleibt ein schwierig zu lösendes Rätsel. Na, der Puls ist aber schwach, sehr schwach! Nun, lieber Herr, wir spüren täglich, wie barock und verworren die Verfassung Deutschlands ist, und gewiß ist heute nur eines, nämlich daß die Rolle, die ihm unter den Reichen Europas einmal zugewiesen wird, vollständig vom Wohlwollen und vom Gutdünken Napoleons abhängt. Machen Sie Ihren Mund weit auf und zeigen Sie mir die Zunge. Ja, ja! Er kann mit uns machen, was er will, und uns bleibt nur eine Wahl: uns entweder wie bisher seiner starken Hand zu beugen, oder darauf zu warten, daß Norddeutschland das gleiche Schicksal wie den Süden ereilt und Schauplatz eines Krieges wird, dessen schmachvoller und unglücklicher Ausgang nur allzu leicht vorhersehbar ist.« »Ach was«, wandte ich ein, »ich glaube nicht, daß man in Berlin die Zukunft in so düsteren Farben sieht.« »Oh, bis jetzt hat immer noch die Vernunft gesiegt«, erwiderte er mit einer Spur Bitterkeit, »und man hielt es für ratsamer, sich bereitwillig der harten Notwendigkeit zu beugen und ein Arrangement vorzuziehen, das gerade noch erträglich ist, auch wenn es auf Kosten der Ehre und der Gerechtigkeit zustande gekommen ist. Aber irgendwann kommt bei uns Deutschen immer der Augenblick, an dem die Vernunft das Nachsehen hat. Ich bezweifle nicht im geringsten, daß man in Berlin mittlerweile einen rühmlichen Widerstand vorzieht, es sei denn, auch dieser wäre sinnlos und obendrein ruinös.« »Die Kinder«, bemerkte ich, »singen auf den Straßen Kriegslieder, die die Soldaten ihnen beigebracht haben und in denen den Franzosen schreckliche Rache angedroht wird, falls sie Deutschland nicht verlassen.« Der Doktor lächelte bitter. »Eben, die Kinder in den Straßen … Aber wieder zu uns, lieber Herr. Würden Sie so freundlich sein und mich einmal diesen Hoden sehen lassen!«

Am Ende der Untersuchung verkündete der Doktor sein Urteil. Seiner Meinung nach sind das hartnäckige Fieber und ganz allgemein die Schmerzen, die ich abends und vor allem morgens spüre, nichts anderes als die Spätfolgen der Quecksilberkur, der ich mich vor meiner Abreise unterzogen hatte und die nach langer Pause durch die gestrige Kolik ausgelöst worden seien. »Gegen diese rheumatischen Schmerzen verschreibe ich Ihnen ein unfehlbares Mittel, das Straßburger Liniment: Kampfergeist, Cantharidintinktur und Opiumtinktur. Das wirkt auch bei Hunden und Pferden wahre Wunder. Sollte es nicht anschlagen, verstärken Sie es mit zwei Löffeln Schmalz oder besser noch Hühner- oder Entenfett, das Tier muß aber frisch geschlachtet sein, damit das Fett nicht sauer werden kann.« Ich fragte ihn, ob ich weiterhin Opium nehmen solle und vielleicht sogar einige Prisen Chinarinde gegen das Fieber. Er sah mich verächtlich an und begann, mir seine Methode der Fieberbekämpfung zu erläutern, »die mittlerweile, geben Sie gut acht, von den besten europäischen Spezialisten angewandt wird!« Dieser Methode zufolge rührt das Fieber von einem Mangel an Sauerstoff her, der die Lebensgrundlage unseres Körpers ist, wie Lavoisier gezeigt hat; es wird daher nicht mit Chinarinde bekämpft, die er gerne den Kurpfuschern überläßt, sondern durch das Trinken von Mineralwasser. »Trinken Sie also Wasser, mein lieber Herr, und wenn der Krieg nicht so rücksichtslos ist, Sie daran zu hindern, gehen Sie nach Teplitz oder Karlsbad, auch wenn die Jahreszeit jetzt die feine Gesellschaft nicht mehr dorthin zieht. Trinken Sie Wasser, soweit wie möglich mit Sauerstoff angereichert, und Sie werden sehen, daß dieses lästige Fieber Sie in Ruhe lassen wird.« Die Untersuchung kostete mich einschließlich dieser wunderbaren Verordnung einen Taler und acht Groschen, und mein Protest, daß ich das teuer fände, nutzte nichts, da in diesem glücklichen Reich die Gebühren der Ärzte und Chirurgen durch eine Verfügung des Königs geregelt sind, der es ganz offenkundig nicht für erniedrigend hält, wenn er verfügt, daß seine Untertanen acht Groschen für ein Klistier, zwölf für das Ziehen eines Zahns und fünfzig Taler für eine Steinoperation bezahlen müssen.

Sonntag, 21. September

Heute morgen wachte ich um fünf in ausgezeichneter Stimmung auf und beschloß, so schnell wie möglich aufzubrechen, um die verlorene Zeit aufzuholen. Das Fieber war verschwunden, und der geschwollene Hoden störte mich zwar noch, war aber schon nicht mehr so dick wie gestern. In der Poststation entdeckte ich, daß es, obwohl ich bereits zwei Nächte hier verbracht hatte, immer noch keine Pferde für die Weiterreise gab. Der Postmeister schwor hoch und heilig, daß seine besten Pferde beschlagnahmt worden seien, und versicherte mir, wenn ich ein bißchen Geduld haben wolle, werde er versuchen, mir später zu Diensten zu sein. Ich forschte nach und entdeckte, daß der Schurke in Wirklichkeit vier Pferde im Stall hatte. Auf meine Vorhaltungen hin gestand er, die Pferde seien für heute von einigen Kaufleuten vorbestellt worden, und fügte würdevoll hinzu, daß er nicht die Gewohnheit habe, seinen Verpflichtungen nicht nachzukommen. Ich wandte ein, daß der Botschafter einer ausländischen Macht natürlich Vorrang habe vor irgendwelchen Kaufleuten, und drohte, mich in Berlin über ihn zu beschweren. Indem ich mir die tief verwurzelte Überzeugung eines jeden Deutschen zunutze machte, daß derjenige, der teurer gekleidet ist als man selber, auch mehr zählt als man selbst, gelang es mir schließlich, mich mit dem Postmeister zu einigen und den Kaufleuten die Pferde vor der Nase wegzuschnappen, so daß ich noch im Dunkeln weiterreisen konnte.

Von allen preußischen Provinzen ist Schlesien die einzige, deren Handel dank ihrer Manufakturen für die Vereinigten Staaten von Bedeutung ist. Wie ich von Händlern in New York gehört habe, könnte sie uns Tuch von der gleichen Qualität liefern wie das, welches wir aus England erhalten, und billiger. Auf der Hauptstraße überholte meine Kutsche fortwährend zahllose blökende Schafe, die auf eine andere Weide oder vielleicht, wer weiß, zum Schlachten geführt wurden. Mehr als einmal schimpfte der Kutscher auf die Hirten ein, und wir mußten die Schmach ertragen, daß wütende Hunde hinter uns herliefen, während ihre Herren mit dem Stock in der Luft herumfuchtelten. Die Erleichterung, wenn man feststellte, daß man mit heiler Haut die polnischen Straßen und vor allem die Unfähigkeit und die Tollkühnheit der Kutscher dieser Gegend überstanden hatte, war nur von kurzer Dauer, da ich zu meinem Bedauern erkennen mußte, daß auch die preußischen Kutscher einen unangenehmen Charakter haben, wenn auch aus ganz anderen Gründen: Die Polen riskieren zwar hundertmal am Tag den Hals des Reisenden, reden ihn aber mit Exzellenz an und eilen herbei, um ihm die Hand zu küssen, während der preußische Kutscher sich gleichbleibend durch Rüpelhaftigkeit, Trunkenheit und Unhöflichkeit auszeichnet und auf der Straße nur zu gern mit den anderen Kutschern, die ihm begegnen, oder den Wanderern, die ihm nicht schnell genug Platz machen, Streit anfängt.

Montag, 22. September

In den ersten Morgenstunden erreichte ich Sachsen; aber das bemerkte ich erst im letzten Augenblick, da ich döste. Am Grenzposten weckte mich eine Wache in grauer Uniform ziemlich grob und fragte mich unfreundlich: »Wer sind Sie, mein Herr?« Doch trotz dieses mürrischen Empfangs akzeptierte der Zöllner ohne viele Worte meinen Paß und beschränkte sich darauf, mich zu fragen, ob ich vielleicht irgendwelche Waren mit mir führe. Als ich das verneinte, nickte er und ließ uns mit einem mißtrauischen Blick auf Will weiterfahren. Nachdem ich die Grenze passiert hatte, wurde die Straße plötzlich hervorragend, und nach wenigen Minuten war ich in Görlitz, wo ich die Zeichen des Wohlstands, den das Wohlwollen der Regierung und der Fleiß der Bevölkerung Sachsen sichern, mit Händen greifen konnte. In der Stadt soll es zweitausend Webstühle geben, aus denen der Staat beachtliche Gewinne zieht, und täglich wandern neue Arbeiter vom Land ab, um Arbeit in den Fabriken zu finden. Die Aussperrung des englischen Handels an den Toren Norddeutschlands hat es den sächsischen Manufakturen erlaubt, ihren Umsatz zu erhöhen. Vor kurzem sind aus Preußen und den anderen deutschen Fürstentümern große Bestellungen billigen blauen und grünen Tuchs für die Einkleidung der Truppen eingetroffen, so daß die Produktion ständig zunimmt. Überall werden recht anständige mehrstöckige Häuser gebaut, in denen die Arbeiter untergebracht werden sollen, und sogar Palais im besten Stil, mit Balkonen, die auf baumgesäumte Plätze blicken, für die Fabrikbesitzer und die Händler. In ganz Sachsen sind schon auf den ersten Blick die Auswirkungen der Industrie und des Handels zu erkennen. Das Land ist unvergleichlich reicher und dichter besiedelt als Preußen, von Polen ganz zu schweigen. Außerdem kommen mir die Sachsen zivilisierter als die anderen Deutschen vor; nicht nur, daß sie den Reisenden höflich behandeln, wovon man in Deutschland nicht einmal träumen kann, es wird auch alles gut und anständig erledigt, ohne die Verspätung und Schlamperei, die überall in Preußen herrschen. Die Mädchen in den Gasthäusern antworten ganz ungezwungen auf jede Frage, ohne zu erröten, und erledigen in wenigen Minuten, was ein brandenburgisches Dienstmädchen, langsam in Worten und Gedanken, in Stunden nur mehr schlecht als recht zustande brächte.

Die Straßen wimmeln von preußischen Truppen, die aus den schlesischen und polnischen Garnisonen kommen und nach Westen marschieren, da der Kurfürst, wenn auch widerwillig, Friedrich Wilhelm das Recht zugestanden hat, durch sein Hoheitsgebiet zu marschieren. In der Gegend von Bautzen legte ich eine Strecke Wegs in Begleitung einer Kompanie von Schützen zurück, die in meine Richtung unterwegs war. Die Männer waren erschöpft und staubig, aber in guter Stimmung, den zügellosen Liedern nach zu urteilen, die sie beim Marschieren sangen. Ich sprach lange mit ihrem Kommandanten, Hauptmann von Gneisenau, einem fetten Mann mit gebrochener Nase und vorspringendem Kinn auf einem Klepper, der unter seinem Gewicht beinahe zusammenbrach. Als er erfuhr, daß ich Amerikaner war, erhellte sich sein Gesicht; während der Revolution hatte er vier Jahre mit den Hessen in Amerika gekämpft. Er spricht sogar etwas Englisch, mit schrecklichem Akzent, und hat diese Erfahrung in bester Erinnerung, obwohl der Feldzug katastrophal verlief. »Ich schätzte mich glücklich, wenn ich ein Stück Schwarzbrot hatte, und mehr als einmal marschierte ich mit Schuhen ohne Sohlen. Aber was für ein Land! Dort«, sagt er, »halten auch die Bettler zum Leben für unentbehrlich, was für einen preußischen Beamten eine Einladung zur Schlemmerei wäre. Fleisch zu einem Preis, den sich in Preußen niemand vorstellen kann; und das dunkle Bier!« Ich mußte über so viel Begeisterung lächeln und fragte ihn, ob es wirklich Krieg geben werde und was er von Preußens Verhalten unter diesen Umständen halte, aber er zuckte die Achseln. »Es mag sein«, sagte er, »daß Preußen sich bis jetzt nicht sehr ehrenhaft verhält, aber das betrifft mich überhaupt nicht, ich bin ja nicht einmal Preuße.« »Wie bitte? Und die Uniform, die Sie tragen?« Er sah mich nachsichtig lächelnd an. »Wissen Sie nicht, daß der König Männer braucht und daß jeder, der sich zu seiner Armee melden will, gerne genommen wird, sogar ein Türke? Ich bin als Untertan des Kurfürsten von Hannover geboren worden, und heute könnte ich beim besten Willen nicht mehr wirklich sagen, als wessen Untertan ich mich betrachten muß. Aber das hindert mich nicht, dem König zu dienen, da ich sein Brot esse.« Diese Worte hätten auf einen jener Söldner hindeuten können, wie es sie auch in Europa immer weniger gibt, deren Vaterland dort ist, wo es etwas zu verdienen gibt. In Wahrheit aber verriet der Ton, in dem der Hauptmann gesprochen hatte, einen Mann, der zynisch sein will, aber nur verbittert ist. Denn er fuhr fort: »Ich habe einen Besitz in Schlesien und kann mich fast einen reichen Mann nennen. Letztes Jahr ist allerdings alles schiefgelaufen, der Winter hat zu früh angefangen, und schon der Sommer war nicht gut; der Frost hat den Klee kaputtgemacht, und von den Kartoffeln habe ich nicht mehr als die Hälfte geerntet. Aber dieses Jahr ist die Ernte Gott sei Dank gut gewesen, und was noch zu ernten bleibt, ist sogar noch verheißungsvoller; immer vorausgesetzt natürlich, daß die Franzosen es mir nicht wegessen. Nun, all dies verdanke ich dem König, und deswegen bin ich hier. Ich habe meine Frau und fünf Kinder zu Hause zurückgelassen, und ein sechstes, das bald zur Welt kommt; gebe Gott, daß ihnen nichts geschieht, während ich fort bin; aber ich beklage mich nicht. Ich habe mir selbst ein Vaterland und einen König gewählt, und ich glaube, das zählt mehr als der Zufall, der uns ganz nach Belieben bei den Sarmaten oder den Chinesen auf die Welt kommen lassen kann.« »Bis hierher« bemerkte ich, »ist die Argumentation wunderbar; und ich versichere Ihnen, daß für einen Amerikaner dieses Verständnis vom Vaterland edler ist, als wenn man in diesem Wort nichts anderes als Blut und Boden und Knochen von Vorfahren sieht.« »Ja«, erwiderte der Hauptmann kopfschüttelnd, »aber wie verdiene ich mir dieses Vaterland heute neu? In zwanzig Jahren Dienst bin ich über den Rang des Hauptmanns nicht hinausgekommen, aber das ginge ja noch, schließlich kann nicht jeder General werden. Aber wenn ich die Vergangenheit und die Gegenwart betrachte, was kann ich dann noch von der Zukunft erwarten? Als Soldat sehe ich nichts anderes als Desorganisation, als Eigentümer und Familienvater muß ich damit rechnen, im Elend zu enden; und als Bürger kann ich kein Vertrauen haben zu denen, die uns regieren. Jetzt haben auch jene Herren in Berlin beschlossen, Bonaparte den Krieg zu erklären, und das kann ich mir nur so erklären, daß jenes demokratische Pack nicht glücklich darüber ist, wie er der jakobinischen Kongregation den Fuß in den Nacken gesetzt hat. Sie sehen, man kann wirklich Vertrauen in die Zukunft haben! Und das wäre noch nichts, wenn wir nicht in einer Zeit leben würden, in der man, ohne daran zu denken, zweimal das heilige Band zwischen Herrscher und Bürgern zerreißt, und wir Landbesitzer sind eine neue Art von Vieh geworden. Wer garantiert mir, daß, wenn die Dinge schlecht laufen, irgendein erbärmlicher Minister nicht auf den Einfall kommen wird, Schlesien Bonaparte oder einem seiner Freunde zu schenken, um so den Frieden zurückzukaufen, den sie jetzt leichten Herzens weggeworfen haben?« »Dann freut der Krieg Sie also nicht?« fragte ich. »Ich weiß nicht einmal« murmelte er, »ob ich mich darüber freuen soll oder nicht. Das Heer will den Krieg, so weit ich sehe, mit Ausnahme natürlich der Kompaniekommandanten, die sich wie gewöhnlich lieber auf ihren Lorbeeren ausruhen; dies, ich meine, daß das Heer den Krieg wünscht, ist lobenswert und normal. Die Eigentümer schreien, wollen den Krieg und die Rache, aber wenn es darum gehen wird, die Kriegsschuld zu bezahlen, werden sie anders schreien, und auch das ist normal, wenn auch inkonsequent. Ich bekomme manchmal Lust, mich um meine Privatangelegenheiten zu kümmern und wenigstens einmal die öffentlichen Ängste zu vergessen, die Uniform an den Nagel zu hängen und hinter dem Pflug her zu gehen, zumal in meiner Gegend der Boden gut ist und für einen Grundbesitzer, der sich mit den modernen Methoden auskennt, dort Geld zu machen ist. Aber dafür müßten meine Mittel der Notwendigkeit entsprechen, und das tun sie noch nicht, also muß ich weiterhin Dienst tun. Was bleibt mir übrig? Ich kann nur voll Zuversicht zu Gott schauen, der alles zum Besten regelt, und mein Herz stärken, indem ich Ihm vertraue.« Während er dies sagte, war sein Ton allerdings immer fröhlicher geworden, so daß ich zu dem Schluß kam, daß der Hauptmann von Gneisenau im Innersten seines Herzens gar nicht so unglücklich darüber war, in den Krieg zu ziehen. Ich denke, daß er alles dem elenden Garnisonsleben in der polnischen Steppe vorzieht, wo er Kartoffelfelder bewacht und aus der Ferne durch die Briefe seiner Frau an den Krankheiten der Kinder und unter den Diebstählen der Tagelöhner mitleidet. »Ich hoffe nur«, fügte er hinzu, »daß die Entscheidung, uns ausrücken zu lassen, nicht unüberlegt getroffen wurde. Ich sehe, daß überall gespart wird, und muß zwangsläufig einverstanden sein, da ich weiß, was es die Staatskasse kostet, das kämpfende Heer zu unterhalten; und außerdem ist jede Etappe eine endlose Strapaze. Der schreckliche Zustand der Straßen mag ja noch hingehen; aber die Armseligkeit der Quartiere ist unerträglich. Sie können sich vorstellen, wie angenehm es ist, die Nacht bei einem Bauern zu verbringen, der es gewohnt ist, seine elende Behausung mit all seinen Haustieren zu teilen! Wer sich daran nicht gewöhnt, wird krank. Nach nur zwei Marschtagen mußte ich einen der Kadetten meiner Kompanie in einem polnischen Städtchen zurücklassen, da er die Masern bekommen hatte. Zum Glück gab es dort einen deutschen Chirurgen, aber wie auch immer, es ist unverantwortlich, den Jungen derartige Strapazen zuzumuten. Wenn ich daran denke, daß meine Söhne, wenn sie einmal Soldaten sein werden, solchen Strapazen ausgesetzt sein könnten, wird mein Herz schwer. Aber dann erinnere ich mich an das Geschenk, das mein Onkel Prittwitz mir zustellen ließ, als wir uns in der Gegend von Glogau befanden, und werde wieder froh.« »Und was war das für ein Geschenk?« »Das willkommenste Geschenk, das man einem marschierenden Offizier machen kann: eine herrliche Riesensalami aus Braunschweig und zwei große Flaschen Schnaps!« Während der Hauptmann seine Scherze machte, hatte es zu regnen angefangen, und ich zog es vor, wieder in die Kutsche zu steigen und die Pferde mit der Peitsche antreiben zu lassen, um schneller Schutz zu finden. Er blieb mit seinen Soldaten im Regen zurück.

An den Poststationen in Sachsen verliert man weniger Zeit als in Preußen, so daß ich gehofft hatte, noch heute abend Dresden zu erreichen. Doch beim Abendessen bemerkte der Wirt besorgt, daß es zu sehr regne und stürme und daß es nicht ratsam sei, bei der Tagundnachtgleiche in der Dunkelheit zu reisen; außerdem fühle er sich verpflichtet, den Herrn darauf hinzuweisen, daß er, wenn er nachts in Dresden eintreffe, keine Unterkunft finden würde. Der Kutscher, dem ich einen Taler Trinkgeld versprochen hatte, wenn er mich noch heute nach Dresden brächte, beharrte mißmutig darauf, daß wir spätestens um eins eintreffen würden, und schwor, daß ich bestimmt im »Goldenen Engel« oder im »Helm« oder auch im Gasthof »Stadt Nürnberg«, deren Besitzer er persönlich kenne, unterkäme; doch ich fühlte mich fiebrig und war vom Reisen so erschöpft, daß ich auf die eigennützigen Ratschläge des Wirts hörte und beschloß, bei ihm zu übernachten. Der Kutscher hatte mittlerweile so reichlich der Flasche zugesprochen, daß sich der fröhliche und gesprächige Mann, als den ich ihn kennengelernt hatte, in den rüpelhaftesten Bären verwandelt hatte, mit dem ich es jemals zu tun gehabt habe. Nachdem der Wirt sich eine Reihe von Pöbeleien angehört hatte, mit denen der Rohling mich aus Wut, weil er um das Trinkgeld gebracht worden war, überhäufte, riet er mir, dem Postmeister von Bautzen zu schreiben oder mich besser noch beim Postbeamten von Dresden zu beschweren, und ich mußte tatsächlich nach Feder und Tintenfaß verlangen, damit der Mann, der immer noch knurrte, mich endlich schlafen gehen ließ. Im Zimmer bestand die ganze Heizung aus dem unvermeidlichen Porzellanofen, in dem ich sofort Feuer machen ließ, weil wegen der Feuchtigkeit alle meine Gelenke zu schmerzen begannen. Bevor ich mich schlafen legte, nahm ich, da ich kein Mineralwasser hatte, einen Chinarindenaufguß und ein paar Gran Opium, die mich zur Schande des Doktors von Glogau wieder auf die Beine bringen werden.

Dienstag, 23. September

Da ich es nicht mehr eilig hatte, schlief ich heute morgen lange und frühstückte um elf in der Wirtsstube mit einem Huhn und einer Flasche ungarischem Wein. Alles wurde auf Meißener Porzellan serviert, und verglichen mit der polnischen Schmutzigkeit und auch mit der geringen preußischen Reinlichkeit war alles so sauber, daß ich mich in meinem Land hätte wähnen können. Lediglich das Dienstmädchen, das den Tisch deckte, an den Stellen ihres Körpers, die mein Blick erreichen konnte, zwar sauber, mußte am übrigen Körper aber ziemlich schmutzig sein, da sie derart nach Schweiß stank, daß es mir jedesmal den Atem nahm, wenn sie in meine Nähe kam. Ansonsten war sie ein hübsches Mädchen, mit schwarzen Haarsträhnen, die unter der Haube hervorguckten, und einem schmalen Gesichtchen, das reizend gewesen wäre, wenn nicht eine unmanierliche Grimasse es allzu oft ordinär hätte aussehen lassen. Ich dachte mir daher, daß es ein Jammer wäre, sie nur den Stallburschen und den vorbeikommenden Kutschern zu überlassen, und fing an, mir Freiheiten herauszunehmen, die meine Absichten unmißverständlich erkennen ließen. Als sie die Reste meines Frühstücks abräumte, beugte sich Lieschen, denn so lautete ihr Name, zu mir hinunter und flüsterte mir zu, daß sie, da keine anderen Gäste da seien, wenn ich es wünsche, in mein Zimmer hinaufkäme. Dieses so großzügige Angebot, begleitet von einer übelriechenden Schweißwolke aus ihren ungewaschenen Achselhöhlen, verführte mich schließlich, so daß ich den letzten Schluck Wein austrank und in meinem Zimmer blieb, nachdem ich Will unter irgendeinem Vorwand hinausgeschickt hatte. Zum ersten Mal seit etlichen Tagen hatte ich kein Fieber mehr, und auch die schmerzhafte Schwellung am Hoden schien verschwunden zu sein; doch wie auch immer, dies schien mir eine gute Gelegenheit, es zu überprüfen. Nach wenigen Minuten hörte ich es klopfen, und das Mädchen kam lächelnd herein. Da ich bereits auf dem Bett lag, kniete sie sich neben mich und begann mich mit geschickten Händen abzutasten. Als ich sie bat, sich auszuziehen, errötete sie allerdings heftig: »Was! Am hellichten Tag? Ist das in Ihrem Land üblich?« Geduldig erklärte ich ihr, daß mein Vergnügen sehr viel größer wäre, wenn sie mir den Anblick ihres nackten Körpers gewähren wollte, aber da ich sah, daß sie sich zierte, bot ich ihr an, ihr fünf Groschen mehr zu zahlen, wenn sie einverstanden sei, und dieses Argument überzeugte sie schließlich. Ich sah jedoch sofort, daß ich mein Geld nicht gut angelegt hatte, denn sie hatte knochige Beine. Während wir uns umarmten, beklagte sie sich, daß meine Hosen ihr weh täten, so daß auch ich mich entschloß, Hosen und Stiefel auszuziehen; und von der Taille abwärts nackt wie ein Wurm, konnte ich mir nehmen, wonach ich mich sehnte. Als ich mich gerade wieder aufrichten wollte, hielt sie mich zurück. »Noch ein bißchen« sagte sie mit heiserer Stimme, »ich wäre fast gekommen.« Aus Galanterie stieß ich sie noch ein paar Sekunden, bis ich sie tief seufzen hörte und spürte, wie sie sich unter mir entspannte. Sie stank so sehr, daß ich ganz betäubt davon war; sie mußte sich mehrere Tage nicht gewaschen haben. Als alles vorbei war, konnte ich nicht widerstehen, sie zu fragen, warum sie nicht mehr auf sich achte; sie verzog das Gesicht und sagte: »Für wen?

Für die Männer? Herren, die mich für eine Nacht wollen, finde ich trotzdem, und anders will ich sie nicht mehr.« Doch dieser Satz, den sie in anmaßendem Ton begonnen hatte, blieb ihr in der Kehle stecken, so daß die letzten Worte nur noch geflüstert waren und in Schluchzen übergingen. Ich zögerte, unschlüssig, ob ich sie nach dem Grund ihrer Traurigkeit fragen sollte, aber sie fing selbst an, ihn mir zu erzählen, während sie sich wieder anzog. Sie hatte, sagte sie, einen Diener der Herberge geheiratet, einen Franzosen, der sich irgendwie hierher verirrt hatte: ein idealer Diener, unbefangen und mit flinker Zunge, wie all seine Landsleute. Sie hatte ihm zwar niemals ganz getraut, doch die Besitzerin der Herberge, die fürchtete, diesen Schatz Jean zu verlieren, hatte so lange auf sie eingeredet, bis sie ihn endlich heiratete. Aber ihre düstersten Vorahnungen sollten sich nur allzu schnell bewahrheiten. Im Winter 1804 hatte Jean sich, während Lieschen gerade ihre erste Tochter zur Welt gebracht hatte und mit Fieber im Bett lag, nachts mit einem russischen Fürsten aus dem Staub gemacht, der auf der Rückkehr aus den Bädern von Karlsbad hier übernachtet hatte; und er hatte ihre wenigen Ersparnisse, ihren Schmuck und ihr Festtagskleid mitgenommen. Da das Mädchen hemmungslos weinte, während sie sich die Bluse zuknöpfte, glaubte ich, ihren Schmerz lindern zu müssen, indem ich sie nach dem Kind fragte. Ich wußte nicht, daß ich damit erst recht das Messer in der Wunde drehte, denn sie sah mich an, während sie sich die Nase mit dem Zipfel der Schürze abwischte, und murmelte: »Meine arme Julia ist wenige Wochen nach der Flucht ihres Vaters gestorben, und ich glaube, daß der Herr sie zu sich genommen hat, damit der Treulose für seine Niedertracht büßen kann.« Und mit diesen Worten schlüpfte sie flink in die Hausschuhe und streckte die Hand aus, wobei sie mir unverfroren in die Augen blickte. Nachdem ich ihr das Geld gegeben hatte, das ich ihr versprochen hatte, zählte sie es, steckte es in die Tasche und entfernte sich. Während Lieschen schlurfend hinausging, kam Will herein, um mir zu melden, daß die Kutsche bereit sei, und wir brachen sofort auf.

Schon Stunden, bevor wir nach Dresden kamen, spürte man

bereits die Nähe der Hauptstadt. Überall sind die Häuser frisch gestrichen, und die Dächer scheinen alle gerade mit neuen Ziegeln gedeckt worden zu sein. Selbst die Häuser der Bauern haben Gärten, Lauben und Kegelspiele, lauter Dinge, die ich niemals in einem brandenburgischen Dorf gesehen habe, wo die Einwohner in ihrem Elend nur ans tägliche Überleben denken können. Die Straße ist kaum befahrbar, da die Furchen, welche die Wagen gegraben haben, von den Kanonen und den Heeresgepäckwagen noch vertieft worden waren, die sie in den letzten Tagen in großer Zahl befahren haben. Aber die sächsischen Postkutscher brachten mich, die Pferde mit der Peitsche antreibend und mit einer Rüpelhaftigkeit fluchend, wie ich sie in Polen nicht gehört hatte, heil und gesund auf einer Straße ans Ziel, auf der mir ein polnischer Kutscher, immer mit dem Hut in der Hand, den Hals gebrochen hätte. Wer von Osten nach Dresden kommt, fährt zunächst durch die neue Stadt auf einer Lindenallee, die stark an diejenige in Berlin erinnert, biegt dann zur Brücke über die Elbe ab, die Statuen schmücken, welche sich träge in den goldgelben Wellen spiegeln; und erst hinter diesem Schutz ragen Kuppeln und Glockentürme, die Türme des Schlosses und die verrußten Hütten der Fischer empor. Vom ersten Augenblick an war mir klar, wie unbedacht es gewesen wäre, wenn ich gestern abend auf den Kutscher gehört hätte, da man in der Hauptstadt des Kurfürsten, durch welche die preußischen Kolonnen nach Westen marschieren, überall auf Truppen und Fahrzeuge aller Art trifft. Schon seit einem Jahr wimmelt es in den Straßen von Flüchtlingen aus dem von den Franzosen besetzten Süddeutschland, Personen von Stand vor allem, die Schutz für sich und ihr Hab und Gut in der Nähe des Heeres suchen. Nirgends ist eine Unterkunft zu finden, so daß die Kutschen der Privatreisenden auf dem Platz halten und ihre Eigentümer in ihnen und die Diener auf der Straße schlafen. Eine Unterkunft zu suchen ohne einen Berechtigungsschein ist selbst am hellichten Tag ein verwegenes Unterfangen, und wieviel mehr erst um ein oder zwei Uhr nachts, eine Situation, in die ich geraten wäre, wenn ich nicht beschlossen hätte, in der Poststation zu übernachten.

Zu meinem Glück traf ich auf dem Platz einen Diener des Prinzen Louis Ferdinand, den ich in Berlin für so manchen Dienst belohnt hatte und der sich Arme und Beine ausriß, um mir zu helfen. Sein Herr hatte sich bis gestern hier in der Stadt aufgehalten und sich die Zeit mit Vergnügungen und wahnsinnigen Ausgaben in Begleitung von Pauline Wiesel vertrieben. Jetzt ist Madame nach Berlin zurückgekehrt, und der Prinz ist auf Wildschweinjagd auf den Gütern von Fürst Lobkowitz in den böhmischen Bergen. Während er mir all dies erzählte, begleitete mich der Diener zum Wohnungsamt. Dort kam ich an einen Beamten, der mir mit der für die Sachsen typischen schlechten Kinderstube einfach die Tür vor der Nase zuschlagen wollte, aber zwei oder drei Taler, die ich auf der flachen Hand springen ließ, wirkten Wunder. Nachdem er aus einem Schrank ein großes Verzeichnis in Quartformat geholt hatte, begann der Mann es durchzublättern, zuerst hastig, dann immer aufmerksamer, bis er ganz hinten, auf einer der letzten Seiten, fand, wonach er suchte; und nachdem er ein paar Zeilen gekritzelt hatte, reichte er mir einen Zettel mit einer Adresse und versicherte mir, daß ich dort eine bequeme Unterkunft finden würde.

Nachdem der Kutscher einen Blick auf den Zettel geworfen hatte, fuhr er uns durch eine nicht enden wollende Folge schmaler und verstopfter Straßen, die von hohen, meist fünf- oder sechsstöckigen Häusern gesäumt wurden. Nach der Brücke bogen wir in die Allee, die zu den Bädern von Link, einem der beliebtesten Treffpunkte, führt. Anstatt jedoch zum Café weiterzufahren, wo die Kellner gerade in diesem Augenblick zahlreiche Lichter anzündeten, um die Dunkelheit des Abends zu vertreiben, bogen wir jäh nach links ab, in einen sandigen Feldweg längs der Elbe, und nach wenigen Metern hielten wir vor einer alten Mühle. Diese, versicherte der Kutscher, sei die Unterkunft, die mir zugewiesen sei, bei der Witwe eines Müllers. Ich war zu müde, um gegen die Unbequemlichkeit der Unterbringung zu protestieren, und im übrigen führte mir die Unmenge von Soldaten, die ich in den Ställen und Heuschobern biwakieren gesehen hatte, bevor sie morgen weitermarschieren würden, nur zu deutlich vor Augen, wie sinnlos jeder Protest sein würde, so daß ich schicksalsergeben an die Tür der Müllerin klopfte und ihr meinen Zettel zeigte. Ich habe niemals zuvor in meinem Leben an einem solchen Ort geschlafen, und ich glaube, daß ich in Zukunft nicht allzu oft in eine ähnliche Lage kommen werde. Die Mühle ist eine mit den Jahren schwarz gewordene strohgedeckte Holzhütte, die zur Hälfte vom Räderwerk des gewaltigen Mühlrads eingenommen wird, das sich, pausenlos vom Wasser angetrieben, im einschläfernden Rhythmus seines Knirschens dreht und Wassertropfen versprüht. Die Wohnung öffnet sich auf einen kleinen Hof, in dem das Unkraut wuchert, mit einem Brunnen in der Mitte und einem Holunderstrauch in der Ecke, der an einem Mäuerchen sprießt und die Luft mit dem Duft seiner Blüten schwängert. Das Innere ist leider weniger romantisch oder vielleicht eben gerade romantisch: ein einziger verrußter Raum mit einem Dach aus Balken und Wänden, die aufgrund der tödlichen Feuchtigkeit des Flusses mit Salpeter überzogen sind. Das ganze Mobiliar besteht aus einem großen Bett, einem wackligen Tisch und zwei Schemeln, außerdem einer Sitztruhe, in dem die Witwe ihr ganzes Hab und Gut aufbewahrt. In dem Bett, aus dem sie sich gerade erhoben hatte, um mir zu öffnen, schliefen ineinander verschlungen vier Mädchen. Da ich es nicht übers Herz brachte, sie daraus zu vertreiben, sagte ich zur Witwe, daß ich für heute nacht mit etwas Stroh auf der Erde zufrieden wäre. Ich sorgte dafür, daß meine Kutsche im Hof abgestellt wurde und daß Will es sich in ihr zum Schlafen bequem machte, um ein Auge auf das Gepäck zu haben. Dann breitete ich den Mantel über das Stroh und warf mich darauf, todmüde von all den Strapazen des Tages.

Mittwoch, 24. September

Heute morgen wurde ich zeitig von den Glocken der Frauenkirche und den Rufen der Schiffer geweckt, ich wusch mich und zog mich an, so gut ich konnte, und ging dann zum Neuen

Markt, um einen Kaffee zu trinken. Etliche Offiziere, welche die Nacht nicht bequemer als ich verbracht haben dürften, hatten bereits vor mir ihr Frühstück bestellt, so daß ich zu meinem Kaffee nur etwas Milch und Brot vom Vortag bekommen konnte; doch das Einfache der Mahlzeit wurde mehr als wettgemacht durch das Schauspiel des Marktes, das vor meinen Augen im Gange war, denn ich konnte mich davon überzeugen, daß die Frauen von Dresden wirklich, wie immer behauptet wird, die schönsten in ganz Deutschland sind. Soweit ich das von meinem Beobachtungsposten hinter der Scheibe des Cafés aus beurteilen konnte, mangelt es ihren Gesichtszügen zwar ein wenig an Farbe, so daß die meisten Gesichter blaß, ja häufig geradezu bleich waren; aber dennoch konnte ich unter ihnen einige der anmutigsten Geschöpfe beobachten, die je geschaffen wurden, vor allem in der Kategorie der *grisettes*. Unzählige sah ich vorbeigehen mit weißer Schürze und dem Korb mit den Einkäufen unter dem Arm, und mehr als eine entblößte ihr Füßchen und den Knöchel direkt vor meinen Augen bei dem Versuch, mitten auf der schlammigen Straße von einem Stein zum nächsten zu springen, unter den Pfiffen und dem Beifallsgebrüll der Soldaten.

Sobald ich mich gestärkt hatte, erfüllte ich meine Pflicht, wie es jeder Reisende, der auf sich hält, bei seiner Ankunft in Dresden tut, und besuchte die Gemäldegalerie. Trotz der großen Zahl von Besuchern wollte der Inspektor, Herr Riedel, mich um jeden Preis persönlich auf meinem Rundgang begleiten, zusammen mit seinem Assistenten, Herrn Schweigert. Der Inspektor ist inmitten der heiligen Gegenstände, die er zu hüten hat, alt geworden; er hatte die italienischen Meisterwerke unter der Regierung von August III. ankommen sehen. Er hatte um die Verschonung der Galerie während des Siebenjährigen Kriegs gezittert und erlebt, wie Friedrichs Kanonenkugeln im Saal eingeschlagen waren, ohne jedoch wie durch ein unerklärliches Wunder eines der Meisterwerke zu beschädigen. Als wir die breite Eingangstreppe hinaufgingen, deutete der Alte auf die sichtbaren Beweise jenes Frevels: Die Kanonenkugeln, welche die Mauern während des Beschusses durch die Preußen getroffen hatten, stecken noch heute im Verputz und werden den Besuchern als Zeugnisse eines unwiederholbaren Wandalismus in diesem aufgeklärten Jahrhundert gezeigt. Herr Riedel ist voller Lebendigkeit, und seine Bemerkungen zu den Bildern sind ziemlich freimütig; einige wenige weiße Haare bekränzen seinen kahlen Schädel, aber die glühende Liebe für die Kunst und die Künstler, die aufrichtige Teilnahme an ihrem Leben und an ihrem Werk haben ihn jung erhalten, während Jüngere neben ihm alterten. Für jene Besucher, die lediglich mit offenem Mund vor den Bildern stehen, und das gilt leider für die Mehrheit, macht er offen gesagt normalerweise nicht viel Umstände und führt sie so rasch wie möglich durch die Galerie; und wenn er, was nur allzu häufig geschieht, irgendeinen blöden Kommentar mit anhören muß, kann er sehr ungeduldig werden, und wer könnte es ihm verdenken? Doch nichts freut ihn mehr, als wenn er in einem Fremden die Fähigkeit erkennt, *seine* Bilder so zu würdigen, wie sie es verdienen. Der zweite Begleiter machte einen weniger vorteilhaften Eindruck auf mich, und ich würde sagen, daß er ebenso bedächtig ist, wie der Inspektor lebhaft ist: Es ist fast so, als hätten die beiden die Rollen getauscht, die ihrem Alter angemessen sind, denn Herr Schweigert ist ein vielleicht siebzehn- oder achtzehnjähriger junger Mann, der ganz von seiner Aufgabe durchdrungen und im allgemeinen so in Gedanken versunken ist, daß er allenfalls vor den Bildern den Mund aufmacht.

In die eigentliche Galerie gelangt man durch vier äußere Säle, in denen ohne jedes System Bilder aller Schulen übereinander gehängt sind, Poussin neben Teniers, Salvator Rosa neben van Dyck; dort befinden sich verschiedene erstrangige Werke, unter ihnen die Drei Grazien, eine entzückende Skizze von Rubens, und der berühmte Vanderbergh. Herr Schweigert wollte, daß ich insbesondere vor einer Jungfrau Maria von Holbein stehenbliebe, »eine deutsche Maria, keine italienische!«, wie er nicht müde wurde zu wiederholen. Und er hätte mir des langen und breiten die Unterschiede in der Farbgebung und der Lebendigkeit erläutert, die aus diesem Gemälde ein Meisterwerk des wahren deutschen Geistes machten, wenn sein älterer Kollege mich nicht achselzuckend buchstäblich beim Rockschoß gepackt hätte, um mich in die große innere Galerie zu führen, die gänzlich der italienischen Schule vorbehalten ist. Hier bietet sich in der Tat ein überraschender Anblick. Der Saal ist für sich allein doppelt so groß wie meine Wohnung, und die gewaltigen Wände sind von oben bis unten mit Gemälden von Raffael, Correggio, Tizian, Battoni bedeckt. Es wäre unmöglich, auch nur einen Teil der Meisterwerke aufzuzählen, die mir in zwei Stunden gezeigt wurden, während sich mein Staunen in eine Art Benommenheit verwandelte. Ich kann gewiß sagen, daß ich hier zum ersten Mal die ganze Größe der italienischen Schule begriff, und vielleicht auch die Verführungen der katholischen Religion. Raffaels Madonna, Correggios Nacht, Carlo Dolces Cecilia und vor allem Battonis Magdalena verzauberten mich nachhaltig; die Zeichnung und die Farbgebung dieses Malers übertreffen alles, was ich bis jetzt gesehen habe. Seine Magdalena hat noch nicht begonnen, den steinigen Pfad zu erklimmen, der zum Himmel führt; ihre Brust scheint wie geschaffen dafür, vor Liebe, und nicht vor Reue zu seufzen, ihre Lippen sind mehr ans Küssen als ans Beten gewöhnt, und man kann nicht umhin zu bedauern, daß diese blonden Locken gleich der erbarmungslosen Schere zum Opfer fallen werden. An die zweite Stelle unter meinen Lieblingsbildern würde ich Tizians Venus rücken, obwohl Herr Schweigert dieser Ansicht mit ziemlich unangenehmer Pedanterie widersprach. »Wenn das Bild von Tizian«, sagte er, »*Liegende Frau* hieße, würde ich es wunderbar finden; aber da Venus mich kaltläßt, gefällt es mir nicht. Ja, ich verstehe überhaupt nicht, warum dieses Bild so häufig als Beispiel idealer Schönheit zitiert wird. Im Vergleich zu der anmutigen Venus der griechischen Bildhauer, die wahrhaftig wirkt, als sei sie eben dem Schaum des Meeres entstiegen, wirkt diejenige Tizians auf mich nur wie eine verführerische junge Magd. Da ist nichts anderes als wohlgeformtes Fleisch, es fehlt keiner der Mängel, welche die Schönheit einer irdischen Frau vergänglich machen!« Ich wußte nicht so recht, was ich auf diese Ausführungen antworten sollte, da ich begriff, daß es sich auf der Ebene der Kritik um durchaus zutreffende Bemerkungen handelte, und doch war ich mit diesem besserwisserischen jungen Mann nicht einverstanden; ich persönlich möchte, sollte ich Venus jemals umarmen, etwas Solideres in den Händen halten als Meeresschaum.

Während ich solche Überlegungen anstellte, sah ich ein lächelndes Geschöpf auf mich zukommen, das wie das lebendige Modell zu dem von Herrn Schweigert so kritisierten Bild aussah, so daß man glauben könnte, Tizian habe als Modell eine Tochter des Ewigen Juden gewählt und jene Wäscherin oder Dienstmagd, die er in seiner Venus zur tiefsten Empörung meines Führers porträtiert haben dürfte, trete uns jetzt vor die Augen. Obendrein lächelte dieses reizende Geschöpf mich an, als kenne es mich, und ich brauchte ein paar Sekunden, bis mir klarwurde, daß ich Minettchen gegenüberstand. Das Mädchen sagte mir, daß ihre Herrinnen, die Rätin und ihre Tochter Bertha, sich in der Stadt befänden und daß die junge Herrin gerade jetzt hier bei ihrer Arbeit sei. Wie man sich vorstellen kann, ließ ich mich sofort zu ihr führen, ungeduldig, meine nächtliche Bekanntschaft bei Tageslicht zu betrachten. Schon beim ersten Blick stellte ich fest, daß ich mich in jener denkwürdigen Nacht nicht getäuscht hatte, als ich vermutete, daß sich in der Dunkelheit der Kutsche eine außergewöhnliche Schönheit verberge. Und die Einfachheit der Frisur, mit der sie mich überraschte, die glatten Haare einfach nach hinten gekämmt und mit einer Spange zusammengehalten, und als einziger Schmuck eine Bernsteinkette um den weißen Hals schienen ihren Reiz eher zu verstärken als zu mindern. Bertha kommt jeden Morgen in die Galerie, wo sie damit begonnen hat, ein Stilleben von Huysum zu kopieren; sie sitzt bequem an einem Fenster, einen Schal um die Schultern, um sich vor der Zugluft zu schützen, und ihre Vorlage hängt direkt vor ihr an der Wand. Denn hier haben sie die Angewohnheit, wenn jemand ein Bild kopieren will, es von seinem Nagel zu nehmen und den Künstler selbst den geeignetsten Ort mit dem besten Licht für die Arbeit wählen zu lassen. »Ich habe nie zuvor eine Kunstsammlung gesehen, wo man sich so sehr um die Bequemlichkeit der Künstler, die dort arbeiten, kümmert«, bemerkte ich, nachdem wir uns herzlich begrüßt hatten; Bertha lachte und erwiderte, daß »Papa Riedel« glücklicherweise eine große Sympathie für die zahlreichen Künstler hege, die jeden Tag zum Kopieren in die Galerie kommen. Der Alte, der diese etwas despektierliche Anspielung auf seine Person nicht im geringsten übelnahm, lächelte und antwortete mit einer Verbeugung. Im übrigen muß man dazusagen, daß alle seine Großzügigkeit mit einem Verhalten vergelten, das der Heiligkeit des Ortes angemessen ist, so daß man hier nicht, wie in so vielen anderen großen Galerien, jeden Augenblick auf Gruppen stößt, die laut disputieren oder schnattern und den Frieden der Besucher und, möchte man glauben, auch den der Meisterwerke stören.

Bertha fragte mich, ob ich mit der Besichtigung des Saals bereits fertig sei, und als ich das verneinte, sprang sie auf und erklärte, für den Augenblick habe sie vom Malen genug. Daher setzten wir die Besichtigung gemeinsam fort, begleitet von den beiden Inspektoren. Vor dem Heiligen Sebastian von Correggio blieb der Alte stehen und begann zu erzählen: »Es heißt, dieses Bild sei das letzte des Malers. Die Domherren des Doms von Modena, die es bestellt hatten, sollen dem Künstler den vereinbarten Preis – in Kupfer bezahlt haben! Allegri kehrte unter der Last dieser Demütigung nach Hause zurück und starb innerhalb weniger Tage daran.« Wenn die Geschichte stimmt, macht sie Italien wenig Ehre, und man würde eher erwarten, daß sie sich in Rußland bewahrheitete, statt an der Wiege der Kunst. Vor Raffaels Madonna erzählte uns Herr Riedel, dessen Gedächtnis fortwährend die unvermutetsten Erinnerungen zutage fördert, eine andere Anekdote, die er diesmal persönlich miterlebt hat. Die Madonna war in Dresden unter der Regierung von August III. aus dem Dom von Parma eingetroffen. Sobald das Bild da war, gab der König den Befehl, es mit den anderen Bildern, die am selben Tag gekommen waren, in den Thronsaal zu bringen. Als es aufgehängt werden sollte, wurde deutlich, daß keine Ecke des Saals geeignetere Lichtverhältnisse aufwies als diejenige, in der sich der Thron befand. Sofort befahl der König, jenes Möbelstück wegzurücken, und half eigenhändig, das Bild unter dem Baldachin aufzuhängen, mit der Bemerkung, daß es dort an seinem Platz sei. Herr Riedel hatte Tränen in den Augen, während er diese Geschichte erzählte. »So war August III.! Das war ein Kurfürst von Sachsen!« wurde er nicht müde zu wiederholen.

Während Herr Riedel ganz gerührt wurde, wies Herr Schweigert in einem Ton, in dem mir zum ersten Mal so etwas wie Menschlichkeit mitzuschwingen schien, darauf hin, daß die Qualität der von den alten Meistern verwendeten Farben leider nicht so war, wie man es sich gewünscht hätte, und zeigte mehr als eine Stelle, an der die Leinwand so verblaßt war, daß die ursprüngliche Qualität des Gemäldes nicht mehr zu erkennen war. Als er schwieg, näherte ich mich Bertha und begann so leise mit ihr zu sprechen, daß nur sie imstande war, vollständig den Sinn dessen zu erfassen, was ich sagte, nicht so leise allerdings, daß man es als ungebührlich hätte empfinden können. »Es macht mich unglücklich«, murmelte ich, »wenn ich denke, daß in fünfhundert oder sechshundert Jahren von dieser Schöpfung und all den anderen Meisterwerken der italienischen Kunst nichts als ein von den Jahrhunderten zerfressener Leichnam bleibt, aus dem die Seele verschwunden sein wird. Die zu Staub zerfallene Leinwand wird dann nur noch eine heilige Reliquie sein; doch was werden die Menschen sein können, wenn ihnen solche Bilder fehlen? Wird man im Jahr 2406 spüren können und wollen, was Raffael der Welt bedeutet hat? Oder wird vorher ein anderer es verstanden haben, Erde und Himmel miteinander zu versöhnen?« Ich hatte bereits verschiedentlich Gelegenheit gehabt zu beobachten, daß manche jungen Leute jenes Geschlechts, das aus Gewohnheit die vorsichtigste Reserviertheit im Gespräch mit Unbekannten an den Tag legt, über alle Maßen die Gemeinsamkeit der Gedanken und Gefühle zu schätzen pflegen, die sich vor einem Kunstwerk einstellt, und geneigt sind, vollständig vertraut mit demjenigen umzugehen, der sich als imstande erweist, an ihren innersten Gefühlen Anteil zu nehmen. Ich überlegte mir also, daß Raffaels Madonna und Huysums Stilleben der beste Passierschein seien, um rasche Fortschritte zu machen. Doch ich täuschte mich, denn als ich, ohne zu reden aufzuhören, wie zufällig Berthas Arm nahm, machte sie sich ohne ein Wort los und warf mir einen verblüfften Blick zu. Als ich einen Schritt zurücktrat, fing ich einen weiteren Blick auf, diesmal von Herrn Schweigert, aus dem so offenkundig die Eifersucht sprach, daß ich bei mir dachte: »Oh! Oh! Die Sache wird interessant!«

Nachdem wir unseren Rundgang durch den Saal beendet hatten, verließ Herr Riedel uns und sagte, er würde sich freuen, wenn er mich in den nächsten Tagen häufiger sähe. Ich hoffte, auch sein Kollege wäre anderswo unabkömmlich, aber dem war nicht so, denn er bot sich – eine überflüssige Höflichkeit – an, uns ins Pastellkabinett zu begleiten. Hier verweilte der junge Mann lange vor dem, was er das Meisterwerk der Sammlung nannte, dem Cupido von Mengs, und erklärte: »Ich wünschte, Correggio und Albani könnten diesen Cupido sehen, damit sie sich vor dem deutschen Gefühl und der deutschen Kunst verneigen und anerkennen, daß sie es zur Schande aller Schönheiten Italiens nicht vermocht haben, ein Bild wie dieses zu schaffen!« Da seine Begeisterung mir etwas übertrieben vorkam, bemerkte ich, daß sich, soweit ich wisse, der Name Deutschlands unter den Heimatländern der Kunst noch nicht denen Griechenlands und Italiens an die Seite gestellt habe. Aber ich hätte diese Bemerkung lieber für mich behalten sollen, denn Bertha warf mir einen ziemlich vorwurfsvollen Blick zu und sprach von dem Augenblick an kaum noch mit mir. Meine Zunge verfluchend, begleitete ich sie weiter und hörte mir schweigend die Dummheiten unseres Führers an, und als das Mädchen erklärte, daß sie nach Hause zurückkehren wolle, ging ich mit ihr hinaus. Herr Schweigert verabschiedete sich schweren Herzens und verbeugte sich ehrerbietig vor Bertha und sehr viel weniger tief vor mir; ja, er erlaubte sich sogar, eine Hand auszustrecken und mit einem boshaften Lächeln einen Strohhalm wegzuschnippen, der an meinem Anzug haftengeblieben war. Ich glaube, daß ich unwillkürlich errötete, während ich mir vornahm, Will tüchtig auszuschelten, daß er meinen Frack so nachlässig ausgebürstet hatte; doch gleich darauf erlaubte mir ein glücklicher Zwischenfall, den verlorenen Boden wieder wettzumachen. Als wir die Galerie verließen, bemerkte ich im Staub ein Papiertütchen; ich bückte mich, um es aufzuheben, und fand darin einen funkelnden holländischen Dukaten. Lachend zeigte ich ihn Bertha und fragte sie scherzhaft, was wir damit machen könnten. Sie blickte um sich, und ihr Blick fiel auf ein bettelndes Mädchen, das mit ausgestreckter Hand an der Straßenecke hockte. Ohne ihre Antwort abzuwarten, lief ich zu der Kleinen und legte ihr den Dukaten auf die Hand. Das Mädchen betrachtete ihn verblüfft, prüfte ihn mit einem Biß und lief, ohne mir zu danken, hinkend fort. Bertha brach in Gelächter aus, und so erhielt ich um den bescheidenen Preis eines Dukaten die Erlaubnis, sie nach Hause zu begleiten, und die Einladung, morgen abend den Tee mit ihr und ihrer Frau Mutter zu nehmen, so daß am Ende des Tages meine Aktien doch nicht so sehr gefallen waren, wie es gegen Mittag noch geschienen hatte.

Donnerstag, 25. September

Heute bin ich, nachdem ich einen Friseur aufgesucht hatte, der mir nicht ohne Mühe wieder zu einem zivilisierten Aussehen verholfen hat, und nach der zweiten Nacht in der Hütte der Müllerin dem Kurfürsten von Sachsen vorgestellt worden. Friedrich August ist ein kleiner und plumper Mann in schon vorgerücktem Alter, wie übrigens auch seine Gemahlin, allerdings übertrieben höflich und zuvorkommend. Seine natürliche Gutmütigkeit ist gepaart mit einer fast grotesken Schüchternheit, welche jenen Vorzug letztlich in hohem Maße wieder zunichte macht. Und obwohl man ahnt, daß es der ganzen Familie nicht an Herzlichkeit und gutem Geschmack mangelt, verspürt man nicht den Wunsch, näheren Kontakt mit ihnen zu haben. Gähnend und sich fortwährend für sein Gähnen entschuldigend, stellte er mir die üblichen Fragen, woher ich komme, und ob ich beabsichtige, lange in Dresden zu bleiben. Ich antwortete, da ich beim König von Preußen akkreditiert sei, würde ich erst wieder abreisen, wenn ich mit Sicherheit wüßte, daß Seine Majestät in Berlin geblieben wäre oder sich zu seinem Heer begeben hätte, und auf diese Antwort hin, die sie an den drohenden Krieg erinnerte, an dem sie nur widerwillig teilnehmen werden, verabschiedeten sie mich mit einem Seufzer. Die *entourage* des Kurfürsten ist nicht weniger hinfällig und verschlafen als er und erinnert sehr an den Hof von Dornröschen; sie kommt einem vor wie eine Uhr, deren Räderwerk seit hundert Jahren stillsteht. Man hatte mich allerdings darauf hingewiesen, daß die Gewohnheiten und die Etikette am Dresdener Hof sehr viel konservativer als in Berlin sind, aber ich glaubte nicht, daß die eigensinnige Gespreiztheit dort so unangefochten herrschen würde: Wenn man an einem Empfang teilnimmt, hat man den Eindruck, wie in einer Laterna magica den Hof des Sonnenkönigs wiederzusehen. So sieht die Etikette beispielsweise vor, daß der Kurfürst an keinen Offizier, der in seinem Dienst steht, das Wort richten darf, wenn er nicht wenigstens Oberst ist, und dieses Verbot wird pedantisch beachtet, selbst den Offizieren des Gardekorps gegenüber, die aus Familien stammen, die älter als die seine sind. Die Verstiegenheiten dieses Zeremoniells machen jedes Essen bei Hof außerordentlich mühsam, und es überrascht mich nicht zu hören, daß Fremde von Rang sich persönlich beleidigt fühlten durch den Mangel an Respekt, den sie sich nicht erklären konnten und der in krassem Kontrast steht zu dem betont höflichen Benehmen, zu dem sich alle, vom Kurfürsten bis hin zum letzten Pagen, verpflichtet fühlen. Am Ende des Essens ist es, um nur ein Beispiel zu nennen, seit alters Brauch, eine Tasse mit einem stärkenden Getränk zu servieren, das »rince-bouches« genannt wird; aber nur die Mitglieder der Herrscherfamilie haben darauf Anspruch, und die Diener gehen seelenruhig an den einflußreichsten Persönlichkeiten, Ministern und Generälen, vorbei, um die berühmte Tasse vielleicht einem drei- oder vierjährigen Prinzeßchen zu bringen. Das ändert aber nichts daran, daß Seine Hoheit miserable Köche hat und daß man bei ihm in der Regel die schlechteste deutsche Küche vorgesetzt bekommt, denkbar fett und gewöhnlich, was den schlechten Gesundheitszustand erklärt, über den fast alle klagen. Auch ich litt, obwohl ich die Hälfte der Gerichte nicht angerührt und nur Champagner getrunken hatte, den ganzen Tag unter Sodbrennen.

Und viel angenehmer als das Essen ist auch der Rest des Tages nicht. Jeden Morgen hören die Herrscher und alle Minister die Messe, da der Hof nicht nur papistisch ist, was in einem lutherischen Land schon überspannt genug wäre, sondern obendrein auch noch bis zum Exzeß bigott und moralisch. Aus dem gleichen Grund wird nur *Whist* gespielt, und das mit unnatürlich niedrigen Einsätzen; wenn die Fürstin anwesend ist, bilden sich Tische nur mit Männern und nur mit Frauen, da die Männer nicht mit der Herrscherin spielen können. Während des Spiels besteht die ganze Unterhaltung darin, daß man im Ton der ängstlichsten Verehrung wiederholt, was der Fürst gesagt hat oder was über ihn gesagt worden ist. Wenn der Kurfürst woanders verlangt wird, hält seine Frau allein hof, was zum Traurigsten gehört, was man sich vorstellen kann. Sie sitzt in ihrem Sessel in der Mitte ihres kleinen Salons, und alle Hofdamen nehmen in einer gewissen Entfernung um sie herum ihren Platz ein, stehend wie Patinnen, denn sie setzen sich nur zum Spielen. Die Fürstin richtet ab und zu ein paar Worte an eine von ihnen, die knapp antwortet, ohne näherzukommen oder sich zu bewegen. Ich begreife, daß eine so amüsante Etikette die Herrscher nicht weniger als ihre Höflinge zum Gähnen bringt. Das Theater ist die einzige Alternative zur Konversation, aber auch hier herrscht ein recht gemessener Ton vor; sonntags gibt es keine Vorstellung! Nachdem die Partie beendet war, schickte ich mich erleichtert an, mich zu verabschieden, doch Graf Vitzthum, der den höchst unpassenden Titel »Directeur des plaisirs« trägt, überbrachte mir die Einladung, Ihre Hoheiten zur Vorstellung im Hoftheater zu begleiten, eine Auszeichnung, dank derer ich, wie man sehen wird, meine Fortschritte im Herzen von Bertha unwiederbringlich aufs Spiel zu setzen drohte.

Gegeben wurde die *Phèdre* von Racine, auf französisch, aber mit einem so deutschen Akzent, daß ich tausendmal an mich halten mußte, um nicht loszulachen. Der ganze Hof, vom Kurfürsten abwärts, spricht übrigens das gröbste Deutsch, und die Sprache eines Ministers unterscheidet sich von der eines Schankwirts nur durch die Anzahl französischer Dummheiten, mit denen ersterer seine Reden zu spicken beliebt. Der einzige, dessen Konversation vielleicht Aufmerksamkeit verdient, ist der Großkämmerer Graf Marcolini, ein alter gepuderter Italiener; wie man mir sagt, ist er der vertrauteste Ratgeber des Kurfürsten, und dank seines Amtes ist er mit allen Ministern des Hofes vertraut. Als er meine Nationalität erfuhr, gratulierte er mir, behauptete, er empfinde die größte Freundschaft für die Amerikaner und fügte hinzu, seiner Ansicht nach würden wir schon bald die erste Nation der Welt sein, ein, fürchte ich, eher von tief verwurzeltem Höflingsgeist als von echter Überzeugung diktiertes Kompliment. Am Spieltisch sang er mir, sich von Zeit zu Zeit unterbrechend, um sich die Nase zu putzen oder zerstreut seine wohlgeformten Waden zu entblößen, das leidenschaftlichste Loblied auf seinen Herrscher und die Regierung, wobei er mit gespielter Bescheidenheit seine eigene Rolle im verborgenen ließ. »Mein Hauptverdienst«, sagte er lächelnd, »besteht darin, daß ich Seine Durchlaucht viele Jahre hindurch zu langen Spaziergängen in den Wäldern und im Gebirge gezwungen habe, vor allem während der Sommerfrische. Da Sie ja heute die Küche unserer Hofköche probiert haben, werden Sie verstehen, daß dieses Vorgehen nicht wenig dazu beigetragen hat, die Verdauung seiner Durchlaucht zu verbessern und seine Gesundheit zu stärken; und unwürdigerweise habe ich mir so die Dankbarkeit des Herrschers und des Volkes verdient.« Sein ganzes Verhalten weist darauf hin, daß er den Charakter des Kurfürsten gründlich studiert hat und ihn unter dem Deckmantel äußerster und unterwürfiger Ergebenheit dazu bringt, das zu tun, was er will. Eine seiner Aufgaben besteht in der Leitung der berühmten Porzellanfabriken, deren Passiva sich auf nicht weniger als fünftausend Taler im Monat belaufen, und natürlich ist er sagenhaft reich. Zu seinen Gunsten muß gesagt werden, daß er als einer der letzten in Dresden gilt, der es versteht, noch so wie früher als Grandseigneur zu leben, was nicht immer leicht ist, selbst wenn man ein Einkommen von vierzigtausend Talern hat. Im Theater saßen wir nebeneinander, und während auf der Bühne der *Phèdre* Gewalt angetan wurde, erzählte er mir, daß er Casanova in den Jahren seiner außergewöhnlichsten Unternehmungen gekannt habe. »Beim Tod des Venezianers bot ich den Erben dreitausend Taler für das Manuskript seiner Memoiren, aber leider ohne Erfolg! Aber ich bitte Sie«, fügte er lächelnd hinzu, »erzählen Sie das nicht dem Kurfürsten, meinem Herrn.« Ich wundere mich immer wieder über die Sprache dieser Höflinge, die mit all ihren Titeln und Ordenskreuzen einen anderen Mann auf das selbstverständlichste ihren Herrn nennen können. England ist das einzige Land in Europa, wo ein wohlerzogener Gentleman es als entehrend empfindet, so von sich zu sprechen.

Als die Vorstellung zu Ende war, machte ich mich aus dem Staub, sprang in den ersten Fiaker, der vorbeikam, und gab die Adresse der Rätin an. Aber ich kam natürlich zu spät, der Tee war bereits getrunken, und die Gäste waren im Begriff zu gehen. Im Hof des Palais taten die Kutscher sich schwer, die Wagen vor- und zurückzufahren, und fluchten. Ich bahnte mir zwischen den Beinen der Pferde einen Weg, ging hinein und präsentierte mich Madame, die mich ziemlich kühl empfing. Gleich nach meiner Ankunft verabschiedeten sich die letzten Gäste, und ich blieb mit Mutter und Tochter allein. Die Rätin erkundigte sich, wie es mir seit unserer glücklichen Begegnung im preußischen Sand ergangen sei. Bertha schwieg, ganz offensichtlich müde und sich wünschend, daß ich ginge. Während ich eine Tasse mittlerweile kalten Tees trank, wollte ich mich nach den Fortschritten ihrer Kopie erkundigen, aber ich bekam nur eine einsilbige Antwort. Da auf einem Sessel eine schlecht zusammengefaltete Zeitung lag, fragte ich sie, um das Schweigen zu brechen, was es Neues in der Welt gebe, was, wie ich zugebe, nicht gerade von gewandten gesellschaftlichen Umgangsformen zeugt. Die Rätin nahm das Blatt, faltete es vor meiner Nase auseinander und wies mich auf einen Artikel hin: »Mein lieber Herr Pyle, Sie müssen aus einem recht merkwürdigen Land kommen! Hier, die Zeitungen melden, daß in New York das Gelbfieber wütet. Wie kann man nur in einem Land leben, das von derartigen Krankheiten bedroht wird?« Diese liebenswürdige Frage verärgerte mich zutiefst. Was für eine schreckliche Vorstellung machen sich viele Ignoranten in Europa von Amerika! Wenn man sie so hört, setzt sich jeder, der sich dorthin wagt, großer Gefahr aus, sein Leben zu verlieren, sei es durch die Wilden oder sei es durch das Gelbfieber. Ich persönlich bin überzeugt, daß diese Ideen von Schurken verbreitet werden, die von den Regierungen bezahlt werden, mit dem Ziel, die Auswanderer zu entmutigen; und ich versäumte es nicht, diese Überzeugung Bertha und der Rätin mitzuteilen, die aber nichts davon hören wollten. »Auch Fritz, unser Lakai, wollte nach Amerika auswandern, aber wir haben ihm diese Absurdität ausgeredet«, rief Bertha stolz. »Ich würde wirklich gern wissen, mit welchen Argumenten«, erwiderte ich gereizt. »Fragen Sie ihn das selber, wenn es Ihnen Vergnügen macht«, schloß die Rätin und schickte sofort nach Fritz. Dieser ist ein etwa achtzehn- oder neunzehnjähriger kräftiger Bursche, der mir bereits im Vorzimmer aufgefallen war. »Nun«, sagte ich zu ihm, »würde es dir nicht gefallen, nach Amerika zu gehen?« »Oh nein«, erwiderte der junge Mann töricht, »ich bleibe lieber, wo ich bin.« Die Leute, fügte er hinzu, glauben, daß in Amerika das Geld auf den Bäumen wächst, aber diejenigen, die dorthin gehen, werden sich schnell ihres Irrtums bewußt und entdekken, daß man so hart arbeiten muß wie in Europa. »Warum?« fügte ich hinzu. »Schreiben denn nicht viele Deutsche, die nach Amerika ausgewandert sind, wie gut es ihnen dort geht?« »Ach«, erwiderte der Lakai, »das ändert doch nichts. Wenn sie schreiben, daß es ihnen schlechtgeht, öffnet die amerikanische Regierung die Briefe und hält sie zurück, so daß wir sie nicht bekommen können.« »Wie bitte?« rief ich und konnte mich nur mit Mühe zurückhalten. »Glaubst du etwa, unsere Regierung sei wie eure widerwärtigen europäischen Regierungen, die vor allem Angst haben? Warum sollte die Regierung sich darum sorgen, ob die Deutschen nach Amerika auswandern oder nicht?« »Na«, schloß Fritz, »wir wissen doch, daß Sie Krieg mit den Indianern haben und daß Sie Leute zum Kämpfen brauchen!« Zu einem anderen Zeitpunkt hätte ich über diese Absurditäten herzlich gelacht; doch heute machte es mich unbeschreiblich wütend, feststellen zu müssen, daß Bertha und ihre Mutter ebenso wie ihr Diener von diesen Ideen überzeugt waren. Daher trank ich schnell meinen Tee aus und ging, wobei ich Bertha versprach, sie in der Galerie zu besuchen. Innerlich aber kochte ich vor Wut über die schlimme Wendung, die unsere Bekanntschaft genommen hatte.

Zum Glück meinte meine Hausherrin, als ich zu Bett ging, mich trösten zu müssen. Amalia, so heißt die Witwe des Müllers, ist eine große schöne Frau, vollbusig und mit kräftigen Hüften, lachenden Augen und roten Apfelbäckchen. Sie ist gekleidet wie alle sächsischen Frauen aus dem Volk: auf dem Kopf eine Haube, unter der kastanienbraune Haarsträhnen hervorschauen, in denen die ersten Silberfäden erkennbar werden; ein sauberes Tuch, das Hals und Brust bedeckt; eine dünn gewordene und zerknitterte Bluse, an der mehr als ein Knopf fehlt, ein brauner, geflickter Rock und darüber eine ebenfalls geflickte Schürze; die kräftigen Beine werden von schwarzen Baumwollstrümpfen gewärmt, die Füße stecken in Holzschuhen. In diesen Tagen sah ich sie niemals etwas anderes tragen, und ich glaube, daß sie keine anderen Kleidungsstücke besitzt, mit Ausnahme des Brautkleids, das sorgfältig in der Sitztruhe aufbewahrt wird und in dem sie sonntags zur Messe geht und begraben werden wird; ihre vier Mädchen gehen barfuß und in Lumpen. Und doch lacht sie immer, trotz ihrer Armut, schnattert unaufhörlich im drolligen sächsischen Dialekt und vermag den Raum sauberzuhalten, in dem fünf Personen leben. Ihre hervorstechendste Eigenschaft ist jedoch eine Gefälligkeit, wie ich sie bis jetzt nur sehr selten unter den deutschen Frauen angetroffen habe; denn während in Dresden wie in Berlin die Frauen der guten Gesellschaft gewöhnlich nur nach unerfreulicher Hartnäckigkeit dazu bereit sind und nur unter tausend Grimassen und Sinnesänderungen, ganz wie die Frauen in New York, ist die Müllerin von sich aus und mit Freude gefällig. Gestern abend blieb sie bis zu meiner Rückkehr auf, und als ich eintrat, zeigte sie mir das Lager, das sie für sich und die Kinder bereitet hatte, und das frisch gewaschene Laken, das sie über mein Bett gebreitet hatte. Will war im Hof, wo er irgend etwas im Reisekoffer suchte, und während Amalia mit mir sprach, fuhr sie fort, die Knöpfe meines Hemds zu berühren. Zuerst glaubte ich, sie bewundere die Feinheit des Batists, aber sehr bald schon merkte ich, daß ihre Gedanken in eine ganz andere Richtung gingen. Daher öffnete ich die Tür und sagte Will, er könne es sich für die Nacht in der Kutsche bequem machen, da ich ihn nicht mehr brauchen würde. Der Zwang, absolut lautlos zu sein, um die Kinder nicht aufzuwecken, und die Feuchtigkeit, die es nicht ratsam erscheinen ließ, mehr als nur das für den Zweck unbedingt Notwendige auszuziehen, verringerte nicht im geringsten die Lust, welche die Witwe mir bereitete. Diese liebt es, einer Gewohnheit folgend, die ihr von ihrem verstorbenen Mann beigebracht worden sein mußte, vor allem, *en levrette* genommen zu werden, und zittert so stark unter mir, mit zusammengepreßten Lippen, um nicht zu schreien, daß alle Nachbarn das Knarren des Bettes erkannt und erraten haben müssen, welcher Art unsere Beziehungen sind.

Freitag, 26. September

Ich bin jetzt seit drei Tagen in Dresden, und bis zu diesem Augenblick habe ich mich in diesem Athen Deutschlands ziemlich gelangweilt, mit Ausnahme natürlich der nächtlichen Vergnügungen. Das Leben, das man hier führt, ist in der Regel ziemlich bedächtig, und niemand ist zu jenen genialen Einfällen imstande, die dem gesellschaftlichen Leben die gewisse Note geben; wer seine Zeit angenehm verbringen will, kann sich nichts anderes vornehmen, als die Schwäne im Graben der Orangerie zu füttern oder sich im Japanischen Palais die Porzellansammlungen anzusehen. Das hat vielleicht mit der Tatsache zu tun, daß zu viele Fremde nur hierherkommen, um die Schätze zu bewundern, welche die Stadt aufbewahrt, und ich bin ganz zufrieden, den Vormittag in der Gemäldegalerie und den Nachmittag im Museum zu verbringen; ich persönlich finde es reichlich überspannt zu reisen, nur um sich Dinge anzusehen, so schön sie auch sein mögen. Und obendrein verursacht das alles auch noch unglaubliche Kosten, wenn man bedenkt, daß der Eigentümer all dessen der Fürst ist, der sich nicht scheut, die Fremden zu zwingen, fortwährend ihre Börse zu öffnen, damit sie seine Sammlungen bewundern können. Mein ortsansässiger Diener sagte mir, daß man, um die Bibliothek besuchen zu können, dem Wächter einen Dukaten und seinem Assistenten einen Gulden geben muß; im Museum steht dem ersten Wächter ein Louis zu, zwei Taler einem anderen und ein Gulden dem Diener. Auch für die Gemäldegalerie habe ich bezahlt, es gibt einen Pförtner, der beauftragt ist, das Geld anzunehmen. Ich hätte Berthas Gesicht sehen mögen, wenn ich beim Verlassen der Galerie dem jungen Schweigert ein paar Taler zugesteckt hätte!

Es mag einem unwahrscheinlich vorkommen, daß gerade in dieser Stadt, in der nicht nur die Personen der vornehmen Gesellschaft, sondern auch die Händler und sogar die Handwerker Geld und Erziehung besitzen und wo die größten Meisterwerke der Kunst aller Zeiten versammelt sind, das Leben so langweilig ist; doch der Stil des Hofes und der Einfluß, den er auf die Gesellschaft ausübt, bieten eine nur allzu naheliegende Lösung des Rätsels. Der Kurfürst ist vielleicht der Ehrenhafteste, Religiöseste und Friedlichste unter den deutschen Fürsten, aber der Formalismus und die Bigotterie, die er denen auferlegt, die ihn umgeben, breiten sich wie eine versteinerte Welle über der ganzen Gesellschaft aus und verstärken die Neigung zu Ruhe und Verschlafenheit, die das deutsche Wesen bereits so sehr auszeichnen. Auch die Zeiteinteilung ist dem allgemeinen Phlegma angepaßt: Der Kurfürst ißt um ein Uhr zu Mittag, wie ein Bauer, und alle Adligen fühlen sich verpflichtet, es ihm gleichzutun, womit sie eine Gewohnheit fortführen, die von der Etikette zur Zeit Karl des Großen kodifiziert worden sein muß. Hinzu kommt, daß man hier schwerer Zugang zu den Privathäusern bekommt als in irgendeiner anderen Stadt, die ich besucht habe, einschließlich Boston oder Philadelphia; und zwar nicht nur, weil der sächsische Adel arm ist und viele Familien nicht bei sich empfangen können, da sie in Mietwohnungen leben. Tatsache ist, daß in der Gesellschaft wie am Hof die Klassentrennung strenger beachtet wird als in China. Die Furcht, sich zu erniedrigen, wenn man Personen empfängt, die sich als gesellschaftlich niedrigerstehend erweisen könnten, führt dazu, daß jeder nur die Personen empfängt, mit denen er ein wirklich vertrauliches Verhältnis hat; und auch dann wird der Rang respektiert, ohne daß man fürchtet, sich lächerlich zu machen: Ich habe mit eigenen Augen eine Tante gesehen, welche die Hand einer Nichte, eines nicht einmal sechsjährigen Mädchens, küßte und sie »meine liebe Gräfin« nannte! Der durchreisende Fremde hat, wenn er nicht über Einführungsbriefe verfügt, nur eine Möglichkeit, zur Gesellschaft Zugang zu bekommen, nämlich sich in eine Art Zirkel aufnehmen zu lassen, den man *La Ressource* nennt und der jeden Nachmittag im *Hôtel de Bavière* in der Schloßgasse zusammenkommt; aber auch hier wird die Etikette mit größter Eigensinnigkeit beachtet. Graf Marcolini, der mich einführte, schien das für einen Vorzug zu halten. »Der dort beispielsweise«, sagte er und deutete auf einen alten Herrn in Uniform, der an einem der Spieltische bei einer Partie *Whist* saß, »ist einer der angesehensten Generäle unseres Heeres, und obwohl er nicht adlig ist, ist man übereingekommen, ihn bei uns aufzunehmen, so wie er auch bei Hof empfangen wird; aber sein Bruder könnte niemals den Fuß in die *Ressource* setzen. Der hohe Rang, den der General im Heer bekleidet, ist ein ausreichender Passierschein für seine Person, aber nicht für seine Familienangehörigen.« »Und der General«, erkundigte ich mich, »ist bereit, seine Nachmittage an einem Ort zu verbringen, wo er lediglich geduldet wird und wo sein Bruder verjagt würde, wenn er es wagen sollte, dort zu erscheinen?« Graf Marcolini schien aufrichtig empört. »Aber mein lieber Herr Pyle, nehmen Sie doch nicht alles so wörtlich! Der General ist stolz, bei Hof und infolgedessen in der

Ressource empfangen zu werden, wie es jeder sein muß, der eine so außergewöhnliche Auszeichnung allein seiner Verdienste wegen erhält. Was seinen Bruder betrifft, so könnte es ihm niemals in den Sinn kommen, hier zu erscheinen, und daher hat Ihre Hypothese kein Fundament. Im übrigen ist er eine äußerst liebenswürdige Person und unterhält die besten Beziehungen zur vornehmen Gesellschaft. Bei Hof wird er nicht empfangen, aber das verhindert nicht, daß der Herrscher und Personen höchsten Ranges ihn zu Hause besuchen.« Ich erklärte, daß ein solcher Brauch mir recht unbequem und vor allem ungerechtfertigt vorkomme, wenn man bedenke, daß die Fremden überall, wie mir scheine, mit der größten Ungezwungenheit empfangen werden: Die Etikette, die demjenigen, der nicht adlig ist, verbiete, bei Hof oder in der *Ressource* zu erscheinen, gelte wohl nur für die Deutschen. »Aber, mein Herr!« entgegnete der Graf. »Keiner würde einem Fremden gegenüber so unhöflich sein, sich nach seiner adligen Geburt zu erkunden, vor allem euch Engländern und Amerikanern gegenüber, die ihr so wenig Wert auf die Vorzüge der Geburt legt.«

Der Ausschluß der Bürgerlichen würde jedoch allein noch nicht erklären, warum die *Ressource* ein so langweiliger Ort ist; den Ausschlag gibt die Tatsache, daß nur Männer zugelassen sind. Wie ich zu verstehen glaubte, sind diese braven Sachsen überzeugt, daß der Gipfel der Raffiniertheit ein englischer *club* sei, und da dort keine Frauen erlaubt sind, hielten sie es für angebracht, hier dieselbe Regel einzuführen. Der Langeweile wirkt man dadurch entgegen, daß man mehr Flaschen entkorkt und die Einsätze beim *Whist* erhöht. Man kann nicht einmal sagen, daß die Unterhaltung steif wäre, denn auch unter Männern besteht keineswegs die Gewohnheit, über Politik zu sprechen, man redet vielmehr nur über *billets-doux*, galante Abenteuer, Klatsch und Liedchen. Und es ist nicht zu übersehen, daß in Sachsen, wie mir übereinstimmend alle Fremden versichern, die Regierung milde und die Pressefreiheit unbestritten ist und daß die Briefe nicht geöffnet werden! Und doch kennen die Zeitungen kein anderes Thema als den letzten Kastraten, der für die Kapelle des Kurfürsten engagiert wurde, so daß man die Berichte der Berliner Blätter vermißt. Von Zeit zu Zeit kommt das *Journal de Paris*, aber auch diese Lektüre ist nicht dazu angetan, den Geist anzuregen; es stehen nichts als Albernheiten darin. Eine ganze Nummer ist einer Neuauflage der Tragödie von Othello gewidmet, die sich in Italien, in der Nähe von Genua, ereignet hat. Ein eifersüchtiger Liebhaber bringt seine fünfzehnjährige Freundin um, die von seltener Schönheit ist, flieht, schreibt zwei Briefe, kehrt um Mitternacht an den Ort zurück, wo sich der Körper der Geliebten befindet, die väterliche Kapelle, und tötet sich dort mit einem Pistolenschuß, wie er auch sie getötet hatte. Dann wieder sind die merkwürdigsten Vorkommnisse Anlaß für gelehrte wissenschaftliche Spekulationen, die es erlauben, die Seiten der Zeitung zu füllen, ohne Nachrichten oder Kommentare über die politische Lage wagen zu müssen, um dem Blitzstrahl Bonapartes vorzubeugen. Dem *Journal de Paris* zufolge ist es möglich, daß ein Mann ein Kind zur Welt bringt und daß beide am Leben bleiben; das soll in Holland geschehen sein.

Die Stutzer lassen sich, bevor sie in die *Ressource* hinaufgehen, zwei oder drei Seiten dieser Zeitungen vorlesen und legen sich ein paar Gesprächsthemen zurecht, mit denen sie auf die Versammlung Eindruck machen können. Dafür spricht fast niemand vom Krieg, da die Sachsen wenig Lust haben, ihn zu führen, und sich nur recht widerwillig zu diesem Schritt haben breitschlagen lassen. Ich hatte bereits bemerkt, daß zwischen Preußen und Sachsen im allgemeinen nicht mehr Freundschaft als zwischen Engländern und Franzosen besteht; die Untertanen des Kurfürsten betrachten diejenigen Friedrich Wilhelms als aufgeblasene Menschen, und nur das Bewußtsein der eigenen militärischen Schwäche hat sie gezwungen, das Bündnis mit Preußen zu suchen. Die einzigen, die es wagen, ihre Meinung hierzu kundzutun, sind die verbittertsten Feinde Frankreichs, meist Fremde; und sie sind natürlich allesamt überzeugt, daß der Krieg gewonnen und daß Bonaparte schon bald für seine Missetaten werde büßen müssen. Am Spieltisch verglich ein gepuderter Herr mit einer unmöglichen, graugrün, beige, blau und kanariengelb gestreiften Weste und mit von einem Hauch Wangenrot belebten Wangen den bevorstehenden Krieg mit dem des vergangenen Jahres. »Ich habe von Wien aus«, sagte er, »den Krieg der Österreicher miterlebt; es ist klar, daß es mir bestimmt war, von Dresden aus den Preußens mitzuerleben. Aber der Eindruck, den beide Schauspiele hervorrufen, ist doch recht verschieden! In Wien befielen mich, während die Regimenter ausrückten, die schwärzesten Vorahnungen, diesmal aber beseelen mich Mut und Hoffnung. Dieser Krieg ist nicht das Werk der Menschen; die Vorsehung hat ihn gewollt.« »Und wenn der Krieg nicht ausbrechen sollte?« wandte ich ein, etwas verärgert über diesen orakelnden Ton. »In dem Fall«, antwortete er mit einem eitlen Lächeln, »wird sich die allgemeine Lage Deutschlands gewaltig verbessern. Aber ich glaube, daß er ausbrechen wird; es ist unmöglich, unmöglich, ich wiederhole es, in den Ereignissen der letzten Zeit nicht die tätige Vorsehung zu sehen. Wenn man die Geschichte dessen, was in zwei Monaten in Berlin geschehen ist, mit all den verborgensten Einzelheiten kennt wie ich«, rühmte er sich, »findet man darin etwas Wundersames. Preußen schien bereits verschlungen, jedem, den die Parteilichkeit oder der Ehrgeiz nicht blind gemacht hatte, war klar, daß Bonaparte sich darauf vorbereitete, es gierig zu verschlingen; und jetzt hat Preußen sich wie durch ein Wunder bewaffnet, und die Franzosen stellen bestürzt fest, daß der Sieg ihnen durch die Finger rinnt. In diesem von der Vorsehung bestimmten Ausgangspunkt, in der extremen Raschheit der Ausführung, in der hartnäckigen Blindheit des Feindes, in dem unermeßlichen Vorteil, den Bonaparte Preußen verschafft hat, weil er ihm die Zeit ließ, sich zu bewaffnen, sehe ich ein Vorzeichen für alle Erfolge. Ich zweifle nicht im mindesten daran, daß dieser Krieg sich ausbreiten wird. Er wird heftig, blutig und entscheidend sein«, prophezeite er, öffnete eine Flasche italienischen Weins und schleuderte geschickt die Öltropfen weg, die obenauf schwammen. Danach füllte er die Gläser ringsumher und lud uns ein, auf seine Kosten auf die Niederlage des Usurpators anzustoßen. Neugierig geworden durch soviel Sicherheit, fragte ich, mit wem ich die Ehre habe. Der Mann mit der Weste reichte mir eine schlaffe Hand und stellte sich, während er die meine länger als notwendig drückte, als Ritter von Gentz vor, Sekretär der österreichischen Gesandtschaft, und so erfuhr ich, daß ich es mit einem Diplomaten und nicht, wie ich anfänglich geglaubt hatte, mit einem Journalisten oder einem Spion zu tun hatte. Als der Ritter seinerseits meinen Namen und meinen Stand erfahren hatte, bezeugte er mir die größte und unbegründetste Sympathie und versicherte mich seiner Wertschätzung für mein Land mit einer Herzlichkeit, deren Aufrichtigkeit einzuschätzen ich hier in Dresden gelernt habe.

Später, in der Oper, wollte es das Unglück, daß ich ebendiesem Gentleman wiederbegegnete, diesmal mit einer tadellosen Weste aus weißem Piqué unter dem Frack. Kaum hatte er mich gesehen, winkte er mir, lud mich in seine Loge ein und begrüßte mich mit einem »Mein göttlicher Robert!«, was mich sehr störte. Der Saal ist ein architektonisches Meisterstück, der Berliner Oper vergleichbar, und sogar geräumiger. Die Beleuchtung war königlich, so daß ich zum ersten Mal in meinem Leben, einen Gemeinplatz bemühend, sagen könnte, daß man dort sehen konnte wie am hellichten Tag. Die Musik war dem Saal ebenbürtig, und die Primadonna, die keine andere als die berühmte Paer war, übertraf sogar noch ihren Ruf; so schien es mir wenigstens, nach den wenigen Augenblicken zu urteilen, in denen es mir vergönnt war, ihr zuzuhören, da Ritter Gentz nicht einen Augenblick zu schwatzen aufhörte. Außer uns beiden saß noch ein schwedischer Diplomat in der Loge, der gerade seine Berufung an die Botschaft seines Landes in Paris erhalten hatte; und unser gemeinsamer Freund war untröstlich über seinen Weggang. »Mein Verehrter!« wiederholte er immer wieder, »Ihre Berufung ist für mich ein Schlag gewesen, von dem ich mich immer noch nicht erholt habe. Gewiß«, fuhr er mit einem honigsüßen Lächeln fort, »hat Ihr Eifer für das öffentliche Wohl es Ihnen nicht gestattet abzulehnen, das verstehe ich vollkommen. Aber ich bin so betrübt, daß Sie gezwungen gewesen sind, diesen Posten anzunehmen! Wenn ich denke, daß eine so reine und edle Seele wie die Ihre mit dem Ort so vieler Verbrechen und Greuel in Berührung kommen wird, bekomme ich Krämpfe. Wenn Sie dort unglücklich sein werden, wird niemand Sie tiefer bemitleiden können als ich; und wenn Sie glücklich sein werden, wird meine Verzweiflung vollkommen sein. Jedenfalls quält und verwirrt mich die Vorstellung, Sie in Paris zu wissen, und ich werde mich niemals daran gewöhnen«, schloß er mit einer zornigen Grimasse und im Falsett. Ich scherzte, daß, wenn der Teufel nicht die Hand im Spiel habe, wir, die wir in Deutschland bleiben, angesichts der Wendung, welche die Ereignisse nehmen, Bonaparte früher sehen würden als sein Freund, der nach Paris gehe. »Oh, genau das hoffe ich ja!« erwiderte er. »Ich hoffe, ihn in Ketten durch das Brandenburger Tor gehen zu sehen. Und in dem Fall würde es mir nicht gefallen, daß uns von all den schrecklichen Bräuchen dieser niederträchtigen Römer nicht wenigstens dieser geblieben ist, nämlich den gefangenen Feind hinter dem Wagen des Siegers hergehen zu lassen und ihn noch in derselben Nacht in der Dunkelheit des Kerkers zu erdrosseln!« Der Schwede machte eine Bemerkung über den Prunk, der, wie es scheint, den Hof Bonapartes umgibt und der eigentlich mehr eines Vercingetorix würdig sei als eines Cäsar; und Gentz fing den Ball im Flug. »Eben! Und wir sollen vor diesem Theaterkönig unser Haupt beugen? Schon bald, Sie werden sehen, wird uns allein die Idee, daß wir daran auch nur denken konnten, demütigend vorkommen. ›An dem Tag‹, sagt der Herr, ›werde ich dich aus der Macht der Assyrer befreien, und ihr Joch wird nicht mehr auf deinen Schultern lasten.‹ Daraufhin werden wir den großen Mann fest anblicken und uns fragen: ›Ist das der Mann, der die Erde aufwühlte und die Reiche erzittern ließ? Der Mann, der Städte niederwarf und die Welt in eine Wüste verwandelte? Der Mann, der niemals seine Gefangenen befreite? Sein Leichnam ist unter den Körpern der in der Schlacht gefallenen Soldaten begraben.‹« Daß ein österreichischer *Dandy* den Propheten Jesaja zitiert, überraschte mich offen gesagt ein wenig, und so mußte ich anerkennen, daß der Ritter ein Talent besaß, das ich ihm auf den ersten Blick nicht zugetraut hatte.

Sonnabend, 27. September

Heute mittag wohnte ich der Wachablösung vor dem Schloß bei. Diese Fürstenresidenz unterscheidet sich kaum von den umliegenden Gebäuden, so alt und rußig ist sie, wie fast alle Palais hier in Dresden, wo der weitverbreiteten Liebe zur Kunst und zu den Studien und den unermeßlichen Schätzen, die in den Sammlungen aufbewahrt werden, keineswegs ein geschmackvoller Stil der öffentlichen und privaten Gebäude entspricht, die zum großen Teil wirken, als wären sie gerade dem finstersten Mittelalter entsprungen. Die Kompanie, die beim Schloß Dienst tut, besteht aus einem Hauptmann, einem Fähnrich mit der Fahne und vierzig Männern in rot-gelber Uniform; eine schlecht ausgebildete Truppe, die weder marschieren noch die Waffen handhaben kann, wie es sich gehört, die komplizierte Manöver schlampig ausführt und den Dienst mit jener Nachlässigkeit versieht, die mehr als alles andere den Charakter eines Korps prägt. Wenn die anderen Regimenter des Kurfürsten nicht besser als dieses sind, muß man sich nicht wundern, daß er so wenig kriegsbegeistert ist; und die Sachsen sollten zu ihrem Säbel sagen, wie Benvolio: »Verhüte Gott, daß ich dich brauche!« Im übrigen geht die Wachablösung in etwa wie in Berlin vonstatten, und die Menge läuft jeden Tag zusammen, um sich das Schauspiel anzusehen, und applaudiert den Soldaten mit der gleichen Begeisterung, obwohl sie einen eher jämmerlichen Anblick bieten. Zufällig erblickte ich nicht weit von mir entfernt Bertha, die eifrig applaudierte. Herr Schweigert stand neben ihr und hielt sie vertraulich am Arm. Beide wandten mir den Rücken zu und bemerkten meine Anwesenheit nicht. Als die Wache wieder hineingegangen war und die Menge sich zerstreut hatte, blickte Bertha zum Schloß hinauf und blieb noch lange stehen, den Kopf an die Schulter ihres Begleiters gelehnt, während sie mit erhobener Nase die Türme der katholischen Kirche bewunderte. Ihre Unterhaltung belauschend, hörte ich, wie der junge Mann zu seiner Gefährtin sagte: »Es gibt majestätischere Monumente als dieses in Dresden, Monumente geschaffen von deutschen Künstlern, deren Namen Gott sei Dank einen barbarischen Klang haben und die nicht auf *o* oder *i* enden! Wenn Sie wollen, werde ich sie Ihnen heute nachmittag zeigen.« Und daraufhin machten die beiden sich eng umschlungen auf den Weg zum Platz, ohne mich zu bemerken; und kurz danach sah ich sie im kurzen Trab in einem *Tilbury* vorbeifahren, der von Schweigert selbst gelenkt wurde. Der junge Mann trug hessische Stiefel, handhabte die Peitsche mit größter Energie und wirkte im Grunde gar nicht mehr wie der Pedant, als welcher er mir am ersten Tag erschienen war, so daß ich mich in mein Schicksal ergab und beschloß, weitere Begegnungen mit Bertha von jetzt an zu vermeiden.

Da bereits ein paar Regentropfen fielen, ging ich in die katholische Kirche, mit der Absicht, die Statuen zu bewundern; und dort traf ich Minette, die sich auf einer Bank ausruhte, umgeben von unzähligen Schachteln mit Einkäufen, die sie für ihre Herrin nach Hause bringen sollte. Ich schwöre, daß ich mich, solange mich die schönen haselnußbraunen Augen ihrer jungen Herrin bezaubert hatten, nicht im geringsten für die Kammerzofe interessiert hatte. Doch jetzt, da ich sozusagen frei war, konnte ich nicht umhin, die Frische ihres Teints und den lebhaften Glanz ihrer blonden Locken zu bemerken und kam zu dem Schluß, daß ich es mit einer der reizendsten Vertreterinnen ihres Standes zu tun hatte. Minettchen war sichtlich erschöpft, dennoch lächelte sie, als sie mich erkannte, und wollte aufstehen; meine Hände auf ihre Schultern legend, zwang ich sie jedoch, ruhig sitzen zu bleiben, und setzte mich vertraulich neben sie. Es ist stets mein Grundsatz gewesen, Mädchen ihres Standes nicht mit Versprechungen einzuwickeln, sondern sie für das zu bezahlen, was sie mir geben, und so sagte ich ganz offen: »Meine schöne Minette, wenn wir neulich beim Verlassen der Galerie allein gewesen wären, wäre dieser Dukaten für dich gewesen; aber da das Schicksal es anders gewollt hat, erlaube mir, seine Unhöflichkeit wiedergutzumachen und noch etwas hinzuzufügen, um dich für die Verzögerung zu entschädigen.« Und ich holte einen Louis aus der Tasche und legte ihn ihr in die Hand; dann zog ich sie an mich und versuchte sie zu küssen. Doch ganz offensichtlich war es mir bestimmt, bei der Zofe ebensowenig Glück zu haben wie bei der Herrin, denn Minettchen machte sich heftig aus der Umarmung los, warf die Münze auf den Boden und gab mir eine schallende Ohrfeige. Dann sammelte sie, ohne mich eines Blicks zu würdigen, ihre Pakete ein und ließ mich einfach stehen. Wenn ich in jener Nacht im Morast Ostpreußens geahnt hätte, daß so viele Hoffnungen und so viele Luftschlösser so schmachvoll in Rauch aufgehen würden!

Am Nachmittag ging ich, da ich nichts Besseres zu tun hatte, auf ein Spiel in die *Ressource*. Hier begegnete ich zu meiner Überraschung Mr. Gibbs, einem vermögenden und kunstinteressierten Gentleman aus South Carolina, der vor wenigen Tagen auf seiner *grand tour* von Wien nach Dresden gekommen war. Obwohl ich mich freute, einen Landsmann zu treffen, bemerkte ich schon sehr bald, daß er ein Dummkopf war; aber seine Konversation war dennoch ganz amüsant, so daß ich ihn reden ließ, was ihm sehr recht war. Bevor er wieder nach Norden reiste, hatte er Genf, Sizilien, Neapel, Rom und Mailand besucht, und er findet keine Worte, um über die Raubgier und die schändliche Dreistigkeit zu jammern, mit der Gasthofbesitzer, Fremdenführer und Kutscher die Fremden in Italien ausnehmen. »Am Sankt-Gotthard-Paß«, sagt er, »habe ich mich umgedreht, um zurückzuschauen, und ich habe nicht das geringste Bedauern verspürt. Ich hätte nie geglaubt, daß ich Italien mit so viel Freude verlassen würde, aber ich bin während der ganzen Reise fortwährend so übers Ohr gehauen worden, daß ich überglücklich war, ihm trotz all seiner Schönheiten den Rücken zu kehren. Und noch jetzt verspüre ich kein Bedauern bei dem Gedanken, daß es sehr unwahrscheinlich ist, daß ich jene wunderbaren Landschaften jemals wiedersehen werde.« Und er fügte hinzu, daß seine Freude noch größer geworden sei, als er sich, nachdem er Wien verlassen habe, endlich in einem protestantischen Land befunden habe; seiner Ansicht nach bringen die kalten Länder rechtschaffenere Temperamente und auch ein aufrichtigeres religiöses Gefühl hervor. »Ich habe beobachtet«, fügte er philosophisch hinzu, »daß es in Europa eine Art Linie vom Rhein bis zur Donau gibt, die in etwa der Linie der weinanbauenden Länder entspricht, und all die, die im Süden liegen, sind im allgemeinen katholisch, und die im Norden protestantisch.« Er war etwas enttäuscht, als er erfuhr, daß ich aus einem sehr viel nördlicher gelegenen Land komme, das trotz der sarmatischen Trostlosigkeit des Klimas unbestreitbar katholisch ist. Er habe keine Ahnung gehabt, sagte er, daß die Polen, ein Volk, das überall in der Welt mit soviel Sympathie betrachtet werde, papistisch seien. »Sie müssen allerdings einräumen«, wollte er nicht lockerlassen, »daß die warmen Länder nichts Vernünftiges hervorbringen; je südlicher man kommt, um so verworfener und verkommener wird das Volk.« Auch in diesem Fall mußte ich ihn aufgrund meiner Erfahrungen in Polen enttäuschen, allerdings räumte ich gern ein, daß die größten Fortschritte in den Wissenschaften in den Ländern des Nordens gemacht worden seien.

Das andere Thema, auf das Mr. Gibbs in der Konversation ständig zurückkommt, ist das allgemeine Ansehen, das Amerika ihm zufolge auf dem Kontinent genießt. »Kaum entdecken sie, daß wir Amerikaner sind, legen sie die größte Neugier hinsichtlich unseres Landes an den Tag. Es ist angenehm festzustellen, wie rasch unser Land an Bedeutung zunimmt und die Aufmerksamkeit und die Bewunderung der Alten Welt erregt!« Ich habe vergessen zu erwähnen, daß Mr. Gibbs sehr jung ist, was ein gewisses Übermaß an Begeisterung erklärt und eine Geneigtheit, von der Welt das gleiche Wohlwollen zu erwarten, mit dem er selbst um sich blickt. Die Hauptlehre, die er aus seiner Reise gezogen hat, ist, daß der militärische Charakter der europäischen Monarchien sie früher oder später ins Verderben führen wird, während unser Land, das die Kräfte spart, sie schon bald übertreffen wird. »Während Europa seine Kraft in ständigen Empörungen vergeudet, gewinnen die Vereinigten Staaten, mit tiefstem Frieden und einer ausgezeichneten Regierung gesegnet, jeden Tag mehr an Reichtum und Macht und steigen mit ruhigem, aber raschem Schritt zur ansehnlichsten Position unter den Nationen auf«, urteilte er. Ich fragte ihn, ob er nicht, wie ich,

Personen, und zwar nicht nur aus den niedersten Klassen, begegnet sei, welche die sonderbarsten Vorstellungen über uns hätten. »Oh ja!« gab er zu. »In Auxerre stieg ein Franzose in die Kutsche, der sehr neugierig bezüglich der Vereinigten Staaten war: Ob sie nicht in der Nähe von Asien lägen? Ich verneinte das. ›Alors‹, fuhr er fort, ›ils sont tout près de l'Afrique.‹ ›Pardon, Monsieur, point du tout.‹ ›Diable comme je me trompe! Ils sont dans le voisinage d'Europe.‹ Ich war gezwungen, ihm mitzuteilen, daß er sich erneut im Irrtum befände. ›Foutre!‹ erwiderte er. ›Est-il possible? Où sont-ils donc, Monsieur?‹ Um seinen Fragen ein Ende zu machen, sagte ich ihm, daß sie sich zwischen Afrika und Europa befänden, und diese Erklärung schien ihn zufriedenzustellen. Dennoch konnte er sich den ganzen Nachmittag die Idee nicht aus dem Kopf schlagen, daß wir Afrikaner seien, und fuhr fort, mich zu fragen, ob es nicht ›diablement chaud‹ sei in unserem Land und wie uns unsere Nachbarn, die Türken, gefielen.« »Sie sehen also!« fuhr ich lachend fort. »Das ist das Ansehen und der höchste Sitz unter den Nationen!« »Und doch«, entgegnete er, »bewundern auch sie uns im Grunde. Derselbe Franzose, der so viele Probleme hatte, uns auf der Landkarte zu situieren, fragte mich, als er erfuhr, daß ich nach Italien und anschließend nach Deutschland unterwegs sei, woher ich den Mut nähme, mein Land zu verlassen, um in so ferne Gegenden zu reisen, ohne ihre Sprachen zu sprechen. Er fügte hinzu, daß er Angst hätte, nach Amerika zu gehen, ohne Englisch zu verstehen. Ich antwortete ihm, die Amerikaner seien seltsame Leute, die durch die ganze Welt streiften, ohne sich die Mühe zu machen, vorher die Sprachen zu lernen, und mir schien, daß seine Bewunderung für mich durch diese Antwort noch zunahm.« Hier schaltete sich ein Edelmann, der um die Erlaubnis gebeten hatte, sich zum Essen an unseren Tisch setzen zu dürfen, und der bis jetzt unserer Unterhaltung nur lächelnd zugehört hatte, mit einer leichten Verbeugung ein und sagte, er kenne die Absichten Amerikas gut. Etwas überrascht erlaubte ich mir, ihn zu fragen, was ihn erleuchte, und der brave Mann rief, mir und Mr. Gibbs herzlich zublinzelnd: »Ihr Amerikaner seid tiefgründiger, als die Leute glauben! Jetzt sprecht ihr nur von Frieden und Freundschaft, aber ihr wartet nur, bis ihr stärker seid, um dann alle Europäer aus Amerika zu vertreiben!« Bevor sich einer von uns von dem Schlag erholt hatte und antworten konnte, fuhr er fort: »Sagen Sie nichts, Sie werden mich nicht vom Gegenteil überzeugen! Ich habe die Weltpolitik lange beobachtet: Ich war lange auf eine Zeitung aus Paris abonniert!« Daß jemand behauptete, die amerikanische Politik sei ihm durch die französischen Zeitungen nahegebracht worden, kam mir und Mr. Gibbs so komisch vor, daß wir nicht umhinkonnten, uns anzublicken, und nur mit Mühe ein Lachen zu unterdrükken vermochten.

Nachdem Mr. Gibbs gegangen war, machte ich ein Spiel mit dem dicken Bose, wie ihn alle nennen, einem Hauptmann des Gardekorps, und gewann von ihm etliche Taler, die er mir wer weiß wann bezahlen wird. Soweit ich verstanden habe, ist der Mann *criblé de dettes* und nennt nicht einen Taler sein eigen; aber beim Tod einer Tante wird er einer der reichsten Männer Dresdens sein, und daher empfangen ihn alle mit Respekt, und die Kaufleute räumen ihm bereitwillig Kredit ein. Trotz dieser wenig empfehlenswerten Voraussetzungen verdanke ich dem Hauptmann den am wenigsten langweiligen Abend, den ich bis jetzt in dieser Hauptstadt der Künste verbracht habe. Solange er in Gesellschaft war, war seine Konversation die seichteste und langweiligste, die man sich vorstellen kann, und ich hätte geschworen, daß dieser Kopf niemals einen Gedanken hervorgebracht hat, der über seine Pferde und sein Regiment und seine Jagdhunde und die Karten hinausgeht; was nichts daran ändert, daß alle jungen Offiziere der Hauptstadt ihn zum Vorbild erwählt haben und auf ihn schwören. Doch als die anderen Spieler den Tisch verlassen hatten und wir allein saßen und seine Schulden zusammenzählten und das letzte Glas Wein austranken, wurde seine Konversation zwar nicht geistreicher, aber gewiß ungezwungener, so daß mir schon sehr bald klarwurde, daß ich da einen wertvollen Mann vor mir hatte, da er der erste ist, der in dieser trostlos bigotten Stadt mit mir über Frauen spricht. Als ich ihm meine Befürchtung mitteilte, daß die Strenge des Hofes sich auf unangenehme Weise im Leben der Stadt spiegele, erklärte er mir, daß es dem Hof zwar gelinge, es in den Formen zu beeinflussen, daß er die Gepflogenheiten jedoch nicht grundlegend verderbe. »Gewiß«, räumte er seufzend ein, »die Moral Seiner Durchlaucht hat dazu geführt, daß es praktisch keine öffentlichen Bordelle mehr gibt. Und dabei war Dresden noch zur Zeit meines Großvaters das Reich des berühmten Laffont, ein französischer Gastwirt, bei dem man nicht nur ein Abendessen für eine bestimmte Anzahl von Personen, serviert auf bester Wäsche und Geschirr aus getriebenem Silber oder Porzellan, bestellen konnte, sondern auch, als Begleitung des Abendessens, eine beliebige Anzahl von Mädchen, blond, brünett, groß, klein und so weiter, gerade so, als bestellte man einen Stör oder Trüffel!« Aber wenn jene Zeiten auch nur noch Erinnerung seien und es nur noch sehr wenige öffentliche Häuser gebe, fast verborgen und nur von Leuten aus den unteren Klassen, wie Soldaten und Handwerkern, besucht, bedeute das nicht, daß man sich in Dresden nicht wie in Berlin vergnügen könne. »Die sächsischen Mädchen«, fügte er mit einem breiten Lächeln hinzu, »sind gutherzig und menschenfreundlich, und so findet jeder, vom Kämmerer bis zum letzten Trommler, bei einer kleinen Freundin Trost, gratis oder für Geld, je nachdem. Vielen gelingt es, zu zweit oder zu dritt eine Wohnung zu mieten, und dort empfangen sie ihre Freunde, in bescheideneren Verhältnissen zwar, aber mit der gleichen Fröhlichkeit wie man sie in den besten Häusern Wiens oder Berlins finden kann.«

Als die Gesellschaft sich spät in der Nacht auflöste, bot Bose sich an, mir eine praktische Demonstration zu geben und mich obendrein, fügte er hinzu, eine ganz besondere Zerstreuung kosten zu lassen. Nachdem ich mich voll und ganz einverstanden erklärt hatte, rief er eine städtische Kutsche und befahl dem Kutscher, uns zu einer Adresse in der Neustadt zu fahren. Dort wurden wir in einer Unterkunft im ersten Stock, die mit Möbeln nach dem letzten Schrei eingerichtet war, das heißt in jenem ägyptischen Stil, der jüngst in Paris in Mode gekommen war, von einem französischen Fräulein empfangen, das, wie Bose mir versicherte, die modischste *Kokotte* Dresdens sei. In Wahrheit ist sie nichts weiter als eine kleine, nicht besonders anmutige Frau mit einer langen Nase und Umgangsformen, die für absolut raffiniert gehalten werden, so wie sie sich für eine Pariserin schikken, die unter Barbaren geraten ist. Bevor wir zur Sache kamen, mußten wir eine lange und mühsame Konversation auf französisch über uns ergehen lassen. Der Hauptmann ließ mir den Vortritt, und schließlich führte die Dame mich in ihr *Boudoir*, wo ich mich auf einer Ottomane ausstreckte und ihr sagte, daß sie die erste Französin sei, mit der ich es zu tun habe, weswegen das wenigste, was ich erwarten würde, ein französischer Kuß sei. Da die Frau dachte, daß sie sich auf diese Weise nicht einmal die Mühe machen müsse, sich auszuziehen, gehorchte sie, nicht ohne vorher die Achseln zu zucken und mich affektiert zu fragen: »Quoi, tu n'aimes donc pas faire l'amour?« Ich weiß nicht, was sie anschließend mit dem Hauptmann anstellte, gewiß jedoch etwas Zeitaufwendigeres, denn ich wartete fast eine Stunde auf ihn in Gesellschaft der Zeitungen des vergangenen Monats. Als wir gingen, nachdem wir in der flinken Hand von *mademoiselle* ohne weitere Umstände sechs sächsische Taler zurückgelassen hatten, die ich hier zum Wechselkurs von eins zu eins für meine Dollars bekommen hatte, gestand ich Bose ganz offen, daß ich nicht recht verstünde, was denn nun der Witz an der Sache sei. Der Hauptmann brach in Gelächter aus, und anstatt zu antworten, ging er, kaum daß wir auf der Straße waren, in das Tor hinein, das neben dem lag, aus dem wir soeben herausgekommen waren. Wir stiegen die Treppen bis zum letzten Stockwerk hinauf, und dort wurden wir in einem Zimmerchen, das sehr viel armseliger möbliert war als das, welches wir gerade verlassen hatten, und weniger hell erleuchtet, von einem anderen Mädchen empfangen, auch sie Französin, aber viel weniger anspruchsvoll als die erste. Sie trug lediglich einen schwarzen Rock und eine weiße aufgeknöpfte Bluse ohne etwas darunter. In einer Ecke des Zimmers war undeutlich zwischen den Flügeln eines Paravents ein ungemachtes Bett zu erkennen. Als er meine

Überraschung sah, erklärte mir der Hauptmann, daß Mado, und hier machte das Mädchen einen kleinen Knicks, noch bis vor kurzem die Zofe der Dame gewesen sei, bei der wir den Abend verbracht hatten; erst kürzlich habe sie sich entschlossen, sich selbständig zu machen, und mehr aus Zufall als mit Absicht habe sie diese Unterkunft gleich neben der ihrer früheren Herrin gefunden. Immer noch grinsend, fragte mich der Hauptmann, ob ich nicht Lust hätte, den Unterschied zu prüfen, und natürlich bejahte ich. Daraufhin war er so höflich, auf den Treppenabsatz hinauszugehen, da das Zimmerchen es nicht erlaubte, auf andere Weise die nötige Intimität herzustellen; und Mado verpaßte mir, nachdem sie sich die Bluse ganz aufgeknöpft und mir die Hose heruntergezogen hatte, ein *exercice de fellation*, welches dasjenige, das ich kurz vorher genossen hatte, bei weitem übertraf. Nachdem sie ihres Amtes gewaltet und sich den Mund mit dem Wasser aus einer Waschschüssel ausgespült hatte, kam das Mädchen zu mir zurück und fragte mich bescheiden: »Est-ce aussi bien que Madame?« Auf diese Bemerkung hin mußte ich lachen, und sofort kam Bose wieder herein, der offensichtlich hinter der Tür das Ende des Abenteuers abgewartet hatte. Ich fragte ihn, ob auch er den Unterschied ausprobieren wolle, doch er antwortete mir, daß er ihn nur allzu gut kenne, und so gingen wir, aus vollem Halse lachend, nachdem wir in den Händen der kleinen Zofe eine Summe zurückgelassen hatten, die weit geringer war als die, welche wir *Madame* hatten zahlen müssen.

Sonntag, 28. September

Heute morgen wachte ich mit den beklagenswertesten Kopfschmerzen auf, Ergebnis eines jener giftigen Getränke, welche die Deutschen so lieben und die sie herstellen, indem sie ihren untrinkbaren Weinen alle möglichen Essenzen oder Sirups hinzufügen; eine eisgekühlte Bowle, wie sie das nennen, von der ich mich vielleicht allzu reichlich gestern nacht bedient hatte, bevor ich mich von Bose verabschiedete. Amalia, erschreckt von den Grunztönen, die ich von mir gab, bevor es mir gelang, die Augen zu öffnen, war bereit, zum Apotheker zu laufen, doch als ich in der Lage war zu sprechen, teilte ich ihr mit, daß ich nichts weiter als ein großes Glas Soda nötig hätte. Ich mußte jedoch erfahren, daß sie in diesem Land nicht die geringste Ahnung haben, was Soda ist, und auch von Doktor Schweppes noch nie etwas gehört hatten. Das übliche Mittel gegen den Zustand, in dem ich mich befände, sei, wie die Witwe mir erklärte, Bier, das offen gesagt in Deutschland nicht viel stärker als das Soda ist; und da der Vorschlag nicht unvernünftig klang, schickte ich Will sofort los, ein Pint Pilsner zu besorgen. Will, der die letzten Nächte in der Kutsche verbracht hatte, ging es nicht viel besser als mir, und es dauerte ziemlich lange, bis er zurückkam. Ich habe den starken Verdacht, daß er ein erstes Pint in dem Wirtshaus getrunken hatte, während der Wirt die Karaffe für mich füllte, unter den gegebenen Umständen hielt ich es jedoch für besser, die Nachforschungen auf später zu verschieben. Das Bier tat, wie die Witwe vorhergesagt hatte, wahre Wunder, so daß ich am frühen Nachmittag in der Lage war aufzustehen, um auszugehen; und ich ging in die *Ressource*, in der Hoffnung, aus den Zeitungen oder von einem durchreisenden Fremden etwas Neues über die Absichten des Königs von Preußen zu erfahren.

Während ich Kaffee trank, erschien Ritter von Gentz, der mir, nachdem er gehört hatte, daß ich mehrere Wochen in Berlin verbracht hatte und mich anschickte, dorthin zurückzukehren, erzählte, daß er lange dort gelebt hätte, und mich nach seinen Freunden fragte. Ich sagte ihm, daß ich nicht die Zeit gehabt hätte, viele Bekanntschaften zu machen, erzählte ihm aber von den Mißstimmungen des Prinzen Louis, den er sehr gut kennt; ganz begeistert war er, als er erfuhr, daß ich Rahel Levin kennengelernt hatte. »Meine unvergleichliche jüdische Freundin! Ja, es überrascht mich nicht im geringsten, daß Sie sie kennen, denn ohne sie könnte man in Berlin gar nicht leben. Nur in der Jägerstraße habe ich eine wirklich freie Gesellschaft angetroffen, wo es möglich war, über jedes beliebige Thema zu sprechen, und wo ein Prinz wirklich auf gleicher Ebene mit jedem Bürger steht, vorausgesetzt, er besitzt die Qualitäten, die notwendig sind, um in diesen so auserwählten Kreis aufgenommen zu werden. Aber sagen Sie, Sie sind doch nicht in Rahel verliebt?« Diese so indiskrete Frage machte mich sprachlos, doch Ritter von Gentz gehört, wie ich schon bemerken konnte, zu jenen Männern, die sich etwas darauf zugute halten, daß sie jeden Gedanken, der ihnen durch den Kopf geht, mit wunderbarer Rücksichtslosigkeit kundtun. Als er merkte, daß ich nicht antwortete, begann er zu lachen. »Mein lieber Robert, das wäre doch weiter nicht schlimm! Ich habe keinerlei Probleme zuzugeben, daß ich in Wien wahnsinnig in die göttliche Mademoiselle Arnstein verliebt war, die Nichte des ersten Barons des Alten Testaments, wie Fürst de Ligne ihn nennt. Sie müssen wissen, daß unser Kaiser nicht abgeneigt ist, jedem einen Adelstitel zu verleihen, der ihn mit klingender Münze bezahlen kann, ohne sich allzu sehr an der Form seiner Nase zu stören.« »Sie haben also eine große Vorliebe für die Juden?« fragte ich ihn, etwas zu barsch vielleicht. »Aber nicht im Traum!« lautete die Antwort. »Es gibt keine verfluchtere Rasse. Der Fluch, der sie verfolgt, ist, daß es ihnen zu ihrem Leid und zum Leid der Welt nicht gelingt, die Sphäre des Verstandes zu verlassen, sie krümmen sich darin wie in einem Gefängnis, solange ihre schwarzen Seelen nicht in die Hölle eingehen. Daher findet man sie überall, wo der Verstand, der dumme kriminelle Verstand den Anspruch erhebt, allein zu regieren; sie sind die geborenen Vertreter des Atheismus, des Jakobinertums und des ganzen Dunstes der Aufklärung. Aber um auf unsere Rahel zurückzukommen, Sie müssen zugeben, diese schönen Eigenschaften, verkörpert durch eine Frau von Geist, die zudem schon in dieser Welt Höllenqualen leidet, um ihre jüdische Herkunft zu vergessen, gewährleisten eine sehr viel interessantere Konversation als die unserer braven christlichen Damen. Nein, die Frauen sind bei den Juden um hundert Prozent besser als die Männer, und darum scheint es mir, daß man sich sehr gut in eine Rahel verlieben kann. Ich persönlich könnte mich niemals in ihren Bruder, dieses Ungeheuer, verlieben, der an nichts anderes als sein Geld denkt!« Die Liebesbeziehungen des Ritters Gentz beunruhigen mich jedesmal, wenn er darauf anspielt, mehr, wie auch der honigsüße Ton, den seine Stimme dann annimmt, so daß ich es vorzog, sofort auf die Juden zurückzukommen. »Ich komme gerade aus Polen«, sagte ich, »und muß zugeben, daß die Schmutzigkeit der polnischen Juden genügt hat, um jede positive Meinung, die ich mir über sie hätte bilden können, zu zerstreuen.« Doch Gentz war nicht einverstanden. »Es ist nicht schwer«, sagte er, »die polnischen Juden abstoßend zu finden. Und dabei geben sich diese Unglücksmenschen nicht einmal die Mühe, ihr wahres Wesen zu verbergen. Nein, die gefährlichsten Juden sind diejenigen, die sich scheinbar nicht mehr von den Christen unterscheiden und, um ihre Kultur zu beweisen, sonnabends öffentlich Speck essen und an den Versammlungsorten Kiesewetters Logik auswendig lernen; sie sind gefährlicher als die Juden mit Kaftan und Locken. Haben Sie Grattenauer gelesen?« Und als ich das verneinte, fuhr er eifrig fort: »Dann lesen Sie ihn, lesen Sie ihn, und Ihnen werden die Augen aufgehen! Nur sagen Sie, wenn Sie nach Berlin zurückkommen, Rahel nicht, daß Sie ihn gelesen haben, denn sie wäre imstande, Ihnen die Augen auszukratzen. Und richten Sie ihr meine ergebensten Grüße aus!«

Nach dem Kaffee schlug ich Mr. Gibbs einen Spaziergang vor, aber der junge Mann setzte sich gerade zum Spiel mit ein paar Offizieren, unter ihnen der dicke Bose; und dieser machte mir so komische Zeichen, um mich dazu zu bringen, ihm nicht einen so willkommenen Gegner zu entführen, daß ich nicht weiter darauf bestand, denn immerhin liegen ja doch viele Meilen zwischen Maryland und South Carolina. Gentz bot sich sofort an, mich zu begleiten, und schlug als Ziel des Spaziergangs die Kuppel der Frauenkirche vor, die eine Nachbildung von Sankt Peter im Vatikan ist und von der aus man, wie er mir versicherte, die herrlichste Aussicht hat, die man in Deutschland genießen kann. In Wahrheit muß der Ausblick bewunderungswürdig sein, da der Blick, wie es scheint, über die waldigen Anhöhen bis zu den Fialen des Meißener Doms und den Festungen von Königstein und Lilienstein an der Elbe schweifen kann; allerdings war der Tag so trüb, daß man überhaupt nichts sah. Mein Begleiter mußte sich damit begnügen, mir die Schrammen zu zeigen, welche die preußischen Kanonenkugeln während der Belagerung den Steinplatten des Dachs beigebracht hatten. Ihm zufolge hatten die Preußen die Kuppel als Ziel für ihre Batterien gewählt, weil sie eifersüchtig auf ein Monument waren, dem ihr Land nichts Gleichwertiges an die Seite zu stellen hatte, aber die Kugeln prallten wie Nüsse ab, ohne weiter Schaden anzurichten. Ich sagte ihm, wie sehr es mich überrasche, daß man in diesem Land so wenig Sympathie für die Preußen empfinde, was, glaube ich, nicht nur auf die schlechten Erinnerungen an die Zeit vor fünfzig Jahren zurückgeführt werden kann, obwohl Friedrich Dresden ohne jeden Zweifel beschossen hat, und eine solche Tat vergibt man nicht so leicht. Darauf erwiderte von Gentz, daß man diesem alten Groll, auch wenn es so scheine, keine Bedeutung mehr beimessen dürfe, da das skandalöse Verhalten der Franzosen in Deutschland jede Zwietracht ausgelöscht habe. »Der Wandel, der in der öffentlichen Meinung in Deutschland eingetreten ist, ist erstaunlich. Das abscheuliche Verbrechen von Braunau hat alle Gemüter aufgerüttelt. Preußen hat heute so viele Verbündete, wie es Deutsche gibt.« Das Verbrechen von Braunau, um seine Worte zu gebrauchen, ist nichts anderes als die Erschießung jenes unglückseligen Buchhändlers, der Schmähschriften gegen Bonaparte veröffentlicht hatte und der aus seinem Haus entführt, illegal auf französischen Boden verschleppt und hingerichtet worden war, wie ich auf diesen Seiten vielleicht schon erzählt habe. Die Empörung, welche dieses Vorgehen in Deutschland ausgelöst hat, ist gewaltig, und ich habe den Verdacht, daß sie nicht so groß gewesen wäre, wenn es sich nicht um einen Buchhändler, sondern, sagen wir, um einen Lumpensammler gehandelt hätte. Die Deutschen haben eine überaus tiefe Achtung vor den Büchern, und da sie, im Unterschied zu allen anderen Völkern, dazu neigen, durch die Meditation in Schwärmerei zu geraten, anstatt sich zu beruhigen, entzünden ihre Leidenschaften sich vorwiegend durch Bücher, und jeder, der mit solchen zu tun hat, wird von ihnen mit übertriebener Achtung behandelt.

Als wir von der Kuppel hinuntergestiegen waren, wollte der Ritter mich unbedingt weiter auf meinem Spaziergang begleiten, und so setzten wir unseren Weg eine gute Weile fort, bis wir zur Brücke kamen. Hier machte die Wache uns Vorwürfe, weil wir auf der falschen Seite gegangen waren. In der Tat drängt sich zu jeder Stunde eine solche Menschenmenge auf der Brücke, daß die Regierung beschlossen hat, die Überquerung zu regeln, so daß diejenigen, die aus der Altstadt in die Neustadt gehen, auf der einen Seite, und diejenigen, welche in die entgegengesetzte Richtung gehen, auf der anderen Seite hinübergehen müssen. Eine Pedanterie, wie nur die Deutschen sie aushecken konnten! Nach vielleicht fünfzig Schritten machten wir halt, um uns auf einer der Bänke auszuruhen, die praktischerweise an jedem Pfeiler den Passanten zur Verfügung stehen, wobei wir durch das elegante Geländer das Wasser der Elbe beobachteten, das gelb unter uns dahinfloß. »A propos«, rief mein Begleiter plötzlich nach einem langen Augenblick des Schweigens. »Wissen Sie schon das Neueste?« »In diesen Zeiten, scheint mir, herrscht kein Mangel an Neuigkeiten«, antwortete ich. »Wie lautet die Ihre?« Gentz sah mich mit einem verschmitzten Lächeln an. »An dieser Antwort erkenne ich, daß Sie es noch nicht wissen. Fox ist tot!« Ich kann nicht sagen, daß die Nachricht ganz unerwartet kam, da Pinkney sich diesbezüglich nur allzu deutlich geäußert hatte, und in den letzten Tagen hatte sogar die Londoner Presse begonnen, in alarmierendem Ton über die Gesundheit des Ministers zu sprechen, aber der Schlag traf mich doch hart. »Darf ich Sie fragen, woher Sie das wissen?« Auf diese Frage hin sah mein Freund mich mit einem ironischen Lächeln an. »Mein Lieber, ich weiß alles«, antwortete er, und mehr wollte er nicht sagen, versicherte mir aber immerhin, daß ich morgen oder spätestens übermorgen in den Zeitungen bestätigt finden werde, was er mir da mitteilte. Ich wage mir nicht vorzustellen, welche Folgen dieser Tod auf die Politik des englischen Kabinetts haben wird; günstig für Amerika werden sie gewiß nicht sein. Als von

Gentz meine Erschütterung sah, begann er mir auseinanderzusetzen, daß es keinen Grund zur Beunruhigung gebe, allerdings ohne wirklich überzeugende Argumente zu nennen, vielmehr, glaube ich, ausschließlich aus Eitelkeit, so daß wir noch lange diskutierend auf der Bank vor dem trüben und schlammigen Fluß sitzen blieben. In der Zwischenzeit war der Himmel, der bereits wolkenverhangen war, noch gewittriger geworden; ein eisiger Wind trug welke Blätter von den Wäldern heran, welche die Stadt umgeben, und schon bald begann es zu donnern. Das Gewitter beendete unsere Unterhaltung, die trotz des unschuldigen Themas peinlich zu werden drohte, da Gentz beim ersten Donnerschlag die Augen ängstlich zum Himmel hob und mir gestand, daß er sich entsetzlich vor Donner und Blitz fürchte; und mit diesen Worten drückte er sich noch mehr an mich, als suchte er Schutz, doch ich sagte ihm so trocken ich nur konnte, die beste Weise, sich vor dem Regen zu schützen, sei, daß jeder zu sich nach Hause zurückkehre, und so trennten wir uns.

Vor dem Abendessen ging ich bei meinem Bankier, Mr. Fouquet, in der Moritzstraße vorbei und fand verschiedene Briefe vor, unter ihnen zwei von Bill Pinkney aus London, abgeschickt am 26. August und am 8. September. Dort sind alle übereinstimmend der Meinung, daß es Krieg geben werde, und es scheint auch, daß sie die Gründe besser kennen als ich. »Sir Samuel Romilly hat mir versichert, daß die Mobilmachung der preußischen Armee der von Lucchesini enthüllten Absicht Bonapartes zu verdanken ist, sich aller preußischen Provinzen in Westfalen zu bemächtigen und ein Kurfürstentum für Murat zu bilden. Der König ist, wie es scheint, wirklich entschlossen, sich zu widersetzen; und was die öffentliche Meinung betrifft, so genügt der Hinweis, daß die Regierung die Soldaten in die Straße schicken mußte, in der M. de Laforest wohnt, um die Menge daran zu hindern, ihm die Scheiben einzuwerfen.« Im zweiten Brief allerdings spricht er von schlechten Nachrichten aus Amerika. »Die öffentliche Meinung hat sich leider erneut gegen die Engländer gestellt; man schreibt ganz offen, daß England am Ende sei, und es besteht durchaus die Gefahr, daß ich nach Hause zurückgerufen werde. Die einzige Hoffnung, um einen für unsere Sache so katastrophalen Ausgang abzuwenden, wäre, so bald wie möglich die Niederlage Bonapartes melden zu können. Wenn der König zu seinem Heer aufbrechen sollte, folge ihm und versuche, mich auf dem laufenden zu halten. Ich bin der Meinung, daß Bonaparte so bald wie möglich zu einem Schlag ausholen wird, sei also darauf gefaßt. Halte die Augen offen in Hinblick auf eine Schlacht und einen Sieg und verschaffe Dir einen klaren und authentischen Überblick über das Ergebnis, bringe ihn zu Papier und überbringe ihn mir um jeden Preis persönlich; aber komm ja nicht auf die Idee, ohne guten Grund abzureisen. Leb wohl, mein lieber Robert, Gott segne Dich. Deine Zukunft liegt in Deinen Händen; was mich betrifft, so wünsche ich Dir jeden nur möglichen Erfolg. W. P.« Auch von Victoire ist ein Brief dabei, am 22. in Berlin aufgegeben und viel weniger blutig gefärbt, obwohl auch sie bestätigt, daß das preußische Zögern endlich ein Ende hat. »Es gibt also wirklich Krieg! Der König und die Königin haben Charlottenburg Freitag verlassen, um sich der Armee anzuschließen. Und doch, Robert, wie viele traurige Vorzeichen! Kaum zwei Tage vor der Abreise Ihrer Majestäten ist die Statue der Bellona von der Fassade des Arsenals gefallen. Als ich es erfuhr, bin ich gleich hingelaufen. Eine große Menschenmenge hatte sich versammelt, alle standen stumm da und sahen den Gendarmen zu, die die Trümmer auf einen Karren luden, und es überlief mich kalt. Und heute kommt die Nachricht, daß der Prinz von Braunschweig, der älteste Sohn des Herzogs, vor zwei Tagen an einer nervösen Kolik gestorben ist. Du weißt ja, daß der Herzog ein vom Unglück verfolgter Vater gewesen ist; aber der Tod scheint gleich doppelt gegen ihn zu wüten, da die lebensunfähigsten seiner Söhne blind und unfähig zu hören leben, während der Tod den Erstgeborenen dahinrafft, denjenigen, der ihm folgen sollte. Dieser Tod wiederholt ein schmerzliches Verhängnis, denn auch der erste und geliebteste seiner unehelichen Söhne – ich weiß, daß ein Fräulein nicht von so etwas sprechen sollte, und wehe, wenn *maman* diesen Brief liest! –, die ihm in Rom die

Branconi geschenkt hat, starb an seiner Seite während des katastrophalen Feldzugs nach Frankreich. Oh Robert, was für einen Herbst erleben wir! Was ist von der Begeisterung und vom Stolz geblieben, die noch vor ein paar Wochen herrschten? Ein Theaterzettel, der an den Hausecken klebt und den der Wind noch nicht fortgerissen hat …«

In der *Ressource* suchte ich den Grafen Marcolini, der mir der bestinformierte Mann der Hauptstadt scheint; und er bestätigte mir, daß der König Berlin verlassen habe und zur Armee unterwegs sei. »Ich werde also bequem hier in Dresden auf ihn warten können«, fügte ich hinzu. »Wenn Sie es eilig haben, Seine Majestät wiederzusehen, wird es, glaube ich, besser sein, wenn Sie ihn woanders suchen«, erwiderte der Graf, »denn das Heer wird sich nicht in Sachsen sammeln, sondern in Thüringen, zwischen Jena und Erfurt.« »Wissen Sie das sicher?« Auf diese Frage hin zwinkerte der Graf. »Ich könnte Ihnen antworten, daß ich es erraten habe, aber die Wahrheit ist, daß die Preußen so gnädig waren, uns zu informieren, daß ihre Kolonnen durch das sächsische Hoheitsgebiet hindurch und weiter nach Westen marschieren werden, so daß nicht viel Verstand notwendig ist, um zu begreifen, daß sie sich an denselben Orten einquartieren werden, an denen sie sich im vergangenen Jahr gesammelt haben, als es schon schien, der Krieg würde jeden Tag ausbrechen.« »Aber auch die Franzosen brauchen, scheint mir, nicht viel Geist, um es zu erraten, wenn die Dinge so liegen, und erst recht nicht mit all den Spionen, über die sie mit Sicherheit verfügen. Ich wage zu behaupten, daß es für die Preußen vielleicht besser gewesen wäre, einen anderen Schlachtplan auszuhecken.« »Natürlich«, scherzte der Graf, »mißfiel es ihnen, einen so guten einfach wegzuwerfen, den sie noch gar nicht hatten anwenden können.« Ich weiß nicht, ob die Franzosen wirklich schon die Absichten des Gegners erraten haben; ihrer Sprache nach zu urteilen, wissen aber auch sie, daß die Würfel gefallen sind. Die Pariser Zeitungen erwähnen den Krieg mit keiner Silbe, sondern melden, daß die Festlichkeiten, die für Anfang Oktober geplant waren, um die Rückkehr der Truppen aus

Deutschland zu feiern, verschoben werden und daß Bonaparte sich auf eine Reise nach Brüssel und nach Holland vorbereitet, weswegen ein Teil seiner Stallungen und seiner Garde ihm schon vorausgereist ist. Es steht jedem frei, aus diesen Meldungen seine Schlüsse zu ziehen!

Da ich jetzt entschlossen bin, nach Thüringen aufzubrechen, machte ich mich auf die Suche nach Bose, um einzukassieren, was er mir aus den Spielen der letzten Tage schuldete. Ich fand ihn natürlich beim Spielen, und nachdem ich die Einladung abgelehnt hatte, mich ihm anzuschließen, wartete ich, bis die Partie beendet war, bevor ich ihn ansprach. »Also, Bose, mein Junge, wenn es Ihnen recht ist, komme ich, um Sie wegen jener Kleinigkeit zu stören, die Ihnen bekannt sein dürfte.« Sein Gesichtsausdruck weckte in mir den Verdacht, daß es ihm gar nicht recht war, aber klug geworden durch die Erfahrung, die ich in Berlin mit dem Major gemacht hatte, hatte ich nicht die Absicht zu gehen, ohne meine Außenstände eingetrieben zu haben. Schließlich mußte er zur Börse greifen, aber während er die zwei oder drei Louis, die ihm sichtlich teuer waren, zwischen den Fingern hin und her drehte, fragte er mich, ob ich nicht um sie spielen wollte. »Das will ich gerne tun, unter der Bedingung, daß Sie mir helfen, ein Problem zu lösen, das mir Sorge macht.« »Mit dem größten Vergnügen!« erwiderte er zuvorkommend; und darauf erklärte ich ihm, daß er mir helfen müsse, Pferde zu kaufen. Die Probleme, die ich so häufig an den Poststationen hatte, und die Gewißheit, daß diese Schwierigkeiten nur noch größer werden würden, je weiter ich mich dem Kriegsschauplatz näherte, hatten in mir den Entschluß reifen lassen, zwei gute Reitpferde zu kaufen, die mich und meinen Diener überall hintragen würden, wohin ich es wünschte, und zwar sehr viel sicherer als die Postkutsche. Die Kutsche würde uns, erleichtert um das Gewicht unserer Personen, ohne große Verzögerung folgen können, auch wenn man darauf verzichten müßte, die Pferde zu wechseln. Außer in Dresden kann man, wie es scheint, kein Pferd mehr kaufen: Die Heeresverwalter haben alles aufgekauft, und was nicht von den Preußen gekauft worden ist, dient der Mobilmachung der sächsischen Kavallerie. Dies erzählen zumindest die Händler dem unvorbereiteten Fremden; doch der dicke Bose lachte fröhlich, und während er die Karten mischte, versprach er mir, daß mein Blatt sich im Nu wenden würde.

Noch vor dem Abend begleitete mich der Hauptmann, in bester Laune, weil er sein Geld zurückgewonnen hatte, zu einem Händler. Da ich einwandte, es sei doch Sonntag und der brave Mann würde uns bestimmt vor der Tür stehen lassen, empfahl er mir, ich solle mir keine Sorgen machen; und so klopften wir beim Händler an die Tür. Als der Mann uns öffnete, drang Bose ungeniert in die Wohnung ein, und als der Händler protestierte, er habe nicht ein Tier zur Verfügung, drohte er ihm so derb, ihn zu verprügeln, und machte so deutliche Anstalten, seine Drohungen sofort wahrzumachen, daß dieser versprach, mir bis morgen die Pferde zu besorgen, die ich benötigte, und mich obendrein nicht übers Ohr zu hauen. Ich muß hinzufügen, daß die Offiziere, hier in Dresden im allgemeinen schlimmer als in Berlin, die Bürger mit unbeschreiblicher *brusquerie* behandeln. Die Kameraden des dicken Bose vergnügen sich damit, in halsbrecherischem Tempo durch die Schloßgasse zu galoppieren und die Passanten gegen die Wände zu drücken, und keiner wagt zu protestieren, aus Furcht, mit Stockhieben auf seinen Platz verwiesen zu werden. Diese Herren beweisen mit ihrem Verhalten sehr deutlich, daß es Grund gibt, die Sachsen als die Gascogner Deutschlands zu betrachten. Überall hört man nur unerträgliche Prahlereien und beobachtet Allüren, die nicht auszuhalten sind, und es ist nicht verwunderlich, daß Duelle an der Tagesordnung sind und man mehr Schmisse sieht als in irgendeinem anderen Teil der Welt. Es stellt sich nur die Frage, durch welches Wunder in einer militärischen Monarchie wie Preußen, in der Künste und Handel nur mühsam auf einem undankbaren Boden blühen und man überall nur Grobiane und Adelspack in Uniform sieht, letztere sich sehr viel zivilisierter und höflicher benehmen als ihre Gegenstücke hier in Sachsen, wo Gewerbe und menschlicher Geist in viel höherem Maße blühen und wo daher, wie in Amerika und England, der Militärstand als bei weitem niedriger als der bürgerliche angesehen werden müßte!

Montag, 29. September

Heute verständigte ich die Witwe, daß ich morgen in aller Frühe abreisen müßte. Sie wußte, daß mein Aufenthalt in der Mühle nur ein paar Tage dauern würde, und doch hatte ich den Eindruck, daß die Nachricht sie traurig machte. Während ich mich anzog, blieb sie unter tausend Vorwänden im Haus und warf mir so beredte Blicke zu, daß ich schließlich, bevor ich die Stiefel anzog, Will nach draußen schickte, zu ihr ging und sie küßte. Die Mädchen spielten im Hof, und ich wußte aus Erfahrung, daß sie nicht klopfen würden, solange ihre Mutter sie nicht rief; dennoch wehrte Amalia sich, entzog sich mir und murmelte mit dünner Stimme, daß ich mich fertig anziehen solle. Ich las in ihren Augen, daß auch sie Lust hatte, aber aus irgendeinem Grund hinderte ihre Scham sie, sich hier, am Tag, jenes Vergnügen zu nehmen, dem sie sich nachts so gerne hingab. Seufzend zog ich mir allein die Stiefel an, als mir plötzlich gerade noch rechtzeitig eine Unterhaltung mit Bose wieder einfiel, und wie zum Scherz, um sie nicht zu beleidigen, fragte ich sie, ob sie nicht wisse, wo wir ein Zimmer finden könnten, in dem wir ungezwungen zusammensein könnten. Ich verstand und schätzte zwar ihre Skrupel, wollte aber nicht die Nacht abwarten, um das gemeinsame Verlangen zu befriedigen. Amalia errötete, lächelte aber leicht und gab schließlich zu, daß sie wisse, wo sie mich hinführen könne. »Aber zuerst«, fügte sie hinzu, »mußt du mir einen Wunsch erfüllen.« Das Schlimmste fürchtend, fragte ich sie, um was für einen Wunsch es sich handele; und sie: »Ich will einen Kaffee in den Bädern von Link trinken. So lange wünsche ich mir schon, einmal dorthin zu gehen!« Man muß wissen, daß die Bäder von Link, wo, wie versichert wird, der beste Kaffee der Stadt serviert wird, ein Lieblingstreffpunkt der eleganten Dresdener Gesellschaft ist, die sie vielen weitaus pittoreskeren Orten vorzieht. Soweit ich hatte sehen können, sind die Bäder von Link ein von Bäumen gesäumter Platz mit unzähligen Tischen, an denen zu jeder Stunde des Tages gegessen und getrunken wird. Zum Spazierengehen ist kein Platz, und obwohl die Elbe so nahe ist, daß das Geräusch ihrer Strömung jede Unterhaltung unmöglich macht, entziehen die Bäume sie vollständig den Blicken. Ein paar Tage zuvor hatte ich Bose gefragt, warum die Bürger der Hauptstadt, die doch in einer Stadt leben, die so reich an entzückenden Plätzen ist, eine solche Vorliebe für einen so armseligen Ort zeigen; und er hatte mir geantwortet: »Was soll man machen? Landschaften und Gärten haben wir genug, sie interessieren uns nicht mehr; aber einen guten Kaffee und ein anständiges Kotelett mit Salat, das findet man nirgendwo so gut wie hier, und das ist auch nicht zu verachten.« Wie man sich vorstellen kann, gesellte sich zu meinem geringen Verlangen, mir an jenem Ort auf den Füßen herumtrampeln zu lassen, ein noch geringeres Verlangen, mich öffentlich am Arm meiner Schönen in Holzschuhen und geflickter Schürze sehen zu lassen, so daß ich Amalia mitteilte, das komme überhaupt nicht in Frage. Als ich jedoch sah, daß Tränen in ihre Augen traten und über ihre Wangen liefen, die von der Demütigung glühten, schien sie mir begehrenswerter denn je, und als ich überlegte, daß sie mir aus Rache auch heute nacht verweigern könnte, wonach ich so sehr verlangte, kam dieses Opfer mir schon weniger unmöglich vor. Schließlich kenne ich in Dresden fast niemanden, und sollte ich Bose begegnen, so würde ich ihm zuzwinkern, und er würde verstehen; sollte ich auf Gentz stoßen, würde es mir eher nutzen als schaden, wenn ich in Begleitung einer Frau, selbst so niederen Standes, wäre; und sollte ich Bertha begegnen ... aber lassen wir das. Amalia besitzt, wie ich entdeckte, nicht nur ein recht anständiges Musselinkleidchen, sondern auch ein Paar Lackschuhe, die im Staub der Bäder von Link durchaus neu wirken könnten; und so beschloß ich, nachdem ich alles erwogen hatte, den Wunsch meiner Hausherrin zu erfüllen und mit ihr um die Mittagszeit, wenn das elegantere Publikum Besseres zu tun hat, dort die berühmten Koteletts zu versuchen.

Amalia strahlte, und ich muß zugeben, daß sie gekleidet und zurechtgemacht wie eine brave kleine Bürgerin durchaus eine gute Figur machte, wenn auch eine gewisse Schwere der Brust und der Hüften darauf hindeutete, daß sie eine reife Frau und mehrmalige Mutter war. Sie befahl dem ältesten Mädchen, auf ihre Schwestern aufzupassen und zeigte ihr, wie sie die Suppe für alle aufzuwärmen hatte, während ich Will freigab und ihm einen Taler schenkte, mit dem er sich einen schönen Tag machen sollte, was ihn, glaube ich, sehr überraschte, da er eine solche Großzügigkeit nicht von mir gewöhnt ist. Wenige Minuten später waren wir in den Bädern von Link, wo zu meiner großen Erleichterung noch nicht viele Gäste waren, so daß ich einen Tisch ganz hinten auf dem Platz, auf der weniger begehrten Seite, wählen konnte. Ich bestellte Koteletts und Salat sowie zur Überraschung des Kellners, der es gewohnt ist, zu dieser Tageszeit eher das Hausbier zu servieren, eine Flasche weißen Bordeaux. Amalia fand alles köstlich, und der Wein half ihr, in einen Zustand beneidenswerter Gelöstheit, unabhängig von jeglicher materiellen Sorgen zu kommen. Er zeitigte allerdings auch noch eine andere, sehr viel weniger angenehme Wirkung, auch wenn ich, ein kleiner Trost, bemerken muß, daß das Bier es wahrscheinlich noch beschleunigt hätte, denn kaum hatte der Kellner die Teller abgeräumt, beugte sie sich, während wir auf den Kaffee warteten, mit einem kleinen Lächeln zu mir herüber und flüsterte, daß sie sich unbedingt zurückziehen müsse, aber nicht wisse wo. Ich schlug vor, sie solle schnell nach Hause laufen, da wir ja nicht weit weg seien; aber sie sagte nein, oh nein, sie könne es nicht mehr aushalten, nicht einen Augenblick länger. Also nahm ich sie beim Arm und begleitete sie zum Fluß, in der Hoffnung, das inzwischen verblaßte Grün der Vegetation würde uns vor den Blicken schützen. Amalia kauerte sich ins Gebüsch, in eine verlassene Ecke, wo welkes Laub und Abfall angehäuft waren, hob ihr Kleid bis zu den Hüften, und sofort begann ein goldenes und schäumendes Rinnsal über ihre Beine zu laufen. Dann trocknete sie sich ab, indem sie den Unterrock zwischen die Schenkel schob, und erhob sich wieder mit der größten Natürlichkeit.

Nachdem wir Kaffee getrunken hatten, sagte ich Amalia, daß ich meine Schulden bezahlt hätte und es nun an ihr sei, die ihren zu bezahlen. Der Ort, an den sie mich führen wollte, lag etwas weiter weg, und daher nahmen wir einen Fiaker, und in der Dunkelheit des Wagens ließ ich mir einen Vorschuß geben auf das, was mich erwartete. Am Ziel angekommen, läuteten wir, und es öffnete uns eine recht bürgerlich gekleidete Frau, die ich für die Hausherrin hielt. Ich fragte sie, ob sie uns für eine Stunde ein Zimmer vermieten könne, und sie führte uns durch eine geräumige Diele und einen ziemlich dunklen Korridor. Den Möbeln nach zu urteilen, schien es sich um das Haus eines Edelmanns zu handeln, obwohl das Zimmer nur sechs Groschen kostete. Es war alles vorhanden, rote Vorhänge, Wachskerzen, saubere Laken, ein großes Bett und ein Spiegel, der groß genug war, damit ein Paar sich darin betrachten konnte. Die Hausherrin ging, nachdem sie die Kerzen angezündet hatte, was unbedingt nötig war, weil die Fensterläden wie immer an solchen Orten geschlossen und die Vorhänge zugezogen waren, und ich streckte mich recht zufrieden auf dem Bett aus.

Die Tatsache, daß sie mich an diesen Ort geführt hatte, die Sicherheit, mit der sie dem Kutscher die Adresse angegeben hatte, und vielleicht auch ein Zeichen des Wiedererkennens, das ich auf dem Gesicht der Hausherrin zu bemerken glaubte, bewiesen, daß Amalia derartige Abenteuer nicht fremd waren; und diese Entdeckung nahm mir einerseits die letzten Bedenken, da sie bestätigte, daß ich nicht der erste gewesen war, der ihre Ehre beschmutzt hatte, und veranlaßte mich andererseits, mich zum ersten Mal zu fragen, was sie wohl gewesen war, bevor sie den Müller geheiratet hatte, und wie sie es schaffte, als Witwe sich und vier Töchter durchzubringen – denn die Mühle war, wie sie mir selbst erklärt hatte, verpachtet worden, und alles, was ihr geblieben war, war das Recht, in der Hütte zu wohnen. Ich hätte sie gerne geneckt und nach den Liebhabern gefragt, die sie vor mir hierhergebracht hatte; doch Amalia, die das Laster oder vielleicht einfach nur die Gewißheit, daß sie weder gestört noch von indiskreten Ohren gehört werden konnte, noch schamloser als zu Hause machten, ließ mir nicht die Zeit, eine Unterhaltung zu beginnen, und die mit der Hausherrin vereinbarte Stunde verging wie im Flug.

Als die Frau an unsere Tür klopfte, wobei sie sich sehr höflich dafür entschuldigte, daß sie uns zur Eile antreibe, aber sie habe unser Zimmer bereits anderen versprochen, bemerkte ich, daß dieses Gewerbe ihr einen nicht unerheblichen Profit einbringen dürfte. Sie gestand, daß sie nicht die Eigentümerin des Hauses sei, sondern lediglich die Verwalterin. Und als ich sie bat, mir die Adresse auf ein Stück Papier zu schreiben, da sie sich bei anderer Gelegenheit als nützlich erweisen könnte, bat sie mich, sie selbst aufzuschreiben, da sie nicht schreiben könne. Ich fragte sie, wie sie denn dann die Abrechnungen machen könne; sie antwortete, daß die Einnahmen von den Dienern auf Papierstreifen gelegt werden, und sie hatte ein System entwickelt, das sie nicht erklären konnte, mit dem sie eine ungefähre Kontrolle durchführte, um zu verhindern, daß man sie bestahl. Einmal im Monat rechnet sie mit dem Hausherrn ab, der ein vornehmer Herr sein muß; wie sie das fertigbringt, weiß nur sie allein. Sicher ist, daß sie von den Einnahmen einen Taler pro Tag für sich abzweigt, auch wenn es mir nicht gelungen ist herauszubekommen, ob es sich dabei um die vereinbarte Provision handelt oder ob sie ihrem Herrn diese Summe stiehlt. Der Gedanke drängt sich auf, daß dieses Gewerbe recht einträglich ist: Die Frau ist gut gekleidet, sie ißt gut, gibt einem Unteroffizier Geld, mit dem sie ins Bett geht, und ich glaube, auch noch einem anderen, aber nachdem sie sich ihre drei- oder vierhundert Taler im Jahr genommen hat, bleibt mindestens zehnmal soviel für ihren Herrn übrig. Das Haus hat acht Zimmer und zusätzlich noch zwei einfache Kammern, die sie manchmal den Dienerinnen oder Ammen und ihren Liebhabern vermietet, und es gibt Tage, an denen sie zehn oder zwanzig Taler verdient.

Nachdem ich Amalia nach Hause begleitet hatte, ging ich beim Pferdehändler vorbei, wie es gestern mit Bose vereinbart worden war. Ich kaufte bei ihm einen leichten, nicht sehr kräftigen, aber wunderschönen Apfelschimmel für fünfundvierzig

Friedrichsd'or und eine ruhige kräftige Fuchsstute für dreißig Freidrichsd'or; der Händler wollte mir obendrein noch ein ebenfalls recht ruhiges Lastpferd verkaufen, das ich unter Umständen auch würde reiten können und das er mir für zwanzig Friedrichsd'or überlassen wollte, aber ich verzichtete lieber darauf, da es während eines Feldzugs nicht immer leicht ist, Futter für so viele Tiere aufzutreiben. Die Preise sind, wie man sieht, dank des angedrohten Stocks ausgezeichnet; mit 375 Talern, bezahlt in guter Münze, rüstete ich mich für den Krieg aus. Als der Mann von meinen Plänen erfuhr, bot er mir außerdem noch die Dienste eines Kutschers an, der den Wagen lenken würde. Dieser ist ein Bauer, der einen ernsthaften Eindruck macht, schweigsam, aber ohne jene Abgestumpftheit, die man so häufig unter seinesgleichen antrifft, und mit Augen, die so ehrlich blicken, daß man ihm jeden Tag das Geld für die Bezahlung der Postdienste anvertrauen kann, sollte man zufällig einmal getrennt reisen; und so beschloß ich, ihn in Dienst zu nehmen, und kehrte zur Mühle zurück, um die Koffer zu packen.

Dienstag, 30. September

Heute morgen verabschiedete ich mich noch vor dem Morgengrauen von Amalia und ließ ihr zur Erinnerung eine Börse mit fünf Friedrichsd'or da; dann stieg ich aufs Pferd und verließ Dresden durch das Italienische Tor. Die Hufe der Pferde hallten angenehm auf dem hölzernen Steg, der über den Graben führte, und ich bemerkte, daß es meiner Laune entschieden guttat, nicht mehr eingeschlossen in einer schwankenden Kutsche, in der es obendrein nach allem möglichen stank, reisen zu müssen. Im übrigen sollte ich statt Reise eher Spazierritt schreiben, denn die Umgebung von Dresden ist sehr angenehm. Die Landschaft ähnelt einem Meer aus Erde, das wie durch Zauber im heftigsten Augenblick eines Unwetters versteinert ist. Die Straße schlängelt sich die ganze Zeit die Wellen, eine kühner als die andere, hinauf und hinunter. Am Horizont drohen die waldbedeckten

Berge Böhmens. Am Fuß der Berge und in ihrem Schatten erheben sich die Dörfer, und das Weiß der Häuser und das Rot der Dächer stehen in einem wunderbaren Kontrast zum tiefen Grün der Tannen. Dies ist, glaube ich, die sogenannte Sächsische Schweiz, die völlig zu Recht in dem Ruf steht, überaus malerisch zu sein. Auch das Wetter ist weiterhin außergewöhnlich mild für eine so fortgeschrittene Jahreszeit, und die Sonne versetzt mich wie immer in ausgezeichnete Stimmung. In Flöha gehe ich in die Poststation, scherze mit den Küchenmägden, die beim Abendessen sitzen, und esse mit ihnen gekochte Kartoffeln.

Die Poststation ist wie alle Herbergen in ein Nachtlager preußischer und sächsischer Soldaten verwandelt, und die Mädchen haben Mühe, sich gegen ihre Aufmerksamkeiten zu wehren. Die Soldaten sind während ihres Marsches bei den Bauern untergebracht, doch überall, wo es ein Gasthaus gibt, werden sie von den Wirten zum vereinbarten Preis von vier Groschen pro Mann verköstigt. Diese Summe wird vom König bezahlt, während die Offiziere auf eigene Kosten im Gasthof absteigen und an der *table d'hôte* speisen. Für die gewöhnlichen Reisenden ist es unmöglich, eine Unterkunft zu finden; weder Gold noch Prügel können ohne einen Berechtigungsschein vom Wohnungsamt etwas ausrichten. Hinter Flöha wurde der Verkehr auf der Fahrstraße immer dichter; zu Pferd hätte ich eine Menge Wagen überholen können, aber da ich es vorzog, in der Nähe der Kutsche zu bleiben, schluckte ich letztlich den Staub, den sie aufwirbelten. Spät in der Nacht traf ich in Chemnitz ein, am Ende einer Kolonne: Drei Reihen von Wagen bewegten sich im Schritttempo vorwärts, und auf dem Platz hinderten zwei Regimenter mit dem gesamten Troß jeden am Weiterkommen, der sich nicht damit abfand, alle fünf Minuten zwanzig Schritte zu machen. Das Wohnungsamt befand sich am Platz im Rathaus, doch das Männlein, das die Unterkünfte zuteilte, arbeitete bereits seit dem Vortag, ohne zu schlafen. Während ich ihm meine Bedürfnisse erklärte, sah er mich lächelnd an, dann beugte er sich über den Tisch, als suche er in den Papieren, und schlief ein; erst als ich ihn energisch am Kragen packte und schüttelte, wachte er auf. Schließlich bekam ich mit Gottes Hilfe den Schein, aber auf der Suche nach der Unterkunft mußte ich noch mehr als eine Stunde durch die tiefste Dunkelheit irren. Endlich fand ich das Hotel »Zum Mohren«, dem ich zugeteilt worden war, aber alle waren bereits im Bett und ließen mich eine Viertelstunde warten, bevor mir geöffnet wurde. Der Wirt schwor hoch und heilig, daß er nicht ein freies Bett mehr habe. Ich ging von Zimmer zu Zimmer, in einem schlief der Sohn, und der Schweißgestank war nicht auszuhalten. Im letzten Zimmer, das ursprünglich eine Kornkammer gewesen sein mußte, fand ich fünf oder sechs Offiziere eines Grenadierbataillons mit ihren Burschen vor; sie hatten einen Haufen Stroh, einen Tisch und Bänke hereinbringen lassen und bereiteten sich darauf vor, am selben Ort zu Abend zu essen und zu schlafen. Diese Herren waren so höflich, mich einzuladen, Abendessen und Stroh mit ihnen zu teilen, und angesichts der aussichtslosen Situation hätte ich mir nichts Besseres wünschen können.

Das Abendessen beschränkte sich offen gesagt auf etwas mit Kohl und Kartoffeln gekochtes Hammelfleisch, da auch in einem reichen Land wie Sachsen die Angst vor einer Hungersnot und die Notwendigkeit, eine so große Zahl von Soldaten zu verköstigen, die Lebensmittel teuer und fast unauftreibbar gemacht hatten. Dafür wurde das Mahl jedoch von zahlreichen Trinksprüchen begleitet, die nach deutschem Brauch trotz der späten Stunde voller Begeisterung und recht lautstark ausgebracht wurden. Mittlerweile bezweifelt niemand mehr, daß es Krieg geben und daß in wenigen Wochen eine große Schlacht geschlagen werden wird, aus der die Preußen als Sieger hervorgehen werden. Als die letzte Flasche entkorkt worden war, füllte Oberleutnant von Kuhfaß, der sie schwang, die Gläser und erhob dann feierlich das seine. »Unser Feind«, erklärte er, »der stolze Kaiser, wird bereits in Mainz erwartet. Sobald er den Kriegsschauplatz erreicht haben wird, wird der Vorhang unverzüglich hochgehen. Trinken wir also auf den Schrecken, der die Gesichter der Franzosen erbleichen lassen wird, wenn in ihrem Land die Nachricht von der Schlacht eintreffen wird!« Daraufhin leerte er das Glas auf einen Zug, worin ihm alle sofort folgten. »Und jetzt«, fuhr er fort, »ist es Zeit, uns schlafen zu legen.« In dem Glauben, daß die anderen es wie ich machen würden, ließ ich Will meinen Mantel holen, um mich in ihn zu wickeln und mich ins Stroh zu legen; doch jene Herren hatten anderes im Sinn. Ihre Burschen gingen allesamt in den Stall hinunter und kamen nach kurzer Zeit mit Betten, Kopfkissen, Federbetten und Matratzen zurück. »Ich und meine Kameraden bedauern, daß wir Ihnen kein Bett anbieten können«, erklärte Fähnrich von Schlütter, während er zu mir kam, »denn leider ist es uns nicht erlaubt, mehr als ein Bett pro Person ins Feld mitzunehmen. Aber wenn Sie erlauben, werde ich Ihnen meines überlassen.« »Ich danke Ihnen«, sagte ich, »aber auf Reisen bin ich es gewohnt, im Stroh zu schlafen. Ich sehe auch«, fügte ich hinzu, »daß die Herren nur ungern auf ihre Bequemlichkeit verzichten!« Der Offizier, welcher der jüngste der Gruppe war und auf dessen Wangen gerade erst ein leichter Flaum sichtbar wurde, mußte einen leichten Spott aus dieser unschuldigen Bemerkung herausgehört haben, denn er errötete. »Es stimmt schon«, gab er zu, »vielleicht schleppen wir zuviel Zeug mit uns herum; aber da das Reglement es erlaubt, warum sollte man da so spartanisch sein, aus eigenem Antrieb auf Dinge zu verzichten, die sich als recht nützlich erweisen können, noch dazu auf die Gefahr hin, sich bei den Kameraden unbeliebt zu machen? Es ist doch bequem, im Feld ein Bett, einen Tisch, einen Stuhl und einen Reisekoffer für die Kleider bei sich zu haben!« »Dann führen die Herren also«, fuhr ich verblüfft fort, »dieses ganze Zeug mit sich?« »Selbstverständlich«, antwortete er, »natürlich zusätzlich zum Zelt und der ganzen Reitausrüstung und ein paar anderen unentbehrlichen Gegenständen.« »Und wer transportiert dieses Gepäck?« wollte ich wissen. »Die Regierung stellt neben dem Reitpferd jedem Offizier ein Packpferd. Wenn es möglich ist, werden Wagen requiriert oder irgendwelche anderen Transportmittel, und die Pferde werden vor diese Fahrzeuge gespannt; andernfalls wird alles direkt auf das Tier geladen!« »Aber widerspricht«, erlaubte ich mir zu fragen, »ein System, das die Armee zwingt, sich mit einer so übertriebenen Anzahl von Pferden und Wagen zu belasten, nicht allen Regeln der Vernunft?« Schlütter zögerte, doch ein anderer Offizier antwortete für ihn. »Selbstverständlich«, rief er, »aber so wurde es immer gemacht, und wir können die Dinge nicht einfach ändern, auch wenn alle einsehen, daß es an der Zeit wäre, es zu tun.«

Während die Burschen die Betten machten, kamen auch die anderen Offiziere näher, und die Unterhaltung wurde lebhafter als zuvor fortgesetzt. Es war klar, daß es zwei Parteien gab, eine, die an der Zweckmäßigkeit eines solchen Systems zweifelte, und die andere, die es im Namen der Gewohnheit und der Bequemlichkeiten, auf die ein Edelmann einfach immer, auch im Feld, das Recht hat, rechtfertigte. »Vor ein paar Jahren«, erzählte ein Fähnrich, der wohl der ersten Partei angehörte, »schickte ein Minister dem König einen Bericht darüber, wie man gegen die Franzosen kämpfen sollte. Er legte die große Einfachheit seines Systems dar: keine Lagerbestände und keine Konvois; man lebt von Requirierungen, indem man von den Bauern alles nimmt, was man für notwendig hält, und vielleicht selbst das Überflüssige.« »Kurz, man muß das ganze Land ausplündern, bevor man beginnt«, mischte sich Oberleutnant von Kuhfaß ein und nahm die Pfeife aus dem Mund. »Genau das!« fuhr der erste fort, ohne sich von dieser spöttischen Bemerkung einschüchtern zu lassen. »Außerdem bemerkte der Minister, daß nicht einzusehen sei, warum die Offiziere wie die Ritter im Mittelalter alle beritten sein müssen; wenn die Infanteristen mit ihrem Gepäck auf dem Rücken zu Fuß marschieren, warum sollten diejenigen, die sie befehligen, es ihnen nicht gleichtun?« Auf diese Bemerkung hin fingen mehrere Offiziere gleichzeitig zu reden an; am lautesten sprach aber immer noch der Oberleutnant. »Der Grund ist sehr einfach, lieber Kamerad, ein preußischer Adliger geht nämlich, wenn Sie erlauben, nicht zu Fuß!« »Aber«, protestierte der Fähnrich, »nicht ich sage diese Dinge, sondern mein Minister. Und damit noch nicht genug! Der Bericht fuhr mit der Bemerkung fort, daß man, damit unser Heer genauso beweglich wie das französische werde, in dem kein Offizier, geben Sie gut acht, mit Ausnahme des Generals und des Adjutanten, das Recht hat, Pferde, Diener und Gepäck mit sich zu führen, alle unsere höheren Offiziere und vielleicht auch die Hauptmänner und die Oberleutnants in den Ruhestand schicken müsse, denn trotz noch so guten Willens sei keiner von ihnen mehr in der Lage, zu Fuß zu marschieren und das Marschgepäck auf dem Rücken zu tragen.« »Man sollte also all diese Offiziere entlassen und andere ernennen?« unterbrach ihn erneut von Kuhfaß. »Und wo soll man die hernehmen?« »Die einzige Lösung, die sie fanden«, erwiderte der Fähnrich triumphierend, »war, sie aus der Truppe zu wählen. Aber eine derartige Maßnahme, bemerkte der Minister, sei der erste Schritt zur Revolution, und daher gebe es keine andere Alternative, als darauf zu verzichten, gegen die Franzosen zu kämpfen, und sich mit ihnen zu verbünden!«

»Von all dem einmal abgesehen«, sagte ich, als ich zu lachen aufgehört hatte, »muß dieses System eine schreckliche Belastung für die Staatskasse darstellen.« Keiner von den Herren hatte daran gedacht, aber sie brauchten nicht lange, um festzustellen, daß ich recht hatte. »Es sind zwei Pferde für jeden Offizier«, begann einer zu rechnen; »eines wird kostenlos gestellt, aus den vom Heer zum Zeitpunkt der Mobilmachung requirierten oder gekauften; das andere muß man selbst kaufen, aber wir erhalten eine Erstattung von zwanzig Friedrichsd'or. Nehmen wir einmal an, daß das erste nicht soviel gekostet hat, ja sogar nur die Hälfte; das macht hundertfünfzig Taler pro Kopf.« »Und da jedes Infanterieregiment mindestens fünfzig Offiziere hat und es sechzig Regimenter gibt«, fuhr ein anderer fort, »... bedeutet das, daß unsere Pferde eine halbe Million Taler kosten«, schloß Schlütter, der am besten rechnen konnte, da er erst vor kurzem die Schule verlassen hatte. Die jungen Männer sahen sich an, bestürzt über eine solche Summe. »Dennoch«, sagte schließlich der Oberleutnant, »muß man gerecht sein. Die Pferde sind den Regimentern letztes Jahr geliefert worden, als wir vor der Schlacht von Austerlitz mobilmachten, und seit damals sind sie nicht wieder eingezogen worden, wenigstens nicht offiziell«, und hier lachte er höhnisch, und mehr als einer tat es ihm gleich, »und daher gab es dieses Jahr keine Belastung mehr für die Staatskasse.« Da ich ihn fragend ansah, wandte von Kuhfaß sich zu mir und erklärte: »Selbstverständlich hielten, als wir nach Hause zurückkehrten, viele es für angebracht, ihre Pferdebestände zu reduzieren; mit anderen Worten, sie haben ein oder zwei Pferde verkauft. Der Vorteil ist«, fuhr er unschuldig fort, »daß man, da die Pferde immer noch zu den Beständen des Regiments zählten, weiterhin die Ration erhielt, die jeder mit Gewinn weiterverkaufte.« »Und war der Minister«, fragte ich, »über diese Gepflogenheit informiert?« Der Oberleutnant zuckte die Achseln. »Wieso sollte denn der Minister darüber informiert sein? Aber unsere Vorgesetzten waren natürlich informiert und hatten nichts an einer Praxis auszusetzen, die es allen erlaubte, den geringen Sold, den die Regierung zahlt, aufzubessern.« »Das Problem«, schaltete Schlütter sich ein, »besteht darin, »daß sich der Minister bei der neuerlichen Mobilmachung entgegen unseren Hoffnungen erinnert hat, daß er die Pferde bereits letztes Jahr zugeteilt hatte, und so keine erneute Zuteilung bewilligte, so daß viele von uns sich ganz plötzlich genötigt sahen, ein zweites Pferd zu kaufen ...« »Gerade jetzt, da dies infolge der Requirierungen fast unmöglich geworden ist«, beendete von Kuhfaß den Satz. »Das Resultat ist, daß wir fast alle Schulden machen mußten, um uns das nötige Geld zu beschaffen; Sie verstehen, daß das eine Sache ist, mit der wir niemals reich gesegnet sind. Ich selbst weiß nicht, wie ich die Gläubiger bezahlen soll, wenn wir nach dem Feldzug in unsere Quartiere zurückkehren!« »Wenn schon sonst nichts«, schloß er geistreich, während alle sich bereits ausgekleidet hatten und zwischen die Laken glitten, »so hat jeder von uns doch wenigstens einen Gläubiger in der Heimat zurückgelassen, der jeden Abend betet, daß er heil und gesund zurückkehren möge, und in Zeiten wie diesen ist auch das nicht zu verachten!«

Mittwoch, 1. Oktober

Heute morgen versicherte mir der Gastwirt, als er hörte, daß ich die Absicht habe, nach Jena zu reisen, daß ich keine Möglichkeit hätte, dorthin zu kommen, da man mich am ersten Wachposten anhalten würde. Meine Gefährten von gestern abend waren bereits aufgebrochen, nachdem sie ihren Hausrat auf ihre bedauernswerten Packpferde geladen hatten. Daher wandte ich mich an den Sergeanten der Jäger, der die Wache am Stadttor befehligte, und fragte ihn, wie ich mich verhalten solle. Während er in aller Ruhe seine Pfeife rauchte, kritzelte der brave Mann einen Sichtvermerk in meinen Paß, und mit diesem schönen Beglaubigungsschreiben reiste ich den ganzen Tag ohne weitere Unannehmlichkeiten. Zwischen Sachsen und Thüringen liegt die schönste Landschaft der Welt; die Berge sind von Wäldern bedeckt, deren Blätter gerade anfangen, sich gelb zu färben. Wenn eine Landschaft jemals diese heute so mißbrauchte Bezeichnung romantisch verdient, dann gewiß diese, auch wenn man dort nicht die Schluchten und die einsamen Orte findet, die den modernen Dichtern so teuer sind; im Gegenteil, auf Schritt und Tritt stößt man auf einwohnerreiche Dörfer mit gut bewässerten Gemüse- und Blumengärten und Wiesen und Weiden, die den englischen Parks ähneln. Die Kleidung und sogar die Gesichtszüge der Bauern verraten den Wohlstand eines ruhigen und fleißigen Volkes, so daß es nicht verwundert, daß die Sachsen so wenig Lust haben, sozusagen im eigenen Haus einen Krieg zu führen, auf den sich ihre Nachbarn, die Preußen, mittlerweile bewußt und ohne weiteren Sinneswandel einzulassen scheinen.

Ich gelangte glücklich nach Gera, und nachdem das Schicksal mir gnädigerweise eine komfortablere Unterkunft als die der vergangenen Nacht beschert hatte, saß ich gerade am Tisch in der Wirtsstube und probierte den schlechten Wein der Gegend, als im Hof der Herberge jemand erschien, dessen ganzes Aussehen ihn als einen Handlungsreisenden auswies. Trotz seiner Zivilkleidung trug er an der Seite einen Säbel, und am Sattel hingen zwei Pistolentaschen mit Pistolen. Er trug Stiefel mit langen Sporen und ritt ein kräftiges Zugpferd, das mit einer großen Menge Gepäck beladen war. Nachdem er mit größter Mühe vom Pferd gestiegen war, kam der Neuankömmling auf mich zu, wobei er bei jedem Schritt über seinen Säbel stolperte, und ließ sich schließlich mit einem zufriedenen Seufzer auf einen Stuhl fallen. Obwohl er dick, rot und schweißgebadet war, wirkte er sehr jung, so daß ich ihm keine zwanzig Jahre gegeben hätte; die Haare begannen sich auf der Stirn schon zu lichten, und auf der Nase saß eine Brille mit runden Gläsern. Sein Äußeres stand in einem solchen Kontrast zu jener schrecklichen Ausrüstung, daß ich ein Lächeln nicht unterdrücken konnte. Doch wie groß war mein Erstaunen, als der junge Mann den Mund öffnete und sich durch seinen Akzent als Franzose zu erkennen gab! Etliche preußische und sächsische Offiziere, die an meinem Tisch aßen, musterten ihn mißtrauisch, bevor sie sich wieder ihrem Abendessen zuwandten. Der Neuankömmling hatte sich auf den einzigen freien Platz gesetzt, neben mir; daher begann ich sofort ein Gespräch mit ihm, entschlossen, alles über ihn zu erfahren.

Monsieur Flori kommt aus Leipzig, wo er sich etliche Tage aufgehalten hatte, um eine große Anzahl von Geschäften mit der sächsischen Intendantur zu tätigen, und ist auf dem Weg nach Straßburg. Obwohl er Franzose ist, sogar aus dem Périgord, arbeitet er für eine holländische Firma, und an die Möglichkeit, daß er für einen Spion gehalten werden könnte, hat er niemals auch nur im entferntesten gedacht. Während er geräuschvoll die Suppe schlürft, welche die Wirtin gebracht hatte, erzählt er von sich und dem, was er so machte, mit jener naiven Selbstgefälligkeit, jener ruhigen Gewißheit, daß die anderen sich für seine Person ebenso interessieren müssen, wie er sich selbst für sich interessiert, die für den Charakter der Franzosen so typisch ist. Das Leben, das er führt, befriedigt ihn vollkommen, und er könnte sich kein angenehmeres vorstellen; ausgenommen natürlich, er würde nach Paris versetzt. »Gestern bin ich in der Herberge geblieben, habe zwanzig Pistolenschüsse abgegeben, um nicht aus der Übung zu kommen, und habe dann zu meinem Vergnügen die Wirtstochter gevögelt. Die erste Deutsche, die ich völlig erschöpft gesehen habe, nachdem sie gekommen war. Es waren eine Menge Zärtlichkeiten nötig, um sie heiß zu machen, sie zierte sich endlos. Heute morgen war ich bereits um vier auf, habe eine Ladung Litzen abgeschickt, bin dann aufs Pferd gestiegen und bis hierher ohne Pause durchgeritten.«

Obwohl Monsieur Flori nun schon lange in Deutschland lebt, erstaunt das Wesen dieses Volkes ihn immer noch, und fortwährend fordert es ihn zu ungünstigen Vergleichen mit der so viel höheren Kultur seiner Nation heraus. Die ersten Beobachtungen ergeben sich ganz spontan bei geschäftlichen Gesprächen, bei denen eine üble Angewohnheit der Deutschen, wie er erklärt, ihre übertriebene Penibilität ist. Wie viele Qittungen und Kassen und Vollmachten im sächsischen Finanzwesen! Und wie viele Komplikationen beim Bezahlen! Aber schon sehr bald dreht sich das Gespräch um die privaten Gewohnheiten der Nation. Er bemerkt nicht, daß am Tisch ausschließlich Deutsche sitzen, und daß viele von ihnen seine Sprache mehr oder weniger gut verstehen; und er hört nicht auf, über ihre Überspanntheit zu lachen, vor allem in Liebesdingen, die er als guter Franzose für den Prüfstein der menschlichen Natur hält. »Ein Verliebter, der seiner Geliebten hartnäckig den Hof macht, ihr ständig nachstellt, fortwährend zu ihr spricht, ohne zu bemerken, daß diese offenkundigen Aufmerksamkeiten die anderen belästigen: In Frankreich wäre diese Art des Hofierens der Gipfel der Ungehörigkeit, der Lächerlichkeit und der schlechten Erziehung!« Nachsichtig schließt er, daß die Deutschen, weniger kultiviert, derartigen Taktlosigkeiten, welche die verfeinerte Sensibilität seiner Landsleute beleidigen würden, gewiß weniger Beachtung schenken. Aber dabei läßt er es nicht bewenden, denn nichts erstaunt ihn nachhaltiger als die deutschen Ehen. »Die Ehemänner liebkosen ihre Frauen ständig, aber es sind ruhige, kühle Liebkosungen. Alle Deutschen, die ich kenne, haben aus Liebe geheiratet. Ich könnte eine Liste von hundert französischen Ehemännern und den Gründen für ihre Ehe aufstellen, und in neun von zehn Fällen würde es sich um Vernunftehen, mit anderen Worten um Eitelkeit, handeln!« Auch die Starre der sächsischen Gesetze mißfällt ihm, seiner Meinung nach entspricht sie aber voll und ganz dem Charakter des Volkes. »Denken Sie nur, daß ein verheirateter Mann, der sich des Ehebruchs schuldig gemacht hat, im Gefängnis landen kann! Aber das ist gerecht, denn hier riskiert man es, einen Mann zu beleidigen, wenn man unterstellt, daß er seiner Frau nicht treu ist. In Frankreich dagegen ist der Ehebruch ein Titel, auf den kein Ehemann zu verzichten bereit wäre. Wenn man von meinem Vater oder meinem Onkel sagen würde, daß sie nach ihrer Heirat mit keiner anderen ins Bett gegangen wären, würden sie sich beleidigt fühlen, denke ich.«

Während wir auf den Braten warten, frage ich ihn nach Leipzig, das ich aus Zeitmangel nicht hatte besuchen können. Es ist nicht Paris, aber doch immer noch eine betriebsame Stadt, und sogar Monsieur Flori erkennt das an. In einer Zeitung las er Zahlen, die ihm zu denken gaben. »Es ist ganz erstaunlich, aber es scheint, daß in Deutschland mehr gedruckt wird als in Frankreich!« Was die Messe betrifft, so ist sie weniger glänzend als sonst gewesen; es gibt kein Bargeld, alle beklagen sich, und Geschäfte mit Papiergeld zu machen, nun, das überlegt man sich zweimal. Doch wie auch immer, die französische Seide verkauft sich immer gut, vor allem die aus Lyon, St. Etienne und Turin. Monsieur Flori wird ganz gerührt, wenn er an die schönen Gewinne denkt, die er seiner Firma verschafft hat und aus denen er, daran zweifle ich nicht, auch privat Profit zu schlagen gewußt hat. Doch sofort kommt er wieder auf die Fehler der Deutschen zurück, die er täglich am lebenden Objekt studiert. »Was für eine Schwülstigkeit und Gravität! Aber das sind natürlich weitverbreitete Fehler in Ländern wie Deutschland oder England, die so weit entfernt sind von den guten Manieren, die in Paris herrschen.« »Und hängt das Ihrer Ansicht nach«, frage ich ihn, um ihm Leine zu geben, »eher von der Regierung oder der Religion ab?« Der brave Mann zögert. »Was weiß ich. Gewiß, die Regierung trichtert den Geist des Formalismus, die juristische Pedanterie ein. Aber sie neigen von Natur aus dazu. Und die

Lektüre der Bibel hat sie jedenfalls so dumm und aufgeblasen gemacht; das passiert in allen protestantischen Ländern, nehmen Sie nur die Engländer. Aber ich glaube«, fügt er hinzu und deutet mit einer weiten Geste auf den Tisch, »daß ihre Kühle sich aus der Ernährungsweise erklärt: Schwarzbrot, Butter, Milch und Bier, etwas Kaffee vielleicht, aber nötig wäre vor allem Wein, und zwar der edle, um ein wenig Leben in ihre fetten Muskeln zu bringen.«

Getreu seinen eigenen Geboten hat der junge Mann bereits mehrere Flaschen geleert, und seine Reden kreisen in unendlicher Wiederholung um sich selbst. »Ohne ihre Frau können sie nicht leben, sie lassen sie ein Kind nach dem anderen machen. Gehörnte sind selten. Und was für eine Gutgläubigkeit! Wenn man denkt, daß sie Geld mit der Post schicken, als wäre das das Natürlichste von der Welt.« Der Wein macht ihn rührselig, er holt ein Medaillon unter dem Hemd hervor, öffnet es und zeigt es mir. »Hier! Meine Mutter, Monsieur. Was sagen Sie zu der Miniatur? Ist sie nicht ein Meisterwerk?« Aus dem Porträt starrt mich eine betagte französische Spießbürgerin an, eine Krämerin vermutlich, mit hartem Blick, zusammengepreßten Lippen und Gesichtszügen, welche die ganze Engherzigkeit und den ganzen Geiz ausdrücken, die für ihren Stand und ihren Schlag typisch sind. Und da ich beteuere, daß mein Geschmack nicht ausgebildet genug sei, um über ein solches Werk ein Urteil abzugeben, erwidert sein Besitzer: »Was sagen Sie da? Sie sprechen doch Französisch, und das genügt, um einen sicheren Geschmack zu haben. Jemandem, der unsere Sprache spricht, wird es niemals an Geist fehlen können.« Die deutschen Offiziere sind es müde geworden, ihm zuzuhören, und haben begonnen, sich zu unterhalten, was Monsieur Flori nicht behagt, dessen Französisch immer unübersetzbarer wird: »Qu'est-ce qu'ils baragouinent, les bougres? Et d'appeler ça une langue! C'est du charabia, va!« Die Betrunkenheit läßt ihn unangenehm werden, und ich beschließe, ihn sitzenzulassen, während er auf die Dienstmagd flucht, die mit den Offizieren scherzt, anstatt ihm zu trinken zu bringen. »A boire! A boire! Sacrée garce d'allemande, chienne d'allemande, con de garce d'allemande, à boire!« Einer der Offiziere, der Französisch versteht, schickt sich bereits an aufzustehen, um den Unglückseligen zu packen und hinauszuwerfen; doch als der Handlungsreisende sich seiner Betrunkenheit bewußt wird, verfliegt sie wie durch Zauber, und er verkriecht sich stumm in seine Ecke.

Donnerstag, 2. Oktober

Das Wetter hat sich verschlechtert, es ist erneut kalt, und heute war ich den ganzen Tag im Regen unterwegs, auf einer schlammigen Straße, über die in diesen Tagen zahllose Wagen gefahren waren. In Köstritz wurde ich durch einen Posten angehalten, einen preußischen Husaren, der mich fragte, wohin ich unterwegs sei, und nachdem er mit mir auf das Wohl Friedrich Wilhelms getrunken hatte, ließ er mich ziehen. In Krossen hat mich erneut ein Sergeant mit einem Trupp Husaren angehalten, die vom Regen durchgeweicht waren und denen das Wasser vom Schnurrbart tropfte. Wir tranken ebenfalls ein Gläschen, und ich reiste weiter. Zum Glück hatte ich angesichts dieses prächtigen Klimas vor meiner Abreise daran gedacht, mich mit einer Flasche Schnaps zu versehen! In der Poststation ist es, wie ich mir gedacht hatte, unmöglich, Pferde zu bekommen, so daß ich fortwährend anhalten muß, um die Tiere ausruhen zu lassen und zu vermeiden, daß sie vor Überanstrengung eingehen. Will, der die Reitpferde führt, ist bis auf die Knochen naß, obwohl ich ihm meinen Mantel mit der Pelerine gegeben habe. Am Nachmittag tauchten die Glockentürme und Zinnen von Jena, die Regen und Nebel bis zuletzt halb verborgen gehalten hatten, plötzlich vor meiner Nase auf. Doch bevor die Straße, nachdem sie den letzten Hügel hinaufgeklommen war, zum Fluß hinunterzuführen begann, dorthin, wo sich, am Ufer der Saale niedergeduckt und mit dem Rücken zur Hochebene, die Stadt erhebt, die für ihre Universität berühmt ist, beruhigte die Sintflut sich für einen Augenblick, und ein Regenbogen schnellte aus den grauen Stadtmauern in eine unverhoffte Ecke blauen Himmels. Aber das war nur die Illusion eines Augenblicks, und als wir zur Brücke kamen, über der sich das Stadttor zeigt, hatte der Regen schon wieder eingesetzt. Der Wachoffizier auf der Brücke ließ mich vorbei, ohne auch nur nach meinen Papieren zu fragen. Ein Soldat, den ich auf dem Platz traf und dem ich eine Münze schenkte, wies uns den Weg zum Wohnungsamt. Von dort wurde ich durch einen ebenso unerwarteten wie angenehmen Glücksfall an den Gasthof »Zum Engel« verwiesen, wo durch die Abreise zweier Generaladjutanten, die heute morgen nach Naumburg geschickt worden waren, gerade eine Mansarde freigeworden war. Die Kälte, unter der ich den ganzen Tag über gelitten hatte, machte mir unmißverständlich klar, daß in meiner Ausrüstung etwas Wesentliches fehlte. Sobald ich abgetrocknet war und die Kleidung gewechselt hatte, machte ich mich daher auf die Suche nach einem Geschäft, um eine Decke zu kaufen: ein unentbehrliches Stück, falls der Feldzug sich in den Herbst hinein verlängern sollte, und vor allem falls ich, was keineswegs unmöglich ist, einmal genötigt sein würde, in der Kutsche zu biwakieren.

Das beklagenswerte Klima erlaubte mir nicht, einen allzu schmeichelhaften Eindruck von der Stadt zu bekommen. Die hohen und schmalen Häuser wirken durch den Regenschleier hindurch einförmig grau, und die welken Blätter, die zuhauf in den Straßen liegen, machen das Bild nicht fröhlicher. Die Leute wirken ruhig, aber in den Augen aller ist die Unsicherheit darüber zu lesen, was das Morgen bringen wird. Während ich nach einem Kurzwarengeschäft suchte, fuhr in seiner Kutsche Fürst zu Hohenlohe, der Kommandant der Armee, die sich in der Umgebung von Jena sammelt, vorbei. Viele Zivilisten blieben stehen und applaudierten ihm, während er vorbeifuhr, ohne sich um den Schlamm zu kümmern, mit dem die Pferde der Schützen, die ihn eskortierten, die Menschen bespritzten. In dem Geschäft, das ich schließlich betrat, sprachen sowohl der Inhaber, der hinter seinem Ladentisch zugange war, als auch die Kunden, die ständig hereinkamen und hinausgingen, wobei sie ihre nassen Regenschirme neben der Tür abstellten und dann in großem

Durcheinander wieder mitnahmen, in den höchsten Tönen von der Tapferkeit dieses Generals, der sie, wie sie von ihm erwarten, im Handumdrehen von der französischen Bedrohung und dem Schrecken der Plünderung befreien wird. Demjenigen, der ihn gefragt hatte, was er über Bonaparte denke, soll er geantwortet haben: »J'ai battu les Français dans plus de soixante affaires, et, ma foi, je battrai Napoléon pourvu qu'on me laisse les bras libres, quand je serai aux prises avec lui.« Diese so großherzige Antwort war mit der aufrichtigsten Begeisterung von dem Händler mitgeteilt worden, der, nachdem er fünfzig Jahre lang nichts anderes als ein treuer Untertan des Herzogs von Sachsen-Weimar gewesen war, plötzlich die Seele eines deutschen Patrioten in sich entdeckte.

Nachdem ich die Decke gekauft hatte, übergab ich sie Will, damit er sie in die Herberge brächte, und ging ins Wirtshaus, um ein Bier zu trinken. Die Wirtsstube war voll von Offizieren und Studenten, die brüderlich miteinander tranken und dazwischen rauchten wie die Türken, so daß ihre Gestalten in einem bläulichen Nebel wogten, in dem sich die Kellnerinnen behende mit Tabletts voller Krüge bewegten. Fast sofort kam eine von ihnen zu meinem Tisch und fragte mich, was ich trinken wolle, wobei sie die Liste aller Biere aufzuzählen begann, die im Bezirk gebraut wurden. Da die Namen mir nichts sagten, wollte ich ihr schon die Entscheidung überlassen, als ich dem Ende der Litanei entnahm, daß es auch englisches Bier gab. Wie man sich vorstellen kann, beeilte ich mich, es zu bestellen, und zutiefst befriedigt sah ich das Mädchen abziehen und gleich darauf mit einer versiegelten Flasche zurückkehren. Doch all meine Erwartungen verwandelten sich in Enttäuschung, als ich entdeckte, daß ihr englisches Bier in Jena von Meister Rosen, Bierbrauer der Universität, gebraut und abgefüllt wird, was es nicht hindert, drei Groschen pro Flasche zu kosten!

Wegen des Gedränges setzten sich andere Gäste an meinen Tisch, und trotz hartnäckigen Widerstands war ich aufgrund jener lästigen und aufdringlichen Solidarität, die für die Deutschen untrennbar mit dem Biergenuß verbunden zu sein scheint, gezwungen, ein Gespräch mit ihnen anzuknüpfen. Der Interessanteste unter jenen Trinkgenossen war ein hagerer und knochiger Student, der den vergeistigten Ausdruck eines Menschen hatte, der häufig seinen Gürtel enger schnallen muß, und einen schwarzen Frack trug, der wohl schon bessere Zeiten gesehen hatte. Diese Kleidung unterschied ihn auf eindrucksvolle Weise von seinen Kameraden, welche die Stadt plündern würden, wenn die Regierung sie in eine Uniform zwingen sollte, die sich jedoch, sich selbst überlassen, alle unfehlbar auf die gleiche Weise kleiden, mit kurzen Jagdröcken aus grünem oder dunkelblauem Tuch, Lederhosen und Stiefeln, wobei letztere ein absolut unerläßliches Zubehör sind, da sie in ihren Schäften Taschentuch und Pfeife aufbewahren können. Als er bemerkte, daß ich seine Kleidung musterte, lächelte der junge Mann etwas verlegen und gestand mir, daß sein Vater, ein Böttcher aus Osnabrück, sich krummlege, um ihm das Studium zu ermöglichen: nicht nur aufgrund der steigenden Preise, sondern auch und vor allem wegen der ungeschriebenen Verpflichtung, einer Verbindung anzugehören und deren Belastungen auf sich zu nehmen, die sowohl der Gesundheit wie der Börse schaden. »Ich hatte mein Abitur mit der höchsten Punktzahl bestanden«, sagt er, »und glaubte, keine Wünsche mehr zu haben, als ich erfuhr, daß mein Vater einverstanden war, mich studieren zu lassen, und zwar gerade im bedeutendsten Tempel des deutschen Geistes. Noch am Tag meiner Ankunft in Jena dringen, als ich mich, müde von der Reise, anschicke, meine Koffer auszupacken, drei oder vier Wilde in Lederhosen und Stiefeln in mein Zimmer ein. Sie kommen herein, setzen sich, ohne um Erlaubnis zu bitten, stopfen ihre Pfeifen mit einem Tabak, der die Luft verpestet, und befehlen mir, Bier kommen zu lassen. Sie trinken, rauchen, flegeln sich auf die Sofas, ohne die Stiefel auszuziehen, und als sie nach etlichen Stunden gehen, lassen sie mich mit zweiundzwanzig Flaschen zurück, die ich bezahlen muß. Am nächsten Tag kommen sie wieder und teilen mir mit, daß ich die Prüfung bestanden und das Recht erlangt habe, mich in ihre Bruderschaft einzuschreiben. Als ich versuche, diese Ehre abzulehnen, runzeln sie die

Brauen und geben mir zu verstehen, daß eine derartige Beleidigung mit Blut gesühnt werden müsse. Ich kann mit dem Degen nicht umgehen, ich will nur studieren, und so habe ich akzeptiert. Ich glaubte, wenn ich einen federgeschmückten Hut mit den Farben Westfalens erwerbe und die Aufnahmegebühr bezahle, würden sie mich in Ruhe lassen.« »Aber?« ermunterte ich ihn. »Aber ich täuschte mich, denn es gibt keine Möglichkeit, ihrer Tyrannei zu entkommen! Im Sommersemester zum Beispiel besuchte ich den Anatomiekurs, weil ich um jeden Preis die Prüfung vor der Herbstpause ablegen wollte. Die Prüfung besteht in folgendem: Man geht in den Anatomiesaal, dort liegt ein bereits vorbereiteter Leichnam, der Professor legt numerierte Zettel auf alle Organe, und man muß auf ein Blatt die entsprechenden Namen schreiben. Man muß also studieren, und zwar fleißig. Aber jeden Tag laden die Kameraden dich zum Trinken ein, und eine Ablehnung würde jedesmal ein Duell bedeuten. So gehorche ich, trinke, gehe zu den Festen, wobei ich jedesmal meinen Anteil bezahle, und Gott weiß, daß mir manchmal nicht einmal Geld übrigbleibt, um zu essen. Es ist schon viel, daß sie mich nicht gezwungen haben, Fechtunterricht zu nehmen, wie es fast alle tun. Ich wohne am Markt, bei Krause, und im Erdgeschoß gibt es einen Fechtsaal. Würden Sie es glauben? Ich wohne in der Mansarde, aber dennoch sind an manchen Sommernachmittagen, wenn die Fenster weit offen sind, die Schreie der Duellanten und der Lärm der Säbel so stark, daß sie mich am Studieren hindern. Und seit einiger Zeit spielt immer, wenn ich einen öffentlichen Ort betrete, einer wie zufällig mit lauter Stimme darauf an, daß derjenige, der sich weigert, sich zu schlagen, ein Mann ohne Ehre sei, so daß ich nicht weiß, ob nicht auch ich mir einen Sergeanten im Ruhestand suchen muß, der mir ein paar Stunden gibt. Wieder Geld zum Teufel! Wie oft schon habe ich den Tag verflucht, an dem ich den Fuß in diese Stadt gesetzt habe!« »Es ist erstaunlich«, bemerkte ich, »daß jemand an einem solchen Ort noch die Zeit findet, sich mit Philosophie oder Jurisprudenz zu beschäftigen. Für Sie, der Sie Medizin studieren, liegt der Fall noch etwas anders, weil bei so vielen Duellen immer ein Chirurg nötig sein wird.« »Glauben Sie nur das nicht«, erwiderte er, »diejenigen, die die Zeit dafür finden, werden immer weniger. Die Universität hat heute nicht mehr als zweihundertfünfzig Studenten, und es verlassen sie mehr, als sich einschreiben. Was mich betrifft, so hält mich nur der Wunsch, meiner Familie, die nichts ahnt, eine Enttäuschung zu ersparen, davon ab, mein Glück wie so viele meiner Kameraden woanders zu suchen.«

Nachdem ich ihm mein Mitgefühl für seine Qualen ausgedrückt hatte, fragte ich ihn, wie denn die Stimmung unter seinen Kommilitonen oder Trinkkumpanen sei, jetzt, da kriegerische Winde über den Dächern von Jena blasen. »Können Sie sich das nicht vorstellen?« antwortete er mir kopfschüttelnd. »Nein, wirklich; man hatte mir gesagt, daß die Studenten in Deutschland Bonaparte bewundern und daß jeder im Innersten glaubt, eines Tages seinem Beispiel folgen zu können. Aber jetzt kommt es mir so vor, als hätten sie ihre Meinung geändert.« »Das stimmt! Vor einem Jahr waren die Studenten von Napoleon begeistert, und die Erzählungen über seine Taten gingen von Mund zu Mund. Aber die Mißachtung, mit der er Preußen behandelt hat, hat ihn in den Staub fallen lassen, und jetzt glauben alle, daß der Augenblick gekommen ist, Deutschland aus der jahrhundertelangen Abhängigkeit von Frankreich zu befreien.« »Sie teilen aber, wenn ich mich nicht irre, ihren Enthusiasmus nicht.« »Und ich bin nicht der einzige!« entgegnete er lebhaft. »Da sind zum Beispiel die Polen. Sie haben immer ihr eigenes Leben gelebt, mischen sich nicht allzu sehr unter die anderen Studenten, und vor allem vermeiden sie es, über Politik zu sprechen. Im übrigen werden sie so sehr verachtet, daß man sie nicht einmal zwingt, sich in die Verbindungen einzuschreiben. Wie sollen sie also den Abscheu teilen, der heute Napoleon gegenüber Mode ist?« »Sie sind aber doch kein Pole; wie erklärt sich also Ihre Kühle?« ließ ich nicht locker. Der junge Mann zuckte die Achseln, und dann zeigte er mir, anstatt zu antworten, einen Ecktisch, an dem drei oder vier Studenten, deren Hüte mit weißen und schwarzen Kokarden geschmückt waren, in Begleitung eines Bürgers tranken. Wie es schien, zahlte der Bürger, und die drei stürzten ein Bier nach dem anderen hinunter, während sie ihrem Gastgeber zuhörten, der anstatt zu trinken mit lauter Stimme predigte.

»Gehen Sie einmal hin und hören Sie sich die Reden an, die an dem Tisch da geführt werden, und Sie werden verstehen!«

Unauffällig nahm ich meinen Krug und näherte mich, als wollte ich mir die Beine vertreten, dem Tisch, den er mir angegeben hatte. Der Mann saß in Hemdsärmeln da, und das Hemd war obendrein, wie deutlich zu sehen war, nicht sehr sauber, aber das schien seine Zuhörer nicht sonderlich zu stören, nicht mehr jedenfalls als der lange ungepflegte Bart, den er sich von Zeit zu Zeit mit seinen dicken Fingern in den Redepausen strich, während er Atem holte und neue Argumente sammelte. Soweit ich verstehen konnte, trat der Redner für die Notwendigkeit ein, die deutsche Jugend in eigens für diesen Zweck zu gründenden Turnvereinen militärisch zu organisieren, die das Ziel haben sollten, körperliche Ertüchtigung und militärischen Drill miteinander zu verbinden und auf diese Weise die kriegerische Tüchtigkeit der Rasse zu gewährleisten. Die Studenten, die alle der Tradition zu Ehren die Narben ihrer Duelle im Gesicht trugen, hörten ihm mit vom Bier und vom Rauch glänzenden Augen zu und spendeten ihm von Zeit zu Zeit stürmischen Beifall, ohne sich, wie es schien, an seinen rohen Manieren zu stören, Manieren, wohlgemerkt, die sie niemals bei einem Professor toleriert hätten, ohne unter seinen Fenstern lautstarke Protestkundgebungen zu inszenieren mit dem traditionellen Ruf »*Pereat!*«, der mit Vorliebe von einem tüchtigen Steinhagel begleitet wird. Der Redner behauptete weiter, daß die deutsche Rasse nur durch eine schmerzhafte Amputation ihre ursprüngliche Reinheit wiedererlangen und die verlorengegangene alte Ordnung wiederherstellen könne, indem sie sich von allen Kreuzungen befreie, durch die sie entartet sei. »Es ist Zeit, Brüder, aus unserem Haus die Kosmopoliten ohne Heimat zu verjagen, die das Blut des Volkes verderben: den eitlen Franzosen ebenso wie den kriecherischen Juden!« schloß er und schlug unter dem Jubel der Zuhörer mit der Faust auf den Tisch. Dann trank er in einem Zug einen ganzen Krug aus, wobei er mich aus den Augenwinkeln bemerkte. Daraufhin stand er auf, kam drohend auf mich zu, mir seinen langen Bart entgegenstreckend, auf dem der Bierschaum glänzte, und stellte mich zur Rede:

»Der Herr interessiert sich für unsere Gespräche?«

»Gewiß«, antwortete ich, »alles kann interessant sein für den, der den menschlichen Geist studiert.«

Als er meinen ausländischen Akzent hörte, wurde der Mann blaß, fragte mich aber, einen Anschein von Höflichkeit wahrend, ob ich nicht zufällig etwas mit einem Franzosen zu tun habe. Diese sonderbare Frage hatte mich bereits geärgert, so daß ich meine Personalien angab und fragte, mit wem ich die Ehre habe. Er sah mich mit eisigen Blicken an und reichte mir von oben herab eine dicke Hand mit plumpen Fingern und schwarzgeränderten Fingernägeln:

»Erfreut. Friedrich Ludwig Jahn, Pädagoge.«

Um mich nicht ungezogen zu verhalten, drückte ich die Hand jenes Straßenpredigers und kehrte zu meinem Tisch zurück, verfolgt von den argwöhnischen Blicken seiner langhaarigen Anhänger. Mein Nachbar machte mir Platz und fragte mich sofort, was ich von ihm hielte. Während ich mir die Hände mit dem Taschentuch abwischte, antwortete ich, daß die Welt voll von Dummköpfen sei und daß sich auf Schritt und Tritt das Urteil des Dekan Swift bewahrheite: Der Mensch ist, wie man sieht, besser zum Fliegen als zum Denken geeignet. Ohne zu lächeln antwortete er:

»Gewiß, Sie sind Ausländer, und wenn Sie in Ihr Land auf der anderen Seite des Ozeans zurückgekehrt sind, werden Sie über diese Narren lachen können. Wir aber müssen mit ihnen leben, und glauben Sie mir, das ist kein Vergnügen. Die Zukunft Deutschlands liegt in den Händen dieser Männer, und ihr Ehrgeiz kennt keine Grenzen. Glauben Sie nur nicht, daß sie sich mit dem Turnen begnügen werden! Meine Kommilitonen sind schon damit beschäftigt, Bannlisten für den Tag zusammenzustellen, an dem sie die Macht übernehmen werden: Der Nachkomme selbst siebten Grades eines Franzosen, eines Juden oder eines Slawen wird des Landes verwiesen werden.« »Aber das ist doch nur Gerede«, antwortete ich, ungehalten über seine Naivität. »Welche Regierung sollte denn ernsthaft solche Maßnahmen in Erwägung ziehen?« »Glauben Sie?« fragte er mich, immer noch zweifelnd. »Seien Sie ganz beruhigt«, beschwichtigte ich ihn, und mir fiel wieder die Unterhaltung mit Bertha und ihrer Mutter ein. »Die deutschen Regierungen haben zu sehr Angst, daß ihre Untertanen nach Amerika auswandern, als daß sie sich eine solche Politik erlauben könnten!«

Freitag, 3. Oktober

Heute morgen ging ich im Regen hinaus, und mitten zwischen den klatschnassen und fluchenden Soldaten und den schweißdampfenden Pferden stieß ich auf den Kammerdiener des Prinzen Louis Ferdinand. Der brave Mann erkannte mich und begrüßte mich mit einem breiten Lächeln, in dem etliche Zähne fehlten. Ich fragte ihn nach seinem Herrn. »Nun, mein Herr, Gott sei Dank geht es ihm ungewöhnlich gut. Mit dem Heraufziehen des Krieges scheint er täglich fröhlicher und gesünder zu werden.« »Ist er denn hier?« »Er wird heute abend hier sein, mein Herr, wenn die Soldaten marschieren, und sie werden marschieren, wenn der Brottransport eintrifft, denn gestern haben wir nichts gegessen; und in der Zwischenzeit hat er mich zur Aufklärung vorausgeschickt, und um Briefe abzugeben.« Da der brave Uhde seine Aufträge bereits erledigt hatte und sich anschickte, einen Kaffee zu trinken und anschließend zurückzukehren, sagte ich ihm, daß ich ihn begleiten wolle, und nahm mit ihm in der Kalesche des Fürsten Platz. Ein anderes Transportmittel hatte er nicht, aber »wenn wir den Feind vor Augen haben werden«, sagte er zu mir, »werde auch ich mir ein Pferd kaufen, um meinen Herrn nicht mehr allein lassen zu müssen. Ich glaube, im Augenblick der Gefahr sind zwei treue Arme keineswegs zu verachten!« Zum Glück hatte der Regen nachgelassen, aber die Pferde hatten dennoch Mühe, auf der Straße vorwärtszukommen, die sich in einen Graben verwandelt hatte und seit vielen Tagen von zahllosen Männern, Pferden, Wagen und Kanonen zertrampelt worden war.

Unterwegs begegneten wir auf der Straße mehreren sächsischen Regimentern, Kavallerieregimentern vor allem, die uns entgegenmarschierten. An diesen Truppen bemerkte ich weder den Militärgeist noch die Manövertüchtigkeit, die doch in diesem Jahrhundert von Vorteil sind. Dafür sind alle sächsischen Soldaten bis zum letzten Mann gepudert, da ihr Reglement den Gebrauch des Puders auch in Verbindung mit der Felduniform vorsieht. Nach einer knappen Stunde Fahrt wurden wir von dem üblichen Trupp preußischer Husaren angehalten, der von einem Sergeanten befehligt wurde. Die braunen Uniformen der Männer, die durch den Regen und den Schweiß an ihren Körpern klebten und vom Schlamm verdreckt waren, verschmolzen so vollkommen mit der Trostlosigkeit der Herbstlandschaft, daß wir sie erst bemerkten, als sie plötzlich vor den Hufen unserer Pferde auftauchten. Uhde zeigte seinen Passierschein, und als sie in ihm den Kammerdiener ihres Generals erkannten, empfingen sie ihn herzlich; ja, sie bestanden sogar darauf, daß wir alle zusammen auf des Wohl »ihres Prinzen« tranken. Während wir den Schnaps durch die Kehle rinnen ließen, glänzten die Augen des braven Uhde vor Befriedigung darüber, daß er mir die Popularität seines Herrn so deutlich vor Augen hatte führen können. Nachdem ich den Soldaten ein paar Münzen geschenkt hatte, stiegen wir wieder in die Kutsche, und schon nach wenigen Minuten kam eine einzelne, halb zerstörte Hütte in Sicht, in deren Hof etliche Pferde festgebunden waren. Mein Gefährte sagte mir, das Haus sei von seinen Bewohnern verlassen worden und am Tag zuvor wegen der Nachlässigkeit einer Jagdgesellschaft, die dort untergebracht war, abgebrannt; und eben dort, fügte er hinzu, erwarte er seinen Herrn zu finden.

Der Prinz saß im Freien auf einem Holzstuhl, der aus dem abgebrannten Haus nach draußen gebracht worden war. Ein paar seiner Männer schleppten mit großer Anstrengung einen schweren Backtrog zu ihm, der mit zahlreichen Vorhängeschlössern verriegelt war. Im Innern hörte man etwas, und die Männer hofften, gute Beute gemacht zu haben. Als sie den Trog vor den Prinzen gestellt hatten, griffen sie zu ihren Bajonetten und brachen ihn auf, aber es war nur ein altes Kochbuch mit vergilbten Seiten darin. Als Louis Ferdinand mich mit Uhde herankommen sah, begrüßte er mich lächelnd und sagte zu mir, falls ich darauf hoffe, zum Essen eingeladen zu werden, müsse er mich enttäuschen, aber er würde dennoch etwas tun, damit ich nicht allzu schlecht von seiner Gastfreundschaft denke. Und so las der Prinz, während die Bretter des Trogs im Feuer brannten, laut die raffiniertesten Rezepte vor, wodurch wir für den Augenblick den Appetit überlisteten. Er sagte mir augenzwinkernd, daß wir glücklicher dran wären als seine Soldaten, die in der Mehrheit, da sie nicht lesen könnten, nicht einmal auf dieses Mittel zurückgreifen könnten. Dann wurde er wieder ernst und fügte hinzu, falls ich Hunger habe, würde er etwas zu essen machen lassen, er persönlich zöge es jedoch vor zu hungern, solange seine Männer kein Brot bekommen hätten, das im übrigen jeden Augenblick verteilt werden müßte.

Da es wieder zu regnen begonnen hatte, lud der Prinz mich ein, ihn ins Innere des abgebrannten Hauses zu begleiten. Nur ein Teil des Dachs war eingestürzt, und dort, wo der Stall gewesen sein mußte, konnte man sich noch vor dem Wasser schützen. Auf zwei Stühlen sitzend, unterhielten wir uns dort lange über die Wende, welche die Ereignisse nahmen. Sein kriegerischer Geist fand, wie der brave Uhde mir bereits angekündigt hatte, Gefallen an dieser großartigen Bewegung von Männern, die ihm auf eine verheißungsvolle Absicht von seiten des Kommandos hinzudeuten schien. »Ich habe guten Grund zu hoffen, daß wir zum Angriff marschieren; was immer den Erfolg sichert und ihn uns doppelt sichert, weil, *pardieu!*, Bonaparte ihn bestimmt nicht erwartet. Der König hat nach Paris geschrieben und den sofortigen Rückzug aller französischen Truppen aus Deutschland gefordert. Dieses Ultimatum läuft am achten ab, und in den folgenden Tagen werden mit Sicherheit die ersten Musketenschüsse fallen.« Dennoch konnte er mir nichts Genaueres sagen, da der Herzog von Braunschweig ihm nicht genügend vertraut, um ihn über seine Pläne zu informieren. »So ist es«, knurrte er, »immer mit den Generälen gewesen. Es kommt mir so vor, als lebte ich immer noch zur Zeit der Belagerung von Mainz, als *chère mère* an General Kalckreuth schrieb und ihn ermahnte, mich davon abzuhalten, mich zu sehr zu exponieren, und der General gehorchte nur allzu freudig, aus Angst, der Feind könnte sich beleidigt fühlen und ihn zwingen, wirklich in den Krieg zu ziehen!« Er erzählte mir, daß er Berlin in Ungnade verlassen habe, nachdem er den Appell der Generäle unterzeichnet hatte, der den König auffordert, den Minister zu entlassen; sogar die Königin wollte ihn nicht grüßen. Auch der Abschied von seinem Vater ist nicht so rührend gewesen, wie ein Romanschriftsteller ihn sich hätte vorstellen können. »Auf Befehl des Königs mußte ich so übereilt aufbrechen, daß ich nicht vor neun Uhr abends Zeit fand, zu ihm zu gehen. Er war im Spielsaal von Bellevue und saß vor seiner Patience. Es war zu sehen, daß er müde war, aber er hat es sich zur Regel gemacht, das Spiel niemals abzubrechen, bevor nicht auch die letzte Karte ihren Platz gefunden hat. Ich und meine Schwester betrachteten ihn durch das Fenster. Da saß er, allein in dem von Kerzen erleuchteten Saal, er, der all seine Brüder überlebt hat, runzlig und starrköpfig, hart und gebeugt, an all seine kleinen Prinzipien geklammert, die sein Leben unendlich zu verlängern scheinen. Ich schwöre Ihnen, daß mein Vater mich manchmal erschauern läßt! Schließlich erhob er sich, kam auf uns zu, und ohne uns anzuschauen, ging er an uns vorbei ins Schlafzimmer. Da faßte meine Mutter sich ein Herz und begleitete mich zu ihm, aber ich bin nicht einmal eine Viertelstunde bei ihm geblieben, weil jede Veränderung in seiner Lebenweise ihn zu Tode erschreckt, und dies war für ihn die Zeit, schlafen zu gehen; während ich ihm Lebewohl sagte, konnte er ein Gähnen nicht unterdrücken.«

Oberleutnant von Nostitz bückte sich fast im rechten Winkel, um seinen langen Körper durch die Stalltür zu schieben, kam herein und meldete, das Brot sei endlich gekommen. Der Prinz, der die Erzählung von seiner Abreise aus Berlin mit einem Seufzer beendet hatte, faßte sich wieder, und wir gingen in den Regen hinaus. Einen Steinwurf vom Haus entfernt hockten etwa hundert braune Husaren, die ihre Pferde an Pflöcken, die in der lehmigen Erde steckten, festgebunden hatten, um ein kümmerliches Feuer, das durch eine Art Gitter aus ineinander verschlungenen Ästen nur unzulänglich vor dem Regen geschützt war, und aßen schweigend dicke Schwarzbrotscheiben. Der Fürst ging zu ihnen, machte ein Zeichen, daß sie nicht aufstehen sollten, setzte sich dazu und sprach mit ihnen, zuerst auf deutsch, dann, als er merkte, daß fast alle Polen waren und seine Sprache nicht verstanden, auf polnisch. Als ich sah, wie seelenruhig ein Prinz mit seinen Soldaten, mitten unter ihnen im Schlamm sitzend, sprach, und noch dazu in ihrer eigenen barbarischen Sprache, verstand ich, warum er in der Armee so beliebt war. »Herr Pyle!« rief Seine Hoheit mich in dem Augenblick. »Kommen Sie, ich werde Ihnen etwas Ungewöhnliches zeigen!« Ich näherte mich und sah, daß einer der Husaren sich drei Musketen hatte geben lassen. Er hielt sie mit dem Stock, den er auf seinen linken Unterarm gestützt hatte, und den rechten bewegte er, als wollte er schießen. »Jetzt«, sagte der Prinz zu mir, »wird dieser Mann drei Musketen auf einmal abschießen. Ich habe ihm einen Taler versprochen, wenn er es schafft.« Die Sache schien mir schwierig, zumal der Mann keineswegs ein Koloß war, und es ist ja bekannt, wie schwer eine Infanteriemuskete ist und wie hart ihr Abzug geht. Als ich einmal Gelegenheit gehabt hatte, es auszuprobieren, hatte ich zwei Finger benutzen müssen, um ihn losschnellen zu lassen. Der Mann hatte die Mündungen der Musketen zum Himmel erhoben. Während seine Kameraden ihn umringten und anfeuerten, preßte er die Zähne zusammen und ließ die drei Abzüge mit einer herkulischen Anstrengung auf einen Schlag detonieren. Der Prinz holte lächelnd einen Taler aus der Tasche und gab ihn dem Mann, der ihn unter dem lauten Beifall der anderen Husaren mit einer Verbeugung annahm; dann wurde er wieder ernst und sah mich an. »Ich habe Lust, es ebenfalls zu probieren«, meinte der Prinz, und ohne lange zu überlegen, sagte er, immer noch auf polnisch, etwas zu den Soldaten; sofort nahmen drei von ihnen ihre Musketen und luden sie. Der Prinz, der neben diesen kleinen Kavalleristen wie ein Riese wirkte, hob sie mühelos hoch, legte drei Finger an die drei Abzüge, zielte nach oben und schoß, ohne weiter zu warten. Die Husaren applaudierten ihm noch lauter. Der Prinz ließ die Musketen wortlos zu Boden fallen, atmete tief durch und wandte sich mir zu. Anscheinend hatte es ihn überhaupt nicht angestrengt, aber als er näher kam, sah ich, daß seine Stirn schweißgebadet war.

Später, nachdem die Diener den Tisch im verbrannten Haus mit den Tischtüchern und dem Silbergeschirr aus den Reisekoffern des Prinzen gedeckt hatten und eine Auswahl von Wildpasteten und Konfekt aus den besten Berliner Geschäften unseren Appetit gestillt hatte, war der Prinz so gütig, mich über die Armeebewegungen zu unterrichten, wobei er mit dem Finger auf der Karte die Unterkünfte der französischen Truppen und die Marschrichtungen der preußischen und sächsischen Truppen bezeichnete, die aus allen Provinzen der beiden Reiche heranmarschieren, um sich zwischen Erfurt und Jena für den entscheidenden Schlag zu sammeln. Die Hoffnungen, welche diese Angriffsbewegungen im kriegerischen Gemüt Louis Ferdinands wecken, hindern ihn nicht, die Unentschlossenheit zu beklagen, in welcher der König so lange verharrt hatte, und deren Folgen mit schmerzhafter Hellsicht vorauszusehen, so daß seine Stimmung unablässig zwischen Überschwenglichkeit und Niedergeschlagenheit wechselt. »Unter tausend Zögerlichkeiten sind wir, ohne daß jemand es wirklich gewollt hat, in den Krieg geschlittert. Ich glaube, wenn man, gerade als all dies entschieden wurde, Haugwitz oder sogar den König nach ihren Plänen gefragt hätte, sie hätten nicht gewußt, was sie hätten antworten sollen; und auch in der Zwischenzeit ist nichts in Betracht gezogen, nichts bedacht worden. Dafür hat der Kabinettsgeist dazu verleitet, eine Unmenge von halbherzigen Maßnahmen zu verkünden, mit engstirnigen Standpunkten und noch kleinlicherer Knickrigkeit. Es vergeht kein Tag, an dem nicht eine Verfügung aus Berlin eintrifft, die festlegt, ob die Offiziere mit der Felduniform eine Feder an der Kappe tragen dürfen oder nicht. Und meine Ambulanzen sind mittlerweile schon voll von Kranken, so daß für die Verwundeten gar kein Platz mehr da sein wird. Eines ist gewiß, wenn die Sache unglücklich ausgehen sollte, so ist dafür einzig und allein diese erbärmliche Rücksicht auf die Konventionen verantwortlich; denn unter jedem anderen Gesichtspunkt ist dies ein beneidenswerter Augenblick. Wenn ich aus all meinen Beobachtungen den Schluß ziehe, halte ich es immer wieder für wahrscheinlich, daß in der nächsten großen Schlacht wir die Sieger sein werden.« »Die Wahrscheinlichkeit ist von großer Bedeutung im Spiel wie im Krieg«, bemerkte ich. »Aber die Wahrscheinlichkeit«, entgegnete der Prinz, »würde zur Gewißheit, wenn ich die Führung des gesamten Krieges und der einzelnen Armeen auf meine Weise organisieren könnte. Die Rettung Deutschlands und ganz Europas ist so nah, und so wenige Opfer sind nötig, daß sie zustimmen sollten, dieses heilige, dreimal heilige Ziel zu erreichen! Und das ist nicht nur meine Meinung, alle, die Verstand und Erfahrung haben, geben das zu. Und doch entschließt man sich nicht zu diesen Opfern, und wenn es schiefgehen sollte, werden sie bei der Suche nach den Ursachen bis zur Arche Noah zurückgehen. Aber das ist nicht weiter verwunderlich, denn so ist es bei allen großen Katastrophen der Geschichte«, schloß Seine Hoheit und goß sich ein Glas Champagner ein.

Zu diesen Sorgen gesellte sich der endlose Kummer, den dem Prinzen die zwei Frauen bereiten, die er in Berlin zurückgelassen hat, Pauline und Henriette. Lediglich Dummköpfe glauben, daß ein General im Feld ganz und gar von der Sorge für die Armee und den Interessen des Staates in Anspruch genommen ist. In Wirklichkeit schleppt jeder von zu Hause die Liebschaften, die häuslichen Probleme, die Geldsorgen mit sich, und das interessiert ihn auch weiterhin sehr viel mehr als der Ausgang des Krieges. Die Tatsache, daß er gleichzeitig an zwei so verschiedene Wesen gebunden ist und sich von keiner der beiden lösen kann, versetzt Louis Ferdinand immer wieder in Erstaunen, und er bemüht sich, aus den Regungen seines Herzens schlau zu werden. »Sie wissen gar nicht, wie glühend und heftig ich Pauline liebe, und mit wieviel vertrauter Zärtlichkeit ich der himmlischen, guten, lieben Henriette verbunden bin. Das scheint ein Rätsel, unverständlich für den menschlichen Geist, und dennoch, die so außergewöhnlichen Umstände«, und so weiter. Ein Ausbruch, der mich nur mäßig beeindruckt, da man in Dresden von nichts anderem als der Hartnäckigkeit spricht, mit welcher der Prinz vor und nach Paulines Aufenthalt in dieser Stadt verschiedene schöne Damen belagert hat. Dennoch ist seine Situation wirklich kompliziert, und man kann nicht umhin, ihn zu bedauern. Die Freundschaft zwischen Henriette und Pauline führt dazu, daß sie ihm ihre Briefe im selben Umschlag schicken und erklären, sie hätten keine Geheimnisse voreinander, so daß ihr Ton selten so offen ist, wie ein Geliebter es sich wünschen könnte. Nachdem wir zusammen drei Flaschen Champagner getrunken hatten, zeigte er mir einen Brief von Henriette, geschrieben in einer Art Französisch mit ängstlichem Schwanken zwischen *tu* und *vous*, und einen von Pauline beigefügten, in dem sie ihre Freundin bemitleidet, weil sie nicht mehr die bevorzugte Geliebte des Prinzen sei, und ihm die ganze Schuld gibt. Dieser Brief, der gestern gekommen ist, hat seinen Adressaten durch die grausamen und ungerechtfertigten Vorwürfe, die er enthält, in die schwärzeste Trostlosigkeit gestürzt. »Du hast ihr immer Briefe in einem Ton geschrieben«, schreibt Pauline, »daß sie glauben konnte, sie wäre für Dich die Liebste. Da ich weiß, daß Jette Dir nicht solche Briefe schrieb, hatte sie recht und Du unrecht. Es tut mir leid, daß ich Jette diesen Schmerz zufügen mußte, aber Du bist die Ursache für alles. Du hast an allem schuld mit Deinen dummen, unwahren Briefen«, und so fort. Aber heute kam ein Brief, der einen ganz anderen Ton anschlug, und der Prinz war vor Freude so außer sich, daß er ihn mir zum Lesen gab, ohne viel zu überlegen. »Der Krieg! Du – Krieger, Jäger, Musiker. Das alles fehlt mir – aber vor allem anderen kommt die Liebe. Nein, Louis, zuerst die Liebe und dann alles andere; Du hast alles in mir getötet, und ich weiß nicht, ob mich das glücklich machen wird oder ob es nicht besser wäre, wenn alles anders wäre. Vergiß mich nicht, Louis, schreib mir ausführlich, aber nur, wenn Du es willst, fühle Dich nicht dazu gezwungen. O Louis, warum gibt es immer so viele Hindernisse in diesem Leben, in diesem kurzen Leben, warum bin ich nicht bei Dir? Louis, ich möchte eine Stunde, nur eine Stunde damit verbringen, Dich zu küssen. Schick mir Geld, ich habe keinen Pfennig und jede Menge Schulden; die Hausmädchen gehen am ersten November, und mit meiner Mutter kann ich über diese Dinge nicht sprechen. Ich wollte meine Schals verkaufen, aber man gibt mir nur fünfzig Taler für alle beide, und jeder hat mehr als zweihundert gekostet. Adieu, Louis, es tut mir so leid, Dir dies sagen zu müssen, immer in diesen unwürdigen Verhältnissen leben zu müssen ist schrecklich, aber es ist nicht meine Schuld. Sei nicht böse mit Deiner armen Pauline.«

Nachdem er diesen kläglichen Brief gelesen und mit Küssen bedeckt hatte, setzte sich der Prinz an den Schreibtisch und schrieb in zehn Minuten die Antwort, die er mir anschließend übergab, ohne sie versiegelt zu haben, und er bat mich, sie morgen dem Kurier mitzugeben. Ich nutze die Gelegenheit, um dieses Dokument, das eines Tages die Historiker interessieren könnte, hier wiederzugeben. »Meine liebe, edle Pauline, ich habe immer noch Dein Bild, Deinen Schmerz, Deine Tränen vor Augen. Oh, niemals, niemals werde ich sie vergessen. Arme, liebe Pauline, meine Gedanken sind immer bei Dir. Pauline, ich fühle so sehr, daß ich nur durch Dich wirklich glücklich sein kann, Du hast mein ganzes Sein verzaubert, der Gedanke an Dich, mein Liebling, vermischt sich mit allem. Wie tief ich Dich liebe, merke ich daran, daß ich nicht einmal auf Deine Fehler verzichten möchte. Alles in Dir trägt den unverwechselbaren Stempel der Wahrheit: Deine Aufwallungen, Deine Ungerechtigkeit, ich liebe all das, auch wenn es mir weh tut ... In Dir scheinen mir all diese Fehler nur die Exzesse einer zu vitalen Natur, die noch nicht ganz entwickelt ist ... Liebe, unartige Pauline, englische Pauline« (Warum sagt er das? Die Vorstellung, die sie sich von den Engländern machen, überrascht mich immer mehr), »es wäre unendlich schwierig, Dich zu erziehen, ohne Dich zu verderben! Ich weiß wohl, daß eine vollkommene Erziehung aus Dir ein Wesen gemacht hätte, das auf seine Weise recht interessant wäre, aber ein so großer Teil von Dir wäre verborgen geblieben. Schick mir rasch Dein liebes Porträt, ich werde es jeden Tag ansehen. In den letzten Tagen sind wir die ganze Zeit marschiert, wir kamen spät an, dann aßen alle Adjutanten mit mir zusammen, am Nachmittag beendete ich die Arbeit mit dem Fürsten und den Herren des Stabs, schrieb mein Tagebuch, das ich Dir, ich verspreche es, jeden Monat schicken werde, und ging früh zu Bett. Möllendorffs Faulheit ist unbeschreiblich, seine Berliner Korrespondenz mit Mademoiselle Nebus und so weiter nimmt seine ganze Zeit in Anspruch. Wie immer ist er voller Kummer, vor allem, wenn es regnet. Dussek läßt so viel Wein, wie er kann, durch seine jetzt recht heisere Kehle rinnen. Adieu, teure, schöne Seele! Ich möchte noch lange über Deinen Mann und Deine Situation sprechen; ich lasse es, um nicht zu übertreiben. Ich küsse Dich tausendmal mit der glühendsten Liebe. Adieu, ich schreibe Dir bald wieder. Louis.« Mit diesem Brief in der Tasche brach ich noch vor Sonnenuntergang auf, um nach Jena zurückzukehren, wo ich ihn wie versprochen zusammen mit einem Brief für Victoire dem Kurier aus Berlin übergab, bevor ich mich in meiner Mansarde schlafen legte.

Sonnabend, 4. Oktober

Heute vormittag ging ich zum Schloß hinauf, um Fürst zu Hohenlohe meine Aufwartung zu machen und mich nach dem König zu erkundigen, der inzwischen im Lager eingetroffen sein muß. Der diensthabende Adjutant sagte mir, Seine Hoheit sei gerade von einer Erkundung auf dem Berg, der die Stadt beherrscht, zurückgekehrt und würde mich sofort zum Mittagessen einladen. Von einem Fenster des Vorzimmers aus sah ich ihn in den Hof reiten, gerade im Sattel sitzend wie ein junger Mann trotz seiner sechzig und mehr Jahre, behende absitzen, während ein Offizier ihm den Steigbügel hielt, und mit großen Schritten zur Freitreppe gehen. Als ich ihm vorgestellt wurde, fielen mir seine Häßlichkeit auf und die starke Krümmung seiner Beine, die den langen Umgang mit den Pferden verriet. Die Gutmütigkeit seines Blicks wurde noch verstärkt durch eine starke Kurzsichtigkeit; tatsächlich sieht der Fürst keine zwanzig Schritte weit, aber der Stolz verbietet es ihm, es zuzugeben und eine Brille zu tragen. Der König und die Königin, informierte er mich, werden morgen oder übermorgen in Erfurt eintreffen, so daß ich ohne weiteres in Jena die Bestätigung ihrer Ankunft abwarten kann. »Darf ich Sie fragen, wo Sie untergebracht sind?« fuhr er fort und blickte mich prüfend an. Als er von meiner mißlichen Unterbringung erfuhr, wollte er nichts weiter hören und beauftragte einen Adjutanten, ein Zimmer für mich vorzubereiten, so daß ich meinerseits Will mit dem Befehl in den Engel schickte, meine Sachen und meine Pferde einzusammeln und aufs Schloß zu bringen. »Es versteht sich von selbst, daß Sie mit mir zu Mittag essen«, fügte der Fürst hinzu; und nachdem er diese liebenswürdigen Worte gesprochen hatte, begann er sofort, nervös um sich zu blicken, und fragte gereizt, warum das Mittagessen noch nicht bereit sei. In diesem Augenblick war der jugendliche Übermut, den ich an ihm erkannt hatte, als er vom Pferd stieg, vollständig verschwunden, und übriggeblieben war lediglich der sechzigjährige alte Mann, den die geringste Unannehmlichkeit grundlos ärgert. Später, als ich sah, mit welcher Gier er, kaum daß er bei Tisch saß, zwei kleine Brötchen verschlang, die ein eifriger Adjutant vor sein Gedeck gestellt hatte, begriff ich, daß der Fürst wie viele alte Menschen die eigene körperliche Kraft und geistige Sicherheit nur dank einer absolut regelmäßigen Lebensführung aufrechterhalten kann und daß ihn eine Verspätung des Mittagessens, eine unvorhergesehene Änderung in seinen Gewohnheiten so unvermeidlich durcheinanderbringen müssen, wie ein Sandkörnchen den Mechanismus einer Uhr aus dem Takt bringt.

Bei Tisch drehte sich die Unterhaltung um die Bewegungen der französischen Truppen, die sich allen Nachrichten zufolge im Gebiet von Bamberg und Würzburg sammeln, und um die hohe Wahrscheinlichkeit, diese Truppen von der Flanke her angreifen und zurückschlagen zu können, sobald sie sich in Marsch setzen; vorausgesetzt, fügen die Adjutanten von Hohenlohe mehr oder weniger deutlich hinzu, der Herzog von Braunschweig lasse ihrem General freie Hand und behindere seine Pläne nicht aus Eifersucht. Trotz der Nachteile des Alters genießt der Fürst beim Heer höchstes Ansehen, und den Äußerungen nach zu urteilen, die ich heute gehört habe, fehlt nicht viel, und man errichtet ihm ein Denkmal auf dem Wilhelmsplatz, neben Friedrichs Generälen. Als er das letzte Mal in Berlin war, fiel ihnen, um ihn zu ehren, nichts Besseres ein, als ihm im Schloß die Gemächer des alten Königs zuzuweisen. Bis zum Schluß hat Bonaparte versucht, ihn zu überreden, dem Rheinbund beizutreten, doch der Fürst weigerte sich und zog es vor, sein Fürstentum zu verlieren, als die Treue zu verraten, die sein Haus seit Jahrhunderten mit dem der Hohenzollern verbindet. Als er nicht mehr anders konnte, dankte er zugunsten seines Sohnes ab, und jetzt ist er nichts anderes als ein preußischer General, ein Rang, den zumindest in Preußen niemand auch nur im Traum für niedriger als den eines Reichsfürsten erachten würde. Wie es scheint, hat er sich direkt von seinen Ländereien zum Heer begeben, mitten zwischen die Unterkünfte der feindlichen Armee. Vor seinem Palast stand eine französische Ehrenwache, und bis vor wenigen Wochen hatte er mittags und abends die Offiziere des Armeekorps von Davoust zum Essen zu Gast. Das hielt ihn aber nicht davon ab, regelmäßig durch zuverlässige Kuriere Nachrichten über die Bewegungen der französischen Truppen dem Herzog von Braunschweig zu schicken, der so über den höchstgestellten Spitzel verfügte, den man sich vorstellen kann.

Am Mittagessen mit dem Fürsten nahm General Graf Bevilacqua teil, Kommandant einer der sächsischen Brigaden; ein kleiner und korpulenter Italiener, der seinen Bauch mit Mühe in die enganliegenden Hosen seiner Uniform gezwängt hatte. Herr von Bevilacqua spricht Französisch, Deutsch und Spanisch mit dem gleichen schrecklichen Akzent, vermag sich aber in jeder dieser Sprachen verständlich zu machen. Er schlingt sein Essen hinunter, obwohl er sich über seine schlechte Verdauung beklagt; er spricht ungern über seine Familie und sein Heimatland und mit viel größerem Vergnügen über seine Krankheiten, von denen ein scheußlicher Schorf oder Grind auffällt, der ihm die Haut am fast vollständig kahlen Kopf zerfrißt. Dabei zögert er nicht, mitten während des Abendessens seine Perücke abzunehmen, um das Heilpflaster zu erneuern, das dort klebt; zu welchem Vergnügen der Gesellschaft kann man sich leicht vorstellen. Ich versuchte, von ihm etwas über Italien zu erfahren. »Italien ist ein absurdes Land«, antwortete er. Es ist mir jedoch nicht gelungen herauszubekommen, worin diese Absurdität im besonderen besteht. Der General ist ungefähr sechzig, hat Augen wie ein gekochter Fisch, eine näselnde und unangenehme Stimme, und beklagt sich ständig über die Kälte, die in Deutschland herrscht, und über die eigene Müdigkeit. Von Zeit zu Zeit sagte er etwas zu sich selbst auf italienisch, das ein Adjutant mir später im Vertrauen unter großem Gelächter übersetzte und das frei übersetzt soviel heißt wie: »Was für ein Scheißleben!« Sein Grafentitel oder, um genauer zu sein, sein Titel als Pfalzgraf des Reiches ist ein hochtrabender Flitter, der nichts bedeutet und beispielsweise den Hofärzten und Musiklehrern verliehen wird. Sein Vater muß, wie es heißt, ein neapolitanischer Barbier gewesen sein, der am sächsischen Hof zur Zeit von August dem Starken sein Glück gemacht hat, als Kuppler des Königs vermutlich, der diese Dienste zu belohnen wußte.

Nach dem Essen ging der sächsische General, und Fürst zu Hohenlohe döste ein wenig, den Kopf auf die Rückenlehne des Stuhls gestützt. Als er sich wieder ermunterte, begann er, ohne vom Tisch aufzustehen, und immer noch mit Flasche und Glas in Reichweite, einem Adjutanten die Befehle für morgen zu diktieren. Dabei offenbarte sich mir plötzlich die Schwäche dieses sonst so herzlichen und sympathischen alten Mannes, denn der Fürst diktierte auf die langatmigste und minuziöseste Weise den Marschbefehl für seinen Artilleriezug, der sich noch einen Tagesmarsch von Jena entfernt befindet, wobei er auf der Karte, die auf dem Tisch ausgebreitet lag, die genaue Strecke ausmaß, die jede Batterie zurückzulegen hatte, Etappe für Etappe, Dorf für Dorf, ohne sich nach dem Zustand der Straßen zu erkundigen. Nach fast einer Stunde Diktat, als der Befehl nur noch zu unterzeichnen war, kam ein Hauptmann der berittenen Artillerie herein, um just die Befehle für seinen Zug zu holen, und anstatt ihm einfach den geschriebenen Befehl zu übergeben, begann der Fürst ihm die ganze Erklärung mündlich zu wiederholen, wobei er mit dem Finger auf der Karte, die sein Gesprächspartner nicht sehen konnte, jedes Detail des Marsches bedeutete. Doch bevor er damit fertig war, kam ein sächsischer Adjutant mit einem Brief seines Generals, der laut vorgelesen und Wort für Wort durchgesprochen wurde, obwohl er nichts Relevantes enthielt. Inzwischen verstrich die Zeit, und der Befehl für die Artillerie war noch immer nicht ausgegeben, und es mußten noch die Befehle für alle anderen Truppenteile geschrieben werden. Doch als der unglückliche Hauptmann der berittenen Artillerie schon glaubte, er könne jetzt mit seinen Papieren gehen, präsentierte sich ein Offizier der Husaren zum Rapport, und der Fürst hörte dem Neuankömmling mit der Feder in der Hand, ohne zu unterzeichnen, nachdenklich zu. Unglücklicherweise war dieser von seinem Kommandanten hergeschickt worden, um über die französischen Truppenbewegungen um Bamberg zu informieren, von denen die Spione berichtet hatten. Der Fürst, der uns bei Tisch mit diesem Thema unterhalten hatte, unterbrach ihn und sagte mit einem gutmütigen Lächeln: »Mein Freund, ich werde Ihnen sagen, was ich über diese Angelegenheit weiß!«, und er begann von neuem, die ganze Geschichte zu erzählen. Nachdem er geendet hatte, verabschiedete er den Husaren ohne weitere Umstände und ohne seinen Rapport anzuhören, unterzeichnete endlich den Befehl für die Artillerie und gestattete dem Artilleristen zu gehen. Er wollte gerade mit dem Diktat eines zweiten Befehls beginnen, als der Stallmeister eintrat, um über die Pferde des Fürsten Bericht zu erstatten. Das war das Ende jeder weiteren Aktivität, denn Seine Hoheit wollte in allen Einzelheiten über jedes seiner vierundzwanzig Pferde informiert werden, ob und wieviel jedes einzelne gefressen hatte und ob die Hufeisen kontrolliert worden waren. Die Sonne war inzwischen bereits seit einer Weile untergegangen, und am Ende des Berichts wurde der Herzog von Weimar gemeldet, der zum Abendessen kam, so daß alles auf Gott weiß wann verschoben wurde.

Im Gefolge des Herzogs, der Uniform trägt und das Gehalt eines preußischen Generals erhält, war auch der berühmte Dichter Goethe, Minister des Herzogtums Sachsen-Weimar, zum Abendessen eingeladen. Dieser hatte es sich, wie man mir erzählte, gerade seelenruhig in den herrschaftlichen Gemächern des Schlosses bequem gemacht, damit beschäftigt, irgendeine Mineraliensammlung zu katalogisieren, als die Ankunft des Fürsten ihn zwang umzuziehen, was bei ihm einen Gallenerguß verursacht hatte, von dem er sich noch nicht wieder ganz erholt hat. Er ist ein großer, stattlicher Mann, der bestickte Hofkleidung und einen Galadegen an der Seite trägt und gepudert ist: eine Gliederpuppe, die in vollendeter Weise die Würde seines Ministerranges repräsentiert und nicht im geringsten den Dichter erkennen läßt. Zu meinem Unglück war er mein Tischnachbar. Ich versuchte alles, um ihn zum Sprechen zu bringen, aber während des ganzen Abendessens zeigte er sich hochmütig und wortkarg. Auf jede meiner Fragen ließ er kühle Antworten und dann ein tiefes Schweigen folgen. Ich beschränkte mich daher darauf, mich mit meinem linken Nachbarn zu unterhalten, einem der Generaladjutanten des Fürsten, Hauptmann von Blumenstein. Dieser behauptet, ein französischer Adliger zu sein und daß sein wahrer Name de la Rochefleur laute, daß er ihn aber zu Ehren seiner neuen Heimat, die ihn nach der Revolution aufgenommen habe, ins Deutsche übersetzt habe. Meiner Meinung nach muß er jedoch ein elsässischer Jude sein, der aus Colmar oder Mulhouse verjagt worden ist, weil er sich aus den Heereslieferungen bedient hat, und bestimmt hieß er von Geburt an niemals anders als Blumenstein. Doch der Wunsch, Franzosen in seinen Diensten zu haben, ist bei den Königen von Preußen seit Friedrichs Zeiten so stark, daß sie ohne weiteres über derartige Lappalien hinwegsehen und den Franzosen militärische Ränge und Adelstitel mit einer Großzügigkeit verleihen, die sie ihren eigenen Untertanen gegenüber niemals an den Tag legen würden.

Nachdem die Gäste gegangen waren, zog Prinz Louis Ferdinand mich, während er das letzte von vielen Gläsern Champagner trank, wegen meiner wenig glanzvollen Unterhaltung, die ich mit Goethe geführt hatte, auf, und ich mußte antworten, daß ich, da mein Nachbar mundtot zu sein schien, letzten Endes ebenfalls still geblieben war. »Aber worüber haben Sie denn gesprochen?« hakte Seine Hoheit nach. »Worüber kann man schon mit einem großen Dichter sprechen, wenn nicht über seine Werke?« mischte sich Blumenstein radebrechend auf deutsch ein. »Irrtum!« lachte der Prinz. »Sie hätten über die Verwaltung des Herzogtums sprechen müssen.« »Oh! Mir scheint, Herr Goethe glaubt, er sei ein großer Herr, und daher will er nicht, daß man ihn für einen Literaten hält. Aber meiner Meinung nach ist ein großer Dichter genauso viel wert wie irgendein Minister«, ließ der Hauptmann nicht locker. »Was soll man machen?« schnitt der Prinz ihm das Wort ab. »Alle großen Männer haben ihre Schwächen, aber ich versichere Ihnen, mein lieber Pyle, daß Sie unseren Goethe bei anderer Gelegenheit außerordentlich bezaubernd finden werden.« In ebendiesem Augenblick ging die Tür auf, und der Dichter kam wieder herein, immer noch gepudert und im Galaanzug, diesmal aber mit entspannten Gesichtszügen, wie ich sie den ganzen Abend über nicht bei ihm gesehen hatte. »Aber ich sehe, daß die Herren dem guten englischen Brauch folgen und zusammenbleiben, um unter Männern zu trinken, nachdem die Damen und die kommandierenden Generäle sich zurückgezogen haben! Ich hoffe, Sie werden mir erlauben, Ihnen Gesellschaft zu leisten«, rief er. Dieser Scherz löste gedämpfte Heiterkeit aus, und der Prinz persönlich hielt es nicht für unter seiner Würde, dem großen Mann einen Sessel anzubieten, der es sich mit angemessener Würde darin bequem machte. Die Unterhaltung entzündete sich sofort wieder am Thema des Tages, den Absichten Bonapartes und seiner Armee in Deutschland. Im Juli war Goethe zur Kur in Karlsbad gewesen, und dort hatte er von Reisenden aus Bayern und Franken gehört, daß in letzter Zeit bei allen französischen Regimentern Männer aus Paris eingetroffen seien mit dem Auftrag, Unterricht in der Ausbildung der Unteroffiziere zu erteilen. »Stellen Sie sich die Szene vor. Man requiriert einen großen Saal, und alle setzen sich um einen Tisch. Die Soldaten bilden einen Kreis um den Ausbilder, der nach einem vorher festgelegten Unterrichtsprogramm unterrichtet, nach dem er anschließend die Zuhörer prüft und katechisiert. Was einem Menschen, der imstande ist, hinter die Oberfläche der Dinge zu blicken, jedoch zu denken gibt, ist, daß der Unterricht nicht nur die elementare und die hohe Taktik behandelt, in welchem Fall die ganze Sache für den Laien, Sie werden mir verzeihen, meine Freunde, von recht beschränktem Interesse ist, sondern auch die Moral und das Benehmen in der Gesellschaft. Außerdem laufen, wie verschiedene Zeugen mir bestätigt haben, diese Missionen in der gesamten Armee nach dem gleichen Protokoll ab, ein unzweifelhaftes Indiz für eine Organisationsfähigkeit, wie sie nur das neue Frankreich demonstrieren konnte. Diese Anekdote«, fuhr Goethe fort, »gibt einen guten Eindruck vom heutigen Frankreich! Jeder, der in nähere Berührung mit den Franzosen kommt, muß zwangsläufig echten Abscheu empfinden. Sie sind alle gebildet, aber der letzte Funke von Moralgefühl ist in ihnen erloschen; und sie glauben, sie könnten Moral durch Unterricht wieder lernen, so wie man, sagen wir, in den Latein- oder Anatomieunterricht geht. Bis vor wenigen Jahren hätten wir alle geschworen, Frankreich sei mehr als jede andere europäische Nation reif für den Untergang. Wir konnten die Bibliotheken betrachten, die voll sind mit den Büchern Rousseaus, Helvetius', Voltaires, und denken: Wozu waren sie nutze? Hat nur einer von ihnen sein Ziel erreicht? Wir konnten ihrer Konversation in den Salons zuhören, die von solch exquisitem Geist zeugt, verglichen mit uns armen geistig trägen Deutschen, dem Vortrag ihrer Schauspieler und Redner lauschen und denken: Träumer! Was nützt euer ganzer so gerühmter Attizismus, was nützen eure guten Manieren, wenn das Fundament fehlt, auf dem man irgendein dauerhaftes Werk errichten kann? Wir konnten uns zu Tisch setzen und die *poulets à la suprême* und all die anderen Frivolitäten der französischen Kochkunst probieren und uns fragen: Ist das alles? Aber da ist aus den Erschütterungen der großen Revolution ein Held aufgetaucht, der imstande war, aus dem Nichts dieses schon formlose Volk aufzurichten und der erloschenen Materie wieder Leben einzuhauchen, und sein wunderbares Genie wirft seinen Schatten auch auf unser armes deutsches Volk. Ja, meine Freunde, Sie bereiten sich darauf vor, gegen einen Feind zu kämpfen, der nicht seinesgleichen hat, einen Feind, dessen dämonische Macht ihn zum Herrn der Welt machen wird, wenn Sie ihn nicht aufhalten. Ich glaubte nicht an die Möglichkeit eines Universalreichs, und doch wird es gerade unter unseren Augen errichtet: Er ist bereits Herrscher über Frankreich und Italien, über Neapel und Holland; Spanien und die Schweiz würden sich keinen Fingerbreit ohne seine Erlaubnis bewegen, die deutschen Fürsten haben sich unterworfen …« Er trank einen Schluck und fuhr dann fort, als sei ihm plötzlich etwas eingefallen: »Ich stelle mir vor, einmal angenommen, aber nur angenommen, um ein wenig Würze in die Unterhaltung zu bringen, daß es Ihnen, meine Freunde, nicht gelingen wird, ihn aufzuhalten, also, ich stelle mir schon die Titel vor, die er erfinden wird, um den Menschen und der Nachwelt seine Größe zu verkünden, wie ein neuer Nebukadnezar: Wir, Napoleon, Statthalter Gottes, Mohammed der Welt, Kaiser Europas, Schutzherr Deutschlands, Großer Typograph und Schatzmeister des empirischen Universums …« Alle lachten, aber es lag etwas Trunkenes in diesem Lachen, etwas so unterschwellig Unheilvolles, daß selbst Goethe, obwohl er tüchtig getrunken hatte, es bemerkte und plötzlich schwieg; und da hörten alle zu lachen auf, als schämten sie sich ihrer Heiterkeit.

Die Unterhaltung wurde dann noch lange bis in die tiefe Nacht hinein fortgesetzt, auch wenn man von Unterhaltung eigentlich nicht sprechen kann, sondern eher von Monolog, da niemand Lust hatte, seine eigene Beredsamkeit mit der funkelnden des Dichters zu messen, und alle ihm so schweigend zuhörten, in schwärmerische Bewunderung versunken wie Prinz Louis, oder letztlich recht gelangweilt, auch wenn der Anstand es verbot, es zu zeigen. Wenn man sich in Gesellschaft befindet und aus dem einen oder anderen Grund gezwungen ist zu schweigen und zuzuhören, passiert es, wie ich schon öfter beobachtet habe, daß man mehr als sonst trinkt; und so war es in dieser Nacht mit fast allen Anwesenden. Prinz Louis trank wie gewohnt, ohne sich irgendwelchen Zwang anzutun, und zum ersten Mal, seit ich ihn kenne, sah ich ihn vom Champagner überwältigt: Mit einem Mal wurde er blaß, biß sich auf die Lippen, stand, ohne sich zu entschuligen, auf und verließ überstürzt den Raum. Niemand schenkte dieser unerwarteten Flucht Beachtung, da die deutsche Etikette es den Tischgästen in weiser Voraussicht erlaubt, sich zurückzuziehen, wenn sie nicht anders können, um den Magen von einer unangenehmen Last zu befreien. Dennoch schwieg Goethe mit jenem Feingefühl, das er seinen Tischnachbarn gegenüber so wenig bewiesen hatte, nach ein paar Minuten, gähnte und erklärte, es sei Zeit, schlafen zu gehen, und so löste die Gesellschaft sich auf.

An der Tür blieben der Dichter und ich, unsicher, wer den Vortritt erhalten sollte, einen Augenblick stehen, und da erschien Prinz Louis wieder, erklärte, daß er bereit sei, von neuem mit dem Trinken zu beginnen, und zeigte sich ziemlich enttäuscht darüber, daß die Sitzung aufgehoben war. Goethe bestand mit väterlicher Ehrerbietung darauf, ihn ins Bett zu bringen, wie ein an die Launen der Prinzen gewohnter, alter Diener, der er tatsächlich ist, und Seine Hoheit ließ sich bis zur Tür seiner Gemächer bringen. Hier versanken wir erneut in der Diskussion, und so wenig Sympathie ich auch für den dichtenden Minister empfand, muß ich doch zugeben, daß seine Eloquenz mich einmal mehr bezauberte. Der Krieg verwandelt sich durch seine Worte, bis er die Züge einer kosmischen Kraft annimmt, welche die Welt, die wir kennen, hinwegfegt und durch eine neue, um so viel strahlendere Welt ersetzt, die von Kräften beherrscht wird, die uns unbekannt sind. »Bis vor wenigen Wochen hatte ich noch geglaubt, der Norden könnte politisch gefrieren und nicht in der Lava des Südens schmelzen. Noch diesen Winter hatte es so ausgesehen, als hätten diese vorübergehenden Hoffnungen, mit denen wir Philister uns schon seit vielen Jahren beruhigt haben, neue Nahrung bekommen. Die Welt brannte an allen Ecken; ganz Europa hatte sein Gesicht verändert; zu Meer und zu Lande gingen Städte und Flotten unter, aber Mittel- und Norddeutschland schienen verschont zu bleiben. Jetzt, da die heiße Asche, vom Wind getrieben, auf unsere Häuser zu fallen beginnt und der Himmel über unseren Köpfen schwarz wie die Hölle wird, meine ich zu verstehen, wie die Einwohner von Pompeji sich gefühlt haben müssen, als ihnen all die Vorzeichen, die sie ignoriert, und die Seher, die sie verhöhnt hatten, wieder einfielen.«

So hörten wir ihm also weiter zu, in der Dunkelheit stehend, bis der Prinz lachte und sagte, es gebe Nächte, in denen man die Götter beleidige, wenn man auf die Vernunft höre; und anstatt ins Bett zu gehen, lud er uns in sein Zimmer ein, wo wir bis zum Morgen tranken. Der Prinz wollte Uhde wecken, der, während er auf seinen Herrn gewartet hatte, auf dem Diwan eingeschlafen war, damit er einen Punsch bereite. »Wenn Euer Hoheit erlauben, würde ich lieber meine Kenntnis des Schlosses und seiner Weinkeller nutzen«, wandte Goethe mit einem geheimnisvollen Lächeln ein. Dann rief er einen Diener und flüsterte ihm ein paar Worte ins Ohr, und dieser kam nach kurzer Zeit mit sechs Flaschen Chambertin zurück. »Der Händler aus Dijon, bei dem Seine Durchlaucht seinen Wein kauft, hat uns versichert, daß dies der Lieblingswein Napoleons ist, daher denke ich, daß man nichts Besseres finden kann, um den Feldzug zu eröffnen«, lächelte Goethe. Dann wandte er sich, vielleicht weil es ihm leid tat, daß er mich den ganzen Abend über so kühl behandelt hatte, mir zu und fragte mich, ob wir in Amerika Wein erzeugen würden. »Sehr wenig«, antwortete ich ihm, »aber es gibt Grund zu der Annahme, daß eines Tages diese Kultur auch bei uns gedeihen wird; ja, wenn die Arbeitskräfte erst einmal weniger teuer sein werden und wir an etwas anderes als Getreide denken können, werden wir Europa in der Qualität unserer Weine sogar übertreffen.« »Und wie, bitte?« Da dies ein Thema war, über das ich mir bereits meine Gedanken gemacht hatte, war ich in der Lage, eine Behauptung zu untermauern, die auf den ersten Blick verwegen scheinen konnte. »Nun, man braucht sich nur die Armut der Bauern auf dem Kontinent anzusehen und sie mit dem Wohlstand der amerikanischen Landwirte zu vergleichen, um das zu verstehen. Die weinerzeugenden Länder Europas treiben in einen Zustand solcher Ignoranz und solchen Aberglaubens, daß sie nicht in der Lage sein werden, die Qualität ihrer Weine durch Versuche zu verbessern, wie dies dagegen in einem aufgeklärten und unternehmungslustigen Land wie Amerika der Fall sein würde. Wenn man die französische Rebe beispielsweise mit unserer Fox-Rebe kreuzt, würde man eine ausgezeichnete Sorte erhalten.« Der Prinz und der Dichter folgten diesem Argument mit Interesse und stärkten sich dabei mit großen Schlucken Burgunder, so daß die ersten drei Flaschen in kürzester Zeit geleert waren; die übrigen hielten allerdings länger stand. Ich habe niemals so ausdauernde Trinker gesehen und gebe aufrichtig zu, daß ich sofort darauf verzichtete, mit ihnen mitzuhalten; ja, nachdem ich mein Plädoyer zur Verteidigung unserer zukünftigen Weine beendet hatte, begann ich sogar, nur mit einem Ohr zuzuhören und von Zeit zu Zeit einen Schluck zu trinken, um zu zeigen, daß ich nicht ganz eingeschlafen war, um schließlich vor mich hin zu dösen. Erst beim Morgengrauen wurde ich wieder munter, als die ersten Sonnenstrahlen durch das Fenster drangen und sich in unseren Gläsern spiegelten. Goethe hatte sich sein Glas gerade wieder mit dem gefüllt, was in der letzten Flasche geblieben war, und beobachtete fasziniert die seltsamen Reflexe des Lichts durch das Glas und das Getränk. Weder ich noch der Prinz waren in der Lage zu reden, so daß er etliche Minuten schweigend dasitzen konnte. Ganz offenkundig gelang es ihm nicht, seinen Geist von dem feinen Strahl abzuwenden, der sich in dem Glas brach, und an seinem finsteren, fast strengen Ausdruck konnte man erkennen, daß er eine anstrengende Beobachtung durchführte. Schließlich stellte er das Glas ab, kramte in seinen Taschen, blickte ungeduldig um sich, sah, daß der Prinz und ich ihn mit blöden Augen anstarrten, und ging ohne ein Wort aus dem Zimmer. Einen Augenblick später war er mit einem in Maroquinleder gebundenen Heft zurück, setzte sich an den Schreibtisch des Prinzen und notierte sich rasch etwas. Als er fertig war, schloß er das Heft und steckte es in die Tasche, dann warf er uns einen entschuldigenden Blick zu. »Vergeben Sie mir, Freunde, aber ich konnte dem Wunsch nicht widerstehen, die Beobachtung zu notieren, die ich eben von der Brechung des Lichts gemacht habe. Sie wissen vielleicht, daß diese Studien den Geist aus den unendlichen Niederungen unserer alltäglichen Sorgen erheben können. Glücklich der, dem eine edle Leidenschaft das Herz entflammt!«

Sonntag, 5. Oktober

Ich weiß nicht, wie ich heute nacht in mein Bett gekommen bin; das letzte, woran ich mich erinnere, ist Goethe, der wie behext die Brechung des Lichts im Chambertin anstarrt, als die ersten Sonnenstrahlen ins Zimmer von Prinz Louis dringen. Als ich wieder einen Schimmer von Bewußtsein erlangte, lag ich im Nachthemd in meinem Bett, obwohl das Federbett und alle Kissen auf den Boden geschleudert waren. Ich läutete, um Will zu rufen, und dieser antwortete mir, als ich ihn nach der Uhrzeit fragte, mit einem Hauch von Unverschämtheit, daß es bereits Mittag vorbei sei. Es kam mir so vor, als hörte ich eine ferne Musik, die weder von den Glocken der Kirchen noch von den Pfeifen und Trommeln der Regimenter herrührte. Da ich aber Mühe hatte, mich auf den Beinen zu halten, und das Tageslicht sowie Wills Stimme mich furchtbar störten, hielt ich das ebenfalls für eine Wirkung des Weins. Kaum war ich jedoch angezogen, riß ich die Tür des Zimmers auf und stellte fest, daß eine Violine spielte und die Musik von irgendwoher aus dem Schloß kam. Ich ging ins Eßzimmer hinunter und fand dort den Prinzen und Dussek, die in Nachthemd und Hausschuhen spielten. Wie ich von der Melodie angelockt, waren zahlreiche Offiziere und Diener in den Raum gekommen und hörten zu. Der Kontrast zwischen den Uniformen der Offiziere, den betreßten Livreen der Lakaien und der zwanglosen Kleidung der Geiger schien niemanden zu überraschen, und insbesondere der Prinz schien nicht im mindesten *gêné* und spielte so lange weiter, bis das Frühstück bereit war. Wenn man spät in der Nacht schlafen geht und gezwungen ist, früh aufzustehen, gibt es beim Aufwachen nichts Besseres als ein Gläschen Schnaps und ein kaltes Frühstück mit Schinken oder Pâté, um wieder zu Kräften zu kommen und den Schlaf zu verscheuchen, und ich stellte mit Freude fest, daß die Diener Seiner Hoheit den Tisch gemäß dieser Philosophie gedeckt hatten. Während wir aßen, teilte ich meine Absicht mit, heute nach Erfurt aufzubrechen, wo der Herzog von Braunschweig sein Hauptquartier aufgeschlagen hat und wo der König und die Königin gestern eingetroffen sind. Prinz Louis schlug, während er in eine geröstete Scheibe Brot biß, vor, mich zu Pferd bis nach Weimar zu begleiten, »um die Pferde zu bewegen und damit nicht auch ich bei dieser verwünschten Schreibarbeit vermodere, denn sonst werde ich noch in den Papieren ersticken!«. Daher schwangen wir uns, kaum daß wir mit dem Frühstück fertig waren, in den Sattel, und ich überließ es Will und dem Kutscher, die Koffer zu packen und in Erfurt wieder zu mir zu stoßen.

Als wir am Wirtshaus »Zum Halbmond« vorbeikamen, wurde uns das Privileg zuteil, die Studenten von Jena in natura bei ihrem täglichen Zeitvertreib zu beobachten, nämlich sich mit billigem Bier zu betrinken, wobei sie jedoch in die besondere Festtracht, die den sonntäglichen Prassereien vorbehalten ist, gekleidet sind. Junge Burschen mit langen Haaren, in militärisch geschnittenen und reich mit Gold bestickten Fräcken, Schulterklappen, Stiefeln, Sporen und langen Säbeln an der Seite saßen an allen Tischen Ellbogen an Ellbogen so zahlreich, daß der Wirt bis an die Tür Bänke hatte aufstellen lassen und das Bier direkt auf der Straße servierte. Fast alle hatten auf den Knien, und manche auch auf dem Kopf, mit bunten Federn geschmückte Lederhelme, die aus einem Theaterfundus zu stammen schienen und jene blonden Teutonen wie antike Römer aussehen ließen. Die wenigen Soldaten, denen es gelungen war, in dem Wirtshaus einen Platz zu finden, und die so etwas zum größten Teil noch nie gesehen hatten, betrachteten sie verstohlen und mit leichter Besorgnis, und mehr als ein Unteroffizier kräuselte sich nachdenklich den Schnurrbart, während er sie beobachtete, und fragte sich ganz offensichtlich, ob er sie nicht verhaften sollte. Die Studenten jedoch, die um diese Zeit schon mehr als einen Krug hinuntergestürzt haben mußten, bezeugten diesen verblüfften Kriegern die herzlichste Freundschaft und versicherten ihnen, daß sie ihnen falls nötig zur Hand gehen würden, um die Franzosen zu verjagen. »Was meinen Sie, gehen wir hinein und trinken eine Flasche? Dieser Staub macht durstig!« rief der Prinz, und ohne weiter nachzudenken, stieg er vom Pferd und betrat das Wirtshaus. Er trug einen Spenzer ohne Orden, so daß jeder ihn für einen Oberleutnant halten konnte; und auch ich war in Reisekleidung, die obendrein bereits ein wenig staubig war. Als wir beim Wirt eine Flasche Champagner bestellten, musterte er uns einen Augenblick, als frage er sich, ob wir sie auch bezahlen könnten; dann mußte er sich dank eines unsichtbaren Indizes, das den Wirten niemals entgeht, wohl dafür entschieden haben, denn er brachte uns, was wir bestellt hatten. Wir tranken im Stehen am Schanktisch, und die ganze Sache dauerte nicht lange, denn der Prinz braucht nicht mehr als fünf Minuten, um eine Flasche leer zu machen, selbst ohne Hilfe; und diese war für ihn bereits die vierte, da ich ihn schon beim Frühstück drei hatte leeren sehen, ohne daß all dieser Wein auch nur die geringste sichbare Wirkung auf seinen Organismus hatte.

Die Reise von Jena nach Weimar ist eigentlich nur ein angenehmer Spazierritt durch sanfte Hügel und Wälder in herbstlichen Farben. Für die Jahreszeit ist es wieder ungewöhnlich mild geworden; es ist nicht kalt, und seit zwei Tagen ist am Himmel keine Wolke zu sehen. Die erholsame Schönheit der Natur steht allerdings in Kontrast zur Armut der Bauern, die auf den

Feldern keine andere Kleidung als geflickte Jacken und Hosen aus grobem Leinen mit deckellosen Strohhüten tragen. Männer und Frauen ernten die Kartoffeln, die den ganzen Winter über ihre Hauptnahrung bilden werden, und diese Arbeit beschäftigt sie weit mehr als der Krieg, der in Kürze im Land ausgetragen werden wird. Weimar, die Stadt, deren Name jeder in Deutschland im Munde führt, der sich einbildet, etwas von Literatur und Theater zu verstehen, die Hauptstadt des deutschen Geistes sowie eines Herzogtums, das weniger Einwohner hat als Baltimore, ist ein elendes Loch mit verrußten und baufälligen Häusern, mit Straßen, die in einem so schlechten Zustand sind, daß alle Augenblicke ein mit Brot oder Bier für die Soldaten beladener Wagen, ein Munitionskarren der Artillerie oder eine Ambulanz auf dem Weg zum Krankenhaus im Schlamm steckenbleibt und die Kutschen am Weiterfahren hindert, und wo die Häuser enger aneinanderrücken, sogar die Fußgänger. Die preußischen und sächsischen Soldaten trinken in den Wirtshäusern brüderlich miteinander und raufen bei jeder Gelegenheit, Blaue gegen Weiße, so daß die guten Bürger sich vorsichtshalber in ihre Häuser zurückgezogen haben, in denen sie, glaube ich, so lange bleiben wollen, bis Gott Mars seine Söhne woandershin geführt haben wird. Die einzigen Zivilisten, die sich mit erhobenem Haupt auf die Straße wagen, sind auch hier die Studenten, von denen viele sonntags in Jena ein Pferd zu mieten und einen Spazierritt in die Hauptstadt zu machen pflegen, wo man sie übrigens sehr gern sieht, weil, wenn sie nicht kommen, das Theater leer bleibt und die Gastwirte magere Geschäfte machen. Schon auf der Hauptstraße hatten wir, der Prinz und ich, Gelegenheit gehabt, einige dieser improvisierten Zentauren zu überholen und über ihre Ausrüstung wie ihre Reitkunst zu lachen. »Ich glaube«, sagte der Prinz höhnisch, »daß die Stürze vom Pferd unter den im Herzogtum registrierten Todesursachen den Ehrenplatz einnehmen«, und es ist tatsächlich schwierig, unerfahreneren Reitern oder erbärmlicheren Kleppern zu begegnen. Und doch reiten sie unerschrocken in halsbrecherischem Galopp auf den Marktplatz, sich auf den ausgemergelten Tieren, welche die Philister von Jena ihnen vermietet haben, mühsam im Sattel haltend, und hochnäsig an den Soldaten des Herzogs von Weimar vorbei, die sie wegen ihrer grünen Uniformen Laubfrösche nennen und die sie auf das herzlichste verachten, obwohl sie auf dem Grunde ihres Herzens stets fürchten, verhaftet oder, wie sie sagen, abgeschleppt zu werden, falls der studentische Übermut die vom Gesetz zugestandenen Grenzen überschreitet.

Im Augenblick des Abschieds verdarb ein unvorhergesehener Zwischenfall die gute Laune des Prinzen. Wir befanden uns außerhalb der Mauern Weimars, dort, wo man auf die Straße nach Erfurt kommt, und ich weiß nicht, warum ich ihm ein niedriges und langgestrecktes Gebäude aus großen Glasfenstern, einem Treibhaus oder einer *Orangerie* ähnlich, zeigte. »Ich wußte gar nicht, daß der Herzog diesen Pavillon hat errichten lassen«, rief er als Antwort auf meine Frage. »Reiten wir doch hin und fragen wir, worum es sich handelt«, fügte er hinzu, von plötzlicher Neugier getrieben. Nachdem wir vom Pferd gestiegen waren, klopften wir am ersten Glasfenster. Ein alter Mann in Zivilkleidung kam heraus, der sich, nachdem er erfahren hatte, mit wem er es zu tun hatte, bis zur Erde verneigte, sich als Doktor Möbius, erster Physiker der Herzogs, vorstellte und sich mehr als bereit erklärte, unsere Neugier zu befriedigen. »Dies«, verkündete er feierlich, »ist das neue Totenhaus. Eine philanthropische Gesellschaft hat es auf eigene Kosten errichten lassen, und Seine Durchlaucht hat sich in seinem Edelmut großzügig an dem Unternehmen beteiligt. Es ist das vollkommenste Modell seiner Art in Deutschland und vielleicht in der Welt.« Ich persönlich war nicht allzu interessiert, meine Kenntnisse diesbezüglich zu vertiefen, aber ich hätte das gleiche nicht vom Prinzen sagen können, der seltsam beeindruckt schien. »Wollen wir die Einrichtung besichtigen?« sagte er zu mir und nahm mich mit einem Ernst beim Arm, der zu seiner gewöhnlichen Heiterkeit in Kontrast stand. Der alte Doktor, glücklich über die Gelegenheit, beeilte sich, uns voranzugehen und uns die Vorzüge des Instituts zu erläutern. Das Gebäude bestand hauptsächlich aus einer hellen Galerie, in der etliche alte Tische in einer Reihe standen;

auf manchen lagen anständig gekleidete Leichen von Männern und Frauen; die Sonne, die gegen die Scheiben brannte, erwärmte die Luft und verstärkte einen süßlichen Geruch, gegen den vergeblich große Töpfe ankämpften, die Orangen- und Zitronenbäume enthielten. »Der Raum«, erklärte der Doktor mit Genugtuung, »wird im Winter durch ein System von Röhren unter dem Boden geheizt und kann bis zu acht Leichen aufnehmen. Ein Mann, der dafür bezahlt wird, wacht über sie, bis die ersten Zeichen der Verwesung auftreten; erst dann werden sie beerdigt, in der Sicherheit, einen nicht wiedergutzumachenden Irrtum vermieden zu haben.« »Ja«, kommentierte ich, ohne recht zu wissen, was ich auf einen so seltsamen Vortrag antworten sollte, »man liest von vielen Fällen lebendig Begrabener!« »Das ist wahr!« stimmte der Prinz energisch zu, mit einem Ernst, der mich noch mehr überraschte. »Von Kindheit an«, fuhr Seine Hoheit fort, »verursachten diese Erzählungen mir Krämpfe, und mehr als einmal wachte ich schweißgebadet auf, weil ich geträumt hatte, lebendig in einem Grab eingeschlossen worden zu sein.« »Genau deswegen ist diese Einrichtung ja geschaffen worden!« rief der Doktor. »Hier hat jede Leiche eine Schnur um Handgelenke und Knöchel gebunden, die mit einer Glocke im Nachbarzimmer verbunden ist, in dem der Wächter wohnt. Dieser bekommt die geringste Bewegung seiner Pensionäre mit und verfügt über eine kleine Küche und ein Badezimmer, um demjenigen, der aufwacht, zu Hilfe zu kommen. Bei jeder Auferstehung erhält er eine Prämie.« Der Prinz war wirklich fasziniert von diesen Erklärungen. »Stellen Sie sich vor, wie nützlich ein Institut wie dieses in Berlin wäre, wo so viele Unglückliche, die, scheinbar zumindest, an Armut oder Auszehrung gestorben sind, hastig in ein Massengrab geworfen werden! Ich habe dem König schon mehrmals erklärt, wie zweckmäßig es wäre, auch in seinen Gebieten eine so humanitäre Reform durchzuführen. Er antwortete mir, daß dafür das Geld fehle.« »Ein entscheidendes Argument«, erlaubte ich mir zu bemerken, »und gerne von den Regierungen gebraucht.« Doch der Prinz fuhr fort, ohne mir zuzuhören. »Zwar hat das Oberste Medizinalkollegium vor Jahren eine detaillierte Anweisung über das Verfahren veröffentlicht, das im Falle eines Todesverdachts anzuwenden ist; darin wird geraten, Pfeffer oder Salzwasser in den Mund des Toten einzuspritzen, ihm ein Klistier aus Salz oder Tabak zu machen, die Geschlechtsteile in kaltes Wasser zu tauchen oder besser noch den ganzen Körper in heißen Wein, in Bier, in Essig, in Salzwasser oder in Lauge zu tauchen und kräftig abzureiben, wobei letzteres eine Methode ist, die sich besonders bei Kindern empfiehlt, während es bei Erwachsenen sicherer ist, Ammoniak in die Nase einzuführen. Aber das sind, wie Sie sehen, kostspielige Methoden, die nicht allen zugänglich sind!«

Der Augenblick des Aufbruchs war gekommen, doch der Prinz verweilte immer noch in dem Saal. Er näherte sich einem Tisch, auf dem der Leichnam einer jungen, offensichtlich dreißigjährigen Frau lag, und betrachtete sie lange. Die Angestellten der Einrichtung hatten ihr Bestes gegeben, indem sie die Gliedmaßen wieder in die richtige Position gebracht hatten, ohne aber die entsetzliche Verkrampfung der Gesichtszüge durch den Tod beseitigen zu können. »Wenn ich denke«, sagte der Prinz langsam, »daß eine Kanonen- oder sogar eine Gewehrkugel, eine Unze Blei so groß wie mein Fingernagel, einem lebendigen Körper so etwas antun kann …«, und er verstummte. Es mißfiel mir, mich von ihm unter dem Eindruck dieser wenig fröhlichen Gespräche zu verabschieden, so daß ich ihn an einem Arm nach draußen führte und wieder mit ihm aufs Pferd stieg. Bevor ich ihm die Hand drückte, wollte ich ihn noch um eine Vorhersage über die Ereignisse der nächsten Tage bitten. Ich glaubte, er sei immer noch wie vorgestern vom Erfolg überzeugt und warte ungeduldig darauf, endlich zu kämpfen. Aber sei es, daß Goethe ein paar unbedachte Worte entschlüpft waren, sei es, daß irgendeine andere Sorge in diesen zwei Tagen in seinem übermäßig sensiblen Gemüt aufgetaucht war, ich bemerkte an ihm eine unerwartete Besorgnis hinsichtlich des Ausgangs des Feldzugs. Wie es scheint, ist diese Fähigkeit, plötzlich von überschwenglicher Schwärmerei in Niedergeschlagenheit zu stürzen, im Charakter der Deutschen angelegt, und die Neigung zur Philosophie, die ihrer Natur eigen ist, läßt sie überall Abgründe von Unsicherheit sehen, vor denen sie bestürzt stehenbleiben, wo ein Franzose kaltblütig abwägen würde, während ein Engländer oder Amerikaner achselzuckend weiterginge und sich sagen würde: »Wir werden schon sehen.« Dazu neigend, wie es seinem Charakter entspricht, in allem insbesondere die tragische Seite wahrzunehmen, ist der Prinz überzeugt, daß sein Leben an einem entscheidenden Punkt angelangt ist; und je näher die Prüfung rückt, um so mehr weicht die Begeisterung einem Ansturm von Vorahnungen. »Wir kämpfen, um Europa von einem Alptraum zu befreien«, erklärte er nachdenklich. »Am Ende dieses Krieges warten Ruhm und Ehre auf uns, andernfalls werden die politische Freiheit und die liberalen Ideen auf lange Zeit erstickt und zerstört sein. Wie soll man nicht zittern, wenn man sich einer solchen Entscheidung nähert?« Ich tat mein Bestes, um ihm Mut zu machen, indem ich ihm sagte, daß wir uns vielleicht in Paris wiedersehen würden, und diese Vorhersage brachte ihn zum Lachen. »Ich nehme es im Guten«, fügte er hinzu, »da ich weiß, daß Sie mich kennen und nicht erwarten, mich dort als Gefangenen wiederzusehen, sondern nur als Eroberer.« Und mit dieser süßsauren Bemerkung wendete er sein Pferd, gab ihm die Sporen und war weg.

Nachdem ich Weimar und seine philanthropischen Einrichtungen hinter mir gelassen hatte, führte mich ein angenehmer, ich meine anfänglich angenehmer, Ritt nach Erfurt, einer Stadt, die einzigartig ist durch ihre äußerst schlechten Straßen, auf denen man weder zu Fuß gehen noch reiten noch mit der Kutsche fahren kann. Da die Stadt dem König von Preußen gehört, der aus Jena oder Weimar hierher gelangt, könnte man glauben, man sei in eine andere Welt geraten. Es gibt hier weder Studenten noch Gelehrte, aber eine Unmenge Soldaten, und statt Theatern und Bibliotheken werden den Reisenden die Festungen und der Dom gezeigt. Dieser ist eine sehr alte Kirche in schlechtem gotischem Stil; besser müßte man eigentlich sagen, daß es drei Kirchen sind, die zusammen auf eine Anhöhe gestellt und durch Passagen in überspanntem Stil verbunden worden sind. Es gibt darin Skulpturen und Flachreliefs mit verschiedenen Geschichten und Symbolen aus dem Alten Testament, die jedoch so grob und unproportioniert ausgeführt sind, daß man deutlich merkt, daß sie im frühesten Mittelalter gemeißelt worden sind. Ich persönlich hätte sie mir nicht am ersten Abend meines Aufenthalts in Erfurt angesehen, doch dank der tüchtigen Offiziere des Wohnungsamts fand ich eine Unterkunft genau im Schatten dieser Ruine, bei einem Domherren. Der brave Mann schien ziemlich verärgert darüber, daß ich mich bei ihm einquartierte, konnte aber nichts anderes tun, als zu knurren. Um sich zu rächen, wollte er mich in einem eiskalten Zimmer schlafen lassen, das monatelang unbewohnt gewesen sein mußte und in dem er natürlich nicht eingeheizt hatte. Als ich jedoch feststellte, daß der Ofen in seinem Zimmer brannte, verlangte ich, daß er auch in meinem heize, und machte ihm klar, daß ich das angesichts der fortgeschrittenen Jahreszeit nicht als einen Luxus, sondern als eine unumgängliche Notwendigkeit betrachte.

Sobald Graf Haugwitz von meiner Ankunft in Erfurt erfahren hatte, ließ er mich bitten, ihn aufzusuchen, was ich auch tat, obwohl es schon zehn Uhr abends war. Ich fand ihn wie beim ersten Mal am Schreibtisch sitzend, diesmal aber war der Tisch mit Akten bedeckt, und der Minister machte nicht den Eindruck, als sei diese Veränderung nach seinem Geschmack; zumindest war das erste, was er zu mir sagte, daß er in der Arbeit ersticke, und tatsächlich wirkte er außergewöhnlich niedergeschlagen. »Sehen Sie, was sie mit mir angestellt haben; vor zwei Uhr morgens werde ich damit nicht fertig sein!« Ich konnte der Versuchung nicht widerstehen zu bemerken, daß er sich, als wir das letzte Mal miteinander gesprochen hatten, nicht hatte vorstellen können, daß es so weit kommen würde. »Was wollen Sie machen!« erwiderte er. »Der entscheidende Augenblick ist gekommen. Der Krieg der Federn hat begonnen, und derjenige der Kanonen wird nicht auf sich warten lassen, denn wir haben erfahren, daß Napoleon in Würzburg ist.« Da ich nicht glaubte, daß er mich nur hatte kommen lassen, um mir dies mitzuteilen, versuchte ich ihn zum Sprechen zu bringen, und stellte schon sehr bald fest, daß Seine Exzellenz jetzt, da der Krieg Wirklichkeit zu werden droht, nichts leidenschaftlicher wünscht, als das Vertrauen Englands zurückzugewinnen; und da mit Gottes Hilfe der Abschluß des Vertrags zwischen den Vereinigten Staaten und England bevorsteht, hielt er es, als er von meiner Ankunft erfahren hatte, für angebracht, auch diesen Weg zu nutzen, um Einfluß auf das englische Kabinett auszuüben. Er sieht wohl wahrhaftig keinen anderen Ausweg mehr, wenn er zu dieser nächtlichen Stunde sich und seine Mitmenschen wegen einer so winzigen Hoffnung bemüht; denn ein kluger Politiker kann nicht wirklich glauben, daß die Regierung Seiner Majestät sich in seinen Entscheidungen von dem beeinflussen läßt, was den Vereinigten Staaten angenehm oder nicht angenehm sein mag. Tatsache ist, daß Graf Haugwitz mit jenem Anschein von Treuherzigkeit, den er sich so wunderbar zu geben versteht und den andere ohne weiteres als Unverschämtheit bezeichnen würden, ohne mit der Wimper zu zucken zugab, daß die ganze Welt Preußen in den letzten Monaten wegen der Doppeldeutigkeit seines Verhaltens kritisiert habe, die er selbst allerdings lediglich eine vorgeschützte Doppeldeutigkeit nennen würde. »Wenn es jemals eine Macht gegeben hat, die wir täuschen wollten, dann Frankreich!« rief er pathetisch. »Not macht erfinderisch; aber wir hatten immer das Wohl aller anderen im Blick. Seit langem waren wir überzeugt, daß der Friede und Napoleon zwei sich widersprechende Dinge sind; und doch hielten wir es für besser, uns mit einem Scheinfrieden abzufinden, und glauben Sie mir, wir hatten unsere Gründe. Vor allem«, erklärte er, nicht ohne die Stimme zu senken, obwohl wir allein im Zimmer waren und niemand uns hören konnte, »lehnte der König jeden Gedanken an Krieg entschieden ab und glaubte weiter daran, daß irgendein glückliches Ereignis jene gewaltige Macht so schnell zerstören würde, wie sie errichtet worden war. Und dann schien es nach all dem Unglück, das unsere Freunde getroffen hat, weise und notwendig, dem mittlerweile in die Enge getriebenen Europa eine letzte Möglichkeit offenzuhalten.«

Ich beglückwünschte ihn zu einer so weisen Politik, deren Auswirkungen, fügte ich hinzu, für alle deutlich sichtbar seien. Er schien mir einigermaßen mißtrauisch die Tragweite dieses Kompliments einzuschätzen, doch bevor er antworten konnte, machte ich ihm klar, daß die Welt trotz seiner Erklärungen Mühe gehabt hätte zu glauben, daß die Unterzeichnung eines Bündnisabkommens mit dem Usurpator in dessen Hauptstadt, die Besetzung Hannovers und weitere ähnliche Maßnahmen wirklich notwendig gewesen seien, um Bonaparte zu täuschen. »Ich wäre vielleicht ein voreiliger Ratgeber und ein unbesonnener Minister, aber wenn es wirklich keine Alternative zwischen einem solchen Verhalten und dem Krieg gegeben hätte, hätte ich dem König zum Krieg geraten.« Mit der größten Ruhe der Welt antwortete der Graf, daß »die Meinungen über so schwierige und komplizierte Probleme notwendigerweise auseinandergehen müssen«. Und als habe diese Antwort die Frage gelöst, bestätigte er, daß Preußen jetzt beabsichtige, den Krieg mit aller Kraft zu führen, daß der Hof in London ebenso wie diejenigen in Wien und Sankt Petersburg rechtzeitig von diesem Entschluß in Kenntnis gesetzt worden seien und daß er hoffe, daß auch die Regierung der Vereinigten Staaten einem Unternehmen ihre Unterstützung nicht verweigern werde, das, wie er sich auszudrücken beliebte, bestimmt sei, die Welt von einem Feind zu befreien, der nur allzu lange geduldet worden sei. Mit einer Verbeugung antwortete ich, daß das Handelsabkommen, das auszuhandeln meine Regierung mich beauftragt habe, mit Sicherheit eine andere Bedeutung haben werde, wenn die Regierung eines siegreichen Preußen es in einem endlich friedlichen und unabhängigen Europa unterzeichnen würde, und daß ich überaus erfreut sei, daß das Schicksal so gnädig sei, mir zu gestatten, den glücklichen Ausgang des Unternehmens im Hauptquartier Seiner Majestät abzuwarten. Dann ging ich, nach zahlreichen gegenseitigen Komplimenten, schlafen, mehr denn je erstaunt über die Doppelzüngigkeit von Graf Haugwitz und doch zufrieden darüber, wie die Dinge sich fügen.

Montag, 6. Oktober

In diesem Hauptquartier herrscht keineswegs eine so blutrünstige Stimmung, wie ich erwartet hatte; ja, verglichen mit dem, was ich in Jena gesehen und gehört hatte, kommt es mir so vor, als befände ich mich inmitten eines anderen Heeres. Vielleicht, weil hier in Erfurt, wie immer dort, wo die Minister sich unter die Generäle mischen, die politischen Erwägungen Vorrang vor den militärischen haben; und die preußische Politik ist trotz der Hoffnungen von Graf Haugwitz immer noch so verworren wie bisher. Heute vormittag machte ich dem König meine Aufwartung und bemerkte an ihm eine unglückselige Veränderung gegenüber den Tagen in Berlin. Damals gelang es diesem friedfertigen Mann, gezwungen, jeden Tag mit seinen Generälen und seinen eigenen Brüdern und Vettern zu kämpfen, um den Krieg abzuwenden, einen kriegerischen Ton anzunehmen und sich eines Monarchen würdig zu benehmen. Jetzt, da der Krieg unmittelbar bevorsteht, scheint seine ganze Energie bereits erloschen, und an die Stelle eines Königs ist ein verstörter Mann getreten, der in eine Uniform gekleidet ist, die er nicht zu tragen weiß, mit Auszeichnungen, die er nicht verdient hat. Ich wiederholte ihm, was ich gestern zu Haugwitz gesagt hatte, und fügte hinzu, daß die Regierung der Vereinigten Staaten glücklich wäre, wenn sie aus meinen nächsten Depeschen von den preußischen Erfolgen erfahren würde. Er dankte mir, ohne mir ins Gesicht zu blicken, dann fragte er mich, wo ich untergebracht sei. »Im Haus des Domherrn Spitzelmacher«, antwortete ich. »Es tut mir leid, Ihnen keine weniger unbequeme Unterbringung anbieten zu können«, bemerkte er, »aber Sie sehen ja, unter welchen Umständen wir alle leben. Ich will allerdings nicht, daß Sie Hungers sterben, denn es ist ja bekannt, daß diese katholischen Geistlichen die Verpflichtungen nicht gern sehen, die die Interessen des Staates ihnen wie allen anderen Bürgern auferlegen, und ich glaube nicht, daß Sie an der Tafel des Domherrn so bewirtet werden, wie es sich ziemt. Erlauben Sie mir daher, Sie mittags und abends an meine Tafel einzuladen. Das ist alles, was ich im

Augenblick für den Vertreter eines Landes tun kann, mit dem ich die herzlichsten Beziehungen zu unterhalten wünsche, aber bekanntlich ist der Krieg ja eine ganz erbärmliche Sache!« Diese nicht etwa in leichtem, scherzhaftem, sondern eher in ernstem Ton, einer Meditation ähnlich, gehaltene Rede schien mir nicht gerade dem Herrn und Gebieter einer Militärmonarchie angemessen; aber im übrigen kann sich der König, seit er beschlossen hat, nicht selbst den Oberbefehl über das Heer zu übernehmen, und ihn dem Herzog von Braunschweig übertragen hat, nicht mehr wirklich als der Gebieter betrachten. Die Einladung an seine Tafel jedenfalls war mir durchaus willkommen, da mir bereits der Verdacht gekommen war, daß die Mahlzeiten des Domherrn Spitzelmacher absolut nicht nach meinem Geschmack sein würden, ja, daß sie mir sogar in der Erinnerung die polnischen Mahlzeiten als märchenhafte Banketts würden erscheinen lassen.

Pünktlich um sieben fand ich mich im Palast des Bischofs ein, in dem der König und die Minister untergebracht sind. Hier ißt man zu Abend, sobald es dunkel wird, da alle im Morgengrauen aufstehen und um zehn bereits schlafen gehen. Der Krieg ist wirklich eine ziemlich beschwerliche Angelegenheit, und ich danke Gott, daß ich in einem so wenig militärischen Land wie den Vereinigten Staaten geboren worden bin! Bei Tisch ließ der Majordomus mich neben einem Offizier Platz nehmen, den ich nicht kannte, gekleidet in die grüne Uniform der Jäger, die er allerdings auf ungewöhnlich unelegante Weise trug: Die Knöpfe der Aufschläge standen offen, und die Krawatte war schlecht gebunden und voller Tabakflecke. Die Königin, fröhlich, als befände sie sich auf einem Berliner Fest, saß dem *souper* vor und diskutierte lebhaft mit Minister Lombard, der im Gegensatz zu ihr widerborstiger und mutloser denn je wirkte. »Es muß, muß gutgehen!« wiederholte die Königin immer wieder. »Der Soldat ist niemals so voller Haß auf den Feind gewesen. Und nicht nur der Soldat, sondern die ganze Nation dankt dem König und segnet ihn für die Entscheidung, die er getroffen hat. Wenn Sie gesehen hätten, wie die Bauern auf unserer Reise von Berlin angelaufen kamen und sich um die Kutsche des Königs scharten, um die Schöße seines Gewandes zu küssen und ihm alles, was sie besaßen, für die gute Sache zu schenken, und sie sprachen genau so, stellen Sie sich das vor, Bauern, die von der guten Sache sprechen!« Lombard hörte zu und schwieg maulfaul. Ich dagegen hielt es für angebracht, das Eis mit meinem Nachbarn zu brechen, und wagte eine Bemerkung über die Armut Ihrer Majestät. Der Mann sah mich von der Seite unter den dicken Augenbrauen an, schwieg lange und brummte dann widerwillig: »Meinen Sie?« Mein Erstaunen über diese Bemerkung muß ihn veranlaßt haben weiterzusprechen, da er, die Stimme senkend, damit die anderen Gäste ihn nicht hören konnten, fortfuhr: »Ich weiß nicht, ob Sie auf den Geist anspielen, den Ihre Majestät jeden Abend an dieser Tafel beweist, oder auf die Schönheit ihrer Gestalt, die bezaubernd zu finden heute Mode ist. Im ersten Fall mache ich Sie darauf aufmerksam, daß so viel Geist unter diesen Umständen unangebracht ist und daß die Königin besser mit ihren Gesellschaftsdamen in Charlottenburg geblieben wäre und es wenigstens einmal zugelassen hätte, daß der König allein zurechtkommt. Im zweiten Fall frage ich Sie, ob die allgemeine Schwärmerei Sie so blind gemacht hat, daß Sie nicht bemerkt haben, daß ihre Hände zu kräftig und ihre Beine entschieden häßlich sind.« Unmittelbar nach diesem ungewöhnlichen Vortrag stellte mein Nachbar sich vor, und so erfuhr ich, daß ich neben Oberst Yorck saß, einem der berühmtesten Offiziere des Heeres. Dieser war mir als einer jener Männer beschrieben worden, die jedem ihre Meinung sagen und sich etwas darauf zugute halten, die Verstellung nicht zu kennen, was sie unter dem Deckmantel der Offenheit und Ehrlichkeit zur Grobheit und üblen Nachrede berechtigt; ich lächelte, als ich die Richtigkeit der Beschreibung feststellte.

Vom Äußeren her ist der Oberst ein dickbäuchiger Mann, der früh Geheimratsecken bekommen hat; eine gewisse Grobheit seiner Gesichtszüge verrät die bäuerliche Herkunft, und tatsächlich ist allgemein bekannt, daß sein Vater, ein Infanteriehauptmann, der erste in der Familie gewesen ist, der in den Adelsstand erhoben wurde. Nachdem ich erfahren hatte, mit wem ich es zu tun hatte, war ich auf eine Unterhaltung gefaßt, die sich um langweilige Details militärischer Taktik oder bestenfalls um Vorzimmerklatsch drehen würde; aber da täuschte ich mich. Als er erfuhr, daß ich Amerikaner war, wischte der Oberst sich den Mund mit dem Tischtuch ab, trank einen Schluck Wein und beugte sich dann, ohne auf die Speisen zu achten, mit denen die Diener ihm den Teller füllten, zu mir herüber und erklärte: »Ich kenne Ihr Land recht wenig, aber man sagt mir, daß man dort große Reichtümer ansammeln kann. Ihre Bauern und Züchter müssen ganz offensichtlich gelernt haben, sich mit Erfolg gegen die Indianer zu verteidigen.« Ich versicherte ihm, daß die Wilden im Osten keine Gefahr mehr darstellten und daß in den Westen nur Leute vordringen würden, die zu verzweifelt seien, um jemals eine Gefahr für die Indianer zu sein, eher umgekehrt. »Und die Neger?« fuhr er unerwartet fort. »Man sagt mir, daß sie in großen Teilen des Landes zahlreicher als die Weißen sind.« »In New York, wo ich lebe, und ganz allgemein in den Städten findet man sie nur unter der Dienerschaft. Aber es stimmt, daß sie im Süden in großer Zahl für die Baumwoll- und Tabakernte verwendet werden.« »Und fürchten Sie nicht eines Tages einen Aufstand dieser Hausfeinde? Um ihn zu vermeiden, müßten alle Weißen bewaffnet sein und die Neger nicht; man dürfte die eigenen Neger niemals auf die Jagd mitnehmen, nicht einmal, um die Gewehre zu tragen, da sie rasch lernen könnten, sie zu benutzen; und es wäre auch gut, wenn jeder Eigentümer Spione unter seinen Negern hätte, auf die er sich blind verlassen kann, um über alles informiert zu sein, was in ihren Schlafsälen ausgeheckt werden könnte.« Als er damit fertig war, mir unaufgefordert Ratschläge zu geben, fragte ich ihn, woher dieses Interesse für solche Fragen komme. Und so erfuhr ich, daß er in seiner Jugend infolge irgendeines Zwischenfalls gezwungen gewesen war, aus der preußischen Armee auszuscheiden, um Offizier im holländischen Heer zu werden, und daß er drei Jahre in der Kolonie von Kapland gedient hatte, die damals, vor mehr als zwanzig Jahren, gerade von den Holländern besiedelt wurde. »Ich hätte mich, wenn ich gewollt hätte, selbst dort ansiedeln können. Das Land stand allen zur Verfügung, und heute«, seufzte er, »wäre ich ein reicher Mann, mit zehntausend Stück Vieh und so viel Land, wie ein berittener Trupp überwachen kann.« Natürlich mußte man, da das Land wirklich allen zur Verfügung stand, zuerst die Neger verjagen, die seit Adams Zeiten dort wohnten, und der Oberst muß sich vor allem hierbei hervorgetan haben. Er erzählt wehmütig von den Streifzügen, die sie gegen die Buschmänner geführt hatten, von den Wintern, die sie im Zelt im *veld* verbracht hatten, von Tagen, an denen es zu kalt war, um sich vom Feuer zu entfernen, an denen das Wasser im Faß gefror und es nichts als Zwieback und Hammelfleisch zu essen gab; eine Lebensweise, die den abgehärtetsten Jäger entmutigen würde, aber sie jagten Menschen. »Etwas anderes blieb ihnen gar nicht übrig, denn sonst hätten sich die Buschmänner alles genommen. Es gab da einen Bekannten von mir, Familienvater und guter Christ, dem sie die Schafe nahmen und aus dessen Fluß sie tranken. Der Holländer stellte ein Gewehr hinter den Felsen, die die Quelle umgaben, auf, lud es mit Kartätschen, band eine Schnur, die unter dem Sand verborgen war, mit dem einen Ende an den Abzug und mit dem anderen an einen Tabaksbeutel, da die Buschmänner bekanntlich wie die Holländer ganz verrückt nach Tabak sind. Am nächsten Morgen hörte er eine Explosion und ging nachschauen. Das Gewehr hatte einem Buschmann das Gesicht weggerissen und seine Frau so schwer verletzt, daß sie sich nicht mehr bewegen konnte. *Mynheer* hängte den Mann an einem Baum auf und pfählte die Frau mit einem Pflock und ließ sie als Warnung dort.« »Ich habe Mühe zu glauben«, bemerkte ich, »daß ein friedliches Volk wie die Holländer immer noch solche Männer hervorbringt. Vielleicht ähnelten jene braven Leute zur Zeit von Marten Tromp Ihrem Freund, aber heute sind sie doch sehr ruhig!« Der Oberst erwiderte ernst, daß die Männer unter der Sonne Afrikas ihre Gewohnheiten ändern, und es ist möglich, daß daran etwas Wahres ist. Dann erklärte er mir, wie die Holländer in Kapland ihren Krieg oder ihre Jagd, wie er nicht müde wurde zu wiederholen, gegen jene unbequemen Nachbarn führen: Im allgemeinen werden die Buschmänner zu Pferd gejagt, wobei man versucht, eine ihrer Banden ins Freie zu treiben, so wie man den Schakal jagt. »Das ist eine ausgezeichnete Methode«, schloß er, »und daher kann das Land sich jetzt von der Bedrohung durch sie so gut wie befreit betrachten.« »Aber warum sind Sie denn dann«, fragte ich, »nicht nach Kapland gegangen?« »Ach! Das Klima bekam mir nicht«, antwortete er. »Ich habe meine Kompanie verkauft und bin nach Hause zurückgekehrt. Und dann, was wollen Sie machen, wenn man als preußischer Soldat geboren worden ist, muß man auch als preußischer Soldat sterben!« Als der Augenblick gekommen war, uns zu verabschieden, holte der Oberst aus einer Tasche der Weste eine kleine Kristallampulle, goß daraus wenige Tropfen in sein Glas, in dem noch ein Rest Wein war, und leerte es in einem Schluck. »Das ist Opium«, erklärte er, da er sah, daß ich ihn neugierig beobachtete. »Ich bin gezwungen, jeden Abend welches zu nehmen, um ein wenig Schlaf zu bekommen, da die Gicht mich entsetzlich plagt.« Dann erhob er sich mühsam, da er sehr korpulent ist, wünschte mir eine gute Nacht und zog sich zurück.

Als ich nach Hause zurückkehrte, näherte sich mir in einer schlecht beleuchteten Gasse ein recht anmutiges Mädchen, das mich bei den Händen nahm und begann, mir die verlockendsten Versprechungen zu machen, um mich zu überreden, mit zu ihr hinaufzugehen. Sie war blond, ganz weiß gekleidet, mit einem Strohhütchen nach der letzten Mode, Schuhen mit hohen Absätzen und ebenfalls weißen Seidenstrümpfen; man hätte sie für die Tochter eines Notars oder eines Kaufmanns halten können, wenn das Dekolleté nicht die Brüste bis zu den Brustwarzen zur Schau gestellt hätte. Da sie sich auf die wollüstigste Weise an mich drückte und mich liebkoste, war ich schon nahe dran, ihr zu folgen, als sich aus dem Dunkel ein Mann mit Schirmmütze löste, mich am Arm nahm und laut sagte: »Geh nicht mit der ins Bett, sie hat den Tripper!« Unbewußt erhob ich den Stock, und der Mann trat zwei Schritte zurück, aber im selben Augenblick begann das Mädchen, das auf mich so sanft und zärtlich gewirkt hatte, ihn aufs gröbste zu beschimpfen. Dann drehte sie sich wieder zu mir um, wie eine Viper, und schrie mich in einem Ton und einer Sprache an, die sich erheblich anders als noch einen Augenblick zuvor anhörten: »Dann verschwinde doch, du Schwein, Mörder!« Und fürchtend, der Mann könne sie einholen, machte sie sich aus dem Staub, ohne auf den Schlamm zu achten, der ihre weißen Schuhe beschmutzte.

Der Mann kam näher; er war sehr jung und mit recht vulgärer Gesuchtheit gekleidet. Ohne abzuwarten, daß ich ihn anspreche, rühmte er sich, daß er mich aus einer bösen Gefahr gerettet habe; dann fragte er mich, wie zufällig das Thema wechselnd, wo ich wohne. Ich muß hinzufügen, daß er sich, nachdem er hatte feststellen können, wie ich gekleidet war, nicht mehr erlaubte, mich zu duzen, und das war vielleicht der Grund, daß ich ihm, anstatt ihn zu verjagen, antwortete. »Das ist aber weit!« rief er, als er die Adresse hörte. »Hier in der Nähe, gleich neben der Kirche, wohnt eine junge Brünette, ganz reizend, sanft und anständig, sonst würde ich mir nicht erlauben, sie Monsieur zu empfehlen.« »Bravo!« sagte ich. »Und wer garantiert mir, daß ich nicht das gleiche Risiko eingehe, vor dem Sie mich gerade bewahrt haben wollen?« Mit übertriebener Empörung führte er die Hand an den Mund, »Oh nein, nein, nein! Sie ist hier in der Stadt geboren und getauft worden, ich kenne sie, seit sie auf allen vieren krabbelte. Auf mich können Sie sich verlassen, ich komme nicht her, um Sie zu betrügen. Kommen Sie mit und sehen Sie sich das Mädchen mit eigenen Augen an, und dann werden Sie zugeben müssen, daß ich meinen Beruf verstehe! Lassen Sie sie sich nackt ausziehen, betasten Sie sie ruhig überall, probieren Sie sie aus, und Sie werden sehen, wer Franze ist, und ob sie nicht ein Leckerbissen, würdig eines Bonaparte, ist! Man findet nur wenige mit einem solchen Gesicht. Mit den Mädchen, die ich Ihnen gebe, Monsieur, können Sie sich blind vergnügen, sie sind nicht wie die gewisser anderer!« Ohne weiter zu überlegen folgte ich ihm. Bleich, wie er geworden war, als ich den Stock erhoben hatte, schien er mir zu feige, um mir eine Falle zu stellen, und was das Mädchen betraf, so würde ich ja sehen. Mein Pandaros führte mich durch übelriechende Gassen, gepflastert mit einem dicken Matsch, dem meine Lackschuhe sofort zum Opfer fielen, so daß ich augenblicklich beschloß, mich morgen nicht mehr in Hofkleidung zum Essen einzufinden; schließlich ist nicht einzusehen, warum der Krieg, dessen ganze Beschwerlichkeiten wir ertragen, nicht auch Vorteile haben sollte. Cressida wohnte am Ende einer dieser Gassen, etwas weiter weg, als Pandaros versprochen hatte, im letzten Stock eines heruntergekommenen Hauses, das so alt wie der Dom sein muß. Der Mann führte mich in ein schlecht beleuchtetes armseliges Zimmerchen, wo mir lächelnd ein Mädchen entgegenkam, das wie eine Arbeiterin gekleidet war, mit Holzschuhen und Schürze. Sie nahm mich bei den Händen und umarmte mich, wobei mir ihr billiges süßes Parfüm, das ihre Haare durchtränkte, fast den Atem nahm. Der Mann war in der Tür stehengeblieben, den Hut in der Hand; er hatte ihn nicht mehr aufgesetzt, seit er mir vor zehn Minuten mitten auf der Straße sein Angebot gemacht hatte. Ich gab ihm eine Münze und sagte ihm, er solle uns allein lassen. Er verbeugte sich unterwürfig und setzte sich auf die Treppe, nachdem er die Tür hinter sich geschlossen hatte. Franze kam wieder zu mir und nahm mir den Mantel ab. Auch im kümmerlichen Licht der Öllampe glänzten die Stickereien des Hofgewandes, und das Mädchen sperrte vor Überraschung den Mund auf. Da ich nicht wollte, daß sie allzu lange darüber nachdachte, was sie wohl verdienen könnte, nahm ich meine Perücke ab und befahl ihr schroff, sich auszuziehen. Das Mädchen gehorchte folgsam, schleuderte die Holzschuhe weg und begann sich die Strümpfe auszuziehen. Auf den ersten Blick war sie mir recht jung und gut gebaut vorgekommen; als sie sich aber auszog, kamen breite Hüften und ein allzu rundlicher Bauch zum Vorschein, kurz, ein Körper, der schon seit längerem seinen Reiz verloren hatte. Da sie vielleicht meine Enttäuschung fürchtete, kam sie zu mir und begann, mit beiden Händen zu suchen, was sie suchen sollte. Sie bemühte sich, sich verrucht zu geben, ohne daß es ihr gelang, und schob mir eine Zunge in den Mund, die nach Wein schmeckte, während sie mich zum Strohlager zog. »Du wirst sehen, ich bin ganz lieb«, wiederholte sie immer wieder.

Als alles vorbei war, stand ich auf, knöpfte mir eilig die Hose zu und holte dann selbst Perücke und Mantel. Franze betrachtete, auf dem zerwühlten Bett sitzend, die Münzen, die ich ihr gegeben hatte und die sie deutlich sichtbar auf ihrer Handfläche hielt. »Und für meinen Freund gibst du mir nichts?« fragte sie frech. Normalerweise ertrage ich allzu aufdringliche Mädchen nicht, aber diesmal griff ich aus irgendeinem Grund nach der Börse. »Nicht er hat es verdient, sondern du, mach damit also, was du willst«, lächelte ich und legte ihr weitere drei Groschen in die Hand. Ich war schon an der Tür, als ich hörte, wie sie aufstand, barfuß durch das Zimmer ging und mir die Hand auf die Schulter legte. »Küß mich«, sagte sie, und als ich ohne zu überlegen gehorchte, schob sie erneut ihre Zunge in meinen Mund und mit ihr eine ansehnliche Menge Speichel, zweifellos in der Absicht, mich ein für allemal von ihrer Gefügigkeit zu überzeugen und mich auf diese Weise zu verleiten wiederzukommen. Auf der Treppe hielt ich nach Pandaros Ausschau, aber der Kuppler war verschwunden, vielleicht, um nicht den Eindruck zu erwecken, er habe hinter der Tür gelauscht, was er gewiß getan hatte; und auch, um die Vorwürfe hinsichtlich der schlechten Qualität seiner Ware nicht anhören zu müssen. Auf der Straße gelang es mir nicht, mich von dem unangenehmen Gefühl freizumachen, daß jenes Arme-Leute-Parfüm und jene süßliche Spucke irgendeine Schweinerei auf mich übertragen haben könnten, und ich suchte nach dem Taschentuch, um mir den Mund abzuwischen, fand es aber nicht, so daß ich zu dem Schluß kommen mußte, daß es mir gestohlen worden war. Da ich aber nicht sagen konnte, ob Franze, der Kuppler oder das erste Mädchen mir den Streich gespielt hatte, zuckte ich die Achseln und dachte nicht mehr daran.

Dienstag, 7. Oktober

Heute war ich bei der Königin zum Tee in ihren Gemächern eingeladen, und während ich die Freitreppe hinaufging, holte ich einen alten General ein, der mühsam, sich auf seinen Stock stützend, hochstieg. Als ich neben ihm war, warf ich ihm von der Seite einen Blick zu, um sicherzugehen, daß es sich nicht um jemanden handelte, den ich kannte: es war der Herzog von Braunschweig, aber ich brauchte einen Augenblick, um ihn zu erkennen, da er das erste Mal in Zivilkleidung gewesen war und ich aus irgendeinem Grund nicht darauf gefaßt war, ihn in Uniform wiederzusehen. »Hoheit, wenn Sie erlauben, möchte ich Ihnen mein Beileid aussprechen, und natürlich auch das meiner Regierung, auch wenn ich noch nicht offiziell damit beauftragt worden bin«, erklärte ich. Ich hatte mich erst jetzt daran erinnert, daß er vor wenigen Tagen seinen Sohn verloren hatte. Der Herzog blickte mich unsicher an, und ich merkte, daß er keine Ahnung hatte, wer ich war. »Mit der Erlaubnis von Monseigneur«, sagte ich, »ich hatte bereits die Ehre, mich Eurer Hoheit vor wenigen Monaten in Braunschweig vorzustellen. Ich bin der Abgesandte der Vereinigten Staaten von Amerika bei Seiner Majestät, dem König von Preußen, Mr. Pyle.« »Aber gewiß doch«, antwortete er, obwohl ich auch jetzt keineswegs sicher war, daß er sich an unser Gespräch erinnerte. »Also auch Sie haben Berlin verlassen, hm? Das haben Sie gut gemacht. Ich bin nicht einmal dort gewesen, obwohl Seine Exzellenz Graf Haugwitz mich bat zu kommen, und bin direkt hierhergekommen, und auch das erst, als ich sicher wußte, daß Seine Majestät abgereist war. Ich bin ein General des Königs und will nichts mit den Machenschaften der Politiker zu schaffen haben.« Diese Bemerkungen schienen mir nichts Gutes zu verheißen, und ich hätte den Herzog gerne gebeten, mir seine Meinung über die gegenwärtige Lage genauer darzulegen. Aber wir hatten mittlerweile das Ende der Freitreppe erreicht, und Seine Hoheit bereitete seinen Gesichtsausdruck bereits auf die Begegnung mit der Königin vor, so daß ich es nicht für angebracht hielt, weiter in ihn zu dringen.

Nachdem die Königin den Herzog zu seinem Sessel geleitet hatte, wandte sie sich fröhlich mir zu. »Herr Pyle! Wissen Sie, daß ich mich ein wenig über Sie beklagen muß? Ich weiß, daß Sie schon seit zwei Tagen hier in Erfurt sind, und bis jetzt haben Sie noch nicht geruht, bei mir zum Tee zu erscheinen!« »Ich bin schuldig, Madame«, antwortete ich mit einer Verbeugung, »aber in den Monarchien ist es, wenn ich nicht irre, das Recht des Souveräns, die Gunst zu gewähren.« »Sie ist gewährt«, lachte die Königin, »um so mehr, als Sie hierhergekommen sind, um ein wenig mit uns am Krieg teilzunehmen, und nicht jeder in Berlin hat den gleichen Mut gehabt.« Wie man sieht, zeigt sich, obwohl sie zu sehr ihrem Geschlecht zugehört, um sich von einem Tag zum andern den Ernst zu eigen zu machen, der den Umständen angemessen ist, in ihrem Verhalten von Zeit zu Zeit ein unschuldiger Dünkel, den ich vorher nicht an ihr gekannt hatte und der zweifellos von dem Willen diktiert ist, allen zu beweisen, daß sie sehr wohl weiß, was es in einem Augenblick wie diesem heißt, die Königin von Preußen zu sein. Während sie dem Herzog von Braunschweig persönlich Tee einschenkte, erklärte sie, daß sie in keiner Weise an eine positive Antwort auf das an Paris gestellte Ultimatum glaube, dem zufolge die französischen Truppen bis zum Achten, bis morgen also, das deutsche Hoheitsgebiet räumen müssen. »Bonaparte müßte gehorchen und aus Deutschland abziehen, wenn er noch ein Körnchen Ehre im Leib hat. Aber man sieht ja, daß seine Politik auf nichts Rücksicht nimmt; je mehr Zeichen guten Willens es um ihn herum gibt, um so mehr verachtet er diejenigen, die so dumm sind, guten Willen zu zeigen. Auf Stärke muß man mit Stärke antworten, und dies habe ich meinem Mann immer wieder gesagt!« Bei diesen Worten machte der Herzog eine so heftige Bewegung, daß er beinahe den Tee umgeschüttet hätte. »Keiner schätzt mehr als ich«, erklärte er stammelnd, »den wohltätigen Einfluß Eurer Majestät auf die Geschäfte, und nichts ist wahrer als der Grundsatz, den Madame eben zu äußern geruht haben. Aber leider gibt es Fälle, in denen es besser ist, auf Stärke, ich würde nicht sagen mit Schwäche, aber mit Vernunft und Sanftheit zu antworten. Und in eben dieser Situation befinden wir uns, da alles darauf hindeutet, daß der Krieg noch vermieden werden kann.«

Es folgte ein verblüfftes Schweigen, das die Königin als erste brach. »Aber Hoheit«, bemerkte sie, »das Bonaparte gestellte Ultimatum läuft morgen ab, und es kann sein, daß in diesem Augenblick, während wir hier Tee trinken, unsere tapferen Soldaten schon die ersten Schüsse mit den Franzosen wechseln.« »Das ist unmöglich, wenn Euer Majestät erlauben«, behauptete der Herzog mit einem öligen Lächeln, »da ich allen Kommandanten ausdrücklich befohlen habe, sich in kein Vorhutscharmützel vor dem Achten verwickeln zu lassen. Es wäre sehr schlimm, wenn zwei große Reiche durch die Ungeduld eines Subalternen in einen Krieg hineingezogen würden, für den heute nicht die geringste Notwendigkeit besteht!« Minister Lucchesini, der gerade aus Paris zurückgekehrt ist, stimmte dem Herzog sofort zu und brachte die Gewißheit zum Ausdruck, daß der Krieg noch vermieden werden könne und daß Bonaparte sich jedenfalls nicht als erster in Bewegung setzen werde. »Monsieur, il ne sera jamais l'agresseur, jamais, jamais!« rief er. Auf die Bitte hin, diese so kategorische Behauptung zu rechtfertigen, erklärte er, daß die Politik des Usurpators sich nicht behaupten könne, wenn er als der Aggressor dastünde, und empfahl, keinen Schritt zu unternehmen, der den großen Mann reizen könnte: »Il faut si peu pour l'indisposer!« jammerte er.

Dieser Lucchesini ist ein kleiner dickbäuchiger Italiener, der seit Friedrichs Zeiten im Dienst der preußischen Könige steht, was ihn nicht daran hindert, nur französisch zu sprechen. Seine Manieren sind höflich, ja sogar höfisch bis zum Exzeß, und er sagt sofort zu jedem, der das Wort an ihn richtet, zwei oder drei ja, ja, noch bevor er zu Ende gesprochen hat; und er beendet keinen Satz, ohne hinzuzufügen: »Ihr Diener.« Die Königin hat, wie es heißt, eine Schwäche für ihn. Der einzige Grund dafür ist, glaube ich, daß Lucchesini ihre Konversation erglänzen läßt, indem er sie diskret mit seiner eigenen unterstützt, weiß, auf welche Themen sie gerne zu sprechen kommt, und obendrein fähig ist zuzuhören, was nicht so leicht ist, wie man glaubt, und was ein Dummkopf nicht vermag. Es ist allerdings offensichtlich, daß dieser geistreiche Italiener Paris mit großem Bedauern verlassen hat und sehr gerne auf die Beschwerlichkeiten des Lagers verzichten würde, um zu den Vergnügungen jener Hauptstadt zurückzukehren, so daß zu fürchten ist, daß er, wenn er von Bonapartes Wunsch nach Frieden spricht, seine eigenen Wünsche für die Wirklichkeit nimmt. Jedem, der es hören will, und auch dem, der es nicht will, erzählt er von seiner Abschiedsaudienz beim Kaiser, während der Bonaparte unaufhörlich von den Plänen gesprochen habe, die er für das Glück Europas ausbrüte, und ihm immer wieder versichert habe, daß die ganze Welt, wenn man ihn nur arbeiten lasse, in der wünschenswertesten Weise geordnet sein werde. Und doch spricht man von Lucchesini als einem Diplomaten von außergewöhnlicher Feinfühligkeit. Zwar hält Prinz Louis Ferdinand ihn für korrupt und hat sich erkühnt, öffentlich seinen, in Wahrheit ziemlich hohen, Preis zu nennen, aber wer ist in unserem Beruf wirklich ganz über einen solchen Verdacht erhaben? Jedenfalls hat der König absolutes Vertrauen in sein Urteilsvermögen, vor allem seit er es als Botschafter in Rom verstanden hat, jenen Hof dazu zu bringen, die Existenz des Königreichs Preußen anzuerkennen und aus dem Kirchenkalender den lächerlichen Vermerk »Markgraf von Brandenburg« zu streichen, mit welcher der Monarch immer noch bezeichnet wurde.

Die Übereinstimmung der Meinungen zwischen Lucchesini und dem Herzog entmutigte alle anderen, das Thema des Kriegs noch einmal anzuschneiden, das beiden so offensichtlich unangenehm war, so daß der Tee der Königin immer mehr zahllosen anderen Zusammenkünften zu gleichen begann, an denen dieselben Personen wohl schon in Potsam und Charlottenburg teilgenommen hatten. Die Unterhaltung war so oberflächlich, daß jemand, der wie durch Zauberhand aus großer Entfernung hierher befördert worden wäre, niemals geglaubt hätte, daß er sich im Hauptquartier eines Heeres im Feld befindet und daß jener gepuderte alte Mann, der gebeugt und mit einem unterwürfigen Lächeln dem Geplauder einer von den Bällen erschöpften schönen Frau lauscht, niemand anderer als der oberste Befehlshaber jener Armee ist. Wenn man bedenkt, daß dieser Mann als Fürst geboren worden ist und zu Hause sein könnte, wo er der Gebieter ist und alle ihn ehren; aber statt dessen zieht er es vor, hier zu sein und den Höfling zu spielen und nach rechts und links zu katzbuckeln! Wenn mir jemand in Amerika sagen sollte, daß die Monarchie die höchste Organisationsform der menschlichen Gesellschaft darstelle und daß auch wir einen König und eine Königin haben sollten, werde ich mich an diesen Tee erinnern und keine weiteren Argumente brauchen, um die republikanischen Einrichtungen zu verteidigen.

Bevor die Gesellschaft sich auflöste, ereignete sich ein merkwürdiger Zwischenfall, der alle, mit Ausnahme des Herzogs, peinlich berührte. Die Nacht war bereits fortgeschritten, und ein Adjutant kam in den Salon, um nach der Parole zu fragen, die, wie es Brauch war, den Generälen und Generaladjutanten, die sich zu diesem Zweck im Innenhof des Palastes versammelt hatten, zu übermitteln war. Der Herzog erklärte, daß er persönlich hinunterkomme, um die Parole auszugeben, und ging mühsam durch das Vorzimmer zur Freitreppe. Die Königin stellte sich ans Fenster, um die kleine Zeremonie zu verfolgen, und alle anderen taten es ihr gleich. Durch die Scheiben sahen wir, wie der Herzog in den Hof hinaustrat, der von den Fackeln fast taghell erleuchtet wurde, zögernden Schritts auf die versammelten Offiziere zuging, dann einen Satz zurück machte, verstört um sich blickte und schließlich eilig zurücklief. Nach vielleicht zwei Minuten schickte die Königin, da der Herzog weder auf der Freitreppe noch im Hof erschien, einen Offizier hinunter, der nachschauen sollte, was geschehen war. Als er zurückkam, teilte er nicht ohne Verlegenheit den Grund für dieses Verhalten mit. Wie es scheint, hatte der Generalissimus, als er nach draußen kam, festgestellt, daß der Unteroffizier und die vier Soldaten fehlten, die nach dem Reglement den Kommandanten eskortieren müssen, während er die Parole ausgibt. Diese Abwesenheit hatte den Herzog in eine unbeschreibliche Verwirrung gestürzt. Er weigerte sich, jemanden aus dem nächstgelegenen Wachposten holen zu lassen, konnte sich aber auch nicht entschließen, die Parole ohne Schutz mitzuteilen. Durch die offene Tür hörten wir ihn unsicheren Schritts im Vorzimmer hin und her gehen, wobei er mit dem Stock auf den Marmorboden klopfte und vor sich hin murmelte, bis jemand vorschlug, die beiden Wachen zu rufen, die vor dem Tor standen. Die beiden kamen atemlos angelaufen, aber es fehlten immer noch ein Unteroffizier und zwei Soldaten, so daß der Herzog sich immer noch nicht entscheiden konnte. Schließlich kam auf der Straße ein Brotkarren mit einer Eskorte vorbei. Einer der Offiziere lief hinaus, um sie anzuhalten, und befahl den Männern, in den Hof zu kommen und sich in Hab-Acht-Stellung aufzustellen, ein Befehl, den sie sichtlich verwirrt ausführten. Aber nun stellte sich ein neues Problem, denn der Unteroffizier war ohne Karabiner, da er ihn an den Karren gebunden hatte. Auf persönlichen Befehl des Herzogs mußte er ihn losbinden, und erst jetzt, nachdem man eine Viertelstunde verloren hatte, trat dieser sichtlich beruhigt vor und teilte den versammelten Generälen die Parole mit.

Alle Anwesenden waren von dieser Szene ziemlich peinlich berührt, und als der Herzog endlich lächelnd in den Salon zurückgekehrt war und der Königin mitgeteilt hatte, daß er seine Pflicht erfüllt habe, löste unser Zirkel sich schon sehr bald auf. Da die Residenz des Herzogs nicht weit von meiner Unterkunft entfernt war, erlaubte ich mir, ihn zu begleiten. Und während wir durch die Dunkelheit gingen, begleitet nur von einem Diener, der uns mit einer brennenden Laterne vorausging, gab ich dem Impuls nach, ihn anzusprechen. »Monseigneur«, sagte ich zu ihm, während ich die Uhr aus der Brusttasche holte und mich der Laterne näherte, um zu sehen, wie spät es war, »es fehlen noch drei Stunden bis Mitternacht. Glauben Euer Hoheit wirklich, daß der Krieg noch vermieden werden kann?« Der Herzog schwieg lange, so daß ich mich fragte, ob er nicht schwerhörig geworden war, und ich bereitete mich schon darauf vor, die Frage zu wiederholen, als seine nachdenkliche Stimme die Stille brach. »Mein Freund«, murmelte er, »ich stehe unter dem Befehl Seiner Majestät, der geruht hat, mir den Oberbefehl über seine

Armeen zu übertragen und damit das Schicksal seines Königreichs und seiner Dynastie in meine Hände zu legen, und dies ist nicht mehr der Augenblick, um über Politik zu sprechen. Dennoch«, fügte er nach einer Pause hinzu, »ist der Krieg nicht erklärt, und Gott allein weiß, ob wir morgen früh durch den Donner der Kanonen geweckt werden oder durch die Ankunft eines französischen Offiziers mit funkelnden Tressen, der den Auftrag hat, den König zu einer Friedenskonferenz einzuladen.« Wir hatten mittlerweile die Tür seiner Unterkunft erreicht, aber der Herzog war offensichtlich nicht müde und fuhr fort, im einzelnen die möglichen Friedensangebote durchzugehen, die ein französischer Abgesandter morgen überbringen könnte. Er weiß sehr wohl, daß Seine Majestät etwas von seiner Würde einbüßen würde, wenn er einer Unterredung mit Bonaparte an dem Tag zustimmen würde, an dem ein so endgültiges Ultimatum ausläuft, wie er selbst es ihm gestellt hat; und doch ist er überzeugt, daß in der Politik wie im Krieg bisweilen der Moment kommt, wo man gute Miene zum bösen Spiel machen muß. »Aber wenn uns morgen schließlich doch die Kanone wecken sollte?« fragte ich. »Das wird nicht geschehen, Sie werden sehen«, antwortete er gereizt. »Auch darum nicht«, fuhr er nach einem Augenblick des Schweigens fort, »weil ich nicht sehe, wie wir in einem solchen Fall mit Generälen wie denjenigen, die Seine Majestät mir zur Seite hat stellen wollen, einem so furchtbaren Feind Paroli bieten könnten. Fürst zu Hohenlohe ist ein Schwächling, ein eitler Mensch, der sich von seinen Adjutanten regieren läßt, Kindern, die niemals Pulver gerochen haben! General Rüchel ist ein Aufschneider, Feldmarschall Möllendorff ein alter Trottel, General Kalckreuth ein verschlagener Intrigant. Und mit diesen Generälen sollen wir Krieg führen, Krieg gegen Napoleon? Nein, der beste Dienst, den ich dem König erweisen kann, ist, ihm den Frieden zu erhalten, wenn ich kann.« Zu verblüfft, um ihm im gleichen Ton antworten zu können, fiel mir nichts Besseres ein, als zu bemerken: »Monseigneur nennen ihn also nicht mehr Bonaparte?« Während ich mich selbst einen Dummkopf schimpfte, weil ich etwas Derartiges gesagt hatte, sah er mich giftig an: »Sollen wir also bis zum Schluß wie Kinder spielen und darauf beharren, ihn anders als der Rest der Welt zu nennen?« Doch gleich darauf erwachte der Höfling in ihm, und mit einer leichten Verbeugung, auf die ich mit einer tiefen Reverenz antwortete, nahm er den Hut ab. »Vergeben Sie einem alten Mann, wenn ihm zu dieser nächtlichen Stunde ein Wort zuviel entschlüpfen mag«, murmelte er lächelnd, und nachdem er mir eine gute Nacht gewünscht hatte, machte er dem Diener ein Zeichen, ihm auf der Treppe vorauszugehen.

Mittwoch, 8. Oktober

Die Kanone hat mich heute nicht geweckt, aber Bonaparte hat auch nicht geruht, auf die brüderliche Einladung zu antworten, die sein guter Vetter, der König von Preußen, ihm geschickt hat, so daß wir Krieg haben werden, gegen jeden vernünftigen Zweifel. Den ganzen Tag über herrschte in den Straßen Erfurts eine unnatürliche Ruhe. Die Truppen, erschöpft vom Marsch, verbrachten den Tag in ihren Quartieren mit Schlafen, Rauchen und Biertrinken; außerdem reparierten sie mit der Nadel und dem starken Faden, mit denen alle Soldaten ausgerüstet sind, die von den schlechten Straßen Thüringens kaputten Schuhe. Heute vormittag fand ich im Postamt zwei Briefe von Victoire aus Berlin vom 30. September und 2. Oktober vor. »Sicher ist, daß Laforest, obwohl er bereits seinen Paß erhalten hat, noch nicht abgereist ist. Ich weiß nicht, ob wir uns über eine solche Aussicht freuen sollen. Wenn ich an meine Brüder denke und an alle Freunde, die aufgebrochen sind, kommt es mir so vor, als habe keiner mehr zu verlieren als ich, wenn es wirklich Krieg geben wird, aber die Zeiten sind so hart, daß ich mir keinen Frieden vorstellen kann, der mir wirklich wünschenswert scheint. Was letztes Jahr geschehen ist, hat der Moral des Volkes bereits so sehr geschadet, daß ich nicht weiß, ob wir es noch einmal ertragen können. Du kannst natürlich dieses patriotische Gefühl nicht wirklich verstehen, man muß Deutscher sein, um zu begreifen, was wir heute empfinden.« Es ist schon merkwürdig, wie dieses so naive und durchschaubare Volk sich täglich mehr einredet, daß es tiefe Gefühle hegt, die für den Rest der Menschheit unbegreiflich sind; aber daran sind wohl ihre Philosophen schuld. Im folgenden Brief, zwei Tage später geschrieben, ist von Friedensillusionen nicht mehr die Rede. »Wenn man den Nachrichten glauben darf, die einige gut informierte Personen aus dem Hauptquartier erhalten haben«, schreibt Victoire, »erwartet man für den Achten die Rückkehr des Kuriers, der nach Paris geschickt wurde, und den Beginn der Kriegshandlungen. Nun, ich bin eine Frau und verstehe nichts vom Krieg, aber es kommt mir unwahrscheinlich vor, daß man ein solches Datum im voraus und so offen festlegt, und daher weiß ich nicht, wie weit man dieser Nachricht Glauben schenken kann.« Hier wird in zwei Zeilen, und noch dazu von einer Frau, die ganze subtile Politik von Haugwitz und Lucchesini begraben!

»Die Pariser Zeitungen«, fügt Victoire hinzu, »sprechen von Napoleons Abreise, und es kann sein, daß er heute schon bei seinem Heer ist.« Diese Nachricht wird von allen Berichten bestätigt, aber das Schlimmste ist, daß die französischen Zeitungen sie drucken dürfen, denn es bedeutet, daß Bonaparte alle Brücken hinter sich abgebrochen hat. Ich glaube wirklich, daß es für einen Diplomaten oder Spion sehr viel bequemer ist, in einem Land zu arbeiten, in dem die Presse der Regierung hörig ist, als dort, wo die Presse sagen darf, was sie will; denn im ersten Fall hat jede Nachricht, deren Veröffentlichung erlaubt wird, eine sehr genaue, für den, der lesen kann, unmittelbar einsichtige Bedeutung, während beispielsweise in Amerika neun Zehntel dessen, was man in der Zeitung liest, lediglich die Phantasien, die Vorurteile oder die Leichtgläubigkeit der Journalisten widerspiegeln. Was mich betrifft, so weiß ich nicht, was ich schreiben würde, wenn ich eine Zeitung zu redigieren hätte, aber in meinen Depeschen nach London schreibe ich, was ich sehe, und das ist, daß die preußischen Generäle immer weniger überzeugt sind, daß sie sich ohne Schaden vor dem Wespennest retten können, in das sie gestochen haben. Der König, der Herzog von

Braunschweig und alle anderen haben einen Großteil des Tages mit Beratungen verbracht und die Ohren gespitzt in der Hoffnung, das Geräusch des Pferdes eines französischen Abgesandten auf dem Kopfsteinpflaster zu hören, der jedoch nicht kam. Als der Kriegsrat sich vertagte, erschien ich im Vorzimmer, und nachdem ich mit einer Verbeugung Seine Majestät und den Herzog vorbeigelassen hatte, hielt ich Graf Kalckreuth buchstäblich an den Rockschößen zurück. »Mein lieber Graf«, sagte ich zu ihm, »vergeben Sie mir, auf ein Wort.« Der General schien keineswegs glücklich über diese Unterbrechung, da es ihm mißfiel, sich mit dem Mittagessen zu verspäten. Einen Augenblick zögerte er zwischen den Geboten des Appetits und denen der guten Erziehung, und schließlich brummte er, unfähig, sich zu entscheiden: »Aber warum um diese Zeit? Dann kommen Sie wenigstens zum Essen zu mir!« »Sie essen nicht mit Seiner Majestät zu Mittag?« »Heute nicht«, fiel er mir schroff ins Wort; und so folgte ich ihm in seine Unterkunft.

»Nun also!« rief er, als wir bei Tisch saßen. »Vergeben Sie mir, daß ich mir erlaubt habe, Sie zu belästigen«, begann ich, »aber da mir der Krieg jetzt vor der Tür zu stehen scheint, hätte ich gerne Ihre Meinung darüber gehört, was zu tun wäre und was getan werden wird.« »Was zu tun wäre, weiß ich sehr wohl, aber was wir tun werden, das wissen die Götter«, erwiderte der General. »Wenn man sich die Vorbereitungen ansieht, dann hat dieser Krieg keinerlei Aussicht auf Erfolg und wird, sollten wir nicht unverschämtes Glück haben, ein trauriges Ende nehmen.« Trotz der Unterredung mit dem Herzog von Braunschweig gestern abend war ich immer noch überzeugt, daß der Feldzug unter den besten Vorzeichen beginnen würde, und daher auf eine so ungeschminkte Erklärung nicht vorbereitet; einen Moment lang wußte ich nicht, was ich antworten sollte. Der General hieb die Gabel in die gefüllte Gans, die auf seinem Teller dampfte, probierte zufrieden das Fleisch, das so zart war, daß es auf der Zunge zerging, und fuhr dann fort: »Ich hätte nicht alle Hoffnung verloren, wenn der König den Mut gehabt hätte, die Armee persönlich zu befehligen, natürlich nicht ohne von Zeit zu Zeit jene Generäle zu konsultieren, die das Vertrauen des Heeres genießen. Bei einem Souverän, dem die Natur kein überragendes militärisches Genie mitgegeben hat, wäre das zwar nicht der wünschenswerteste, aber doch der bestmögliche Kompromiß. Aber die Intrigen des Herzogs von Braunschweig haben ihn veranlaßt, auf diese Lösung zu verzichten, und seitdem geht alles schief. Der König ist nur ein Freiwilliger in seinem Heer, niemand wird hinsichtlich der wichtigen Dinge konsultiert, und Erfahrung zählt nicht mehr.« Ich fragte ihn, wieso niemand konsultiert werde, wo man doch den ganzen Tag miteinander berate. Er sah mich verächtlich an. »In meinem Leben habe ich an vielen Kriegsräten teilgenommen und gelernt, daß man so eine Armee nicht kommandieren kann. Sie sind vermutlich niemals bei einem Kriegsrat dabeigewesen? Man verliert die Hälfte der Zeit damit, über Gazetten und Gesellschaftsklatsch zu reden, sich Geschichten zu erzählen und sich gegenseitig zu fragen, wie es geht; und die andere Hälfte wird dazu benutzt, die eigene Meinung zu Fragen kundzutun, von denen man nichts versteht, oder sich der Meinung des Nachbarn anzuschließen. Man zählt die Stimmen, und es gewinnt unvermeidlich die weniger vernünftige Partei.« »Dennoch können«, bemerkte ich, »viele Köpfe eine Frage umfassender beurteilen als ein einziger.« »Gewiß«, entgegnete er spöttisch, »aber dann muß auch ein einziger Kopf entscheiden, da zwei schon zuviel sind und zehn niemals zu einer Entscheidung gelangen werden. Ich glaube, wenn man wirklich die Verantwortung des Kommandos aufteilen wollte, müßte man jedem seine Aufgabe geben, damit er in Ruhe in seinem Arbeitszimmer daran arbeiten kann, ohne die Ansicht der anderen zu kennen. Aber der König hat diese verdammte Angewohnheit, die Meinung aller hören zu wollen. Und dabei denkt keiner an die wichtigen Dinge: an die Disziplin der Armee zum Beispiel.« Das Tischchen, das die Diener für das Mittagessen gedeckt hatten, stand an einem Fenster, und der alte Mann deutete just aus diesem Fenster nach draußen, wo zwei Schützen jeder für einen Pfennig Bier von einer Marketenderin kauften. »Man braucht nur aus dem Fenster zu blicken, um betrunkene Soldaten zu sehen: Halten Sie das etwa für Disziplin? Früher ließ ich, wenn sich einer meiner Dragoner betrank, alle Fensterscheiben des Wirtshauses, in dem er getrunken hatte, kaputtschlagen. Auf diese Weise erlaubte kein Geschäftsmann in meiner Garnison den Soldaten, übermäßig zu trinken, und die Männer meiner Schwadron waren nüchtern.« »Und doch«, wandte ich ein, »scheint es mir, als habe der Herzog äußerst strenge Befehle erteilt, um die Disziplin der Armee zu gewährleisten.« Der General verzog verächtlich das Gesicht. »Aber ich bitte Sie! Ich hatte bereits Gelegenheit festzustellen, was Seine Hoheit unter Strenge versteht. 1792, während des Rückzugs aus der Champagne, desertierten die Soldaten täglich zu Hunderten, um nicht wie Hunde an Hunger und Ruhr zu krepieren. Daher befahl der Herzog, daß den Männern in seinem Regiment, sobald sie einquartiert waren, die Schuhe und der Rock weggenommen wurden, um sicherzugehen, daß sie nicht wegliefen. Man sah sie in Hemdsärmeln und Hausschuhen im Lager herumlaufen, und Monseigneur sah sich dieses Schauspiel zufrieden an, anstatt jeden Tag ein paar von diesen Schurken aufzuhängen!«

Während der General dies sagte, waren wir in die entgegengesetzte Ecke des Zimmers, neben den Ofen, umgezogen, um den Kaffee zu trinken. Obwohl es nicht kalt ist, lassen die Diener seit ein paar Tagen den ganzen Vormittag über im Ofen eine Glutschicht schwelen, und am Nachmittag erweist sich diese laue Wärme als sehr angenehm. Der Diener, der den Kaffee servierte, fragte seinen Herrn, ob er auch einen für den Herrn Marquis Lucchesini einschenken solle, und im selben Augenblick erschien dieser in der Tür und setzte sich zu uns; es war klar, daß sie aus diesem nachmittäglichen Kaffee eine Gewohnheit gemacht hatten. »Aufhängen hätte man sie sollen, diese Teufel, nicht sie in Hausschuhen herumlaufen lassen!« wiederholte der Graf, und der Marquis begann sofort nach seiner Gewohnheit mit dem Kopf zu nicken, die Hände zum Zeichen der Zustimmung zu heben, und weitere Pantomimen zu machen. Aber es war zu erkennen, daß er gerade zu Mittag gegessen hatte, denn die Augen fielen ihm zu, und zu guter Letzt konnte er ein Gähnen nicht unterdrücken. Kalckreuth blitzte ihn aus seinen Augen an, dann lächelte er heuchlerisch: »Mein lieber Marquis, Sie sind mir zuvorgekommen«, zischte er. Darauf wandte er sich erneut an mich und fuhr mit einer Ungezwungenheit, die mir in Gegenwart eines solchen Zeugen um so unangenehmer auffiel, fort: »Nein, mein Lieber, der Herzog von Braunschweig ist unfähig, eine Armee zu befehligen. Weder ist seine Sichtweise weit noch sein Charakter energisch genug, um eine solche Aufgabe zu erfüllen. Seine Kleinlichkeit, seine Unentschlossenheit, seine Falschheit, seine Heuchelei, seine Eitelkeit, seine Eifersucht würden die besten Chancen verderben. Wie die Qualität der Truppe und der Geist, der die Soldaten beseelt, auch immer sein mögen, diese Vorteile wiegen niemals den extremen Nachteil auf, einen solchen Mann als kommandierenden General zu haben. Das Heer hat keinerlei Vertrauen zum Herzog und wird es nie haben, kann es gar nicht haben. Was mich betrifft, so bin ich bereit, meine Pflicht zu tun und mich bis zuletzt zu opfern, nicht mehr aber zu schweigen.« Lucchesini, der noch eine Weile mit einem zeremoniellen Lächeln zugestimmt hatte, wußte, als er endlich begriffen hatte, wovon wir sprachen, nicht, wie er sich verhalten sollte, und bemühte sich, weder den General noch mich anzusehen. Kalckreuth blickte mir dagegen direkt ins Gesicht und sagte mit tiefer Genugtuung, jedes Wort betonend: »Denken Sie an meine Vorhersage: Wenn nicht irgendein Wunder geschieht, das die gegenwärtige Lage der Dinge vollkommen ändert, wird dieser Feldzug entweder mit einem Rückzug wie 1792 oder mit einer denkwürdigen Katastrophe enden, neben der die Schlacht von Austerlitz verblaßt.«

In dem Augenblick trat, den armen Marquis aus seiner Verlegenheit erlösend, Graf Haugwitz ein, der ihn just suchte; und als er ihn hier im Haus von Graf Kalckreuth und in unserer Gesellschaft fand, unterbreitete er das Problem, das ihn hergeführt hatte, sofort uns allen. Auf Verlangen des Königs hatte er einen Aufruf an die Truppen verfassen lassen, und zwar von niemand anderem als Gentz, der ebenfalls aus wer weiß welchen Gründen aus Dresden ins Hauptquartier gekommen war. Der König war mit dem Aufruf zufrieden gewesen, hatte ihn aber nicht populär genug gefunden. »Wunderbar, aber zu hochtrabend. Ich möchte, daß auch die Soldaten es verstehen können«, hatte er zum Minister gesagt. Aber der Autor hatte beleidigt reagiert und Haugwitz informiert, daß das, was der König verlange, unmöglich sei, daß ein Text, der sich gleichzeitig an die Generäle und an die einfachsten Soldaten richte, ein Widerspruch in sich sei und daß man, damit es für die Truppe verständlich sei, besser ein anderes Manifest schreiben und dieses so lassen sollte, wie es ist. Haugwitz aber hatte ihm, getreu dem Willen seines Herrn, befohlen, es sofort neu zu schreiben. »Sie kennen ja den Ritter von Gentz«, beklagte sich der Minister betrübt. »Er hat seinen Text zurückgenommen und mir gesagt, da ich es wünsche, würde er sich bemühen, es volkstümlicher zu machen, er sei aber überzeugt, daß es ihm nicht gelingen werde; eine Stunde später hat er mir das Ergebnis seiner Bemühungen gebracht. Ich habe es sofort Seiner Majestät unterbreitet, und hier ist das Resultat!« Er zeigte uns zwei handgeschriebene Seiten, über und über bedeckt mit Anmerkungen, Korrekturen und Hinzufügungen von der Hand des Königs, die meisten mit Bleistift geschrieben und in manchen Fällen unleserlich. »Der Ritter von Gentz wird mit Sicherheit beleidigt reagieren! Exzellenzen, was soll ich machen?« murmelte der arme Minister, an uns alle gewandt. Graf Kalckreuth überlegte einen Augenblick, dann sagte er: »Teure Exzellenz, Sie werden ihm mit der Miene eines Mannes, der nicht wagt, sich über seinen Herrn zu beklagen, aber nicht umhinkann, es doch zu tun, sagen, daß die Proklamation unmöglich in dem Zustand bleiben könne, in den der König sie versetzt habe, und ihn daher bitten, sofort eine neue Version anzufertigen.« Graf Haugwitz schien dieser Vorschlag zu erleichtern, doch gleich darauf runzelte er schon wieder die Stirn. »Und wenn er ablehnt? Er könnte ja auch der Meinung sein, daß es dem Respekt, den wir dem König schulden, widerspreche, mit einem Text, den er eigenhändig geschrieben habe, auf diese Weise umzugehen!« Ich glaube, wir hätten alle über die Verlegenheit des Grafen gelacht, wenn der Augenblick nicht so ernst gewesen wäre. »Meine teure Exzellenz!« rief schließlich Marquis Lucchesini. »In dem Fall werden Sie dem König sagen, daß Sie seine Anmerkungen nicht hätten entziffern können, und ihn bitten, geruhen zu wollen, die Proklamation von jemandem abschreiben zu lassen, der seine Handschrift gewohnt sei, von Graf Goetzen zum Beispiel.« Der Vorschlag erleichterte Graf Haugwitz sichtlich, der sofort aufbrach, um ihn in die Tat umzusetzen, und damit löste die Gesellschaft sich auf.

Donnerstag, 9. Oktober

Heute hat uns endlich die Kanone geweckt. Es ist ein dumpfer Donner, der an den der Sommergewitter erinnert, wenn man meint, unzählige Fässer würden über einen Holzboden gerollt; und als ich ihn, während Will mich rasierte, zum ersten Mal hörte, glaubte ich sogar, das Wetter hätte sich verschlechtert. Als ich ans Fenster trat, stellte ich fest, daß der Horizont wolkenlos war und die warme Sonne einen weiteren herrlichen Herbsttag ankündigte, wie wir es seit der letzten Woche gewohnt sind. Die Unruhe, die ich sofort danach unter den Soldaten und Offizieren beobachtete, bestätigte mir, daß es sich doch um eine Kanone handelte. Sobald ich angezogen war, suchte ich den König auf, der mich jedoch nicht empfangen konnte, da er sich mit seinen Generälen beriet. Aber durch die im Vorzimmer versammelten Offiziere konnte ich mir eine Vorstellung von der Situation verschaffen, die keineswegs ermutigend ist. General von Tauentzien, der die Truppen an der Spitze der preußischen Schlachtordnung befehligt, hat heute nacht berichtet, daß er den ganzen gestrigen Tag von französischen Schützen in Schach gehalten worden sei und daß er seine Männer habe zurückziehen müssen, um zu verhindern, daß sie überwältigt würden. Der Donner der Artillerie, den der Wind heute in Abständen heranträgt, kommt nach Meinung der meisten gerade aus dieser Richtung, ein Zeichen, daß Tauentzien wohl noch härter als gestern beschossen wird und sich etwas noch Schlimmeres zusammenbraut. Nach Meinung aller ist der Herzog durch die Erkenntnis, daß der Krieg schließlich doch nicht vermieden werden konnte, in einer Weise am Boden zerstört, die man sich überhaupt nicht vorstellen kann. Wer ihn in den Beratungsraum hatte kommen sehen, schwor, daß er leichenblaß gewesen sei, und sein Gesichtsausdruck wird von den meisten als niedergeschlagen, von manchen aber als geradezu erschrocken geschildert. Es ist jedenfalls schon ungewöhnlich, daß dieser Mann, in den bis vor wenigen Tagen alle ihr Vertrauen als einen der großen Generäle Europas gesetzt hatten, heute ganz offen von seinen eigenen Untergebenen kritisiert wird, und dies in aller Öffentlichkeit, wo jeder zuhören und sich einmischen kann. Als Oberst Yorck heute gefragt wurde, was er Seiner Majestät raten würde, antwortete er vor allen: »Dem König ist absolut nichts zu raten, denn um ihn vor der Katastrophe zu bewahren, müßte man ihm zunächst klarmachen, daß der Herzog nicht in der Lage ist, die Armee zu befehligen, und den, der sich traut, ihm das zu sagen, würde ich für verrückt halten.«

In ebendiesem Augenblick öffnete sich die Tür des Saales, und heraus kam der Herzog, begleitet von drei oder vier Offizieren. Er blickte um sich und grüßte die Anwesenden mit einem Kopfnicken, dann setzte er sich auf einen Stuhl, nahm eine Prise Schnupftabak und begann die Marschbefehle für die Regimenter zu schreiben. Er schrieb lange, mit schöner runder Handschrift, wobei er fortwährend die Karte zu Rate zog und sich unterbrach, um die Adjutanten nach ihrer Meinung zur Schreibweise dieses oder jenes Ortsnamens zu fragen. »Dites donc, Montjoy, comment écrivez-vous: Münchholzen, ou bien: Münchenholzen?« Der Adjutant, der Franzose war und nur ein paar Worte Deutsch sprach, hatte keine Ahnung und konnte auch gar keine haben. Dennoch beugte er sich diensteifrig über die Karte und tat so, als denke er nach. »Ce n'est pas qu'une question d'orthographe; c'est une question de grammaire, et la grammaire, il faut toujours la respecter«, fuhr der Herzog lächelnd fort, als hätte er einen Scherz gemacht. Ich hatte den Eindruck, daß sich alle Anwesenden, wie ich mich auch, fragten, ob diese Arbeit nicht einem Untergebenen anvertraut werden könne und ob in einer so ernsten Stunde der Oberbefehlshaber wirklich seine Zeit mit derartigen Lappalien verlieren sollte. Ich persönlich glaube, daß der Herzog in dieser Kopisten- oder bestenfalls Gehilfenarbeit Ruhe findet, die es ihm erlaubt, sehr viel ernstere Gedanken von sich fernzuhalten. Ich stelle mir sogar vor, daß er, ohne sich dessen wirklich bewußt zu sein, versucht, diese Arbeit mehr als notwendig in die Länge zu ziehen, denn sobald er mit dem Schreiben fertig war, runzelte er die Stirn und blieb, den Kopf zwischen den Händen, sitzen, ohne etwas zu sagen. Ein Bild greisenhafter Erschöpfung und Niedergeschlagenheit, während die Adjutanten, nachdem sie die Befehle eingesteckt hatten, auf ein Zeichen warteten, daß sie entlassen waren. Schließlich stand der Herzog auf, legte einem von ihnen die Hand auf die Schulter und murmelte: »Geben Sie vor allem acht, daß keiner einen Fehler macht!« Der junge Mann entgegnete leichthin: »Aber Monsigneur, es besteht durchaus Hoffnung, daß unter Ihrer Führung so etwas nicht passiert!« Der Herzog warf ihm einen so feuchten Blick zu, daß man glauben konnte, seine alten Augen seien tränenverschleiert. »Ach, leider kann ich das nicht einmal für mich selbst garantieren, und jetzt soll ich es für die anderen tun!« murmelte er, was alle Anwesenden zutiefst bestürzte. Dann setzte er sich den Hut auf und ging hinaus. Und wenn diese Szene auch mein Vertrauen und das jedes anderen in die kriegerischen Tugenden des Generalissimus noch mehr zerstört hatte, so hatte er doch zumindest, nachdem er aus der Beratung gekommen war, Befehle ausgegeben, was man von den anderen Generälen nicht sagen kann. Der König, Feldmarschall von Möllendorff, Graf Kalckreuth und die anderen saßen, als ich einen Blick in das Beratungszimmer warf, immer noch schweigend an dem großen ovalen, von Karten bedeckten Tisch, und es schien, als starrten sie wie vom Blitz getroffen ins Leere. »Sie blickten zurück, trauerten der verlorenen Zeit nach und taten nichts«, wie Burns, der Schotte, sagt; und Gott allein weiß, was mit ihrem Heer geschehen wird.

Ein anderes wenig ermutigendes Vorzeichen ist die Tatsache, daß man unter Hunger zu leiden beginnt. Heute traf aus Weimar der Brottransport ein, den wir seit Tagen erwarteten, und er erwies sich als sehr viel kümmerlicher als erhofft: Viele Wagen waren auf der Straße steckengeblieben, andere waren den Feinden in die Hände gefallen. Das Brot, zu eilig gebacken und nicht richtig aufgegangen, begann bereits zu schimmeln; allerdings kann sich das deutsche Schwarzbrot im Vergleich zu seinem ursprünglichen Geschmack nicht sehr verschlechtern. Ich erzähle diese Einzelheiten nicht wissenschaftlicher Gewissenhaftigkeit zuliebe, sondern weil der arme Will den ganzen Tag über beinahe nicht mehr als nur eine Scheibe von diesem Brot, die er heimlich von einem Sergeanten des Zugs zu extrem überhöhtem Preis erworben hatte, gegessen hätte. »Was denn!« sagte ich zu ihm, als er es mir erzählte. »Gibt unser Hauswirt dir etwa nichts zu essen?« Tatsächlich ist es so, daß in ganz Erfurt keine Lebensmittel aufzutreiben sind, außer zu unmöglichen Preisen und auf die Gefahr hin, daß man wegen Zuwiderhandelns gegen die königlichen Verordnungen gehängt wird. Aber ich bin sicher, daß Spitzelmacher in seinem Schlafzimmer einen schönen Vorrat an Konserven und Wurstwaren aufbewahrt. »Ja, Herr«, sagte Will betrübt, »aber wie ist es möglich, daß er selbst nicht ißt? Den ganzen Tag habe ich darauf gewartet, daß er sich zu Tisch setzt, aber er ist nicht einmal aus seinem Zimmer herausgekommen.« »Nun«, schloß ich, »heute abend kommst du mit mir, in den Küchen des Königs wird sich schon etwas zu essen finden für meinen Lakaien, aber ab morgen wird dieser Schuft von Domherr damit nicht mehr durchkommen, ich werde mich über ihn beschweren.« Und wie versprochen vertraute ich Will im Palast einem Majordomus an und bat ihn eindringlich, ihm etwas zu essen zu geben, da ein hungriger Diener zu nichts zu gebrauchen sei. Dieses Geschäft kostete mich zehn Groschen, aber unter den außergewöhnlichen Umständen, in denen wir leben, ist es sinnlos, über die Not zu jammern.

Als ich heute abend in einen Bierkeller ging, traf ich einen Offizier wieder, den ich von Berlin her kannte, Hauptmann von Clausewitz. Ich glaube nicht, daß ich ihm damit, daß ich mich an seinen Tisch setzte, eine Freude machte, da er, wenn ich mich über seinen Charakter nicht täusche, nicht jemand ist, der gern in Gesellschaft trinkt; dennoch war er wohlerzogen genug, sein Mißfallen nicht zu zeigen. Ich fragte ihn nach seiner Meinung zu dem Feldzug, der heute begonnen hat, und stellte mit Sorge fest, daß die Offiziere dieses Heeres, die bezüglich der Schwierigkeiten, mit denen ihre Generäle sich herumschlagen, im dunkeln gehalten werden, immer noch an den Sieg glauben, obwohl der Hauptmann vor den Schwierigkeiten des Augenblicks keineswegs die Augen verschließt. »Gewiß«, gab er zu, »was ich von der Art und Weise, in der wir kommandiert werden, sehe und mir dazu denke, berechtigt nicht gerade zu den glänzendsten Hoffnungen. Und wenn ich denke, daß das Heer drei Oberbefehlshaber hat, wo es doch eigentlich nur ein einziger sein sollte, frage ich mich unwillkürlich, wie sie uns zum Sieg führen wollen. Aber dann kommen die Marschbefehle, und man reitet den ganzen Tag in der Sonne und der prickelnden Luft unserer deutschen Hügel, inmitten Tausender von Männern, die ihre Muskete geschultert haben, und hört die Musik und die Lieder, die die Luft erfüllen. Und da wird das Herz weit, und man fängt wieder zu hoffen an.« »Auch ich habe festgestellt«, bemerkte ich, »daß der Klang der Trommel eine wundersame Wirkung auf die Moral hat; nicht umsonst hält man ihn für notwendig, um die Männer zu überzeugen, sich töten zu lassen.« »Aber das wollte ich damit gar nicht sagen!« erwiderte der Hauptmann. »Ich meine vielmehr, daß es in gewisser Weise ein ästhetischer Eindruck ist, den der Vorbeimarsch einer Truppeneinheit hervorruft; obwohl er sich natürlich nicht mit unseren Paraden vergleichen läßt. Im Feld nimmt das Auge die Truppen nicht in starren Linien wahr; in den offenen Reihen wird der Mensch in seiner Individualität erfaßt. Jeder glänzt mit seinen Waffen im Dunkel des Waldes, und wenn der Mann schon außer Sicht gekommen ist, leuchten seine Waffen immer noch durch die Staubwolke hindurch, die aus der Tiefe des Tals aufsteigt und aus der Ferne das Heranrücken des verborgenen Heeres ankündigt. Nun, all dies ist schön! Sogar die so schwere körperliche Anstrengung, wenn die Männer mit ihren Geschützen und ihrem Gepäck eine

Bergstraße hinaufklettern, sogar das fügt dem Bild einen trefflichen Akzent hinzu. Diese Vielzahl von Individuen, vereint in einer langen und beschwerlichen Reise, um endlich an dem Ort anzukommen, wo auf jeden von ihnen tausend Gefahren warten, das große und heilige Ziel, das sie alle zusammen verfolgen, verleiht diesem Bild eine Bedeutung, die meine Seele zutiefst bewegt.« Er muß in meinem Gesicht den Anflug eines Lächelns wahrgenommen haben, denn er fuhr lebhaft fort: »Ich weiß nicht, warum ich Ihnen das alles erzähle! Ich bin wirklich ein Kind angesichts derartiger Anblicke, und ich weiß sehr gut, daß jemand diese kindliche Leidenschaft lächerlich finden kann. Gewöhnlich spreche ich über diese Dinge nur mit den engsten und nachsichtigsten Freunden.« »Aber im Gegenteil«, beruhigte ich ihn, »auch für mich gibt es keinen Anblick, der mit dem einer Armee, die inmitten dieser herbstlichen Wälder marschiert, vergleichbar wäre, und auch mir wird, wie Sie so treffend gesagt haben, das Herz weit an diesen sonnigen Tagen!« »Ja, das habe ich gesagt«, murmelte der Hauptmann; »... und es stimmt auch«, fügte er mit einem matten Lächeln hinzu, »daß das Herz, eben weil es weit wird, eine Seele sucht, der es sich anvertrauen kann. Aber gerade im Lager findet es nicht eine einzige Person, die diese Gefühle erwidert. Man möchte sprechen, aber unter so vielen tausend Männern hört man nicht ein tiefes Wort; es wird nur von Essen, Futter, Unterkunft und Requisitionen gesprochen!«

»Ich fürchte«, bemerkte ich, »daß diese trivialen Sorgen nicht vom Soldatenleben zu trennen sind.« »Manchmal glaube ich das auch«, gab er zu, »und die Seele fühlt sich bedrückt ... Aber dann«, fuhr er mit glänzenden Augen fort, »kommt der Postmeister und gibt mir einen Brief, und augenblicklich ist alles vergessen. Es ist, als würde der Himmel alle seine Wohltaten über mir ausgießen, wenn ich einen Brief von ihr erhalte!« Der Hauptmann hatte bereits eine beträchtliche Menge Bier getrunken, und das Getränk, das er gewiß nicht gewohnt war, ließ ihn zu Vertraulichkeiten neigen. Ich glaube, daß er hierhergekommen war, weil er nicht wußte, wie er sonst die tausend Sorgen abreagieren sollte, die ihn bedrückten, und vielleicht dachte er auch, dies sei die Zerstreuung, die sich für einen Soldaten am Vorabend der Schlacht schicke. »Auch Sie, nehme ich an, schreiben«, bemerkte ich. »Gewiß! Fast jeden Tag schicke ich, wenn meine Pflichten es mir erlauben, einen Brief nach Berlin, und in dieser Beschäftigung findet meine Seele einen Anschein von Trost, als spreche sie wirklich mit der, die zu Hause geblieben ist. Aber all das ist nichts im Vergleich zu dem, was ich empfinde, wenn ich ihre Schrift auf der Rückseite des Briefes lese: ›An Hauptmann von Clausewitz, in der Armee des Herzogs von Braunschweig in Erfurt.‹ Es gibt keinen Vers von Goethe, der mich so erbeben läßt wie diese Worte, geschrieben von dieser Hand! Dann öffne ich den Brief und fliege zur letzten Zeile, und jene zwei Worte ›Deine Marie‹ wecken in meinem Herzen noch unbeschreiblichere Gefühle! In solchen Augenblicken bin ich entschlossen, den grünsten Lorbeer zu pflücken und daraus einen Kranz zu flechten, der mich für immer mit ihr verbindet. Dies ist mein höchster Wunsch, und ich vertraue darauf, daß Gott ihn erhören wird.« Während er dies sagte, schlug der Hauptmann die Augen nieder, um liebevoll den Ring zu betrachten, den er am Finger trug. Als er sah, daß ich seinem Blick folgte, wurde er rot und rief dann: »Ja, es ist genau, wie Sie denken: Sie hat mir diesen Ring geschickt. Ich habe mich darüber gefreut wie ein Kind, das seine Weihnachtsgeschenke bekommt! Hier kann ich mir die Freude gönnen, ihn zu tragen. In Berlin müßte ich ihn in einer Schublade verschließen und mich damit begnügen, ihn anzusehen. Wenn ich denke, daß sie ihn elf Jahre am Finger getragen hat! Und damit nicht genug: Im letzten Brief bittet sie mich, ihr mein Porträt zu schicken. Übrigens«, fuhr er fort, nachdem er einen weiteren halben Krug geleert hatte, »da kann ich Sie gleich um Rat fragen: Ich bin unsicher, ob es besser ein Gemälde oder ein Schattenriß sein soll.« »Ein Gemälde, meiner Ansicht nach«, antwortete ich. »Diese schwarzen Schatten, die heutzutage so in Mode gekommen sind, haben etwas Schroffes, ja Unheimliches.« »Ich glaube auch, daß ein Gemälde besser ist«, schloß der Hauptmann in Gedanken versunken. »Es ist das, was ich mir von Marie wünschte, wenn ich mich trauen würde, sie darum zu bitten. Ihr Porträt bei mir zu haben, würde mich unbeschreiblich glücklich machen. Mich hält nur der Gedanke zurück, daß ihr Bild, wenn ich fallen oder auch nur verwundet werden sollte, in fremde Hände geraten könnte, und wer weiß, in was für welche! Ich glaube allerdings, daß das Verlangen schließlich über die Bedenken siegen wird und daß ich sie bitten werde, mir diese Freude zu machen. Aber ich möchte ein Porträt von vorn, und von einem Maler, der die Ähnlichkeit hinkriegt, es muß gar kein bekannter Name sein. Ich will keine ihrer Idealisierungen, ich will die Wahrheit, die buchstäbliche Wahrheit. Da es der Buchstabe der Natur ist, den ich auswendig gelernt habe, und er das ist, was ich und die Natur unter uns abgemacht haben, darf kein Talent eines Malers den Anspruch erheben, es zu verbessern.«

Der Abend war ungewöhnlich mild für die Jahreszeit, so daß ich mein Pferd nahm, um den Hauptmann zu den Unterkünften seines Bataillons zu begleiten. Im Nebel leuchteten schwach die Feuer der preußischen Wachposten. In der Ferne, jenseits der Hügel, leuchtete das rötliche Licht der Dörfer auf, welche die Franzosen auf ihrem Marsch in Brand gesteckt hatten. »Die ersten Auswirkungen des Kriegs«, sagte ich. »Ich weiß, was Sie denken«, murmelte er nach einem Augenblick des Schweigens. »Ich mag den Krieg auch nicht. Aber ich habe ein für allemal jener Art von Frieden abgeschworen, der aus der Erniedrigung entsteht. Wenn ich nicht frei und geachtet und, was mehr zählt, als Bürger eines freien und geachteten Staates leben kann, brauche ich den Frieden nicht, und ich hätte nicht den Mut, vor meiner Geliebten zu erscheinen und ihr einen solchen Frieden zum Geschenk zu machen!« »Der Herzog von Braunschweig«, bemerkte ich, »hat erst vorgestern erklärt, daß man in der Politik wie im Krieg bisweilen gute Miene zum bösen Spiel machen muß.« »Das ist sicher richtig«, entgegnete er, »aber da war der verhängnisvolle Tag noch nicht gekommen, und man konnte immer noch glauben, daß das vom König gestellte Ultimatum das Wunder vollbringen würde. Jetzt, wo der Krieg begonnen hat, können wir uns nicht erlauben, an einen anderen als einen durch Sieg erlangten Frieden zu denken. Und auch wenn die Vernunft sagt, daß die Dinge sich schlecht für uns entwickeln, nun, dann könnte ich trotzdem nur jeden Deutschen verachten, der angesichts einer ausweglosen Situation mutlos und verzagt würde. In zwei oder drei Tagen werden wir eine große Schlacht schlagen, auf die das ganze Heer seine Hoffnung setzt. Was mich betrifft, so erwarte ich diesen Tag mit der gleichen Ungeduld, mit der ich den Tag meiner Hochzeit erwarte, falls mir jemals das Glück zuteil werden sollte, mit der Hand verbunden zu sein, von der ich den Ring trage; ja, mir kommt es sogar so vor, als habe sich zwischen beiden Dingen ein geheimnisvolles Band geknüpft. Bei meiner Abreise dachte ich, daß ich nichts mehr vom Glück zu erwarten hätte, wenn ich Marie noch einmal hätte umarmen und an mein Herz drücken können. Aber jetzt habe ich begriffen, daß es nicht so ist. Ich will nicht, daß es geschieht, bevor nicht große Ereignisse eingetreten sind und auch ich etwas Großes habe vollbringen können. Und wenn es mein Schicksal sein sollte, einfach nur als ein x-beliebiger Mann in der Schlacht für die Rettung Deutschlands zu kämpfen, nun, auch in diesem Fall wäre ich der Umarmung meiner himmlischen Marie immer noch würdiger!«

Der Ausbruch des Kriegs ließ in Clausewitz die Überzeugung aufkeimen, daß sich eine historische Abrechnung zwischen zwei notwendigerweise feindlichen Rassen vorbereitet. »Die Franzosen«, behauptete er, »stellen für uns eine Bedrohung dar, wie sie den Deutschen in ihrer Geschichte niemals begegnet ist, seit sie sich gegen Rom aufgelehnt haben. In Wahrheit sind sie die neuen Römer, auch wenn der Charakter beider Völker vollkommen unterschiedlich ist. Ihr Ziel ist es, ihre Füße auf unsere Rücken zu stellen und ihre Herrschaft über erschreckte Vasallen bis an die Polarmeere auszudehnen. Bis jetzt haben wir uns, anstatt uns zu wehren, ohne es zu merken in eine schmachvolle Lage gleiten lassen, in der unser bürgerliches Leben nicht bedroht schien, aber die Unabhängigkeit und die Würde des Staates bereits verloren waren. Jetzt werden wir mit dem Schwert jene

Ehre zurückerobern können, die wir verloren haben, ohne auch nur für sie gekämpft zu haben.« »Der Gedanke«, erwiderte ich, »ist interessant, daß die Franzosen die neuen Römer sind, und den Engländern gebührt die Rolle der neuen Karthager, die nur an ihre Geschäfte denken und es gewohnt sind, mehr mit dem Gold als mit dem Eisen zu kämpfen. Was euch Deutsche betrifft, so denke ich, daß ihr immer noch die alten Teutonen seid, die rohes Fleisch essen.« Aber ich bemerkte sofort, daß der Hauptmann nicht zu Scherzen aufgelegt war, und im übrigen gibt es überhaupt nur wenige Deutsche, die Spaß verstehen. »Die germanischen Völker haben sich gerettet, weil, als sie mit Rom in Berührung kamen, Rom schon müde war. So konnten sie ihre Sprache und ihre Gebräuche retten, und sie übernahmen nur das, was die lateinische Sprache und das römische Recht ihnen an Nützlichem bieten konnten, ohne aber den Geist ihres Stammes zu verraten. Wenn Sie Napoleon aber triumphieren lassen, werden unsere Kinder nicht mehr deutsch sprechen, die ganze Welt wird sich auf französisch ausdrücken. Dann wäre der deutsche Geist für immer tot, denn er kann sich nicht in einer anderen Sprache ausdrücken.« »Glauben Sie das wirklich?« fragte ich ihn, überrascht von dieser Idee. »Aber sicher! Die Sprache, die ein Volk spricht, formt zwangsläufig sein Denken«, erwiderte er. »Das Französische zum Beispiel ist eine theatralische Sprache. Man sagt zwar, daß die französischen Schauspieler miserabel sind, aber was für herrliche Schauspielertypen findet man unter den gewöhnlichen Leuten! Nun, eine so klangvolle Sprache ist nicht auf die gleiche Weise geeignet, die Entwicklung des Denkens zu fördern. Eine Person, die französisch spricht, wirkt auf mich genauso wie eine Frau im Reifrock: Die natürlichen Bewegungen des Geistes wie diejenigen des Körpers werden unter starren Formen verborgen. Die deutsche Sprache ist ein weites Kleid, in dem jede Bewegung des Körpers wahrgenommen wird, und also auch die plumpen und ungeschickten Gesten derjenigen, die vom Schicksal nicht begünstigt sind. Aber dafür, welche Klarheit für den Ausdruck eines ernsten Gedankens! Derjenige, der französisch spricht, verliert also seine Individualität im Gebrauch eines Instruments, das seine Rede in klassischen und allgemeinen Formen modelliert, während das Deutsche der Schmied seiner eigenen Rede ist. Aus dem gleichen Grund fügt sich das Französische, von Natur aus beschränkt und wenig ehrgeizig, noch dazu selbstgefällig, sehr viel leichter in ein gleichförmiges Ganzes ein, beugt sich den Zielen seiner Regierung und ist folglich ein besseres politisches Werkzeug als das Deutsche mit seinem Geist, der keine Grenze duldet, der Vielfalt und Originalität der individuellen Charaktere, seiner Leidenschaft für das Argumentieren und seinem unermüdlichen Streben, das ihn nach dem erhabenen Ziel streben läßt, welches er sich selbst gesetzt hat. Es ist vielleicht der gleiche Widerspruch, dem sich die Griechen gegenübersahen, als sie auf die Römer trafen, ein Volk, das soviel ärmer an Individualität war und gerade dadurch im Bereich des praktischen Lebens unleugbar überlegen!«

»Aber die Römer«, unterbrach ich ihn, »waren den Griechen auch auf dem Schlachtfeld überlegen, und gerade deswegen unterwarfen sie sie. Man könnte sich auch fragen, ob ein Volk, das weniger reich an Individualität ist und bereit, sich ohne Diskussion einem höheren Willen zu unterwerfen, nicht notwendigerweise bessere Soldaten formen muß, was Bonapartes Siege erklären würde. So führt Ihre Argumentation direkt zu dem Schluß, daß sie, wenn wirklich in zwei oder drei Tagen eine große Schlacht geschlagen wird, unfehlbar besiegt werden müssen.« Der Hauptmann sah mich mit glänzenden Augen und glühenden Wangen an. »Nein, die Seele weigert sich, eine derartige Möglichkeit in Betracht zu ziehen. Wir, die letzte Hoffnung Deutschlands! Wenn wir geschlagen würden, würde Deutschland sich nicht mehr erheben. Gewiß«, murmelte er leiser, »es scheint unmöglich, daß so viele Menschen der edelsten Art dazu verurteilt sein sollen, ihr ganzes Leben in Schande und Unehre zu verbringen, und doch lehrt uns die Geschichte leider, daß viele Generationen von Millionen Menschen von diesem Schicksal getroffen wurden. Sind große Nationen etwa nicht ein halbes Jahrtausend unter dem Joch der Römer geblieben? Was wird in einem halben Jahrtausend von mir und meiner Rasse bleiben?« Vielleicht nicht viel mehr, dachte ich, als von den Prußen von Zacharias Werner, nachdem sie den teutonischen Rittern begegnet waren; und im besten Fall von jenen Wenden und Polen, die heute unter euren Fahnen marschieren. Aber ich hielt es für besser, diese Überlegungen für mich zu behalten.

Freitag, 10. Oktober

Heute morgen hat sich noch vor Morgengrauen das ganze Heer in Bewegung gesetzt. Will weckte mich mit der Nachricht, daß starke Truppenkolonnen durch die Stadt nach Osten marschieren. Sobald ich angezogen war, ging ich nach draußen, konnte aber wegen des gewaltigen Menschenauflaufs nicht zum König und zum Herzog von Braunschweig durchdringen. Ich erfuhr aber, daß der König zu Pferd aufgebrochen war und die Königin ihm mit zwei Kutschen folgte, in denen sich ihr gesamtes Gefolge zusammendrängte, das sich auf Madame Voss, zwei Hofdamen und zwei Zofen beschränkte. Schwach, ja kaum wahrnehmbar wurde das Echo der Kanonen vom Wind herangetragen, ein unmißverständliches Zeichen, daß irgendwo Preußen und Franzosen erneut miteinander kämpften. Wieder zu Hause, packte ich die Koffer und schickte Will mit einem kurzen Brief zu Graf Haugwitz, in dem ich ihn bat, meine Kutsche denen der Minister anschließen zu dürfen. Ich verständigte den Kutscher, daß ich ihm die Verantwortung für meine ganzen Habseligkeiten übertrüge, und als ich hinzufügte, daß ich volles Vertrauen in seine Ehrlichkeit hätte, sah ich, wie sein gewöhnlich ernstes Gesicht von einem zufriedenen Lächeln erhellt wurde. Schließlich schwang ich mich mit Will aufs Pferd und verließ, mir mit Mühe einen Weg durch das Gedränge der Truppen, Heergepäckwagen und Kanonen bahnend, Erfurt. Auf der Straße nach Weimar war eine endlose Kolonne von Männern und Pferden unterwegs, die alle, soweit ich das beurteilen konnte, dorthin marschierten, wo der Kanonendonner herkam, und ich konnte nichts anderes tun, als mich ihnen anzuschließen. Die Unsicherheit über das Ziel, zu dem wir unterwegs waren, und außerdem die unerklärliche Erregung, die das Echo des Beschusses im Blut der Soldaten entfacht, machten die Soldaten unruhig, und diese Unruhe übertrug sich schon bald auch auf mich. Aber es blieb jetzt nichts anderes übrig, als weiterzureiten.

Dieser Marsch im Schrittempo dauerte bis Mittag, ohne daß ich jemandem begegnete, den ich kannte, und herausfinden konnte, wohin wir unterwegs waren. An einer Kreuzung, an der eine Menge Soldaten, teils Pfeife rauchend, teils der Länge nach ausgestreckt und den Kopf auf den Sack gestützt, auf den Befehl zum Weitermarschieren warteten, blickte ich mich vergeblich nach einem Offizier um und sprach schließlich einen Unteroffizier an. Dieser hatte keine Ahnung, wo er sich befand und wo es hinging; er hatte einfach den Befehl erhalten, hier mit seinen Männern haltzumachen und auf den Offizier zu warten, der sich nicht wieder hatte blicken lassen. »Aber meiner Meinung nach marschieren wir direkt gegen Napoleon, und es wird nichts zu lachen geben«, schloß er, während er seine Pfeife stopfte. »Hören Sie auf mich, Sie werden sehen, daß wir im Gegenteil direkt nach Preußen zurückkehren und daß der Krieg schon vorbei ist«, rief ein anderer, und mehr als einer stimmte ernst zu. Der Unteroffizier schüttelte den Kopf und spuckte aus, fügte aber nichts hinzu und beschäftigte sich weiter mit seiner Pfeife. »Aber haben Sie«, fragte ich, »wenigstens den König gesehen?« »Ich habe ihn nicht gesehen«, antwortete der Unteroffizier, »aber er ist an der Spitze der Kolonne.« »Sind Sie sicher?« fragte ich nach, als ich sah, daß alle anderen zustimmten. »Gewiß! Wo sollte der König sonst sein als an der Spitze seiner Soldaten?« schloß der brave Mann, befriedigt über seine Logik. Gleich darauf änderte sich sein Gesichtsausdruck auf ganz erstaunliche Weise: Er riß die Augen weit auf, blickte um sich und zog an seinem Schnurrbart. »Hört zu, Kameraden«, rief er schließlich und nahm seine Pfeife aus dem Mund, »war es nicht hier, daß jener Lump diese arme Frau getötet hat?« Die Soldaten schüttelten ihre normale Trägheit von sich ab, blickten sich ihrerseits um, und einer von ihnen kratzte sich die Stirn. »Du, Vierbein«, fuhr der Unteroffizier fort, »du warst doch dabei, als sie den Körper gefunden und in die Kirche gebracht haben. Schau doch mal, war es nicht vielleicht das Feld dort, unter dem Nußbaum?« und er deutete auf einen einzelnen, unheimlich wirkenden Baum, dessen Blätter sich rostrot zu färben begannen. »Sapperlot!« rief der Angesprochene. »Genau hier war es! Und der liebe Gott möge mir beistehen, da ist auch die Kirche!« fügte er hinzu und deutete auf eine steinerne Kapelle, an der die Jahrhunderte genagt hatten und die sich sehr viel weiter hinten inmitten der Felder erhob. Alle schwiegen daraufhin, aber es war ein feierliches Schweigen, und einer nahm den Hut ab. »Was ist denn an diesem Ort Schreckliches geschehen?« fragte ich. »Der Herr muß wissen«, erklärte mir der Unteroffizier, »daß unser Regiment schon im letzten Jahr durch diese Gegend gekommen ist, und wir waren sogar nicht weit von hier, in Orlamünda, für ein paar Tage einquartiert. Damals war ein Lump dabei, Gott sei Dank gehörte er nicht zu unserer Kompanie. Er diente in der Kompanie von Bleissenberg und hieß Korn, der Herr sei seiner armen Seele gnädig.« »Er war aus Pommern, wenn ich mich nicht irre«, rief einer der Soldaten dazwischen. Aber der Unteroffizier fuhr ihm über den Mund. »Nein, er war aus Prenzlau in der Uckermark, ich erinnere mich genau. Er hieß Korn«, wiederholte er. »Also, eines Tages kam er ganz allein hier entlang, und da sah er eine Frau, die, nachdem sie Holz gesammelt hatte, mit der Kiepe auf dem Rücken nach Hause zurückkehrte. Nun, er fackelte nicht lange. Er nahm sie sich mit Gewalt, wie man zu sagen pflegt, und da sie schrie, tötete er sie mit dem Schwert«, schloß er und schlug mit der flachen Hand auf den kurzen Säbel, den alle preußischen Infanteristen am Gürtel tragen. »Ich habe sie gesehen«, sagte der, der Vierbein hieß. »Es war genauso, wie man ein Schwein schlachtet. Er hatte sie ganz aufgeschlitzt, von der Kehle bis zum Bauch, und er hatte ihr sogar die Stirn gespalten.« »Und was geschah mit dem Mörder?« erkundigte ich mich. »Der Henker köpfte ihn natürlich«, antwortete der Unteroffizier. »Und sie wurde genau hier begraben. Später wurde bekannt, daß auch ihr Vater kurz zuvor von Banditen umgebracht worden und sie allein zurückgeblieben war. Nun, Kameraden«, fuhr er an die anderen gewandt fort, »ich würde sagen, beten wir doch ein wenig dort in der Kirche für die Seelen der beiden und dafür, daß Gott uns beschützt, wenn wir in die Schlacht ziehen.« Die Männer waren alle mit dem Vorschlag einverstanden und machten sich auf den Weg über die Felder. Derjenige, der den Vergleich mit dem Schwein benutzt hatte, kam zu mir und sagte, wenn ich wolle, würde er mir das Grab zeigen. »Gut! Sehen wir es uns an«, sagte ich in der Hoffnung, vielleicht etwas mehr über diese einzigartige Geschichte zu erfahren; und so folgte ich den Soldaten zur Kirche.

Nachdem sie das kleine Gebäude betreten hatten, drängten sich alle überrascht durcheinanderrufend um ein kleines Tafelbild, das an der Wand hing. Ich näherte mich und sah, daß das Bild just die Tragödie darstellte, die sie mir erzählt hatten. Die Personen waren mit plumper Hand gemalt, aber man erkannte die Frau, die am Boden lag, die Beine in der Luft und das Kleid bis über die Knie gestreift, neben ihr die Kiepe und ein schwarzer Strohhut. Der Soldat, mit Schnurrbart und Zopf, beugte sich, den Säbel in der Hand, über sein Opfer und trug die gleiche Uniform wie diejenigen, die jetzt neben mir standen. Das Gemälde nahm nur die Mitte der Tafel ein und ließ Raum für eine Inschrift, von der ich, sei es wegen der unsicheren Schrift, in der sie geschrieben war, sei es wegen der mangelhaften Orthographie, nur ein paar Worte zu entziffern vermochte. Der Unteroffizier las sie in der allgemeinen Stille stockend vor, und da erkannte ich an den mehr oder weniger regelmäßig wiederkehrenden Reimen, daß es sich um eine Art Gedicht handelte, wie die Bänkelsänger sie auf dem Platz vortragen. Bald der Frau, bald dem Mörder und bald dem Henker das Wort erteilend, erzählte es, um seine Worte zu gebrauchen, die barbarische Geschichte, die sich eben hier, in den Feldern von Beutelsdorf, zugetragen hatte. Am Ende tat der Dichter seinen Namen kund, Hiepen, und entschuldigte sich für ein paar fehlerhafte Reime. Die Geschichte aber, versicherte er, habe sich genauso zugetragen, wie er sie erzählt habe. Der Unteroffizier schwieg, und ich sah, daß die Männer alle stark beeindruckt waren. »Tja!« sagte einer. »Jetzt werden sie in dieser Gegend Korn nicht mehr vergessen!« »Es war genauso, wie er dort sagt«, fügte Vierbein beharrlich hinzu. »Zerstückelt und zerschlagen. Es war nicht mehr viel von der Armen übrig.« Genau in diesem Augenblick ertönte außerhalb der Kirche ein Gewehrschuß, der alle zusammenzucken ließ. Wir stürzten nach draußen, und die Soldaten nahmen ihre Gewehre zur Hand, die sie an die Außenmauer des Gebäudes gelehnt hatten. Es stellte sich jedoch heraus, daß ein Soldat, der über die Felder spazierenging, einen Steinwurf von sich entfernt einen Hasen hatte vorbeilaufen sehen. Der Mann, der Jäger war, hatte der Versuchung nicht widerstehen können, auf ihn zu schießen, und er hatte ihn tatsächlich getroffen. »Diese Gegend ist voll von Hasen!« erklärte er zufrieden. »So viele gibt es bei uns nicht!« Ich glaube, der Unteroffizier, alles andere als glücklich darüber, daß er seine Gebete verschieben mußte, hätte ihn am liebsten verprügelt. Aber das Wirbeln der Trommeln von der Straße her ermahnte uns, daß die Truppe weitermarschierte, und so wurde die Sache nicht weiterverfolgt.

Als wir vor Sonnenuntergang durch ein Dorf kamen, stellte ich fest, daß man die Soldaten bei den Bauern einquartierte, und mir wurde klar, daß der Marsch nicht weiter fortgesetzt werden würde. Der Dorfplatz war von Munitionswagen versperrt, und die Fuhrknechte, die sie lenkten, Zivilpersonen, die für diesen Dienst bezahlt wurden, spannten die Pferde aus und banden sie am Bretterzaun des Friedhofs fest, wo sie, wie es schien, die Nacht verbringen würden. Ich wäre gerne zum Hauptquartier des Königs weitergeritten, das nicht weit entfernt sein konnte, aber da ich im Nebel, der dichter als sonst war, die Straße nicht fand und fürchtete, das Pferd könnte zu lahmen anfangen, entschloß ich mich, im ersten Haus Unterschlupf zu suchen. Ich stieg vom Pferd, und während Will die Tiere am Zügel hielt, klopfte ich an die Tür. Ein Mädchen öffnete und sagte mir geradeheraus, daß bei ihnen schon vier Soldaten untergebracht seien und es keinen Platz mehr gebe. Als ich jedoch die Börse aus der Tasche zog und sagte, ich sei bereit zu bezahlen, wenn sie eine

Möglichkeit fände, mich, meinen Diener und meine Pferde unterzubringen, überlegte sie es sich und bat mich, einen Augenblick zu warten. Gleich darauf erschien ein junger Bursche, der Bruder, soweit ich mitbekam, dem ich mein Anliegen noch einmal vortrug; und dank einiger Münzen einigten wir uns ohne viele Worte.

Als ich eintrat, konnte ich die Armut Thüringens, vor allem in dieser Gegend nahe des Gebirges, aus nächster Nähe miterleben. Das einzige Zeichen von Wohlstand war die stickige Hitze, die mir den Atem nahm, sobald ich die Schwelle überschritten hatte; tatsächlich bullerte der Ofen gewaltig, denn das einzige, woran es nicht fehlt, ist Holz. Die Soldaten waren im Zimmer versammelt und saßen dösend und Pfeife rauchend auf Schemeln, die an der Wand lehnten, denn Stühle gab es nicht. In diesem Raum, den sie Stube nennen, verbringt die Familie gewöhnlich ihre Zeit; hier wird gekocht, gegessen und geschlafen, und den ganzen Winter über achten die Hausbesitzer streng darauf, daß die Fenster nicht geöffnet werden, so daß man sich den Gestank vorstellen kann, der dort herrscht. Der Boden besteht aus gestampfter Erde; manchmal waschen sie ihn und streuen gelben oder weißen Sand darüber, und dies ist für sie das Höchstmaß an Sauberkeit und Kultur. Der Rauch des feuchten Holzes und des schlechten Tabaks verursachte mir sofort Kopfschmerzen. Und als sei das noch nicht genug, erwachten die Soldaten aus ihrer Trägheit, kamen mir unfreundlich entgegen und erklärten, im Haus sei kein Platz mehr. Um sie zu besänftigen, holte ich die Börse heraus und gab jedem eine Münze, womit ich zum zweiten Mal die Miete bezahlte. Dann besann ich mich eines anderen, fügte noch eine Münze hinzu und sagte ihnen, sie sollten für alle Getränke holen, ein Auftrag, den der Aufgeweckteste von ihnen sehr gern übernahm.

Die Eingebung erwies sich, wie sich dann herausstellte, als vorausschauend, denn die Hausbesitzer konnten uns nichts anderes als Wasser anbieten. Die armen Teufel taten ihr Bestes, um mich, Will und die Soldaten satt zu bekommen, aber sie konnten uns nicht mehr geben, als sie hatten. Das Mädchen kam nach kurzer Zeit mit einem verschlissenen Tischtuch herein, das sie über den Tisch breitete, den sie anschließend mit Näpfen und Besteck aus Holz, einer Suppenschüssel mit heißen Kartoffeln und einer Konservendose mit Obst deckte; und auf die groben Proteste der Soldaten antwortete sie, daß dies ihre tägliche Diät sei. Genau in dem Augenblick kam der zurück, der Getränke holen war; unter dem Arm trug er eine große Anzahl Bierflaschen und im Brotbeutel eine Flasche Wein, die er mit drolliger Fürsorge an meinen Platz stellte. Ich dankte ihm, und um ihn für seine Aufmerksamkeit zu belohnen, schenkte ich ihm, während wir die Kartoffeln kauten, begleitet von dicken Scheiben des Brotes aus der Truppenversorgung, ein Glas Wein ein. Der Mann leerte es auf mein Wohl, und dann deklamierte er, auf das Mädchen und ihren Bruder deutend, die in einer Ecke ihr Wasser tranken, mit barbarischem, aber dennoch verständlichem Akzent: »Pecus hauriat undam, sed doctus vinum!« Ohne meine Überraschung darüber zu verbergen, auf einen Soldaten zu treffen, der Latein konnte, fragte ich ihn, wo er diese Kenntnis erworben habe. Und der brave Mann, der sichtlich nichts anderes erwartete, begann mir sein Leben zu erzählen. Er hieß Schlepp und war viele Jahre, wie er sagte, Schullehrer in einem Dorf in der Pfalz gewesen. In jenen glücklichen Zeiten hatte er zu seinem Vergnügen Latein gelernt, davon träumend, eines Tages vielleicht in irgendeine andere Position aufzusteigen. Dann hatte die Armut der Bauern ihn gezwungen, den Posten, der ihn nicht mehr ernährte, aufzugeben, und in seiner Verzweiflung war ihm nichts Besseres eingefallen, als ins preußische Heer einzutreten, in dem er mittlerweile seit zehn Jahren dient. Amüsiert über seine farbige Sprache und seine beredte Mimik, fragte ich ihn, ob ihm das Militärleben gefalle. Er antwortete mir, mit philosophischer Ergebenheit, es hätte sehr viel schlimmer kommen können, da man unter den Waffen wenigstens mit den verschiedensten Personen zusammenkomme und sich Menschenkenntnis erwerbe. »Offen gesagt, seit ich mich verpflichtet habe, ist dies das erste Mal, daß ich in den Krieg ziehe, und ich kann noch nicht sagen, wie sehr es mir gefallen wird. Aber ich hoffe, daß wir uns noch einmal darüber unterhalten können, wenn alles vorbei ist. Es ist gewiß ein wahres Unglück, daß ein Mann so plötzlich gerade dann in ein liederliches Leben, wie wir es hier im Feld führen, hineingerissen wird, wenn er ernsthaft versucht, sich ein geregeltes Leben aufzubauen!« Lachend fragte ich ihn, ob auch er wie die meisten Soldaten eine Frau oder Braut zu Hause zurückgelassen habe, aber er beeilte sich aufrichtig entsetzt, es zu verneinen. »Oh nein, das ist wirklich nichts für mich! Das meinte ich auch nicht. Der Herr muß wissen, daß unser Regiment in Brieg, in Schlesien, kaserniert war, und dort blüht die Webkunst. Ich hatte mich gerade mit vier Partnern zusammengetan; wir arbeiteten im Wechsel an zwei Webstühlen und verdienten gut. Jetzt ist alles zum Teufel gegangen. Na ja, das ist halt Schicksal!«

In dem Augenblick servierte das Mädchen uns eine winzige Tasse Kaffee oder vielmehr eine braune Flüssigkeit von unbekannter Natur, die ihn irgendwie ersetzen sollte. Mein Philosoph hob die Tasse halb hoch, prüfte sie kritisch und sagte höhnisch: »Wissen Sie, wie die Soldaten diesen Kaffee nennen? Sie nennen ihn spöttisch Blümchenkaffee, weil man durch das Getränk die auf den Tassenboden gemalten Blumen sieht.« Dann wies er auf seine Kameraden, die gerade von den Löffeln die letzten Reste der Obstkonserve leckten, und fügte hinzu: »Sehen Sie sich nur dieses Elend an! Solange wir in der Garnison waren, kam es uns so vor, als hätten wir ständig Hunger. Wenn wir doch nur jetzt jene Suppe und jenes Kuhfleisch haben könnten! Und daran ist nichts zu ändern, da kannst du noch soviel protestieren, ›wo nichts ist, verliert auch der König seine Rechte‹, wie das Sprichwort sagt.« Nachdem er den Kaffee getrunken hatte, wischte er sich den Mund mit dem Hemdsärmel ab, warf mir aber sofort einen verlegenen Blick zu und entschuldigte sich: »Verflixt! So ist es nun mal; wenn man mit ihnen lebt, lernt man, sich wie sie zu benehmen!« »Nun ja«, sagte ich, um ihn zu trösten, »in der Kirche mit den Heiligen, in der Taverne mit den Leckermäulern!« Aber ich merkte, daß er das Zitat nicht erkannt hatte. »Darf ich Euer Exzellenz fragen«, fuhr er dagegen fort, »wie man im Hauptquartier über diesen Krieg denkt?« Ich gab ihm einen Bericht über das, was ich in diesen Tagen gesehen und gehört hatte, und er hörte es sich andächtig an; dann seufzte er tief und schwieg. »Und die Soldaten, was sagen die?« fragte ich. »Oh!« antwortete er achselzuckend. »Die Soldaten verstehen nichts von der Kriegskunst, aber sie merken, wenn die Brottransporte verspätet eintreffen, und wissen, was das bedeutet.« »Aber Schlepp«, ließ ich nicht locker, »Sie, der Sie so klug sind, was sagen Sie, wie wird diese Sache ausgehen?« Er sah mich listig an. »Wer weiß das! Wie man bei uns sagt, auf dem Wasser steht nicht geschrieben, daß es salzig ist. Bis jetzt haben wir den Franzosen noch nicht gekostet, aber andererseits hat er auch uns noch nicht gekostet!«

Da ich keine Ahnung hatte, wie die Versorgung der Armee organisiert war, fragte ich ihn, wie sie zurechtkämen, wenn kein Brot verteilt würde. Als einzige Antwort zwinkerte er mit den Augen. »Wer Geld in der Tasche hat, ißt, und wer keins hat, nimmt ab. Auch in Friedenszeiten ist das natürlich so. Als ich mich verpflichtete, glaubte ich, mit dem Sold könnte ich wie ein Herr leben. Kaum hatte ich meinen ersten Lohn erhalten, ging ich ins Wirtshaus und bestellte ein Essen und einen Krug Bier. Das kostete mich drei Groschen, und erst da wurde mir bewußt, daß mir gerade sieben übrigblieben, und die hätten für vier weitere Tage reichen müssen. Ich lernte schnell, daß der nicht verheiratete Soldat kochen können muß, andernfalls verhungert er.« »Und wie macht man es?« »Man tut sich zu dritt, viert oder auch zu fünft zusammen, man kauft Hafer, Erbsen, Kartoffeln und kocht selbst. Das Brot wird zum Glück vom König gestellt, auch wenn es nicht viel ist, und man muß fast immer welches von anderen kaufen. Im übrigen, wer zu sparen weiß, kann sich für fünf Pfennig Schnaps am Morgen zum Kommißbrot erlauben; mittags kocht man Suppe, dazu erneut Kommißbrot; am Abend für fünf Pfennig Bier und wieder Kommißbrot.« »Aber das ist ja ein Hundeleben!« sagte ich. »Ja, aber die einzige Weise, um zurechtzukommen. Mit dem Sold muß man auch eine Menge anderer Dinge kaufen: Gips, Pulver, Fett für die Schuhe, Öl, Schmirgel,

Seife und hundert weitere Dinge.« »Und dieses ganze Zeug muß der Soldat sich von seinem Sold kaufen?« »Das ist nicht alles: da ist noch das Waschen der Wäsche, die Reinigung des Gewehrs und so weiter; aber fast alle lernen, ihre Unterhosen selbst zu waschen. Ich spreche natürlich nicht für mich. In Brieg gab es, wie ich sagte, nicht einen Soldaten, der nicht an einem Webstuhl stand, und allen ging es prächtig ... Nun, dies ist also das Leben, das man in Friedenszeiten führt, und im Krieg ist es nicht viel anders. Mittags wird das Brot verteilt, wenn es welches gibt, natürlich, und wenn es kein Brot gibt, bekommt man zusätzlichen Sold. Allerdings treibt der Krieg die Preise hoch, manche verlieren, andere gewinnen. Der Marketender unseres Bataillons zum Beispiel ist ein Jude, aber einer von denen, die keine Bedenken haben, am Sabbat Geld zu verdienen und Speck und vieles andere zu verkaufen, was ihre Gesetze den Gläubigen verbieten. Dieser Jude hat uns auf schändliche Weise ausgepreßt, seit wir Brieg verlassen haben. Als er das Bier für sechs Pfennig verkaufen wollte, sagte ich ihm, was er verdiente und daß er ein Schuft sei, was er tatsächlich ist. Da lief er zu unserem Hauptmann, fand aber kein Gehör, weil jener brave Mann genau weiß, daß der Jude wirklich ein Schuft ist. Also lief er zum Oberst, und dieser befahl mir, den Schuft nicht mehr Schuft zu nennen. Aber was kann ich gegen die Wahrheit machen?«

Da ich dachte, daß sich in dieser Erzählung eine zweite Absicht verbergen könnte, fragte ich ihn, ob er nicht zufällig Geld brauche, aber der brave Mann verneinte mit drolligem Stolz. »Seine Exzellenz General von Malschitzky, dem ich beim Aufbruch von Brieg einen Brief auf lateinisch zu schreiben die Ehre hatte, in dem ich ihm die Schwierigkeiten darlegte, die auf den einfachen Soldaten zukommen, hatte die Güte, mir mit einem ebenfalls lateinisch geschriebenen Brief zu antworten, in dem er mich informierte, er habe angeordnet, daß mir für die ganze Dauer des Feldzugs doppelter Sold gezahlt werde, und der wird mir tatsächlich gezahlt.« Einer der Soldaten erhob sich brummend, knöpfte sich die Hose auf und pißte geräuschvoll in die Ofentür; die Glut zischte. Schlepp seufzte, dann deutete er auf die beiden Hausbesitzer, den Bruder und die Schwester, die am Ofen saßen: Er hielt eine Bibel in den Händen, hatte den Kopf aber nach hinten gelehnt und die Augen geschlossen, von den Mühen des Tages ausruhend, während sie strickte. »Schlimme Zeiten!« urteilte mein Mann. »Und das Mädchen hat Glück, daß sie ihren Bruder im Haus hat. Unter den Soldaten gibt es Teufel, die nicht zögern, sich an einer Frau zu vergreifen, aber wenn sie eine Männerstimme hören, krümmen sie sich vor Angst. Und nicht nur unter den Soldaten! Heute hatten wir uns kaum hier eingerichtet, als ein Offizier hereinkam, um ein Glas Wasser zu trinken. Er fragte das Mädchen auf die rüpelhafteste Weise, ob sie Butter und Käse habe, und da sie das verneinte, wurde er böse und fing an zu schreien: ›Ja, ja, ich kenne euch Bauern, ihr seid alle Betrüger!‹ Der Bruder war draußen, und als er das hörte, kam er herein und sagte dem Herrn Oberleutnant ins Gesicht: ›Was redet der Herr da von Betrügern? Sofort hinaus, oder ich werde den Herrn tanzen lassen wie einen Jahrmarktsbären!‹ Das sagte er zu ihm, und der Herr Oberleutnant zuckte die Achseln und ging wortlos hinaus.«

Unterdessen war es dunkel geworden, aber niemand hatte Lust zu schlafen, weil wir so wenig gegessen hatten. Schlepp schwieg und stopfte seine Pfeife mit dem Daumen, und um sich die Zeit zu vertreiben, begannen seine Gefährten Gespenstergeschichten zu erzählen. Man kann verrückt werden bei all den Erscheinungen, Visionen, Beschwörungen, Geistern und Gespenstern, von denen Preußen und Sachsen erzählen, und meine Zufallsgefährten standen ihnen in nichts nach. Anfangs nahm Schlepp an der Unterhaltung nicht teil, und da ich den Mann allmählich verstand, dachte ich, daß er sich vom Aberglauben seiner Kameraden wohl beleidigt fühlte. Daher reizte ich ihn mit dem Thema. »Natürlich ist das alles Aberglaube!« platzte er heraus. »Und ich kann das sagen, denn in meinem Dorf in der Pfalz wurde gemunkelt, daß jemand sogar meinem Vater, nachdem er gestorben war, nachts in der Nähe des Friedhofs begegnet sei.« Diese Bemerkung machte alle neugierig, so daß wir ihn auf das eindringlichste baten, weiter zu erzählen.

Der ehemalige Schullehrer saugte eine Weile schweigend an seiner Pfeife, als suche er nach Worten für den Anfang, und begann dann seine Erzählung. »Meine Mutter ist fast vor Kummer gestorben, als dieses Märchen die Runde zu machen begann. Aber schuld hat nicht mein Vater, der gewiß nicht nach dem Tod spazierengeht, ebensowenig wie Samuel, Lazarus und sogar Christus unser Herr; kein vernünftiger Mensch glaubt an Gespenster. Auch mein Vater glaubte nicht daran, und er hätte es wissen müssen, denn er war der Pastor unserer Pfarrei. Es ist eine Schande, daß nach seinem Tod solche Dinge erzählt wurden und daß man den Kindern Angst macht, indem man ihnen droht, daß der alte Pfarrer sie holen würde. Schuld ist, wenn ich das sagen kann, allein der Pfarrer Schönfeld, der die Gerüchte über diese nächtlichen Spaziergänge in Umlauf gebracht hat aus Feindseligkeit gegenüber meinem Vater, der tausendmal mehr wert war als er.« Als ich genauer nachforschte, entdeckte ich zu meiner und ich glaube auch der anderen Zuhörer Verwunderung, daß Schlepps Dorf eine echte Brutstätte von Gespenstern war. »Das letzte Mal, als ich mein armes altes Mütterlein besuchte, informierte ich mich über alle Gespenster des Dorfs und erfuhr, daß es dem Langohr, unserem alten Bürgermeister Hahn, dem Brüllenden Kalb, dem Feuermann, Sanktornus und allen anderen Geistern bessergeht denn je; ja, nach Napoleons Krieg hat Langohr sich sogar am hellichten Tag gezeigt. Daran können Sie sehen, wie aufgeklärt die Pfalz auch unter den Priestern ist!« Dieser Katalog von Gespenstern hatte alle neugierig gemacht, und sogar das Mädchen und ihr Bruder hatten ihre Apathie abgeschüttelt und hörten mit offenem Mund zu, so daß wir noch eine geraume Weile damit zubrachten, das Wesen eines jeden in allen Einzelheiten zu studieren, zur tiefen Bestürzung des braven Schlepp, der sich bemühte, mir zu beweisen, daß man den Flausen der Bauern kein Gehör schenken dürfe, bis ich feststellte, daß der Schlaf alle übermannte, und ich mich zum Schlafen in die Decke wickelte, die ich in Jena gekauft hatte, nicht ohne mich zu so viel Voraussicht zu beglückwünschen.

Sonnabend, 11. Oktober

Heute morgen ging vor dem Sonnenaufgang ein Unteroffizier von Haus zu Haus, schlug wie der Engel des Jüngsten Gerichts gegen die Türen und rief die Soldaten heraus, die sich fluchend von ihren Strohlagern erhoben und, nachdem sie hastig einen Schluck Kaffee zu sich genommen hatten, hinausliefen, um sich im Nebel in Reih und Glied aufzustellen. Der Lärm dieses morgendlichen Appells und der Massen, die unablässig auf der Straße direkt an der Haustür vorbeimarschierten, hinderte mich daran, wieder einzuschlafen, so daß auch ich aufstand und zum Brunnen hinausging, um mich zu waschen. Der Nebel lichtete sich, und der klare, am Horizont leicht rotgefärbte Himmel kündigte einen weiteren strahlenden Herbsttag an. Während Will sich um die Pferde kümmerte, vertrat ich mir zwischen den Häusern die Beine, und fast sofort sah ich eine wappengeschmückte Kutsche vor einem Tor stehen und eine Menge Soldaten, die Gepäck auf Karren und Packpferde luden. Ein Sekretär, der eilig mit einem Packen Bücher unter dem Arm, die in der Kutsche zu verstauen waren, aus dem Haus kam, stolperte und ließ einen Band fallen. Aus Neugier bückte ich mich, um ihn aufzuheben, und es war *Thérèse philosophe,* in einer alten, vom häufigen Wiederlesen abgenutzten Ausgabe. Da ich vermutete, daß dort ein Fürst oder General wohnte, klopfte ich und ging hinein.

Im Haus, dessen Fenster alle weit offen standen, saß Graf Kalckreuth beim Frühstück mit kaltem Braten und einer Flasche Madeira, bedient von einem Lakai in Livree. Als er mich hereinkommen sah, begrüßte er mich wenig herzlich und lud mich ein, seine Stärkung mit ihm zu teilen, eine Einladung, die ich ohne allzuviel Skrupel annahm. Da ich sah, daß er schlechter Laune und ungewöhnlich schweigsam war, wollte ich einen Scherz machen und fragte ihn: »Haben Sie heute morgen schon viele lästige Besucher gehabt?« »Nein, Sie sind der erste«, antwortete er mir. »Es kommt mir so vor, als hätten Sie keine gute Nacht gehabt«, sagte ich lachend. »Wie auch, angesichts dessen, was gestern passiert ist!« Und da ich ihn mit offenem Mund ansah, fuhr er fort: »Was denn, Sie wissen es nicht?« Ich versicherte ihm, daß ich am Tag zuvor, sobald es neblig geworden war, im ersten Haus Zuflucht gesucht hätte und bis eben dort geblieben sei. »Aber haben Sie denn gestern die Kanone nicht gehört?« »Ich habe Sie gehört wie alle, aber ich weiß nicht, was geschehen ist.« Er sah mich an, blau vor Zorn, oder vielleicht, weil er zu dieser frühen Stunde zuviel Wein getrunken hatte, dann begann er zu erzählen, mit jenem besonderen Vergnügen, das stets, gegen ihren Willen, diejenigen beseelt, die das Privileg haben, die Nachricht von großen und unerwarteten Katastrophen zu überbringen. »Ich werde Ihnen sagen, was passiert ist: Gestern morgen griffen die Franzosen Prinz Louis Ferdinand an, zerschlugen die Truppen, die Seine Majestät ihm anvertraut hatte, nahmen ihm all seine Kanonen ab, und um ihm die Schande zu ersparen, dem König Bericht erstatten zu müssen, töteten sie ihn.« Verblüfft über diese Nachricht, bat ich ihn um nähere Aufklärung, und er sagte mir, es sei jetzt gewiß, die Niederlage sei von unzähligen Flüchtlingen berichtet worden, die während des Abends und der Nacht einzeln eingetroffen seien. Nostitz sei verwundet zurückgekehrt und habe erzählt, er habe den Prinzen, umringt von Franzosen und mit Säbelhieben getötet, vom Pferd fallen sehen. Schließlich habe der König in der Nacht eine Botschaft von Feldmarschall Lannes erhalten, der ihm mitgeteilt habe, den Leichnam des Prinzen geborgen zu haben und der seinen heroischen Tod gepriesen und versichert habe, daß dem Prinzen alle Ehren erwiesen worden seien. Trotz des gereizten Tones, den er meinte anschlagen zu müssen, fast so, als sei sich auf diese Weise umbringen zu lassen der letzte Lausbubenstreich, dessen Prinz Louis sich in seinem kurzen Leben schuldig gemacht habe, ahnte ich intuitiv, daß der General im tiefsten Innern bewegt war. Er ist der erste Prinz des Königshauses, der auf dem Schlachtfeld getötet worden ist, und die Soldaten betrachten das nicht als ein gutes Vorzeichen. Was den Grafen betrifft, so versäumt er nicht, mich mit Genugtuung darauf hinzuweisen, daß seine Vorhersagen genau einträfen und daß jetzt umfassende Vorkehrungen unaufschiebbar seien, wenn man den Zusammenbruch vermeiden wolle. »Der gestrige Marsch, befohlen und organisiert vom Herzog, ist ein schrecklicher Fehler gewesen, und wir können uns glücklich schätzen, wenn wir so schnell wie möglich dorthin zurückkehren, von wo wir aufgebrochen sind, um das Schlimmste zu verhindern. Noch heute werde ich dem König, der bereits eine halbe Krone verloren hat, sagen, daß er sich entschließen muß, den Herzog von Braunschweig zu entlassen, wenn er nicht auch noch die andere Hälfte verlieren will.«

Mit diesen Worten erhob der General sich aus dem Sessel, in dem er versunken war, offen gesagt nicht ohne Mühe, da sein Körper in den letzten Tagen noch gewaltiger geworden zu sein schien. Wir gingen zusammen auf die Straße hinaus, wo eine große Anzahl Soldaten, Offiziere zu Pferd und in der Kutsche, Wagen und Karren nach Osten zogen, in die entgegengesetzte Richtung also zu der, aus der wir gestern gekommen waren. Auch Schlepps Kompanie war dabei und mußte sogar anhalten, um die Kanonen wenige Schritte von uns entfernt vorbeizulassen, so daß ich meinen Mann entdeckte und gerade zu ihm gehen wollte, als der General mir zuvorkam und sich direkt vor ihn stellte. Wie es schien, war ich nicht der einzige, der dieses Original kannte: »Wie geht es, Alter?« brummte Kalckreuth. »Wie Euer Exzellenz sehen, schlecht! Die Franzosen lassen uns vor und zurück rennen, es wäre besser gewesen, zu Hause zu bleiben!« »Aber Sie, Schlepp, haben doch die römische Geschichte studiert?« »Ja, Exzellenz.« »Dann wissen Sie doch, daß die Soldaten, wenn sie sich erlaubten, am Wohlergehen des Vaterlands zu zweifeln, bestraft wurden!« »Aber Exzellenz, ich zweifle keineswegs am Wohlergehen des Vaterlands, ich glaube und hoffe, daß alles ganz wunderbar für Deutschland und besonders für Preußen laufen wird; ich sage nur, daß es hier für uns keine so gute Wendung nimmt.« Der General lachte höhnisch und setzte seinen massigen Körper in Bewegung, um ins Haus zurückzukehren, und ich sagte zu Schlepp: »Na, Meister, ich sehe, daß Sie auf vertrautem Fuß mit den Großen stehen!« Der brave Mann warf sich in die Brust, seine Augen glänzten vor Befriedigung, und er sagte: »Oh, Graf Kalckreuth hat mich gern! Gerade neulich stand ich vor dem Haus, in dem ich untergebracht war, und rauchte mein Pfeifchen. Der Herr Graf ritt vorbei, grüßte mich und sprach mit mir, und da er erhitzt war, fragte er mich, ob Milch da sei. Ich rief die Hausherrin, und diese holte sofort welche, als sie sah, daß es sich um einen General mit so vielen Sternen handelte. Der Herr saß ab und ging ins Haus. Die Frau stand ganz starr vor Aufregung. Sie müssen wissen, daß sie eine schöne Bäuerin war, weiß und rot, nicht mehr ganz jung, aber sauber und stramm. Der Herr Graf plauderte mit ihr in immer vertraulicherem Ton und befahl mir schließlich, sein Pferd in die Herberge zu bringen und mir auf seine Kosten eine Flasche vom Besten öffnen zu lassen. Ich verstand den Wink und räumte das Feld. Geraume Zeit später kam der Herr Graf in die Herberge, lachte schelmisch, sagte, daß wir jetzt Blutsverwandte seien, zahlte die Zeche, gab mir noch einen Taler und ritt fort. Ich fragte später die so entgegenkommende Hauswirtin, wie ihr der Herr mit dem Stern gefallen habe; sie war voll des Lobes: ein so höflicher Mann! Wissen Sie, die Frauen sind im allgemeinen eitle Dinger, und was ihrer Eitelkeit schmeichelt, zieht sie an. Und wenn man es genau betrachtet, was soll schon merkwürdig daran sein, wenn eine Bäuerin die Umarmungen eines so bedeutenden Herrn als eine große Ehre betrachtet, vor allem, wenn der Herr noch dazu keineswegs geizig ist?« Und der Mann brach in derbes Gelächter aus, schulterte die Muskete, auf die er sich bis dahin nachlässig gestützt hatte, und zog mit seinen Kameraden weiter.

Da ich mit Sicherheit wußte, daß das Ziel der Armee Weimar war, beschloß ich, mein Pferd auf die Probe zu stellen, indem ich über die Felder ritt, anstatt die Hauptstraße zu nehmen, die durch Truppen und Heeresgepäckwagen verstopft war. Da es seit mehreren Tagen nicht regnete, hatte die Sonne Zeit gehabt, den Boden zu trocknen, so daß das brave Tier ohne Schwierigkeiten über den fetten Boden der Hügel galoppieren konnte; und wenn mir ein Hase über den Weg gelaufen wäre, ich glaube, ich hätte der Versuchung, ihn zu verfolgen, nicht widerstanden.

Der Ritt dauerte nur ein paar Stunden und hätte noch weniger Zeit in Anspruch genommen, wenn Wills Klepper nicht Mühe gehabt hätte, mit meinem Apfelschimmel Schritt zu halten. Als ich schließlich die letzte Erhebung erklomm, erblickte ich unter mir die Dächer und Glockentürme von Weimar, umgeben von seinen Buchenwäldern. Aber der außerordentlichste Anblick waren die zahllosen weißen Zelte, die sich auf den Anhöhen und längs des Flüßchens, das durch die Vororte der Stadt fließt, erhoben. Denn die Armee hat zum ersten Mal seit Beginn des Feldzugs keine Berechtigungsscheine für Unterkünfte erhalten, sondern den Befehl, das Lager im Freien aufzuschlagen, wie man es in der Nähe des Feindes macht, wenn die Generäle die Armee für den Bedarfsfall ohne große Vorankündigung in Marschbereitschaft halten wollen. Da ich so etwas nie zuvor gesehen hatte, lenkte ich mein Pferd, ihm die Sporen gebend, dorthin und befand mich nach wenigen Minuten mitten im Lager. Die Regimenter, die als erste angekommen waren, hatten ihre Zelte bereits aufgeschlagen, und die der Offiziere waren wahre Pavillons, vor denen ihre Eigentümer Tisch und Stühle hatten aufstellen lassen, so daß sie jetzt ruhig dasaßen und mit ihren Hunden spielten, während ihre Burschen weiter die Gepäckkisten auspackten. Die Soldaten kümmerten sich um die Pferde der Offiziere und trieben Pfosten in den Boden, an denen die Tiere für die Nacht angebunden würden, während andere die Pflöcke der Zelte fest verankerten. Einige saßen einfach, erschöpft vom Marsch, müßig herum.

Als ich weiterritt, stieß ich auf ein paar Offiziere, die heftig miteinander diskutierten, während ihre Männer, erhitzt und staubbedeckt, ziemlich nachlässig in Reih und Glied standen, die Muskete über der Schulter und den Brotsack umgehängt, anstatt ihre Zelte aufzuschlagen. Neugierig, die Gründe für diesen Streit zu erfahren, näherte ich mich und erkannte unter den Offizieren Oberleutnant von Suckow. Zusammen mit einigen Kameraden seines Regiments diskutierte der Oberleutnant heftig mit einem Kavallerieoffizier, der die Arme verärgert ausbreitete. Als der Offizier sich umdrehte und ging, näherte ich mich und begrüßte von Suckow, der überrascht schien, mich hier zu sehen. »Auch Sie hier?« »Ja, aber ich glaube, daß ich in Weimar wohnen werde, wohin ich gerade unterwegs bin.« »Dann werden Sie bequemer untergebracht sein als wir«, erwiderte der Oberleutnant. »Dabei machen diese Zelte«, sagte ich mit einer Armbewegung auf die Umgebung, »einen recht bequemen Eindruck, ich habe auf der Jagd schon mehr als einmal schlechter übernachtet.« »Das ist schon möglich«, fuhr von Suckow fort. »Sie müssen aber wissen, daß man, um die Zelte aufzuschlagen, zuerst den Boden mit Stroh bedecken muß, Aber als wir angekommen sind, haben wir entdeckt, daß es kein Stroh gibt, so daß wir alle auf der Erde liegen müssen. Für uns Offiziere ist das nicht schlimm, da wir ja unsere Betten haben, aber die Soldaten haben nur eine Decke, in die sie sich einwickeln können, und werden vor Kälte krepieren. Ich wollte Stroh von den Bauern requirieren, aber da das Heer sich in einem befreundeten Land befindet, ist jede Requisition verboten!« In dem Augenblick erschien Oberst von Walther und Cronach, zu Pferd und auch er vom Marsch staubig. Er saß mit einiger Mühe ab und wandte sich an die Soldaten, die auf dem freien Platz in Reih und Glied standen: »Hört zu, Kinder!« rief er. »Wir sind nicht umsonst Soldaten und sitzen alle im selben Boot, ich und ihr. Denkt ihr etwa, der König zahlt euch den Sold, damit ihr in Federbetten schlaft? Wenn notwendig, werden wir auf der bloßen Erde schlafen, und morgen werden die Franzosen trotzdem sehen, wer die Preußen sind!« Die Soldaten sind wie Kinder und vergessen sofort alles Unangenehme. Sie lachten und fragten, ob sie die Zelte haben könnten, denn sie würden sie auch auf den bloßen Felsen aufschlagen, wenn der König es verlange. Da mußte der Oberst allerdings zugeben, daß die Pferde mit dem Gepäck zurückgeblieben waren, und da die Männer lautstark ihrem Unmut Luft machten, befahlen die Offiziere ihnen eilends, sich auf den Boden zu setzen. Von Suckow warf mir einen vielsagenden Blick zu, wandte sich dann an den Oberst und bat ihn, den Männern wenigstens zu befehlen, Feuer zu machen, wozu der Oberst sich gnädig bereit erklärte; es mußte nämlich die

Suppe gekocht werden, in die das Kommißbrot getunkt wird, das andernfalls hart wie Stein und nicht genießbar ist. Aber noch hatte niemand an das Holz gedacht, so daß den Männern drohte, den Rest des Tages ohne Suppe und ohne Feuer zu verbringen. Da stand ein alter Unteroffizier mit weißem Schnurrbart auf und wandte sich an den Oberst. »Erlauben Euer Exzellenz eine Frage? Warum können wir nicht das Lager verlassen, um Holz zu sammeln?« Der Oberst entgegnete schroff: »Ja, ja, euer Holz kenne ich! Wenn ich euch herausließe, würdet ihr mit Hühnern und Schweinen und vielleicht sogar Flaschen wiederkommen! Sind die Preußen etwa Plünderer, und noch dazu auf Kosten ihrer Landsleute?« »Aber Exzellenz«, fuhr der Sergeant dickköpfig fort, »direkt hier hinter uns gibt es einen riesigen Stapel trockenes Holz, und die Bauern sagen, daß er einem Adligen gehört, der sein Schloß verlassen hat, als der Krieg näherrückte. Und wenn der Schloßherr weggelaufen ist, dann ist er eigentlich nicht mehr so sehr unser Freund, und das Holz, das werden ihm die Bauern in jedem Fall wegnehmen, warum soll es also nicht erlaubt sein, es zu nehmen?« Der Oberst entgegnete mit bewundernswerter Geduld: »Es ist nicht erlaubt, weil dies die Befehle sind! Und wenn du es genau wissen willst, Alter, als der Herzog von diesem Holzstapel erfahren hat, hat er Wachen aufstellen lassen, um die Plünderer abzuschrecken!«

Ich verabschiedete mich von Suckow und ritt in der Hoffnung, wirklich eine bequemere Unterkunft als er zu finden, nach Weimar weiter, wo ich glücklicherweise in einem bequemen Bürgerhaus unterkam, bei Herrn Oppel, Hofbäcker, an dem Plätzchen, den sie Frauenplan nennen. Im Hof des Hauses fand ich meine Kutsche wieder, von der ich seit gestern morgen nichts mehr gehört hatte. Der Kutscher erzählte mir eine endlose Geschichte über die Schwierigkeiten, mit denen er zu kämpfen hatte, um hierherzukommen. Dieses Gejammer bereitete das Geständnis vor, daß er, obwohl er die Pferde nur einmal gewechselt hatte, nicht weniger als drei Taler dafür ausgeben mußte, den Soldaten und Stallburschen eine Runde auszugeben, ohne deren Hilfe er nicht weitergekommen wäre. Ich habe den Verdacht, daß der brave Mann auch selbst tüchtig dem Schnaps zugesprochen haben wird, den er mit meinem Geld bezahlt hatte, worauf im übrigen seine glänzende Nase und die ungewöhnliche Lebhaftigkeit seines gewöhnlich so bedächtigen Benehmens hindeuteten. Aber ich hielt es nicht für angebracht, ihm Vorwürfe zu machen, da er immerhin in der Lage gewesen war, allein meine Unterkunft zu finden. Dieser Mann ist wirklich wertvoll und würde keine schlechte Figur als Diener in Amerika machen. Ich glaube, ich werde ihn in meine Dienste nehmen, und wenn ich in die Heimat zurückkehre, werde ich ihn fragen, ob er mit mir kommen will.

Heute abend erleuchteten die Feuer der auf den Anhöhen lagernden Soldaten die Stadt. Der Anblick lockte zahlreiche Bewohner Weimars an, und auch ich machte nach dem Abendessen einen Spaziergang zum Lager. Dort konnte ich der Versuchung nicht widerstehen, nach Schlepp zu suchen, und nachdem ich eine gute Stunde umhergestreift war und alle, denen ich begegnete, gefragt hatte, wo das Regiment Malschitzky lagere, fand ich ihn friedlich Pfeife rauchend auf einem Baumstumpf sitzend. Der brave Mann sprang auf und verbeugte sich respektvoll vor mir, als er mich sah, und fragte mich, ob er etwas für mich tun könne. »Nun, lieber Schlepp, ich muß zugeben, daß ich großen Durst habe. Haben Sie Wasser?« Er verzog das Gesicht. »Haben wir, aber ich glaube nicht, daß Euer Exzellenz es probieren wollen.« Er führte mich zum Kübel, schöpfte eine Kelle voll Wasser und forderte mich auf, daran zu riechen. Es war schlammig und stank, daß einem schlecht wurde. »Das ganze Wasser zum Trinken und Kochen wird direkt aus dem Fluß geholt. Ich glaube, es war bereits vor unserer Ankunft ungenießbar, aber jetzt! Die Pferde trinken daraus, die Männer waschen sich und auch ihre schmutzigen Hemden. Was Sie da riechen, ist Pferdemist vermischt mit den Läusen aller Soldaten, die darin gebadet haben. Man kann schon von Glück sagen, wenn man nicht die Ruhr kriegt. Und die Suppe wird natürlich auch mit diesem Wasser gekocht. Aber was soll man machen? ›Optimum ciborum condimentum fames!‹« Ich konnte nicht umhin zu bemerken, daß es für einen gebildeten Menschen schwer sein müsse, sich an dieses Leben zu gewöhnen. Aber Schlepp zuckte nur die Achseln und erwiderte: »Warum? Man gewöhnt sich an alles, sogar an die Beschreibungen der gräßlichsten Verbrechen in den Zeitungen, man kann sich auch an die Strapazen und die Prügel gewöhnen. Gewiß, wenn ich mein Leben auf eine weniger klägliche Weise verdienen könnte, würde ich das nicht verachten. Wenn ich so darüber nachdenke, bin ich fast sicher, daß ich das Soldatenleben satt habe. Aber was soll ich machen? Ich habe mich gerade für weitere zehn Jahre verpflichtet! Jetzt müßte ich, um freizukommen, dem Regiment meinen Preis zurückzahlen oder einen Rekruten finden, der so groß ist wie ich und an meine Stelle tritt. Und mit welchem Geld? Schon im Depot in Brieg habe ich mit einem Hauptmann darüber gesprochen und dann mit unserem Hauptmann Lafontaine, und beide haben mir erklärt, daß es keinen anderen Weg gibt, um ehrenhaft herauszukommen.«

In diesem Augenblick kam ein Offizier mit einem Bündel Papieren vorbei, und als er Schlepp erblickte, reichte er ihm ein Blatt mit den Worten: »Da, nimm, du kannst doch lesen. Und lies es heute abend deinen Kameraden vor!« Der Philosoph betrachtete das noch druckfeuchte und nach Druckerschwärze riechende Schriftstück und las es rasch und schweigend durch. Neugierig geworden, fragte ich ihn, um was es sich handele. »Das ist eine Propagandaschrift«, antwortete er gleichgültig und gab mir das Blatt. So hatte ich Gelegenheit, das folgende Prosabeispiel zu lesen:

»Der alte Schnitter, Invalide von Berlin, an seine Landsleute im Augenblick ihres Aufbruchs. Ich machte gestern einen Spaziergang nach Potsdam. Unsere Wachen paradierten vor dem König. Der Monarch nahm das Schwert in die Hand und befahl: Marsch! Heute morgen sind unsere Regimeter in Berlin einmarschiert. Der König war zu Pferd. Unser Papa Möllendorff ritt an der Spitze der Truppen, mit dem gleichen verwegenen Ausdruck wie vor fünfundsechzig Jahren. Die Herren Offiziere waren in Paradeuniform, und die Soldaten machten, bei Gott, einen fröhlichen Eindruck. So brachen alle im Gleichschritt mutiger Preußen zu großen Taten auf. Ich wohnte dem Ganzen mit Freude bei. Mir fällt die Zeit wieder ein, in der ich einer von denen war, die aufbrachen. Ich wäre gern wieder marschiert. Ich hätte den König gern um ein Gewehr gebeten. Schließlich bin ich nicht älter als unser Papa Möllendorff oder der Löwe von Braunschweig. Aber meine Beine versagten den Dienst, und so konnte ich nur zu Gott beten für die Ehre unseres Landes und für den König. Als der alte Fritz nach der Schlacht von Kunersdorf die Oder passierte und sein Lager mit den tapferen Truppen, die ihm geblieben waren, in Fürstenwalde aufschlug, hatten alle Ehrenmänner Herzklopfen. Alle Seelen waren voll Schmerz, aber keine war verzagt. Wir knirschten vor Wut mit den Zähnen. Wir suchten die Augen des Königs, und da in ihnen geschrieben stand: ›Für das Vaterland sterben oder siegen‹, nahmen wir die Waffen vertrauensvoll wieder auf, und wer gewagt hätte, am Sieg zu zweifeln, wäre für immer aus den Reihen der Preußen verjagt worden.«

»Merkwürdig«, sagte ich. »Ein Flugblatt, das den Soldaten mit der Erinnerung an eine Niederlage Mut machen will. Und wenn ich mich recht erinnere, sagte Friedrich seinen Männern in Kunersdorf nicht ›Für das Vaterland sterben oder siegen‹, sondern: ›Hunde, wollt ihr ewig leben?‹« Schlepp lachte höhnisch. »Würde der Herr mir dieses Stück Papier verehren? Die Ruhr ist Gott sei Dank noch nicht im Lager aufgetreten, aber ein Mann hat bestimmte Bedürfnisse, und es ist besser, sich rechtzeitig zu versorgen.« In dem Augenblick kam ein Unteroffizier vorbei, und als er Schlepp sah, befahl er ihm, zu den anderen zu gehen. Mein Mann stand widerwillig auf und ging, immer noch die Pfeife im Mund, in die angegebene Richtung. Dort fanden wir etwa fünfzig Soldaten vor, die im Licht der Fackeln unter dem Befehl eines gelangweilten Offiziers ein großes Loch aushoben. »Was ist los, Bruder?« fragte Schlepp, während er sich einem der Männer näherte, der sich, auf seine Schaufel gestützt, mit dem Zipfel seines Hemds den Schweiß abwischte und sehr wenig Lust zeigte, wieder an die Arbeit zu gehen. »Seine Exzellenz«, sagte er dann, auf den Oberst gemünzt, »läßt eine Latrine ausheben.« Schlepp verzog das Gesicht. »Sehen Sie, Exzellenz«, sagte er dann, an mich gewandt, »so ist das im preußischen Heer. Das Reglement sagt, daß, wenn das Regiment lagert, eine Latrine ausgehoben werden muß, und so heben wir sie aus, auch wenn die Soldaten vom Marsch müde sind und sich lieber ausruhen oder die Zeit dazu nutzen würden, die Schuhe zu flicken oder das Gewehr zu entrosten.« »Aber eine Latrine«, erwiderte ich, amüsiert von diesem Dialog über ein so erhabenes Thema, »ist doch immer eine nützliche Sache.« »O ja!« antwortete Schlepp. »Wenn die Soldaten sich auch die Mühe machen wollten, sie zu benutzen! Aber Sie werden sehen, daß sich heute nacht keiner mehr als ein oder zwei Schritte von seinem Zelt wird entfernen wollen.« Die Soldaten gruben widerwillig, und ich machte meinen Bekannten darauf aufmerksam. »Was wollen Sie?« antwortete er. »Der Soldat arbeitet ganz allgemein nicht gerne. Wenn er hätte arbeiten wollen, sagt er, wäre er nicht Soldat geworden. Ein Schützengraben, für dessen Aushebung hundertfünfzig Soldaten zwei Tage brauchen, könnte von dreißig oder vierzig Hilfsarbeitern in einem Tag ausgehoben werden.«

Sonntag, 12. Oktober

Heute morgen trat ich, kaum war ich aufgewacht, ans Fenster und sah die Sonne und einen wolkenlosen Himmel. Die Soldaten auf dem Platz wirkten fröhlich, und es ist wahrhaftig bereits ein großes Glück, daß uns bei all der Misere wenigstens der Regen erspart bleibt. In der Ferne, in Richtung Jena, leistete uns weiterhin der Kanonendonner Gesellschaft, aber mittlerweile hatten sich alle an diese Musik gewöhnt, und niemand schien mehr darauf zu achten. Während ich den Kaffee trank, hörte ich draußen einen großen Lärm und aufgeregte Stimmen, darunter weibliche. Ich stürzte nach draußen, um zu sehen, was los war, und fand zwei Frauen, die, vom Markt zurückkehrend, von einem Karren angefahren worden waren, wobei sie den Inhalt ihrer Einkaufskörbe auf dem Pflaster verloren hatten. Die eine der beiden, allem Anschein nach das Hausmädchen, hatte sich hingekniet und sammelte die Äpfel und das Gemüse ein. Die Herrin, eine etwa vierzigjährige Frau, einfach, aber geschmackvoll gekleidet, jedoch ziemlich unmanierlich in ihrem Benehmen, stellte, die Hände in die Hüften gestützt, die Soldaten zur Rede, die einen Kreis um sie gebildet hatten und, anstatt ihnen zu helfen, höhnisch lachten. »Ihr da«, befahl ich und ging auf den Platz hinaus, mit dem Spazierstock unter dem Arm. Die Soldaten, gewohnt, demjenigen, der gut gekleidet ist und einen Stock in der Hand hat, zu gehorchen, gingen auseinander, und ich verbeugte mich vor der Dame und bot ihr meine Dienste an. »Ein Glück, daß Sie kommen!« rief die Frau mit drolligem sächsischem Akzent. »Wenn dieser Krach noch lange gedauert hätte, wäre der Herr Geheimrat herausgekommen, und wir hätten was erleben können!« Das Hausmädchen hatte ihre Körbe wieder gefüllt, und ich bot mich an, sie nach Hause zu begleiten. Aber die beiden Frauen wohnten eben hier, im Palais neben demjenigen, aus dem ich herausgekommen war. »Kommen Sie doch, kommen Sie, und lernen Sie den Geheimrat kennen!« wiederholte die Herrin. Und so gingen wir die drei oder vier Stufen hinauf und traten ins Haus.

Das Palais war geräumig und, ich würde nicht sagen, mit fürstlichem Luxus eingerichtet, aber mit englischem Komfort, der von beiden sicherlich vorzuziehen ist und fast ebensoviel kostet. Man sah, daß hier nicht nur ein gebildeter Mensch lebte, wie die Schränke voller Bücher und antiker Büsten bewiesen, sondern auch jemand, der sich das Leben gerne einfach macht. Wer es war, konnte ich mir beim besten Willen nicht vorstellen, aber als ich vorgestellt wurde, entdeckte ich, daß es sich um Goethe handelte. »Schön!« sagte der große Mann zu mir, als er mich sah. Für einen Augenblick schien er unsicher, was für einen Gesichtsausdruck er annehmen und ob er vor mir den Minister oder den Dichter herauskehren sollte; schließlich aber entschied er sich zum Glück für den Dichter. »Schön!« wiederholte er und kam lächelnd auf mich zu. »Was für eine glückliche Begegnung!« Die Frau, von der ich nicht so recht wußte, ob sie seine Haushälterin war oder mehr, da er mit ihr vertraulich wie mit einer Ehefrau umging, obwohl sie ihn weiter mit Geheimrat anredete, erzählte von dem Zwischenfall, der sich auf dem Platz ereignet hatte. »Ich weiß nicht, wie ich Ihnen meine Dankbarkeit ausdrücken kann«, sagte Goethe und nahm meine Hand. »Die Zeiten sind leider nicht danach, die Freunde zum Essen einzuladen, aber wenn Sie sich mit dem wenigen zufriedengeben, was da ist, werde ich mich durch Ihre Gesellschaft geehrt fühlen. Wir werden Kavallerieoffiziere als Tischgenossen haben, die in meinem Haus einquartiert sind, denn unter solchen Umständen genieße ich keine Privilegien; aber Sie werden sehen, ihre Konversation ist keineswegs unangenehm. Natürlich verbieten sich Vergleiche mit den Essen in Berlin! Ich lese niemals die Berliner Zeitungen, und wissen Sie warum? Weil sie sehr interessante Artikel über die lokalen kulinarischen Spezialitäten enthalten. Wenn ich sie lesen würde, würde ich den Geschmack an dem verlieren, was mir jetzt serviert wird«, schloß er, nicht ohne einen verschmitzten Blick zu der Frau, die mir als Frau Vulpius vorgestellt worden war. Diese, an ihrer empfindlichen Stelle getroffen, protestierte energisch gegen diesen Angriff auf ihre Fähigkeiten, und schlug ihn siegreich auf der ganzen Linie zurück. »Wenn der Herr Geheimrat jeden Morgen wie ich auf den Markt gehen würde, würde er sehen, daß die Preise bei all den Soldaten, die zu ernähren sind, verrückt spielen und die Bauern nichts mehr in die Stadt bringen, weil sie es bequemer finden, alles zum doppelten Preis zu Hause zu verkaufen! Ich möchte sehen, ob die Fräulein in Berlin es besser machen könnten als ich!« Genau in diesem Augenblick hörte ich in der Ferne Kanonendonner. »Barmherziger Himmel!« rief die Frau. »Wenn ich an diese armen Leute denke, deren Häuser in Flammen aufgehen! Der Fleischer, der heute morgen ins Lager kam, sagt, daß in der Gegend von Jena der Himmel voller Rauch war.« »Da wird irgendein Dorf niedergebrannt sein«, erwiderte Goethe ruhig; »aber der Rauch macht sich in einem Kriegsbild nicht schlecht.« »Der

Herr Geheimrat würde nicht so reden, wenn der Rauch aus seinem Haus käme! Auf dem Markt sagen sie, daß das Schloß und die Stadt vor Kanonenkugeln nicht sicher sind. Da frage ich, was für Generäle haben wir denn? Wenn Napoleons Glück nicht aufhört, dann werden diese Preußen gewiß nicht diejenigen sein, die ihn aufhalten werden!« Goethe schwieg einen Augenblick, dann wandte er sardonisch ein: »Aber vielleicht, was meinst du, meine kleine Freundin, hat Prinz Louis, wie ein neuer Decius, die Schuld Preußens auf sich genommen, und von jetzt ab wird alles besser laufen.« »Ich weiß nicht, wer dieser Decius ist, aber ich weiß, daß mein Kopf heute oder morgen platzen wird!« Und mit diesen Worten floh die Frau in die Küche, und ich und Goethe blieben allein.

»Ja, mein lieber Herr Pyle, was denken Sie denn nun über diesen Krieg?« fragte er mich nach einem langen Schweigen. »Nichts Gutes«, erwiderte ich. »Und wenn ich ein so schönes Haus hier in Weimar besitzen würde, säße ich nicht so ruhig da wie Sie und wartete darauf, beschossen zu werden.« »Aber mein Lieber, wenn man nichts tun kann, ist es sinnlos, sich aufzuregen, überlassen wir das den Frauen. Und wenn die Franzosen kommen, ist es mir lieber, hier zu Hause das meine zu verteidigen, als irgendwo Zuflucht gefunden zu haben und meine Sachen solchen Gästen zu überlassen.« »Wer hätte noch vor zehn Tagen«, fuhr ich fort, »als wir uns in Jena trafen, geglaubt, daß die Dinge eine derartige Wendung nehmen würden!« »Ich persönlich«, erwiderte er, »war schon da nicht abgeneigt zu fürchten, daß alles zum Teufel gehen würde. Als an der Tafel des Fürsten zu Hohenlohe alle so sicher waren und ein solches Vertrauen in die preußischen Waffen hatten, fragte mich einer leise, ob ich schon begonnen hätte, die wertvollsten Dinge und die wichtigsten Papiere in Sicherheit zu bringen. Und da konnte ich, während ich mich umblickte, nicht umhin zu denken: ›Nun, wenn es dem Himmel gefällt, werden viele von euch gefangengenommen werden.‹« »Dann wird also«, sagte ich, »der Große Typograph bald eine Neuausgabe des Herzogtums Weimar drucken?« »Nein, des Königreichs Preußen, mein Lieber, und ganz Deutschlands. Man sieht, das war Schicksal. Im übrigen hätten die Franzosen die Welt schon seit geraumer Weile erobern können, dafür brauchten sie keinen Bonaparte. Alle Diener, Köche und Kaufleute stehen auf ihrer Seite, wir sind verraten und verkauft, bevor es losgeht.« »Eine merkwürdige Gestalt hätte das Schicksal angenommen«, kommentierte ich, überrascht von der vergnügten Resignation, die aus seinen Worten zu sprechen schien. »Das Schicksal in Gestalt eines Kochs oder sogar eines Friseurs: merkwürdig, nicht? Aber keineswegs unmöglich«, fuhr Goethe friedlich fort. »Das Schicksal ist ein seltsamer Reisebegleiter, wie ein arabischer Dichter sagt. Warten Sie, ich will das Zitat suchen.« Er stand auf, streckte die Hand nach einem Regal aus, zog mit großer Sicherheit ein Buch heraus und begann darin zu blättern. In dem Augenblick kam Frau Vulpius, eine gestreifte Schürze um die kräftigen Hüften, ins Zimmer, um seine Meinung über die Zubereitung irgendeines Gerichts einzuholen. Goethe schien über die Unterbrechung verärgert, warf ihr ein gespielt liebenswürdiges Lächeln zu und rief: »Du kommst gerade richtig, meine Liebe, ich wollte eben unserem Gast ein Gedicht vorlesen, das von dir spricht.« Die Frau blieb abwartend stehen, und ihr Herr und Meister, der ohne Zögern die Seite gefunden hatte, die er suchte, las: »›Vergliche jemand deine Gestalt mit einem zart blühenden Zweig, ein solcher Vergleich wäre falsch und eine Lüge: / Der Zweig ist schöner bekleidet, während du nackt schöner bist.‹« Die Frau wurde rot, fing zu lachen an und verbarg das Gesicht vor Verlegenheit in der Schürze.

Kurz darauf saßen wir bei Tisch. Angesichts der Umstände erwartete niemand ein Festmahl, und als ein riesiger Eierkuchen auf dem Tisch erschien, seufzten alle Gäste, überzeugt, daß dies das Hauptgericht des Tages sei. Daher waren wir angenehm überrascht, als Frau Vulpius, nachdem der Eierkuchen weggeputzt war, ein Hühnerfrikassee aus der Küche brachte. Diese Erscheinung hob die allgemeine Stimmung ganz erheblich, die bis dahin recht gedrückt gewesen war; und ein alter Husarenoffizier mit grauem Bart und intelligentem Blick trank ein Glas zu Ehren des Hausherrn, worin ihm alle anderen unverzüglich folgten. Dann wischte er sich den Mund ab, wandte sich an Goethe und erklärte, auch im Namen seiner Kameraden, wie sehr es allen leid tue, daß ein so hervorragender Mann in die Entbehrungen und, wer weiß, in die Gefahren des Kriegs hineingezogen werde. »Ich danke Ihnen von Herzen, mein lieber Freund«, erwiderte Goethe, »aber es ist nicht das erste Mal, daß ich mich in solchen Umständen befinde. Vor vierzehn Jahren hatte ich einen kleinen, wenn auch unwürdigen Part in jenem verhängnisvollen Frankreichfeldzug, und ich gebe die Hoffnung nicht auf, daraus ein kleines Buch zu machen. Aber auch jetzt scheint es mir keineswegs nutzlos, zusammen mit meinem Fürsten und so vielen tüchtigen Offizieren ein wenig Entbehrung und Gefahr auf mich zu nehmen, um mich selbst auf die Probe zu stellen.« Der Offizier war jedoch nicht dieser Meinung und beharrte darauf, daß es bereits unverzeihlich sei, die Militärs, deren Beruf und Pflicht es ja sei, sich der Gefahr zu stellen und unser Leben wieder in Ordnung zu bringen, an den Rand der Katastrophe gebracht zu haben. Aber daß auch ein großer Dichter an solchem Leid teilhaben muß, darüber konnte er sich nicht beruhigen. »Ja«, erwiderte ein anderer Offizier, »aber indem er den Feldzug so aus der Nähe miterlebt, kann er der Nachwelt denkwürdige Seiten hinterlassen. Sie werden sehen, daß unsere Kinder zu seiner Feder Zuflucht nehmen werden, um die Ereignisse, die wir gerade erleben, erzählt und erklärt zu bekommen.« Goethe lächelte bei diesen Worten und bereitete sich auf die Antwort vor, als der alte Offizier rief: »Das glaube ich eigentlich nicht, er ist zu klug! Was er schreiben könnte, wird er nicht schreiben wollen, und was er schreiben möchte, wird er nicht schreiben.« Unser Gastgeber schien betroffen; er starrte den Sprecher lange mit einem Blick, der zwischen Spott und Bewunderung schwankte, an und rief dann: »Ich selbst hätte es nicht besser sagen können! Auf Ihr Wohl, mein Herr!« Und er leerte das Glas auf einen Zug.

Nach dem Essen machte ich, da das Wetter so schön war, einen Spaziergang, und aus Gewohnheit ging ich die Straße entlang, die zum Lager führt. Auf der Fahrbahn standen zahlreiche

Karren mit Soldaten, die in ihre Decken gewickelt waren; andere Soldaten bahnten sich, gestützt von ihren Kameraden, den Weg über die Felder. »Wo kommen die vielen Kranken her? Ist bei euch etwa die Pest ausgebrochen?« fragte ich den Führer. »Die Pest ist gar nicht nötig«, war die Antwort, »eine Nacht im Biwak reicht schon. Die Soldaten bekommen Fieber und können nicht mehr marschieren.« »Tatsächlich?« »Natürlich! Die Nacht ist kalt, und Euer Exzellenz können selbst fühlen, aus was für einem Tuch unsere Uniformen bestehen.« »Aber manche Offiziere hatten mir doch versichert, daß euer Militärstoff zwar grob, aber dicker und dauerhafter als das beste englische Tuch ist.« »Exzellenz«, entgegnete der Soldat geduldig, »die Offiziere haben jedes Interesse, ein Tuch zu verteidigen, das sie möglichst günstig bekommen. Aber man braucht es nur anzufassen, um festzustellen, daß bei seiner Herstellung die einzige Sorge die Bereicherung des Fabrikanten gewesen ist. Wenn es Nacht wird, liegt der Offizier in seinem Bett, und wenn es kalt ist, deckt er sich mit dem Mantel zu. Aber der Soldat hat weder Bett noch Mantel, nur eine Decke, die so dünn ist, daß man hindurchgucken kann, und die Uniform ist sommers wie winters dieselbe. Man schläft auf der Erde, ohne Feuer und ohne Suppe, und am Morgen, wenn man aufwacht, ist man reif fürs Lazarett.« »Sie erfreuen sich doch aber guter Gesundheit, wie mir scheint.« »Dem Herrn sei Dank. Aber auch wenn es mir viel schlechter ginge, würde ich mich trotzdem nicht ins Lazarett bringen lassen. Ich würde lieber sofort sterben wollen, als in einem solchen Loch zu enden! Medizin gibt es nicht, die ganze Behandlung besteht aus etwas Kommißbrot. Die Chirurgen, wie man sie jetzt nennen muß, auch wenn sie nicht mehr Ahnung als irgendein Barbier haben, also die Chirurgen trinken Wein und verkaufen öffentlich den Reis und die Gerste aus der Mannschaftsverpflegung weiter. Der leitende Chirurg läßt sich nur einmal am Tag sehen, läßt sich erzählen, was los ist, wirft mit ein paar lateinischen Worten um sich und geht dann, um mit den Offizieren *Hombre* zu spielen, wo er vielleicht das Geld verliert, das man ihm anvertraut hatte, um Medikamente, Essig und Wein zu kaufen. Die Kranken krepieren, ja, sie krepieren, ohne daß sich jemand um sie kümmert, und man erkennt, was das Leben eines Mannes im Krieg wert ist.« Während jener geistreiche Mann auf diese Weise wetterte, blieb ein Bürger, der einen Kranken begleitete, den zwei Soldaten auf einer Bahre trugen, bei uns stehen und richtete das Wort an ihn mit einer Kälte, die durch den förmlichen Ton noch verstärkt wurde. »Darf ich erfahren, wo der Herr solchen Unsinn her hat?« Aber der Soldat war nicht der Mann, der sich so leicht einschüchtern läßt. »Sapperlot! Alle im Heer erzählen das, und ich habe es auch mit eigenen Augen gesehen; und ich habe auch gehört, daß die Chirurgen sich dafür bezahlen lassen, daß sie die Kranken verbinden, und sogar dafür, daß sie ihnen das bißchen Suppe und Fleisch geben, die der König denen zuteilt, die für ihn ihre Gesundheit verloren haben.« »Mir scheint, der Herr hat ein bißchen zuviel geredet!« erboste sich der Bürger. »Wenn ich das dem Offizier erzähle, wird der Herr im Arrest enden. Versteht Er mich?« »Oh doch, ich verstehe, und ich sehe auch, daß der Herr sich etwas vorzuwerfen hat, sonst würde die Wahrheit ihn nicht so treffen. Versteht Er mich?« »Potztausend, mir scheint, der Herr will mich provozieren! Weiß der Herr, wer ich bin?« »Oh ja, ich sehe, daß der Herr niemand anderer als ein geschniegelter Barbier ist!« »Nein, zum Teufel, so kommt Er mir nicht davon, oder ich werde nie wieder einen anständigen Namen tragen! Ich werde das dem Offizier erzählen, er wird mir Genugtuung geben!« Da ich den Eindruck hatte, daß der Mann Ernst machen würde, riet ich dem Soldaten zu verschwinden. Aber der brave Mann schien keineswegs beunruhigt. »Ich will den Offizier sehen, der ihm recht geben würde! Es wissen doch alle, daß die Chirurgen stehlen. Im Heer gibt es ein Sprichwort: Ohne Geld im Lazarett, und der Tod steht am Bett!«

Genau in dem Augenblick hörten wir spitze Schreie einer Frau; und als wir wie viele andere in jene Richtung liefen, sahen wir eine Frau mit zerzausten Haaren und einer Schürze voller Kartoffeln, die von vier Soldaten fortgeschleppt wurde und vergeblich versuchte, sie mit ihren bloßen Füßen zu treten. Ich näherte mich einem Offizier, der ihnen ohne Eile folgte, und fragte ihn, was da los sei. »Ach!« antwortete er mir. »Seine Gnaden haben äußerst strenge Befehle gegen das Plündern ausgegeben. Jeder, der beim Stehlen überrascht wird, muß dem Profos übergeben werden, um mit zwanzig oder dreißig Rutenschlägen auf den bloßen Rücken bestraft zu werden.« »Aber Sie wollen doch nicht sagen, daß eine solche Maßnahme auch bei einer Frau angewendet werden muß!« wandte ich ein. »Warum nicht?« antwortete mir der Offizier. »Die Frauen plündern ebensoviel und mehr als die Männer, und es gibt kein anderes Mittel, als sie erbarmungslos auszupeitschen, diese Teufelinnen!« Es ist wahr, daß dem Heer viele dieser Geschöpfe, Dirnen meist, folgen, die sich an die Soldaten in den Wiesen verkaufen und bei der ersten Gelegenheit unbehelligt stehlen. Auch die gesetzlich angetrauten Ehefrauen, die das Heer mit ihren Rotzjungen am Hals begleiten, begnügen sich allzuoft nicht mit Betteln, und man weiß von Brotwagen, deren Ladungen vor der Verteilung verschwanden, weil die Wachen müde oder als Mittäter beteiligt waren. Und doch scheint es mir eine übertriebene Maßnahme, eine Frau dem Profos zu übergeben, damit sie wie ein Soldat geprügelt wird. Aber die Männer lachten über meine Bedenken. »Wem kann ein preußischer Profos schon Angst machen!« rief ein Unteroffizier. »Ich habe das Heer des Reiches in Schwaben kennengelernt und kann vergleichen. Der Reichsprofos ist eine angesehene Person, den die Soldaten und Offiziere ›Herr Vater‹ nennen; und vor ihm erscheinen zu müssen ist furchtbar. Aber der preußische Profos ist ein armer Teufel, meist ein alter Invalide, der einen Hungerlohn verdient und eine Art grauen Anzug trägt, der nicht einmal einer Uniform ähnelt. Er hat auch nicht das Recht auf einen Offiziersburschen, der die Gefangenen bewachen oder die Ruten schneiden könnte; er muß alles selber machen.« »Die Soldaten hassen und verachten ihn«, fügte ein anderer hinzu. »Niemand trinkt mit ihm, und er wagt es nicht, sich in einem Wirtshaus oder der Bude eines Marketenders zu zeigen, wo sich Soldaten aufhalten; sogar die Gepäckträger dulden seine Gesellschaft nicht. Und wenn man bedenkt, daß die Träger ihrerseits von den Soldaten verachtet und bei jeder Gelegenheit schlecht behandelt werden, bekommt man eine Vorstellung davon, was für ein Ansehen der arme Profos bei den Preußen genießt.« »Daher«, fuhr der erste fort, »versichere ich Ihnen, daß man dieses Geschöpf nicht allzu sehr bedauern muß. In ein oder zwei Stunden wird sie wieder frei sein und gehen können, wohin sie will, mit nur leicht verletztem Rücken; vielleicht wird sie auch einen Weg gefunden haben, mit dem Profos ihre Kartoffeln zu teilen, falls der Offizier so einfältig gewesen sein sollte, sie ihr nicht abzunehmen.« Aber in dem Augenblick kam der Offizier zurück, gefolgt von einem der Soldaten, der einen Korb voll Kartoffeln trug. Er salutierte vor dem Oberst, der wie die anderen aus seinem Zelt gekommen war, um die Ursache jenes Lärms zu erfahren, und fragte ihn, was er mit der Diebesbeute machen solle. »Was für eine Frage, Oberleutnant, Sie geben sie dem Eigentümer zurück!« befahl der Oberst. »Aber Exzellenz, die Kartoffeln sind auf einem Feld hinter einem verlassenen Haus ausgegraben worden; alle sind weg.« »Und Sie lassen die Kartoffeln ins Haus bringen, und wenn die Eigentümer wirklich weg sind, lassen Sie eine Wache aufstellen.« »Aber Exzellenz«, ließ der Oberleutnant nicht locker, »das ist eine Sünde; die Männer haben Hunger.« Aber dem Oberst behagte es gar nicht, daß man ihm widersprach. »Oberleutnant, tun Sie, was Ihnen befohlen worden ist, und werden Sie nicht übermütig! Wir sind nicht hierhergekommen, um Privatbesitz zu plündern oder diese braven Bauern zu ruinieren, die schon tun, was sie können, um uns zu ernähren!« Nachdem er diese Zurechtweisung beendet hatte, blickte der Oberst um sich und sah im Licht der Flammen die Gesichter seiner Soldaten, die nicht ein Wort verloren hatten. »Pfui!« knurrte er. »Wenn es den Stock nicht gäbe, würden sie wie die Raben stehlen!« Während er dies sagte, blickte ich einen der beiden Unteroffiziere an, der neben mir stand, und sah, daß eine so musterhafte Ehrlichkeit nicht nach seinem Geschmack war. »Zum Glück«, sagte er leise zu mir, »denken nicht alle Offiziere so. Heute morgen sind wir nach all der Kälte, die uns heute nacht zugesetzt hat, ohne Holz zum Kochen der Suppe aufgewacht, und da haben wir vier Mann losgeschickt, um eine Buche im Wald hier in der Nähe zu fällen. Der Hauptmann bemerkte es, hat aber nichts gesagt, und die anderen Kompanien haben es ebenso gemacht. Und heute abend hat man uns gesagt, daß auf Befehl des Herzogs Holz requiriert werden darf; aber nur das. Die ausgehungerten Soldaten werden geprügelt, wenn sie versuchen, ein paar Kartoffeln auszugraben, die nach der Ernte vergessen worden sind und nur verfaulen.« Während ich diesem und anderen Unteroffizieren zuhörte, mußte ich unwillkürlich denken, daß es für das preußische Heer nur vorteilhaft wäre, wenn es von ihnen statt von seinen Offizieren kommandiert würde. Sie haben zwar keine guten Manieren, aber um Männer dazu zu bringen, sich töten zu lassen, ist es nicht nötig, Gabel und Messer benutzen zu können.

Montag, 13. Oktober

Die ganze Nacht war die Stadt in einem Zustand fiebriger Unruhe. Der Galopp der Generaladjutanten über das Pflaster des Platzes und der Lärm der Diener, die Karren und Kutschen beluden, weckten mich, als es noch dunkel war, und an Einschlafen war danach nicht mehr zu denken. Als das ungewisse Licht der Morgendämmerung schließlich das Zimmer zu erhellen begann und den Möbeln jene bedrohliche Undurchdringlichkeit verlieh, die jede unbekannte Form im Halbdunkel annimmt, beschloß ich aufzustehen, weckte Will, der noch schnarchte, zog mich an und ging hinaus. Im Eßzimmer wurden mir Kaffee und ein einziges winziges Brötchen serviert, und ich dachte gerade über diesen mangelhaften Komfort nach, als Will, der mittlerweile durch den Umgang mit Stallburschen und Dienern gelernt hat, ein paar Worte Deutsch zu verstehen, kam, um mir mitzuteilen, daß wir noch heute nach Norden aufbrechen würden, um Magdeburg und die Brücken über die Elbe zu erreichen, bevor der Feind uns den Weg abschneiden würde. Die Pferde des Königs sind für Mittag bestellt, so daß ich Will und den Kutscher ermahnte, auch unsere für diesen Zeitpunkt bereitzuhalten. Während ich die letzten Anordnungen traf, zogen Stimmen im Hof meine Aufmerksamkeit auf sich. Als ich ans Fenster trat, sah ich fünf oder sechs Husaren absitzen, die, dem Zustand der Uniformen und der Pferde nach zu urteilen, gerade von einem Aufklärungsritt zurückgekommen sein mußten. Sie hatten einen unbewaffneten Mann bei sich, dessen französische Uniform unter einer harten Kruste von Schlamm und geronnenem Blut kaum zu erkennen war. Mit einem Mal packte mich die Neugier, mit diesem Mann zu sprechen, und ich ging in den Hof hinunter. Die Husaren, die nach ihren Offizieren suchten, waren verschwunden und hatten nur einen Mann zur Bewachung des Gefangenen zurückgelassen. Ich zeigte ihm einen Taler, und für diese Summe konnte ich mich dem armen Teufel nähern und ihn befragen. Er war ein noch junger Mann mit unrasiertem und staubbedecktem Gesicht; beide Handgelenke waren verbunden, und die schmutzigen Verbände waren blutverkrustet. Nach dem, was von seiner Uniform noch übrig war, zu urteilen, mußte er ein Kavallerist sein, wahrscheinlich ein Dragoner. Trotz seines beklagenswerten Zustands schien er bester Laune und blickte sich neugierig um. Als er hörte, daß man ihn auf französisch ansprach, wandte er sich lebhaft zu mir um und sagte mir als Antwort auf meine Fragen, daß der Krieg gewonnen und die preußische Armee zerschlagen sei und daß der Kaiser schon bald in Berlin sein werde. Die greifbare Tatsache, daß er gefangengenommen worden war und sich mitten unter einer keineswegs besiegten Armee befand, schien seine Sicherheit und seine bedingungslose Treue zum Kaiser nicht zu erschüttern. »Monsieur, quel homme que notre empereur! Si vous l'aviez vu à Austerlitz! C'est un scélérat dans le feu. Il n'y a pas un homme comme cela dans l'Université.« Er meinte im ganzen Universum. In dem Augenblick kehrten die Husaren in Begleitung eines Offiziers mit langen Koteletten zurück, der die Stirn runzelte, als er mich mit seinem Gefangenen sprechen sah, und sich beeilte, ihn fortzuschaffen. Die Husaren dagegen setzten sich auf eine Stufe und schickten sich an, Waffen, Kleidung und Geld, die sie dem Gefangenen und anderen getöteten Feinden abgenommen hatten, unter sich zu verteilen: Einer bekam eine Uhr, ein anderer ein Paar Stiefel, wieder ein anderer eine Pistole. Als sie sich entfernten, sah ich, daß sie den nutzlosesten Teil ihrer Beute weggeworfen hatten: zwei Exemplare des *Moniteur* aus jüngster Zeit, von denen eines einen Bericht über die Abreise Seiner Kaiserlichen Majestät zur Armee enthielt sowie schwere Drohungen gegen Preußen, das sich als einzige Macht der Wiederherstellung des Friedens und des Wohlstands für die Völker Europas widersetze. In der Ferne, in Richtung Jena, hatte der Kanonendonner wieder eingesetzt, und sein Gekoller, das dem dumpfen Dröhnen ähnelt, das ein Sommergewitter ankündigt, wirkte wie die konkrete Verkörperung jener Drohung.

Der Marsch war recht beschwerlich. Unter den Soldaten machten die unwahrscheinlichsten Gerüchte die Runde, es hieß, die Lagerbestände der Armee seien verloren und der Feind drohe uns den Weg abzuschneiden. Der Nebel lichtete sich sehr rasch; und die Truppen drängten sich auf den Landstraßen in unbeschreiblichem Durcheinander; die Räder der Kanonen und Kutschen versanken bis zu den Naben im Schlamm. Als wir in eine Stadt kamen, die, wie mir gesagt wurde, Auerstadt hieß, sah ich zwei Kutschen mit dem königlichen Wappen auf der Straße stehen. Am Fenster einer der beiden Wagen zeigte sich eine verängstigte Frau: die Königin. Ich wollte sie begrüßen und fragen, ob ich ihr in irgendeiner Weise behilflich sein könne, da es mir so vorkam, als blicke sie in diesem Durcheinander verwirrt um sich, ohne zu wissen, wo sie hin solle. Aber ich hatte den Wagenschlag noch nicht erreicht, als aus der anderen Kutsche der Herzog von Braunschweig mit ungewöhnlich ernstem Gesicht stieg. »Was machen Sie denn hier, Madam? In Gottes Namen, was machen Sie?« rief er in recht entschiedenem Ton. Ich hörte zum ersten Mal, daß er sich an die Königin oder, um die Wahrheit zu sagen, überhaupt an jemanden so energisch wandte. Die Königin war fassungslos, daß man sie so anfuhr. »Der König«, stammelte sie, »glaubt, daß ich hier inmitten der Armee sicherer sei, weil die Straße nach Berlin schon nicht mehr sicher ist. Die Franzosen, heißt es, haben berittene Jäger in Kosen.« Am Fenster der anderen Kutsche erschien der König; er blickte starr vor sich hin und schien vollständig niedergeschmettert. »Aber mein Gott«, fuhr der Herzog fort, »sehen Euer Majestät das Schloß von Ekkartsberga da vorne?« Und er wies mit der Hand auf ein Gebäude, dessen Dach durch den Nebel undeutlich in vielleicht einer Meile Entfernung zu erkennen war. »Dort sind die Franzosen, und sie sind hier vor uns und in Naumburg, und morgen müssen wir eine blutige und entscheidende Schlacht schlagen. Sie können nicht hierbleiben, das ist vollkommen ausgeschlossen.« »Sprechen Sie mit dem König, und er wird entscheiden«, entgegnete die Königin gereizt. »Und welche Straße soll ich dann nehmen?« »Sie werden die Straße in den Harz bis Braunschweig nehmen und von dort nach Magdeburg und nach Berlin«, antwortete der Herzog in weniger schneidendem Ton. Aber die Königin hatte bereits einen ihrer Lakaien zum König geschickt mit der Bitte, zu ihr zu kommen. Der König stieg, ohne die Niedergeschlagenheit, die ihm im Gesicht geschrieben stand, abzulegen, stockend aus seiner Kutsche und näherte sich dem Wagenschlag, aus dem die Königin sah. »Seine Hoheit«, rief diese, »glaubt, daß ich hier in Gefahr sei und besser zurückfahren solle.« Der König, der bereits vermieden hatte, ihr in die Augen zu blicken, senkte den Blick noch mehr und murmelte: »Wenn es so ist, dann fahre.« Er nahm ihre Hand in die seinen und hielt sie, ohne weitersprechen zu können. Die Königin schwieg einen Augenblick, dann rief sie: »Dann werde ich also fahren!« Und an den Herzog gewandt, fügte sie herausfordernd hinzu: »Aber nicht heute abend. Ich bin müde, ich habe Zahnschmerzen, ich habe die ganze Nacht vor Sorge nicht geschlafen. Sie werden doch nicht wollen, daß ich auf der Straße sterbe! Ich werde die Nacht hier verbringen; schließlich ist das ganze Heer zwischen mir und den Franzosen, was soll ich mir also Sorgen machen? Ich werde morgen abfahren!« »Na schön, Madame«, antwortete der Herzog, »wir werden alle hier übernachten, aber morgen werden Sie noch vor Tagesanbruch nach Berlin aufbrechen.« Die Soldaten, die immer noch auf der Straße vorbeimarschierten, hatten begriffen, wer die Insassen der beiden Kutschen, die da standen, waren, und aus ihren Reihen tönte es: »Es lebe der König!« und »Es lebe die Königin!« Als der Herzog diese Rufe hörte, wandte er sich zu ihnen und hob einen Arm. Die Offiziere ließen die Kolonne anhalten, die Männer blieben stehen, die Musketen über der Schulter, und ermahnten sich gegenseitig, still zu sein. Der Herzog rief: »Also, Kinder! Die Franzosen sind in der Nähe, morgen wird es zur Schlacht kommen!« Die Männer warfen ihre Hüte in die Luft und riefen erneut alle zusammen: »Es lebe der König!« Es schien, als erwarteten sie eine Rede, aber der Herzog fügte nichts weiter hinzu und stieg wieder in die Kutsche, so daß die Soldaten ihren Marsch fortsetzten.

Da jeder sich selbst überlassen schien, saß ich vor dem ersten Haus ab, ließ Will bei den Pferden zurück und klopfte an die Tür. Niemand antwortete, aber im Innern waren Stimmen und eilige Schritte zu hören. Ich drückte gegen die Tür, und da sie aufging, trat ich ein. Der Hausherr hatte, wie es schien, Reißaus genommen, das Haus war leer. Prinz August erschien im Eingang, die Kellertreppe in staubbedeckter Uniform heraufkommend. »Nun, Herr Pyle!« sagte er scherzend zu mir. »Wie Sie sehen, bin ich der Hausherr für diese Nacht. Wenn Sie meine Gastfreundschaft annehmen wollen!« Ich verbeugte mich, um zu zeigen, daß ich seine Einladung ernst nahm, und ohne Zeit zu verlieren, ging ich mit Will in den oberen Stock hinauf, wo wir am Ende eines feuchten Korridors ein Zimmer ohne Möbel fanden, aber mit einem Strohsack in noch recht gutem Zustand, der auf den Boden geworfen worden war; und in der Tür steckte der Schlüssel. Ich befahl Will, das Gepäck heraufzubringen und sich dann im Zimmer zu verbarrikadieren, wobei ich ihm versprach, daß ich ihm etwas bringen würde, um ihn nicht hungrig schlafen zu schicken. Dann ging ich hinaus, um meinen Gastgeber zu suchen, überzeugt, daß es sogar in Verhältnissen wie diesen, wo ein Prinz ist, auch etwas zu trinken und zu essen gibt. Im Garten und im Gemüsegarten des Hauses hatten die Grenadiere mit dem Pfahlzaun, den sie herausgerissen hatten, Feuer gemacht und speisten es mit den Türen und Stühlen aus dem Erdgeschoß. Prinz August, der auf der Schwelle stand, beobachtete diese Plünderung lächelnd, und die anderen Offiziere, fassungslos über soviel Toleranz, wagten den Mund nicht aufzumachen. Als er mich erblickte, winkte er mir mit der Hand: »Kommen Sie, Herr Pyle! Wollen wir die Suppe meiner Soldaten probieren?« Auf zwei Stühlen, welche die Lakaien vor der Zerstörung bewahrt hatten, aßen wir zu Abend, so wie die Grenadiere zu Abend aßen: Wassersuppe, angereichert mit etwas Talg und gewürzt mit Schießpulver an Stelle von Salz und ein Stück Kommißbrot, hart wie Stein, zum Einbrocken. Da ich mich an das Versprechen erinnerte, das ich Will gegeben hatte, hatte ich bereits eine Scheibe Brot in die Tasche gesteckt und bereitete mich darauf vor, dem Prinzen eine gute Nacht zu wünschen, als von der anderen Seite des Dorfs Geschrei und Lärm herüberdrangen. Die Offiziere und Soldaten standen auf und liefen in jene Richtung, und ich mit ihnen.

Der Grund für diesen Aufruhr war sehr einfach. Die im Dorf einquartierten Soldaten hatten sich nicht wie die Grenadiere des Prinzen darauf beschränkt, Türen und Lattenzäune niederzureißen, um Feuer zu machen, sondern waren in die Pferche und Hühnerställe gegangen, zuerst jeder für sich und ruhig, dann, da der Lärm der Tiere sie verriet, immer dreister, ohne sich um die Proteste der Einwohner zu kümmern. Im Schein eines Feuers erblickte der Prinz einen Offizier, der einen Grenadier mit Stockschlägen traktierte, um ihn zu zwingen, einer weinenden Bäuerin zwei junge Hühner zurückzugeben, die er an den Füßen hielt. »Herr Offizier, lassen Sie das!« schrie der Prinz. Der Offizier drehte sich um, und ich sah, daß es der alte Major von Rabiel war, der Kommandant des Grenadierbataillons der Garde. Er war vor Wut blau angelaufen, mußte dem Prinzen, seinem direkten Vorgesetzten, aber gehorchen, und so konnte sich der Mann mit seiner Diebesbeute aus dem Staub machen. Der Prinz ging weiter, aber der Major hielt Hauptmann von Clausewitz auf, der direkt danach kam, und bat ihn, Seine Hoheit wissen zu lassen, daß ein derartiges Verhalten im preußischen Heer ungebräuchlich und gegen seine Prinzipien sei. »Der Prinz ist ein Kind, er kann diese Dinge nicht verstehen, und ich betrachte mich als für seine Ehre verantwortlich!« Der Alte hatte das Wort *Ehre* mit solchem Nachdruck ausgesprochen, daß seine Stimme, die an sich schon schrill war, ins Falsett umschlug. Aber der Hauptmann sah ihn kaum an. »Ei was, Ehre!« entgegnete er, ob aus Verachtung oder einfach nur aus Müdigkeit, weiß ich nicht. Dann ging er weiter und ließ den verblüfften alten Offizier einfach stehen.

Über allen Feuern wurde Fleisch gebraten, und ein köstlicher Geruch verbreitete sich überall und erinnerte mich daran, daß kein Christ ins Bett gehen sollte, ohne etwas anderes als gesalzenes Wasser im Magen zu haben. Entschlossen, auch meinerseits am Bankett teilzunehmen, näherte ich mich einem Feuer und sprach einen Soldaten an in der Absicht, etwas von seinem Braten zu erwerben. Der Mann drehte sich um, und ich erkannte Schlepp, der gerade an einer Schafrippe nagte und dessen Uniform wie bei einem Schlachter blutbespritzt war. »Was denn! Auch ein Mann von Ihren Grundsätzen!« scherzte ich. »Herr, die unseren haben die Pferche und Schweineställe geöffnet, und die Tiere liefen in die Felder, verfolgt von den Soldaten, die sie fingen und ins Lager brachten. Also habe ich mir gesagt: Wenn du es nicht fängst, dann tut es ein anderer, oder es wird sich verlaufen; und diese Argumentation hat mich überzeugt.« »Bravo!« sagte ich; aber er war noch nicht fertig. »Der rechtmäßige Besitzer, habe ich mir weiterhin gedacht, gewinnt nichts dabei, wenn auch ich darauf verzichte, mich an seinem Eigentum zu vergreifen, und ich werde als Dummkopf dastehen, der seinen Verstand nicht zu gebrauchen weiß. Um es kurz zu machen, schuld sind all jene, die die Disziplin und die Verpflegung sicherzustellen hätten; sie müssen alles verantworten.« Beeindruckt von einer so zwingenden Argumentation, schwieg ich, und Schlepp fuhr fort: »Übrigens glaube ich nicht, daß es ein Vergnügen ist, auf diese Weise zu essen. Gebratenes Fleisch auf der Bajonettspitze, ohne Salz und ohne Brot! Glücklich, wer im Brotsack ein Stück vom letzten Brot aufbewahrt hat, denn heute ist keins verteilt worden. Wie ist das möglich? Fleisch ist gut und schön, aber der Soldat kann nicht ohne Brot leben!« »Und die Offiziere?« erkundigte ich mich. »Die Offiziere sind wütend geworden und wollten uns zwingen, das Vieh freizulassen. Aber als es dann geschlachtet und gebraten war, da hätten Sie sehen sollen! ›Pfui Teufel‹, sagten sie, ›ist es etwa die Schuld der Soldaten, daß man sie ohne Brot läßt?‹ Und die besten Bissen waren für sie!«

»Wenn es so ist, lieber Schlepp«, entgegnete ich, »dann glaube ich, daß auch ich dankbar Ihre Gastfreundschaft annehmen könnte!« Aber es war mein Schicksal, ohne ein anderes Abendessen als die berühmte Suppe ins Bett gehen zu müssen, denn der Gauner zeigte mir betrübt den abgenagten Knochen und versicherte mir, daß er nichts mehr übrig habe. Dabei kratzte er sich, und als er sah, daß ich unwillkürlich einen Schritt zurücktrat, machte er eine vielsagende Grimasse. »Ja, diese unangenehmen kleinen Biester ... Was soll man machen? Solange man sich waschen kann, geht es ja, aber wenn man das nicht mehr kann und die Wäsche im Sack zu schimmeln beginnt, wird es schwer, diese Plage fernzuhalten. Die Offiziere haben das übrigens auch festgestellt: Hören Sie ihre Reden nicht? Was für ein Elend, der Krieg, was für ein Hundeleben müssen wir führen! Wo immer zwei oder drei Offiziere zusammenkommen, hört man nichts anderes. Tja! In der Stadt ging es ihnen gut!«

Da hier nichts mehr zu gewinnen war und ich nach all den Strapazen des Tages müde war, beschloß ich, ins Bett zu gehen. Zuerst aber wollte ich ihn fragen, was er von der königlichen Proklamation halte, die den Truppen an diesem Tag endlich verlesen worden war, nachdem Graf Haugwitz und der Ritter von Gentz sich noch eine Weile ereifert hatten. »Was soll ich sagen!« brummte Schlepp. »Den Soldaten gefallen diese Dinge. Wer das geschrieben hat, weiß, was nötig ist, damit sie marschieren, über Brot und Schnaps hinaus wohlverstanden, was noch besser wäre. Der Soldat hört es gern, daß die Vorsehung sich für ihn persönlich interessiert und daß die Sache, für die er kämpft, eine gerechte ist. Ich für meinen Teil kann nicht leugnen, daß ich meine Zweifel habe. Ein Invalide hat mir einmal in Berlin erzählt, daß am Abend der Schlacht von Leuthen die Grenadiere im Schnee niederknieten. Ein Unteroffizier stimmte den Choral

›Nun danket alle Gott‹ an, und all die vor Erschöpfung halb erstickten Stimmen stimmten mit ein. Der Alte hatte Tränen in den Augen, während er erzählte. Aber ich weiß nicht, was der Herrgott gedacht haben mag, als er diese Männer, die eben noch ihren Nächsten getötet hatten, da knien sah, um ihm im blutdurchtränkten Schnee inmitten all der nicht begrabenen Leichen zu danken. Ich glaube, Gott zieht es vor, mit Dingen wie unseren Kriegen nichts zu tun zu haben. Und darüber habe ich mich gerade vor ein paar Abenden mit dem Wirt eines Gasthauses, in dem wir untergebracht waren, gestritten.« Amüsiert über die Eloquenz des braven Mannes wollte ich, daß er mir davon erzählte. Schlepp spuckte verächtlich aus. »Dieser Wirt war ein Frömmler, der sich niemals von seiner Bibel trennte und den ganzen Krieg gegen Napoleon darin geschrieben fand, vor allem in der Offenbarung des Johannes und beim Propheten Hesekiel. Unsere Soldaten hatten ihm gesagt, daß ich ein bedeutender Literat sei, so daß er mir seine Weisheit nicht lange vorenthielt und meine Meinung wissen wollte. Als ich ihm aber antwortete, daß es der Hottentotten würdig sei, in einem heiligen Buch die Erklärung für die Übeltaten zu suchen, die die Menschen ganz offen aneinander begehen, wurde er böse und sagte, er verstehe nicht, wie eine so gottlose Propaganda im Heer geduldet werden könne. Der Herrgott würde gewiß nicht Erfolg und Sieg gewähren, wenn Männer wie ich, die an nichts glaubten und die Bibel für ein Märchenbuch hielten, in der Armee geduldet würden. Euer Exzellenz können sich selbst ein Urteil bilden, ob er viel von dem verstanden hatte, was ich ihm gesagt hatte.« »Aber, Schlepp«, fuhr ich fort, »was sagen denn Ihre Kameraden? Wie wird dieser Krieg ausgehen?« Er sah mich mit halbgeschlossenen Augen an. »Wie er ausgehen wird?« wiederholte er. »Ich für meinen Teil will davon nichts wissen, aber alle meine Kameraden schwören, daß wir mehr Prügel als der Hanswurst beziehen werden.«

Während ich über diese Vorhersage nachgrübelte, kehrte ich stolpernd in mein Quartier zurück, betrat das Erdgeschoß, das jetzt ohne Türen war, stieg über die Körper der schlafenden Soldaten und tastete nach der Treppe. Als ich endlich mein Zimmer am Ende des Korridors erreicht hatte, fand ich Will, der hinter der verschlossenen Tür auf mich wartete, noch wach, ob vor Hunger oder wegen der schlechten Nachricht, die er für mich hatte, weiß ich nicht. Während er mit zwei Bissen die Scheibe Brot verschlang, die ich ihm mitgebracht hatte, teilte er mir ruhig mit, daß meine Wolldecke verschwunden sei. »Was heißt verschwunden?« rief ich. »Es war so, Herr: Ich ging hinunter, um das Gepäck aus dem Stall zu holen, und das Bündel mit der Decke war nicht mehr da. Zu dieser Stunde schläft ein Grenadier darin.« Ich seufzte, aber es war zu spät, um mich aufzuregen; und so wickelte ich mich in meinen Mantel und ließ mich auf den Strohsack fallen, während Will es sich, so gut es ging, auf dem Boden vor der Tür bequem machte.

Dienstag, 14. Oktober

Es war tiefe Nacht, als Will, alarmiert durch die Aufregung, die im ganzen Haus herrschte, mich weckte. Ich hatte das Gefühl, gerade erst eingeschlafen zu sein. Am Abend zuvor hatte ich mir einen Finger mit dem Sattelgurt gequetscht. Im ersten Augenblick hatte ich gedacht, es sei nicht weiter schlimm, aber jetzt schmerzte der Finger immer stärker, so daß ich zu glauben begann, ich könnte ihn mir gebrochen haben. Während Will mir die Stiefel anzog, sah ich auf die Uhr: Es war vier. Es war bereits vor einer ganzen Weile zum Wecken geblasen worden, und durch die Dunkelheit hallten die Stimmen der Unteroffiziere, die ihren Männern Befehle zubrüllten. Im Haus gab es kein Wasser, und der Hof war voll von Männern und Dienern, die sich um den Brunnen drängten. Ich beschloß daher, mich anzuziehen, ohne mich gewaschen zu haben, und verzichtete auch darauf, mich rasieren zu lassen. Das Zimmer war eiskalt, und meine Kleider waren durch und durch feucht. Der mit einem Taschentuch verbundene Finger hinderte mich daran, die linke Hand zu gebrauchen, so daß es mir nicht einmal gelang, die Krawatte zu binden. Als ich angezogen war, blieb ich, immer noch vor Müdigkeit ganz benommen, auf dem Bett sitzen; dann trat ich ans Fenster: Es war immer noch stockfinster. In der Küche hatte Will etwas Wasser gefunden und eine Kanne Kaffee gekocht, die ich mit zwei oder drei Offizieren teilen mußte, die ins Haus gekommen waren, um sich aufzuwärmen. Sie hatten die Nacht im Freien verbracht, und ihre Uniformen waren durchnäßt, da es während der Nacht geregnet hatte. Zu essen gab es nichts. Einer der Offiziere zog aus einer Tasche seines Mantels eine Scheibe trockenes Brot und begann zu kauen, ohne jemandem etwas anzubieten. Draußen herrschte immer noch Nacht. Auf der Straße vor dem Haus zog im Schein der Fackeln ein langer Kavalleriezug vorbei. Die Pferde nahmen die gesamte Breite der Straße ein und stießen sich gegenseitig; die Reiter fluchten im Dunkeln. Es stank nach Pferdemist, die Luft war beißend kalt. Sofort nachdem ich in die Tür getreten war, kehrte ich ins Haus zurück, um nicht unnötig auszukühlen.

Aus dem oberen Stockwerk kam Prinz August herunter, gefolgt von seinem Adjutanten. Beide waren wie ich unrasiert und schienen sich nicht gewaschen zu haben. Der Kammerdiener des Prinzen stellte ein am Abend zuvor beiseite geschafftes kaltes Huhn und eine wer weiß wo gefundene Flasche Wein auf den Tisch, und der Prinz frühstückte, wobei er den Offizieren, die sich um ihn drängten, Stücke anbot. »Herr Pyle!« rief er, als er mich bemerkte. »Sie werden mir vergeben, daß ich Ihnen unter diesen Umständen nichts anderes anbieten kann. Es ist aber immer noch besser als die schwarze Brühe, mit der die Spartaner sich vor der Schlacht stärkten!« Während er dies sagte, bedeutete er mir, mich zu bedienen, und so bekam ich doch noch etwas zwischen die Zähne. Hauptmann von Clausewitz, leichenblaß und die Augen verquollen vor Müdigkeit, begrüßte mich mit einem Kopfnicken. Ich frage mich, ob mein Gesicht ebenso schrecklich aussah wie die ihren. Der Kutscher kam herein, um mir zu melden, daß er unsere Pferde versorgt habe. Der König hatte die Säcke mit Hafer aus seiner persönlichen Ausrüstung verteilen lassen und nur behalten, was notwendig war, um bis nach Magdeburg zu kommen. Ich befahl ihm, immer der Kutsche des Königs zu folgen und sich unter keinen Umständen von ihr zu trennen. Da der Mann nicht ging, sondern mit einem abgestumpfteren Ausdruck als sonst vor mir stehenblieb, fragte ich ihn, was es sonst noch gebe. »Der Herr muß mir etwas fürs Essen geben«, murmelte er, »und um den Stallburschen ein Gläschen zu bezahlen, falls es nötig sein sollte, sonst werden wir nicht bis Magedburg kommen, weder ich noch die Pferde.« Ich gab ihm ein paar Münzen, die er mit einer tiefen Verbeugung einsteckte, worauf er sich endlich entschloß zu gehen. Die Müdigkeit war verschwunden, auch wenn ich wußte, daß sie mich in Kürze unterwegs wieder übermannen würde und ich den hin und her baumelnden Kopf auf den Hals des Pferdes sinken lassen würde. Vorsichtig versuchte ich die Finger der linken Hand zu beugen; der verbundene Finger blieb steif, aber ich würde gewiß reiten können. Unterdessen war der Prinz vom Tisch aufgestanden und begleitet von allen anderen hinausgegangen; und daher beeilte auch ich mich, ihm zu folgen.

In der Dunkelheit der Nacht, die nur von den Feuern erhellt wurde, die zwischen den nassen Stoppeln rauchten, boten die Wege des Dorfes einen trostlosen Anblick. Alles, was aus Holz war, hatten die Soldaten verbrannt, um sich aufzuwärmen: Türen, herausgerissene Bretterzäune, aus den Häusern geholte und zerkleinerte Möbel. Die Kornspeicher waren geleert, die Hühnerställe geplündert worden. Keine Kuh, keine Gans, kein Huhn war mehr am Leben, aber überall lagen neben den Feuern die Überreste der während der Nacht geschlachteten, gebratenen und verschlungenen Tiere. Die Bauern rauften sich die Haare und drängten sich um die Offiziere, die ein Verzeichnis dessen anlegten, was sie verloren hatten, und die Schreiber der Regimenter füllten Bescheinigungen mit Entschädigungsversprechen aus. Will, der vor mir hinausgegangen war, um nach etwas Eßbarem zu suchen, kehrte mit leeren Händen zurück. »Im Dorf gibt es kein Brot, kein Bier und keinen Wein mehr«, brummte er. »Na ja, was erwartest du?« erwiderte ich achselzuckend. »Geh und hol die Pferde!« Als er zurückkam, untersuchte ich die

Tiere: Sie hatten tatsächlich gefressen und waren besser in Form als wir. Mühsam saß ich auf, während mein Finger noch immer schmerzte, nicht so stark allerdings, um mich am Reiten zu hindern. »Weißt du, welche Straße du nehmen mußt?« fragte ich Will. »Ich weiß es nicht, Herr, aber der König steht auf der Hauptstraße, genau hier, nicht weit außerhalb des Dorfes.« Wir brauchten uns ihm nur anzuschließen, und daher machten wir uns in die angegebene Richtung auf den Weg.

Wenige Schritte von den letzten Häusern entfernt, dort, wo es auf die Landstraße geht, wartete eine Kutsche. Das war die Königin, die nach Berlin aufbrach, wie es am Abend zuvor beschlossen worden war. Die Kutsche würde mit einer tüchtigen Eskorte eine Nebenstraße nehmen, um keine unangenehmen Begegnungen fürchten zu müssen. Die Königin schien wie alle anderen zu frieren, und ihre Augen waren vor Müdigkeit schwer. Sie hüllte sich fest in ihren Mantel, während sie die Pferde, die unruhig stampften, und die Diener, die um die Kutsche zugange waren, beobachtete. Der König stand neben ihr. Als ich das bemerkte, machte ich ein paar Schritte entfernt halt. Ich hatte keine Lust abzusteigen, nachdem es mich solche Mühe gekostet hatte aufzusitzen, und daher zog ich es vor, mich nicht zu zeigen. In der Dunkelheit hielt eine Gruppe Reiter neben der Kutsche, unter ihnen der Herzog von Braunschweig, der bei der Abfahrt der Herrscherin dabeisein wollte. Der Herzog stieg mühsam vom Pferd. Er trug einen Mantel, der ihm bis zu den Füßen reichte, wie sie damals in Mode waren, und keine Auszeichnungen. Er war nur wenige Schritte von mir entfernt, und im Licht der Laternen sah ich deutlich, wie seine Unterlippe von Zeit zu Zeit zitterte.

»Also, ich fahre«, sagte die Königin mit gezwungener Fröhlichkeit. Der Herzog sah sie wortlos an, mit Augen, die vor Kälte und Müdigkeit tränten.

»Ich fahre, mein Herr«, wiederholte die Königin. »Möge Gott Ihnen beistehen.«

Sie ging zum König, nahm seine Hände, blickte ihm in die Augen und küßte ihn, wobei sie sich auf die Fußspitzen stellte.

»Morgen werde ich dich als Sieger wiedersehen. Adieu!« und, zum Herzog gewandt: »Hoheit, passen Sie mir auf meinen Mann auf.«

Sie stieg in die Kutsche, während der Herzog sich verbeugte. Man hörte das Geräusch der Wagentür, die sich schloß, dann den Anfeuerungsruf des Kutschers und den Lärm der Hufe, der, nach einem zweiten Kommando, schon bald von dem der Schützen übertönt wurde, die abkommandiert waren, um die Kutsche und die abreisende Königin zu eskortieren.

Das Getöse, das die sich entfernende Equipage machte, war noch nicht verklungen, als der Herzog aufsaß. Daraufhin näherte ich mich und nahm den Hut ab. »Mit der Erlaubnis Eurer Hoheit«, erklärte ich, nachdem er mich erkannt hatte, »ich möchte im Fall der Schlacht an der Seite Eurer Hoheit bleiben.« Ich dachte immer noch an Bill Pinkney, der in London auf die Nachricht eines Sieges wartete, und dies schien mir der sicherste Weg, die Ereignisse Schritt für Schritt verfolgen zu können. Der Herzog murmelte: »Mit Vergnügen« und trabte los. Der König brach ebenfalls auf und ritt an seine Seite. Einen Schritt dahinter ritt ein Bauer aus dem Ort, der als Führer gedungen worden war, und hinter ihm bewegte sich der Zug der Offiziere. Mit Will, der hinter mir ritt, schloß auch ich mich der endlosen Schlange an, die den beiden Führern wie der Schweif eines sonderbaren zweiköpfigen Kometen folgte. Wir ritten vielleicht eine Viertelstunde im Schritt, um die Pferde zu schonen, obwohl die Straße in gutem Zustand und frei war. Die Nachtlager endeten einen Steinwurf von der Fahrbahn entfernt auf unserer Linken. Während des ganzen Ritts kamen wir an einer ununterbrochenen Reihe von Feuern vorbei, die der Regen gelöscht hatte und an denen die Männer, bis auf die Knochen naß, darauf warteten, daß der Ruf der Trommel sie zwingen würde, sich in Marsch zu setzen. Durch die Dunkelheit hindurch ahnte man das mühsame Erwachen Tausender von Männern und Pferden ohne etwas zu essen oder zu fressen. Obwohl sie in eine vorgeschobene Stellung verlegt worden waren, schienen diese Abteilungen später geweckt worden zu sein als diejenigen, die wir hinter uns gelassen hatten. Ihre Pferde waren noch nicht angespannt worden und schnaubten ungeduldig in der Dunkelheit, während sie mit den Nüstern die Erde nach einem Grashalm durchstöberten.

Dann endete die Straße jäh, und wir bogen auf eine Landstraße ab, auf der unsere Pferde im Schlamm wateten. Nicht weit entfernt waren undeutlich die Lichter eines großen Dorfes zu erkennen, aber auf dem letzten Stück, zwischen uns und den ersten Häusern, hatten die Lager sich bis auf die Straße vorgeschoben, so daß man bei jedem Schritt achtgeben mußte, daß man nicht auf jemanden trat. »Paß auf, wo du hintrittst!« kreischte die Stimme einer Frau, während ich, mein nervös gewordenes Pferd nur mit Mühe bändigend, über ein Gewirr von in zerrissene Decken gewickelten Körpern ritt. Als ich mich umdrehte, sah ich den zerzausten Kopf einer Frau aus dem Unterschlupf herauskommen, in dem sie die Nacht eng an einen Mann geschmiegt verbracht haben mußte, und eine Faust, die hochgereckt wurde, um mich zu verfluchen. Schließlich ritten wir in das Dorf ein, das den gleichen verwüsteten Anblick bot wie das, in dem wir die Nacht verbracht hatten: Türen und Bretterzäune herausgerissen, die Ställe leer, die Fässer ohne Boden. Die Einwohner standen, aus ihren Häusern verjagt, in kleinen Gruppen an den Straßenecken und beobachteten stumm das Treiben der Soldaten. Es war immer noch kalt, und zugleich lief mir der Schweiß die Stirn hinunter; ich glaube, ich hatte etwas Fieber. Ich sehnte mich immer stärker nach einem Herbergsbett in Magdeburg; ich freute mich sogar schon im voraus auf das Federbett und das unvermeidliche Butterbrot.

Nachdem wir das Dorf durchquert hatten, folgten wir einer Straße, die in keinem besseren Zustand war als die, die uns hergeführt hatte. Anfangs begegneten wir niemandem, dann bemerkte ich die Spuren eines anderen Feldlagers, aber die Soldaten, die hier die Nacht verbracht hatten, waren bereits abgezogen. Schließlich hielten alle, und als mir klarwurde, daß die Unterbrechung länger dauern würde, stieg ich vom Pferd und machte ein paar Schritte, um mir die Beine zu vertreten. An der Spitze der Kolonne hatten die Diener eine Laterne angezündet und sie an den niedrigsten Zweig eines Nußbaums gehängt. Im Lichtkegel sprachen der König und der Herzog zu Pferd mit einem dritten Mann, der ganz offensichtlich ein General war. Der Bauer, der uns als Führer diente, war von seinem Gaul gestiegen und wartete ein paar Schritte entfernt darauf, daß man ihn befragte. Er war, wie ich später erfuhr, der Müller des Dorfs, wo wir geschlafen hatten, ein reicher Bauer, der schreiben konnte. Ich denke, er war der einzige Bewohner jenes Dorfes, der auf der Stelle und mit Goldmünzen für die Mehlsäcke, die Rinder und die Hühner entschädigt worden war, die er in dieser Nacht geopfert hatte. Als die Diener eine zweite Laterne anzündeten, sah ich auch das Gesicht des dritten Gesprächspartners und erkannte General von Schmettau. Er schien nicht mehr der Mann zu sein, den ich in Berlin kennengelernt hatte. Er war um zehn Jahre gealtert, und die boshafte Lebendigkeit, die ihn in den Berliner Zusammenkünften beseelt hatte, war erloschen. Ich fragte mich, ob dieser Verfall nur der Erschöpfung durch den Feldzug, die auf allen zu lasten begann, oder nicht vielmehr dem Tod von Prinz Louis zuzuschreiben war, was eine traurige und späte Bestätigung der Gerüchte wäre, die über ihn in Umlauf sind.

Während ich mir diese Frage stellte, bemerkte ich, daß mein Finger erneut schmerzte. Ich blickte mich nach einem Platz um, wo ich mich hinsetzen konnte. Am Straßenrand lag ein großer Stein. Will breitete das Taschentuch darüber, ich setzte mich und zog den Handschuh aus. Unter dem Fingernagel des Zeigefingers breitete sich ein großer brauner Fleck aus. Die Feuchtigkeit der Nacht drang durch die nassen Kleider in meine Knochen, und zum ersten Mal fragte ich mich, warum ich nicht zu Hause geblieben war. Aber bevor ich mich weiter diesen philosophischen Überlegungen hingeben konnte, setzten sich alle wieder in Bewegung, der König und der Herzog in die eine, der General in die entgegengesetzte Richtung. Ich stieg etwas zu hastig aufs Pferd, wobei ich mir noch mehr weh tat, und ritt hinter der größten Gruppe her. Wir ritten einige Minuten über Wiesen, auf denen das Wasser stand, dann einen ziemlich steilen Hang hinauf zu einer anderen Straße, die ebenfalls breit und in gutem Zustand und von Büschen gesäumt war. Der Herzog holte eine Karte aus der Manteltasche, faltete sie sorgfältig auseinander und ging mit dem Gesicht so nah heran, daß er sie mit der Nasenspitze berührte. Sein Profil zeichnete sich lebhaft im Licht der Laterne ab, die ein Adjutant wenige Schritte von ihm entfernt hochhielt. Ohne aufzublicken, fragte er den Führer, der neben ihm ritt, etwas, und dieser antwortete einsilbig und deutete mit dem Arm voraus. Schließlich hob der Herzog den Kopf, faltete die Karte wieder sorgfältig zusammen, gab dem Pferd die Peitsche und ritt weiter.

Es begann zu dämmern, aber die sich lichtende Dunkelheit machte einem dichten Nebel Platz, der auf der Haut gefror. Es war die kälteste Stunde des Tages, und der Finger schmerzte immer mehr. Der Ärger über diesen Schmerz, den ich nicht zu beherrschen vermochte, ja der mit der Zeit immer durchdringender zu werden schien, die keineswegs überflüssige Sorge, die Pferde nicht unnötig zu ermüden, vielleicht auch der unvernünftige Ärger über diesen scheinbar ziellosen Ritt veranlaßten mich, das zu tun, was ich heute mühelos als Dummheit erkenne: Ich beschloß, an der ersten Kreuzung abzusteigen, mir von Will einen Tropfen Brandy einschenken zu lassen und mich anschließend auf einen Stein zu setzen, um auszuruhen. Ich brauchte nicht lange zu warten: Nach wenigen Schritten bemerkte ich eine Lichtung am Straßenrand, welche die Reisenden geradezu einzuladen schien haltzumachen und Atem zu schöpfen. Ich machte Will ein Zeichen anzuhalten, zügelte mein Pferd, saß ab und ließ den König und seine Generäle im Nebel verschwinden.

Kaum hatte ich mich mit einem kräftigen Schluck Alkohol aufgewärmt, Will die Pferde am nächsten Baum angebunden und ich die Feldflasche in die Tasche zurückgesteckt, als auch schon das dumpfe Geräusch vieler schwerer Schritte auf der nassen Erde der Straße herandrang. Gleich darauf erschien, kaum sichtbar zwischen den Nebelschwaden, die Spitze eines Infanteriezugs. Ihm ritt ein fest in seinen Mantel gehüllter Offizier voraus.

Direkt hinter ihm schleppten sich zwei oder drei Jungen in Musikeruniform, die Trommel vor der Brust, sowie ein schnurrbärtiger Unteroffizier mit einer zusammengefalteten und in ihre Wachstuchhülle gewickelten Fahne vorwärts. Und dahinter kamen die Männer in Viererreihen, die ganze Breite der Straße einnehmend. Im Nebel waren das Blau ihrer Uniformen und das matte Grau der verschlissenen Arbeiterhosen, welche die gesamte preußische Infanterie im Feld anstelle der eleganten weißen Hosen der Paradeuniform trug, kaum zu erkennen. Sie zogen Kompanie für Kompanie an mir vorbei, sich durch den Schlamm schleppend, die Muskete über der Schulter und ohne ein Wort miteinander zu wechseln. Sie alle boten den jämmerlichen Anblick derer, die viele Tage lang nicht geschlafen, nicht gegessen und die Kleider nicht gewechselt hatten. Ich saß auf meinem Stein und betrachtete sie. Der Geruch nach Schweiß, Schnaps und nicht gewaschenen Körpern drang durch die Nebelschwaden in meine Nase. Mindestens eine Viertelstunde marschierten sie schweigend an mir vorbei, die Offiziere über die Hälse ihrer Pferde gebeugt, manche deutlich erkennbar eingeschlafen, die Unteroffiziere die lange Pike auf der Schulter balancierend, viele die erloschene Pfeife zwischen den Zähnen. Die Räder der Kanonen knirschten, die Pferde, die sie zogen, glänzten vom Schweiß und dampften aufgrund der Anstrengung in der frühmorgendlichen Kälte. Dann kam ein Generaladjutant herangetrabt, beugte sich zu einem Unteroffizier, murmelte ihm etwas zu und sprengte davon. Der Unteroffizier bellte einen heiseren Befehl und begann mit von Tabak und Feuchtigkeit heiserer Stimme zu singen:

Fridericus Rex, unser König und Herr,
rief all seine Soldaten zu den Waffen,
zweihundert Bataillone und tausend Schwadronen!

Anfangs antworteten ihm ein paar lustlose Stimmen, dann kamen andere hinzu, der Gesang schwoll an wie in der Kirche, und schließlich sangen alle Männer, und auch ihr Schritt war jetzt gleichmäßiger. Die Kompanien zogen weiter eine nach der anderen vorbei. In der längeren Pause zwischen einem Bataillon und dem nächsten kam eine kleine Gruppe von Reitern in glänzenden Uniformen vorbei, und an ihrer Spitze erkannte ich General von Schmettau. Er war fahl und preßte die Lippen in einer Art Zucken zusammen; sein Gesicht ähnelte überraschend der Totenmaske Friedrichs, von der ich in Berlin einen Abdruck gesehen hatte. Einen Augenblick später war er im Nebel verschwunden, und hinter ihm zog erneut singend die endlose Reihe seiner Männer vorbei. Mittlerweile war es Tag geworden, aber man konnte keine zehn Schritte weit sehen. Eine Kompanie nach der anderen tauchte aus dem Nebel auf, zog stampfend an mir vorbei und verschwand erneut im Nichts, wie ein langer Zug Büßerseelen, wenn die Musketen, die sie über der Schulter trugen, den Vergleich nicht unangemessen hätten erscheinen lassen. Ich starrte sie wie betäubt an, als plötzlich ein anderer Generaladjutant die Reihe entlanggaloppierte und irgend etwas schrie. Als er vorbeiritt, begannen alle zu singen und loszumarschieren und strebten hastig und ungeordnet dem Straßenrand zu; viele verließen sogar die Fahrbahn und versanken bis zu den Knöcheln im Schlamm. Einen Augenblick später ritt in gesammeltem Trab ein Trupp Husaren vorbei. Unter ihnen schwadronierte keck General von Blücher, mit wehendem schwarzem Schnurrbart. Kurz darauf begannen, während die Infanteristen sich fluchend am Straßenrand zusammendrängten, die Kavallerieschwadronen in Zweierkolonnen vorbeizureiten. Nach zahlreichen im Freien verbrachten Nächten war kaum noch etwas von den leuchtenden Farben der Kavallerieuniformen übriggeblieben; nur mit Mühe konnte man die weiße Grundfarbe der Uniformen der Schützen von der blauen der Dragoneruniform unterscheiden. Ihr Trab war sehr viel weniger lebhaft als derjenige der Generäle, die ihnen vorausgeritten waren; die meisten ritten sogar nur im Schritt. In der Menge der Infanteristen, die sich am Straßenrand zusammendrängten, erkannte ich den braven Schlepp und ritt zu ihm. »Nun, *Magister*«, sagte ich lächelnd zu ihm, »wie haben Sie die Nacht verbracht?« Er lächelte mir seinerseits zu, wobei er seine vom Tabak gelben Zähne entblößte. »Gott sei Dank gut! Der Herr muß wissen, daß ich einen guten Freund in der Kompanie habe, den Kompaniefeldwebel Lutze, und in seinem Zelt habe ich die Nacht verbracht; und nach dem Aufwachen haben wir sogar gefrühstückt. Die Kompaniefeldwebel haben ja bekanntlich immer die Möglichkeit, etwas zu essen aufzutreiben, auch wenn die anderen vor Hunger krepieren.« »A propos krepieren«, unterbrach ich ihn, »was sagen denn die Soldaten? Wird es tatsächlich zur Schlacht kommen?« »Hoffen wir es!« sagte er. »Wir haben langsam genug davon, vorwärts und rückwärts zu marschieren!« »Und vor dem Sterben habt ihr keine Angst?« Er sah mich augenzwinkernd an. »›Mori nolo‹, sagt ein Philosoph, ›sed memortuum esse, nihil curo!‹« Während Schlepp dies sagte, waren die letzten Reiter vorbeigezogen, und die Infanterie stellte sich wieder in Kolonnen auf der Straße auf, die jetzt mit dampfenden Pferdeäpfeln getüpfelt war. Der Geruch der Pferde, vermischt mit dem Schweiß jener Tausende von Körpern, verursachte mir ein Würgegefühl. Ich grüßte jenes Original, während er und seine Kameraden ihren Marsch wiederaufnahmen, entfernte mich ein paar Schritte und blickte auf die Uhr: Es war sieben.

Als ich die Uhr wieder in die Tasche steckte und aufblickte, stellte ich fest, daß die letzten Reihen des Zugs mittlerweile vorbeimarschiert waren und sich das Geräusch ihrer Schritte in der Ferne verlor. Allein im Nebel zurückzubleiben, ohne zu wissen, in welche Richtung ich reiten sollte, und inmitten eines marschierenden Heeres, war nicht allzu klug, zumal der Feind nicht weit sein konnte; daher beschloß ich, der Infanterie hinterher zu reiten. Ganz schwach meldete sich in einem dunklen Winkel meines Bewußtseins der Gedanke, daß ich vermutlich bis zum Abend nichts zu essen bekommen würde, und obwohl es noch so früh war, machte sich ein gewisses Verlangen bemerkbar, etwas zwischen die Zähne zu bekommen, denn selbst wenn man weiß, daß man nichts zum Essen haben wird, erwacht der Appetit, bereits angeregt, viel früher als unter normalen Umständen. Ich verscheuchte diese lästigen Gedanken und rief Will, der sich nicht weit entfernt im Gras ausgestreckt hatte, damit er mir den Steigbügel hielt; auf diese Weise konnte ich aufsitzen. Im Schritt machten wir uns in die Richtung auf den Weg, in der die Soldaten verschwunden waren, und nach wenigen Minuten hatten wir den Zug eingeholt. Wir hielten die Tiere im Schritt, aber es war dennoch schwierig, die Infanterie nicht zu überholen, die, zumindest kam es mir damals so vor, ziemlich lustlos marschierte, so daß die Schnauze der Pferde ständig gegen die Rücken der letzten Infanteristen stießen, was sie gewaltig fluchen ließ. Wenn ich jetzt daran zurückdenke, rechtfertigten das Gewicht der Muskete, des Tornisters und des Brotbeutels, auch wenn dieser leer war, gewiß zur Genüge die Langsamkeit ihres Marschierens. In gleichmäßigem Schritt vorwärtsgehend, sangen sie immer noch mit heiserer Stimme, allerdings nicht mehr das Kriegslied von vorhin, sondern, wie mir schien, eine Art religiöse Hymne, und ich sah, daß auch der eine oder andere Offizier mitsang, was sie vorher nicht getan hatten.

Als die Infanterie ganz anhielt und die Straße vor mir von Männern wimmelte, die sich aneinanderdrängten und weder vorwärts- noch zurückgehen konnten, und als gereizte Stimmen fragten, was denn da zum Teufel los sei, beschloß ich, den Versuch zu wagen, das Pferd am Straßenrand an der Kolonne vorbeizutreiben. Das Pferd glitt aus, und jetzt wird mir bewußt, daß ich es wohl mehr als einmal der Gefahr aussetzte, sich ein Bein zu brechen, aber diese Überlegung kam mir damals nicht in den Sinn. Will folgte mir mit den anderen Pferden, und die Soldaten machten uns, wenn auch fluchend, Platz, nicht ohne sich auf die Zehenspitzen zu stellen, um herauszufinden, was vor ihnen los war. Der Nebel begann sich langsam zu lichten, aber noch sah man nicht weiter als zwanzig Schritte. So ritten wir mühsam einige Minuten vorwärts, bis wir auf die Ursache dieses Staus stießen: Zwei Kanonen waren im Schlamm versunken, und trotz aller Anstrengungen war es den Pferden nicht gelungen, sie herauszuziehen, so daß die Artilleristen mit Schaufeln und Hacken versuchten, die Räder freizubekommen, während die Infanterie hinter ihnen wartete, ohne zu wissen warum. In dem Augenblick kam ein Adjutant angaloppiert, wobei er all jene, die nicht schnell genug beiseite sprangen, mit Schlamm bespritzte, und fragte mit lauter Stimme nach dem kommandierenden Offizier. Ein korpulenter Hauptmann, dessen Pferd sich unter dem Gewicht, das es tragen mußte, beinahe durchbog, bahnte sich seinen Weg zwischen den Soldaten hindurch. »Warum haben Sie angehalten?« fragte der Adjutant, der vom Alter her der Sohn des Hauptmanns hätte sein können. »Sehen Sie denn nicht?« erwiderte dieser und wies auf die Kanonen, die bis zu den Radnaben im Schlamm versunken waren. »So lassen Sie Ihre Infanteristen doch daran vorbeigehen, während die Kanonen befreit werden!« »Und wie soll ich das machen?« entgegnete der Hauptmann. »Das wissen Sie nicht?« brüllte der Adjutant außer sich. »Nein«, erwiderte der Hauptmann erneut, ebenfalls vor Wut blau angelaufen. »Zeigen Sie es mir!« Der Adjutant fluchte, dann drehte er sich zu den Infanteristen um und schrie einen Befehl, den er mit einer energischen Armbewegung begleitete. Sofort begannen die Soldaten an dem Hindernis vorbeizugehen, indem sie einzeln die Straße verließen und sich weiter vorn wieder formierten, um weiterzumarschieren. Ich nutzte diese kurze Pause, um energisch vorwärtszureiten, indem ich mir mit der Reitpeitsche einen Weg zwischen den Soldaten bahnte, und eine Weile konnte ich die freie Straße entlangreiten, bis ich die vorderen Staffeln der Kolonne erreichte, die weitermarschiert waren, ohne auf die Nachzügler zu warten. Als der Nebel für einen Augenblick aufriß, erkannte ich nicht weit von der Straße entfernt undeutlich Wäldchen aus Buchen mit welkem Laub, doch der Wind trieb sofort neue Nebelschwaden heran, die alles verhüllten. Wir überquerten mehr als einen Bach auf kleinen Holzbrücken, auf denen es durchaus zu neuen Staus hätte kommen können. Aber die Männer marschierten perfekt in Reih und Glied, die Unteroffiziere rannten vorn und hinten brüllend herum, und kein einziger Soldat verließ die Reihen. Gerade als der Zug eine dieser Brücken überquerte, war der Nebel noch dichter geworden, und in der Ferne hörte man den dumpfen Donner der Kanonen genau aus der Richtung, in die wir marschierten. Die Kanone dröhnte zwei- oder dreimal, und zwischen den Schüssen vernahm man ein trockeneres Geknatter: die Gewehrschützen. Der Feind war also tatsächlich da, und es würde zur Schlacht kommen! Jetzt spürte ich die Leere im Magen nicht mehr und auch nicht mehr den Schmerz im Finger. Ich sprengte vorwärts, begierig, an die Spitze der Kolonne zu gelangen.

Ich erreichte sie schnell, denn in einem Augenblick hatte sich die ganze Marschordnung verwandelt. Die Kompanien an der Spitze hatten die Straße genau an der Stelle verlassen, wo sie eine andere kleine Brücke überquerte, mitten in einem dichten Wald; und während die anderen Kompanien in Kolonne auf der Straße weiter auf die Brücke zu marschierten, war die Vorhut nach links abgebogen und hatte am Waldrand haltgemacht. Das Feuer vor uns, das zwar sofort aufgehört hatte und einer tiefen Stille Platz gemacht hatte, schien ganz plötzlich eine chemische Veränderung in diesem komplizierten Organismus ausgelöst zu haben: Im Handumdrehen hatte die Musik zu spielen angefangen, die Trommeln begleiteten rhythmisch das, was konventionelle Zeichen zu sein schienen, in Wirklichkeit aber die den Kompanien erteilten Befehle waren, und die Männer begannen, von den Unteroffizieren eingeteilt, in verschiedene Richtungen zu marschieren, wobei sie vor meinen Augen ein Kaleidoskop scheinbar bedeutungsloser Manöver zeichneten, die ich aber vom Pferd aus, da sich der Nebel am Waldrand inzwischen fast vollständig aufgelöst hatte, wunderbar verfolgen konnte, bis die Musik mit einem Mal aufhörte, die Männer stehenblieben und wie durch Zauberhand perfekt in drei Reihen zur Schlachtordnung ausgerichtet waren und nichts mehr an die Marschkolonne erinnerte, in der sie noch wenige Sekunden zuvor zusammengeschlossen gewesen waren. Wenn dies das berühmte Aufstellungsmanöver der preußischen Infanterie war, mußte ich den Hut ziehen, was ich auch tatsächlich tat. Aber niemand schien darauf zu achten, so daß ich mich beeilte, ihn wieder aufzusetzen.

Nun gut, das Schauspiel war wunderbar gewesen wie auf dem Exerzierplatz. Nur leider hielt diese perfekte Ordnung nicht lange an, da die Truppe den Befehl erhielt vorzurücken, und die drei Reihen der Männer im Gleichschritt und die Muskete über der Schulter begannen, in den Wald einzudringen, wo sich ihre geordnete Aufstellung schon sehr bald trotz der Bemühungen der Unteroffiziere, die mit ihren langen Piken versuchten, die Abstände zwischen den drei Reihen aufrechtzuerhalten, auflöste. Einige berittene Offiziere folgten ihren Männern nicht in den Wald, sondern ritten, da weiter links im Wäldchen eine Lichtung zu erkennen war, in jene Richtung. Ich dachte, daß auch die Männer diesen Weg hätten nehmen können, aber offensichtlich entging mir etwas in ihren taktischen Dispositionen. Ich folgte ihnen, und schon bald entdeckten wir den soundsovielten Bach, der uns die Straße versperrte und den wir ohne allzu große Probleme durchwateten, da wir alle zu Pferd waren. Aber als wir auf der anderen Seite ankamen, sahen wir die langen Reihen von Infanteristen, die, mehr oder weniger aufgelöst jetzt, aus dem Wald kamen, bis zu den Knien naß, da auch sie wohl das Rinnsal durchwatet hatten. Kaum waren sie jedoch ins Freie hinausgetreten, gingen die Unteroffiziere durch die Reihen und stellten die Ordnung wieder her, nicht ohne die Säumigen mit Stockschlägen anzutreiben, und in wenigen Minuten war das Bataillon wieder in Reih und Glied ausgerichtet.

Vor uns breitete sich eine sumpfige, vollkommen menschenleere Ebene aus, über die der Wind ab und zu noch Nebelschwaden trieb. Zu unserer Rechten leuchteten dichte Wäldchen in herbstlichen Farben in den ersten Sonnenstrahlen und verdeckten die Sicht auf Freund und Feind. Von Zeit zu Zeit übertönte ein Gewehrschuß das Wirbeln der Trommeln, und mir war, als hätten die Männer aufgehört, miteinander zu reden, und spitzten die Ohren. Der Bataillonskommandant beugte sich über den Hals seines Pferdes und sagte etwas zum Unteroffizier, der die Fahne trug, und dieser zog den Stoff mit Hilfe eines Soldaten aus der Schutzhülle und entfaltete ihn. Darauf ertönten die Pfeifen, und die Infanteristen begannen Schulter an Schulter mit aufgepflanztem Bajonett loszumarschieren. Die Unteroffiziere maßen mit ihren Piken den Abstand zwischen den Reihen, während die Offiziere absaßen und die Pferde den Burschen anvertrauten. Anstatt ihren Herren zu folgen, blieben diese im Schutz der letzten Bäume. Aus all diesen Zeichen schloß ich, daß der Kampf unmittelbar bevorstand. Voller Neugier gab ich meinem Pferd die Sporen und ritt zu den Infanteristen, die in der Zwischenzeit auf einen weiteren Bach gestoßen waren und ihn lautstark fluchend durchwateten. Deutschland ist eben, vor allem im Herbst, ein recht feuchtes Land.

Wir waren noch nicht weit gekommen, als in der Ferne jemand auftauchte und bis auf den Abstand eines Gewehrschusses auf uns zugelaufen kam; dann drehte er sich um und lief weg. Ihm folgte ein zweiter, dann ein dritter, die auf die gleiche Weise verschwanden. Der vierte jedoch, der vermutlich erneut der erste war, schoß auf uns, und ich hörte deutlich das Pfeifen der Kugel. Da begriff ich, daß sie Franzosen waren. Die Männer marschierten weiter, auch wenn ein Raunen durch die Reihen ging, das die Unteroffiziere nicht einmal zu unterbinden versuchten. Zwei oder drei weitere Kugeln pfiffen hoch über unseren Köpfen, und nun hatte der Bataillonskommandant die Nase voll. Die Trommeln wirbelten anders, und während die Mehrzahl der Soldaten mit einem Mal eng aneinandergedrängt stehenblieb, verließen einige die Reihen und liefen nach vorn, gefolgt von einem Offizier, der mühsam einen langen Säbel hielt, der in der Scheide steckte. Als sie den anderen um etwa hundert Schritte voraus waren, warfen sie sich auf den Boden, dann erhoben sie sich wieder und liefen weiter. Erneut ertönten einige Gewehrschüsse, aber diesmal flogen die Kugeln nicht über uns hinweg; sie waren auf die Franzosen gerichtet. Es waren die Schützen, die vorgeschickt worden waren, um die französischen Vorposten zu vertreiben und den Marsch des Bataillons zu decken. Ich sah, wie einer von ihnen hinter einem trocken gemauerten Mäuerchen niederkniete, zielte und schoß, dann aufsprang und bis zu einer anderen Deckung lief; schließlich war er außer Sicht, und die anderen mit ihm.

Wir warteten einige Minuten. Ab und zu zerriß das Knallen der Gewehrschüsse die Stille. Da ich nicht die geringste Ahnung hatte, was da los war, kehrte ich um und fragte die Burschen, welche die Pferde ihrer Herren im Bach tränkten. Sie sagten mir, daß sie sofort wieder aufbrechen würden, um sich dem Gepäcktroß anzuschließen, der sich nach ihren Berechnungen immer noch im letzten Dorf befinden mußte, durch das wir gekommen waren. Während ich mit ihnen sprach, gab Will eine Art ersticktes Winseln von sich. Überrascht drehte ich mich nach ihm um und sah, daß er fahl wie ein Toter war, für einen Neger etwas Ungewöhnliches. »Will! Du wirst doch nicht etwa krank sein?« rief ich. »Nein, Herr, aber sehr gut geht es mir nicht«, antwortete er. Wenn ich es recht bedachte, hatte er in den letzten Tagen weniger gegessen als ich, dafür aber viel mehr Wasser als ich abbekommen. »Willst du mit ihnen zur Kutsche zurückkehren?« »Vielleicht, Herr!« murmelte er. Es ärgerte mich, ohne meinen Diener auskommen zu müssen, aber ich wollte auch nicht, daß er mir vom Pferd fiel, was, seinem Gesicht nach zu urteilen, unweigerlich passiert wäre, wenn er mich weiter begleitet hätte. Daher empfahl ich ihm, zu unserer Kutsche zurückzukehren und sie nicht aus den Augen zu lassen, bis ich zu ihm kommen würde. Dann gab ich einem der Burschen Geld, damit er ihn zurückbegleitete, und kehrte zur Schlacht zurück.

Der Nebel hatte sich jetzt vollständig aufgelöst, und vor uns strahlte die Sonne. Soweit mein Blick reichte, bevor ein paar Baumgruppen die Sicht versperrten, sah ich nichts als preußische Infanteristen, die Aufstellung nahmen. Während ich in jene Richtung ritt, hörte ich erneut Kanonenschüsse; und weiter vorn, in einer Senke, die dem Blick entzogen war und wo ein einsamer Glockenturm eine Ortschaft anzeigte, stieg wogend weißer Rauch in den Himmel. Zwischen zwei Kanonenschüssen war deutlich das Schlagen der Sturmglocken zu vernehmen, die vom Pfarrer geläutet wurden, um die Bauern vor der Gefahr, die ihnen drohte, zu warnen. Ich hatte fast erwartet, daß das Dröhnen der Artillerie wie zuvor aufhören würde, statt dessen bemerkte ich jedoch, daß die Schüsse in immer kürzeren Abständen aufeinander folgten, bis es unmöglich geworden war, sie noch voneinander zu unterscheiden; mehrere Batterien waren offensichtlich am

Angriff beteiligt. Der Wind trug von Zeit zu Zeit Rauchfetzen heran, und auch ich erkannte, obwohl ich ihn noch nie gerochen hatte, den beißenden Geruch des Pulvers.

Während ich mich der Infanterie näherte, verwandelte sich der Donner der Artillerie in eine Art Basso continuo, vor dessen Hintergrund das trockene Knallen der Gewehre und das Pfeifen der Geschosse deutlich zu vernehmen war. Vielleicht zweihundert Schritte von der Kampflinie entfernt, im Schatten eines einzelnen Baums, saß General von Schmettau auf einem Schemel, der irgendwie dorthin gebracht worden war, umgeben von seinen Adjutanten. Ich ritt zu ihm, und bevor ich ihn erreicht hatte, ließ eine Kugel die Erde nicht weit entfernt von den Beinen meines Pferdes aufspritzen. Ich weiß nicht, wieso ich in jenem Augenblick nicht daran dachte, daß diese Kugel mir hätte bestimmt sein können; das könnte man doch für den ersten Gedanken unter solchen Umständen halten, und doch kann ich versichern, daß dieser Gedanke mir nicht im geringsten kam. Als ich den General erreicht hatte, saß ich ab und begrüßte ihn. Er schien mich nicht wiederzuerkennen, aber ich schrie ihm meinen Namen zu, wobei ich Mühe hatte, den Lärm des Kanonendonners zu übertönen, und er nickte mir zu. Er schwieg und blickte besorgt zu seinen kämpfenden Männern hinüber, ohne irgend etwas zu tun. Immer noch schreiend fragte ich einen seiner Adjutanten, den ich vom Sehen her kannte, wie die Schlacht stünde. Er antwortete mir, man erwarte lediglich, daß die Schützen den Feind aus ihrer Deckung locken, damit man den Angriffsbefehl geben könne. »In der Zwischenzeit«, fügte er hinzu, »machen wir die Geschütze einsatzbereit.« Er wies auf die Artilleristen, die nicht weit entfernt die Pferde vor den Geschützen ausspannten und diese in die Richtung drehten, in der sich der Feind befinden mußte. Die Männer arbeiteten ruhig und systematisch; sie wirkten nicht wie Soldaten auf einem Schlachtfeld, sondern eher wie Arbeiter in einer Werkstatt. Ich bat um die Erlaubnis, zur Batterie zu reiten, und nachdem ich sie erhalten hatte, machte ich mich auf den Weg. Als ich sie fast erreicht hatte, begannen nicht weit von den Kanonen entfernt die Granaten zu explodieren: Ganz offensichtlich hatte der Feind sie entdeckt und aufs Korn genommen. Ich verzichtete auf mein Vorhaben, schlug eine andere Richtung ein und gelangte zu einer Gruppe von Offizieren, die sich noch näher an der Feuerlinie befand. Hier pfiffen die Kugeln dichter, und sie blieben besonnen hinter der Stützmauer einer Landstraße in Deckung, die in den Boden eingelassen war. Der Älteste dieser Offiziere, wohl ein Oberst oder Brigadegeneral, saß im Gegensatz zu von Schmettau nicht, sondern schnupfte nervös im Stehen Tabak aus einer Schnupftabakdose, die er in der Brusttasche hatte, aber auch er schien nicht geneigt, irgendwelche Vorkehrungen zu treffen. Ich fragte einen der Offiziere, wo der Feind sei. Er lachte und sagte mir dann, daß ich ihn sehen könnte, wenn ich, allerdings vorsichtig, auf das Mäuerchen klettern würde. Ich stieg vom Pferd, vertraute es einem Soldaten an, und stieg, mich an den Steinen der Mauer festklammernd, hinauf, wobei ich mir erneut an meinem Finger weh tat, aber ich war so erregt, daß ich es kaum merkte.

Geblendet von den Strahlen der Sonne, die tief über dem Horizont direkt mir gegenüber stand, glaubte ich im ersten Augenblick, daß ich nichts würde erkennen können; doch als ich die Sonne mit der Hutkrempe abschirmte, begann ich besser zu sehen. Wenige Schritte von der Mauer entfernt war die preußische Infanterie auf einem Stoppelfeld aufmarschiert. Die erste Reihe kniete, die beiden anderen standen, und jede Reihe schoß im Wechsel in eine weiße Rauchwolke gehüllt und beeilte sich anschließend, die Musketen mit ausladenden Stockbewegungen wieder zu laden. Weiter vorn ahnte man die zwischen den Bäumen und in den Bodenwellen verborgenen Schützen, und von Zeit zu Zeit zeigte ein vereinzeltes Rauchwölkchen den Standort von einem von ihnen an. Noch weiter vorn, nicht mehr als fünfhundert Schritte von meinem Beobachtungspunkt entfernt, sah man, wie sich mitten im Rauch schwarze Gestalten bewegten, und ich begriff, daß es sich um die französische Infanterie handeln mußte; als der Rauch sich lichtete, sah ich in der Sonne ihre Bajonette schimmern. Weiter hinten waren im Schutz einer

Reihe von Strohgarben fünf oder sechs Kanonen zu erkennen, um die sich die Artilleristen zu schaffen machten. Ich spürte, wie mich jemand am Ärmel zog, und sah, daß der Offizier, mit dem ich gesprochen hatte, mir ein Fernrohr anbot. Im ersten Augenblick überraschte mich diese Höflichkeit, doch als ich anschließend näher darüber nachdachte, kam ich zu dem Schluß, daß ihn mehr die Eitelkeit, einem Ausländer das Instrument, ein Ramsden von zwanzig Zoll, zu zeigen, dazu getrieben hatte. Mit dem Fernrohr konnte ich bequem das Schlachtfeld betrachten, und die Franzosen wirkten jetzt so nah, daß ich den Schweiß auf ihren vom Pulver geschwärzten Gesichtern sehen konnte. Aber die Kugeln pfiffen weiter um mich herum, so daß ich entschied, daß ich genug gesehen hatte, und wieder hinunterkletterte.

»Glauben Sie, daß ich nach vorn gehen kann?« fragte ich den Offizier. »Machen Sie es, wie Sie denken!« antwortete er mir. Also band ich das Tier an einen Strauch, im Schutz der Mauer, und ging zu Fuß weiter, wobei ich unwillkürlich den Kopf beugte. Ich war ungeduldig, die Schlacht aus noch größerer Nähe mitzuerleben. Und während ich so durch den Schlamm und das nasse Gras watete und weder auf die Kälte noch auf den Finger achtete, der mich einen Augenblick zuvor noch so gequält hatte, wäre ich um ein Haar auf meinen ersten Toten getreten. Er war ein preußischer Soldat, der mit dem Gesicht nach unten in zerrissener und blutbefleckter Uniform und mit verrenkten Armen und Beinen in einem Bächlein lag. Das Blut war so rot, daß ich überrascht war; ich hatte nicht geglaubt, daß es nach dem Tod eine so lebhafte Farbe behalten könnte. Ich betrachtete den Leichnam einen Augenblick, dann ging ich bis zur Kampflinie weiter. Hier lagen hinter den drei Reihen, die schossen, zahlreiche Tote. Wenn ein Soldat getroffen wurde, trugen die Kameraden ihn aus der Reihe und legten ihn dort hin, und wenn er lediglich verletzt war, begleiteten sie ihn weiter nach hinten, wo, wie es hieß, die Ambulanz der Division wartete. Die Kugeln flogen äußerst dicht, und es war schon merkwürdig, daß angesichts des Feuers, das mir wie Hagel auf uns niederzuprasseln schien, nur so wenige gefallen waren. Die Offiziere und Unteroffiziere hatten mehr denn je alle Hände voll zu tun. Erstere befahlen den drei Reihen, im Wechsel zu feuern, darauf achtend, daß die Pausen zwischen den Salven möglichst gleichmäßig waren; letztere liefen hin und her, um die Männer zu zwingen, auch unter diesen außergewöhnlichen Umständen in Reih und Glied zu bleiben, und drohend die langen Piken schwingend, brachten sie die Widerspenstigsten dazu, an ihrem Platz zu bleiben. Als eine Kanonenkugel tiefer als die anderen über unsere Köpfe hinwegpfiff, zog einer der Männer den Kopf ein. Sofort versetzte ein Sergeant ihm einen Hieb mit dem Stock und schrie: »Nicht den Kopf senken!« »Jawohl!« brüllte der Soldat, und als die Reihe an ihm war, begann er wieder zu schießen. Das Schönste war, daß man nicht wußte, auf wen man schoß, da man durch den Rauch nicht mehr als zehn Schritte weit sah. Dennoch mußten die regelmäßigen Salven, die sich aufs Geratewohl zwischen den Stoppeln verirrten, den gegnerischen Schützen einigen Verdruß bereiten und den Angriff begünstigen, da sich an einem bestimmten Punkt etliche preußische Schützen gleichzeitig erhoben und nach vorn liefen und drei oder vier Franzosen aufsprangen und fortliefen. Sie waren viel näher, als ich geglaubt hatte. Die Offiziere brüllten unverzüglich einen neuen Befehl, die Männer begannen zu schießen, pflanzten das Bajonett auf und marschierten mit kräftigem Schritt vorwärts.

Die fröhlichen Klänge der Pfeifen übertönten den Lärm der Kanonen und das ununterbrochene Geknatter der Gewehre; schrecklich aber war vor allem das Dröhnen der Trommeln. In der preußischen Infanterie gibt es im Verhältnis viel mehr Trommler als in den anderen Armeen, welche die Männer anfeuern und sie vielleicht durch den bannenden Einfluß der Musik betäuben sollen. Überdies haben die Soldaten den Befehl zu schreien, während sie vordringen, da Friedrich der Große überzeugt war, daß sie auf diese Weise leichter die Gefahr ihrer Lage vergessen würden. Und tatsächlich ließen die Infanteristen in dem Augenblick, in dem sie sich in Marsch setzten, wie aus einer Kehle einen tiefen und vibrierenden Schrei ertönen, den ich nicht wiedergeben kann, der mir aber eine Gänsehaut verursachte. Dann rückten sie vor, über zahlreiche tote und verletzte Männer trampelnd. Ich folgte ihnen, nicht ohne zu bemerken, daß sich unter jenen armen Teufeln jetzt auch mehrere Franzosen befanden. Nach wenigen Schritten traten wir aus dem Rauch in das blendende Sonnenlicht hinaus, und die Männer vor mir hielten mit einem triumphierenden Schrei an. Zwei französische Schützen hatten sich nicht schnell genug in Sicherheit gebracht und kämpften jetzt mit den Preußen, aber es war ein ungleiches Gefecht, und beide wurden zu Boden geworfen. Ein Offizier, der über die Schöße seines Mantels stolperte, kam herbeigelaufen und befahl ihnen, sich zu ergeben. Einer der beiden gab so gut er konnte seine Absicht, gehorchen zu wollen, zu erkennen, indem er die Hände öffnete, worauf ihm der Mann, der ihn mit dem Rücken gegen die Erde drückte, erlaubte, wieder aufzustehen. Dem anderen gelang es, sich zu entwinden, und er versuchte zu fliehen, aber einer der Soldaten legte auf ihn an und schoß ihn nach wenigen Schritten nieder. Dann liefen alle fort, und ich ging ebenfalls nach vorn, bis zu den Knöcheln im schlammigen Boden einsinkend, den so viele Füße vor mir zertrampelt hatten.

Ich mußte übrigens nicht lange gehen, da die Lage sich unerwartet rasch änderte. Vielleicht hatte der Feind eine neue Batterie in Stellung gebracht, oder vielleicht hatte diejenige, die sich bereits in Stellung befand, den Vorstoß bemerkt und das Feuer auf uns eröffnet. Tatsache ist, daß die Kanonenkugeln plötzlich mitten unter uns zu pfeifen begannen, diesmal aber auf Manneshöhe. In diesem denkwürdigen Augenblick sah ich deutlich, und ich glaube, daß ich mich stets daran erinnern werde, wie zwei Männer sich vor mir gegenseitig ins Gesicht sahen und dann gleichzeitig ihre Musketen von sich warfen, sich den Rücken zukehrten und sich aus dem Staub machten. Im selben Augenblick löste sich das gesamte Bataillon auf, und jeder lief unter den wütenden Schreien der Offiziere verzweifelt, um seine eigene Haut zu retten. Ich lief mit ihnen, und einen Augenblick danach waren wir alle hinter jener eingedämmten Straße in Deckung, wo ich mein Pferd wiederfand, das in panischer Angst wieherte. Der Brigadegeneral war jedoch spurlos verschwunden. Nachdem sie die Deckung erreicht hatten, sammelten die Offiziere schäumend vor Wut eilig ihre keuchenden Männer mit groben Beschimpfungen und ohne mit Stockhieben zu sparen, und schafften es, daß sie sich längs des Mäuerchens schießbereit aufstellten; aber ihre Reihen waren etwas gelichtet. Von den Feldern, über die wir geflüchtet waren, waren zwischen den Kanonenschüssen die Schreie der Verwundeten zu hören, die im Niemandsland zurückgelassen worden waren. Es kostete mich einige Mühe, das Pferd zu beruhigen, und ich verfluchte den Augenblick, in dem ich meinen Diener zurückgeschickt hatte; dann beschloß ich, von hier zu verschwinden. Nachdem ich wieder aufs Pferd gestiegen war, wandte ich mich um und sah, daß das Gelände von menschlichen Körpern übersät war, ohne daß ich hätte sagen können, ob sie noch lebten oder tot waren; zweifellos gehörten sie beiden Parteien an. Kaum einen Augenblick später sah ich die ersten französischen Schützen vorsichtig zwischen ihnen auftauchen. Sie rückten gebückt und mit gebeugtem Kopf vor, und wenn sie auf einen Toten oder Verwundeten trafen, hockten sie sich neben den Körper und schlichen erst nach einer ganzen Weile weiter. Ich brauchte ein paar Minuten, bevor ich begriff, daß sie haltmachten, um jene armen Teufel zu durchsuchen und zu berauben. Dann eröffnete direkt hinter uns die Batterie, die kurz zuvor Stellung bezogen hatte, das Feuer, und auch diese Feinde gingen eilig in Deckung.

Wie es schien, war die Schlacht an ihren Ausgangspunkt zurückgekehrt, und fast begann ich, der Sache überdrüssig zu werden. Durch das lange Reiten war ein unwiderstehliches Verlangen zu pinkeln über mich gekommen, und obwohl ich gesehen hatte, daß die Männer sich nicht einmal scheuten, es zu tun, ohne die Reihen zu verlassen, sich nur notdürftig die Hosen aufknöpfend und die Schuhe der eigenen Kameraden vollspritzend, zog ich es doch vor, dieses Bedürfnis privater zu erledigen. So entfernte ich mich, und sobald ich feststellen konnte, daß das Pfeifen der Kugeln um mich herum nachgelassen hatte, hielt ich an und erledigte die Sache. Ein Wäldchen aus Weiden schützte mich, ringsum war keine lebende Seele zu sehen, und selbst der Kanonendonner drang schwächer heran und vermochte das Murmeln des Wasserlaufs nicht zu übertönen, der ein paar Schritte entfernt vorbeifloß. Vielleicht trug diese unerwartete Ruhe, aber möglicherweise auch die Tatsache, daß ich mich von einer überflüssigen Last befreit hatte, dazu bei, daß ich mich sofort blutdurstiger fühlte, und so beschloß ich zurückzukehren, um zu sehen, was geschehen würde. Es schien mir allerdings klüger, zu Fuß zu gehen und das Pferd hier in der Deckung zu lassen, da die Kugeln eine erstaunliche Neigung hatten, hoch über die Köpfe der Infanteristen hinwegzufliegen. Daher band ich, bevor ich losging, das Pferd erneut an den Stamm einer Weide und machte mich auf den Weg zurück zu dem Ort, von dem ich aufgebrochen war.

Die Musketiere waren immer noch in Stellung hinter dem Mäuerchen, von wo aus sie feuerten und dichte Rauchwolken produzierten. Etwas weiter hinten berieten sich einige Offiziere mit finsterer Miene. Ich ging näher heran, um sie zu belauschen, in der Hoffnung, diese seltsame Schlacht endlich etwas besser zu begreifen. »Ich habe überhaupt nichts dagegen vorzurükken«, rief ein älterer Offizier mit makellos sauberen Hosen, die allzu gut an einem sich vorwölbenden Bauch anlagen, »aber ich möchte etwas über das Gelände wissen, das wir vor uns haben! Ich habe die Schützen hinausgeschickt, in Kürze wird einer zurückkehren und berichten.« Auf diese Worte hin unterbrach ihn ein anderer, noch älterer Offizier, der der befehlshabende Oberst des Regiments sein mußte, unfreundlich: »Herr Major, Sie haben die Schützen hinausgeschickt, als die Schlacht fünfhundert Schritte weiter vorn war, jetzt ist der Feind direkt vor uns, und von Ihren Schützen wird nicht einer zurückkehren.« »Und was kann ich tun?« fragte der andere betrübt und breitete die Arme aus. Der Oberst machte eine ungeduldige Bewegung, aber es war klar, daß auch er keine Antwort auf diese Frage wußte. Über ihren Köpfen pfiffen die Kugeln, die französischen Schützen hatten das Gelände in ihrer Hand und hielten sie mit einem Feuer in Schach, das nur durch die Deckung, die der

Straßendamm bildete, für den Augenblick erträglich war. »Wir könnten andere Schützen hinausschicken, die mit dem Feind kämpfen, aber es ist keiner übriggeblieben«, bemerkte einer. Darauf begab sich der Oberst unter die Soldaten und hob den Arm. »Kinder!« rief er. »Die Franzosen beschießen uns. Ich brauche Freiwillige, die nach draußen gehen und sie vertreiben!« Fast alle Männer traten, vielleicht weil sie sich ihres Verhaltens kurz vorher schämten, laut durcheinander rufend vor und erklärten sich bereit, die Franzosen hinwegzufegen, so daß der Oberst von soviel Eifer überrascht schien. Dann bezeichnete er einige von ihnen, die den Kopf einzogen, über das Mäuerchen sprangen und verschwanden.

Kaum waren sie fort, hörten wir links weitere Kugeln pfeifen, und ein Mann klappte in sich zusammen und fiel wimmernd zu Boden. Fast alle drehten wir uns um. Das Sträßchen, auf dem wir standen, eine Art Feldweg, verlor sich zwischen den Bäumen fünfzig Schritte weiter hinten, und von jenen Bäumen waren die Schüsse hergekommen. Feindliche Schützen mußten sich dort herumgetrieben haben. Andere Männer wurden im Laufschritt dorthin geschickt, mußten sich aber sofort zu Boden werfen, da das Feuer wieder heftiger eingesetzt hatte. Die Männer wurden allmählich nervös, und während die erste Reihe schoß, tauschten die Musketiere der anderen beiden Reihen, während sie neu luden, Kommentare im Dialekt aus, die ich nur halb verstand, die aber, dem Ton nach zu urteilen, nicht allzu ermutigend schienen. Dann wiederholte sich plötzlich die gleiche Szene wie zuvor. Direkt vor uns ertönte ein Trompetenstoß, und aus dem Lärm der Artillerie und der Gewehre trat deutlich das dumpfe Dröhnen vieler hundert Hufe hervor, die gegen den Boden schlugen. Jemand rief: »Die Kavallerie!« Und im Handumdrehen machten sich alle, einschließlich mir, aus dem Staub, ohne auf die Rufe der Offiziere noch auf die Stimme der Vernunft zu hören, die uns hätte erklären müssen, daß die eingedämmte Straße uns einen viel besseren Schutz gegen die Kavallerie bot als das freie Gelände, auf das wir zustürzten. Wie zuvor schon dachte ich nur daran, zu meinem Pferd zu laufen, das mich aus jeder Gefahr retten würde, und ich erreichte es auch, obwohl ich die ganze Zeit das Dröhnen der französischen Kavallerie zu hören glaubte, die in gestrecktem Galopp herangeritten kam. Als ich atemlos das Tier erreicht hatte und mit brennender Kehle und kurzatmig aufgesessen war und der Schweiß mir die Stirn hinunterrann, sah ich jedoch, daß die Kavallerie nach links abgebogen war und, anstatt die flüchtenden Infanteristen anzugreifen, die Batterie erreicht hatte, die in unserem Rücken in Stellung gebracht worden war. Die Artilleristen mußten zusammen mit den anderen davongelaufen sein, denn ich sah, wie die feindlichen Kavalleristen ruhig zwischen den Kanonen umherritten, ohne daß auch nur einer von ihnen gefallen wäre. Die Infanteristen rannten zu dem Wald, aus dem sie eine Stunde zuvor herausgekommen waren, so daß ich mich beeilte, ihrem Beispiel zu folgen. In vollem Lauf überquerten wir wieder den Bach, und erst hinter der schwachen Deckung, die dieser bot, gelang es den Offizieren schließlich, die Flucht aufzuhalten und die patschnassen und schweißgebadeten Männer wieder in Reih und Glied zu bekommen. Es war nicht nötig, sie zu zählen, um festzustellen, daß dem Bataillon hart zugesetzt worden war, auch wenn ständig Nachzügler aus dem Wald kamen und ihren Platz, von den Unteroffizieren möglichst unbemerkt, in den Reihen einnahmen.

Während ich mich umsah, um herauszubekommen, ob uns irgendeine andere Gefahr drohte, spürte ich eine Art Schwindel und mußte mich an der Mähne meines Pferdes festklammern, um nicht zu fallen. Da jetzt nichts Dringenderes mehr meine Gedanken beschäftigte, machte sich mein leerer Magen bemerkbar. Ich hatte keinen Hunger, spürte aber eine Schwäche und ein Gefühl der Leere, die, wie ich sehr wohl wußte, nichts anderes als eine Folge des Fastens sein konnten. Es empfahl sich, zu meinem Gepäck zurückzukehren und mit Hilfe von ein paar Goldmünzen etwas zu essen aufzutreiben, mich vielleicht sogar auf einem Karren auszustrecken und auch das Pferd ein wenig ausruhen zu lassen. Und gerade als ich diesen Vorsatz in Gedanken formulierte, tauchte tatsächlich ein Karren in einiger Entfernung auf. Er bewegte sich im Schrittempo vorwärts, gefolgt von einigen Männern zu Pferd. Ich ritt darauf zu, um sie zu fragen, ob sie wüßten, wo sich der Gepäcktroß des Königs befinde, und um vielleicht auch von ihrem Transportmittel zu profitieren. Ich glaube, unwillkürlich steckte ich sogar die Hand in die Tasche, um die Münzen zu zählen, die sich darin befanden. Als ich näher herankam, stellte ich jedoch fest, daß ich sie nicht brauchen würde und daß ich mit jenem Gefährt nicht würde rechnen können. Es handelte sich um einen quietschenden zweirädrigen Karren, der von einem Klepper gezogen wurde, den ein Soldat zu Fuß am Halfter führte, und auf ihm lag General von Schmettau, mit seinem Mantel zugedeckt, ohne Stiefel und ohne Hut, den Kopf mit einer schmutzigen Binde verbunden, unter der weiße, blutverkrustete Haarlocken hervorschauten. Rittlings auf seinen Beinen sitzend, aufgrund der ständigen Stöße des Karrens nur mit Mühe das Gleichgewicht haltend, massierte ein Mann in Zivilkleidung ihm die Knöchel, um, wie ich vermutete, die Blutzirkulation anzuregen. Der General lag mit geschlossenen Augen und geöffnetem Mund da, wachsbleich, so daß ich nicht hätte sagen können, ob er noch lebte oder tot war. Zwei Offiziere folgten dem Karren zu Pferd, beide mit zerrissenen und blutverschmierten Uniformen. Der eine hatte einen Arm in der Schlinge, und sein Pferd lahmte und ließ auf der Straße eine Blutspur zurück. Er sah mich herankommen, und sobald ich nah genug war, um ihn trotz des Kanonendonners hören zu können, rief er mich. »He, Sie! Wissen Sie zufällig, ob der Troß der Armee in der Nähe ist?« Er mußte mich ganz offensichtlich für einen Händler oder einen Schnapsverkäufer gehalten haben, denn viele dieser Leute folgten tatsächlich dem Heer und warteten auf eine günstige Gelegenheit, um Geschäfte zu machen. »Ich habe keine Ahnung«, antwortete ich, »ich suche ihn selber. Genauer gesagt, ich suche die Equipage des Königs, denn dort ist auch meine Kutsche.« Der Mann auf dem Karren, der ein Chirurg sein mußte, hatte seine Arbeit unterbrochen, um sich die Weste auszuziehen, und betrachtete mich einen Augenblick in Hemdsärmeln, wobei er sich offensichtlich fragte, ob er in mir nicht einen Kollegen vor sich hätte. Dann gelangte er wohl zur gegenteiligen Ansicht, denn er fing erneut an, den Patienten energisch zu massieren, ohne mir weiter Beachtung zu schenken.

Da wir dasselbe Ziel hatten, schloß ich mich ihrem Zug an. Aber bereits nach wenigen Schritten bemerkte ich zwischen den Bäumen eine lange Reihe von Wagen, die unbeweglich auf der Straße standen. Obwohl der Befehl erlassen worden war, den Gebrauch von Privatwagen nicht zuzulassen, mit Ausnahme einer Kutsche für die Regimentskommandanten, wurde das Heer dennoch von einer außerordentlichen Menge von Transportmitteln begleitet, Karren, Wagen, Kutschen, gezogen von Kleppern, die auf dem letzten Loch pfiffen, und eskortiert von den ältesten Soldaten, ganz zu schweigen von einer großen Anzahl von Zivilpersonen, die als Träger angeheuert worden waren. Nachdem ich mich mit meinen Straßengefährten beraten hatte, entschloß ich mich, wieder zu jenen Männern zurückzureiten, um mich zu erkundigen, ob sich dort die Ambulanzen und die Wagen des Königs befänden. Ich zog meinen Hut vor dem General, der die Augen bis jetzt noch nicht geöffnet hatte und keinerlei Lebenszeichen erkennen ließ, und gab meinem Pferd die Sporen. Zum soundsovielten Mal mußte ich es an diesem Tag ins Wasser treiben und eine Art Graben durchwaten lassen, der mich von dem Zug trennte. Als ich das andere Ufer wieder erklommen hatte, ritt ich im Schritt auf die Soldaten zu, um das Tier nicht unnötig zu ermüden. Als ich sie erreicht hatte, erfuhr ich, daß es dort weder Ambulanzen noch Wagen gab, sondern lediglich die Munitionswagen der Artillerie, die den Befehl erhalten hatten, eine Stunde früher haltzumachen, und die bisher noch niemand geholt hatte. Aber ein Unteroffizier, dem ich die Feldflasche anbot, damit er auf das Wohl des Königs trank, versicherte mir, daß Seine Majestät sich höchstpersönlich nicht weit von hier befände, an der Spitze der Kolonne, und daß sein Gepäcktroß bei ihm sei. Ich kehrte zu den Offizieren zurück, die sich einen Augenblick mit dem Chirurgen berieten und dann beschlossen, auf der Straße zu bleiben und die Ambulanzen zu suchen. Ich verabschiedete mich daher von ihnen und ritt erneut in die Richtung, in der sich der König und meine Diener befinden mußten.

Nachdem ich ruhig zwischen den gepflügten Feldern dahingeritten war, gelangte ich zu einem Buchenwäldchen, hinter dem träge Kringel weißen Rauchs aufstiegen. Wie es schien, näherte ich mich wieder der Schlacht, und ich zögerte einen Augenblick, während ich mich fragte, ob ich nicht besser eine andere Richtung einschlagen sollte. Aber ich bemerkte sofort, daß ich keine Alternative hatte, und so drang ich in das Wäldchen ein, wobei ich die verwelkten Blätter zertrampelte, die den Boden bedeckten. Das Pferd zeigte langsam Anzeichen von Ermüdung, zumal die Waldung jetzt etwas anstieg, und mehr als einmal mußte ich das Tier, das zum Abhang abbiegen wollte, anstatt hinaufzusteigen, mit der Stimme und der Reitpeitsche anfeuern. Schließlich kam ich aus dem Wäldchen heraus und befand mich auf dem Gipfel des Hügels. Unter mir sah ich am Fuße eines ziemlich abschüssigen Hangs inmitten des Rauchs ein großes Dorf auftauchen, vermutlich dasselbe, von dem ich vorher den Glockenturm erblickt hatte. Es bestand aus Holzhäusern, von denen einige brannten und einen dicken schwarzen Rauch entwickelten, der sich deutlich von dem der Gewehrschüsse unterschied. Aber es gab auch ein paar gemauerte Gebäude mit Ziegeldächern und am Rand eine Art Schloß oder Herrenhaus mit einem von Mauern umgebenen Park. Längs der Parkmauern und an den Fenstern des Erdgeschosses sah man die Karabiner der Schützen funkeln, ein Zeichen dafür, daß der französische General es für nötig gehalten hatte, jenen Ort, auf den sich früher oder später der preußische Angriff richten mußte, zu bewaffnen. Aber zwischen der Anhöhe, auf der ich mich befand, und dem Dorf war die Ebene vollkommen menschenleer, ohne jede Spur eines französischen Soldaten. Lediglich bei den ersten Häusern waren die Burschen damit beschäftigt, die Pferde vor zwei Geschützen auszuspannen und diese in Stellung zu bringen. So gering meine militärischen Kenntnisse auch waren, kam es mir doch so vor, als sei die Flanke des Feindes vollständig ungeschützt, so daß ich erneut fühlte, wie ich in eine kriegerische

Erregung geriet, als ich feststellte, daß sich längs des Kamms, auf dem ich stand, die preußischen Infanteristen mit den Musketen bei Fuß und aufgepflanztem Bajonett drängten. Über uns strahlte immer noch die Sonne, doch von Zeit zu Zeit ließ ein winterlicher Windstoß die Männer in ihren leichten Uniformen und auch die Offiziere in ihren von oben bis unten zugeknüpften Wintermänteln erschauern. Am Horizont zogen sich allmählich schwarze regenschwere Wolken zusammen. Alles deutete an diesem späten Vormittag darauf hin, daß wir noch vor dem Abend erneut naß werden würden, ohne Zeit gehabt zu haben, das Wasser der Nacht trocknen zu lassen.

An dieser Front schien bis zu diesem Augenblick niemand einen Schuß abgegeben zu haben. Ein preußischer Offizier trieb sein Pferd den Hang zum Bach hinunter, der ganz hinten floß, anscheinend um einen Blick mit dem Fernrohr auf den Feind zu werfen. Doch das Pferd, schweißgebadet vom Ritt, ging ins Wasser hinein, um zu trinken. Der Offizier stellte sich in den Steigbügeln auf und richtete das Fernrohr auf das Dorf, und genau in dem Augenblick verschwand eine der französischen Kanonen in einer Rauchwolke. Gleich darauf ertönte der dumpfe Schlag der Detonation, und die Kugel landete, nur wenige Schritte von dem Beobachter entfernt, im Wasser, das hoch aufspritzte. Wie viele unbesonnene Menschen hielt der Offizier es für einfacher, sich in Unannehmlichkeiten zu bringen, als sie zu vermeiden, da das Pferd, nicht im geringsten erschreckt, in aller Ruhe weiter trank und keinerlei Neigung zeigte umzukehren. Sein Reiter beschloß, gute Miene zum bösen Spiel zu machen, hörte auf, es anzutreiben, und ließ es fertig trinken, wobei er sich so aufrecht wie möglich im Sattel hielt, während er innerlich, glaube ich, das verdammte Tier und seinen Durst verfluchte. Drei oder vier weitere Kugeln landeten im Bach und ließen soviel Wasser aufspritzen, daß Pferd und Reiter von Kopf bis Fuß naß wurden, oder versanken nicht weit entfernt im Boden, ohne daß die beiden sie zu bemerken schienen. Als das Pferd schließlich soviel wie ein Kamel vor dem Betreten der Wüste getrunken hatte, hob es den Kopf, blickte ruhig um sich, drehte sich um und ging zurück. Der Offizier versuchte, so gesammelt wie nur möglich zu erscheinen, und wurde von seinen Männern mit begeisterten Rufen empfangen, was die Franzosen mit weiteren Kanonenkugeln beantworteten, die jedoch weiter keinen Schaden anrichteten. Eine versank vielleicht fünfzig Schritte von mir entfernt im weichen Boden, und da ich vor jenem Publikum keine gute Figur zu machen brauchte, hielt ich es für klüger, mich zurückzuziehen.

Mitten auf einem Stoppelfeld fand ich einen General zu Pferd, der mit einem Offizier der Schützen diskutierte. Dieser versuchte, wie es schien, ihm lebhaft etwas klarzumachen, aber der andere weigerte sich, ihm zuzuhören. Schließlich machte der General eine unbestimmte Geste, der Schütze salutierte respektvoll mit der Hand am Hut und ritt davon. Dem Pferd die Sporen gebend, ritt ich neben ihn, um ihn auszuhorchen, und erkannte Leutnant Hérault de Hautcharmoy von den Gendarmen, den ich in Berlin im Haus von Prinz Louis Ferdinand kennengelernt hatte. Dieser war der Sohn von irgendeinem *Comte* oder *Marquis*, der 1792 emigriert und wie viele andere französische Adlige in preußische Dienste getreten war. Jetzt kommandierte der Vater ein Regiment in Polen, und der Sohn, der keinerlei Erinnerung mehr an sein Heimatland hatte, setzte seine ganze Ehre daran, ebenfalls ein preußischer Offizier zu sein. »Es sieht schlecht aus!« sagte er mir, nachdem er mich erkannt hatte. »Wenn dieser Trottel sich nicht entschließt anzugreifen, ist die Gelegenheit verloren.« Die Stimme erhebend, um den immer lauter werdenden Kanonendonner zu übertönen, fragte ich ihn, von welchem Trottel er spreche. Es stellte sich heraus, daß der General, mit dem er bis eben diskutiert hatte, von Wartensleben war, der Kommandant der zweiten Division, und daß er, Hautcharmoy, vor ein paar Stunden vom König mit dem Befehl, so schnell wie möglich gegen das Dorf vorzurücken, auf die Suche nach ihm geschickt worden war. »Warum vom König?« unterbrach ich ihn. »Was macht denn der Herzog von Braunschweig?« Der Leutnant sah mich erstaunt an, als habe er sich diese Frage bis zu diesem Augenblick selbst noch gar nicht gestellt. »Das ist eine Frage! Keiner, mit dem ich gesprochen habe, hat ihn gesehen.

Aber mir scheint, daß ein Befehl, den der König gegeben hat, genügend Autorität hat, um ausgeführt zu werden!« Auf diese unwiderlegbare Bemerkung hin schwieg ich, und der Leutnant setzte nach einer Pause die Erzählung seiner Mission fort. Nachdem er eine Weile, die ihm unendlich lang vorgekommen war, vergeblich umhergeritten war, hatte er endlich die wartende Kolonne in der größten Unordnung auf der Hauptstraße gefunden, während ihr Kommandant im Haus eines Pastors noch beim Frühstück saß. Er hatte ihn gezwungen, vom Tisch aufzustehen, und ihn unter größter Anstrengung hergeschleppt, wobei er die Männer angetrieben hatte, die Wagen und Karren, welche die Straße versperrten, aus dem Weg zu räumen und, falls notwendig, auf die Felder zu kippen. Aber jetzt, da die Infanterie angetreten und zum Angriff bereit war, weigerte sich der General, den Befehl zu geben, bevor nicht seine Kavallerie zu ihm gestoßen sei, um das Gelände von den französischen Schützen zu säubern, die sich in die Furchen der Felder duckten.

»Und kommt die Kavallerie?«

Der Leutnant breitete die Arme aus.

»Wer weiß das? Es scheint, daß die Kavallerie beim Teufel ist, Mutter Erde hat sie alle verschluckt.«

Um ihn zu beruhigen, bot ich ihm einen Schluck an, und er trank in vollen Zügen aus der Feldflasche, die er mir fast leer zurückgab.

Ich sah ihm nach, bis er verschwand, dann beobachtete ich wieder die Infanterie, die sich am Rand des Hangs zusammendrängte. Die Männer standen, sichtlich erschöpft vom Marschieren, im Schlamm mit verdreckten Hosen, den Tornister auf dem Rücken und die Muskete umgehängt. Die Fahnen hingen schlaff vor den Reihen, bis ein Windhauch, der das Geräusch der Gewehre und den Geruch des Pulvers herantrug, ihnen wieder einen Anschein von Leben gab; und da entfalteten jene ehrwürdigen Fahnen ihre leuchtenden Farben in der Luft. Dort unten beim Dorf schossen die französischen Kanonen im Wechsel. Man konnte jedesmal das Dröhnen und das Pfeifen der Kugel wahrnehmen, die näherkam und ein paar Dutzend Schritte von der aufmarschierten Infanterie entfernt im Boden versank. Zum Glück waren wir weit genug entfernt, so daß das systematische Feuer keinen Schaden anrichten konnte, und doch waren bereits etliche Männer aus den Reihen fortgebracht worden und lagen am Straßenrand, einige jammernd, die meisten jedoch bissen die Zähne in verkrampftem Schweigen zusammen: Ein paar französische Schützen waren durch den Schlamm auf Schußweite herangekrochen und gingen in aller Ruhe und ohne Eile ihrer Arbeit nach, wobei sie ihr Ziel sorgfältig wählten. Jedesmal, wenn ein Knall in der Nähe, ein Rauchwölkchen oder, seltener, der Schrei eines Verwundeten die Anwesenheit von einem von ihnen enthüllte, verließen zwei oder drei Männer die starre Ausrichtung der Reihen, liefen nach vorn, knieten nieder und feuerten die Gewehre in die Richtung ab, in welcher der Feind hocken mußte, der jedoch gewöhnlich gleich nach dem Schuß bereits die Stellung gewechselt hatte. Das Gelände, das mir so offen vorgekommen war, war in Wirklichkeit reich an Senken und kleinen Bächen; und auch die Stoppeln der Roggenfelder, welche die Bauern des Dorfs nicht mehr rechtzeitig hatten pflügen können, boten den Schützen beider Seiten einen ausgezeichneten Schutz.

Während ich von meiner relativ sicheren Position aus mit Interesse dieses Versteckspiel beobachtete, veranlaßte mich der Lärm von Pferden, mich umzudrehen. Direkt hinter mir war erneut, den Hut schwenkend, Hérault de Hautcharmoy erschienen, und hinter ihm kam, eine Staubwolke aufwirbelnd, eine ungeordnete Menge von Reitern in blauen Uniformen, Dragoner also, heran. Der Offizier galoppierte zur Anhöhe, die in Wahrheit nicht höher als eine Bodenwelle war, auf der sich General von Wartensleben mit seinen Adjutanten befand, und in der Zwischenzeit stellten die Dragoner sich in zwei Linien nicht weit entfernt auf, wobei sie nur mit Mühe die Pferde im Zaum hielten, die der Rauch und der Lärm nervös machten. Der warme Geruch der Tiere und der Männer drang bis zu mir und meinem Pferd, das ausschlug und mich beinahe abgeworfen hätte, so daß ich kräftig an den Zügeln ziehen und ein paar

Schritte zurückweichen mußte, bevor es sich beruhigen ließ. Als ich mich schließlich erneut umsehen konnte, sah ich, daß der Oberst der Dragoner vor seine Männer geritten war und eine Ansprache hielt, von der ich nicht ein Wort verstehen konnte. Als er geendet hatte, ließ er sein Pferd ein elegantes Manöver ausführen, zückte den Säbel und ritt im Schritt vorwärts. Mit einem ohrenbetäubenden Dröhnen folgte ihm das gesamte Regiment. Schwadron um Schwadron begannen die Dragoner den Hang auf das Dorf zu hinunterzureiten, wobei sie einen Abstand von dreißig Schritten zwischen den Schwänzen der vorderen Pferde und den Nüstern der nachfolgenden ließen. Mich mit der Hand vor den Sonnenstrahlen schützend, blickte ich nach unten und sah, daß der gegnerische General endlich seine ungedeckte Flanke verstärkt hatte: Eine lange Kolonne von Infanteristen in weißen Hosen war von der eingedämmten Straße gekommen, die an den letzten Häusern entlanglief, und schwärmte eilig in Schlachtordnung aus, während die halbe Batterie buchstäblich im Rauch ihrer Kanonen verschwunden war. Wenn es den Truppen, die jetzt in den Kampf eingetreten waren, gelingen würde, sich zu einem Quadrat zu formieren, würde der Angriff der preußischen Kavallerie wenig Aussicht auf Erfolg haben. Aber es sollte den Neuankömmlingen nicht beschieden sein, ihre Aufstellung zu beenden. Während die Dragoner in versammeltem Trab vorrückten, sah ich deutlich, wie die französischen Schützen sich aus den Stoppeln erhoben und davonliefen, wobei einige ihre Gewehre wegwarfen, um schneller fliehen zu können. Als die Kavallerie auf zweihundert Schritte an die feindliche Infanterie, die nicht mehr die Zeit gehabt hatte, sich zu einem Quadrat zu formieren, herangekommen war, bliesen die Trompeten zum Angriff, und alle Dragoner gaben ihren Pferden die Sporen und fielen, ich würde nicht sagen in Galopp, aber in lebhaften Trab. Ein paar vereinzelte Franzosen schossen auf sie, wie die Pulverwölkchen ahnen ließen, die hochstiegen und sich sofort längs der Front verloren, aber viele andere folgten dem Beispiel der Schützen, die mittlerweile keuchend ihre Reihen erreicht hatten, und machten sich aus dem Staub. Diejenigen, die auf ihrem Posten geblieben waren, schossen noch einmal alle gemeinsam, und diesmal fielen Männer und Pferde. Aber der Schwung der Dragoner war nicht zu bremsen, obwohl sich in ihrer Formation breite Lücken geöffnet hatten, nicht so sehr wegen der Verluste, sondern weil die schnelleren Pferde die anderen überholten. Als die Schwadron, die den Angriff führte, bis auf wenige Schritte an die feindliche Linie herangekommen war, sah ich, wie der Oberst sich in den Steigbügeln aufrichtete und den Säbel hoch über den Kopf hob; und alle Männer taten es ihm gleich, bereit loszuschlagen. Aber es kam nicht zum Kampf, denn gleich darauf waren die Franzosen bereits auf der Flucht. Viele warfen die Musketen von sich, und alle rannten wahllos auf den sicheren Schutz zu, den die scheinbar so nahen Häuser des Dorfs boten. Doch die Dragoner hatten sie erreicht, bevor sie sich in Sicherheit bringen konnten, und begannen sie niederzumetzeln. Die gesamte Ebene zwischen der Höhe, auf der ich mich befand, und dem Dorf war voll von Männern auf der Flucht und Reitern, die sie verfolgten. Überall sah man einzelne Franzosen, verfolgt von fünf oder sechs Männern zu Pferd, die den Flüchtling umzingelten und mit Säbelhieben töteten. Die Dragoner feuerten sich, während sie ihre Opfer verfolgten, gegenseitig mit so lauten Schreien an, daß ich sie trotz des Lärms hören konnte. Sie schrien ein Wort, das ich, wie mir schien, nicht anders als *gâteau* interpretieren konnte, und ich fragte mich, was für Männer das wohl seien, die mit einem solchen Kriegsruf töteten und starben, bis ich begriff, daß sie in ihrem Dialekt *Gah to* schrien, was in annäherungsweiser Übersetzung vorwärts bedeutete. Die Grausamkeit, mit der sie die flüchtenden Infanteristen niedermetzelten, war abstoßend, und viele Franzosen, die ihre Waffen weggeworfen hatten, zogen es vor, zur preußischen Infanterie zu laufen, die mittlerweile im Gleichschritt vorrückte, und sich von ihnen gefangennehmen zu lassen, um ihr Leben zu retten.

Als auch der letzte Flüchtling im Schlamm getötet worden war oder es ihm gelungen war, sich mit einem Sprung durch ein Fenster in den ersten Häusern des Dorfs in Sicherheit zu bringen, gaben die Trompeten der Dragoner ein neues Signal, und die Männer begannen sich zu sammeln und zurückzugehen. Das Regiment schien während des Angriffs nicht allzu großen Schaden genommen zu haben, da auf dem Gelände fast nur Leichen der Franzosen zurückgeblieben waren. Dennoch sah ich, als sie näherkamen, daß eine ganze Weile vergehen würde, bevor sie erneut angreifen könnten, da die Pferde erschöpft waren. Viele lahmten, und allen tropfte Blut von den Flanken, in die schonungslos die Sporen gerammt worden waren. Einige Offiziere, die abgesprungen waren, untersuchten die Pferde ihrer Männer und gaben Anweisungen für ihre Behandlung. Die meisten Soldaten mußten absitzen und die zitternden und schaumbedeckten Tiere zum Trinken im nächstgelegenen Bach führen. Ein verwundeter Dragoner, der sich bis dahin aufrechtgehalten hatte, indem er sich an den Hals seines Pferdes geklammert hatte, ließ sich jetzt vom Pferd gleiten, und ein Kamerad nahm ihn über die Schulter und trug ihn, unter der Last schwankend, ebenfalls zum Wasser. Als die letzten Reiter den leichten Hang wieder hinaufgestiegen waren, trafen vereinzelt andere Dragoner zu Fuß ein, die wegen ihrer für das Marschieren ungeeigneten Stiefel im Schlamm ausglitten. Und da bemerkte ich, daß viele Pferde beim Angriff getötet oder verletzt worden waren, und ihre Körper traten als schwarze Flecken im gelblichen Grau der Stoppeln hervor.

Da der Kampf sich jetzt hinter das Dorf verlagert hatte, dachte ich, auch ich könnte nach vorn reiten, und trieb das Pferd den Abhang hinunter. Ich ritt zwischen zahlreichen Toten und vor allem Verwundeten hindurch, französischen und preußischen Infanteristen, die mich anflehten, ihnen zu helfen. Einer setzte sich mühsam auf, wobei er sich mit den Armen aufstützte, starrte mich mit einem fürchterlichen Blick an und rief: »Wasser!« Eine Kugel hatte ihm ein Ohr weggerissen, und das halbe Gesicht war blutüberströmt. Natürlich konnte ich nichts für diese armen Teufel tun, außer darauf zu achten, daß mein Pferd nicht auf sie trat. Im übrigen wich das brave Tier ihnen soweit es konnte von allein aus, da Pferde nicht gerne auf etwas Lebendiges treten. Trotz der Flucht, die der Angriff der Dragoner ausgelöst hatte, ging die Schießerei lebhafter als vorher weiter, so daß mein Pferd, das diesen Lärm nicht gewohnt war, mich abzuwerfen drohte. Ich hatte erwartet, daß die Preußen das Dorf besetzt hatten, aber der Glockenturm war immer noch ziemlich weit entfernt, als ich die Linie der Schützen erreichte, die jetzt nicht mehr vorrückten, sondern abwechselnd, die erste Reihe kniend, die anderen beiden stehend, in Richtung des Feindes schossen. Die Männer hatten dadurch, daß sie ständig auf Patronen bissen, schwarze Lippen und fast alle einen schwarzen Schnurrbart in einem Mundwinkel, da jeder Soldat die Gewohnheit hat, die Patrone immer an derselben Stelle mit den Zähnen aufzureißen, so wie jemand die Pfeife entweder immer rechts oder immer links im Mund hat. Viele von ihnen hatten ein gerötetes Gesicht und einen angesengten Bart, da man, wenn man zu hastig und mit einer schweren und nur mühsam zu handhabenden Waffe wie einer Infanteriemuskete schießt, den Lauf leicht an die Wange lehnt, was zu Verbrennungen führt. Mir war unklar, auf wen sie schossen, da sie auf diese Entfernung den im Dorf verschanzten französischen Schützen gewiß keinen Schaden zufügen konnten. Aber schon sehr bald erkannte ich verblüfft, daß die französischen Schützen sich nach dem Angriff der Dragoner erneut zwischen den zertrampelten Stoppeln und sogar den Leichen versteckt hatten, die ihnen eine ausgezeichnete Deckung boten, so daß ihr Feuer die Preußen am Vorrücken hinderte.

Mir war inzwischen klargeworden, daß ich auf jener Seite Kutschen und Gepäck nicht finden würde; daher beschloß ich endgültig, den Ort zu verlassen. Eine Weile ritt ich in die entgegengesetzte Richtung, fort vom Lärm der Schlacht. Aber wenn ich sagen sollte, ich hätte genau gewußt, wohin ich ritt, würde ich lügen. In diesem Gelände war es verflucht schwer, sich zurechtzufinden. Mich an der Stellung der Sonne orientierend, entschied ich, in eine bestimmte Richtung zu reiten, doch die Neigung des Hangs, ein Graben, der zu tief war, um ihn durchwaten zu können, eine Landstraße, der man notgedrungen eine Weile folgen mußte, brachten mich immer wieder dorthin, wohin ich nicht wollte. Obendrein konnte man durch die Erhebungen und Senken des Geländes keine hundert Schritte weit sehen, und obwohl ich wußte, daß hunderttausend Männer um mich herum waren, bekam ich nicht einen zu Gesicht. Als ich schließlich ein Stoppelfeld hinter mir gelassen hatte, stieß ich erneut auf eine große Anzahl Soldaten. Sie standen geduldig in drei Reihen ausgerichtet da, aber an ihren verzerrten Gesichtern war zu erkennen, daß sie gelaufen waren. Sie waren staubbedeckt, und bei vielen war die Uniform zerrissen und blutverschmiert. Hinter ihnen diskutierte ein Offizier zu Pferd lebhaft mit General von Wartensleben, der irgendwie hierhergekommen war, begleitet nur von ein paar seiner Adjutanten. Ich verstand nicht, was sie sagten, aber ich hörte, daß der Offizier die Anrede »Euer Exzellenz«, mit der er sich an den General wandte, jedesmal in aggressivem Ton aussprach, der der förmlichen Korrektheit der Anrede hohnsprach. Der General nickte müde, ohne zu antworten. Dann trieben sie ihre Pferde vorwärts und ritten an den Infanteristen vorbei, die reglos im Staub standen, und ich folgte ihnen, da ich sie fragen wollte, wo ich den König finden könnte. Nach ein paar Schritten holte der General ein Fernrohr hervor und richtete es auf den Glockenturm, der immer noch aus dem Rauch ragte. Bevor ich sie einholen konnte, flog eine Kanonenkugel über unsere Köpfe hinweg und riß eine Erdscholle wenige Schritte von den Infanteristen entfernt los; der Kugel folgte sofort eine zweite, dann eine dritte. Das Pfeifen der Kanonenkugeln hat wirklich etwas Unheilvolles, und ich mußte mich sehr zusammennehmen, um nicht Reißaus zu nehmen. Aber sowohl der General als auch die anderen Offiziere taten so, als bemerkten sie nichts, obwohl Seine Exzellenz etwas zu laut sagte: »Sie haben uns aufs Korn genommen, wie es scheint.« Der Wunsch aller, vor den anderen das Gesicht zu wahren, veranlaßte uns, noch eine Weile reglos und ruhig in der Position auszuharren, während Wartensleben weiter durch sein Fernglas blickte, auch wenn sich allen, glaube ich, wie mir der Magen zusammenkrampfte. Schließlich legte der General das Fernrohr wieder in sein Etui, steckte dieses in eine der Taschen, die am Sattel hingen und setzte sich in Bewegung, um zurückzureiten. Wir folgten ihm alle mit der gleichen Würde, obwohl die Kugeln dichter als vorher pfiffen. Eine natürliche Regung hätte mich gezwungen, mich jedesmal über den Hals des Pferdes zu beugen, aber der Wunsch, mich in den Augen der anderen nicht zu blamieren, ließ mich steif wie ein Kleiderständer sitzenbleiben. Als wir schließlich mitten unter den Infanteristen waren, die ebenfalls die ganze Zeit bewegungslos stehengeblieben waren, während ihnen die Kugeln um die Ohren flogen und hier einen Kopf, dort einen Arm oder ein Bein abrissen, hatte ich das trügerische Gefühl, in Sicherheit zu sein. Aber genau in diesem Augenblick pfiff eine Kugel tief zwischen uns hindurch, die Pferde brachen zur Seite aus, und der General wurde zu Boden geschleudert. Sofort eilten zwei Adjutanten herbei und richteten ihn wieder auf. Sein Pferd kämpfte verzweifelt wiehernd mit gebrochenen Hinterbeinen. Ohne zu überlegen, stieg auch ich ab und hörte, daß einer der Schützen laut zu seinem Nachbarn sagte: »Schade, daß sie das untere Tier und nicht das obere getötet haben!«

Ich näherte mich dem General und sah, daß er, obwohl er nicht verletzt schien, nicht in der Lage war, sich auf den Beinen zu halten. Sein Mund zitterte, und seine Augen hatten sich mit Tränen gefüllt. Er blutete aus der Nase, und die Spitzen seiner Krawatte bekamen rote Flecken. Die Offiziere riefen zwei Männer aus den Reihen, die ihn unter dem Arm nahmen und ihn zur Etappe brachten. Instinktiv wandte ich mich um und blickte in die Richtung, aus der die Kugeln kamen, und da entdeckte ich zu meiner Überraschung, daß nichts zu sehen war, da die Bodenerhebung, hinter der wir uns befanden, vollständig die Sicht verdeckte. Offensichtlich schoß die französische Batterie auf gut Glück, und ihre Kugeln fielen mitten zwischen uns, indem sie tief über den Kamm flogen oder geradewegs den Hang hinunterrollten. Und tatsächlich sah ich in dem Augenblick etwas Schwarzes wie eine Cricketkugel vielleicht zehn Schritte von mir auf die Reihen der Infanteristen zu rollen. Ich betrachtete es fasziniert, bis mir bewußt wurde, daß es genau in dem Zwischenraum zwischen mir und ihnen vorbeirollen würde, ohne jemandem Schaden zuzufügen. Als es näherkam, machte ein Kadett, der vor der Reihe stand, ein Junge, der nicht älter als vierzehn sein konnte, eine Bewegung in seine Richtung, als wollte er es mit dem Fuß aufhalten. Zum Glück packte ein Unteroffizier ihn grob am Arm und zog ihn zurück, wobei er ihn anschnauzte: »Weiß der Herr Kadett denn nicht, daß die Kugel ihm ohne weiteres den Fuß hätte wegreißen können?«

Ich weiß nicht, wie lange diese Männer eine solche Behandlung bereits ertrugen, aber so eisern ihre Disziplin auch war, alles deutete darauf hin, daß sie allmählich genug hatten. Der Offizier, der sie befehligte, bemerkte das wohl ebenfalls, denn er begann, mit der Peitsche nervös die Flanke seines Pferdes zu schlagen, obwohl das arme Tier entrüstet wiehernd den Kopf schüttelte. Man begriff, daß es ihm körperlich unerträglich war, mitansehen zu müssen, daß seine Männer auf diese Weise niedergemetztelt wurden, aber sie auch nur zehn Schritte zurückweichen zu lassen, ohne den Befehl dazu erhalten zu haben, ging über seine Kräfte. Genau in dem Augenblick veranlaßte uns alle der Klang von Hufen, uns umzudrehen: Eine Gruppe von Offizieren kam herangeritten, und an ihrer Spitze erkannte ich, als erster vielleicht, den König. Gleich darauf erkannten ihn auch die Soldaten, die ihre Musketen schwangen und riefen: »Es lebe der König!« Bei Gott, dachte ich, schon bald werde ich wieder bei meiner Kutsche und Will sein. Der Gedanke, daß der Gepäcktroß des Königs ihm an einem Tag wie diesem nicht zwangsläufig gefolgt sein mußte, kam mir nicht. Seine Majestät ritt allein an der ersten Reihe vorbei und begann mit dem Kommandanten zu sprechen. Die Kugeln pfiffen ihm um den Kopf, und innerlich freute ich mich über das königliche Beispiel, das er den Soldaten gab. Dann hörte ich, wie ein Unteroffizier zu seinem Nachbarn sagte: »Siehst du ihn, den jungen Mann?« Man muß wissen, daß man in Sachsen und anderswo vom Souverän auf die förmlichste Weise spricht und glaubt, man würde ein Verbrechen begehen, wenn man nicht alle naselang Seine Gnaden der Kurfürst, Seine Durchlaucht der Herzog und so fort wiederholt. Die Preußen dagegen hatten sich seit Friedrichs Zeiten daran gewöhnt, einfach nur zu sagen: der Alte, und diese Gewohnheit hatten sie auch unter seinem Nachfolger beibehalten. Da diese Anrede zum gegenwärtigen Herrscher aber recht wenig paßt, haben die Soldaten sofort gelernt, ihn statt dessen junger Mann zu nennen, und in diese Anrede legen sie den gleichen Respekt, den die übrigen Deutschen mit ihren klangvollen Anreden zum Ausdruck bringen. Jedenfalls erwiderte der zweite Unteroffizier auf die Frage: »Ja, ich sehe ihn! Schau nur, wie die Kugeln um seinen Kopf pfeifen. Wenn er nur nicht getötet wird!« Daraufhin hörte ich diesem ungewöhnlichen Dialog weiter zu: »Du Narr! Glaubst du, daß das möglich ist?« »Warum denn nicht? Wenn eine Kugel ihn am Kopf trifft, ist es aus mit ihm.« »Ja, ja, gewiß! Eine Bleikugel kann den König nicht treffen.« »Und warum nicht?« »Hör zu, was ich dir sage, Bruder. Ich bin ein alter Soldat und habe den Siebenjährigen Krieg mitgemacht. Du kannst mir also glauben, daß ich mich in diesen Dingen auskenne. Einem gekrönten Haupt kann weder Blei noch Eisen etwas anhaben. Die Kugeln fliegen weiter, auch wenn der König direkt durch den Kugelhagel reiten würde.« »Aber wie man hört, hat es doch schon Könige gegeben, die vom Feind getötet worden sind.« »Oh ja, Bruder, aber das waren andere Kugeln, Silberkugeln! Siehst du, Bruder, wenn die Franzosen unseren jungen Mann umbringen wollten, müßten sie ihre Kanonen mit Kartätschen aus Silber laden, dann wäre er bereits tot.« »Wenn es so ist, dann wird ja verständlich, daß er so sehr den Mutigen spielt!« »Das will ich meinen! Denn die Könige von Preußen genießen das Privileg, daß ihnen weder eine Kugel noch ein Säbelhieb etwas anhaben kann. Daher fing der Alte Fritz im Siebenjährigen Krieg haufenweise Kugeln im Flug mit der Hand auf, und sogar Kanonenkugeln mit dem Hut.« »Hör mal, Bruder, vielleicht hast du ja recht. Deswegen ziehen die Könige von Preußen so gern in die Schlacht. Wenn sie den Tod fürchten müßten, würden sie eher zu Hause bleiben!« »Natürlich! Sie würden es wie der Kaiser, der König von Spanien und die anderen Könige machen: Die bleiben zu Hause und sehen zu, wie ihre Männer sich für sie umbringen oder verstümmeln lassen.«

Mit diesen absurden abergläubischen Vorstellungen war es diesem Märchenerzähler also gelungen, das gute Beispiel, das der König seinen Männern gab, in den Augen seiner Kameraden zunichte zu machen. Was mich betrifft, so hatte ich bereits genügend Kugeln pfeifen gehört und hatte nicht die geringste Lust, mich dem jungen Mann, wie sie ihn nannten, anzuschließen, bevor er sich nicht entschloß, sich zurückzuziehen. Die Soldaten sahen mich neugierig an, sie dachten zweifellos, ich sei ein Zivilist aus dem Gefolge des Königs, ein Arzt oder vielleicht sogar ein Diener. Dieser Gedanke ärgerte mich, und daher versetzte ich der Kruppe meines Pferdes einen leichten Schlag mit der Peitsche und entfernte mich einige Schritte. Aber während ich darüber nachdachte, wie ich am besten mein nächstes Gespräch mit dem König beginnen könnte, hörte ich, wie die Männer aufgeregt durcheinanderriefen, und drehte mich um, um zu sehen, was los sei. Sie schienen jemanden anzufeuern, so wie man es beim Hunderennen macht. Als ich ihrem Gestikulieren folgte, sah ich einen Hasen, der aus seinem Bau geschossen war und verrückt vor Angst im Zickzack den Hang hinunterlief. Ich glaube, ich habe bereits geschrieben, daß hier in Thüringen die Hasen so verbreitet sind wie anderswo die Ratten. Zwei oder drei Männer liefen hinter ihm her. Einer zielte und schoß, traf aber daneben, und in seiner Hast, die Verfolgung wieder aufzunehmen, stolperte er gleich darauf und landete mit dem Gesicht auf der Erde. Der Hase war jetzt zu weit entfernt, als daß man noch hoffen konnte, ihn zu treffen. Aber da erhob sich direkt am Fuß des Hangs ein französischer Schütze. Der Hase schlug einen Haken und versuchte, wieder die Anhöhe zu erreichen, doch der Schütze war schneller und traf ihn mitten im Sprung. Während die Preußen ihn beschimpften, lief er nach vorn, hob ihn auf, tötete ihn endgültig, indem er seinen Kopf mit dem Absatz zertrat, und steckte ihn in den Brotsack. Dann verschwand er zwischen den Stoppeln.

Die Aufregung, welche die Jagd auf das unglückliche Tier ausgelöst hatte, hatte alle so sehr abgelenkt, daß keiner von uns an das Wichtigste gedacht hatte, nämlich daß ein Franzose sich dort unten gar nicht hätte befinden dürfen. Der Bataillonskommandant wurde jedoch daran erinnert, denn eine Kugel riß ihm den Hut vom Kopf. Ein Soldat trat aus der Reihe heraus, kniete nieder, um ihn aufzuheben und reichte ihn ihm respektvoll. Dann gaben er und der König ihren Pferden die Sporen und ritten los, während die Infanteristen aufs Geratewohl in die Stoppeln zu schießen begannen, wo die Feinde sich befinden mußten. Ich setzte ebenfalls mein Pferd in Bewegung und ritt neben den König, wobei ich den Hut abnahm. »Erlauben mir Euer Majestät, Ihnen einen guten Tag zu wünschen?« Der König sah mich an. Sein Gesicht war pulverbedeckt, und unter dem Mund verlief eine schwarze Linie, die ich zuerst für Blut hielt, die in Wirklichkeit aber Schokolade war; die Kanonen hatten ihn beim Frühstück gestört. »Wenigstens haben Sie uns nicht aufgegeben«, sagte er anerkennend, »wie Lord Morpeth, der vorgestern abend in mein Hauptquartier kam und bereits heute nacht wieder aufgebrochen ist, aus Angst, der Feind könnte ihn gefangennehmen. Als ob der Botschafter eines befreundeten Landes sich in meinem Heer nicht sicher fühlen könnte!« In Wahrheit sprach er nicht so zusammenhängend, wie ich es hier wiedergegeben habe, sondern stück- und häppchenweise, schreiend, um sich trotz des Getöses verständlich zu machen, und ohne seine Sätze zu beenden, wie es seine Gewohnheit ist. »Ich freue mich«, antwortete ich im gleichen Ton, »Euer Majestät sagen zu hören, daß England wieder ein befreundetes Land ist.« »Ich hoffe, daß es nicht zu früh dafür ist«, brummte der König mit einer Grimasse. Der Bataillonskommandant hatte sich inzwischen zu uns gesellt und hörte unserer Unterhaltung mit sichtlicher Ungeduld zu, wagte aber nicht, den König auf sich aufmerksam zu machen. Endlich erinnerte dieser sich seiner und richtete das Wort an ihn. »Herr Major, schon gut, ziehen Sie Ihre Leute zurück, damit sie Ihnen nicht alle getötet werden. Aber nicht zu sehr, Sie sind verantwortlich!« Während der Offizier sich entfernte, seufzte der König und blickte sich nach seinen Adjutanten um; vier oder fünf saßen in respektvollem Abstand auf ihren Pferden. »Schill!« rief er, und ein Offizier der Dragoner der Königin kam herangeritten. »Was meinen Sie, wo befinden wir uns?« Der Offizier entfaltete eine Karte, die er auf den Hals des Pferdes breitete, das nervös die Ohren bewegte. Es war ein herrliches Tier, eines von denen, welche diese Herren vor dem Krieg für hundertzwanzig oder hundertvierzig Louis kauften oder verkauften. »Das Dorf dort drüben«, erklärte er, nachdem er ziemlich lange überlegt hatte, und wies auf einen Glockenturm hinter uns, »müßte Rehhausen sein.« »Was meinen Sie, gehen wir dorthin?« fragte der König. »Mit der Erlaubnis Eurer Majestät«, antwortete der Offizier, »dort ist niemand. Die Divisionen der Reserve könnten dorthin marschieren!« »Das ist wahr«, stimmte der König zu. Er war stets bereit, demjenigen recht zu geben, der in entschiedenem Ton mit ihm sprach. »Schill, Sie werden sich zu Graf Kalckreuth begeben und ihm befehlen, die Reserve unverzüglich nach Rehhausen in Marsch zu setzen und von dort aus das Vorrücken der ersten Linie zu unterstützen. Nein, ich werde selber gehen«, schloß er und wendete sofort sein Pferd. Diese ungewöhnliche Art, ein Heer zu befehligen, war mir unbegreiflich, und daher ritt ich neben den Dragoner, um es mir von ihm erklären zu lassen.

Als ich mir sein Gesicht genauer betrachtete, stellte sich in mir das Gefühl, ja, ich würde sogar sagen die Gewißheit ein, daß ich ihm schon begegnet war; und doch war ich sicher, daß wir uns niemals vorgestellt worden waren. Er war ein korpulenter Mann mit einem breiten roten und brutalen Gesicht und blonden schweißverklebten Haarlocken in der Stirn. »Hören Sie, mein Herr«, begann ich, »ich bin Zivilist und habe noch nie eine Schlacht gesehen. Würden Sie so freundlich sein, mir zu erklären, was gerade geschieht?« Er wußte jedoch nicht mehr als ich; auch er hatte noch nie eine Schlacht miterlebt. »Wenn nur der Herzog hier wäre, er wüßte, was zu tun ist!« seufzte er. »Aber was ist denn mit dem Herzog?« Er sah mich an, überrascht, daß ich nicht Bescheid wußte. »Der Herzog ist von einer Kugel ins Gesicht getroffen worden, als die Schlacht begonnen hat, und vielleicht ist er jetzt schon tot. Jedenfalls hat man ihn weggebracht. Die Kugel ist, wie es scheint, durch das eine Auge eingetreten und durch das andere wieder hinausgetreten und hat ihn unrettbar erblinden lassen. Und wer dabei war, sagt, daß er eine solche Verletzung nicht überleben wird.« Während er erzählte, war er neben mich geritten. Unsere erschöpften Pferde gingen mit gesenkten Ohren wie auch die der anderen Adjutanten. Der König saß nicht sehr elegant im Sattel, etwas zu sehr nach vorn gebeugt, in sich versunken. Wir bildeten sicher eine recht sonderbare Prozession. Als Schill seine Erzählung beendet hatte, schwiegen wir einen Augenblick, und ich hörte dem Kanonendonner zu. »Aber sagen Sie«, sagte ich dann zu meinem Begleiter, »wir entfernen uns doch jetzt von der Schlacht, wenn ich mich nicht irre?« »So ist es«, bestätigte er. »Denn der Kanonendonner«, fuhr ich fort, »ist jetzt in unserem Rücken.« »Genau«, wiederholte er gereizt. »Aber warum fragen Sie mich das?« »Weil es mir«, sprach ich weiter, »so vorkommt, als hörte ich ihn jetzt besser als vorher.« Der Klang der Kanonen wirkte tatsächlich weniger gewaltig, je weiter wir uns entfernten. »Stimmt«, gab Schill zu. »Sonderbar!« fügte er hinzu, ohne sich dieses Phänomen erklären zu können.

Schweigend ritten wir weiter. Obwohl der Dragoner meine Fragen geduldig beantwortet hatte, war er mir nicht sympathisch. Und ich konnte den Eindruck nicht loswerden, daß dieses Vorurteil von den Umständen herrührte, unter denen wir uns bereits begegnet waren. Was für Umstände das gewesen waren, daran konnte ich mich jedoch beim besten Willen nicht erinnern. Ich überlegte eine Weile, aber dann mußte ich es aufgeben, da wir zu einem Dorf gekommen waren. »Hier soll, wie man mir gesagt hat, Graf Kalckreuth sein«, bemerkte Schill. »Tatsächlich«, fuhr er fort und deutete auf einen Infanteriezug, der auf der Straße stand, »das ist das Regiment Pirch, das zur Reserve gehört. Um die Pflichten eines Generaladjutanten erfüllen zu können«, fügte er an mich gewandt wichtigtuerisch hinzu, »muß man die ganze Schlachtordnung hier haben, im Kopf!«, und er schlug mit der flachen Hand gegen seine Stirn. Als wir das erste Haus erreicht hatten, stieg der König vom Pferd, und wir alle beeilten uns ehrerbietig, es ihm gleichzutun. Die Tür des

Hauses öffnete sich, und es erschien ein Bauer in Hemdsärmeln. Als er all die Herren sah, die in seinem Hof absaßen, kehrte er eilig ins Innere zurück. »Wollen Sie nachsehen, ob General von Kalckreuth hier ist?« fragte der König, ohne sich an irgend jemanden im besonderen zu wenden. Da ich dem Eingang am nächsten stand, stieß ich die Tür auf und ging hinein, mit Schill, der mir auf dem Fuß folgte und mich beinahe hätte stolpern lassen.

Das Haus war so dunkel und stank so sehr, daß der Graf sich unmöglich hier befinden konnte. Sobald meine Augen sich an die Dunkelheit gewöhnt hatten, stellte ich fest, daß es in ein Lazarett verwandelt worden war. Auf einem Tisch, der ans Fenster gerückt worden war, behandelte der Chirurg gerade einen verwundeten Offizier. In der dunkelsten Ecke kauerten der Bauer, seine Frau und drei Kinder auf dem Boden und verfolgten jede seiner Bewegungen. »Sie können sich glücklich schätzen«, brummte der Chirurg, »mitten in den Kugelhagel geraten und dann so billig davongekommen zu sein, so ein Glück hat nicht jeder.« Der arme Teufel hatte eine Kugel im linken Arm, der bereits verbunden war, eine weitere in der Schulter, die der Chirurg gerade mit der Pinzette herauszuholen versuchte, und eine dritte hatte sein Ohr durchlöchert. Er hatte viel Blut verloren und war leichenblaß, obwohl er, seinem Körperbau nach zu urteilen, ein Mann von sanguinischem Temperament gewesen sein mußte, und die Scherze des Chirurgen brachten ihn nicht zum Lachen. »Gehen wir, hier ist nichts«, murmelte ich. Genau in dem Augenblick wurde heftig an die Tür geklopft. Der Bauer fuhr zusammen, seine Frau fing zu weinen an, die Kinder kreischten. Der Verwundete biß die Zähne zusammen, während die Eisen des Chirurgen in seiner Wunde stocherten. Schill ging ruhig zur Tür und riß sie auf. »Endlich!« rief eine rauhe Stimme, deren Besitzer ich nicht sehen konnte. »Schill, Sie haben das frischere Pferd. Bringen Sie diese Depesche sofort zu General von Arnim.« Schill kehrte ins Innere zurück, das Papier in der Hand, und spuckte seinen Tabak auf den Boden. »Wie Sie sehen, hat man schon eine Aufgabe für mich gefunden«, prahlte er. »Dann viel

Glück«, erwiderte ich, »und Vorsicht mit dem Kopf.« Der Dragoner lachte laut. »Nur keine Angst, das Schwert ist noch nicht geschmiedet, das diesen Kopf abhacken könnte.« Auf der Schwelle blieb er stehen, ging ein paar Schritte auf die Frau zu, die mit ihren Kindern, die sich an ihren Rock klammerten, immer noch in der Ecke saß und weinte. Er nahm ihr Kinn zwischen die Finger, hob das tränenüberströmte Gesicht hoch und betrachtete es aufmerksam im Licht, das durch die weit offene Tür hereindrang. »He!« brummte er. »Nicht übel! Schade, daß ich schon wieder weg muß!« Dann ließ er sie los und ging hinaus, wobei er die Sporen klirren ließ. Ich weiß nicht, ob diese Gemeinheit eine schlummernde Erinnerung in mir geweckt hatte, aber genau in dem Augenblick erinnerte ich mich an ihn: Er war der Dragoner aus der Jerusalemer Straße, derselbe, der eines Abends aus Lenchens Zimmer gekommen war und mit dem ich mich beinahe geschlagen hätte, als ich mit ihm auf der Schwelle des Hauses zusammenstieß. Es war nicht verwunderlich, daß ich ihn, selbst ohne mich an ihn zu erinnern, unsympathisch fand!

Als ich ebenfalls hinausging, war Schill bereits im Sattel, und einen Augenblick später war er verschwunden. Also ging ich wieder hinein, zeigte der Bäuerin eine Münze und bat sie um etwas Wasser. Die Frau verstand nicht gleich, aber dann stand sie auf und holte einen Krug aus dem Backtrog, der in die Wand eingelassen war. Ich trank und ließ einen Pfennig in der schmutzigen Hand, dann ging ich erneut ins Freie hinaus. Auf der Straße warteten viele Soldaten, aber der König und die anderen Adjutanten waren spurlos verschwunden. Man hatte die Zügel meines Pferdes einem Soldaten zu halten gegeben, und auch ihm mußte ich einen Pfennig geben. Zum Glück war das Dorf nicht groß, und es gelang mir sehr rasch, mir das Haus zeigen zu lassen, in dem sich Graf Kalckreuth einquartiert hatte. Als ich eintrat, war der König bereits fort, und der General saß in einem Sessel. »Schön!« rief er. »Auch Sie hier?« »Eigentlich«, erwiderte ich, »suche ich den König. Aber es scheint mein Schicksal zu sein, daß ich ihn heute immer verliere.« »Nur keine Angst, Sie werden ihn nicht verlieren! Er war gerade hier und hat geruht, mir Befehle zu geben. Jetzt muß ich sie nur noch ausführen!« knurrte er mit einmaliger Unfreundlichkeit. Nachdem er aufgestanden war, band er sich die Schärpe um die Taille und ging in den Hof hinaus. »Fritz! Fritz!« rief er, bis der Bursche angerannt kam, den Hut in der Hand. »Fritz! Hast du Marianna gesattelt?« »Nein, Exzellenz, wie Sie befohlen hatten, habe ich Fandango gesattelt!« antwortete der Mann verschüchtert. »Du bist ein Esel! Soll ich Fandango etwa in die Schlacht führen? Wertvoll, wie er ist! Lauf und sattle Marianna!« Und dann, an mich gewandt: »Stellen Sie sich nur vor, ein englisches Pferd, das mich hundertzwanzig Friedrichsd'or gekostet hat! Das Ministerium würde mir nicht einmal die Hälfte erstatten, wenn es getötet werden sollte. Sie verstehen, daß in Situationen wie dieser jeder an sich selbst denken muß! Marianna ist zwar nicht sehr schnell, aber was soll's, ich hoffe, daß ich in meinem Alter nicht um mein Leben rennen muß.« Ich war überrascht, daß er in einem solchen Augenblick so viele Gedanken an ein Pferd verschwendete, um so mehr als diese Sorge ihn vollkommen von dem Befehl abgebracht zu haben schien, den er auszuführen hatte. Denn der General fuhr fort: »In Magdeburg erwarte ich vier Ersatzpferde vorzufinden, die mein Verwalter in Dänemark kaufen sollte, und meinen Pelzmantel, den ich in Berlin vergessen habe. Dann kann der Krieg meinetwegen bis nächstes Jahr dauern. Es geht nichts über einen Pelz, um es im Lager bequem zu haben! Aber solange wir die Elbe nicht überquert haben, muß ich darauf achten, die Pferde nicht unnötig aufzureiben. Jeder muß an sich selbst denken«, wiederholte er und rieb sich die Hände, als bereite dieser Gedanke ihm eine einzigartige Genugtuung. Schließlich kehrte der Bursche zurück und führte Marianna am Zügel, einen schon betagten Gaul, der seinen Reiter gewiß nicht ruinieren würde, wenn das Ministerium sich weigern sollte, den Preis für ihn zu bezahlen. Der General saß mit Mühe auf, unterstützt von zwei Lakaien, trocknete sich die Stirn mit dem Taschentuch, seufzte und brummte schließlich: »Also, dann wollen wir mal Krieg spielen!«

Auf dem Dorfplatz stellten sich eine große Menge Soldaten,

die noch ein paar Minuten zuvor auf dem Pflaster gesessen hatten, in Reih und Glied auf, die Muskete über der Schulter und den Brotsack umgehängt. Der Uniform nach mußten sie zu Suckows Regiment gehören, und tatsächlich entdeckte ich schon sehr bald meinen Freund unter ihnen. Ich näherte mich, um ihn zu begrüßen, und er schien keineswegs überrascht, mich hier zu sehen. Er konnte an nichts anderes als an die Schlacht denken, für die er sich rüstete. »Was für ein Nebel, hm? Zum Glück ist die Sicht jetzt besser! Hoffen wir, daß der Marschbefehl bald gegeben wird. Wir warten hier schon seit was weiß ich wie vielen Stunden, halbtot vor Hunger und Kälte!« Er hatte den ganzen Vormittag dem Kanonendonner zugehört und versucht herauszubekommen, ob er näher kam oder sich entfernte. »Aber jetzt kommt es mir wirklich so vor, als käme er näher«, schloß er. Ich hatte keine Zeit, diesen nur allzu berechtigten Eindruck zu bestätigen, da auf dem Platz alle in großer Aufregung waren. Oberst von Walther und Cronach war zwischen die Männer geritten, hatte sich in den Steigbügeln aufgerichtet und rief, so laut er konnte: »Vorwärts! Vorwärts!« Die Kompaniekommandanten bemühten sich, die Soldaten in Kolonne aufzustellen und in Marsch zu setzen, aber es herrschte eine solche Aufregung, daß die zur Eile drängenden Befehle die Ausführung unmöglich machten. Die Männer murmelten alle durcheinander, und die Schreie der Offiziere übertönten kaum dieses gewaltige Rauschen. »Vorwärts! Vorwärts! Bewegt euch!« schrien alle. Und ich beobachtete, daß diese Befehle, gebrüllt ohne die notwendige Ruhe, mehr schadeten als nutzten und den jüngeren Offizieren und den Soldaten nicht das nötige Vertrauen vermittelten, ja, daß mehr als einer sogar absolut verwirrt um sich blickte. Sich nur mit Mühe einen Weg durch das Gedränge bahnend, kam der Oberst zu uns. Ich nahm den Hut ab, um ihn zu grüßen, und er berührte den seinen zur Erwiderung, aber ich glaube nicht, daß er mich wiedererkannt hatte. »Sie«, sagte er zu meinem Freund, »Sie, Suckow, sind der jüngste Leutnant. Nehmen Sie zehn Soldaten, und bewachen Sie das Gepäck.« Mein Freund wurde bleich, und ich bemerkte nur zu deutlich, daß dieser Befehl ihn zutiefst bestürzte, da er es ihm unmöglich machte, an der Schlacht teilzunehmen. »Aber Exzellenz!« versuchte er einzuwenden, wobei er die Hand auf den Hals der Pferdes legte, als wollte er es zurückhalten. »Exzellenz! An einem solchen Tag!« Aber der Oberst hörte gar nicht hin. »Sie werden die Wagen und die Packpferde nach Auerstedt führen. Dort werden Sie Oberleutnant von Kettelhorst vom Dragonerregiment Irwing vorfinden, den der General mit dem Kommando über den ganzen Gepäcktroß der Division betraut hat, und von ihm werden Sie weitere Instruktionen erhalten.« »Exzellenz! Exzellenz!« wiederholte der arme Kerl immer noch, um die Nüstern des Pferdes herumgehend, aber es half alles nichts. Der alte Soldat war so sehr von seiner Pflicht durchdrungen und so begierig, gegen den Feind zu marschieren, daß er dem, was der junge Mann ihm zu sagen versuchte, nicht die geringste Aufmerksamkeit schenkte. »Ja, also, lieber Suckow, tut mir leid für Sie, aber für mich ist es ein Glück«, sagte ich zu ihm. »Wenn Sie erlauben, folge ich Ihnen, da ich hoffe, in Auerstedt auch mein Gepäck wiederzufinden.« »Tun Sie, was Sie wollen«, entgegnete er schroff, viel zu betrübt, um auf gute Manieren zu achten, welche die Deutschen im übrigen, wie ich schon bei anderen Gelegenheiten hatte beobachten können, in schwierigen Augenblicken leicht vergessen. Er drehte mir den Rücken zu, ging zu einem anderen Offizier und drückte ihm die Hand. »Wir werden uns heute abend wiedersehen, so Gott will!« »So Gott will«, wiederholte der andere und entfernte sich.

Nachdem er die Männer ausgewählt hatte, die ihn begleiten sollten, stieg Suckow aufs Pferd, und zusammen verließen wir das Dorf in der Richtung, die vom Kanonendonner, der jetzt deutlicher als vorher zu uns drang, wegführte. Die Sonne begann bereits zu sinken, obwohl der Sonnenuntergang noch fern war, und mir war, als habe die Luft sich abgekühlt, ein Gefühl, das bekanntlich noch von einem leeren Magen verstärkt wird. Der Troß des Königs bestand aus einer erstaunlichen Anzahl von Wagen und Packpferden, so daß ich allmählich begriff, warum es so schwer geworden war, ein Pferd zu kaufen, nachdem das Heer sich wiederbewaffnet hatte. Suckow, dem ich diese Überlegung mitteilte, zog ein Blatt mit zahlreichen Stempeln und Siegeln aus der Tasche, und nachdem er einen Blick darauf geworfen hatte, rief er: »Dreißig Wagen und sechzig Packpferde, wenn Sie es genau wissen wollen. Bei uns nimmt man alles ganz genau, und wenn ich auch nur eins auf dem Weg von hier nach Auerstedt verlieren würde, wäre irgendein Beamter in Berlin imstande, es mich aus meiner eigenen Tasche ersetzen zu lassen!« Während wir uns so unterhielten, hatten wir uns Seite an Seite auf der Hauptstraße zur Spitze des Zugs auf den Weg gemacht. Von Zeit zu Zeit drehte sich Suckow um, um sich zu vergewissern, daß die Kolonne sich ohne Stau vorwärtsbewegte, und auch, fuhr es mir durch den Kopf, in der trügerischen Hoffnung, ermitteln zu können, ob der Kanonendonner näher kam oder nicht. Die Soldaten und Pferde bemühten sich, trotz des katastrophalen Zustands der Straße nicht aus dem Tritt zu kommen. Aber sehr bald schon wurde uns der Weg durch andere Kastenwagen versperrt, so daß wir gezwungen waren anzuhalten. »Was ist da vorne los?« brüllte Suckow. »Da ist ein Loch!« antwortete jemand. Dann wurde, vermutlich auf einen Befehl hin, den ein anderer gegeben hatte, der letzte Kastenwagen der Reihe, die uns die Straße versperrte, geöffnet, und die Männer begannen, stapelweise Kommißbrot auszuladen. »Was machen sie denn da?« murmelte Suckow verblüfft. Die Arme voller Brotlaibe, verschwanden die Männer hinter der Reihe der bewegungslos dastehenden Wagen, dann kamen sie mit leeren Händen zurück und holten sich neue. »Was macht ihr mit dem Brot?« rief mein Freund einem der Soldaten zu, und dieser, sich kaum umdrehend, die Arme voller Brote: »Man hat uns befohlen, das Brot zu holen, um das Loch zu schließen. Wir schließen das Loch in der Straße«, wiederholte er, »wer sollte es sonst tun?« Suckow sah mich entmutigt an. »Also wirklich, es wäre besser gewesen, es gestern abend zu verteilen, dieses Brot, auf das wir so ungeduldig gewartet haben!« Gleich darauf mußte ihm jedoch ein praktischerer Gedanke gekommen sein und wohl auch seinen Soldaten, und ich schäme mich nicht zuzugeben, daß er im selben

Augenblick auch mir kam. Die Männer des Zugs, die während der Tage, an denen sie marschierten, nichts anderes getan hatten, als die Brotwagen zu bewachen, hatten gewiß nicht unter Hunger gelitten, und das erklärte die Ruhe, mit der sie dem Befehl ihrer Offiziere gehorchten. Doch Suckow und seine Männer hatten allesamt das Aussehen von Leuten, die seit dem Vortag nichts gegessen hatten, und was mich betrifft, so war das kümmerliche Frühstück, das ich gehabt hatte, bereits seit geraumer Weile verdaut. Die Soldaten hinter uns diskutierten lebhaft in ihrem Dialekt, und da der Brotbeutel leer und schlaff an ihrer Seite hing, schloß ich daraus, daß Erbsen und Speck, die sie von zu Hause mitgebracht hatten, aufgegessen waren, so daß kein Zweifel über das Thema ihrer Diskussion möglich war. Schließlich ging einer von ihnen ein paar Schritte vor, berührte den Stiefel des Oberleutnants, als wüßte er nicht, wie er sonst seine Aufmerksamkeit erregen könnte, nahm den Hut ab und rief schließlich: »Herr Oberleutnant, geben Sie den Befehl, daß auch wir uns Brot nehmen sollen!« Suckow hätte dieser Bitte, die so liebenswürdig vorgetragen worden war, gerne, das war deutlich zu erkennen, entsprochen, aber da er nun einmal ein Deutscher ist, sah er mich einen Augenblick ratlos an. »Was sagen Sie, soll ich es ihnen erlauben?« »Aber mein lieber Junge!« rief ich. »Wollen Sie Ihre Männer denn an Hunger sterben lassen, bevor die Franzosen sie umbringen? Ich versichere Ihnen, daß immer noch genug Brot dasein wird, um das Loch auszufüllen, wenn wir uns alle sattgegessen haben werden!« Dieses Argument überzeugte Suckow, so daß er sich an den Mann wandte und ihm mit sichtlicher Erleichterung die Erlaubnis gab, Brot zu holen. Sofort stürzten die Soldaten zu dem offenen Kastenwagen, jeder bemächtigte sich eines Brotlaibs und begann ihn mit dem Bajonett in Scheiben zu schneiden, so wie die Neger bei uns das Brot, es gegen die Brust stützend, mit dem Messer schneiden. Suckows Bursche, der ihm wie die anderen zu Fuß folgte und das Pferd mit dem Gepäck seines Herrn am Halfter führte, beeilte sich, an dieser erlaubten Plünderung teilzunehmen, und brachte zwei Brote zurück. Aber der Oberleutnant schnauzte ihn an, nahm ihm beide Laibe ab, bot mir einen an und schickte ihn wieder los, damit er sich selbst noch mit Brot versorgte. Da ich kein Messer hatte, versuchte ich, den großen Schwarzbrotlaib mit den Händen zu brechen, was mir aber nicht gelang; er war hart wie Stein. Suckow, dem es nie an Hilfsmitteln fehlte, schnitt sein Brot und meins mit einem Jagdmesser in Scheiben, und so aßen wir auf dem Rücken unserer Pferde, während wir aufmerksam dem Kanonendonner lauschten. Obwohl ich hungrig war, vermochte ich nicht mehr als eine Scheibe dieses trockenen und schimmlig schmeckenden Brots hinunterzubringen. Meine Feldflasche war leer, und obwohl Suckow den letzten Schluck Schnaps, der ihm geblieben war, mit mir teilte, schien es mir unmöglich, diese Gefängnisnahrung ohne etwas Wasser hinunterzuwürgen. Die Soldaten jedoch, die ganz anderes gewohnt waren, kauten gründlich, und obwohl keiner von ihnen trank, aß jeder von ihnen so lange, bis von seinem Brot nur noch die Rinde übrigblieb, die wirklich ungenießbar war, schwarz wie Ruß und höchstens den Schweinen zuzumuten.

Unterdessen war vor uns das Ausräumen weitergegangen, und obwohl diese Verschwendung in uns allen ein Gefühl des Unbehagens auslöste, erwies sich der Notbehelf als wirksam. Nachdem das Loch bis oben hin mit Brot aufgefüllt und mit etwas Stroh bedeckt worden war, fuhren die Wagen endlich schwankend weiter, und wir folgten ihnen. Gegen meine Erwartung waren die Soldaten, obwohl sie ihren Hunger gestillt hatten, nicht fröhlicher geworden. Einen Augenblick lang überraschte diese Feststellung mich, da es, selbst wenn sie vom Marschieren erschöpft sind, nicht in der Natur der Soldaten liegt, schweigsam zu sein, wenn sie einen vollen Bauch haben, aber mir wurde rasch klar, daß sie gute Gründe hatten. Obwohl der Halt nicht länger als eine Viertelstunde gedauert hatte, war mir, als sei der Kanonendonner hinter uns näher gekommen, und ich glaube, alle hatten den gleichen Eindruck. Es war jetzt nicht mehr möglich, sich über die Bedeutung dieser Tatsache hinwegzutäuschen. »Wir verlieren die Schlacht«, sagte Suckow. »Es scheint so«, antwortete ich und schwieg. »Heute morgen«, fuhr mein Freund nach langem Schweigen fort, »hörte ich, wie ein General, der am Regiment vorbeiritt, zu meinem Oberst, der ihm folgte, sagte: ›Mauvaise augure!‹« »Ich fürchte«, erwiderte ich, »daß er mehr als einen Grund dafür hatte.« »Auch ich fange an, es zu glauben, aber er dachte gewiß an den Tod von Prinz Louis. Wir alle setzten so große Hoffnungen in ihn! Aber auch so, kann es sein, daß es keinen Ausweg mehr gibt?« Ich hatte nicht die Zeit zu antworten, da vor uns, in einer Biegung der Straße, die halb herausgerissenen Bretterzäune der ersten Häuser von Auerstedt auftauchten, und kurz danach der Glockenturm des Dorfs. »Wir sind da, und weiß der Teufel, wo wir jetzt diesen Oberleutnant von Kettelhorst finden werden«, begann Suckow. Aber in ebendiesem Augenblick fing hinter uns jemand zu schreien an, und dann sahen wir etliche Männer in die Felder rennen. Es waren preußische Soldaten, aber fast alle ohne Hut und ohne Muskete, die meisten ohne Brotsack; und einer hatte sich sogar die Schuhe ausgezogen, um schneller laufen zu können. »Aber was ist denn das?« fragte der Leutnant und wandte sich um, um sie zu betrachten, während sie an uns vorbeiliefen, ohne anzuhalten. Dann sah ich, wie er bleich wurde. »Aber die gehören ja zu meinem Regiment!« rief er. Und tatsächlich hatten der Kragen und die Klappen ihrer blauen Uniform die weiße Farbe der Seinen. »Halt! Halt, ihr Schufte!« rief er und sprang vom Pferd. Nur der letzte Flüchtling blieb stehen und blickte ihn angstvoll an. »Die Franzosen!« sagte er mit vom Laufen erstickter Stimme; dann drehte er sich um und lief weiter. »Stillgestanden!« rief Suckow seinen Männern zu, die unruhig zu werden begannen. Dann sah er mich an, ratlos, was er tun sollte. Ich wollte ihm raten, nicht länger hier zu bleiben und sich so schnell wie möglich der Hauptkolonne anzuschließen, aber weitere Männer kamen angerannt, auch sie unbewaffnet, und Suckow hielt einen auf, indem er ihn am Arm packte und kräftig schüttelte. »Wo zum Teufel rennt ihr denn hin? Was ist geschehen?« Der Mann, schweißüberströmt und staubig, öffnete den Mund, um zu sprechen, aber er war ganz außer Atem. Er fuchtelte mit den Armen, dann hatte er sich wieder gefangen. »Herr Oberleutnant, alle sind tot! Wir fliehen, denn wenn die Franzosen kommen, töten sie uns alle!« »Aber was sagst du da!« brüllte der Oberleutnant. »Wer hat euch den Befehl gegeben wegzulaufen? Wo ist der Oberst?« »Der Oberst ist tot, Herr Oberleutnant. Lassen Sie mich gehen!« Und mit einem heftigen Ruck befreite er sich aus dem Griff und entfloh. Ich begann mich unbehaglich zu fühlen und hätte diesen Ort gern verlassen. Daher berührte ich Suckow an der Schulter, und er wandte sich um. »Hören Sie, mein Alter«, begann ich; aber der Oberleutnant hörte nicht zu. »Angetreten! Ladet die Musketen!« brüllte er seine zehn Männer an, die bis dahin neben den Wagen gewartet und etwas in ihrer Sprache gemurmelt hatten und große Lust zu haben schienen, sich wie ihre Kameraden aus dem Staub zu machen. Die Soldaten sahen sich an, dann nahmen sie die Musketen von der Schulter und stellten sich in Reih und Glied auf, wie es ihnen befohlen worden war. Wieder kamen Männer angelaufen, die meisten ohne Hut und ohne Brotsack, und als sie diesen Trupp sahen, der sie mit angelegten Gewehren erwartete, blieben sie ratlos stehen. Suckow stellte sich, die Hände in den Hüften, vor sie hin. »He, ihr Schufte! In die Reihe zu den anderen und ladet das Gewehr. Und wer keins hat, kehrt sofort um und holt eins!« Tatsächlich hatten fast alle Flüchtlinge noch die Waffe über der Schulter, als seien sie davongelaufen, noch bevor der Kampf begonnen hatte. Lediglich drei oder vier machten, als sie sahen, daß ihnen nichts anderes übrigblieb, widerwillig kehrt und bückten sich, um Musketen und Hüte aufzuheben.

Genau in diesem Augenblick sah ich in der Ferne, auf dem Gipfel eines Hangs, der sanft zu uns hin abfiel, eine Menge Köpfe auftauchen, die sich auf und ab bewegten und viel schneller, als es natürlich gewesen wäre, so daß ich sehr rasch zu dem Schluß kam, daß es sich um Reiter handeln mußte. Außer mir hatte niemand sie gesehen, da nur ich noch auf dem Pferd saß, und wer es nicht ausprobiert hat, kann nicht glauben, was für ein Unterschied das ist. Ich rief laut nach Suckow und machte ihm ein Zeichen, daß er kommen und sich das ansehen solle. Der Oberleutnant kletterte auf einen der Wagen und blickte in die Richtung, die ich ihm angab. Dann sprang er hinunter und schrie einen Befehl, und die Männer, die auf dem nassen Boden rutschten, änderten ihre Aufstellung und wandten sich der Richtung zu, in der die Kavallerie erschienen war. Es war offensichtlich, daß wir es mit den Franzosen zu tun bekommen würden, und ich fragte mich einen Augenblick, ob ich nicht besser das Feld hätte räumen sollen. Aber jetzt wäre die Gefahr, in die Hände des Feindes zu fallen, nur noch größer, wenn ich allein fortgeritten wäre, ohne zu wissen, was um mich herum geschah. Daher beschloß ich, das Schicksal Suckows und seiner Infanteristen zu teilen. Im Lärm der Artillerie, der noch näher gekommen war, hörte ich, wie der Oberleutnant seine Männer ermahnte. »Kinder! Leistet Widerstand, wie eure Soldatenehre es verlangt! Bleibt ruhig, verliert nicht den Kopf und vor allem feuert nicht, bevor ihr nicht den Befehl dazu erhalten habt. Unter keinen Umständen, verstanden? Nicht feuern!« Unterdessen kam ein Dutzend Reiter den Hang hinunter und mit gezückten Säbeln auf uns zu. Ich würde lügen, wenn ich behauptete, daß ich nicht furchtbare Angst hatte, und ich glaube, keiner der anderen fühlte sich besser. Der Oberleutnant wiederholte das Kommando, die Gewehre zu laden, und als die zuletzt Gekommenen ihn ziemlich nervös ausgeführt hatten, begann er vor der Reihe auf und ab zu gehen und wiederholte immer wieder: »Nicht schießen!« Die Kavallerie wurde immer schneller und ritt bald in schnellem Galopp. Mitten in dem Donnern der Hufe und dem Wiehern der Pferde waren eine Trompete und die Hurrarufe der Männer zu hören. Das Herz schlug mir bis zum Hals, während ich hinter der Reihe der Infanteristen, die mit dem Gewehr im Arm warteten, stand, bereit, meinem Pferd die Peitsche zu geben und ins Dorf zu preschen, sobald die Kavallerie uns erreicht hätte. Doch da geschah etwas Unerwartetes. Während sie auf uns zu ritten, schienen die Kavalleristen langsamer zu werden, und ich sah deutlich, wie die ersten den Kopf einzogen, als erwarteten sie ein Feuer, das nicht kam. Als sie auf hundert Schritte herangekommen waren, erhielten die Infanteristen den Befehl anzulegen, aber noch nicht zu feuern. Die Reiter zügelten ihre Pferde noch mehr, und als sie herankamen, waren sie in kurzen Trab gefallen. Bei einer Entfernung von dreißig Schritt schoß die Reihe. Sie schossen schlecht, die meisten in die Luft, wie Leute, die Angst haben, aber der Befehl war im richtigen Moment gegeben worden. Die Kavallerie war so nah, daß der Rauch, das Feuer und der Lärm die Pferde und noch mehr vielleicht die Männer erschreckten. Nur ein Reiter fiel vom Pferd, aber die anderen beugten sich hinter den Hals ihrer Tiere, zwangen sie kehrtzumachen und galoppierten davon. Ich blickte ungläubig um mich und sah, daß die Männer jetzt viel weniger nervös waren. Der Erfolg eines Manövers, das sie so oft auf dem Exerzierplatz ausgeführt und das sie immer für eine Art Spaß gehalten hatten, schien sie zu verblüffen. Als der gegnerische Reiter, der direkt vor uns zu Boden gefallen war, sich von seinem toten Pferd befreit hatte und so schnell wie möglich davonlief, ließ der Kontrast dieser verzweifelten Flucht, die einen ziemlich wilden Eindruck machte, der durch den gefederten Kalpak noch verstärkt wurde, die Männer in allgemeines Gelächter ausbrechen; viele schlugen sich zum Zeichen der Genugtuung heftig mit der Hand auf die Schultern. Suckow drehte sich mit einem breiten Lächeln zu mir um, und ich erinnerte mich, daß dies auch für ihn wie für viele seiner Kantonisten die erste Begegnung mit dem Feind war. Ich näherte mich ihm, beugte mich zu ihm hinunter, da ich immer noch im Sattel saß, und reichte ihm die Hand, die er kräftig drückte.

In dem Augenblick erschien eine große Zahl von Soldaten, die auf uns zumarschierten, aus derselben Richtung, aus der die Flüchtlinge gekommen waren. Sie liefen nicht davon, sondern marschierten in Reih und Glied und mit der Muskete über der Schulter, wenn auch nur wenige darauf achteten, im Gleichschritt zu bleiben, und mehr als einer seinen Hut verloren hatte. An der Spitze der Kolonne ritt Oberst von Walther und Cronach, der schon für tot gehalten worden war. In Wirklichkeit hatte er den Arm in einer schmutzigen Schlinge, und das Pferd, auf dem er ritt, war nicht mehr das, auf dem wir ihn hatten wegreiten sehen, im übrigen aber war er voller Energie. »Exzellenz!«

rief Suckow; mehr brachte er nicht heraus. »Ach, hier sind Sie!« brummte der Oberst. »Ein schönes Schauspiel haben Sie verpaßt. Was für eine Schweinerei! Kaum fingen die Kugeln zu pfeifen an, sind diese Schufte weggerannt.« »Einige sind bis hierhergekommen«, bestätigte Suckow. »Pfui! Was für eine Schweinerei!« wiederholte der Oberst. »Aber jetzt könnten wir sehr gut auch hierbleiben, das wäre gar nicht das Schlechteste. Statt dessen haben wir den Befehl, uns zurückzuziehen. Haben Sie Oberleutnant von Kettelhorst gefunden?« »Noch nicht, Exzellenz«, erwiderte Suckow errötend, »wir sind von der Kavallerie angegriffen worden.« »Ach ja?« antwortete der Oberst. »Na schön, aber jetzt bringen Sie in Gottes Namen Ihre Karren ins Dorf und schließen Sie sich dem Zug an, vorausgesetzt, jene Herren haben hier auf uns gewartet.« Suckow stieg wieder aufs Pferd, die Wagenlenker gaben ihren Tieren die Peitsche, und wir bewegten uns nach Auerstedt hinein.

Der Anblick war noch trostloser als vor neun oder zehn Stunden, als wir von hier aufgebrochen waren. Alle Bewohner waren geflüchtet, und mehrere Häuser standen in Flammen, mehr aus Nachlässigkeit der Soldaten, die hier durchgekommen waren, glaube ich, als durch das feindliche Feuer. In den Höfen und auf den Straßen standen zahlreiche Wagen voller Verwundeter. Die armen Kerle jammerten und verlangten nach Wasser, aber niemand schien sich um sie zu kümmern. Der Platz vor der Kirche war voller Soldaten, die zumeist mit dem Rücken an der Wand auf dem Boden saßen. Nur wenige hatten noch ihren Hut und ihren Brotbeutel, viele hatten allerdings die Muskete behalten. Nur ein paar waren verwundet und hatten den Kopf, den Arm oder den Schenkel mit einem Taschentuch verbunden, die meisten jedoch schienen sich bester Gesundheit zu erfreuen, abgesehen vom Hunger und von der Müdigkeit und der Tatsache, daß sie nicht rasiert waren. Wie es schien, hatten sie sich zurückgezogen, als die Kugeln für ihren Geschmack zu dicht zu pfeifen begonnen hatten, und jetzt, nachdem sie weit genug hinten waren, um außer Gefahr zu sein, ruhten sie sich sorglos aus. Die Karren etlicher Regimenter standen auf der Straße, in die ihre

Räder bereits so tiefe Furchen gegraben hatten, daß die schwersten Wagen bis zu den Radnaben eingesunken waren. Die Offiziere, die den Zug befehligten, bemühten sich, die Wagen ihren Weg durch das Dorf fortsetzen zu lassen, indem sie den Pferden die Peitsche gaben und ihre Männer zwangen, die schweren, im Schlamm eingesunkenen Räder zu schieben, aber niemand wandte sich um Hilfe an die versprengten Soldaten, denn ihr hartnäckig abgestumpfter Ausdruck ließ deutlich erkennen, daß sie keine leisten würden.

Ein Offizier in der blauen Uniform der Dragoner, dem ein schwarzgekleideter Diener folgte, kam auf Suckow zu, dessen Wagen gezwungen gewesen waren, noch vor dem Platz anzuhalten, und sprach ihn arrogant an. »Was für ein Regiment ist das?« »Arnim«, antwortete der Oberleutnant. »Und wie heißen Sie?« fuhr der andere fort. »Ich heiße Suckow, Oberleutnant im Regiment Arnim, aber ich würde zu gern wissen, wie Sie heißen«, erwiderte Suckow gereizt. »Kettelhorst. Schaffen Sie Ihre Gäule aus dem Weg, hier kann sonst niemand durch«, befahl der andere. »Ich bitte Sie, nicht in diesem Ton mit mir zu sprechen«, entgegnete Suckow, immer verärgerter. Der andere sah ihn mit einem ironischen Lachen an, dann wandte er sich an seinen Burschen. »Komm, Barsch, der Herr hier regt sich auf«, sagte er spöttisch und wandte sich zum Gehen. Suckow wollte gerade antworten, aber plötzlich hörte man das Pfeifen einer Kugel, die näher kam. Automatisch zogen wir alle vier den Kopf ein. Die Kugel flog in geringer Entfernung an uns vorbei und schlug in eine Hauswand ein. Der Dragoner ging, die Hände in den Taschen, hin, um sie sich anzuschauen, dann drehte er sich zu uns um. »Achtung«, warnte er, »da kommt noch eine.« Suckow und ich sprangen vom Pferd. Die Wagenlenker und Träger waren schon vor einer Weile in Deckung gegangen, und die Pferde, die angespannt allein zurückgelassen worden waren, bewegten sich unruhig. In dem Augenblick kam die Kugel angeflogen, mit einem Pfeifen, das allen das Blut in den Adern erstarren ließ, und zertrümmerte Kettelhorst die Hand, die er gerade aus der Tasche gezogen hatte, um uns ein Zeichen zu geben. Trotz der Gewalt des Aufpralls fiel der Oberleutnant nicht hin, sondern lehnte sich mit dem Rücken an die Wand; dann machte er ein paar Schritte und verschwand hinter der Hausecke. Sein Bursche, der einen Augenblick lang wie betäubt dagestanden hatte, beeilte sich, seinem Herrn zu folgen, der eine Blutspur auf dem Putz zurückgelassen hatte.

Diese Kugeln hatten alle in Aufregung versetzt. Die Soldaten, die bis jetzt ruhig auf dem Platz gelegen hatten, standen ziemlich eilig auf, und einige Wagen setzten sich in Bewegung. Das Pferd an die Kandare nehmend, ritt ich Suckow voraus und kam auf den Platz, wo ich zu meiner unendlichen Freude meine Kutsche sah, die dort im Schutz des Laubengangs des Pfarrhauses mit angeschirrten Pferden stand. Will und der Kutscher saßen auf dem Bock und blickten scheinbar ratlos um sich. »Will!« rief ich, aber der Lärm, den die verängstigten Männer und Tiere machten, übertönte meine Stimme auch ohne den Kanonendonner, der immer deutlicher wurde; ich hatte sogar das Gefühl, auch schon das Geknatter der Gewehre zu hören. »Will!« rief ich erneut und bahnte mir einen Weg durch die Menge. Endlich sah Will mich, kletterte vorsichtig vom Bock und stieg auf sein Pferd; und so hielten wir unsere Besprechung im Sattel ab, wie zwei Generäle. »Will, sobald ein wenig Platz ist, fahre mit der Kutsche hinein. Hab keine Angst, auf diese Kanaillen zu treten, und gebrauche die Peitsche, solange es nötig ist«, fügte ich hinzu und gab ihm meine Peitsche. »Bring die Kutsche von hier weg, denn die Franzosen werden bald dasein.« Das gleiche sagte ich dem Kutscher, dann ritt ich zurück, um mich von Suckow zu verabschieden. Zu Pferd war es relativ leicht, sich einen Weg durch die unberittenen Soldaten zu bahnen. Da ich meinen Freund nicht sah, dachte ich, daß er bei Kettelhorst sei, und näherte mich dem Haus, in dem ich diesen hatte verschwinden sehen. Ohne vom Pferd zu steigen, blickte ich durch das Fenster im Erdgeschoß und sah, daß sein schwarzgekleideter Bursche die Hand des armen Teufels verband, von der nur noch ein Stumpf übrig war. Von Suckow keine Spur. »Wie geht es?« fragte ich. »Ein wenig Magenschmerzen«, antwortete der Dragoner, totenbleich. »Viel Glück!« schloß ich und ritt weiter. Es regnete immer noch Kanonenkugeln. Die meisten durchschlugen die Dächer der Häuser und verwüsteten das Innere, wo es im übrigen nichts mehr zu zerstören gab. Viele Gebäude brannten jetzt, und die Luft war erfüllt von dichtem und erstickendem schwarzem Rauch. Ich kam mir vor wie beim Untergang von Pompeji, und während ich mir einen Weg durch die Flüchtlinge bahnte, dachte ich einen Augenblick, daß wir alle auf dieselbe Weise enden würden. Mit Gottes Hilfe gelang es mir zurückzukommen, und ich sah, daß meine Kutsche sich in Bewegung gesetzt und den Graben passiert hatte, der auf einer Seite des Platzes verlief; aber jetzt kam sie nicht weiter. Will, der neben der Kutsche ritt, teilte mir mit, daß ein Munitionskarren der Artillerie gegen ein Haus gestoßen und zerbrochen sei und daß die Soldaten dabei seien, die Durchfahrt wieder frei zu machen. Andere Wagen drängten jedoch von hinten heran, und ihre Fahrer versuchten fluchend, die Weiterfahrt mit Gewalt zu erzwingen. Endlich setzte sich der Wagen vor der Kutsche in Bewegung, und der Kutscher nahm die Peitsche zur Hand. Aber das Gedränge war so stark, daß er die Kutsche nicht bewegen konnte, obwohl ihm hinten alle zuriefen, er solle sich gefälligst beeilen. Plötzlich stürzte in diesem Gedränge eines meiner Pferde, vielleicht vom Rad eines Wagens angefahren, und da es von den Zügeln und den Hufen seiner Gefährten behindert wurde, gelang es ihm nicht, sich wieder hochzurappeln. Der Kutscher sprang vom Bock, aber etliche Soldaten schnitten wutentbrannt, weil meine Kutsche ihre Wagen an der Weiterfahrt hinderte, mit den Bajonetten die Zuggurte durch. Der Kutscher nahm die beiden vorderen Pferde am Gebiß und versuchte sie dazu zu bewegen weiterzugehen, aber diese waren so verängstigt, daß sie sich weigerten; obendrein war die Last mittlerweile zu schwer für sie geworden. Will und ich sahen dieser Szene ratlos vom Rücken unserer Pferde aus zu. Der Kutscher kam auf mich zu, den Hut in der Hand und mit angstvollem Gesicht, und sagte, es helfe alles nichts, aber ich müsse ein paar Reisekoffer opfern. Das Gedränge war schrecklich. Die Pferde wieherten verzweifelt, die

Männer fluchten, und das trockene Knallen der Gewehre kam immer näher. Ich befahl Will abzusteigen und den schwersten Koffer von der Kutsche abzuladen, aber noch bevor der arme Kerl absteigen konnte, drängten sich die Soldaten, welche die Panik verwegen machte, bereits um die Kutsche, und einer hatte begonnen, die Pferde auszuspannen. Der Kutscher rannte zu den Hitzköpfen, aber da er Gefahr witterte, machte er wieder kehrt, sprang über einen Bretterzaun und verschwand zwischen den Häusern und Gemüsegärten; ich sah ihn nicht mehr wieder. Meine Pferde wieherten verzweifelt, während die Soldaten die Zuggurte durchschnitten. Kaum waren sie ausgespannt, kletterten die Wagemutigsten jener Rasenden auf ihre Rücken und sprengten davon. Will drehte sich verstört zu mir um, dann lief er zur Kutsche, welche die Soldaten gerade, ohne viele Umstände zu machen, in den Graben kippten. Bevor ich ihn zurückhalten konnte, hatte er den Wagenschlag erreicht und versuchte hineinzuklettern. Aber genau in dem Augenblick schwankte die Kutsche und stürzte um, und Will wurde bei diesem Sturz zerquetscht. Ohne nachzudenken, sprang ich vom Pferd und lief zu ihm, aber ich stellte sofort fest, daß es zu spät war: Das Dach der Kutsche hatte ihm den Brustkorb eingedrückt, und er war sofort tot. Die Soldaten waren, ohne sich weiter Gedanken zu machen, bereits wieder auf ihre Fahrzeuge gestiegen und peitschten erbarmungslos auf ihre Pferde ein; all die Karren und Wagen setzten sich in Bewegung, wobei sie über das gestürzte Pferd fuhren, das aufstehen wollte, und ihm die Beine brachen. In dem Augenblick hörte ich meinen Apfelschimmel wiehern, den ich einfach zurückgelassen hatte. Ich ließ Wills Kopf los, den ich auf den Knien gehalten hatte, drehte mich um und sah, daß ein Soldat sich auf mein Pferd gesetzt hatte und es grob mißhandelte. Das brave Tier wollte sich wehren, aber schließlich mußte es gehorchen, und der Mann ritt davon. Wills Pferd war es vermutlich nicht anders ergangen, da es spurlos verschwunden war. Wie betäubt blickte ich mich um: Meine Kutsche war zertrümmert, mein Gepäck verloren, meine Pferde waren gestohlen, und mein Diener war tot. Einen Augenblick dachte ich daran, auf den

Überresten meiner Kutsche sitzen zu bleiben und die Koffer zu bewachen, bis die Franzosen kommen würden; ihnen, dachte ich, würde ich meine Lage schon erklären können. Dann überlegte ich mir, daß es, auch wenn ich nichts zu befürchten hätte, da die Vereinigten Staaten neutral waren, doch wenig ehrenvoll wäre, wenn ich mich vom Feind gefangennehmen ließe, und daß Pinkney in London nicht sehr glücklich wäre, wenn er es erführe; und so beschloß ich, mich zu Fuß in Sicherheit zu bringen.

Als erstes mußte ich von hier verschwinden, um nicht in diesem Durcheinander zertrampelt zu werden. Daher ging ich in ein Haus hinein, dessen Tür bereits von jemand anderem eingeschlagen worden war, kletterte auf der Rückseite aus dem Fenster, durchquerte einen Gemüsegarten und fand mich in offenem Gelände wieder. Während ich mich umblickte, um die Richtung zu bestimmen, die ich einschlagen könnte, hörte ich Gewehrschüsse und begriff, daß die Schlacht mich eingeholt hatte. Ich lief über die Felder, wobei ich in der aufgelockerten Erde einsank, und um ein Haar wäre ich einem Haufen Jäger in die Arme gelaufen, die raschen Schritts auf einer eingedämmten Straße marschierten, die von einer Steinbrüstung geschützt wurde. Die Jäger, die ich an ihren grünen Uniformen erkannte, waren vielleicht an die hundert. Bis zu den Knien schlammverdreckt und staubbedeckt, bewahrten sie doch eine gewisse Ordnung und zogen sich wohlgeordnet auf der Straße zurück. Jeden Augenblick blieb einer von ihnen zurück, zielte sorgfältig und schoß, dann lief er zu den anderen zurück. Dieses Vorgehen schien den Franzosen nicht zu behagen, die ihnen in gebührendem Abstand folgten, ohne ihnen zu nahe zu kommen. Auf einmal tauchte jedoch ein Trupp französischer Husaren vielleicht hundert Schritte von der Straße entfernt auf, etwas oberhalb von uns, und trieb die Pferde in gemächlicher Gangart vorwärts, so daß es offensichtlich war, daß sie uns den Weg abschneiden wollten. Daraufhin riefen die Offiziere der Jäger ihren Männern zu, sich zu einem Quadrat zu formieren, Rücken an Rücken, und drohten dem ersten, der es wagen würde, ohne Kommando zu schießen, mit schrecklichen Flüchen. Die Husaren hielten kaum fünfzig Schritte vom Straßenrand an, und ein Offizier trieb sein Pferd ein paar Schritte vorwärts. Er war schon älter, sein Gesicht war rot wie Rindfleisch, und nach der Eleganz seiner grünen Uniform und der Anzahl goldener Tressen, die sie schmückten, zu urteilen, mußte er ein Oberst sein. Als er auf halbem Weg zwischen uns und seinen Männern war, brachte er sein Pferd zum Stehen, rief den Jägern zu, sie sollten sich ergeben, und versprach allen, daß ihnen nichts geschehen werde. Die Männer sahen sich unschlüssig an. Der Oberst sprach immer noch, auf französisch, aber was er zu sagen hatte, waren so einfache Dinge, daß alle sie ohne weiteres verstanden. Dann hob einer der Jäger ohne Vorwarnung das Gewehr, zielte und schoß, und der Oberst stürzte vom Pferd und blieb am Boden liegen wie eine Marionette, der man die Fäden durchgeschnitten hat, während das verängstigte Tier ausschlug und zurückwich. Die Husaren stießen einen empörten Schrei aus, zogen mit lautem Klirren die Säbel aus der Scheide und trieben die Pferde auf uns zu. Aber sie waren zu nah, und als die Jäger alle zusammen auf dieses Ziel schossen, das nicht zu verfehlen war, blieb auch nicht einer im Sattel. Nur einem Offizier gelang es, den Rand der eingedämmten Straße zu erreichen, aber dort blieb sein Pferd stehen und weigerte sich, auf die Männer zu springen, die sich auf der Straße unter ihm drängten; und während der Mann verzweifelt an den Zügeln zog, um von dort wegzukommen, schoß einer der Jäger ihm in den Mund. Der Offizier fiel blutend zu Boden und streckte die Arme aus, als wollte er sich hochziehen, aber ein anderer Jäger trat aus den Reihen und schlug ihm brutal mit dem Gewehrkolben auf den Kopf, worauf er sich nicht mehr bewegte.

Bevor die Männer jedoch ihre Gewehre neu laden konnten, liefen die Franzosen, die uns bis dahin auf Distanz gefolgt waren und alles mitangesehen hatten, mit Wutgebrüll die Straße hinauf und waren im Nu mit aufgepflanzten Bajonetten mitten unter uns. Die Jäger, die keine Bajonette hatten, versuchten sich zu wehren, indem sie die Gewehre als Stöcke benutzten, die meisten flohen jedoch. Die Franzosen blieben ihnen dicht auf den Fersen und riefen: »Pas de pardon à ces coquins verts!« Und mehr als einer blieb stehen, um zu zielen und zu schießen und die Flüchtlinge in den Staub zu werfen. Einer der Offiziere, der sich mit dem Schwert verteidigte, wurde von einem französischen Offizier am Kragen gepackt, der seinen Männern zurief: »C'est ce coquin!« Der Offizier schüttelte den Gegner ab, floh unter mehreren Bajonettstößen und lief davon, wobei er das Schwert verlor, während die Franzosen ihm hinterherschossen, ohne ihn zu treffen, und immer noch »Coquin!« schrien. Was mich betrifft, so glaube ich, daß ich mich an die Stützmauer der Straße lehnte, den Kopf mit dem Arm bedeckte und so laut ich konnte rief: »Je me rends!«, denn dies war nicht der Augenblick für diplomatische Diskussionen. Einen Augenblick später, als die Flüchtlinge, verfolgt von den wütenden Franzosen, am Ende der Straße verschwunden waren, spürte ich, daß jemand mich am Kragen packte und heftig zog, wodurch er mich zwang, mich aufzurichten; und da öffnete ich die Augen. Ein nach Schweiß und Tabak stinkender Franzose durchsuchte mich, ohne das Gewehr mit dem aufgepflanzten Bajonett aus der Hand zu legen, unter dem Mantel, bis er die Uhr fand, die er, mir die Westentasche zerreißend, abriß, und einsteckte; dann lief er weg. Ich blickte um mich: Es war niemand mehr da.

Ich hatte keine Ahnung, in welche Richtung ich mich auf den Weg machen sollte, und im übrigen begann ich daran zu zweifeln, ob es angebracht war, so ganz allein über das Schlachtfeld zu spazieren, so daß ich stehenblieb und überlegte, ob es nicht besser sei, gleich einen französischen Offizier zu suchen und mich ihm auszuliefern. Während ich darüber nachdachte, sah ich, daß einer der Jäger, den ich für tot gehalten hatte, vorsichtig um sich blickte und sich, da er niemanden außer mir sah, aufsetzte. Dann stand er mit einiger Mühe ganz auf und begann, sich den Staub von den Kleidern zu schütteln. Ein zweiter Jäger, der wenige Schritte entfernt der Länge nach zu Boden gestürzt war, öffnete die Augen und rief ihn: »Herr Schmidt!« Dieser drehte sich um, sah den Kameraden und ging zu ihm hin. In der Zwischenzeit war der andere wieder aufgestanden und versuchte ebenfalls, sich vom Schlamm und vom Staub zu befreien. »Herr Klabund! Auch Sie leben?« »Wie Sie sehen, diesmal sind wir noch einmal davongekommen!« »Aber Herr Klabund«, fuhr nach einem Augenblick der erste fort, »wenn ich mich nicht irre, haben Sie auf den Oberst geschossen?« »Ja, das war ich, und ich glaube, ich habe ihn am Kopf getroffen.« »Schauen wir doch nach!« Und die beiden kletterten die Böschung hinauf, bis sie den Leichnam des französischen Obersten erreicht hatten. »Meiner Treu, lieber Kamerad, Sie haben ihn ja mitten zwischen die Augen getroffen!« rief der erste, nachdem er sich gebückt hatte, um ihn zu untersuchen. »Ein trefflicher Schuß!« »Das war nicht schwerer, als auf ein Wildschwein zu schießen, Herr Schmidt«, entgegnete der andere, und mit diesen Worten drehten die beiden sich zu mir um, anscheinend auf der Suche nach ihren Gewehren. Während ich dieser Unterhaltung zuhörte, erinnerte ich mich, daß die Soldaten der Jägerregimenter alle Söhne von Jagdaufsehern und Waldhütern waren, die von Kindheit an den Umgang mit dem Karabiner gewohnt waren. Von den Offizieren mit Nachsicht behandelt und gewöhnt, sich als über dem einfachen Soldaten stehend zu betrachten, hatten sie mich schon bei anderen Gelegenheiten mit ihrer Gewohnheit, sich beim Nachnamen zu nennen und förmlich mit Sie anzureden, zum Schmunzeln gebracht.

Dennoch wollte ich mich nicht in ihrer Gesellschaft von jenen Franzosen aufgreifen lassen, die einen Augenblick zuvor hier vorbeigekommen waren; und so ging ich in die entgegengesetzte Richtung. Dort war bis zum Morgen ein Maisfeld gewesen. Aber jetzt hatten die Stoppeln Feuer gefangen und brannten, wobei sie einen widerlichen schwarzen Rauch entwickelten, den der Wind in meine Richtung trieb. Anstatt über das Feld zu laufen, mußte ich um es herumgehen, wodurch ich viel Zeit verlor. Schließlich erreichte ich die Fahrstraße und stieß auf andere Franzosen, die einen ruhigeren Eindruck machten, so daß ich mich ihnen näherte. Auf der Straße lagen umgestürzte, von den Preußen erbeutete Truhen, welche die Soldaten plünderten. Einer, der weise voraussah, daß das schöne Wetter nicht ewig anhalten würde, nahm sich einen langen Offiziersmantel; andere zogen, nachdem sie ihre Schuhe weggeworfen hatten, neue an. In respektvoller Entfernung hatten sich etliche Bauern versammelt und sahen ihnen zu. Einige trugen alte Dreispitze aus Filz, aber die meisten hatten Strohhüte ohne Deckel, die allein schon ein beredtes Zeugnis von der Armut der Gegend ablegten. Einer der Soldaten bemerkte diese stummen Beobachter und sagte lachend etwas zu ihnen, und da die Bauern verängstigt zurückwichen, machte er ihnen ein Zeichen näherzukommen und sich zu nehmen, was sie wollten. Einer faßte sich ein Herz, und mit dem Hut in der Hand näherten die Mutigsten sich dem Wagen, und dieser nahm sich ein Paar Schuhe, jener eine Flasche Wein. Die ersten zogen heil und gesund mit ihre Beute ab, aber als sie den Wein sahen, protestierten die Franzosen lautstark und zwangen die Bauern, die Flaschen wieder herzugeben, worauf alle es für klüger hielten, nach Hause zu gehen. Bauern, Soldaten und alle anderen, die vorbeikamen, traten fröhlich auf eine Menge Papiere, Briefe, Verzeichnisse, Bücher und Zeitungen, die ohne viele Umstände von denen, die eine einträglichere Beute suchten, in den Schlamm geworfen worden waren.

Auf der Suche nach einem Offizier ging ich weiter und stieß auf andere Soldaten, die Artilleristen gefangengenommen hatten, deren Kleidung zerfetzt und deren Gesichter schwarz wie Kohle waren. Ihre Batterie war von der französischen Artillerie mit Längsfeuer getroffen worden, die Munitionswagen waren explodiert, und die meisten ihrer Kameraden waren tot. Viele dieser armen Teufel konnten nicht mehr sehen und hielten sich an der Hand, während sie sich vorwärtstasteten. Die Franzosen trieben sie wie Tiere vorwärts, und wenn einer Mühe hatte zu gehen, erhielt er einen so brutalen Stoß mit dem Gewehrkolben ins Kreuz, daß er taumelte. »En avant, couillons!« riefen die Franzosen. Ich glaube, sie waren so schlechter Laune, weil ihre Gefangenen nichts mehr hatten, was sie ihnen rauben konnten. Etwas weiter vorn erblickte ich drei Franzosen, die einen preußischen Unteroffizier umringten. Die drei hatten ihn in die Mitte genommen und raubten ihn in aller Ruhe aus, ohne auf das zu achten, was um sie herum geschah. Sie hatten die Gewehre auf den Boden gelegt, und einer der drei hielt den Mann fest, während seine Spießgesellen die Uhr und den Gürtel stahlen. Dann befahlen sie ihm, die Stiefel auszuziehen, und der Unteroffizier gehorchte. Einer von ihnen band sie sich an den Gürtel, dann nahm er sein Gewehr auf und ging ruhig weg, den Gefangenen barfuß zurücklassend, für den er jedes Interesse verloren hatte. Seine Spießgesellen liefen ihm nach, und ich sah, daß sie, nachdem sie ihn eingeholt hatten, lebhaft diskutierten, zweifellos über den Besitz der Stiefel. Ich bin mir sicher, daß sie mit den Fäusten aufeinander losgegangen sind, aber das kann ich nicht mit Sicherheit bezeugen, da ich mich beeilte weiterzugehen und diese streitsüchtigen Leute hinter mir zu lassen.

Nachdem ich einen Hang hinaufgestiegen war, sah ich nicht weit entfernt ein Dorf und ging darauf zu. Auf den Feldern zu beiden Seiten der Straße lagen keine Leichen, aber zahlreiche Hüte. Auf einer Art kleinem quadratischem Acker lagen so viele, daß ich stehenblieb, um sie zu zählen: Es mußten mindestens hundert sein. Als ich mich dem Dorf näherte, sah ich, daß die Türen der Häuser von Kugeln durchsiebt und die Wände von den Haubitzen durchschlagen worden waren. Der Ort war von seinen Bewohnern verlassen worden, die aber nicht die Zeit gehabt hatten, ihr Vieh wegzubringen. Und jetzt kämpften die Franzosen, nachdem sie den Feind in die Flucht geschlagen hatten, mit noch größerer Begeisterung gegen die armen Tiere. In einem Gehege neben einem Gemüsegarten lief eine Schar Gänse aufgeregt hin und her. In einem Augenblick trampelten vier oder fünf Soldaten mit Fußtritten den Bretterzaun nieder, stürzten sich auf die Gänse und schlugen ihnen mit dem Säbel die Köpfe ab, ein Anblick, der mich nach all den Metzeleien, die ich an diesem Tag miterlebt hatte, nicht so amüsierte, wie er es bei einer anderen Gelegenheit vielleicht getan hätte. Gleich darauf übertönte ein verzweifeltes Brüllen die fröhlichen Schreie der Soldaten und das Gackern der fliehenden Hühner. Ich bog um die Ecke und sah, daß ein paar Infanteristen ein großes Kalb umzingelt hatten und ihm aus sicherer Entfernung mit Bajonettstichen zusetzten, bis das Tier blutüberströmt mit gläsernen Augen immer noch brüllend auf dem Boden zusammenbrach. Darauf versetzten die Soldaten ihm den Gnadenstoß und begannen, es fortzuzerren. Weiter vorn ließ mich ein Pistolenschuß aus einem Keller zusammenfahren; doch ich begriff sofort, daß es ein ungeduldiger Trinker gewesen sein mußte, der auf eine Bierflasche geschossen hatte. Auf dem Dorfplatz stand vor der Kirche eine Kutsche, und darin saß ein General in betreßter Uniform, den Zweispitz querüber, rot und schwitzend und eine Brille mit runden Gläsern vor den böse blickenden Augen. Ich erfuhr später, als ich ihm noch in der Nacht wiederbegegnen sollte, daß es sich um Marschall Davoust handelte. Er saß mit den Beinen auf dem Trittbrett und bemühte sich, im ungewissen Licht der Abenddämmerung eine Karte zu lesen. Auf den Pferden der Kutsche, die wohl im Ort requiriert worden waren, saßen zwei Bauern, die auf einem Strohhalm kauten und warteten auf den Befehl, sich in Bewegung zu setzen. Im Dorf gab es nicht einen Bewohner mehr, alles war offen und zertrümmert, überall lag Hausrat herum, der mitten auf die Straße geschleppt worden war, und mit Bajonettstößen niedergemetzeltes Vieh. Und inmitten von soviel Verwüstung saßen diese braven deutschen Bauern seelenruhig auf ihren Pferden, mit nichts anderem beschäftigt, als auf die Befehle ihres Herrn zu warten. Wirklich eine phlegmatische Nation!

Ich erwog die Möglichkeit, mich an den General zu wenden, kam dann jedoch zu dem Schluß, daß es besser sei, eine so mächtige Person, die sich als bösartig herausstellen könnte, nicht zu reizen; besser verhandelte ich mit einem subalternen Offizier. Ich ging daher an der Kutsche vorbei und setzte meinen Weg fort. Neben der eingeschlagenen Tür eines Hauses stand tatsächlich ein französischer Offizier, aber er war damit beschäftigt, einen Soldaten wegen irgendeines Vergehens mit dem Griff des Säbels zu schlagen; da die Klinge des Säbels in der Luft schwang, machte ich vorsichtshalber einen großen Bogen um ihn. Die letzten Häuser des Dorfes waren nicht nur geplündert, sondern auch niedergebrannt worden; eines brannte sogar noch. Ich stieg über die Leiche eines Pferdes, das die Straße versperrte, und als ich sah, was auf der anderen Seite war, mußte ich die Hand auf den Mund legen, sonst wäre mir übel geworden. Soweit das Auge reichte, bis zu den Feldern, die sich jenseits des Dorfes erstreckten, war das Gelände übersät mit verkohlten Leichen. Gruppen von Soldaten trugen aus den in Brand gesteckten Häusern die Leichen und stapelten sie auf der Erde. Manche waren durch die Flammen so entstellt, daß man nur noch mit Mühe die Form des Skeletts erkennen konnte, und Arme und Beine zerbröckelten in den Händen der Träger. Später erfuhr ich, daß die Franzosen, nachdem sie das Dorf erobert hatten, ihre Verwundeten in großer Zahl in die Häuser gebracht hatten. Eine preußische Batterie hatte das Dorf mit Brandgranaten beschossen, und niemand hatte sich darum gekümmert, das Feuer zu löschen, so daß all diese armen Teufel lebendig verbrannt waren. Durch den Hunger, den furchtbaren Gestank nach verbranntem Fleisch und das Grauen dieses Anblicks konnte ich mich kaum noch auf den Beinen halten, aber wenn ich hingestürzt wäre, wäre ich auf eine Leiche gefallen, und so nahm ich mich mit Gewalt zusammen, stieg über die Anhäufung von Körpern und verließ das Dorf.

Auf den Feldern bot sich ein anderer, aber nicht weniger grauenhafter Anblick. Dort, wo die Preußen angegriffen hatten, um zu versuchen, das Dorf mit dem Bajonett zurückzuerobern, lagen unzählige Leichen, die von den Kartätschen niedergemäht worden waren. Französische Soldaten und Bauern aus dem Ort gingen zwischen den Toten umher, durchwühlten die Taschen und Brotbeutel und begnügten sich, wenn sie nichts Besseres fanden, damit, den armen Teufeln die Stiefel oder geradewegs die Hosen auszuziehen; mehr als einer lag bereits halbnackt da. Die Armut der Bauern in diesen Gegenden ist so groß, daß nichts weggeworfen wird, wenn es nur irgendwie von Nutzen sein kann. Und ich sah einen armen Teufel im Hemd, mit zerrissenen Hosen, die so gut es ging mit einem einzigen Hosenträger gehalten wurden, der zufrieden die Jacke anprobierte, die er einer von den Kugeln durchsiebten und blutüberströmten Leiche ausgezogen hatte, und dann glücklich mit seiner Beute abzog. Zwischen diesen Überresten von Männern, die bis heute morgen zur Schlacht angetretene Bataillone und Regimenter gebildet hatten, bewegten manche sich noch und versuchten, mit heiseren Rufen die Aufmerksamkeit der Krankenträger auf sich zu ziehen, die zwischen ihnen hin und her liefen. Aber auch hier waren die meisten Verwundeten krepiert, während noch gekämpft wurde, und auf beiden Seiten hatten alle Besseres zu tun, als ihnen Hilfe zu leisten. Jetzt hatten diejenigen, welche befugt waren zu entscheiden, in dem natürlichen Wunsch, daß eine so gut ausgeführte Arbeit so schnell wie möglich beendet würde, die notwendigen Befehle gegeben, so daß man nicht mehr daran zu denken brauchte. Mitten auf einem gepflügten Feld, wo der lehmige Boden weniger Widerstand bot, hob eine Gruppe entwaffneter preußischer Gefangener unter dem Kommando eines französischen Unteroffiziers mit Schaufeln einen gewaltigen Graben aus; und mehrere Wagen voll von meist nackten und gräßlich entstellten Leichen warteten darauf, ihre fahle Ladung loswerden zu können. Es ist schon merkwürdig, wie sehr der Mensch gegen seinen Willen von den entsetzlichsten Schauspielen angezogen wird: Jeder sollte natürlich versuchen, einen Anblick, der einer Gehenna würdig ist, so wie jener, der sich meinen Augen bot, zu fliehen, und doch bin ich nicht abgeneigt zu glauben, daß man sich für ein derartiges Schauspiel bezahlen lassen könnte und immer noch jemanden fände, der bereit wäre, seine Börse zu öffnen. Ich wenigstens konnte trotz des Abscheus, den diese Bilder in mir auslösten, die Augen nicht von den infernalischen Wagen lösen und wandte den Blick erst ab, als der erste der Wagen auf ein Kommando des Sergeanten von den Soldaten umgekippt wurde und seine Ladung in den Graben ergoß. Als ich wieder hinschaute, hoben die Gefangenen, die in den Graben hinabgestiegen waren, der ihnen bis zur Taille ging, die Leichen an Armen und Beinen hoch und legten sie in endloser Reihe nebeneinander. Ich glaubte, daß ein derartiger Anblick mit das Schlimmste sei, was ein Schlachtfeld zu bieten hätte, aber ich täuschte mich; denn kaum war der Graben voll, sah ich einen weiteren Wagen herankommen. Drei oder vier Husaren begleiteten ihn, und jeder von ihnen zog an den Zügeln mindestens ein oder zwei Pferde ohne Reiter hinter sich her. Die Husaren hatten sie offensichtlich während des Kampfes erbeutet und wollten sich nicht einmal jetzt von ihnen trennen, da sie für diese Aufgabe abkommandiert worden waren. Das Fahrzeug kam offensichtlich von einem Haus, in dem der Chirurg die unglückseligen Patienten operierte, denn es enthielt eine blutige Ladung amputierter Gliedmaßen: Arme und Beine wurden ohne viel Umstände in den Graben gekippt, der bereits mit Leichen voll war, worauf die Gefangenen wieder nach den Schaufeln griffen und begannen, den Graben aufzufüllen, indem sie all dies fahle und blutige Fleisch mit einer dünnen Erdschicht bedeckten. Die Husaren, die im Sattel ihrer Pferde saßen, sahen seelenruhig zu, und einer von ihnen zündete sich sogar die Pfeife an.

Genau in diesem Augenblick spürte ich, wie mir jemand auf die Schulter klopfte, und als ich mich umdrehte, sah ich mich zwei Franzosen gegenüber. Ich war so entkräftet, daß ich den Mund nicht aufbekam, und so wurde ich einfach als Gefangener behandelt, obwohl ich Zivilkleidung trug. Der erste durchsuchte mich, ohne viele Umstände zu machen, fand die Geldbörse, die ich in einer Innentasche des Gehrocks aufbewahrte, öffnete sie und steckte sie dann, offensichtlich zufrieden mit dem Inhalt, ein. Der zweite suchte nach der Uhr, mußte aber am Riß in der Weste feststellen, daß ihm bereits jemand zuvorgekommen war. Dennoch gab er nicht auf und suchte weiter, bis er die Tasche fand, in der ich ein Bündel preußischer Banknoten aufbewahrte. Als er begriff, um was es sich handelte, verzog er angewidert das Gesicht, steckte sie aber dennoch ein und ging. Unterdessen war ein dritter herangekommen, und sobald er mich sah, rief er wenig freundlich: »L'argent!« Ich wühlte in meinen Taschen, in der Hoffnung, noch etwas zu finden, womit ich diesen letzten Gläubiger zufriedenstellen konnte, fand aber nur einen einzigen Groschen. Der Mann schien ihn nicht zu verschmähen, nachdem er ihn eingesteckt hatte, schrie er mich jedoch erneut an: »L'argent!« Und um seinen Worten größeren Nachdruck zu verleihen, griff er zur Pistole und hielt sie mir unter die Nase. So demütig wie möglich wandte ich ein: »Je n'ai plus d'argent, Monsieur; on m'a déjà pris tout.« Diese Antwort hatte eine ungeahnte Wirkung; als der Mann hörte, daß ich seine Sprache sprach, riß er die Augen auf, dann steckte er die Pistole wieder ein und wandte sich an seine Kameraden: »Hé! Maréchal-des-logis! Celui-ci parle français!« rief er.

Der Unteroffizier, an den er diese Worte gerichtet hatte, war ein ungeschlachter Mensch mit wenig vertrauenerweckenden Gesichtszügen, der das Amt des Kassenführers innezuhaben schien. Die Soldaten händigten ihm das Geld aus, das sie bei den Toten und Gefangenen fanden, und er ließ es in einem schmutzigen Taschentuch verschwinden, das der Kompanie offensichtlich als Gemeinschaftskasse diente. Als er diese ungewöhnliche Nachricht hörte, machte er ein paar Schritte auf mich zu und fragte mich so höflich, wie die Umstände es ihm erlaubten.

»Vous n'avez donc plus d'argent, Monsieur?«

»Non, Monsieur, on m'a tout pris.«

»Mais vous n'êtes pas Français, par hasard?«

»Non, Monsieur, vous me flattez, mais je suis Américain.«

Nach dieser Unterhaltung kratzte sich der brave Mann am Kopf; es war offensichtlich, daß er nicht wußte, was er mit mir machen sollte. Der Zufall wollte, daß in dem Augenblick ein Offizier vorbeikam, und sofort rief der Feldwebel ihn und erklärte ihm kurz meine Lage. Der Offizier, ein Hauptmann, glaube ich, runzelte die Stirn; er nahm mich beim Arm und führte mich beiseite. Er war ein noch junger Mann mit dichten blonden Koteletten.

»On me dit que vous êtes Américain. Que faites-vous donc en ce lieu?«

»Monsieur, je suis l'ambassadeur des Etats-Unis d'Amérique

chez Sa Majesté Prussienne«, antwortete ich, da ich der Meinung war, daß die Wahrheit mir jetzt mehr nützen würde als jede Geheimniskrämerei. Der Hauptmann sah mich an, ohne jenen Respekt zu zeigen, den ein so hochtrabender Titel eigentlich verdient hätte.

»Les ambassadeurs, pourtant, ne voyagent pas souvent à pied et sans domestique«, bemerkte er mißtrauisch.

»J'ai perdu mon carrosse et mes chevaux, et mon domestique est tué. En plus, on m'a volé tout ce que j'avais sur moi, jusqu'au mouchoir.«

Der brave Mann schien erschüttert durch diese Offenbarung.

»Comment a-t-on pu vous piller, vous qui parlez notre langue?«

Gleich darauf gewann jedoch eine wichtigere Überlegung in seinem Geist die Oberhand.

»Il faut que le Maréchal vous parle. Venez!«

Es war bereits dunkel, als wir in Begleitung einer Eskorte das Dorf Auerstedt erreichten, in dem ich die vergangene Nacht verbracht hatte und wo ich vor kurzem meinen gesamten Besitz verloren hatte. Hier erkundigten meine Wärter sich nach Marschall Davoust und erfuhren, daß er sich im Haus des Pastors einquartiert hatte. Der Marschall saß bei Tisch in Gesellschaft zahlreicher Generäle in Uniformen, die über und über mit funkelnden Tressen besetzt waren, und vor ihnen stand, als ich ins Zimmer geführt wurde, gerade der Hausherr.

»Sie sind der Prediger des Dorfes?« fragte der Marschall. Ein Adjutant beeilte sich, seine Worte ins Deutsche zu übersetzen.

»Ja!« antwortete jener würdige Geistliche mit dünner Stimme.

»Haben Sie durch die Plünderung viel verloren?«

»Leider habe ich alles verloren!«

»Auf wieviel schätzen Sie Ihre Verluste?«

»Schätzen kann ich sie nicht, aber wenn ich sage, daß ich mehr als zweitausend Taler verloren habe, sage ich nicht zuviel«, rief der Pastor, der allmählich wieder Mut faßte.

»Das ist viel. Der Krieg ist schon ein großes Übel. Wir kämpfen nicht gern«, bemerkte der Marschall ernst. »Seit wann wohnen Sie hier?« fuhr er barsch fort.

»Seit zehn Jahren.«

»Kennen Sie Ihre Leute gut?«

»Ich denke schon!«

»Bringen Sie mir jemanden, dem ich trauen kann und der mir hier in der Gegend als Führer dienen soll.«

»Es wird nicht leicht sein, jemanden zu finden, alle sind weggelaufen.«

»Gehen Sie und suchen Sie jemanden!«

Auf diese Worte hin nahm ein Offizier den Pastor beim Arm und führte ihn nach draußen. Der Marschall schrieb etwas auf ein Stück Papier, faltete es zusammen, übergab es einem Adjutanten, der sofort die Hacken zusammenschlug und hinausstürzte. Dann wandte er sich an mich.

»Sie sind also Amerikaner und kein Spion?«

Vor nicht mehr als ein paar Wochen hatte Schack sich in einem Berliner Café über diesen Mann, über sein heruntergekommenes Schloß, über seine schlecht gekleideten Diener, über seine mürrische Frau und über seine Wachteln lustig gemacht; und jetzt saß er hier ungeduldig vor mir, und ein Wort von ihm würde genügen, und ich würde erschossen.

»Ich bin Amerikaner und der von der Regierung der Vereinigten Staaten am Hof des Königs von Preußen akkreditierte Gesandte«, wiederholte ich.

Der Gesichtsausdruck des Marschalls war vollkommen ausdruckslos, so daß es unmöglich war zu erkennen, was hinter dieser kahlen Stirn und diesen runden Brillengläsern vor sich ging.

»Haben Sie Beglaubigungsschreiben, die das beweisen?«

»Ich habe alles verloren, mein Gepäck und meine Pferde. Auch mein Diener ist tot.«

Der Marschall fixierte mich einen Augenblick, nahm die Brille ab und fixierte mich erneut, als wollte er mein Bild besser fokussieren, dann öffnete er den Mund und wollte gerade etwas sagen, als die Tür aufging und der Pastor wieder hereinkam, in

Begleitung eines barfüßigen Bauern, der den Hut in der Hand hatte. Der Offizier, der beide begleitete, verbeugte sich tief vor dem Marschall:

»Monseigneur, der Priester hat diesen Mann gefunden.«

In einem anderen Augenblick hätte ich darüber gelacht, daß sich diese Franzosen, die sich so ins Zeug gelegt haben, um ihre Revolution zu machen und König und Adel hinwegzufegen, ehrerbietig vor einem ehemaligen Sergeanten verbeugen und ihn mit »Monseigneur« anreden, als wäre er ein Prinz. Aber ich war nicht in der richtigen Stimmung, um mich über derartige Details zu amüsieren. Der Pastor trat vor, verbeugte sich noch tiefer und stellte seinen Mann vor.

»Das ist Johann Christian Kahle. Er hatte nichts zu verlieren und ist der einzige, der geblieben ist. Seine Frau und seine Kinder schlafen im Stroh.«

Der Marschall setzte die Brille auf seine Nase, hielt die Kerze nahe an den Bauern und betrachtete ihn einen Augenblick schweigend. Dann sprach er, wobei er mit dem Finger auf die Karte zeigte, die ausgebreitet auf seinen Knien lag. Wie zuvor sprach er französisch, und ein junger Husarenoffizier, der perfekt deutsch sprach, übersetzte die Fragen und Antworten.

»Sie stammen aus dem Ort?«

»Jawohl.«

»Kennen Sie auch die Gegend?«

»Ich bin hier geboren.«

»Antworten Sie präzise. Wie weit ist es von hier nach Rannstadt?«

»Eine halbe Stunde.«

»Wie verläuft die Straße?«

»Durch das Dorf.«

»Gibt es keine andere Straße?«

»Doch, die Hauptstraße nach Weimar, aber das ist länger.«

»Muß man über den Fluß?«

»Nein, die Straße verläuft ganz diesseits des Flusses.«

»Und wie ist die Straße? Können die Kanonen passieren?«

»Ich glaube ja. Die Wagen fahren dort.«

»Und gibt es zwischen Rannstedt und Weimar Flüsse oder Schluchten?«

»Nein.«

»Aber Wald?«

»Ja.«

»Und was für Wald?«

»Teils Tannen, teils Buchen.«

»Gibt es neben der Hauptstraße noch andere Straßen nach Weimar?«

»Landstraßen vielleicht.«

Der Marschall brütete einige Augenblicke mit gesenktem Kopf über der Karte, dann wandte er sich an den Pastor, und seine Augen leuchteten boshaft hinter den Brillengläsern.

»Dieser Mann wird mir als Führer dienen, aber auch Sie werden mit uns kommen. Sie haben studiert, Sie können eine Karte lesen und sprechen französisch. Alles, was Sie durch die Plünderung verloren haben, wird Ihnen ersetzt werden, und Sie werden die besondere Gunst von Kaiser Napoleon gewinnen.«

»Aber meine Frau ist krank!« jammerte der Pastor verstört. »Und ich habe zwei Kinder! Ich kann sie nicht allein lassen mit den Soldaten im Haus!«

»Es wird ihnen nichts geschehen, ich stelle sie unter meinen Schutz.«

»Aber mein Amt erlaubt es mir nicht! Alle werden mich für einen Verräter halten! Ich werde die Stelle verlieren!« brachte der arme Kerl noch zu seiner Verteidigung vor, aber zwei Offiziere nahmen ihn unter dem Arm und führten ihn nach draußen.

»Ich habe zwei Tage nichts gegessen! Die Soldaten haben mich geschlagen! Ich habe nicht die richtigen Schuhe! Und ich habe nicht einmal einen Hut!« schrie der Pastor noch, während er die Schwelle überschritt.

»Gebt ihm zu essen und eine Mütze!« befahl Davoust mit hinterhältiger Fürsorge. Dann wandte er sich an mich: »Was Sie betrifft, Herr Amerikaner, da Sie all Ihre Beglaubigungsschreiben verloren haben, werden Sie mir erlauben, Sie als meinen Gast zu betrachten, bis ich Seiner Majestät dem Kaiser Bericht erstattet habe.« Und mit einem Kopfnicken ging er hinaus. Generäle und Offiziere gingen mit ihm nach draußen und sperrten die Tür hinter sich mit dem Schlüssel zu, so daß ich allein im Dunkel zurückblieb. Ich war so müde, daß ich nicht einmal Hunger verspürte. Ich breitete meinen Mantel über den Tisch, streckte mich auf diesem unbequemen Lager aus und war nach wenigen Sekunden eingeschlafen.

Epilog

Am nächsten Morgen kam, wie mir erzählte wurde, ein Adjutant von Marschall Davoust zu mir und fand mich im Fieberwahn. Pastor Glessgen, in dessen Haus ich die ganze Zeit meiner Krankheit verbrachte, versicherte mir anschließend, daß das Fieber und die Schmerzen gegen Morgengrauen verschwunden seien und daß ich noch etliche Wochen im Delirium gelegen hätte. Der französische Militärarzt, der die zu Hunderten in den Häusern des Dorfes untergebrachten Verwundeten behandelte, schrieb das Fieber den Strapazen der letzten Tage, der Erschöpfung und den Entbehrungen zu. Als er nach einigen Tagen allerdings feststellte, daß die Entzündung andauerte, mußte er eine eingehendere Untersuchung vornehmen und diagnostizierte einen Tripper. Trotz der Beteuerungen des Pandaros hatte Cressida mich angesteckt. Bis zu dem Augenblick hatte ich niemals ernsthaft an eine Ansteckung mit Gonorrhöe geglaubt und war immer ohne großen Schaden davongekommen. Diesmal aber war ich allein, ohne Geld und ohne Diener, in einem Haus, aus dem die Soldaten alles fortgeschleppt hatten, mitten in einem verwüsteten Land. Der Pastor gab mir jeden Tag einen Teller Suppe, die er auch selber aß, und auch den in seinem Haus einquartierten Verwundeten erging es nicht besser. Ich litt unter so starken Halluzinationen, daß der Pastor, als ich mich wieder erholt hatte, Mühe hatte, mich davon zu überzeugen, daß das, woran ich mich zu erinnern glaubte, nur meiner Phantasie entsprang. Ich war sicher, daß Napoleon persönlich mich besucht hatte, und noch heute sehe ich ihn, wenn ich die Augen schließe, vor mir. Ich meine mich an einen kleinen hageren gelben Mann in Nachthemd und Nachtmütze zu erinnern, der mir ins Gesicht sah, während er eine Tasse Kaffee trank; aber der Pastor versicherte mir, daß es sich um eine Fiebervision handele.

Nach vier Wochen besuchte mich schließlich der amerikanische Konsul in Leipzig, Pack, der über meine Lage unterrichtet worden war, und überließ mir einen Vorrat an Van-Swieten-Liquor, durch den ich wieder gesund wurde, auch wenn ich anschließend noch mehr als ein Jahr an den Folgen der Behandlung litt.

Es war Ende Dezember, als ich mich endlich kräftig genug fühlte, um reisen zu können, und Pack besuchte mich erneut und brachte mir einen französischen Paß, der es mir erlauben würde, nach Hamburg zu gelangen und mich von dort aus nach Amerika einzuschiffen. Vieles war in der Zwischenzeit geschehen, während ich meine Gonorrhöe im Hause von Pastor Glessgen unter einem Berg von Decken bei Brot und Quecksilber ausschwitzte. Napoleon war unter dem Beifall der Menge in Berlin eingetroffen und dann weiter nach Osten gegangen, um mitten im Winter gegen die Russen Krieg zu führen. Der Kurfürst von Sachsen hatte es eilig, Frieden zu schließen, und der Kaiser, von soviel Vernunft beeindruckt, hatte ihn *motu proprio* zum König von Sachsen befördert. Der König von Preußen hatte dagegen an einem einzigen Tag sein Heer und sein Königreich verloren, so daß er wie Don Carlos hätte sagen können: »Afflavit Dominus et dissipati sunt.« Am selben 14. Oktober, an dem Marschall Davoust alles getan hatte, um mich auf den Feldern um Auerstedt zu töten, war Fürst zu Hohenlohe, der »avait battu les Français dans plus de soixante affaires«, von Napoleon auf der Hochebene oberhalb von Jena geschlagen worden. Baron Piré vom Institut hatte vor knapp zwei Jahren bekanntlich den ersten Band der *Correspondance annotée de l'empereur Napoléon* veröffentlicht, in der jeder das Briefchen lesen kann, das der Kaiser an Joséphine am Tag nach der Schlacht schrieb: »Meine Freundin, ich habe prächtige Manöver gegen die Preußen geführt. Gestern habe ich eine große Schlacht gewonnen. Sie waren hundertfünfzigtausend Mann. Ich habe zwanzigtausend Gefangene gemacht, hundert Geschütze und Fahnen erbeutet. Ich stand dem König von Preußen aus nächster Nähe gegenüber. Ich habe darauf verzichtet, ihn und die Königin gefangenzunehmen. Ich biwakiere seit zwei Tagen. Es geht mir wunderbar. Adieu, meine Freundin, laß es Dir gutgehen und liebe mich. Nap.«

Ich habe niemanden von denen, die ich in jenen Monaten kennengelernt habe, wiedergesehen. Das weitere Schicksal einiger von ihnen steht in den Geschichtsbüchern, und alle Welt weiß darüber Bescheid. Aber ich möchte wenigstens an das Ende von einem erinnern, da ich das Gefühl habe, daß diesen Seiten sonst etwas fehlen würde. Am Morgen der Schlacht ritt der Herzog von Braunschweig bis auf zweihundert Schritte an die ersten Häuser des Dorfes heran, eben des Dorfes, von dem aus man in der Ferne den Glockenturm sieht, weil er verstehen wollte, warum es den Grenadieren nicht gelang, es einzunehmen. Und dort traf ihn eine Gewehrkugel im Gesicht, genau wie Schill mir gesagt hatte, durch das linke Auge hinein und durch das rechte hinaus. Der Herzog verlor die Besinnung und fiel vom Pferd, aber seinen Adjutanten gelang es, ihn wieder in den Sattel zu heben und fortzuführen. Sie bedeckten sein Gesicht mit einem Taschentuch und brachten ihn zurück, wobei sie nach einem Haus suchten, in dem sie ihn notdürftig versorgen konnten. Aber die Niederlage des Heeres verhinderte seine Unterbringung, und so wurde der Herzog, begleitet vom Bauern Krippendorf, der ihn in den ersten Stunden der Schlacht geführt hatte, und vom Arzt Doktor Völker, blind und sterbend vor der herandrängenden französischen Kavallerie in Sicherheit gebracht. Im Delirium behauptete er, daß er seine eigenen Augen sähe, und als er gefragt wurde, wie das möglich sei, kam er zu dem logischen Schluß, daß er zwei Köpfe habe. Am 20. Oktober erreichte er seine Hauptstadt; schon fünf Tage später mußte er jedoch, da die Franzosen sich weigerten, die Neutralität seines Staates anzuerkennen, und sich anschickten, ihn zu besetzen, noch weiter weg jenseits der Elbe auf dänisches Hoheitsgebiet gebracht werden, und dort starb er schließlich am 10. November, nicht einmal einen Monat nach dem schicksalhaften Tag.

Ein ganz anderes Schicksal hatte General von Blücher; und auch das will ich notieren, obwohl es noch bekannter ist. Als einziger der Kommandanten des bei Jena und Auerstedt geschlagenen Heeres verlor er das Vertrauen zum König nicht, und Offiziere und Soldaten sahen in ihm die Verkörperung des preußischen Geistes. Wiederholt wurde behauptet, daß er an geistigen Störungen leide und während der Anfälle glaube, mit einem Elefanten schwanger zu sein, den ein französischer Grenadier in ihm gezeugt habe. Der König hielt es jedoch nicht für angebracht, ihm den Oberbefehl über das Heer zu entziehen. Während des Feldzugs von 1814 wurde er von Napoleon jedesmal, wenn er ihm begegnete, geschlagen, aber jedesmal befand er sich näher an Paris, bis er in die Hauptstadt kam und sich den Titel eines Fürsten verdiente. Im Jahr darauf schlug Napoleon ihn noch einmal bei Ligny. Beinahe hätte er ihn getötet, da der Alte vom Pferd fiel, während er seine Kavallerie zum Angriff führte, aber er wurde gerade noch von seinem Adjutanten gerettet. Zwei Tage später jedoch ließ die Schlacht von Waterloo ihn alles vergessen. Später machte Blücher sich lächerlich, indem er versuchte, den pont de Jéna in Paris mit der englischen Wache in die Luft zu sprengen, die sein Verbündeter, der Herzog von Wellington, dort aufgestellt hatte, um ihn eben daran zu hindern. Aber dreimal hintereinander gelang es den Pionieren nicht, die Mine zum Explodieren zu bringen, worauf er schweren Herzens auf persönlichen Befehl des Königs von Preußen auf seine Rache verzichten mußte. Er ging nach London, wo er mit großen Ehren empfangen wurde, und Lord Byron schrieb über ihn: »Ich erinnere mich, daß ich Blücher bei den Londoner Sitzungen gesehen habe, und ich habe niemals einen Mann seines Alters gesehen, der weniger Respekt verdient hätte. Mit seinen Umgangsformen und jener Stimme eines Rekrutierungsunteroffiziers strebte er nach den Ehren eines Helden, als könnte man einen Stein nur deswegen verehren, weil ein großer Mann darüber gestolpert ist.« Dann fiel er erneut vom Pferd, wobei er sich ein Schädeltrauma zuzog, von dem er sich bis zu seinem Tod nicht mehr erholte.

Andere, die nur kurz und durch eine Art Laune des Schicksals unter den Großen dieser Welt erscheinen konnten, hatten ein weniger bedeutendes Schicksal; von ihnen haben die Zeitungen berichtet, nicht die Geschichtsbücher. Pauline Wiesel ist dieses Jahr in Paris mit über sechzig gestorben, und obwohl soviel Zeit vergangen ist, hat sich ein französischer Journalist gefunden, der daran erinnerte, wer sie war, und darüber in seiner Zeitung geschrieben. Kaum zwei Monate nach dem Tod von Prinz Louis, als Berlin von Napoleon besetzt war, verlor Pauline ihren Mann und heiratete sofort einen französischen Offizier, dem sie nach Paris folgte. Erneut Witwe geworden, heiratete sie einen anderen, und als sie starb, war sie bei den Nachbarn und den Händlern als Frau des Hauptmanns Vincent bekannt, die sich an der Pension in einer bequemen bürgerlichen Wohnung in Neuilly erfreute. Major von Schack fiel am 1. November, als das Gendarmenregiment bei Anklam kapitulierte, in die Hände der Franzosen. Wie die meisten der gefangengenommenen Offiziere auf Ehrenwort freigelassen, lebte er weiterhin in Berlin über seine Verhältnisse, bis er 1815 hochverschuldet zu dem Schluß kam, daß er sich aus der Affäre ziehen könnte, wenn er Victoire heiratete, die ein Vermögen erben würde, da ihre Brüder beide im Krieg gefallen waren. Die Zeitungen ließen damals durchblicken, daß Schack schon seit langem ihr Geliebter sei und daß Victoire ein Kind von ihm erwarte, aber ich weiß nicht, was ich von dieser Nachricht halten soll. Wahr ist dagegen, daß der Major über fünfzig war und die Verlobte die Dreißig überschritten hatte. Berlin war, wie es scheint, nicht mehr das Berlin, das ich kennengelernt hatte. König Friedrich Wilhelm liebte nach dem Tod seiner Frau und den langen Jahren des Exils Scherze noch weniger, und auch seine Offiziere waren nicht mehr so friedlich wie vorher. Dem Major sagten seine Regimentskameraden ins Gesicht, wenn er jenes Fräulein in bereits vorgerücktem Alter und mit pockennarbigem Gesicht, obendrein noch Tochter eines Bürgers, der seinen Adelstitel gekauft hatte, heiraten würde, würde ein Ehrengericht ihn zwingen, seinen Abschied zu nehmen. Als in Berlin Karikaturen und satirische Verse, die sich über ihn lustig machten, zu zirkuliern begannen, erschoß sich der Major in ihrem Haus Unter den Linden. Victoire, von der Schande überwältigt, floh mit ihrer Mutter und ließ sich in Italien nieder. Später kehrte sie allerdings nach Hause zurück, und heute ist sie, wie ich gehört habe, eine der geistreichsten und amüsantesten alten Damen Berlins. Vor ein paar Jahren schrieb ich ihr einen langen Brief, den sie jedoch niemals beantwortet hat.

Auch ein anderer meiner europäischen Bekannten erschoß sich wie Major von Schack mit der Pistole und mehr oder weniger in denselben Tagen, wenn auch unter anderen Umständen. Graf Jan Potocki, mit dem ich mich vor dem Feuer in Schloß Puławy unterhalten hatte, kehrte nach dem Sturz von Minister Czartoryski nicht mehr nach Sankt Petersburg zurück, sondern zog auf seine Besitzungen in der Ukraine. Viele Jahre arbeitete er verbissen an seinen Studien und veröffentlichte die *Principes de Chronologie pour les temps antérieurs aux Olympiades* und den *Atlas archéologique de la Russie européenne*, die ihm noch heute die Dankbarkeit der Gelehrten einbringen. Seine Nerven litten, wie es scheint, durch das übermäßige Studieren. Er bekam häufig Anfälle von Schwermut und Schmerzen, die kein Arzt zu kurieren vermochte. Während dieser Anfälle feilte er eine Silberkugel, die den Deckel seiner Teekanne schmückte. Am 20. November 1815 erreichte die Kugel die gewünschten Ausmaße. Nachdem er sie vom Schloßkaplan hatte segnen lassen, führte er sie in den Pistolenlauf ein und jagte sie sich durch den Kopf. Ich sprach mit dem Arzt, den er aus Frankreich zu sich geholt und der ihn nicht zu kurieren vermocht hatte, Doktor Callois; dieser zog anschließend nach Amerika und erzählte mir die Geschichte seines unglücklichen Patienten Wort für Wort.

Von vielen anderen habe ich nichts mehr gehört; und wenn doch, dann war ich nicht immer in der Lage zu überprüfen, ob die Nachrichten sich wirklich auf diejenigen bezogen, denen ich begegnet war. Vor ein paar Jahren beispielsweise versuchte ein General von Clausewitz mit allen Mitteln, zum preußischer Botschafter in London ernannt zu werden, allerdings vergeblich. Es muß derselbe gewesen sein, der später in Berlin ein vielbändiges Werk über das Wesen des Kriegs veröffentlicht hat, was nur einem Deutschen in den Sinn kommen konnte; aber ob es derselbe war, der viele Jahre zuvor als Generaladjutant bei Prinz August gedient hatte, konnte ich nicht herausbekommen. Dagegen glaube ich, daß ich nachweisen konnte, daß der Statthalter von Schill, dem ich in der Jerusalemer Straße begegnet war und den ich unter so außergewöhnlichen Umständen auf dem Schlachtfeld wiedergetroffen hatte, eben der war, der es drei Jahre danach zu kurzer Berühmtheit brachte, weil er sein Regiment gegen die Franzosen in die Schlacht führte, als Napoleon Österreich den Krieg erklärte. König Friedrich Wilhelm distanzierte sich unverzüglich von ihm und sagte dem Kaiser jede Unterstützung bei seiner Ergreifung zu, worauf beide Herrscher sich, denke ich mir, um die Ehre stritten, ihn aufzuhängen. Aber dazu kam es nicht: Von der halben Welt verfolgt, versuchte Schill die Ostseeküste zu erreichen, um an Bord eines englischen Schiffes zu gehen. In Stralsund wurde er jedoch von dänischen und holländischen Streitkräften eingeholt und fiel im Kampf. Beim holländischen Kommandanten befand sich zufällig Professor d'Haauw von der Universität Leiden, Schüler des berühmten Gall. Er sah sich den Leichnam an, der ins Rathaus von Stralsund gebracht worden war, und war so beeindruckt von den Höckern seines Schädels, daß er bat, diesen Schatz im Interesse der Wissenschaft aufzubewahren. Auf diese Weise, fügte er hinzu, könnten die Gelehrten zum großen Nutzen des Reiches sehr genau die phrenologischen Merkmale erforschen, die für Insubordination, Rebellion und Wahnsinn empfänglich machen. Daher wurde Schills Kopf vom Körper gesägt und in ein Glas gelegt, um in Spiritus konserviert zu werden. Bis vor kurzem war er noch im Museum von Leiden ausgestellt.

Anmerkungen

Der Verleger dankt dem Autor für seine Bereitschaft, dem Leser einen Dienst zu erweisen und die fremdsprachlichen Ausdrücke und Passagen, die im Text vorkommen, in einem Anmerkungsteil zu übersetzen.

S. 22 *Mynheer* (für *Mijnheer*): ›Herr‹ auf holländisch; scherzhaft gebraucht, um den Holländer allgemein zu bezeichnen.

S. 24 *Itinéraire des routes les plus fréquentées*: ›Reiseführer der meistbefahrenen Straßen‹.

S. 28 »scortillum ... non sane inlepidum necque invenustum«: ›ein Hürchen, aber nicht ohne Anmut und Geist‹.

S. 51 »Oh, ça n'est rien! ... Personne au monde n'est plus satisfait que moi de notre système de gouvernement et de notre organisation militaire!«: ›Oh, es ist nichts! ... Niemand auf der Welt ist zufriedener als ich mit unserer Regierungsform und unserem Militär!‹

S. 58 »grande ville mal bâtie«: ›große, schlecht gebaute Stadt.‹

S. 61 »Monseigneur, ... je ne suis pas accrédité à la cour de Votre Altesse, mais je ne pouvais pas me passer de rendre hommage, en me rendant à Berlin, au plus illustre des princes allemands«: ›Euer Gnaden, ich bin nicht am Hof Eurer Hoheit akkreditiert, aber ich konnte nicht darauf verzichten, auf meinem Weg nach Berlin dem bedeutendsten der deutschen Fürsten meine Aufwartung zu machen.‹

»un pays bien sage«: ›ein sehr vernünftiges Land‹.

»Vous parlez un excellent français.« »Tolérable, Monseigneur.«: ›Sie sprechen ein ausgezeichnetes Französisch.‹ ›Passabel, Euer Gnaden.‹

»Ce n'est pas que je doute de votre allemand, Monsieur, c'est plutôt du mien que je me méfie«: ›Nicht daß ich an Ihrem Deutsch zweifle, mein Herr; ich vertraue eher meinem nicht.‹

S. 71 »Malbrouck s'en va-t-en guerre, Dieu sait s'il reviendra ...«: ›Malbrouck zieht in den Krieg, Gott allein weiß, ob er zurückkommen wird ...‹

S. 72 *sine condom*: ›ohne Kondom‹.

S. 73 *grisettes*: ›Dienerinnen, Arbeiterinnen, Verkäuferinnen‹ und ganz allgemein ›Mädchen, die arbeiten‹.

S. 92 *Quid nuncs*: (Latein mit englischer Pluralendung): ›Was ist los?‹

S. 100 *pour la bonne façon*: ›anstandshalber‹.

S. 104 »Monsieur, je suis ravi de votre visite«: ›Mein Herr, ich bin entzückt über Ihren Besuch‹. »Oui, j'en suis ravi ... et d'autant plus que ce n'est pas seulement la visite d'un diplomatique distingué, mais d'un confrère.«: ›Ja, ich bin entzückt darüber, um so mehr, als es sich nicht nur um den Besuch eines ausgezeichneten Diplomaten, sondern eines Kollegen handelt.‹

»Oui, ce ne sont que des farceurs ... on dit que rien ne tue comme le ridicule, mais je n'y crois pas, car depuis longtemps les loges seraient des nécropoles«: ›Ja, das sind nur Spaßvögel ... es heißt, daß nichts mehr tötet als die Lächerlichkeit, aber ich glaube nicht daran, denn dann wären die Logen seit langem Friedhöfe.‹

S. 106 »Mais c'est charmant! ... et ce que c'est bien trouvé, ›un peu bizarre‹!«: ›Aber das ist bezaubernd! ... Und was für eine glückliche Formulierung, ›ein wenig seltsam‹!‹

S. 109 »Enfin Phaéton est tombé!«: ›Endlich ist Phaeton gefallen!‹

S. 116 »Bloody fool«: ›Verdammter Narr‹ (aber im Englischen gilt der Ausdruck als sehr viel ungebührlicher als im Deutschen).

S. 118 *A la bonne heure*: ›Zur rechten Zeit‹.

S. 119 *en petit comité*: ›in engstem Kreis‹.

S. 134 »Monsieur, je suis charmé de vous voir ici«: ›Mein Herr, ich bin entzückt, Sie hier zu sehen.‹

S. 143 »Messieurs, je vous prie de m'excuser si nos manières, ici, ne sont pas celles des cours dont vous avez l'habitude; mais moi, je ne suis qu'un petit gentillâtre, et chez moi on vit sans façons!«: ›Meine Herren, ich bitte Sie, mir zu verzeihen, wenn unsere Manieren hier nicht diejenigen der Höfe sind, die Sie gewohnt sind; aber ich bin nur ein armseliger kleiner Adliger, und bei mir macht man keine großen Umstände.‹

S. 151 »mais on m'a élevé et formé à Paris«: ›aber ich bin in Paris aufgezogen und ausgebildet worden‹.

S. 200 »feu mon père de poudreuse mémoire«: ›mein Vater seligen, staubigen Angedenkens‹.

S. 202 »la modestie naturelle de notre maître fait qu'il n'est pas encore bien certain s'il profitera de l'occasion de faire entrer la dignité impériale dans la maison de Brandebourg; mais son cabinet ne peut que le lui conseiller et en comprendre l'utilité pour les destinées de la Prusse«: ›die natürliche Bescheidenheit unseres Herrn führt dazu, daß er noch nicht ganz sicher ist, ob er die Gelegenheit nutzen wird, um die Kaiserwürde ins Haus Brandenburg zu holen; aber sein Kabinett kann nicht anders, als es ihm zu raten und zu begreifen, wie nützlich es für die Geschicke Preußens wäre.‹

S. 205 »You are very kind.« »I'm but fair, Madam.« ›Sie sind sehr freundlich.‹ ›Ich bin nur ehrlich, Madam.‹

S. 261 »Eh bien, Monsieur, vous aimez la mauvaise compagnie«: ›Nun, mein Herr, Sie lieben schlechte Gesellschaft.‹

S. 276 »Fuge, o fuge Judaeos!« ›Fliehe, o fliehe die Juden!‹

S. 283 »Laeso et invicto militi«: ›Dem verwundeten und unbesiegten Soldaten‹.

S. 289 »Give me your hand«: ›Geben Sie mir Ihre Hand.‹
»Call my groom«: ›Rufen Sie meinen Diener.‹

S. 295 *ex propriis*: ›auf eigene Kosten‹.

S. 299 »c'est le premier pas, qui coûte«: ›aller Anfang ist schwer‹.

S. 351 »Voilà, Monsieur! Dites donc, Monsieur, en avez-vous de meilleur en Amérique?« ›Hier, mein Herr! Nun sagen Sie, haben Sie bessere in Amerika?‹

S. 366 *pour encourager les autres*: ›um die anderen zu ermutigen‹.

S. 388 *id est:* ›das heißt‹.

S. 392 *quod Deus bene vertat!*: ›Möge Gott es zum Guten wenden!‹

S. 399 »Vous, Monsieur, qui lisez les journaux … vous pouvez sans doute me donner des nouvelles de la santé de ce pauvre Fox«: ›Sie, mein Herr, der Sie die Zeitungen lesen … Sie können mir doch sicher sagen, wie es um die Gesundheit dieses armen Fox steht.‹

»Alors! Ne me parlez pas des amusements de Varsovie! Il n'y a que Paris où l'on savait se régaler; mais je n'y ai remis le pied depuis le changement de dynastie«: ›Also, hören Sie mir auf mit den Vergnügungsmöglichkeiten in Warschau! Nur in Paris konnte man auf seine Kosten kommen; aber seit dem Wechsel des Herrscherhauses habe ich keinen Fuß mehr dorthin gesetzt.‹

S. 405 »Lumbi mei impleti sunt illusionibus«: ›Meine Lenden sind voll von Illusionen‹.

S. 410 »Qu'est-ce que vous désirez, ma sœur?«: ›Was wünscht Ihr, meine Schwester?‹

S. 430 »la vieille sotte«, »le vieux fripon«, »le vieux ladre«: ›die alte Kuh‹; ›der alte Spitzbube‹, ›der alte Geizkragen‹.

S. 431 *grand nigaud*: ›großer Dummkopf‹.

S. 433 »Le Roi a pris la chose pour une démarche révolutionnaire, l'appelle ›Meuterey‹. La Reine, avec laquelle il était lorsqu'il reçut le mémoire et avec laquelle il s'est enfermé, aurait dû rectifier cette idée et l'adoucir, travailler plutôt à favoriser le but. Toutefois, c'était une très fausse démarche d'envoyer, comme on l'a fait, cette pièce par l'aide de camp de Rüchel. Il aurait fallu qu'un ou deux qui eussent eu de la confiance eussent parlé et représenté les arguments avec douceur et attachement«: ›Der König hielt die Sache für einen revolutionären Schritt, nennt es ›Meuterey‹. Die Königin, bei der er war, als er die Denkschrift erhielt, und mit der er sich einschloß, hätte ihm diese Idee ausreden, ihn besänftigen und sich eher für das Ziel einsetzen müssen. Gleichwohl war es ein absolut falsches Vorgehen, dieses Schriftstück, wie man es getan hat, durch den Adjutanten von Rüchel zustellen zu lassen. Ein oder zwei Männer, die Vertrauen genießen, hätten sprechen und die Argumente mit Freundlichkeit und Hingabe darstellen müssen.‹

»Le coup a été entièrement manqué«: ›Der Streich ist vollkommen fehlgeschlagen.‹

S. 435 *mauvaise chère*: ›kümmerliches Essen‹.

S. 449 »non est mentula quod digitus«: ›das männliche Glied ist kein Finger‹.

S. 495 »Alors … ils sont tout près de l'Afrique. Pardon, Monsieur, point du tout. Diable comme je me trompe! Ils sont dans le voisinage d'Europe … Foutre! … est-il possible? Où sont-ils donc, Monsieur?«: ›Also … sie sind ganz in der Nähe von Afrika. Verzeihung, mein Herr, ganz und gar nicht. Teufel auch, wie man sich täuschen kann! Sie befinden sich in der Nachbarschaft Europas … Donnerwetter! … Ist es die Möglichkeit? Wo liegen sie dann, mein Herr?‹

»diablement chaud«: ›verdammt heiß‹.

S. 496 *criblé de dettes*: ›bis über beide Ohren verschuldet‹.

S. 498 »Quoi, tu n'aimes donc pas faire l'amour?«: ›Wie, du machst also nicht gerne Liebe?‹

S. 499 *exercice de fellation*: ›Blasübung‹.
»Est-ce aussi bien que Madame?«: ›Bin ich genauso gut wie Madame?‹

S. 526 »Qu'est-ce qu'ils baragouinent, les bougres? Et d'appeler ça une langue! C'est du charabia, va! ... A boire! A boire! Sacrée garce d'allemande, chienne d'allemande, con de garce d'allemande, à boire!« ›Was für ein Kauderwelch sprechen die Kerle denn da? Und das nennen sie eine Sprache! Das ist doch Kauderwelsch! ... Zu trinken! Zu trinken! Verdammtes deutsches Weibsbild, deutsche Hündin, blödes deutsches Weibsbild, zu trinken!‹

S. 529 »J'ai battu les Français dans plus de soixante affaires, et, ma foi, je battrai Napoléon pourvu qu'on me laisse les bras libres, quand je serai aux prises avec lui«: ›Ich habe die Franzosen in mehr als sechzig Kämpfen geschlagen, und meiner Treu, ich werde Napoleon schlagen, vorausgesetzt, man läßt mir freie Hand, wenn ich mit ihm kämpfe.‹

S. 533 *Pereat!*: ›Möge er sterben!‹

S. 557 *gêné*: ›verlegen‹.

S. 578 »Monseigneur, il ne sera jamais l'agresseur, jamais, jamais! ... il faut si peu pour l'indisposer!«: ›Euer Gnaden, er wird niemals der Angreifer sein, niemals, niemals! ... es braucht so wenig, um ihn zu verstimmen!‹

S. 591 »Dites donc, Montjoy, comment écrivez-vous: Münchholzen, ou bien Münchenholzen? ... Ce n'est pas qu'une question d'orthographe; c'est une question de grammaire, et la grammaire, il faut toujours la respecter«: ›Sagen Sie mal, Montjoy, wie schreiben Sie: Münchholzen oder Münchenholzen? ... Es ist nicht nur eine Frage der Rechtschreibung; es ist eine Frage der Grammatik, und die Grammatik muß man stets respektieren.‹

S. 607 »Pecus hauriat undam, sed doctus vinum!«: ›Der Pöbel trinkt Wasser, der Gebildete aber Wein!‹

S. 634 »Monsieur, quel homme que notre empereur! Si vous l'aviez vu à Austerlitz! C'est un scélérat dans le feu. Il n'y a pas un homme comme cela dans l'Université«: ›Mein Herr, was für ein Mann unser Kaiser! Wenn Sie ihn bei Austerlitz gesehen hätten! Er ist ein wahrer Teufel. Einen Mann wie ihn gibt es an der ganzen Universität nicht.‹

S. 652 »Mori nolo ... sed me mortuum esse, nihil curo!«: ›Ich will nicht sterben ... aber tot zu sein macht mir nichts aus!‹

S. 706 »Pas de pardon à ces coquins verts! ... C'est ce coquin!«: ›Kein Pardon diesen Schurken! ... Das ist der Schurke!‹
»Je me rends!«: ›Ich ergebe mich!‹

S. 708 »En avant, couillons!«: ›Vorwärts, ihr Memmen!‹

S. 713 »L'argent!«: ›Das Geld!‹

S. 714 »Je n'ai plus d'argent, Monsieur; on m'a déjà pris tout«: ›Ich habe kein Geld mehr, mein Herr; man hat mir alles genommen.‹
»Hé! Maréchal-des-logis! Celui-ci parle français!«: ›He! Unteroffizier! Der hier spricht französisch!‹
»Vous n'avez donc plus d'argent, Monsieur?«: ›Sie haben also kein Geld mehr, mein Herr?‹
»Non, Monsieur, on m'a tout pris«: ›Nein, mein Herr, man hat mir alles genommen.‹

»Mais vous n'êtes pas Français, par hasard?« ›Aber Sie sind nicht zufällig Franzose?‹
»Non, Monsieur, vous me flattez, mais je suis Américain«: ›Nein, mein Herr, Sie schmeicheln mir, aber ich bin Amerikaner.‹
»On me dit que vous êtes Américain. Que faites-vous donc en ce lieu?«: ›Man sagt mir, daß Sie Amerikaner sind. Was machen Sie denn an diesem Ort?‹
»Monsieur, je suis l'ambassadeur des Etats-Unis d'Amérique chez Sa Majesté Prussienne«: ›Mein Herr, ich bin Botschafter der Vereinigten Staaten von Amerika bei Seiner Majestät dem König von Preußen.‹

S. 715 »Les ambassadeurs, pourtant, ne voyagent pas souvent à pied et sans domestique«: ›Die Botschafter reisen allerdings nicht häufig zu Fuß und ohne Diener.‹
»J'ai perdu mon carrosse et mes chevaux, et mon domestique est tué. En plus, on m'a volé tout ce que j'avais sur moi, jusqu'au mouchoir«: ›Ich habe meine Kutsche und meine Pferde verloren, und mein Diener ist getötet worden. Außerdem hat man mir alles gestohlen, was ich bei mir hatte, sogar das Taschentuch.‹
»Comment a-t-on pu vous piller, vous qui parlez notre langue?«: ›Wie konnte man Sie ausplündern, Sie, der Sie unsere Sprache sprechen?‹
»Il faut que le Maréchal vous parle. Venez!«: ›Der Marschall muß mit Ihnen sprechen. Kommen Sie!‹

S. 722 *Correspondance annotée de l'empereur Napoléon*: ›Kommentierte Korrespondenz des Kaisers Napoleon‹.

S. 726 *Principes de Chronologie pour les temps antérieurs aux Olympiades*: ›Grundlagen der Chronologie für die Zeit vor den Olympiaden‹.
Atlas archéologique de la Russie européenne: ›Archäologischer Atlas des europäischen Rußland‹.

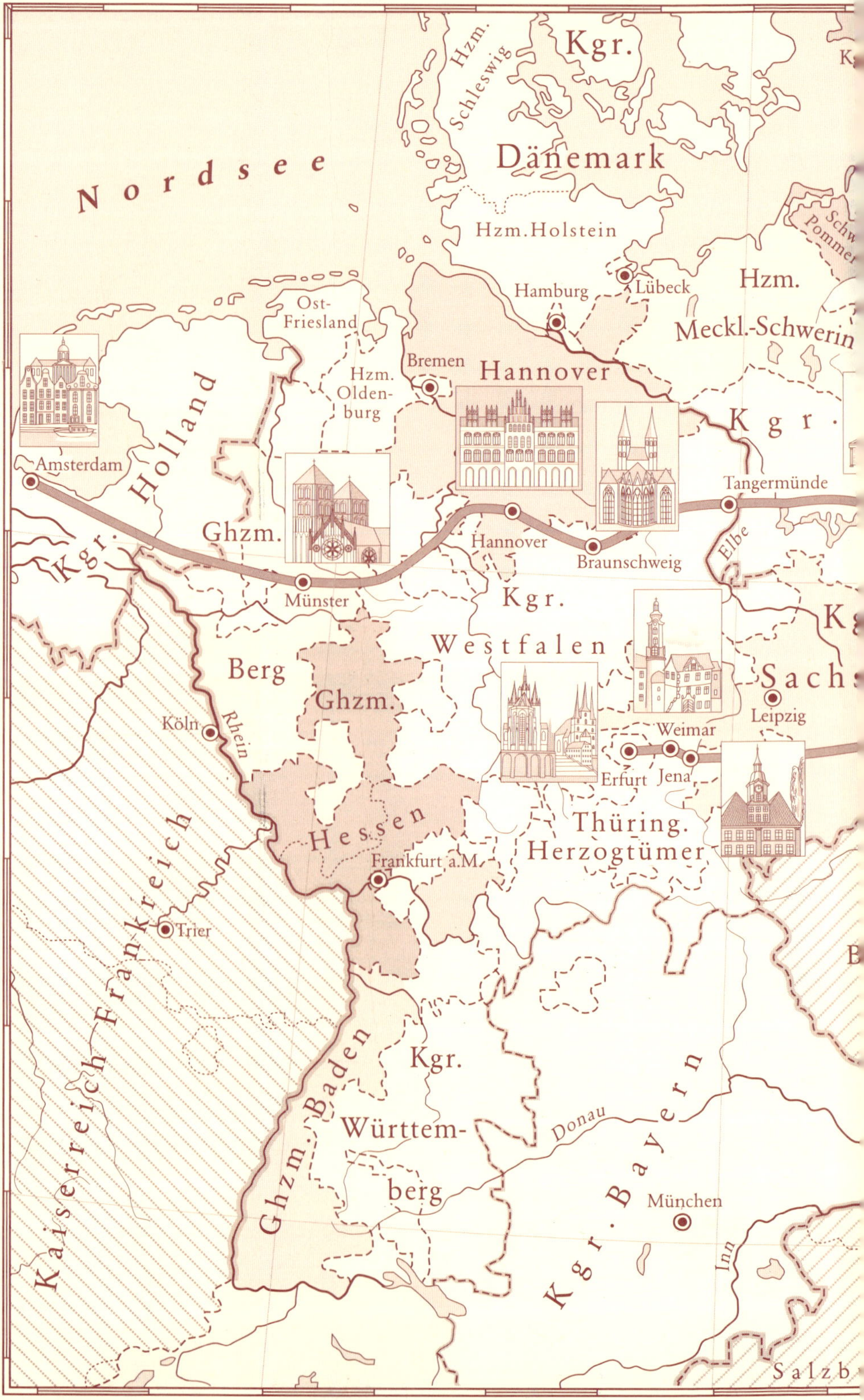
Nordsee
Hzm. Schleswig
Kgr. Dänemark
Hzm. Holstein
Hamburg
Lübeck
Hzm. Meckl.-Schwerin
Ost-Friesland
Hzm. Oldenburg
Bremen
Hannover
Amsterdam
Kgr. Holland
Ghzm.
Münster
Hannover
Braunschweig
Tangermünde
Elbe
Kgr. Westfalen
Berg
Ghzm.
Köln
Rhein
Hessen
Frankfurt a.M.
Trier
Kaiserreich Frankreich
Erfurt
Weimar
Jena
Leipzig
Thüring. Herzogtümer
Ghzm. Baden
Kgr. Württemberg
Donau
Kgr. Bayern
München
Inn
Salzb